# JOSÉ SARAMAGO
## OBRAS COMPLETAS 4

- O ANO DA MORTE DE RICARDO REIS
- AS INTERMITÊNCIAS DA MORTE
- VIAGEM A PORTUGAL
- CLARABOIA

COMPANHIA DAS LETRAS

Copyright © 2016 by herdeiros de José Saramago

A editora manteve a grafia vigente em Portugal, observando as regras do Acordo Ortográfico da Língua Portuguesa de 1990.

Capa
*Alceu Chiesorin Nunes*

Projeto gráfico
*Alceu Chiesorin Nunes e Bruno Romão*

Revisão
*Francisco José Couto*
*Fátima Couto*
*Graça Couto*
*Eduardo Russo*

---

Dados Internacionais de Catalogação na Publicação (CIP)
(Câmara Brasileira do Livro, SP, Brasil)

Saramago, José, 1922-2010.
　　Obras completas, 4 / José Saramago. — São Paulo : Companhia das Letras, 2016.

　　Conteúdo: O ano da morte de Ricardo Reis — As intermitências da morte — Viagem a Portugal — Claraboia.

　　ISBN 978-85-359-2575-3

　　1. Literatura portuguesa 2. Saramago, José, 1922-2010 I. Título.

15-01507　　　　　　　　　　　　　　　　CDD-869

Índice para catálogo sistemático:
1. Saramago, José : Obras completas : Literatura portuguesa 869

---

2016
Todos os direitos desta edição reservados à
EDITORA SCHWARCZ S.A.
Rua Bandeira Paulista, 702, cj. 32
04532-002 — São Paulo — SP
Telefone: (11) 3707-3500
Fax: (11) 3707-3501
www.companhiadasletras.com.br
www.blogdacompanhia.com.br

# SUMÁRIO

Carta do editor ................................................. 7

O ano da morte de Ricardo Reis (1984) ............. 9

As intermitências da morte (2005) ............... 479

Viagem a Portugal (1981) ............................. 715

Claraboia (1953/2011) ............................... 1257

Sobre o autor ............................................ 1583

## CARTA DO EDITOR

Qualquer coisa que se diga a respeito da literatura de José Saramago, será pouco. Como toda grande obra do gênero, o segredo não está tão somente no que é dito, mas na forma de se dizer. Neste sentido, todas as obras-primas da literatura universal — entre as quais se encontram, quase em sua totalidade, os livros de Saramago — são sempre profundos mergulhos na alma humana, além de desafios renovados, linha a linha, à nossa capacidade de expressão.

Por isso Saramago é um escritor exemplar. Seus textos partem de uma fantasia, literalmente de uma faísca, um pequeno detalhe, que só tem lógica no mundo da literatura. A partir deste acaso da imaginação, o autor coloca em questão, de maneira mordaz, a sociedade em que vivemos e a linguagem praticada pelos homens. A faísca transposta para o papel, ou mesmo para as telas, questiona as próprias palavras — a forma limitada em que as usamos em nosso dia a dia. A aposta que José Saramago faz não é só em um mundo mais justo, mas também em um mundo mais livre. É como se estivesse a dizer, seguidamente, que um, sem o outro, não pode existir.

Assim, um escritor em busca profunda pela justiça social acaba por nos propor a liberdade como melhor mecanismo de alcançá-la. Não há mensagem literária mais genuína do que esta. Chegado a subverter parábolas bíblicas, José Saramago bem que poderia ter escrito: "e no começo fez-se a liberdade". Lendo a sua obra ficamos com vontade de fazer da liberdade também o nosso fim.

Felizes são os homens e mulheres que editam e leem José Saramago. (Que sorte a vida me deu.)

*Luiz Schwarcz*

# O ano da Morte de Ricardo Reis

*Sábio é o que se contenta com o espetáculo
do mundo.*

Ricardo Reis

*Escolher modos de não agir foi sempre a
attenção e o escrupulo da minha vida.*

Bernardo Soares

*Se me disserem que é absurdo fallar assim de
quem nunca existiu, respondo que também não
tenho provas de que Lisboa tenha alguma vez
existido, ou eu que escrevo, ou qualquer cousa
onde quer que seja.*

Fernando Pessoa

Aqui o mar acaba e a terra principia. Chove sobre a cidade pálida, as águas do rio correm turvas de barro, há cheia nas lezírias. Um barco escuro sobe o fluxo soturno, é o Highland Brigade que vem atracar ao cais de Alcântara. O vapor é inglês, da Mala Real, usam-no para atravessar o Atlântico, entre Londres e Buenos Aires, como uma lançadeira nos caminhos do mar, para lá, para cá, escalando sempre os mesmos portos, La Plata, Montevideo, Santos, Rio de Janeiro, Pernambuco, Las Palmas, por esta ou inversa ordem, e, se não naufragar na viagem, ainda tocará em Vigo e Boulogne-sur-Mer, enfim entrará o Tamisa como agora vai entrando o Tejo, qual dos rios o maior, qual a aldeia. Não é grande embarcação, desloca catorze mil toneladas, mas aguenta bem o mar, como outra vez se provou nesta travessia, em que, apesar do mau tempo constante, só os aprendizes de viajante oceânico enjoaram, ou os que, mais veteranos, padecem de incurável delicadeza do estômago, e, por ser tão caseiro e confortável nos arranjos interiores, foi-lhe dado, carinhosamente, como ao Highland Monarch, seu irmão gémeo, o íntimo apelativo de vapor de família. Ambos estão providos de tombadilhos espaçosos para sport e banhos de sol, pode-se jogar, por exemplo, o cricket, que, sendo jogo de campo, também é exercitável sobre as ondas do mar, deste modo se demonstrando que ao império britânico nada é impossível, assim seja essa a vontade de quem lá manda. Em dias de amena meteorologia, o Highland Brigade é jardim de crianças e paraíso de velhos, porém não hoje, que está chovendo e não iremos ter outra tarde. Por trás dos vidros embaciados de sal, os meninos espreitam a cidade cinzenta, urbe rasa sobre colinas, como se só de casas térreas construída, por acaso além um zimbório alto, uma empena mais esforçada, um vulto que parece ruína de castelo, salvo se tudo isto é ilusão, quimera, miragem criada pela movediça cortina das águas que descem do céu fechado. As crianças estrangeiras, a quem mais largamente dotou a natureza da virtude da curiosidade, querem saber o nome do lugar, e os pais informam-nas, ou declinam-no as amas, as nurses, as bonnes, as fräuleins, ou um marinheiro que passava para ir à manobra, Lisboa, Lisbon, Lisbonne, Lissabon, quatro diferentes maneiras de enunciar, fora as intermédias e imprecisas, assim ficaram os meninos a saber o que antes ignoravam, e isso foi o que já sabiam, nada, apenas um nome, aproximativamente pronunciado, para maior confusão das juvenis inteligências, com o acento próprio de argentinos, se deles se tratava, ou de uruguaios, brasileiros e espanhóis, que, escrevendo certo Lisboa no castelhano ou português de cada qual, dizem cada um sua coisa, fora do alcance do ouvido comum e das imitações da escrita. Quando amanhã cedo o Highland Brigade sair a barra, que ao menos haja um pouco de sol e de céu descoberto, para que a parda neblina deste tempo astroso não obscureça por completo, ainda à vista de terra, a memória já esvaecente dos viajantes que pela primeira vez aqui passaram, estas crianças que repetem Lisboa, por sua própria conta transformando o nome noutro nome, aqueles adultos que franzem o sobrolho e se arrepiam com a geral humidade que repassa as madeiras e os ferros, como se o Highland Brigade viesse a escorrer do fundo do mar, navio duas vezes fantasma. Por gosto e vontade, ninguém haveria de querer ficar neste porto.

São poucos os que vão descer. O vapor atracou, já arrearam a escada do portaló, começam a mostrar-se em baixo, sem pressa, os bagageiros e os descarregadores, saem do refúgio dos alpendres e guaritas os guardas-fiscais de serviço, assomam os alfandegueiros. A chuva abrandou, só quase nada. Juntam-se no alto da escada os viajantes, hesitando, como se duvidassem de ter sido autorizado o desembarque, se haverá quarentena, ou temessem os degraus escorregadios, mas é a cidade silenciosa que os assusta, porventura morreu a gente nela e a chuva só está caindo para diluir em lama o que ainda ficou de pé. Ao comprido do cais, outros barcos atracados luzem mortiçamente por trás das vigias baças, os paus de carga são ramos esgalhados de árvores, negros, os guindastes estão quietos. É domingo. Para além dos barracões do cais começa a cidade sombria, recolhida em frontarias e muros, por enquanto ainda defendida da chuva, acaso movendo uma cortina triste e bordada, olhando para fora com olhos vagos, ouvindo gorgolhar a água dos telhados, algeroz abaixo, até ao basalto das valetas, ao calcário nítido dos passeios, às sarjetas pletóricas, levantadas algumas, se houve inundação.

Descem os primeiros passageiros. De ombros encurvados sob a chuva monótona, trazem sacos e maletas de mão, e têm o ar perdido de quem viveu a viagem como um sonho de imagens fluidas, entre mar e céu, o metrónomo da proa a subir e a descer, o balanço da vaga, o horizonte hipnótico. Alguém transporta ao colo uma criança, que pelo silêncio portuguesa deve ser, não se lembrou de perguntar onde está, ou avisaram-na antes, quando, para adormecer depressa no beliche abafado, lhe prometeram uma cidade bonita e um viver feliz, outro conto de encantar, que a estes não correram bem os trabalhos da emigração. E uma mulher idosa, que teima em abrir um guarda-chuva, deixa cair a pequena caixa de folha verde que trazia debaixo do braço, com forma de baú, e contra as pedras do cais foi desfazer-se o cofre, solta a tampa, rebentado o fundo, não continha nada de valor, só coisas de estimação, uns trapos coloridos, umas cartas, retratos que voaram, umas contas que eram de vidro e se partiram, novelos brancos agora maculados, sumiu-se um deles entre o cais e o costado do barco, é uma passageira da terceira classe.

Consoante vão pondo pé em terra, correm a abrigar-se, os estrangeiros murmuram contra o temporal, como se fôssemos nós os culpados deste mau tempo, parece terem-se esquecido de que nas franças e inglaterras deles costuma ser bem pior, enfim, a estes tudo lhes serve para desdenharem dos pobres países, até a chuva natural, mais fortes razões teríamos nós de nos queixarmos e aqui estamos calados, maldito inverno este, o que por aí vai de terra arrancada aos campos férteis, e a falta que ela nos faz, sendo tão pequena a nação. Já começou a descarga das bagagens, sob as capas rebrilhantes os marinheiros parecem manipanços de capuz, e em baixo os bagageiros portugueses mexem-se mais à ligeira, é o bonezinho de pala, a veste curta, de oleado, assamarrada, mas tão indiferentes à grande molha que o universo espantam, talvez este desdém de confortos leve a compadecerem-se as bolsas dos viajantes, porta-moedas como se diz agora, e suba com a compaixão a gorjeta, povo atrasado, de mão estendida, vende cada um o que tiver de sobejo, resignação, humildade, paciência, assim continuemos nós a encontrar quem de tais mercadorias faça no mundo comércio. Os viajantes passaram à alfândega, poucos como se calculava, mas vai levar seu tempo saírem dela, por serem tantos os papéis a escrever e tão escrupulosa a caligrafia dos aduaneiros de piquete, se calhar os mais rápidos descansam ao domingo. A tarde escurece e ainda agora são quatro horas, com um pouco mais de sombra se faria a noite, porém aqui dentro é como se sempre o fosse, acesas durante todo o dia as fracas lâmpadas, algumas queimadas, aquela está há uma semana assim e ainda não a substituíram. As janelas, sujas, deixam transluzir uma claridade aquática. O ar carregado cheira a roupas molhadas, a bagagens azedas, à serapilheira dos fardos, e a melancolia alastra, faz emudecer os viajantes, não há sombra de alegria neste regresso. A alfândega é uma antecâmara, um limbo de passagem, que será lá fora.

Um homem grisalho, seco de carnes, assina os últimos papéis, recebe as cópias deles, pode-se ir embora, sair, continuar em terra firme a vida. Acompanha-o um bagageiro cujo aspeto físico não deve ser explicado em pormenor, ou teríamos de prosseguir infinitamente o exame, para que não se instalasse a confusão na cabeça de quem viesse a precisar de distinguir um do outro, se tal se requer, porque deste teríamos de dizer que é seco de carnes, grisalho, e moreno, e de cara rapada, como daquele foi dito já, contudo tão diferentes, passageiro um, bagageiro outro. Carrega este a mala grande num carrinho metálico, as duas outras, pequenas em comparação, suspendeu-as do pescoço com uma correia que passa pela nuca, como um jugo ou colar de ordem. Cá fora, sob a proteção do beiral largo, pousa a carga no chão e vai procurar um táxi, não costuma ser necessário, habitualmente há-os por ali, à chegada dos vapores. O viajante olha as nuvens baixas, depois os charcos no terreno irregular, as águas da doca, sujas de óleos, cascas, detritos vários, e é então que repara em uns barcos de guerra, discretos, não contava que os houvesse aqui, pois o lugar próprio desses navegantes é o mar largo, ou, não sendo o tempo de guerra ou de exercícios dela, no estuário, largo de sobra para dar fundeadouro a todas as esquadras do mundo, como antigamente se dizia e talvez ainda hoje se repita, sem cuidar de ver que esquadras são. Outros passageiros saíam da alfândega, acolitados pelos seus descarregadores, e então surgiu o táxi espadanando águas debaixo das rodas. Bracearam os pretendentes alvoroçados, mas o bagageiro saltou do estribo, fez um gesto largo, É para aquele senhor, assim se mostrando como até a um humilde serventuário do porto de Lisboa, quando a chuva e as circunstâncias ajudem, é dado ter nas mãos sóbrias a felicidade, em um momento dá-la ou retirá-la, como se acredita que Deus a vida. Enquanto o motorista baixava o porta-bagagens fixado na traseira do automóvel, o viajante perguntou, pela primeira vez se lhe notando um leve sotaque brasileiro, Por que estão na doca aqueles barcos, e o bagageiro respondeu, ofegando, ajudava o motorista a içar a mala grande, pesada, Ahn, é a doca da marinha, foi por causa do mau tempo, rebocaram-nos para aqui anteontem, senão eram bem capazes de garrar e ir encalhar a Algés. Chegavam outros táxis, tinham-se atrasado, ou o vapor atracara antes da hora esperada, agora havia no terreiro feira franca, tornara-se banal a satisfação da necessidade, Quanto lhe devo, perguntou o viajante, Por cima da tabela é o que quiser dar, respondeu o bagageiro, mas não disse que tabela fosse a tal nem o preço real do serviço, fiava-se na fortuna que protege os audaciosos, ainda que descarregadores, Só trago dinheiro inglês comigo, Ah, isso tanto faz, e na mão direita estendida viu pousar dez xelins, moeda que mais do que o sol brilhava, enfim logrou o astro-rei vencer as nuvens que sobre Lisboa pesavam. Por causa dos grandes carregos e das comoções profundas, a primeira condição para uma longa e próspera vida de bagageiro é ter um coração robusto, de bronze, ou redondo teria caído o dono deste, fulminado. Quer retribuir a excessiva generosidade, ao menos não ficar em dívida de palavras, por isso acrescenta informações que lhe não pediram, junta-as aos agradecimentos que não lhe ouvem, São contratorpedeiros, senhor, nossos, portugueses, é o Tejo, o Dão, o Lima, o Vouga, o Tâmega, o Dão é aquele mais perto. Não fazem diferença, podiam mesmo trocar-lhes os nomes, todos iguais, gémeos, pintados de cinzento-morte, alagados de chuva, sem sombra viva nos conveses, as bandeiras molhadas como trapos, salvo seja e sem ao respeito querer faltar, mas enfim, ficámos a saber que o Dão é este, acaso tornaremos a ter notícias dele.

O bagageiro levanta o boné e agradece, o táxi arranca, o motorista quer que lhe digam, Para onde, e esta pergunta, tão simples, tão natural, tão adequada à circunstância e ao lugar, apanha desprevenido o viajante, como se ter comprado a passagem no Rio de Janeiro tivesse sido e pudesse continuar a ser resposta para todas as questões, mesmo aquelas, passadas, que em seu tempo não encontraram mais que o silêncio, agora mal desembarcou e logo vê que não, talvez porque lhe fizeram uma das duas perguntas fatais, Para onde, a outra, e pior, seria, Para quê. O motorista olhou pelo retrovisor, julgou que o passageiro não ouvira, já abria a boca para repetir, Para onde, mas a resposta chegou primeiro, ainda irresoluta, suspensiva, Para um hotel, Qual, Não sei, e tendo dito, Não sei, soube o viajante o que queria, com tão firme convicção como se tivesse levado toda a viagem a ponderar a escolha, Um que fique perto do rio, cá para baixo, Perto do rio só se for o Bragança, ao princípio da Rua do Alecrim, não sei se conhece, Do hotel não me lembro, mas a rua sei onde é, vivi em Lisboa, sou português, Ah, é português, pelo sotaque pensei que fosse brasileiro, Percebe-se assim tanto, Bom, percebe-se alguma coisa, Há dezasseis anos que não vinha a Portugal, Dezasseis anos são muitos, vai encontrar grandes mudanças por cá, e com estas palavras calou-se bruscamente o motorista.

Ao viajante não parecia que as mudanças fossem tantas. A avenida por onde seguiam coincidia, no geral, com a memória dela, só as árvores estavam mais altas, nem admira, sempre tinham sido dezasseis anos a crescer, e mesmo assim, se na opaca lembrança guardava frondes verdes, agora a nudez invernal dos ramos apoucava a dimensão dos renques, uma coisa dava para a outra. A chuva rareara, só algumas gotas dispersas caíam, mas no espaço não se abrira nem uma frincha de azul, as nuvens não se soltaram umas das outras, fazem um extensíssimo e único teto cor de chumbo. Tem chovido muito, perguntou o passageiro, É um dilúvio, há dois meses que o céu anda a desfazer-se em água, respondeu o motorista, e desligou o limpa-vidros. Poucos automóveis passavam, raros carros elétricos, um ou outro pedestre que desconfiadamente fechava o guarda-chuva, ao longo dos passeios grandes charcos formados pelo entupimento das sarjetas, porta com porta algumas tabernas abertas, lôbregas, as luzes viscosas cercadas de sombra, a imagem taciturna de um copo sujo de vinho sobre um balcão de zinco. Estas frontarias são a muralha que oculta a cidade, e o táxi segue ao longo delas, sem pressa, como se andasse à procura duma brecha, dum postigo, duma porta da traição, a entrada para o labirinto. Passa devagar o comboio de Cascais, travando preguiçoso, ainda vinha com velocidade bastante para ultrapassar o táxi, mas fica para trás, entra na estação quando o automóvel já está a dar a volta ao largo, e o motorista avisa, O hotel é aquele, à entrada da rua. Parou em frente de um café, acrescentou, O melhor será ir ver primeiro se há quartos, não posso esperar mesmo à porta por causa dos elétricos. O passageiro saiu, olhou o café de relance, Royal de seu nome, exemplo comercial de saudades monárquicas em tempo de república, ou remanescência do último reinado, aqui disfarçado de inglês ou francês, curioso caso este, olha-se e não se sabe como dizer a palavra, se rôial ou ruaiale, teve tempo de debater a questão porque já não chovia e a rua é a subir, depois imaginou-se regressando do hotel, com quarto ou ainda sem ele, e do táxi nem sombra, desaparecido com as bagagens, as roupas, os objetos de uso, os seus papéis, e a si mesmo perguntou como viveria se o privassem desses e todos os outros bens. Já ia vencendo os degraus exteriores do hotel quando compreendeu, por estes pensamentos, que estava muito cansado, era o que sentia, uma fadiga muito grande, um sono da alma, um desespero, se sabemos com bastante suficiência o que isso seja para pronunciar a palavra e entendê-la.

A porta do hotel, ao ser empurrada, fez ressoar um besouro elétrico, em tempos teria havido uma sineta, derlim derlim, mas há sempre que contar com o progresso e as suas melhorias. Havia um lanço de escada empinado, e sobre o arranque do corrimão, em baixo, uma figura de ferro fundido levantava no braço direito um globo de vidro, representando, a figura, um pajem em trajo de corte, se a expressão ganha com a repetição alguma coisa, se não é pleonástica, pois ninguém se lembra de ter visto pajem que não estivesse em trajo de corte, para isso é que são pajens, mais explicativo seria ter dito, Um pajem trajado de pajem, pelo talhe das roupas, modelo italiano, renascença. O viajante trepou os intérminos degraus, parecia incrível ter de subir tanto para alcançar um primeiro andar, é a ascensão do Everest, proeza ainda sonho e utopia de montanheiros, o que lhe valeu foi ter aparecido no alto um homem de bigodes com uma palavra animadora, upa, não a diz, mas assim pode ser traduzido o seu modo de olhar e debruçar-se do alcandorado patamar, a indagar que bons ventos e maus tempos trouxeram este hóspede, Boas tardes, senhor, Boas tardes, não chega o fôlego para mais, o homem de bigodes sorri compreensivamente, Um quarto, e o sorriso agora é de quem pede desculpa, não há quartos neste andar, aqui é a receção, a sala de jantar, a sala de estar, lá para dentro cozinha e copa, os quartos ficam em cima, por isso vamos ter de subir ao segundo andar, este aqui não serve porque é pequeno e sombrio, este também não porque a janela dá para as traseiras, estes estão ocupados, Gostava era de um quarto de onde pudesse ver o rio, Ah, muito bem, então vai gostar do duzentos e um, ficou livre esta manhã, mostro-lho já. A porta ficava ao fim do corredor, tinha uma chapazinha esmaltada, números pretos sobre fundo branco, não fosse isto um recatado quarto de hotel, sem luxos, fosse duzentos e dois o número da porta, e já o hóspede poderia chamar-se

Jacinto e ser dono duma quinta em Tormes, não seriam estes episódios de Rua do Alecrim mas de Campos Elísios, à direita de quem sobe, como o Hotel Bragança, e só nisso é que se parecem. O viajante gostou do quarto, ou quartos, para sermos mais rigorosos, porque eram dois, ligados por um amplo vão, em arco, ali o lugar de dormir, alcova se lhe chamaria noutros tempos, deste lado o lugar de estar, no conjunto um aposento como uma casa de habitação, com a sua escura mobília de mogno polido, os reposteiros nas janelas, a luz velada. O viajante ouviu o rangido áspero de um elétrico que subia a rua, tinha razão o motorista. Então pareceu-lhe que passara muito tempo desde que deixara o táxi, se ainda lá estaria, e interiormente sorriu do seu medo de ser roubado, Gosta do quarto, perguntou o gerente, com voz e autoridade de quem o é, mas blandicioso como compete ao negócio de alugador, Gosto, fico com ele, E vai ser por quantos dias, Ainda não sei, depende de alguns assuntos que tenho de resolver, do tempo que demorem. É o diálogo corrente, conversa sempre igual em casos assim, mas neste de agora há um elemento de falsidade, porquanto o viajante não tem assuntos a tratar em Lisboa, nenhum assunto que tal nome mereça, disse uma mentira, ele que um dia afirmou detestar a inexatidão.

Desceram ao primeiro andar, e o gerente chamou um empregado, moço dos recados e homem dos carregos, que fosse buscar a bagagem deste senhor, O táxi está à espera defronte do café, e o viajante desceu com ele, para pagar a corrida, ainda se usa hoje esta linguagem de cocheiro e sota, e verificar que nada lhe faltava, desconfiança mal encaminhada, juízo imerecido, que o motorista é pessoa honesta e só quer que lhe paguem o que o contador marca, mais a gorjeta do costume. Não vai ter a sorte do bagageiro, não haverá outras distribuições de pepitas, porque entretanto trocou o viajante na receção algum do seu dinheiro inglês, não que a generosidade nos canse, mas uma vez não são vezes, e ostentação é insulto aos pobres. A mala pesa muito mais do que o meu dinheiro, e quando ela alcança o patamar, o gerente, que ali estava esperando e vigilando o transporte, fez um movimento de ajuda, a mão por baixo, gesto simbólico como o lançamento duma primeira pedra, que a carga vinha subindo toda às costas do moço, só moço de profissão, não de idade, que essa já carrega, carregando ele a mala e pensando dela aquelas primeiras palavras, de um lado e do outro amparado pelos escusados auxílios, o segundo, igualzinho, dava-lho o hóspede, dorido da força que via fazer. Já lá vai a caminho do segundo andar, É o duzentos e um, ó Pimenta, desta vez o Pimenta está com sorte, não tem de ir aos andares altos, e enquanto ele sobe tornou o hóspede a entrar na receção, um pouco ofegante do esforço, pega na caneta, e escreve no livro das entradas, a respeito de si mesmo, o que é necessário para que fique a saber-se quem diz ser, na quadrícula do riscado e pautado da página, nome Ricardo Reis, idade quarenta e oito anos, natural do Porto, estado civil solteiro, profissão médico, última residência Rio de Janeiro, Brasil, donde procede, viajou pelo Highland Brigade, parece o princípio duma confissão, duma autobiografia íntima, tudo o que é oculto se contém nesta linha manuscrita, agora o problema é descobrir o resto, apenas. E o gerente, que estivera de pescoço torcido para seguir o encadeamento das letras e decifrar-lhes, ato contínuo, o sentido, pensa que ficou a saber isto e aquilo, e diz, Senhor doutor, não chega a ser vénia, é um selo, o reconhecimento de um direito, de um mérito, de uma qualidade, o que requer uma imediata retribuição, mesmo não escrita, O meu nome é Salvador, sou o responsável do hotel, o gerente, precisando o senhor doutor de qualquer coisa, só tem que me dizer, A que horas se serve o jantar, O jantar é às oito, senhor doutor, espero que a nossa cozinha lhe dê satisfação, temos também pratos franceses. O doutor Ricardo Reis admitiu com um aceno de cabeça a sua própria esperança, pegou na gabardina e no chapéu, que pousara numa cadeira, e retirou-se.

O moço estava à espera, do lado de dentro do quarto, com a porta aberta. Ricardo Reis viu-o da entrada do corredor, sabia que, em lá chegando, o homem iria avançar a mão serviçal, mas também imperativa, na proporção do peso da carga, e enquanto caminhava notou, não se apercebera antes, que só havia portas de um lado, o outro era a parede que formava a caixa da escada, pensava nisto como se tratasse de uma importante questão que não deveria esquecer, realmente estava muito cansado. O homem recebeu a gorjeta, sentiu-a, mais do que a olhou, é o que faz o hábito, e ficou satisfeito, tanto assim que disse, Senhor doutor, muito obrigado, não poderemos explicar como o sabia ele, se não vira o livro dos hóspedes, é o caso que as classes subalternas não ficam a dever nada em agudeza e perspicácia às pessoas que fizeram estudos e ficaram cultas. A Pimenta só lhe doía a asa duma omoplata por mau assentamento, nela, duma das travessas de reforço da mala, nem parece homem com tanta experiência de carregar.

Ricardo Reis senta-se numa cadeira, passa os olhos em redor, é aqui que irá viver não sabe por quantos dias, talvez venha a alugar casa e instalar consultório, talvez regresse ao

Brasil, por agora o hotel bastará, lugar neutro, sem compromisso, de trânsito e vida suspensa. Para além das cortinas lisas, as janelas tornaram-se de repente luminosas, são os candeeiros da rua. Tão tarde já. Este dia acabou, o que dele resta paira longe sobre o mar e vai fugindo, ainda há tão poucas horas navegava Ricardo Reis por aquelas águas, agora o horizonte está aonde o seu braço alcança, paredes, móveis que refletem a luz como um espelho negro, e em vez do pulsar profundo das máquinas do vapor, ouve o sussurro, o murmúrio da cidade, seiscentas mil pessoas suspirando, gritando longe, agora uns passos cautelosos no corredor, uma voz de mulher que diz, Já lá vou, deve ser criada, estas palavras, esta voz. Abriu uma das janelas, olhou para fora. A chuva parara. O ar fresco, húmido do vento que passou sobre o rio, entra pelo quarto dentro, corrige-lhe a atmosfera fechada, como de roupa por lavar em gaveta esquecida, um hotel não é uma casa, convém lembrar outra vez, vão-lhe ficando cheiros deste e daquela, uma suada insónia, uma noite de amor, um sobretudo molhado, o pó dos sapatos escovados na hora da partida, e depois vêm as criadas fazer as camas de lavado, varrer, fica também o seu próprio halo de mulheres, nada disto se pode evitar, são os sinais da nossa humanidade.

Deixou a janela aberta, foi abrir a outra, e, em mangas de camisa, refrescado, com um vigor súbito, começou a abrir as malas, em menos de meia hora as despejou, passou o conteúdo delas para os móveis, para os gavetões da cómoda, os sapatos na gaveta-sapateira, os fatos nos cabides do guarda-roupa, a mala preta de médico num fundo escuro de armário, e os livros numa prateleira, estes poucos que trouxera consigo, alguma latinação clássica de que já não fazia leitura regular, uns manuseados poetas ingleses, três ou quatro autores brasileiros, de portugueses não chegava a uma dezena, e no meio deles encontrava agora um que pertencia à biblioteca do Highland Brigade, esquecera-se de o entregar antes do desembarque. A estas horas, se o bibliotecário irlandês deu pela falta, grossas e gravosas acusações hão de ter sido feitas à lusitana pátria, terra de escravos e ladrões, como disse Byron e dirá O'Brien, destas mínimas causas, locais, é que costumam gerar-se grandes e mundiais efeitos, mas eu estou inocente, juro-o, foi deslembrança, só, e nada mais. Pôs o livro na mesa de cabeceira para um destes dias o acabar de ler, apetecendo, é seu título The god of the labyrinth, seu autor Herbert Quain, irlandês também, por não singular coincidência, mas o nome, esse sim, é singularíssimo, pois sem máximo erro de pronúncia se poderia ler, Quem, repare-se, Quain, Quem, escritor que só não é desconhecido porque alguém o achou no Highland Brigade, agora, se lá estava em único exemplar, nem isso, razão maior para perguntarmos nós, Quem. O tédio da viagem e a sugestão do título o tinham atraído, um labirinto com um deus, que deus seria, que labirinto era, que deus labiríntico, e afinal saíra-lhe um simples romance policial, uma vulgar história de assassínio e investigação, o criminoso, a vítima, se pelo contrário não preexiste a vítima ao criminoso, e finalmente o detetive, todos três cúmplices da morte, em verdade vos direi que o leitor de romances policiais é o único e real sobrevivente da história que estiver lendo, se não é como sobrevivente único e real que todo o leitor lê toda a história.

E há papéis para guardar, estas folhas escritas com versos, datada a mais antiga de doze de Junho de mil novecentos e catorze, vinha aí a guerra, a Grande, como depois passaram a chamar-lhe enquanto não faziam outra maior, Mestre, são plácidas todas as horas que nós perdemos, se no perdê-las, qual numa jarra, nós pomos flores, e seguindo concluía, Da vida iremos tranquilos, tendo nem o remorso de ter vivido. Não é assim, de enfiada, que estão escritos, cada linha leva seu verso obediente, mas desta maneira, contínuos, eles e nós, sem outra pausa que a da respiração e do canto, é que os lemos, e a folha mais recente de todas tem a data de treze de Novembro de mil novecentos e trinta e cinco, passou mês e meio sobre tê-la escrito, ainda folha de pouco tempo, e diz, Vivem em nós inúmeros, se penso ou sinto, ignoro quem é que pensa ou sente, sou somente o lugar onde se pensa e sente, e, não acabando aqui, é como se acabasse, uma vez que para além de pensar e sentir não há mais nada. Se somente isto sou, pensa Ricardo Reis depois de ler, quem estará pensando agora o que eu penso, ou penso que estou pensando no lugar que sou de pensar, quem estará sentindo o que sinto, ou sinto que estou sentindo no lugar que sou de sentir, quem se serve de mim para sentir e pensar, e, de quantos inúmeros que em mim vivem, eu sou qual, quem, Quain, que pensamentos e sensações serão os que não partilho por só me pertencerem, quem sou eu que outros não sejam ou tenham sido ou venham a ser. Juntou os papéis, vinte anos dia sobre dia, folha após folha, guardou-os numa gaveta da pequena secretária, fechou as janelas, e pôs a correr a água quente para se lavar. Passava um pouco das sete horas.

Pontual, quando ainda ecoava a última pancada das oito no relógio de caixa alta que ornamentava o patamar da receção, Ricardo Reis desceu à sala de jantar. O gerente Salvador sorriu, levantando o bigode sobre os dentes pouco limpos, e correu a abrir-lhe a porta dupla de painéis de vidro, monogramados com um H e um B entrelaçados de curvas e contracurvas, de apêndices e alongamentos vegetalistas, de reminiscências de acantos, palmetas, folhagens enroladas, assim dignificando as artes aplicadas o trivial ofício hoteleiro. O maître saiu-lhe ao caminho, não estavam outros hóspedes na sala, só dois criados que acabavam de pôr as mesas, ouviam-se rumores de copa atrás doutra porta monogramada, por ali entrariam daí a pouco as terrinas, os pratos cobertos, as travessas. O mobiliário é o que costuma ser, quem viu uma destas salas de jantar viu todas, exceto quando o hotel for de luxo, e não é este o caso, umas frouxas luzes no teto e nas paredes, uns cabides, toalhas brancas nas mesas, alvíssimas, é o brio da gerência, curadas de lixívia na lavandaria, senão na lavadeira de Caneças, que não usa mais que sabão e sol, com tanta chuva, há tantos dias, há de ter o rol atrasado. Sentou-se Ricardo Reis, o maître diz-lhe o que há para comer, a sopa, o peixe, a carne, salvo se o senhor doutor preferir a dieta, isto é, outra carne, outro peixe, outra sopa, eu aconselharia, para começar a habituar-se a esta nova alimentação, recém-chegado do trópico depois duma ausência de dezasseis anos, até isto já se sabe na sala de jantar e na cozinha. A porta que dá para a receção foi entretanto empurrada, entrou um casal com dois filhos crianças, menino, menina, cor de cera eles, sanguíneos os pais, mas todos legítimos pelas parecenças, o chefe da família à frente, guia da tribo, a mãe tocando as crias que vão no meio. Depois apareceu um homem gordo, pesado, com uma corrente de ouro atravessada sobre o estômago, de bolsinho a bolsinho do colete, e logo a seguir outro homem, magríssimo, de gravata preta e fumo no braço, ninguém mais entrou durante este quarto de hora, ouvem-se os talheres tocando os pratos, o pai dos meninos, imperioso, bate com a faca no copo para chamar o criado, o homem magro, ofendido no luto e na educação, fita-o severamente, o gordo mastiga, plácido. Ricardo Reis contempla as olhas da canja de galinha, acabou por escolher a dieta, obedeceu à sugestão, por indiferença, não por lhe ter encontrado particular vantagem. Um rufar nas vidraças advertiu-o de que recomeçara a chover. Estas janelas não dão para a Rua do Alecrim, que rua será, não se recorda, se alguma vez o soube, mas o criado que vem mudar o prato explica, Aqui é a Rua Nova do Carvalho, senhor doutor, e perguntou, Então, gostou da canja, pela pronúncia se vê que o criado é galego, Gostei, pela pronúncia já se tinha visto que o hóspede viveu no Brasil, boa gorjeta apanhou-a o Pimenta.

A porta abriu-se outra vez, agora entrou um homem de meia-idade, alto, formal, de rosto comprido e vincado, e uma rapariga de uns vinte anos, se os tem, magra, ainda que mais exato seria dizer delgada, dirigem-se para a mesa fronteira à de Ricardo Reis, de súbito tornara-se evidente que a mesa estava à espera deles, como um objeto espera a mão que frequentemente o procura e serve, serão hóspedes habituais, talvez os donos do hotel, é interessante como nos esquecemos de que os hotéis têm dono, estes, sejam-no ou não, atravessaram a sala num passo tranquilo como se estivessem em sua própria casa, são coisas que se notam quando se olha com atenção. A rapariga fica de perfil, o homem está de costas, conversam em voz baixa, mas o tom dela subiu quando disse, Não, meu pai, sinto-me bem, são portanto pai e filha, conjunção pouco costumada em hotéis, nestas idades. O criado veio servi-los, sóbrio mas familiar de modos, depois afastou-se, agora a sala está silenciosa, nem as crianças levantam as vozes, estranho caso, Ricardo Reis não se lembra de as ter ouvido falar, ou são mudas, ou têm os beiços colados, presos por agrafes invisíveis, absurda lembrança, se estão comendo. A rapariga magra acabou a sopa, pousa a colher, a sua mão direita vai afagar, como um animalzinho doméstico, a mão esquerda que descansa no colo. Então Ricardo Reis, surpreendido pela sua própria descoberta, repara que desde o princípio aquela mão estivera imóvel, recorda-se de que só a mão direita desdobrara o guardanapo, e agora agarra a esquerda e vai pousá-la sobre a mesa, com muito cuidado, cristal fragilíssimo, e ali a deixa ficar, ao lado do prato, assistindo à refeição, os longos dedos estendidos, pálidos, ausentes. Ricardo Reis sente um arrepio, é ele quem o sente, ninguém por si o está sentindo, por fora e por dentro da pele se arrepia, e olha fascinado a mão paralisada e cega que não sabe aonde há de ir se a não levarem, aqui a apanhar sol, aqui a ouvir a conversa, aqui para que te veja aquele senhor doutor que veio do Brasil, mãozinha duas vezes esquerda, por estar desse lado e ser canhota, inábil, inerte, mão morta mão morta que não irás bater àquela porta. Ricardo Reis observa que os pratos da rapariga vêm já arranjados da copa, limpo de espinhas o peixe, cortada a carne, descascada e aberta a fruta, é patente que filha e pai são hóspedes conhecidos, costumados na casa, talvez vivam mesmo no hotel. Chegou ao fim da refeição, ainda se demora um pouco, a dar tempo, que tempo e para quê, enfim levantou-se, afasta a cadeira, e o rumor do arrastamento, acaso excessivo, fez voltar-se o rosto da rapariga, de frente tem mais que os vinte anos que antes parecera, mas logo o perfil a restitui à adolescência, o pescoço alto e frágil, o queixo fino, toda a linha instável do corpo, insegura, inacabada. Ricardo Reis sai da sala de jantar, aproxima-se da porta dos monogramas, aí tem de trocar vénias com o homem gordo que também ia saindo, Vossa excelência primeiro, Ora essa, por quem é, saiu o gordo, Muito obrigado a vossa excelência, notável maneira esta de dizer, Por quem é, se tomássemos todas as palavras à letra, passaria primeiro Ricardo Reis, porque é inúmeros, segundo o seu próprio modo de entender-se.

O gerente Salvador estende já a chave do duzentos e um, faz menção de a entregar solícito, porém retrai subtilmente o gesto, talvez o hóspede queira partir à descoberta da Lisboa noturna e dos seus prazeres secretos, depois de tantos anos no Brasil e tantos dias de travessia oceânica, ainda que a noite invernosa mais faça apetecer o sossego da sala de estar, aqui ao lado, com as suas profundas e altas poltronas de couro, o seu lustre central, precioso de pingentes, o grande espelho em que cabe toda a sala, que nele se duplica, em uma outra dimensão que não é o simples reflexo das comuns e sabidas dimensões que com ele se confrontam, largura, comprimento, altura, porque não estão lá uma por uma, identificáveis, mas sim fundidas numa dimensão única, como fantasma inapreensível de um plano simultaneamente remoto e próximo, se em tal explicação não há uma contradição que a consciência só por preguiça desdenha, aqui se está contemplando Ricardo Reis, no fundo do espelho, um dos inúmeros que é, mas todos fatigados, Vou para cima, estou cansado da viagem, foram duas semanas de mau tempo, se houvesse por aí uns jornais de hoje, questão de me pôr em dia com a pátria enquanto não adormeço, Aqui os tem, senhor doutor, e neste momento apareceram a rapariga da mão paralisada e o pai, passaram para a sala de estar, ele à frente, ela atrás, distantes um passo, a chave já estava na mão de Ricardo Reis, e os jornais cor de cinza, baços, uma rajada fez bater a porta que dá para a rua, lá no fundo da escada, o besouro zumbiu, não é ninguém, apenas o temporal que recrudesce, desta noite não virá mais nada que se aproveite, chuva, vendaval em terra e no mar, solidão.

O sofá do quarto é confortável, as molas, de tantos corpos que nelas se sentaram, humanizaram-se, fazem um recôncavo suave, e a luz do candeeiro que está sobre a secretária ilumina de bom ângulo o jornal, nem parece isto um hotel, é como estar em casa, no seio da família, do lar que não tenho, se o terei, são estas as notícias da minha terra natal, e dizem, O chefe do Estado inaugurou a exposição de homenagem a Mousinho de Albuquerque na Agência Geral das Colónias, não se podem dispensar as imperiais comemorações nem esquecer as figuras imperiais, Há grandes receios na Golegã, não me lembro onde fica, ah Ribatejo, se as cheias destruírem o dique dos Vinte, nome muito curioso, donde lhe virá, veremos repetida a catástrofe de mil oitocentos e noventa e cinco, noventa e cinco, tinha eu oito anos, é natural não me lembrar, A mais alta mulher do mundo chama-se Elsa Droyon e tem dois metros e cinquenta centímetros de altura, a esta não a cobriria a cheia, e a rapariga, como se chamará, aquela mão paralisada, mole, foi doença, foi acidente, Quinto concurso de beleza infantil, meia página de retratos de criancinhas, nuazinhas de todo, ao léu os refegos, alimentadas a farinha lacto-búlgara, alguns destes bebés se tornarão criminosos, vadios e prostitutas por assim terem sido expostos, na tenra idade, ao olhar grosseiro do vulgo, que não respeita inocências, Prosseguem as operações na Etiópia, e do Brasil que notícias temos, sem novidade, tudo acabado, Avanço geral das tropas italianas, não há força humana capaz de travar o soldado italiano na sua heroica arrancada, que faria, que fará contra ele a lazarina abexim, a pobre lança, a mísera catana, O advogado da famosa atleta anunciou que a sua constituinte se submeteu a uma importante operação para mudar de sexo, dentro de poucos dias será um homem autêntico, como de nascimento, já agora não se esqueçam de mudar-lhe também o nome, que nome, Bocage perante o Tribunal do Santo Ofício, quadro do pintor Fernando Santos, belas artes por cá se fazem, No Coliseu está A Última Maravilha com a azougada e escultural Vanise Meireles, estrela brasileira, tem graça, no Brasil nunca dei por ela, culpa minha, aqui a três escudos a geral, fauteuil a partir de cinco, em duas sessões, matinée aos domingos, O Politeama leva As Cruzadas, assombroso filme histórico, Em Port-Said desembarcaram numerosos contingentes ingleses, tem cada tempo as suas cruzadas, estas são as de hoje, constando que seguiram para a fronteira da Líbia italiana, Lista de portugueses falecidos no Brasil na primeira quinzena de Dezembro, pelos nomes não conheço ninguém, não tenho que sentir desgosto, não preciso pôr luto, mas realmente morrem muitos portugueses por lá, Bodos aos pobres por todo o país de cá, ceia melhorada nos asilos, que bem tratados são em Portugal os macróbios, bem tratada a infância desvalida, florinhas da rua, e esta notícia, O presidente da câmara do Porto telegrafou ao ministro do Interior, em sessão de hoje a câmara municipal da minha presidência apreciando o decreto de auxílio aos pobres no inverno resolveu saudar vossa excelência por esta iniciativa de tão singular beleza, e outras, Fontes de chafurdo cheias de dejetos de gado, lavra a varíola em Lebução e Fatela, há gripe em Portalegre e febre tifoide em Valbom, morreu de bexigas uma rapariga de dezasseis anos, pastoril florinha, campestre, lírio tão cedo cortado cruelmente, Tenho uma cadela fox, não pura, que já teve duas criações, e em qualquer delas foi sempre apanhada a comer os filhos, não escapou nenhum, diga-me senhor redator o que devo fazer, O canibalismo das cadelas, prezado leitor e consulente, é no geral devido ao mau arraçoamento durante a gestação, com insuficiência de carne, deve-se-lhe dar comida em abundância, em que a carne entre como base, mas a que não faltem o leite, o pão e os legumes, enfim, uma alimentação completa, se mesmo assim não lhe passar a balda, não tem cura, mate-a ou não a deixe cobrir, que se avenha com o cio, ou mande capá-la. Agora imaginemos nós que as mulheres mal arraçoadas durante a gravidez, e é o mais do comum, sem carne, sem leite, algum pão e couves, se punham também a comer os filhos, e, tendo imaginado e verificado que tal não acontece, torna-se afinal fácil distinguir as pessoas dos animais, este comentário não o acrescentou o redator, nem Ricardo Reis, que está a pensar noutra coisa, que nome adequado se deveria dar a esta cadela, não lhe chamará Diana ou Lembrada, e que adiantará um nome ao crime ou aos motivos dele, se vai o nefando bicho morrer de bolo envenenado ou tiro de caçadeira por mão do seu dono, teima Ricardo Reis e enfim encontra o certo apelativo, um que vem de Ugolino della Gherardesca, canibalíssimo conde macho que manjou filhos e netos, e tem atestados disso, e abonações, na História dos Guelfos e Gibelinos, capítulo respetivo, e também na Divina Comédia, canto trigésimo terceiro do Inferno, chame-se pois Ugolina à mãe que come os seus próprios filhos, tão desnaturada que não se lhe movem as entranhas à piedade quando com as suas mesmas queixadas rasga a morna e macia pele dos indefesos, os trucida, fazendo-lhes estalar os ossos tenros, e os pobres cãezinhos, gementes, estão morrendo sem verem quem os devora, a mãe que os pariu, Ugolina não me mates que sou teu filho.

A folha que tais horrores explica tranquilamente cai sobre os joelhos de Ricardo Reis, adormecido. Uma rajada súbita fez estremecer as vidraças, a chuva desaba como um dilúvio. Pelas ruas ermas de Lisboa anda a cadela Ugolina a babar-se de sangue, rosnando às portas, uivando em praças e jardins, mordendo furiosa o próprio ventre onde já está a gerar-se a próxima ninhada.

Depois duma noite de arrebatada invernia, de temporal desfeito, palavras estas que já nasceram emparelhadas, as primeiras não tanto, e umas e outras tão pertinentes à circunstância que forram o trabalho de pensar em novas criações, bem poderia a manhã ter despontado resplandecente de sol, com muito azul no céu e joviais revoadas de pombos. Não estiveram para aí virados os meteoros, as gaivotas continuam a sobrevoar a cidade, o rio não é de fiar, os pombos mal se atrevem. Chove, suportavelmente para quem desceu à rua de gabardina e guarda-chuva, e o vento, em comparação com os excessos da madrugada, é uma carícia na face. Ricardo Reis saiu cedo do hotel, foi ao Banco Comercial cambiar algum do seu dinheiro inglês pelos escudos da pátria, pagaram-lhe por cada libra cento e dez mil réis, pena não serem elas de ouro que se trocariam quase em dobro, ainda assim não tem grandes razões de queixa este torna-viagem que sai do banco com cinco contos no bolso, é uma fortuna em Portugal. Da Rua do Comércio, onde está, ao Terreiro do Paço distam poucos metros, apeteceria escrever, É um passo, se não fosse a ambiguidade da homofonia, mas Ricardo Reis não se aventurará à travessia da praça, fica a olhar de longe, sob o resguardo das arcadas, o rio pardo e encrespado, a maré está cheia, quando as ondas se levantam ao largo parece que vêm alagar o terreiro, submergi-lo, mas é ilusão de ótica, desfazem-se contra a muralha, quebra-se-lhes a força nos degraus inclinados do cais. Lembra-se de ali se ter sentado em outros tempos, tão distantes que pode duvidar se os viveu ele mesmo, Ou alguém por mim, talvez com igual rosto e nome, mas outro. Sente frios os pés, húmidos, sente também uma sombra de infelicidade passar-lhe sobre o corpo, não sobre a alma, repito, não sobre a alma, esta impressão é exterior, seria capaz de tocar-lhe com as mãos se não estivessem ambas agarrando o cabo do guarda--chuva, escusadamente aberto. Assim se alheia do mundo um homem, assim se oferece ao desfrute de quem passa e diz, Ó senhor, olhe que aí debaixo não lhe chove, mas este riso é franco, sem maldade, e Ricardo Reis sorri de se ter distraído, sem saber porquê murmura os dois versos de João de Deus, célebres na infância das escolas, Debaixo daquela arcada passava-se a noite bem.

Veio por estar tão perto e para verificar, de caminho, se a antiga memória da praça, nítida como uma gravura a buril, ou reconstruída pela imaginação para assim o parecer hoje, tinha correspondência próxima na realidade material de um quadrilátero rodeado de edifícios por três lados, com uma estátua equestre e real ao meio, o arco do triunfo, que donde está não alcança a ver, e afinal tudo é difuso, brumosa a arquitetura, as linhas apagadas, será do tempo que faz, será do tempo que é, será dos seus olhos já gastos, só os olhos da lembrança podem ser agudos como os do gavião. Aproximam-se as onze horas, há grande movimento sob as arcadas, mas dizer movimento não quer dizer rapidez, esta dignidade tem pouca pressa, os homens, todos de chapéu mole, pingando guarda-chuvas, raríssimas as mulheres, e vão entrando nas repartições, é a hora em que começam a trabalhar os funcionários públicos. Afasta-se Ricardo Reis em direção à Rua do Crucifixo, atura a insistência de um cauteleiro que lhe quer vender um décimo para a próxima extração da lotaria, É o mil trezentos e quarenta e nove, amanhã é que anda a roda, não foi este o número nem a roda anda amanhã, mas assim soa o canto do áugure, profeta matriculado com chapa no boné, Compre, senhor, olhe que se não compra pode-se arrepender, olhe que é palpite, e há uma fatal ameaça na imposição. Entra na Rua Garrett, sobe ao Chiado, estão quatro moços de fretes encostados ao plinto da estátua, nem ligam à pouca chuva, é a ilha dos galegos, e adiante deixou de chover mesmo, chovia, já não chove, há uma claridade branca por trás de Luís de Camões, um nimbo, e veja-se o que as palavras são, esta tanto quer dizer chuva, como nuvem, como círculo luminoso, e não sendo o vate Deus ou santo, tendo a chuva parado, foram só as nuvens que se adelgaçaram ao passar, não imaginemos milagres de Ourique ou de Fátima, nem sequer esse tão simples de mostrar-se azul o céu.

Ricardo Reis vai aos jornais, ontem tomou nota das direções, antes de se deitar, afinal não foi dito que dormiu mal, estranhou a cama ou estranhou a terra, quando se espera o sono no silêncio de um quarto ainda alheio, ouvindo chover na rua, tomam as coisas a sua verdadeira dimensão, são todas grandes, graves, pesadas, enganadora é sim a luz do dia, faz da vida uma sombra apenas recortada, só a noite é lúcida, porém o sono a vence, talvez para nosso sossego e descanso, paz à alma dos vivos. Vai Ricardo Reis aos jornais, vai aonde sempre terá de ir quem das coisas do mundo passado quiser saber, aqui no Bairro Alto onde o mundo passou, aqui onde deixou rasto do seu pé, pegadas, ramos partidos, folhas pisadas, letras, notícias, é o que do mundo resta, o outro resto é a parte de invenção necessária para que do dito mundo possa também ficar um rosto, um olhar, um sorriso, uma agonia, Causou dolorosa impressão nos círculos intelectuais a morte inesperada de Fernando Pessoa, o poeta do Orfeu, espírito admirável que cultivava não só a poesia em moldes originais mas também a crítica inteligente, morreu anteontem em silêncio, como sempre viveu, mas como as letras em Portugal não sustentam ninguém, Fernando Pessoa empregou-se num escritório comercial, e, linhas adiante, junto do jazigo deixaram os seus amigos flores de saudade. Não diz mais este jornal, outro diz doutra maneira o mesmo, Fernando Pessoa, o poeta extraordinário da Mensagem, poema de exaltação nacionalista, dos mais belos que se têm escrito, foi ontem a enterrar, surpreendeu-o a morte num leito cristão do Hospital de S. Luís, no sábado à noite, na poesia não era só ele, Fernando Pessoa, ele era também Álvaro de Campos, e Alberto Caeiro, e Ricardo Reis, pronto, já cá faltava o erro, a desatenção, o escrever por ouvir dizer, quando muito bem sabemos, nós, que Ricardo Reis é sim este homem que está lendo o jornal com os seus próprios olhos abertos e vivos, médico, de quarenta e oito anos de idade, mais um que a idade de Fernando Pessoa quando lhe fecharam os olhos, esses sim, mortos, não deviam ser necessárias outras provas ou certificados de que não se trata da mesma pessoa, e se ainda aí houver quem duvide, esse vá ao Hotel Bragança e fale com o senhor Salvador, que é o gerente, pergunte se não está lá hospedado um senhor chamado Ricardo Reis, médico, que veio do Brasil, e ele dirá que sim, O senhor doutor não vem almoçar, mas disse que jantaria, se quiser deixar algum recado, eu pessoalmente me encarregarei de lho transmitir, quem ousará duvidar agora da palavra de um gerente de hotel, excelente fisionomista e definidor de identidades. Mas, para que não fiquemos somente com a palavra de alguém que conhecemos tão pouco, aqui está estoutro jornal que pôs a notícia na página certa, a da necrologia, e extensamente identifica o falecido, Realizou-se ontem o funeral do senhor doutor Fernando António Nogueira Pessoa, solteiro, de quarenta e sete anos de idade, quarenta e sete, notem bem, natural de Lisboa, formado em Letras pela Universidade de Inglaterra, escritor e poeta muito conhecido no meio literário, sobre o ataúde foram depostos ramos de flores naturais, o pior é delas, coitadas, mais depressa murcham. Enquanto espera o elétrico que o há de levar aos Prazeres, o doutor Ricardo Reis lê a oração fúnebre proferida à beira da campa, lê-a perto do lugar onde foi enforcado, sabemo-lo nós, vai para duzentos e vinte e três anos, reinava ao tempo o senhor D. João V, que não teve lugar na Mensagem, estávamos dizendo, onde foi enforcado um genovês vendilhão que por causa duma peça de droguete matou um português dos nossos, dando-lhe com uma faca pela garganta, e depois fez o mesmo à ama do morto, que morta ali ficou do golpe, e a um criado deu duas facadas não fatais, e a outro vazou-lhe um olho como a coelho, e se mais não aviou foi porque enfim o prenderam, aqui vindo a ser sentenciado por ser perto a casa do assassinado, com grande concorrência de povo, não se lhe pode comparar esta manhã de mil novecentos e trinta e cinco, mês de Dezembro, dia trinta, estando carregado o céu, só quem o não pôde evitar anda na rua, embora não chova neste preciso instante em que Ricardo Reis, encostado a um candeeiro no alto da Calçada do Combro, lê a oração fúnebre, não do genovês, que a não teve, salvo se lhe fizeram as vezes os doestos da populaça, mas de Fernando Pessoa, poeta, de crimes de morte inocente, Duas palavras sobre o seu trânsito mortal, para ele chegam duas palavras, ou nenhuma, preferível fora o silêncio, o silêncio que já o envolve a ele e a nós, que é da estatura do seu espírito, com ele está bem o que está perto de Deus, mas também não deviam, nem podiam os que foram pares com ele no convívio da sua Beleza, vê-lo descer à terra, ou antes, subir as linhas definitivas da Eternidade, sem enunciar o protesto calmo, mas humano, da raiva que nos fica da sua partida, não podiam os seus companheiros de Orfeu, antes os seus irmãos, do mesmo sangue ideal da sua beleza, não podiam, repito, deixá-lo aqui, na terra extrema, sem ao menos terem desfolhado sobre a sua morte gentil o lírio branco do seu silêncio e da sua dor, lastimamos o homem, que a morte nos rouba, e com ele a perda do prodígio do seu convívio e da graça da sua presença humana, somente o homem, é duro dizê-lo, pois que ao seu espírito e seu poder criador, a esses deu-lhes o destino uma estranha formosura, que não morre, o resto é com o génio de Fernando Pessoa. Vá lá, vá lá, felizmente que ainda se encontram exceções nas regularidades da vida, desde o Hamlet que nós andávamos a dizer, O resto é silêncio, afinal, do resto quem se encarrega é o génio, e se este, também outro qualquer.

O elétrico já chegou e partiu, Ricardo Reis vai sentado nele, sozinho no banco, pagou o seu bilhete de setenta e cinco centavos, com o tempo aprenderá a dizer, Um de sete e meio, e volta a ler a funérea despedida, não pode convencer-se de que seja Fernando Pessoa o destinatário dela, em verdade morto, se considerarmos a unanimidade das notícias, mas por causa das anfibologias gramaticais e léxicas que ele abominaria, tão mal o conheciam para assim lhe falarem ou falarem dele, aproveitaram-se da morte, estava de pés e mãos atados, atentemos naquele lírio branco e desfolhado, como rapariga morta de febre tifoide, naquele adjetivo gentil, meu Deus, que lembrança tão bacoca, com perdão da vulgar palavra, quando tinha o orador ali mesmo a morte substantiva que todo o mais deveria dispensar, em especial o resto, tudo tão pouco, e como gentil significa nobre, cavalheiro, garboso, elegante, agradável, cortês, é o que diz o dicionário, lugar de dizer, então a morte será dita nobre, ou cavalheira, ou garbosa, ou elegante, ou agradável, ou cortês, qual destas terá sido a dele, se no leito cristão do Hospital de S. Luís lhe foi permitido escolher, praza aos deuses que tenha sido agradável, com uma morte que o fosse, só se perderia a vida.

Quando Ricardo Reis chegou ao cemitério, estava a sineta do portão tocando, badalava aos ares um som de bronze rachado, como de quinta rústica, na dormência da sesta. Já a esconder-se, uma carreta levada a braço bambeava lutuosas sanefas, um grupo de gente escura seguia a carroça mortuária, vultos tapados de xales pretos e fatos masculinos de casamento, alguns lívidos crisântemos nos braços, outros ramos deles enfeitando os varandins superiores do esquife, nem mesmo as flores têm um destino igual. Sumiu-se a carreta lá para as profundas, e Ricardo Reis foi à administração, ao registo dos defuntos, perguntar onde estava sepultado Fernando António Nogueira Pessoa, falecido no dia trinta do mês passado, enterrado no dia dois do que corre, recolhido neste cemitério até ao fim dos tempos, quando Deus mandar acordar os poetas da sua provisória morte. O funcionário compreende que está perante pessoa ilustrada e de distinção, explica solícito, dá a rua, o número, que isto é como uma cidade, caro senhor, e, porque se confunde nas demonstrações, sai para este lado do balcão, vem cá fora, e aponta, já definitivo, Segue pela alameda sem nunca se desviar, vira no cotovelo, para a direita, depois sempre em frente, mas atenção, fica-lhe do lado direito, aí a uns dois terços do comprimento da rua, o jazigo é pequeno, é fácil não dar por ele. Ricardo Reis agradeceu as explicações, tomou os ventos que do largo vinham sobre mar e rio, não ouviu que fossem eles gemebundos como a cemitério conviria, apenas estão os ares cinzentos, húmidos os mármores e liozes da recente chuva, e mais verde-negros os ciprestes, vai descendo por esta álea como lhe disseram, à procura do quatro mil trezentos e setenta e um, roda que amanhã não anda, andou já, e não andará mais, saiu-lhe o destino, não a sorte. A rua desce suavemente, como em passeio, ao menos não foram esforçados os últimos passos, a derradeira caminhada, o final acompanhamento, que a Fernando Pessoa ninguém tornará a acompanhar, se em vida lealmente o fizeram aqueles que em morto o seguiram. É este o cotovelo que devemos virar. Perguntamo-nos que viemos cá fazer, que lágrima foi que guardámos para verter aqui, e porquê, se as não chorámos em tempo próprio, talvez por ter sido então menor a dor que o espanto, só depois é que ela veio, surda, como se todo o corpo fosse um único músculo pisado por dentro, sem nódoa negra que de nós mostrasse o lugar do luto. De um lado e do outro os jazigos têm as portas fechadas, tapadas as vidraças por cortininhas de renda, alva bretanha como de lençóis, finíssimas flores bordadas entre dois prantos, ou de pesado croché tecido por agulhas como espadas nuas, ou richeliâ, ou ajur, modos de dizer afrancesados, pronunciados sabe Deus como, tal qual as crianças do Highland Brigade que a estas horas vai longe, navegando para o norte, em mares onde o sal das lágrimas lusíadas é só de pescadores, entre as vagas que os matam, ou de gente sua, gritando na praia, as linhas fê-las a companhia coats and clark, marca âncora, para da história trágico-marítima não sairmos. Ricardo Reis andou já metade do caminho, vai olhando à direita, eterna saudade, piedosa lembrança, aqui jaz, à memória de, iguais seriam do lado esquerdo se para lá olhássemos, anjos de asas derrubadas, lacrimosas figuras, entrelaçados dedos, pregas compostas, panos apanhados, colunas partidas, se as farão já assim os canteiros, ou as entregarão inteiras para que as quebrem depois os parentes do defunto em sinal de pesar, como quem solenemente, à morte do chefe, os escudos parte, e caveiras no sopé das cruzes, a evidência da morte é o véu com que a morte se disfarça. Passou Ricardo Reis adiante do jazigo que procurava, nenhuma voz o chamou, Pst, é aqui, e ainda há quem insista em afirmar que os mortos falam, ai deles se não tiverem uma matrícula, um nome na pedra, um número como as portas dos vivos, só para que saibamos encontrá-los valeu o trabalho de nos ensinarem a ler, imagine-se um analfabeto dos muitos que temos, era preciso trazê-lo, dizer-lhe com a nossa voz, É aqui, porventura nos olharia desconfiado, se estaríamos a enganá-lo, se por erro nosso, ou malícia, vai orar a Montecchio sendo Capuletto, a Mendes sendo Gonçalves.

São títulos de propriedade e ocupação, jazigo de D. Dionísia de Seabra Pessoa, inscritos na frontaria, sob os beirais avançados desta guarita onde a sentinela, romântica sugestão, está dormindo, em baixo, à altura do gonzo inferior da porta, outro nome, não mais, Fernando Pessoa, com datas de nascimento e morte, e o vulto dourado duma urna dizendo, Estou aqui, e em voz alta Ricardo Reis repete, não sabendo que ouviu, Está aqui, é então que recomeça a chover. Veio de tão longe, do Rio de Janeiro, navegou noites e dias sobre as ondas do mar, tão próxima e distante lhe parece hoje a viagem, agora que há de fazer, sozinho nesta rua, entre funerais habitações, de guarda-chuva aberto, horas de almoçar, ao longe ouve-se o som choco da sineta, esperava sentir, quando aqui chegasse, quando tocasse estes ferros, um abalo na alma profunda, uma dilaceração, um terramoto interior, como grandes cidades caindo silenciosamente porque lá não estamos, pórticos e torres brancas desabando, e afinal, só, e de leve, um ardor nos olhos que vindo já passou, nem tempo deu de pensar nisso e comover-se de o pensar. Não tem mais que fazer neste sítio, o que fez nada é, dentro do jazigo está uma velha tresloucada que não pode ser deixada à solta, está também, por ela guardado, o corpo apodrecido de um fazedor de versos que deixou a sua parte de loucura no mundo, é essa a grande diferença que há entre os poetas e os doidos, o destino da loucura que os tomou. Sentiu medo ao pensar na avó Dionísia, lá dentro, no aflito neto Fernando, ela de olhos arregalados vigiando, ele desviando os seus, à procura duma frincha, dum sopro de vento, duma pequenina luz, e o mal-estar transformou-se em náusea como se o arrebatasse e sufocasse uma grande vaga marinha, ele que em catorze dias de viagem não enjoara. Então pensou, Isto deve ser de estar com o estômago vazio, e assim seria, que em toda a manhã não tinha comido. Caiu uma bátega forte, em boa altura veio, agora já Ricardo Reis terá uma razão para responder, se for perguntado, Não, não me demorei lá, é que chovia tanto. Enquanto ia subindo a rua, devagar, sentiu dissipar-se a náusea, apenas lhe ficava uma vaga dor de cabeça, talvez um vago na cabeça, como uma falta, um pedaço de cérebro a menos, a parte que me coube. À porta da administração do cemitério estava o seu informador, era manifesto, pelo luzidio dos beiços, que acabara de almoçar, onde, aqui mesmo, estendido um guardanapo sobre a secretária, a comida que trouxera de casa, ainda morna de vir embrulhada em jornais, acaso aquecida num bico de gás, lá nos fundos do arquivo, por três vezes interrompendo a mastigação para registar entradas, afinal devo ter-me demorado mais tempo do que julgava, Então achou o jazigo que queria, Achei, respondeu Ricardo Reis, e saindo o portão repetiu, Achei, estava lá.

Fez um gesto na direção da praça de táxis, tinha fome e pressa, se ainda encontraria a esta hora restaurante ou casa de pasto que lhe desse de almoço, Leve-me ao Rossio, se faz favor. O motorista mastigava metodicamente um palito, passava-o de um canto da boca para o outro com a língua, tinha de ser com a língua, uma vez que as mãos estavam ocupadas na manobra, e de vez em quando aspirava ruidosamente a saliva entre os dentes, produzindo um som intermitente, dobrado como um canto de pássaro, é o chilreio da digestão, pensou Ricardo Reis, e sorriu. No mesmo instante se lhe encheram os olhos de lágrimas, estranho sucesso foi ter este efeito aquela causa, ou terá sido do enterro de anjinho que passou em sua carreta branca, um Fernando que não viveu bastante para ser poeta, um Ricardo que não será médico, nem poeta será, ou talvez que a razão deste chorar seja outra, apenas porque lhe chegou a hora. As coisas da fisiologia são complicadas, deixemo-las para quem as conheça, muito mais se ainda for preciso percorrer as veredas do sentimento que existem dentro dos sacos lacrimais, averiguar, por exemplo, que diferenças químicas haverá entre uma lágrima de tristeza e uma lágrima de alegria, decerto aquela é mais salgada, por isso nos ardem os olhos tanto. À frente, o motorista apertara o palito entre os caninos do lado direito, jogava com ele apenas no sentido vertical, em silêncio, deste modo respeitando a mágoa do passageiro, acontece-lhes muito quando voltam do cemitério. O táxi desceu a Calçada da Estrela, virou nas Cortes, em direção ao rio, e depois, pelo caminho já conhecido, ganhou a Baixa, subiu a Rua Augusta, e, entrando no Rossio, disse Ricardo Reis, subitamente lembrado, Pare nos Irmãos Unidos, assim o restaurante se chamava, logo aí, é só encostar à direita, tem esta entrada, e outra, atrás, pela Rua dos Correeiros, aqui se restauram estômagos, e é bom sítio, de tradições, que precisamente estamos no lugar onde foi o Hospital de Todos os Santos, tempos que já lá vão, até parece que estamos a contar a história doutro país, bastou ter-se metido um terramoto pelo meio, e aí temos o resultado, quem nos viu e quem nos vê, se melhor ou pior, depende de estar vivo e ter viva a esperança.

Ricardo Reis almoçou sem ligar a dietas, ontem foi fraqueza sua, um homem, quando desembarca do mar oceano, é como uma criança, umas vezes procura um ombro de mulher para descansar a cabeça, outras manda vir na taberna copos de vinho até encontrar a felicidade, se lá a puseram antes, outras é como se não tivesse vontade própria, qualquer criado galego lhe diz o que deve comer, uma canjinha é que calhava bem ao combalido estômago de vossa excelência. Aqui ninguém quis saber se desembarcou ontem, se as comidas tropicais lhe arruinaram as digestões, que prato especial será capaz de sarar-lhe as saudades da pátria, se delas sofria, e se não sofria por que foi que voltou. Da mesa onde está, por entre os intervalos das cortinas, vê passarem lá fora os carros elétricos, ouve-os ranger nas curvas, o tilintar das campainhas soando liquidamente na atmosfera coada de chuva, como os sinos duma catedral submersa ou as cordas de um cravo ecoando infinitamente entre as paredes de um poço. Os criados esperam com paciência que este último freguês acabe de almoçar, entrou tarde, pediu por favor que o servissem, e graças a essa prova de consideração por quem trabalha é que foi retribuído quando já na cozinha se arrumavam as panelas. Agora, sai, urbanamente deu as boas-tardes, e agradecendo saiu pela porta da Rua dos Correeiros, esta que dá para a grande babilónia de ferro e vidro que é a Praça da Figueira, ainda agitada, porém nada que se possa comparar com as horas da manhã, ruidosas de gritos e pregões até ao paroxismo. Respira-se uma atmosfera composta de mil cheiros intensos, a couve esmagada e murcha, a excrementos de coelho, a penas de galinha escaldadas, a sangue, a pele esfolada. Andam a lavar as bancadas, as ruas interiores, com baldes e agulheta, e ásperos piaçabas, ouve-se de vez em quando um arrastar metálico, depois um estrondo, foi uma porta ondulada que se fechou. Ricardo Reis rodeou a praça pelo sul, entrou na Rua dos Douradores, quase não chovia já, por isso pôde fechar o guarda-chuva, olhar para cima, e ver as altas frontarias de cinza-parda, as fileiras de janelas à mesma altura, as de peitoril, as de sacada, com as monótonas cantarias prolongando-se pelo enfiamento da rua, até se confundirem em delgadas faixas verticais, cada vez mais estreitas, mas não tanto que se escondessem num ponto de fuga, porque lá ao fundo, aparentemente cortando o caminho, levanta-se um prédio da Rua da Conceição, igual de cor, de janelas e de grades, feito segundo o mesmo risco, ou de mínima diferença, todos porejando sombra e humidade, libertando nos saguões o cheiro dos esgotos rachados, com esparsas baforadas de gás, como não haveriam de ter as faces pálidas os caixeiros que vêm até à porta das lojas, com as suas batas ou guarda-pós de paninho cinzento, o lápis de tinta entalado na orelha, o ar enfadado de ser hoje segunda-feira e não ter o domingo valido a pena. A rua está calçada de pedra grossa, irregular, é um basalto quase preto onde saltam os rodados metálicos das carroças e onde, em tempo seco, não este, ferem lume as ferraduras das muares quando o arrasto da carga passa as marcas e as forças. Hoje não há desses bojadores, só outros de menos aparato, como estarem descarregando dois homens sacas de feijão que, pelo vulto, não pesam menos de sessenta quilos, ou serão litros, como se deve dizer quando se trata destas e doutras sementes, passando então os quilos a menos do que os ditos, porque sendo o feijão, de sua íntima natureza, mais ligeiro, cada litro seu orça por setecentos e cinquenta gramas, termo médio, oxalá tenham os medidores atendido a estas considerações de peso e massa quando encheram os sacos.

É para o hotel que Ricardo Reis vai encaminhando os passos. Agora mesmo se lembrou do quarto onde dormiu a sua primeira noite de filho pródigo, sob um paterno teto, lembrou-se dele como da sua própria casa, mas não a do

Rio de Janeiro, não nenhuma das outras em que habitou, no Porto, onde sabemos que nasceu, aqui nesta cidade de Lisboa, onde morava antes de se embarcar para o exílio brasileiro, nenhuma dessas, e contudo tinham sido casas verdadeiras, estranho sinal, e de quê, estar um homem lembrando-se do seu quarto de hotel como de casa que sua fosse, e sentir esta inquietação, este desassossego, há tanto tempo por fora, desde manhã cedo, vou já, vou já. Dominou a tentação de chamar um táxi, deixou seguir um carro elétrico que o deixaria quase à porta, conseguiu, enfim, reprimir a ansiedade absurda, obrigar-se a ser apenas uma pessoa qualquer que regressa a casa, mesmo hotel sendo, sem pressas, e também sem escusadas demoras, embora não tenha ninguém à sua espera. Provavelmente verá a rapariga da mão paralisada, logo à noite, na sala de jantar, é uma probabilidade, como também o são o homem gordo, o magro de luto, as crianças pálidas e seus pletóricos pais, quem sabe que outros hóspedes, gentes misteriosas que chegaram do desconhecido e da bruma, e pensando neles sentiu um bom calor no coração, um íntimo conforto, amai-vos uns aos outros, assim fora dito um dia, e era tempo de começar. O vento soprava com força, encanado, na Rua do Arsenal, mas não chovia, somente sobre os passeios caíam alguns grossos pingos sacudidos dos beirais. Talvez que o tempo melhore a partir de hoje, esta invernia não pode durar sempre, Há dois meses que o céu anda a desfazer-se em água, foi o que disse ontem o motorista, e disse-o como quem já não acredita em dias melhores.

Zumbiu brevemente o besouro da porta, e era como se lhe estivessem dando as boas-vindas o pajem italiano, o íngreme lanço de escada, o Pimenta lá no alto a espreitar, agora esperando deferente e minucioso, um pouco dobrado de espinha, ou será da continuação dos carregos, Boas tardes, senhor doutor, veio também ao patamar o gerente Salvador, dizendo o mesmo com mais apurada dicção, a ambos respondeu Ricardo Reis, não havia ali gerente, moço e doutor, apenas três pessoas que sorriem umas às outras, contentes por terem voltado a encontrar-se depois de tanto tempo, desde esta manhã, imagine-se, e que saudades Deus meu. Quando Ricardo Reis entrou no quarto e viu como tudo estava perfeitamente arrumado, a colcha da cama esticada, o lavatório rebrilhante, o espelho sem uma sombra, salvo o picado da antiguidade, suspirou de satisfação. Descalçou-se, mudou de roupa, enfiou uns sapatos leves, de interior, entreabriu uma das janelas, gestos de quem regressou a casa e gosta de estar nela, depois sentou-se na poltrona, a descansar. Foi como se tivesse caído em si, isto é, para dentro de si caindo, uma queda rápida, violenta, E agora, perguntou, E agora, Ricardo, ou lá quem és, diriam outros. Num relance, percebera que o verdadeiro termo da sua viagem era este preciso instante que estava vivendo, que o tempo decorrido desde que pusera o pé no cais de Alcântara se gastara, por assim dizer, em manobras de atracação e fundeamento, o tentear da maré, o lançar dos cabos, que isso foram a procura do hotel, a leitura dos primeiros jornais, e dos outros, a ida ao cemitério, o almoço na Baixa, a descida da Rua dos Douradores, e aquela repentina saudade do quarto, o impulso de afeto indiscriminado, geral e universal, as boas-vindas de Salvador e Pimenta, a colcha irrepreensível, enfim, a janela aberta de par em par, empurrou-a o vento e assim está, ondulam como asas os cortinados leves, E agora. A chuva recomeçou a cair, faz sobre os telhados um rumor como de areia peneirada, entorpecente, hipnótico, porventura no seu grande dilúvio terá Deus misericordioso desta maneira adormecido os homens para que lhes fosse suave a morte, a água entrando maciamente pelas narinas e pela boca, inundando sem sufocação os pulmões, regatinhos que vão enchendo os alvéolos, um após outro, todo o oco do corpo, quarenta dias e quarenta noites de sono e de chuva, os corpos descendo para o fundo, devagar, repletos de água, finalmente mais pesados do que ela, foi assim que estas coisas se passaram, também Ofélia se deixa ir na corrente, cantando, mas essa terá de morrer antes que se acabe o quarto ato da tragédia, tem cada um o seu modo pessoal de dormir e morrer, julgamos nós, mas é o dilúvio que continua, chove sobre nós o tempo, o tempo nos afoga. No chão encerado juntaram-se e alastraram as gotas que entravam pela janela aberta, as que salpicavam do peitoril, há hóspedes descuidados para quem o trabalho humilde é desprezível, julgam talvez eles que as abelhas, além de fabricarem a cera, a virão espalhar nas tábuas e depois puxar-lhes o brilho, ora isto não é trabalho de insetos, se as criadas não existissem, obreiras também elas, estes resplandecentes soalhos estariam baços, pegajosos, não tardaria aí o gerente armado de repreensão e castigo, porque, gerente sendo, é esta a sua obra, e neste hotel fomos nós colocados para honrar e glorificar o senhor dele, ou seu delegado, Salvador, como sabemos e já deu mostras. Ricardo Reis correu a fechar a janela, com os jornais empapou e espremeu a água do chão, a maior, e, faltando-lhe outros meios para emendar por inteiro o pequeno atentado, tocou a campainha. Era a primeira vez, pensou, como quem a si mesmo pede desculpa.

Ouviu passos no corredor, ressoaram discretamente uns nós de dedos na porta, Entre, palavra que foi rogo, não ordem, e quando a criada abriu, mal a olhando, disse, A janela estava aberta, não dei por que a chuva entrasse, está o chão todo molhado, e calou-se repentinamente ao notar que formara, de enfiada, três versos de sete sílabas, redondilha maior, ele, Ricardo Reis, autor de odes ditas sáficas ou alcaicas, afinal saiu-nos poeta popular, por pouco não rematou a quadra, quebrando-lhe o pé por necessidade da métrica, e a gramática, assim, Agradecia limpasse, porém o entendeu sem mais poesia a criada, que saiu e voltou com esfregão e balde, e posta de joelhos, serpeando o corpo ao movimento dos braços, restituiu quanto possível a secura que às madeiras enceradas convém, amanhã lhes deitará uma pouca de cera, Deseja mais alguma coisa, senhor doutor, Não, muito obrigado, e ambos se olharam de frente, a chuva batia fortíssima nas vidraças, acelerara-se o ritmo, agora rufava como um tambor, em sobressalto os adormecidos acordavam, Como se chama, e ela respondeu, Lídia, senhor doutor, e acrescentou, Às ordens do senhor doutor, poderia ter dito doutra maneira, por exemplo, e bem mais alto, Eis-me aqui, a este extremo autorizada pela recomendação do gerente, Olha lá, ó Lídia, dá tu atenção ao hóspede do duzentos e um, ao doutor Reis, e ela lha estava dando, mas ele não respondeu, apenas pareceu que repetira o nome, Lídia, num sussurro, quem sabe se para não o esquecer quando precisasse de voltar a chamá-la, há pessoas assim, repetem as palavras que ouvem, as pessoas, em verdade, são papagaios umas das outras, nem há outro modo de aprendizagem, acaso esta reflexão veio fora de propósito porque não a fez Lídia, que é o outro interlocutor, deixemo-la sair então, se já tem nome, levar dali o balde e o esfregão, vejamos como ficou Ricardo Reis a sorrir ironicamente, é um jeito de lábios que não engana, quando quem inventou a ironia inventou a ironia, teve também de inventar o sorriso que lhe declarasse a intenção, alcançamento muito mais trabalhoso, Lídia, diz, e sorri. Sorrindo vai buscar à gaveta os seus poemas, as suas odes sáficas, lê alguns versos apanhados no passar das folhas, E assim, Lídia, à lareira, como estando, Tal seja, Lídia, o quadro, Não desejemos, Lídia, nesta hora, Quando, Lídia, vier o nosso outono, Vem sentar-te comigo, Lídia, à beira- -rio, Lídia, a vida mais vil antes que a morte, já não resta vestígio de ironia no sorriso, se de sorriso ainda justificam o nome dois lábios abertos sobre os dentes, quando por dentro da pele se alterou o jogo dos músculos, ricto agora ou doloroso esgar se diria em estilo chumbado. Também isto não durará. Como a imagem de si mesmo refletida num trémulo espelho de água, o rosto de Ricardo Reis, suspenso sobre a página, recompõe as linhas conhecidas, daqui a pouco poderá reconhecer-se, Sou eu, sem nenhuma ironia, sem nenhum desgosto, contente de não sentir sequer contentamento, menos ser o que é do que estar onde está, assim faz quem mais não deseja ou sabe que mais não pode ter, por isso só quer o que já era seu, enfim, tudo. A penumbra do quarto tornou-se espessa, alguma nuvem negra estará a passar no céu, um escuríssimo nimbo como seriam os que foram convocados para o dilúvio, os móveis caem em súbito sono. Ricardo Reis faz um gesto com as mãos, tateia o ar cinzento, depois, mal distinguindo as palavras que vai traçando no papel, escreve, Aos deuses peço só que me concedam o nada lhes pedir, e tendo escrito não soube que mais dizer, há ocasiões assim, acreditamos na importância do que dissemos ou escrevemos até um certo ponto, apenas porque não foi possível calar os sons ou apagar os traços, mas entra-nos no corpo a tentação da mudez, a fascinação da imobilidade, estar como estão os deuses, calados e quietos, assistindo apenas. Vai sentar-se no sofá, recosta-se, fecha os olhos, sente que poderá dormir, nem outra coisa quer, e é já adormecidamente que se levanta, abre o guarda-fato, retira um cobertor com que se tapa, agora sim, dorme, sonha que está uma manhã de sol e vai passeando pela Rua do Ouvidor, no Rio de Janeiro, à ligeira por ser muito o calor, começa a ouvir tiros ao longe, rebentamentos de bombas, explosões, mas não acorda, não é a primeira vez que sonha este sonho, nem sequer ouve que alguém lhe está batendo à porta e que uma voz, de mulher persuasiva, pergunta, O senhor doutor chamou.

Digamos que foi por ter dormido pouco durante a noite que Ricardo Reis adormeceu tão profundamente, digamos que são falácias de mentirosa profundeza espiritual aquelas permutáveis fascinação e tentação, de imobilidade e mudez consoante, digamos que não é isto nenhuma história de deuses e que a Ricardo Reis familiarmente poderíamos ter dito, antes que adormecesse como vulgar humano, O teu mal é sono. Porém, está uma folha de papel em cima da mesa e nela foi escrito, Aos deuses peço só que me concedam o nada lhes pedir, existe pois este papel, as palavras existem duas vezes, cada uma por si mesma e em terem-se encontrado neste seguimento, podem ser lidas e exprimem um sentido, tanto faz, para o caso, que haja ou não haja deuses, que tenha ou não tenha adormecido quem as escreveu, porventura não são as coisas tão simples como estávamos primeiramente inclinados a mostrá-las. Quando Ricardo

Reis acorda, é noite no quarto. O último luzeiro que ainda vem de fora quebranta-se nas vidraças embaciadas, no tamis dos cortinados, uma das janelas tem o reposteiro corrido, aí fechou-se a escuridão. O hotel está em grande silêncio, é o palácio da Bela Adormecida, donde já a Bela se retirou ou onde nunca esteve, e todos dormindo, Salvador, Pimenta, os criados galegos, o maître, os hóspedes, o pajem renascentista, parado o relógio do patamar, de repente soou o distante besouro da entrada, deve ser o príncipe que vem a beijar a Bela, chega tarde, coitado, tão alegre que eu vinha e tão triste que eu vou, a senhora viscondessa prometeu-me, mas faltou. É uma cantilena infantil, vinda da memória subterrânea, movem-se umas crianças de névoa ao fundo de um jardim invernoso, e cantam com as suas vozes agudas, porém tristes, avançam e recuam em passos solenes, assim ensaiando a pavana para os infantes defuntos que não tardarão a ser, crescendo. Ricardo Reis afasta o cobertor, repreende-se por se ter deixado dormir vestido, não é seu hábito condescender com tais negligências, sempre seguiu as suas regras de comportamento, a sua disciplina, nem o trópico de Capricórnio, tão emoliente, lhe embotou, em dezasseis anos, o gume rigoroso dos modos e das odes, ao ponto de se poder afirmar que sempre procura estar como se sempre o estivessem observando os deuses. Levanta-se da poltrona, vai acender a luz, e, como se manhã fosse e de um sono noturno tivesse acordado, olha-se no espelho, apalpa a cara, talvez devesse barbear-se para o jantar, ao menos mude de roupa, não vai apresentar-se assim na sala, amarrotado como está. É descabido o escrúpulo, parece que não reparou ainda como vestem os vulgares habitantes, paletós como sacos, calças em que as joelheiras avultam como papos, gravatas de nó permanente que se enfiam e desenfiam pela cabeça, camisas mal cortadas, rugas, pregas, são os efeitos da idade. E aos sapatos fazem-nos largos de tromba para que livremente possa exercitar-se o jogo dos dedos, ainda que o resultado final desta previdência acabe por anular a intenção, porque esta deve ser a cidade do mundo onde com maior abundância florescem os calos e as calosidades, os joanetes e os olhos de perdiz, sem falar nas unhas encravadas, enigma pedioso complexo que requereria uma investigação particular e aí fica proposto à curiosidade. Decide que não fará a barba, mas veste uma camisa lavada, escolhe a gravata para a cor do fato, acerta o cabelo ao espelho, apurando a risca. Embora a hora do jantar ainda esteja longe, vai descer. Mas antes de sair releu o que escrevera, sem tocar no papel, diríamos que impaciente, como se estivesse a tomar conhecimento de um recado deixado por alguém de quem não gostasse, ou o irritasse mais do que é normal e desculpável. Este Ricardo Reis não é o poeta, é apenas um hóspede de hotel que, ao sair do quarto, encontra uma folha de papel com verso e meio escritos, quem me terá deixado isto aqui, não foi, de certeza, a criada, não foi Lídia, esta ou a outra, que maçada, agora que está começado vai ser preciso acabá-lo, é como uma fatalidade, E as pessoas nem sonham que quem acaba uma coisa nunca é aquele que a começou, mesmo que ambos tenham um nome igual, que isso só é que se mantém constante, nada mais.

O gerente Salvador estava no seu posto, fixo, arvorando, perene, o sorriso. Ricardo Reis cumprimentou, seguiu adiante. Salvador foi atrás dele, quis saber se o senhor doutor tomaria alguma bebida antes do jantar, um aperitivo, Não, obrigado, também este hábito não ganhou Ricardo Reis, pode ser que com o passar do tempo lhe venha, primeiro o gosto, depois a necessidade, não agora. Salvador demorou-se um minuto entre portas, a ver se o hóspede mudava de opinião ou exprimia outro desejo, mas Ricardo Reis já tinha aberto um dos jornais, passara todo aquele dia em ignorância do que acontecera no mundo, não que por inclinação fosse leitor assíduo, pelo contrário, fatigavam-no as páginas grandes e as prosas derramadas, mas aqui, não havendo mais que fazer, e para escapar às solicitudes de Salvador, o jornal, por falar do mundo geral, servia de barreira contra este outro mundo próximo e sitiante, podiam as notícias daquele de além ser lidas como remotas e inconsequentes mensagens, em cuja eficácia não há muitos motivos para acreditar porque nem sequer temos a certeza de que cheguem ao seu destino, Demissão do governo espanhol, aprovada a dissolução das cortes, uma, O Negus num telegrama à Sociedade das Nações diz que os italianos empregam gases asfixiantes, outra, são assim os periódicos, só sabem falar do que aconteceu, quase sempre quando já é tarde de mais para emendar os erros, os perigos e as faltas, bom jornal seria aquele que no dia um de Janeiro de mil novecentos e catorze tivesse anunciado o rebentar da guerra para o dia vinte e quatro de Julho, disporíamos então de quase sete meses para conjurar a ameaça, quem sabe se não iríamos a tempo, e melhor seria ainda se aparecesse publicada a lista dos que iriam morrer, milhões de homens e mulheres a ler no jornal da manhã, ao café com leite, a notícia da sua própria morte, destino marcado e a cumprir, dia, hora e lugar, o nome por inteiro, que fariam eles sabendo que os iam matar, que faria Fernando Pessoa se pudesse ler, dois meses antes, O autor da Mensagem morrerá no dia trinta de Novembro próximo, de cólica hepática, talvez fosse ao médico e deixasse de beber, talvez desmarcasse a consulta e passasse a beber o dobro, para poder morrer antes. Ricardo Reis baixa o jornal, olha-se no espelho, superfície duas vezes enganadora porque reproduz um espaço profundo e o nega mostrando-o como mera projeção, onde verdadeiramente nada acontece, só o fantasma exterior e mudo das pessoas e das coisas, árvore que para o lago se inclina, rosto que nele se procura, sem que as imagens de árvore e rosto o perturbem, o alterem, lhe toquem sequer. O espelho, este e todos, porque sempre devolve uma aparência, está protegido contra o homem, diante dele não somos mais que estarmos, ou termos estado, como alguém que antes de partir para a guerra de mil novecentos e catorze se admirou no uniforme que vestia, mais do que a si mesmo se olhou, sem saber que neste espelho não tornará a olhar-se, também é isto a vaidade, o que não tem duração. Assim é o espelho, suporta, mas, podendo ser, rejeita. Ricardo Reis desviou os olhos, muda de lugar, vai, rejeitador ele, ou rejeitado, virar-lhe as costas. Porventura rejeitador porque espelho também.

Deu oito horas o relógio do patamar, e mal o último eco se tinha calado, ressoou debilmente um gongo invisível, só aqui perto se pode ouvi-lo, de certeza não dão por ele os hóspedes dos andares altos, porém há que contar com o peso da tradição, não vai ser só fingirem-se entrançados de vime em garrafões quando já o vime não for usado. Ricardo Reis dobra o jornal, sobe ao quarto a lavar as mãos, a corrigir o aspeto, volta logo, senta-se à mesa onde da primeira vez comeu, e espera. Quem o visse, quem lhe seguisse os passos, assim expedito, cuidaria haver ali muito apetite ou ser a pressa muita, que teria almoçado este cedo e mal, ou comprou bilhete para o teatro. Ora, nós sabemos que almoçou tarde, de ter comido pouco não o ouvimos queixar-se, e que não vai ao teatro nem ao cinema irá, e com um tempo assim, de mais a piorar, só um tolo se lembraria, ou um excêntrico, de ir passear as ruas da cidade. Ricardo Reis é somente compositor de odes, não um excêntrico, ainda menos um tolo, menos ainda desta aldeia, Então que pressa foi esta que me deu, se agora só é que vêm chegando as pessoas para o jantar, o homem magro de luto, o gordo pacífico e de boa digestão, estes outros que não vi ontem à noite, faltam as crianças mudas e os pais delas, estariam de passagem, a partir de amanhã não virei sentar-me antes das oito e meia, chegarei muito a tempo, aqui estou eu, ridículo, feito provinciano que desceu à cidade e fica pela primeira vez em hotel. Comeu devagar a sopa, mexendo muito a colher, depois dispersou o peixe no prato e debicou, em verdade não tinha fome, e quando o criado lhe servia o segundo prato viu entrarem três homens que o maître guiou até à mesa onde, na véspera, haviam jantado a rapariga da mão paralisada e o pai, Então não está cá, foram-se embora, pensou, Ou jantam fora, contrapôs, só então admitiu o que já sabia mas fingira não saber, e tanto que estivera registando a entrada de todos os hóspedes, em meio alheamento, em dissimulação consigo mesmo, isto é, que descera cedo para ver a rapariga, Porquê, até esta pergunta era fingimento, em primeiro lugar porque certas perguntas são feitas apenas para tornar mais explícita a ausência de resposta, em segundo lugar por ser simultaneamente verdadeira e falsa essa outra resposta possível e oblíqua de haver motivo bastante de interesse, sem mais profundas ou laterais razões, numa rapariga que tem a mão esquerda paralisada e a afaga como a um animalzinho de estimação, mesmo não lhe servindo para nada, ou por isso mesmo. Abreviou o jantar, pediu que lhe servissem o café, E um conhaque, na sala de estar, maneira de entreter o tempo enquanto não pudesse, agora sim, conscientemente decidido, perguntar ao gerente Salvador que pessoas eram aquelas, o pai e a filha, sabe que me parece já os ter visto em outro lugar, talvez no Rio de Janeiro, em Portugal não, claro está, porque então a rapariga seria uma menina de poucos anos, tece e enreda Ricardo Reis esta malha de aproximações, tanta investigação para averiguação tão pouca. Por enquanto Salvador atende outros hóspedes, um que parte amanhã muito cedo e quer a conta, outro que se queixa de não poder dormir com as pancadas duma persiana quando lhe dá o vento, a todos atende Salvador com os seus modos delicados, o dente sujo, o bigode fofo. O homem magro e lutuoso entrou na sala de estar para consultar um jornal, e não demorou a sair, o gordo apareceu à porta, mordendo um palito, hesitou diante do olhar frio de Ricardo Reis e retirou-se, de ombros caídos, por lhe ter faltado a coragem de entrar, há renúncias assim, momentos de extrema fraqueza moral que um homem não saberia explicar, sobretudo a si mesmo.

Meia hora depois já o afável Salvador pode informar, Não, deve tê-los confundido com outras pessoas, que eu saiba nunca estiveram no Brasil, vêm aqui há três anos, temos conversado, claro, era natural que me tivessem falado duma viagem dessas, Então foi confusão minha, mas diz o senhor Salvador que vêm aqui há três anos, Pois vêm, são de Coimbra, vivem lá, o pai é o doutor Sampaio, notário, E ela, Ela tem um nome esquisito, chama-se Marcenda, imagine, mas são de muito boas famílias, a mãe é que já morreu,

Que tem ela na mão, Acho que o braço todo está paralisado, por causa disso é que vêm estar todos os meses três dias aqui no hotel, para ela ser observada pelo médico, Ah, todos os meses três dias, Sim, todos os meses três dias, o doutor Sampaio avisa sempre com antecedência para eu ter dois quartos livres, sempre os mesmos, E nestes anos tem havido melhoras, Se quer que lhe fale francamente, senhor doutor, acho que não, Que pena, uma rapariga tão nova, É verdade, o senhor doutor é que podia dar-lhes uma opinião da próxima vez, se ainda cá estiver, É possível que esteja, sim, mas estes casos não são da minha especialidade, eu sou médico de clínica geral, interessei-me depois por doenças tropicais, nada que possa ser útil em situações destas, Paciência, é bem verdade que o dinheiro não dá felicidade, o pai com tanto de seu, e a filha assim, não há quem a veja rir, É Marcenda o nome, É sim, senhor doutor, Estranha palavra, nunca tinha ouvido, Nem eu, Até amanhã, senhor Salvador, Senhor doutor, até amanhã.

Ao entrar no quarto, Ricardo Reis vê a cama aberta, colcha e lençol afastados e dobrados em ângulo nítido, porém discretamente, sem aquele desmanchado impudor da roupa que se lança para trás, aqui há apenas uma sugestão, em querendo deitar-se, este é o lugar. Não será tão cedo. Primeiro irá ler o verso e meio que deixou escrito no papel, olhar para ele com severidade, procurar a porta que esta chave, se o é, possa abrir, imaginar que a encontrou e dar com outras portas por trás daquela, fechadas e sem chave, enfim, tanto persistiu que achou alguma coisa, ou por cansaço, seu ou de alguém, quem, lhe foi subitamente abandonada, desta maneira se concluindo o poema, Não quieto nem inquieto meu ser calmo quero erguer alto acima de onde os homens têm prazer ou dores, o mais que pelo meio ficou obedecia à mesma conformidade, quase se dispensava, A dita é um jugo e o ser feliz oprime porque é um certo estado. Depois foi-se deitar e adormeceu logo.

Ricardo Reis dissera ao gerente, Mande-me o pequeno-
-almoço ao quarto, às nove e meia, não que pensasse dormir até tão tarde, era para não ter de saltar da cama estremunhado, a procurar enfiar os braços nas mangas do roupão, a tentear os chinelos, com a impressão pânica de não ser capaz de mexer-se tão depressa quanto era merecedora a paciência de quem lá fora sustentasse nos braços ajoujados a grande bandeja com o café e o leite, as torradas, o açucareiro, talvez uma compota de cereja ou laranja, ou uma fatia de marmelada escura, granulosa, ou pão de ló, ou vianinhas de côdea fina, ou arrufadas, ou fatias paridas, essas sumptuosas prodigalidades de hotel, se o Bragança as usa, a ver vamos, que este é o primeiro pequeno-almoço de Ricardo Reis desde que chegou. Em ponto, garantira Salvador, e não garantira em vão, que pontualmente está Lídia batendo à porta, dirá o bom observador que é isso impossível para quem ambos os braços tem ocupados, muito mal estaríamos nós de servos se os não escolhêssemos entre os que têm três braços ou mais, é o caso desta vossa criada, que sem entornar uma gota de leite consegue bater suavemente com os nós dos dedos na porta, continuando a mão desses dedos a segurar a bandeja, será preciso ver para acreditar, e

ouvi-la, O pequeno-almoço do senhor doutor, foi ensinada a dizer assim, e, embora mulher nascida do povo, tão inteligente é que não esqueceu até hoje. Se esta Lídia não fosse criada, e competente, poderia ser, pela amostra, não menos excelente funâmbula, malabarista ou prestidigitadora, génio adequado tem ela para a profissão, o que é incongruente, sendo criada, é chamar-se Lídia, e não Maria. Está já composto Ricardo Reis de vestuário e modos, barba feita, roupão cingido, abriu mesmo meia janela para arejar o quarto, aborrece os odores noturnos, aquelas expansões do corpo a que nem poetas escapam. Entrou enfim a criada, Bom dia, senhor doutor, e foi pousar a bandeja, menos prodigamente oferecendo do que se imaginara, mas mesmo assim merece o Bragança nota de distinção, não admira que tenha tão constantes hóspedes, alguns não querem outro hotel quando vêm a Lisboa. Ricardo Reis retribui a salvação, agora diz, Não, muito obrigado, não quero mais nada, é a resposta à pergunta que uma boa criada sempre fará, Deseja mais alguma coisa, e, se lhe dizem que não, deve retirar-se discretamente, se possível recuando, voltar as costas seria faltar ao respeito a quem nos paga e faz viver, mas Lídia, instruída para duplicar as atenções, diz, Não sei se o senhor doutor já reparou que há cheia no Cais do Sodré, os homens são assim, têm um dilúvio ao pé da porta e não dão por ele, dormiram a noite toda de um sono, se acordaram e ouviram cair a chuva foi como quem apenas sonha que está chovendo e no próprio sonho duvida do que sonha, quando o certo certo foi ter chovido tanto que está o Cais do Sodré alagado, dá a água pelo joelho daquele que por necessidade atravessa de um lado para outro, descalço e arregaçado até às virilhas, levando às costas na passagem do vau uma senhora idosa, bem mais leve que a saca de feijão entre a carroça e o armazém. Aqui ao fundo da Rua do Alecrim abre a velhinha a bolsa e tira de dentro a moeda com que paga a S. Cristóvão, o qual, para que não estejamos sempre a escrever cujo, tornou a meter-se à água, que do outro lado já há alguém a fazer sinais urgentes. Este não é ancião, teria idade e boa perna para atravessar por seus próprios meios, mas estando tão apurado de trajo não quer que lhe caiam os parentes na lama, que lama mais isto parece que água, e não repara como ficou ridículo, ao lombo do arre-burrinho, com as roupas arrepanhadas, as canelas espetadas para fora das calças, as ligas verdes sobre a ceroula branca, não falta quem ria do espetáculo, até no Hotel Bragança, naquele segundo andar, um hóspede de meia-idade sorri, bem-disposto, e atrás dele, se não nos enganam os olhos, está uma mulher também a rir, mulher é ela, sem dúvida, mas nem sempre os olhos veem o que deveriam, pois esta parece criada, e custa-nos acreditar que o seja mesmo e de condição, ou então estão a subverter-se perigosamente as relações e posições sociais, caso muito para temer, repete-se, porém há ocasiões, e se é verdade que na ocasião se faz o ladrão, também se pode fazer a revolução, como esta de ter ousado Lídia assomar à janela por trás de Ricardo Reis e com ele rir igualitariamente do espetáculo que a ambos divertia. São momentos fugazes da idade de ouro, nascem súbito, morrem logo, por isso levou tão pouco tempo a cansar-se a felicidade. Foi-se esta já, Ricardo Reis cerrou a janela, Lídia, apenas criada, recuou para a porta, tudo se faz agora com certa pressa porque as torradas estão a arrefecer, a perder a graça, Depois a chamarei para levar a bandeja, diz Ricardo Reis, e isso acontecerá daqui por meia hora, Lídia entra discretamente e sem rumor se retira, mais aliviada de carga, enquanto Ricardo Reis se finge distraído, no quarto, a folhear, sem ler, The god of the labyrinth, obra já citada.

Hoje é o último dia do ano. Em todo o mundo que este calendário rege andam as pessoas entretidas a debater consigo mesmas as boas ações que tencionam praticar no ano que entra, jurando que vão ser retas, justas e equânimes, que da sua emendada boca não voltará a sair uma palavra má, uma mentira, uma insídia, ainda que as merecesse o inimigo, claro que é das pessoas vulgares que estamos falando, as outras, as de exceção, as incomuns, regulam-se por razões suas próprias para serem e fazerem o contrário sempre que lhes apeteça ou aproveite, essas são as que não se deixam iludir, chegam a rir-se de nós e das boas intenções que mostramos, mas, enfim, vamos aprendendo com a experiência, logo nos primeiros dias de Janeiro teremos esquecido metade do que havíamos prometido, e, tendo esquecido tanto, não há realmente motivo para cumprir o resto, é como um castelo de cartas, se já lhe faltam as obras superiores, melhor é que caia tudo e se confundam os naipes. Por isso é duvidoso ter-se despedido Cristo da vida com as palavras da escritura, as de Mateus e Marcos, Deus meu, Deus meu, por que me desamparaste, ou as de Lucas, Pai, nas tuas mãos entrego o meu espírito, ou as de João, Tudo está cumprido, o que Cristo disse foi, palavra de honra, qualquer pessoa popular sabe que é esta a verdade, Adeus, mundo, cada vez a pior. Mas os deuses de Ricardo Reis são outros, silenciosas entidades que nos olham indiferentes, para quem o mal e o bem são menos que palavras, por as não dizerem eles nunca, e como as diriam, se mesmo entre o bem e o mal não sabem distinguir, indo como nós vamos no rio das coisas, só deles distintos porque lhes chamamos deuses e às vezes acreditamos. Esta lição nos foi dada para que não nos afadiguemos a jurar novas e melhores intenções para o ano que vem, por elas não nos julgarão os deuses, pelas obras também não, só juízes humanos ousam julgar, os deuses nunca, porque se supõe saberem tudo, salvo se tudo isto é falso, se justamente a verdade última dos deuses é nada saberem, se justamente não é sua ocupação única esquecerem em cada momento o que em cada momento lhes vão ensinando os atos dos homens, os bons como os maus, iguais derradeiramente para os deuses, porque inúteis lhes são. Não digamos, Amanhã farei, porque o mais certo é estarmos cansados amanhã, digamos antes, Depois de amanhã, sempre teremos um dia de intervalo para mudar de opinião e projeto, porém ainda mais prudente seria dizer, Um dia decidirei quando será o dia de dizer depois de amanhã, e talvez nem seja preciso, se a morte definidora vier antes desobrigar-me do compromisso, que essa, sim, é a pior coisa do mundo, o compromisso, liberdade que a nós próprios negámos.

Deixou de chover, o céu aclarou, pode Ricardo Reis, sem risco de molha incómoda, dar um passeio antes do almoço. Para baixo não vai, que a cheia ainda não se retirou completamente do Cais do Sodré, as pedras estão cobertas de lodo fétido, o que a corrente do rio levantou da vasa funda e viscosa, se o tempo se conservar assim virão os homens da limpeza com as agulhetas, a água sujou, a água lavará, bendita seja a água. Sobe Ricardo Reis a Rua do Alecrim, e mal saiu do hotel logo o fez parar um vestígio doutras eras, um capitel coríntio, uma ara votiva, um cipo funerário, que ideia, essas coisas, se ainda as há em Lisboa, oculta-as a terra movida por aterros ou causas naturais, aqui é somente uma pedra retangular, embutida e cravada num murete que dá para a Rua Nova do Carvalho, dizendo em letra de ornamento, Clínica de Enfermedades de los Ojos y Quirúrgicas, e mais sobriamente, Fundada por A. Mascaró em 1870, as pedras têm uma vida longa, não assistimos ao nascimento delas, não assistiremos à morte, tantos anos sobre esta passaram, tantos hão de passar, morreu Mascaró e desfez-se a clínica, porventura algures ainda viverão descendentes do Fundador, ocupados em outros ofícios, quem sabe se já esquecidos, ou ignorantes, de que neste lugar público se mostra a sua pedra de armas, não fossem as famílias o que são, fúteis, inconstantes, e esta viria aqui recordar a memória do antepassado curador de olhos e outras cirurgias, é bem verdade que não basta gravar o nome numa pedra, a pedra fica, sim senhores, salvou-se, mas o nome, se todos os dias o não forem ler, apaga-se, esquece, não está cá. Meditam-se estas contradições enquanto se vai subindo a Rua do Alecrim, pelas calhas dos elétricos ainda correm regueirinhos de água, o mundo não consegue estar quieto, é o vento que sopra, são as nuvens que voam, da chuva nem se fala, tanta tem sido. Ricardo Reis para diante da estátua de Eça de Queirós, ou Queiroz, por cabal respeito da ortografia que o dono do nome usou, ai como podem ser diferentes as maneiras de escrever, e o nome ainda é o menos, assombroso é falarem estes a mesma língua e serem, um Reis, o outro, Eça, provavelmente a língua é que vai escolhendo os escritores de que precisa, serve-se deles para que exprimam uma parte pequena do que é, quando a língua tiver dito tudo, e calado, sempre quero ver como iremos nós viver. Já as primeiras dificuldades começam a surgir, ou não serão ainda dificuldades, antes diferentes e questionadoras camadas do sentido, sedimentos removidos, novas cristalizações, por exemplo, Sobre a nudez forte da verdade o manto diáfano da fantasia, parece clara a sentença, clara, fechada e conclusa, uma criança será capaz de perceber e ir ao exame repetir sem se enganar, mas essa mesma criança perceberia e repetiria com igual convicção um novo dito, Sobre a nudez forte da fantasia o manto diáfano da verdade, e este dito, sim, dá muito mais que pensar, e saborosamente imaginar, sólida e nua a fantasia, diáfana apenas a verdade, se as sentenças viradas do avesso passarem a ser leis, que mundo faremos com elas, milagre é não endoidecerem os homens de cada vez que abrem a boca para falar. É instrutivo o passeio, ainda agora contemplámos o Eça e já podemos observar o Camões, a este não se lembraram de pôr-lhe versos no pedestal, e se um pusessem qual poriam, Aqui, com grave dor, com triste acento, o melhor é deixar o pobre amargurado, subir o que falta da rua, da Misericórdia que já foi do Mundo, infelizmente não se pode ter tudo nem ao mesmo tempo, ou mundo ou misericórdia. Eis o antigo Largo de S. Roque, e a igreja do mesmo santo, aquele a quem um cão foi lamber as feridas da peste, bubónica seria, animal que nem parece pertencer à espécie da cadela Ugolina, que só sabe dilacerar e devorar, dentro desta famosa igreja é que está a capela de S. João Batista, a tal que foi encomendada a Itália pelo senhor D. João V, tão renomado monarca, rei pedreiro e arquiteto por excelência, haja vista o convento de Mafra, e outrossim o aqueduto das Águas Livres, cuja verdadeira história ainda está por contar. Eis também, na diagonal de dois quiosques que vendem tabaco, lotaria e aguardentes, a marmórea memória mandada implantar pela colónia italiana por ocasião do himeneu do rei D. Luís, tradutor de Shakespeare, e D. Maria Pia de Saboia, filha de Verdi, isto é, de Vittorio Emmanuele re d'Italia, monumento único em toda a cidade de Lisboa, que mais parece ameaçadora palmatória ou menina de cinco olhos, pelo menos é o que faz lembrar às meninas dos asilos, de dois assustados olhos, ou sem a luz deles, mas informadas pelas companheiras videntes, que de vez em quando aqui passam, de bibe e debaixo de forma, arejando a catinga da camarata, ainda com as mãos escaldadas do último castigo. Este bairro é castiço, alto de nome e situação, baixo de costumes, alternam os ramos de louro às portas das tabernas com mulheres de meia-porta, ainda que, por ser a hora matinal e estarem lavadas as ruas pelas grandes chuvas destes dias, se reconheça na atmosfera uma espécie de frescura inocente, um assopro virginal, quem tal diria em lugar de tanta perdição, dizem-no, pelo seu próprio canto, os canários postos às varandas ou na entrada das tabernas, chilreando como loucos, é preciso aproveitar o bom tempo, sobretudo quando se conta que dure pouco, se outra vez começa a chover esmorece a canção, arrepiam-se as penas, e uma avezinha mais sensível mete a cabeça debaixo da asa e faz que dorme, veio recolhê-la para dentro a dona, agora só a chuva se ouve, está também por aí a tanger uma guitarra, onde seja não o sabe Ricardo Reis, que se abrigou neste portal, ao princípio da Travessa da Água da Flor. Costuma-se dizer do sol que é de pouca dura quando as nuvens que o deixaram passar logo o ocultam, diga-se também que foi de pouca dura este aguaceiro, bateu forte, mas passou, pingam os beirais e as varandas, as roupas estendidas escorrem, foi tão súbita a pancada da água que nem deu tempo a precaverem-se as mulheres, gritando como é sua combinação, Está a choveeeer, assim se avisando umas às outras, como os soldados nas guaritas, noite fora, Sentinela aleeeerta, Alerta está, Passe palavra, só deu tempo para recolher o canário, ainda bem que se resguardou o tenro corpinho, tão quente, olha como lhe bate o coração, jesus, que força, que rapidez, foi do susto, não, é assim sempre, coração que vive pouco bate depressa, de alguma maneira se haviam de compensar as coisas. Ricardo Reis atravessa o jardim, vai olhar a cidade, o castelo com as suas muralhas derrubadas, o casario a cair pelas encostas. O sol branqueado bate nas telhas molhadas, desce sobre a cidade um silêncio, todos os sons são abafados, em surdina, parece Lisboa que é feita de algodão, agora pingando. Em baixo, numa plataforma, estão uns bustos de pátrios varões, uns buxos, umas cabeças romanas, descondizentes, tão longe dos céus lácios, é como ter posto o zé-povinho do Bordalo a fazer um toma ao Apolo do Belvedere. Todo o miradouro é belvedere enquanto Apolo contemplamos, depois junta-se a voz à guitarra e canta-se o fado. Parece que a chuva se afastou de todo.

Quando uma ideia puxou outra, dizemos que houve associação delas, não falta mesmo quem seja de opinião que todo o processo mental humano decorre dessa sucessiva estimulação, muitas vezes inconsciente, outras nem tanto, outras compulsiva, outras agindo em fingimento de que o é para poder ser adjunção diferente, inversa quando calha, enfim, relações que são muitas, mas entre si ligadas pela espécie que juntas constituem e parte do que latamente se denominará comércio e indústria dos pensamentos, por isso o homem, entre o mais que seja, tenha sido ou venha a ser, é lugar industrial e comercial, produtor primeiro, retalhista depois, consumidor finalmente, e também baralhada e reordenada esta ordem, de ideias falo, de al não, então lhe chamaríamos, com propriedade, ideias associadas, com ou sem companhia, ou em comandita, acaso sociedade cooperativa, nunca de responsabilidade limitada, jamais anónima, porque, nome, todos o temos. Que haja uma relação que se entenda entre esta teoria económica e o passeio que Ricardo Reis está dando, já sabemos que instrutivo, é o que não tardará a ver-se, quando ele chegar ao portão do que foi convento de S. Pedro de Alcântara, hoje recolhimento de meninas pedagogicamente palmatoadas, e der com os olhos no painel de azulejos da entrada, onde se representa S. Francisco de Assis, il poverello, pobre-diabo em tradução livre, extático e ajoelhado, recebendo os estigmas, os quais, na figuração simbólica do pintor, lhe chegam por cinco cordas de sangue que descem do alto, do Cristo crucificado que paira no ar como uma estrela, ou papagaio lançado por esses rapazitos das quintas, onde o espaço é livre e ainda não se perdeu a lembrança do tempo em que os homens voavam. Com os pés e as mãos sangrando, com o seu lado aberto, segura S. Francisco de Assis a Jesus da Cruz para que não desapareça nas irrespiráveis alturas, lá onde o pai está chamando pelo filho, Vem, vem, acabou-se o tempo de seres homem, por isso é que podemos ver o santo santamente crispado pelo esforço que está fazendo, e continua, enquanto murmura, cuidando alguns que é oração, Não te deixo ir, não te deixo ir, por estes casos acontecidos, mas só agora revelados, se reconhecerá quanto é urgente rasgar ou dar sumiço à teologia velha e fazer uma nova teologia, toda ao contrário da outra, eis no que deram as associações de ideias, ainda há pouco, porque estavam cabeças romanas em miradouro, sendo de belvedere, se lembrou Ricardo Reis do toma do zé-povinho, e agora, na porta de um antigo convento, em Lisboa, não em Wittemberg, encontra as evidências de como e de porquê chama o povinho ao manguito armas de S. Francisco, é o gesto que o desesperado santo faz a Deus por lhe querer levar a sua estrela. Não faltarão céticos conservadores para duvidarem da proposta, não devemos estranhar, afinal é o que sempre acontece às ideias novas, nascidas em associação.

Ricardo Reis rebusca na memória fragmentos de versos que já levam vinte anos de feitos, como o tempo passa, Deus triste, preciso talvez porque nenhum havia como tu, Nem mais nem menos és, mas outro deus, Não a ti, Cristo, odeio ou menosprezo, Mas cuida não procures usurpar o que aos outros é devido, Nós homens nos façamos unidos pelos deuses, são estas as palavras que vai murmurando enquanto segue pela Rua de D. Pedro V, como se identificasse fósseis ou restos de antigas civilizações, e há um momento em que duvida se terão mais sentido as odes completas aonde os foi buscar do que este juntar avulso de pedaços ainda coerentes, porém já corroídos pela ausência do que estava antes ou vem depois, e contraditoriamente afirmando, na sua própria mutilação, um outro sentido fechado, definitivo, como é o que parecem ter as epígrafes postas à entrada dos livros. A si mesmo pergunta se será possível definir uma unidade que abranja, como um colchete ou chaveta, o que é oposto e diverso, sobretudo aquele santo que saiu são para o monte e de lá volta manando sangue por cinco fontes suas, oxalá tenha conseguido, ao findar o dia, enrolar as cordas e recolher a casa, cansado como quem muito trabalhou, levando debaixo do braço o papagaio que só por um triz não se perdeu, dormirá com ele à cabeceira da cama, hoje ganhou, quem sabe se perderá amanhã. Procurar cobrir com uma unidade estas variedades é talvez tão absurdo como tentar esvaziar o mar com um balde, não por ser obra impossível, havendo tempo e força não faltando, mas porque seria necessário, primeiramente, encontrar na terra outra grande cova para o mar, e essa já sabemos que a não há suficiente, tanto mar, a terra tão pouca.

A Ricardo Reis distraiu-o também da pergunta que a si próprio fizera ter chegado à Praça do Rio de Janeiro, que foi do Príncipe Real e quiçá o torne a ser um dia, quem viver verá. Estando calor apeteceria a sombra daquelas árvores, os áceres, os ulmos, o cedro chapéu-de-sol, que parece refrigerante latada, não que este poeta e médico seja assim tão versado em botânicas, alguém tem é de suprir as ignorâncias e as falhas de memória de homem por dezasseis anos habituado a outras e mais barrocas floras, tropicais. Mas o tempo não está para os estivais lazeres, para comprazimentos de terma e praia, a temperatura deve andar pelos dez graus e os bancos do jardim estão molhados. Ricardo Reis aconchega a gabardina ao corpo, friorento, atravessa de cá para lá, por outras alamedas regressa, agora vai descer a Rua do Século, nem sabe o que o terá decidido, sendo tão ermo e melancólico o lugar, alguns antigos palácios, casas baixinhas, estreitas, de gente popular, ao menos o pessoal nobre de outros tempos não era de melindres, aceitava viver paredes meias com o vulgo, ai de nós, pelo caminho que as coisas levam, ainda veremos bairros exclusivos, só residências, para a burguesia de finança e fábrica, que então terá engolido da aristocracia o que resta, com garagem própria, jardim à proporção, cães que ladrem violentamente ao viajante, até nos cães se há de notar a diferença, em eras distantes tanto mordiam a uns como a outros.

Vai Ricardo Reis descendo a rua, sem nenhuma pressa, fazendo do guarda-chuva bengala, com a ponteira dele bate as pedras do passeio, em conjunção com o pé do mesmo lado, é um som preciso, muito nítido e claro, sem eco, mas de certa maneira líquido, se não é absurda a palavra, dizermos que é líquido, ou assim parece, o choque do ferro e do calcário, com estes pensamentos pueris se distrai, quando de repente se apercebe, ele, dos seus próprios passos, como se desde que saiu do hotel não tivesse encontrado vivalma, e isto mesmo juraria, em consciência, se fosse chamado a jurar, que não viu ninguém até chegar aqui, como é possível, meu caro senhor, uma cidade que nem é das mais pequenas, onde foi que se meteram as pessoas. Sabe, porque lho afirma o senso comum, depositário só do saber que o mesmo senso comum diz ser indiscutível, que tal não é verdade, pessoas não têm faltado no caminho, e agora nesta rua, apesar de tão sossegada, sem comércio, com raras oficinas, há grupos que passam, todos que descendo vão, gente pobre, alguns mais parecem pedintes, famílias inteiras, com os velhos atrás, a arrastar a perna, o coração a rasto, as crianças puxadas aos repelões pelas mães, que são as que gritam, Mais depressa, senão acaba-se. O que se acabou foi o sossego, a rua já não é a mesma, os homens, esses, disfarçam, simulam a gravidade que a todo o chefe de família convém, vão no seu passo como quem traz outro fito ou não quer reconhecer este, e juntamente desaparecem, uns após outros, no próximo cotovelo da rua, onde há um palácio com palmeiras no pátio, parece a Arábia Feliz, estes traçados medievais não perderam os seus encantos, escondem surpresas do outro lado, não são como as modernas artérias urbanas, cortadas a direito, com tudo à vista, se a vista é fácil de contentar. Diante de Ricardo Reis aparece uma multidão negra que enche a rua em toda a largura, alastra para cá e para lá, ao mesmo tempo paciente e agitada, sobre as cabeças passam refluxos, variações, é como o jogar das ondas na praia ou do vento nas searas. Ricardo Reis aproxima-se, pede licença para passar, quem à frente dele está faz um movimento de recusa, vai-se voltar e dizer, por exemplo, Estás com pressa, viesses mais cedo, mas dá com um senhor bem-posto, sem boina nem boné, de gabardina clara, camisa branca e gravata, é quanto basta para que lhe dê logo passagem, e não se contenta com isso, bate nas costas do da frente, Deixa passar este senhor, e o outro faz o mesmo, por isso vemos o chapéu cinzento de Ricardo Reis avançar tão facilmente por entre a mole humana, é como o cisne do Lohengrin em águas subitamente amansadas do mar Negro, mas esta travessia leva seu tempo porque a gente é muita, sem contar que à medida que se vai aproximando do centro da multidão as pessoas abrem caminho mais dificultosamente, não por súbita má vontade, é só porque o aperto quase as não deixa mexerem-se, Que será, interroga-se Ricardo Reis, mas não se atreve a fazer a pergunta em voz alta, acha que onde tanta gente se reuniu por uma razão de todos conhecida, não é lícito, e talvez seja impróprio, ou indelicado, manifestar ignorância, podiam as pessoas ficar ofendidas, nunca há a certeza de como vai reagir a sensibilidade dos outros, e como teríamos tal certeza, se a nossa própria sensibilidade se comporta de maneira tantas vezes imprevisível para nós que julgávamos conhecê-la. Ricardo Reis alcançou o meio da rua, está defronte da entrada do grande prédio do jornal O Século, o de maior expansão e circulação, a multidão alarga-se, mais folgada, pela meia-laranja que com ele entesta, respira-se melhor, só agora Ricardo Reis deu por que vinha a reter a respiração para não sentir o mau cheiro, ainda há quem diga que os pretos fedem, o cheiro do preto é um cheiro de animal selvagem, não este odor de cebola, alho e suor recozido, de roupas raro mudadas, de corpos sem banho ou só no dia de ir ao médico, qualquer pituitária medianamente delicada se teria ofendido na provação deste trânsito. À entrada estão dois polícias, aqui perto outros dois que disciplinam o acesso, a um deles vai Ricardo Reis perguntar, Que ajuntamento é este, senhor guarda, e o agente de autoridade responde com deferência, vê-se logo que o perguntador está aqui por um acaso, É o bodo do Século, Mas é uma multidão, Saiba vossa senhoria que se calculam em mais de mil os contemplados, Tudo gente pobre, Sim senhor, tudo gente pobre, dos pátios e barracas, Tantos, E não estão aqui todos, Claro, mas assim todos juntos, ao bodo, faz impressão, A mim não, já estou habituado, E o que é que recebem, A cada pobre calha dez escudos, Dez escudos, É verdade, dez escudos, e os garotos levam agasalhos, e brinquedos, e livros de leitura, Por causa da instrução, Sim senhor, por causa da instrução, Dez escudos não dá para muito, Sempre é melhor que nada, Lá isso é verdade, Há quem esteja o ano inteiro à espera do bodo, deste e dos outros, olhe que não falta quem passe o tempo a correr de bodo para bodo, à colheita, o pior é quando aparecem em sítios onde não são conhecidos, outros bairros, outras paróquias, outras beneficências, os pobres de lá nem os deixam chegar-se, cada pobre é fiscal doutro pobre, Caso triste, Triste será, mas é bem feito, para aprenderem a não ser aproveitadores, Muito obrigado pelas suas informações, senhor guarda, Às ordens de vossa senhoria, passe vossa senhoria por aqui, e, tendo dito, o polícia avançou três passos, de braços abertos, como quem enxota galinhas para a capoeira, Vamos lá, quietos, não queiram que trabalhe o sabre. Com estas persuasivas palavras a multidão acomodou-se, as mulheres murmurando como é costume seu, os homens fazendo de contas que não tinham ouvido, os garotos a pensar no brinquedo, será carrinho, será ciclista, será boneco de celuloide, por estes dariam camisola e livro de leitura. Ricardo Reis subiu a rampa da Calçada dos Caetanos, dali podia apreciar o ajuntamento quase à vol d'oiseau, voando baixo o pássaro, mais de mil, o polícia calculara bem, terra riquíssima em pobres, queira Deus que nunca se extinga a caridade para que não venha a acabar-se a pobreza, esta gente de xale e lenço, de surrobecos remendados, de cotins com fundilhos doutro pano, de alpargatas, tantos descalços, e sendo as cores tão diversas, todas juntas fazem uma nódoa parda, negra, de lodo mal cheiroso, como a vasa do Cais do Sodré. Ali estão, e estarão, à espera de que chegue a sua vez, horas e horas de pé, alguns desde a madrugada, as mães segurando ao colo os filhos pequenos, dando de mamar aos da sazão, os pais conversando uns com os outros em conversas de homens, os velhos calados e sombrios, mal seguros nas pernas, babam-se, dia de bodo é o único em que se lhes não deseja a morte, por causa do prejuízo que seria. E há febres por aí, tosses, umas garrafinhas de aguardente que ajudam a passar o tempo e espairecem do frio. Se volta a chover, apanham-na toda, daqui ninguém arreda.

Ricardo Reis atravessou o Bairro Alto, descendo pela Rua do Norte chegou ao Camões, era como se estivesse dentro de um labirinto que o conduzisse sempre ao mesmo lugar, a este bronze afidalgado e espadachim, espécie de D'Artagnan premiado com uma coroa de louros por ter subtraído, no último momento, os diamantes da rainha às maquinações do cardeal, a quem, aliás, variando os tempos e as políticas, ainda acabará por servir, mas este aqui, se por estar morto não pode voltar a alistar-se, seria bom que soubesse que dele se servem, à vez ou em confusão, os principais, cardeais incluídos, assim lhes aproveite a conveniência. São horas de almoçar, o tempo foi-se passando nestas caminhadas e descobertas, parece este homem que não tem mais que fazer, dorme, come, passeia, faz um verso por outro, com grande esforço, penando sobre o pé e a medida, nada que se possa comparar ao contínuo duelo do mosqueteiro D'Artagnan, só os Lusíadas comportam para cima de oito mil versos, e no entanto este também é poeta, não que do título se gabe, como se pode verificar no registo do hotel, mas um dia não será como médico que pensarão nele, nem em Álvaro como engenheiro naval, nem em Fernando como correspondente de línguas estrangeiras, dá-nos o ofício o pão, é verdade, porém não virá daí a fama, sim de ter alguma vez escrito, Nel mezzo del camin di nostra vita, ou, Menina e moça me levaram da casa de meus pais, ou, En un lugar de la Mancha, de cuyo nombre no quiero acordarme, para não cair uma vez mais na tentação de repetir, ainda que muito a propósito, As armas e os barões assinalados, perdoadas nos sejam as repetições, Arma virumque cano. Há de o homem esforçar-se sempre, para que esse seu nome de homem mereça, mas é menos senhor da sua pessoa e destino do que julga, o tempo, não o seu, o fará crescer ou apagar, por outros merecimentos algumas vezes, ou diferentemente julgados, Que serás quando fores de noite e ao fim da estrada.

Era quase noite quando a Rua do Século ficou limpa de pobres. Entretanto Ricardo Reis almoçara, entrou em duas livrarias, hesitou à porta do Tivoli se iria ver o filme Gosto de Todas as Mulheres, com Jean Kiepura, não foi, ficará para outra ocasião, depois regressou ao hotel, de táxi, porque já lhe doíam as pernas de tanto andar. Quando choveu recolheu-se a um café, leu os jornais da tarde, aceitou que lhe engraxassem os sapatos, aparente desperdício de pomada, com estas ruas que as chuvadas bruscamente alagam, mas o engraxador explicou que é sempre melhor prevenir que remediar, o sapato impermeabilizado aguenta muito mais a chuva, senhor doutor, e teria razão o técnico, quando Ricardo Reis se descalçou no seu quarto tinha os pés secos e quentes, é o que se necessita para conservar uma boa saúde, pés quentes, cabeça fresca, embora a faculdade não reconheça estes saberes empíricos não se perde nada em observar o preceito. O hotel está em grande sossego, não bate uma porta, não se ouve uma voz, o besouro emudeceu, o gerente Salvador não atende na receção, caso fora do comum, e Pimenta, que foi buscar a chave, move-se com a leveza, a imaterialidade de um elfo, é certo que desde manhã ainda não teve que carregar malas, circunstância sobremaneira adjuvante. Quando Ricardo Reis desceu para jantar, já perto das nove horas, conforme a si mesmo havia prometido, encontrou a sala deserta, os criados a conversarem a um canto, finalmente apareceu Salvador, mexeram-se os serventuários um pouco, é o que devemos fazer sempre que nos apareça o superior hierárquico, basta, por exemplo, descansar o corpo sobre a perna direita se antes sobre a esquerda repousava, muitas vezes não é preciso mais, ou nem tanto, E jantar, pode-se, perguntou hesitante o hóspede, claro que sim, para isso ali estavam, e também Salvador para dizer que não se admirasse o senhor doutor, na passagem do ano tinham em geral poucos clientes, e os que havia jantavam fora, é o réveillon, ou révelion, que foi a palavra, dantes dava-se aqui no hotel a festa, mas os proprietários acharam que as despesas eram grandes, desorganizava-se o serviço, uma trabalheira, sem falar nos estragos causados pela alegria dos hóspedes, sabe-se como as coisas acontecem, atrás de copo, copo vem, às tantas as pessoas não se entendem, e depois era o barulho, a agitação, as queixas dos que não tinham alegria para festas, que sempre os há, Enfim, acabámos com o révelion, mas tenho pena, confesso, era uma noite bonita, dava ao hotel uma reputação fina e moderna, agora é o que se está vendo, este deserto, Deixe lá, vai mais cedo para a cama, consolou Ricardo Reis, e Salvador respondeu que não, que sempre ouvia as badaladas da meia-noite em casa, era uma tradição da família, comiam doze passas de uva, uma a cada badalada, ouvira dizer que dava sorte para o ano seguinte, no estrangeiro usa-se muito, São países ricos, e a si, acha que lhe dá realmente sorte, Não sei, não posso comparar, se calhar corria-me pior o ano se não as comesse, assim seria, por estas e outras é que quem não tem Deus procura deuses, quem deuses abandonou a Deus inventa, um dia nos livraremos deste e daqueles, Tenho as minhas dúvidas, aparte que alguém lançou, ou antes ou depois, mas não aqui, que não se tomam tais liberdades com os dignos hóspedes.

Ricardo Reis jantou acolitado por um único criado, e com o maître decorativamente colocado ao fundo, Salvador instalou-se na receção a fazer horas para o seu révelion particular, de Pimenta não se sabe onde para, quanto às criadas dos quartos, ou subiram às mansardas, se as temos, ou aos rebaixos do sótão, que é o mais certo, a beber, em chegando a hora, licorzinhos domésticos e capitosos com bolinhos secos, ou então foram para suas casas, ficando apenas o piquete, como nos hospitais, a cozinha é já uma cidadela evacuada, em tudo isto não há mais que suposições, claro, que um hóspede, no geral, não se interessa por saber como funciona o hotel por dentro, o que quer é o quarto arrumado e a comida a horas, paga, deve ser bem servido. Não esperava Ricardo Reis que à sobremesa lhe pusessem na frente uma fatia larga de bolo-rei, são estas atenções que fazem de cada cliente um amigo, embora no episódio tenha saído a fava, mas de propósito não foi, o criado sorriu com bonomia familiar e disse, Dia de Reis paga o senhor doutor, Fica combinado, Ramón, era este o nome, será o Dia do Reis, mas Ramón não compreendeu o chiste. Ainda não são dez horas, o tempo arrasta-se, o ano velho resiste. Ricardo Reis olhou a mesa onde vira, dois dias antes, o doutor Sampaio e a filha Marcenda, sentiu que o tomava uma nuvem cinzenta, se ali estivessem hoje poderiam conversar, únicos hóspedes nesta noite de fim e recomeço, nada mais próprio. Reviu na memória o gesto pungente da rapariga, agarrando a mão inerte e colocando-a sobre a mesa, era a sua mãozinha de estimação, a outra, ágil, saudável, auxiliava a irmã, mas tinha a sua vida, independente, nem sempre podia ajudar, para dar um exemplo, esta era a que tocava a mão das pessoas em caso de apresentação formal, Marcenda Sampaio, Ricardo Reis, a mão do médico apertaria a mão da rapariga de Coimbra, direita com direita, a esquerda dele, se quisesse, poderia aproximar-se, participar do encontro, a dela, caída ao longo do corpo, será como se ali não estivesse. Ricardo Reis sentiu humedecerem-se-lhe os olhos, ainda há quem diga mal dos médicos, que por estarem acostumados a ver doenças e infelicidades levam empedernidos os corações, veja-se este que desmente a asserção, talvez por ser poeta, embora da espécie cética, como se tem visto. Distrai-se Ricardo Reis nestas meditações, porventura algumas mais difíceis de destrinçar para quem, como nós, está do lado de fora, e Ramón, que tanto sabe de umas como de outras, pergunta, O senhor doutor deseja mais qualquer coisa, maneira de falar delicada mas que pretende dizer exatamente o contrário do que se ouviu, insinuar a negativa, porém, somos tão bons entendedores que meia palavra nos tem bastado a todos na vida, a prova é estar Ricardo Reis a levantar-se, dá as boas-noites a Ramón, deseja-lhe um feliz ano novo, e ao passar pela receção repete a Salvador, com demora, a saudação e o voto, o sentimento é igual, mais explícita a manifestação dele, porque, enfim, este é o gerente. Ricardo Reis sobe devagar a escada, cansado, parece a personagem daquelas rábulas de revista ou dos desenhos alusivos à época, ano velho carregado de cãs e de rugas, já com a ampulheta vazia, sumindo-se na treva profunda do tempo passado, enquanto o ano novo se aproxima num raio de luz, gordinho como os meninos da farinha lacto-búlgara, e dizendo, em infantil toada, como se nos convidasse para a dança das horas, Sou o ano de mil novecentos e trinta e seis, venham ser felizes comigo. Entra no quarto e senta-se, tem a cama aberta, água renovada na garrafa para as securas noturnas, os chinelos sobre o tapete, alguém está velando por mim, anjo bom, obrigado. Na rua passa uma algazarra de latas, já deram as onze horas, e é então que Ricardo Reis se levanta bruscamente, quase violento, Que estou eu para aqui a fazer, toda a gente a festejar e a divertir-se, em suas casas, nas ruas, nos bailes, nos teatros e nos cinemas, nos casinos, nos cabarés, ao menos que eu vá ao Rossio ver o relógio da estação central, o olho do tempo, o ciclope que não atira com penedos mas com minutos e segundos, tão ásperos e pesados como eles, e que eu tenho de ir aguentando, como aguentamos todos nós, até que um último e todos somados me rebentem com as tábuas do barco, mas assim não, a olhar para o relógio, aqui, aqui sentado, sobre mim próprio dobrado, aqui sentado, e, tendo rematado o solilóquio, vestiu a gabardina, pôs o chapéu, deitou mão ao guarda-chuva, enérgico, um homem é logo outro homem quando toma uma decisão. Salvador já não estava, recolhera-se ao lar, foi o Pimenta quem perguntou, O senhor doutor vai sair, Vou, vou dar por aí uma volta, e começou a descer a escada, o Pimenta seguiu-o até ao patamar, Quando o senhor doutor chegar, toque duas campainhadas, uma curta, outra comprida, assim já sei quem é, Vai ficar acordado, Passada a meia-noite deito-me, mas por mim o senhor doutor não se prenda, venha à hora que quiser, Feliz ano novo, Pimenta, Um novo ano muito próspero, senhor doutor, frases de cartões de boas-festas, não disseram mais, mas quando Ricardo Reis chegou ao fundo da escada lembrou-se de que nestas épocas é costume gratificar o pessoal menor, eles contam com isso, Em todo o caso, eu só cá estou há três dias, o pajem italiano tem a lâmpada apagada, dorme.

A calçada estava molhada e escorregadia, os carris luziam pela Rua do Alecrim acima, a direito, sabe-se lá que estrela ou papagaio segurarão elas naquele ponto onde a escola diz que se reúnem as paralelas, no infinito, muito grande o infinito tem de ser para que tantas coisas, todas, e de todos os tamanhos, lá caibam, as linhas retas paralelas, e as simples, e também as curvas e as cruzadas, os carros elétricos que por estas calhas sobem, e os passageiros que vão dentro deles, a luz dos olhos de cada um, o eco das palavras, o roçar inaudível dos pensamentos, este sinal de assobio para uma janela, Então, desces ou não desces, Ainda não é tarde, disse uma voz lá no alto, se foi de homem ou de mulher, tanto faz, tornaremos a encontrá-la no infinito. Ricardo Reis desceu o Chiado e a Rua do Carmo, como ele muita outra gente descia, grupos, famílias, ainda que o mais fossem homens solitários a quem ninguém espera em casa ou que preferem o ar livre para assistir à passagem do ano, acaso passará mesmo, sobre as cabeças deles e nossas voará um risco de luz, uma fronteira, então diríamos que o tempo e o espaço tudo é um, e havia também mulheres que por uma hora interromperam a mísera caçada, fazem este intervalo na vida, querem estar presentes se houver proclamação de vida nova, saber que porção dela lhes cabe, se nova mesmo, se a mesma. Para os lados do Teatro Nacional, o Rossio está cheio. Caiu uma bátega rápida, abriram-se guarda-chuvas, carapaças luzidias de insetos, ou como se a multidão fosse um exército avançando sob a proteção dos escudos, postos sobre as cabeças, ao assalto duma fortaleza indiferente. Ricardo Reis meteu-se pelo ajuntamento, afinal menos denso do que parecera de longe, abriu caminho, entretanto a chuvada cessara, fecharam-se os guarda-chuvas como um bando de aves pousadas que sacudissem as asas antes do repouso noturno. Está toda a gente de nariz no ar, com os olhos fitos no mostrador amarelo do relógio. Da Rua do Primeiro de Dezembro um grupo de rapazes avança batendo com tampas de panela, tchim, tchim, e outros apitam, estridentes. Dão a volta ao largo fronteiro à estação, instalam-se debaixo da arcada do teatro, sempre a trinar nas gaitas e a bater as latas, e este barulho junta-se ao das matracas que ressoam por toda a praça, ra-ra-ra-ra, faltam quatro minutos para a meia-noite, ai a volubilidade dos homens, tão ciosos do pouco tempo que têm para viver, sempre a queixarem-se de serem curtas as vidas, deixando à só memória um branco som de espuma, e aqui impacientes por que passem estes minutos, tão grande é o poder da esperança. Já há quem grite de puro nervosismo, e o alvoroço recresce quando da banda do rio começa a ouvir-se a voz profunda dos barcos ancorados, os dinossauros mugindo com aquele ronco pré-histórico que faz vibrar o estômago, sereias que soltam gritos lancinantes como animais a quem estivessem degolando, e as buzinas dos automóveis ali perto atroam doidas, e as campainhas dos elétricos tilintam quanto podem, pouco, finalmente o ponteiro dos minutos cobre o ponteiro das horas, é meia-noite, a alegria duma libertação, por um instante breve o tempo largou os homens, deixou-os viver soltos, apenas assiste, irónico, benévolo, aí estão, abraçam-se uns aos outros, conhecidos e desconhecidos, beijam-se homens e mulheres ao acaso, são esses os beijos melhores, os que não têm futuro. O barulho das sereias enche agora todo o espaço, agitam-se os pombos no frontão do teatro, alguns esvoaçam estonteados, mas ainda não passou um minuto e já o som vai decrescendo, alguns derradeiros arrancos, os barcos no rio é como se se estivessem afastando pelo meio do nevoeiro, mar fora, e, por disto falarmos, lá está D. Sebastião no seu nicho da frontaria, rapazito mascarado para um carnaval que há de vir, se não noutro sítio o puseram, mas aqui, então teremos de reexaminar a importância e os caminhos do sebastianismo, com nevoeiro ou sem ele, é patente que o Desejado virá de comboio, sujeito a atrasos. Ainda há grupos no Rossio, mas a animação extingue-se de vez. As pessoas deixaram livres os passeios, sabem o que vai acontecer, dos andares começa-se a atirar lixo para a rua, é o costume, porém aqui nem se nota tanto porque nestes prédios já pouca gente vem morando, o mais das casas são escritórios e consultórios. Pela Rua do Ouro abaixo o chão está juncado de detritos, e ainda se lançam janela fora trapos, caixas vazias, ferro-velho, sobras e espinhas que vêm embrulhadas em jornais e nas calçadas se espalham, um potezinho cheio de cinzas ardentes estoirou disparando fagulhas em redor, e as pessoas que passam, agora procurando a proteção das varandas, ao rente dos prédios, gritam para cima, mas isto nem são protestos, o uso é geral, resguarde-se cada qual como puder, que a noite é de festa, de alegria foi o que se pôde arranjar. Atira-se fora o que é inútil, objetos que deixaram de servir e não vale a pena vender, guardados para esta ocasião, esconjuros para que a abundância venha com o ano novo, pelo menos ficará o lugar em aberto para o que de bom possa vir, assim não sejamos esquecidos. Do alto de um prédio alguém gritou, Lá vai obra, teve esse cuidado e atenção, e pelos ares cai um vulto grande, fez um arco, quase bateu nos cabos de energia dos elétricos, que imprudência, capaz de um desastre, e despedaçou-se violentamente contra as pedras, era um manequim, daqueles de três pés, que tanto servem para casaco de homem como para vestido de mulher, caso é que sejam corpulentos, rompera-se-lhe o forro preto, entrara-lhe sem recurso o caruncho nas madeiras, ali esborrachado pelo choque mal consegue lembrar um corpo, falta-lhe a cabeça, não tem pernas, um rapaz que passava empurrou-o com o pé para a valeta, amanhã vem a carroça e leva tudo, vão as folhas e as cascas, os farrapos sujos, os tachos a que nem já o funileiro ou o deita-gatos poderiam valer, um assador sem fundo, uma moldura partida, flores de pano desbotadas, daqui a pouco começarão os mendigos a rabiscar neste lixo, alguma coisa hão de eles aproveitar, o que para uns deixou de prestar é vida para outros.

Ricardo Reis regressa ao hotel. Não faltam por essa cidade lugares onde a festa continue, com luzes, vinho espumoso, ou verdadeiro champanhe, e animação delirante, como os jornais não se esquecem de escrever, mulheres fáceis ou não tanto, diretas e demonstrativas umas, outras que não dispensam certos ritos de aproximação, porém este homem não é um destemido experimentador de aventuras, conhece-as de ouvir contar, se ousou alguma vez, foi entrada por saída. Um grupo que passa em cantoria desafinada grita-lhe, Boas festas, ó velhinho, e ele responde com um gesto, a mão no ar, falar para quê, já lá vão adiante, tão mais novos do que eu. Pisa o lixo das ruas, ladeia os caixotes virados, debaixo dos pés rangem vidros partidos, só faltou que tivessem atirado também os velhos pelas janelas com o manequim, não é assim tão grande a diferença, a partir de certa idade nem nos governa a cabeça nem as pernas sabem aonde hão de levar-nos, no fim somos como as criancinhas, inermes, mas a mãe está morta, não podemos voltar a ela, ao princípio, àquele nada que esteve antes do princípio, o nada é verdade que existe, é o antes, não é depois de mortos que entramos no nada, do nada, sim, viemos, foi pelo não ser que começámos, e mortos, quando o estivermos, seremos dispersos, sem consciência, mas existindo. Todos tivemos pai e mãe, mas somos filhos do acaso e da necessidade, seja o que for que esta frase signifique, pensou-a Ricardo Reis, ele que a explique.

Pimenta ainda não se deitara, pouco passava da meia-noite e meia hora. Veio abaixo abrir a porta, mostrou-se admirado, Afinal tornou cedo, divertiu-se pouco, Sentia-me cansado, com sono, Sabe, isto de passagens de ano já não é nada do que foi, Pois não, bonito é no Brasil, diziam estas frases diplomáticas enquanto subiam a escada, no patamar Ricardo Reis despediu-se, Até amanhã, e atacou o segundo lanço, Pimenta respondera, Tenha uma boa noite, e começou a apagar as luzes do andar, apenas deixava as luzes de vigília, depois iria aos outros pisos reduzir a iluminação, antes de se deitar, seguro de que dormiria descansado a noite inteira, não eram horas de chegarem hóspedes novos. Ouvia os passos de Ricardo Reis no corredor, em tão completo sossego dá-se pelo mais leve ruído, não há luz em nenhum quarto, ou neles se dorme já ou estão desocupados, ao fundo brilha tenuemente a chapazinha do número duzentos e um, é então que Ricardo Reis repara que por baixo da sua porta passa uma réstia luminosa, ter-se-ia esquecido, enfim, são coisas que podem acontecer a qualquer, meteu a chave na fechadura, abriu, sentado no sofá estava um homem, reconheceu-o imediatamente apesar de não o ver há tantos anos, e não pensou que fosse acontecimento irregular estar ali à sua espera Fernando Pessoa, disse Olá, embora duvidasse de que ele lhe responderia, nem sempre o absurdo respeita a lógica, mas o caso é que respondeu, disse Viva, e estendeu-lhe a mão, depois abraçaram-se, Então como tem passado, um deles fez a pergunta, ou ambos, não importa averiguar, considerando a insignificância da frase. Ricardo Reis despiu a gabardina, pousou o chapéu, arrumou cuidadosamente o guarda-chuva no lavatório, se ainda pingasse lá estaria o oleado do chão, mesmo assim certificou-se primeiro, apalpou a seda húmida, já não escorre, durante todo o caminho de regresso não chovera. Puxou uma cadeira e sentou-se defronte do visitante, reparou que Fernando Pessoa estava em corpo bem feito, que é a maneira portuguesa de dizer que o dito corpo não veste sobretudo nem gabardina nem qualquer outra proteção contra o mau tempo, nem sequer um chapéu para a cabeça, este tem só o fato preto, jaquetão, colete e calça, camisa branca, preta também a gravata, e o sapato, e a meia, como se apresentaria quem estivesse de luto ou tivesse por ofício enterrar os outros. Olham-se ambos com simpatia, vê-se que estão contentes por se terem reencontrado depois da longa ausência, e é Fernando Pessoa quem primeiro fala, Soube que me foi visitar, eu não estava, mas disseram-me quando cheguei, e Ricardo Reis respondeu assim, Pensei que estivesse, pensei que nunca de lá saísse, Por enquanto saio, ainda tenho uns oito meses para circular à vontade, explicou Fernando Pessoa, Oito meses porquê, perguntou Ricardo Reis, e Fernando Pessoa esclareceu a informação, Contas certas, no geral e em média, são nove meses, tantos quantos os que andámos na barriga das nossas mães, acho que é por uma questão de equilíbrio, antes de nascermos ainda não nos podem ver mas todos os dias pensam em nós, depois de morrermos deixam de poder ver-nos e todos os dias nos vão esquecendo um pouco, salvo casos excecionais nove meses é quanto basta para o total olvido, e agora diga-me você que é que o trouxe a Portugal. Ricardo Reis tirou a carteira do bolso interior do casaco, extraiu dela um papel dobrado, fez menção de o entregar a Fernando Pessoa, mas este recusou com um gesto, disse, Já não sei ler, leia você, e Ricardo Reis leu, Fernando Pessoa faleceu Stop Parto para Glasgow Stop Álvaro de Campos, quando recebi este telegrama decidi regressar, senti que era uma espécie de dever, É muito interessante o tom da comunicação, é o Álvaro de Campos por uma pena, mesmo em tão poucas palavras nota-se uma espécie de satisfação maligna, quase diria um sorriso, no fundo da sua pessoa o Álvaro é assim, Houve ainda uma outra razão para este meu regresso, essa mais egoísta, é que em Novembro rebentou no Brasil uma revolução, muitas mortes, muita gente presa, temi que a situação viesse a piorar, estava indeciso, parto, não parto, mas depois chegou o telegrama, aí decidi-me, pronunciei-me, como disse o outro, Você, Reis, tem sina de andar a fugir das revoluções, em mil novecentos e dezanove foi para o Brasil por causa de uma que falhou, agora foge do Brasil por causa de outra que, provavelmente, falhou também, Em rigor, eu não fugi do Brasil, e talvez que ainda lá estivesse se você não tem morrido, Lembro-me de ler, nos meus últimos dias, umas notícias sobre essa revolução, foi uma coisa de bolchevistas, creio, Sim, foi coisa de bolchevistas, uns sargentos, uns soldados, mas os que não morreram foram presos, em dois ou três dias acabou-se tudo, O susto foi grande, Foi, Aqui em Portugal também tem havido umas revoluções, Chegaram-me lá as notícias, Você continua monárquico, Continuo, Sem rei, Pode-se ser monárquico e não querer um rei, É esse o seu caso, É, Boa contradição, Não é pior que outras em que tenho vivido, Querer pelo desejo o que sabe não poder querer pela vontade, Precisamente, Ainda me lembro de quem você é, É natural.

Fernando Pessoa levantou-se do sofá, passeou um pouco pela saleta, no quarto parou diante do espelho, depois voltou, É uma impressão estranha, esta de me olhar num espelho e não me ver nele, Não se vê, Não, não me vejo, sei que estou a olhar-me, mas não me vejo, No entanto, tem sombra, É só o que tenho. Tornou a sentar-se, cruzou a perna, E agora, vai ficar para sempre em Portugal, ou regressa a casa, Ainda não sei, apenas trouxe o indispensável, pode ser que me resolva a ficar, abrir consultório, fazer clientela, também pode acontecer que regresse ao Rio, não sei, por enquanto estou aqui, e, feitas todas as contas, creio que vim por você ter morrido, é como se, morto você, só eu pudesse preencher o espaço que ocupava, Nenhum vivo pode substituir um morto, Nenhum de nós é verdadeiramente vivo nem verdadeiramente morto, Bem dito, com essa faria você uma daquelas odes. Ambos sorriram. Ricardo Reis perguntou, Diga-me, como soube que eu estava hospedado neste hotel, Quando se está morto, sabe-se tudo, é uma das vantagens, respondeu Fernando Pessoa, E entrar, como foi que entrou no meu quarto, Como qualquer outra pessoa entraria, Não veio pelos ares, não atravessou as paredes, Que absurda ideia, meu caro, isso só acontece nos livros de fantasmas, os mortos servem-se dos caminhos dos vivos, aliás nem há outros, vim por aí fora desde os Prazeres, como qualquer mortal, subi a escada, abri aquela porta, sentei-me neste sofá à sua espera, E ninguém deu pela entrada de um desconhecido, sim, que você aqui é um desconhecido, Essa é outra vantagem de estar morto, ninguém nos vê, querendo nós, Mas eu vejo-o a si, Porque eu quero que me veja, e, além disso, se refletirmos bem, quem é você, a pergunta era obviamente retórica, não esperava resposta, e Ricardo Reis, que não a deu, também não a ouviu. Houve um silêncio arrastado, espesso, ouviu-se como em outro mundo o relógio do patamar, duas horas. Fernando Pessoa levantou-se, Vou-me chegando, Já, Bem, não julgue que tenho horas marcadas, sou livre, é verdade que a minha avó está lá, mas deixou de me maçar, Fique um pouco mais, Está a fazer-se tarde, você precisa de descansar, Quando volta, Quer que eu volte, Gostaria muito, podíamos conversar, restaurar a nossa amizade, não se esqueça de que, passados dezasseis anos, sou novo na terra, Mas olhe que só vamos poder estar juntos oito meses, depois acabou-se, não terei mais tempo, Vistos do primeiro dia, oito meses são uma vida, Quando puder, aparecerei, Não quer marcar um dia, hora, local, Tudo menos isso, Então até breve, Fernando, gostei de o ver, E eu a si, Ricardo, Não sei se posso desejar-lhe um feliz ano novo, Deseje, deseje, não me fará mal nenhum, tudo são palavras, como sabe, Feliz ano novo, Fernando, Feliz ano novo, Ricardo.

Fernando Pessoa abriu a porta do quarto, saiu para o corredor. Não se ouviram os seus passos. Dois minutos depois, tempo de descer as altas escadas, a porta de baixo bateu, o besouro zumbira rapidamente. Ricardo Reis foi à janela. Pela Rua do Alecrim afastava-se Fernando Pessoa. Os carris luziam, ainda paralelos.

Diz-se, dizem-no os jornais, quer por sua própria convicção, sem recado mandado, quer porque alguém lhes guiou a mão, se não foi suficiente sugerir e insinuar, escrevem os jornais, em estilo de tetralogia, que, sobre a derrocada dos grandes Estados, o português, o nosso, afirmará a sua extraordinária força e a inteligência refletida dos homens que o dirigem. Virão a cair, portanto, e a palavra derrocada lá está a mostrar como e com que apocalíptico estrondo, essas hoje presunçosas nações que arrotam de poderosas, grande é o engano em que vivem, pois não tardará muito o dia, fasto sobre todos nos anais desta sobre todas pátria, em que os homens de Estado de além-fronteiras virão às lusas terras pedir opinião, ajuda, ilustração, mão de caridade, azeite para a candeia, aqui, aos fortíssimos homens portugueses, que portugueses governam, quais são eles, a partir do próximo ministério que já nos gabinetes se prepara, à cabeça maximamente Oliveira Salazar, presidente do Conselho e ministro das Finanças, depois, a respeitosa distância e pela ordem dos retratos que os mesmos jornais hão de publicar, o Monteiro dos Negócios Estrangeiros, o Pereira do Comércio, o Machado das Colónias, o Abranches das Obras Públicas, o Bettencourt da Marinha, o Pacheco da Instrução, o

Rodrigues da Justiça, o Sousa da Guerra, mas Passos, o Sousa do Interior, porém Paes, tudo se escrevendo por extenso para que com mais facilidade possam os peticionários encontrar o rumo certo, ainda faltou mencionar o Duque da Agricultura, sem cuja opinião não saberia frutificar na Europa e mundo um grão de trigo, e também, para as sobras, o Entre Parêntesis Lumbrales das Finanças, além de um das Corporações Andrade, que este Estado nosso e novo é corporativo, ainda que de berço, por isso um subsecretário basta. Dizem também os jornais, de cá, que uma grande parte do país tem colhido os melhores e mais abundantes frutos de uma administração e ordem pública modelares, e se tal declaração for tomada como vitupério, uma vez que se trata de elogio em boca própria, leia-se aquele jornal de Genebra, Suíça, que longamente discorre, e em francês, o que maior autoridade lhe confere, sobre o ditador de Portugal, já sobredito, chamando-nos de afortunadíssimos por termos no poder um sábio. Tem toda a razão o autor do artigo, a quem do coração agradecemos, mas considere, por favor, que não é Pacheco menos sábio se amanhã disser, como dirá, que se deve dar à instrução primária elementar o que lhe pertence e mais nada, sem pruridos de sabedoria excessiva, a qual, por aparecer antes de tempo, para nada serve, e também que muito pior que a treva do analfabetismo num coração puro é a instrução materialista e pagã asfixiadora das melhores intenções, posto o que, reforça Pacheco e conclui, Salazar é o maior educador do nosso século, se não é atrevimento e temeridade afirmá-lo já, quando do século só vai vencido um terço.

Não se cuide que estas notícias apareceram assim reunidas na mesma página de jornal, caso em que o olhar, ligando-as, lhes daria o sentido mutuamente complementar e decorrente que parecem ter. São acontecidos e informados de duas ou três semanas, aqui justapostos como pedras de dominó, cada qual com seu igual, por metade, exceto se é doble, e então é posto atravessado, esses são os casos importantes, veem-se de longe. Faz Ricardo Reis a sua leitura matinal das gazetas enquanto vai sorvendo regalado o café com leite e trincando as torradas do Bragança, untuosas e estaladiças, a contradição é aparente, foram regalos doutros tempos, hoje esquecidos, por isso vos pareceu imprópria a conjunção dos termos. Já conhecemos a criada que traz o pequeno-almoço, é a Lídia, ela é também quem faz a cama e limpa e arruma o quarto, dirige-se a Ricardo Reis chamando-lhe sempre senhor doutor, ele diz Lídia, sem senhoria, mas, sendo homem de educação, não a trata por tu, e pede, Faça-me isto, Traga-me aquilo, e ela gosta, não está habituada, em geral logo ao primeiro dia e hora a tuteiam, quem paga julga que o dinheiro confere e confirma todos os direitos, embora, faça-se essa justiça, outro hóspede haja que se lhe dirige com igual consideração, é a menina Marcenda, filha do doutor Sampaio. Lídia tem quê, os seus trinta anos, é uma mulher feita e bem feita, morena portuguesa, mais para o baixo que para o alto, se há importância em mencionar os sinais particulares ou as características físicas duma simples criada que até agora não fez mais que limpar o chão, servir o pequeno-almoço e, uma vez, rir-se de ver um homem às costas doutro, enquanto este hóspede sorria, tão simpático, mas tem o ar triste, não deve de ser pessoa feliz, ainda que haja momentos em que o seu rosto se torna claro, é como este quarto sombrio, quando lá fora as nuvens deixam passar o sol entra aqui dentro uma espécie de luar diurno, luz que não é a do dia, luz sombra de luz, e como a cabeça de Lídia estava em posição favorável Ricardo Reis notou o sinal que ela tinha perto da asa do nariz, Fica-lhe bem, pensou, depois não soube se ainda estava a referir-se ao sinal, ou ao avental branco, ou ao adorno engomado da cabeça, ou ao debrum bordado que lhe cingia o pescoço, Sim, já pode levar a bandeja.

Três dias haviam passado e Fernando Pessoa não voltou a aparecer. Ricardo Reis não fez a si mesmo a pergunta própria destas situações, Terá sido um sonho, sabia perfeitamente que não sonhara, que Fernando Pessoa, em osso e carne suficiente para abraçar e ser abraçado, estivera neste mesmo quarto na noite da passagem do ano e prometera voltar. Não duvidava, mas impacientava-o a demora. A sua vida parecia-lhe agora suspensa, expectante, problemática. Minuciosamente, lia os jornais para encontrar guias, fios, traços de um desenho, feições de rosto português, não para delinear um retrato do país, mas para revestir o seu próprio rosto e retrato de uma nova substância, poder levar as mãos à cara e reconhecer-se, pôr uma mão sobre a outra e apertá-las, Sou eu e estou aqui. Na última página deu com um grande anúncio, dois palmos de mão ancha, representando, ao alto, à direita, o Freire Gravador, de monóculo e gravata, perfil antigo, e por baixo, até ao rodapé, uma cascata doutros desenhos figurando os artigos fabricados nas suas oficinas, únicas que merecem o nome de completas, com legendas explicativas, e redundantes, se é verdade que mostrar é tanto ou mais que dizer, exceto a fundamental legenda, esta que limiarmente garante, agora afirmando o que não poderia ser mostrado, a boa qualidade das mercadorias, casa há cinquenta e dois anos fundada, pelo seu hoje proprietário, mestre dos gravadores, o qual nunca teve uma mancha em sua vida honrada, tendo estudado, e seus filhos, nas primeiras cidades da Europa, as artes e comércio da sua casa, única em Portugal, premiada com três medalhas de ouro, empregando nos seus fabricos dezasseis máquinas a trabalhar a eletricidade, entre elas uma que vale sessenta contos, e o que estas máquinas são capazes de fazer, parece que só lhes falta falar, santo Deus, isto é um mundo, diante dos nossos olhos representado, já que não nascemos em tempo de ver nos campos de Troia o escudo de Aquiles, que mostrava todo o céu e terra, admiremos em Lisboa este escudo português, os novos prodígios do lugar, números para prédios, hotéis, quartos, armários e bengaleiros, afiadores para lâminas de barba, assentadores para navalhas, tesouras, canetas com pena de ouro, prensas e balancés, chapas de vidro com corrente de latão niquelado, máquinas para furar cheques, carimbos de metal e borracha, letras de esmalte, sinetes para roupa e lacre, jetons para bancos, companhias e cafés, ferros para marcar gado e caixas de madeira, canivetes, chapas municipais para automóveis e bicicletas, anéis, medalhas para todos os sports, chapas para bonés de leitarias, cafés, casinos, veja-se o modelo da Leitaria Nívea, não da Leitaria Alentejana, essa não tinha empregados de boné com chapa, cofres, bandeiras esmaltadas dessas que se põem por cima da porta dos estabelecimentos, alicates para selar a chumbo e lata, lanternas elétricas, navalhas com quatro lâminas, as outras, os emblemas, os punções, as prensas de copiar, as formas de bolachas, sabonetes e solas de borracha, os monogramas e brasões em ouro, prata e metal para todos os fins, os isqueiros, os rolos, a pedra e a tinta para impressões digitais, os escudos para consulados portugueses e estrangeiros, e outras chapas, de médico, de advogado, de registo civil, nasceu, viveu e morreu, a de junta de freguesia, a de parteira, a de notário, a de é proibida a entrada, e também anilhas para pombos, cadeados, etc., etc., etc., três vezes etc. com o que se reduz e dá por dito o restante, não esqueçamos que estas são as únicas oficinas completas, tanto assim que também nelas se fazem artísticos portões de metal para jazigos, fim e ponto final. Que vale, ao pé disto, o trabalho do divino ferreiro Hefestos, que nem ao menos se lembrou, tendo cinzelado e repuxado no escudo de Aquiles o universo inteiro, não se lembrou de guardar um pequeno espaço, mínimo, para desenhar o calcanhar do guerreiro ilustre, cravando nele o vibrante dardo de Páris, até os deuses se olvidam da morte, não admira, se são imortais, ou terá sido caridade deste, nuvem que lançou sobre os olhos perecíveis dos homens, a quem basta não saberem onde nem como nem quando para serem felizes, porém mais rigoroso deus e gravador é Freire, que aponta o fim e o lugar onde. Este anúncio é um labirinto, um novelo, uma teia. A olhar para ele, deixou Ricardo Reis esfriar-se o café com leite, coalhar-se nas torradas a manteiga, atenção, estimados clientes, esta casa não tem agências em parte alguma, cuidado com os que se intitulem agentes e representantes, porque o fazem para ludibriar o público, chapas transfuradas para marcar barris, carimbos para os matadouros, quando Lídia entrou para vir buscar a bandeja afligiu-se, O senhor doutor não gostou, e ele disse que tinha gostado, pusera-se a ler o jornal, distraíra-se, Quer que mande fazer outras torradas, aquecer outra vez o café, Não é preciso, fico bem assim, o apetite também não era grande, entretanto levantara-se e para sossegá-la pusera-lhe a mão no braço, sentia a cetineta da manga, o calor da pele, Lídia baixou os olhos, depois deu um passo para o lado, mas a mão acompanhou-a, ficaram assim alguns segundos, enfim Ricardo Reis largou-lhe o braço, e ela agarrou e levantou a bandeja, as porcelanas tremiam, parecia que se estava dando um abalo de terra com o epicentro neste quarto duzentos e um, mais precisamente no coração desta criada, e agora afasta-se, tão cedo não vai serenar, entrará na copa e pousará a louça, a mão pousará no lugar onde a outra esteve, gesto delicado que há de parecer impossível em pessoa de tão humilde profissão, é o que estará pensando quem se deixe guiar por ideias feitas e sentimentos classificados, como talvez seja o caso de Ricardo Reis que neste momento se recrimina acidamente por ter cedido a uma fraqueza estúpida, Incrível o que eu fiz, uma criada, mas a ele o que lhe vale é não ter de transportar nenhuma bandeja com louça, então saberia como podem tremer igualmente as mãos de um hóspede. São assim os labirintos, têm ruas, travessas e becos sem saída, há quem diga que a mais segura maneira de sair deles é ir andando e virando sempre para o mesmo lado, mas isso, como temos obrigação de saber, é contrário à natureza humana.

Sai Ricardo Reis para a rua, esta do Alecrim, invariável, depois qualquer outra, para cima, para baixo, para os lados, Ferragial, Remolares, Arsenal, Vinte e Quatro de Julho, são as primeiras dobações do novelo, da teia, Boavista, Crucifixo, às tantas cansam-se as pernas, um homem não pode andar por aí à toa, nem só os cegos precisam de bengala que vá tenteando um palmo adiante ou de cão que fareje os perigos, um homem mesmo com os seus dois olhos intactos precisa duma luz que o preceda, aquilo em que acredita ou a que aspira, as próprias dúvidas servem, à falta de melhor.

Ora, Ricardo Reis é um espectador do espetáculo do mundo, sábio se isso for sabedoria, alheio e indiferente por educação e atitude, mas trémulo porque uma simples nuvem passou, afinal é tão fácil compreender os antigos gregos e romanos quando acreditavam que se moviam entre deuses, que eles os assistiam em todos os momentos e lugares, à sombra duma árvore, ao pé duma fonte, no interior denso e rumoroso duma floresta, na beira do mar ou sobre as vagas, na cama com quem se queria, mulher humana, ou deusa, se o queria ela. Falta a Ricardo Reis um cãozito de cego, uma bengalita, uma luz adiante, que este mundo e esta Lisboa são uma névoa escura onde se perde o sul e o norte, o leste e o oeste, onde o único caminho aberto é para baixo, se um homem se abandona cai a fundo, manequim sem pernas nem cabeça. Não é verdade que tenha regressado do Rio de Janeiro por cobardia, ou por medo, que é mais clara maneira de dizer e ficar explicado. Não é verdade que tivesse regressado porque morreu Fernando Pessoa, considerando que nada é possível pôr no sítio do espaço e no sítio do tempo de onde algo ou alguém foi tirado, Fernando fosse ou Alberto, cada um de nós é único e insubstituível, lugar mais do que todos comum é dizê-lo, mas quando o dizemos não sabemos até que ponto, Ainda que me aparecesse agora mesmo, aqui, enquanto vou descendo a Avenida da Liberdade, Fernando Pessoa já não é Fernando Pessoa, e não porque esteja morto, a grave e decisiva questão é que não poderá acrescentar mais nada ao que foi e ao que fez, ao que viveu e escreveu, se falou verdade no outro dia, já nem sequer é capaz de ler, coitado. Terá de ser Ricardo Reis a ler-lhe esta outra notícia publicada numa revista, com retrato em oval, A morte levou-nos há dias Fernando Pessoa, o poeta ilustre que levou a sua curta vida quase ignorado das multidões, dir-se-ia que, avaliando a riqueza das suas obras, as ocultava avaramente, com receio de que lhas roubassem, ao seu fulgurante talento será feita um dia inteira justiça, à semelhança de outros grandes génios que já lá vão, reticências, filhos da mãe, o pior que têm os jornais é achar-se quem os faz autorizado a escrever sobre tudo, é atrever-se a pôr na cabeça dos outros ideias que possam servir na cabeça de todos, como esta de ocultar Fernando Pessoa as obras com medo de que lhas roubassem, como é possível ousarem-se tais inépcias, e Ricardo Reis batia impetuosamente com a ponteira do guarda-chuva nas pedras do passeio, poderia servir-lhe de bengala mas só enquanto não chover, um homem não vai menos perdido por caminhar em linha reta. Entra no Rossio e é como se estivesse numa encruzilhada, numa cruz de quatro ou oito caminhos, que andados e continuados irão dar, já se sabe, ao mesmo ponto, ou lugar, o infinito, por isso não nos vale a pena escolher um deles, chegando a hora deixemos esse cuidado ao acaso, que não escolhe, também o sabemos, limita-se a empurrar, por sua vez o empurram forças de que nada sabemos, e se soubéssemos, que saberíamos. Melhor é acreditar nestas tabuletas, talvez fabricadas nas completas oficinas de Freire Gravador, que dizem nomes de médicos, de advogados, de notários, gente de necessidade que aprendeu e ensina a traçar rosas dos ventos, porventura não coincidentes em sentido e direção, mas isso ainda é o que menos importa, a esta cidade basta saber que a rosa dos ventos existe, ninguém é obrigado a partir, este não é o lugar onde os rumos se abrem, também não é o ponto magnífico para onde os rumos convergem, aqui precisamente mudam eles de direção e sentido, o norte chama-se sul, o sul é o norte, parou o sol entre leste e oeste, cidade como uma cicatriz queimada, cercada por um terramoto, lágrima que não seca nem tem mão que a enxugue. Ricardo Reis pensa, Tenho de abrir consultório, vestir a bata, ouvir doentes, ainda que seja só para deixá-los morrer, ao menos estarão a fazer-me companhia enquanto viverem, será a última boa ação de cada um deles, serem o doente médico de um médico doente, não diremos que estes pensamentos sejam de todos os médicos, deste sim, pelas suas particulares razões por enquanto mal entrevistas, e também, Que clínica farei, onde, e para quem, julga-se que tais perguntas não requerem mais do que respostas, puro engano, é com os atos que respondemos sempre, e também com os atos que perguntamos.

Vai Ricardo Reis a descer a Rua dos Sapateiros quando vê Fernando Pessoa. Está parado à esquina da Rua de Santa Justa, a olhá-lo como quem espera, mas não impaciente. Traz o mesmo fato preto, tem a cabeça descoberta, e, pormenor em que Ricardo Reis não tinha reparado da primeira vez, não usa óculos, julga compreender porquê, seria absurdo e de mau gosto sepultar alguém tendo postos os óculos que usou em vida, mas a razão é outra, é que não chegaram a dar-lhos quando no momento de morrer os pediu, Dá-me os óculos, disse e ficou sem ver, nem sempre vamos a tempo de satisfazer últimas vontades. Fernando Pessoa sorri e dá as boas-tardes, respondeu Ricardo Reis da mesma maneira, e ambos seguem na direção do Terreiro do Paço, um pouco adiante começa a chover, o guarda-chuva cobre os dois, embora a Fernando Pessoa o não possa molhar esta água, foi o movimento de alguém que ainda não se esqueceu por completo da vida, ou teria sido apenas o apelo reconfortador de um mesmo e próximo teto, Chegue-se para cá que cabemos os dois, a isto não se vai responder, Não preciso, vou bem aqui. Ricardo Reis tem uma curiosidade para satisfazer, Quem estiver a olhar para nós, a quem é que vê, a si ou a mim, Vê-o a si, ou melhor, vê um vulto que não é você nem eu, Uma soma de nós ambos dividida por dois, Não, diria antes que o produto da multiplicação de um pelo outro, Existe essa aritmética, Dois, sejam eles quem forem, não se somam, multiplicam-se, Crescei e multiplicai-vos, diz o preceito, Não é nesse sentido, meu caro, esse é o sentido curto, biológico, aliás com muitas exceções, de mim, por exemplo, não ficaram filhos, De mim também não vão ficar, creio, E no entanto somos múltiplos, Tenho uma ode em que digo que vivem em nós inúmeros, Que eu me lembre, essa não é do nosso tempo, Escrevi-a vai para dois meses, Como vê, cada um de nós, por seu lado, vai dizendo o mesmo, Então não valeu a pena estarmos multiplicados, Doutra maneira não teríamos sido capazes de o dizer. Preciosa conversação esta, paúlica, intersecionista, pela Rua dos Sapateiros abaixo até à da Conceição, daí virando à esquerda para a Augusta, outra vez em frente, disse Ricardo Reis parando, Entramos no Martinho, e Fernando Pessoa, com um gesto sacudido, Seria imprudente, as paredes têm olhos e boa memória, outro dia poderemos lá ir sem que haja perigo de me reconhecerem, é uma questão de tempo. Pararam ali, debaixo da arcada, Ricardo Reis fechou o guarda-chuva, e disse, não a propósito, Estou a pensar em instalar-me, em abrir consultório, Então já não regressa ao Brasil, porquê, É difícil responder, não sei mesmo se saberia encontrar uma resposta, digamos que estou como o insone que achou o lugar certo da almofada e vai poder, enfim, adormecer, Se veio para dormir, a terra é boa para isso, Entenda a comparação ao contrário, ou então, que se aceito o sono é para poder sonhar, Sonhar é ausência, é estar do lado de lá, Mas a vida tem dois lados, Pessoa, pelo menos dois, ao outro só pelo sonho conseguimos chegar, Dizer isso a um morto, que lhe pode responder, com o saber feito da experiência, que o outro lado da vida é só a morte, Não sei o que é a morte, mas não creio que seja esse o outro lado da vida de que se fala, a morte, penso eu, limita-se a ser, a morte é, não existe, é, Ser e existir, então, não são idênticos, Não, Meu caro Reis, ser e existir só não são idênticos porque temos as duas palavras ao nosso dispor, Pelo contrário, é porque não são idênticos que temos as duas palavras e as usamos. Ali debaixo daquela arcada, disputando, enquanto a chuva criava minúsculos lagos no terreiro, depois reunia-os em lagos maiores que eram poças, charcos, ainda não seria desta vez que Ricardo Reis iria até ao cais ver baterem as ondas, começava a dizer isto mesmo, a lembrar que aqui estivera, e ao olhar para o lado viu que Fernando Pessoa se afastava, só agora notava que as calças lhe estavam curtas, parecia que se deslocava em andas, enfim ouviu-lhe a voz próxima, embora estivesse ali adiante, Continuaremos esta conversa noutra altura, agora tenho de ir, lá longe, já debaixo da chuva, acenou com a mão, mas não se despedia, eu volto.

Vai o ano de feição que os defuntos são correnteza, claro está que, mais um menos um, todos os tempos arrebanham o que calha, às vezes com maiores facilidades, quando há guerras e epidemias, outras no ramerrão e grão a grão, mas não é vulgar, em poucas semanas, uma tal soma de mortos de qualidade, tanto nacionais como estrangeiros, não falemos de Fernando Pessoa, que esse já lá vai e ninguém mais sabe que às vezes de lá vem, falamos sim de Leonardo Coimbra, que inventou o criacionismo, de Valle-Inclán, autor do Romance de Lobos, de John Gilbert, que entrou naquela fita A Grande Parada, de Rudyard Kipling, poeta do If, e, last but not least, do rei da Inglaterra, Jorge V, o único com sucessão garantida. É certo que tem havido outras infelicidades, ainda que somenos, como foi morrer soterrado um pobre velho por efeito do temporal, ou aquelas vinte e três pessoas que vieram do Alentejo, mordidas por um gato atacado de raiva, desembarcaram, negros como um bando de corvos com as penas esfarrapadas, velhos, mulheres, crianças, primeira fotografia das suas vidas, nem sabem para onde devem olhar, agarram-se-lhes os olhos a um qualquer ponto do espaço, desesperados, pobre gente, e isto ainda não é tudo, O que o senhor doutor não sabe é que em Novembro do ano passado morreram nas cidades capitais de distrito dois mil quatrocentos e noventa e dois indivíduos, um deles foi o senhor Fernando Pessoa, não é muito nem é pouco, é o que tem de ser, o pior é que setecentos e trinta e quatro eram crianças com menos de cinco anos de idade, quando é assim em cidades capitais, trinta por cento, imagine-se o que será por essas aldeias onde até os gatos andam raivosos, porém fica-nos a consolação de serem portugueses a maior parte dos anjinhos do céu. Além disso, as palavras são muito valedeiras. Depois de o governo tomar posse, vão pessoas aos magotes e rebanhos cumprimentar os senhores ministros, vai toda a gente, professores, funcionários públicos, patentes das três armas, dirigentes e filiados da União Nacional, sindicatos, grémios, agricultores, juízes, polícias, guardas-republicanos e fiscais, público em geral, e de cada vez o ministro agradece e responde com um discurso, feito pela medida do patriotismo de cartilha e para os ouvidos de quem lá está, arrumam-se os cumprimentadores para caberem todos no retrato, os das filas de trás esticam o pescoço, põem-se em bicos de pés, espreitam por cima do ombro do vizinho mais alto, Este aqui sou eu, dirão depois em casa à querida esposa, e os da frente enchem o papo de ar, não os mordeu o gato raivoso mas têm aquele mesmo ar esparvoado, assustam-se com o clarão do magnésio, na comoção perderam-se algumas das palavras, mas por umas se tiram as outras, regula tudo pelo diapasão das que o ministro do Interior foi dizer a Montemor-o-Velho quando inaugurou a luz elétrica, grande melhoramento, Declararei em Lisboa que os homens-bons de Montemor sabem ser leais a Salazar, podemos facilmente imaginar a cena, o Paes de Sousa explicando ao sábio ditador, assim cognominado pela Tribune des Nations, que os homens-bons da terra de Fernão Mendes Pinto são todos leais a vossa excelência, e, sendo tão medieval este regime, já se sabe que daquela bondade estão excluídos os vilões e os mecânicos, gente não herdadora de bens ao luar, logo homens não bons, porventura nem bons nem homens, bichos como os bichos que os mordem ou roem ou infestam, O senhor doutor já teve ocasião de ver que espécie de gente é o povo deste país, e mais estamos na capital do império, quando no outro dia passou à porta do Século, aquela multidão à espera do bodo, e se quiser ver mais e melhor vá por esses bairros, por essas paróquias e freguesias, veja com os seus olhos a distribuição da sopa, a campanha de auxílio aos pobres no inverno, iniciativa de tão singular beleza, como escreveu no telegrama o presidente da câmara do Porto, de boa lembrança, e diga-me se não valia mais deixá-los morrer, poupava-se o vergonhoso espetáculo do nosso mundo, sentam-se na berma dos passeios a comer a bucha de pão e a rapar o tacho, nem a luz elétrica merecem, a eles basta-lhes conhecer o caminho que vai do prato à boca, e esse até às escuras se encontra.

Também no interior do corpo a treva é profunda, e contudo o sangue chega ao coração, o cérebro é cego e pode ver, é surdo e ouve, não tem mãos e alcança, o homem, claro está, é o labirinto de si mesmo. Nos dois dias seguintes Ricardo Reis desceu à sala de jantar para tomar o pequeno-almoço, homem afinal timorato, assustado com as consequências de um gesto tão simples como ter posto a mão no braço de Lídia, não temia que ela tivesse ido queixar-se do atrevido hóspede, afinal que fora aquilo, um gesto e nada mais, porém, ainda assim, havia alguma ansiedade quando falou pela primeira vez, depois, com o gerente Salvador, penas perdidas foram, que nunca se viu homem mais respeitador e afável. Ao terceiro dia achou-se ridículo e não desceu, fez-se esquecido e desejou que o esquecessem. Era não conhecer Salvador. Na hora extrema bateram-lhe à porta, Lídia entrou com a bandeja, colocou-a sobre a mesa, dissera, Bons dias, senhor doutor, com naturalidade, é quase sempre assim, um homem rala-se, preocupa-se, teme o pior, julga que o mundo lhe vai pedir contas e prova real, e o mundo já lá vai adiante a pensar noutros episódios. Porém, não é certo que Lídia, ao voltar ao quarto para recolher a louça, ainda faça parte desse mundo, o mais certo é ter-se deixado ficar para trás, à espera, com ar de não saber de quê, repete os movimentos costumados, vai levantar a bandeja, segurou-a, agora endireita-se, faz com ela um arco de círculo, afasta-se na direção da porta, oh meu Deus, falará, não falará, talvez nem diga nada, talvez me toque apenas no braço como no outro dia, e se ele o faz eu que farei, outras vezes outros hóspedes me experimentaram, duas vezes cedi, porquê, por esta vida ser tão triste, Lídia, disse Ricardo Reis, ela pousou a bandeja, levantou os olhos cheios de susto, quis dizer, Senhor doutor, mas a voz ficou-lhe presa na garganta, e ele não teve coragem, repetiu, Lídia, depois, quase num murmúrio, atrozmente banal, sedutor ridículo, Acho-a muito bonita, e ficou a olhar para ela por um segundo só, não aguentou mais do que um segundo, virou costas, há momentos em que seria bem melhor morrer, Eu, que tenho sido cómico às criadas de hotel, também tu Álvaro de Campos, todos nós. A porta fechou-se devagar, houve uma pausa, e só depois se ouviram os passos de Lídia afastando-se.

Ricardo Reis passou todo o dia fora a remoer a vergonha, sobre todas indigna porque o não vencera um adversário, senão o seu próprio medo. E decidiu que no dia seguinte mudaria de hotel, ou alugaria uma parte de casa, ou regressaria ao Brasil no primeiro barco, parecem dramáticos efeitos para causa tão pequena, mas cada pessoa sabe quanto lhe dói e onde, o ridículo é como uma queimadura por dentro, um ácido em cada momento reavivado pela memória, uma ferida infatigável. Voltou ao hotel, jantou e tornou a sair, viu as Cruzadas no Politeama, que fé, que ardorosas batalhas, que santos e heróis, que cavalos brancos, acaba a fita e perpassa na Rua de Eugénio dos Santos um sopro de religião épica, parece cada espectador que transporta à cabeça um halo, e ainda há quem duvide de que a arte possa melhorar os homens. O lance da manhã tomou a sua dimensão própria, onde isso já vai, ridículo fui eu por me ter inquietado tanto. Chegou ao hotel, abriu-lhe Pimenta a porta, nunca se viu prédio mais sossegado do que este, naturalmente nem os criados dormem cá. Entrou no quarto, e, não advertindo que fazia este movimento antes de qualquer outro, olhou a cama. Não estava aberta como de costume, em ângulo, mas por igual dobrados lençol e colcha, de lado a lado. E tinha, não uma almofada, como sempre tivera, mas duas. Não podia ser mais claro o recado, faltava saber até que ponto se tornaria explícito. A não ser que não tenha sido Lídia quem veio abrir a cama, mas outra criada, pensou que o quarto estava ocupado por um casal, sim, suponhamos que as criadas mudam de andar de tantos em tantos dias, talvez para terem iguais oportunidades de gratificações, ou para não criarem hábitos de permanência, ou, aqui sorriu Ricardo Reis, para evitar familiaridades com os hóspedes, enfim, amanhã veremos, se Lídia me aparecer com o pequeno-almoço é porque foi ela quem fez a cama desta maneira, e então. Deitou-se, apagou a luz, deixara ficar a segunda almofada, fechou os olhos com força, vem, sono, vem, mas o sono não vinha, na rua passou um elétrico, talvez o último, quem será que não quer dormir em mim, o corpo inquieto, de quem, ou o que não sendo corpo com ele se inquieta, eu por inteiro, ou esta parte de mim que cresce, meu Deus, as coisas que podem acontecer a um homem. Levantou-se bruscamente, e, mesmo às escuras, guiando-se pela luminosidade difusa que se filtrava pelas janelas, foi soltar o trinco da porta, depois encostou-a devagar, parece fechada e não está, basta que apoiemos nela subtilmente a mão. Tornou a deitar-se, isto é uma criancice, um homem, se quer uma coisa, não a deixa ao acaso, faz por alcançá-la, haja vista o que trabalharam no seu tempo os cruzados, espadas contra alfanjes, morrer se for preciso, e os castelos, e as armaduras, depois, sem saber se ainda está acordado ou dorme já, pensa nos cintos de castidade de que os senhores cavaleiros levaram as chaves, pobres enganados, aberta foi a porta deste quarto, em silêncio, fechada está, um vulto atravessa tenteando, para à beira da cama, a mão de Ricardo Reis avança e encontra uma mão gelada, puxou-a, Lídia treme, só sabe dizer, Tenho frio, e ele cala-se, está a pensar se deve ou não beijá-la na boca, que triste pensamento.

O doutor Sampaio e a filha chegam hoje, disse Salvador, alegre como se lhe tivessem prometido alvíssaras e merecidamente as ganhasse, gajeiro na varanda da receção, que vê avançar ao longe, entre a bruma da tarde, o comboio de Coimbra, pouca-terra pouca-terra, caso este muito contraditório, porque a nau está fundeada no porto a criar limo, chegadinha ao cais, é o Hotel Bragança, e a terra é que vem andando para cá, deitando fumo pela chaminé, quando chegar a Campolide mete-se por baixo do chão, depois surgirá do negro túnel resfolgando vapor, ainda há tempo para chamar Lídia e dizer-lhe, Vai aos quartos do doutor Sampaio e da menina Marcenda ver se tudo está em ordem, os quartos, já ela sabe, são o duzentos e quatro e o duzentos e cinco, Lídia pareceu nem reparar que estava ali o doutor Ricardo Reis, subiu diligentíssima ao segundo andar, Quanto tempo ficam, perguntou o médico, É costume serem três dias, amanhã até irão ao teatro, já lhes marquei os bilhetes, Ao teatro, qual, O D. Maria, Ah, esta interjeição não é de surpresa, soltamo-la para rematar um diálogo que não podemos ou não queremos continuar, e, na verdade, provincianos que vêm a Lisboa, com perdão de Coimbra se província não é, em geral aproveitam para irem ao teatro, vão ao Parque Mayer, ao Apolo, ao Avenida, e, sendo gente de gosto fino, invariavelmente ao D. Maria, também chamado Nacional. Ricardo Reis passou à sala de estar, folheou um jornal, procurou os programas dos espetáculos, os anúncios, e viu, Tá Mar de Alfredo Cortez, ali mesmo resolveu que iria também, para ser um bom português devia frequentar as artes portuguesas, quase pediu a Salvador que pelo telefone lhe marcasse bilhete, mas reteve-o um escrúpulo, no dia seguinte ele próprio trataria do assunto.

Ainda faltam duas horas para o jantar, neste meio tempo chegarão os hóspedes de Coimbra se não houver atraso do comboio, Mas a mim que me interessa, pergunta Ricardo Reis enquanto sobe a escada para o seu quarto, e responde que é sempre agradável conhecer gente doutros lugares, pessoas educadas, além do interessante caso clínico que é Marcenda, estranho nome, nunca ouvido, parece um murmúrio, um eco, uma arcada de violoncelo, les sanglots longs de l'automne, os alabastros, os balaústres, esta poesia de sol-posto e doente irrita-o, as coisas de que um nome é capaz, Marcenda, passa em frente do duzentos e quatro, a porta está aberta, lá dentro Lídia faz correr o espanador pelos móveis, olham-se de relance, ela sorri, ele não, daí a pouco está no seu quarto e ouve bater de leve, é Lídia que entra furtiva e lhe pergunta, Está zangado, e ele mal responde, seco, assim à luz do dia não sabe como deverá tratá-la, sendo ela criada poderia apalpar-lhe libertinamente as nádegas, mas sente que nunca será capaz de fazer o gesto, antes talvez, mas não agora que já estiveram juntos, terem-se deitado na mesma cama, nesta, foi uma espécie de dignificação, de mim, de ambos, Se eu puder venho esta noite, disse Lídia, e ele não respondeu, pareceu-lhe impróprio o aviso, e estando ali tão perto a rapariga da mão paralisada, a dormir inocente dos segredos noturnos deste corredor e do quarto ao fundo, mas calou-se, não foi capaz de dizer, Não venhas, já a trata por tu, naturalmente. Saiu Lídia, ele estendeu-se no sofá a descansar, três noites ativas depois duma longa abstinência, para mais na mudança da idade, não admira que os olhos se lhe estejam semicerrando, franze levemente as sobrancelhas, a si mesmo faz esta pergunta e não encontra a resposta, se será ou não sua obrigação pagar a Lídia, dar-lhe presentes, meias, um anelzito, coisas próprias para quem tem vida de servir, e esta indecisão vai ter de resolvê-la ponderando motivos e razões a favor e contra, não é como aquilo de beijá-la ou não na boca, as circunstâncias o decidiram, o fogo dos sentidos, assim chamado, às tantas nem ele soube como foi, beijava-a como à mais bela mulher do mundo, porventura virá a ser tão simples como isto, quando repousem dirá, Gostava de te dar uma lembrança, e ela achará natural, talvez até já esteja a estranhar a demora.

Vozes no corredor, passos, o Pimenta que diz, Muito obrigado senhor doutor, depois duas portas que se fecham, chegaram os viajantes. Deixou-se ficar deitado, estivera prestes a adormecer, agora arregala os olhos para o teto, segue as fendas do estuque, meticulosamente, como se as acompanhasse com a ponta de um dedo, então imagina que tem sobre a cabeça a palma da mão de Deus e que vai lendo nela as linhas, a da vida, a do coração, vida que se adelgaça, se interrompe e ressurge, cada vez mais ténue, coração bloqueado, sozinho por trás dos muros, a mão direita de Ricardo Reis, pousada sobre o sofá, abre-se para cima e mostra as suas próprias linhas, são como outros olhos aquelas duas manchas do teto, sabemos nós lá quem nos lê quando, de nós próprios distraídos, estamos lendo. O dia fez-se noite há muito tempo, serão talvez horas de jantar, mas Ricardo Reis não quer ser o primeiro a descer, E se eu não dei por eles terem saído dos quartos, pergunta, posso ter adormecido sem me aperceber, acordei sem me dar conta de que dormira, julguei que só pestanejara e dormi um século. Senta-se inquieto, olha o relógio, já passa das oito e meia, e nesse instante uma voz de homem, no corredor, diz, Marcenda, estou à tua espera, uma porta abriu-se, depois alguns rumores confusos, passos afastando-se, o silêncio. Ricardo Reis levantou-se, foi ao lavatório refrescar a cara, pentear-se, pareceram-lhe hoje mais brancos os cabelos das fontes, deveria usar uma daquelas loções ou tinturas que restituem progressivamente os cabelos à cor natural, por exemplo, a Nhympha do Mondego, reputada e sapiente alquimia que quando chega ao tom da primitiva não insiste mais, ou teima até atingir o negro-retinto, asa de corvo, se esse era o caso, porém fatiga-o a simples ideia de ter de vigiar o cabelo todos os dias, a ver se falta muito, se é tempo de voltar a usar a loção, compor a tinta na bacia, coroai-me de rosas, podendo ser, e basta. Mudou de calças e casaco, não podia esquecer-se de dizer a Lídia que lhos passasse a ferro, e saiu, com a impressão incómoda, incongruente, de que iria dar essa ordem sem a neutralidade de tom que uma ordem deve ter quando se dirige de quem naturalmente manda a quem naturalmente deve obedecer, se obedecer e mandar, como se diz, é natural, ou, para ser ainda mais claro, que Lídia será, agora, essa que acenderá o ferro, que estenderá as calças sobre a tábua para as vincar, que introduzirá a mão esquerda na manga do casaco, junto ao ombro, para com o ferro quente afeiçoar o contorno, arredondá-lo, decerto quando o fizer não deixará de lembrar-se do corpo que se cobre com estas roupas, Se eu puder vou lá esta noite, e bate com o ferro nervosamente, está sozinha na rouparia, este é o fato que o senhor doutor Ricardo Reis leva ao teatro, quem me dera a mim ir com ele, parva, que julgas tu, enxuga duas lágrimas que hão de aparecer, são lágrimas de amanhã, agora ainda está Ricardo Reis descendo a escada para ir jantar, ainda não lhe disse que precisa do fato passado a ferro, e Lídia ainda não sabe que chorará.

Quase todas as mesas estão ocupadas. Ricardo Reis parara à entrada, o maître veio buscá-lo, guiou-o, A sua mesa, senhor doutor, já o sabia, é onde sempre fica, mas a vida não se sabe o que seja sem estes e outros rituais, ajoelhe e diga a oração, descubra-se à passagem da bandeira, sente-se, desdobre o guardanapo em cima dos joelhos, se olhar para quem o rodeia faça-o discretamente, cumprimente no caso de conhecer alguém, assim procede Ricardo Reis, aquele casal, este hóspede sozinho, conhece-os daqui, também conhece o doutor Sampaio e sua filha Marcenda, mas eles não o reconhecem, o advogado olha-o com uma expressão ausente, talvez de quem busca na memória, mas não se inclina para a filha, não diz, Cumprimenta o doutor Ricardo Reis que acaba agora mesmo de chegar, foi ela quem daí a pouco olhou, por cima da manga do criado que a servia, no rosto pálido perpassou-lhe uma brisa, um levíssimo rubor que era apenas sinal de reencontro, Afinal lembrou-se, pensou Ricardo Reis, e em voz mais alta do que seria necessário quis saber de Ramón o que havia para jantar. Podia ter sido por isso que o doutor Sampaio olhou para ele, mas não, dois segundos antes Marcenda dissera ao pai, Aquele senhor, ali, estava no hotel na última vez que cá estivemos, compreende-se agora que ao levantarem-se da mesa tivesse o doutor Sampaio inclinado quase nada a cabeça, e Marcenda, ao lado do pai, um pouco menos, de modo retraído, discreto, de quem está em segundo lugar, são rigorosos desta maneira os preceitos da boa educação, e Ricardo Reis, em resposta, soergueu-se ligeiramente da cadeira, é preciso ser dotado de um sexto sentido para medir estas subtilezas do gesto, cumprimento e retribuição devem equilibrar-se entre si, tudo foi tão perfeito que podemos augurar bem desta principiada relação, já os dois se retiraram, vão certamente para a sala de estar, isto supôs, porém não, recolhem-se aos quartos, mais tarde sairá o doutor Sampaio, provavelmente a dar um passeio apesar do tempo chuvoso, Marcenda deita-se cedo, fatigam-na muito estas viagens de comboio. Quando Ricardo Reis entrar na sala verá somente algumas pessoas soturnas, umas que leem jornais, outras que bocejam, enquanto a telefonia, baixinho, mói umas cançonetas portuguesas de revista, estrídulas, esganiçadas, que nem a surdina disfarça. A esta luz, ou por causa destes rostos apagados, o espelho parece um aquário, e Ricardo Reis, quando atravessa a sala para o lado de lá e pelo mesmo caminho volta, questão de não virar costas e fugir logo à entrada da porta, vê-se naquela profundeza esverdeada como se caminhasse no fundo do oceano, entre destroços de navios e gente afogada, tem de sair já, vir ao de cima, respirar. Sobe melancolicamente ao seu quarto frio, porque será que o deprimem tanto pequenas contrariedades, se esta o chega a ser, e porquê, afinal são apenas duas pessoas que vivem em Coimbra e a Lisboa vêm uma vez por mês, este médico não anda à procura de doentes, este poeta já lhe sobejam musas inspiradoras, este homem não busca noiva, se regressou a

Portugal não foi com essa ideia, sem falar na diferença das idades, grande neste caso. Não é Ricardo Reis quem pensa estes pensamentos nem um daqueles inúmeros que dentro de si moram, é talvez o próprio pensamento que se vai pensando, ou apenas pensando, enquanto ele assiste, surpreendido, ao desenrolar de um fio que o leva por caminhos e corredores ignotos, ao fim dos quais está uma rapariga vestida de branco que nem pode segurar o ramo das flores, pois o braço direito dela estará no seu braço, quando do altar tornarem, caminhando sobre a passadeira solene, ao som da marcha nupcial. Ricardo Reis, como se vê, já tomou as rédeas do pensamento, já o governa e orienta, serve-se dele para escarnecer da sua própria pessoa, são divertimentos da imaginação a orquestra e a passadeira, e agora, para que tão lírica história tenha um final feliz, comete a proeza clínica de colocar um ramo de flores no braço esquerdo de Marcenda, que sem ajuda o ficou segurando, podem desaparecer o altar e o celebrante, calar-se a música, sumirem-se em fumo e poeira os convidados, retirar-se sem outro préstimo o noivo, o médico curou a doente, o resto deve ter sido obra do poeta. Não cabem numa ode alcaica estes episódios, românticos, o que vem demonstrar, se de demonstrações ainda precisamos, que não raro se desacerta o que está escrito do que, por ter sido vivido, lhe teria dado origem. Não se pergunte portanto ao poeta o que pensou ou sentiu, precisamente para não ter de o dizer é que ele faz versos. Ficam anuladas todas as disposições em contrário.

    Foi-se a noite, Lídia não desceu do sótão, o doutor Sampaio regressou tarde, Fernando Pessoa não se sabe por onde anda. Veio depois o dia, Lídia levou o fato para o passar a ferro, Marcenda saiu com o pai, foram ao médico, À fisioterápia, diz Salvador, que, conforme com o uso, pronuncia mal a palavra, e Ricardo Reis, pela primeira vez, repara na impropriedade de vir a Lisboa uma doente que vive em Coimbra, cidade de tantos e tão variados práticos, a tratamentos que tanto podiam ser feitos lá como aqui, uns ultravioletas, por exemplo, que tão espaçadamente aplicados poucos benefícios lhe poderão trazer, estas dúvidas discute-as Ricardo Reis consigo mesmo enquanto desce o Chiado para ir comprar o seu bilhete ao Teatro Nacional, mas delas se distraiu ao reparar na abundância de pessoas que trazem sinais de luto, algumas senhoras de véu, mas nos homens nota-se mais, a gravata preta, o ar sisudo, alguns levaram a expressão do seu pesar ao ponto de terem posto fumos no chapéu, é que foi a enterrar o rei Jorge V de Inglaterra, nosso mais velho aliado. Apesar do luto oficial, há espetáculo, não se pode levar a mal, a vida tem de continuar. O bilheteiro vendeu a poltrona, deu uma informação, Esta noite vão cá estar os pescadores, Quais pescadores, perguntou Ricardo Reis, e logo percebeu que cometera um erro sem desculpa, o bilheteiro carregou o sobrolho e a fala, disse, Os da Nazaré, evidentemente, sim, evidentemente, se a peça falava deles, como poderiam vir outros, que sentido faria aparecerem por aí os da Caparica, ou da Póvoa, e que sentido fará virem estes, pagaram-lhes a viagem e a hospedagem para que o povo possa participar da criação artística, mormente sendo pretexto dela, escolham-se pois uns seus representantes, homens e mulheres, Vamos a Lisboa, vamos a Lisboa, vamos ver o mar de lá, que artes terão de fazer rebentar ondas nas tábuas do palco, e como será a Dona Palmira Bastos a fingir de Ti Gertrudes, e a Dona Amélia de Maria Bem, e a Dona Lalande de Rosa, e o Amarante de Lavagante, e a vida deles a fingir de vida nossa, e já que lá vamos aproveitemos para pedir ao governo, pelas alminhas do purgatório, que nos faça o porto de abrigo de que andamos tão necessitados desde que pela primeira vez se lançou nesta praia um barco ao mar, ao tempo que isso foi. Ricardo Reis gastou a tarde por esses cafés, foi apreciar as obras do Eden Teatro, não tarda que lhe tirem os tapumes, o Chave de Ouro que está para inaugurar, é patente a nacionais e estrangeiros que Lisboa vive atualmente um surto de progresso que em pouco tempo a colocará a par das grandes capitais europeias, nem é de mais que assim seja, sendo cabeça de império. Não jantou no hotel, foi lá apenas para mudar de fato, tinha o casaco e as calças, também o colete, cuidadosamente pendurados no cabide, sem uma ruga, é o que fazem amorosas mãos, perdoe-se-nos o exagero, que não pode haver amor nestes amplexos noturnos entre hóspede e criada, ele poeta, ela por acaso Lídia, mas outra, ainda assim afortunada, porque a dos versos nunca soube que gemidos e suspiros estes são, não fez mais que estar sentada à beira dos regatos, a ouvir dizer, Sofro, Lídia, do medo do destino. Comeu um bife no Martinho, este do Rossio, assistiu a uma porfiada partida de bilhar, no verde tabuleiro girando liso de indiano marfim lascada bola, pródiga e feliz língua a nossa que tanto mais é capaz de dizer quanto mais a entorcem e truquejam, e, sendo horas de começar o espetáculo, saiu, discretamente se foi aproximando e pôde entrar confundido entre duas famílias numerosas, não queria ser visto antes do momento que ele próprio escolhesse, sabe Deus por que estratégias de sentimento. Atravessou sem parar o foyer, algum dia lhe chamaremos átrio ou vestíbulo se entretanto não vier de outra língua outra palavra que diga tanto, ou mais, ou coisa nenhuma, como esta, por exemplo, ol, recebeu-o à entrada da sala o arrumador, levou-o pela coxia da esquerda até à sétima fila, é aquele lugar, ao lado da senhora, imaginação, sossega, foi de senhora que se falou, não de menina, um arrumador de teatro nacional fala sempre com propriedade e clareza, tem por mestres os clássicos e os modernos, é verdade que Marcenda está nesta sala, mas três filas adiante, para a direita, longe de mais para ser perto, perto não tanto se não chegar a dar por mim. Está sentada à direita do pai, e ainda bem, quando com ele fala e vira um pouco a cabeça vê-se-lhe o perfil inteiro, o rosto comprido, ou são os cabelos que soltos parecem alongá-lo, a mão direita ergueu-se no ar, à altura do queixo, para explicar melhor a palavra dita ou a dizer, talvez fale do médico que a trata, talvez da peça que vão ver, Alfredo Cortez quem é, o pai não tem muito para dizer-lhe, viu sozinho os Gladiadores há dois anos, e não gostou, esta interessou-o por ser de costumes populares, já falta pouco para sabermos o que vai sair daqui. Esta conversa, supondo que a tiveram, foi interrompida por um arrastar de cadeiras nos altos do teatro, por um murmúrio exótico que fez voltarem-se e levantarem-se todas as cabeças da plateia, eram os pescadores da Nazaré que entravam e ocupavam os seus lugares nos camarotes de segunda ordem, ficavam de palanque para verem bem e serem vistos, vestidos à sua moda, eles e elas, se calhar descalços, de baixo não se pode ver. Há quem aplauda, outros acompanham condescendentes, Ricardo Reis, irritado, cerrou os punhos, melindre aristocrata de quem não tem sangue azul, diríamos nós, mas não é disso que se trata, apenas uma questão de sensibilidade e pudor, para Ricardo Reis tais aplausos são, no mínimo, indecentes.

As luzes quebram-se, apagam-se na sala, ouvem-se as pancadas ditas de Molière, que espanto causarão elas nas cabeças dos pescadores e suas mulheres, talvez imaginem que são os últimos preparos da carpintaria, as últimas marteladas do maço no estaleiro, abriu-se o pano, está uma mulher a acender o lume, noite ainda, lá atrás do cenário ouve-se uma voz de homem, a do chamador, Mané Zé Ah Mané Zé, é o teatro que começa. A sala suspira, flutua, às vezes ri, alvoroça-se no fim do primeiro ato, naquela grande zaragata das mulheres, e quando as luzes se acendem veem-se rostos animados, bom sinal, em cima há exclamações, chamam-se de camarote para camarote, até parece que os atores se mudaram para ali, é quase o mesmo falar, quase, se melhor ou pior dependeria da bitola de comparação. Ricardo Reis reflete sobre o que viu e ouviu, acha que o objeto da arte não é a imitação, que foi fraqueza censurável do autor escrever a peça no linguajar nazareno, ou no que supôs ser esse linguajar, esquecido de que a realidade não suporta o seu reflexo, rejeita-o, só uma outra realidade, qual seja, pode ser colocada no lugar daquela que se quis expressar, e, sendo diferentes entre si, mutuamente se mostram, explicam e enumeram, a realidade como invenção que foi, a invenção como realidade que será. É ainda mais confusamente que Ricardo Reis pensa estas coisas, afinal é difícil, ao mesmo tempo, pensar e bater palmas, a sala aplaude e ele também, por simpatia, porque apesar de tudo está a gostar da peça, tirando o falar, grotesco em tais bocas, e olha para os lados de Marcenda, ela não aplaude, não pode, mas sorri. Os espectadores levantam-se, os homens, que as mulheres, quase todas, deixam-se ficar sentadas, eles é que precisam de soltar e aliviar as pernas, satisfazer a necessidade, fumar o cigarro ou o charuto, trocar opiniões com os amigos, cumprimentar os conhecidos, ver e ser visto no foyer, e se ficam nos seus lugares é geralmente por razões de namoro e corte, põem-se de pé, redondeiam o olhar como falcões, são eles próprios personagens da sua ação dramática, atores que representam nos intervalos, enquanto os atores verdadeiros, nos camarins, descansam das personagens que foram e que daqui a pouco retomarão, provisórios todos. Ao levantar-se, Ricardo Reis olha por entre as cabeças, vê que o doutor Sampaio se levanta também, Marcenda acena negativamente, fica, o pai, já de pé, põe-lhe a mão no ombro com afeto e sai para a coxia. Mais rápido, Ricardo Reis chega antes dele ao foyer. Vão encontrar-se frente a frente daqui a pouco, entre toda esta gente que passeia e conversa, na atmosfera de repente carregada de fumo de tabaco há vozes e comentários, Que bem vai a Palmira, Cá por mim, acho que puseram redes de mais no palco, Diabo das mulheres, ali engalfinhadas, até parecia a sério, É porque nunca as viu, meu caro, como eu vi, na Nazaré, aquilo são umas fúrias, O que custa, às vezes, é entender o que eles dizem, Bem, lá falam assim, por entre os grupos ia Ricardo Reis ouvindo, tão atento como se fosse ele o autor, mas vigiava de longe os movimentos do doutor Sampaio, o que queria era fazer-se encontrado. Em certa altura percebeu que o outro o vira, vinha nesta direção, naturalmente, e era o primeiro a falar, Boas noites, então a peça, está a gostar, perguntava, e Ricardo Reis achou que não precisava de mostrar-se surpreendido, Curiosa coincidência, retribuiu logo o cumprimento, disse que sim senhor, estava a gostar, acrescentou, Somos hóspedes do mesmo hotel, mesmo assim devia apresentar-se, Chamo-me Ricardo Reis, hesitou se deveria dizer, Sou médico, vivi no Rio de Janeiro, e estou em Lisboa ainda não há um mês, o doutor Sampaio ouviu apenas o que foi dito, sorrindo, como se dissesse, Se conhecesse o Salvador há tanto tempo como eu, saberia que ele me falou de si, e, conhecendo-o eu tão bem a ele, adivinho que lhe falou de mim e da minha filha, sem dúvida é o doutor Sampaio perspicaz, uma longa vida de notário tem destas vantagens, Quase não vale a pena sermos apresentados, disse Ricardo Reis, Assim é, e passaram imediatamente à conversa seguinte, sobre a peça e os atores, tratavam-se com deferência, Doutor Reis, Doutor Sampaio, há esta feliz igualdade entre eles, de título, e assim estiveram até ao fim do intervalo, a campainha tocou, regressaram juntos à sala, disseram, Até já, foi cada qual para a sua cadeira, Ricardo Reis o primeiro a sentar-se, ficou a olhar, viu-o falar com a filha, ela voltou-se para trás, sorriu-lhe, sorriu também, ia começar o segundo ato.

Encontraram-se os três no outro intervalo. Mesmo sabendo já todos quem eram, donde vinham, onde viviam, ainda assim houve uma apresentação, Ricardo Reis, Marcenda Sampaio, tinha de ser, é o momento que ambos esperavam, apertaram-se as mãos, direita com direita, a mão esquerda dele deixou-se ficar caída, procurando apagar-se, discreta, como se nem existisse. Marcenda tinha os olhos muito brilhantes, sem dúvida a comoveram as atribulações de Maria Bem, se não havia na sua vida motivos íntimos, particulares, para acompanhar, palavra por palavra, aquela última fala da mulher do Lavagante, Se há inferno, se depois do que eu tenho chorado, ainda há inferno, não pode ser pior do que este, Virgem Mãe das Sete Espadas, té-la-ia dito no seu falar de Coimbra, que não é por variar o falar que varia o sentir, este que por palavras se não pode explicar, Percebo muito bem porque não mexes esse braço, meu vizinho de hotel, homem da minha curiosidade, eu sou aquela que te chamou com uma mão imóvel, não me perguntes porquê, que essa pergunta nem a mim própria ainda fiz, apenas te chamei, um dia saberei que vontade e de quê ordenou o meu gesto, ou talvez não, agora irás afastar-te para não pareceres aos meus olhos indiscreto, intrometido, abusador como vulgarmente se diz, vai, que eu saberei onde encontrar-te, ou tu a mim, que não estás aqui por acaso. Ricardo Reis não ficou no foyer, circulou pelos corredores dos camarotes de primeira ordem, foi espreitar a segunda ordem para ver de perto os pescadores, mas a campainha começou a tocar, era mais curto este intervalo, e quando entrou na sala já as luzes começavam a apagar-se. Durante todo o terceiro ato dividiu a sua atenção entre o palco e Marcenda. Ela nunca olhou para trás, mas modificara levemente a posição do corpo, oferecendo um pouco mais o rosto, quase nada, e afastava de vez em quando os cabelos do lado esquerdo com a mão direita, muito devagar, como se o fizesse com intenção, que quer esta rapariga, quem é, que nem o que parece ser é sempre o mesmo. Viu-a enxugar as faces quando Lianor confessa que se roubou a chave do salva-vidas foi para que morresse Lavagante, e quando Maria Bem e Rosa, uma começando, outra concluindo, dizem que tal gesto foi de amor e que o amor, sendo sentir de ânimo bom, se topa mal governados os seus fins rói-se a si mesmo, enfim no rápido desenlace, quando se juntam Lavagante e Maria Bem, que já carnalmente se vão unir, aí acenderam-se as luzes, romperam os aplausos, e Marcenda ainda enxugava as lágrimas, agora com o lenço, não é só ela, na sala não faltavam mulheres lacrimosas e sorridentes, corações sensíveis, os atores agradeciam as palmas, faziam gestos de quem as remetia para os camarotes de segunda ordem, onde estavam os reais heróis destas aventuras de paixão e mar, o público virava-se para lá, agora sem reservas, é isto a comunhão da arte, aplaudia os bravos pescadores e as suas corajosas mulheres, até Ricardo Reis bate palmas, neste teatro se está observando como é fácil entenderem-se as classes e os ofícios, o pobre, o rico e o remediado, gozemos o privilégio raro desta grande lição de fraternidade, e agora convidaram os homens do mar a ir ao palco, repete-se o arrastar das cadeiras, o espetáculo ainda não terminou, sentemo-nos todos, é este o momento culminante. Oh a alegria, oh a animação, oh o júbilo de ver a classe piscatória da Nazaré descendo pela coxia central e subir depois ao palco, ali dançam e cantam as modas tradicionais da sua terra, no meio dos artistas, esta noite irá ficar nos anais da Casa de Garrett, o arrais daquela companha abraça o ator Robles Monteiro, a mais velha das mulheres recebe um beijo da atriz Palmira Bastos, falam todos ao mesmo tempo, em confusão, agora cada qual na sua língua e não se entendem pior por isso, e tornam as danças e os cantares, as atrizes mais novinhas ensaiam o seu pezinho no vira, os espectadores riem e aplaudem, enfim vão-nos impelindo suavemente para a saída os arrumadores, que vai haver ceia no palco, um ágape geral para representantes e representados, saltarão as rolhas dumas garrafas de espumoso, daquele que faz picos no nariz, muito se vão rir as mulheres da Nazaré quando a cabeça se lhes puser a andar à roda, não estão habituadas. Amanhã, à partida da camioneta, com assistência de jornalistas, fotógrafos e dirigentes corporativos, os pescadores levantarão vivas ao Estado Novo e à Pátria, não se sabe de ciência segura se por contrato o tinham de fazer, admitamos que foi expressão de corações agradecidos por lhes ter sido prometido o desejado porto de abrigo, se Paris valia uma missa, dois vivas talvez paguem uma salvação.

Ricardo Reis não se furtou ao novo encontro, à saída. Conversou no passeio, perguntou a Marcenda se tinha gostado da peça, ela respondeu que o terceiro ato a comovera e fizera chorar, Por acaso reparei, disse ele, e nisto se ficaram estes, o doutor Sampaio tinha chamado um táxi, quis saber se Ricardo Reis os acompanhava, no caso de voltar já para o hotel, teriam muito gosto, e ele disse que não, agradeceu, Até amanhã, boas noites, muito prazer em conhecer, o automóvel seguiu. Por sua vontade teria querido acompanhá-los, mas percebeu que seria um erro, que todos iriam sentir-se acanhados, contrafeitos, sem conversa, encontrar um outro assunto não seria fácil, e ainda haveria a questão delicada da arrumação dentro do táxi, no banco de trás não caberiam os três, o doutor Sampaio não quereria ir à frente, deixando a filha com um desconhecido, sim, um desconhecido, na propícia penumbra, pois, mesmo não havendo entre os dois o mínimo contacto físico, se na penumbra estão ela os aproxima com mãos de veludo, e mais ainda os aproximam os pensamentos, aos poucos se tornando secretos mas não escondidos, e também não pareceria bem deixar que Ricardo Reis fosse ao lado do motorista, não se convida uma pessoa para ela ir à frente, ali onde vai o contador, no fim da corrida já se sabe que o convidado, por estar tão próximo, se sentirá na obrigação de pagar, muito mais se por cálculo ou embaraço de bolsos o dinheiro tarda a aparecer, e o de trás, que convidou e afinal quer mesmo pagar, diz que não senhor, intima o motorista a que não receba desse senhor, quem paga sou eu, o homem, paciente, espera que os cavalheiros decidam de uma vez, discussão mil vezes ouvida, não faltam episódios caricatos nesta vida dos táxis. Ricardo Reis encaminha-se para o hotel, não tem outros prazeres ou obrigações à espera, a noite está fria e húmida, mas não chove, apetece andar, agora sim, desce toda a Rua Augusta, já é tempo de atravessar o Terreiro do Paço, pisar aqueles degraus do cais até onde a água noturna e suja se abre em espuma, escorrendo depois para voltar ao rio, donde logo regressa, ela, outra, a mesma e diferente, não há mais ninguém neste cais, e contudo outros homens estão olhando a escuridão, os trémulos candeeiros da Outra Banda, as luzes de posição dos barcos fundeados, este homem, que fisicamente estando é quem olha hoje, mas também, além dos inúmeros que diz ser, outros que foi de cada vez que veio aqui e que de aqui terem vindo se lembram, mesmo não tendo este lembrança. Os olhos, habituados à noite, já veem mais longe, estão além uns vultos cinzentos, são os navios da esquadra que deixaram a segurança da doca, o tempo continua agreste mas não tanto que não possam os barcos aguentá-lo, vida de marujo é assim, sacrificada. Alguns, que à distância parecem feitos pela mesma medida, devem ser os contratorpedeiros, aqueles que têm nomes de rios, Ricardo Reis não se recorda de todos eles, ouviu pronunciá-los ao bagageiro como uma ladainha, havia o Tejo, que no Tejo está, e o Vouga, e o Dão, que é este mais perto, disse o homem, aqui está pois o Tejo, aqui estão os rios que correm pela minha aldeia, todos correndo com esta água que corre, para o mar que de todos os rios recebe a água e aos rios a restitui, retorno que desejaríamos eterno, porém não, durará só o que o sol durar, mortal como nós todos, gloriosa morte será a daqueles homens que na morte do sol morrerem, não viram o primeiro dia, verão o último.

O tempo não está bom para filosofias, os pés arrefecem, um polícia parou a olhar, hesitante, o contemplador das águas não lhe parecia meliante ou vagabundo, mas talvez estivesse a pensar em atirar-se ao rio, em deitar-se a afogar, e foi à ideia dos trabalhos que isto lhe causaria, dar o alarme, fazer retirar o cadáver, redigir o auto de ocorrência, que a autoridade se aproximou, ainda sem saber o que diria, com a esperança de que a aproximação bastasse para dissuadir o suicida, levá-lo a suspender o tresloucado ato. Ricardo Reis ouviu os passos, sentiu nos pés a frialdade da pedra, precisa de comprar botas de sola dobrada, era tempo de recolher ao hotel antes que apanhasse ali um resfriamento, disse, Boas noites, senhor guarda, o cívico aliviado perguntou, Há alguma novidade, não, não havia novidade, a coisa mais natural do mundo é chegar-se um homem à beira do cais, mesmo sendo noite, para ver o rio e os barcos, este Tejo que não corre pela minha aldeia, o Tejo que corre pela minha aldeia chama-se Douro, por isso, por não ter o mesmo nome, é que o Tejo não é mais belo que o rio que corre pela minha aldeia. Tranquilizado, o polícia afastou-se na direção da Rua da Alfândega, a refletir sobre a madureza de certas pessoas que aparecem no meio da noite, do que este se havia de lembrar, gozar a vista do rio com um tal tempo, se andassem aqui como eu, na obrigação, saberiam quanto custa. Ricardo Reis seguiu pela Rua do Arsenal, em menos de dez minutos estava no hotel. A porta ainda não tinha sido fechada, Pimenta apareceu no patamar com um molho de chaves, espreitou e recolheu-se, contra o costume não ficou à espera de que o hóspede subisse, Por que seria, desta natural pergunta passou Ricardo Reis a uma inquietação, Talvez já saiba da Lídia, é impossível que um dia não venha a saber-se, um hotel é como uma casa de vidro, e o Pimenta que nunca daqui sai, que conhece todos os cantos, tenho a certeza de que desconfia, Boas noites, Pimenta, acentuou, exagerou a cordialidade, e o outro respondeu sem aparente reserva, nenhuma hostilidade, Talvez não, pensou Ricardo Reis, recebeu das mãos dele a chave do quarto, ia afastar-se mas voltou atrás, abriu a carteira, Tome lá, Pimenta, para si, e deu-lhe uma nota de vinte escudos, não disse porquê e Pimenta não perguntou.

Não havia luz nos quartos. Avançou pelo corredor cuidadosamente, para não acordar quem estivesse dormindo, durante três segundos suspendeu o passo à porta de Marcenda, depois continuou. A atmosfera do quarto estava fria, húmida, pouco menos do que à beira do rio. Arrepiou-se como se ainda olhasse os barcos lívidos, enquanto escutava os passos do polícia, e perguntou a si mesmo o que teria sucedido se lhe respondesse, Sim, há novidade, embora não pudesse dizer mais do que isso, apenas repetir, Há novidade, mas não qual fosse nem o que significava. Ao aproximar-se da cama reparou que debaixo da colcha havia uma saliência, qualquer coisa fora ali posta, entre os lençóis, uma botija, via-se logo, mas para certificar-se pôs-lhe a mão em cima, estava quente, boa rapariga essa Lídia, lembrar-se de lhe aquecer a cama, claro que não o fazem a todos os hóspedes, provavelmente esta noite não virá. Deitou-se, abriu o livro que tinha à cabeceira, o de Herbert Quain, passou os olhos por duas páginas sem dar muita atenção ao sentido do que lia, parecia que tinham sido encontradas três razões para o crime, suficiente cada uma para incriminar o suspeito sobre quem conjuntamente convergiam, mas o dito suspeito, usando o direito e cumprindo o dever de colaborar com a justiça, sugerira que a verdadeira razão, no caso de ter sido ele, de facto, o criminoso, ainda poderia ser uma quarta, ou quinta, ou sexta razões, igualmente suficientes, e que a explicação do crime, os seus motivos, se encontrariam, talvez, só talvez, na articulação de todas essas razões, na sua ação recíproca, no efeito de cada conjunto sobre os restantes conjuntos e sobre o todo, na eventual mas mais do que provável anulação ou alteração de efeitos por outros efeitos, e como se chegara ao resultado final, a morte, e ainda assim era preciso averiguar que parte de responsabilidade caberia à vítima, isto é, se esta deveria ou não ser considerada, para efeitos morais e legais, como uma sétima e talvez, mas só talvez, definitiva razão. Sentia-se reconfortado, a botija aquecia-lhe os pés, o cérebro funcionava sem ligação consciente com o exterior, a aridez da leitura fazia-lhe pesar as pálpebras. Fechou por alguns segundos os olhos e quando os abriu estava Fernando Pessoa sentado aos pés da cama, como se viesse de visita a um doente, com aquela mesma expressão alheada que deixou em alguns retratos, as mãos cruzadas sobre a coxa direita, a cabeça ligeiramente descaída para diante, pálido. Pôs o livro de parte, entre as duas almofadas, Não o esperava a estas horas, disse, e sorriu, amável, para que ele não notasse a impaciência do tom, a ambiguidade das palavras, que tudo isto junto significaria, Escusava bem de ter vindo hoje. Tinha boas razões, ainda que apenas duas, a primeira, porque só lhe apetecia falar da noite de teatro e de quanto acontecera, mas não com Fernando Pessoa, a segunda, porque nada mais natural que entrar-lhe Lídia pelo quarto dentro, não que houvesse o perigo de se pôr ali aos gritos, Acudam, um fantasma, mas porque Fernando Pessoa, embora lhe não estivesse no feitio, podia querer deixar-se ficar, coberto pela sua invisibilidade, ainda assim intermitente segundo os humores da ocasião, a assistir às intimidades carnais e sentimentais, não seria nada impossível, Deus, que é Deus, costuma fazê-lo, nem o pode evitar, se está em toda a parte, mas a este já nos habituámos. Apelou para a cumplicidade masculina, Não vamos poder conversar muito tempo, talvez me apareça aí uma visita, há de concordar que seria embaraçoso, Você não perde tempo, ainda não há três semanas que chegou, e já recebe visitas galantes, presumo que serão galantes, Depende do que se queira entender por galante, é uma criada do hotel, Meu caro Reis, você, um esteta, íntimo de todas as deusas do Olimpo, a abrir os lençóis da sua cama a uma criada de hotel, a uma serviçal, eu que me habituei a ouvi-lo falar a toda a hora, com admirável constância, das suas Lídias, Neeras e Cloes, e agora sai-me cativo duma criada, que grande deceção, Esta criada chama-se Lídia, e eu não estou cativo, nem sou homem de cativeiro, Ah, ah, afinal a tão falada justiça poética sempre existe, tem graça a situação, tanto você chamou por Lídia, que Lídia veio, teve mais sorte que o Camões, esse, para ter uma Natércia precisou de inventar o nome e daí não passou, Veio o nome de Lídia, não veio a mulher, Não seja ingrato, você sabe lá que mulher seria a Lídia das suas odes, admitindo que exista tal fenómeno, essa impossível soma de passividade, silêncio sábio e puro espírito, É duvidoso, de facto, Tão duvidoso como existir, de facto, o poeta que escreveu as suas odes, Esse sou eu, Permita-me que exprima as minhas dúvidas, caríssimo

Reis, vejo-o aí a ler um romance policial, com uma botija aos pés, à espera duma criada que lhe venha aquecer o resto, rogo-lhe que não se melindre com a crueza da linguagem, e quer que eu acredite que esse homem é aquele mesmo que escreveu Sereno e vendo a vida à distância a que está, é caso para perguntar-lhe onde é que estava quando viu a vida a essa distância, Você disse que o poeta é um fingidor, Eu o confesso, são adivinhações que nos saem pela boca sem que saibamos que caminho andámos para lá chegar, o pior é que morri antes de ter percebido se é o poeta que se finge de homem ou o homem que se finge de poeta, Fingir e fingir-se não é o mesmo, Isso é uma afirmação ou uma pergunta, É uma pergunta, Claro que não é o mesmo, eu apenas fingi, você finge-se, se quiser ver onde estão as diferenças, leia-me e volte a ler-se, Com esta conversa, o que você está a preparar-me é uma boa noite de insónia, Talvez a sua Lídia ainda venha por aí embalá-lo, pelo que tenho ouvido dizer as criadas que se dedicam aos patrões são muito carinhosas, Parece-me o comentário de um despeitado, Provavelmente, Diga-me só uma coisa, é como poeta que eu finjo, ou como homem, O seu caso, Reis amigo, não tem remédio, você, simplesmente, finge-se, é fingimento de si mesmo, e isso já nada tem que ver com o homem e com o poeta, Não tenho remédio, É outra pergunta, É, Não tem porque, primeiro que tudo, você nem sabe quem seja, E você, alguma vez o soube, Eu já não conto, morri, mas descanse que não vai faltar quem dê de mim todas as explicações, Talvez que eu tenha voltado a Portugal para saber quem sou, Tolice, meu caro, criancice, alumbramentos assim só em romances místicos e estradas que vão a Damasco, nunca se esqueça de que estamos em Lisboa, daqui não partem estradas, Tenho sono, Vou deixá-lo dormir, realmente é essa a única coisa que lhe invejo, dormir, só os imbecis é que dizem que o sono é primo da morte, primo ou irmão, não me lembro bem, Primo, creio eu, Depois das pouco agradáveis palavras que lhe disse, ainda quer que eu volte, Quero, não tenho muito com quem falar, É uma boa razão, sem dúvida, Olhe, faça-me um favor, deixe a porta encostada, escuso eu de me levantar, com o frio que está, Ainda espera companhia, Nunca se sabe, Fernando, nunca se sabe.

Meia hora depois, a porta abriu-se. Lídia, tremendo da longa travessia por escadas e corredores, enfiou-se na cama, enroscou-se, perguntou, Então, o teatro foi bonito, e ele disse a verdade, Foi, foi bonito.

Marcenda e o pai não apareceram à hora do almoço. Saber porque não exigiu de Ricardo Reis supremos ardis táticos, nenhuma dialética de investigador, limitou-se a dar tempo a Salvador e a si mesmo, conversou vago, fraseou solto, com os cotovelos no balcão, a confiança do hóspede familiar, e, assim de passagem, como parêntesis, ou brevíssima digressão oratória, ou simples esboço de tema musical que inesperadamente surgisse do desenvolvimento doutro, informou que tinha ido ao D. Maria a noite passada e lá encontrara e conhecera o doutor Sampaio e a filha, pessoas muito simpáticas e distintas. A Salvador pareceu que lhe estavam dando a notícia tarde de mais, por isso se lhe crispou um pouco o sorriso, afinal vira sair os outros dois hóspedes, falara com eles, e não lhe disseram que na noite passada tinham encontrado o doutor Reis no D. Maria, sabia-o agora, é certo, mas quase às duas horas da tarde, como podia acontecer tal coisa, claro que não esperava que lhe deixassem um recado escrito ao chegarem ao hotel, para que tomasse conhecimento do sucedido mal entrasse de serviço, Conhecemos o doutor Reis, Conheci o doutor Sampaio e a filha, porém, sentia como grande injustiça deixarem-no em ignorância por tantas horas, ser desta maneira tratado um gerente que tão amigo é dos seus fregueses, ingrato mundo. Crispar-se um sorriso, se dele falamos, pode ser obra de um momento e não durar mais do que ele, mas explicar por que se crispou necessita de demora, ao menos para que não fiquem muitas dúvidas sobre os motivos da inesperada e aparentemente incompreensível atitude, é que a sensibilidade das pessoas tem recônditos tão profundos que, se por eles nos aventurarmos com ânimo de tudo examinar, há grande perigo de não sairmos de lá tão cedo. Não foi o caso de haver feito Ricardo Reis esse minudente exame, a ele só lhe pareceu que um súbito pensamento perturbara Salvador, e assim foi, como nós sabemos, todavia, mesmo que se deitasse a adivinhar que pensamento teria sido esse, não acertaria, o que mostra o pouco que sabemos uns dos outros e como depressa se nos cansa a paciência quando, lá de longe em longe, quando o rei faz anos, nos dispomos a apurar motivos, a dilucidar impulsos, salvo se se trata duma vera investigação criminal, como lateralmente nos vem ensinando The god of the labyrinth. Venceu Salvador o despeito, mais depressa do que o tempo que levou a contar, como é costume dizermos, e, deixando-se guiar apenas pelo seu bom carácter, mostrou quanto ficara contente, louvando o doutor Sampaio e a filha, ele um cavalheiro, ela uma menina finíssima, de esmerada educação, pena viver tão triste, com aquele defeito, ou enfermidade, Que, doutor Reis, aqui para nós, eu não acredito que o mal dela seja curável. Não começara Ricardo Reis a conversa para entrar numa discussão médica, para a qual, aliás, já se declarara incompetente, por isso cortou a direito nas palavras e foi ao que mais lhe importava, ou lhe importava sem saber quanto e a que ponto, Eles não vieram almoçar, e de repente lembrando-se dessa possibilidade, Já regressaram a

Coimbra, mas Salvador, que ao menos deste caso sabia tudo, respondeu, Não, só vão amanhã, hoje almoçaram na Baixa porque a menina Marcenda tinha consulta marcada, e depois davam umas voltas, compras que precisam de fazer, Mas jantam, Ah, isso com certeza. Ricardo Reis desencostou-se do balcão, deu dois passos, emendou-os, depois, Acho que vou dar um passeio, o tempo parece que está seguro, então Salvador, com o tom de quem se limita a dar uma informação de importância menor, despicienda, declarou, A menina Marcenda disse que voltaria para o hotel depois do almoço, que não acompanharia o pai nos assuntos que ele tinha de tratar à tarde, agora terá Ricardo Reis de dar o dito por não dito, foi até à sala de estar, olhou pela janela como quem avalia o trabalho dos meteoros, voltou, Pensando melhor, fico aqui a ler os jornais, não chove, mas deve estar frio, e Salvador, reforçando com a sua diligência o novo propósito, Vou já mandar pôr um calorífero na sala, tocou a campainha duas vezes, apareceu uma criada que não era Lídia, como primeiro se viu e logo depois se confirmou, Ó Carlota, acende um calorífero e põe-no ali na sala. Se tais pormenores são ou não são indispensáveis ao bom entendimento do relato, é juízo que cada um de nós fará por si mesmo, nem sempre idêntico, depende da atenção com que se estiver, do humor, da maneira de ser pessoal, há quem estime sobretudo as ideias gerais, os planos de conjunto, as panorâmicas, os frescos históricos, há quem preze muito mais as afinidades e contrariedades dos tons contíguos, bem sabemos que não é possível agradar a toda a gente, mas, neste caso, tratou-se apenas de dar tempo a que os sentimentos, quaisquer que sejam, abrissem e dilatassem caminho entre e dentro das pessoas, enquanto Carlota vai e vem, enquanto Salvador tira a prova dos noves a uma conta renitente, enquanto Ricardo Reis pergunta a si mesmo se não terá parecido suspeita uma tão súbita mudança de intenção, primeiro disse, Vou sair, afinal fica.

Duas horas deram, duas e meia, lidos foram e tornados a ler estes dessangrados jornais de Lisboa, desde as notícias da primeira página, Eduardo VIII será o novo rei de Inglaterra, o ministro do Interior foi felicitado pelo historiador Costa Brochado, os lobos descem aos povoados, a ideia do Anschluss, que é, para quem não saiba, a ligação da Alemanha à Áustria, foi repudiada pela Frente Patriótica Austríaca, o governo francês pediu a demissão, as divergências entre Gil Robles e Calvo Sotelo podem pôr em perigo o bloco eleitoral das direitas espanholas, até aos anúncios, Pargil é o melhor elixir para a boca, amanhã estreia-se no Arcádia a famosa bailarina Marujita Fontan, veja os novos modelos de automóveis Studebaker, o President, o Dictator, se o anúncio do Freire Gravador era o universo, este é o resumo perfeito do mundo nos dias que vivemos, um automóvel chamado Ditador, claro sinal dos tempos e dos gostos. Algumas vezes o besouro zumbiu, gente que saía, gente que entrava, um hóspede novo, campainhada seca de Salvador, o Pimenta para levar as malas, depois um silêncio longo, pesado, a tarde torna-se sombria, passa das três e meia. Ricardo Reis levanta-se do sofá, arrasta-se até à receção, Salvador olha-o com simpatia, se não é antes piedade o que se lhe lê na cara, Então, já leu os jornais todos, não teve Ricardo Reis tempo de responder, agora tudo acontece rapidamente, o besouro, uma voz ao fundo da escada, Ó senhor Pimenta, por favor, ajude-me aqui a levar estes embrulhos para cima, o Pimenta desce, sobe, é Marcenda que vem com ele, e Ricardo Reis não sabe que há de fazer, se deixar-se ficar onde está, se voltar a sentar-se, fingir que lê ou dormita ao suave calor, mas, se o fizer, que pensará Salvador, arguto espia, de modo que está flutuando a meio caminho destes diferentes atos quando Marcenda entra na receção, diz, Boa tarde, e se surpreende, Está aqui, senhor doutor, Estou a ler os jornais, responde ele, mas logo acrescenta, Acabei agora mesmo, são frases terríveis, demasiado conclusivas, se estou a ler os jornais não quero conversar, se acabei agora mesmo vou-me embora, então acrescenta, sentindo-se outra vez infinitamente ridículo, Está-se muito bem aqui, ao quente, aflige-o a vulgaridade da expressão, mas mesmo assim não se decide, não volta a sentar-se, não voltará por enquanto, se se for já sentar ela pensará que ele quer estar sozinho, se espera que ela suba ao quarto teme que ela julgue que ele saiu depois, o movimento tem de ser feito no tempo exato para que Marcenda seja levada a pensar que ele se foi sentar para esperar por ela, não foi necessário, Marcenda disse simplesmente, Vou pôr estas coisas no quarto e desço logo para conversar um pouco consigo, se tem paciência para me aturar e não tem outras coisas mais importantes para fazer. Não estranhemos o sorriso de Salvador, ele gosta que os seus clientes façam amizade, resulta tudo em proveito do hotel, cria-se um bom ambiente, e ainda que estranhássemos não adiantaria ao relato falar por extenso do que, tendo surgido, logo desapareceu por não ter mais que durar. Ricardo Reis sorriu também, com maior demora, disse, Tenho muito gosto, ou qualquer frase parecida com esta, que as há igualmente banais, quotidianas, embora seja caso muito lamentável não gastarmos nós algum tempo a analisá-las, hoje vazias, repisadas, sem brilho nem cor, lembremo-nos só de como teriam elas sido ditas e ouvidas nos seus primeiros dias, Será um prazer, Estou todo ao seu dispor, pequenas declarações que fariam hesitar quem as dissesse, pela ousadia, que faziam estremecer de temor e expectativa quem as ouvisse, estava-se então no tempo em que as palavras eram novas e os sentimentos começavam.

Não tardou Marcenda a descer, compusera o penteado, retocara os lábios, atitudes que já se tornaram automáticas, tropismos ao espelho, é o que pensam alguns, que outros afirmam e defendem ter a mulher um comportamento em todas as circunstâncias consciente, a coberto de um escudo de ligeireza de espírito e volubilidade do gesto, de grande eficácia, a julgar pelos resultados. Mas são pontos de vista que não merecem maior atenção. Ricardo Reis levantou-se para a receber, levou-a a um sofá que fazia ângulo reto com o seu, não quis sugerir que passassem para um outro, largo, em que ambos caberiam, lado a lado. Marcenda sentou-se, pôs a mão esquerda no colo, sorriu de um modo alheado e distante, como se dissesse, É isto que está vendo, não faz nada sem mim, e Ricardo Reis ia perguntar, Está cansada, mas Salvador apareceu, quis saber se tomavam alguma coisa, um café, um chá, e eles disseram que sim, um café era boa ideia, com o frio que faz. Antes de ir dar as suas ordens, Salvador verificou o funcionamento do calorífero, que espalhava no ambiente um cheiro levemente entontecedor de petróleo, enquanto a chama, dividida em mil pequenas línguas azuis, murmurava sem parar. Marcenda perguntou se Ricardo Reis gostara da peça, ele respondeu que sim, ainda que lhe parecesse que havia muito de artificial naquela naturalidade de representação, procurou explicar melhor, Na minha opinião, a representação nunca deve ser natural, o que se passa num palco é teatro, não é a vida, não é vida, a vida não é representável, até o que parece ser o mais fiel reflexo, o espelho, torna o direito esquerdo e o esquerdo direito, Mas gostou, ou não gostou, insistiu Marcenda, Gostei, resumiu ele, afinal uma só palavra teria sido suficiente. Neste momento entrou Lídia com a bandeja do café, pousou-a na mesa baixa, perguntou se desejavam mais alguma coisa, Marcenda disse, Não, muito obrigada, mas ela olhava para Ricardo Reis que não levantara a cabeça e que cuidadosamente puxava a sua chávena, perguntando a Marcenda, Quantas colheres, e ela dizia, Duas, era claro que Lídia nada mais tinha que fazer ali, por isso retirou-se, com demasiada precipitação segundo o entendimento de Salvador, que repreendeu, de trás do seu trono, Cuidado com essa porta.

Marcenda pôs a chávena na bandeja, colocou a mão direita sobre a esquerda, ambas frias, mas entre uma e outra havia a diferença que distingue o que se move e o que está inerte, o que ainda pode salvar-se e o que já está perdido, Meu pai não gostaria de saber que me estou a aproveitar de o termos conhecido ontem para lhe vir pedir a sua opinião de médico, É sobre o seu caso a opinião que me pede, É, este braço que não é capaz de se mover por si mesmo, esta pobre mão, Espero que compreenda por que não me sentirei à vontade para falar, primeiro porque não sou especialista, segundo porque não conheço a sua história clínica, terceiro porque a deontologia da profissão proíbe-me que me imiscua na ação de um colega, Sei isso tudo, mas um doente não pode ser proibido de ter um médico como amigo e de lhe falar dos males que o apoquentem, Claro que não, Então faça de conta que é meu amigo e responda-me, Não me custa nada fazer de conta que sou seu amigo, para usar as suas palavras, já a conheço há um mês, Então vai-me responder, Pelo menos tentarei, terei de fazer-lhe algumas perguntas, Todas as que quiser, e esta frase é uma das tais que poderíamos acrescentar ao rol das tantas que muito disseram nos tempos passados, na infância das palavras, Estou ao seu dispor, Com muito gosto, Será um prazer, Tudo o que queira. Entrou outra vez Lídia, viu que Marcenda tinha o rosto corado e os olhos húmidos, de Ricardo Reis o relance de um punho fechado que servia de apoio à face esquerda, estavam ambos calados como se tivessem chegado ao fim duma conversa importante ou se preparassem para ela, qual seria, qual virá a ser. Levou a bandeja, já sabemos como as chávenas tremem se não estão bem assentes nos respetivos pires, disto nos deveremos sempre certificar quando não estivermos seguros da firmeza das nossas mãos, para não termos de ouvir Salvador dizer, Cuidado com essa louça.

Ricardo Reis fez uma pausa, parecia refletir, depois, debruçando-se, estendeu as mãos para Marcenda, perguntou, Posso, ela inclinou-se também um pouco para a frente e, continuando a segurar a mão esquerda com a mão direita, colocou-a entre as mãos dele, como uma ave doente, asa quebrada, chumbo cravado no peito. Devagar, aplicando uma pressão suave mas firme, ele percorreu com os dedos toda a mão dela, até ao pulso, sentindo pela primeira vez na vida o que é um abandono total, a ausência duma reação voluntária ou instintiva, uma entrega sem defesa, pior ainda, um corpo estranho que não pertencesse a este mundo. Marcenda olhava fixamente a sua própria mão, algumas vezes outros médicos tinham sondado aquela máquina paralisada, os músculos sem força, os nervos inúteis, os ossos que apenas amparavam a pobre arquitetura, agora mexe-lhes este a quem por sua vontade a confiou, se aqui entrasse o doutor Sampaio não acreditaria nos seus olhos, o doutor Ricardo Reis segurando a mão de sua filha, sem resistência de uma e de outra, porém ninguém entrou, e isto se pode estranhar, sendo sala de hotel, tem dias de constante entrar e sair, hoje é este segredo. Ricardo Reis largou lentamente a mão, olhou sem saber para quê os seus próprios dedos, depois perguntou, Há quanto tempo está assim, Fez quatro anos em Dezembro, Começou aos poucos, ou aconteceu de repente, Um mês é aos poucos, ou é de repente, Está-me a dizer que em um mês passou do uso normal do braço à imobilidade total, Estou, Houve sinais anteriores de doença, de mal-estar, Não, Nenhum acidente, queda violenta ou pancada, Não, Que lhe têm dito os médicos, Que isto é consequência duma doença de coração, Não me disse que sofre do coração, perguntei-lhe se tinha havido sinais de doença, de mal-estar, Julguei que estivesse a referir-se ao meu braço, Que mais lhe disseram, Em Coimbra, que não tenho cura, aqui, o mesmo, mas este com quem ando a tratar-me há quase dois anos diz que posso melhorar, Que tratamentos faz, Massagens, banhos de luz, correntes galvânicas, E quanto a resultados, Nenhuns, O braço não reage à corrente galvânica, Reage, salta, estremece, depois fica na mesma. Ricardo Reis calou-se, percebera no tom de voz de Marcenda uma súbita hostilidade, um despeito, como se ela quisesse dizer-lhe que se deixasse de tanta pergunta, ou que lhe fizesse outras, outra, uma de duas ou três, por exemplo esta, Lembra-se de ter acontecido alguma coisa importante nessa altura, ou esta, Sabe por que está assim, ou mais simplesmente, Teve algum desgosto. A tensão da cara de Marcenda mostrava que se aproximava de um ponto de rutura, havia já lágrimas mal seguras, então Ricardo Reis perguntou, Tem algum desgosto, além do estado do seu braço, e ela acenou afirmativamente, começou o gesto mas não o pôde concluir, sacudiu-a um soluço profundo, como um arranque, um desgarramento, e as lágrimas saltaram-lhe irreprimíveis. Alarmado, Salvador apareceu à porta, mas Ricardo Reis fez um sinal brusco, imperioso, e ele afastou-se, recuou um pouco, para onde o não vissem, ao lado da porta. Marcenda já se dominara, só as lágrimas continuavam a correr, mas serenamente, e quando falou desaparecera-lhe da voz o tom hostil, se esse tinha sido, Minha mãe morreu e o meu braço não se mexeu mais, Ainda há pouco me disse que os médicos consideram que a paralisia do braço decorreu da sua afeção cardíaca, Os médicos dizem isso, Não acredita neles, acha que não sofre do coração. Sim, sofro, Então como é que pode ter a certeza de que há relação entre os dois factos, a morte da sua mãe e a imobilidade do seu braço, Certeza, tenho, não sei é explicar, fez uma pausa, chamou a si o que parecia ser um resto de animadversão, disse, Não sou médica de almas, De almas também eu não sou médico, apenas de clínica geral, agora era a voz de Ricardo Reis que soava irritada. Marcenda levou a mão aos olhos, disse, Desculpe-me, estou a aborrecê-lo, Não está a aborrecer-me, eu é que gostaria de ajudá-la, Provavelmente ninguém pode, precisei de desabafar, nada mais, Diga-me, está profundamente convencida de que essa relação existe, Profundamente, tão certa como de estarmos aqui os dois, E não lhe basta, para ser capaz de mexer o braço, saber, contra a opinião dos médicos, que se ele deixou de mover-se é só porque sua mãe morreu, Só, Sim, só, e com isso não quero dizer pouco, apenas quero dizer, tomando à letra essa sua profunda convicção, que, para si, nenhuma outra causa existiu, então, é a altura de lhe fazer uma pergunta direta, Qual, Não mexe o braço porque não pode, ou porque não quer, as palavras foram ditas num murmúrio, mais adivinhável do que audível, não as teria entendido Marcenda se não estivesse à espera delas, quanto a Salvador bem se esforçou, mas no patamar ouviram-se passos, era o Pimenta que vinha saber se havia verbetes para levar à polícia, também esta pergunta foi feita em muito baixa voz, ambas da mesma maneira e ambas pela mesma razão, sempre para que não se ouça a resposta. Que algumas vezes nem sequer é dita, fica presa entre os dentes e os lábios, se eles a articulam fazem-no inaudivelmente, e se um ténue som se pronunciou em sim ou não, dissolve-se na penumbra duma sala de estar de hotel como uma gota de sangue na transparência do mar, sabemos que está lá mas não a vemos. Marcenda não disse, Porque não posso, não disse, Porque não quero, apenas olhou Ricardo Reis, depois, Tem algum conselho a dar-me, uma ideia que me cure, um remédio, um tratamento, Já lhe disse que não sou especialista, e a Marcenda, tanto quanto posso julgar, se está doente do coração, também está doente de si mesma, É a primeira vez que mo dizem, Todos nós sofremos duma doença, duma doença básica, digamos assim, esta que é inseparável do que somos e que, duma certa maneira, faz aquilo que somos, se não seria mais exato dizer que cada um de nós é a sua doença, por causa dela somos tão pouco, também por causa dela conseguimos ser tanto, entre uma coisa e outra venha o diabo e escolha, também se costuma dizer, Mas o meu braço não se mexe, a minha mão é como se não existisse, Talvez não possa, talvez não queira, como vê, depois desta conversa não estamos mais adiantados, Desculpe-me, Disse-me que não sente quaisquer melhoras, É verdade, Então por que é essa insistência em vir a Lisboa, Eu não venho, meu pai é quem me traz, e ele terá razões muito suas para querer vir, Razões, Tenho vinte e três anos, sou solteira, fui educada para calar certas coisas, ainda que as pense, que tanto não se consegue evitar, Explique-se melhor, Acha que é preciso, Lisboa, com ser Lisboa e ter navios no mar, Que é isso, Dois versos, não sei de quem, Agora sou eu que não percebo, Apesar de Lisboa ter tanto, não tem tudo, mas haverá quem pense que em Lisboa encontra aquilo de que precisa, ou deseja, Se com essas palavras todas quer saber se meu pai tem uma amante em Lisboa, digo-lhe que sim, tem, Não acredito que seu pai precise de justificar-se, e perante quem, com a doença da filha, para poder vir a Lisboa, afinal é um homem ainda novo, viúvo, portanto livre, Como já lhe disse, fui educada para não dizer certas coisas, mas vou-as dizendo, um tanto às escondidas, sou como o meu pai, com a posição que tem e a educação que recebeu, quanto mais segredo melhor, Ainda bem que não tive filhos, Porquê, Não há salvação aos olhos de um filho, Eu amo o meu pai, Acredito, mas o amor não basta. Obrigado a permanecer ao balcão, Salvador nem imagina o que está a perder, as revelações, as confidências tão naturalmente trocadas entre duas pessoas que mal se conheciam, mas para as ouvir não bastaria pôr-se à escuta do lado de fora da porta, teria de estar aqui sentado, neste terceiro sofá, inclinado para a frente, a ler nos lábios palavras que mal se articulam, quase melhor se ouve o murmúrio do calorífero que o destas vozes apagadas, também é assim nos confessionários, perdoados nos sejam todos os pecados.

Marcenda pousou a mão esquerda na palma da mão direita, falso, não é verdade que o tenha feito, escrito desta maneira pareceria que a mão esquerda foi capaz de obedecer a uma ordem do cérebro e ir pousar-se sobre a outra, é preciso estar presente para saber como o conseguiu, primeiro a mão direita virou a esquerda, depois meteu-se por baixo dela, com os dedos mínimo e anular foi amparar o pulso, e agora, juntas, aproximam-se ambas de Ricardo Reis, cada uma delas oferecendo a outra, ou pedindo auxílio, ou apenas resignadas ao que não é possível evitar, Diga-me se acha que posso vir a curar-me, Não sei, está assim há quatro anos, sem melhoras, o seu médico dispõe de elementos de apreciação que me faltam, além disso, repito uma vez mais, não sou competente nessa especialidade, Deveria desistir, não vir a Lisboa, dizer a meu pai que estou conformada, que não gaste dinheiro comigo, Por enquanto, seu pai tem duas razões para vir a Lisboa, se lhe tira uma, Talvez arranje coragem para continuar a vir, sozinho, Terá perdido o álibi que a sua doença representa, agora ele vê-se a si mesmo apenas como o pai que quer ver curada a sua filha, o resto é como se não fosse verdade, Então que faço, Nós mal nos conhecemos, não tenho o direito de lhe dar conselhos, Sou eu que lhos peço, Não desista, continue a vir a Lisboa, faça-o pelo seu pai, mesmo que deixe de acreditar na cura, Já quase não acredito, Defenda o que lhe resta, acreditar será o seu álibi, Para quê, Para manter a esperança, Qual, A esperança, só a esperança, nada mais, chega-se a um ponto em que não há mais nada senão ela, é então que descobrimos que ainda temos tudo. Marcenda recostou-se no sofá, esfregou lentamente as costas da mão esquerda, tinha a janela por trás de si, mal se lhe via o rosto, noutra ocasião Salvador já teria vindo acender o grande lustre, orgulho do Hotel Bragança, mas agora era como se quisesse tornar evidente a sua contrariedade por tão ostensivamente ser deixado à margem duma conversa que afinal fora ele a propiciar, falando dos Sampaios a Ricardo Reis, de Ricardo Reis aos Sampaios, assim lho retribuíam aqueles dois, ali de conversa, cochichando, com a sala na penumbra, mal acabara de o pensar acendeu-se o lustre, foi iniciativa de Ricardo Reis, alguém que finalmente entrasse acharia suspeito estarem ali um homem e uma mulher no escuro, ainda que ele médico e ela aleijada, pior é isto que o banco de trás de um táxi. Tinha de ser, Salvador apareceu e disse, Vinha mesmo agora acender, senhor doutor, e sorriu, eles sorriram também, são gestos e atitudes que fazem parte dos códigos de civilização, com a sua parte de hipocrisia, outra que é da necessidade, outra que é o disfarce da angústia. Retirou-se Salvador, houve depois um longo silêncio, parecia menos fácil falar com toda esta luz, então Marcenda disse, Se não é abuso da minha parte, posso perguntar-lhe por que está a viver há um mês no hotel, Ainda não me resolvi a procurar casa, aliás não sei se ficarei em Portugal, talvez acabe por voltar para o Rio de Janeiro, Viveu lá dezasseis anos, disse o Salvador, por que foi que resolveu regressar, Saudades da terra, Em pouco tempo as matou, se já fala em partir outra vez, Não é bem assim, quando resolvi embarcar para Lisboa parecia-me que tinha razões a que não podia fugir, questões importantíssimas a tratar cá, E agora, Agora, suspendeu a frase, ficou a olhar o espelho na sua frente, Agora vejo-me como o elefante que sente aproximar-se a hora de morrer e começa a caminhar para o lugar aonde tem de levar a sua morte, Se regressar ao Brasil e de lá não voltar nunca mais, esse será também o lugar onde o elefante foi morrer, Quando alguém emigra, pensa no país onde talvez morra como país onde terá vida, é esta a diferença, Talvez que quando eu vier a Lisboa, daqui por um mês, já não o encontre, Posso ter arranjado casa para habitar, consultório, hábitos, Ou ter regressado ao Rio de Janeiro, Logo o saberá, o nosso Salvador lhe dará a notícia, Virei, para não perder a esperança, Ainda estarei por aqui, se não a tiver perdido.

Tem vinte e três anos Marcenda, não sabemos ao certo que estudos fez, mas, sendo filha de notário, ainda por cima de Coimbra, sem dúvida concluiu o curso liceal e só por ter tão dramaticamente adoecido terá abandonado uma faculdade qualquer, direito ou letras, letras de preferência, que direito não é tão próprio para mulheres, o árido estudo dos códigos, além de já termos um advogado na família, ainda se fosse um rapaz para continuar a dinastia e o cartório, mas a questão não é esta, a questão é a confessada surpresa de vermos como uma rapariga deste país e tempo foi capaz de manter tão seguida e elevada conversa, dizemos elevada por comparação com os padrões correntes, não foi estúpida nem uma só vez, não se mostrou pretensiosa, não esteve a presumir de sábia nem a competir com o macho, com perdão da grosseira palavra, falou com naturalidade de pessoa, e é inteligente, talvez por compensação do seu defeito, o que tanto pode suceder a mulher como a homem. Agora levantou-se, segura a mão esquerda à altura do peito e sorri, Agradeço-lhe muito a paciência que teve comigo, Não me agradeça, para mim foi um grande prazer esta conversa, Janta no hotel, Janto, Então logo nos veremos, Até logo, viu-a Ricardo Reis afastar-se, menos alta do que a memória lhe lembrava, mas esguia, por isso o iludira a recordação, e depois ouviu-a dizer a Salvador, A Lídia que vá ao meu quarto quando puder, só a Ricardo Reis parecerá insólita a ordem, e é porque tem censuráveis atos de promiscuidade de classes a pesar-lhe na consciência, pois que poderá haver de mais natural que ser chamada uma criada de hotel ao quarto de uma hóspede, sobretudo se esta precisa de ajuda para mudar de vestido, por ter um braço paralítico, por exemplo. Ricardo Reis demora-se ainda um pouco, liga a telefonia na altura em que estão a transmitir A Lagoa Adormecida, são acasos, só num romance se aproveitaria esta coincidência para estabelecer forçados paralelos entre uma laguna silente e uma rapariga virgem, que o é e ainda não tinha sido dito, e como o seria se ela o não proclama, são questões muito reservadas, até mesmo um noivo, se o vier a ter, não ousará perguntar-lhe, És virgem, neste meio social, por enquanto, parte-se do princípio de que sim senhor é virgem, mais tarde se verá, na ocasião própria, com escândalo se afinal o não era. Acabou a música, veio uma canção napolitana, serenata ou semelhante, amore mio, cuore ingrato, con te, la vita insieme, per sempre, jurava o tenor estas excelências canoras do sentimento quando entraram na sala de estar dois hóspedes de alfinete de brilhantes na gravata e queixo duplo a esconder-lhe o nó, sentaram-se, acenderam charutos, vão falar de um negócio de cortiça ou de conservas de peixe, sabê-lo-íamos por claro se não estivesse Ricardo Reis saindo, vai tão distraído que não se lembra de dar uma palavra a Salvador, estranhos casos se estão dando neste hotel.

Mais perto da noite chega o doutor Sampaio, Ricardo Reis e Marcenda não saíram dos quartos, Lídia foi algumas vezes vista nestas escadas e passagens, vai só aonde a chamam, por causa duma insignificância qualquer tratou mal de palavras a Pimenta e dele recebeu troco em paridade de forma e conteúdo, passou-se o trato longe de ouvidos alheios, e ainda bem, nem Salvador ouviu, que haveria de querer saber que insinuações eram aquelas de Pimenta sobre pessoas que padecem de sonambulismo e andam pelos corredores a altas horas. Oito eram elas quando o doutor Sampaio foi bater à porta de Ricardo Reis, que não valia a pena entrar, muito obrigado, vinha apenas convidá-lo para jantarem juntos, nós três, que Marcenda lhe falara da conversa que haviam tido, Quanto lhe agradeço, senhor doutor, e Ricardo Reis insistiu para que se sentasse um pouco, Eu não fiz nada, limitei-me a ouvi-la e dei-lhe o único conselho que poderia ser dado por uma pessoa sem especial conhecimento do caso, persistir nos tratamentos, não desanimar, É o que eu lhe estou sempre a dizer, mas a mim já não me dá muita atenção, sabe como são os filhos, sim meu pai, não meu pai, mas vem a Lisboa sem nenhum ânimo, e tem de vir para que o médico possa acompanhar a evolução da doença, os tratamentos fá-los em Coimbra, claro, Mas há em Coimbra certamente especialistas, Poucos, e o que lá há, sem querer melindrar, não me inspirava grande confiança, por isso viemos a Lisboa, este médico que a trata é homem de muito saber e experiência, Estes dias de ausência prejudicam sem dúvida o seu trabalho, Sim, prejudicam, às vezes, mas de pouco serviria um pai se se recusasse a fazer tão pequeno sacrifício de tempo, a conversa não ficou por aqui, por esta mesma conformidade trocaram ainda algumas frases, parelhas de intenção, escondendo e mostrando meio por meio, como é geral nas conversas todas, e nesta, pelas razões que sabemos, particular, até que o doutor Sampaio houve por conveniente levantar-se, Então às nove horas vimos aqui bater-lhe à porta, Não senhor, eu é que irei, não quero que se incomode, e assim foi, chegado o tempo bateu Ricardo Reis à porta do quarto duzentos e cinco, seria muito indelicado chamar primeiro Marcenda, esta é outra das subtilezas do código.

A entrada na sala de jantar foi unanimemente festejada com sorrisos e pequenas vénias de cabeça. Salvador, esquecido de agravos ou diplomaticamente fingidor, abriu de par em par as portas envidraçadas, à frente passaram Ricardo Reis e Marcenda, como devia ser, é ele o convidado, aqui onde nós estamos não se consegue perceber o que a telefonia toca, muito daria que pensar a coincidência se fosse a marcha nupcial do Lohengrin, ou a de Mendelssohn, ou, menos célebre, talvez por ser tocada antes duma desgraça, a da Lucia de Lamermeor, de Donizetti. A mesa a que vão sentar-se é, claro está, a do doutor Sampaio, que tem Felipe como servidor habitual, mas Ramón não renuncia aos seus direitos, atenderá de companhia com o colega e patrício, nasceram ambos em Villagarcia de Arosa, é sina dos humanos terem seus itinerários infalíveis, uns vieram da Galiza para Lisboa, este nasceu no Porto, por um tempo viveu na capital, emigrou para o Brasil, donde agora voltou, aqueles andam há três anos numa dobadoira entre Coimbra e Lisboa, todos à procura de remédio, paciência, dinheiro, paz e saúde, ou prazer, cada qual o seu, por isso é tão difícil satisfazer toda a gente necessitada. O jantar decorre sossegadamente, Marcenda está à direita do pai, Ricardo Reis à direita de Marcenda, a mão esquerda dela, como de costume, repousa ao lado do prato, mas, contra o que também é costume, não parece esconder-se, pelo contrário, diríamos que tem glória em mostrar-se, e não protestem que é inadequada a palavra, de certeza que nunca ouviram falar o povo, ao menos lembremo-nos de que aquela mão esteve nas mãos de Ricardo Reis, como há de ela sentir-se senão gloriosa, olhos mais sensíveis que os nossos vê-la-iam resplandecente, para tais cegueiras é que não se encontra remédio. Não se fala da enfermidade de Marcenda, demasiado se falou já de corda em casa desta enforcada, o doutor Sampaio discorre sobre as belezas da Lusa Atenas, Ali vim ao mundo, ali me criei, ali me formei, ali exerço, não quero que haja outra cidade como aquela. O estilo é potente, mas não há perigo de que principie à mesa uma discussão sobre os méritos de Coimbra ou outras terras, Porto ou Villagarcia de Arosa, a Ricardo Reis é indiferente ter nascido aqui ou além, Felipe e Ramón nunca ousariam meter-se na conversa dos senhores doutores, cada um de nós tem dois lugares, aquele onde nasceu, aquele onde vive, por isso é que tantas vezes ouvimos dizer, Ponha-se no seu lugar, e esse não é o onde nascemos, se é preciso acrescentar. Era porém inevitável que sabendo o doutor Sampaio que Ricardo Reis fora para o Brasil por razões políticas, embora seja muito difícil apurar como o soube ele, não lho disse Salvador, que também o não sabe, explicitamente o não confessou Ricardo Reis, mas certas coisas suspeitam-se por meias palavras, silêncios, um olhar, bastava que tivesse dito, Parti para o Brasil em mil novecentos e dezanove, no ano em que se restaurou a monarquia no Norte, bastava tê-lo dito num certo tom de voz, o ouvido finíssimo de um notário, habituado a mentiras, testamentos e confissões, não se enganaria, era inevitável, dizíamos, que de política se falasse. Por caminhos desviados, apalpando o terreno, tenteando a ver se havia minas escondidas ou armadilhas, Ricardo Reis deixou-se ir na corrente porque não se sentia capaz de propor uma alternativa à conversa, e antes da sobremesa já tinha declarado não acreditar em democracias e aborrecer de morte o socialismo, Está com a sua gente, disse risonho o doutor Sampaio, a Marcenda não parecia interessar muito a conversa, por alguma razão pôs a mão esquerda no regaço, se resplendor havia, apagou-se. A nós o que nos vale, meu caro doutor Reis, neste cantinho da Europa, é termos um homem de alto pensamento e firme autoridade à frente do governo e do país, estas palavras disse-as o doutor Sampaio, e continuou logo, Não há comparação possível entre o Portugal que deixou ao partir para o Rio de Janeiro e o Portugal que veio encontrar agora, bem sei que voltou há pouco tempo, mas, se tem andado por aí, a olhar com olhos de ver, é impossível que não se tenha apercebido das grandes transformações, o aumento da riqueza nacional, a disciplina, a doutrina coerente e patriótica, o respeito das outras nações pela pátria lusitana, sua gesta, sua secular história e seu império, Não tenho visto muito, respondeu Ricardo Reis, mas estou a par do que os jornais dizem, Ah, claro, os jornais, devem ser lidos, mas não chega, é preciso ver com os próprios olhos, as estradas, os portos, as escolas, as obras públicas em geral, e a disciplina, meu caro doutor, o sossego das ruas e dos espíritos, uma nação inteira entregue ao trabalho sob a chefia de um grande estadista, verdadeiramente uma mão de ferro calçada com uma luva de veludo, que era do que andávamos a precisar, Magnífica metáfora, essa, Tenho pena de a não ter inventado eu, ficou-me na lembrança, imagine, é bem verdade que uma imagem pode valer por cem discursos, foi aqui há dois ou três anos, na primeira página do

Sempre Fixe, ou seria dos Ridículos, lá estava, uma mão de ferro calçada com uma luva de veludo, e tão excelente era o desenho, que, olhando de perto, tanto se via o veludo como se via o ferro, Um jornal humorístico, A verdade, caro doutor, não escolhe o lugar, Resta saber se o lugar escolhe sempre a verdade. O doutor Sampaio franziu levemente a testa, a contradição perturbou-o um pouco, mas levou-a à conta de pensamento demasiado profundo, porventura até subtilmente conciliador, para ser debatido ali, entre o vinho de Colares e o queijo. Marcenda mordiscava bocadinhos de casca, distraída, alteou a voz para dizer que não queria doce nem café, depois começou uma frase que, concluída, talvez pudesse ter feito derivar a conversa para o Tá Mar, mas o pai prosseguia, dava um conselho, Não é que se trate de um bom livro, desses que têm lugar na literatura, mas é de certeza um livro útil, de leitura fácil, e que pode abrir os olhos a muita gente, Que livro é esse, O título é Conspiração, escreveu-o um jornalista patriota, nacionalista, um Tomé Vieira, não sei se já ouviu falar, Não, nunca ouvi, vivendo lá tão longe, O livro saiu há poucos dias, leia-o, leia-o, e depois me dirá, Não deixarei de o ler, se mo aconselha, já Ricardo Reis se arrependia de se ter declarado antissocialista, antidemocrata, antibolchevista por acréscimo, não porque não fosse isto tudo, ponto por ponto, mas porque se sentia cansado de nacionalismo tão hiperbólico, talvez mais cansado ainda por não ter podido falar com Marcenda, muitas vezes acontece, mais fatiga o que não se faz, repousar é tê-lo feito.

O jantar estava no fim, Ricardo Reis afastou a cadeira de Marcenda quando ela se levantou, deixou-a seguir à frente com o pai, cá fora hesitaram os três se deviam ou não passar à sala de estar, houve uma indecisão geral de gestos e movi-

mentos, mas Marcenda disse que recolhia ao quarto, doía-
-lhe a cabeça, Amanhã, provavelmente, não nos veremos, partimos cedo, disse-o ela, disse-o também o pai, e Ricardo Reis desejou-lhes boa viagem, Talvez ainda esteja por aqui quando voltarem no mês que vem, Se não estiver deixe a sua nova morada, a recomendação foi do doutor Sampaio. Agora não há mais nada para dizer, Marcenda irá para o seu quarto, dói-lhe ou finge que lhe dói a cabeça, Ricardo Reis não sabe o que fará, o doutor Sampaio ainda sai esta noite.

Ricardo Reis também saiu. Andou por aí, entrou em cinemas para ver os cartazes, viu jogar uma partida de xadrez, ganharam as brancas, chovia quando saiu do café. Foi de táxi para o hotel. Quando entrou no quarto, reparou que a cama não fora aberta e a segunda almofada não saíra do armário, Só uma vaga pena inconsequente para um momento à porta da minha alma e após fitar-me um pouco passa, a sorrir de nada, murmurou.

Um homem deve ler de tudo, um pouco ou o que puder, não se lhe exija mais do que tanto, vista a curteza das vidas e a prolixidade do mundo. Começará por aqueles títulos que a ninguém deveriam escapar, os livros de estudo, assim vulgarmente chamados, como se todos o não fossem, e esse catálogo será variável consoante a fonte do conhecimento aonde se vai beber e a autoridade que lhe vigia o caudal, neste caso de Ricardo Reis, aluno que foi de jesuítas, podemos fazer uma ideia aproximada, mesmo sendo os nossos mestres tão diferentes, os de ontem e os de hoje. Depois virão as inclinações da mocidade, os autores de cabeceira, os apaixonamentos temporários, os Werther para o suicídio ou para fugir dele, as graves leituras da adultidade, chegando a uma certa altura da vida já todos, mais ou menos, lemos as mesmas coisas, embora o primeiro ponto de partida nunca venha a perder a sua influência, com aquela importantíssima e geral vantagem que têm os vivos, vivos por enquanto, de poderem ler o que outros, por antes de tempo mortos, não chegaram a conhecer. Para dar só um exemplo, aí temos o Alberto Caeiro, coitado, que, tendo morrido em mil novecentos e quinze, não leu o Nome de Guerra, Deus saberá a falta que lhe fez, e a Fernando Pessoa, e a Ricardo Reis, que também já não será deste mundo quando o Almada Negreiros publicar a sua história. Por um pouco veríamos aqui repetida a graciosa aventura do senhor de La Palice, o tal que um quarto de hora antes de morrer ainda estava vivo, isto diriam os humoristas expeditos, que nunca pararam um minuto para pensar na tristeza que é já não estar vivo um quarto de hora depois. Adiante. Provará pois o homem de tudo, Conspiração sejas, e não lhe fará mal nenhum descer uma vez por outra das altitudes rarefeitas em que costuma abonar-se, para ver como se fabrica o pensar comum, como alimenta ele o comum pensar, que é disso que vivem as gentes no seu quotidiano, não de Cícero ou Espinosa. Tanto mais, ah, tanto mais que há uma recomendação de Coimbra, um insistente conselho, Leia a Conspiração, meu amigo, é boa doutrina a que lá vem, as fraquezas da forma e do enredo desculpa-as a bondade da mensagem, e Coimbra sabe o que diz, cidade sobre todas doutora, densa de licenciados. Ricardo Reis logo no dia seguinte foi comprar o livrinho, levou-o para o quarto, aí o desembrulhou, sigilosamente, é que nem todas as clandestinidades são o que parecem, às vezes não passam de envergonhar-se uma pessoa do que vai fazer, gozos secretos, dedo no nariz, rapação de caspa, não será menos censurável esta capa que nos mostra uma mulher de gabardina e boina, descendo uma rua, ao lado duma prisão, como se percebe logo pela janela gradeada e pela guarita da sentinela, ali postas para não haver dúvidas sobre o que espera conspiradores. Está pois Ricardo Reis no seu quarto, bem sentado no sofá, chove na rua e no mundo como se o céu fosse um mar suspenso que por goteiras inúmeras se escoasse intérmino, há cheias por toda a parte, destruições, fome de rabo, mas este livrinho irá dizer como uma alma de mulher se lançou na generosa cruzada de chamar à razão e ao espírito nacionalista alguém a quem ideias perigosas tinham perturbado, sic. As mulheres são muito boas nestas habilidades, provavelmente para equilibrar as contrárias e mais do seu costume, quando lhes dá para perturbar e perder as almas dos homens, ingénuos desde Adão. Estão já lidos sete capítulos, a saber, Em véspera de eleições, Uma revolução sem tiros, A lenda do amor, A festa da Rainha Santa, Uma greve académica, Conspiração, A filha do senador, enfim, trocando o caso por miúdos, certo moço universitário, filho de um lavrador, meteu-se em rapaziadas, foi preso, trancado no Aljube, e vai ser a supradita filha de senador quem, por puras razões patrióticas, por missionação abnegada, moverá céus e terra para de lá o tirar, o que, afinal, não lhe será difícil, pois é muito estimada nas altas esferas da governação, com surpresa daquele que lhe deu o ser, senador que foi do partido democrata e agora conspirador ludibriado, um pai nunca sabe para o que cria uma filha. Ela o diz, como Joana de Arco à proporção, O papá esteve para ser preso há dois dias, dei a minha palavra de honra que o papá não fugiria a responsabilidades, mas também garanti que o papá deixaria de imiscuir-se em negócios conspiratórios, ai este amor filial, tão comovente, três vezes papá numa frase tão curta, a que extremos chegam na vida os afetuosos laços, e torna a dedicada menina, Pode comparecer à sua reunião de amanhã, nada lhe acontecerá, garanto-lho porque o sei, e a polícia também sabe que os conspiradores vão reunir mais uma vez, com o que não se importa. Generosa, benevolente polícia esta de Portugal que não se importa, pudera não, está a par de tudo, tem uma informadora no arraial inimigo, que é, quem tal diria, a filha de um antigo senador, adversário deste regime, assim traicionadas as tradições familiares, porém tudo acabará em felicidade para as partes, desde que tomemos a sério o autor da obra, ora ouçamo-lo, A situação do país merece à imprensa estrangeira referências entusiásticas, cita-se a nossa política financeira como modelo, há alusões às nossas condições financeiras, de modo a colocar-nos numa posição privilegiada, por todo o país continuam as obras de fomento que empregam milhares de operários, dia a dia os jornais inserem diplomas governativos no sentido de debelar a crise que, por fenómenos mundiais, também nos atingiu, o nível económico da nação, comparadamente a outros países, é o mais animador, o nome de Portugal e dos estadistas que o governam andam citados em todo o mundo, a doutrina política estabelecida entre nós é motivo de estudo em outros países, pode-se afirmar que o mundo nos olha com simpatia e admiração, os grandes periódicos de fama internacional enviam até nós os seus redatores categorizados a fim de colher elementos para conhecer o segredo da nossa vitória, o chefe do governo é, enfim, arrancado à sua pertinaz humildade, ao seu recolhimento de rebelde a reclames, e projetado em colunas de reportagem, através do mundo, a sua figura atinge as culminâncias, e as suas doutrinas transformam-se em apostolados, Perante isto, que é apenas uma pálida sombra do que podia ser dito, tem de concordar, Carlos, que foi uma loucura irresponsável meter-se em greves académicas que nunca trouxeram nada de bom, já pensou nos trabalhos que eu vou ter para o tirar daqui, Tem razão, Marília, e quanta, mas olhe que a polícia nada apurou de mau contra mim, somente a certeza de que fui eu quem desfraldou a bandeira vermelha, que não era bandeira nem coisa que se parecesse, apenas um lenço de vinte e cinco tostões, Brincadeira de rapazes, disseram ambos em coro, esta conversa passava-se na prisão, no parlatório, é assim o mundo carcerário. Lá na aldeia, por acaso também no distrito de Coimbra, outro lavrador, pai da gentil menina com quem este Carlos há de vir a casar-se mais para o fim da história, explica numa roda de subalternos que ser comunista é ser pior que tudo, eles não querem que haja patrões nem operários, nem leis nem religião, ninguém se batiza, ninguém se casa, o amor não existe, a mulher é uma coisa que não vale nada, todos a ela podem ter direito, os filhos não têm que dar satisfação aos pais, cada um governa-se como entender. Em mais quatro capítulos e um epílogo, a suave mas valquíria Marília salva o estudante da prisão e da lepra política, regenera o pai que definitivamente abandona o vezo conspirativo, e proclama que dentro da atual solução corporativa o problema resolve-se sem mentiras, sem ódios e sem revoltas, a luta de classes acabou, substituída pela colaboração dos elementos que constituem valores iguais, o capital e o trabalho, em conclusão, a nação deve ser uma coisa assim como uma casa onde há muitos filhos e o pai tem de dar ordem à vida para a todos criar, ora os filhos, se não forem devidamente educados, se não tiverem respeito ao pai, tudo vai mal e a casa não resiste, por estas irresponsáveis razões é que os dois proprietários, pais dos noivos, sanadas algumas desinteligências menores, até contribuem para que acabem os pequenos conflitos entre os trabalhadores que ganham a sua vida ora servindo a um ora servindo a outro, afinal não valeu a pena ter-nos Deus expulsado do seu paraíso, se em tão pouco tempo o reconquistámos. Ricardo Reis fechou o livro, leu-o depressa, as melhores lições são estas, breves, concisas, fulminantes, Que estupidez, com tal exclamação se paga do doutor Sampaio, ausente, por um momento aborrece o mundo inteiro, a chuva que não para, o hotel, o livro atirado para o chão, o notário, Marcenda, depois exclui Marcenda da condenação geral, nem sabe bem porquê, talvez apenas pelo gosto de salvar alguma coisa, assim num campo de ruínas levantamos um fragmento de madeira ou pedra, a forma dele nos atraiu, não temos coração de atirá-lo fora, e acabamos por metê-lo no bolso, por nada, ou por uma vaga consciência de responsabilidade, sem causa nem objeto.

Nós, por cá, vamos indo tão bem quanto valham as atrás explicadas maravilhas. Em terra de nuestros hermanos é que a vida está fusca, a família muito dividida, se ganha Gil Robles as eleições, se ganha Largo Caballero, e a Falange já fez saber que fará frente, nas ruas, à ditadura vermelha. Neste nosso oásis de paz assistimos, compungidos, ao espetáculo duma Europa caótica e colérica, em constantes ralhos, em pugnas políticas que, segundo a lição de Marília, nunca levaram a nada de bom, agora constituiu Sarraut em França um governo de concentração republicana e logo lhe caíram as direitas em cima com a sua razão delas, lançando salvas sucessivas de críticas, acusações e injúrias, um desbocamento de tom que mais parece de arruaceiros que de país tão civilizado, modelo de maneiras e farol da cultura ocidental. O que vale é haver ainda vozes neste continente, e poderosas elas são, que se erguem para pronunciar palavras de pacificação e concórdia, falamos de Hitler, da proclamação que ele fez perante os camisas castanhas, A Alemanha só se preocupa em trabalhar dentro da paz, e, para calar definitivamente desconfianças e ceticismos, ousou ir mais longe, afirmou perentório, Saiba o mundo que a Alemanha será pacífica e amará a paz, como jamais povo algum soube amá-la. É certo que duzentos e cinquenta mil soldados alemães estão prontos a ocupar a Renânia e que uma força militar alemã penetrou há poucos dias em território checoslovaco, porém, se é verdade que vem às vezes Juno em forma de nuvem, também não é menos verdade que nem todas as nuvens Juno são, a vida das nações faz-se, afinal, de muito ladrar e pouco morder, vão ver que, querendo Deus, tudo acabará na bela harmonia. Com o que nós não podemos concordar é que venha Lloyd George dizer que Portugal está demasiadamente favorecido de colónias, em comparação com a Alemanha e a Itália. Ainda no outro dia pusemos dorido luto pelo Rei Jorge V deles, andámos por aí, para quem nos quis ver, homens de gravata preta e fumo no braço, senhoras de crepes, e aparece agora aquele a protestar que temos colónias a mais, quando na verdade as temos a menos, haja em vista o mapa cor-de-rosa, tivesse ele vingado, como era de justiça, e hoje ninguém nos poria o pé adiante, de Angola à Contra-Costa tudo seria caminho chão e bandeira portuguesa. E foram os ingleses que nos rasteiraram, pérfida Albion, como é costume deles, duvida-se mesmo que sejam capazes doutros comportamentos, está-lhes no vício, não há povo no mundo que não tenha razões de queixa. Quando Fernando Pessoa aí vier, não há de Ricardo Reis esquecer-se de lhe apresentar o interessante problema que é o da necessidade ou não necessidade das colónias, não do ponto de vista do Lloyd George, tão preocupado com a maneira de calar a Alemanha dando-lhe o que a outros custou tanto a ganhar, mas do seu próprio, dele, Pessoa, profético, sobre o advento do Quinto Império para que estamos fadados, e como resolverá, por um lado, a contradição, que é sua, de não precisar Portugal de colónias para aquele imperial destino, mas de sem elas se diminuir perante si mesmo e ante o mundo, material como moralmente, e, por outro lado, a hipótese de virem a ser entregues à Alemanha colónias nossas, e à Itália, como anda a propor Lloyd George, que Quinto Império será então esse, esbulhados, enganados, quem nos irá reconhecer como imperadores, se estamos feitos Senhor da Cana Verde, povo de dores, estendendo as mãos, que bastou atar frouxamente, verdadeira prisão é aceitar estar preso, as mãos humilhadas para o bodo do século, que por enquanto ainda não nos deixou morrer. Talvez Fernando Pessoa lhe responda, como outras vezes, Você bem sabe que eu não tenho princípios, hoje defendo uma coisa, amanhã outra, não creio no que defendo hoje, nem amanhã terei fé no que defenderei, talvez acrescente, porventura justificando-se, Para mim deixou de haver hoje e amanhã, como é que quer que eu ainda acredite, ou espere que os outros possam acreditar, e se acreditarem, pergunto eu, saberão verdadeiramente em que acreditam, saberão, se o Quinto Império foi em mim vaguidade, como pode ter-se transformado em certeza vossa, afinal, acreditaram tão facilmente no que eu disse, e mais sou esta dúvida que nunca disfarcei, melhor teria feito afinal se me tivesse calado, apenas assistindo, Como eu mesmo sempre fiz, responderá Ricardo Reis, e Fernando Pessoa dirá, Só estando morto assistimos, e nem disso sequer podemos estar certos, morto sou eu e vagueio por aí, paro nas esquinas, se fossem capazes de ver-me, raros são, também pensariam que não faço mais que ver passar, não dão por mim se lhes tocar, se alguém cair não o posso levantar, e contudo eu não me sinto como se apenas assistisse, ou, se realmente assisto, não sei o que em mim assiste, todos os meus atos, todas as minhas palavras, continuam vivos, avançam para além da esquina a que me encosto, vejo-os que partem, deste lugar donde não posso sair, vejo-os, atos e palavras, e não os posso emendar, se foram expressões de um erro, explicar, resumir num ato só e numa palavra única que tudo exprimissem de mim, ainda que fosse para pôr uma negação no lugar duma dúvida, uma escuridão no lugar da penumbra, um não no lugar de um sim, ambos com o mesmo significado, e o pior de tudo talvez nem sejam as palavras ditas e os atos praticados, o pior, porque é irremediável definitivamente, é o gesto que não fiz, a palavra que não disse, aquilo que teria dado sentido ao feito e ao dito, Se um morto se inquieta tanto, a morte não é sossego, Não há sossego no mundo, nem para os mortos nem para os vivos, Então onde está a diferença entre uns e outros, A diferença é uma só, os vivos ainda têm tempo, mas o mesmo tempo lhos vai acabando, para dizerem a palavra, para fazerem o gesto, Que gesto, que palavra, Não sei, morre-se de a não ter dito, morre-se de não o ter feito, é disso que se morre, não de doença, e é por isso que a um morto custa tanto aceitar a sua morte, Meu caro Fernando Pessoa, você treslê, Meu caro Ricardo Reis, eu já nem leio. Duas vezes improvável, esta conversação fica registada como se tivesse acontecido, não havia outra maneira de torná-la plausível.

    Não podia durar muito o ciumento enfado de Lídia, se Ricardo Reis lhe não dera outras razões que estar falando, de portas abertas, com Marcenda, ainda que em voz baixa, ou nem sequer tanto, primeiro lhe disseram, claramente, que não precisavam de mais nada, depois esperaram calados que ela se retirasse com as chávenas do café, bastou este pouco para lhe tremerem as mãos. Quatro noites lacrimejou abraçada ao travesseiro, antes de adormecer, não tanto já por sofrimentos de preterição, e que direitos tinha ela, criada de hotel pela terceira vez metida em aventuras com um hóspede, que direitos tinha de mostrar-se ciosa, são casos que acontecem e logo devem esquecer, mas o que lhe estava custando era que o senhor doutor tivesse deixado de tomar o pequeno-almoço no quarto, até parecia castigo, e porquê, minha Nossa Senhora, se eu não fiz nada. Mas ao quinto dia Ricardo Reis não desceu de manhã, Salvador disse, Ó Lídia, leva o café com leite ao duzentos e um, e quando ela entrou, um pouco trémula, coitada, não o pôde evitar, ele olhou-a com gravidade, pôs-lhe a mão no braço, perguntou, Estás zangada, ela respondeu, Não, senhor doutor, Mas não tens aparecido, a isto não soube Lídia que resposta dar, encolheu os ombros, infeliz, então ele puxou-a para si, nessa noite já ela desceu, mas nem um nem outro falaram das razões deste afastamento de alguns dias, não faltaria mais nada, ousar ela e condescender ele, Tive ciúmes, Ó filha que ideia a tua, nunca seria uma conversa de iguais, aliás, dizem, não há nada mais difícil de alcançar, assim como o mundo está.

Lutam as nações umas com as outras, por interesses que não são de Jack nem de Pierre nem de Hans nem de Manolo nem de Giuseppe, tudo nomes de homem para simplificar, mas que os mesmos e outros homens tomam ingenuamente como seus, os interesses, ou virão a sê-lo à custa de pesado pagamento quando chegar a hora de liquidar a conta, a regra é comerem uns os figos e a outros rebentar a boca, lutam as pessoas pelo que acreditam ser sentimentos seus ou simples expansões de sentidos por enquanto acordados, que é o caso de Lídia, uma nossa criada, e Ricardo Reis, para todos médico quando decidir voltar a exercer a clínica, poeta para alguns se chegar a dar à leitura o que laboriosamente vai compondo, lutam também por outras razões, no fundo as mesmas, poder, prestígio, ódio, amor, inveja, ciúme, simples despeito, terrenos de caça marcados e violados, competição e concorrência, seja ela o conto do vigário, como agora aconteceu na Mouraria, não deu Ricardo Reis pela notícia, passou-lhe, mas Salvador, gozoso e excitado, lha esteve lendo, de cotovelos assentes no balcão, sobre o jornal estendido, alisado cuidadosamente, Uma cena de sangue, senhor doutor, aquilo é uma gente de mil diabos, não querem saber da vida, por dá cá aquela palha esfaqueiam-se sem dó nem piedade, até a polícia se teme deles, aparece só no fim para apanhar as canas, quer ouvir, diz aqui que um tal José Reis, por alcunha o José Rola, deu cinco tiros na cabeça de um António Mesquita, conhecido por Mouraria, matou-o, pois claro, não, não foi negócio de saias, diz o jornal que tinha havido uma história de conto do vigário mal repartido, um deles enganou o outro, acontece, Cinco tiros, repetiu Ricardo Reis para não mostrar desinteresse, e com tê-lo dito ficou pensativo, acordou-lhe a imaginação, cinco vezes a arma disparando contra o mesmo alvo, uma cabeça que só a primeira bala tinha recebido erguida, depois, caído no chão o corpo, já derramando-se, já a esvair-se, as outras quatro balas, supérfluas, porém necessárias, segunda, terceira, quarta, quinta; quase um carregador inteiro assim despejado, o ódio crescendo a cada tiro, a cabeça de cada vez saltando sobre as pedras da rua, e em redor o espanto espavorido, o alarido depois, as mulheres aos gritos nas janelas, é duvidoso que alguém tivesse agarrado o braço do

José Rola, quem ousaria essa coragem, provavelmente esgotaram-se os cartuchos no carregador, ou de repente petrificou-se o dedo no gatilho, ou não pôde crescer o ódio mais, agora fugirá o assassino, mas não irá longe, quem vive na Mouraria onde iria esconder-se, ali tudo se faz e tudo se paga. Diz Salvador, O funeral é amanhã, se não fosse a obrigação estava eu lá caído, Gosta de funerais, perguntou Ricardo Reis, Não é bem por gostar, mas enterro que meta gente desta, é coisa digna de ver-se, e então tendo havido crime, o Ramón mora na Rua dos Cavaleiros e ouviu dizer coisas. Que coisas tinha Ramón ouvido dizer, soube-as Ricardo Reis ao jantar, Fala-se que vai o bairro todo, senhor doutor, e até se diz que os amigos do José Rola estão dispostos a rebentar com o caixão, se tal vierem a fazer será uma guerra geral, ih jesus, Mas se o Mouraria já vai morto e bem morto, que é que querem fazer-lhe mais, um homem desses não deve ser dos que vêm do outro mundo acabar o que começaram neste, Com gente daquela laia nunca se sabe, ódios de alma não se finam com a morte, Estou tentado a ir ver esse funeral, Pois vá, mas ponha-se ao largo, não se chegue, e se houver sarrafusca meta-se numa escada e feche a porta, eles que se danem.

Não foram as coisas ao extremo, talvez por ter sido a ameaça mero alarde fadista, talvez por irem de vigia dois polícias armados, salvaguarda simbólica que de nada serviria se os díscolos teimassem em levar por diante o necrófobo propósito, mas enfim, sempre se impunha a presença da autoridade. Ricardo Reis apareceu discretamente muito antes da hora marcada para a saída do préstito, de largo como lhe fora recomendado, não queria cair no meio duma refrega tumultuária, e ficou estupefacto ao dar com o ajuntamento, centenas de pessoas que enchiam a rua em frente do portão da morgue, seria como o bodo do Século se não fosse dar-se o caso de haver tantas mulheres vestidas de berrante encarnado, saia, blusa e xale, e rapazes com fatos da mesma cor, singular luto é este se são amigos do morto, ou arrogante provocação se eram inimigos dele, a cena mais parece um cortejo de entrudo, agora que vai saindo a carreta trapejando a caminho do cemitério, puxada por duas muares de penacho e gualdrapa, os dois polícias marchando um de cada lado do caixão, em guarda de honra ao Mouraria, são as ironias do destino, quem pudera imaginar, lá vão os cívicos com o sabre a bater na perna e o coldre da pistola desabotoado, e o acompanhamento em transe de lágrimas e suspiros, tanto agora clamando quem de encarnado vestia como quem de preto trajava, uns pelo que levavam morto, outros pelo que preso estava, muita gente descalça e coberta de trapos, algumas mulheres arreando luxo e pulseiras de ouro, pelo braço dos seus homens, eles de patilhas negras e cara rapada, azul da navalha, olhando em redor desconfiados, alguns arvorando insolências, gingando o corpo pelo quadril, mas em todos, também, transluzindo sob os falsos ou verdadeiros sentimentos, uma espécie de alegria feroz que reunia amigos e inimigos, a tribo dos cadastrados, das prostitutas, dos chulos, das mulheres por conta, dos vigaristas, dos arrebentas, dos gatunos, dos recetadores, era o batalhão maldito que atravessava a cidade, abriam-se as janelas para os ver desfilar, despejara-se o pátio dos milagres, e os moradores arrepiavam-se de susto, quem sabe se não vai ali quem amanhã lhes assaltará a casa, Olha mãezinha, isto dizem as crianças, mas para elas tudo é festa. Ricardo Reis acompanhou o funeral até ao Paço da Rainha, aí parou, já havia mulheres que deitavam olhares furtivos para aquele senhor tão bem-posto, quem será, são curiosidades femininas, naturais em quem faz vida de avaliar os homens. Sumiu-se o préstito na esquina da rua, pela direção que leva certamente irá para o Alto de S. João, salvo se virar ali adiante, à esquerda, a caminho de Benfica, uma estafa, para onde de certeza não vai é para os Prazeres, e é pena, perde-se um edificante exemplo das igualdades da morte, juntar-se o Mouraria ao poeta Fernando Pessoa, que conversas teriam os dois à sombra dos ciprestes, a ver entrar os barcos nas tardes calmosas, cada um deles explicando ao outro como se arrumam as palavras para compor um conto do vigário ou um poema. À noite, enquanto servia a sopa, Ramón explicou ao doutor Ricardo Reis que aquelas roupas encarnadas não eram nem luto nem falta de respeito pelo falecido, mas sim um costume do bairro, vestiam-se aqueles trajes em dias assinalados, nascimento, casamento e morte, ou procissão, quando a havia, que disso não se lembra, nessa altura ainda não tinha vindo da Galiza, são histórias que ouviu contar, Não sei se o senhor doutor viu lá no funeral uma mulher vistosa, assim alta, de olhos pretos, bem vestida, devia ir de xale de merino, Havia tantas, homem, uma chusma, quem era essa, Era a amante do Mouraria, uma cantatriz, Não, se estava não reparei, Que mulher, de estalo, e tem cá uma voz, quem lhe deitará agora as unhas é que eu gostava de saber, Eu não vou ser, Ramón, e creio que você também não, Quem a mim ma dera, senhor doutor, quem a mim ma dera, mas uma fêmea daquelas demanda muitas posses, claro que isto é só um falar da boca para fora, comichão de dentes, a gente sempre tem de dizer alguma coisa, não é, Parece que sim, mas então as tais roupas encarnadas,

Acho que ainda devem vir do tempo dos mouros, são vestes de mafarrico, moda cristã não pode ser. Ramón foi atender outros hóspedes, depois, na volta, ao mudar o prato, pediu a Ricardo Reis que lhe explicasse, agora ou mais logo, quando tivesse tempo, as notícias que estavam a vir de Espanha, sobre as eleições que ia haver, e quem é que, em sua opinião, ganharia, Não é por mim, que eu estou bem, é pelos meus parentes da Galiza, que ainda os tenho, apesar de terem emigrado muitos, Para Portugal, Para todo o mundo, isto é modo de dizer, claro, mas, entre irmãos, sobrinhos e primos, anda-me a família espalhada por Cuba, Brasil e Argentina, até no Chile tenho um afilhado. Ricardo Reis disse-lhe o que sabia pelos jornais, que a voz corrente era de que ganhariam as direitas, e que Gil Robles afirmara, Sabe quem é Gil Robles, Ouvi falar, Pois esse disse que quando chegar ao poder porá termo ao marxismo e à luta de classes e implantará a justiça social, sabe o que é o marxismo, Ramón, Eu não, senhor doutor, E a luta de classes, Também não, E a justiça social, Com a justiça, graças a Deus, nunca tive nada, Bem, daqui por poucos dias já se saberá quem ganhou as eleições, provavelmente fica tudo na mesma, Quando mal, nunca pior, dizia o meu avô, O seu avô tinha razão, Ramón, o seu avô era um sábio.

Seria ou não, ganhou a esquerda. No dia seguinte ainda os jornais anunciavam que, pelas primeiras impressões, a direita tinha ganho em dezassete províncias, mas, contados os votos todos, viu-se que a esquerda elegera mais deputados que o centro e a direita juntos. Começaram a correr boatos de estar em preparação um golpe militar, em que estariam envolvidos os generais Goded e Franco, mas os boatos foram desmentidos, o presidente Alcalá Zamora encarregou

Azaña de formar governo, vamos ver o que isto dará, Ramón, se vai ser bom ou mau para a Galiza. Aqui, andando pelas nossas ruas, veem-se caras carregadas, outras, mais raras, dissimulam, se aquele brilho dos olhos não é contentamento é o diabo por ele, mas quando se escreveu essa palavra, Aqui, não é sequer a Lisboa toda, muito menos o país, sabemos nós lá o que se passa no país, Aqui é só estas trinta ruas entre o Cais do Sodré e S. Pedro de Alcântara, entre o Rossio e o Calhariz, como uma cidade interior cercada de muros invisíveis que a protegem de um invisível sítio, vivendo conjuntos os sitiados e os sitiantes, Eles, de um lado e do outro assim mutuamente designados, Eles, os diferentes, os estranhos, os alheios, todos mirando-se com desconfiança, sopesando uns o poder que têm e querendo mais, outros deitando contas à sua própria força e achando-
-a pouca, este ar de Espanha que vento trará, que casamento. Fernando Pessoa explicou, É o comunismo, não tarda, depois fez por parecer irónico, Pouca sorte, meu caro Reis, veio você fugido do Brasil para ter sossego no resto da vida e afinal alvorota-se o vizinho do patamar, um dia destes entram-lhe aí pela porta dentro, Quantas vezes será preciso dizer-lhe que se regressei foi por sua causa, Ainda não me convenceu, Não faço questão de convencê-lo, apenas lhe peço que se dispense de dar opinião sobre este assunto, Não fique zangado, Vivi no Brasil, hoje estou em Portugal, em algum lugar tenho de viver, você, em vida, era bastante inteligente para perceber até mais do que isto, É esse o drama, meu caro Reis, ter de viver em algum lugar, compreender que não existe lugar que não seja lugar, que a vida não pode ser não vida, Enfim, estou a reconhecê-lo, E a mim de que me serve não ter esquecido, O pior mal é não poder o ho-

mem estar no horizonte que vê, embora, se lá estivesse, desejasse estar no horizonte que é, O barco onde não vamos é que seria o barco da nossa viagem, Ah, todo o cais, É uma saudade de pedra, e agora que já cedemos à fraqueza sentimental de citar, dividido por dois, um verso do Álvaro de Campos que há de ser tão célebre quanto merece, console-se nos braços da sua Lídia, se ainda dura esse amor, olhe que eu nem isso tive, Boa noite, Fernando, Boa noite, Ricardo, vem aí o carnaval, divirta-se, nestes próximos dias não conte comigo. Tinham-se encontrado num café de bairro, de gente popular, meia dúzia de mesas, ninguém ali sabia quem eles eram. Fernando Pessoa voltou atrás, tornou a sentar-se, Veio-me agora uma ideia, era você disfarçar-se de domador, bota alta e calção de montar, casaco encarnado de alamares, Encarnado, Sim, encarnado é o próprio, e eu vinha de morte, vestido com uma malha preta e os ossos pintados nela, você a estalar o chicote, eu a assustar as velhas, vou-te levar, vou-te levar, a apalpar as raparigas, num baile de máscaras a prémio nós ganhávamos, Nunca foi bailarim, Nem é preciso, as pessoas só iam ter ouvidos para o chicote e olhos para os ossos, Já não estamos em idade para divertimentos, Fale por si, não por mim, eu deixei de ter idade, com esta declaração levantou-se Fernando Pessoa e saiu, chovia na rua, e o empregado do balcão disse para o freguês que ficara, O seu amigo, sem gabardina nem guarda-chuva, vai-se molhar todo, Ele até gosta, já se habituou.

Quando Ricardo Reis regressou ao hotel, sentiu pairar na atmosfera uma febre, uma agitação, como se todas as abelhas duma colmeia tivessem endoidecido, e, tendo na consciência aquele conhecido peso, logo pensou, Descobriu-se tudo. No fundo é um romântico, julga que no dia em que se souber da sua aventura com Lídia virá abaixo o Bragança com o escândalo, é neste medo que vive, se não será antes o mórbido desejo de que tal venha a acontecer, contradição inesperada em homem que se diz tão despegado do mundo, afinal ansioso por que o mundo o atropele, mal ele suspeita que a história já é conhecida, murmurada entre risinhos, foi obra do Pimenta, que não era pessoa para se ficar por meias palavras. Em inocência andam os culpados, e Salvador também ainda não está informado, que justiça irá ele decretar quando qualquer destes dias um denunciante invejoso, homem ou mulher, lhe for dizer, Senhor Salvador, isto é uma vergonha, a Lídia e o doutor Reis, bom seria que respondesse, repetindo o antigo exemplo, Aquele de vós que se achar sem pecado, atire a primeira pedra, há pessoas que por honrarem o nome que lhes deram são capazes dos mais nobres gestos. Entrou Ricardo Reis na receção, temeroso, estava Salvador falando ao telefone, aos gritos, mas logo se percebia que era por ser a ligação deficiente, Parece que estou a ouvi-lo no fim do mundo, está lá, está lá, sim senhor doutor Sampaio, preciso de saber quando vem, está, está, agora estou a ouvir melhor, é que de repente fiquei com o hotel quase cheio, porquê, por causa dos espanhóis, sim, da Espanha, está a vir muita gente de lá, chegaram hoje, então dia vinte e seis, depois do carnaval, muito bem, ficam reservados os dois quartos, não senhor doutor, ora essa, em primeiro lugar estão os clientes amigos, três anos não são três dias, cumprimentos à menina Marcenda, olhe, senhor doutor, está aqui o senhor doutor Reis que também manda cumprimentos, e era verdade, Ricardo Reis, por sinais e palavras que nos lábios se podiam ler, mas não ouvir, mandava cumprimentos, e fazia-o por duas razões, em outra ocasião teria sido primeira razão manifestar-se junto de Marcenda, mesmo por intermédio de terceira pessoa, agora era razão exclusiva acamaradar com Salvador, mostrar-se como igual seu, desta maneira lhe retirando autoridade, parece isto contradição insanável e não o é, a relação entre as pessoas não se resolve na mera operação de somar e subtrair, em seu aritmético sentido, quantas vezes julgámos acrescentar e ficámos com um resto nas mãos, quantas outras julgávamos diminuir e saiu-nos o contrário, nem sequer simples adição, mas multiplicação. Salvador desligou o telefone, triunfante, conseguira manter com a cidade de Coimbra uma conversação coerente e conclusiva, e agora respondia a Ricardo Reis que lhe perguntara, Há novidade, É que de repente entraram-me três famílias espanholas, duas de Madrid e uma de Cáceres, vêm fugidas, Fugidas, Sim, por causa de terem os comunistas ganho as eleições, Não foram os comunistas, foram as esquerdas, É tudo o mesmo, Mas vêm mesmo fugidas, Até os jornais falam disso, Não reparei. A partir de agora já não o poderá dizer. Ouvia falar castelhano por detrás das portas, não que se tivesse posto à escuta, mas a sonora língua de Cervantes chega a todo o lado, tempo houve em que na volta do mundo foi falar comum, nós, por nós, nunca chegámos a tanto. Que era gente de dinheiro viu-se ao jantar, pelo modo como vestiam, pelas joias que mostravam, elas e eles, uma profusão de anéis, botões de punho, alfinetes de gravata, broches, pulseiras, escravas, argolas, brincos, colares, fios, cordões, gargantilhas, misturando o ouro e os brilhantes com pinceladas de rubi, esmeralda, safira e turquesa, e falavam alto, de mesa para mesa, em alarde de triunfal desgraça, se faz sentido reunir palavras tão contrárias num conceito só. Ricardo Reis não encontra outras para conciliar o tom imperioso e o lamento vingativo, diziam, Los rojos e torciam injuriosamente os lábios, esta sala de jantar do Bragança mais parece um palco de teatro, não tarda muito que entre em cena o gracioso Clarín de Calderón para dizer, Escondido, desde aquí toda la fiesta he de ver, entende-se que seja a festa espanhola vista de Portugal, pues ya la muerte no me hallará, dos higas para la muerte. Os criados, Felipe, Ramón, há um terceiro, mas esse é português da Guarda, andam alvoroçados, nervosos, eles que já viram tanto na vida, não é a primeira vez que servem compatriotas, mas assim, em tão grande número e por tais razões, jamais, e não reparam, não repararam ainda, que as famílias de Cáceres e Madrid lhes não falam como a bem-amados patrícios que a infelicidade reuniu, quem está de parte vê mais e observa melhor, no mesmo tom em que dizem Los rojos diriam Los gallegos, tirando o ódio e pondo o desprezo. Ramón já se sentiu, algum olhar lhe deitaram torvo, alguma palavra lhe atiraram má, que estando a servir Ricardo Reis não se conteve, Escusavam bem de trazer tanta joia para a sala de jantar, ninguém lá lhas iria roubar aos quartos, este hotel é uma casa séria, ora ainda bem que Ramón o declara, para ser de oposta opinião não chegou saber que Lídia vai ao quarto do hóspede, o ponto de vista moral varia muito, os outros também, às vezes por mínimos factos, muitas mais por abalos do sentimento próprio, agora tocado o de Rámon e por isso se chegando a Ricardo Reis. Porém, sejamos justos, ao menos quanto em nosso poder couber, esta gente que está veio trazida pelo medo, trouxe as joias, os dinheiros do banco, o que foi possível em tão repentina fuga, de que haveriam eles de viver, se aí chegassem com as mãos a abanar é duvidoso que Rámon, instado à caridade, lhes desse ou emprestasse sequer um duro, e por que o haveria de fazer, não está nos mandamentos da lei de Cristo, e se para casos de dar e emprestar tem validade o segundo deles, Amarás o teu próximo como a ti mesmo, não bastaram dois mil anos para que a Ramón o amassem estes seus próximos de Madrid e Cáceres, mas diz o autor de Conspiração que vamos em bom caminho, a Deus graças, capital e trabalho, provavelmente para decidir quem calcetará a estrada é que se reuniram em jantar de confraternização, nas termas do Estoril, os nossos procuradores e deputados.

Não fosse este mau tempo que não há meio de despegar, dia e noite, e não dá descanso a lavradores e outros agrícolas, com inundações que são as piores desde há quarenta anos, dizem-no os registos e a memória dos velhos, e seria supino o carnaval este ano, tanto pelo que lhe é próprio como pelo que, não sendo efeito da época, a há de assinalar no juízo do porvir. Foi já relatado que estão entrando a flux os refugiados espanhóis, que o ânimo se lhes não quebre e poderão encontrar na nossa terra, em abundância, diversões que na deles costumam ser letra-morta, muito mais agora. Mas os motivos do nosso próprio contentamento, esses sobejariam, quer seja a ordem dada pelo governo para que se comece a estudar a construção duma ponte sobre o Tejo, ou o decreto que regulará o uso dos automóveis do Estado para representação e serviço oficial, ou o bodo a trabalhadores do Douro, com cinco quilos de arroz, cinco quilos de bacalhau e dez escudos por cabeça, que não espante a excessiva prodigalidade, o bacalhau é o que temos de mais barato, e por estes dias discursará um ministro a preconizar a criação duma sopa dos pobres em cada freguesia, e o mesmo ministro, vindo dos lados de Beja, declarará aos jornais,

Verifiquei no Alentejo a importância da beneficência particular na debelação da crise do trabalho, o que, traduzindo para português de todos os dias, quer dizer, Uma esmolinha senhor patrão por alma de quem lá tem. Porém, melhor que tudo, por vir de mais subida instância, logo abaixo de Deus, foi proclamar o cardeal Pacelli que Mussolini é o maior restaurador cultural do império romano, ora este purpurado, pelo muito que já sabe e o mais que promete vir a saber, merece ser papa, oxalá não se esqueçam dele o Espírito Santo e o conclave quando chegar o feliz dia, ainda agora andam as tropas italianas a fuzilar e a bombardear a Etiópia, e já o servo de Deus profetiza império e imperador, ave-césar, ave-maria.

Ai como é diferente o carnaval em Portugal. Lá nas terras de além e de Cabral, onde canta o sabiá e brilha o Cruzeiro do Sul, sob aquele céu glorioso, e calor, e se o céu turvou, ao menos o calor não falta, desfilam os blocos dançando avenida abaixo, com vidrilhos que parecem diamantes, lantejoilas que fulgem como pedras preciosas, panos que talvez não sejam sedas e cetins mas cobrem e descobrem os corpos como se o fossem, nas cabeças ondeiam plumas e penas, araras, aves-do-paraíso, galos silvestres, e o samba, o samba terramoto da alma, até Ricardo Reis, sóbrio homem, muitas vezes sentiu moverem-se dentro de si os refreados tumultos dionisíacos, só por medo do seu corpo se não lançava no turbilhão, saber como estas coisas começam, ainda podemos, mas não como irão acabar. Em Lisboa não corre esses perigos. O céu está como tem estado, chuvoso, mas, vá lá, não tanto que o corso não possa desfilar, vai descer a Avenida da Liberdade, entre as conhecidas alas de gente pobre, dos bairros, é certo que também há cadeiras para quem as puder alugar, mas essas irão ter pouca freguesia, estão numa sopa, parece partida carnavalesca, senta-te aqui ao pé de mim, ai que fiquei toda molhada. Estes carros armados rangem, bamboleiam, pintalgados de figuras, em cima deles há gente que ri e faz caretas, máscaras de feio e de bonito, atiram com parcimónia serpentinas ao público, saquinhos de milho e feijão que acertando aleijam, e o público retribui com um entusiasmo triste. Passam algumas carruagens abertas, levando provisão de guarda-chuvas, acenam lá de dentro meninas e cavalheiros que atiram confetti uns aos outros. Alegrias destas também as há entre o público, por exemplo, está esta rapariga a olhar o desfile e vem por trás dela um rapaz com uma mão cheia de papelinhos, aperta-lhos contra a boca, esfrega freneticamente e vai aproveitando a surpresa para a apalpar onde pode, depois ela fica a cuspinhar, a cuspinhar, enquanto ele afastado ri, são modos de galantear à portuguesa, há casamentos que começaram assim e são felizes. Usam-se bisnagas para atirar ao pescoço ou à cara das pessoas esguichos de água, ainda conservam o nome de lança-perfumes, é o que resta, o nome, do tempo em que foram suave violência nos salões, depois desceram à rua, muita sorte é ser limpa esta água, e não de sarjeta, como também se tem visto. Ricardo Reis aborreceu-se depressa com a farrapagem do corso, mas assistiu a pé firme, qualquer coisa que tivesse para fazer não era mais importante do que estar aqui, por duas vezes chuviscou, outra vez caiu forte a chuva, e ainda há quem cante louvores ao clima português, não digo que não, mas para carnavais não serve. No fim do dia, já terminado o desfile, o céu limpou, tarde foi, os carros e carruagens seguiram para o seu destino, lá ficarão a enxugar até terça-feira, retocam-lhes as pinturas deslavadas, põem-se os festões a secar, mas os mascarados, mesmo pingando das melenas e cadilhos, vão continuar a festa por essas ruas e praças, becos e travessas, em vãos de escada para o que não se possa confessar ou cometer às claras, assim se praticando por maior rapidez e barateza, a carne é fraca, o vinho ajuda, o dia das cinzas e do esquecimento será só na quarta-feira. Ricardo Reis sente-se um pouco febril, talvez tenha apanhado um resfriamento a ver passar o corso, talvez a tristeza cause febre, a repugnância delírio, até aí ainda não chegou. Um xexé veio meter-se com ele, armado com o seu facalhão de pau e o bastão, batendo um contra o outro, com grande estrépito, bêbado, a pedir equivocamente, Dá cá uma pançadinha, e arremetia ao poeta, de barriga esticada para a frente, avolumada por um postiço, almofada ou rolo de trapos, uma risota, aquele papo-seco de chapéu e gabardina a esquivar-se ao velho do entrudo, trajado de bicórnio, casaca de seda, calção e meia, Dá cá uma pançadinha, o que ele queria era dinheiro para vinho. Ricardo Reis deu-lhe umas moedas, o outro fez uns passos de dança grotescos, batendo com a faca e o pau, e seguiu, levando atrás de si um cortejo de garotos, mais os acólitos da expedição. Num carrinho, como de bebé, era levado, com as pernas de fora, um marmanjão de cara pintada, touca na cabeça, babeiro ao pescoço, fingindo chorar, se é que não chorava mesmo, até que o mostrunço que fazia de ama lhe chegava à boca um biberão de vinho tinto em que ele mamava sofregamente, com grande gáudio do público reunido, donde, de repente, saía a correr um rapazola que, rápido como o raio, ia apalpar o vasto seio fingido da ama e deitava logo a fugir, enquanto o outro berrava com voz rouca, de não duvidoso homem, Anda cá ó filho dum cabrão não fujas, anda cá apalpar-me aqui, e juntava o gesto à palavra com ostensividade suficiente para que as senhoras e mulheres desviassem os olhos depois de terem visto, o quê, ora, nada de importância, a ama tem um vestido que lhe desce até meio da perna, foi só o volume da anatomia, agarrada com as duas mãos, uma inocência. É o carnaval português. Passa um homem de sobretudo, transporta, sem dar por isso, um cartaz fixado nas costas, um rabo-leva pendurado por um alfinete curvo, Vende-se este animal, até agora ninguém quis saber o preço, mesmo havendo quem diga, ao passar-lhe à frente, Tal é a besta que não sente a carga, o homem ri-se dos divertimentos que vai encontrando, riem-se os outros dele, enfim desconfiou, levou a mão atrás, arrancou o papel, rasgou-o furioso, todos os anos é assim, fazem-nos estas partidas e de cada vez comportamo-nos como se fosse a primeira. Ricardo Reis vai descansado, sabe que é difícil fixar um alfinete numa gabardina, mas as ameaças surgem de todos os lados, agora desceu velozmente de um primeiro andar um basculho preso por uma guita, atirou-lhe o chapéu ao chão, lá em cima riem esganiçadas as duas meninas da casa, No carnaval nada parece mal, clamam elas em coro, e a evidência do axioma é tão esmagadora e convincente que Ricardo Reis se limita a apanhar do chão o chapéu sujo de lama, segue calado o seu caminho, já reviu e reconheceu o carnaval de Lisboa, são horas de voltar ao hotel. Felizmente há as crianças. Andam aí pelas mãos das mães, das tias, das avós, mostram as máscaras, mostram-se, não há maior felicidade para elas do que esta de parecerem o que não são, vão às matinées, enchem as plateias e os balcões de um mundo bizarro, de manicómio, têm saquinhos de gaze com serpentinas, as faces pintadas de vermelhão ou alvaiade, com sinais postiços, atrapalham-se nas saias compridas ou de balão, doem-lhes os pés, torcem a boca e os dentes de leite para segurar um cachimbo, esborrata-se o bigode ou a suíça, sem dúvida o melhor do mundo são as crianças, principalmente quando precisamos de uma rima para danças. Ei-los, os inocentinhos, sabe Deus se trajando como mais gostariam ou se apenas representando um sonho dos adultos que escolheram e pagaram o aluguer do fato, são holandeses, saloios, lavadeiras, oficiais de marinha, fadistas, damas antigas, criadas de servir, magalas, fadas, oficiais do exército, espanholas, galinheiras, pierrots, guarda-freios, ovarinas, pajens, estudantes de capa e batina, tricanas, polícias, palhaços ricos, faz-tudos, piratas, cowboys, domadores, cossacos, floristas, ursos, ciganas, marinheiros, campinos, pastores, enfermeiras, arlequins, e depois hão de ir aos jornais para serem fotografados e aparecerem amanhã, algumas das crianças mascaradas que visitaram a nossa redação, tiraram, para o fotógrafo, as máscaras que por acréscimo de disfarce às vezes também usam, mesmo a misteriosa mascarilha de colombina, é bom que fique reconhecível o rosto para que a avó possa deleitar-se de puro gozo, É a minha netinha, depois com amorosa tesoura recorta o retrato, vai para a caixa das recordações, aquela verde em forma de baú que há de cair no cais, agora estamos rindo, chegará o dia em que teremos vontade de chorar. É quase noite, Ricardo Reis arrasta os pés, será cansaço, será tristeza, será da febre que julga ter, um frio rápido arrepanhou-lhe as costas, chamaria um táxi se não fosse o hotel já tão perto, Daqui por dez minutos estarei metido na cama, nem janto, murmurou, neste mesmo instante apareceu-lhe, vindo do lado do Carmo, um cortejo de carpideiras, tudo homens vestidos de mulher, com exceção dos quatro gatos-pingados que transportavam ao ombro o esquife onde ia deitado um outro homem que fazia de morto, com os queixos atados e as mãos postas, aproveitaram não estar a chover e saíram com a mascarada à rua, Ai o meu querido marido que não o torno a ver, gritava em falsete um estupor carregado de crepes, e uns que faziam de órfãs, Ai o meu querido paizinho que tanta falta nos faz, ao redor corriam outros pedindo ajuda para o enterro, que o pobrezinho já morreu há três dias e começa a cheirar mal, e era verdade, alguém teria rebentado por ali garrafinhas de ácido sulfídrico, os mortos não costumam cheirar a ovos podres, foi o que se pôde arranjar de mais parecido. Ricardo Reis deu umas moedas, ainda bem que tinha trazido trocados, e ia continuar o seu caminho, Chiado acima, quando de repente lhe pareceu ver um vulto singular no meio do acompanhamento, ou seria, pelo contrário, tratando-se de funeral, mesmo fingido, a mais que todas lógica presença da morte. Era uma figura vestida de preto, com um tecido que se cingia ao corpo, talvez malha, e sobre o negro da veste o traçado completo dos ossos, da cabeça aos pés, a tanto pode chegar o gosto da mascarada. Tornou Ricardo Reis a arrepiar-se, desta vez sabendo porquê, lembrara-se do que lhe dissera Fernando Pessoa, seria ele, É absurdo, murmurou, nunca faria tal coisa, e se a fizesse não viria juntar-se a estes vadios, talvez se pusesse à frente dum espelho, isso sim, porventura vestido desta maneira conseguiria ver-se. Enquanto isto ia dizendo, ou apenas pensando, aproximou-se para ver melhor, o homem tinha a altura, a compleição física de Fernando Pessoa, apenas parecia mais esbelto, mas seria da malha que vestia, favorece sempre. A figura olhou-o rapidamente e afastou-se para o fim do cortejo, Ricardo Reis foi atrás dela, viu-a subir a Calçada do Sacramento, vulto espantoso, agora só ossos no quase negrume do ar, parecia que se pintara com tinta fosforescente, e, ao deslocar-se mais depressa, era como se deixasse atrás de si rastos luminosos. Atravessou o Largo do Carmo, enfiou, quase a correr, pela Rua da Oliveira, escura e deserta, mas Ricardo Reis via-o distintamente, nem perto nem longe, um esqueleto a andar, igualzinho àquele em que aprendera na faculdade de Medicina, o taco do calcâneo, a tíbia e o perónio, o fémur, os ossos ilíacos, o pilar das vértebras, a gaiola das costelas, as omoplatas como asas que não puderam crescer, as cervicais sustentando o crânio lívido e lunar. As pessoas com quem se cruzava gritavam, Eh morte, eh estafermo, mas o mascarado não respondia, nem virava a cabeça, sempre a direito, em passo rápido, subiu as Escadinhas do Duque a dois e dois, ágil criatura, não podia ser o Fernando Pessoa, que, apesar da sua educação britânica, nunca foi homem de proezas musculares. Também o não é Ricardo Reis, com desculpa por ser fruto de pedagogia jesuíta, já a ficar para trás, mas o esqueleto parou no alto da escada, olhando para baixo, como se estivesse a dar-lhe tempo, depois atravessou o largo, meteu pela Travessa da Queimada, aonde me levará esta morte mofina, e eu, por que vou eu atrás dela, pela primeira vez duvidou se seria homem o mascarado, seria mulher, ou nem mulher nem homem, apenas morte. É homem, pensou, quando viu o vulto entrar numa taberna, recebido com gritos e palmas, Olha a máscara, olha a morte, e, espreitando, estava a beber um copo de vinho, ao balcão, o esqueleto todo empinado para trás, tinha o peito chato, não podia ser mulher. O mascarado não se demorou, saiu logo, e Ricardo Reis não teve tempo de afastar-se, procurar um esconderijo, ainda deu uma corridinha, mas o outro alcançou-o na esquina, viam-se-lhe os dentes verdadeiros, e as gengivas brilhando de verdadeira saliva, e a voz não era de homem, era de mulher, ou a meio caminho entre macho e fêmea, Olha lá, ó burgesso, por que é que andas atrás de mim, és maricas, ou estás com pressa de morrer, Não senhor, de longe julguei que era um amigo meu, mas pela voz já vi que não é, E quem é que te diz que não estou a fingir, realmente a voz agora era outra, indecisa também, porém de maneira diferente, então Ricardo Reis disse, Desculpe, e o mascarado respondeu com uma voz que parecia a de Fernando Pessoa, Vai bardamerda, e voltando as costas desapareceu na noite que se fechava. Como disseram as meninas do basculho, é assim no carnaval, nada parece mal. Recomeçara a chover.

A noite foi de febre, mal dormida. Antes de se estender, fatigado, na cama, Ricardo Reis tomou dois comprimidos de cafiaspirina, meteu o termómetro na axila, passava dos trinta e oito, era de esperar, isto deve ser ponta de gripe, pensou. Adormeceu, acordou, sonhara com grandes planícies banhadas de sol, com rios que deslizavam em meandros entre as árvores, barcos que desciam solenes a corrente, ou alheios, e ele viajando em todos, multiplicado, dividido, acenando para si mesmo como quem se despede, ou como se com o gesto quisesse antecipar um encontro, depois os barcos entraram num lago, ou estuário, águas quietas, paradas, ficaram imóveis, dez seriam, ou vinte, qualquer número, sem vela nem remo, ao alcance da voz, mas não podiam entender-se os marinheiros, falavam ao mesmo tempo, e como eram iguais as palavras que diziam e em igual sequência não se ouviam uns aos outros, por fim os barcos começaram a afundar-se, o coro das vozes reduzia-se, sonhando tentava Ricardo Reis fixar as palavras, as derradeiras, ainda julgou que o tinha conseguido, mas o último barco foi ao fundo, as sílabas desligadas, soltas, borbulharam na água, exalação da palavra afogada, subiram à superfície, sonoras, porém sem significado, adeus não era, nem promessa, nem testamento, e que o fossem, sobre as águas já não havia ninguém para ouvir. Também discutiu consigo mesmo, dormindo ou acordado, se a máscara era Fernando Pessoa, primeiro concluiu que sim, mais tarde refutou o que lhe parecia ser uma lógica aparente em nome do que julgava ser a lógica profunda, quando tornasse a encontrá-lo havia de perguntar-lhe, diria ele a verdade, não diria, Ó Reis, então você não viu que se tratou duma brincadeira, ia-me lá eu agora fantasiar de morte, medievalmente, um morto é uma pessoa séria, ponderada, tem consciência do estado a que chegou, e é discreto, detesta a nudez absoluta que o esqueleto é, e quando aparece, ou se comporta como eu, assim, usando o fatinho com que o vestiram, ou embrulha-se na mortalha se lhe dá para querer assustar alguém, coisa a que eu, aliás, como homem de bom gosto e respeito que me prezo de continuar a ser, nunca me prestaria, faça-me você essa justiça, Não valia a pena ter-lhe perguntado, murmurou. Acendeu a luz, abriu The god of the labyrinth, leu página e meia, percebeu que se falava de dois jogadores de xadrez, mas não chegou a concluir se eles jogavam ou conversavam, as letras confundiram-se-lhe diante dos olhos, largou o livro, agora estava à janela da sua casa do Rio de Janeiro, via ao longe aviões que largavam bombas sobre a Urca e a Praia Vermelha, o fumo subia em grandes novelos negros, mas não se ouvia qualquer som, provavelmente ensurdecera, ou então nunca fora dotado do sentido da audição, incapaz portanto de representar na mente, com a ajuda dos olhos, o rebentar das granadas, as salvas desencontradas da fuzilaria, os gritos dos feridos, se a tão grande distância podiam ouvir-se. Acordou alagado em suor, o hotel estava envolto no grande silêncio noturno, adormecidos os hóspedes, até os fugitivos espanhóis, se de repente os acordássemos e lhes perguntássemos, Onde está, responderiam, Estou em Madrid, Estou em Cáceres, engana-os o conforto da cama, nos altos do prédio dorme porventura Lídia, umas noites desce, outras não, agora já combinam os encontros, em grande segredo vai ela ao quarto dele, noite dentro, esmoreceu o alvoroço das primeiras semanas, é natural, de todo o tempo o mais rápido é o da paixão, que também nestas ligações desiguais a ardente palavra tem cabimento, além disso convém desarmar as desconfianças, se as há, a maledicência, se murmura, pelo menos não se mostram às claras, talvez o Pimenta não tenha ido além daquela maliciosa insinuação, é certo que pode haver outras poderosas razões, biológicas, por assim dizer, como estar Lídia com as suas regras, o período, com os ingleses, segundo o dito popular, chegaram à barra os casacas vermelhas, desaguadoiro do corpo feminino, rubro derrame. Acordou, tornou a acordar, uma luz cinzenta, fria e baça, ainda mais noite que dia, coada pela persiana descida, pelos vidros, pelas cortinas, desenhava o reposteiro mal fechado, o seu contorno, passava sobre o espelhado dos móveis uma aguada levíssima, o quarto gelado amanhecia como uma paisagem gris, felizes os animais hibernantes, sibaritas prudentes, até certo ponto senhores inconscientes da sua própria vida, pois não há notícia de ter morrido um deles enquanto dormisse. Outra vez tomou Ricardo Reis a temperatura, continuava com febre, depois tossiu, arranjei-a bonita, não há dúvida. O dia, que tanto parecera demorar, abriu-se de súbito como uma porta rápida, o murmúrio do hotel juntou-se ao da cidade, segunda-feira de carnaval, dia seguinte, em que quarto ou cova estará acordando ou ainda dorme o esqueleto do Bairro Alto, se calhar nem se despiu, assim como andara pelas ruas se meteu na cama, também dorme sozinho, coitado, mulher viva largaria aos gritos se entre lençóis um ósseo braço a cingisse, mesmo do amado, Nada somos que valha, somo-lo mais que em vão, estes versos, recordados, disse-os Ricardo Reis em voz alta, repetiu-os murmurando, depois pensou, Tenho de me levantar, não ia ficar deitado todo o dia, constipação ou gripe não pedem mais que resguardo, remédios poucos. Ainda dormitou, abriu os olhos repetindo, Tenho de me levantar, queria lavar-se, fazer a barba, detestava os pelos brancos na cara, mas era mais tarde do que supunha, não olhara o relógio, agora estavam batendo à porta, Lídia, o pequeno-almoço. Levantou-se, pôs o roupão pelos ombros, meio atordoado, os chinelos a fugirem-lhe dos pés, foi abrir. Habituada a encontrá-lo lavado, barbeado e penteado, Lídia, primeiro, pensou que ele recolhera tarde, que andara por bailes e aventuras, Quer que volte mais tarde, perguntou, e ele, enquanto regressava, aos tropeções, para a cama, com uma súbita vontade de ser tratado e assistido como uma criança, respondeu, Estou doente, não tinha sido isso que ela lhe perguntara, pousou o tabuleiro na mesa, aproximou-se da cama, ele já se deitara, num gesto simples pôs-lhe a mão na testa, Está com febre, bem o sabia Ricardo Reis, para alguma coisa lhe serve ser médico, mas, ouvindo outra pessoa dizê-lo, sentiu pena de si mesmo, colocou uma das mãos sobre a mão de Lídia, fechou os olhos, se não for mais que estas duas lágrimas poderei retê-las assim, como retinha aquela mão castigada de trabalhos, áspera, quase bruta, tão diferente das mãos de Cloe, Neera e a outra Lídia, dos afuselados dedos, das cuidadas unhas, das macias palmas de Marcenda, da sua única mão viva, quero dizer, a esquerda é morte antecipada, Deve ser gripe, mas eu vou--me levantar, Ai isso é que não vai, capaz de me apanhar uma ponta de ar, depois vem uma pneumonia, Eu é que sou o médico, Lídia, eu é que sei, não é caso para me deixar ficar deitado, feito inválido, só preciso que alguém me vá à farmácia buscar dois ou três remédios, Sim senhor, alguém há de ir, vou eu, ou vai o Pimenta, mas da cama é que não sai, toma o pequeno-almoço antes que arrefeça, depois arranjo-lhe e arejo-lhe o quarto, e, isto dizendo, Lídia forçava brandamente Ricardo Reis a sentar-se, compunha-lhe o travesseiro, trazia a bandeja, juntava o leite ao café, punha açúcar, partia as torradas, estendia a compota, corada de alegria, se pode dar contentamento a uma mulher ver o homem amado prostrado num leito de dor, olhá-lo com esta luz nos olhos, ou será inquietação e cuidado, tanto que parece sentir ela a febre de que ele se queixou, é outra vez o conhecido fenómeno de ter o mesmo efeito diferentes causas. Ricardo Reis deixou-se aconchegar, rodear de atenções, rápidos afloramentos de dedos, como se o estivessem ungindo, se primeira ou última unção é difícil saber, acabara de beber o café com leite e sentia-se deliciosamente sonolento, Abre-me aí o guarda-fato, está uma mala preta ao fundo, à direita, traz-ma aqui, obrigado, da mala tirou um bloco de receitas, impressas ao alto as folhas, Ricardo Reis, clínica geral, Rua do Ouvidor, Rio de Janeiro, quando principiou este bloco não podia suspeitar que tão longe viria terminá-lo, ou apenas continuá-lo, é assim a vida, sem firmeza, ou tendo-a tão própria que sempre nos surpreende. Escreveu algumas linhas, disse, Não vás tu à farmácia, a não ser que te mandem, entrega a receita ao senhor Salvador, ele é que deve dar as ordens, e ela saiu, levou a receita e a bandeja, mas primeiro deu-lhe um beijo na testa, teve esse atrevimento, uma serviçal, uma criada de hotel, imagine-se, talvez tenha o direito, o dito natural, outro não, assim ele lho não retire, que essa é a condição absoluta. Ricardo Reis sorriu, fez um gesto vago com os dedos da mão que ia resguardar-se debaixo do lençol, a fugir do frio, e voltou-se para o lado da parede. Adormeceu logo, indiferente ao aspeto que sabia ter, os cabelos grisalhos despenteados, a barba despontando, a pele baça e húmida da febre noturna. Um homem pode estar doente, mais gravemente ainda do que este, e ter o seu momento de felicidade, qual seja, tão-só o de sentir-se como uma ilha deserta que uma ave sobrevoou, de passagem apenas, trazida e levada pelo inconstante vento.

Nesse dia e no seguinte, Ricardo Reis não saiu do quarto. Foi visitá-lo Salvador, o Pimenta informou-se, todo o pessoal do hotel deseja as melhoras do senhor doutor. Mais por concertação tácita do que em cumprimento duma ordem formal, Lídia assumiu plenamente as funções de enfermeira assistente, sem conhecimentos da arte, exceto os que constituem a herança histórica das mulheres, mudar a roupa da cama, acertar a dobra do lençol, levar o chá de limão, o comprimido à hora marcada, a colher de xarope, e, perturbadora intimidade só dos dois conhecida, aplicar, em fricção enérgica, a tintura de mostarda nas barrigas das pernas do paciente, com vista a puxar às extremidades inferiores os humores que no peito e cabeça pesavam, ou, se este não era o fito da medicação, outro seria de não menos cabal substância. Com tantas tarefas a seu cargo, ninguém se espantava que Lídia passasse todo o tempo no quarto duzentos e um, e se alguém por ela perguntava e recebia por resposta, Está com o senhor doutor, a malícia só se atrevia a mostrar a ponta da unha, guardando para mais tarde a bicada inevitável, o ferrão, o colmilho pontiagudo. E contudo nada pode ser mais inocente do que este gesto e palavra, Ricardo Reis recostado no travesseiro, Lídia insistindo, Só mais esta colher, é o caldo de galinha que ele se recusa a acabar, por fastio, para ser rogado também, jogo que parecerá ridículo a quem estiver de perfeita e feliz saúde, e talvez realmente o seja, que em verdade não está Ricardo Reis tão doente que não pudesse alimentar-se pelos seus próprios meios e forças, porém eles dois é que sabem. E se acaso um mais perturbante contacto os aproxima, pôr-lhe ele a mão no seio, por exemplo, disto não passam, talvez por uma certa dignidade que haja na doença, certo seu sagrado carácter, ainda que nesta religião não sejam raras as heresias, os atentados contra o dogma, desmandos de intimidade maior, como chegou a ser atrevido por ele, ela é que se negou, Pode fazer-lhe mal, louvemos o escrúpulo da enfermeira, da amante o pudor, como sabe, quer e à sua custa aprendeu. São pormenores que se escusariam, mas faltam outros de maior tomo, falar das chuvas e temporais que nestes dois dias redobraram, com grave dano do corso pingão de terça-feira gorda, já tanto fatiga quem diz como quem ouve, e dos eventos exteriores, que esses não faltam, se duvida que importem à matéria, como ter aparecido morto em Sintra um homem que em Dezembro tinha desaparecido, de seu nome Luís Uceda Ureña, mistério que vai ficar indevassável nos anais do crime até hoje, quiçá até ao Dia do Juízo, se nem mesmo nessa altura falarem as testemunhas, assim sendo não restam mais que estes dois, hóspede e criada, enquanto dele se não retirar a gripe ou constipação, depois voltará Ricardo Reis ao mundo, Lídia às vassouras, ambos ao amplexo noturno, rápido ou demorado consoante a urgência e a vigilância. Amanhã, que é quarta-feira, chegará Marcenda, disto não se esqueceu Ricardo Reis, mas descobre, e se a descoberta o surpreende é de uma maneira igualmente alheada, que a doença lhe embotou os fios da imaginação, afinal a vida não é muito mais que estar deitado, convalescendo duma enfermidade antiga, incurável e recidivante, com intervalos a que chamamos saúde, algum nome lhes havíamos de dar, vista a diferença que há entre os dois estados. Marcenda virá aí, com a sua mão pendurada, à procura dum impossível remédio, virá com ela o pai, notário Sampaio, muito mais ao cheiro duma saia do que à esperança de ver a filha curada, se não terá sido antes por ter perdido essa esperança que vem desafogar-se sobre um seio decerto pouco diferente deste que Ricardo Reis agora mesmo conseguiu reter junto de si, já Lídia não se recusa tanto, até ela, que nada sabe de medicinas, pode ver que o senhor doutor está muito melhor.

É na manhã de quarta-feira que vêm trazer uma contrafé a Ricardo Reis. Levou-lha o próprio Salvador, em mão de gerente, dada a importância do documento e a sua proveniência, a Polícia de Vigilância e Defesa do Estado, entidade até agora não mencionada por extenso, calhou assim, hoje está calhando o contrário, não é por não se falar das coisas que elas não existem, temos aqui um bom exemplo, parecia que nada podia haver no mundo de mais importante que estar Ricardo Reis doente e Lídia assistindo-o, em vésperas de chegar Marcenda, e neste meio tempo um escriturário esteve a preencher o impresso que haveria de ser trazido aqui, sem que nenhum de nós o suspeitasse, É assim a vida, meu senhor, ninguém sabe o que nos reserva o dia de amanhã. Em diferente sentido está reservado Salvador, a cara, não diríamos fechada, como uma nuvem de inverno, mas perplexa, a expressão de quem, ao verificar o balancete do mês, encontra um saldo inferior ao que lhe fora prometido pelo simples cálculo mental, Tem aqui uma contrafé, diz, e os olhos fixam-se no objeto dela como desconfiadamente examinariam a coluna de parcelas, Onde está o erro, vinte e sete e cinco trinta e três, quando deveríamos saber que não passam de trinta e dois, Uma contrafé, para mim, com razão se espanta Ricardo Reis, pois o seu único delito, ainda assim não costumavelmente punido por estas polícias, é receber a horas mortas uma mulher na sua cama, se tal é crime. Mais do que o papel, em que ainda não pegou, inquieta-o a expressão de Salvador, a mão dele que parece tremer um pouco, Donde é que isso vem, mas ele não respondeu, certas palavras não devem ser pronunciadas em voz alta, apenas segredadas, ou transmitidas por sinais, ou silenciosamente lidas como agora as lê Ricardo Reis, disfarçando as maiúsculas por serem tão ameaçadoras, polícia de vigilância e defesa do estado, Que é que eu tenho que ver com isto, faz a pergunta com displicente alarde, acrescenta-lhe uma adenda tranquilizadora, Há de ser algum engano, di-lo para benefício do desconfiado Salvador, agora nesta linha ponho a minha assinatura, tomei conhecimento, no dia dois de Março lá estarei, às dez horas da manhã, Rua António Maria Cardoso, fica aqui muito perto, primeiro sobe a Rua do Alecrim até à esquina da igreja, depois vira à direita, ainda outra vez à direita, adiante há um cinema, o Chiado Terrasse, do outro lado da rua está o Teatro de S. Luís, rei de França, são bons lugares para distrair-se uma pessoa, artes de luz e de palco, a polícia é logo a seguir, não tem nada que errar, ou terá sido por ter errado tanto que o chamaram cá. Retirou-se o grave Salvador para levar ao emissário e mensageiro a garantia formal de que o recado fora entregue, e Ricardo Reis, que já se levantou da cama e repousa no sofá, lê e torna a ler a intimação, queira comparecer para ser ouvido em declarações, mas porquê, ó deuses, se eu nada fiz que me possa ser apontado, não devo nem empresto, não conspiro, ainda mais me convenço de que não vale a pena conspirar depois de ler a Conspiração, obra por Coimbra recomendada, tenho aqui a voz de Marília a ressoar-me aos ouvidos, O papá esteve para ser preso há dois dias, ora, quando estas coisas sucedem aos papás, que fará aos que o não são. Já todo o pessoal do hotel sabe que o hóspede do duzentos e um, o doutor Reis, aquele que veio do Brasil há dois meses, foi chamado à polícia, alguma ele teria feito por lá, ou por cá, quem não queria estar na pele dele bem eu sei, ir à PVDE, vamos a ver se o deixam sair, contudo, se fosse caso de prisão não lhe tinham mandado a contrafé, apareciam aí e levavam-no. Quando ao princípio da noite Ricardo Reis descer para jantar, sente-se já bastante sólido das pernas para não ficar no quarto, verá como o vão olhar os empregados, como subtilmente se afastarão dele, não procede Lídia desta desconfiada maneira, entrou no quarto mal Salvador acabara de descer ao primeiro andar, Dizem que foi chamado à polícia internacional, está alarmada a pobre rapariga, Fui, tenho aqui a contrafé, mas não há motivo para preocupações, deve ser qualquer coisa de papéis, Deus o ouça, que dessa gente, pelo que tenho ouvido, não se pode esperar nada de bom, as coisas que o meu irmão me tem contado, Não sabia que tinhas um irmão, Não calhou dizer-lhe, nem sempre dá para falar das vidas, Da tua nunca me disseste nada, Só se me perguntasse, e não perguntou, Tens razão, não sei nada de ti, apenas que vives aqui no hotel e sais nos teus dias de folga, que és solteira e sem compromisso que se veja, Para o caso, chegou, respondeu Lídia com estas quatro palavras, quatro palavras mínimas, discretas, que apertaram o coração de Ricardo Reis, é banal dizê-lo, mas foi tal qual assim que ele as sentiu, coração apertado, provavelmente nem a mulher se deu conta do que dissera, só queria lastimar-se, e de quê, ou nem sequer tanto, apenas verificar um facto indesmentível, como se declarasse, Olha, está a chover, afinal de contas saiu-lhe da boca espontânea a amarga ironia, como nos romances se escreve, Eu, senhor doutor, sou uma simples criada, mal sei ler e escrever, portanto não preciso de ter vida, e se a tivesse, que vida poderia ser a minha que a si lhe interessasse, desta maneira poderíamos continuar a multiplicar palavras por palavras, e muito mais, as quatro ditas, Para o caso, chegou, fosse isto duelo de espada e estaria Ricardo Reis sangrando. Vai Lídia a retirar-se, sinal de que não falou por acaso, há frases que pareceram espontâneas, produto da ocasião, e só Deus sabe que mós as moeram, que filtros as filtraram, invisivelmente, por isso quando alcançam a exprimir-se caem como sentenças salomónicas, o melhor, depois delas, teria sido o silêncio, o melhor seria que um dos dois interlocutores se ausentasse, o que as disse, ou o que as ouviu, mas no geral não é assim que procedem, as pessoas falam, falam, até que vem a perder-se por completo o sentido daquilo que, em um instante, foi definitivo e irrefragável, Que coisas te tem contado o teu irmão, e ele quem é, perguntou Ricardo Reis. Já Lídia não saiu, dócil voltou atrás e veio explicar, foi sol de pouca dura o bote fulminante, Meu irmão está na marinha, Qual marinha, A marinha de guerra, é marinheiro do Afonso de Albuquerque, É mais velho ou mais novo do que tu, Fez vinte e três anos, chama-se Daniel, Também não sei o teu apelido, O nome da minha família é Martins, Da parte do teu pai ou da parte da tua mãe, Da parte da minha mãe, sou filha de pai incógnito, nunca conheci o meu pai, Mas o teu irmão, É meio-irmão, o pai dele morreu, Ah, O Daniel é contra a situação e tem-me contado, Vê lá tu se tens bastante confiança em mim, Oh, senhor doutor, se eu não tivesse confiança em si. De duas uma, ou Ricardo Reis é de todo inábil esgrimista, descuidado na guarda, ou esta Lídia Martins é amazona de arco, flecha e durindana, salvo se deveremos considerar ainda uma terceira hipótese, estarem afinal os dois desprevenidamente falando, sem cuidarem das recíprocas fraquezas e forças, muito menos de subtilidades de analista, só entregues à conversação ingénua, ele sentado, por seu direito e convalescência, ela de pé, por sua obrigação de subalterna, talvez surpreendidos por tanto terem para dizer um ao outro, são extensos estes discursos se os compararmos com a brevidade dos diálogos noturnos, pouco mais que o elementar e primitivo murmúrio dos corpos. Ficou Ricardo Reis a saber que a polícia onde terá de apresentar-se na segunda-feira é lugar de má fama e de obras piores que a fama, coitado de quem nas mãos lhe caia, ele são as torturas, ele são os castigos, ele são os interrogatórios a qualquer hora, não que o conhecesse Daniel por experiência própria, repete só o que lhe contaram, por enquanto, como tantos de nós, mas, se são verdadeiros os rifões, atrás de tempo tempo vem, são mais as marés que os marinheiros, ninguém sabe para o que está guardado, Deus é o administrador do futuro e não dá parte das suas intenções a jeito de nos precavermos, ou é mau gerente desse capital, como se desconfia, pois nem o seu próprio destino foi capaz de prever, Então lá na marinha não gostam do governo, resumiu Ricardo Reis, e Lídia limitou-se a encolher os ombros, não eram suas as subversivas opiniões, eram do Daniel, marinheiro, irmão mais novo, mas homem, que de homens são geralmente estas ousadias, não de mulheres, quando alguma coisa vieram a saber foi porque lha contaram, agora vê lá, não vás dar com a língua nos dentes, esta já deu, mas foi por bem.

Ricardo Reis desceu antes de o relógio dar as horas, não por urgências de apetite, mas por repentina curiosidade, saber se teria havido outras entradas de espanhóis, se chegaram Marcenda e o pai, pensou em Marcenda, disse mesmo o nome dela em voz baixa, e ficou a observar-se atentamente, como um aprendiz de químico que misturou um ácido e uma base e agita o tubo de ensaio, não viu muito, é sempre assim se a imaginação não ajudar, o sal que daquilo resultou já era esperado, tantos são os milénios que andamos nisto de misturar sentimentos, ácidos e bases, homens e mulheres. Lembrou-se do alvoroço adolescente com que a olhara pela primeira vez, então a si mesmo insinuou que o moviam simpatia e compaixão por aquela pungente enfermidade, a mãozinha caída, o rosto pálido e triste, e depois aconteceu aquele longo diálogo diante do espelho, árvore do conhecimento do bem e do mal, não tem nada que aprender, basta olhar, que palavras extraordinárias teriam trocado os seus reflexos, não pôde captá-las o ouvido, só repetida a imagem, repetido o mexer dos lábios, contudo, talvez no espelho se tenha falado uma língua diferente, talvez outras palavras se tenham dito naquele cristalino lugar, então outros foram os sentidos expressos, parecendo que, como sombra, os gestos se repetiam, outro foi o discurso, perdido na inacessível dimensão, perdido também, afinal, o que deste lado se disse, apenas conservados na lembrança alguns fragmentos, não iguais, não complementares, não capazes de reconstituir o discurso inteiro, o deste lado, insista-se, por isso os sentimentos de ontem não se repetem nos sentimentos de hoje, ficaram pelo caminho, irrecuperáveis, pedaços do espelho partido, a memória. Enquanto desce a escada para o primeiro andar, tremem um pouco as pernas a Ricardo Reis, nem admira, a gripe costuma deixar as pessoas assim, muito ignorantes da matéria seríamos se cuidássemos que esse tremor é efeito dos pensamentos, ainda menos daqueles que laboriosamente aí ficaram ligados, não é coisa fácil pensar quando se vai a descer uma escada, qualquer de nós pode fazer a experiência, atenção ao quarto degrau.

Salvador estava ao balcão atendendo o telefone, tomava notas com um lápis, dizia, Muito bem sim senhor às suas ordens, e compôs um sorriso mecânico e frio que queria parecer nada mais que distraído, ou estaria a frieza no olhar parado, como este do Pimenta, que já se esqueceu das boas gorjetas, algumas a despropósito, Então o senhor doutor está melhorzinho, mas o olhar não diz isto, diz, Bem me queria a mim parecer que havia mistério na tua vida, estes olhos não conseguirão dizer outra coisa enquanto Ricardo Reis não for à polícia e voltar, se voltar. Agora entrou o suspeito na sala de estar, contra o costume ruidosa de palavras castelhanas, parece um hotel da Gran Via, os murmúrios que logram fazer-se ouvir nos intervalos são modestas locuções de lusitanos, a voz do pequeno país que somos, tímida até em sua própria casa, ou, como também de tímidos é uso, subindo às alturas do falsete para afirmar verdadeiras ou pretensas sabedorias da língua de lá, Usted, Entonces, Muchas gracias, Pero, Vaya, Desta suerte, ninguém é perfeito português se não falar outra língua melhor que a sua própria. Marcenda não estava, mas estava o doutor Sampaio, de conversa com dois espanhóis que lhe explicavam a situação política do país vizinho em paralelo com a narrativa da odisseia que havia sido a fuga dos lares, Gracias a Dios que vivo a tus pies llego, como disse o outro. Ricardo Reis pediu licença, sentou-se na extremidade do sofá maior, ficava distante do doutor Sampaio, melhor assim, que de todo não lhe apetecia entrar no diálogo hispano-português, agora só o preocupava saber se Marcenda viera ou em Coimbra ficara. O doutor Sampaio não dera mostras de ter dado pela sua chegada, acenava gravemente com a cabeça enquanto ouvia Don Alonso, desdobrava a atenção quando acudia Don Lorenzo ao pormenor esquecido, e não desviou os olhos nem mesmo quando Ricardo Reis, ainda padecendo das sequelas da sua gripe, teve um ataque de tosse violento, que o deixou arfante e a enxugar os olhos. Abriu depois Ricardo Reis um jornal, ficou a saber que tinha rebentado no Japão um movimento de oficiais do exército que queriam que fosse declarada guerra à Rússia, desde essa manhã que conhecia a notícia, mas apreciava-a agora com uma atenção insistente, ponderava, refletia, dava tempo ao tempo, descerá Marcenda, se veio, hás de falar-me, doutor Sampaio, tanto faz que o queiras como não, tenho de ver se tens os olhos parados como os do Pimenta, que de Salvador te ter contado já que vou à polícia não duvido.

Deram as oito horas, soou o inútil gongo, alguns hóspedes levantaram-se e saíram, a conversa além esmorecia, os espanhóis descruzavam a perna impaciente, mas o doutor Sampaio retinha-os, garantia-lhes que em Portugal poderiam viver em paz pelo tempo que quisessem, Portugal é um oásis, aqui a política não é coisa do vulgo, por isso há tanta harmonia entre nós, o sossego que veem nas ruas é o que está nos espíritos. Mas os espanhóis já tinham ouvido doutras vezes e doutras bocas estas declarações de emboras e boas-vindas, não é o estômago órgão que com elas possa satisfazer-se, por isso com três palavras se despediram, tinham a família à espera que a fossem chamar aos quartos, hasta pronto. O doutor Sampaio deu então com os olhos em Ricardo Reis, exclamou, Estava aí, não o tinha visto, como tem passado, mas Ricardo Reis viu bem que quem estava a olhar para si era o Pimenta, ou o Salvador, não se distinguiam gerente, doutor e carregador, todos desconfiados, Eu vi-o, mas não quis interromper, fez boa viagem, sua filha como está, Na mesma, nem melhor nem pior, é a nossa cruz, dela e minha, Um dia um e outro verão recompensada a vossa persistência, são tratamentos muito demorados, e tendo dito este pouco calaram-se, contrafeito o doutor Sampaio, irónico Ricardo Reis, que benevolamente lançou um graveto para a fogueira que se apagava, Cá li o livro que me recomendou, Qual livro, O da Conspiração, não se lembra, Ah, pois, provavelmente não gostou, não apreciou, Ora essa, admirei muito a excelente doutrina nacionalista, a vernácula linguagem, a pujança dos conflitos, a finura do bisturi psicológico, sobretudo aquela generosa alma de mulher, sai-se da leitura como de um banho lustral, creio mesmo que para muitos portugueses esse livro será como um segundo batismo, um novo Jordão, e Ricardo Reis rematou a apologia dando ao rosto uma como que expressão discretamente transfigurada, com o que acabou de desconcertar-se o doutor Sampaio, embaraçado pela contradição que havia entre estes louvores e a contrafé de que, em confidência, lhe falara Salvador, Ah, foi o que disse, quase cedendo ao impulso da simpatia primeira, mas teve mais força a suspeita, resolveu mostrar-se reservado, cortar as pontes, pelo menos enquanto o caso não fosse esclarecido, Vou ver se a minha filha já está pronta para o jantar, e saiu rapidamente. Ricardo Reis sorriu, retomou o jornal, decidido a ser o último a entrar na sala de jantar. Daí a pouco ouviu a voz de Marcenda, depois o pai que lhe respondia, Jantamos com o doutor Reis, isto perguntara ela, e ele, Não está nada combinado, o resto da conversa, se mais chegou a haver, passou-se do outro lado das portas envidraçadas, podia ter sido assim, Como vês, nem cá está, além disso tive conhecimento aí dumas coisas, não é muito conveniente que nos mostremos juntos em público, Que coisas, pai, Chamaram-no à polícia de defesa do Estado, imagina, para falar francamente não me surpreende, sempre achei que havia ali um mistério qualquer, À polícia, Sim, à polícia, e logo esta, Mas ele é médico, veio do Brasil, Sabemos nós lá, ele é que diz que é médico, e pode ter vindo fugido, Ora, pai, Tu és uma criança, não conheces a vida, olha, vamos sentar-nos àquela mesa, o casal é espanhol, parece gente fina, Preferia estar sozinha consigo, pai, As mesas estão todas ocupadas, ou juntamo-nos a quem está, ou esperamos, mas eu prefiro sentar-me já, quero saber notícias da Espanha, Está bem, meu pai. Ricardo Reis voltara para o seu quarto, mudou de ideias, pediu que lhe levassem o jantar, Ainda me sinto um pouco fraco, disse, e Salvador assentiu apenas com a cabeça, sem dar maior confiança. Nessa noite, ao serão, Ricardo Reis escreveu uns versos, Como as pedras que na orla dos canteiros o fado nos dispõe, e ali ficamos, isto só, mais tarde veria se de tão pouco poderia fazer uma ode, para continuar a dar tal nome a composições poéticas que ninguém saberia cantar, se cantáveis eram, e com que música, como tinham sido as dos gregos, no tempo deles. Ainda acrescentou, meia hora passada, Cumpramos o que somos, nada mais nos é dado, e arredou a folha de papel, murmurando, Quantas vezes já terei eu escrito isto doutras maneiras. Estava sentado no sofá, virado para a porta, o silêncio pesava-lhe sobre os ombros como um duende malicioso. Então ouviu um deslizar macio de pés no corredor, é Lídia que aí vem, tão cedo, mas não era, por baixo da porta apareceu um papel dobrado, branco, avançava muito devagar, depois com um movimento brusco foi projetado para diante. Ricardo Reis não abriu a porta, compreendeu que não o deveria fazer. Sabia quem viera, quem escrevera aquela folha, tão seguro estava disso que nem teve pressa de levantar-se, ficou a olhar o papel, agora meio aberto, Foi mal dobrado, pensou, vincado à pressa, escrito a correr, numa letra nervosa, aguda, pela primeira vez via esta caligrafia, como será que escreve, talvez coloque um peso na parte superior da folha para a manter segura, ou se sirva da mão esquerda como pesa-papéis, ambos inertes, ou uma dessas molas de aço usadas nos cartórios para juntar documentos, Tive pena de não o ver, diz, mas foi melhor assim, meu pai só quer estar com os espanhóis, e porque, mal chegámos, logo lhe disseram da sua chamada à polícia, fugirá a que o vejam consigo. Mas eu gostaria de lhe falar, nunca poderei esquecer a sua ajuda. Amanhã, entre as três e as três e meia, passarei no Alto de Santa Catarina, se quiser conversaremos um pouco. Uma donzela de Coimbra marca, em furtivo bilhete, encontro com o médico de meia-idade que veio do Brasil, talvez fugido, pelo menos suspeito, que quinta das lágrimas se estará preparando aqui.

No dia seguinte Ricardo Reis almoçou na Baixa, voltou aos Irmãos Unidos, por nenhuma razão particular, acaso o atraiu o simples nome do restaurante, quem nunca teve irmãos, e de amigos se vê privado, sofre de nostalgias assim, pior se o corpo está fraco, não tremem com os efeitos da gripe apenas as pernas, mas também a alma, como em outra ocasião foi observado. O dia está encoberto, um pouco frio. Ricardo Reis sobe devagar a Rua do Carmo, vai olhando as montras, ainda é cedo para o seu encontro, tenta lembrar-se se alguma vez viveu situação igual, tomar uma mulher a iniciativa de dizer-lhe, Esteja em tal parte, às tantas horas, e não se recorda, as vidas são cheias de surpresas. Porém, mais do que as surpresas das vidas surpreende-o não se sentir nervoso, seria natural, o recato, o segredo, a clandestinidade, e é como se o envolvesse uma névoa ou tivesse dificuldade em concentrar a atenção, no fundo de si mesmo talvez nem acredite que Marcenda vá aparecer. Entrou na Brasileira para descansar um pouco as pernas, bebeu um café, ouviu falar uns que deviam ser literatos, dizia-se mal de pessoa ou animal, É uma besta, e como esta conversa se cruzava com outra, intrometeu-se ato contínuo uma voz autoritária que explicava, Eu recebi diretamente de Paris, alguém comentou, Há quem afirme o contrário, não soube a quem a frase se dirigia, nem o seu significado, seria ou não seria besta, viera ou não viera de Paris. Ricardo Reis saiu, eram três menos um quarto, tempo de ir andando, atravessou a praça onde puseram o poeta, todos os caminhos portugueses vão dar a Camões, de cada vez mudado consoante os olhos que o veem, em vida sua braço às armas feito e mente às musas dada, agora de espada na bainha, cerrado o livro, os olhos cegos, ambos, tanto lhos picam os pombos como os olhares indiferentes de quem passa. Ainda não são três horas quando chega ao Alto de Santa Catarina. As palmeiras parecem transidas pela aragem que vem do largo, mas as rígidas lanças das palmas mal se mexem. Não consegue Ricardo Reis lembrar-se se já aqui estavam estas árvores há dezasseis anos, quando partiu para o Brasil. O que de certeza não estava era este grande bloco de pedra, toscamente desbastado, que visto assim parece um mero afloramento de rocha, e afinal é monumento, o furioso Adamastor, se neste sítio o instalaram não deve ser longe o cabo da Boa Esperança. Lá em baixo, no rio, vogam fragatas, um rebocador arrasta atrás de si dois batelões, os navios de guerra estão amarrados às boias, com a proa apontada à barra, sinal de que a maré está a encher. Ricardo Reis pisa o saibro húmido das áleas estreitas, o barro mole, não há outros contempladores neste miratejo se não contarmos dois velhos, sentados no mesmo banco, calados, provavelmente conhecem-se há tanto tempo que já lhes falta de que falarem, talvez andem só a ver quem morrerá primeiro. Friorento, levantando a gola da gabardina, Ricardo Reis aproximou-se da grade que rodeia a primeira vertente do morro, pensar que deste rio partiram, Que nau, que armada, que frota pode encontrar o caminho, e para onde, pergunto eu, e qual, Ó Reis, você por aqui, está à espera de alguém, esta voz é de Fernando Pessoa, ácida, irónica, virou-se Ricardo Reis para o homem vestido de preto que estava a seu lado, agarrando os ferros com as mãos brancas, não era isto que eu esperava quando para cá naveguei sobre as ondas do mar, Espero uma pessoa, sim, Ah, mas você não está nada com boa cara, Tive uma ponta de gripe, deu forte, passou depressa, Este sítio não é o mais conveniente para a sua convalescença, aqui exposto aos ventos do mar largo, É só uma brisa que vem do rio, não me incomoda, E é mulher essa pessoa que você espera, É mulher, Bravo, vejo que você se cansou de idealidades femininas incorpóreas, trocou a Lídia etérea por uma Lídia de encher as mãos, que eu bem a vi lá no hotel, e agora está aqui à espera doutra dama, feito D. João nessa sua idade, duas em tão pouco tempo, parabéns, para mil e três já não lhe falta tudo, Obrigado, pelo que vou aprendendo os mortos ainda são piores que os velhos, se lhes dá para falar perdem o tento na língua, Tem razão, se calhar é o desespero de não terem dito o que queriam enquanto foi tempo de lhes aproveitar, Fico prevenido, Não adianta estar prevenido, por mais que você fale, por mais que todos falemos, ficará sempre uma palavrinha por dizer, Nem lhe pergunto que palavra é essa, Faz muito bem, enquanto calamos as perguntas mantemos a ilusão de que poderemos vir a saber as respostas, Olhe, Fernando, eu não quereria que o visse esta pessoa por quem espero, Esteja descansado, o pior que poderá acontecer é ela vê-lo de longe a falar sozinho, mas isso não é coisa em que se repare, todos os apaixonados são assim,

Não estou apaixonado, Pois muito o lamento, deixe que lhe diga, o D. João ao menos era sincero, volúvel mas sincero, você é como o deserto, nem sombra faz, Quem não tem sombra é você, Perdão, sombra tenho, desde que o queira, não posso é olhar-me num espelho, Agora me fez lembrar, diga-me cá, afinal sempre se mascarou de morte no entrudo, Ó Reis, então você não viu que se tratou duma brincadeira, ia-me lá eu agora fantasiar de morte, medievalmente, um morto é uma pessoa séria, ponderada, tem consciência do estado a que chegou, e é discreto, detesta a nudez absoluta que o esqueleto é, e quando aparece, ou se comporta como eu, assim, usando o fatinho com que o vestiram, ou embrulha-se na mortalha se lhe dá para querer assustar alguém, coisa a que eu, aliás, como homem de bom gosto e respeito que me prezo de continuar a ser, nunca me prestaria, faça-me você essa justiça, Já esperava que a resposta fosse essa, ou aproximada, e agora peço-lhe que se vá embora, vem aí a pessoa que eu esperava, Aquela rapariga, Sim, Nada feia, um pouco magrizela para o meu gosto, Não me faça rir, é a primeira vez na vida que o ouço explicar-se a respeito de mulheres, ó sátiro oculto, ó garanhão disfarçado, Adeus, caro Reis, até um destes dias, deixo-o a namorar a pequena, você afinal desilude-me, amador de criadas, cortejador de donzelas, estimava-o mais quando você via a vida à distância a que está, A vida, Fernando, está sempre perto, Pois aí lha deixo, se é vida isso. Marcenda descia entre os canteiros sem flores, Ricardo Reis subiu ao seu encontro, Estava a falar sozinho, perguntou ela, Sim, de certa maneira, dizia uns versos escritos por um amigo meu que morreu há uns meses, talvez conheça, Como se chamava ele, Fernando Pessoa, Tenho uma vaga ideia do nome, mas não me lembro de alguma vez ter lido, Entre o que vivo e a vida, entre quem estou e sou, durmo numa descida, descida em que não vou, Foram esses os versos que esteve a dizer, Foram, Podiam ter sido feitos por mim, se entendi bem, são tão simples, Tem razão, qualquer pessoa os poderia ter feito, Mas teve de vir essa pessoa para os fazer, É como todas as coisas, as más e as boas, sempre precisam de gente que as faça, olhe o caso dos Lusíadas, já pensou que não teríamos Lusíadas se não tivéssemos tido Camões, é capaz de imaginar que Portugal seria o nosso sem Camões e sem Lusíadas, Parece um jogo, uma adivinha, Nada seria mais sério, se verdadeiramente pensássemos nisso, mas falemos antes de si, diga-me como tem passado, como vai a sua mão, Na mesma, tenho-a aqui, na algibeira, como um pássaro morto, Não deve perder a esperança, Suponho que essa já está perdida, qualquer dia sou capaz de ir a Fátima para ver se a fé ainda pode salvar-me. Tem fé, Sou católica, Praticante, Sim, vou à missa, confesso-me, comungo, faço tudo o que os católicos fazem. Não parece muito convicta, É jeito meu, não pôr muita expressão no que digo. A isto não respondeu Ricardo Reis, as frases, quando ditas, são como portas, ficam abertas, quase sempre entramos, mas às vezes deixamo-nos estar do lado de fora, à espera de que outra porta se abra, de que outra frase se diga, por exemplo esta, que pode servir, Peço-lhe que desculpe o meu pai, o resultado das eleições em Espanha tem-no trazido nervoso, ontem só falou com pessoas que vieram fugidas de lá, e ainda por cima o Salvador foi-lhe logo dizer que o doutor Reis tinha sido chamado à polícia, Mal nos conhecemos, seu pai nada me fez por que eu deva desculpá-lo, de resto, o caso não terá qualquer importância, segunda-feira vou saber o que me querem, responderei ao que me perguntarem, nada mais, Ainda bem que não está preocupado, Não há motivo, não tenho nada que ver com a política, vivi todos estes anos no Brasil, nunca fui inquietado lá, aqui menos razões ainda há para me inquietarem, para lhe falar francamente nem já me sinto português, Querendo Deus tudo irá correr bem, Deus não haveria de gostar de saber que nós acreditamos que as coisas correm mal porque ele não quis que elas corressem bem, São maneiras de dizer, ouvimo-las e repetimo-las, sem pensar, dizemos Deus queira, só as palavras, provavelmente ninguém é capaz de representar na sua cabeça Deus e a vontade de Deus, vai ter de me perdoar esta petulância, quem sou eu para falar assim, É como viver, nascemos, vemos os outros a viverem, pomo-nos a viver também, a imitá-los, sem sabermos porquê nem para quê, É tão triste o que está a dizer, Peço-lhe desculpa, hoje não estou a ajudá-la, esqueci-me das minhas obrigações de médico, devia era agradecer-lhe ter aqui vindo para emendar a atitude do seu pai, Principalmente, vim porque queria vê-lo e falar-lhe, amanhã voltamos para Coimbra, tive medo de não arranjar outra oportunidade, O vento começou a soprar com mais força, agasalhe-se bem, Não se preocupe comigo, eu é que escolhi mal o sítio para nos encontrarmos, devia ter-me lembrado de que esteve doente, de cama, Uma gripe sem complicações, ou nem isso, um resfriamento, Só volto a Lisboa daqui por um mês, como é costume, vou ficar sem saber o que acontecerá na segunda-feira, Já lhe disse que não tem importância, Mesmo assim, gostaria de saber, Não vejo como, Escreva-me, deixo-lhe a minha morada, não, escreva-me antes para a posta-restante, pode meu pai estar em casa na altura da entrega do correio, Acha que vale a pena, a carta misteriosa enviada de Lisboa com grande segredo, Não faça troça, ser-me-ia muito custoso ter de esperar um mês para saber o que se passou, basta uma palavra, Está combinado, mas se não receber notícias minhas será sinal de que fui metido numa lôbrega enxovia ou estou fechado na mais alta torre deste reino, aonde fará o favor de me ir salvar, Longe vão os agoiros, e agora tenho de ir, combinei encontrar-me com meu pai, vamos ao médico. Marcenda, com a mão direita, ajudou a mão esquerda a sair da algibeira, depois estendeu ambas, por que o teria feito, a mão direita bastava para a despedida, neste momento estão juntas no côncavo das mãos de Ricardo Reis, os velhos olham e não compreendem, Logo, descerei para jantar, mas limitar-me-ei a cumprimentar seu pai de longe, não me aproximarei, assim ele ficará à vontade com os seus novos amigos espanhóis, Ia pedir-lhe isso mesmo, Que não me aproximasse, Que jantasse na sala, assim poderei vê-lo, Marcenda, por que quer ver-me, porquê, Não sei. Afastou-se, subiu o declive, em cima parou para acomodar melhor a mão esquerda no bolso, depois continuou o seu caminho, sem se voltar. Ricardo Reis olhou o rio, estava a entrar um grande vapor, não era o Highland Brigade, a esse tivera tempo de conhecê-lo bem. Os dois velhos conversavam, Podia ser pai dela, disse um, Isto é com certeza arranjinho, disse o outro, Só não percebi o que é que esteve ali aquele tipo de preto a fazer durante este tempo todo, Qual tipo, Aquele que está encostado às grades, Não vejo ninguém, Precisas de óculos, E tu estás bêbado, era sempre assim entre estes dois velhos, começavam por conversar, logo discutiam, acabavam sentados cada qual no seu banco, depois tornavam a juntar-se. Ricardo Reis deixou a grade, ladeou os canteiros, tomou a rua por onde viera. Olhando para a esquerda, por acaso, viu uma casa com escritos no segundo andar. Uma rajada de vento sacudiu as palmeiras. Os velhos levantaram-se. Não parecia ter ficado ninguém no Alto de Santa Catarina.

Quem disser que a natureza é indiferente às dores e preocupações dos homens, não sabe de homens nem de natureza. Um desgosto, passageiro que seja, uma enxaqueca, ainda que das suportáveis, transtornam imediatamente o curso dos astros, perturbam a regularidade das marés, atrasam o nascimento da lua, e, sobretudo, põem em desalinho as correntes do ar, o sobe e desce das nuvens, basta que falte um só tostão aos escudos ajuntados para pagamento da letra em último dia, e logo os ventos se levantam, o céu abre-se em cataratas, é a natureza que toda se está compadecendo do aflito devedor. Dirão os céticos, aqueles que fazem profissão de duvidar de tudo, mesmo sem provas contra ou a favor, que a proposição é indemonstrável, que uma andorinha, passando transviada, não fez a primavera, enganou-se na estação, e não reparam que doutra maneira não poderia ser entendido este contínuo mau tempo de há meses, ou anos, que antes não estávamos nós cá, os vendavais, os dilúvios, as cheias, já se falou o suficiente da gente desta nação para reconhecermos nas penas dela a explicação da irregularidade dos meteoros, somente recordemos aos olvidadiços a raiva daqueles alentejanos, as bexigas de Lebução e Fatela, o tifo de Valbom, e, para que nem tudo sejam doenças, as duzentas pessoas que vivem em três andares de um prédio de Miragaia, que é no Porto, sem luz para se alumiarem, dormindo a esmo, acordando aos gritos, as mulheres em bicha para despejarem as tigelas da casa, o resto componha-o a imaginação, para alguma coisa há de ela servir-vos. Ora, sendo assim, como irrefutavelmente fica demonstrado, percebe-se que esteja o tempo neste desaforo de árvores arrancadas, de telhados que voam pelos ventos fora, de postes telegráficos derrubados, é Ricardo Reis que vai à polícia, de alma inquieta, a segurar o chapéu para que o tufão lho não leve, se vier a chover na proporção do que sopra, Deus nos acuda. É do sul que o vento se desmanda, pela Rua do Alecrim acima, sempre é uma beneficência, melhor que a dos santos, que só para baixo sabem ajudar. Do itinerário já temos roteiro suficiente, virar aqui na igreja da Encarnação, sessenta passos até à outra esquina, não tem nada que enganar, outra vez o vento, agora soprando de frente, será ele que não deixa andar, serão os pés que se recusam ao caminho, mas horas são horas, este homem é a pontualidade em pessoa, ainda as dez não deram e já entra aquela porta, mostra o papel que daqui lhe mandaram, queira comparecer, e compareceu, está de chapéu na mão, por um instante grotescamente aliviado de não o estar incomodando o vento, mandaram-no subir ao primeiro andar e ele foi, leva a contrafé como uma candeia que vai adiante, apagada, sem ela não saberia aonde encaminhar-se, onde pôr os pés, este papel é um destino que não pode ser lido, assim como o analfabeto a quem mandassem ao carrasco levando uma ordem, Cortar a cabeça ao portador, ele vai, talvez cantando porque lhe amanheceu bem o dia, também a natureza não sabe ler, quando o machado separar a cabeça do tronco se revoltarão os astros, tarde de mais. Está Ricardo Reis sentado num banco corrido, disseram-lhe que esperasse, agora desamparado porque lhe levaram a contrafé, há outras pessoas por ali, fosse isto um consultório médico e estariam conversando umas com as outras, o meu mal é dos pulmões, o meu é do fígado, ou dos rins, onde seja o destes não se sabe, estão calados, se falassem diriam, De repente sinto-me bem, posso ir-me embora, seria uma pergunta, já se vê, também o melhor alívio das dores de dentes é o limiar do dentista. Passou meia hora e não vinham chamar Ricardo Reis, abriam-se e fechavam-se portas, ouviam-se campainhas de telefones, dois homens pararam ali perto, um deles riu alto, Nem sabe o que o espera, e depois sumiram-se ambos por trás de um guarda-vento, Estariam a falar de mim, pensou Ricardo Reis, e sentiu um aperto no estômago, ao menos ficámos a saber do que se queixa. Levou a mão ao bolso do colete para tirar o relógio e ver as horas, quanto tempo já esperara, mas deixou o gesto em meio, não queria que o vissem impaciente. Enfim chamaram-no, não em voz alta, um homem entreabriu o guarda-vento, fez um aceno de cabeça, e Ricardo Reis precipitou-se, depois, por dignidade instintiva, se dignidade é instinto, travou o passo, era a recusa que estava ao seu alcance, disfarçada. Seguiu o homem, que cheirava intensamente a cebola, por um corredor comprido, com portas de um lado e do outro, todas fechadas, ao fundo o guia bateu de leve numa delas, abriu-a, ordenou, Entre, entrou também, um homem que estava sentado a uma secretária disse-lhe, Deixa-te ficar, podes ser preciso, e para Ricardo Reis, apontando uma cadeira, Sente-se, e Ricardo Reis sentou-se, agora com uma irritação nervosa, um mau humor desarmado, Isto é feito assim para me intimidarem, pensou.

O da secretária pegou na contrafé, leu-a devagar como se nunca em dias da sua vida tivesse visto semelhante papel, depois pousou-a cuidadosamente no mata-borrão verde, lançou-lhe ainda o último olhar de quem, para não cometer um erro, se certifica finalmente, agora sim, está pronto, A sua identificação, se faz favor, disse, Se faz favor, e estas três palavras fizeram diminuir o nervosismo de Ricardo Reis, é bem verdade que com boa educação tudo se consegue. Tirou da carteira o bilhete de identidade, para o entregar soergueu-se um pouco da cadeira, por causa destes movimentos caiu-lhe ao chão o chapéu, sentiu-se ridículo, outra vez nervoso. O homem leu o bilhete em todas as suas linhas, comparou o retrato com a cara que tinha na sua frente, tomou algumas notas, depois colocou o livrinho fechado ao lado da contrafé, com o mesmo cuidado, Maníaco, pensou Ricardo Reis, mas, em voz alta, respondendo a uma pergunta, Sim senhor, sou médico e vim do Rio de Janeiro há dois meses, Esteve sempre hospedado no Hotel Bragança desde que chegou, Sim senhor, Em que barco viajou, No Highland Brigade, da Mala Real Inglesa, desembarquei em Lisboa no dia vinte e nove de Dezembro, Viajou sozinho, ou acompanhado, Sozinho, É casado, Não senhor, não sou casado, mas eu gostava que me dissessem por que razão fui aqui chamado, que razões há para me chamarem à polícia, a esta, nunca pensei, Quantos anos viveu no Brasil, Fui para lá em mil novecentos e dezanove, as razões, gostaria de saber, Responda só ao que lhe pergunto, deixe as razões comigo, será a maneira de tudo correr bem entre nós, Sim senhor, Já que estamos a falar de razões, foi para o Brasil por alguma razão especial, Emigrei, nada mais, Em geral os médicos não emigram, Eu emigrei, Porquê, não tinha doentes aqui, Tinha, mas queria conhecer o Brasil, trabalhar lá, foi só por isso, E agora voltou, Sim, voltei, Porquê, Os emigrantes portugueses às vezes voltam, Do Brasil quase nunca, Eu voltei, Corria-lhe mal a vida, Pelo contrário, tinha até uma boa clínica, E voltou, Sim, voltei, Para fazer o quê, se não veio fazer medicina, Como sabe que não faço medicina, Sei, Por enquanto não exerço, mas estou a pensar em abrir consultório, em criar outra vez raízes, esta é a minha terra, Quer dizer que de repente lhe deram as saudades da pátria, depois de dezasseis anos de ausência, Assim é, mas tenho de insistir que não compreendo qual é o objetivo deste interrogatório, Não se trata de um interrogatório, como pode verificar as suas declarações nem estão a ser registadas, Menos entendo ainda, Tive curiosidade de conhecê-lo, um médico português que ganhava bem a sua vida no Brasil, e que volta dezasseis anos depois, está hospedado num hotel há dois meses, não trabalha, Já lhe expliquei que vou recomeçar a clínica, Onde, Ainda não procurei consultório, tenho de escolher bem o local, não são questões para decidir levianamente, Diga-me outra coisa, conheceu muita gente no Rio de Janeiro, noutras cidades brasileiras, Não viajei muito, os meus amigos eram todos do Rio, Que amigos, As suas perguntas dirigem-se à minha vida particular, não tenho obrigação de responder-lhes, ou então exijo a presença do meu advogado, Tem advogado, Não tenho, mas posso contratar os serviços de um, Os advogados não entram nesta casa, além disso o senhor doutor não foi acusado de qualquer crime, isto é apenas uma conversa, Será uma conversa, mas não fui eu quem a escolheu, e, pelo teor das perguntas que me estão a ser feitas, tem muito mais de devassa que de conversa, Voltemos ao assunto, que amigos eram esses seus, Não respondo,

Senhor doutor Ricardo Reis, se eu estivesse no seu lugar, responderia, é muito melhor para si, escusamos de complicar desnecessariamente o caso, Portugueses, brasileiros, pessoas que começaram por me procurar como médico, e depois as relações que se estabelecem na vida social, não adianta estar aqui a dizer nomes que o senhor não conhece, Esse é o seu engano, eu conheço muitos nomes, Não direi nenhum, Muito bem, tenho outras maneiras de os saber, se for preciso, Como queira, Havia militares entre essas suas amizades, ou políticos, Nunca me dei com pessoas dessas, Nenhum militar, nenhum político, Não posso garantir que não me tenham procurado como médico, Mas desses não ficou amigo, Por acaso não, De nenhum, Sim senhor, de nenhum, Singular coincidência, A vida é toda feita de coincidências, Estava no Rio de Janeiro quando se deu a última revolta, Estava, Não acha que é outra coincidência singular ter voltado para Portugal logo a seguir a uma intentona revolucionária, Tão singular como estar o hotel de que sou hóspede cheio de espanhóis depois das eleições que em Espanha houve, Ah, quer então dizer que fugiu do Brasil, Não foi isso que eu disse, Comparou o seu caso com o dos espanhóis que vieram para Portugal, Foi só para mostrar que há sempre uma causa para um efeito, E o seu efeito, que causa teve, Já lhe disse, sentia saudades do meu país, resolvi voltar, Quer dizer, não foi por medo que regressou, Medo de quê, De ser incomodado pelas autoridades de lá, por exemplo, Ninguém me incomodou nem antes nem depois da revolta, As coisas às vezes levam tempo, nós também só o chamámos aqui ao fim de dois meses, Ainda estou para saber porquê, Diga-me outra coisa, se os revoltosos tivessem ganho, o senhor teria ficado, ou teria voltado, A razão do meu regresso, já lhe disse, não tem nada que ver com políticas nem revoluções, aliás não foi essa a única revolução que houve no Brasil durante o tempo que lá vivi, É uma boa resposta, mas as revoluções não são todas iguais nem querem todas a mesma coisa, Sou médico, não sei nem quero saber de revoluções, a mim só me interessam os doentes, Agora pouco, Voltarei a interessar-me, Durante o tempo que viveu no Brasil teve alguma vez problemas com as autoridades, Sou uma pessoa pacífica, E aqui, reatou relações de amizade desde que chegou, Dezasseis anos bastam para esquecer e ser esquecido, Não respondeu à pergunta, Respondo já, esqueci e fui esquecido, não tenho amigos aqui, Nunca pensou em naturalizar-se brasileiro, Não senhor, Acha Portugal diferente do que era quando partiu para o Brasil, Não posso responder, ainda não saí de Lisboa, E Lisboa, acha-a diferente, Dezasseis anos trazem mudanças, Há sossego nas ruas, Sim, tenho reparado, O governo da Ditadura Nacional pôs o país a trabalhar, Não duvido, Há patriotismo, dedicação ao bem comum, tudo se faz pela nação, Felizmente para os portugueses, Felizmente para si, o senhor também é um deles, Não rejeitarei a parte que me couber na distribuição dos benefícios, tenho visto que estão a ser criadas sopas dos pobres, O senhor doutor não é pobre, Posso vir a sê-lo um dia, Longe vá o agoiro, Obrigado, mas se tal acontecer volto para o Brasil, Em Portugal tão cedo não haverá revoluções, a última foi há dois anos e acabou muito mal para quem se meteu nela, Não sei de que está a falar, nem tenho mais respostas a dar-lhe a partir de agora, Não tem importância, já fiz as perguntas todas, Posso retirar-me, Pode, tem aqui o seu bilhete de identidade, ó Victor acompanha o senhor doutor à porta, o Victor aproximou-se, Venha comigo, saiu-lhe pela boca o cheiro da cebola, Como é possível, pensou Ricardo Reis, tão cedo, e com este cheiro, se calhar é o que come ao pequeno-almoço. No corredor o Victor disse, Estava a ver que o senhor doutor fazia zangar o nosso doutor-adjunto, apanhou-o de boa maré, Fazia-o zangar, como, Recusou-se a responder, desconversou, isso não é bom, o que vale é que o nosso doutor-adjunto tem muita consideração pelos senhores doutores, Eu ainda nem sei por que é que me intimaram a vir aqui, Nem precisa saber, levante as mãos ao céu por tudo ter acabado em bem, Espero que sim, que tenha acabado, e de vez, Ah, isso é que nunca se pode garantir, pronto, cá está, ó Antunes aqui o senhor doutor tem autorização para sair, bom dia senhor doutor, se precisar de alguma coisa, já sabe, fale comigo, eu sou o Victor, estendeu a mão, Ricardo Reis tocou-lha com as pontas dos dedos, sentiu que ia também ficar com o cheiro da cebola, o estômago deu-lhe uma volta, Querem ver que vou vomitar aqui mesmo, mas não, o vento bateu-lhe na cara, sacudiu-o, dissipou-lhe o fumo da náusea, estava na rua e mal soubera como, a porta fechou-se. Antes que chegue Ricardo Reis à esquina da Encarnação cairá uma pancada de água, violenta, amanhã os jornais dirão que têm caído grossas bátegas, noticioso pleonasmo, que bátega já é chover grosso e intenso, caiu, dizíamos, a pancada de água, e os passantes recolheram-se todos aos portais, sacudindo-se como cachorros molhados, agora não vêm a propósito os gatos raivosos, que esses duplamente fogem da água, só um homem continua a descer o passeio do lado do Teatro S. Luís, com certeza tem hora marcada e vai atrasado, de alma aflita como Ricardo Reis tinha ido, por isso lhe chove tanto em cima, bem podia a natureza ser solidária doutra maneira, por exemplo, mandando um terramoto que soterrasse nos escombros o Victor e o doutor-adjunto, deixando-os a apodrecer até que se dissipasse o cheiro da cebola, até que ficassem só os ossos limpos, se a tanto podem chegar tais corpos.

Quando Ricardo Reis entrou no hotel, o chapéu escorria-lhe como goteira de telhado, a gabardina pingava, era uma gárgula, uma caricata figura, sem nenhuma dignidade de médico, que a de poeta não lha podiam adivinhar Salvador e Pimenta, além de que a chuva, celeste justiça, quando cai, é para todos. Foi à receção buscar a chave, Ih, como o senhor doutor vem, disse o gerente, mas o tom era dubitante, por baixo do que dissera apontava o que pensava, Em que estado virás tu realmente, como foi que lá te trataram, ou então, mais dramaticamente, Não esperava que voltasses tão cedo, se a Deus tuteamos, ainda que pospondo-lhe ou antepondo-lhe a maiúscula, que confiança não tomaremos, in mente, com um hóspede suspeito de subversões passadas e futuras. Ricardo Reis deu troco apenas ao que ouvira, limitou-se a murmurar, Que carga de água, e precipitou-se escada acima, salpicando a passadeira, daqui a pouco Lídia só terá de seguir o rasto, pegada a pegada, raminho partido, erva derrubada, aonde nos levam devaneios, isso seriam histórias de sertão e selva, aqui é apenas um corredor que leva ao quarto duzentos e um, Então, como foi que se passou, fizeram-lhe mal, e Ricardo Reis responderá, Não, que ideia a tua, correu tudo bem, são pessoas muito educadas, muito corretas, mandam-nos sentar, Mas por que foi que o obrigaram a lá ir, Parece que é costume quando vêm pessoas de fora, passados tantos anos, querem saber se estamos bem, se nos falta alguma coisa, Está a brincar comigo, não é isso que o meu irmão me tem dito, Estou a brincar contigo, de facto, mas fica descansada, passou-se tudo bem, só queriam saber por que é que eu vim do Brasil, o que fazia lá, quais são aqui os meus projetos, Então eles também podem perguntar essas coisas, Fiquei com a impressão de que podem perguntar tudo, e agora vai-te embora, tenho de mudar de roupa para o almoço. Na sala de jantar, o maître Afonso, é Afonso o seu nome, acompanhou-o à mesa, arredando-se meio passo mais que o costume e a pragmática, mas Ramón, que nos últimos dias o servira igualmente como de largo, e logo se apartava para atender outros hóspedes menos tinhosos, demorou-se a verter a concha da canja, Um cheirinho capaz de acordar um morto, senhor doutor, e realmente assim seria, depois daquele cheiro de cebola todo o odor é perfume, Há uma teoria dos cheiros por definir, pensou Ricardo Reis, que cheiro temos nós em cada instante e para quem, para Salvador ainda tenho mau cheiro, Ramón já me suporta, para Lídia, ó engano seu e mau olfato, estou ungido de rosas. Ao chegar trocara cumprimentos com Don Lorenzo e Don Alonso, e também com Don Camilo, chegado há três dias, apesar das tentativas de abordagem tem-se refugiado numa discreta reserva, o que vai sabendo da situação de Espanha é o que ali ouve, de mesa para mesa, ou o que dizem os jornais, fertilíssimas searas de escalracho, com alusões explícitas à onda de propaganda comunista, anarquista e sindicalista que por toda a parte se vem fazendo junto das classes operárias, dos soldados e dos marinheiros, agora ficamos a compreender melhor por que foi Ricardo Reis chamado à Polícia de Vigilância e Defesa do Estado, a tal, quis lembrar-se das feições do doutor-adjunto que o interrogou e não consegue, apenas vê um anel de pedra preta no dedo mínimo da mão esquerda, e, com esforço, por entre o nevoeiro, um rosto redondo e pálido como uma bolacha que esteve tempo de menos no forno, não consegue distinguir-lhe os olhos, não os tinha, talvez, esteve a falar com um cego. Salvador aparece à porta, discretamente, para ver se o serviço está a correr bem, não que o hotel agora é internacional, e durante o rápido exame encontraram-se os seus olhos com os de Ricardo Reis, sorriu ao hóspede de longe, sorriso diplomático, o que ele quer é saber o que se passou na polícia. Don Lorenzo recita para Don Alonso uma notícia do jornal Le Jour, francês de Paris, em que se chama ao chefe do governo português, Oliveira Salazar, homem enérgico e simples, cuja clarividência e sensatez deram ao seu país a prosperidade e um sentimento de altivez nacional, Así lo necesitamos nosotros, comenta Don Camilo, e levanta o copo de vinho tinto, faz vénia de cabeça na direção de Ricardo Reis, que agradece com vénia similhante, ainda que altiva para não ser desmentida a opinião e por causa de Aljubarrota que Deus guarde. Salvador retira-se, confortado, numa grande paz de espírito, logo ou amanhã lhe dirá o doutor Ricardo Reis que sucessos foram os da Rua António Maria Cardoso, e, se não disser, ou lhe parecer que não disse tudo, não faltarão outras vias para chegar à boa fonte, um seu conhecido que lá trabalha, o Victor. Então, se forem tranquilizadoras as notícias, se estiver isento de culpas ou limpo de suspeitas Ricardo Reis, voltarão os dias felizes, apenas terá de sugerir-lhe, com delicadeza e tato, a máxima discrição nesse caso da Lídia, por causa do bom nome, senhor doutor, só por causa do bom nome, isso lhe dirá. Ainda mais justo juízo faríamos da magnanimidade de Salvador se pensássemos no bom arranjo que lhe daria vagar-se o quarto duzentos e um, onde caberia uma família inteira de Sevilha, um grande de Espanha, por exemplo, o duque de Alba, arrepia-se a espinha duma pessoa, só de pensar. Ricardo Reis acabou de almoçar, fez e duas vezes repetiu a vénia, os emigrados ainda saboreavam o queijo da serra, saiu, a Salvador fez um aceno, deixando-o aguado de expectativa, com os olhos húmidos de cão implorativo, e subiu para o quarto, tinha pressa de escrever a Marcenda, posta-restante, Coimbra.

Chove lá fora, no vasto mundo, com tão denso rumor é impossível que, a esta mesma hora, não esteja a chover sobre a terra inteira, vai o globo murmurando águas pelo espaço, como pião zumbidor, E o escuro ruído da chuva é constante em meu pensamento, meu ser é a invisível curva traçada pelo som do vento, que sopra desaforado, cavalo sem freio e à solta, de invisíveis cascos que batem por essas portas e janelas, enquanto dentro deste quarto, onde apenas oscilam, de leve, os transparentes, um homem rodeado de escuros e altos móveis escreve uma carta, compondo e adequando o seu relato para que o absurdo consiga parecer lógico, a incoerência retidão perfeita, a fraqueza força, a humilhação dignidade, o temor desassombro, que tanto vale o que fomos como o que desejaríamos ter sido, assim o tivéssemos nós ousado quando fomos chamados a contas, sabê--lo já é metade do caminho, basta que nos lembremos disto e não nos faltem as forças quando for preciso andar a outra metade. Hesitou muito Ricardo Reis sobre o vocativo que devia empregar, uma carta, afinal, é um ato melindrosíssimo, a fórmula escrita não admite médios termos, distância ou proximidade afetivas tendem para uma determinação radical que, num caso e no outro, vai acentuar o carácter, cerimonioso ou cúmplice, da relação que a dita carta estabelecerá e que acaba por ser, sempre, de certa decisiva maneira, um modo de relação paralelo à relação real, incoincidentes. Há equívocos sentimentais que justamente começaram assim. Claro está que Ricardo Reis não admitiu, sequer, a hipótese de tratar Marcenda por excelentíssima senhora dona, ou prezada senhora, a tanto não lhe chegaram os escrúpulos de etiqueta, mas, tendo eliminado esta fácil impessoalidade, achou-se sem léxico que não fosse perigosamente familiar, íntimo, por exemplo, minha querida Marcenda, porquê sua, querida porquê, é certo que também podia escrever menina Marcenda ou cara Marcenda, e tentou-o, mas menina pareceu-lhe ridículo, cara ainda mais, depois de algumas folhas rasgadas achou-se com o simples nome, por ele nos devíamos tratar todos, nomeai-vos uns aos outros, para isso mesmo o nome nos foi dado e o conservamos. Então escreveu, Marcenda, conforme me pediu e eu lhe prometi, venho dar notícias, tendo escrito estas poucas palavras parou a pensar, depois continuou, deu as notícias, já foi dito como, compondo e adequando, unindo as partes, preenchendo os vazios, se não disse a verdade, muito menos toda, disse uma verdade, acima de tudo o que importa é que ela faça felizes quem escreve e quem irá ler, que ambos se reconheçam e confirmem na imagem dada e recebida, ideal seja ela, imagem que aliás será única, pois na polícia não ficou auto de declarações que faça fé em juízo, foi apenas uma conversa, como fez o favor de esclarecer o doutor-adjunto. É certo que o Victor esteve presente, foi testemunha, mas esse já não se lembra de tudo, amanhã menos ainda se lembrará, têm outros assuntos a tratar, e bem mais importantes. Se a história deste caso vier a ser contada um dia, não se encontrará outro testemunho, somente a carta de Ricardo Reis, se entretanto não se perder, que é o mais provável, pois certos papéis o melhor é nem os guardar. Outras fontes que venham a descobrir-se serão duvidosas, por apócrifas, ainda que verosímeis, certamente não coincidentes entre si e todas com a verdade dos factos, que ignoramos, quem sabe se, faltando-nos tudo, não teremos nós de inventar uma verdade, um diálogo com alguma coerência, um Victor, um doutor-adjunto, uma manhã de chuva e vento, uma natureza compadecida, falso tudo, e verdadeiro. Rematou Ricardo Reis a sua carta com palavras de respeitosa estima, sinceros votos de boa saúde, debilidade de estilo que se lhe perdoa, e, em post-scriptum, após hesitação, preveniu-a de que talvez não o encontrasse aqui na sua próxima vinda a Lisboa, porque começava a sentir-se enfadado do hotel, esta rotina, precisava de ter casa sua, abrir consultório, é tempo de ver até onde serão capazes de romper as minhas novas raízes, todas elas, esteve para sublinhar as duas últimas palavras, mas preferiu deixá-las assim, na transparência da sua ambiguidade, se eu realmente deixar o hotel, escrever-lhe-ei para esse mesmo endereço, posta-restante, Coimbra. Releu, dobrou e fechou a carta, depois escondeu-a entre os livros, amanhã a levará ao correio, hoje, com este temporal, felizes dos que têm um teto, mesmo sendo apenas o do Hotel Bragança. Chegou-se Ricardo Reis à janela, afastou as cortinas, mas mal conseguia distinguir o que havia lá fora, a chuva caindo violenta no meio de uma nuvem de água, logo nem isto, embaciava-se a vidraça com o bafo, então, sob o resguardo das persianas, abriu a janela, já o Cais do Sodré se está alagando, o quiosque dos tabacos e aguardentes é uma ilha, o mundo soltou-se do cais, partiu à deriva. Recolhidos na porta duma taberna, do outro lado da rua, dois homens fumavam. Teriam já bebido, enrolaram os seus cigarros de onça, devagar, pausadamente, enquanto falavam sabe Deus de que metafísicas, talvez da chuva que não os deixava ir à vida, daí a pouco sumiram-se no escuro da taberna, se tinham de esperar, ao menos aproveitavam o tempo para mais um copo. Outro homem, vestido de preto e em cabelo, veio à porta sondar os astros, depois desapareceu também, deve ter-se chegado ao balcão, Encha, disse, entenda-se um copo, não um astro, o taberneiro não teve dúvidas. Ricardo Reis fechou a janela, apagou a luz, foi recostar-se, fatigado, no sofá, com uma manta estendida sobre os joelhos, ouvindo o escuro e monótono ruído da chuva, este ruído é verdadeiramente escuro, tinha razão quem o disse. Não adormeceu, tem os olhos muito abertos, envolvido na penumbra como um bicho-da-seda no seu casulo, Estás só, ninguém o sabe, cala e finge, murmurou estas palavras em outro tempo escritas, e desprezou-as por não exprimirem a solidão, só o dizê-la, também ao silêncio e ao fingimento, por não serem capazes de mais que dizer, porque elas não são, as palavras, aquilo que declaram, estar só, caro senhor, é muito mais que conseguir dizê-lo e tê-lo dito.

Para o fim da tarde desceu ao primeiro andar. Queria, cientemente, oferecer a Salvador a oportunidade por que ele ansiava, cedo ou tarde teria de falar-se neste assunto, então mais vale que seja eu a decidir quando e como, Não, senhor Salvador, correu tudo muito bem, foram muito amáveis, a pergunta fora feita com pezinhos delicados, Então, senhor doutor, diga-me cá, conte-me desta manhã, maçaram-no muito, Não, senhor Salvador, correu tudo muito bem, foram muito amáveis, só queriam umas informações acerca do nosso consulado no Rio de Janeiro, que me deviam ter dado um papel assinado, burocracias, enfim. Salvador pareceu aceitar como boa a explicação, até ver, mas em seu íntimo duvidava, cético como quem já muito viu de hotel e vida, amanhã irá tirar-se de cuidados e perguntará ao seu amigo Victor, ou conhecido, Compreende, ó Victor, eu preciso de saber quem tenho no hotel, e o Victor responderá cauteloso, Amigo Salvador, olho no homem, o nosso doutor-adjunto logo me disse depois do interrogatório, Este doutor Reis não é o que parece, há ali mistério, convém estar de olho nele, não, suspeitas definidas não as temos, por enquanto é só uma impressão, vá observando se recebe correspondência, Até hoje, nem uma carta, Mesmo isso é estranho, temos de dar uma volta pela posta-restante, e encontros, tem-nos, Só se for fora do hotel, Enfim, parecendo-lhe que há moiro na costa avise-me. Por causa desta conversação secreta, tornará depois de amanhã a carregar-se a atmosfera, tudo quanto é empregado do hotel ajusta a mira pelo fuzil que Salvador aponta, numa atenção tão constante que mais justificadamente lhe chamaríamos vigilância, até o bom-serás do Ramón arrefeceu, o Felipe resmunga, claro que há uma exceção, já se sabe, mas essa, coitada, não pode fazer mais que inquietar-se, e tanto, O Pimenta disse hoje, e ria-se, malvado homem, que esta história ainda há de dar muito que falar, que quem viver verá, conte-me o que se passa, peço-lhe, eu guardo segredo, Não se passa nada, são tudo disparates de quem não tem mais que fazer que intrometer-se na vida alheia, Serão disparates, serão, mas com eles nos tornarão a vida negra, digo a sua, não digo a nossa, Deixa lá, saindo eu do hotel acabam-se logo os mexericos, Vai-se embora, não me tinha dito, Mais tarde ou mais cedo teria de ser, não ia ficar aqui o resto da vida, Nunca mais o tornarei a ver, e Lídia, que descansava a cabeça no ombro de Ricardo Reis, deixou cair uma lágrima, sentiu-a ele, Então, não chores, a vida é assim, as pessoas encontram-se, separam-se, quem sabe se amanhã não casarás, Ora, casar, já estou a passar a idade, e para onde é que vai, Arranjo casa, hei de encontrar alguma que me sirva, Se quiser, Se quiser, o quê, Posso ir ter consigo nos meus dias de folga, não tenho mais nada na vida, Lídia, por que é que gostas de mim, Não sei, talvez seja pelo que eu disse, por não ter mais nada na vida, Tens a tua mãe, o teu irmão, com certeza tiveste namorados, hás de tornar a tê-los, mais do que um, és bonita, e um dia casarás, depois virão os filhos, Pode ser que sim, mas hoje tudo o que eu tenho é isto, És uma boa rapariga, Não respondeu ao que lhe perguntei, Que foi, Se quer que eu vá ter consigo quando tiver a sua casa, nos meus dias de saída, Tu queres, Quero, Então irás, até que, Até que arranje alguém da sua educação, Não era isso que eu queria dizer, Quando tal tiver de ser, diga-me assim Lídia não voltes mais a minha casa, e eu não volto, Às vezes não sei bem quem tu és, Sou uma criada de hotel, Mas chamas-te Lídia e dizes as coisas duma certa maneira, Em a gente se pondo a falar, assim como eu estou agora, com a cabeça pousada no seu ombro, as palavras saem diferentes, até eu sinto, Gostava que encontrasses um dia um bom marido, Também gostava, mas ouço as outras mulheres, as que dizem que têm bons maridos, e fico a pensar, Achas que eles não são bons maridos, Para mim, não, Que é um bom marido, para ti, Não sei, És difícil de contentar, Nem por isso, basta-me o que tenho agora, estar aqui deitada, sem nenhum futuro, Hei de ser sempre teu amigo, Nunca sabemos o dia de amanhã, Então duvidas de que serás sempre minha amiga, Oh, eu, é outra coisa, Explica-te melhor, Não sei explicar, se eu isto soubesse explicar, saberia explicar tudo, Explicas muito mais do que julgas, Ora, eu sou uma analfabeta, Sabes ler e escrever, Mal, ler ainda vá, mas a escrever faço muitos erros. Ricardo Reis apertou-a contra si, ela abraçou-se a ele, a conversa aproximara-os devagarinho duma indefinível comoção, quase uma dor, por isso foi tão delicadamente feito o que fizeram depois, todos sabemos o quê.

Nos dias seguintes Ricardo Reis pôs-se à procura de casa. Saía de manhã, regressava à noite, almoçava e jantava fora do hotel, serviam-lhe de badameco as páginas de anúncios do Diário de Notícias, mas não ia para longe, os bairros excêntricos estavam fora dos seus gostos e conveniências, detestaria ir viver, por exemplo, lá para a Rua dos Heróis de Quionga, à Moraes Soares, onde se tinham inaugurado umas casas económicas de cinco e seis divisões, renda realmente barata, entre cento e sessenta e cinco e duzentos e quarenta escudos por mês, nem lhas alugariam a ele, nem ele as quereria, tão distantes da Baixa e sem a vista do rio. Procurava, de preferência, casas mobiladas, e compreende-se, um homem só, como se governaria ele na compra de um recheio de habitação, os móveis, as roupas, as louças, sem ter à mão um conselho de mulher, por certo nenhum de nós imaginará Lídia a entrar e a sair com o doutor Ricardo Reis desses estabelecimentos, dando opiniões, pobre dela, e Marcenda, ainda que cá estivesse e consentisse seu pai, que saberá ela da vida prática, de casas entende da sua, que sua em verdade não é, no sentido preciso da palavra meu, por ser de mim e por mim feito. E estas são as duas mulheres que Ricardo Reis conhece, mais nenhuma, foi exagero de Fernando Pessoa ter-lhe chamado D. João. Afinal, não parece ser fácil deixar o hotel. A vida, qualquer vida, cria os seus próprios laços, diferentes de uma para outra, estabelece uma inércia que lhe é intrínseca, incompreensível para quem de fora criticamente observe segundo leis suas, por sua vez inacessíveis ao entendimento do observado, enfim, contentemo-nos com o pouco que formos capazes de compreender da vida dos outros, eles nos agradecem e talvez nos retribuam. Salvador não é de uns nem de outros, enervam-no as ausências prolongadas do hóspede, tão fora dos primeiros hábitos, já pensou em ir falar com o amigo Victor, mas no último instante reteve-o um subtil receio, ver-se envolvido em histórias que, acabando mal, podiam salpicá-lo também, ou pior. Dobrou de atenções para com Ricardo Reis, com esta atitude desorientando o pessoal, que não sabe já como há de comportar-se, perdoem-se-nos estes banais pormenores, nem sempre galinha nem sempre sardinha.

São assim as contradições da vida. Por estes dias houve notícia de que foi preso Luís Carlos Prestes, oxalá não venha a polícia a chamar Ricardo Reis para lhe perguntar se o conhecera no Brasil ou se ele fora doente seu, por estes dias denunciou a Alemanha o pacto de Locarno e ocupou a zona renana, tanto ameaçou que o fez, por estes dias foi inaugurado em Santa Clara um marco fontanário, com entusiasmo delirante dos moradores, que até agora não tinham mais remédio que abastecerem-se nas bocas de incêndio, aliás foi uma festa bonita, duas inocentes crianças, menino e menina, encheram duas bilhas de água, ouvindo-se então muitas palmas, muitos vivas, nobre povo, imortal, por estes dias chegou a Lisboa um célebre romeno chamado Manoilesco que disse, à chegada, A nova ideia, que se expande atualmente em Portugal, fez-me atravessar as suas fronteiras com o respeito de um discípulo e a profunda alegria de um crente, por estes dias discursou Churchill para proclamar que a Alemanha é já hoje a única nação europeia que não receia a guerra, por estes dias foi declarado ilegal o partido fascista Falange Espanhola e preso o seu dirigente José António Primo de Rivera, por estes dias se publicou o Desespero Humano de Kierkegaard, por estes dias, enfim, se estreou no Tivoli a fita Bozambo, que mostra o benemérito esforço dos brancos para anularem o terrível espírito guerreiro dos povos primitivos, por estes dias, e Ricardo Reis outra coisa não tem feito que procurar casa, dia após dia. Já desespera, folheia desanimadamente os jornais, que tudo lhe dizem menos o que quer, dizem-lhe que morreu Venizelos, dizem-lhe que por Ortins de Bettencourt foi dito que um internacionalista não pode ser militar nem sequer pode ser português, dizem-lhe que choveu ontem, dizem-lhe que a onda vermelha cresce em Espanha, dizem-lhe que por sete escudos e cinquenta centavos pode comprar as Cartas da Religiosa Portuguesa, não lhe dizem onde está a casa de que precisa. Apesar dos bons modos de Salvador, tornou-se-lhe irrespirável a atmosfera do Hotel Bragança, tanto mais que saindo não perderá Lídia, ela lho prometeu, assim garantindo a satisfação das conhecidas necessidades. De Fernando Pessoa tem-se lembrado pouco, como se a imagem dele se fosse desvanecendo com a memória que dele tem, ou melhor, é como um retrato exposto à luz que lhe vai apagando as feições, ou uma coroa mortuária com as suas flores de pano cada vez mais pálidas, ele o disse. Nove meses, falta saber se chegarão a ser tantos. Fernando Pessoa não tem aparecido, será capricho seu, mau humor, despeito sentimental, ou porque, morto, não possa escapar a obrigações do seu estado, é uma hipótese, afinal nada sabemos da vida no além, e Ricardo Reis, que bem lho podia ter perguntado, não se lembrou, nós, os vivos, somos egoístas e duros de coração. Os dias vão passando, monótonos, cinzentos, agora anunciam-se novos temporais no Ribatejo, cheias mortais, gado que vai arrastado na corrente, casas que se desmoronam e tornam à lama donde foram erguidas, das searas nem vestígio, sobre o imenso lago que cobre as lezírias apenas apontam algumas copas redondas dos salgueiros-chorões, as lanças desgrenhadas dos freixos e dos choupos, nos ramos altos prendem-se os fenos arrancados, os canolhos, em as águas baixando qualquer pode dizer, A cheia deu por ali, e vai parecer impossível. Ricardo Reis não é vítima nem testemunha destes desastres, lê as notícias, contempla as fotografias, Imagens da tragédia, é o título, e custa-lhe a acreditar na paciente crueldade do céu, que, tendo tantos modos de nos levar deste mundo, tão gostosamente escolhe o ferro e o fogo, e esta excessiva água. Vemo-lo aqui recostado num sofá da sala de estar, com o calorífero aceso, neste conforto de hotel, e se não tivéssemos o dom de ler nos corações não saberíamos que dolorosos pensamentos o ocupam, a miséria do próximo, bem próximo, a cinquenta, oitenta quilómetros de distância, e eu aqui, meditando no céu cruel e na indiferença dos deuses, que tudo é uma e mesmíssima coisa, enquanto ouço o Salvador dar ordem ao Pimenta que vá à tabacaria buscar os jornais espanhóis, enquanto reconheço os passos já inconfundíveis de Lídia, que sobe a escada para o segundo andar, e depois distraí-me, passo adiante às páginas dos anúncios, minha constante obsessão, alugam-se casas, sigo discretamente a coluna com o dedo indicador, não vá o Salvador espreitar e surpreender-me, de repente paro, casa mobilada, Rua de Santa Catarina, indemnização, e diante dos olhos, tão nítida como as fotografias da cheia, surge-me a imagem daquele prédio, o segundo andar com escritos, naquela tarde em que me encontrei com Marcenda, como foi que se me varreu da memória, agora mesmo irei lá, mas calmo, tranquilo, não há nada mais natural, acabei de ler o Diário de Notícias, dobro--o cuidadosamente, assim o encontrei, assim o deixo, não sou desses que abandonam as folhas espalhadas, e levanto-me, digo a Salvador, Vou dar uma volta, não chove, que explicação menos geral daria eu se ma exigissem, e quando isto pensa descobre que a sua relação com o hotel, ou com Salvador, é uma relação de dependência, olha-se a si mesmo e torna a ver-se aluno dos jesuítas, infringindo a disciplina e a regra sem nenhuma outra razão que existirem regra e disciplina, agora pior, porque não tem a simples coragem de dizer, Pst, ó Salvador, vou ver uma casa, se me servir largo o hotel, estou farto de si e do Pimenta, e de toda a gente, exceto a Lídia, claro, que merecia bem outra vida. Não diz tanto, diz só, Até já, e é como se pedisse desculpa, a cobardia não se declara apenas no campo de batalha ou à vista duma navalha aberta e apontada às trémulas vísceras, há pessoas que têm uma coragem gelatinosa, não têm culpa disso, nasceram assim.

Em poucos minutos chegou Ricardo Reis ao Alto de Santa Catarina. Sentados no mesmo banco estavam dois velhos a olhar o rio, voltaram-se quando ouviram passos, um deles disse ao outro, Este é o sujeito que esteve aqui há três semanas, não precisou de acrescentar pormenores, o outro confirmou, O da rapariga, naturalmente muitos outros homens e mulheres aqui têm vindo, de passagem ou com demora, porém os velhos sabem bem do que falam, é um erro pensar que com a velhice se perde a memória, que só a memória antiga se conservou e aos poucos aflora como ocultas frondes quando as águas plenas vão baixando, há uma memória terrível na velhice, a dos últimos dias, a imagem final do mundo, o último instante da vida, Era assim quando a deixei, não sei se vai continuar assim, dizem os velhos quando chegam ao lado de lá, hão de dizê-lo estes, mas a imagem de hoje não é a derradeira. Na porta da casa que estava para alugar havia um papel que informava, Para ver, dirigir-se ao procurador, a morada era na Baixa, tempo havia, Ricardo Reis correu ao Calhariz, tomou um táxi, voltou acompanhado de um homem gordo, Sim senhor, eu sou o procurador, que tinha a chave, subiram, esta é a casa, vasta, ampla, para numerosa família, uma mobília também de mogno escuro, profunda cama, alto guarda-fato, uma sala de jantar completa, o aparador, o guarda-prata, ou louças, dependendo das posses, a mesa extensível, e o escritório, de torcido e tremido pau-santo, com o tampo da secretária forrado de pano verde, como mesa de bilhar, puído num dos cantos, a cozinha, a casa de banho rudimentar, mas aceitável, porém todos os móveis estão nus e vazios, nenhuma peça de louça, nenhum lençol ou toalha, A pessoa que aqui viveu era uma senhora idosa, viúva, foi morar com os filhos, levou as suas coisas, a casa é alugada só com os móveis. Ricardo Reis aproximou-se duma janela, através da vidraça sem cortina viu as palmeiras do largo, o Adamastor, os velhos sentados no banco, e o rio sujo de barro lá adiante, os barcos de guerra com a proa virada para terra, por eles não se sabe se a maré está a encher ou a vazar, demorando aqui um pouco logo veremos, Quanto é a renda, quanto é a indemnização pela mobília, em meia hora, se tanto, com algum discreto regateio, se puseram de acordo, o procurador já tinha visto que estava a tratar com pessoa digna e de posição, Amanhã vossa excelência passa pelo meu escritório para tratarmos do arrendamento, e olhe, senhor doutor, deixo-lhe a chave, a casa é sua. Ricardo Reis agradeceu, fez questão de pagar um sinal acima do valor convencionado nestas transações, o procurador passou ali mesmo um recibo provisório, sentou-se à secretária, puxou da caneta de tinta permanente chapeada de enfeites de ouro, folhas e ramagens estilizadas, no silêncio da casa ouvia-se apenas o raspar do aparo no papel, a respiração um pouco sibilante, asmática, do homem, Pronto, aqui tem, não precisa vossa excelência de se incomodar, eu tomo um táxi, calculo que ainda queira ficar um bocadinho a saborear a sua nova casa, eu compreendo, as pessoas querem muito às casas, a senhora que aqui morava, coitada, o que ela chorou no dia em que saiu, ninguém a podia consolar, mas a vida às vezes obriga, a doença, a viuvez, o que tem de ser tem de ser e tem muita força, então lá o espero amanhã. Sozinho agora, com a chave na mão, Ricardo Reis percorreu de novo toda a casa, não pensava, olhava apenas, depois foi à janela, a proa dos barcos estava virada para cima, para montante, sinal de que a maré descia. Os velhos continuavam sentados no mesmo banco.

Nessa noite Ricardo Reis disse a Lídia que tinha alugado casa. Ela chorou algumas lágrimas, de pena de não o ter agora diante dos olhos a todas as horas, exagero seu, seu apaixonamento, que em todas o não podia ver, as noturnas sempre de luz apagada por causa dos espiões, as outras, matutinas e vesperais, a fugir, ou fingindo respeito excessivo quando na presença de testemunhas, assim oferecendo um espetáculo à malícia, por enquanto à espera de oportunidade para tirar completa desforra. Ele confortou-a, Deixa, vemo-nos nos teus dias de folga, com outro sossego, querendo tu, palavras estas que de antemão conheceriam a resposta, Então não hei de querer, já lhe tinha dito, e quando é que se muda para a sua casa, Assim que ela estiver em condições, mobília tenho eu, mas falta-lhe tudo, roupas, louças, não preciso de muita coisa, o mínimo para começar, umas toalhas, lençóis, cobertores, depois aos poucos e poucos irei pondo o resto, Se a casa tem estado fechada, há de precisar de ser limpa, eu vou lá, Que ideia, arranjo alguém ali do bairro, Não consinto, tem-me a mim, não precisa de chamar outra pessoa, És uma boa rapariga, Ora, sou como sou, e esta frase é das que não admitem réplica, cada um de nós devia saber muito bem quem é, pelo menos não nos têm faltado conselhos desde os gregos e latinos, conhece-te a ti mesmo, admiremos esta Lídia que parece não ter dúvidas.

No dia seguinte Ricardo Reis foi às lojas, comprou dois jogos completos de roupa de cama, toalhas de rosto, pés e banho, felizmente não tinha de preocupar-se com a água, o gás, a luz, não tinham sido cortados pelas respetivas companhias, se não quiser fazer contratos novos continuam em nome do inquilino anterior, isto disse-lhe o procurador, e ele concordou. Também comprou alguns esmaltes e alumínios, fervedouro para o leite, cafeteira, chávenas e pires, uns guardanapos, café, chá e açúcar, o que era preciso para a refeição da manhã, que almoço e jantar seriam fora. Divertia-se nestas tarefas, lembrado dos seus primeiros tempos no Rio de Janeiro, quando, sem ajuda de ninguém, cometera iguais trabalhos de instalação doméstica. Num intervalo destes passos escreveu uma carta breve a Marcenda, dava-lhe a nova morada, por coincidência extraordinária muito perto, ali mesmo, do sítio onde se tinham encontrado, é assim o vasto mundo, os homens, como os animais, têm o seu terreno de caça, o seu quintal ou galinheiro, a sua teia de aranha, e esta comparação é das melhores, também a aranha lançou um fio até ao Porto, outro até ao Rio, mas foram simples pontos de apoio, referências, pilares, blocos de amarração, no centro da teia é que se jogam a vida e o destino, da aranha e das moscas. Para o fim da tarde tomou Ricardo Reis um táxi, foi de loja em loja recolhendo os bens adquiridos, à última hora juntou-lhes uns bolos secos, umas frutas cristalizadas, bolachas também, a maria, a torrada, a de araruta. Levou tudo à Rua de Santa Catarina, chegou em hora que recolhiam os dois velhos a casa, lá nas profundas do bairro, enquanto Ricardo Reis retirou os embrulhos e os subiu, em três viagens, não se afastaram dali, viram acender-se as luzes no segundo andar, Olha, está a viver na casa que era da D. Luísa, só se afastaram quando o novo inquilino apareceu a uma janela, por trás dos vidros, iam nervosos, excitados, às vezes acontece, e ainda bem, quebra-se a monotonia da existência, parecia que tínhamos chegado ao fim da estrada e afinal era apenas uma curva a abrir para outra paisagem e novas curiosidades. Da sua janela sem cortinas Ricardo Reis olhava o largo rio, para poder ver melhor apagou a luz do quarto, onde estava, caía do céu uma poalha de luz cinzenta que escurecia ao pousar, sobre as águas pardas deslizavam os barcos cacilheiros já de fanais acesos, ladeando os navios de guerra, os cargueiros fundeados, e, quase a esconder-se por trás do perfil dos telhados, uma última fragata que se recolhe à doca, como um desenho infantil, tarde tão triste que do fundo da alma sobe uma vontade de chorar, aqui mesmo, com a testa apoiada na vidraça, separado do mundo pela névoa da respiração condensada na superfície lisa e fria, vendo aos poucos diluir-se a figura contorcida do Adamastor, perder sentido a sua fúria contra a figurinha verde que o desafia, invisível daqui e sem mais sentido do que ele. Fechara-se a noite quando Ricardo Reis saiu. Jantou na Rua dos Correeiros, num restaurante de sobreloja, de teto baixo, sozinho entre homens que estavam sozinhos, quem seriam, que vidas teriam, atraídos porquê a este lugar, mastigando o bacalhau ou a pescada cozida, o bife com batatas, quase todos servindo-se de vinho tinto, mais compostos de traje que de modos, batendo no copo para chamar o criado, palitando com esforço e volúpia dente por dente ou retirando com a pinça formada pelos dedos polegar e indicador o filamento, a fibra renitente, um que outro arrotando, folgando o cinto, desabotoando o colete, aliviando os suspensórios. Ricardo Reis pensou, Agora todas as minhas refeições serão assim, este barulho de talheres, estas vozes de criados dizendo para dentro Uma sopa, ou Meia de chocos, maneira abreviada de encomendar meia porção, estas vozes são baças, a atmosfera lúgubre, no prato frio a gordura coalha, não foi ainda levantada a mesa ao lado, há nódoas de vinho na toalha, restos de pão, um cigarro mal apagado, ah como é diferente a vida no Hotel Bragança, mesmo não sendo de primeira classe, Ricardo Reis sente uma violenta saudade de Ramón, a quem não obstante tornará a ver no dia seguinte, hoje é quinta-feira, só sairá no sábado. Sabe porém Ricardo Reis o que saudades destas costumam valer, tudo vai é dos hábitos, o hábito que se perde, o hábito que se ganha, está há tão pouco tempo em Lisboa, menos de três meses, e já o Rio de Janeiro lhe parece uma lembrança de um passado antigo, talvez doutra vida, não a sua, outra das inúmeras, e, assim pensando, admite que a esta mesma hora esteja Ricardo Reis jantando também no Porto, ou no Rio de Janeiro almoçando, senão em qualquer outro lugar da terra, se a dispersão foi tão longe. Em todo o dia não chovera, pôde fazer as suas compras com todo o sossego, sossegadamente está agora regressando ao hotel, quando lá chegar dirá a Salvador que sai no sábado, nada mais simples, saio no sábado, mas sente-se como o adolescente a quem, por se recusar o pai a dar-lhe a chave da casa, ousa tomá-la por suas mãos, fiando-se da força que costumam ter os factos consumados.

Salvador ainda está ao balcão, mas já disse a Pimenta que em saindo o último hóspede da sala de jantar irá para casa, um pouco mais cedo que o costume, tem a mulher engripada, É a fruta da época, disse o Pimenta, familiarmente, conhecem-se há tantos anos, e Salvador resmungou, Eu é que não posso adoecer, declaração sibilina de sentido vário, que tanto pode ser a lamentação de quem tem uma saúde de ferro como um aviso às potências maléficas da grande falta que ao hotel faria o seu gerente. Entrou Ricardo Reis, deu as boas-noites, em um segundo hesitou se deveria chamar Salvador de parte, pensou depois que seria ridículo o sigilo, murmurar, por exemplo, Olhe, senhor Salvador, eu bem não queria, desculpe, mas sabe como as coisas são, a vida dá muitas voltas, aos dias sucedem-se as noites, o caso é que vou sair do seu estimado hotel, arranjei casa, só espero que não me leve a mal, ficamos amigos como dantes, e de repente deu por si a suar de aflição, como se tivesse regressado à sua adolescência de educando de jesuítas, ajoelhado ao postigo do confessionário, eu menti, eu invejei, eu tive pensamentos impuros, eu toquei-me, agora aproxima-se do balcão, Salvador retribui as boas-noites, volta-se para trás para retirar a chave da escápula, então Ricardo Reis precipita-se, tem de soltar as palavras libertadoras antes que ele o olhe, apanhá-lo desprevenido, em desequilíbrio, agora a rasteira, O senhor Salvador fará o favor de tirar a minha conta, só fico no hotel até sábado, e tendo dito assim, com esta secura, logo se arrependeu, porque Salvador era a verdadeira imagem da surpresa magoada, vítima de uma deslealdade, ali com a chave na mão, não se trata assim um gerente que tão bom amigo se tem mostrado, o que deveriam ter feito era chamarem-no de parte, Olhe, senhor Salvador, eu bem não queria, desculpe, mas não, os hóspedes são todos uns ingratos e este o pior de todos, que aqui veio dar à costa, sempre bem tratado apesar de se ter metido aí com uma criada, outro eu fosse e tinha-os posto na rua, a ele e a ela, ou queixava-me à polícia, bem me preveniu o Victor, mas este meu bom coração, toda a gente abusa de mim, ah, mas juro que é a última vez que me apanham. Se os segundos e minutos fossem todos iguais, como os vemos traçados nos relógios, nem sempre teríamos tempo para explicar o que dentro deles se passa, o miolo que contêm, o que nos vale é que os episódios de mais extensa significação calham a dar-se nos segundos compridos e nos minutos longos, por isso é possível debater com demora e pormenor certos casos, sem infração escandalosa da mais subtil das três unidades dramáticas, que é, precisamente, o tempo. Num gesto vagaroso, Salvador entregou a chave, deu ao rosto uma expressão digna, falou em tom pausado, paternal, Espero que não seja por ter o nosso serviço desagradado em alguma coisa ao senhor doutor, e estas modestas e profissionais palavras comportam perigo de suscitar um equívoco, pela acerba ironia que facilmente encontraríamos nelas, se nos lembrarmos de Lídia, mas não, neste momento Salvador só quer exprimir a deceção, a mágoa, De modo algum, senhor Salvador, protestou com veemência Ricardo Reis, pelo contrário, o que acontece é que arranjei casa, resolvi ficar de vez em Lisboa, uma pessoa precisa de ter o seu próprio canto para viver, Ah, arranjou casa, então, se quiser, empresto-lhe o Pimenta para o ajudar a transportar as suas malas, se é em Lisboa, claro, É, é em Lisboa, mas eu tratarei disso, muito obrigado, qualquer moço de fretes as leva. O Pimenta, superiormente autorizado pela oferta liberal dos seus serviços, curioso por conta própria e adivinhando a curiosidade de Salvador, para onde será que ele vai morar, permitiu-se a confiança de insistir, Para que há de estar o senhor doutor a pagar a um moço, eu levo as malas, Não, Pimenta, muito obrigado, e, para prevenir outras insistências, Ricardo Reis fez adiantadamente o seu pequeno discurso de despedida, Quero dizer-lhe, senhor Salvador, que levo as melhores recordações do seu hotel, onde sempre fui muito bem tratado, onde sempre me senti como em minha própria casa, rodeado de cuidados e atenções inexcedíveis, e agradeço a todo o pessoal, sem exceção, o carinhoso ambiente de que me rodearam neste meu regresso à pátria, donde já não penso sair, a todos muito obrigado, não estavam ali todos, mas para o caso tanto fazia, discurso como este não o tornaria Ricardo Reis a fazer, tão ridículo se sentira enquanto falava, e, pior do que ridículo, usando involuntariamente palavras que bem poderiam ter acordado pensamentos sarcásticos nos seus ouvintes, era impossível que não tivessem pensado em Lídia quando ele próprio falava de cuidados, carinhos e atenções, por que será que as palavras se servem tantas vezes de nós, vemo-las a aproximarem-se, a ameaçarem, e não somos capazes de afastá-las, de calá-las, e assim acabamos por dizer o que não queríamos, é como o abismo irresistível, vamos cair e avançamos. Em poucas palavras retribuiu Salvador, nem precisaria, bastava-lhe por sua vez agradecer a honra de terem tido o doutor Ricardo Reis como hóspede, Não fizemos mais do que o nosso dever, eu e todo o pessoal iremos ter saudades do senhor doutor, não é verdade, ó Pimenta, com esta súbita pergunta desfez-se a solenidade do momento, parecia que apelava para a expressão de um sentimento unânime, e era o contrário disso, um piscar de olhos enfim malicioso, não sei se me estás a entender. Ricardo Reis entendeu, disse Boa noite, e subiu para o quarto, adivinhando que ficavam a falar nas suas costas, a dizer mal dele, e já pronunciando o nome de Lídia, que mais seria, o que não supunha é que fosse isto, Hás de ver, depois de amanhã, quem é o moço de fretes, quero saber para onde é que ele se muda.

Tem o relógio horas tão vazias que, breves mesmo, como de todas é costume dizermos, exceto aquelas a que estão destinados os episódios de significação extensa, consoante ficou antes demonstrado, são tão vazias, essas, que os ponteiros parece que infinitamente se arrastam, não passa a manhã, não se vai embora a tarde, a noite não acaba. Foi assim que Ricardo Reis viveu as suas últimas horas no hotel, quis, por inconsciente escrúpulo, que o vissem todo o tempo por ali, talvez para não parecer desagradecido e indiferente. De uma certa maneira lho reconheceram, quando Ramón disse, enquanto deitava a sopa no prato, Então o senhor doutor vai-se embora, palavras que foram de uma grande tristeza, como só as sabem dizer humildes servidores. Salvador gastou o nome de Lídia, chamava-a por tudo e por nada, dava-lhe ordens e logo contraordens, e de cada vez perscrutava-lhe atentamente as atitudes, o rosto, os olhos, à espera de encontrar sinais de desgosto, vestígios de lágrimas, o natural em mulher que vai ser abandonada e já o sabe. Porém, nunca se viu paz e serenidade como estas, parece a criatura que não lhe pesam erros na consciência, fraquezas da carne, ou calculada venda, e Salvador irrita-se por não ter punido a imoralidade logo à nascença da suspeita ou quando se tornou facto público e notório, começando pelas murmurações de cozinha e arrecadação, agora é tarde, o hóspede vai-se embora, o melhor é não mexer na lama, tanto mais que, examinando-se a si mesmo, não se vê isento de culpas, soube e calou-se, foi cúmplice, Tive foi pena dele, vinha lá do Brasil, do sertão, sem família à espera, tratei-o como a um parente, e afinal das contas, três ou quatro vezes teve este pensamento absolutório, agora em voz alta, Quando o duzentos e um ficar vago quero uma limpeza total, de alto a baixo, vai para lá uma distinta família de Granada, e retirando-se Lídia depois de ouvida a ordem, ficou a olhar-lhe a redondez das nádegas, até hoje tem sido um honesto gerente, incapaz de misturar o serviço com o abuso, mas desta vez há uma desforra a tirar, Ou consente, ou vai para a rua, tenhamos esperança de que não passe de desabafo, são muitos os homens que se atemorizam ao chegar a hora.

No sábado, depois do almoço, Ricardo Reis foi ao Chiado, ali contratou os serviços de dois moços de fretes, e, para não descer com eles a Rua do Alecrim, em guarda de honra, marcou hora para estarem no hotel. Esperou-os no quarto, com aquela mesma impressão de desgarramento que sentira quando viu caírem os cabos que amarravam o Highland Brigade ao cais do Rio de Janeiro, está sozinho, sentado no sofá, Lídia não vai aparecer, assim o combinaram. Um tropel de passos pesados no corredor anuncia os moços de fretes, vem com eles o Pimenta, desta vez não tem que fazer força, quando muito ajudará com o mesmo gesto que fizeram Ricardo Reis e Salvador quando teve ele de transportar esta mala pesada, a grande, uma mãozinha por baixo, um aviso na escada, um conselho, escusados são a quem de cargas aprendeu a ciência toda. Foi Ricardo Reis despedir-se de Salvador, deixou uma gorjeta generosa para o pessoal, Distribuirá como entender, o gerente agradece, alguns hóspedes que por ali andam sorriem de ver como neste hotel se criam boas amizades, um aperto de mão, quase um abraço, aos espanhóis comove-os a harmonia, não admira, vem-

-lhes à ideia o seu país dividido, são estas as contradições peninsulares. Em baixo, na rua, Pimenta já perguntou aos moços de fretes para onde é o transporte, mas eles não sabem, o patrão não disse, um deles admitiu que fosse para perto, o outro duvidou, para o caso tanto faz, Pimenta conhece os dois homens, um deles até já fez serviço para o hotel, o poiso é no Chiado, quando quiser tirar a limpo este caso não terá de ir longe. Ricardo Reis diz, Lá lhe ficou uma lembrança, o Pimenta responde, Muito obrigado ao senhor doutor, quando quiser alguma coisa é só dizer, todas estas palavras são inúteis, e isso ainda é o melhor que podemos dizer delas, quase todas, em verdade, hipócritas, razão tinha aquele francês que disse que a palavra foi dada ao homem para disfarçar o pensamento, enfim, teria razão o tal, são questões sobre as quais não devemos fazer juízos perentórios, o mais certo é ser a palavra o melhor que se pôde arranjar, a tentativa sempre frustrada para exprimir isso a que, por palavra, chamamos pensamento. Os dois moços de fretes já sabem aonde devem levar as malas, Ricardo Reis disse-o depois de se ter retirado Pimenta, e agora sobem a rua, vão pela calçada para maior desafogo do transporte, não é grande carrego para quem já tem transportado pianos e outras avantesmas a pau e corda, à frente vai Ricardo Reis, afastado o suficiente para não parecer que é o guia desta expedição, perto bastante para que se sintam acompanhados os carregadores, não há nada mais melindroso que estas relações de classes, a paz social é uma questão de tato, de finura, de psicologia, para tudo dizer numa palavra só, à vez três vezes, se ela ou elas coincidem rigorosamente com o pensamento é problema a cujo deslindamento já tínhamos renunciado. A meio da rua têm os moços de fretes de chegar-se para um lado, e então aproveitam para arrear a carga, respirar um pouco, porque vem descendo uma fila de carros elétricos apinhados de gente loura de cabelo e rosada de pele, são alemães excursionistas, operários da Frente Alemã do Trabalho, quase todos vestidos à moda bávara, de calção, camisa e suspensórios, o chapelinho de aba estreita, pode-se ver facilmente porque alguns dos elétricos são abertos, gaiolas ambulantes por onde a chuva entra quando quer, de pouco valendo os estores de lona às riscas, que irão dizer da nossa civilização portuguesa estes trabalhadores arianos, filhos de tão apurada raça, que estarão eles pensando agora mesmo dos labregos que param para os ver passar, aquele homem moreno, de gabardina clara, estes dois de barba crescida, mal vestidos e sujos, que metem o ombro à carga e recomeçam a subir, enquanto os últimos elétricos vão passando, vinte e três foram, se alguém teve a paciência de contá-los, a caminho da Torre de Belém, do Mosteiro dos Jerónimos, e outras maravilhas de Lisboa, como Algés, Dafundo e Cruz Quebrada.

De cabeça baixa atravessaram os moços de fretes a praça onde está a estátua do épico, efeito que seria da carga, de cabeça baixa os seguiu Ricardo Reis, efeito que é da vergonha de ir assim à ligeira, de mãos nos bolsos, nem sequer trouxera do Brasil um papagaio, e se calhar ainda bem, que não teria coragem de percorrer estas ruas levando num poleiro o estúpido animal, e as pessoas a meterem-se com ele, Dá cá o pé, ó louro, se o teriam dito, por graça lusitana, aos alemães passeados nos elétricos. Estamos perto. Ao fundo desta rua já se veem as palmeiras do Alto de Santa Catarina, dos montes da Outra Banda assomam pesadas nuvens que são como mulheres gordas à janela, metáfora que faria encolher os ombros de desprezo a Ricardo Reis, para quem, poeticamente, as nuvens mal existem, por uma vez escassas, outra fugidia, branca e tão inútil, se chove é só de um céu que escureceu porque Apolo velou a sua face. Esta é a porta de entrada da minha casa, eis a chave e a escada, o patamar primeiro, o segundo, aqui vou habitar, não se abriram janelas quando chegámos, não se abrem outras portas, neste prédio parece que se juntaram a morar as pessoas menos curiosas de Lisboa, ou espreitam pelos ralos, fulgurando a pupila, agora entremos todos, as duas malas pequenas, a maior, repartindo o esforço, paga-se o preço ajustado, a esperada gorjeta, cheira a intenso suor, Quando tornar a precisar da gente, patrão, estamos sempre ali, não duvidou Ricardo Reis, se com tanta firmeza o diziam, mas não respondeu, E eu sempre aqui estarei, um homem, se estudou, aprende a duvidar, muito mais sendo os deuses tão inconstantes, certos apenas, eles por ciência, nós por experiência, de que tudo acaba, e o sempre antes do resto. Desceram os carregadores, Ricardo Reis fechou a porta do patamar. Depois, sem acender nenhuma luz, percorreu toda a casa, sonoramente ecoavam os seus passos no soalho nu, entre os móveis esparsos, vazios, cheirando a naftalina velha, a antigos papéis de seda que ainda forram algumas gavetas, ao cotão que se enrola pelos cantos, e, crescendo de intensidade para os lados da cozinha e da casa de banho, a exalação dos canos de esgoto, rebaixado o nível da água nos sifões. Ricardo Reis abriu torneiras, puxou uma e outra vez o cordão do autoclismo, a casa encheu-se de rumores, o correr da água, o vibrar dos canos, o bater do contador, depois aos poucos o silêncio voltou. Nas traseiras do prédio há quintais com alguma roupa estendida, pequenos canteiros de hortaliças cor de cinza, selhas, tanques de cimento, a casota de um cão, coelheiras e galinheiros, olhando-os refletiu Ricardo Reis no enigma semântico de ter dado coelho coelheira e galinha galinheiro, cada género transitando para o seu contrário, ou oposto, ou complementar, segundo o ponto de vista e o humor da ocasião. Voltou à parte da frente da casa, ao quarto, olhou pela janela suja a rua deserta, o céu agora coberto, lá estava, lívido contra a cor plúmbea das nuvens, o Adamastor bramindo em silêncio, algumas pessoas contemplavam os navios, de vez em quando levantavam a cabeça para ver se a chuva vinha, os dois velhos conversavam sentados no mesmo banco, então Ricardo Reis sorriu, Bem feito, estavam tão distraídos que nem deram pela chegada das malas, sentia-se divertido como se tivesse acabado de pregar uma partida inocente, de amizade, ele que nunca fora dessas brincadeiras. Ainda estava de gabardina vestida, era como se aqui tivesse entrado para logo sair, visita de médico, segundo o cético dito popular, ou rápida inspeção de um lugar onde talvez venha a viver um dia, e afinal, disse-o em voz alta, como um recado que não deveria esquecer, Eu moro aqui, é aqui que eu moro, é esta a minha casa, é esta, não tenho outra, então cercou-o um súbito medo, o medo de quem, em funda cave, empurra uma porta que abre para a escuridão doutra cave ainda mais funda, ou para a ausência, o vazio, o nada, a passagem para um não ser. Despiu a gabardina e o casaco, e sentiu frio. Como se estivesse a repetir gestos já feitos em outra vida, foi abrir as malas, metodicamente despejou-as, as roupas, os sapatos, os papéis, os livros, e também todos os outros miúdos objetos, necessários ou inúteis, que vamos transportando connosco de morada em morada, fios cruzados de um casulo, encontrou o roupão de quarto, que vestiu, agora já é um homem em sua casa. Acendeu a lâmpada pendente do teto, teria de comprar uma túlipa, um abajur, um globo, um quebra-luz, qualquer destas palavras servirá desde que não lhe ofusque os olhos, como agora sucede. Alheado pelas arrumações, não se apercebeu logo de que começara a chover, mas um golpe brusco de vento atirou contra as vidraças um rufo de água, Que tempo este, aproximou-se da janela para olhar a rua, lá estavam os velhos no passeio fronteiro, como insetos atraídos pela luz, e ambos eram soturnos como insetos, um alto, outro baixo, cada qual com o seu guarda-chuva, de cabeça levantada como o louva-a-deus, desta vez não se intimidaram com o vulto que aparecera e os observara, foi preciso aumentar a chuva para que se decidissem a descer a rua, a fugir à água que escorria dos beirais, chegando a casa os repreenderão as mulheres, se as têm, Todo molhado, homem, capaz de me apanhares uma pneumonia, depois cá está a escrava para tratar do senhor, e eles dirão, A casa da D. Luísa já tem gente, é um senhor sozinho, não se vê mais ninguém, Imaginem, uma casa tão grande para um homem só, mal empregada, pergunte-se como saberão elas que a casa é grande, resposta certa não há, pode ser que no tempo da D. Luísa lá tenham trabalhado a dias, as mulheres desta classe deitam mão ao que calha quando os ganhos do homem são poucos ou ele os sonega para gastar em vinho e amantes, e então lá vão as infelizes esfregar escadas e lavar roupas, algumas especializam-se, lavam só roupa ou esfregam só escadas, e assim se tornam mestras no ofício, têm preceitos, brio na brancura dos lençóis e no amarelinho dos degraus, daqueles se dirá que a toalhas de altar poderiam servir, destes que sem nojo se comeria a marmelada que

neles caísse, aonde já nos leva a digressão oratória. Agora, com o céu coberto, a noite não tarda. Quando os velhos estavam no passeio, a olhar para cima, parecia que tinham a cara à luz clara do dia, efeito só da branca barba de oito dias, nem por ser hoje sábado foram sentar-se na cadeira do barbeiro, se lá vão, provavelmente usam navalha, e amanhã, estando levantado o tempo, aparecem aí com as faces escanhoadas, crespas de rugas e pedra-ume, brancos só de cabelo, do mais baixo falamos, que o alto não tem senão umas desanimadas farripas por cima das orelhas, enfim, tornando ao ponto de partida, quando lá estavam, no passeio, era ainda dia, se bem que em despedida, então, tendo mirado com algum descanso o inquilino do segundo andar e apertando a chuva, puseram-se a descer a rua, andando foram e o dia escurecendo, chegados àquela esquina era já noite cerrada. Valeu terem-se acendido os candeeiros, cobriram-se de pérolas as vidraças, mas destes lampiões há que dizer que não foi como certamente há de ser um dia, sem mão visível de homem, quando a fada eletricidade, com sua varinha de condão, chegar ao Alto de Santa Catarina e adjacências, todos gloriosamente acendidos ao mesmo tempo, hoje temos de esperar que venham acendê-los, um a um, com a ponta da vara ateada abre o homem o postigo do candeeiro, com o gancho roda a torneira do gás, enfim este fogo de santelmo vai deixando pelas ruas da cidade sinais de ter passado, um homem leva consigo a luz, é o cometa Halley com seu rasto sideral, assim estariam os deuses olhando lá de cima a Prometeu, porém chama-se António este caga-
-lume. Ricardo Reis tem a testa gelada, apoiou-a na vidraça e ali se esqueceu, vendo cair a chuva, depois ouvindo-lhe apenas o rumor, até que veio o acendedor dos candeeiros,

então ficou cada lampião com seu fulgor e aura, sobre as costas de Adamastor cai uma já esmorecida luz, rebrilha o dorso hercúleo, será da água que vem do céu, será um suor de agonia por ter a doce Tétis sorrido de escárnio e maldizendo, Qual será o amor bastante de ninfa, que sustente o dum gigante, agora já ele sabe o que valiam as prometidas abondanças. Lisboa é um grande silêncio que rumoreja, nada mais.

Voltou Ricardo Reis aos seus arranjos domésticos, arrumou os fatos, as camisas, os lenços, as peúgas, peça por peça, como se estivesse ordenando uma ode sáfica, laboriosamente lutando com a métrica relutante, esta cor de gravata que, pendurada, requer uma cor de fato por comprar. Sobre o colchão que foi de D. Luísa e deixaram ficar, decerto não aquele onde em recuados anos perdeu a virgindade, mas onde terá sangrado para o último filho, onde agonizou e acabou o caro esposo, juiz da Relação, sobre este colchão estendeu Ricardo Reis os seus lençóis novos, ainda cheirando a pano, os dois cobertores de papa, a colcha clara, meteu nas fronhas o travesseiro e a almofada de lã, faz o melhor que pode, com a sua masculina falta de jeito, um dia destes virá Lídia, talvez amanhã, compor com as mágicas mãos, por de mulher serem, este desalinho, esta aflição resignada das coisas mal arrumadas. Leva Ricardo Reis as malas para a cozinha, pendura na gélida casa de banho as toalhas, num armarinho branco que cheira a bafio guarda os objetos de toilette, já vimos que é homem cuidadoso com a sua aparência, apenas por um sentimento de dignidade, enfim não tem mais que fazer senão arrumar os livros e os papéis na estante do escritório, negra e retorcida, na secretária, tremida e negra, agora está em casa, sabe onde são os seus pontos de apoio, a rosa dos ventos, norte, sul, leste, oeste, acaso virá por aí uma tempestade magnética que endoideça esta bússola.

São sete e meia, a chuva não parou. Ricardo Reis sentou-se na borda da cama alta, olhou o triste quarto, a janela sem cortinas nem cortinados, lembrou-se de que os vizinhos da frente talvez o estivessem espiando curiosos, segredando uns com os outros, Vê-se tudo lá para dentro, e aguçam a bisbilhotice para o futuro desfrute de espetáculos mais estimulantes que este de estar um homem sentado na borda duma cama antiga, sozinho, com o rosto escondido numa nuvem, mas Ricardo Reis levantou-se e foi fechar as portadas interiores, agora o quarto é uma cela, quatro paredes cegas, a porta, se a abrisse, daria para outra porta, ou para uma cave escura e funda, dissemo-lo uma vez, esta se dispensava. Daqui a pouco, no Hotel Bragança, o maître Afonso vai fazer soar no irrisório gongo as três pancadinhas de Vatel, descerão os hóspedes portugueses e os hóspedes espanhóis, nuestros hermanos, los hermanos suyos, Salvador a todos sorrirá, senhor Fonseca, senhor doutor Pascoal, minha senhora, Don Camilo y Don Lorenzo, e o novo hóspede do duzentos e um, seguramente o duque de Alba ou de Medinaceli, arrastando a espada Colada, pondo um ducado na mão estendida de Lídia, que, como serva, faz genuflexão e suporta, sorrindo, o beliscão na polpa do braço. Ramón trará a canja, Hoje está uma especialidade, e não mente, que da profunda terrina sobe o recendente perfume da galinha, dos pratos covos evola-se o vapor capitoso, não deverá surpreender-nos que o estômago de Ricardo Reis dê sinal, em verdade são horas de jantar. Porém, chove. Mesmo com as portadas da janela fechadas ouve-se o estalar da água caindo sobre os passeios, dos beirais, dos algerozes rotos, quem aí haverá tão atrevido que saia à rua com um tempo destes, se não for por obrigação extrema, salvar o pai da forca, por exemplo, é uma sugestão para quem ainda o tiver vivo. A sala de jantar do Hotel Bragança é o paraíso perdido, e, como paraíso que se perdeu, gostaria Ricardo Reis de lá tornar, mas ficar não. Vai à procura dos pacotes dos bolos secos, das frutas cristalizadas, com eles engana a fome, para beber só tem a água da torneira, a saber a fénico, assim desmunidos se devem ter sentido Adão e Eva naquela primeira noite depois de expulsos do éden, por sinal que também caía água que Deus a dava, ficaram os dois no vão da porta, Eva perguntou a Adão, Queres uma bolacha, e como justamente tinha só uma, partiu-a em dois bocados, deu-lhe a parte maior, foi daí que nos veio o costume. Adão mastiga devagar, olhando Eva que debica o seu pedacito, inclinando a cabeça como uma ave curiosa. Para além desta porta, fechada para sempre, lhe tinha ela dado a maçã, ofereceu-a sem intenção de malícia nem conselho de serpente, porque nua estava, por isso se diz que Adão só quando trincou a maçã é que reparou que ela estava nua, como Eva que ainda não teve tempo de se vestir, por enquanto é como os lírios do campo, que não fiam nem tecem. Na soleira da porta passaram os dois a noite bem, com uma bolacha por ceia, Deus, do outro lado, ouvia-os triste, excluído de um festim que fora dispensado de prover, e que não previra, mais tarde se inventará um outro dito, Onde se reunirem homem e mulher, Deus estará entre eles, por estas novas palavras aprenderemos que o paraíso, afinal, não era onde nos tinham dito, é aqui, ali aonde Deus terá de ir, de cada vez, se quiser reconhecer-lhe o gosto. Mas nesta casa, não. Ricardo Reis está sozinho, enjoou-o a doçura intensa da pera cristalizada, pera, não maçã, é bem verdade que as tentações já não são nada do que eram dantes. Foi à casa de banho lavar as mãos pegajosas, a boca, os dentes, não suporta esta dolceza, palavra que não é portuguesa nem espanhola, apenas arremeda o italiano, mas é a única que, propriamente falando, lhe sabe bem dizer neste momento. A solidão pesa-lhe como a noite, a noite prende-o como visco, pelo estreito e comprido corredor, sob a luz esverdeada que desce do teto, é um animal submarino pesado de movimentos, uma tartaruga indefesa, sem carapaça. Vai sentar-se à secretária, mexe nos seus papéis com versos, odes lhes chamou e assim ficaram, porque tudo tem de levar seu nome, lê aqui e além, e a si mesmo pergunta se é ele, este, o que os escreveu, porque lendo não se reconhece no que está escrito, foi outro esse desprendido, calmo e resignado homem, por isso mesmo quase deus, porque os deuses é assim que são, resignados, calmos, desprendidos, assistindo mortos. De um modo confuso pensa que precisa de organizar a sua vida, o tempo, decidir que uso fará de manhã, tarde e noite, deitar cedo e cedo erguer, procurar um ou dois restaurantes que sirvam uma comida sã e simples, rever e emendar os poemas para o livro de um futuro dia, procurar casa para consultório, conhecer gente, viajar pelo país, ir ao Porto, a Coimbra, visitar o doutor Sampaio, encontrar por acaso Marcenda no Choupal, neste momento deixou de pensar em projetos e intenções, teve pena da inválida, depois a pena transferiu-se para si mesmo, era piedade de si mesmo, Aqui sentado, estas duas palavras escreveu-as como o princípio de um poema, mas logo se lembrou de que em um dia passado escrevera, Seguro assento na coluna firme dos versos em que fico, quem um tal testamento redigiu alguma vez não pode ditar outro contrário.

Ainda não são dez horas quando Ricardo Reis se vai deitar. A chuva continua a cair. Levou um livro para a cama, pegara em dois mas deixou pelo caminho o deus do labirinto, ao fim de dez páginas do Sermão da Primeira Dominga da Quaresma sentiu que se lhe gelavam as mãos, assim por fora dos cobertores, não bastava para aquecê-las estar lendo estas palavras ardentes, Revolvei a vossa casa, buscai a coisa mais vil de toda ela, e achareis que é a vossa própria alma, pousou o livro na mesa de cabeceira, aconchegou-se com um rápido arrepio, puxou a dobra do lençol até à boca, fechou os olhos. Sabia que deveria apagar a luz, mas, quando o fizesse, sentir-se-ia na obrigação de adormecer, e isso ainda não queria. Em noites assim frias costumava Lídia pôr-lhe uma botija de água quente entre os lençóis, a quem o estará ela fazendo agora, ao duque de Medinaceli, sossega coração cioso, o duque trouxe a duquesa, quem à passagem beliscou o braço de Lídia foi o outro duque, o de Alba, mas esse é velho, doente e impotente, traz uma espada de lata, jura que é a Colada do Cid Campeador, passada de pais a filhos na família dos Albas, até um grande de Espanha é capaz de mentir. Sem o perceber, Ricardo Reis já dormia, soube-o quando acordou, sobressaltado, alguém lhe tinha batido à porta, Será Lídia, que teve artes de sair do hotel e vir, por esta chuva, passar comigo a noite, imprudente mulher, depois pensou, Estava a sonhar, e assim parecia, que outro rumor não se ouviu durante um minuto, Talvez haja fantasmas na casa, por isso a não tinham conseguido alugar, tão central, tão ampla, outra vez bateram, truz, truz, truz, segredadamente, para não assustar. Levantou-se Ricardo Reis, enfiou os pés nos chinelos, envolveu-se no roupão, atravessou pé ante pé o quarto, saiu ao corredor a tiritar, e perguntou olhando a porta como se ela o ameaçasse, Quem é, a voz saiu-lhe rouca e trémula, pigarreou, tornou a perguntar, a resposta veio num murmúrio, Sou eu, não era nenhum fantasma, era Fernando Pessoa, logo hoje se havia de ter lembrado. Abriu, e era mesmo ele, com o seu fatinho preto, em cabelo, sem capa nem chapéu, improvável da cabeça aos pés, mais ainda porque, chegado da rua, nem um pingo de água o molhava, Posso entrar, perguntou, Até agora nunca me pediu licença, não sei que escrúpulo lhe deu de repente, A situação é nova, você já está na sua casa, e, como dizem os ingleses que me educaram, a casa de um homem é o seu castelo, Entre, mas olhe que eu estava deitado, Dormia, Julgo que tinha adormecido, Comigo não tem de fazer cerimónia, na cama estava, para a cama volta, eu fico só uns minutos. Ricardo Reis enfiou-se nos lençóis rapidamente, a bater o queixo, de frio, mas também do temor remanescente, nem despiu o roupão. Fernando Pessoa sentou-se numa cadeira, traçou a perna, cruzou as mãos sobre os joelhos, depois olhou em redor com ar crítico, Então foi para aqui que você veio morar, Parece que sim, Acho um bocado triste, As casas que estiveram muito tempo desocupadas têm todas este ar, E vai viver aqui sozinho, uma pessoa só, Pelos vistos, não, ainda hoje me mudei, e já tenho a sua visita, Eu não conto, não sou companhia, Contou o suficiente para me ter obrigado a sair da cama, com um frio destes, só para lhe abrir a porta, ainda acabo por ter de lhe dar uma chave, Não saberia servir-me dela, se eu pudesse atravessar as paredes evitava-se este incómodo, Deixe lá, não tome as minhas palavras como uma censura, deu-me até muito gosto que tivesse aparecido, esta primeira noite, provavelmente, não ia ser fácil, Medo, Assustei-me um pouco quando ouvi bater, não me lembrei que pudesse ser você, mas não estava com medo, era apenas a solidão, Ora, a solidão, ainda vai ter de aprender muito para saber o que isso é, Sempre vivi só, Também eu, mas a solidão não é viver só, a solidão é não sermos capazes de fazer companhia a alguém ou a alguma coisa que está dentro de nós, a solidão não é uma árvore no meio duma planície onde só ela esteja, é a distância entre a seiva profunda e a casca, entre a folha e a raiz, Você está a tresvariar, tudo quanto menciona está ligado entre si, aí não há nenhuma solidão, Deixemos a árvore, olhe para dentro de si e veja a solidão, Como disse o outro, solitário andar por entre a gente, Pior do que isso, solitário estar onde nem nós próprios estamos, Está hoje de péssimo humor, Tenho os meus dias, Não era dessa solidão que eu falava, mas doutra, esta de andar connosco, a suportável, a que nos faz companhia, Até essa tem que se lhe diga, às vezes não conseguimos aguentá-la, suplicamos uma presença, uma voz, outras vezes essa mesma voz e essa mesma presença só servem para a tornar intolerável, É isso possível, É, no outro dia, quando nos encontrámos ali no miradouro, lembra-se, estava você à espera daquela sua namorada, Já lhe disse que não é minha namorada, Pronto, não se zangue, mas pode vir a sê-lo, sabe lá você o que o dia de amanhã lhe reserva, Eu até tenho idade para ser pai dela, E daí, Mude de assunto, conte o resto da sua história, Foi a propósito de você ter estado com gripe, lembrei-me de um pequeno episódio da minha doença, esta última, final e derradeira, O que aí vai de pleonasmos, o seu estilo piorou muito, A morte também é pleonástica, é mesmo a mais pleonástica de todas as coisas, O resto, Foi lá a casa um médico, eu estava deitado, no quarto, a minha irmã abriu a porta, A sua meia-irmã, aliás a vida está cheia de meios-irmãos, Que quer dizer com isso, Nada de especial, continue, Abriu a porta e disse para o médico entre senhor doutor está aqui este inútil, o inútil era eu, é claro, como vê a solidão não tem nenhum limite, está em toda a parte, Alguma vez se sentiu realmente inútil, É difícil responder, pelo menos não me lembro de me ter sentido verdadeiramente útil, creio mesmo que é essa a primeira solidão, não nos sentirmos úteis, Ainda que os outros pensem ou nós os levemos a pensar o contrário, Os outros enganam-se muitas vezes, Também nós. Fernando Pessoa levantou-se, entreabriu as portadas da janela, olhou para fora, Imperdoável esquecimento, disse, não ter posto o Adamastor na Mensagem, um gigante tão fácil, de tão clara lição simbólica, Vê-o daí, Vejo, pobre criatura, serviu-se o Camões dele para queixumes de amor que provavelmente lhe estavam na alma, e para profecias menos do que óbvias, anunciar naufrágios a quem anda no mar, para isso não são precisos dons divinatórios particulares, Profetizar desgraças sempre foi sinal de solidão, tivesse correspondido Tétis ao amor do gigante e outro teria sido o discurso dele. Fernando Pessoa estava outra vez sentado, na mesma posição, Ainda se demora, perguntou Ricardo Reis, Porquê, Tenho sono, Não se importe comigo, durma quando quiser, a não ser que a minha presença o incomode, O que me incomoda é vê-lo aí sentado, assim, ao frio, Eu não preciso de agasalhos, até podia estar em mangas de camisa, mas você não deve dormir de roupão vestido, é impróprio, Vou já tirá-lo. Fernando Pessoa estendeu-lhe o roupão sobre a colcha, aconchegou os cobertores, alinhou a dobra do lençol, maternalmente, Agora durma, Olhe, Fernando, faça-me um favor, apague a luz, para si não deve ter importância ficar às escuras. Fernando Pessoa foi ao interruptor, o quarto ficou em súbita escuridão, depois, muito devagar, a claridade dos candeeiros da rua foi-se insinuando pelas frinchas da janela, uma faixa luminosa, ténue, indecisa poalha, projetou-se na parede. Ricardo Reis fechou os olhos, murmurou, Boa noite, Fernando, pareceu-lhe que passara muito tempo quando ouviu a resposta, Boa noite, Ricardo, ainda contou até cem, ou julgou ter contado, abriu os olhos pesados, Fernando Pessoa continuava sentado na mesma cadeira, com as mãos cruzadas sobre o joelho, imagem de abandono, de última solidão, porquê, talvez porque está sem óculos, pensou Ricardo Reis, e isto lhe pareceu, no confuso sonho, a mais terrível das desgraças. Lá pelo meio da noite acordou, a chuva parara, o mundo viajava através do espaço silencioso. Fernando Pessoa não mudara de posição, olhava na direção da cama, sem nenhuma expressão, como uma estátua de olhos lisos. Muito mais tarde, tornou Ricardo Reis a acordar, uma porta batera. Fernando Pessoa já não estava no quarto, saíra com a primeira luz do amanhecer.

Como igualmente se tem visto em outros tempos e lugares, são muitas as contrariedades da vida. Quando Ricardo Reis acordou, manhã alta, sentiu na casa uma presença, talvez não fosse ainda a solidão, era o silêncio, meio-irmão dela. Durante alguns minutos viu fugir-lhe o ânimo como se assistisse ao correr da areia numa ampulheta, fatigadíssima comparação que, apesar de o ser, sempre regressa, um dia a dispensaremos, quando, por termos uma longa vida de duzentos anos, formos nós próprios a ampulheta, atentos à areia que em nós corre, hoje não, que a vida, curta sendo, não dá para contemplações. Mas era de contrariedades que falávamos. Quando Ricardo Reis se levantou e foi à cozinha para acender o esquentador e o bico do gás, descobriu que estava sem fósforos, esquecera-se de os comprar. E como um esquecimento nunca vem só, viu que lhe faltava também o saco de fazer o café, é bem verdade que um homem sozinho não vale nada. A solução mais fácil, por mais próxima, seria ir bater à porta dos vizinhos, o de baixo ou o de cima, Queira desculpar, minha senhora, sou o novo inquilino do segundo andar, mudei-me para cá ontem, agora queria fazer o café, tomar banho, fazer a barba, e estou sem fósforos, também me falta o saco do café, mas isso ainda é o menos, passo sem ele, tenho um pacote de chá, disso não me esqueci, o pior é o banho, se me emprestasse um fósforo, muito obrigado, desculpe ter vindo incomodá-la. Sendo os homens irmãos uns dos outros, ainda que meios, nada mais natural, e nem deveria ter de sair para o frio da escada, vinham aí perguntar-lhe, Precisa de alguma coisa, dei por que se mudou ontem, já se sabe que nas mudanças é assim, se não faltam os fósforos, esqueceu o sal, se veio o sabão, perdeu-se o esfregão para ele, os vizinhos são para as ocasiões. Ricardo Reis não foi pedir socorro, ninguém desceu ou subiu a oferecer préstimos, então não teve mais remédio que vestir-se, calçar-se, pôs um cachecol a esconder a barba crescida, enterrou o chapéu pela cabeça abaixo, irritado por se ter esquecido, ainda mais por ter de sair à rua neste preparo, à procura de fósforos. Foi primeiro à janela, a ver que tempo estava, céu coberto, chuva nenhuma, o Adamastor sozinho, ainda é cedo para virem os velhos a ver os navios, a esta hora estarão em casa a fazer a barba, com água fria, e daí talvez não, talvez as cansadas mulheres lhes aqueçam um pucarinho de água, quebrada só da friúra, que a virilidade dos homens portugueses, no geral máxima entre todas, não tolera deliquiscências, basta lembrar que descendemos em linha reta daqueles lusitanos que tomavam banho nas lagoas geladas dos Montes Hermínios e iam logo a seguir fazer um filho à lusitana. Numa carvoaria e taberna da parte baixa do bairro comprou Ricardo Reis os fósforos, meia dúzia de caixas para que o carvoeiro não achasse mesquinho o matinal negócio, pois muito se enganava, que venda assim, por atacado, não se lembrava o homem de ter feito desde que o mundo é mundo, aqui ainda se usa ir pedir lume à vizinha. Animado pelo ar frio, confortado pelo cachecol e pela ausência de pessoas na rua, Ricardo Reis subiu a ver o rio, os montes da outra margem, daqui tão baixos, a esteira do sol sobre as águas, aparecendo e desaparecendo conforme o correr das nuvens baixas. Foi dar a volta à estátua, ver quem era o autor, quando fora feita, a data lá está, mil novecentos e vinte e sete, Ricardo Reis tem um espírito que sempre procura encontrar simetrias nas irregularidades do mundo, oito anos depois da minha partida para o exílio foi aqui posto Adamastor, oito anos depois de aqui estar Adamastor regresso eu à pátria, ó pátria, chamou-me a voz dos teus egrégios avós, então os velhos apareceram na calçada, de barba feita, a pele arrepanhada de rugas e alúmen, trazem o guarda-chuva posto no braço, vestem umas samarras desbotadas, não usam gravata, mas o botão vem severamente abotoado, não é por ser domingo, dia de respeito, é por uma dignidade vestimentária compatível, até, com o andrajo. Os velhos encaram com Ricardo Reis, desconfiam daquele rondar em torno da estátua, mais convencidos agora ficam de que há mistério neste homem, quem é, que faz, de que vive. Antes de se sentarem, estendem na tábua húmida do banco uma serapilheira dobrada, depois, em gestos medidos, pausados, de quem não tem pressa, acomodam-se, tossem fragorosamente, o gordo tira do bolso interior da samarra um jornal, é o Século dos bodos, sempre o compram ao domingo, ora um, ora outro, daqui a uma semana será a vez do magro. Ricardo Reis deu segunda e terceira voltas ao Adamastor, percebe que os velhos estão impacientes, aquela presença irrequieta não os deixa concentrarem-se na leitura das notícias, que o gordo há de fazer em voz alta para benefício do seu próprio entendimento e do magro analfabeto, hesitando nas palavras difíceis, que ainda assim não são em excesso, à uma porque os jornalistas nunca se esquecem de que escrevem para o povo, às duas porque sabem muito bem para que povo escrevem. Desceu Ricardo Reis à grade, aí se fez esquecido dos velhos, já eles iam avançando pelo jornal dentro, ouvia-se o murmúrio, um que lia, outro que ouvia e comentava, No porta-moedas de Luís Uceda havia, estampada, uma fotografia a cores de Salazar, estranho indício ou acaso de comércio, este país está cheio de enigmas policiários, aparece um homem morto na estrada de Sintra, diz-se que estrangulado, diz-se que com éter o adormeceram antes, diz-se que durante o sequestro em que o mantiveram passou muita fome, diz-se que o crime foi crapuloso, palavra que desacredita irremediavelmente qualquer delito, e, vai-se ver, no porta-moedas tinha o assassinado a fotografia do sábio homem, esse ditador todo paternal, como também crapulosamente, se nos é permitido o paralelo, declarou aquele autor francês cujo nome se deixa registado para a história, Charles Oulmont se chama ele, daqui por uns tempos confirmará a investigação que Luís Uceda era grande admirador do eminente estadista e será revelado que no cabedal do dito porta-moedas se mostrava estampada outra demonstração do patriotismo de Uceda, que era o emblema da República, a esfera armilar, com seus castelos e quinas, e também os seguintes dizeres, Prefiram produtos portugueses. Discretamente, Ricardo Reis afasta-se, deixa apaziguados os velhos, e tão absortos no dramático mistério que nem deram pela retirada.

Não teve mais história a manhã, salvo a relutância trivial dum esquentador há muitas semanas fora de uso, foi ali um desbaratar de fósforos antes que se afirmasse a chama, e também não merece desenvolvimento particular a melancólica deglutição duma chávena de chá e três bolinhos secos, restos da ceia de ontem, e o banho na profunda tina, um pouco sarrosa, entre nuvens de vapor, a cara com vagar escanhoada, primeira vez, segunda vez, como se tivesse algures um encontro marcado com uma mulher, ou ela o viesse visitar clandestinamente, embuçada em gola e véu, ansiosa por este cheiro de sabonete, por este odorífero traço de água-de-colónia, enquanto outros cheiros mais violentos e naturais não confundem todos os cheiros num cheiro de corpo, urgente, aquele que as narinas frementes absorvem, aquele que faz ofegar os peitos depois da grande corrida. Também assim vagueiam os espíritos dos poetas, ao rés da terra, roçando a pele das mulheres, mesmo estando elas tão longe como agora, quanto aqui se diga é por enquanto obra da imaginação, senhora de grande poder e benevolência. Ricardo Reis está pronto para sair, não tem ninguém à sua espera, não vai à missa das onze oferecer a água benta à eterna desconhecida, mesmo o bom senso lhe mandaria que ficasse em casa até à hora do almoço, tem papéis para arrumar, livros que ainda pode ler, e uma decisão a dispor, que vida terá, que trabalho, que razão suficiente para viver e trabalhar, numa só palavra, para quê. Não pensara sair de manhã, mas terá de sair, seria ridículo tornar-se a despir, reconhecer que se vestira para a rua sem se aperceber do que fazia, assim muitas vezes nos acontece, damos os dois primeiros passos por devaneio ou distração, e depois não temos mais remédio que dar o terceiro, mesmo sabendo que é errado ou ridículo, o homem é, de facto, em última verdade, um animal irracional. Entrou no quarto, pensou que talvez devesse fazer a cama antes de sair, não pode consentir a si mesmo hábitos de desleixo, mas não valia a pena, não esperava visitas, então sentou-se na cadeira onde Fernando Pessoa passara a noite, traçou a perna como ele, cruzou as mãos sobre o joelho, tentou sentir-se morto, olhar com olhos de estátua o leito vazio, mas havia uma veia a pulsar-lhe na fonte esquerda, a pálpebra do mesmo lado agitava-se, Estou vivo, murmurou, depois em voz alta, sonora, Estou vivo, e como não havia ali ninguém que pudesse desmenti-lo, acreditou. Pôs o chapéu, saiu. Os velhos já não estavam sozinhos. Algumas crianças brincavam ao pé-coxinho, saltando sobre um desenho traçado a giz no chão, de casa em casa, todas com seu número de ordem, muitos são os nomes que deram a este jogo, há quem lhe chame a macaca, ou o avião, ou o céu e inferno, também podia ser roleta ou glória, o seu nome mais perfeito ainda será jogo do homem, assim de figura parece, com aquele corpo direito, aqueles braços abertos, o arco de círculo superior formando cabeça ou pensamento, está deitado nas pedras, olhando as nuvens, enquanto as crianças o vão pisando, inconscientes do atentado, mais adiante saberão o que custa, quando lhes chegar a vez. Há uns soldados que vieram cedo de mais, é provável que estejam apenas a reconhecer o terreno, que depois do almoço, lá para o meio da tarde, é que vêm aqui passear as criadas, se não chover, caso contrário lhes dirá a patroa, Olha, Maria, está a chover muito, o melhor é não saíres, ficas a passar a roupa a ferro, depois dou-te mais uma hora no teu dia de saída, que só vai ser daqui a quinze dias, isto se acrescentando para quem não for do tempo destas regalias ou de sabê-las não tiver sentido primeira curiosidade. Ricardo Reis debruçou-se um minuto do gradeamento superior, não deram por ele os velhos, o céu descobrira-se mais, havia para o lado da barra uma grande faixa azul, boa entrada fará quem hoje vier do Rio de Janeiro, se é dia de vapor. Fiado das melhorias que o céu anunciava, Ricardo Reis começou o seu passeio pelo Calhariz, desceu ao Camões, ali teve o impulso sentimental de visitar o Hotel Bragança, como aqueles rapazinhos tímidos que fizeram o seu exame de segundo grau e, não tendo já que estudar numa escola que tantas vezes terão aborrecido, ainda a vão visitar, mais aos professores, e aos colegas das classes atrasadas, até que todos se cansam da peregrinação, como todas inútil, cansa-se o peregrino, começa a ignorá-lo o lugar do culto, que iria ele fazer ao hotel, cumprimentar Salvador e Pimenta, Então o senhor doutor teve saudades nossas, dar uma palavra a Lídia, coitada, tão nervosa, de propósito e por malícia chamada à receção, Vem cá, que o doutor Reis quer-te falar, Não foi por nada de particular que resolvi passar por aqui, somente para agradecer o bem que me trataram e instruíram, tanto no primeiro grau quanto no segundo, se mais não fui capaz de aprender, a culpa não foi dos mestres, mas desta minha má cabeça. Descendo o passeio em frente da igreja dos Mártires, Ricardo Reis aspira um ar balsâmico, é a exalação preciosa das devotas que lá dentro estão, agora começou a missa para as pessoas desta qualidade, as do mundo superior, aqui se identificam, havendo bom nariz, as famílias e as essências. Adivinha-se que o céu dos altares, pelo bem que cheiram, é forrado de pompons, de borlas de pó de arroz, e certamente o cirieiro acrescenta à massa das velas e dos círios uma generosa porção de patchouli, que tudo caldeado, moldado e posto a arder, mais o quantum satis de incenso, causa uma irresistível embriaguez da alma, um rapto dos sentidos, então amolecem os corpos, escoam-se os olhares, e, definitivamente o êxtase, nem sabe Ricardo Reis o que perde por ser adepto de religiões mortas, não se apurou se prefere as gregas ou as romanas, que a umas e outras em verso invoca, a ele basta-lhe haver deuses nelas, e não Deus apenas. Desce aos baixos da urbe, caminho já conhecido, sossego dominical e provinciano, só lá para tarde, depois do almoço, virão os moradores dos bairros a ver as montras das lojas, levam toda a semana à espera deste dia, famílias inteiras com crianças ao colo ou trazidas por seu pé, cansado ao fim do dia, roído pelo mau sapato o calcanhar, depois pedem um bolo de arroz, se está de boa maré o pai e quer fazer figura pública de próspero acabam todos numa leitaria, galões para toda a gente, e assim se poupará no jantar, quem não come por ter comido, diz o povo, não tem doença de perigo, mais fica para amanhã. Chegando a sua hora almoçará Ricardo Reis, desta vez vai ao Chave de Ouro, um bife para desenjoar dos açúcares, e depois, por se anunciar tão longa a tarde, quantas horas hão de passar ainda antes que anoiteça, compra bilhete para o cinema, vai ver O Barqueiro do Volga, filme francês, com Pierre Blanchard, que Volga terão eles conseguido inventar em França, as fitas são como a poesia, arte da ilusão, ajeitando-lhes um espelho faz-se de um charco o oceano. Mudou entretanto o tempo, à saída do cinema ameaçava chuva, por isso resolveu tomar um táxi, e ainda bem, mal acabara de entrar em casa, mal tinha pendurado o chapéu e despido a gabardina, ouviu duas pancadas dadas pela aldraba de ferro da porta da rua, segundo andar, é para aqui, lembrou-se se seria Fernando Pessoa, à luz do dia, contra o costume anunciando-se ruidosamente, capaz de aparecer um vizinho à janela, a perguntar, Quem é, e pôr-se aos gritos, Ai uma alma do outro mundo, se com tal facilidade a identificasse seria por conhecer bem as almas deste. Abriu ele a janela, olhou, era Lídia, já abrindo o guarda-chuva, caíam as primeiras gotas, grossas, pesadas, Que terá ela vindo cá fazer, porquê, um minuto antes lhe parecera a solidão a mais desgraçada maneira de estar vivo, agora aborrecia-o a intrusa, mesmo podendo, se quisesse, aproveitá-la para a distração do corpo, em erótica peleja, para tranquilização dos nervos e pacificação dos pensamentos. Foi à escada puxar o arame, viu Lídia que subia, agitada e cautelosa, se há contradição entre os dois estados ela a resolveu, e recuou para entreportas, sem ostensiva secura, somente reservado, aquele quanto que a surpresa pudesse justificar, Não te esperava, há alguma novidade, e isto foi o que disse quando ela entrou, já fechada a porta, é espantoso, não se encontram vizinhos como estes, até agora não lhes conhecemos nem o nome nem a cara. Lídia deu um passo para ser abraçada, e ele a satisfez, julgando que por mero comprazimento, mas no instante seguinte apertava-a com força, beijava-lhe o pescoço, ainda não consegue beijá-la igualitariamente na boca, só estando deitados, quando o momento supremo se aproxima e se perde o sentido, ela nem a tanto se afoita, deixa-se beijar quando ele quer, e o resto, mas hoje não, Vim só para saber se está bem instalado, aprendeu esta palavra na indústria hoteleira, oxalá não deem pela minha falta, e ver os arranjos da casa, ele queria levá-la para o quarto, mas ela soltou-se, Não pode ser, não pode ser, e tremia-lhe a voz, porém a vontade era firme, modo de dizer, que a sua vontade verdadeira seria deitar-se naquela cama, receber aquele homem, sentir a cabeça dele no seu ombro, só isto e nada mais, apenas tocar-lhe nos cabelos da cabeça, como um afago que não ousa tudo, se tanto podia permitir-se, eis o que quereria, mas por trás do balcão do Hotel Bragança está Salvador perguntando, Onde diabo é que se meteu essa Lídia, corre já a casa toda como se o ouvisse, com seus olhos experientes vai registando as faltas, não há vassouras, nem baldes, nem panos do chão e do pó, nem sabão azul e branco, nem sabão amêndoa, nem lixívia, nem pedra-pomes, nem piassaba e escova de piassaba, nem papel higiénico, os homens são descuidados como crianças, embarcam para o outro lado do mundo, a descobrir o caminho para a Índia, e depois aqui d'el-rei que lhes faltava o essencial, que será, ou a simples cor da vida, qual seja. Nesta casa, de sobejo, só estão a poeira, o cotão, esses fios, às vezes grisalhos cabelos, que as gerações vão deixando cair, cansando-se a vista já nem dão conta, até às aranhas se lhes envelhecem as teias, o pó torna-as pesadas, um dia morre o inseto, fica o corpo seco, de encolhidas patas, no seu túmulo aéreo, com os restos quase pulverulentos das moscas, ao seu destino ninguém escapa, ninguém fica para semente, esta é uma grande verdade. Então Lídia anuncia que virá sexta-feira fazer a limpeza, trará o que falta, é o seu dia de folga, Mas então, a tua mãe, não a vais visitar, Mando-lhe recado, depois verei como há de ser, posso telefonar para uma mercearia que fica perto, eles avisam-na, Vais precisar de dinheiro para as compras, Tiro do meu, depois fazemos contas, Que ideia, toma, cem escudos devem chegar, Ih Jesus, cem escudos é uma riqueza, Cá te espero, então, sexta-feira, mas custa-me muito que venhas por causa de limpezas, Ora, e isso que tem, assim como a casa está, é que não pode viver, Depois dou-te uma lembrança, Não quero lembranças, faz de conta que sou a sua mulher a dias, Toda a gente deve ter o seu salário, O meu salário é o seu bom trato, esta palavra merecia realmente um beijo, e Ricardo Reis deu-o, enfim na boca. Já ele tinha a mão no trinco da porta, parece não haver mais que dizer, selou-se o contrato, mas Lídia, de repente, deu a notícia, precipitou as palavras como se não pudesse resistir-lhes ou quisesse libertar-se delas o mais depressa possível, A menina Marcenda chega amanhã, telefonaram de Coimbra, quer que eu lhe diga onde é que mora, perguntou, com igual rapidez deu Ricardo Reis a resposta, parecia até que para ela se preparara previamente, Não, não quero, é como se tu não soubesses nada, sentiu-se Lídia feliz por ser a única depositária do segredo, bem iludida vai, desce, ligeiríssima, a escada, e como finalmente se entreabriu a porta do primeiro andar, alguma hora haveriam de querer satisfazer-se as curiosidades do prédio, diz para cima como se repetisse um acordo de prestação de serviços, Então até sexta-feira, senhor doutor, cá virei para as limpezas, é o mesmo que estar prevenindo a curiosa, Olhe lá, ó sua bisbilhoteira, eu sou a mulher a dias do inquilino novo, ouviu, não se ponha para aí a imaginar outras coisas, a ele não o conheço nem de mesa nem de cama, e cumprimenta com muito boa educação, Boas tardes, minha senhora, a outra quase não lhe responde, olha desconfiada, mulheres a dias não é assim que costumam ser, tão leves e passarinheiras, geralmente andam de carranca, arrastam a perna endurecida pelo reumatismo, ou as varizes, enquanto Lídia desce acompanha-a com um olhar seco e frio, que lambisgoia é esta, no patamar de cima já Ricardo Reis fechou a porta, consciente da sua duplicidade e examinando-a, Não, não dês a minha morada a Marcenda, se fosse um homem leal e verdadeiro teria acrescentado, Ela já a sabe, por uma carta que lhe escrevi, em confidência, para a posta-restante, não fosse o pai desconfiar. E se quisesse ir mais adiante na confissão, abrir o peito, diria, Agora vou-me deixar ficar em casa, apenas para comer sairei, e ainda assim será de fugida, a olhar para o relógio, que todas as horas aqui estou, noite, manhã e tarde, por todo o tempo que ela estiver em Lisboa, amanhã, que é segunda-feira, decerto não virá, chega tarde o comboio, mas talvez apareça terça-feira, ou quarta, ou quinta, Ou sexta, Sexta não, que vou ter a Lídia a fazer a limpeza, Ora, que importância tinha isso, juntava as duas, cada uma no seu lugar, a criada e a menina de boas famílias, não havia perigo de se misturarem, Marcenda nunca se demora tantos dias em Lisboa, vem só para o médico, é certo que também há aquele caso do pai, Muito bem, e você, que espera você que possa acontecer se ela vier a sua casa, Não espero nada, limito-me a desejar que venha, Acha que uma menina como Marcenda, com a esmerada educação que recebeu, o rigoroso código moral do seu pai notário, faz visitas a um homem solteiro, na própria casa dele, sozinha, acha que as coisas se passam assim na vida, Um dia perguntei-lhe por que é que queria ver-me, e respondeu-me que não sabia, num caso destes é a resposta que dá mais esperanças, acho eu, Um não sabe, o outro ignora, Parece que sim, Exatamente como estiveram Adão e Eva no paraíso, Exageração sua, nem isto é o paraíso, nem ela é Eva e eu Adão, como sabe, Adão era pouco mais velho que Eva, tinham só uma diferença de horas, ou dias, não sei bem, Adão é todo o homem, toda a mulher é Eva, iguais, diferentes e necessários, e cada um de nós é homem primeiro e primeira mulher, únicos de cada vez, Ainda que, se sei julgar bem, continue a mulher a ser mais Eva do que o homem Adão, Felizmente, Fala assim por se lembrar da sua própria experiência, Não, falo assim porque a todos nos convém que assim seja, O que você queria, Fernando, era voltar ao princípio, O meu nome não é Fernando, Ah.

Ricardo Reis não saiu para jantar. Tomou chá e bolos na grande mesa da sala, acompanhado por sete cadeiras vazias, sob um candeeiro de cinco braços com duas lâmpadas fundidas, dos bolos secos comeu três, ficava um no prato, recapitulou e viu que lhe faltavam dois números, o quatro e o seis, rapidamente soube encontrar o primeiro deles, estava nos cantos da sala retangular, mas para descobrir o seis teve de levantar-se, procurar aqui e ali, com essa busca ganhou o oito, as cadeiras vazias, finalmente decidiu que seria ele o seis, podia ser qualquer número, se era, provadamente, inúmeros. Com um sorriso de meia ironia e tristeza abanou a cabeça, murmurou, Creio que estou a endoidecer, depois foi para o quarto, ouvia-se na rua o murmurar contínuo das águas, as que caíam do céu, as que corriam pelas valetas para os baixos da Boavista e do Conde Barão. À pilha de livros ainda não arrumados foi buscar The god of the labyrinth, sentou-se na cadeira onde estivera Fernando Pessoa, com um dos cobertores da cama tapou os joelhos, e pôs-se a ler, começando outra vez na primeira página, O corpo, que foi encontrado pelo primeiro jogador de xadrez, ocupava, de braços abertos, as casas dos peões do rei e da rainha e as duas seguintes, na direção do campo adversário. Continuou a leitura, mas, mesmo antes de chegar ao ponto em que deixara a história, começou a sentir-se sonolento. Deitou-se, leu ainda duas páginas com esforço, adormeceu na clareira de um parágrafo, entre os lances trigésimo sétimo e trigésimo oitavo, quando o segundo jogador refletia sobre o destino do bispo. Não se levantou para apagar a luz do teto, mas ela estava apagada quando acordou a meio da noite, pensou que afinal sempre se tinha levantado, desligara o interruptor, são coisas que fazemos meio inconscientes, o corpo, por si mesmo, podendo, evita as incomodidades, por isso dormimos na véspera da batalha ou da execução, por isso, afinal, morremos, quando já não conseguimos suportar a violenta luz da vida.

De manhã, os astros mantinham-se carregados. Como se esquecera de fechar as portadas da janela, a matinal claridade cinzenta enchia-lhe o quarto. Tinha à sua frente um dia longo, uma longa semana, de tudo o que lhe apetecia era ficar deitado, no morno dos cobertores, deixando crescer a barba, tornar-se musgo, até que alguém viesse bater-lhe à porta, Quem é, É a Marcenda, e ele exclamaria alvoroçado, Um momento, em três segundos ficava apresentável de barba e cabelo, recendente do banho, vestido de lavado e a rigor para receber a esperada visita, Faça favor de entrar, que surpresa tão agradável. Não uma vez, mas duas, lhe foram bater à porta, primeiro a leiteira, a saber se o senhor doutor queria ficar com leite todas as manhãs, depois o padeiro, a saber se o senhor doutor queria ficar com pão todas as manhãs, e ele a ambos respondeu que sim, Então o senhor doutor deixa à noite a cafeteirinha em cima do capacho, Então o senhor doutor deixa à noite o saquinho do pão no puxador da porta, Mas quem foi que lhes disse que eu estou a morar aqui, Foi a senhora do primeiro andar, Ah, e o pagamento, como vai ser, Se quiser paga à semana, ou ao mês, Então, à semana, Sim, senhor doutor, não perguntou Ricardo Reis como o tinham sabido eles, é uma pergunta que não vale nunca a pena fazer, aliás, bem ouvimos Lídia dar-lhe aquele tratamento quando descia a escada, estava a vizinha e ouviu também. Com leite, chá e pão fresco fez Ricardo Reis um salutar pequeno-almoço, faltava-lhe a manteiga, e a compota, mas estas vianinhas finíssimas passam bem sem adubo, se a rainha Maria Antonieta, no seu tempo, tivesse um pão assim, não teria de sustentar-se a brioches. Agora só falta a gazeta, mas até essa cá virá ter. Está Ricardo Reis no quarto, ouve o pregão do ardina, Olha o Século, olha o Notícias, abre rapidamente a janela, e aí vem o jornal pelos ares, dobrado como uma carta de segredo, húmido da tinta que o tempo, como está, não vai deixar secar, fica nos dedos a macia negrura, um pouco gordurosa, como de grafite, agora em cada manhã virá este pombo-correio bater às vidraças, até que de dentro lhe abram, ouve-se o pregão desde o fim da rua, depois, tardando a janela a abrir-se, como quase sempre acontece, sobe o jornal aos ares, rodopiando como um disco, primeira vez bate, segunda vez torna, já Ricardo Reis apareceu, abriu de par em par, e recebe nos braços o alado mensageiro que traz as notícias do mundo, debruça-se do peitoril para dizer, Obrigado, senhor Manuel, e o vendedor responde, Até amanhã, senhor doutor, mas isto será mais para diante, por enquanto ainda está a combinar o acordo, este pagamento será ao mês, fregueses certos é assim, escusa-se o tempo e o trabalho de estar a cobrar três tostões todos os dias, mísera quantia.

Agora, esperar. Ler as gazetas, neste primeiro dia também as da tarde, reler, medir, ponderar e corrigir desde o princípio as odes, retomar o labirinto e o deus dele, olhar da janela o céu, ouvir falarem na escada a vizinha do primeiro andar e a vizinha do terceiro andar, perceber que as agudas vozes lhe são destinadas, dormir, dormitar e acordar, sair só para o almoço, de fugida, ali pertinho, numa casa de pasto do

Calhariz, tornar aos jornais já lidos, às odes arrefecidas, às seis hipóteses de desenvolvimento do quadragésimo nono lance, passar em frente do espelho, voltar atrás para saber se ainda lá está quem passou, decidir que este silêncio é insuportável sem uma nota de música, que um destes dias irá comprar uma telefonia, e para se informar do que melhor lhe convenha procura os anúncios das marcas, Belmont, Philips, RCA, Philco, Pilot, Stewart-Warner, vai tomando notas, escreve super-heteródino sem perceber mais que o super, mesmo assim com dúvidas, e, pobre homem solitário, pasma diante de um anúncio que promete às mulheres um peito impecável em três a cinco semanas pelos métodos parisienses Exuber, de acordo com os três desideratos fundamentais, Bust Raffermer, Bust Developer, Bust Reducer, algaravia anglo-francesa de cuja tradução em resultados se encarrega Madame Hélène Duroy, da Rue de Miromesnil, que é, claro está, em Paris, onde todas aquelas esplêndidas mulheres aplicam estes métodos para endurecer, desenvolver e reduzir, sucessivamente ou ao mesmo tempo. Ricardo Reis examina outros miríficos anúncios, o do reconstituinte Banacao, o do Vinho Nutritivo de Carne, o do automóvel Jowett, o do elixir bucal Pargil, o do sabonete Noite de Prata, o do vinho Evel, o das obras de Mercedes Blasco, o da Selva, o dos Saltratos Rodel, o das insistentes Cartas da Religiosa Portuguesa, o dos livros de Blasco Ibañez, o das escovas de dentes Tek, o do Veramon para as dores, o da tintura Noiva para o cabelo, o do Desodorol para os sovacos, e depois regressa resignado às notícias já lidas, morreu Alexandre Glazunov, autor do Stenka Rázine, por Salazar, esse ditador paternal, foram inaugurados refeitórios na Fundação Nacional para a Alegria no Trabalho, a Alemanha anuncia que não retirará as suas tropas da Renânia, novos temporais assolaram o Ribatejo, foi declarado o estado de guerra no Brasil e presas centenas de pessoas, palavras de Hitler, Ou dominamos o nosso destino ou perecemos, enviadas forças militares para a província de Badajoz onde milhares de trabalhadores invadiram propriedades rurais, na Câmara dos Comuns alguns oradores afirmaram que deve ser reconhecida ao Reich a igualdade de direitos, novos e palpitantes episódios do caso Uceda, começaram as filmagens da Revolução de Maio que conta a história de um foragido que entra em Portugal para fazer a revolução, não aquela, outra, e é convertido aos ideais nacionalistas pela filha da dona da pensão onde vai hospedar-se clandestino, esta notícia leu-a Ricardo Reis primeira, segunda e terceira vezes, a ver se libertava um impreciso eco que zumbia no fundo recôndito da memória, Isto lembra-me qualquer coisa, mas das três vezes não conseguiu, e foi quando já passara a outra notícia, greve geral na Corunha, que o ténue murmúrio se definiu e tornou claro, nem sequer se tratava de uma recordação antiga, era a Conspiração, esse livro, essa Marília, a história dessa outra conversão ao nacionalismo e seus ideais, que, a avaliar pelas provas dadas, sucessivas, têm nas mulheres ativas propagandistas, com resultados tão magníficos que já a literatura e a sétima arte dão nome e merecimento a esses anjos de pureza e abnegação que procuram fervidamente as almas masculinas transviadas, se perdidas ainda melhor, nem uma lhes resiste, assim possam elas pôr-lhe a mão em cima, e o olhar puríssimo sob a lágrima suspensa, não precisam de mandar contrafés, não interrogam, sibilinas, como o doutor-adjunto, não assistem, vigilantes, como o Victor. São plurais estas femininas artes, excedem, multiplicando, as outras, já mencionadas, de endurecer, desenvolver e reduzir, se não seria mais rigoroso dizer que todas se resumem limiarmente nestas, tanto nos seus sentidos literais como nas decorrências e concorrências, incluindo os arrojos e exageros da metáfora, as libertinagens da associação de ideias. Santas mulheres, agentes de salvação, religiosas portuguesas, sorores marianas e piedosas, estejam lá onde estiverem, nos conventos ou nos alcouces, nos palácios ou nas choupanas, filhas de dona de pensão ou de senador, que mensagens astrais e telepáticas trocarão entre si para que, de tão diferentes seres e condições, segundo os nossos terrenos critérios, resulte uma ação tão concertada, igualmente conclusiva, resgatar-se o homem perdido, que ao contrário do que afirma o ditado sempre espera conselhos, e, como supremo prémio, umas vezes lhe dão a sua amizade de irmãs, outras o amor, o corpo e as conveniências da esposa estremecida. Por isso o homem mantém viva e perene a esperança da felicidade, que virá, vindo, nas auras do anjo bom descido das alturas e dos altares, porque, enfim, confessemo-lo de uma vez, tudo isto não é mais que manifestações segundas do mariano culto, secundinas, se a palavra fosse autorizada, Marília e a filha da dona da pensão humanos avatares da Virgem Santíssima, piedosamente mirando e pondo as mãos lenitivas nas chagas físicas e morais, obrando o milagre da saúde e da conversão política, a humanidade dará um grande passo em frente quando esta espécie de mulheres começar a mandar. Ricardo Reis sorria enquanto, mentalmente, desfiava estas irreverências tristes, não é agradável ver um homem a sorrir sozinho, pior ainda se é ao espelho que sorri, o que lhe vale é haver uma porta fechada entre ele e o resto do mundo. Então pensou, E

Marcenda, que mulher será Marcenda, a pergunta é inconsequente, mero entretém de quem não tem com quem falar, primeiro será preciso ver se ela tem a ousadia de vir a esta casa, depois terá de declarar, mesmo que não o queira ou saiba dizer por palavras, por que veio, e para quê, a este lugar fechado e retirado, que é como uma enorme teia de aranha, no centro da qual está à espera uma tarântula ferida.

Hoje é o derradeiro dia do prazo que ninguém marcou. Ricardo Reis olha o relógio, passam alguns minutos das quatro, tem a janela fechada, no céu são poucas as nuvens, e vão altas, se Marcenda não vier, não terá a fácil justificação dos últimos tempos, Eu bem o queria, mas a chuva era tanta, como podia eu sair do hotel, mesmo estando meu pai ausente, acho que lá nos seus amores, não faltaria perguntar-me o gerente Salvador, com a confiança que lhe demos, A menina Marcenda vai sair, com esta chuva. Uma vez, dez vezes viu Ricardo Reis as horas, são quatro e meia, Marcenda não veio e não virá, a casa escurece, os móveis escondem-se numa sombra trémula, é possível, agora, compreender o sofrimento de Adamastor. E porque mais do que tanto seria crueldade, soam no último minuto as duas pancadas da aldraba da porta. O prédio pareceu tremer de alto a baixo como se uma onda sísmica lhe tivesse atravessado os alicerces. Ricardo Reis não correu à janela, portanto não sabe quem irá entrar quando vai à escada puxar o arame, ouve a vizinha do andar de cima abrir a porta, ouve-a dizer, Ah, desculpe, julguei que tinham batido para aqui, é uma frase conhecida, legada e transmitida pelas gerações de vizinhas curiosas da vida alheia, com uma pequena modificação nos termos se a aldraba manual já foi substituída pela campainha elétrica, então dizem tocado em vez de batido, mas a mentira é a mesma. É Marcenda. Debruçado do corrimão, Ricardo Reis vê-a subir, a meio do primeiro lanço ela olha para cima, a certificar-se de que mora realmente ali a pessoa a quem procura, sorri, ele sorri também, são sorrisos que têm um destino, não são feitos ao espelho, essa é a diferença. Recuou Ricardo Reis para a porta, Marcenda sobe o último lanço, só então ele repara que não acendera a luz da escada, vai recebê-la quase às escuras, e enquanto hesita sobre o que deve fazer, acender, não acender, há um outro nível do pensamento em que se exprime uma surpresa, como foi possível aparecer tão luminoso o sorriso dela, visto cá de cima, diante de mim agora, que palavras irão ser ditas, não posso perguntar, Então como tem passado, ou exclamar plebeiamente, Ora viva quem é uma flor, ou lamentar-me, romântico, Já não a esperava, desesperava, por que tardou tanto, ela entrou, eu fecho a porta, nenhum de nós disse ainda uma palavra. Ricardo Reis pega-lhe na mão direita, não para a cumprimentar, apenas quer guiá-la neste labirinto doméstico, para o quarto nunca, por impróprio, para a sala de jantar seria ridículo, em que cadeiras da comprida mesa se sentariam, um ao lado do outro, defronte, e aí quantos seriam, inúmeros ele, ela decerto não única, seja então para o escritório, ela num sofá, eu noutro, entraram já, estão enfim todas as luzes acesas, a do teto, a da secretária, Marcenda olha em redor os móveis pesados, as duas estantes com os poucos livros, o mata-borrão verde, então Ricardo Reis diz, Vou beijá-la, ela não respondeu, num gesto lento segurou o cotovelo esquerdo com a mão direita, que significado poderá ter o movimento, um protesto, um pedido de trégua, uma rendição, o braço assim cruzado por diante do corpo é uma barreira, talvez, uma recusa, Ricardo Reis avançou um passo, ela não se mexeu, outro passo, quase lhe toca, então Marcenda solta o cotovelo, deixa cair a mão direita, sente-a morta como a outra está, a vida que há em si divide-se entre o coração violento e os joelhos trémulos, vê o rosto do homem aproximar-se devagar, sente um soluço a formar-se-lhe na garganta, na sua, na dele, os lábios tocam-se, é isto um beijo, pensa, mas isto é só o princípio do beijo, a boca dele aperta-se contra a boca dela, são os lábios dele que descerram os lábios dela, é esse o destino do corpo, abrir-se, agora os braços de Ricardo Reis apertam-na pela cintura e pelos ombros, puxam-na, e o seio comprime-se pela primeira vez contra o peito de um homem, ela compreende que o beijo ainda não acabou, que neste momento não é sequer concebível que possa terminar, e voltar o mundo ao princípio, à sua primeira ignorância, compreende também que deve fazer mais alguma coisa que estar de braços caídos, a mão direita sobe até ao ombro de Ricardo Reis, a mão esquerda está morta, ou adormecida, por isso sonha, e no sonho relembra os movimentos que fez noutro tempo, escolhe, liga, encadeia os que, a sonhar, a erguem até à outra mão, agora já se podem entrelaçar os dedos com os dedos, cruzarem-se por trás da nuca do homem, não deve nada a Ricardo Reis, responde ao beijo com o beijo, às mãos com as mãos, pensei-o quando decidi vir, pensei-o quando saí do hotel, pensei-o quando subia aquela escada e o vi debruçado do corrimão, Vai beijar-me. A mão direita retira-se do ombro, escorrega, exausta, a esquerda nunca lá esteve, é a altura de o corpo ter um movimento ondulatório de retração, o beijo atingiu aquele limite em que já não se pode bastar a si mesmo, separemo-nos antes que a tensão acumulada nos faça passar ao estádio seguinte, o da explosão doutros beijos, precipitados, breves, ofegantes, em que a boca se não satisfaz com a boca, mas a ela volta constantemente, quem de beijos tiver alguma experiência sabe que é assim, não Marcenda, pela primeira vez abraçada e beijada por um homem, no entanto percebe, percebe-o todo o seu corpo dentro e fora da pele, que quanto mais o beijo se prolongar maior se tornará a necessidade de o repetir, sofregamente, num crescendo sem remate possível em si mesmo, será outro o caminho, como este soluço da garganta que não cresce e não se desata, é a voz que pede, sumida, Deixe-me, e acrescenta, movida não sabe por que escrúpulos, como se tivesse medo de o ter ofendido, Deixe-me sentar. Ricardo Reis encaminha-a até ao sofá, ajuda-a, não sabe o que fará a seguir, que palavra lhe compete dizer, se recitará uma declaração de amor, se pedirá desculpa simplesmente, se ajoelhará aos pés dela para isto ou aquilo, se ficará em silêncio à espera de que ela fale, tudo lhe parecia falso, desonesto, a única verdade profunda foi dizer, Vou beijá-la, e tê-lo feito. Marcenda está sentada, pousou a mão esquerda no regaço, bem à vista, como se a tomasse por testemunha, Ricardo Reis sentou-se também, olhavam-se, sentindo ambos o seu próprio corpo como um grande búzio murmurante, e Marcenda disse, Talvez não devesse dizer-lho, mas eu esperava que me beijasse. Ricardo Reis inclinou-se para a frente, agarrou-lhe a mão direita, levou-a aos lábios, falou enfim, Não sei se foi por amor ou desespero que a beijei, e ela respondeu, Ninguém me beijou antes, por isso não sei distinguir entre o desespero e o amor, Mas, pelo menos, saberá o que sentiu, Senti o beijo como o mar deve sentir a onda, se fazem algum sentido estas palavras, mas ainda é dizer o que sinto agora, não o que senti então, Tenho estado todos estes dias à sua espera, a perguntar-me o que iria acontecer se viesse, e nunca pensei que as coisas se passariam assim, foi quando aqui entrámos que compreendi que beijá-la seria o único ato com algum sentido, e quando há pouco lhe disse que não sabia se a tinha beijado por amor ou por desespero, se nesse momento soube o que significava, agora já não sei, Quer dizer que afinal não está desesperado, ou que afinal não me tem amor, Creio que todo o homem ama sempre a mulher a quem está a beijar, ainda que seja por desespero, Que razões tem para sentir-se desesperado, Uma só, este vazio, Um homem que pode servir-se das suas duas mãos, a queixar-se, Mas eu não estou a queixar-me, digo só que é preciso estar muito desesperado para dizer a uma mulher, assim, como eu disse, vou beijá-la, Podia tê-lo dito por amor, Por amor beijá-la-ia, não o diria primeiro, Então não me ama, Gosto de si, Eu também gosto de si, E contudo não foi por isso que nos beijámos, Pois não, Que vamos fazer agora, depois do que aconteceu, Estou aqui sentada, na sua casa, diante de um homem com quem falei três vezes na vida, vim cá para o ver, falar-lhe e ser beijada, no resto não quero pensar, Um dia talvez tenhamos de o fazer, Um dia, talvez, hoje não, Vou arranjar-lhe uma chávena de chá, tenho aí uns bolos, Eu ajudo-o, depois terei de me ir embora, pode meu pai chegar ao hotel, perguntar por mim, Ponha-se à vontade, tire o casaco, Estou bem assim.

Beberam o chá na cozinha, depois Ricardo Reis foi-lhe mostrar a casa, no quarto não passaram da porta, apenas um olhar, voltaram ao escritório, e Marcenda perguntou, Já começou a dar consultas, Ainda não, talvez tente uma policlínica, mesmo que seja por pouco tempo, questão de me readaptar, Será um princípio, É do que todos nós precisamos, de um princípio, A polícia tornou a incomodá-lo, Não, e agora nem sabem onde eu moro, Querendo eles, depressa o saberão, E o seu braço, O meu braço, basta olhar para ele, já não espero remédio, agora o meu pai, O seu pai, O meu pai acha que devo ir a Fátima, diz que se eu tiver fé pode dar-se um milagre, que tem havido outros, Quando se acredita em milagres, já não há nada a esperar da esperança, O que eu acho é que os amores dele estão a chegar ao fim, muito duraram, Diga-me, Marcenda, em que é que acredita, Neste momento, Sim, Neste momento só acredito no beijo que me deu, Podemos dar outro, Não, Porquê, Porque não tenho a certeza de que iria sentir o mesmo, e agora vou, partimos amanhã de manhã. Ricardo Reis acompanhou-a, ela estendeu-lhe a mão, Escreva-me, eu também escreverei, Até daqui a um mês, Se meu pai ainda quiser, Se não vierem, irei eu a Coimbra, Deixe-me ir embora, Ricardo, antes que seja eu a pedir-lhe o beijo, Marcenda, fique, Não. Desceu rapidamente a escada, sem olhar para cima, a porta da rua bateu. Quando Ricardo Reis entrou no quarto, ouviu passos sobre a cabeça, depois uma janela a abrir-se, é a vizinha do terceiro que quer tirar-se de dúvidas, pela maneira de andar saberá que espécie de mulher visitou o novo inquilino, se der às cadeiras, já se sabe, ou eu muito me engano, ou há aqui grande falta de respeito, um prédio que era tão sossegado, tão sério.

Diálogo e juízo, Ontem veio cá uma, agora está lá outra, diz a vizinha do terceiro andar, Não dei fé dessa que esteve ontem, mas vi chegar a de hoje, vem fazer a limpeza da casa, diz a vizinha do primeiro, Mas olhe que não tem nada ar de mulher a dias, Lá nisso tem razão, parecia mais uma criada de gente fina, se não viesse carregada de embrulhos, e levava sabão amêndoa, conheci-o pelo cheiro, e trazia também umas vassouras, eu estava aqui na escada, a sacudir o capacho, quando ela entrou, A de ontem era uma rapariga nova, por sinal com um bonito chapéu, destes que agora se usam, por acaso nem se demorou muito, a vizinha o que é que acha, Francamente, vizinha, não lhe sei dizer, mudou-se faz amanhã oito dias e já lá entraram duas mulheres, Esta veio para a limpeza, é natural, um homem sozinho precisa de quem lhe arrume a casa, a outra pode ser família, ele há de ter família, Mas faz-me muita espécie, a vizinha reparou que em toda a semana ele só saía na hora do almoço, noite e dia sempre metido em casa, E a vizinha já sabia que ele é doutor, Soube logo, a mulher a dias tratou-o por senhor doutor quando cá esteve no domingo, Será doutor médico, ou doutor advogado, Isso desconheço, vizinha, mas fique descansada que quando eu for pagar a renda, assim como quem não quer a coisa, pergunto, o procurador há de saber, Depois diga-me, é que se for médico sempre será bom ter um doutor no prédio, para uma precisão, Desde que seja de confiança, Quero ver é se apanho a mulher a dias para lhe dizer que tem de lavar o lanço dela todas as semanas, esta escada sempre se pôde ver, Diga, diga, não julgue ela que vai fazer de nós criadas, Ah, era o que faltava, nem sabe com quem se metia, este foi o remate da vizinha do terceiro andar, assim se concluindo o juízo e o diálogo, faltando apenas mencionar a cena muda que foi subir à sua casa muito devagar, pisando maciamente os degraus com os chinelos de ourelo, e rente à porta de Ricardo Reis parou à escuta, com o ouvido mesmo junto à fechadura, ouviu um barulho de águas a correr, a voz da mulher a dias que cantava baixinho.

Foi um dia de grandes trabalhos para Lídia. Trouxera uma bata, que vestira, atou e cobriu os cabelos com um lenço, e, arregaçando as mangas, lançou-se à lida com alegria, esquivando-se a brincadeiras de mãos que Ricardo Reis, à passagem, sentia dever usar com ela, erro seu, falta de experiência e de psicologia, que esta mulher não quer agora outro prazer que este de limpar, lavar e varrer, nem o esforço lhe custa, de tão habituada que está, e por isso canta, em voz baixa para que a vizinhança não estranhe a liberdade da mulher a dias, logo à primeira vez que veio trabalhar a casa do senhor doutor. Quando a hora do almoço chegou, Ricardo Reis, que durante a manhã fora sucessivamente enxotado do quarto para o escritório, do escritório para a sala, da sala para a cozinha, da cozinha para o quarto das arrumações, do quarto das arrumações para a casa de banho, e da casa de banho saindo para repetir o percurso no sentido inverso, com rápidas incursões a dois quartos vazios, quando viu que eram horas de almoçar e Lídia não despegava do trabalho, disse, com um certo embaraço da voz, que traía uma reserva mental, Sabes, não tenho comida em casa, se estas palavras não fossem tão má tradução de um pensamento, digamo-lo doutra maneira, se não fossem máscara mascarada, a frase seria ouvida assim, Vou almoçar, mas a ti não te quero levar ao restaurante, não me ficaria bem, como é que te vais governar, e ela responderia com as mesmas exatas palavras que está pronunciando agora, ao menos não tem Lídia duas caras, Vá almoçar, vá, eu trouxe um tachinho de sopa do hotel e uma carne guisada, aqueço-os, e fico bem, e olhe, escusa de vir logo, assim não andamos a tropeçar aqui um no outro, e dizendo isto ria-se, limpava com as costas da mão esquerda a face suada, com a outra compunha o lenço que queria escorregar. Ricardo Reis tocou-lhe no ombro, disse, Então, até logo, e saiu, ia a meio da escada quando ouviu abrirem-se as portas do primeiro e do terceiro andares, eram as vizinhas que vinham em coro dizer a Lídia, Ó menina, não se há de esquecer de lavar o lanço do seu patrão, ao verem o doutor meteram-se rapidamente para dentro, quando Ricardo Reis chegar ao cimo da calçada a vizinha do terceiro andar descerá ao primeiro, e as duas segredarão, Ai que susto, E já viu esta de ele sair e deixar a mulher a dias sozinha em casa, onde é que já se viram confianças assim, Talvez já trabalhasse para ele na outra morada, Pode ser, vizinha, pode ser, não digo que não, mas também pode ser que haja ali arranjinho, os homens são uns rabaceiros, aproveitam tudo, Enfim, este sempre é um doutor, Ora, vizinha, se calhar é da mula ruça, e isto de homens, quem não os conhecer que os compre, O meu, ainda assim, Ah, o meu também, Até logo, vizinha, não me deixe escapar a fulana, Esteja descansada que não passa sem o recado. Não foi necessário. Pelo meio da tarde, Lídia saiu para o patamar armada de vassoura e pá, de água e sabão, de esfregão e de escova, a do terceiro andar abriu de mansinho a porta e ficou a observar de cima, a escada ressoava com as pancadas da pesada escova nas tábuas dos degraus, o esfregão reunia a água suja, depois era espremido para o balde, por três vezes foi a água renovada, de alto a baixo do prédio respira-se o bom cheiro do sabão amêndoa, não há que dizer, esta mulher a dias sabe o que faz, reconhece-o expressamente a do primeiro andar que enfim veio às boas, a pretexto de meter o capacho para dentro, agora que Lídia chegava ao seu patamar, Ai, menina, está uma escada que se pode ver, ainda bem que veio um senhor tão escrupuloso para o segundo andar, O senhor doutor quer tudo muito asseado, é muito exigente, Assim até dá gosto, Lá isso, estas duas palavras não foram ditas por Lídia, mas pela vizinha do terceiro andar, debruçada do corrimão, há uma certa volúpia, uma sensualidade neste modo de olhar as tábuas húmidas, de aspirar o lavado aroma das madeiras, uma fraternidade feminina nos trabalhos domésticos, uma espécie de mútua absolvição, mesmo sendo para durar pouco, nem tanto como a rosa. Lídia deu as boas-tardes, carregou para cima o balde com a escova e o pano da casa dentro, o sabão, fechou a porta, resmungou, Ora estas ranhosas, quem é que elas julgam que são para me virem dar sentenças. O seu trabalho terminou, tudo está limpo, agora pode vir Ricardo Reis, se quiser, como fazem as donas de casa implicativas, passar o dedo pela superfície dos móveis, esgravatar os cantos das casas, é neste momento que Lídia se enche de uma grande tristeza, de uma desolação, não é por se sentir cansada, mas por compreender, mesmo não o podendo exprimir por palavras, que o seu papel terminou, agora só tem de esperar que chegue o dono desta casa, ele dirá uma frase amável, agradecerá, quererá recompensar o esforço e o cuidado, e ela ouvirá com um sorriso alheado, receberá ou não o dinheiro, depois volta ao hotel, hoje nem sequer foi visitar a mãe, saber notícias do irmão, não é que esteja arrependida, mas é como se não tivesse nada de seu. Despiu a bata, veste a blusa e a saia, o suor arrefece-lhe no corpo. Senta-se num banco da cozinha, de mãos cruzadas no regaço, à espera. Ouve passos na escada, a chave a entrar na fechadura, é Ricardo Reis que no corredor vem dizendo jovial, Isto é como entrar no paraíso dos anjos. Lídia levanta-se, sorri lisonjeada, de repente feliz, e logo comovida porque ele se aproximava, vem de mãos estendidas, braços abertos, Ai não me toque, estou toda suada, vou-me já embora, Nem pensar, ainda é cedo, bebes uma chávena de café, trago aqui uns pastéis de nata, mas antes vais tomar um banho para ficares fresca, Ora, que jeito tem, tomar banho na sua casa, se já se viu, Não se viu, mas vai-se ver, faze o que te digo. Ela não resistiu mais, não poderia, ainda que o impusessem as conveniências, porque este momento é um dos melhores da sua vida, pôr a água quente a correr, despir-se, entrar devagarinho na tina, sentir os membros lassos no conforto sensual do banho, usar aquele sabonete e aquela esponja, esfregar todo o corpo, as pernas, as coxas, os braços, o ventre, os seios, e saber que para lá daquela porta a espera o homem, que estará ele a fazer, o que pensa adivinho, se aqui entrasse, se viesse ver-me, olhar-me, e eu nua como estou, que vergonha, será então de vergonha que o coração bate tão depressa, ou de ansiedade, agora sai da água, todo o corpo é belo quando da água sai a escorrer, isto pensa Ricardo Reis que abriu a porta, Lídia está nua, tapou com as mãos o peito e o sexo, diz, Não olhe para mim, é a primeira vez que assim está diante dele, Vá-se embora, deixe-me vestir, e di--lo em voz baixa, ansiosa, mas ele sorrri, um tanto de ternura, um tanto de desejo, um tanto de malícia, e diz-lhe, Não te vistas, enxuga-te só, oferece-lhe a grande toalha aberta, envolve-lhe o corpo, depois sai, vai para o quarto e despe-se, a cama foi feita de lavado, os lençóis cheiram a novo, então Lídia entra, segura ainda a toalha à sua frente, com ela se esconde, não delgado cendal, mas deixa-a cair ao chão quando se aproxima da cama, enfim aparece corajosamente nua, hoje é dia de não ter frio, dentro e fora todo o seu corpo arde, e é Ricardo Reis quem treme, chega-se infantilmente para ela, pela primeira vez estão ambos nus, depois de tanto tempo, a primavera sempre acabou por chegar, tardou mas talvez aproveite. No andar de baixo, alcandorada em dois bancos altos de cozinha, sobrepostos, com risco de queda e ombro desnocado, a vizinha tenta decifrar o significado dos ruídos confusos, como um novelo de sons, que atravessam o teto, tem a cara vermelha de curiosidade e excitação, os olhos brilhantes de vício reprimido, assim vivem e morrem estas mulheres, querem vocês ver que o doutor e a fulana, ou quem sabe se afinal não será só o trabalho honrado de virar e bater colchões, embora a uma legítima suspicácia não pareça. Meia hora mais tarde, quando Lídia saiu, a vizinha do primeiro andar não ousou abrir a porta, até mesmo o descaramento tem limites, contentou-se com espreitá-la, felina e olho de falcão, pelo ralo, imagem rápida e leve que passou envolvida em cheiro de homem como uma couraça, que esse é o efeito, no nosso corpo, do odor do outro. Ricardo Reis, lá em cima, na sua cama, fecha os olhos, neste minuto ainda pode acrescentar ao prazer do corpo satisfeito o prazer delicado e precário da solidão apenas começada, rolou o corpo para o lugar que Lídia ocupara, estranho cheiro este, comum, de animal estranho, não de um ou do outro, mas de ambos, emudeçamos nós, que não somos parte.

De manhã se começa o dia, à segunda-feira a semana. Matinal, escreveu Ricardo Reis a Marcenda uma extensa carta, trabalhosamente pensada, que carta escreveríamos a uma mulher a quem beijámos não lhe tendo antes falado de amor, pedir-lhe desculpa será ofendê-la, tanto mais que recebeu e retribuiu com ardor, assim se diz, o beijo, e se ao beijá-la não lhe jurámos, Amo-te, por que lho iríamos inventar agora, com risco de não nos acreditar, já os latinos garantiam, na língua deles, que mais valem e perduram os atos que as palavras, dêmo-los pois a eles por cometidos e a elas por supérfluas, quando muito empregando-as no seu mais remoto sentido, como se ainda agora tivéssemos principiado a primeira rede do casulo, esgarça, ténue, quebradiça, usemos palavras que não prometam, nem peçam, nem sequer sugiram, que desprendidas apenas insinuem, deixando protegida a retaguarda para recuo das nossas últimas cobardias, tal como estes pedaços de frases, gerais, sem compromisso, gozemos o momento, solenes na alegria levemente, verdece a cor antiga das folhas redivivas, sinto que quem sou e quem fui são sonhos diferentes, breves são os anos, poucos a vida dura, mais vale, se só memória temos, lembrar muito que pouco, e lembrá-la a si é quanto tenho hoje na memória guardado, cumpramos o que somos, nada mais nos foi dado, e assim chega uma carta ao fim, tão difícil nos pareceu escrevê-la e saiu correntia, basta não sentir muito o que se diz e não pensar muito no que se escreve, o mais que houver de ser depende da resposta. À tarde foi Ricardo Reis, como tinha prometido, à procura de um emprego de médico, duas horas por dia, três vezes por semana, ou uma vez que seja, só para não perder a prática, mesmo com a janela para o saguão, ou em quarto interior, uma saleta de consultório, de velhos móveis, por trás do biombo uma marquesa rudimentar para as observações sumárias, um candeeiro de bicha em cima da secretária para melhor poder ver a palidez do doente, um escarrador alto para os bronquíticos, duas estampas na parede, um caixilho para o diploma, o calendário que diga quantos dias ainda teremos para viver. Começou de longe, Alcântara, Pampulha, talvez por ter vindo desses lados quando entrou a barra, perguntou se havia vagas, falou com médicos a quem não conhecia e que o não conheciam a ele, sentia-se ridículo quando dizia, Caro colega, envergonhado quando lhe davam o mesmo tratamento, aqui há uma vaga, mas é provisória, de um colega que se encontra ausente, contamos que para a semana já venha dar consulta. Esteve no Conde Barão, passou pelo Rossio, tudo completo, falta de médicos não há, felizmente, que em Portugal só de sifilíticos temos seiscentos mil, e quanto a mortalidade infantil, ainda o caso é mais sério, por cada mil crianças nascidas morrem cento e cinquenta, imaginemos o que não seria, a catástrofe, se nos faltassem as boas medicinas que temos. Parece isto obra do destino, que tendo Ricardo Reis procurado tão insistentemente e de tão longe, veio a encontrar, já na quarta-feira, um porto de abrigo, por assim dizer, mesmo ao pé da porta, no Camões, e com tanta fortuna que se achou instalado em gabinete com janela para a praça, é certo que se vê o D'Artagnan de costas, mas as transmissões estão asseguradas, os recados garantidos, do que logo fez demonstração um pombo voando da sacada para a cabeça do vate, provavelmente foi-lhe segredar ao ouvido, com malícia columbina, que tinha ali atrás um concorrente, mente, como a sua, às musas dada, porém, braço não mais do que às seringas feito, a Ricardo Reis pareceu que Luís de Camões encolhera os ombros, nem era o caso para menos. O lugar não está garantido, é uma simples e temporária substituição de um colega especialista de coração e pulmões a quem precisamente o coração deu em falhar, mesmo não sendo grave o prognóstico, tem ali para três meses. Não alimentava Ricardo Reis extremadas luzes sobre matérias tão preciosas, lembramo-nos de ter alegado insuficiência para pronunciar-se sobre os males cardíacos de Marcenda, o destino, além de obreiro, também sabe de ironias, por isso teve o novel especialista de andar pelas livrarias à cata de tratados que lhe reanimassem a memória e o ajudassem a acertar o passo pelos avanços da moderna terapêutica e preventiva. Foi visitar o colega retirado, assegurou-lhe que faria quanto estivesse ao seu alcance para honrar a ação e tradição de quem era ainda, e por muitos anos continuará a ser, o titular da especialidade naquela celebrada policlínica, e a quem não deixarei de consultar, vindo aqui a sua casa, nos casos mais graves, assim aproveitando, em meu próprio benefício e dos doentes, o seu grande saber e experiência. O colega gostou de ouvir os louvores, em ponto algum os achou exagerados, e prometeu colaboração franca e leal, depois passaram ao ajuste das condições da esculápia sublocação, uma percentagem para a administração da policlínica, um fixo para o ordenado da enfermeira adstrita, outra percentagem para material e gastos correntes, um fixo para o agora cardíaco colega, haja doente ou haja saúde, com o que sobrar não irá Ricardo Reis enriquecer, nem precisa, que por enquanto estão longe do fim as libras brasileiras. Na cidade há mais um médico, como não tem outra coisa que fazer vai três vezes por semana, às segundas, quartas e sextas, pontual, primeiro esperando doentes que não aparecem, depois cuidando que não fujam, enfim, passado o tempo excitante da adaptação, instalar--se-á na rotina confortável do pulmão cavernoso, do coração necrosado, procurando nos livros remédio para o que remédio não tem, só de longe em longe telefonará ao colega, ter-lhe dito que o visitaria e consultaria nos casos difíceis foi mero falar por falar, tática de conveniência, cada um de nós vai fazendo o que pode pela sua vida e preparando a sua morte, e o trabalho que isso nos dá, sem esquecer quanto seria melindroso perguntar, Ó colega, qual é a sua opinião, a mim o doente parece-me ter o coração por um fio, diga-me o colega se lhe vê alguma saída, além da óbvia, para o outro mundo, seria o mesmo que ir falar de corda em casa de enforcado, ditério que aqui aparece pela segunda vez.

Marcenda ainda não respondeu. Ricardo Reis escreveu já outra carta a falar-lhe da sua nova vida, médico finalmente em atividade, com foral emprestado de especialista, dou consulta numa policlínica, na Praça de Luís de Camões, a dois passos da minha casa e do seu hotel, Lisboa, com suas casas de várias cores, é uma pequeníssima cidade. Ricardo Reis tem a impressão de estar a escrever a alguém a quem nunca tivesse visto, alguém que vivesse, se existe, em lugar desconhecido, e quando pensa que tal lugar tem nome e realidade, chama-se Coimbra e viram-no em outro tempo os seus próprios olhos, é o pensamento que lho diz, como poderia dizer, distraidamente, qualquer outra coisa, esta, que é exemplo absurdo, o sol nasce a ocidente, por mais que nessa direção olhemos nunca veremos nascer dali o sol, mas aí morrer, é como Coimbra e quem lá mora. E se é verdade que beijou essa pessoa que hoje não lhe parece ter alguma vez visto, a memória que ainda conserva do beijo vai-se apagando por trás da espessura dos dias, nas livrarias não há tratados capazes de refrescar-lhe essa memória, os tratados só são úteis em lesões cardíacas e pulmonares, e mesmo assim é costume dizer-se que não há doenças, há doentes, quererá isto dizer, se parafraseássemos e ajustássemos ao conto, que não há beijos, há pessoas. É certo que Lídia vem em quase todos os seus dias de folga, e Lídia é, pelos indícios exteriores e interiores, pessoa, mas das relutâncias e dos preconceitos de Ricardo Reis já foi explicado o bastante, pessoa será, mas não aquela.

O tempo tem melhorado, o mundo é que vai a pior. Segundo o calendário, já é primavera, rebentam algumas flores e folhas novas nos galhos das árvores, mas uma vez por outra o inverno faz um fossado para estas bandas, então desabam chuvas torrenciais, vão no enxurro as folhas e as flores, depois o sol reaparece, com a ajuda dele vamos fazendo por esquecer os males da seara perdida, do boi afogado que vem de água abaixo, inchado e podre, da casa pobre que não se aguentou nas paredes, da súbita inundação que arrasta dois homens pelos negros esgotos da cidade, entre excrementos e ratazanas, a morte devia ser um gesto simples de retirada, como do palco sai um ator secundário, não chegou a dizer a palavra final, não lhe pertencia, saiu apenas, deixou de ser preciso. Mas o mundo, por tão grande ser, vive de lances mais dramáticos, para ele têm pouca importância estas queixas que à boca pequena vamos fazendo de faltar a carne em Lisboa, não é notícia que se dê lá para fora, para o estrangeiro, os outros é que não têm esta modéstia lusitana, veja-se o caso das eleições na Alemanha, em Brunswick andou o corpo motorizado nacional-socialista a passear pelas ruas um boi que transportava um cartaz assim rezando, Este não vota porque é boi, havia de ser cá, levávamo-lo a votar e depois comíamos-lhe os bifes, o lombo e a dobrada, até do rabo faríamos sopa. Claro que na Alemanha o povo é outro. Aqui, a gente bate palmas, acorre aos desfiles, faz a saudação à romana, vai sonhando com fardas para os civis, mas somos menos que terceiras figuras no grande palco do mundo, o mais a que conseguimos chegar é à comparsaria e à figuração, por isso nunca sabemos bem onde pôr os pés e meter as mãos, se vamos à avenida estender o braço à mocidade que passa, uma criancinha inocente que está ao colo da mãe julga que pode brincar com o nosso patriótico fervor e puxa-nos pelo dedo pai de todos que mais a jeito lhe ficava, com um povo destes não é possível ser convicto e solene, não é possível oferecer a vida no altar da pátria, devíamos era aprender com os ditos alemães, olhar como aclamam Hitler na Wilhelmplatz, ouvir como imploram, apaixonados, Queremos ver o Führer, Führer sê bom, Führer aparece, gritando até enrouquecerem, com os rostos cobertos de suor, as velhinhas de brancos cabelos chorando lágrimas de ternura, as férteis mulheres palpitando em seus túrgidos úteros e ofegantes seios, os homens, duríssimos de músculos e vontades, todos clamando, até que o Führer vem à janela, então o delírio rebenta os últimos diques, a multidão é um grito só, Heil, assim vale a pena, quem me dera ser alemão. Porém, não será preciso aspirar a tanto, considere-se o exemplo dos italianos, que, não sendo que se compare, já vão ganhando a sua guerra, ainda há poucos dias bombardearam a cidade de

Harrar, voaram até lá os aviões e reduziram tudo a cinzas, se eles a tal extremo se abalançam apesar de serem gente de tarantela e serenata, talvez para nós não fossem impedimento o fado e o vira, o nosso mal é faltarem-nos as oportunidades, império temos, e dos bons, com ele até cobriríamos a Europa e ainda sobraria império, e também não podemos ir à conquista do território dos vizinhos, nem sequer para recuperarmos Olivença, aonde nos arrastariam tais atrevimentos, atentemos antes em como correm as coisas por lá, e entretanto vamos recebendo em nossos lares e hotéis os espanhóis endinheirados que fogem da turvação, é esta a tradicional hospitalidade portuguesa, se um dia chegarem a fugir alguns dos outros entregá-los-emos às autoridades que farão a justiça que entenderem, a lei fez-se para ser cumprida, Mas há entre os nossos portugueses muita sede de martírio, muito apetite de sacrifício, muita fome de abnegação, ainda no outro dia foi dito por um destes senhores que mandam em nós, Nunca mãe alguma, ao dar à luz um filho, pode atirá-lo para um mais alto e nobre destino do que o de morrer pela sua terra, em defesa da pátria, filho duma puta, estamos a vê-lo a visitar as maternidades, a apalpar o ventre às grávidas, a perguntar quando desovam, que já vão faltando soldados nas trincheiras, quais, ele o saberá, também podem ser projetos para o futuro. O mundo, como destas amostras se pode concluir, não promete soberbas felicidades, agora foi Alcalá Zamora destituído da presidência da República e logo começou a correr o boato de que haverá um movimento militar em Espanha, se tal coisa lá fizerem, tristes dias estão guardados para muita gente. Claro que não é por razões dessas que a gente de cá emigra. A nós tanto nos faz pátria como mundo, a questão é encontrar um sítio onde se possa comer e juntar algum dinheiro, Brasil seja, para onde em Março foram seiscentos e seis, ou Estados Unidos da América do Norte, para onde viajaram cinquenta e nove, ou Argentina, que já lá tem mais sessenta e cinco, para os outros países, por junto, só foram dois, para a França, por exemplo, não foi ninguém, não é país para labrostes portugueses, aí é outra civilização.

Agora que veio o tempo da Páscoa, o governo mandou distribuir por todo o país bodo geral, assim reunindo a lembrança católica dos padecimentos e triunfos de Nosso Senhor às satisfações temporárias do estômago protestativo. Os pobrezinhos fazem bicha nem sempre paciente às portas das juntas de freguesia e das misericórdias, e já se fala que para os finais de Maio se dará uma brilhante festa no campo do Jockey Club a favor dos sinistrados das inundações do Ribatejo, esses infelizes que andam de fundilhos molhados há tantos meses, formou-se a comissão patrocinadora com o que temos de melhor no high-life, senhoras e senhores que são ornamento da nossa melhor sociedade, podemos avaliar pelos nomes, qual deles o mais resplandecente em qualidades morais e bens de qualidade, Mayer Ulrich, Perestrello, Lavradio, Estarreja, Daun e Lorena, Infante da Câmara, Alto Mearim, Mousinho de Albuquerque, Roque de Pinho, Costa Macedo, Pina, Pombal, Seabra e Cunha, muita sorte vão ter os ribatejanos se conseguirem aguentar a fome até Maio. No entanto, os governos, por supremos que sejam, como este, perfeitíssimo, sofrem de males da vista cansada, talvez da muita aplicação ao estudo, da pertinaz vigília e vigilância. É que, vivendo alto, só enxergam bem o que está longe, e não reparam como tantas vezes a salvação se encontra, por assim dizer, ao alcance da mão, ou no anúncio do periódico, que é o caso presente, e se este não viram menos desculpa têm, porque até traz desenho, uma senhora deitada, de combinação e alcinhas, entremostrando um magnífico busto que talvez deva alguma coisa às manipulações de Madame Hélène Duroy, não obstante está um pouco pálida a deliciosa criatura, um nadinha clorótica, ainda assim não tanto que venha a ser fatal esta sua doença, tenhamos confiança no médico que está sentado à cabeceira, careca, de bigode e pera, e que lhe diz, respeitosamente repreensivo, Bem se vê que O não conhece, se O tivesse tomado não estava assim, e estende-lhe a insinuante salvação, um frasco de Bovril. Lesse o governo com atenção suficiente os jornais sobre os quais todas as manhãs, tardes e madrugadas mandou passar zelosos olhares, peneirando outros conselhos e opiniões, e veria quão fácil é resolver o problema da fome portuguesa, tanto a aguda como a crónica, a solução está aqui, no Bovril, um frasco de Bovril a cada português, para as famílias numerosas o garrafão de cinco litros, prato único, alimento universal, pancresto remédio, se o tivéssemos tomado a tempo e horas não estávamos na pele e no osso, Dona Clotilde.

Ricardo Reis vai-se informando, toma nota destas receitas úteis, não é como o governo, que insiste em fatigar os olhos nas entrelinhas e nas adversativas, perdendo o certo pelo duvidoso. Se a manhã está agradável sai de casa, um pouco soturna apesar dos cuidados e desvelos de Lídia, para ler os jornais à luz clara do dia, sentado ao sol, sob o vulto protetor de Adamastor, já se viu que Luís de Camões exagerou muito, este rosto carregado, a barba esquálida, os olhos encovados, a postura nem medonha nem má, é puro sofrimento amoroso o que atormenta o estupendo gigante, quer ele lá saber se passam ou não passam o cabo as portuguesas naus. Olhando o rio refulgente, Ricardo Reis lembra-se de dois versos duma antiga quadra popular, Da janela do meu quarto vejo saltar a tainha, todas aquelas cintilações da onda são peixes que saltam, irrequietos, embriagados de luz, é bem verdade que são belos todos os corpos que saem rápidos ou vagarosos da água, a escorrer, como Lídia no outro dia, ao alcance das mãos, ou estes peixes que nem os olhos veem. Num outro banco os dois velhos conversam, estão à espera de que Ricardo Reis acabe de ler o jornal, geralmente deixa-o em cima do banco quando se vai embora, saem todos os dias de casa com a esperança de que aquele senhor apareça no jardim, a vida é uma inesgotável fonte de surpresas, chegámos a esta idade em que só podemos ver navios no Alto de Santa Catarina, e de repente somos gratificados com o jornal, às vezes em dias seguidos, depende do tempo. Uma vez Ricardo Reis dará pela ansiedade dos velhos, viu mesmo um deles apontar uma corridinha trémula e trôpega para o banco onde estivera sentado, e cometerá a caridade de oferecer por suas mãos e palavras o jornal, que eles aceitarão, claro está, porém rancorosos por terem ficado a dever um favor. Confortavelmente reclinado no encosto do banco, de perna traçada, sentindo o leve ardor do sol nas pálpebras semicerradas, Ricardo Reis recebe no Alto de Santa Catarina as notícias do vasto mundo, acumula conhecimento e ciência, que Mussolini declarou, Não pode tardar o aniquilamento total das forças militares etíopes, que foram enviadas armas soviéticas para os refugiados portugueses em Espanha, além doutros fundos e material destinados a implantar a União das Repúblicas Ibéricas Soviéticas Independentes, que, segundo foi proclamado por Lumbrales, Portugal é a obra de Deus através de muitas gerações de santos e heróis, que no cortejo da jornada corporativa do Norte vão incorporar-se quatro mil e quinhentos trabalhadores, a saber, dois mil trabalhadores de armazém, mil seiscentos e cinquenta tanoeiros, duzentos engarrafadeiros, quatrocentos mineiros de São Pedro da Cova, quatrocentos conserveiros de Matosinhos e quinhentos associados dos sindicatos de Lisboa, e que o aviso de primeira classe Afonso de Albuquerque largará com destino a Leixões, a fim de tomar parte na festa operária que ali se realizará, também ficou a saber que os relógios serão adiantados uma hora, que há greve geral em Madrid, que sai hoje o jornal O Crime, que tornou a aparecer aquele famoso monstro de Loch Ness, que os membros do governo que foram ao Porto assistiram à distribuição de um bodo a três mil e duzentos pobres, que morreu Ottorino Respighi, autor das Fontes de Roma, felizmente o mundo pode satisfazer todos os gostos, isto é o que pensa Ricardo Reis, não aprecia de igual modo o que lê, tem, como toda a gente, as suas preferências, mas não pode escolher as notícias, sujeita-se ao que lhe dão. Muito diferente da sua é a situação daquele ancião americano que todas as manhãs recebe um exemplar do New York Times, seu jornal favorito, o qual tem em tão alta estima e consideração o seu idoso leitor, com a bonita idade de noventa e sete primaveras, a precária saúde dele, o seu direito a um fim de vida tranquilo, que todas as manhãs lhe prepara essa edição de exemplar único, falsificada de uma ponta à outra, só com notícias agradáveis e artigos otimistas, para que o pobre velho não tenha de sofrer com os terrores do mundo e suas promessas de pior, por isso o jornal explica e demonstra que a crise económica está a desaparecer, que já não há desempregados, e que o comunismo na Rússia evoluciona para o americanismo, tiveram de render-se os bolcheviques à evidência das virtudes americanas. São estas as boas notícias que John D. Rockefeller ouve ler ao pequeno-almoço e que depois, dispensando o secretário, saboreia com os seus próprios e fatigados olhos que não enxergam mais longe, deliciam-no os desanuviados parágrafos, terra enfim de harmonia, guerra só a aproveitável, sólidos os dividendos, garantidos os juros, já não lhe resta muito tempo para viver, mas, chegando a hora, morrerá como um justo, assim o New York Times possa continuar, todos os dias, a imprimir-lhe a felicidade em exemplar único, é o único habitante do mundo que dispõe de uma felicidade rigorosamente pessoal e intransmissível, os mais têm de contentar-se com as sobras. Deslumbrado com o que acaba de saber, Ricardo Reis pousa suavemente sobre os joelhos este jornal português, procura representar na imaginação o velho John D. abrindo com as mãos trémulas e esqueléticas as folhas mágicas, não tem a mais leve desconfiança de que seja mentira o que elas lhe dizem, e que mentirem-lhe já anda nas bocas do mundo, telegrafam-no as agências de continente para continente, também a novidade entrará na redação do New York Times, mas aqui têm ordem para esconder as más notícias, atenção, isto não é para ir no jornal de John D., corno da casa que nem ao menos será o último a saber, um homem tão rico, tão poderoso, deixar-se ludibriar assim, e duas vezes ludibriado, não bastava sabermos nós que é falso o que ele julga saber, ainda sabemos que ele nunca saberá que nós o sabemos. Os velhos fingem-se distraídos com a conversa, argumentam sem pressas, mas envesgam o olho para este lado, à espera do seu New York Times, o pequeno-almoço foi uma bucha de pão seco e café de cevada, mas as nossas más notícias estão garantidas, agora que temos um vizinho tão rico que até deixa os jornais aí pelos bancos do jardim. Ricardo Reis levantou-se, faz um sinal aos velhos, que exclamam, Ah, muito obrigado, senhor doutor, e o gordo avança, sorrindo, ergue daquela bandeja de prata o dobrado periódico, está como novo, é o que faz ter mãos de médico, mão de médico, mão de dama, e voltando reinstala-se no seu lugar, ao lado do magro, esta leitura não é pela primeira página que começa, antes de mais nos informaremos sobre as desordens e agressões, os desastres, a necrologia, os diversos crimes, em particular, ó frémito e arrepio, a morte ainda indecifrada do Luís Uceda, e também o nefando caso da criança mártir das Escadinhas das Olarias, oito, rés do chão.

Quando Ricardo Reis entra em casa, vê um sobrescrito na passadeira, de um levíssimo tom de violeta, não traz indicação de remetente, nem precisa, sobre o selo o borrão negro do carimbo mal deixa adivinhar a palavra Coimbra, mas ainda que lá estivesse escrito, por outro indecifrável motivo, Viseu ou Castelo Branco, tanto fazia, que a cidade donde esta carta verdadeiramente vem chama-se Marcenda, o resto não passa de mal-entendido geográfico, ou é puro erro. Marcenda tardou a escrever, daqui a poucos dias completa-se um mês que esteve nesta casa, onde, se acreditarmos nas suas próprias palavras, pela primeira vez foi beijada, afinal nem esse abalo, acaso profundo, acaso desgarrador das íntimas fibras e dos íntimos sentidos, nem isso a moveu, mal chegada a casa, a escrever duas linhas, mesmo disfarçando cuidadosamente os sentimentos, traindo-os talvez em duas palavras apertadas, quando a mão, tremendo, não soube guardar as distâncias. Tardou tanto, escreveu agora, para dizer o quê. Ricardo Reis tem a carta na mão, não a abriu, depois pousou-a sobre a mesa de cabeceira, sobre o deus do labirinto, iluminada pela luz pálida do candeeiro, ali lhe apeteceria deixá-la, quem sabe se por vir tão cansado de ouvir crepitações de foles rotos, os pulmões portugueses tuberculosos, cansado também de ter palmilhado a cidade, no espaço limitado por onde incessantemente circula, como a mula que vai puxando a nora, de olhos vendados, e, apesar disso ou por causa disso, sentindo por momentos a vertigem do tempo, o oscilar ameaçador das arquiteturas, a viscosa pasta do chão, as pedras moles. Porém, se não abrir agora a carta, talvez nunca mais a abra, dirá, mentindo, se lhe perguntarem, que não chegou a recebê-la, perdeu-se certamente na longa viagem entre Coimbra e Lisboa, caiu da bolsa do mensageiro quando ele atravessava um descampado ventoso ao galope do cavalo, soprando na corneta, O sobrescrito era violeta, dirá Marcenda, não há muitas cartas dessa cor, Ah, então, se não caiu em meio de flores, com as quais se tivesse confundido, pode ser que alguém a encontre e faça seguir, há pessoas honestas, incapazes de ficar com o que não lhes pertence, Mas até agora ainda não chegou, talvez alguém a tivesse aberto e lido, não lhe era dirigida, mas acaso as palavras lá escritas diriam precisamente aquilo que precisava de ouvir, porventura anda com a carta no bolso para onde quer que vá, e lê-a de vez em quando, é o seu conforto, Muito me espantaria, nos responderá Marcenda, porque a carta não fala dessas coisas, Bem me queria a mim parecer, por isso é que eu levei tanto tempo a abri-la, diz Ricardo Reis. Sentou-se na borda da cama, a ler, Meu amigo, recebi as suas notícias, que me agradaram muito, principalmente a segunda carta, em que me informa que começou a dar consultas, da primeira também gostei, mas não fui capaz de perceber tudo quanto nela escreveu, ou tenho um pouco de medo de entender, afinal, não quero parecer-lhe ingrata, sempre me tratou com respeito e consideração, só me pergunto que é isto, que futuro há, não digo para nós, mas para mim, eu não sei o que quer nem o que quero, se a vida fosse toda certos momentos que há nela, não que eu tenha muita experiência, mas tive agora esta, a experiência de um momento, se a vida fosse, mas a vida é este meu braço esquerdo que está morto e morto ficará, a vida é também aquele tempo que separa as nossas idades, um veio demasiado tarde, outro cedo de mais, não lhe valeu a pena ter viajado tantos quilómetros do Brasil aqui, a distância vem a dar na mesma, não se pode aproximar o tempo, porém gostaria de não perder a sua amizade, para mim será bastante riqueza, também de que me serviria desejar mais. Ricardo Reis passou a mão pelos olhos, continuou, Irei por estes dias a Lisboa, para o costume, e far-lhe-ei uma visita no seu consultório, conversaremos um bocadinho, não lhe quero roubar muito tempo, talvez lá não volte, meu pai mostra-se pouco interessado, desanimou, já admite que provavelmente não tenho cura, e acho que o diz com sinceridade, afinal ele não precisa deste pretexto para ir a Lisboa sempre que quiser, a sua ideia agora é que vamos em peregrinação a Fátima, em Maio, ele é que tem a fé, não eu, pode ser que seja suficiente aos olhos de Deus. A carta terminava com algumas palavras de amizade, até breve, meu amigo, darei sinal de mim logo que chegar. Se tivesse ficado perdida por lá, no meio dos campos floridos, se a estivesse varrendo o vento como uma grande pétala roxa, poderia Ricardo Reis, neste momento, reclinar-se no travesseiro, deixar correr a imaginação, que dirá, que não dirá, e imaginaria o melhor possível, que é o que sempre faz quem precisa. Fechou os olhos, pensou, Quero dormir, insistiu em voz baixa, Dorme, como se estivesse a hipnotizar-se a si mesmo, Vá, dorme, dorme, dorme, ainda tinha a carta entre os dedos frouxos, e, para dar maior verossimilhança ao ludíbrio com que fingia enganar-se, deixou-a cair, agora adormeceu, suavemente, vinca-lhe a testa uma ruga inquieta, sinal de que afinal não está dormindo, as pálpebras estremecem, não vale a pena, nada disto é verdade. Apanhou a carta do chão, meteu-a no sobrescrito, escondeu-a entre os livros, mas não se há de esquecer de procurar um sítio mais seguro, um dia destes vem Lídia fazer a limpeza, dá com a carta, e depois, é certo que ela, a bem dizer, não tem quaisquer direitos, se aqui vem a casa é porque a vontade lhe puxa, não porque eu lho peça, mas oxalá não deixe de vir, que mais queria Ricardo Reis, ingrato homem, meteu-se-lhe uma mulher na cama de seu livre gosto, assim não precisa de andar por aí arriscado a apanhar uma doença, há homens com muita sorte, e este ainda queixoso só porque não recebeu de Marcenda uma carta de amor, não esquecer que todas as cartas de amor são ridículas, isto é o que se escreve quando já a morte vem subindo a escada, quando se torna de súbito claro que verdadeiramente ridículo é não ter recebido nunca uma carta de amor. Diante do espelho do guarda-fato, que o reflete em seu inteiro corpo, Ricardo Reis diz, Tens razão, nunca recebi uma carta de amor, uma carta que só de amor fosse, e também nunca escrevi uma carta de amor, nem por metade dela ou minha metade, esses inúmeros que em mim vivem, escrevendo eu, assistem, então a mão me cai, inerte, enfim não escrevo. Pegou na sua maleta negra, profissional, e foi para o escritório, sentou-se à secretária, durante meia hora preencheu verbetes com as histórias clínicas de alguns novos doentes, depois foi lavar as mãos, esfregou-as demoradamente como se tivesse acabado de fazer observações diretas, pesquisado expetorações, entretanto olhava-se no espelho, Estou com um aspeto fatigado, pensou. Voltou ao quarto, entreabriu as portadas de madeira, A Lídia disse que traria as cortinas da próxima vez que viesse, e bem precisas são, tenho o quarto devassado. Já estava anoitecendo. Poucos minutos depois, Ricardo Reis saía para jantar.

Um dia que venha alguém curioso de averiguar que maneiras tinha Ricardo Reis à mesa, se sorvia ruidosamente a sopa, se trocava as mãos na serventia da faca e do garfo, se limpava a boca antes de beber ou sujava o copo, se fazia uso imoderado dos palitos, se desabotoava o colete no fim da refeição, se conferia as contas parcela por parcela, estes criados galaico-portugueses, provavelmente, dirão que nunca fizeram grande reparo nisso, Saiba vossa excelência que há de tudo, com o tempo, já nem ligamos, cada um come como aprendeu, mas a ideia com que nós ficámos, na nossa cabeça, é que o senhor doutor era uma pessoa educada, entrava, dava as boas-tardes ou as boas-noites, dizia logo o que queria comer, e depois não se dava mais por ele, era como se aí não estivesse, Comia sempre sozinho, Sempre, o que tinha era um costume, Qual, Quando nós íamos a tirar o outro talher da mesa, o que estava defronte dele, pedia que o deixássemos ficar, que assim parecia a mesa mais composta, e uma vez, comigo, até se deu um caso, Que caso, Quando lhe servi o vinho, enganei-me e enchi os dois copos, o dele e o da outra pessoa que lá não estava, não sei se está a perceber, Estou a perceber, estou, e depois, Então ele disse que estava bem assim, e a partir daí tinha sempre o outro copo cheio, no fim da refeição bebia-o de uma só vez, fechava os olhos para beber, Caso estranho, Saiba vossa excelência que nós, criados, vimos muitas coisas estranhas, E fazia o mesmo em todos os restaurantes aonde ia, Ah, isso não sei, só perguntando, Lembram-se de alguma vez ter encontrado um amigo ou um conhecido, mesmo que não se sentassem à mesma mesa, Nunca, era como se tivesse acabado de chegar de um país estrangeiro, assim como eu quando vim de Xunqueira de Ambia, não sei se me entende, Entendo muito bem, todos nós já passámos por isso, Vossa excelência deseja mais alguma coisa, tenho de ir servir aquele freguês do canto, Vá, vá, obrigado pelas informações. Ricardo Reis acabou de beber o café que deixara arrefecer, depois pediu a conta. Enquanto esperava segurou com as duas mãos o segundo copo, ainda quase cheio, levantou-o como se saudasse alguém na sua frente, depois, devagar, semicerrando os olhos, bebeu o vinho. Sem conferir, pagou, deixou gorjeta, nem escassa nem pródiga, gratificação de freguês de todos os dias, deu as boas-noites e saiu, Vossa excelência reparou, é aquele o jeito dele. Parado na berma do passeio, Ricardo Reis olha indeciso, o céu está encoberto, o ar húmido, mas as nuvens, embora muito baixas, não parecem ameaçar chuva. Há o momento infalível em que lhe acodem as recordações do Hotel Bragança, acabou agora mesmo de jantar, disse, Até amanhã, Ramón, e vai sentar-se num sofá da sala, de costas para o espelho, daqui a pouco virá o gerente Salvador informar-se se quer que lhe mande servir outro café, ou uma aguardente, um digestivo, senhor doutor, especial da casa, e ele dirá que não, quase nunca bebe, o besouro do fundo da escada deu sinal, o pajem levanta a luz para ver quem entra, será Marcenda, muito atrasado chegou hoje o comboio do Norte. Um elétrico aproxima-se, tem escrito Estrela na bandeira iluminada, e a paragem é aqui mesmo, calhou assim, o guarda-freio viu aquele senhor na berma do passeio, é certo que não fez nenhum gesto a mandar parar, mas, para um guarda-freio com experiência, é evidente que estava à espera. Ricardo Reis subiu, sentou-se, a esta hora vai o elétrico quase vazio, dlim-dlim, tocou o condutor, a viagem é comprida por este itinerário, sobe-se a Avenida da Liberdade, depois a Rua de Alexandre Herculano, atravessa-se a Praça do Brasil, Rua das Amoreiras acima, lá no alto a Rua de Silva Carvalho, o bairro de Campo de Ourique, a Rua de Ferreira Borges, ali na encruzilhada, mesmo no enfiamento da Rua de Domingos Sequeira, desce Ricardo Reis do elétrico, com isto já passa das dez, poucas são as pessoas que andam fora de casa, nas altas fachadas dos prédios quase não se veem luzes, é assim no geral, os moradores estão lá para as traseiras, as mulheres na cozinha a acabar de lavar a louça, as crianças já deitadas, os homens bocejando diante do jornal ou a tentar apanhar, entre os tremores, rugidos e desmaios da estática, Rádio Sevilha, por nenhuma razão especial, apenas, talvez, porque nunca lá puderam ir. Ricardo Reis segue pela Rua de Saraiva de Carvalho, na direção do cemitério, à medida que se aproxima tornam-se os passantes mais raros, ainda está longe do seu destino e já vai sozinho, desaparece nas zonas de sombra que há entre dois candeeiros, ressurge à luz amarelada, adiante, no escuro, ouviu-se um rumor de chaves, é o guarda-noturno da área que começa a ronda. Ricardo Reis atravessa o largo direito ao portão fechado. O sereno olha-o de longe, depois segue caminho, alguém que vai chorar a sua dor a estas noturnas horas, ter-lhe-á morrido a mulher, ou um filho, coitado. Ou a mãe, pode muito bem ter sido a mãe, as mães estão sempre a morrer, uma velhinha muito velha que ao fechar os olhos não viu seu filho, onde será que ele está, pensou, e depois morreu, assim se separam as pessoas, se calhar por ser responsável pela tranquilidade destas ruas é o guarda-noturno atreito a reflexões tão sentimentais, da sua própria mãe é que não se lembra, quantas vezes isto acontece, temos piedade dos outros, não de nós próprios. Ricardo Reis aproxima-se das grades, toca-lhes com as mãos, de dentro, quase inaudível, vem um sussurro, é a aragem circulando entre os ramículos dos ciprestes, pobres árvores que nem folhas têm, mas isto é a ilusão dos sentidos, o rumor que estamos ouvindo é apenas o da respiração de quem dorme naqueles prédios altos, e nestas casas baixas fora dos muros, um arzinho de música, o bafo das palavras, a mulher que murmurou, Estou tão cansada, vou-me deitar, é o que diz Ricardo Reis para dentro, não as palavras todas, apenas, Estou cansado, meteu uma mão entre os ferros, faz um gesto, mas nenhuma outra mão veio apertar a sua, ao que estes chegaram, nem podem levantar um braço.

Fernando Pessoa apareceu duas noites depois, regressava Ricardo Reis do seu jantar, sopa, um prato de peixe, pão, fruta, café, sobre a mesa dois copos, o último sabor que leva na boca, como ficámos cientes, é o do vinho, mas deste freguês não há um só criado que possa afirmar, Bebia de mais, levantava-se da mesa a cair, repare-se na curiosa expressão, levantar-se da mesa a cair, por isso é fascinante a linguagem, parece uma insuperável contradição, ninguém, ao mesmo tempo, se levanta e cai, e contudo temo-lo visto abundantes vezes, ou experimentado com o nosso próprio corpo, mas de Ricardo Reis não há testemunhas na história da embriaguez. Sempre tem estado lúcido quando lhe aparece Fernando Pessoa, está lúcido agora quando o vê sentado, de costas, no banco mais próximo do Adamastor, é inconfundível aquele pescoço alto e delgado, o cabelo um pouco ralo no cimo da cabeça, além disso não são muitas as pessoas que andam por aí sem chapéu nem gabardina, é certo que o tempo se tornou mais ameno, mas à noite ainda refresca. Ricardo Reis sentou-se ao lado de Fernando Pessoa, no escuro da noite sobressai a brancura da cara e das mãos, a alvura da camisa, o resto confunde-se, mal se distingue o fato preto da sombra que a estátua projeta, não há mais ninguém no jardim, no outro lado do rio vê-se uma fiada de inseguras luzes rente à água, mas são como estrelas, cintilam, tremem como se fossem apagar-se, e persistem. Julguei que nunca mais voltasse, disse Ricardo Reis, Aqui há dias vim visitá-lo, mas quando cheguei à sua porta percebi que você estava ocupado com a Lídia, por isso retirei-me, nunca fui grande amador de quadros vivos, respondeu Fernando Pessoa, distinguia-se-lhe o sorriso cansado. Tinha as mãos juntas no joelho, o ar de quem espera pacientemente a sua vez de ser chamado ou de ser mandado embora, e entretanto fala porque o silêncio seria mais insuportável que as palavras, O que eu não esperava era que você fosse tão persistente amante, para o volúvel homem que poetou a três musas, Neera, Cloe e Lídia, ter-se fixado carnalmente em uma, é obra, diga-me cá, nunca lhe apareceram as outras duas, Não, nem é caso para estranhar, são nomes que não se usam hoje, E aquela rapariga simpática, fina, a do braço paralítico, você chegou a dizer-me como ela se chamava, Marcenda, É um gerúndio bonito, tem-na visto, Encontrei-a da última vez que esteve em Lisboa, o mês passado, Você gosta dela, Não sei, E da Lídia, gosta, É diferente, Mas gosta, ou não gosta, Até agora o corpo não se me negou, E isso que é que prova, Nada, pelo menos de amores, mas deixe de fazer perguntas sobre a minha intimidade, diga-me antes por que é que não tornou a aparecer, Usando uma só palavra, por enfado, De mim, Sim, também de si, não por ser você, mas por estar desse lado, Que lado, O dos vivos, é difícil a um vivo entender os mortos, Julgo que não será menos difícil a um morto entender os vivos, O morto tem a vantagem de já ter sido vivo, conhece todas as coisas deste mundo e desse mundo, mas os vivos são incapazes de aprender a coisa fundamental e tirar proveito dela, Qual, Que se morre, Nós, vivos, sabemos que morreremos, Não sabem, ninguém sabe, como eu também não sabia quando vivi, o que nós sabemos, isso sim, é que os outros morrem, Para filosofia, parece-me insignificante, Claro que é insignificante, você nem sonha até que ponto tudo é insignificante visto do lado da morte, Mas eu estou do lado da vida, Então deve saber que coisas, desse lado, são significantes, se as há, Estar vivo é significante, Meu caro Reis, cuidado com as palavras, viva está a sua Lídia, viva está a sua Marcenda, e você não sabe nada delas, nem o saberia mesmo que elas tentassem dizer-lho, o muro que separa os vivos uns dos outros não é menos opaco que o que separa os vivos dos mortos, Para quem assim pense, a morte, afinal, deve ser um alívio, Não é, porque a morte é uma espécie de consciência, um juiz que julga tudo, a si mesmo e à vida, Meu caro Fernando, cuidado com as palavras, você arrisca-se muito, Se não dissermos as palavras todas, mesmo absurdamente, nunca diremos as necessárias, E você, já as sabe, Só agora comecei a ser absurdo, Um dia você escreveu Neófito, não há morte, Estava enganado, há morte, Di-lo agora porque está morto, Não, digo-o porque estive vivo, digo-o, sobretudo, porque nunca mais voltarei a estar vivo, se você é capaz de imaginar o que isto significa, não voltar a estar vivo, Assim Pero Grulho ensinaria, Nunca tivemos melhor filósofo.

Ricardo Reis olhou a Outra Banda. Algumas luzes tinham-se apagado, outras distinguiam-se mal, esmoreciam, sobre o rio começava a pairar uma neblina leve, Você disse que deixara de aparecer por se sentir enfadado, É verdade, De mim, De si talvez não tanto, o que me tem enfadado e cansado é este ir e vir, este jogo entre uma memória que puxa e um esquecimento que empurra, jogo inútil, o esquecimento acaba por ganhar sempre, Eu não o esqueço a si, Sabe uma coisa, você, nesta balança, não pesa muito, Então que memória é essa que continua a chamá-lo, A memória que ainda tenho do mundo, Julguei que o chamasse a memória que o mundo tenha de si, Que ideia tola, meu caro Reis, o mundo esquece, já lhe disse, o mundo esquece tudo, Acha que o esqueceram, O mundo esquece tanto que nem sequer dá pela falta do que esqueceu, Há aí grande vaidade, Claro que sim, mais vaidoso que um poeta só um poeta mais pequeno, Nesse caso, serei eu mais vaidoso que você, Deixe que lhe diga, sem ser para o lisonjear, você, como poeta, não é nada mau, Mas menos bom que você, Creio que sim, Depois de estarmos ambos mortos, se ainda então formos lembrados, ou enquanto o formos, vai ser interessante observar para que lado se inclinará essa outra balança, Então nos darão nulo cuidado os pesos e os pesadores, Neófito, há morte, Há. Ricardo Reis aconchegou a gabardina ao corpo, Está a arrefecer, vou para casa, se quiser vir comigo, conversaremos mais um bocado, Hoje não espera visitas, Não, e pode lá ficar, como no outro dia, Também se sente só esta noite, Ao ponto de implorar companhia, não, é apenas por pensar que às vezes a um morto há de apetecer estar sentado numa cadeira, num sofá, debaixo de telha, confortável, Você, Ricardo, nunca foi irónico, Nem o estou a ser agora. Levantou-se, perguntou, Então, vem, Fernando Pessoa foi atrás dele, alcançou-o no primeiro candeeiro, o prédio ficava em baixo, do outro lado da rua. Defronte da porta estava um homem de nariz no ar, parecia medir as janelas, pela inclinação do corpo, em pausa instável, figurava ir de passagem, subira a íngreme, cansativa rua, qualquer de nós diria, vendo-o, que é um simples passeante noturno, que os há nesta cidade de Lisboa, nem toda a gente vai para a cama com as galinhas, mas quando Ricardo Reis se aproximou mais deu-lhe na cara um violento odor de cebola, era o agente Victor, reconheceu-o logo, há cheiros que são assim, eloquentes, vale cada um por cem discursos, dos bons e dos maus, cheiros que são como retratos de corpo inteiro, hábeis a desenhar e iluminar feições, que andará este tipo a fazer por aqui, e talvez por estar Fernando Pessoa presente não quis fazer má figura, tomou a iniciativa da interpelação, Por estes sítios, a umas horas destas, senhor Victor, o outro respondeu com o que pôde improvisar, não trazia explicação preparada, esta vigilância está na infância da arte, Calhou, senhor doutor, calhou, fui visitar uma parenta que mora no Conde Barão, coitada, está com uma pneumonia, não se saiu mal de todo o Victor, E então o senhor doutor já não vive no hotel, com a inábil pergunta descobria o enredo, uma pessoa pode estar de hóspede no Hotel Bragança e andar a passear à noite no Alto de Santa Catarina, onde veríamos a incompatibilidade, mas Ricardo Reis fez de contas que não tinha reparado ou não reparou mesmo, Não, agora moro aqui, naquele segundo andar, Ah, esta exclamação melancólica, apesar de breve, espalhou nos ares o sufocante fedor, valeu a Ricardo Reis ter a brisa pelas costas, são as misericórdias do céu. Victor despediu-se, lançou nova baforada, Então passe o senhor doutor muito bem, em precisando de alguma coisa, já sabe, é só falar com o Victor, ainda no outro dia o senhor doutor-adjunto me dizia que se toda a gente fosse como o senhor doutor Reis, tão correto, tão educado, até dava gosto trabalhar, ele vai ficar muito satisfeito quando eu lhe disser que o encontrei, Boas noites, senhor Victor, menos do que isto seria indelicado responder, além de o obrigar o seu bom nome. Ricardo Reis atravessou a rua, atrás dele foi Fernando Pessoa, ao agente Victor pareceu ver duas sombras no chão, são efeitos de luz reflexa, manifestações, a partir de certa idade os olhos deixam de poder separar o visível do invisível. Victor ainda se deixou ficar no passeio, agora já tanto fazia, à espera de que se acendesse a luz no segundo andar, mera rotina, simples confirmação, mais que sabia ele que Ricardo Reis morava ali, não tivera de caminhar muito nem muito interrogar, com a ajuda do gerente Salvador chegou aos moços de fretes, com a ajuda dos moços de fretes chegou a esta rua e este prédio, bem verdade é o que se diz, quem tem boca vai a Roma, e da Cidade Eterna ao Alto de Santa Catarina não dista mais que um passo.

Acomodado, recostado no sofá do escritório, Fernando Pessoa perguntou, traçando a perna, Quem era aquele seu amigo, Não é meu amigo, Ainda bem, só o cheiro que ele deitava, há cinco meses ando eu com este fato e esta camisa, sem mudar a roupa interior, e não cheiro assim, mas, se não é amigo, quem é ele então, e o tal doutor-adjunto que tanto parece estimá-lo, São ambos da polícia, no outro dia fui chamado a perguntas, Supunha-o homem pacífico, incapaz de perturbar as autoridades, Sou, de facto, um homem pacífico, Alguma você terá feito para que o chamassem, Vim do Brasil, não fiz mais nada, Querem ver que a sua Lídia estava virgem e foi, triste e desonrada, queixar-se, Ainda que a Lídia fosse virgem e eu a desflorasse, não seria à Polícia de Vigilância e Defesa do Estado que iria levar queixa, Foi essa que o chamou a si, Foi, E eu a imaginar que tinha sido caso para a polícia dos costumes, Os meus costumes são bons, pelo menos não ficam desfavorecidos em comparação com a maldade dos costumes gerais, Você nunca me falou dessa história policiária, Não tive ocasião, e você deixou de aparecer, Fizeram-lhe mal, ficou preso, vai ser julgado, Não, tive apenas de responder a umas perguntas, que gente conheci no Brasil, por que foi que voltei, que relações criei em Portugal desde que cá estou, Teria muita graça se lhes tivesse falado de mim, Teria muita graça eu dizer-lhes que de vez em quando encontro o fantasma de Fernando Pessoa, Perdão, meu caro Reis, eu não sou nenhum fantasma, Então, que é, Não lhe saberei responder, mas fantasma não sou, um fantasma vem do outro mundo, eu limito-me a vir do cemitério dos Prazeres, Enfim, é Fernando Pessoa morto, o mesmo que era Fernando Pessoa vivo, De uma certa e inteligente maneira, isso é exato, Em todo o caso, estes nossos encontros seriam difíceis de explicar à polícia, Você sabe que eu, um dia, fiz aí uns versos contra o Salazar, E ele, deu pela sátira, suponho que seria sátira, Que eu saiba, não, Diga-me, Fernando, quem é, que é este Salazar que nos calhou em sorte, É o ditador português, o protetor, o pai, o professor, o poder manso, um quarto de sacristão, um quarto de sibila, um quarto de Sebastião, um quarto de Sidónio, o mais apropriado possível aos nossos hábitos e índole, Alguns pês e quatro esses, Foi coincidência, não pense que andei a procurar palavras que principiassem pela mesma letra, Há pessoas que têm essa mania, exultam com as aliterações, com as repetições aritméticas, cuidam que graças a elas ordenam o caos do mundo, Não devemos censurá-las, são gente ansiosa, como os fanáticos da simetria, O gosto da simetria, meu caro Fernando, corresponde a uma necessidade vital de equilíbrio, é uma defesa contra a queda, Como a maromba utilizada pelos equilibristas, Tal qual, mas, voltando ao Salazar, quem diz muito bem dele é a imprensa estrangeira, Ora, são artigos encomendados pela propaganda, pagos com o dinheiro do contribuinte, lembro-me de ouvir dizer, Mas olhe que a imprensa de cá também se derrete em louvações, pega-se num jornal e fica-se logo a saber que este povo português é o mais próspero e feliz da terra, ou está para muito breve, e que as outras nações só terão a ganhar se aprenderem connosco, O vento sopra desse lado, Pelo que lhe estou a ouvir, você não acredita muito nos jornais, Costumava lê-los, Diz essas palavras num tom que parece de resignação, Não, é apenas o que fica de um longo cansaço, você sabe como é, faz-se um grande esforço físico, os músculos fatigam-se, ficam lassos, apetece fechar os olhos e dormir, Tem sono, Ainda sinto o sono que tinha em vida, Estranha coisa é a morte, Mais estranho ainda, olhando-a do lado em que estou, é verificar que não há duas mortes iguais, estar morto não é o mesmo para todos os mortos, há casos em que transportamos para cá todos os fardos da vida. Fernando Pessoa fechou os olhos, apoiou a cabeça no encosto do sofá, pareceu a Ricardo Reis que duas lágrimas lhe assomavam entre as pálpebras, também seriam, como as duas sombras vistas pelo Victor, efeitos de luz reflexa, é do senso comum que os mortos não choram. Aquele rosto nu, sem óculos, com o bigode ligeiramente crescido, pelo e cabelo têm vida mais longa, exprimia uma grande tristeza, daquelas sem emenda, como as da infância, que, por da infância serem, julgamos terem remédio fácil, esse é o nosso engano. De repente, Fernando Pessoa abriu os olhos, sorriu, Imagine você que sonhei que estava vivo, Terá sido ilusão sua, Claro que foi ilusão, como todo o sonho, mas o que é interessante não é um morto sonhar que está vivo, afinal ele conheceu a vida, deve saber do que sonha, interessante é um vivo sonhar que está morto, ele que não sabe o que é a morte, Não tarda muito que você me diga que morte e vida é tudo um, Exatamente, meu caro Reis, vida e morte é tudo um, Você já disse hoje três coisas diferentes, que não há morte, que há morte, agora diz-me que morte e vida são o mesmo, Não tinha outra maneira de resolver a contradição que as duas primeiras afirmações representavam, e dizendo isto Fernando Pessoa teve um sorriso sábio, é o mínimo que deste sorriso se poderia dizer, se tivermos em conta a gravidade e a importância do diálogo.

Ricardo Reis levantou-se, Vou aquecer café, volto já, Olhe, Ricardo, como nós estávamos a falar de jornais, chegou-me a curiosidade de saber as últimas notícias, será uma maneira de acabarmos o serão, Há cinco meses que você nada sabe do mundo, muita coisa não vai perceber, Você também deve ter percebido pouco quando aqui desembarcou depois de dezasseis anos de ausência, teve de atar as pontas umas às outras por cima do tempo, com certeza ficaram-lhe pontas sem nós e nós sem pontas, Tenho os jornais no quarto, já vou buscá-los, disse Ricardo Reis. Foi à cozinha, voltou daí a pouco com uma pequena cafeteira de esmalte branco, a chávena e a colher, o açúcar, que colocou em cima da mesa baixa que separava os sofás, saiu outra vez, regressou com os jornais, deitou o café na chávena, adoçou, Você não bebe, claro, Se ainda me restasse uma hora de vida, talvez a trocasse agora por um café bem quente, Daria mais do que aquele rei Henrique, que por um cavalo só trocava um reino, Para não perder o reino, mas deixe lá a história dos ingleses e diga-me como vai este mundo dos vivos. Ricardo Reis bebeu meia chávena, depois abriu um dos jornais, perguntou, Você sabia que o Hitler fez anos, quarenta e sete, Não acho que a notícia seja importante, Porque não é alemão, se o fosse seria menos desdenhoso, E que mais, Diz aqui que passou revista a trinta e três mil soldados, num ambiente de veneração quase religiosa, palavras textuais, se quer fazer uma ideia ouça só esta passagem do discurso que Goebbels fez na ocasião, Leia lá, Quando Hitler fala é como se a abóbada de um templo se fechasse sobre a cabeça do povo alemão, Caramba, muito poético, Mas isto nada vale em comparação com as palavras de Baldur von Schirach, Quem é esse von Schirach, não me lembro, É o chefe das Juventudes do Reich, Que foi que ele disse, Hitler, presente de Deus à Alemanha, foi o homem providencial, o culto por ele está acima das divisões confessionais, Essa não lembrava ao diabo, o culto por um homem a unir o que o culto de Deus dividiu, E von Schirach vai mais longe, afirma que se a juventude amar Hitler, que é o seu Deus, se se esforçar por fielmente o servir, cumprirá o preceito que recebeu do Padre Eterno, Magnífica lógica, para a juventude Hitler é um deus, servindo-o fielmente cumpre um preceito do Padre Eterno, portanto temos aqui um deus a agir como intermediário doutro deus para os seus próprios fins, o Filho como árbitro e juiz da autoridade do Pai, afinal o nacional-socialismo é uma religiosíssima empresa, Olhe que nós, por cá, também não vamos nada mal em pontos de confusão entre o divino e o humano, parece até que voltámos aos deuses da antiguidade, Os seus, Eu só aproveitei deles um resto, as palavras que os diziam, Explique melhor essa tal divina e humana confusão, É que, segundo a declaração solene de um arcebispo, o de Mitilene, Portugal é Cristo e Cristo é Portugal, Está aí escrito, Com todas as letras, Que Portugal é Cristo e Cristo é Portugal, Exatamente. Fernando Pessoa pensou alguns instantes, depois largou a rir, um riso seco, tossicado, nada bom de ouvir, Ai esta terra, ai esta gente, e não pôde continuar, havia agora lágrimas verdadeiras nos seus olhos, Ai esta terra, repetiu, e não parava de rir, Eu a julgar que tinha ido longe de mais no atrevimento quando na Mensagem chamei santo a Portugal, lá está, São Portugal, e vem um príncipe da Igreja, com a sua arquiepiscopal autoridade, e proclama que Portugal é Cristo, E Cristo é Portugal, não esqueça, Sendo assim, precisamos de saber, urgentemente, que virgem nos pariu, que diabo nos tentou, que judas nos traiu, que pregos nos crucificaram, que túmulo nos esconde, que ressurreição nos espera, Esqueceu-se dos milagres, Quer você milagre maior que este simples facto de existirmos, de continuarmos a existir, não falo por mim, claro, Pelo andar que levamos, não sei até quando e onde existiremos, Em todo o caso, você tem de reconhecer que estamos muito à frente da Alemanha, aqui é a própria palavra da Igreja a estabelecer, mais do que parentescos, identificações, nem sequer precisávamos de receber o Salazar de presente, somos nós o próprio Cristo, Você não devia ter morrido tão novo, meu caro Fernando, foi uma pena, agora é que Portugal vai cumprir-se, Assim acreditemos nós e o mundo no arcebispo, O que ninguém pode é dizer que não estamos a fazer tudo para alcançar a felicidade, quer ouvir agora o que o cardeal Cerejeira disse aos seminaristas, Não sei se serei capaz de aguentar o choque, Você não é seminarista, Mais uma razão, mas seja o que Deus quiser, leia lá, Sede angelicamente puros, eucaristicamente fervorosos e ardentemente zelosos, Ele disse essas palavras, assim emparelhadas, Disse, Só me resta morrer, Já está morto, Pobre de mim, nem isso me resta. Ricardo Reis encheu outra chávena, A beber café dessa maneira, você não vai dormir, avisou Fernando Pessoa, Deixe, uma noite de insónia nunca fez mal a ninguém, e às vezes ajuda, Leia-me mais notícias, Lerei, mas antes diga-me se não acha inquietadora esta novidade portuguesa e alemã de utilizar Deus como avalista político, Será inquietadora, mas novidade não é, desde que os hebreus promoveram Deus ao generalato, chamando-lhe senhor dos exércitos, o mais têm sido meras variantes do tema, É verdade, os árabes invadiram a Europa aos gritos de Deus o quer, Os ingleses puseram Deus a guardar o rei, Os franceses juram que Deus é francês, Mas o nosso Gil Vicente afirmou que Deus é português, Ele é que deve ter razão, se Cristo é Portugal, Bom, leia mais um bocado, antes de me ir embora, Não quer cá ficar, Tenho regras a cumprir, regulamentos, no outro dia infringi três artigos com todas as suas alíneas, Faça o mesmo hoje, Não, Então ouça lá, agora vão de enfiada, se tiver comentários a fazer guarde-os para o fim, Pio XI condena a falta de moral de certas fitas Maximino Correia declarou que Angola é mais portuguesa que Portugal porque desde Diogo Cão não reconheceu outra soberania que não fosse a dos portugueses Em Olhão houve uma distribuição de pão aos pobres no pátio do quartel da Guarda Nacional Republicana Fala-se numa associação secreta espanhola constituída por militares Na Sociedade de Geografia por ocasião da semana das colónias senhoras da nossa melhor sociedade ocuparam lado a lado lugares com gente modesta Segundo o jornal Pueblo Gallego refugiaram-se em Portugal cinquenta mil espanhóis No Tavares o salmão vende-se a trinta e seis escudos o quilo, Caríssimo, Você gosta de salmão, Detestava, E pronto, a não ser que queira que lhe leia as desordens e agressões, o jornal está lido, Que horas são, Quase meia-noite, Ih, como o tempo passa, Vai-se embora, Vou, Quer que o acompanhe, Para si ainda é cedo, Por isso mesmo, Não me compreendeu, o que eu disse é que ainda é cedo para me acompanhar lá para onde eu vou, Sou apenas um ano mais velho que você, pela ordem natural das coisas, Que é a ordem natural das coisas, Costuma-se dizer assim, pela ordem natural das coisas eu até deveria ter morrido primeiro, Como vê, as coisas não têm uma ordem natural. Fernando Pessoa levantou-se do sofá, depois abotoou o casaco, ajustou o nó da gravata, pela ordem natural teria feito ao contrário, Então cá vou, até um dia destes, e obrigado pela sua paciência, o mundo ainda está pior do que quando o deixei, e essa Espanha, de certeza, acaba em guerra civil, Acha, Se os bons profetas são os que já morreram, pelo menos essa condição está do meu lado, Evite fazer barulho quando descer a escada, por causa da vizinhança, Descerei como uma pena, E não bata com a porta, Fique descansado, não ecoará o som cavo da tampa do sepulcro, Boas noites, Fernando, Durma bem, Ricardo.

Fosse por efeito da grave conversação ou por abuso do café, Ricardo Reis não dormiu bem. Acordou algumas vezes, no sono parecera-lhe ouvir bater o seu próprio coração dentro da almofada onde descansava a cabeça, quando acordava deitava-se de costas para deixar de o ouvir, e depois, aos poucos, tornava a senti-lo, deste lado do peito, fechado na gaiola das costelas, então vinham-lhe à lembrança as autópsias a que assistira, e via o seu coração vivo, pulsando angustiadamente como se cada movimento fosse o derradeiro, depois o sono voltava, difícil, enfim profundo quando a manhã já clareava. Ainda dormia, veio o ardina atirar-lhe o jornal às vidraças, não se levantou para abrir a janela, em casos tais o vendedor sobe a escada, deixa as notícias sobre o capacho, estas novas por cima, que outras, doutro dia, mais antigas, serviam agora para aparar o terriço raspado pelo esparto na sola dos sapatos, sic transit notitia mundi, abençoado seja quem inventou o latim. Ao lado, no recanto do vão da porta, está a leiteirinha com a metade de meio litro diária, pendurado no puxador o saquitel do pão, Lídia trará tudo isto para dentro, quando chegar, já depois das onze, que hoje é dia da sua folga, mas não conseguiu vir mais cedo, à última hora ainda Salvador a mandou limpar e arrumar três quartos, gerente abusador. Não se demorará muito, tem de ir ver a sua abandonada mãe, saber novidades do irmão que foi ao Porto navegando no Afonso de Albuquerque e voltou, Ricardo Reis ouviu-a entrar, chamou com voz ensonada, e ela apareceu entreportas, ainda com a chave, o pão, o leite e o jornal nas mãos, disse, Bom dia, senhor doutor, ele respondeu, Bom dia, Lídia, foi assim que se trataram no primeiro dia e assim irão continuar, nunca ela será capaz de dizer, Bom dia, Ricardo, mesmo que ele lho pedisse, o que até hoje não fez e não fará, é suficiente confiança recebê-la neste preparo, despenteado, de barba crescida e hálito noturno. Lídia foi à cozinha deixar o leite e o pão, voltou com o jornal, depois saiu para preparar o pequeno-almoço, enquanto Ricardo Reis desdobrava e abria as folhas, segurando-as cuidadosamente pelas margens brancas para não manchar os dedos, levantando-as para não sujar a dobra do lençol, são pequenos gestos maníacos que conscientemente cultiva como quem se rodeia de balizas, de pontos de referência, de fronteiras. Ao abrir o jornal lembrou-se do movimento idêntico que fizera algumas horas antes, e outra vez se lhe figurou que Fernando Pessoa estivera ali há muito mais tempo, como se memória tão recente fosse, afinal, uma memória antiquíssima, de dias em que Fernando Pessoa, por ter partido os óculos, lhe pedira, Ó Reis, leia-me aí as notícias, as mais importantes, As da guerra, Não, essas não vale a pena, leio-as amanhã, que são iguais, estava-se em Junho de mil novecentos e dezasseis, e Ricardo Reis escrevera, há poucos dias, a mais extensa das suas odes, passadas e futuras, aquela que começa, Ouvi contar que outrora, quando a Pérsia. Da cozinha veio o cheiro bom do pão torrado, ouviam-se pequenos rumores de louça, depois os passos de Lídia no corredor, traz, serena desta vez, o tabuleiro, é o mesmo gesto profissional, só não precisa de bater à porta, que está aberta. A este hóspede de tantas semanas pode-se perguntar sem abusar da confiança, Então hoje deixou-se dormir, Não passei bem a noite, uma insónia dos diabos, Se calhar andou por fora, deitou-se tarde, Antes fosse, ainda não era meia-noite quando me deitei, nem saí de casa, acreditará Lídia, não acreditará, nós sabemos que Ricardo Reis diz a verdade. O tabuleiro está sobre os joelhos do hóspede do duzentos e um, a criada deita o café e o leite, aproxima as torradas, a compota, retifica a posição do guardanapo, e então é que diz, Hoje não posso ficar muito tempo, dou aí uma arrumação e depois vou-me, quero ver a minha mãe, ela já se queixa de que eu nunca apareço, ou passo de fugida, até me perguntou se arranjei namorado e se é para casar. Ricardo Reis sorri, contrafeito, não tem nada para responder, certamente não esperarίamos que dissesse, Namorado já tu aqui tens, e quanto ao casamento, ainda bem que falas nisso, um destes dias teremos de falar no nosso futuro, limita-se a sorrir, a olhar para ela com uma expressão subitamente paternal. Lídia retirou-se para a cozinha, não levava qualquer resposta, se a esperara, saíram-lhe sem querer aquelas palavras da boca, nunca a mãe lhe falara em noivos e namorados. Ricardo Reis acabou de comer, empurrou o tabuleiro para os pés da cama, recostou-se a ler o jornal, A grande parada corporativa mostrou que não é difícil realizar entre patrões e operários um entendimento honesto e bem intencionado, prosseguiu a leitura sisudamente, dando pouca atenção ao peso dos argumentos, em seu íntimo não sabia se estava de acordo ou duvidava, O corporativismo, o enquadramento das classes no ambiente e no espaço que a cada uma pertencer são os meios próprios para transformar as sociedades modernas, com esta receita de um novo paraíso terminou a leitura do artigo de fundo, depois, de olhos incertos, passou às notícias do estrangeiro, Amanhã realiza-se em França o primeiro escrutínio das eleições legislativas, As tropas de Badoglio preparam-se para retomar o avanço sobre Addis-Abeba, foi neste momento que Lídia apareceu à porta do quarto, de mangas arregaçadas, a querer saber, Viu ontem o balão, Qual balão, O zepelim, passou mesmo por cima do hotel, Não vi, mas estava vendo agora, na página aberta do jornal, o gigantesco, adamastórico dirigível, Graf Zeppelin, do nome e título do seu construtor, conde Zeppelin, general e aeronauta alemão, ei-lo a sobrevoar a cidade de Lisboa, o rio, as casas, as pessoas param nos passeios, saem das lojas, debruçam-se das janelas dos elétricos, vêm às varandas, chamam umas pelas outras para partilharem a maravilha, um espirituoso diz inevitavelmente, Ó patego olha o balão, em preto e cinza retratou-o o jornal, Traz aqui a fotografia, informou Ricardo Reis, e Lídia aproximou-se da cama, tão chegada que mal parecia não lhe cingir ele as ancas com o braço livre, o outro segurava o jornal, ela riu, Esteja quieto, depois disse, Tão grande, aí ainda parece maior que ao natural, e aquela cruz que leva atrás, Chamam-lhe gamada, ou suástica, É feia, Olha que já houve muita gente que a achava a mais bonita de todas, Parece uma aranha, Havia religiões no oriente para quem esta cruz representava a felicidade e a salvação, Tanto, Tudo, Então por que é que a puseram no rabo do zepelim, O dirigível é alemão, e a suástica é hoje o emblema da Alemanha, Dos nazis, Que é que tu sabes disto, Foi o meu irmão que me contou, O teu irmão marujo, Sim, o Daniel, não tenho outro, Ele já voltou do Porto, Ainda não o vi, mas já voltou, Como é que sabes, O barco dele está em frente do Terreiro do Paço, conheço-o bem, Não te queres deitar, Prometi à minha mãe que ia lá almoçar, se me deito chego atrasada, Só um bocadinho, vá, depois deixo-te ir, a mão de Ricardo Reis desceu até à curva da perna, levantou a saia, passou acima da liga, tocou e acariciou a pele nua, Lídia dizia, Não, não, mas começava a ceder, tremiam-lhe os joelhos, foi então que Ricardo Reis percebeu que o seu sexo não reagia, que não iria reagir, era a primeira vez que lhe acontecia o temido acidente, sentiu-se tomado de pânico, lentamente retirou a mão, murmurou, Põe-me a água a correr, quero tomar banho, ela não compreendeu, começara a desapertar o cós da saia, a desabotoar a blusa, e ele repetiu, numa voz que de súbito se tornara estridente, Quero tomar banho, põe-me a água a correr, atirou o jornal para o chão, enfiou-se bruscamente pelos lençóis abaixo e voltou-se para a parede, quase derrubou o tabuleiro do pequeno-almoço. Lídia olhava-o desconcertada, Que foi que eu fiz, pensou, eu até me ia deitar, mas ele continuava de costas viradas, as mãos, que ela não podia ver, tentavam excitar o sexo desmaiado, mole, oco de sangue, vazio de vontade, e inutilmente se esforçavam, agora com violência, ou raiva, ou desespero. Retirou-se Lídia tristíssima, leva consigo o tabuleiro, vai lavar a louça, vai-la lavar alva, mas antes acende o esquentador, põe a água a correr para a tina, experimenta a temperatura à saída da torneira, depois passa as mãos molhadas pelos olhos molhados, Que foi que eu lhe fiz, se eu até me ia deitar, há desencontros assim, fatais, tivesse-lhe ele dito, Não posso, estou mal-disposto, e ela não se importaria, mesmo não sendo para aquilo talvez se deitasse, que dizemos nós, deitar-se-ia de certeza, em silêncio o confortando naquele grande medo, porventura teria a comovente lembrança de suavemente pousar a mão sobre o sexo dele, sem intenção picante, apenas como se dissesse, Deixe lá, não é morte de homem, e, serenamente, ambos adormeceriam, já esquecida ela de que a mãe estava à sua espera com o almoço na mesa, a mãe que por fim diria ao filho marinheiro, Vamos nós almoçar, que a tua irmã, agora, não se pode contar com ela, não parece a mesma, são assim as contradições e injustiças da vida, aí está Ricardo Reis que não teria nenhuma razão para pronunciar aquelas últimas e condenatórias palavras.

Lídia apareceu à porta do quarto, já pronta para sair, disse, Até para a semana, ela vai infeliz, ele infeliz fica, ela sem saber que mal terá feito, ele sabendo que mal lhe aconteceu. Ouve-se a água correr, cheira ao vapor quente que se expande pela casa, Ricardo Reis ainda se deixa ficar alguns minutos deitado, sabe que é imensa aquela tina, mar mediterrâneo quando cheia, enfim levanta-se, lança o roupão pelas costas, e, arrastando os chinelos, entra na casa de banho, olha o espelho embaciado onde felizmente não pode ver-se, essa devia ser, em certas horas, a caridade dos espelhos, então pensou, Isto não é morte de homem, acontece a todos, algum dia tinha de me acontecer a mim, qual é a sua opinião, senhor doutor, Não se preocupe, vou-lhe receitar umas pílulas novas que lhe resolverão esse pequeno problema, o que é preciso é não se pôr a empreender no caso, saia, distraia-se, vá ao cinema, se realmente foi esta a primeira vez, até pode considerar-se um homem de sorte. Ricardo Reis fechou a torneira, despiu-se, temperou com alguma água fria o grande lago escaldante e deixou-se mergulhar devagarinho, como se renunciasse ao mundo do ar. Abandonados, os membros eram impelidos para a superfície, boiavam entre duas águas, também o sexo murcho se movia, preso, como uma alga, pela sua raiz, acenando, agora não ousava Ricardo Reis levar a mão até ele, tocar-lhe, olhava-o apenas, era como se não lhe pertencesse, qual a qual, é ele meu, ou eu é que sou dele, e não procurava a resposta, perguntar já era angústia bastante.

Foi três dias depois que Marcenda apareceu no consultório. Dissera à empregada que queria ser atendida em último lugar, aliás não vinha como doente, Peço-lhe que diga ao senhor doutor que está aqui Marcenda Sampaio, mas só quando não houver mais doentes, e meteu-lhe no bolso uma nota de vinte escudos, chegado o momento foi a empregada com o recado, já Ricardo Reis despira a bata branca, hábito quase talar que mal lhe dava pelo meio da perna, por isso não era nem seria sumo-sacerdote desta religião sanitária, apenas sacristão, para despejar e lavar as galhetas, para acender as velas, e apagá-las, para lavrar as certidões, de óbito, claro está, algumas vezes sentira uma difusa pena, um desgosto, de não se ter especializado em obstetrícia, não por serem esses órgãos os mais íntimos e preciosos da mulher, mas por neles se fazerem os filhos, dos outros, servem estes de compensação quando os nossos faltam ou não os conhecemos. Ouviria bater os novos corações do mundo, algumas vezes poderia receber nas mãos os sujos, peganhentos animaizinhos, entre sangue e muco, entre lágrimas e suor, ouvir-lhes o primeiro grito, aquele que não tem significado, ou tem-no, e não sabemos. Tornou a vestir a bata, mal atinando com as mangas, subitamente torcidas, mal talhadas, hesitou se deveria receber Marcenda à porta, ou esperá-la por trás da secretária, com a mão profissionalmente pousada sobre o simpósio, fonte de toda a sabedoria, bíblia das dores, acabou por se aproximar da janela que dava para o largo, para os olmos, para as tílias floridas, para a estátua do mosqueteiro, ali é que gostaria de receber Marcenda, se não fosse absurdo o comportamento, dizer-lhe, É primavera, veja que engraçado, aquele pombo em cima da cabeça do Camões, os outros pousados nos ombros, é a única justificação e utilidade das estátuas, servirem de poleiro aos pombos, porém as conveniências do mundo têm mais força, Marcenda apareceu à porta, Faz favor de entrar, dizia mesureira a empregada, subtil pessoa, muito competente na arte de distinguir posições sociais e níveis de riqueza, Ricardo Reis esqueceu-se dos olmos, das tílias, os pombos levantaram voo, alguma coisa os assustou ou deu-lhes o apetite de mexer as asas, de voar, na Praça de Luís de Camões a caça está proibida todo o ano, fosse esta mulher pomba e não poderia voar, asa ferida, Como tem passado, Marcenda, muito prazer em vê-la, e seu pai, como está, Bem, muito obrigada, senhor doutor, ele não pôde vir, manda-lhe cumprimentos, assim instruída a empregada retirou-se, fechou a porta. As mãos de Ricardo Reis ainda apertam a mão de Marcenda, ficaram ambos calados, ele faz um gesto a apontar uma cadeira, ela senta-se, não tirou a mão esquerda do bolso, até a empregada do consultório, apesar do seu agudíssimo olhar, juraria que aquela senhora que entrou agora no gabinete do doutor Ricardo Reis é pessoa sem defeito, e nada feia, por sinal, só um bocadinho magra, mas, sendo tão nova, até lhe fica bem, Então, dê-me notícias da sua saúde, disse Ricardo Reis, e Marcenda respondeu, Estou como estava, o mais provável é que não volte ao médico, pelo menos a este de Lisboa, Não há nenhum indício de reanimação, de movimento, nenhuma alteração da sensibilidade, Nada que valha o trabalho de defender a esperança, E o coração, Esse funciona, quer ver, Não sou o seu médico, Mas agora é especialista de cardiologia, tem outros conhecimentos, posso consultá-lo, Não lhe fica bem a ironia, limito-me a fazer o melhor que sei, e é pouco, estou apenas a substituir temporariamente um colega, expliquei-lho na minha carta, Numa das suas cartas, Faça de contas que não recebeu a outra, que ela se perdeu no caminho, Arrependeu-se de a ter escrito, A mais inútil coisa deste mundo é o arrependimento, em geral quem se diz arrependido quer apenas conquistar perdão e esquecimento, no fundo, cada um de nós continua a prezar as suas culpas, Também eu não me arrependi de ter ido a sua casa, nem me arrependo hoje, e se é culpa ter-me deixado beijar, se é culpa ter beijado, prezo igualmente essa culpa, Entre nós não houve mais que um beijo, que é um beijo, não é nenhum pecado mortal, Foi o meu primeiro beijo, talvez seja por isso que não me arrependo, Nunca ninguém a beijou antes, Foi o meu primeiro beijo, Daqui a pouco são horas de fechar o consultório, não quer vir a minha casa, estaríamos mais à vontade para conversar, Não, Entraríamos separados, com grande intervalo, não a comprometeria, Prefiro estar aqui o tempo que puder, Eu não lhe faria mal, sou um homem sossegado, Que quer dizer esse sorriso, Nada de especial, apenas confirma o sossego do homem, ou, se quer que lhe fale com mais exatidão, eu diria que há em mim, presentemente, um sossego total, as águas dormem, foi isso o que meu sorriso quis explicar, Prefiro não ir a sua casa, prefiro estar aqui a conversar, faça de conta que sou uma sua doente, De que se queixa, então, Desse sorriso gosto mais, Também eu, do outro nem eu próprio gostava. Marcenda retirou a mão esquerda do bolso, acomodou-a no regaço, pôs sobre ela a outra mão, parecia que ia principiar a expor os seus males, Imagine o senhor doutor, calhou-me em sorte este braço, já tinha na vida um coração desacertado, porém de todas estas palavras só aproveitou três, A vida é um desacerto de sortes, morávamos tão longe um do outro, tão diferentes as idades, os destinos, Está a repetir o que escreveu na sua carta, É que eu gosto de si, Ricardo, só não sei quanto, Um homem, quando chega a esta altura, fica ridículo a fazer declarações de amor, A mim soube-me bem lê-las, e sabe-me bem ouvi-las, Não estou a fazer nenhuma declaração de amor, Está, Estamos a trocar vénias, ramalhetes de flores, é verdade que são bonitas, as flores, mas já vão cortadas, mortas, elas não o sabem e nós fingimos que não sabemos, Ponho as minhas flores na água e fico a olhar para elas enquanto lhes durarem as cores, Não terá tempo de cansar os olhos, Agora estou a olhar para si, Não sou nenhuma flor, É um homem, sou capaz de perceber a diferença, Um homem sossegado, alguém que se sentou na margem do rio a ver passar o que o rio leva, talvez à espera de se ver passar a si próprio na corrente, Neste momento, creio que é a mim que está a ver, di-lo a expressão dos seus olhos, É verdade, vejo-a a afastar-se como um ramo florido e um pássaro cantando em cima dele, Não me faça chorar. Ricardo Reis foi até à janela, entreabriu a cortina. Não havia pombos pousados na estátua, voavam em círculos rápidos sobre a praça, estonteantes, como um vórtice. Marcenda aproximara-se também, Quando eu para cá vim, havia um pombo pousado no braço, junto ao coração, Fazem muito isso, é um lugar abrigado, Daqui não se vê, Está de costas voltadas para nós. A cortina tornou a fechar-se. Afastaram-se da janela, e Marcenda disse, Tenho de ir. Ricardo Reis segurou-lhe a mão esquerda, levou-a aos lábios, depois bafejou-a muito devagar como se estivesse a reanimar uma ave transida de frio, no instante seguinte era a boca de Marcenda que ele beijava, e ela a ele, segundo e já voluntário beijo, então como uma alta cascata, trovejando, o sangue de Ricardo Reis desce às profundas cavernas, metafórico modo de dizer que se ergue o seu sexo, morto afinal não estava, bem que eu lhe tinha dito que não se preocupasse. Sentiu-o Marcenda, por isso se afastou, para tornar a senti-lo se aproximou outra vez, e juraria que não se fosse interrogada, virgem louca, mas as bocas não se tinham separado, enfim ela gemeu, Tenho de ir, saiu-lhe dos braços, sem forças sentou-se numa cadeira, Marcenda, case comigo, disse Ricardo Reis, ela olhou-o, subitamente pálida, depois disse, Não, muito devagar o disse, parecia impossível que uma palavra tão curta levasse tanto tempo a pronunciar, muito mais tempo do que as outras que disse depois, Não seríamos felizes. Durante alguns minutos ficaram calados, pela terceira vez Marcenda disse, Tenho de ir, mas agora levantava-se e caminhava para a porta, ele seguiu-a, queria retê-la, mas ela já estava no corredor, ao fundo aparecia a empregada, então Ricardo Reis em voz alta, Eu acompanho-a, e assim fez, despediram-se apertando as mãos, ele disse, Os meus cumprimentos a seu pai, ela falou doutra coisa, Um dia, e não acabou a frase, alguém a continuará sabe-se lá quando e para quê, outro a concluirá mais tarde e em que lugar, por enquanto é isto apenas, Um dia. A porta está fechada, a empregada pergunta, O senhor doutor ainda precisa de mim, Não, Então, se me dá licença, já toda a gente saiu, os outros senhores doutores também, Eu ainda fico uns minutos, preciso de arrumar uns papéis, Boas tardes, senhor doutor, Boas tardes, menina Carlota, era este também o seu nome.

Ricardo Reis voltou ao gabinete, afastou a cortina. Marcenda ainda não chegara ao fundo da escada. A penumbra do fim da tarde cobria o largo. Os pombos recolhiam-se aos altos ramos dos olmos, em silêncio, como fantasmas, ou sombras doutros pombos que naqueles mesmos ramos tivessem descido em anos passados, ou nas ruínas que neste lugar houve, antes que se limpasse o terreno para fazer a praça e levantar a estátua. Agora Marcenda atravessa o largo na direção da Rua do Alecrim, volta-se para ver se o pombo ainda está pousado no braço de Camões, e por entre os ramos floridos das tílias distingue um vulto branco por trás das vidraças, se alguém deu por estes movimentos não terá entendido o sentido deles, nem sequer Carlota, que aí se metera num vão de escada, à espreita, por desconfiança de que a visitante voltará ao consultório para conversar à vontade com o doutor, não seria mal pensado, mas Marcenda não se lembrou de tal, e Ricardo Reis não chegou a perguntar a si mesmo se por essa razão se tinha deixado ficar.

Aos poucos dias chegou uma carta, a conhecida cor de violeta exangue, o mesmo carimbo negro sobre o selo, a mesma caligrafia que sabemos ser angulosa por faltar à folha de papel o amparo da outra mão, a mesma pausa longa antes que Ricardo Reis abrisse o sobrescrito, o mesmo olhar apagado, as mesmas palavras, Foi grande imprudência visitá-lo, não voltará a acontecer, nunca mais nos tornaremos a ver, mas acredite em mim, ficará para sempre na minha lembrança por muitos anos que viva, se as coisas fossem diferentes, se eu fosse mais velha, se este braço sem remédio, sim, é verdade, fui desenganada, o médico acabou por reconhecer que não tenho cura, que são tempo perdido os banhos de luz, as correntes galvânicas, as massagens, eu já esperava, nem tive ânimo de chorar, e não é de mim que tenho pena, é do meu braço, tomo conta dele como de uma criança que nunca poderá sair do berço, acaricio-o como se não me pertencesse, animalzinho achado na rua, pobre braço, que seria dele sem mim, adeus, meu amigo, meu pai contina a dizer que devo ir a Fátima e eu vou, só para lhe dar gosto, se ele disto precisa para ficar em paz com a consciência, assim acabará por pensar que foi a vontade de Deus, bem sabe que contra a vontade de Deus nada podemos fazer nem devemos tentar, meu amigo, não lhe digo que se esqueça de mim, pelo contrário, peço-lhe que se lembre todos os dias, mas não me escreva, nunca mais irei à posta--restante, e agora termino, acabo, disse tudo. Marcenda não escreve desta maneira, é escrupulosa na obediência às regras da sintaxe, meticulosa na pontuação, mas a leitura de Ricardo Reis, saltando de linha em linha, à procura do essencial, desprezou o tecido conjuntivo, um ou dois pontos de exclamação, umas reticências pretensamente eloquentes, e mesmo quando fez segunda leitura, e terceira, não leu mais do que tinha lido antes, porque lera tudo, como Marcenda tudo dissera. Um homem recebe uma carta de prego ao largar do porto, abre-a no meio do oceano, só água e céu, e a tábua onde assenta os pés, e o que alguém escreveu na carta é que daí para diante não haverá mais portos aonde possa recolher-se, nem terras desconhecidas a encontrar, nem outro destino que o do Holandês Voador, não mais que navegar, içar e arrear as velas, dar à bomba, remendar e pontear, raspar a ferrugem, esperar. Vai à janela, ainda com a carta na mão, vê o gigante Adamastor, os dois velhos sentados à sombra dele, e a si mesmo pergunta se este desgosto não será representação sua, movimento teatral, se em verdade alguma vez acreditou que amasse Marcenda, se no seu íntimo obscuro quereria, de facto, casar com ela, e para quê, ou se não será tudo isto banal efeito da solidão, da pura necessidade de acreditar que algumas coisas boas são possíveis na vida, o amor, por exemplo, a felicidade de que falam a toda a hora os infelizes, possíveis a felicidade e o amor a este Ricardo Reis, ou àquele Fernando Pessoa, se não estivesse já morto. Marcenda existe, sem dúvida, esta carta escreveu-a ela, mas Marcenda, quem é, que há de comum entre a rapariga vista pela primeira vez na sala de jantar do Hotel Bragança, quando não tinha nome, e esta em cujo nome e pessoa vieram depois juntar-se pensamentos, sensações, palavras, as que Ricardo Reis disse, sentiu e pensou, Marcenda lugar de fixação, quem era então, hoje quem é, senda do mar que se apaga depois da passagem do barco, por enquanto alguma espuma, o turbilhão do leme, por onde foi que eu passei, que foi que passou por mim. Ricardo Reis relê uma outra vez a carta, na parte final, onde está escrito, Não me escreva, e diz consigo mesmo que não acatará o pedido, irá responder, sim, para dizer não sabe o quê, depois se verá, e se ela fizer o que promete, se não for à posta-restante, então que fique a carta à espera, o que importa é ter sido escrita, não é que venha a ser lida. Mas logo a seguir lembrou-se de que sendo o doutor Sampaio tão conhecido em Coimbra, notário é sempre força viva, e havendo nos correios, como publicamente se reconhece, tanto funcionário consciencioso e cumpridor, não estava excluída a hipótese, remota fosse, de acabar a clandestina carta por ir parar à residência, ou pior ainda, ao cartório, com escândalo. Não escreverá. Nessa carta poria tudo o que não chegou a ser dito, não tanto com a esperança de mudar o curso das coisas, mas para que ficasse claro e entendido que estas coisas são tantas que nem dizendo tudo sobre elas o seu curso se modificaria. Mas gostava, ao menos, que Marcenda soubesse que o doutor Ricardo Reis, este mesmo que a beijou e lhe pediu casamento, é poeta, não apenas um vulgar médico de clínica geral metido a cardiologista e tisiologista substituto, ainda que substituto não ruim, apesar de lhe faltar habilitação científica, pois não consta ter aumentado dramaticamente a mortalidade naqueles foros nosológicos desde que entrou em exercício. Imagina as reações de Marcenda, a surpresa, a admiração, se a tempo lhe houvesse dito, Sabe, Marcenda, que eu sou poeta, num tom assim desprendido, de quem não atribui à prenda grande importância, claro que ela compreenderia a modéstia, e teria gostado de saber, seria romântica, olharia com doce suavidade, Este homem quase de cinquenta anos e que gosta de mim é poeta, que bom, que sorte a minha, agora vejo como é diferente ser amada por um poeta, vou-lhe pedir que leia as poesias que fez, aposto que me vai dedicar algumas, é costume dos poetas, dedicam muito. Então Ricardo Reis explicaria, para prevenir eventuais ciúmes, que aquelas mulheres de quem Marcenda irá ouvir falar não são mulheres verdadeiras, mas abstrações líricas, pretextos, inventado interlocutor, se é que merece este nome de interlocutor alguém a quem não foi dada voz, às musas não se pede que falem, apenas que sejam, Neera, Lídia, Cloe, veja lá o que são coincidências, eu há tantos anos a escrever poesias para uma Lídia desconhecida, incorpórea, e vim encontrar num hotel uma criada com esse nome, só o nome, que no resto não se parecem nada. Ricardo Reis explica e torna a explicar, não por ser a tal ponto duvidosa a matéria, mas porque se teme do passo seguinte, que poema irá escolher, que dirá Marcenda depois de o ouvir, que expressão haverá no seu rosto, talvez peça para ver com os próprios olhos o que ouviu, fará em baixa voz a sua própria leitura, Num fluido incerto nexo, como o rio cujas ondas são ele, assim teus dias vê, e se te vires passar, como a outrem, cala. Leu e tornou a ler, vê-se-lhe no olhar que compreendeu, porventura a terá ajudado uma lembrança, a das palavras que ele disse no consultório, da última vez que estivemos juntos, Alguém que se sentou na margem do rio a ver passar o que o rio leva, à espera de se ver passar a si próprio na corrente, claro que entre a prosa e a poesia tem de haver certas diferenças, por isso entendi tão bem da primeira vez e agora comecei por entender tão mal. Ricardo Reis pergunta, Gostou, e ela diz, Ah, gostei muito, não pode haver melhor nem mais lisonjeadora opinião, porém os poetas são aqueles eternos insatisfeitos, a este disseram o mais que cabe dizer, o próprio Deus gostaria que isto lhe declarassem do mundo que criou, e afinal cobriu-se-lhe o olhar de melancolia, suspira, aqui está Adamastor que não consegue arrancar-se ao mármore onde o prenderam engano e deceção, convertida em penedo a carne e o osso, petrificada a língua, Por que é que ficou tão calado, pergunta Marcenda, e ele não responde.

Se estas são mágoas de uma pessoa, a Portugal, como um todo, não faltam alegrias. Agora se festejaram duas datas, a primeira que foi do aparecimento do professor António de Oliveira Salazar na vida pública, há oito anos, parece que ainda foi ontem, como o tempo passa, para salvar o seu e o nosso país do abismo, para o restaurar, para lhe impor uma nova doutrina, fé, entusiasmo e confiança no futuro, são palavras do periódico, e a outra data que também diz respeito ao mesmo senhor professor, sucesso de mais íntima alegria, sua e nossa, que foi ter completado, logo no dia a seguir, quarenta e sete anos de idade, nasceu no ano em que Hitler veio ao mundo e com pouca diferença de dias, vejam lá o que são coincidências, dois importantes homens públicos. E vamos ter a Festa Nacional do Trabalho, com um desfile de milhares de trabalhadores em Barcelos, todos de braço estendido, à romana, ficou-lhes o gesto dos tempos em que Braga se chamava Bracara Augusta, e um cento de carros ornamentados mostrando cenas da labuta campestre, ele as vindimas, ele a pisa, ele a sacha, ele a escamisada, ele a debulha, e a olaria a fazer galos e apitos, a bordadeira com os bilros, o pescador com a rede e o remo, o moleiro com o burro e o saco da farinha, a fiandeira com o fuso e a roca, com esta faz dez carros e ainda hão de passar noventa, muito se esforça o povo português por ser bom e trabalhador, enfim, vai-no conseguindo, mas em compensação não lhe faltam divertimentos, os concertos das bandas filarmónicas, as iluminações, os ranchos, os fogos de artifício, as batalhas de flores, os bodos, uma contínua festa. Ora, diante da magnífica alegria, bem podemos proclamar, é mesmo nosso dever, que as comemorações do Primeiro de Maio perderam por toda a parte o seu sentido clássico, não temos culpa que em Madrid o festejem nas ruas a cantar a Internacional e a dar vivas à Revolução, são excessos que não estão autorizados na nossa pátria, A Dios gracias, manifestam em coro os cinquenta mil espanhóis que a este oásis de paz se recolheram. Agora o que vamos ter de mais certo é virem por aí abaixo outros tantos franceses, que já a esquerda de lá ganhou as eleições, e o socialista Blum declarou-se pronto a constituir governo de Frente Popular. Sobre a augusta fronte da Europa acumulam-se nuvens de tempestade, não lhe bastava ir já arrebatada nos lombos do furioso touro espanhol, agora triunfa Chantecler com seu inflamado cantar de galo, mas, enfim, o primeiro milho é dos pardais, o melhor da colheita é para quem o merecer, dêmos nós atentos ouvidos ao marechal Pétain que, apesar de tão adiantado em anos, oitenta veneráveis invernos, não mastiga as palavras, Em meu entender, afirmou o ancião, tudo o que é internacional é nefasto, tudo o que é nacional é útil e fecundo, homem que assim fala não morrerá sem dar outros e mais substantivos sinais de si.

E terminou a guerra da Etiópia. Disse-o Mussolini do alto da varanda do palácio, Anuncio ao povo italiano e ao mundo que acabou a guerra, e a esta voz poderosa as multidões de Roma, de Milão, de Nápoles, da Itália inteira, milhões de bocas, todos gritaram o nome de Duce, os camponeses abandonaram os campos, os operários as fábricas, em patriótico delírio dançando e cantando nas ruas, é bem verdade o que proclamou Benito, que a Itália tem alma imperial, por isso se levantaram dos históricos túmulos as sombras majestosas de Augusto, Tibério, Calígula, Nero, Vespasiano, Nerva, Sétimo Severo, Domiciano, Caracala, e tutti quanti, restituídos à antiga dignidade após séculos de espera e de esperança, aí estão, postos em alas, fazendo a guarda de honra ao novo sucessor, à imponentíssima figura, ao altivo porte de Vittorio Emmanuele III, proclamado com todas as letras e em todas as línguas imperador da África Oriental Italiana, enquanto Winston Churchill está abençoando, No estado atual do mundo, a manutenção ou agravamento das sanções contra a Itália poderia ter tido como consequência uma guerra hedionda, sem disso resultar o menor proveito para o povo etíope. Tranquilizemo-nos, pois. Guerra, se a houver, guerra será, por ser esse o nome, mas não hedionda, como hedionda não foi a guerra contra os abexins.

Addis-Abeba, ó linguístico donaire, ó poéticos povos, quer dizer Nova Flor. Addis-Abeba está em chamas, as ruas cobertas de mortos, os salteadores arrombam as casas, violam, saqueiam, degolam mulheres e crianças, enquanto as tropas de Badoglio se aproximam. O Negus fugiu para a Somália francesa, donde partirá para a Palestina a bordo de um cruzador britânico, e um dia destes, lá para o fim do mês, em Genebra, perante o solene areópago da Sociedade das Nações, perguntará, Que resposta devo levar ao meu povo, mas depois de ter falado ninguém lhe respondeu, e antes que falasse assobiaram-no os jornalistas italianos presentes, sejamos nós os tolerantes, é sabido que as exaltações nacionalistas encegueiram facilmente a inteligência, atire a primeira pedra quem nunca caiu nestas tentações. Addis-Abeba está em chamas, as ruas cobertas de mortos, os salteadores arrombam as casas, violam, saqueiam, degolam mulheres e crianças, enquanto as tropas de Badoglio se aproximam. Mussolini anunciou, Deu-se o grande acontecimento que sela o destino da Etiópia, e o sábio Marconi preveniu, Aqueles que procurarem repelir a Itália caem na mais perigosa das loucuras, e Eden insinua, As circunstâncias aconselham o levantamento das sanções, e o Manchester Guardian, que é órgão governamental inglês, verifica, Há numerosas razões para serem entregues colónias à Alemanha, e Goebbels decide, A Sociedade das Nações é boa, mas as esquadrilhas de aviões são melhores. Addis-Abeba está em chamas, as ruas cobertas de mortos, os salteadores arrombam as casas, violam, saqueiam, degolam mulheres e crianças, enquanto as tropas de Badoglio se aproximam, Addis-Abeba está em chamas, ardiam casas, saqueadas eram as arcas e as paredes, violadas as mulheres eram postas contra os muros caídos, trespassadas de lanças as crianças eram sangue nas ruas. Uma sombra passa na fronte alheada e imprecisa de Ricardo Reis, que é isto, donde veio a intromissão, o jornal apenas me informa que Addis-Abeba está em chamas, que os salteadores estão pilhando, violando, degolando, enquanto as tropas de Badoglio se aproximam, o

Diário de Notícias não fala de mulheres postas contra os muros caídos nem de crianças trespassadas de lanças, em Addis-Abeba não consta que estivessem jogadores de xadrez jogando o jogo do xadrez. Ricardo Reis foi buscar à mesa de cabeceira The god of the labyrinth, aqui está, na primeira página, O corpo, que foi encontrado pelo primeiro jogador de xadrez, ocupava, de braços abertos, as casas dos peões do rei e da rainha e as duas seguintes, na direção do campo adversário, a mão esquerda numa casa branca, a mão direita numa casa preta, em todas as restantes páginas lidas do livro não há mais que este morto, logo, não foi por aqui que passaram as tropas de Badoglio. Deixa Ricardo Reis The god of the labyrinth no mesmo lugar, sabe enfim o que procura, abre uma gaveta da secretária que foi do juiz da Relação, onde em tempos dessa justiça eram guardados comentários manuscritos ao Código Civil, e retira a pasta de atilhos que contém as suas odes, os versos secretos de que nunca falou a Marcenda, as folhas manuscritas, comentários também, porque tudo o é, que Lídia um dia encontrará, quando o tempo já for outro, de insuprível ausência. Mestre, são plácidas, diz a primeira folha, e neste dia primeiro outras folhas dizem, Os deuses desterrados, Coroai-me em verdade de rosas, e outras contam, O deus Pã não morreu, De Apolo o carro rodou, uma vez mais o conhecido convite, Vem sentar-te comigo, Lídia, à beira do rio, o mês é Junho e ardente, a guerra já não tarda, Ao longe os montes têm neve e sol, só o ter flores pela vista fora, a palidez do dia é levemente dourada, não tenhas nada nas mãos porque sábio é o que se contenta com o espetáculo do mundo. Outras e outras folhas passam como os dias são passados, jaz o mar, gemem os ventos em segredo, cada coisa em seu tempo tem seu tempo, assim bastantes os dias se sucedam, bastante a persistência do dedo molhado sobre a folha, e foi bastante, aqui está, Ouvi contar que outrora, quando a Pérsia, esta é a página, não outra, este o xadrez, e nós os jogadores, eu Ricardo Reis, tu leitor meu, ardem casas, saqueadas são as arcas e as paredes, mas quando o rei de marfim está em perigo, que importa a carne e o osso das irmãs e das mães e das crianças, se carne e osso nosso em penedo convertido, mudado em jogador, e de xadrez. Addis-Abeba quer dizer Nova Flor, o resto já foi dito. Ricardo Reis guarda os versos, fecha-os à chave, caiam cidades e povos sofram, cesse a liberdade e a vida, por nossa parte imitemos os persas desta história, se assobiámos, italianos, o Negus na Sociedade das Nações, cantarolemos, portugueses, à suave brisa, quando sairmos a porta da nossa casa, O doutor vai bem-disposto, dirá a vizinha do terceiro andar, Pudera, doentes é o que nunca falta, acrescentará a do primeiro, fez cada qual seu juízo sobre o que lhe tinha parecido e não sobre o que realmente sabia, que era nada, o doutor do segundo andar apenas ia a falar sozinho.

Ricardo Reis está deitado, a cabeça de Lídia repousa sobre o seu braço direito, apenas um lençol lhes cobre os corpos suados, ele nu, ela com a camisa enrolada na cintura, já não lembrados ambos, ou ao princípio se lembrando, mas logo tranquilos, da manhã em que ele percebeu que não podia e ela não soube que mal fizera para ser recusada. Nas varandas das traseiras as vizinhas trocam palavras com segundo sentido, gestos sublinhadores, piscadelas de olhos, Lá estão outra vez, Isto o mundo vai perdido, Parece impossível, Que pouca vergonha, Quanto a mim me haviam de dar, Nem por ouro nem por prata, a este verso perdido se devia ter dado a resposta, Nem por fios de algodão, se não estivessem estas mulheres tão azedas e invejosas, se fossem ainda as meninas daquele tempo, dançando de vestidinho curto, cantando no jardim cantigas de roda, jogos inocentes, ai que lindas que elas eram. Lídia sente-se feliz, mulher que com tanto gosto se deita não tem ouvidos, que as vozes maldigam sobre os saguões e quintais, a ela não lhe podem tocar, nem os maus-olhados, quando na escada encontra as vizinhas virtuosas e hipócritas. Daqui a pouco terá de levantar-se para arrumar a casa, lavar as louças sujas que se acumularam, passar a ferro os lenços e camisas deste homem que está deitado ao seu lado, quem me havia de dizer que eu seria, que nome me darei, amiga, amante, nem uma coisa nem outra, desta Lídia não se dirá, A Lídia está amigada com o Ricardo Reis, ou, Conheces a Lídia, aquela que é amante do Ricardo Reis, se dela alguma vez se vier a falar será assim, O Ricardo Reis tinha uma mulher a dias bem boa, para todo o serviço, ficava-lhe barato. Lídia estende as pernas, chega-se para ele, é um último movimento de prazer calmo, Está calor, diz Ricardo Reis, e ela afasta-se um pouco, liberta-lhe o braço, depois senta-se na cama, procura a saia, são horas de começar a trabalhar. É então que ele diz, Amanhã vou a Fátima. Ela julgou ter percebido mal, perguntou, Vai aonde, A Fátima, Pensava que não fosse dessas ideias de igreja, Vou por curiosidade, Eu nunca lá fui, na minha família somos pouco de crenças, É para admirar, queria Ricardo Reis dizer que pessoas de classe popular são próprias para terem tais devoções, e Lídia não respondeu sim nem não, tinha descido da cama, vestia-se rapidamente, mal ouviu Ricardo Reis acrescentar, Serve-me de passeio, tenho estado sempre para aqui metido, era já noutras coisas que pensava, Demora-se muitos dias, perguntou, Não, é ir e voltar, E onde é que dorme, aquilo por lá é o poder do mundo, dizem, as pessoas têm de ficar ao relento, Logo verei, ninguém morre por passar uma noite em claro, Talvez encontre a menina Marcenda, Quem, A menina Marcenda, ela disse-me que ia a Fátima este mês, Ah, E também me disse que deixava de vir ao médico a Lisboa, que não tem cura, coitada, Sabes muito da vida da menina Marcenda, Sei pouco, só sei que vai a Fátima e que não voltará a Lisboa, Tens pena, Sempre me tratou bem, Não é natural que eu a vá encontrar no meio de toda aquela multidão, Às vezes acontece, aqui estou eu na sua casa, e quem mo diria a mim, se quando veio do Brasil tivesse ido para outro hotel, São os acasos da vida, É o destino, Acreditas no destino, Não há nada mais certo que o destino, A morte ainda é mais certa, A morte também faz parte do destino, e agora vou passar as suas camisas a ferro, lavar a louça, se tiver tempo ainda irei à minha mãe, está sempre a queixar-se que eu não apareço.

Recostado nos travesseiros, Ricardo Reis abriu um livro, não o de Herbert Quain, duvidava se algum dia chegaria ao fim da leitura, este era o Desaparecido de Carlos Queirós, poeta que poderia ter sido sobrinho de Fernando Pessoa, assim o destino tivesse querido. Um minuto depois percebeu que não estava a ler, tinha os olhos fitos numa página, num único verso cujo sentido de repente se fechara, singular rapariga esta Lídia, diz as coisas mais simples e parece que as diz como se apenas mostrasse a pele doutras palavras profundas que não pode ou não quer pronunciar, se eu não lhe tivesse participado que resolvi ir a Fátima, quem sabe se me falaria de Marcenda, ou se se deixaria ficar calada, guardando o segredo por despeito e ciúme, talvez, como chegou a mostrar lá no hotel, e estas duas mulheres, a hóspede e a criada, a rica e a pobre, que conversas haveria entre elas, se falariam de mim, cada uma sem suspeitar da outra, ou, pelo contrário, suspeitando e jogando entre Eva e Eva, com tenteios e meneios, fintas, insinuações brandas, silêncios tácitos, se, ao invés, não é do homem este jogo de damas sob a capa do músculo violento, bem pode ter acontecido que um dia Marcenda dissesse simplesmente, O doutor Ricardo Reis deu-me um beijo, mas daí não passámos, e Lídia simplesmente respondesse, Eu deito-me na cama com ele, e deitei-me antes que me beijasse, depois ficariam a conversar sobre a importância e significado destas diferenças, Só me beija quando estamos deitados, antes e durante aquilo que sabe, nunca depois, A mim disse-me Vou beijá-la, mas disso que dizes que eu sei, só sei que se faz, não sei o que seja, porque nunca mo fizeram, Ora, a menina Marcenda qualquer dia casará, terá o seu marido, logo verá como é, Tu que sabes, diz-me se é bom, Quando se gosta da pessoa, E tu, gostas, Gosto, Eu também, mas nunca mais o tornarei a ver, Podiam casar, Se casássemos, talvez eu deixasse de gostar, Eu, por mim, acho que gostaria sempre, a conversa não acabou aqui, mas as vozes tornaram-se murmúrio, segredo, porventura estarão falando de íntimas sensações, fraqueza de mulheres, agora, sim, é conversa de Eva com Eva, retire-se Adão, que está a mais. Ricardo Reis desistiu de ler, não bastava já a sua própria desatenção, deu com uma varina na página, maiúscula, Ó Varina, passa, passa tu primeiro, que és a flor da raça, a mais séria graça do país inteiro, não lhes perdoeis, Senhor, que eles sabem o que fazem, terríveis seriam as discussões poéticas entre tio e sobrinho, Você, Pessoa, Você, Queirós, para mim o que os deuses em seu arbítrio me deixaram, a consciência lúcida e solene das coisas e dos seres. Levantou-se, vestiu o roupão, robe de chambre na mais culta língua francesa, e, de chinelos, sentindo nas canelas o afago da fralda, foi à procura de Lídia. Estava na cozinha, a passar a ferro, despira a blusa para se sentir mais à fresca, e, vendo-a assim, branca de pele, rósea do esforço, achou Ricardo Reis que lhe devia um beijo, agarrou-a ternamente pelos ombros nus, puxou-a para si, e, sem mais pensamentos, beijou-a devagar, dando ao tempo tempo, aos lábios espaço, e à língua, e aos dentes, ficou Lídia sem fôlego, pela primeira vez este beijo desde que se conheciam, agora poderá dizer a Marcenda, se voltar a vê-la, Não me disse Vou beijar-te, mas beijou-me.

No dia seguinte, tão cedo que achou prudente fazer-se acordar pelo despertador, Ricardo Reis partiu para Fátima. O comboio saía do Rossio às cinco horas e cinquenta e cinco minutos, e meia hora antes de a composição entrar na linha já o cais estava apinhado de gente, pessoas de todas as idades carregando cestos, sacos, mantas, garrafões, e falavam alto, chamavam uns pelos outros. Ricardo Reis acautelara-se com bilhete de primeira classe, lugar marcado, revisor cumprimentando de boné na mão, bagagem pouca, uma simples maleta, descrera do aviso de Lídia, Aquilo por lá tem de se dormir ao relento, em chegando logo veria, decerto será possível encontrar cómodos para viajantes e peregrinos, se forem estes de qualidade. Sentado à janela, no assento confortável, Ricardo Reis olha a paisagem, o grande Tejo, as lezírias ainda alagadas aqui e além, gado bravo pastando, sobre a toalha brilhante do rio as fragatas de água-
-acima, em dezasseis anos de ausência esquecera-se de que era assim, e agora as novas imagens colavam-se, coinciden-

tes, às imagens que a memória ia ressuscitando, como se ainda ontem tivesse passado aqui. Nas estações e apeadeiros entra mais gente, este comboio é trama, lugares na terceira classe não deve haver nem um desde o Rossio, ficam os passageiros nas coxias atravancadas, provavelmente a invasão da segunda classe também já começou, em pouco começarão a romper por aí, não serve de nada protestar, quem quer sossego e roda livre vai de automóvel. Depois de Santarém, na longa subida que leva a Vale de Figueira, o comboio resfolga, lança jorros rápidos de vapor, arqueja, é muita a carga, e vai tão devagar que daria tempo para sair dele, apanhar umas flores nesses valados e em três passadas tornar a subir ao estribo. Ricardo Reis sabe que dos passageiros que vão neste compartimento só dois não descerão em Fátima. Os romeiros falam de promessas, disputam sobre quem leva primazia no número de peregrinações, há quem declare, talvez falando verdade, que nos últimos cinco anos não falhou uma, há quem sobreponha, acaso mentindo, que com esta são oito, por enquanto ninguém se gabou de conhecer a irmã Lúcia, a Ricardo Reis lembram estes diálogos as conversas de sala de espera, as tenebrosas confidências sobre as bocas do corpo, onde todo o bem se experimenta e todo o mal acontece. Na estação de Mato de Miranda, apesar de aqui ninguém ter entrado, houve demora, o respirar da máquina ouvia-se longe, lá na curva, sobre os olivais pairava uma grande paz. Ricardo Reis baixou a vidraça, olhou para fora. Uma mulher idosa, descalça, vestida de escuro, abraçava um rapazinho magro, de uns treze anos, dizia, Meu rico filho, estavam os dois à espera de que o comboio recomeçasse a andar para poderem atravessar a linha, estes não iam a Fátima, a velha viera esperar o neto que vive em Lisboa, ter-lhe chamado filho foi apenas sinal de amor, que, dizem os entendidos em afetos, não há nenhum acima deste. Ouviu-se a corneta do chefe da estação, a locomotiva apitou, fez pf, pf, pf, espaçadamente, aos poucos e poucos acelerou, agora o caminho é a direito, parece que vamos de comboio rápido. Picou-se o apetite com o ar da manhã, abrem-se os primeiros farnéis, mesmo vindo ainda tão longe a hora de almoçar. Ricardo Reis está de olhos fechados, dormita ao embalo da carruagem, como num berço, sonha intensamente, mas quando acorda não consegue recordar-se do que sonhou, lembra-se de que não teve oportunidade de avisar Fernando Pessoa de que viria a Fátima, que irá ele pensar se aparece lá em casa e não me encontra, cuidará que voltei para o Brasil, sem uma palavra de despedida, a última. Depois constrói na imaginação uma cena, um lance de que Marcenda é principal figura, vê-a ajoelhada, de mãos postas, os dedos da mão direita entrelaçados nos da esquerda, assim a sustentando no ar, erguendo o morto peso do braço, passou a imagem da Virgem Nossa Senhora e não se deu o milagre, nem admira, mulher de pouca fé, então Ricardo Reis aproxima-se, Marcenda levantara-se, resignada, é então que ele lhe toca no seio com os dedos médio e indicador, juntos, do lado do coração, não foi preciso mais, Milagre, milagre, gritam os peregrinos, esquecidos dos seus próprios males, basta-lhes o milagre alheio, agora afluem, trazidos de roldão ou vindos por seu difícil pé, os aleijados, os paralíticos, os tísicos, os chagados, os frenéticos, os cegos, é toda a multidão que rodeia Ricardo Reis, a implorar uma nova misericórdia, e Marcenda, por trás da floresta de cabeças uivantes, acena com os dois braços levantados e desaparece, criatura ingrata, achou-se servida e foi-se embora.

Ricardo Reis abriu os olhos, desconfiado de que adormecera, perguntou ao passageiro do lado, Quanto tempo ainda falta, Estamos quase a chegar, afinal dormira, e muito.

Na estação de Fátima o comboio despejou-se. Houve empurrões de peregrinos a quem já dera no rosto o perfume do sagrado, clamores de famílias subitamente divididas, o largo fronteiro parecia um arraial militar em preparativos de combate. A maior parte destas pessoas farão a pé a caminhada de vinte quilómetros até à Cova da Iria, outras correm para as bichas das camionetas da carreira, são as de perna trôpega e fôlego curto, que neste esforço acabam de estafar-se. O céu está limpo, o sol forte e quente. Ricardo Reis foi à procura de um lugar onde pudesse almoçar. Não faltavam ambulantes a vender regueifas, queijadas, cavacas das Caldas, figos secos, bilhas de água, frutas da época, e colares de pinhões, e amendoins e pevides, e tremoços, mas de restaurantes nem um que merecesse tal nome, casas de pasto poucas e a deitar por fora, tabernas onde nem entrar se pode, precisará de muita paciência antes que alcance garfo, faca e prato cheio. Porém, veio a tirar benefício do fortíssimo influxo espiritual que distingue estas paragens, foi caso que, por o verem assim bem-posto, vestido à cidade, houve fregueses que lhe deram, rusticamente, a vez, e por esta urbanidade pôde Ricardo Reis comer, mais depressa do que esperava, uns carapaus fritos com batatas cozidas, de azeite e vinagre, depois uns ovos mexidos por amor de Deus, que para o comum não havia tempo nem paciência para tais requintes. Bebeu vinho que podia ser de missa, comeu o bom pão do campo, húmido e pesado, e, tendo agradecido aos compadres, saiu a procurar transporte. O terreiro mostrava-se um pouco mais desafogado, à espera doutro comboio, do sul ou do norte, mas, vindos de além, a pé, não paravam de passar peregrinos. Uma camioneta da carreira buzinava roucamente a chamar para os últimos lugares, Ricardo Reis deu uma corrida, conseguiu atingir o assento, alçando a perna por cima dos cestos e dos atados de esteiras e mantas, excessivo esforço para quem está em processo de digestão e afracado do calor. Sacolejando muito, a camioneta arrancou, levantando nuvens de poeira da castigada estrada de macadame. Os vidros, sujos, mal deixavam ver a paisagem ondulosa, árida, em alguns lugares bravia, como de mato virgem. O motorista buzinava sem descanso para afastar os grupos de peregrinos para as bermas, fazia molinetes com o volante para evitar as covas da estrada, e de três em três minutos cuspia fragorosamente pela janela aberta. O caminho era um formigueiro de gente, uma longa coluna de pedestres, mas também carroças e carros de bois, cada um com seu andamento, algumas vezes passava roncando um automóvel de luxo com chauffeur fardado, senhoras de idade vestidas de preto, ou cinzento-pardo, ou azul-noturno, e cavalheiros corpulentos, de fato escuro, o ar circunspecto de quem acabou de contar o dinheiro e o achou acrescido. Estes interiores podiam ser vistos quando o veloz veículo tinha de deter a marcha por estar atravancada a estrada de um numeroso grupo de romeiros levando à frente, como guia espiritual e material, o seu pároco, a quem se deve louvar por partilhar de modo equitativo os sacrifícios das suas ovelhas, a pé como elas, com os cascos na poeira e na brita solta. A maior parte desta gente vai descalça, alguns levam guarda-chuvas abertos para se defenderem do sol, são pessoas delicadas da cabeça, que também as há no povo, sujeitas a esvaimentos e delíquios. Ouvem-se cânticos desafinados, as vozes agudas das mulheres soam como uma infinita lamúria, um choro ainda sem lágrimas, e os homens, que quase nunca sabem as palavras, acentuam as sílabas toantes só a acompanhar, espécie de baixo-contínuo, a eles não se lhes pede mais, apenas que finjam. De vez em quando aparece gente sentada por esses valados baixos, à sombra das árvores, estão a repousar um migalho, a ganhar forças para o último troço da jornada, aproveitam para petiscar um naco de pão com chouriço, um bolo de bacalhau, uma sardinha frita há três dias lá na aldeia distante. Depois tornam à estrada, retemperados, as mulheres transportam à cabeça os cestos da comida, uma que outra dá de mamar ao filho enquanto vai caminhando, e sobre toda esta gente a poeira cai em nuvens à passagem da camioneta, mas ninguém sente, ninguém liga importância, é o que faz o hábito, ao monge e ao peregrino, o suor desce pela testa, abre sulcos no pó, levam-se as costas da mão à cara para limpar, pior ainda, isto já não é sujo, é encardido. Com o calor, os rostos ficam negros, mas as mulheres não tiram os lenços da cabeça, nem os homens despem as jaquetas, os casacões de pano grosso, não se desafogam as blusas, não se desapertam os colarinhos, este povo ainda tem na memória inconsciente os costumes do deserto, continua a acreditar que o que defende do frio defende do calor, por isso se cobre todo, como se se escondesse. Numa volta da estrada está um ajuntamento debaixo duma árvore, ouvem-se gritos, mulheres que se arrepelam, vê-se um homem deitado no chão. A camioneta abranda para que os passageiros possam apreciar o espetáculo, mas Ricardo Reis diz, grita para o motorista, Pare aí, deixe ver o que é aquilo, eu sou médico. Ouvem-se alguns murmúrios de protesto, estes passageiros vão com pressa de chegar às terras do milagre, mas por vergonha de se mostrarem desumanos logo se calam. Ricardo Reis desceu, abriu caminho, ajoelhou-se no pó, ao lado do homem, procurou-lhe a artéria, estava morto, Está morto, disse, só para dizer isto não valia a pena ter-se interrompido a viagem. Serviu para redobrarem os choros, que a família era numerosa, só a viúva, uma velha ainda mais velha que o morto, agora sem idade, olhava com os olhos secos, apenas lhe tremiam os beiços, as mãos retorciam os cadilhos do xale. Dois dos homens foram na camioneta para irem participar à autoridade, em Fátima, ela providenciará para que o morto seja retirado dali e enterrado no cemitério mais perto. Ricardo Reis vai sentado no seu lugar, agora alvo de olhares e atenções, um senhor doutor nesta camioneta, é grande conforto uma companhia assim, mesmo não tendo, desta vez, servido de muito, só para verificar o óbito. Os homens informavam em redor, Ele já vinha muito doente, devia era ter ficado em casa, mas ateimou, disse que se enforcava na trave da cozinha se o deixássemos, assim veio a morrer longe, ninguém foge ao seu destino. Ricardo Reis assentiu com a cabeça, nem deu pelo movimento, sim senhor o destino, confiemos que debaixo daquela árvore alguém espete uma cruz para edificação de futuros viajantes, um padre-nosso por alma de quem morreu sem confissão nem santos óleos, mas já a caminho do céu desde que saiu de casa, E se este velho se chamasse Lázaro, e se aparecesse Jesus Cristo na curva da estrada, ia de passagem para a Cova da Iria a ver os milagres, e percebeu logo tudo, é o que faz a muita experiência, abriu caminho pelo meio dos basbaques, a um que resistiu perguntou, Você sabe com quem está a falar, e aproximando-se da velha que não é capaz de chorar disse-lhe, Deixa que eu trato disto, dá dois passos em frente, faz o sinal da cruz, singular premonição a sua, sabendo nós, uma vez que está aqui, que ainda não foi crucificado, e clama, Lázaro, levanta-te e caminha, e Lázaro levantou-se do chão, foi mais um, dá um abraço à mulher, que enfim já pode chorar, e tudo volta ao que foi antes, quando daqui a pouco chegar a carroça com os maqueiros e a autoridade para levantarem o corpo não faltará quem lhes pergunte, Por que buscais o vivente entre os mortos, e dirão mais, Não está aqui, mas ressuscitou. Na Cova da Iria, apesar de muito se esmerarem, nunca fizeram nada que se parecesse.

Este é o lugar. A camioneta para, o escape dá os últimos estoiros, ferve o radiador como um caldeirão no inferno, enquanto os passageiros descem o motorista vai desatarraxar a tampa, protegendo as mãos com desperdícios, sobem ao céu nuvens de vapor, incenso de mecânica, defumadouro, com este sol violento não é para admirar que a cabeça nos tresvarie um pouco. Ricardo Reis junta-se ao fluxo dos peregrinos, põe-se a imaginar como será um tal espetáculo visto do céu, os formigueiros de gente avançando de todos os pontos cardeais e colaterais, como uma enorme estrela, este pensamento fê-lo levantar os olhos, ou fora o barulho de um motor que o levara a pensar em alturas e visões superiores. Lá em cima, traçando um vasto círculo, um avião lançava prospetos, seriam orações para entoar em coro, seriam recados de Deus Nosso Senhor, talvez desculpando-se por não poder vir hoje, mandara o seu Divino Filho a fazer as vezes, que até já cometera um milagre na curva da estrada, e dos bons, os papéis descem devagar no ar parado, não corre uma brisa, e os peregrinos estão de nariz no ar, lançam mãos ansiosas aos prospetos brancos, amarelos, verdes, azuis, talvez ali se indique o itinerário para as portas do paraíso, muitos destes homens e mulheres ficam com os prospetos na mão e não sabem o que fazer deles, são os analfabetos, em grande maioria neste místico ajuntamento, um homem vestido de sarrubeco pergunta a Ricardo Reis, achou-lhe ar de quem sabe ler, Que é que diz aqui, ó senhor, e Ricardo Reis responde, É um anúncio do Bovril, o perguntador olhou desconfiado, hesitou se devia perguntar que bovil era esse, depois dobrou o papel em quatro, meteu-o na algibeira da jaqueta, guarda o que não presta e encontrarás o que é preciso, sempre se encontrará utilidade para uma folhinha de papel de seda.

É um mar de gente. Ao redor da grande esplanada côncava veem-se centenas de toldos de lona, debaixo deles acampam milhares de pessoas, há panelas ao lume, cães a guardar os haveres, crianças que choram, moscas que de tudo aproveitam. Ricardo Reis circula por entre os toldos, fascinado por este pátio dos milagres que no tamanho parece uma cidade, isto é um acampamento de ciganos, nem faltam as carroças e as mulas, e os burros cobertos de mataduras para consolo dos moscardos. Leva na mão a maleta, não sabe aonde dirigir-se, não tem um teto à sua espera, sequer um destes, precário, já percebeu que não há pensões nas redondezas, hotéis muito menos, e se, não visível daqui, houver alguma hospedaria de peregrinos, a esta hora não terá um catre disponível, reservados sabe Deus com que antecedência. Seja o que o mesmo Deus quiser. O sol está abrasador, a noite vem longe e não se prevê que refresque excessivamente, se Ricardo Reis se transportou a Fátima não foi para se preocupar com comodidades, mas para fazer-se encontrado com Marcenda. A maleta é leve, contém apenas alguns objetos de toilette, a navalha de barba, o pó de sabão, o pincel, uma muda de roupa interior, umas peúgas, uns sapatos grossos, reforçados na sola, que é agora altura de calçar para evitar danos irreparáveis nestes de polimento. Se veio Marcenda, não estará debaixo destes toldos, à filha de um notário de Coimbra hão de esperá-la outros abrigos, porém, quais, onde. Ricardo Reis foi à procura do hospital, era um princípio, abonando-se na sua qualidade de médico pôde entrar, abrir caminho por entre a confusão, em toda a parte se viam doentes estendidos no soalho, em enxergas, em macas, a esmo por salas e corredores, ainda assim eram eles os mais calados, os parentes que os acompanhavam é que produziam um contínuo zumbido de orações, cortado de vez em quando por profundos ais, gemidos desgarradores, implorações à Virgem, num minuto alargava-se o coro, subia, alto, ensurdecedor, para voltar ao murmúrio que não duraria muito. Na enfermaria havia pouco mais de trinta camas, e os doentes podiam ser bem uns trezentos, por cada um acomodado segundo a sua condição, dez eram largados onde calhava, para passarem tinham as pessoas de alçar a perna, o que vale é que ninguém está hoje a pensar em enguiços, Enguiçou-me, agora desenguice-me, e então usa-se repetir o movimento ao contrário, assim ficou apagado o mal feito, prouvera que todos os males pudessem apagar-se de tão simples maneira. Marcenda não está aqui, nem seria de contar que estivesse, não é doente acamada, anda por seu pé, o seu mal é no braço, se não tirar a mão do bolso nem se nota. Cá fora o calor não é maior, e o sol, felizmente, não cheira mal.

A multidão cresceu, se é possível, parece reproduzir-se a si mesma, por cissiparidade. É um enxame negro gigantesco

que veio ao divino mel, zumbe, murmura, crepita, move-
-se vagarosamente, entorpecido pela sua própria massa. É
impossível encontrar alguém neste caldeirão, que não é do
Pero Botelho, mas queima, pensou Ricardo Reis, e sentiu
que estava resignado, encontrar ou não encontrar Marcenda parecia-lhe agora de mínima importância, estas coisas o
melhor é entregá-las ao destino, queira ele que nos encon-
tremos e assim há de acontecer, ainda que andássemos a
esconder-nos um do outro, e isto lhe pareceu estupidez tê-
-lo pensado por estas palavras, Marcenda, se veio, não sabe
que eu aqui estou, portanto não se esconderá, logo, maiores
são as probabilidades de a encontrar. O avião continua às
voltas, os papéis coloridos descem pairando, agora já ninguém liga, exceto os que vêm chegando e veem aquela novidade, pena foi não terem posto no prospeto o desenho
daquele anúncio do jornal, muito mais convincente, com o
doutor de barbicha e a dama doentinha, em combinação, Se
tivesse tomado Bovril não estava assim, ora aqui em Fátima
não faltam pessoas em pioríssimo estado, a elas, sim, seria
providência o frasco miraculoso. Ricardo Reis despiu o casaco, pôs-se em mangas de camisa, abana com o chapéu o
rosto congestionado, de repente sentiu as pernas pesadas
de fadiga, foi à procura duma sombra, aí se deixou ficar,
alguns dos vizinhos dormiam a sesta, extenuados da jornada, de orações no caminho, a cobrar forças para a saída da
imagem da Virgem, para a procissão das velas, para a longa
vigília noturna, à luz das fogueiras e lamparinas. Dormitou
também um pouco, recostado no tronco da oliveira, a nuca
apoiada no musgo macio. Abriu os olhos, viu o céu azul por
entre as ramagens, e lembrou-se do rapazinho magro naquela estação, a quem a avó, devia ser avó, pela idade, disse-

ra, Meu rico filho, que estará ele a fazer agora, com certeza descalçou os sapatos, é a primeira coisa que faz quando chega à aldeia, a segunda é descer ao rio, bem pode a avó dizer-lhe, Não vás ainda que está muito calor, mas ele não ouve nem ela espera ser ouvida, rapazes desta idade querem-se livres, fora das saias das mulheres, atiram pedras às rãs e não pensam no mal que fazem, um dia lhes virão os remorsos, tarde de mais, que para estes e outros animaizinhos não há ressurreições. Tudo parece absurdo a Ricardo Reis, este ter vindo de Lisboa a Fátima como quem veio atrás duma miragem sabendo de antemão que é miragem e nada mais, este estar sentado à sombra duma oliveira entre gente que não conhece e à espera de coisa nenhuma, este pensar num rapazinho visto de relance numa sossegada estação de caminho de ferro, este desejo súbito de ser como ele, de limpar o nariz ao braço direito, de chapinhar nas poças de água, de colher as flores e gostar delas e esquecê-las, de roubar a fruta dos pomares, de fugir a chorar e a gritar dos cães, de correr atrás das raparigas e levantar-lhes as saias, porque elas não gostam, ou gostam, mas fingem o contrário, e ele descobre que o faz por gosto seu inconfessado, Quando foi que vivi, murmura Ricardo Reis, e o peregrino do lado julgou que era uma oração nova, uma prece que ainda está à experiência.

O sol vai descendo, mas o calor não abranda. No terreiro imenso parece não caber um alfinete, e contudo, de toda a periferia, movem-se contínuas multidões, é um escoar ininterrupto, um desaguar, lento à distância, mas deste lado há ainda quem procure alcançar os melhores lugares, o mesmo estarão fazendo além. Ricardo Reis levanta-se, vai dar uma volta pelas cercanias, e então, não pela primeira vez, mas agora mais cruamente, apercebe-se duma outra peregrinação, a do comércio e mendicância. Aí estão os pobres de pedir e os pedinchões, distinção que não é meramente formal, que escrupulosamente devemos estabelecer, porque pobre de pedir é apenas um pobre que pede, ao passo que pedinchão é o que faz do pedir modo de vida, não sendo caso raro chegar a rico por esse caminho. Pela técnica não se distinguem, aprendem da comum ciência, e tanto lamuria um como suplica outro, de mão estendida, às vezes as duas, cúmulo teatral a que é muito difícil resistir, Uma esmolinha por alma de quem lá tem, Deus Nosso Senhor lhe dará o pago, Tenham dó do ceguinho, tenham dó do ceguinho, e outros mostram a perna ulcerada, o braço mirrado, mas não o que procuramos, de súbito não sabemos donde veio o horror, esta cantilena gemebunda, romperam-se os portões do inferno, que só do inferno podia ter saído um fenómeno assim, e agora são os cauteleiros apregoando os números da sorte, com tanta algazarra que não nos admiremos que as rezas suspendam o voo a meio caminho do céu, há quem interrompa o padre-nosso para palpitar o três mil seiscentos e noventa e quatro, e segurando o terço na mão distraída apalpa a cautela como se lhe estivesse a calcular o peso e a promessa, desatou do lenço os escudos requeridos, e torna à oração no ponto em que a interrompera, o pão nosso de cada dia nos dai hoje, com mais esperança. Arremetem os vendedores de mantas, de gravatas, de lenços, de cestos, e os desempregados, de braçadeira posta, que vendem postais-ilustrados, não se trata precisamente duma venda, recebem primeiro a esmola, entregam depois o postal, é uma maneira de salvar a dignidade, este pobre não é pedinchão nem é de pedir, se pede é só porque está desempregado, ora aqui temos uma ideia excelente, andarem os desempregados todos de braçadeira, uma tira de pano preto onde se leia, com todas as letras, brancas para darem mais nas vistas, Desempregado, facilitava a contagem e evitava que deles nos esquecêssemos. Mas o pior de tudo, porque ofende a paz das almas e perturba a quietude do lugar, são os vendilhões, pois são muitos e muitas, livre-se Ricardo Reis de passar por ali, que num ápice lhe meterão à cara, em insuportável gritaria, Olhe que é barato, olhe que foi benzido, a imagem de Nossa Senhora em bandejas, em esculturas, e os rosários são aos molhos, e os crucifixos às grosas, e as medalhinhas aos milheiros, os corações de jesus e os ardentes de maria, as últimas ceias, os nascimentos, as verónicas, e, sempre que a cronologia o permite, os três pastorinhos de mãos postas e joelhos pé-terra, um deles é rapaz mas não consta do registo hagiológico nem do processo de beatificação que alguma vez se tenha atrevido a levantar as saias às raparigas. Toda a confraria mercantil grita possessa, ai do judas vendedor que, por artes blandiciosas, furte freguês a negociante vizinho, aí se rasga o véu do templo, caem do céu da boca pragas e injúrias sobre a cabeça do prevaricador e desleal, Ricardo Reis não se lembra de ter alguma vez ouvido tão saborosa litania, nem antes nem no Brasil, é um ramo da oratória que se tem desenvolvido muito. Esta preciosa joia da catolicidade resplandece por muitos lumes, os do sofrimento a que não resta mais esperança do que vir aqui todos os anos a contar que lhe chegue a vez, os da fé que neste lugar é sublime e multiplicadora, os da caridade em geral, os da propaganda do Bovril, os da indústria de bentinhos e similares, os da quinquilharia, os da estampagem e da tecelagem, os dos comes e bebes, os dos perdidos e achados, próprios e figurais, que nisto se resume tudo, procurar e encontrar, por isso é que Ricardo Reis não para, procurar procura ele, falta saber se encontrará. Já foi ao hospital, já percorreu os acampamentos, já cruzou a feira em todos os sentidos, agora desceu à esplanada rumorosa, mergulha na profunda multidão, assiste aos exercícios, aos trabalhos práticos da fé, as orações patéticas, as promessas que se cumprem em arrasto de joelhos, com as rótulas a sangrar, amparada a penitente pelos sovacos antes que desmaie de dor e insofreável arroubo, e vê que os doentes foram trazidos do hospital, dispostos em alas, entre eles passará a imagem da Virgem Nossa Senhora no seu andor coberto de flores brancas, os olhos de Ricardo Reis vão de rosto em rosto, procuram e não encontram, é como estar num sonho cujo único sentido fosse precisamente não o ter, como sonhar com uma estrada que não principia, com uma sombra posta no chão sem corpo que a tivesse produzido, com uma palavra que o ar pronunciou e no mesmo ar se desarticula. Os cânticos são elementares, toscos, de sol e dó, é um coro de vozes trémulas e agudas, constantemente interrompido e retomado, A treze de Maio, na Cova da Iria, de súbito faz-se um grande silêncio, está a sair a imagem da capelinha das aparições, arrepiam-se as carnes e o cabelo da multidão, o sobrenatural veio e soprou sobre duzentas mil cabeças, alguma coisa vai ter de acontecer. Tocados de um místico fervor, os doentes estendem lenços, rosários, medalhas, com que os levitas tocam a imagem, depois devolvem-nos ao suplicante, e dizem os míseros, Nossa Senhora de Fátima dai-me vida, Senhora de Fátima permiti que eu ande, Senhora de Fátima permiti que eu veja, Senhora de Fátima permiti que eu ouça, Senhora de Fátima sarai-me, Senhora de Fátima, Senhora de Fátima, Senhora de Fátima, os mudos não pedem, olham apenas, se ainda têm olhos, por mais que Ricardo Reis apure a atenção não consegue ouvir, Senhora de Fátima põe neste meu braço esquerdo a tua mirada e cura-me se puderes, não tentarás o Senhor teu Deus nem a Senhora Sua Mãe, e, se bem pensasses, não deverias pedir, mas aceitar, isto mandaria a humildade, só Deus é que sabe o que nos convém.

Não houve milagres. A imagem saiu, deu a volta e recolheu-se, os cegos ficaram cegos, os mudos sem voz, os paralíticos sem movimento, aos amputados não cresceram os membros, aos tristes não diminuiu a infelicidade, e todos em lágrimas se recriminam e acusam, Não foi bastante a minha fé, minha culpa, minha máxima culpa. Saiu a Virgem da sua capela com tão bom ânimo de fazer alguns feitos milagrosos, e achou os fiéis instáveis, em vez de ardentes sarças trémulas lamparinas, assim não pode ser, voltem cá para o ano. Começam a tornar-se compridas as sombras da tarde, o crepúsculo aproxima-se devagar, também ele em passo de procissão, aos poucos o céu perde o vivo azul do dia, agora é cor de pérola, porém naquele lado de além, o sol, já escondido por trás das copas das árvores, nas colinas distantes, explode em vermelho, laranja e roxo, não é rodopio, mas vulcão, parece impossível que tudo aquilo aconteça em silêncio no céu onde o sol está. Daqui a pouco será noite, vão-se acendendo as fogueiras, calaram-se os vendilhões, os pedintes contam as moedas, debaixo dessas árvores alimentam-se os corpos, abrem-se os farnéis desbastados, morde-se o pão duro, leva-se o pipo ou a borracha à boca sedenta, este é o comum de todos, as variantes de conduto são conforme as posses. Ricardo Reis arranchou com um grupo debaixo de toldo, sem confianças, apenas uma irmandade de ocasião, viram-no ali com ar de quem estava perdido, de maleta na mão, uma manta que comprou enrolada no braço, reconheceu Ricardo Reis que ao menos um abrigo assim lhe conviria, não fosse refrescar a noite, e disseram-lhe, Ó senhor, é servido, e ele começou por dizer, Não, obrigado, mas eles insistiram, Olhe que é de boa vontade, e estava a sê-lo, como se viu logo, era um grande rancho, dos lados de Abrantes. Este murmúrio que se ouve em toda a Cova da Iria é tanto o da mastigação como das preces ainda, enquanto uns satisfazem o apetite do estômago, outros consolam as ânsias da alma, depois alternarão aqueles com estes. Na escuridão, à fraca luz das fogueiras, Ricardo Reis não encontrará Marcenda, também não a verá mais tarde, quando for a procissão das velas, não a encontrará no sono, todo o seu corpo é cansaço, frustração, vontade de sumir-se. A si mesmo se vê como um ser duplo, o Ricardo Reis limpo, barbeado, digno, de todos os dias, e este outro, também Ricardo Reis, mas só de nome, porque não pode ser a mesma pessoa o vagabundo de barba crescida, roupa amarrotada, camisa como um trapo, chapéu manchado de suor, sapatos só poeira, um pedindo contas ao outro da loucura que foi ter vindo a Fátima sem fé, só por causa duma irracional esperança, E se você a visse, o que é que lhe dizia, já imaginou a cara de tolo que faria se ela lhe aparecesse pela frente, ao lado do pai, ou, pior ainda, sozinha, veja esse seu aspeto, acha que uma rapariga, mesmo defeituosa, se apaixona por um médico insensato, não percebe que aquilo foram sentimentos de ocasião, tenha mas é juízo, agradeça antes a Nossa Senhora de Fátima não a ter encontrado aqui, se é que ela realmente veio, nunca imaginei que você fosse capaz de cenas tão ridículas. Ricardo Reis aceita com humildade as censuras, admite as recriminações, e, com a grande vergonha de se ver tão sujo, imundo, puxa a manta por cima da cabeça e continua a dormir. Ali perto há quem ressone sem cuidados, e detrás daquela oliveira grossa ouvem-se murmúrios que não são de prece, risinhos que não soam como o coro dos anjos, ais que não parecem de espiritual arrebatamento. A madrugada vem clareando, há madrugadores que se espreguiçam e se levantam para espevitar o lume, é um dia novo que começa, novos trabalhos para o ganho do céu.

A meio da manhã, Ricardo Reis resolveu partir. Não ficou para o adeus à Virgem, as suas despedidas estavam feitas. O avião passara por duas vezes e lançara mais prospetos do Bovril. A camioneta levava poucos passageiros, não admira, logo é que será a grande debandada. Na curva do caminho estava uma cruz de pau espetada no chão. Afinal não tinha havido milagre.

Fiados de Deus e Nossa Senhora desde Afonso Henriques à Grande Guerra, esta é a frase que persegue Ricardo Reis depois que voltou de Fátima, não se lembra se a terá lido em jornal ou em livro, se a ouviu em homilia ou discurso, se estaria na propaganda do Bovril, a forma fascina-o tanto quanto o sentido, é um dizer eloquente, estudado para mover os sentimentos e afervorar os corações, receita de sermão, além de ser, por sua expressão sentenciosa, prova irrefutável de que somos um povo eleito, outros houve no passado, outros haverá no futuro, mas nenhum por tanto tempo, oitocentos anos de fiança ininterrupta, de intimidade com as potências celestes, é verdade que chegámos atrasados à construção do quinto império, passou-nos adiante Mussolini, porém não nos escapará o sexto, ou o sétimo, é tudo uma questão de paciência, e essa temo-la nós, de nossa natural natureza. Que já estamos no bom caminho é o que se recolhe da declaração proferida por sua excelência o senhor presidente da República, general António Óscar de Fragoso Carmona, em estilo que bem merecia tornar-se patente, para formação dos futuros supremos magistrados da nação, disse ele assim, Portugal é hoje conhecido em toda a parte e por isso vale a pena ser português, sentença esta que não fica atrás da primeira, ambas enxundiosas, que o apetite de universalidade nunca nos falte, esta volúpia de andar nas bocas do mundo, depois de no mar alto termos andado, ainda que seja apenas para nos gabarmos de mais fiel aliado, não importa de quem, assim para tão pouco nos queiram, o que conta é a fidelidade, sem ela como viveríamos. Ricardo Reis, que veio de Fátima cansado e queimado do sol, sem novas de milagre ou de Marcenda, e que por três dias não saiu de casa, reentrou no mundo exterior pela porta grande da patriótica afirmação do senhor presidente. Levando consigo o jornal foi sentar-se à sombra do Adamastor, estavam lá os velhos a ver chegar os barcos que vinham visitar a terra prometida de que tanto se falava nas nações, e não percebiam por que entravam tantos, embandeirados em arco, apitando as festivas sereias, com a marinhagem alinhada nos conveses em continência, enfim fez-se luz nos espíritos destes vigias quando Ricardo Reis lhes deu o jornal já lido e decorado, valeu a pena esperar oitocentos anos para sentir o orgulho de ser português. Do Alto de Santa Catarina oito séculos te contemplam, ó mar, os dois velhos, o magro e o gordo, enxugam a lágrima furtiva, lastimosos de não poderem ficar por toda a eternidade neste miradouro a ver entrar e sair os barcos, isso é o que lhes custa, não a curteza das vidas. Do banco onde está sentado, Ricardo Reis assiste a uma cena de namoro entre um soldado e uma criada, com muito jogo de mãos, ele a ousar nela por demasia, ela a dar-lhe palmadinhas excitantes. O dia está de se lhe cantar aleluias, que são os evoés de quem não é grego, os canteiros estão cobertos de flores, tudo mais do que suficiente para sentir-se um homem feliz se não alimentar na alma insaciáveis ambições. Ricardo Reis faz o inventário das suas, verifica que nada ambiciona, que é contentamento bastante olhar o rio e os barcos que há nele, os montes e a paz que neles há, e no entanto não dá por que esteja dentro de si a felicidade, antes o surdo roer de um inseto que mastiga sem parar, É o tempo, murmura, e depois pergunta a si mesmo como se sentiria agora se tivesse encontrado Marcenda em Fátima, se, como se costuma dizer, tivessem caído nos braços um do outro, A partir de hoje nunca mais nos separaremos, foi quando te julgava perdida para mim que compreendi quanto te amava, e ela dizia palavras semelhantes, mas depois de as terem dito não sabem que outras dizer, mesmo que corressem para trás duma oliveira e ali, por conta própria, repetissem os murmúrios, risinhos e ais de toda a gente, duvida Ricardo Reis, outra vez, do que viria a seguir, torna a ouvir nos ossos a trituração do inseto, Não há resposta para o tempo, estamos nele e assistimos, nada mais. Os velhos já leram o jornal, tiram à sorte para saber quem o levará para casa, mesmo ao que não sabe ler lhe convém o prémio, papel deste é o que há de melhor para forrar caixotes.

Nessa tarde, quando entrou no consultório, disse-lhe a menina Carlota, Veio uma carta para o senhor doutor, está em cima da sua secretária, e Ricardo Reis sentiu um choque no coração, ou no estômago, que nestas ocasiões todos perdemos o sangue-frio, podemos lá localizar, sendo tão pequena a distância que separa o estômago do coração, ainda por cima tendo ao meio o diafragma que tanto se ressente das palpitações deste como das contrações daquele, Deus, se fosse hoje, com aquilo que veio aprendendo, faria o corpo humano muito menos complicado. A carta é de Marcenda, tem de ser dela, escreveu-a para dizer que afinal não pôde ir a Fátima, ou que foi e o viu de longe, ainda lhe acenou com o braço são, duas vezes desesperada, porque ele a não via e porque não lhe tinha a Virgem curado o braço leso, agora, meu amor, espero-te na Quinta das Lágrimas, se ainda me quiseres. A carta é de Marcenda, ali está centrada no retângulo do mata-borrão verde, o sobrescrito cor de violeta desmaiada, visto da porta parece branco, é um fenómeno de ótica, uma ilusão, aprende-se no liceu, azul e amarelo dá verde, verde e violeta dá branco, branco e ansiedade dá palidez. O sobrescrito não é violeta nem vem de Coimbra. Ricardo Reis abriu-o, devagar, há uma pequena folha de papel, escrita em péssima caligrafia, letra de médico, Prezado colega, tem esta o fim de informá-lo de que, por me encontrar felizmente restabelecido, retomarei a clínica a partir do dia um do próximo mês, aproveitando a oportunidade para exprimir o meu profundo reconhecimento pela maneira prestimosa como aceitou substituir-me durante a minha temporária incapacidade, ao mesmo tempo que formulo votos de que rapidamente encontre um lugar que lhe permita aplicar o seu grande saber e competência profissional, ainda havia mais umas poucas linhas, mas eram cumprimentos de remate, como se escrevem em todas as cartas. Ricardo Reis releu as elaboradas frases, apreciou a elegância do colega, que transformara o favor que lhe fizera em favor que lhe fora feito, assim podia sair desta policlínica de cabeça levantada, poderia até mostrar a referência quando fosse procurar trabalho, queira reparar, diz aí grande saber e competência profissional, não é uma carta de recomendação, é uma credencial, um atestado de bons e leais serviços, como um dia o Hotel Bragança passará à sua ex-criada Lídia se ela sair para outro emprego ou para casar. Vestiu a bata branca, mandou entrar o primeiro doente, lá dentro estão mais cinco à espera, já não terá tempo de curá-los, nem o estado de saúde deles é tão grave que, por assim dizer, lhe venham a morrer nas mãos nestes doze dias que faltam para o fim do mês, valha-nos isto ao menos.

Lídia não tem aparecido. É certo que ainda não chegou o seu dia de folga, mas, tendo sido prevenida de que a viagem a Fátima seria de ir e tornar logo, e sabendo que Ricardo Reis poderia ter encontrado Marcenda lá no santuário, ao menos para saber notícias da amiga e confidente, se está bem, se ficou curada do braço, em meia hora punha-se no Alto de Santa Catarina e voltava, ou, ainda mais perto e mais depressa, quando Ricardo Reis estivesse a dar consulta no Camões, desculpe vir interrompê-lo no seu trabalho, queria só saber notícias da menina Marcenda, se está bem, se ficou curada do braço. Não veio, não perguntou, de nada serviu tê-la Ricardo Reis beijado sem que o perturbasse o fogo dos sentidos, porventura pensou que com esse beijo a estaria ele comprando, se tais reflexões podem ocorrer a pessoas de baixa condição, como é o caso. Ricardo Reis está sozinho na sua casa, sai para almoçar e jantar, vê da janela o rio e os longes do Montijo, o pedregulho do Adamastor, os velhos pontuais, as palmeiras, desce uma vez por outra ao jardim, lê duas páginas de um livro, deita-se cedo, pensa em Fernando Pessoa que já morreu, também em Alberto Caeiro, desaparecido na flor da idade e de quem tanto haveria ainda a esperar, em Álvaro de Campos que foi para Glasgow, pelo menos dizia-o no telegrama, e provavelmente por lá se deixará ficar, a construir barcos, até ao fim da vida ou à reforma, senta-se uma vez por outra num cinema, a ver O Pão Nosso de Cada Dia, de King Vidor, ou Os Trinta e Nove Degraus, com Robert Donat e Madeleine Carrol, e não resistiu a ir ao S. Luís ver Audioscópicos, cinema em relevo, trouxe para casa, como recordação, os óculos de celuloide que têm de ser usados, verde de um lado, encarnado do outro, estes óculos são um instrumento poético, para ver certas coisas não bastam os olhos naturais.

Diz-se que o tempo não para, que nada lhe detém a incessante caminhada, é por estas mesmas e sempre repetidas palavras que se vai dizendo, e contudo não falta por aí quem se impaciente com a lentidão, vinte e quatro horas para fazer um dia, imagine-se, e chegando ao fim dele descobre-se que não valeu a pena, no dia seguinte torna a ser assim, mais valia que saltássemos por cima das semanas inúteis para vivermos uma só hora plena, um fulgurante minuto, se pode o fulgor durar tanto. Ricardo Reis anda a pensar em regressar ao Brasil. A morte de Fernando Pessoa parecera-lhe forte razão para atravessar o Atlântico depois de dezasseis anos de ausência, deixar-se ficar por cá, vivendo da medicina, escrevendo alguns versos, envelhecendo, ocupando, duma certa maneira, o lugar daquele que morrera, mesmo que ninguém se apercebesse da substituição. Agora duvida. Este país não é seu, se de alguém é, tem uma história só fiada de Deus e de Nossa Senhora, é um retrato à la minuta, espalmado de feições, não se lhe percebe o relevo, nem mesmo com os óculos dos Audioscópicos. Fernando Pessoa, ou isso a que dá tal nome, sombra, espírito, fantasma, mas que fala, ouve, compreende, apenas deixou de saber ler, Fernando Pessoa aparece de vez em quando para dizer uma ironia, sorrir benevolentemente, depois vai-se embora, por causa dele não valia a pena ter vindo, está em outra vida mas está igualmente nesta, qualquer que seja o sentido da expressão, nenhum próprio, todos figurados. Marcenda deixou de existir, vive em Coimbra, numa rua desconhecida, consome um por um os seus dias sem cura. Talvez, se para tanto lhe chegou a ousadia, tenha escondido as cartas de Ricardo Reis num desvão do sótão, ou no forro dum móvel, ou numa gaveta secreta de que já sua mãe se servira a ocultas, ou, compradamente, no baú duma criada que não sabe ler e parece ser de confiança, talvez as releia como quem rememora um sonho de que não quer esquecer-se, sem reparar que por fim nada há de comum entre o sonho e a memória dele. Lídia virá amanhã porque sempre vem nos seus dias de descanso, mas Lídia é a aia de Ana Karenina, serve para arrumar a casa e para certas faltas, embora, ironia suprema, preencha com esse pouco toda a parte preenchível de vazio, ao resto nem o universo bastaria, se acreditarmos no que Ricardo Reis pensa de si mesmo. A partir do dia um de Junho estará desempregado, terá de recomeçar a percorrer as policlínicas à procura dum lugar vago, uma substituição, só para que os dias custem menos a passar, não é tanto pelo dinheiro que ganhará, felizmente ainda não faltou, há aí um maço intocado de libras inglesas, sem contar com o que não chegou a ser levantado do banco brasileiro. Juntando tudo seria mais do que suficiente para montar consultório próprio e começar de raiz uma nova clientela, agora sem veleidades de cardiólogo e tisiólogo, limitando-se à boa ecuménica medicina geral, de que todos no geral precisamos. E até poderia pôr Lídia como empregada, a atender os doentes, Lídia é inteligente, desembaraçada, em pouco tempo se faria capaz, com algum estudo deixaria de cometer erros de ortografia, livrava-se daquela vida de criada de hotel. Porém, isto nem é sequer sonhar mas simples devaneio de quem se entretém com o pensamento ocioso, Ricardo Reis não irá procurar trabalho, o melhor que tem a fazer é voltar ao Brasil, tomar o Highland Brigade na sua próxima viagem, discretamente restituirá The god of the labyrinth ao seu legítimo proprietário, nunca O'Brien saberá como este livro desaparecido tornou a aparecer.

Chegou Lídia, deu as boas-tardes um pouco cerimoniosa, retraída, e não fez perguntas, foi ele quem teve de falar primeiro, Lá estive em Fátima, e ela condescendeu em querer saber, Ah, e então, gostou, como há de Ricardo Reis responder, não é crente para ter experimentado êxtases e esforçar-se agora por explicar o que êxtases são, também não foi lá como simples curioso, por isso prefere resumir, generalizar, Muita gente, muito pó, tive de dormir ao relento, bem me tinhas avisado, o que valeu foi estar a noite quente, O senhor doutor não é pessoa para esses trabalhos, Foi uma vez para saber como era. Lídia já está na cozinha, faz correr a água quente para lavar a louça, em palavra e meia deu a entender que hoje não pode haver carnalidades, palavra que, evidentemente, não faz parte do seu vocabulário corrente, duvida-se mesmo que a use em ocasiões de eloquência máxima. Ricardo Reis não se aventurou a averiguar das razões do impedimento, seriam os conhecidos embaraços fisiológicos, seria a reserva duma sensibilidade magoada, ou conjunção imperiosa de sangue e lágrima, dois rios intransponíveis, mar tenebroso. Sentou-se num banco da cozinha, a assistir aos trabalhos domésticos, não que fosse costume seu, mas em sinal de boa vontade, bandeira branca que desponta por cima das muralhas a tentar os humores do general sitiante, Afinal não encontrei o doutor Sampaio e a filha, nem admira, com uma multidão daquelas, a frase foi lançada desprendidamente, ficou a pairar, à espera de que lhe dessem atenção, e qual, podia ser verdade, podia ser mentira, é essa a insuficiência das palavras, ou, pelo contrário, a sua condenação por duplicidade sistemática, uma palavra mente, com a mesma palavra se diz a verdade, não somos o que dizemos, somos o crédito que nos dão, qual seja o que Lídia dá a Ricardo Reis não se sabe, porque se limitou a perguntar, Houve algum milagre, Que eu desse por isso, não, e os jornais também não falaram de milagres, Coitada da menina Marcenda, se lá foi com esperança de se curar, o desgosto que não terá tido, As esperanças que ela tinha não eram muitas, Como é que sabe, e Lídia lançou a Ricardo Reis um rápido olhar de pássaro, julgas que me apanhas, pensou ele, e respondeu, Quando eu estava no hotel, já ela e o pai pensavam ir a Fátima, Ah, e é nestes pequenos duelos que as pessoas se fatigam e envelhecem, o melhor será falar doutra coisa, para isso é que os jornais servem, guardam-se umas tantas notícias na memória para alimento das conversas, fazem-no os velhos do Alto de Santa Catarina, fazem-no Ricardo Reis e Lídia, à falta de um silêncio que fosse melhor que as palavras, Então, o teu irmão, isto é apenas um começo, O meu irmão está bem, por que é que pergunta, Lembrei-me dele por causa duma notícia que li no jornal, um discurso de um tal engenheiro Nobre Guedes, tenho-o aí ainda, Não sei quem é esse senhor, Da maneira como ele fala dos marinheiros, quem não haveria de querer chamar-lhe senhor era o teu irmão, Que é que ele diz, Espera, que eu vou buscar o jornal. Saiu Ricardo Reis, foi ao escritório, voltou com O Século, o discurso ocupava quase uma página, Isto é uma conferência que o tal Nobre Guedes leu na Emissora Nacional, contra o comunismo, em certa altura fala dos marinheiros, Diz alguma coisa do meu irmão, Não, do teu irmão não fala, mas disse isto, por exemplo, publica-se e espalha-se às ocultas a folha repugnante do Marinheiro Vermelho, Que é que quer dizer repugnante, Repugnante é uma palavra feia, quer dizer repelente, repulsivo, nauseabundo, nojento, Que mete nojo, Exatamente, repugnante quer dizer que mete nojo, Eu já vi o Marinheiro Vermelho e não me meteu nojo nenhum, Foi o teu irmão quem to mostrou, Sim, foi o Daniel, Então o teu irmão é comunista, Ah, isso não sei, mas é a favor, Qual é a diferença, Eu olho para ele, e é uma pessoa como as outras, Achas que se fosse mesmo comunista tinha um aspeto diferente, Não sei, não sei explicar, Bom, o tal engenheiro Guedes também diz que os marinheiros de Portugal não são vermelhos, nem brancos, nem azuis, são portugueses, Até parece que português é cor, Essa tem graça, quem olhar para ti dirá que não partes um prato, e lá de vez em quando deitas abaixo o guarda-louça, Tenho a mão firme, nunca parti prato nenhum, veja, estou a lavar a sua louça e não me escapa a mão, sempre assim fui, És uma pessoa fora do comum, Esta pessoa fora do comum é uma criada de hotel, e esse tal Guedes disse mais alguma coisa dos marinheiros, Dos marinheiros, não, Agora me estou a lembrar de que o Daniel me falou dum antigo marinheiro também chamado Guedes, mas esse é Manuel, o Manuel Guedes, que está a ser julgado, são quarenta réus, Guedes há muitos, Pois, este é só Manuel. A louça está lavada, posta a escorrer, Lídia tem outros arranjos, mudar os lençóis, fazer a cama, com a janela aberta de par em par para arejar o quarto, depois limpar a casa de banho, pôr toalhas novas, enfim torna à cozinha, vai enxugar a louça escorrida, é nesta altura que Ricardo Reis se aproxima por trás dela, cinge-a pela cintura, ela faz meio gesto para esquivar-se, mas ele beija-lhe o pescoço, então o prato foge das mãos de Lídia, estilhaça-se no chão, Afinal sempre partiste, Alguma vez tinha de ser, ninguém foge ao seu destino, ele riu-se, voltou-a para si e beijou-a na boca, já sem resistência dela, que apenas disse, Mas olhe que hoje não pode ser, ficamos a saber que é fisiológico o impedimento, se outro havia desvaneceu-se, e ele respondeu, Não tem importância, fica para a próxima, e continuou a beijá-la, depois será preciso apanhar os cacos espalhados na cozinha.

Alguns dias depois foi a vez de Fernando Pessoa vir visitar Ricardo Reis. Apareceu era quase meia-noite, quando a vizinhança já dormia, subiu a escada pé ante pé, usava sempre destas cautelas porque nunca tinha a certeza de garantir a invisibilidade, acontecia encontrar pessoas que olhavam através do seu corpo sem nada verem dele, percebia-se pela ausência de expressão no rosto, mas outras, raras, viam-no, e fitavam-no com insistência, achando nele qualquer coisa de estranho, mas incapazes de definir o quê, se lhes dissessem que aquele homem de preto era um morto, o mais provável seria não acreditarem, fomos habituados a impalpáveis lençóis brancos, a ectoplasmas, ora, um morto, se não tem cuidado consigo, é o que há de mais concreto neste mundo, por isso Fernando Pessoa subiu a escada devagarinho, bateu na porta um combinado sinal, não estranhemos a prudência, imaginemos antes o escândalo que aqui se daria se um tropeção violento trouxesse uma vizinha estremunhada ao patamar, os gritos, Acudam, que é ladrão, coitado do Fernando Pessoa, ladrão, ele, a quem nada resta, nem a vida. Ricardo Reis estava no escritório, a tentar compor uns versos, escrevera, Nós não vemos as parcas acabarem-nos, por isso as esqueçamos como se não houvessem, no grande silêncio da casa ouviu o discreto bater, soube logo quem era, e foi abrir, Felizes olhos o vejam, onde é que tem estado metido, as palavras, realmente, são o diabo, estas de Ricardo Reis só seriam próprias numa conversa entre vivo e vivo, neste caso parecem expressão de um humor macabro, atroz mau gosto, Onde tem estado metido, quando ele sabe, e nós sabemos, donde Fernando Pessoa vem, daquele rústico casinhoto dos Prazeres, onde nem sequer vive sozinho, também lá mora a feroz avó Dionísia que lhe exige contas miúdas das entradas e saídas, Tenho andado por aí, isto lhe costuma responder o neto, secamente, como responde agora a Ricardo Reis, mas sem a secura, são essas as melhores palavras, as que nada dizem. Fernando Pessoa sentou-se no sofá com um movimento fatigado, levou a mão à testa como se procurasse acalmar uma dor ou afastar uma nuvem, depois os dedos desceram ao correr do rosto, errando indecisos sobre os olhos, distendendo as comissuras da boca, acamando o bigode, tateando o queixo delgado, gestos que parecem querer recompor umas feições, restituí-las aos seus lugares de nascença, refazer o desenho, mas o artista tomou a borracha em vez do lápis, onde passou apagou, um lado da cara perdeu o contorno, é natural, vai para seis meses que Fernando Pessoa morreu. Vejo-o cada vez menos, queixou-se Ricardo Reis, Eu avisei-o logo no primeiro dia, com o passar do tempo vou-me esquecendo, ainda agora, ali no Calhariz, tive de puxar pela memória para encontrar o caminho da sua casa, Não devia ser-lhe difícil, bastava lembrar-se do Adamastor, Se pensasse no Adamastor mais confuso ficaria, começava a pensar que estava em Durban, que tinha oito anos, e então sentia-me duas vezes perdido, no espaço e na hora, no tempo e no lugar, Venha mais vezes, será a maneira de manter fresca a lembrança, Hoje, o que me ajudou foi um rasto de cebola, Um rasto de cebola, É verdade, um rasto de cebola, o seu amigo Victor parece não ter desistido de o vigiar, Mas isso é absurdo, Você o saberá, A polícia deve ter pouco que fazer, para assim perder tempo com quem não tem culpas nem se prepara para tê-las, É difícil imaginar o que se passa na alma dum polícia, provavelmente você causou-lhe uma boa impressão, ele gostaria de ser seu amigo, mas compreende que vivem em mundos diferentes, você no mundo dos eleitos, ele no mundo dos réprobos, por isso contenta-se com passar a horas mortas para olhar a sua janela, ver se há luz, como um apaixonado, Divirta-se à vontade, Nem você imagina o que é preciso estar triste para me divertir assim, O que me irrita é esta vigilância, que nada justifica, Que nada justifica é um modo de dizer demasiado expedito, não creio que você ache normal ser assiduamente visitado por uma pessoa que vem do além, A si não o podem ver, É conforme, meu caro Reis, é conforme, há ocasiões em que um morto não tem paciência para se tornar invisível, outras vezes é a energia que lhe falta, sem contar que há olhos de vivos capazes de verem até o que não se vê, Não deve ser esse o caso do Victor, Talvez, embora você deva concordar que não se poderia conceder maior dom e virtude a um polícia, ao pé dele até Argos dos mil olhos seria um infeliz míope. Ricardo Reis pegou na folha de papel em que estivera a escrever, Tenho aqui uns versos, não sei no que isto irá dar, Leia lá, É apenas o princípio, ou pode ser que venha a começar doutra maneira, Leia, Nós não vemos as parcas acabarem-nos, por isso as esqueçamos como se não houvessem, É bonito, mas você já o tinha dito mil vezes de mil outras maneiras, que eu me lembre, antes de partir para o Brasil, o trópico não lhe modificou o estro, Não tenho mais nada para dizer, não sou como você, Há de vir a ser, não se preocupe, Tenho o que se chama uma inspiração fechada, Inspiração é uma palavra, Sou um Argos com novecentos e noventa e nove olhos cegos, Essa metáfora é boa, quer dizer que você daria um péssimo polícia, A propósito, Fernando, você, no seu tempo, conheceu um tal António Ferro, um que é secretário da propaganda nacional, Conheci, éramos amigos, devo-lhe a ele os cinco contos de réis do prémio da Mensagem, por que é que pergunta, Já vai ver, tenho aqui uma notícia, não sei se sabe que foram entregues há poucos dias os prémios literários do tal secretariado, Explique-me como é que eu o podia saber, Desculpe, sempre me esqueço de que você não pode ler, Quem foi que teve o prémio este ano, Carlos Queirós, O Carlos, Conheceu-o, O Carlos Queirós era sobrinho duma rapariga, a Ophelinha, com ph, que eu namorei em tempos, trabalhava lá no escritório, Não consigo imaginá-lo a namorar, Namorar, todos namoramos, pelo menos uma vez na vida, foi o que me aconteceu a mim, Gostava bem de saber que cartas de amor terá você escrito, Lembro-me de que eram um pouco mais tolas do que o habitual, Quando foi isso, Começou logo depois de você ter ido para o Brasil, E durou muito tempo, O suficiente para poder dizer, como o cardeal Gonzaga, que também eu amei, Custa-me a acreditar, Acha que minto, Não, que ideia, aliás, nós não mentimos, quando é preciso limitamo-nos a usar as palavras que mentem, Que é que lhe custa a acreditar, então, Que você tenha amado, é que, tal como o vejo e conheço, você é precisamente o tipo de pessoa incapaz de amar, Como D. João, Incapaz de amar como D. João, sim, mas não pelas mesmas razões, Explique, Em D. João havia um excesso de força amatória que inevitavelmente tinha de dispersar-se nos seus objetos, e esse, que eu me lembre, nunca foi o seu caso, E você, Eu estou num ponto mediano, sou comum, corrente, da espécie vulgar, nem de mais, nem de menos, Enfim, o amador equilibrado, Não é bem uma questão geométrica, ou de mecânica, Vai-me dizer que a vida também não lhe tem corrido bem, O amor é difícil, meu caro Fernando, Não se pode queixar, ainda aí tem a Lídia, A Lídia é uma criada, E a Ofélia era datilógrafa, Em vez de falarmos de mulheres, estamos a falar das profissões delas, E ainda há aquela com quem você se encontrou no jardim, como é que ela se chamava, Marcenda, Isso, Marcenda não é nada, Uma condenação assim tão definitiva, soa-me a despeito, Diz-me a minha fraca experiência que despeito é o sentimento geral dos homens para com as mulheres, Meu caro Ricardo, nós devíamos ter convivido mais, Não o quis o império.

Fernando Pessoa levantou-se, passeou um pouco pelo escritório, ao acaso, pegou na folha de papel em que Ricardo Reis escrevera os versos lidos, Como é que você disse, Nós não vemos as parcas acabarem-nos, por isso as esqueçamos como se não houvessem, É preciso estar muito cego para não ver como todos os dias as parcas nos acabam, Como diz o vulgo, não há pior cego que aquele que não quer ver. Fernando Pessoa pousou a folha, Você estava-me a falar do Ferro, A conversa meteu-se por outro caminho, Voltemos ao caminho, Disse o António Ferro, na ocasião da entrega dos prémios, que aqueles intelectuais que se sentem encarcerados nos regimes de força, mesmo quando essa força é mental, como a que dimana Salazar, esquecem-se de que a produção intelectual se intensificou sempre nos regimes de ordem, Essa da força mental é muito boa, os portugueses hipnotizados, os intelectuais a intensificarem a produção sob a vigilância do Victor, Então não concorda, Seria difícil concordar, eu diria, até, que a história desmente o Ferro, basta lembrar o tempo da nossa juventude, o Orfeu, o resto, diga-me se aquilo era um regime de ordem, ainda que, reparando bem, meu caro Reis, as suas odes sejam, por assim dizer, uma poetização da ordem, Nunca as vi dessa maneira, Pois é o que elas são, a agitação dos homens é sempre vã, os deuses são sábios e indiferentes, vivem e extinguem-se na própria ordem que criaram, e o resto é talhado no mesmo pano, Acima dos deuses está o destino, O destino é a ordem suprema, a que os próprios deuses aspiram, E os homens, que papel vem a ser o dos homens, Perturbar a ordem, corrigir o destino, Para melhor, Para melhor ou para pior, tanto faz, o que é preciso é impedir que o destino seja destino, Você lembra-me a Lídia, também fala muitas vezes do destino, mas diz outras coisas, Do destino, felizmente, pode-se dizer tudo, Estávamos a falar do Ferro, O Ferro é tonto, achou que o Salazar era o destino português, O messias, Nem isso, o pároco que nos batiza, crisma, casa e encomenda, Em nome da ordem, Exatamente, em nome da ordem, Você, em vida, era menos subversivo, tanto quanto me lembro, Quando se chega a morto vemos a vida doutra maneira, e, com esta decisiva, irrespondível frase me despeço, irrespondível digo, porque estando você vivo não pode responder, Por que é que não passa cá a noite, já no outro dia lho disse, Não é bom para os mortos habituarem-se a viver com os vivos, e também não seria bom para os vivos atravancarem-se de mortos, A humanidade compõe-se de uns e outros, Isso é verdade, mas, se assim fosse tão completamente, você não me teria apenas a mim, aqui, teria o juiz da Relação e o resto da família, Como é que sabe que viveu nesta casa um juiz da Relação, não me lembro de lho ter dito, Foi o Victor, Qual Victor, o meu, Não, um que já morreu, mas que também tem o costume de se meter nas vidas dos outros, nem a morte o curou da mania, Cheira a cebola, Cheira, mas pouco, vai perdendo o fedor à medida que o tempo passa, Adeus, Fernando, Adeus, Ricardo.

Há indícios malignos de que a força mental de Salazar não consegue chegar a todos os lugares com a potência original do emissor. Deu-se agora um episódio demonstrativo desse enfraquecimento, ali na margem do Tejo, que foi o lançamento à água do aviso de segunda classe João de Lisboa, em cerimónia solene, com a presença do venerando chefe do Estado. Estava o aviso na carreira, engrinaldado, ou, para falar com propriedade marinheira, embandeirado em arco, tudo a postos, ensebadas as calhas, afinados os calços, a tripulação formada na tolda, e eis que se aproxima sua excelência o presidente da República, general António Óscar de Fragoso Carmona, aquele mesmo que disse que Portugal é hoje conhecido por toda a parte e por isso vale a pena ser português, vem com a sua comitiva, a paisana e a fardada, estes com uniformes de gala, aqueles de casaca, chapéu alto e calças de fantasia, o presidente cofiando o formoso bigode branco, afagando o modo, talvez acautelando-se para não proferir, neste lugar e ocasião, a frase que sempre diz quando é convidado a inaugurar exposições de artistas pintores, Muito chique, muito chique, gostei muito, já vão subindo os degraus que dão acesso à tribuna, são os altos dignitários da nação, sem cuja vinda e presença nem um só barco se lançaria à água, vem um representante da igreja, a católica, claro está, de quem se espera profícua bênção, praza a Deus, barco, que mates muito e morras pouco, reveem-se os assistentes no corteja luzido, estão as personalidades, o povo curioso, os operários do estaleiro, os fotógrafos dos jornais, os repórteres, está a garrafa de espumante da Bairrada, esperando a sua hora triunfal, e, por que não dizê-lo, explosiva, eis senão quando começa o João de Lisboa a deslizar carreira abaixo sem que ninguém lhe tivesse tocado, a estupefação é geral, estremece o bigode branco do presidente, agitam-se os chapéus altos perplexos, e o barco lá vai, entra nas águas gloriosas, a marinhagem dá os vivas do estilo, voam as gaivotas como doidas, aturdidas pelos gritos das sereias dos outros barcos, e também pela colossal gargalhada que ecoa por toda a Ribeira de Lisboa, isto não tem mais que ver, foi partida dos arsenalistas, gente sobre todas maliciosa, mas já começou aí o Victor a investigar, a maré vazou de repente, as bocarras do esgoto exalam o seu pestilento cheiro a cebola, retira-se o presidente apoplético, desfaz-se a comitiva, vão corridos e furibundos, querem saber i-me-di-a-ta-men-te quem foram os responsáveis pelo infame atentado à compostura da pátria, de marinheiros, na pessoa do seu mais alto magistrado, Sim, senhor presidente do Conselho, diz o capitão Agostinho Lourenço, que é o chefe do Victor, Mas da chacota não se livraram, riremos nós, em toda a cidade não se fala doutro assunto, até os espanhóis do Hotel Bragança, ainda que um pouco temerosos, Cuidense ustedes, eso son artes del diablo rojo. Mas, como estes casos são de política lusitana, não vão por diante os comentários, discretamente os duques de Alba e de Medinaceli combinam uma ida ao Coliseu, entre homens, a ver o catch-as-catch-can, também dito agarra-te como puderes, as terríveis, assombrosas batalhas do seu compatriota José Pons, do conde Karol Nowina, hidalgo polaco, do judeu Ab-Kaplan, do russo Zikoff, branco, do checo Stresnack, do italiano Nerone, do belga De Ferm, do flamengo Rik De Groot, do inglês Rex Gable, de um Strouck sem mencionada pátria, sábios deste outro espetáculo do mundo, pela graça do murro e do pontapé, da cabeçada e da tesoura, do estrangulamento, do esmagamento de ponte, se Goebbels entrasse neste campeonato jogaria pela certa, mandava avançar as esquadrilhas de aviões.

Precisamente de aviões e suas artes se vai tratar agora nesta cidade capital, depois de tão gravosamente se ter comportado a marinha, de passagem ficando dito, uma vez que ao assunto não voltaremos, que, não obstante a diligência dos Victores, está por averiguar quem foram os da sedição, que o caso do João de Lisboa não pode ter sido obra de simples calafate ou rebitador. Estando, pois, à vista de todos que as nuvens da guerra se adensam nos céus da Europa, decidiu o governo da nação, pela via do exemplo, que é de todas as lições a melhor, explicar aos moradores como deverão proceder e proteger as vidas em caso de bombardeamento aéreo, sem contudo levar a verossimilhança ao ponto de identificar o inimigo possível, mas deixando nos ares a suspeita de que seja o hereditário, isto é, o castelhano agora rojo, porquanto, sendo ainda tão curto o raio de ação dos aviões modernos, não é de prever que nos ataquem aviões franceses, ingleses muito menos, ainda por cima nossos aliados, e, quanto aos italianos e alemães, têm sido tantas as provas dadas de amizade por este povo irmanado no comum ideal, que antes deles esperaremos auxílio um dia, extermínio nunca. Então, pelos jornais e pela telefonia, tem o governo vindo a anunciar que no próximo dia vinte e sete, véspera do décimo aniversário da Revolução Nacional, irá Lisboa assistir a um espetáculo inédito, a saber, um simulacro de ataque aéreo a uma parte da Baixa, ou em termos de maior rigor técnico, à demonstração de um ataque aéreo-químico, tendo por objetivo a destruição da estação do Rossio e a interdição dos locais de acesso a essa estação por meio de infeção com gases. Virá primeiro um avião de reconhecimento sobrevoar a cidade e lançará um sinal de fumo sobre a estação do Rossio, o qual tem por fim marcar a posição do objetivo a bater. Afirmam certos espíritos negativamente críticos que os resultados seriam incomparavelmente mais eficazes se viessem logo os bombardeiros largar as suas bombas, sem aviso, mas essas pessoas são perversas declaradas, desdenham das leis do cavalheirismo guerreiro, que precisamente especificam que não se deve atacar o inimigo sem prévia notificação. Assim, mal o fumo começa a elevar-se nos ares, a artilharia de defesa dispara um tiro, sinal para que as apropriadas sereias comecem a apitar, e com este alarme, que não seria possível desconhecer, se motivam as providências, tanto as da defesa ativa como as da defesa passiva. Polícia, Guarda Nacional Republicana, Cruz Vermelha e bombeiros entram imediatamente em ação, o público é obrigado a retirar-se das ruas ameaçadas, que são todas aquelas em redor, enquanto as equipas de salvação e socorro correrão, febris, aos locais de perigo, e as viaturas dos bombeiros dirigir-se-ão para os previsíveis focos de incêndio, por assim dizer já de mangueira em riste. Entretanto, retirou-se o avião de reconhecimento, certificado de que o sinal de fumo está onde deve estar e de que já se encontram congregados os salvadores, entre os quais se encontra, como a seu tempo veremos, o ator de teatro e cine António Silva, à frente dos seus bombeiros voluntários, que são os da Ajuda. Pode finalmente avançar a aviação de bombardeamento inimiga, constituída por uma flotilha de biplanos, daqueles que têm de voar baixinho por causa da carlinga aberta à chuva e aos quatro ventos, as metralhadoras de defesa e a artilharia antiaérea entram am ação, porém, sendo isto exercício de fingimento, nenhum avião é derrubado, fazem, impunes, perto das nuvens, seus passes e negaças, nem precisam de simular o lançamento das bombas, explosivas e de gás, elas são que por si próprias rebentam cá em baixo, na Praça dos Restauradores, não a salvaria o patriótico nome se o caso fosse a sério. Também não teve salvação uma força de infantaria que se dirigia para o Rossio, dizimada até ao último homem, ainda hoje está por saber que raio ia fazer uma força de infantaria a um local que, segundo o humanitário aviso do inimigo, seria severamente bombardeado, como logo a seguir se viu, esperemos que o lamentável episódio, vergonha do nosso exército, não caia no esquecimento e o estado-maior seja levado a conselho de guerra para fuzilamento coletivo, sumário. Extenuam-se as equipas de salvamento e socorro, maqueiros, enfermeiros, médicos, lutando abnegadamente debaixo de fogo para recolher os mortos e salvar os feridos, pintalgados estes de mercurocromo e tintura de iodo, envolvidos em faixas e ligaduras que depois serão lavadas para servirem outra vez, quando os ferimentos forem a sério, nem que tenhamos de esperar trinta anos. Apesar dos esforços heroicos da defesa, os aviões inimigos regressam numa segunda vaga, atingem com bombas incendiárias a estação do Rossio, agora entregue à voracidade das chamas, um montão de escombros, mas a esperança de final vitória nossa não se perdeu, porque, em seu pedestal, de cabeça descoberta, continua, miraculosamente incólume, a estátua de el-rei Sebastião. A destruição atinge outros locais, transformaram-se em novas ruínas as ruínas velhas do convento do Carmo, do Teatro Nacional saem grandes colunas de fumo, multiplicam-se as vítimas, por todos os lados ardem as casas, as mães gritam por seus filhinhos, as crianças gritam por suas mãezinhas, de maridos e pais ninguém se lembra, é a guerra aquele monstro. Lá no céu, satânicos, os aviadores festejam o êxito da missão bebendo copinhos de conhaque Fundador, também de caminho confortando os membros arrefecidos, agora que a febre do combate se vai extinguindo. Tomam notas, desenham croquis, tiram fotografias para o comunicado deles, depois, oscilando escarninhamente as asas, afastam-se na direção de Badajoz, bem nos parecia que tinham entrado pelo Caia. Na cidade há um mar de chamas, os mortos contam-se por milhares, este foi o novo terramoto. Então a artilharia antiaérea dispara um último tiro, as sereias voltam a tocar, o exercício acabou. A população abandona as caves e os abrigos a caminho de suas casas, não há mortos nem feridos, os prédios estão de pé, foi tudo uma brincadeira.

    Este é o programa completo do espetáculo. Ricardo Reis, tendo assistido de longe aos bombardeamentos da Urca e da Praia Vermelha, tão distantes que poderiam ter sido tomados como exercícios iguais a este, para adestramento dos pilotos e treino de fuga das populações, o pior foi terem os jornais, no dia seguinte, dado notícia de mortos reais e feridos verdadeiros, Ricardo Reis decide ir ver com os seus olhos o cenário e os atores, apartando-se do centro das operações para não prejudicar a verossimilhança, por exemplo, no alto passadiço do elevador de Santa Justa. Outros o tinham pensado antes, quando Ricardo Reis chegou não se podia romper, assim veio descendo, Calçada do Carmo abaixo, e percebeu que ia de romaria, fossem os caminhos outros, de pó e macadame, e julgaria que outra vez o levavam seus passos a Fátima, são tudo coisas do céu, aviões, passarolas ou aparições. Não sabe por que lhe veio à ideia a passarola do padre Bartolomeu de Gusmão, primeiro não soube, mas depois, tendo refletido e procurado, admitiu que por sub-racional associação de ideias tivesse passado deste exercício de hoje para os bombardeamentos da Praia Vermelha e da Urca, deles, por tudo ser brasileiro, para o padre voador, finalmente chegando à passarola que o imortalizou, cuja não voou nunca, mesmo que alguém tenha dito ou venha a dizer o contrário. Do cimo da escada que em dois lanços desce para a Rua do Primeiro de Dezembro, vê que há multidão no Rossio, não julgara que fosse permitido estarem os espectadores tão chegados às bombas e aos petardos, mas deixa-se ir na corrente dos curiosos que festivalmente acorrem ao teatro de guerra. Quando entrou na praça viu que o ajuntamento ainda é maior do que antes parecera, nem se pode romper, mas Ricardo Reis teve tempo de aprender as habilidades da terra, vai dizendo, Com licença com licença deixem-me passar que eu sou médico, não é que não seja verdade, mas a mais falsa das mentiras é justamente aquela que se serve da verdade para satisfação e justificação dos seus vícios. Graças ao estratagema consegue chegar às primeiras linhas, dali poderá ver tudo. Ainda não há sinal dos aviões, porém, as forças policiais estão nervosas, os graduados, no espaço livre fronteiro ao teatro e à estação, dão ordens e instruções, agora passou um automóvel do Estado, leva lá dentro o ministro do Interior e pessoas da família, as senhoras não faltaram, outras o seguem noutros carros, vão assistir ao exercício das janelas do Hotel Avenida Palace. Subitamente, ouve-se o tiro de peça de aviso, uivam as sereias aflitas, os pombos do Rossio levantam-se em bandada fazendo estralejar as asas como foguetes, alguma coisa falhou no que fora combinado, são as precipitações de quem começa, primeiro devia o avião inimigo vir largar o seu sinal de fumo, depois é que as sereias entoariam o coro carpido e a artilharia antiaérea lançaria o disparo, tanto faz, com todos estes adiantamentos da ciência há de chegar-nos o dia em que ainda as bombas virão a dez mil quilómetros de distância e já saberemos o que o futuro nos reserva. Apareceu enfim o avião, a multidão ondula, levantam-se os braços, Lá vai ele, lá vai ele, ouve-se um som cavo, explosão, e um grosso rolo de fumo negro começa a subir aos ares, a excitação é geral, a ansiedade enrouquece as falas, os médicos colocam os estetoscópios nos ouvidos, os enfermeiros armam as seringas, os maqueiros escarvam, de impaciência, o solo. Ao longe ouve-se o rugir contínuo dos motores das fortalezas-voadoras, o instante aproxima-se, os espectadores mais assustadiços interrogam-se se isto afinal não será a sério, alguns afastam-se, põem-se a salvo, recolhem-se aos portais das escadas por medo dos estilhaços, mas a maioria não arreda pé, e, estando verificada a inocuidade das bombas, em pouco tempo dobrará a multidão. Rebentam os petardos, os militares enfiam as máscaras de gás, não as há que cheguem para todos, mas aqui o importante é dar uma impressão de realidade, sabemos desde logo quem morre e quem se salva do ataque químico, ainda não é o tempo de um fim para todos. Há fumo por toda a parte, os espectadores tossem, espirram, das traseiras do Teatro Nacional parece levantar-se um vulcão turbulento e negro, parece mesmo aquilo que está a arder. Mas é difícil levar a sério estes acontecimentos. Os polícias empurram os espectadores que avançam e atrapalham os movimentos dos salvadores, e até se veem feridos, levados nas macas, que, esquecidos do dramático papel que lhes foi ensinado, riem como perdidos, provavelmente respiraram gás hilariante, os próprios transportadores têm de parar para limpar as lágrimas, que são de pura alegria, não de lacrimogéneo gás. E, cúmulo dos cúmulos, está-se neste preparo, melhor ou pior vivendo cada qual a verdade do imaginário perigo, quando aparece um varredor da Câmara com o seu carrinho metálico e a sua vassoura, vem varrendo os papéis ao longo da valeta, com a pá recolhe-os, e a outro lixo miúdo, despeja tudo dentro da caixa, e continua, alheio ao alarido, ao tumulto, às correrias, entra nas nuvens de fumo e sai delas ileso, nem sequer levanta a cabeça para ver os aviões espanhóis. Um episódio em geral basta, dois costumam ser de mais, mas a história preocupa-se pouco com as artes da composição literária, por isso fez avançar agora um carteiro com o seu saco da correspondência, o homem cruza pacificamente a praça, tem cartas para entregar, quantas pessoas o não estarão esperando ansiosas, talvez venha hoje a carta de Coimbra, o recado, Amanhã estarei nos teus braços, este carteiro está ciente das suas responsabilidades, não é homem para perder tempo com espetáculos e cenas de rua. Ricardo Reis, nesta multidão, é o único sábio capaz de comparar varredor e carteiro lisboetas àquele célebre rapazinho de Paris que apregoava os seus bolinhos enquanto a multidão enfurecida assaltava a Bastilha, em verdade nada nos distingue, a nós, portugueses, do mundo civilizado, nem nos faltam os heróis do alheamento, os poetas ensimesmados, os varredores que interminavelmente varrem, os carteiros distraídos que atravessam a praça sem repararem que a carta de Coimbra é para entregar àquele senhor que ali está, Mas de Coimbra não trago carta nenhuma, diz, enquanto o varredor vai varrendo e o pasteleiro português apregoa queijadas de Sintra.

Passados dias, contava Ricardo Reis o que tinha visto, os aviões, o fumo, falava do troar das peças da artilharia antiaérea, das surriadas das metralhadoras, e Lídia ouvia com atenção, com pena de não ter lá estado também, depois riu-se muito com os casos pitorescos, Ai, que graça, o homem do lixo, foi então que se lembrou de que também tinha qualquer coisa para contar, Sabe quem é que fugiu, não esperou que Ricardo Reis respondesse, Foi o Manuel Guedes, aquele marinheiro de quem lhe tinha falado no outro dia, recorda-se, Recordo, mas fugiu donde, Quando era levado para o tribunal, fugiu, e Lídia ria com gosto, Ricardo Reis limitou-se a sorrir, Este país está num desmazelo, os barcos que vão para a água antes de tempo, os presos que se somem, os carteiros que não entregam as cartas, os varredores, enfim, dos varredores não há nada a dizer. Mas Lídia achava muito bem que Manuel Guedes tivesse fugido.

Invisíveis, as cigarras cantam nas palmeiras do Alto de Santa Catarina. O coro estrídulo que estruge aos ouvidos de Adamastor não merece que lhe demos o doce nome de música, mas isto de sons também depende muito da disposição de quem ouve, como os terá escutado o gigante amoroso quando na praia passeava à espera de que viesse a Dóris alcoveta a aprazar com ele o desejado encontro, então o mar cantava e era a bem-amada voz de Tétis que pairava sobre as águas, como se diz que costuma fazer o espírito de Deus. Aqui, quem canta são os machos, roçam asperamente as asas e produzem este som infatigável, obsessivo, serraria de mármore que de súbito lança para o ar ardente um guincho agudíssimo como se um veio mais duro começasse a ser cortado no interior da pedra. Faz calor. Em Fátima dera-se o primeiro aviso da canícula, sob aquela escaldante brasa, mas depois vieram dias encobertos, chegou mesmo a chuviscar, porém já nas terras baixas a cheia desceu de vez, do imenso mar interior não restam mais que algumas poças de água putrefacta que o sol aos poucos bebe. Os velhos vêm para aqui de manhã, na primeira frescura, trazem consigo guarda-chuvas, mas quando os abrem, já apertando o calor, fazem deles guarda-sóis, de onde concluiremos que mais importa a serventia que as coisas têm do que o nome que lhes damos, ainda que, afinal, este dependa daquela, como agora mesmo estamos observando, quer queiramos, quer não, voltamos sempre às palavras. Os barcos entram e saem, com as suas bandeiras, as fumarentas chaminés, os minúsculos marinheiros, a potente voz das sirenes, de tanto que a ouviram nas tormentas do oceano, soprada nos búzios furiosos, os homens acabaram por aprender a falar de igual para igual com o deus dos mares. Estes velhos nunca navegaram, mas não se lhes espanta o sangue quando ouvem, quebrado pela distância, o poderoso rugido, e é mais no profundo que estremecem, como se pelos canais das suas veias vogassem barcos, perdidos na escuridão absoluta do corpo, entre os gigantescos ossos do mundo. No aperto da calma descem a calçada, vão almoçar, passam o antigo tempo da sesta na penumbra da casa, depois, ao primeiro sinal de refrescar-se a tarde, tornam ao Alto, sentam-se no mesmo banco, de umbela aberta, que a sombra destas árvores, como sabemos, é vagabunda, basta que o sol desça um pouco e ela aí vai, agora mesmo nos cobria, é por causa de estarem tão altas as palmas. Hão de morrer estes velhos sem saberem que palmeiras não são árvores, é incrível a que ponto pode chegar a ignorância dos homens, por outras palavras, incrível é dizermos que uma palmeira não é uma árvore e isso não ter nenhuma importância, assim como guarda--chuva e guarda-sol, o que conta é a proteção que dão. Aliás, se àquele senhor doutor que aqui vem todas as tardes perguntássemos se palmeira é árvore, estou que também ele não saberia responder, teria de ir a casa consultar o seu livro de botânica, se não se esqueceu dele no Brasil, o mais certo é que tenha do reino vegetal apenas o precário conhecimento com que vem adornando as suas poesias, flores em geral, e pouco mais, uns louros por virem já do tempo dos deuses, umas árvores sem outro nome, pâmpanos e girassóis, os juncos que na corrente da água estremecem, a hera do esquecimento, os lírios, e as rosas, as rosas, as rosas. Entre os velhos e Ricardo Reis há familiaridade e falar de amigo, mas ele nunca saiu de casa com a ideia premeditada de lhes perguntar, Sabem que uma palmeira não é uma árvore, e eles põem tão pouco em dúvida o que acreditam saber que nunca lhe perguntarão, ó senhor doutor, uma palmeira é uma árvore, um dia vão separar-se todos e não terá ficado esclarecido esse fundamental ponto da existência, se por parecer árvore é árvore a palmeira, se por parecer vida é vida esta sombra arborescente que projetamos no chão.

Ricardo Reis, agora, levanta-se tarde. Deixou de tomar o pequeno-almoço, habituou-se a dominar o apetite matinal, ao ponto de lhe parecerem memória doutra vida não sua as bandejas opulentas que Lídia lhe levava ao quarto nos abundosos tempos do Hotel Bragança. Dorme pela manhã adentro, acorda e readormece, assiste ao seu próprio dormir, e, após muitas tentativas, conseguiu fixar-se num único sonho, sempre igual, o de alguém que sonha que não quer sonhar, encobrindo o sonho com o sonho, como quem apaga os rastos que deixou, os sinais dos pés, as reveladoras pegadas, é simples, basta ir arrastando atrás de si um ramo de árvore ou uma palma de palmeira, não ficam mais do que folhas soltas, agudas flechas, em breve secas e confundidas com o pó. Quando se levanta são horas de almoçar. Lavar-se, barbear-se, vestir-se, são atos mecânicos em que a consciência mal participa. Esta cara coberta de espuma não é mais do que uma máscara de homem, adaptável a qualquer rosto de homem, e quando a navalha, aos poucos, vai revelando o que está por baixo, Ricardo Reis olha-se perplexo, um tanto intrigado, inquieto, como se temesse que dali lhe pudesse vir algum mal. Observa minuciosamente o que o espelho lhe mostra, tenta descobrir as parecenças deste rosto com um outro rosto que terá deixado de ver há muito tempo, que assim não pode ser diz-lho a consciência, basta que tem a certeza de se barbear todos os dias, de todos os dias ver estes olhos, esta boca, este nariz, este queixo, estas faces pálidas, estes apêndices amarrotados e ridículos que são as orelhas, e no entanto é como se tivesse passado muitos anos sem se olhar, num lugar sem espelhos, sequer os olhos de alguém, e hoje vê-se e não se reconhece. Sai para almoçar, às vezes encontra-se com os velhos que vão descendo a calçada, eles cumprimentam-no, Boas tardes senhor doutor, ele retribui, Boa tarde, até hoje não sabe como se chamam, que nome têm, tanto podem ser árvores como palmeiras. Quando lhe apetece vê uma fita, mas quase sempre volta para casa logo depois do almoço, o jardim está deserto sob a chapada opressiva do sol, o rio refulge em reverberações que deslumbram os olhos, preso à sua pedra o Adamastor vai lançar um grande grito, de cólera pela expressão que lhe deu o escultor, de dor pelas razões que sabemos desde o Camões. Como os velhos, Ricardo Reis acolhe-se à penumbra da sua casa, aonde a pouco e pouco voltou o antigo cheiro do bafio, não basta abrir Lídia, quando vem, todas as janelas, é um cheiro que parece exalado pelos móveis, pelas paredes, a luta é desigual, a bem dizer, e Lídia aparece agora com menos frequência. À tardinha, com a primeira brisa, Ricardo Reis volta a sair, vai sentar-se num banco do jardim, nem muito perto nem muito longe dos velhos, deu-lhes o jornal da manhã, já lido, é essa a sua única obra de caridade, não dá esmola de pão porque não lha pediram, dá estas folhas de papel impresso com notícias apesar de não lhe terem sido pedidas, decida-se qual destas duas generosidades seria a maior, se não estivesse omissa a primeira. A Ricardo Reis perguntaríamos que esteve a fazer em casa, sozinho, durante estas horas, e ele não saberia responder-nos, encolheria os ombros. Talvez não se lembre que leu, escreveu uns versos, vagueou pelos corredores, esteve nas traseiras do prédio a olhar os quintais, a roupa pendurada, brancos lençóis, toalhas, e as capoeiras, os bichos domésticos, gatos a dormir em cima dos muros, à sombra, nenhum cão, porque em verdade não são isto bens que seja preciso guardar. E voltou a ler, a escrever versos, senão a emendá-los, rasgou alguns que não valia a pena guardar, só a palavra é a mesma, não o que significa. Depois esperou que o calor diminuísse, que se levantasse a primeira brisa da tarde, ao descer a escada veio a vizinha de baixo ao patamar, o tempo dissipou as maledicências porque banalizou o motivo delas, todo este prédio agora é sossego de próximos e harmonia de vizinhos, Então o seu marido já está melhor, perguntou, e a vizinha respondeu, Graças ao senhor doutor, foi uma providência, um milagre, é o que todos nós andamos a pedir, providências e milagres, nem que seja a casualidade de morar-nos um médico ao pé da porta e estar em casa quando nos acometeu o embaraço gástrico, Aliviou, Descarregou por cima e por baixo que foi um louvar a Deus, senhor doutor, é assim a vida, a mesma mão escreve a receita do purgante e o verso sublime, ou discreto apenas, Tens sol se há sol, ramos se ramos buscas, sorte se a sorte é dada.

Os velhos leem o jornal, já sabemos que um deles é analfabeto, por isso mais abundante em comentários, exprime opiniões, é que não tem outra maneira de equilibrar esta balança, se um sabe, o outro explica, Olha que esta do Seiscentos Maluco tem a sua graça, Eu conheço-o de há anos, quando ele ainda era guarda-freio dos elétricos, a mania que tinha de chocar com os carros contra as carroças, Diz aqui que por causa dessa balda teve trinta e oito prisões, por fim despediram-no da Carris, não ganhava emenda, Era uma guerra acesa, também os carroceiros, há que dizê-lo, tinham as suas culpas, iam pelo passo da besta, sem pressa nenhuma, e o Seiscentos Maluco a tocar o badalo com o tacão da bota, furioso, a espumar pela boca, às tantas perdia a paciência, lá ia o carro, catrapumba, e era ali um alvoroço, aparecia a polícia, tudo para a esquadra, Agora o Seiscentos Maluco é carroceiro e anda sempre à briga com os colegas de antigamente, que lhe fazem o mesmo que ele fazia aos outros, Lá diz o ditado antigo, ninguém faça o mal à conta de que lhe venha bem, foi este o remate do velho que não sabia ler, por isso tem mais necessidade de fórmulas de sabedoria condensadas, para uso imediato e efeito rápido, como os purgantes. Ricardo Reis está sentado no mesmo banco, é raro acontecer, mas desta vez todos os outros estão ocupados, percebeu que o extenso diálogo dos velhos era para seu benefício, e pergunta, E essa alcunha de Seiscentos Maluco, donde é que lhe veio, ao que o velho analfabeto responde, O número dele na Carris era o seiscentos, puseram-lhe o nome de maluco por causa da tal mania, ficou Seiscentos Maluco, e foi bem posto, Não há dúvida. Os velhos tornaram à leitura, Ricardo Reis deixou vogar o pensamento à deriva, que alcunha me ficaria bem a mim, talvez o Médico Poeta, o

Ida e Volta, o Espiritista, o Zé das Odes, o Jogador de Xadrez, o Casanova das Criadas, o Serenata ao Luar, de repente o velho que estava a ler disse, O Desprotegido da Sorte, era a alcunha de um larápio de pouca importância, carteirista apanhado em flagrante, por que não Ricardo Reis, o Desprotegido da Sorte, um delinquente também se pode chamar Ricardo Reis, os nomes não escolhem destinos. O que aos velhos mais interessa são precisamente estas notícias do quotidiano dramático e pitoresco, o conto do vigário, as desordens e agressões, as horas sombrias, os atos de desespero, o crime passional, a sombra dos ciprestes, os desastres mortais, o feto abandonado, o choque de automóveis, o vitelo de duas cabeças, a cadela que dá de mamar aos gatos, ao menos esta não é como a Ugolina, que os próprios filhos foi capaz de comer. Agora veio a Micas Saloia, de seu nome verdadeiro Maria da Conceição, que tem cento e sessenta prisões por furto e já esteve várias vezes em África, e veio também a Judite Meleças, falsa condessa de Castelo Melhor, que ludibriou em dois contos e quinhentos um tenente da Guarda Nacional Republicana, dinheiro que há de parecer insignificante daqui a cinquenta anos, mas que nestes sóbrios dias é quase riqueza, digam-no as mulheres de Benavente, que por um dia de trabalho, desde que o sol nasce até que se põe o sol, ganham dez mil réis, façamos-lhe as contas, a Judite Meleças, mesmo não sendo verdadeira condessa de Castelo Melhor, meteu ao bolso, em troca de quê lá o saberá o tenente da guarda, duzentos e cinquenta dias de vida e trabalho da Micas da Borda d'Água, sem contar com os tempos de desemprego e falta de pão, que são muitos. O mais interessa menos. Fez-se, como estava anunciado, a festa do Jockey Club, com muitos milhares de assistentes, não há que estranhar termos lá estado tantos, de mais sabemos como é extremo o gosto português por festas, romarias e peregrinações, até Ricardo Reis foi a Fátima apesar de ser pagão confesso, e muito mais quando se trata de uma obra de caridade, como esta, toda votada ao bem do próximo, os inundados do Ribatejo, entre os quais, uma vez que dela veio a propósito falar, está a Micas de Benavente, que terá a sua parte dos quarenta e cinco mil setecentos e cinquenta e três escudos e cinco centavos, meio tostão, que foi quanto se apurou, porém ainda as contas não estão de todo líquidas, pois falta conhecer as verbas e taxas a pagar, que não são poucas. Mas valeu a pena, pela excelência e requinte dos números da festa, deu um concerto a banda da Guarda Nacional Republicana, fizeram carrossel e carga dois esquadrões de cavalaria da mesma guarda, evoluíram patrulhas da Escola Prática de Cavalaria de Torres Novas, houve derriba por acosso de reses ribatejanas, falámos de reses, não de homens, embora estes sejam tantas vezes acossados e derribados, e nuestros hermanos estiveram representados, mediante salário, pelos garrochistas de Sevilha e Badajoz de propósito vindos à nossa pátria, para conversar com eles e saber notícias desceram à pelouse os duques de Alba e Medinaceli, hóspedes do Hotel Bragança, formoso exemplo de solidariedade peninsular ali foi dado, não há nada como ser grande de Espanha em Portugal.

Do resto do mundo as notícias não têm variado muito, continuam as greves em França, onde os grevistas já se contam por quinhentos mil, com o que não tarda se demitirá o governo de Albert Sarraut para lhe suceder um novo ministério, que Léon Blum organizará. Diminuirão então as ditas greves, assim parecendo que com o novo governo se satisfizeram, por agora, os reclamantes. Mas em Espanha, aonde não sabemos se tornaram os garrochistas de Sevilha e Badajoz, depois de com eles terem conversado os duques, Aqui nos respectan como si fuéramos grandes de Portugal, sino más, resten ustedes con nosotros, iremos a garrochar juntos, em Espanha, dizíamos, os huelguistas crescem como cogumelos, e já Largo Caballero ameaça, segundo a tradução portuguesa, Enquanto as classes operárias não forem amparadas pelo poder, são de esperar movimentos violentos, ele que o diz, sendo das simpatias, é porque é verdade, por isso nos deveremos começar a preparar para o pior. Mesmo que não vamos a tempo, sempre valeu a pena, seja a alma grande ou pequena, como mais ou menos disse o outro, e esse foi o caso do Negus, que teve em Inglaterra uma imponente receção popular, bem certo é o rifão que diz, Depois do burro morto, cevada ao rabo, deixaram estes britânicos os etíopes entregues à triste sorte e agora batem palmas ao imperador deles, se quer que lhe diga, meu caro senhor, o que tudo isto é, é uma grande comidela. Assim, não temos que admirar-nos que os velhos do Alto de Santa Catarina conversem aprazivelmente, regressado já o doutor a sua casa, acerca de animais, aquele lobo branco que apareceu em Riodades, que é para os lados de São João da Pesqueira, e a quem a população chama o Pombo, e a leoa Nádia que feriu numa perna o faquir Blacaman, ali no Coliseu, à vista de todos os espectadores, para que se saiba como arriscam realmente a vida os artistas de circo. Se Ricardo Reis não se tivesse retirado tão cedo, poderia aproveitar a oportunidade para contar o caso da cadela Ugolina, ficando deste modo completada a coleção de feras, o lobo por enquanto à solta, a leoa a quem terá de reforçar-se a dose de estupefaciente, finalmente a cadela filicida, cada qual com sua alcunha, Pombo, Nádia e Ugolina, não será por aqui que se distinguirão os animais dos homens.

Ricardo Reis, um dia que está dormitando, na entremanhã, cedíssimo para os seus novos hábitos de indolência, ouve salvarem os navios de guerra no Tejo, vinte e um espaçados e solenes tiros que faziam vibrar as vidraças, julgou que era a nova guerra que começava, mas depois lembrou-se de notícias que lera no dia anterior, este é o Dez de Junho, a Festa da Raça, para recordação dos nossos maiores e consagração destes que somos, em tamanho e número, às tarefas do futuro. Meio sonolento, consultou as suas energias, se as teria suficientes para de golpe se levantar dos lençóis murchos, abrir de par em par as janelas para que pudessem entrar sem peias os últimos ecos da salva e heroicamente espavorissem as sombras da casa, os bolores escondidos, o cheiro insidioso do mofo, mas, enquanto isto pensava e consigo mesmo deliberava, calaram-se as derradeiras vibrações do espaço, tornou a descer sobre o Alto de Santa Catarina um grande silêncio, nem Ricardo Reis deu por que tornara a fechar os olhos e adormecera, é assim a vida quando errada, dormimos quando deveríamos vigiar, vamos quando deveríamos vir, fechamos a janela quando a devíamos ter aberta. À tarde, ao regressar do almoço, reparou que havia ramos de flores nos degraus da estátua de Camões, homenagem das associações de patriotas ao épico, ao cantor sublime das virtudes da raça, para que se entenda bem que não temos mais que ver com a apagada e vil tristeza de que padecíamos no século dezasseis, hoje somos um povo muito contente, acredite, logo à noite acenderemos aqui na praça uns projetores, o senhor Camões terá toda a sua figura iluminada, que digo eu, transfigurada pelo deslumbrante esplendor, bem sabemos que é cego do olho direito, deixe lá, ainda lhe ficou o esquerdo para nos ver, se achar que a luz é forte de mais para si, diga, não nos custa nada baixá-la até à penumbra, à escuridão total, às trevas originais, já estamos habituados. Tivesse Ricardo Reis saído nessa noite e encontraria Fernando Pessoa na Praça de Luís de Camões, sentado num daqueles bancos como quem vem apanhar a brisa, o mesmo desafogo procuraram famílias e outros solitários, e a luz é tanta como se fosse dia, as caras parecem elas tocadas pelo êxtase, percebe-se que seja esta a Festa da Raça. Quis Fernando Pessoa, na ocasião, recitar mentalmente aquele poema da Mensagem que está dedicado a Camões, e levou tempo a perceber que não há na Mensagem nenhum poema dedicado a Camões, parece impossível, só indo ver se acredita, de Ulisses a Sebastião não lhe escapou um, nem dos profetas se esqueceu, Bandarra e Vieira, e não teve uma palavrinha, uma só, para o Zarolho, e esta falta, omissão, ausência, fazem tremer as mãos de Fernando Pessoa, a consciência perguntou-lhe, Porquê, o inconsciente não sabe que resposta dar, então Luís de Camões sorri, a sua boca de bronze tem o sorriso inteligente de quem morreu há mais tempo, e diz, Foi inveja, meu querido Pessoa, mas deixe, não se atormente tanto, cá onde ambos estamos nada tem importância, um dia virá em que o negarão cem vezes, outro lhe há de chegar em que desejará que o neguem. A esta mesma hora, naquele segundo andar da Rua de Santa Catarina, Ricardo Reis tenta escrever um poema a Marcenda, para que amanhã não se diga que Marcenda passou em vão, Saudoso já deste verão que vejo, lágrimas para as flores dele emprego na lembrança invertida de quando hei de perdê-las, esta ficará sendo a primeira parte da ode, até aqui ninguém adivinharia que de Marcenda se vai falar, embora se saiba que muitas vezes começamos por falar de horizonte porque é o mais curto caminho para chegar ao coração. Meia hora depois, ou uma hora, ou quantas, que o tempo, neste fazer de versos, se detém ou precipita, ganhou forma e sentido o corpo intermédio, não é sequer o lamento que parecera, apenas o sábio saber do que não tem remédio, Transpostos os portais irreparáveis de cada ano, me antecipo a sombra em que hei de errar, sem flores, no abismo rumoroso. Dorme toda a cidade na madrugada, por inúteis, não há já quem os veja, se apagaram os projetores da estátua de Camões, Fernando Pessoa regressou a casa, dizendo, Já cheguei, avô, e é neste momento que o poema se completa, difícil, com um ponto e vírgula metido a desprazer, que bem vimos como Ricardo Reis lutou com ele, não o queria aqui, mas ficou, adivinhemos onde, para termos também parte na obra, E colho a rosa porque a sorte manda Marcenda, guardo-a, murche-se comigo antes que com a curva diurna da ampla terra. Deitou-se Ricardo Reis vestido na cama, a mão esquerda pousada sobre a folha de papel, se adormecido passasse do sono para a morte, julgariam que é o seu testamento, a última vontade, a carta do adeus, e não poderiam saber o que seja, mesmo tendo-a lido, porque este nome de Marcenda não o usam mulheres, são palavras doutro mundo, doutro lugar, femininos mas de raça gerúndia, como Blimunda, por exemplo, que é nome à espera de mulher que o use, para Marcenda, ao menos, já se encontrou, mas vive longe.

 Aqui bem perto, nesta mesma cama, estava a Lídia deitada quando se sentiu o abalo de terra. Foi breve e brusco, sacudiu violentamente o prédio de cima a baixo, e como veio passou, deixando a vizinhança aos gritos na escada e o candeeiro do teto a oscilar, como um pêndulo que se extingue. Perante o grande susto as vozes pareciam obscenas, o alarido agora passara à rua, de janela para janela, em toda a cidade, acaso lembrada, nas suas pedras, da memória terrível doutros terramotos, incapaz de suportar o silêncio que vem depois do abalo, o instante em que a consciência se suspende, à espera, e se interroga, Irá voltar, irei morrer. Ricardo Reis e Lídia não se levantaram. Estavam nus, deitados de costas como estátuas jacentes, nem sequer cobertos por um lençol, a morte, se tivesse vindo, encontrava-os oferecidos, plenos, que ainda há poucos minutos os seus corpos se tinham separado, arquejantes, húmidos de suor recente e dos íntimos derrames, o coração batendo e ressoando na pulsação do ventre, não é possível estar mais vivo do que isto, e de repente a cama estremece, os móveis oscilam, rangem o soalho e o teto, não é a vertigem do instante final do orgasmo, é a terra que ruge nas profundezas, Vamos morrer, disse Lídia, mas não se agarrou ao homem que estava deitado a seu lado, como devia ser natural, as frágeis mulheres, em geral, são assim, os homens é que, aterrorizados, dizem, Não é nada, sossega, já passou, dizem-no sobretudo a si próprios, também o disse Ricardo Reis, trémulo do susto, e tinha razão, que o abalo veio e passou, como por estas mesmas palavras foi dito antes. As vizinhas ainda gritam na escada, aos poucos vão-se acalmando, mas o debate prolonga-se, uma delas desce à rua, a outra instala-se à janela, ambas entram no coro geral. Depois, pouco a pouco, a tranquilidade regressa, agora Lídia volta-se para Ricardo Reis e ele para ela, o braço de um sobre o corpo do outro, ele torna a dizer, Não foi nada, e ela sorri, mas a expressão do olhar tem outro sentido, vê-se bem que não está a pensar no abalo de terra, ficam assim a olhar-se, tão distantes um do outro, tão separados nos seus pensamentos, como logo se vai ver quando ela disser, de repente, Acho que estou grávida, tenho um atraso de dez dias. Um médico aprende na faculdade os segredos do corpo humano, os mistérios do organismo, sabe portanto como operam os espermatozoides no interior da mulher, nadando rio acima, até chegarem, no sentido próprio e figurado, às fontes da vida. Sabe isto pelos livros, a prática, como de costume, confirmou, e no entanto ei-lo espantado, na pele de Adão que não percebe como aquilo pode ter acontecido, por mais que Eva tente explicar, ela que também nada entende da matéria. E procura ganhar tempo, Que foi que disseste, Tenho um atraso, acho que estou grávida, dos dois o mais calmo é outra vez ela, há uma semana que anda a pensar nisto, todos os dias, todas as horas, talvez ainda há pouco, quando disse, Vamos morrer, agora poderemos duvidar se estaria Ricardo Reis neste plural. Ele espera que ela faça uma pergunta, por exemplo, Que hei de fazer, mas ela continua calada, quieta, apagando o ventre com a ligeira flexão dos joelhos, nenhum sinal de gravidez à vista, salvo se não sabemos interpretar o que estes olhos estão dizendo, fixos, profundos, resguardados na distância, uma espécie de horizonte, se o há em olhos. Ricardo Reis procura as palavras convenientes, mas o que encontra dentro de si é um alheamento, uma indiferença, assim como se, embora ciente de que é sua obrigação contribuir para a solução do problema, não se sentisse implicado na origem dele, tanto a próxima como a remota. Vê-se na figura do médico a quem a paciente disse, por desabafo, Ai senhor doutor, que vai ser de mim, estou grávida e nesta altura não me convinha nada, um médico não pode responder, Desmanche, não seja parva, pelo contrário, mostra uma expressão grave, na melhor das hipóteses reticente, Se a senhora e o seu marido não têm tomado precauções, é capaz de estar mesmo grávida, mas enfim, vamos esperar mais uns dias, pode ser que se trate apenas de um atraso, às vezes acontece. Não se admite que o declare assim, com falsa neutralidade, Ricardo Reis, que é pai pelo menos putativo, pois não consta que Lídia nos últimos meses se tenha deitado com outro homem que não seja ele, este mesmo que claramente continua sem saber o que há de dizer. Por fim, tenteando com mil cautelas, pesando cada palavra, distribui as responsabilidades, Não tivemos cuidado, mais tarde ou mais cedo tinha de acontecer, mas Lídia não pega na frase, não pergunta, Que cuidados devia eu ter tido, nunca ele se retirou no momento crítico, nunca usou aqueles carapuços de borracha, mas também isto não lhe importa, limitou-se a declarar, Estou grávida, afinal é uma coisa que acontece a quase todas as mulheres, não é nenhum terramoto, mesmo quando dá em morte de homem. Então Ricardo Reis decide-se, quer perceber quais são as intenções dela, não há mais tempo para subtilezas de dialética, salvo se ainda o for a hipótese negativa que a pergunta esconde mal, Pensas em deixar vir a criança, o que vale é não haver aqui ouvidos estranhos, não faltaria ver-se acusado Ricardo Reis de sugerir o desmancho, e quando, terminada a audição das testemunhas, o juiz ia proferir a sentença condenatória, Lídia mete-se adiante e responde, Vou deixar vir o menino. Então, pela primeira vez, Ricardo Reis sente um dedo tocar-lhe o coração. Não é dor, nem crispação, nem despegamento, é uma impressão estranha e incomparável, como seria o primeiro contacto físico entre dois seres de universos diferentes, humanos ambos, mas ignotos na sua semelhança, ou, ainda mais perturbadoramente, conhecendo-se na sua diferença. Que é um embrião de dez dias, pergunta mentalmente Ricardo Reis a si mesmo, e não tem resposta para dar, em toda a sua vida de médico nunca aconteceu ter diante dos olhos esse minúsculo processo de multiplicação celular, do que os livros ao acaso lhe mostraram não conservou memória, e aqui não pode ver mais do que esta mulher calada e séria, criada de profissão, solteira, Lídia, com o seio e o ventre descobertos, o púbis retraído apenas, como se reservasse um segredo. Puxou-a para si, e ela veio como quem enfim se protege do mundo, de repente corada, de repente feliz, perguntando como uma noiva tímida, ainda é o tempo delas, Não ficou zangado comigo, Que ideia a tua, por que motivo iria eu zangar-me, e estas palavras não são sinceras, justamente nesta altura se está formando uma grande cólera dentro de Ricardo Reis, Meti-me em grande sarilho, pensa ele, se ela não faz o aborto, fico para aqui com um filho às costas, terei de o perfilhar, é minha obrigação moral, que chatice, nunca esperei que viesse a acontecer-me uma destas. Lídia aconchegou-se melhor, quer que ele a abrace com força, por nada, só pelo bem que sabe, e diz as incríveis palavras, simplesmente, sem nenhuma ênfase particular, Se não quiser perfilhar o menino, não faz mal, fica sendo filho de pai incógnito, como eu. Os olhos de Ricardo Reis encheram-se de lágrimas, umas de vergonha, outras de piedade, distinga-as quem puder, num impulso, enfim, sincero, abraçou-a, e beijou-a, imagine-se, beijou-a muito, na boca, aliviado daquele grande peso, na vida há momentos assim, julgamos que está uma paixão a expandir-se e é só o desafogo da gratidão. Mas o corpo animal cura pouco destas subtilezas, daí a nada uniam-se Lídia e Ricardo Reis, gemendo e suspirando, não tem importância, agora é que é aproveitar, o menino já está feito.

Estes dias são bons. Lídia está em férias do hotel, passa quase todo o tempo com Ricardo Reis, só vai dormir as noites a casa da mãe por uma questão de respeito, assim evitam-se os reparos da vizinhança, que, apesar da boa harmonia instaurada desde o já falado ato médico, não deixaria de murmurar contra estas misturas de patrão e criada, aliás muito comuns nesta nossa cidade de Lisboa, mas com disfarce. E se alguém de mais comichosa moral argumentasse que também durante o dia se pode fazer o que mais costumadamente se usa fazer de noite, sempre se poderia responder-lhe que não houve antes tempo para as grandes limpezas da primavera com que as casas pascoalmente ressuscitam do longo inverno, por isso é que a criada do senhor doutor vem de manhã cedo e sai quase à noitinha, e trabalha como se pode ver e ouvir, de espanador e pano do pó, de esfregão e piaçaba, consoante já deu provas públicas e agora confirma. Às vezes fecham-se as janelas, há um silêncio que, por repentino, parece tenso, é natural, as pessoas precisam de repousar entre dois esforços, desatar o lenço da cabeça, soltar as roupas, suspirar de nova e suave fadiga. A casa vive o seu sábado de aleluia, o seu domingo de páscoa, por graça e obra desta mulher, serva humilde, que passa as mãos sobre as coisas e as deixa lustralmente limpas, nem mesmo em tempos de Dona Luísa e juiz da Relação, com seu regimento de criadas de fora, dentro e cozinha, resplandeceram com tanta glória estas paredes e estes móveis, abençoada seja Lídia entre as mulheres, Marcenda, se aqui vivesse como legítima senhora, nada faria que se comparasse, de mais a mais aleijada. Ainda há tão poucos dias cheirava a bafio, a mofo, a cotão rolado, a esgoto renitente, e hoje a luz chega aos mais remotos cantos, fulge nos vidros e nos cristais ou faz de todo o vidro cristal, derrama grandes toalhas sobre os encerados, o próprio teto fica estrelado de reverberações quando o sol entra pelas janelas, esta morada é celeste, diamante no interior de diamante, e é pela vulgaridade de um trabalho de limpeza que se alcançam estas superiores sublimidades. Talvez também por tão amiúde se deitarem Lídia e Ricardo Reis, por tanto gosto de corpo darem e tomarem, não sei que deu a estes dois para de súbito se terem tornado tão carnalmente exigentes e dadivosos, será do verão que os aquece, será de estar no ventre aquele minúsculo fermento, efeito duma união acaso distraída, causa nova de ressuscitados ardores, ainda não somos nada neste mundo e já temos parte no governo do mundo.

Porém, não há bem que sempre dure. Acabaram as férias de Lídia, tudo voltou ao que dantes era, passará a vir no seu dia de folga, uma vez por semana, agora, mesmo quando o sol encontra uma janela aberta, a luz é diferente, mole, baça, e o tamis do tempo recomeçou a peneirar o impalpável pó que faz desmaiar os contornos e as feições. Quando, à noite, Ricardo Reis abre a cama para se deitar, mal consegue ver a almofada onde pousará a cabeça, e de manhã não conseguiria levantar-se se com as suas próprias mãos não se identificasse, linha por linha, o que de si ainda é possível achar, como uma impressão digital deformada por uma cicatriz larga e profunda. Numa destas noites Fernando Pessoa bateu-lhe à porta, não aparece sempre que é preciso, mas estava a ser preciso quando aparece, a alguém, Grande ausência, julguei que nunca mais o tornaria a ver, isto disse--lhe Ricardo Reis, Tenho saído pouco, perco-me facilmente, como uma velhinha desmemoriada, ainda o que me salva é conservar o tino da estátua do Camões, a partir daí consigo orientar-me, Oxalá não venham a tirá-la, com a febre que deu agora em quem decide dessas coisas, basta ver o que está a acontecer na Avenida da Liberdade, uma completa razia, Nunca mais passei por lá, não sei nada, Tiraram, ou estão para tirar, a estátua do Pinheiro Chagas, e a de um José Luís Monteiro que não sei quem tenha sido, Nem eu, mas o Pinheiro Chagas é bem feito, Cale-se, que você não sabe para o que está guardado, A mim nunca me levantarão estátuas, só se não tiverem vergonha, eu não sou homem para estátuas, Estou de acordo consigo, não deve haver nada mais triste que ter uma estátua no seu destino. Façam-nas a militares e políticos, eles gostam, nós somos apenas homens de palavras, e as palavras não podem ser postas em bronze ou pedra, são só palavras, e basta, Veja o Camões, onde estão as palavras dele, Por isso fizeram um peralta de corte, Um D'Artagnan, De espada ao lado qualquer boneco fica bem, eu nem sequer sei que cara é a minha, Não se zangue, pode ser que escape à maldição, e se não escapar, como o Rigoletto, sempre lhe restará a esperança de que um dia lhe deitem o monumento abaixo, como ao Pinheiro Chagas, transferem-no para um sítio tranquilo, ou guardam-no num depósito, está sempre a acontecer, olhe que até há quem exija a retirada do Chiado, Também o Chiado, que mal lhes fez o Chiado, Que foi chocarreiro, desbocado, nada próprio do lugar elegante onde o puseram, Pelo contrário, o Chiado não podia estar em melhor sítio, não é possível imaginar um Camões sem um Chiado, estão muito bem assim, ainda por cima viveram no mesmo século, se houver alguma coisa a corrigir é a posição em que puseram o frade, devia estar virado para o épico, com a mão estendida, não como quem pede, mas como quem oferece e dá, Camões não tem nada a receber de Chiado, Diga antes que não estando Camões vivo, não lho podemos perguntar, você nem imagina as coisas de que Camões precisaria. Ricardo Reis foi à cozinha aquecer um café, voltou ao escritório, foi sentar-se diante de Fernando Pessoa, disse, Faz-me sempre impressão não lhe poder oferecer um café, Encha uma chávena e ponha-a na minha frente, fica a fazer-lhe companhia enquanto bebe, Não consigo habituar-me à ideia de que você não existe, Olhe que passaram sete meses, quanto basta para começar uma vida, mas disso sabe você mais do que eu, é médico, Há alguma intenção reservada no que acabou de dizer, Que intenção reservada poderia eu ter, Não sei, Você está muito suscetível hoje, Talvez seja por causa deste tirar e pôr de estátuas, desta evidência da precariedade dos afetos, você sabe o que aconteceu ao Discóbolo, por exemplo, Qual discóbolo, O da Avenida, Já me lembro, aquele rapazinho nu, a fingir de grego, Pois também o tiraram, Porquê, Chamaram--lhe efebo impúbere e efeminado, e que seria uma medida de higiene espiritual poupar os olhos da cidade à exibição de nudez tão completa, Se o rapaz não ostentava atributos físicos excessivos, se respeitava as conveniências e as proporções, onde é que estava o mal, Ah, isso não sei, a verdade é que os tais atributos, para lhes dar esse nome, embora não demasiadamente demonstrativos, eram mais do que suficientes para uma cabal lição de anatomia, Mas o mocinho era impúbere, era efeminado, não foi isso que disseram, Foi, Então pecava por defeito, o mal dele foi não pecar por excesso, Eu limito-me a repetir, tão bem quanto sou capaz, os escândalos da cidade, Meu caro Reis, você tem a certeza de que os portugueses não terão começado a enlouquecer devagarinho, Se você, que vivia cá, o pergunta, como há de responder-lhe quem passou tantos anos longe.

Ricardo Reis acabara de beber o café, e agora debatia consigo mesmo se sim ou não leria o poema que dedicara a Marcenda, aquele, Saudoso já deste verão que vejo, e quando enfim se decidira e principiava o movimento de levantar-se do sofá, Fernando Pessoa, com um sorriso sem alegria, pediu, Distraia-me, conte-me outros escândalos, então Ricardo Reis não precisou de escolher, de pensar muito, em três palavras anunciou o maior deles, Vou ser pai. Fernando Pessoa olhou-o estupefacto, depois largou a rir, não acreditava, Você está a brincar comigo, e Ricardo Reis, um tanto formalizado, Não estou a brincar, aliás, não percebo esse espanto, se um homem vai para a cama com uma mulher, persistentemente, são muitas as probabilidades de virem a fazer um filho, foi o que aconteceu neste caso, Das duas, qual é a mãe, a sua Lídia ou a sua Marcenda, salvo se ainda há uma terceira mulher, com você tudo é possível, Não há terceira mulher, não casei com Marcenda, Ah, quer dizer que da sua Marcenda só poderia ter um filho se casasse com ela, É fácil concluir que sim, você sabe o que são as educações e as famílias, Uma criada não tem complicações, Às vezes, Diz você muito bem, basta lembrar-nos do que dizia o Álvaro de Campos, que muitas vezes foi cómico às criadas de hotel, Não é nesse sentido, Então, qual, Uma criada de hotel também é uma mulher, Grande novidade, morrer e aprender, Você não conhece a Lídia, Falarei sempre com o maior respeito da mãe do seu filho, meu caro Reis, guardo em mim verdadeiros tesouros de veneração, e, como nunca fui pai, não precisei de sujeitar esses sentimentos transcendentais ao aborrecido quotidiano, Deixe-se de ironias, Se a sua súbita paternidade não lhe tivesse embotado o sentido da audição, perceberia que não há nas minhas palavras qualquer ironia, Ironia, há, mesmo que seja máscara doutra coisa, A ironia é sempre máscara, De quê, neste caso, Talvez de uma certa forma de dor, Não me diga que lhe dói nunca ter tido um filho, Quem sabe, Tem dúvidas, Sou, como não deve ter esquecido, a mais duvidosa das pessoas, um humorista diria o mais duvidoso dos Pessoas, e hoje nem sequer me atrevo a fingir o que sinto, E a sentir o que finge, Tive de abandonar esse exercício quando morri, há coisas, deste lado, que não nos são permitidas. Fernando Pessoa passou os dedos pelo bigode, fez a pergunta, Você sempre se decide a voltar para o Brasil, Tenho dias que é como se já lá estivesse, tenho dias que é como se nunca lá tivesse estado, Em suma, você anda a flutuar no meio do Atlântico, nem lá, nem cá, Como todos os portugueses, Em todo o caso, seria para si uma excelente oportunidade, fazer vida nova, com mulher e filho, Não penso em casar com a Lídia, e ainda não sei se virei a perfilhar a criança, Meu querido Reis, se me permite uma opinião, isso é uma safadice, Será, o Álvaro de Campos também pedia emprestado e não pagava, O Álvaro de Campos era, rigorosamente, e para não sair da palavra, um safado, Você nunca se entendeu muito bem com ele, Também nunca me entendi muito bem consigo, Nunca nos entendemos muito bem uns com os outros, Era inevitável, se existíamos vários, O que eu não percebo é essa sua atitude moralista, conservadora, Um morto é, por definição, ultraconservador, não suporta alterações da ordem, Já o ouvi vociferar contra a ordem, Agora vocifero a favor dela, Portanto, se você estivesse vivo e o caso fosse consigo, filho não desejado, mulher desigual, teria estas mesmas dúvidas, Tal e qual, Um safado, Muito bem feito, caro Reis, um safado, Seja como for, não vou fugir, Talvez porque a Lídia lhe facilite as coisas, É verdade, chegou-me a dizer que não tenho que perfilhar a criança, Por que será que as mulheres são assim, Nem todas, De acordo, mas só mulheres o conseguem ser, Quem o ouvisse, diria que você teve uma grande experiência delas, Tive apenas a experiência de quem assiste e vê passar, É grande engano o seu se continua a julgar que isso basta, é preciso dormir com elas, fazer-lhes filhos, mesmo que sejam para desmanchar, é preciso vê-las tristes e alegres, a rir e a chorar, caladas e falando, é preciso olhá-las quando não sabem que estão a ser olhadas, E que veem então os homens hábeis, Um enigma, um quebra-cabeças, um labirinto, uma charada, Sempre fui bom em charadas, Mas em mulheres um desastre, Meu caro Reis, você não está a ser amável, Desculpe, os meus nervos zumbem como um fio telefónico quando lhe dá o vento, Está desculpado, Não tenho trabalho nem me apetece procurá-lo, a minha vida passa-se entre a casa, o restaurante e um banco de jardim, é como se não tivesse mais nada que fazer que esperar a morte, Deixe vir a criança, Não depende de mim, e não me resolveria nada, sinto que essa criança não me pertence, Pensa que será outro o pai, Sei que o pai sou eu, a questão não é essa, a questão é que só a mãe existe de verdade, o pai é um acidente, Um acidente necessário, Sem dúvida, mas dispensável a partir da satisfação dessa necessidade, tão dispensável que poderia morrer logo a seguir, como o zângão ou como o louva-a-deus, Você tem tanto medo das mulheres como eu tinha, Talvez ainda mais, Não voltou a ter notícias de Marcenda, Nem uma palavra, eu é que escrevi, há dias, uns versos sobre ela, Duvido, Tem razão, são apenas uns versos em que o nome dela está, quer que lhos leia, Não, Porquê, Conheço os seus versos de cor e salteado, os feitos e os por fazer, novidade seria só o nome de Marcenda, e deixou de o ser, Agora é você que não está a ser amável, E nem sequer posso desculpar-me com o estado dos meus nervos, diga lá o primeiro verso, Saudoso já deste verão que vejo, Lágrimas para as flores dele emprego, pode ser o segundo, Acertou, Como vê, sabemos tudo um do outro, ou eu de si, Haverá alguma coisa que só a mim pertença, Provavelmente, nada. Depois de Fernando Pessoa sair, Ricardo Reis bebeu o café que lhe deitara na chávena. Estava frio, mas soube-lhe bem.

Alguns dias depois, os jornais contaram que vinte e cinco estudantes das Juventudes Hitlerianas de Hamburgo, de visita ao nosso país em viagem de estudo e propaganda dos ideais nacional-socialistas, foram homenageados no Liceu Normal, e que, tendo visitado demoradamente a Exposição do Ano X da Revolução Nacional, escreveram no Livro de Honra esta frase, Nós não somos nada, querendo significar, com declaração tão perentória, segundo explicava pressuroso o plumitivo de serviço, que o povo nada vale se não for orientado por uma elite, ou nata, ou flor, ou escol. Ainda assim, não rejeitaríamos esta última palavra, escol, que vem de escolha, posto o que o teríamos, ao povo, dirigido por escolhidos, se os escolhesse. Mas por uma flor ou nata, credo, afinal de contas a língua portuguesa é de um ridículo perfeito, viva pois a elite francesa, enquanto não aprendermos a dizer melhor em alemão. Porventura com vistas a essa aprendizagem se decretou a criação da Mocidade Portuguesa, que, lá para Outubro, quando iniciar a sério os seus trabalhos, abrangerá, logo de entrada, cerca de duzentos mil rapazes, flor ou nata da nossa juventude, da qual, por decantações sucessivas, por adequadas enxertias, há de sair a elite que nos governará depois, quando a de agora se acabar. Se o filho de Lídia vier a nascer, se, tendo nascido, vingar, daqui por uns anos já poderá ir aos desfiles, ser lusito, fardar-se de verde e caqui, usar no cinto um S de servir e de Salazar, ou servir Salazar, portanto duplo S, ss, estender o braço direito à romana, em saudação, e a própria Marcenda, de mais sendo de boas famílias, ainda vai a tempo de se inscrever na secção feminina, a OMEN, Obra das Mães pela Educação Nacional, por extenso, também pode levantar o seu braço direito, o aleijado é o esquerdo. Como amostra do que virá a ser a nossa juventude patriótica, irão a Berlim, já fardados, os representantes da MP, esperemos que tenham oportunidade de repetir a frase célebre, Nós não somos nada, e assistirão aos Jogos Olímpicos, onde, escusado seria dizê-lo, causarão impressão magnífica, estes belos e aprumados moços, orgulho da lusitana raça, espelho do nosso porvir, tronco em flor estende os ramos à mocidade que passa, Filho meu, diz Lídia a Ricardo Reis, não entra em semelhantes comédias, e com estas palavras teríamos principiada uma discussão daqui a dez anos, se lá chegássemos.

O Victor está nervoso. Esta missão é de grande responsabilidade, nada que possa ser comparado à rotina de seguir suspeitos, de aliciar gerentes de hotel, de interrogar moços de fretes que declaram tudo logo à primeira pergunta. Leva a mão direita à anca para sentir o volume reconfortante da pistola, depois, com a ponta dos dedos, devagarinho, extrai do bolso exterior do casaco um rebuçado de hortelã-pimenta. Desembrulha-o com cautelas infinitas, no silêncio da noite deve ouvir-se a dez passos o rumor do papel estaladiço, será uma imprudência, uma infração às regras da segurança, mas o cheiro de cebola tornara-se tão intenso, talvez por causa do nervosismo, que bem podia acontecer espantar-se a caça antes de tempo, tanto mais que o vento vem pelas costas, sopra na direção dela. Ocultos pelos troncos das árvores, disfarçados nos vãos das portas, estão os ajudantes do Victor, à espera do sinal para a aproximação silenciosa que há de preceder o fulminante assalto. Olham fixamente a janela por onde se coa um quase invisível fio de luz, já de si é indício de conspiração estarem as portadas interiores fechadas, com o calor que faz. Um dos ajudantes do Victor sopesa o pé de cabra com que destroncará a porta, outro enfia os dedos da mão esquerda numa soqueira de ferro, são homens habilíssimos nas respetivas artes, por onde passam deixam um rasto de gonzos destroçados e maxilares partidos. Pelo passeio fronteiro desce agora outro polícia, este não tem que se resguardar, comporta-se como simples passante que vai à vida, ou não, é um cidadão pacífico que regressa a casa, mora neste prédio, porém não bateu com a aldraba para que venha a mulher abrir-lhe, Vens tão tarde, em quinze segundos ficou a porta aberta, não com chave, foi obra de gazua não menos hábil. A primeira barreira foi vencida. O polícia está na escada, mas não tem ordem para subir. A sua missão é pôr-se à escuta, dar aviso se perceber que há barulhos ou movimentos suspeitos, caso em que tornará a sair para fazer o seu relatório ao Victor, que decidirá. Porque o Victor é o cérebro. No vão da porta, do lado de dentro, aparece o vulto do polícia, acende um cigarro, o sinal significa que está tudo bem, o prédio em sossego, nenhuma desconfiança no andar cercado. O Victor deita o rebuçado fora, tem medo de se engasgar em plena ação, se tiver de haver luta corpo a corpo. Aspira o ar pela boca, sente a frecura da hortelã-pimenta, nem parece o mesmo Victor. Mas ainda não deu três passos e já lhe sobe do estômago a emanação invisível, ao menos tem a grande vantagem de não se transviarem os ajudantes que seguem o movimento do chefe, vão-lhe no rasto, exceto dois deles que ficam a observar a janela para o caso de haver uma tentativa de fuga por ali, a ordem é disparar sem aviso. A esquadra de seis homens sobe em carreiro, à formiga, que são modos de dizer muito mais antigos que a fila indiana, o silêncio é total, a atmosfera tornou-se irrespirável, elétrica, de tensão acumulada, agora vão todos tão nervosos que nem dão pelo cheiro do chefe, quase se poderia dizer que cheira tudo ao mesmo. Chegados ao patamar, duvidam que haja alguém no prédio, tão profundo é o silêncio, parece que dorme o mundo, se não fossem de tanta confiança as informações mais valia dar ordem de destroçar, não os gonzos, mas a formação, e voltar ao trabalho de secreta, seguir, perguntar, aliciar. Dentro de casa alguém tossiu. Confirmou. O Victor acende a lanterna, aponta o foco à porta, como uma cobra sábia o bífido pé de cabra avança, introduz os dentes, as unhas entre o batente e o alizar, e espera. É a vez do Victor. Com o punho cerrado desfere na porta as quatro pancadas do destino, solta um berro, Polícia, o pé de cabra dá o primeiro impulso, o alizar salta em estilhas, a fechadura range, lá dentro ouve-se um grande tumulto de cadeiras, passos que correm, vozes, Que ninguém se mexa, clama o Victor em estentórea voz, passou-lhe o nervosismo, de repente acendem-se as luzes da escada em todos os patamares, são os vizinhos que ajudam à festa, não se atrevem a entrar no palco mas iluminam o cenário, alguém deve ter tentado abrir uma janela, ouvem-se três tiros na rua, o pé de cabra mudou de posição, entra numa fenda dilatada à altura do gonzo inferior, é agora, a porta estala de alto a baixo, abre uma larga boca, duas patadas supremas deitam-na abaixo, primeiro cai contra a parede fronteira do corredor, depois tomba para o lado abrindo uma larga ferida no estuque, de repente fez-se dentro de casa um grande silêncio, não há salvação. O Victor avança de pistola em punho, repete, Ninguém se mexa, enquadram-no dois ajudantes, os outros não têm espaço para manobrar, não podem desdobrar-se em linha de atiradores, mas logo avançam quando os primeiros entram na saleta que dá para a rua, a janela está aberta, sob a mira dos vigilantes, aqui estão quatro homens levantados, de braços no ar, cabeça baixa, vencidos. O Victor ri de gozo, Tudo preso, tudo preso, recolhe de sobre a mesa alguns papéis espalhados, dá ordem para começar a busca, diz para o polícia da soqueira, que tem uma expressão de profunda tristeza, não houve resistência, não pôde dar nem sequer um soco, ao menos um, que pouca sorte, Vai às traseiras ver se fugiu alguém, e ele foi, ouviram-no gritar do postigo da cozinha, depois da escada de salvação, gritar para os colegas que completavam o círculo, Viram se fugiu algum, e responderam-lhe que sim, fugiu um, amanhã, no relatório, escreverão que o tal se escapou saltando os quintais ou pelos telhados, as versões vão variar. O da soqueira voltou, vem com cara de desgosto, o Victor nem precisou que lhe dissessem, começou aos berros, furioso, já sem nenhum vestígio da hortelã-pimenta, Cambada de incompetentes, um cerco tão bem combinado, e como os presos não conseguem disfarçar um sorriso, ainda que pálido, percebe que justamente se escapuliu o figurão importante, então espumeja, ameaça, quer saber quem era o tipo, para onde fugiu, Ou falam, ou ficam aqui todos mortos, os ajudantes firmam a pontaria das pistolas, o da soqueira aconchega os dedos, então o realizador diz, Corta. O Victor ainda vai no balanço dos desabafos, não consegue calar-se, o caso para ele é a sério, Dez homens para prenderem cinco, e deixam escapar o principal, o cabeça da conspiração, mas o realizador intervém, bem-disposto, a filmagem correu tão bem que não precisa de ser repetida, Deixe lá, não se amofine, se o prendêssemos agora acabava-se a fita, Mas, ó senhor Lopes Ribeiro, a polícia fica mal vista, é um descrédito para a corporação, virem sete alfaiates para matar uma aranha, e afinal a aranha fugiu, a aranha, quer dizer, a mosca, a aranha somos nós, Deixe-o ir, não faltam teias no mundo, escapa-se dumas, morre-se noutras, esse aí vai hospedar-se numa pensão, com nome falso, julga que está salvo e nem sonha que a aranha dele será a filha da dona da dita pensão, conforme está explicado no argumento, rapariga muito séria, muito nacionalista, que lhe dará a volta ao coração e ao miolo, as mulheres ainda são a grande arma, umas santas, este realizador, a bem dizer, é um sábio. Estão nesta conversação quando se aproxima o operador, alemão, vindo da Alemanha, que diz, e o realizador entende-o, é natural, falou quase em português, Ein gross plano do polizei, também percebeu tudo o Victor, pôs-se imediatamente em posição, o assistente bateu a claquete, trás, A Revolução de Maio, segunda vez, ou qualquer frase da mesma gíria, e o Victor, brandindo a pistola, torna a aparecer à porta, com ameaçador e sardónico ricto, Tudo preso, tudo preso, se agora o diz com ímpeto menor é para que o não engasgue o novo rebuçado de hortelã-pimenta que entretanto metera na boca, para purificar os ares. O operador dá-se por satisfeito, Auf Wiedersehen, ich habe keine Zeit zu verlieren, es ist schon ziemlich spät, Aufider-zên, iç haba kaina tsait tsu ferliren, éss ist chon tsimliç chpêt, Adeus, não tenho tempo a perder, já é bastante tarde, e para o realizador, Es ist Punkt Mitternacht, Éss ist punkt mit-ternájt, É meia-noite em ponto, a isto respondeu Lopes Ribeiro, Machen Sie bitte das Licht aus, Majen zi bit-ta dass liçt auss, Apague a luz, foi tudo com pronunciação e tradução porque ainda estamos na primeira aprendizagem. O Victor já desceu com a sua esquadra, levam os prisioneiros algemados, têm uma tal consciência do seu dever de polícias que até esta comédia levam a sério, tudo quanto é preso deve aproveitar-se, mesmo sendo a fingir.

Outros assaltos se estão premeditando. Enquanto Portugal reza e canta, que o tempo é de festas e romarias, muito cântico místico, muito foguete e vinho, muito vira minhoto, muita filarmónica, muito anjo de asas brancas atrás dos andores, sob uma canícula que é, enfim, a resposta do céu às prolongadas invernias, não se dispensando, todavia, por ser também fruta deste tempo, de mandar-nos umas dispersas chuvas e trovoadas, enquanto Tomás Alcaide canta no Teatro de S. Luís o Rigoletto, e a Manon, e a Tosca, enquanto a Sociedade das Nações decide, de vez, o levantamento das sanções contra a Itália, enquanto os ingleses protestam contra a passagem do dirigível Hindemburgo sobre fábricas e pontos estratégicos britânicos, o que se vai dizendo é que tudo parece indicar que a incorporação da Cidade Livre de Dantzig no território alemão não virá longe. É lá com eles. Só um olho arguto e um dedo treinado em pesquisa cartográfica saberiam encontrar no mapa a pintinha preta e a bárbara palavra, não será por causa delas que se irá acabar o mundo. Porque, enfim, não é bom para a tranquilidade do lar metermo-nos na vida dos vizinhos, eles as armam, eles as desarmem, a nós também não nos chamam quando é a hora das alegrias. Ainda agora mesmo, por exemplo, correu o boato de que o general Sanjurjo queria entrar clandestino em Espanha para chefiar um movimento monárquico, e ele próprio se apressou a declarar à imprensa que não pensa em sair tão cedo de Portugal. Lá está, portanto, com toda a sua família, a viver no Monte Estoril, na villa Santa Leocádia, com vista para o mar e muita paz na consciência. Se em um tal caso tomássemos partido, diríamos uns, Vá, salve a sua pátria, diríamos outros, Deixe-se estar, não se meta em trabalhos, ora, a todos nós só nos compete cumprir o dever da hospitalidade, como gostosamente fizemos com os duques de Alba e Medinaceli, em boa hora recolhidos ao Hotel Bragança, donde, segundo dizem também, não pensam em sair tão cedo. A não ser que tudo isto não seja mais que outra premeditação de assalto, já com argumento escrito, operador à máquina, faltando apenas que o realizador dê a ordem, Ação.

Ricardo Reis lê os jornais. Não chega a inquietar-se com as notícias que lhe chegam do mundo, talvez por temperamento, talvez por acreditar no senso comum que teima em afirmar que quanto mais as desgraças se temem menos acontecem, Se isto assim é, então o homem está condenado, por seu próprio interesse, ao pessimismo eterno, como caminho para a felicidade, e talvez, perseverando, atinja a imortalidade pela via do simples medo de morrer. Não é Ricardo Reis como John D. Rockefeller, não precisa que lhe peneirem as notícias, o jornal que comprou é igual a todos os outros que o ardina transporta na sacola ou estende no passeio, porque, enfim, as ameaças, quando nascem, são, como o sol, universais, mas ele recolhe-se a uma sombra que lhe é particular, definida desta maneira, o que eu não quero saber, não existe, o único problema verdadeiro é como jogará o cavalo da rainha, e se lhe chamo verdadeiro problema não é porque o seja realmente, mas porque não tenho outro. Lê Ricardo Reis os jornais e acaba por impor a si mesmo o dever de preocupar-se um pouco. A Europa ferve, acaso transbordará, não há um lugar onde o poeta possa descansar a cabeça. Os velhos é que andam excitados, e a tal ponto que resolveram fazer o sacrifício de comprar o jornal todos os dias, ora um, ora outro, para não terem de esperar pelo fim da tarde. Quando Ricardo Reis apareceu no jardim a exercer a caridade habitual, puderam responder-lhe, com altivez de pobre afinal mal-agradecido, Já temos, e ruidosamente desdobraram as folhas largas, com ostentação, assim mais uma vez se provando que não há que fiar na natureza humana.

Regressado, depois de terminadas as férias de Lídia, ao seu hábito de dormir até quase à hora do almoço, Ricardo Reis deve ter sido o último habitante de Lisboa a saber que se dera um golpe militar em Espanha. Ainda com os olhos pesados de sono, foi à escada buscar o jornal, do capacho o levantou e meteu debaixo do braço, voltou ao quarto bocejando, mais um dia que começa, ah, este longo fastídio de existir, este fingimento de lhe chamar serenidade, Levantamento do exército de terra espanhol, quando este título lhe bateu nos olhos Ricardo Reis sentiu uma vertigem, talvez mais exatamente uma impressão de descolamento interior, como se de súbito tivesse caído em queda livre sem ter a certeza de estar o chão perto. Acontecera o que se devia ter previsto. O exército espanhol, guardião das virtudes da raça e da tradição, ia falar com a voz das suas armas, expulsaria os vendilhões do templo, restauraria o altar da pátria, restituiria à Espanha a imorredoura grandeza que alguns seus degenerados filhos haviam feito decair. Ricardo Reis leu a notícia brevíssima, em página interior encontrou um telegrama atrasado, Receia-se em Madrid um movimento revolucionário fascista, esta palavra incomodou-o subtilmente, é verdade que a notícia vinha da capital espanhola, onde tem assento o governo de esquerda, percebe-se que usem uma linguagem assim, mas seria muito mais compreensível se se dissesse, por exemplo, que se levantaram os monárquicos contra os republicanos, dessa maneira saberia Ricardo Reis onde estavam os seus, que ele próprio é monárquico, como estamos lembrados, ou é altura de recordar, se esquecidos. Mas se o general Sanjurjo, que, segundo aquele boato que correu em Lisboa, iria chefiar em Espanha um movimento monárquico, produziu o formal desmentido que sabemos, Não penso em sair tão cedo de Portugal, então a questão é menos complicada, Ricardo Reis não precisa de tomar partido, esta batalha, se batalha vier a ser, não é a sua, o caso é entre republicanos e republicanos. Por hoje, o jornal deu quanto sabia de notícias. Amanhã talvez diga que o movimento abortou, que os revoltosos foram dominados, que a paz reina em toda a Espanha. Ricardo Reis não sabe se isto lhe causaria alívio ou pesar. Quando sai para o almoço vai atento aos rostos e às palavras, há algum nervosismo no ar, mas é um nervosismo que se vigia a si mesmo, nem de mais nem de menos, talvez por ainda serem poucas as notícias, talvez por convir o recato de sentimentos movidos por causa tão próxima, o silêncio é de oiro e o calado é o melhor. Mas entre a porta de casa e o restaurante encontrou alguns olhares de triunfo, um ou dois de melancólico desamparo, até Ricardo Reis é capaz de compreender que não se trata duma diferença entre republicanos e monárquicos.

Já se vai sabendo melhor o que aconteceu. O levantamento começou no Marrocos espanhol, e, ao que parece, é seu principal chefe o general Franco. Aqui, em Lisboa, o general Sanjurjo declarou que está ao lado dos seus camaradas de armas, mas reafirmou que não deseja manter qualquer atividade, acredite quem quiser, palavras estas três que não são dele, claro está, em todas as ocasiões se encontra alguém para dar opiniões, mesmo quando não lhe são pedidas. Que a situação em Espanha é grave, até uma criança o sabe. Basta que se diga que em menos de quarenta e oito horas caiu o governo de Casares Quiroga, foi Martínez Barrio encarregado de formar governo, demitiu-se Martínez Barrio, e agora temos um ministério formado por Giral, a ver quanto tempo vai durar. Os militares anunciam que o movimento está triunfante, se tudo continuar como até aqui, o domínio vermelho em Espanha tem as horas contadas. Aquela já mencionada criança, ainda que mal sabendo ler, o confirmaria, só de olhar o tamanho dos títulos e a variedade dos tipos, um entusiasmo gráfico que desdobra em parangonas, e há de transbordar, daqui por uns dias, na letra miúda dos artigos de fundo.

De repente, a tragédia. O general Sanjurjo morreu horrivelmente carbonizado, ia ocupar o seu lugar na diretoria militar do movimento, o avião, ou por levar carga a mais, ou por falta de força do motor, se não é que tudo vai dar à mesma causa, não conseguiu alçar o voo, foi bater numas árvores, depois contra um muro, à vista de toda aquela gente espanhola que acudira ao bota-fora, e ali, sob um sol impiedoso, arderam o avião e o general numa imensa tocha, ainda assim teve sorte o aviador, Ansaldo de seu nome, escapou com ferimentos e queimaduras sem maior gravidade. Dizia o general que não senhor, não pensava em deixar Portugal tão cedo, e era mentira, mas estas falsidades devemos ter a misericórdia de compreendê-las, são o pão da política, embora não saibamos se Deus pensa da mesma maneira, quem nos dirá que não foi punição divina, toda a gente sabe que Deus castiga sem pau nem pedra, do fogo é que já tem uma longa prática. Agora, ao mesmo tempo que o general Queipo de Llano proclama a ditadura militar em toda a Espanha, é o corpo do general Sanjurjo, também marquês de Riff, velado na igreja de Santo António do Estoril, e quando dizemos corpo, é o que dele resta, um tocozinho negro, parece um caixãozito de criança, homem que tão corpulento era em vida, reduzido ao triste tição, é bem verdade que não somos nada neste mundo, por mais que isto se repita e todos os dias o demonstrem, sempre nos custa a acreditar. Em guarda de honra ao grande cabo de guerra estão membros da Falange Espanhola, fardados da cabeça aos pés, isto é, de camisa azul, calça preta, punhal no cinto de couro, de onde terá saído esta gente é o que eu me pergunto, de certeza não foram enviados de Marrocos a todo o vapor para as solenes exéquias, aquela mesma criança no-lo saberia dizer, apesar de inocente e analfabeta, se em Portugal, como informou o Pueblo Gallego, estão cinquenta mil espanhóis, claro que não se limitaram a trazer mudas de roupa branca, também meteram na bagagem, para o que desse e viesse, a calça preta e a camisa azul, mais o punhal, só não esperavam que tivessem de mostrar tudo à luz do dia por tão dolorosos motivos. Porém, nestes rostos, marcados por uma dor viril, há um clarão de triunfo e glória, a morte, afinal, é a noiva eterna a cujos braços o homem valente sempre há de aspirar, virgem intocada que, entre todos, prefere os espanhóis, especialmente se são militares. Amanhã, quando os restos mortais do general Sanjurjo forem transportados num armão puxado a mulas, adejarão sobre eles, quais anjos da boa nova, as notícias de que as colunas motorizadas avançam sobre Madrid, o cerco está consumado, o assalto final será uma questão de horas. Diz-se que já não há governo na capital, mas igualmente se diz, sem reparar na contradição, que o mesmo governo que não existe decidiu autorizar os membros da Frente Popular a levantarem as armas e as munições de que precisarem. Contudo, é apenas o estertor do demónio. Não tarda que a Virgem do Pilar esmague sob os seus cândidos pés a serpente da malícia, o crescente da lua levantar-se-á sobre os cemitérios da iniquidade, já estão desembarcando no sul da Espanha milhares de soldados marroquinos, com eles, ecumenicamente, restabeleceremos o império da cruz e do rosário sobre o odioso símbolo do martelo e da foice. A regeneração da Europa caminha a passos de gigante, primeiro foi a Itália, depois Portugal, a seguir a Alemanha, agora a Espanha, esta é a boa terra, esta a semente melhor, amanhã ceifaremos as messes. Como escreveram os estudantes alemães, Nós não somos nada, aquilo mesmo que murmuraram, uns para os outros, os escravos que construíram as pirâmides, Nós não somos nada, os pedreiros e os boieiros de Mafra, Nós não somos nada, os alentejanos mordidos pelo gato raivoso, Nós não somos nada, os beneficiários dos bodos misericordiosos e nacionais, Nós não somos nada, os do Ribatejo a favor de quem se fez a festa do Jockey Club, Nós não somos nada, os sindicatos nacionais que em Maio desfilaram de braço estendido, Nós não somos nada, porventura nascerá para nós o dia em que todos seremos alguma coisa, quem isto agora disse não se sabe, é um pressentimento.

 À Lídia, que também tão pouco é, fala Ricardo Reis dos sucessos do país vizinho, ela conta-lhe que os espanhóis do hotel celebraram o acontecimento com uma grande festa, nem a trágica morte do general os desanimou, e agora não se passa uma noite que não haja garrafas de champanhe francês abertas, o gerente Salvador anda feliz a mais não poder ser, o Pimenta fala castelhano como de nascença,

Ramón e Felipe não cabem nos encontros dos casacos desde que souberam que o general Franco é galego, de El Ferrol, e alguém, no outro dia, teve mesmo a ideia de hastear uma bandeira espanhola na varanda do hotel, em sinal de aliança hispano-portuguesa, estão só à espera de que o prato da balança desça mais um bocadinho, E tu, perguntou Ricardo Reis, que pensas tu da Espanha, do que lá se está a passar, Eu não sou nada, não tenho instrução, o senhor doutor é que deve saber, com tantos estudos que fez para chegar à posição que tem, acho que quanto mais alto se sobe, mais longe se avista, Assim em cada lago a lua toda brilha, porque alta vive, O senhor doutor diz as coisas duma maneira tão bonita, Aquilo, em Espanha, estava uma balbúrdia, uma desordem, era preciso que viesse alguém pôr cobro aos desvarios, só podia ser o exército, como aconteceu aqui, é assim em toda a parte, São assuntos de que eu não sei falar, o meu irmão diz, Ora, o teu irmão, nem preciso de ouvir falar o teu irmão para saber o que ele diz, Realmente, são duas pessoas muito diferentes, o senhor doutor e o meu irmão, Que diz ele, afinal, Diz que os militares não ganharão porque vão ter todo o povo contra eles, Fica sabendo, Lídia, que o povo nunca está de um lado só, além disso, faz-me o favor de me dizeres o que é o povo, O povo é isto que eu sou, uma criada de servir que tem um irmão revolucionário e se deita com um senhor doutor contrário às revoluções, Quem é que te ensinou a dizer essas coisas, Quando abro a boca para falar, as palavras já estão formadas, é só deixá-las sair, Em geral, pensamos antes de falar, ou vamos pensando enquanto falamos, toda a gente é assim, Se calhar, eu não penso, será como gerar um filho, ele cresce sem darmos por isso, quando chega a sua hora nasce, Tens-te sentido bem, Se não fosse a falta das regras, nem acreditaria que estou grávida, Continuas com essa tua ideia de deixar vir a criança, O menino, Sim, o menino, Continuo, e não vou mudar, Pensa bem, Eu, se calhar, não penso, dizendo isto Lídia deu uma risada contente, ficou Ricardo Reis sem saber que resposta dar, então puxou-a para si, deu-lhe um beijo na testa, depois no canto da boca, depois no pescoço, a cama não estava longe, deitaram-se nela a criada de servir e o senhor doutor, do irmão marinheiro não se falou mais, a Espanha fica no fim do mundo.

Les beaux esprits se rencontrent, dizem os franceses, gente sobre todas arguta. Falara Ricardo Reis da necessidade de defender a ordem, e agora veio declarar o general Francisco Franco, em entrevista ao jornal O Século, português, Queremos a ordem dentro da nação, e este foi o mote para que o dito periódico escrevesse em grande título, A obra de redenção do exército espanhol, por esta maneira se demonstrando como são cada vez em maior número, senão inúmeros, os beaux esprits, daqui a poucos dias fará o jornal a insinuante pergunta, Quando se organizará a Primeira Internacional da Ordem contra a Terceira Internacional da Desordem, os beaux esprits já estão reunidos para dar a resposta. Não se pode dizer que ela não esteja em princípio, os soldados marroquinos continuam a desembarcar, constituiu-se uma junta governativa em Burgos, e é voz corrente que dentro de horas deverá dar-se o choque final entre o exército e as forças de Madrid. E não deveremos atribuir significado especial ao facto de a população de Badajoz se ter armado para resistir ao assalto iminente, ou atribuamos-lhe apenas significado bastante para podermos admiti-lo àquela discussão sobre o que seja ou não seja o povo. Ladeando as ignorâncias de Lídia e as evasivas de Ricardo

Reis, aqui armaram-se homens, mulheres e crianças, armaram-se de espingardas, de espadas, de mocas, de foices, de revólveres, de punhais, de cacetes, deitaram mão ao que havia, talvez por ser esta a maneira de armar-se o povo, e se tal for o caso, então logo ficamos a saber o que é o povo e onde é que o povo está, o mais, se me dão licença, não passa de debate filosófico e desigual.

A onda cresce e rola. Em Portugal afluem as inscrições de voluntários para a Mocidade Portuguesa, são jovens patriotas que não quiseram esperar pela obrigatoriedade que há de vir, eles por sua esperançosa mão, em letra escolar, sob o benévolo olhar da paternidade, firmaram a carta, e por seu firme pé a levam ao correio, ou trémulos de cívica comoção a entregam ao porteiro do ministério da Educação Nacional, só por respeito religioso não proclamam, Este é o meu corpo, este é o meu sangue, mas qualquer pessoa pode ver que é grande a sua sede de martírio. Ricardo Reis percorre as listas, tenta desenhar rostos, figuras, gestos, modos de andar que deem sentido e forma à vaguidade dessas curiosas palavras que são os nomes, as mais vazias de todas se não lhes metermos dentro um ser humano. Daqui por uns anos, vinte, trinta, cinquenta, que pensarão os homens maduros, os velhos, se lá chegarem, deste entusiasmo da sua mocidade, quando leram ou ouviram, como um místico clarim, os jovens alemães que diziam, Nós não somos nada, e acorreram sublimes, Nós também, nós também não somos nada. Dirão assim, Pecados da juventude, Erros da minha grande inocência, Não tive quem me aconselhasse, Bem me arrependi depois, Foi meu pai quem me mandou, Eu acreditava sinceramente, A farda era tão bonita, Hoje tornaria a fazer o mesmo, Era uma maneira de subir na vida, Ficavam mais bem vistos os primeiros, É tão fácil enganar-se um jovem, É tão fácil enganá-lo, estas e outras semelhantes justificações as estão dando agora, mas um deles levanta-se, ergue a mão a pedir a palavra, e Ricardo Reis dá-lha pela grande curiosidade que sente de ouvir um homem falar de um dos outros homens que foi, uma idade julgando outra idade, e este foi o discurso, De cada um de nós se considerarão as razões para o passo que demos, por ingenuidade ou por malícia, por vontade própria ou por constrangimento de terceiros, será a sentença, como é costume, consoante o tempo e o julgador, mas, condenados ou absolvidos, deverá pesar na balança a vida toda que vivemos, o mal e o bem que fizemos, o acerto e o erro, o perdão e a culpa, e, ponderado tudo, se tal é possível, seja o primeiro juiz a nossa consciência, no caso invulgar de sermos limpos de coração, mas talvez tenhamos de declarar, uma vez mais, ainda que com diferente intenção, Nós não somos nada, porque nesse tempo um certo homem, amado e respeitado por alguns de nós, e digo já o seu nome para vos poupar ao esforço da adivinhação, esse homem, que se chamou Miguel de Unamuno e era então reitor da Universidade de Salamanca, não um rapazinho da nossa idade, catorze, quinze anos, mas um venerável velho, septuagenário, de longa existência e longa obra, autor de livros tão celebrados como Del sentimiento trágico de la vida, La agonia del cristianismo, En torno al casticismo, La dignidad humana, e tantos outros que me dispensarão de dizer, esse homem, farol de inteligência, logo nos primeiros dias da guerra, deu a sua adesão à Junta Governativa de Burgos, exclamando, Salvemos a civilização ocidental, aqui me tendes, homens de Espanha, estes homens de Espanha eram os militares revoltosos e os mouros de

Marrocos, e deu cinco mil pesetas do seu bolso a favor do que já então era chamado exército nacionalista espanhol, não me lembrando eu dos preços da época não sei quantos cartuchos se podiam comprar com cinco mil pesetas, e cometeu a crueldade moral de recomendar ao presidente Azaña que se suicidasse, e poucas semanas depois fez outras não menos sonorosas declarações, A minha maior admiração, o meu maior respeito, vão para a mulher espanhola que conseguiu retardar que as hordas comunistas e socialistas tomassem há mais tempo conta de Espanha, e num arrebatado transporte clamou, Santas mulheres, ora, nós, portugueses, também não estávamos faltos de santas mulheres, dois exemplos bastam, a Marília da Conspiração, a ingénua da Revolução de Maio, se isto é santidade, agradeçam as mulheres espanholas a Unamuno, e as nossas portuguesas ao senhor Tomé Vieira e ao senhor Lopes Ribeiro, um dia gostaria de descer aos infernos para contar pela minha aritmética quantas santas mulheres lá estão, mas de Miguel de Unamuno, que nós admirávamos, ninguém ousa falar, é como uma ferida vergonhosa que se tapa, dele só se guardaram para edificação da posteridade aquelas palavras quase derradeiras suas com que respondeu ao general Milan d'Astray, o tal que gritou na mesma cidade de Salamanca, Viva la muerte, o senhor doutor Ricardo Reis não chegou a saber que palavras foram essas, paciência, a vida não pode chegar a tudo, a sua não chegou a tanto, mas olhe que por elas terem sido ditas é que alguns de nós ainda reconsiderámos a decisão que tínhamos tomado, em verdade direi que valeu a pena ter vivido Miguel de Unamuno o tempo suficiente para vislumbrar o seu erro, só para o vislumbrar, porque não o emendou por completo, ou por ter vivido pouco mais tempo, ou para proteger, com humana cobardia, a tranquilidade dos seus últimos dias, tudo é possível, então, no fim deste longo discurso, o que eu peço para nós é que espereis a nossa última palavra, ou a penúltima, se já nesse dia for suficiente a nossa lucidez e daqui até lá não tiverdes perdido a vossa, tenho dito. Alguns dos assistentes aplaudiram vigorosamente a sua própria esperança de salvação, mas outros protestaram indignados contra a malévola deformação de que acabara de ser vítima o pensamento nacionalista de Miguel de Unamuno, só porque, já com os pés para a cova, por uma birra senil, por um capricho de velho caquético, viria a contestar o grito magnífico do grande patriota e grande militar general Milan d'Astray, que, pelo seu passado e presente, só teria lições a dar, nenhumas a receber. Ricardo Reis não sabe que resposta é essa que Miguel de Unamuno dará ao general, tem acanhamento de perguntar, ou teme-se de penetrar nos arcanos do futuro, no destino, mais vale saber passar silenciosamente e sem desassossegos grandes, isto escreveu um dia, isto é o que em todos cumpre. Retiraram-se os idosos homens, vão ainda discutindo as primeiras, segundas e terceiras palavras de Unamuno, consoante as julgam querer eles ser julgados, já se sabe que sendo o acusado a escolher a lei sairá sempre absolvido.

Ricardo Reis relê as notícias que já conhece, a proclamação do reitor de Salamanca, Salvemos a civilização ocidental, aqui me tendes homens de Espanha, as cinco mil pesetas dadas do seu bolsinho para o exército de Franco, a vergonhosa intimação a que se suicidasse Azaña, até esta data em que estamos não falou das santas mulheres, mas nem seria preciso esperar para saber como o dirá, vimos como no outro dia um simples realizador português de cinema foi da mesma opinião, para cá dos Pirenéus todas as mulheres são santas, o mal está nos homens que tanto bem pensam delas. Ricardo Reis percorre demoradamente as páginas, distrai-se com as novidades correntes, aquelas que tanto podem vir daqui como dalém, deste tempo como de outro, do presente como do futuro e do passado, por exemplo, os casamentos e batizados, as partidas e chegadas, o pior é que, mesmo havendo uma vida mundana, não há um mundo só, se pudéssemos escolher as notícias que queremos ler qualquer de nós seria John D. Rockefeller. Passa os olhos pelas páginas dos pequenos anúncios, Habitações alugam-se, Habitações precisam-se, por este lado está servido, não precisa de casa, e olha, aqui nos informamos da data em que sairá do porto de Lisboa o vapor Highland Brigade, vai a Pernambuco, Rio de Janeiro, Santos, mensageiro perseverante, que notícias nos trará ele de Vigo, parece que toda a Galiza se bandeou com o general Franco, não admira, sempre é um filho da terra, o sentimento pode muito. Assim se intrometeu um mundo noutro mundo, assim perdeu o leitor o seu sossego, e agora, virando impaciente a página, reencontra o escudo de Aquiles, há quanto tempo o não via. É aquela mesma e já conhecida glória de imagens e dizeres, mandala prodigiosa, visão incomparável de um universo explícito, caleidoscópio que suspendeu o movimento e se oferece à contemplação, é possível, finalmente, contar as rugas da face de Deus, de seu mais comum nome chamado Freire Gravador, este é o retrato, este o implacável monóculo, esta a gravata com que nos garrota, mesmo dizendo o médico que é de doença que morremos, ou de um tiro, como em Espanha, por baixo se mostram as suas obras, das quais nos habituámos a dizer que contam ou cantam a infinita sabedoria do Criador, cujo nunca teve uma mancha na sua vida honrada, e foi premiado com três medalhas de ouro, distinção suprema concedida por um outro Deus mais alto, que não manda pôr anúncios no Diário de Notícias, e será por isso mesmo, digamos talvez, o verdadeiro Deus. Em tempos figurou-se a Ricardo Reis que este anúncio era como um labirinto, porém vê-o agora como um círculo donde não é mais possível sair, limitado e vazio, labirinto de facto, mas da mesma forma que o é um deserto sem veredas. Desenha no Freire Gravador uma barbicha, faz do monóculo luneta, mas nem por estas artes de máscara consegue que se assemelhe àquele Don Miguel de Unamuno que num labirinto se perdeu também, e donde, se acreditarmos no cavalheiro português que se levantou na assembleia e fez o discurso, só conseguiu sair às vésperas de morrer, podendo em todo o caso duvidar-se se nessa sua quase extrema palavra pôs o seu inteiro ser, todo ele, ou se entre o dia em que a pronunciou e o dia em que se foi embora da vida, magnífico reitor, recaiu na complacência e na cumplicidade primeiras, dissimulando o arrebato, calando a súbita rebeldia. O sim e o não de Miguel de Unamuno perturbam Ricardo Reis, perplexo e dividido entre o que sabe destes dias que são vida comum sua e dele, ligadas uma e outra por notícias de jornal, e a obscura profecia de quem conhecendo o futuro o não desvendou por completo, arrepende-se de não ter ousado perguntar ao orador português que palavras decisivas disse Don Miguel ao general, e quando, então compreendeu que se calara porque lhe fora claramente anunciado que já não estaria neste mundo no dia do arrependimento, O senhor doutor não chegou a saber que palavras foram essas, paciência, a vida não chega a tudo, a sua não chegou a tanto. O que Ricardo Reis pode ver é que a roda do destino já começou a dar essa volta, Milan d'Astray, que estava em Buenos Aires, partiu para Espanha, passou pelo Rio de Janeiro, não variam muito, como se verifica, as rotas dos homens, e vem atravessando o Atlântico, arde em febre guerreira, daqui por uns dias desembarcará em Lisboa, o barco é o Almanzora, e depois seguirá para Sevilha, dali para Tetuão, onde irá substituir Franco. Milan d'Astray aproxima-se de Salamanca e de Miguel de Unamuno, gritará Viva la muerte, e depois. Escuridão. O orador português pediu outra vez licença para falar, os lábios mexem-se, ilumina-os o negro sol do futuro, mas as palavras não se ouvem, agora nem sequer podemos adivinhar o que estará dizendo.

Sobre estas questões anseia Ricardo Reis por conversar com Fernando Pessoa, mas Fernando Pessoa não aparece. O tempo arrasta-se como uma vaga lenta e viscosa, uma massa de vidro líquido em cuja superfície há miríades de cintilações que ocupam os olhos e distraem o sentido, enquanto na profundidade transluz o núcleo rubro e inquietante, motor do movimento. Sucedem-se estes dias e estas noites, sob o grande calor que alternadamente desce do céu e sobe da terra. Os velhos só à tardinha aparecem no Alto de Santa Catarina, não aguentam a torreira do sol que cerca as escassas sombras das palmeiras, e é excessiva para os seus cansados olhos a refulgência do rio, sufocante a tremulina do ar para os seus fôlegos curtos. Lisboa abre as torneiras, não corre um fio de água, é uma população de galináceos de bico ansioso e asas derrubadas. E diz-se, no adormecimento da calma, que a guerra civil espanhola se aproxima do seu termo, prognóstico que parece seguro se nos lembrarmos de que as tropas de Queipo de Llano já estão às portas de

Badajoz, com as forças do Tércio, que é a Legião Estrangeira deles, ansiosas por entrarem em combate, ai de quem se opuser a estes soldados, tão vivo neles é o gosto de matar. Don Miguel de Unamuno sai de casa para a universidade, aproveita a fímbria de sombra que se estende ao longo dos prédios, este sol leonês requeima as pedras de Salamanca, mas o digno velho sente no rosto severo as baforadas da belicosa gesta, em sua alma contente retribui as saudações dos conterrâneos, as continências de pala e braço estendido que lhe são feitas pelos militares do quartel-general ou em trânsito, cada um deles reencarnação do Cid Campeador, que já no seu tempo tinha dito, Salvemos a civilização ocidental. Ricardo Reis saiu um destes dias de casa, manhã cedo, antes que o sol apertasse, aproveitou as fímbrias de sombra enquanto não lhe apareceu um táxi para o levar, arfando, Calçada da Estrela acima, até aos Prazeres, nome de tantas promessas e que tudo nos tira, deixa-nos o silêncio, é menos certo o repouso, e já não precisa o visitante de ir às informações, não se esqueceu do sítio nem do número, quatro mil trezentos e setenta e um, não é número de porta, por isso não vale a pena bater, perguntar, Está alguém, se a presença dos vivos, por si só, não alcança a mover o segredo dos mortos, as palavras, essas, de nada servem. Chegou-se Ricardo Reis aos ferros, pôs a mão sobre a pedra quente, são acasos da topografia, o sol ainda não está alto, mas bate neste lugar desde que nasceu. Duma álea perto vem um som de vassoura varrendo, uma viúva cruza ao fundo da rua, nem o rosto lhe alveja sob os crepes. Não há outros sinais. Ricardo Reis desce até à curva, ali para a olhar o rio, a boca do mar, nome mais do que outros justo porque é nestas paragens que o oceano vem saciar a sua inextinguível sede, lábios sugadores que se aplicam às fontes aquáticas da terra, são imagens, metáforas, comparações que não terão lugar na rigidez duma ode, mas ocorrem em horas matinais, quando o que em nós pensa está apenas sentindo.

Ricardo Reis não se voltou. Sabe que Fernando Pessoa está a seu lado, desta vez invisível, porventura será proibido mostrar-se em corpo no interior do mortuário recinto, seria um atravancamento, as ruas entupidas de defuntos, admitamos que dê isto vontade de sorrir. É a voz de Fernando Pessoa que pergunta, Que faz você por aqui tão cedo, meu caro Reis, não lhe bastam os horizontes do Alto de Santa Catarina, o ponto de vista do Adamastor, e Ricardo respondeu sem responder, Por este mar que daqui vemos, vem navegando um general espanhol para a guerra civil, não sei se você sabe que começou a guerra civil em Espanha, E depois, Foi-me dito que esse general, que se chama Milan d'Astray, há de encontrar-se um dia com Miguel de Unamuno, gritará Viva la muerte e ser-lhe-á respondido, E depois, Gostaria de conhecer a resposta de Don Miguel, Como quer que eu lha diga, se ainda não aconteceu, Talvez o possa ajudar saber que o reitor de Salamanca se colocou ao lado do exército que pretende derrubar o governo e o regime, Não me ajuda nada, você esquece a importância das contradições, uma vez fui eu ao ponto de admitir que a escravatura fosse uma lei natural da vida das sociedades sãs, e hoje não sou capaz de pensar sobre o que penso do que então pensava e me levou a escrevê-lo, Vinha a contar consigo, e você falha-me, O mais que posso fazer é admitir uma hipótese, Qual, Que o seu reitor de Salamanca responderá assim há circunstâncias em que calar-se é mentir acabo de ouvir um grito mórbido e destituído de sentido viva a morte este paradoxo bárbaro repugna-me o general Milan d'Astray é um aleijado não há descortesia nisto Cervantes também o era infelizmente há hoje em Espanha demasiados aleijados sofro ao pensar que o general Milan d'Astray poderia fixar as bases duma psicologia de massa um aleijado que não tenha a grandeza espiritual de Cervantes procura habitualmente encontrar consolo nas mutilações que pode fazer sofrer aos outros, Acha que ele dará essa resposta, De um número infinito de hipóteses, esta tem de ser uma, E faz sentido com as palavras que me foram ditas pelo orador português, Já não é mau que as coisas façam sentido umas com as outras, A mão esquerda de Marcenda, que sentido terá, Ainda pensa nela, De vez em quando, Não precisava de ir tão longe, todos somos aleijados.

Ricardo Reis está sozinho. Nos ramos baixos dos ulmeiros já começaram as cigarras a cantar, são mudas e inventaram uma voz. Um grande barco negro vem entrando a barra, depois desaparece no espelho refulgente da água. Não parece real esta paisagem.

Em casa de Ricardo Reis há agora outra voz. É uma telefonia pequena, a mais barata que se pode encontrar no mercado, da popular marca Pilot, com caixa de baquelite cor de marfim, escolhida, sobretudo, por ocupar pouco espaço e ser facilmente transportável, do quarto para o escritório, que são os lugares onde o sonâmbulo habitante desta morada passa a maior parte do seu tempo. Tivesse sido a decisão tomada nos primeiros dias da mudança, quando ainda era vivo o gosto da casa nova, e haveria aqui hoje um super--heteródino de doze lâmpadas, ou válvulas, de suma potência sonora, capaz de assombrar o bairro e fazer reunir diante das janelas, para aproveitamento dos prazeres da música e das lições da palavra, todas as comadres da vizinhança, incluindo os velhos, então, por causa do chamariz, novamente influídos e cortesãos. Mas Ricardo Reis quer apenas manter-se a par das notícias, de maneira discreta e reservada, ouvi-las num íntimo murmúrio, assim não se sentirá obrigado a explicar a si mesmo, ou a tentar decifrar, que sentimento inquieto o aproxima do aparelho, não terá de interrogar-se sobre ocultos significados do olho mortiço, de ciclope moribundo, que é a luz do mostrador minúsculo, se será de júbilo a expressão, contraditória se morre, ou medo, ou piedade. Seria muito mais claro dizermos nós que Ricardo Reis não é capaz de decidir se o alegram as apregoadas vitórias do exército revoltoso de Espanha ou as não menos celebradas derrotas das forças que apoiam o governo. Não faltará aí quem argumente que dizer uma coisa é o mesmo que dizer a outra, pois não é, não senhor, ai de nós se não tivermos em devida conta a complexidade da alma humana, gostar de saber eu que o meu inimigo está metido em trabalhos não significa, matematicamente, que dê eu palmas àquele que em trabalhos o meteu, distingo. Ricardo Reis não aprofundará este conflito interior, satisfaz-se, perdoe-se a impropriedade da palavra, com o mal-estar que sente, como alguém que não teve coragem para esfolar um coelho e pediu a outra pessoa que lhe fizesse o trabalho, ficando a assistir à operação, com raiva da sua própria cobardia, e tão perto está que pode ver e respirar a tepidez que se desprende da carne esfolada, um subtil vapor que cheira bem, então forma-se-lhe no coração, ou lá onde quer que estas coisas se formem, uma espécie de rancor contra quem tão grande crueldade está cometendo, como é possível que façamos, eu e este, parte da mesma humanidade, talvez seja por razões deste calado que não gostamos de carrascos nem comemos a carne do bode expiatório.

Lídia fez grande festa quando viu a telefonia, que bonita, que bom poder ouvir música a qualquer hora do dia e da noite, exagero seu, que esse tempo ainda vem longe. É uma alma simples, que se alegra com pouco, ou então, para isso lhe servindo qualquer pequeno episódio, o que ela faz é disfarçar a sua preocupação por ver o abandono a que Ricardo Reis se entregou, desleixado já no modo de vestir, cuidando mal da sua pessoa. E contou que deixaram o hotel os duques de Alba e Medinaceli, com o que teve grande desgosto o gerente Salvador, pela muita afeição que consagra aos hóspedes antigos, mormente se titulares, ou nem tanto, que estes eram apenas Don Lorenzo e Don Alonso, chamar-lhes duques não passou de gracejo de Ricardo Reis que já era tempo de acabar. Não admira que se tivessem mudado. Agora que o dia da vitória se aproxima, vivem-se em suaves gostos os últimos momentos do exílio, por isso os Estoris albergam o que em linguagem de crónica mundana se diz ser uma seleta colónia espanhola, afinal pode bem acontecer que lá estejam, em veraneio, aqueles e outros duques e condes, Don Lorenzo e Don Alonso foram ao cheiro das aristocracias, quando chegarem a velhos contarão aos netos, No tempo em que eu estive exilado com o duque de Alba. Para benefício destes é que o Rádio Clube Português passou a ter, desde há dias, uma locutora espanhola, com voz de tiple de zarzuela, que lê as notícias dos avanços nacionalistas na salerosa língua de Cervantes, que Deus e ele nos perdoem estas ironias sem humor, mais fruto duma vontade de chorar que de um apetite de rir. Assim está Lídia, que tendo feito a sua parte de ligeira e graciosa, junta às preocupações que lhe dá Ricardo Reis as más notícias que vêm de Espanha, más segundo o seu modo de entender, que é coincidente com o de seu irmão Daniel, como temos visto. E ouvindo anunciar na telefonia que Badajoz foi bombardeada, começa a chorar ali mesmo como uma madalena, estranha atitude a sua, se a Badajoz nunca foi, se não tem lá família nem bens que com as bombas possam ter sofrido, Então por que choras, Lídia, perguntou-lho Ricardo Reis, e ela não soube como havia de responder, isto devem ter sido coisas que o Daniel lhe contou, e a ele quem lhas terá dito, que fontes de informação serão as suas, pelo menos não custa a adivinhar que muito se fala da guerra de Espanha no Afonso de Albuquerque, enquanto lavam o tombadilho e dão lustro aos metais passam os marinheiros uns aos outros as novidades, nem todas tão ruins como as pintam os jornais e as telefonias, no geral péssimas. Provavelmente só no Afonso de Albuquerque se não dá crédito inteiro à promessa do general Mola, que é da quadrilha do matador Franco, disse ele que ainda este mês o ouviremos falar de Rádio Madrid, e o outro general, o Queipo de Llano, já proclama que o governo de Madrid chegou ao princípio do fim, ainda a revolta não tem três semanas e já lhe veem o remate, Isso é conversa deles, responde o marinheiro Daniel. Mas Ricardo Reis, ao mesmo tempo que, com um carinho desajeitado, ajuda Lídia a enxugar as lágrimas, vai argumentando, tentando trazê-la ao redil da sua própria convicção, e repete as notícias lidas e ouvidas, Estás tu aí a chorar por Badajoz, e não sabes que os comunistas cortaram uma orelha a cento e dez proprietários, e depois sujeitaram a violências as mulheres deles, quer dizer, abusaram das pobres senhoras, Como é que soube, Li no jornal, e também li, escrito por um senhor jornalista chamado Tomé Vieira, autor de livros, que os bolchevistas arrancaram os olhos a um padre já velho e depois regaram-no com gasolina e deitaram-lhe o fogo, Não acredito, Está no jornal, eu li, Não é do senhor doutor que eu duvido, o que o meu irmão diz é que não se deve fazer sempre fé no que os jornais escrevem, Eu não posso ir a Espanha ver o que se passa, tenho de acreditar que é verdade o que eles me dizem, um jornal não pode mentir, seria o maior pecado do mundo, O senhor doutor é uma pessoa instruída, eu sou quase uma analfabeta, mas uma coisa eu aprendi, é que as verdades são muitas e estão umas contra as outras, enquanto não lutarem não se saberá onde está a mentira, E se é verdade terem arrancado os olhos ao padre, se o regaram com gasolina e queimaram, Será uma verdade horrível, mas o meu irmão diz que se a igreja estivesse do lado dos pobres, para os ajudar na terra, os mesmos pobres seriam capazes de dar a vida por ela, para que ela não caísse no inferno, onde está, E se cortaram as orelhas aos proprietários, se violaram as mulheres deles, Será outra horrível verdade, mas o meu irmão diz que enquanto os pobres estão na terra e padecem nela, os ricos já vivem no céu vivendo na terra, Sempre me respondes com as palavras do teu irmão, E o senhor doutor fala-me sempre com as palavras dos jornais. Assim é. Agora houve no Funchal e em alguns outros lugares da ilha motins populares, com assaltos às repartições públicas e a fábricas de manteiga, caso que deu mortos e feridos, e sério deve ter sido, pois foram para lá dois barcos de guerra, com aviação, companhias de caçadores com metralhadoras, um aparato guerreiro que daria para uma guerra civil à portuguesa. Ricardo Reis não chegou a compreender as verdadeiras razões do alvoroço popular, nem isto deverá espantar-nos, a nós e a ele, que só tinha os jornais para sua informação. Liga o Pilot de marfim, talvez sejam mais dignas de crédito as palavras ouvidas, só é pena não se poder ver a cara de quem está a falar, por um hesitar de olhos, por uma crispação da face, uma pessoa fica logo a perceber se é verdade ou mentira, oxalá que a invenção humana ponha depressa ao alcance de todos nós, em nossa própria casa, a cara de quem nos estiver a falar, saberemos enfim distinguir a mentira da verdade, começará então, verdadeiramente, o tempo da injustiça, venha a nós o nosso reino. Ligou Ricardo Reis o Pilot, o ponteiro do mostrador está no Rádio Clube Português, enquanto as lâmpadas aquecem apoia a testa fatigada na caixa da telefonia, lá de dentro vem um cheiro quente que embriaga um pouco, distrai-se nesta sensação, até que repara que tinha o botão do som fechado, rodou-o bruscamente, primeiro não ouviu mais que o mugido profundo da onda de suporte, era uma pausa, coincidências, e logo rompeu em música e canto, Cara al sol con la camisa nueva, o hino da Falange para gozo e consolação da seleta colónia espanhola dos Estoris e do Hotel Bragança, a esta hora no casino apura-se o último ensaio para a Noite de Prata que Erico Braga apresentará, na sala de estar do hotel os hóspedes olham desconfiadamente o espelho esverdeado, é então que a locutora do Rádio Clube lê um telegrama enviado por antigos legionários portugueses da quinta bandeira do Tércio, saudando os seus antigos camaradas que estão no cerco de Badajoz, arrepia-se-nos a espinha com a marcial linguagem, o fervor ocidental e cristão, a fraternidade das armas, a memória dos feitos passados, a esperança num porvir radioso para as duas pátrias ibéricas, unidas no mesmo ideal nacionalista. Ricardo Reis desliga o Pilot depois de ouvir a última notícia do boletim, Três mil soldados de Marrocos desembarcaram em Algeciras, e vai estender-se em cima da cama, desesperado por se ver tão sozinho, não pensa em Marcenda, é de Lídia que se lembra, provavelmente porque está mais ao alcance da mão, maneira de dizer, que nesta casa não há telefone, e que o houvesse, seria um escândalo ligar para o hotel e dizer assim, Boa noite, senhor Salvador, daqui fala o doutor Ricardo Reis, lembra-se, há tanto tempo que não ouvia a sua voz, ora essa, foram semanas muito felizes essas que passei no seu hotel, não, não quero um quarto, apenas queria falar com a Lídia, se ela pudesse vir aqui a minha casa, ótimo, é muito amável em dispensá-la por uma ou duas horas, sinto-me muito só, não senhor, não é para isso, é apenas porque me sinto muito só. Levanta-se da cama, reúne o jornal disperso, uma folha aqui, outra além, espalhadas pelo chão, sobre a colcha, e percorre com os olhos os anúncios dos espetáculos, mas a imaginação não encontra estímulo, há um momento em que desejaria ser cego, e surdo, e mudo, ser três vezes o aleijado que Fernando Pessoa diz que todos somos, quando, no meio das notícias de Espanha, nota uma fotografia que antes lhe passara despercebida, são carros de assalto do exército rebelde que levam estampada a imagem do Sagrado Coração de Jesus, se estes são os emblemas usados, então não duvidemos, esta guerra será sem quartel. Lembra-se de que Lídia está grávida, de um menino, segundo ela de cada vez afirma, e esse menino crescerá e irá para as guerras que se preparam, ainda é cedo para as de hoje, mas outras se preparam, repito, há sempre um depois para a guerra seguinte, façamos as contas, virá ao mundo lá para Março do ano que vem, se lhe pusermos a idade aproximada em que à guerra se vai, vinte e três, vinte e quatro anos, que guerra teremos nós em mil novecentos e sessenta e um, e onde, e porquê, em que abandonados plainos, com os olhos da imaginação, mas não sua, vê-o Ricardo Reis de balas traspassado, moreno e pálido como é seu pai, menino só da sua mãe porque o mesmo pai o não perfilhará.

Badajoz rendeu-se. Estimulado pelo entusiástico telegrama dos antigos legionários portugueses, o Tércio obrou maravilhas, tanto no combate à distância como na luta corpo a corpo, tendo sido particularmente assinalada, e levada à ordem, a valentia dos legionários portugueses da nova geração, quiseram mostrar-se dignos dos seus maiores, a isto se devendo acrescentar o efeito benéfico que sempre tem nos ânimos a proximidade dos ares pátrios. Badajoz rendeu-se. Posta em ruínas pelos continuados bombardeamentos, partidas as espadas, embotadas as foices, destroçados os cacetes e mocas, rendeu-se. O general Mola proclamou, Chegou a hora do ajuste de contas, e a praça de touros abriu as portas para receber os milicianos prisioneiros, depois fechou-se, é a fiesta, as metralhadoras entoam olé, olé, olé, nunca tão alto se gritou na praça de Badajoz, os minotauros vestidos de ganga caem uns sobre os outros, misturando os sangues, transfundindo as veias, quando já não restar um só de pé irão os matadores liquidar, a tiro de pistola, os que apenas ficaram feridos, e se algum veio a escapar desta misericórdia foi para ser enterrado vivo. De tais acontecimentos não soube Ricardo Reis senão o que lhe disseram os seus jornais portugueses, um deles, ainda assim, ilustrou a notícia com uma fotografia da praça, onde se viam, espalhados, alguns corpos, e uma carroça que ali parecia incongruente, não se chegava a saber se era carroça de levar ou de trazer, se nela tinham sido transportados os touros ou os minotauros. O resto soube-o Ricardo Reis por Lídia, que o soubera pelo irmão, que o soubera não se sabe por quem, talvez um recado que veio do futuro, quando enfim todas as coisas puderem saber-se. Lídia já não chora, diz, Foram mortos dois mil, e tem os olhos secos, mas os lábios tremem-lhe, as maçãs do rosto são labaredas. Ricardo Reis vai para consolá-la, segurar-lhe o braço, foi esse o seu primeiro gesto, lembram-se, mas ela furta-se, não o faz por rancor, apenas porque hoje não poderia suportá-lo. Depois, na cozinha, enquanto lava a louça suja acumulada, desatam-se-lhe as lágrimas, pela primeira vez pergunta a si mesma o que vem fazer a esta casa, ser a criada do senhor doutor, a mulher a dias, nem sequer a amante, porque há igualdade nesta palavra, amante, amante, tanto faz macho como fêmea, e eles não são iguais, e então já não sabe se chora pelos mortos de Badajoz, se por esta morte sua que é sentir-se nada. Lá dentro, no escritório, Ricardo Reis não suspeita o que se está passando aqui. Para não pensar nos dois mil cadáveres, que realmente são muitos, se Lídia disse a verdade, abriu uma vez mais The god of the labyrinth, ia ler a partir da marca que deixara, mas não havia sentido para ligar com as palavras, então percebeu que não se lembrava do que o livro contara até ali, voltou ao princípio, recomeçou, O corpo, que foi encontrado pelo primeiro jogador de xadrez, ocupava, de braços abertos, as casas dos peões do rei e da rainha e as duas seguintes, na direção do campo adversário, e chegado a este ponto tornou a desligar-se da leitura, viu o tabuleiro, plaino abandonado, de braços estendidos o jovem que jovem fora, e logo um círculo inscrito no quadrado imenso, arena coberta de corpos que pareciam crucificados na própria terra, de um para outro ia o Sagrado Coração de Jesus certificando-se de que já não havia feridos. Quando Lídia, concluídos os seus trabalhos domésticos, entrou no escritório, Ricardo Reis tinha o livro fechado sobre os joelhos. Parecia dormir. Assim exposto, é um homem quase velho. Olhou-o como se fosse um estranho, depois, sem rumor, saiu. Vai a pensar, Não volto mais, mas a certeza não tem.

De Tetuão, agora que já chegou o general Milan d'Astray, veio nova proclamação, Guerra sem quartel, guerra sem tréguas, guerra de extermínio contra o micróbio marxista, ressalvando-se, porém, os deveres humanitários, como se depreende de palavras que o general Franco proferiu, Ainda não tomei Madrid porque não quero sacrificar a parte inocente da população, bondoso homem, aqui está alguém que nunca ordenaria, como fez Herodes, a matança das criancinhas, esperaria que elas crescessem para não ficar com esse peso na consciência e para não sobrecarregar de anjos o céu. Seria impossível que estes bons ventos de Espanha não produzissem movimentos afins em Portugal. Os lances estão feitos, as cartas postas na mesa, o jogo é claro, chegou a hora de saber quem está por nós e quem está contra nós, obrigar o inimigo a mostrar-se ou, pela sua própria ausência e dissimulação, levá-lo a denunciar-se, do mesmo passo que contaremos por nossos quantos, por mimetismo ou cobardia, por ambição de mais ou medo de perderem o pouco, se acolherem à sombra das nossas bandeiras. Anunciaram pois os sindicatos nacionais a promoção de um comício contra o comunismo, e mal foi conhecida a notícia perpassou em todo o corpo social o frémito dos grandes momentos históricos, publicaram-se prospetos assinados por associações patrióticas, as senhoras, individualmente ou reunidas em comissão, reclamaram bilhetes, e, com vista ao fortalecimento dos ânimos, à preparação dos espíritos, alguns sindicatos organizaram sessões dedicadas aos seus associados, fizeram-no os caixeiros e os padeiros, fê-lo a indústria hoteleira, nas fotografias veem-se os assistentes saudando de braço estendido, cada um ensaia a sua parte enquanto não chega a grande noite da estreia. Em todas estas sessões é lido e aplaudido o manifesto dos sindicatos nacionais, veemente profissão de fé doutrinária e de confiança nos destinos da nação, o que se demonstra com estes poucos excertos colhidos ao acaso, Sem dúvida os sindicatos nacionais repelem com energia o comunismo, sem dúvida os trabalhadores nacionais-corporativos são intransigentemente portugueses e latino-cristãos, os sindicatos nacionais pedem a Salazar, em suma, grandes remédios para grandes males, os sindicatos nacionais reconhecem, como bases eternas de toda a organização social, económica e política, a iniciativa privada e a apropriação individual dos bens, dentro dos limites da justiça social. E porque a luta é comum e igual o inimigo, foram falangistas espanhóis ao Rádio Clube Português, foram deitar fala ao país inteiro, louvaram a plena integração de Portugal na cruzada resgatadora, afirmação que, em boa verdade, representa uma infidelidade histórica, porquanto toda a gente sabe que nós, portugueses, estamos na cruzada já faz anos, mas os espanhóis são assim, querem logo tomar conta de tudo, é preciso estar sempre de olho neles.

Em toda a sua vida Ricardo Reis nunca assistiu a um comício político. A causa desta cultivada ignorância estará nas particularidades do seu temperamento, na educação que recebeu, nos gostos clássicos para que se inclinou, um certo pudor também, quem os versos lhe conheça bastante encontrará fácil caminho para a explicação. Mas este alarido nacional, a guerra civil aqui ao lado, quem sabe se o desconcerto do lugar onde vão reunir-se os manifestantes, a Praça de Touros do Campo Pequeno, acordam-lhe no espírito uma pequenina chama de curiosidade, como será juntarem-se milhares de pessoas para ouvirem discursos, que frases e palavras aplaudirão, quando, porquê, e a convicção de uns e dos outros, os que falam e os que escutam, as expressões dos rostos e os gestos, para homem de natural tão pouco indagador, há interessantes mudanças em Ricardo Reis. Foi cedo para ter lugar, e de táxi para chegar mais depressa. A noite está quente neste final de Agosto. Os elétricos, em carreiras especiais, passam cheios de gente, a transbordar, os de dentro interpelam fraternalmente os que vão a pé, alguns mais inflamados de espírito nacionalista trocam vivas ao Estado Novo. Há bandeiras de sindicatos, e, como o vento mal sopra, agitam-nas os porta-estandartes para exibir as cores e os emblemas, uma heráldica corporativa ainda inquinada de tradições republicanas, atrás segue a corporação, o ofício, a arte, na boa linguagem mesteiral de antigamente. Ao entrar na praça, Ricardo Reis, por um refluxo do caudal humano, achou-se confundido com os bancários, todos de fita azul no braço com a cruz de Cristo, e as iniciais SNB, é bem certo que a virtude definitiva do patriotismo absolve todos os excessos e desculpa todas as contradições, como esta de terem os bancários adotado para seu sinal de reconhecimento a cruz daquele que, nos tempos passados, expulsou do templo mercadores e cambistas, primeiros galhos desta árvore, primeiras flores deste fruto. O que lhes vale é não ser Cristo como o lobo da fábula, que esse, aceitando o risco de errar, imolava cordeiros tenros à conta dos carneiros endurecidos em que se viriam a tornar ou dos outros que lhes tinham dado o ser. Dantes era tudo muito mais simples, qualquer pessoa podia ser deus, agora consumimos o tempo a interrogar-nos se as águas já vêm lodosas da fonte ou foram turvadas por outras travessias.

A praça em pouco ficará cheia. Mas Ricardo Reis ainda arranjou um bom lugar, nas bancadas do sol, que hoje tanto faz, é tudo sombra e noite, a bondade do sítio consiste em não estar demasiado longe da tribuna dos oradores, pode ver-lhes a cara, nem tão perto que lhe não permitisse a conveniente vista de conjunto. Continuam a entrar bandeiras e sindicatos, todos eles nacionais, delas só poucas o são, e bem se compreende, que não precisamos de exagerar o símbolo sublime da pátria para se ver que estamos entre portugueses, e dos melhores, sem vaidade seja dito. As bancadas estão cheias, lugar, agora, só na arena, onde os estandartes podem fazer melhor figura, por isso estão lá tantos. Saúdam-se os conhecidos e correlativos, os que lá fora deram vivas ao Estado Novo, e são muitos, estendem o braço freneticamente, levantam-se e sentam-se sem descanso, de cada vez que uma insígnia entra ei-los de pé, saudando à romana, perdoe-se a insistência, a deles e a nossa, o tempora, o mores, tanto se esforçaram Viriato e Sertório para lançarem fora da pátria os imperiais ocupantes, que se império não era de direito, para o reconhecermos de facto deveria bastar o testemunho dos ocupados, tanto se esforçaram aqueles e agora tornou Roma na figura dos seus descendentes, esse é, sem dúvida, o melhor domínio, comprar homem por si, e às vezes nem é preciso comprá-los, que eles oferecem-se baratos, a troco duma tira de pano no braço, em troca do direito de usar a cruz de cristo, agora com letra minúscula, para não ser tão grande o escândalo. Uma banda de música dá primores de repertório para entreter a espera. Enfim, entram as entidades oficiais, recheia-se a tribuna, e é o delírio. Esfuziam os gritos patrióticos, Portugal Portugal Portugal, Salazar Salazar Salazar, este não veio, só aparece quando lhe convém, nos locais e às horas que escolhe, aquele não admira que aqui esteja, porque está em toda a parte. No lado direito da tribuna, em lugares que até agora tinham permanecido vazios, com muita inveja do gentio doméstico, instalaram-se representantes do fáscio italiano, com as suas camisas negras e condecorações dependuradas, e no lado esquerdo representantes nazis, de camisa castanha e braçadeira com a cruz suástica, e todos estes estenderam o braço para a multidão, a qual correspondeu com menos habilidade mas muita vontade de aprender, é nesta altura que entram os falangistas espanhóis, com a já conhecida camisa azul, três cores diferentes e um só verdadeiro ideal. A multidão, como um único homem, está de pé, o clamor sobe ao céu, é a linguagem universal do berro, a babel finalmente unificada pelo gesto, os alemães não sabem português nem castelhano nem italiano, os espanhóis não sabem alemão nem italiano nem português, os italianos não sabem castelhano nem português nem alemão, os portugueses, em compensação, sabem muito bem castelhano, usted para o trato, quanto vale para as compras, gracias para o obrigado, mas estando os corações de acordo, um grito basta, Morte ao bolchevismo em todas as línguas. A custo fez-se silêncio, a banda rematara a marcha militar com três pancadas de bombo, e agora anuncia-se o primeiro orador da noite, o operário Gilberto Arroteia, do Arsenal da Marinha, como foi que o aliciaram é segredo entre ele e a sua tentação, depois veio o segundo, Luís Pinto Coelho, que representa a Mocidade Portuguesa, e com ele se começa a desvendar a intenção última deste comício, pois por palavras muito explicadas pediu a criação de milícias nacionalistas, o terceiro foi Fernando Homem Cristo, o quarto Abel Mesquita, dos sindicatos nacionais de Setúbal, o quinto António Castro Fernandes, que será ministro lá mais para o diante, o sexto Ricardo Durão, major de patente e maior de convicção, que passadas algumas semanas irá repetir em Évora o discurso de hoje, e também em praça de touros, Estamos aqui reunidos, irmanados no mesmo patriótico ideal, para dizer e mostrar ao governo da nação que somos penhores e fiéis continuadores da grande gesta lusa e daqueles nossos maiores que deram novos mundos ao mundo e dilataram a fé e o império, mais dizemos que ao toque do clarim, ou das tubas, clangor sem fim, nos reunimos como um só homem em redor de Salazar, o gênio que consagrou a sua vida ao serviço da pátria, e enfim, sétimo na ordem, primeiro na importância política, o capitão Jorge Botelho Moniz, que é o do Rádio Clube Português, e este lê uma moção em que se pede ao governo a criação duma legião cívica que se dedique inteiramente ao serviço da nação, tal como Salazar se dedicou, não é de mais que o acompanhemos, à proporção das nossas fracas forças, esta seria uma excelente ocasião para citar a parábola dos sete vimes, que separados facilmente são partidos e juntos formam feixe ou fáscio, duas palavras que só nos dicionários significam o mesmo, e este comentário não se sabe quem o fez, embora não haja dúvidas acerca de quem o repete. Ouvindo falar de legião cívica, a multidão levanta-se outra vez, sempre como um só homem, quem diz legião diz farda, quem diz farda diz camisa, agora só faltará decidir qual vai ser a cor dela, não é questão para resolver aqui, em todo o caso, para não nos chamarem macacos de imitação, não a escolheremos nem preta nem castanha nem azul, já o branco suja-se muito, o amarelo é desespero, o vermelho Deus nos livre, o roxo pertence ao Senhor dos Passos, portanto, não resta mais que o verde, e é muito bom o verde, digam-no os garbosos moços da Mocidade, que, à espera de que lhes chegue a vez de receberem uniforme, não sonham com outra coisa. O comício está no fim, a obrigação foi cumprida. Ordeiramente, como é timbre dos portugueses, a multidão abandona o recinto, ainda há quem dê vivas, mas em tom menor, os porta-estandartes mais cuidadosos enrolam as bandeiras, enfiam-nas nas bainhas protetoras, os projetores principais da praça já se apagaram, agora a luz é só a suficiente para que os manifestantes não se percam no caminho. Cá fora vão-se enchendo os carros elétricos alugados especialmente, algumas camionetas para mais longe, há filas de público avulso à espera de transporte. Ricardo Reis, que esteve todo este tempo ao ar livre, com o céu por cima da cabeça, sente que precisa de respirar, de tomar ar. Desdenha os táxis que aparecem, logo assaltados, e, tendo vindo à festa, mas não fazendo parte da festa, atravessa a avenida para o outro passeio, como se viesse de um lugar diferente, calhou ser esta a rota de passagem, de mais sabemos como são irreprimíveis as coincidências do mundo. A pé, vai atravessar a cidade inteira, não há vestígios da patriótica jornada, estes elétricos pertencem a outras carreiras, os táxis dormitam nas praças. Do Campo Pequeno ao Alto de Santa Catarina é quase uma légua, para o que lhe havia de dar, a este doutor médico, em geral tão sedentário de hábitos. Chegou a casa com os pés doridos, uma estafa, abriu a janela para arejar a atmosfera abafada do quarto, e então compreendeu que em todo o caminho não pensara no que tinha visto e ouvido, julgara que sim, que viera a pensar, mas querendo recordar agora não encontrava uma única ideia, uma reflexão, um comentário, era como se tivesse sido transportado por uma nuvem, nuvem ele próprio, apenas pairando. Agora queria meditar, refletir, dar uma opinião e discuti-la consigo mesmo, e não conseguia, tinha apenas lembrança e olhos para as camisas negras, castanhas, azuis, ali quase ao alcance da sua mão, eram aqueles os homens que defendiam a civilização ocidental, os meus gregos e romanos, que resposta daria Don Miguel de Unamuno se o tivessem convidado a estar presente, talvez aceitasse, apareceria entre Durão e Moniz, mostrar-se-ia às massas, Eis-me aqui, homens de Portugal, povo de suicidas, gente que não grita Viva la muerte, mas vive com ela, mais do que isto não vos sei dizer, que bem precisaria eu próprio de quem me amparasse nestes meus dias de fraqueza. Ricardo Reis olha a noite profunda, quem nos pressentimentos e estados de alma tivesse a arte de encontrar sinais diria que alguma coisa se prepara. É muito tarde quando Ricardo Reis fecha a janela, por fim não foi capaz de pensar mais do que isto, A comícios não torno, foi escovar o casaco e as calças, e nesse movimento sentiu desprender-se deles um cheiro de cebola, caso extraordinário, estaria pronto a jurar que não ficara ao pé do Victor.

Os dias seguintes são pródigos em notícias, como se o comício do Campo Pequeno tivesse feito redobrar o movimento do mundo, em geral damos o nome de acontecimentos históricos a estes episódios. Um grupo de financeiros norte-americanos comunicou ao general Franco estar pronto a conceder os fundos necessários à revolução nacionalista espanhola, isto há de ter sido ideia e influência de John D. Rockefeller, nem tudo seria conveniente esconder-lhe, deu o New York Times a informação do levantamento militar em Espanha com todas as cautelas para não ferir o coração debilitado do ancião, mas há coisas que não podem ser evitadas, sob pena de males maiores. Para os lados da Floresta Negra, os bispos alemães anunciaram que a igreja católica e o Reich iriam combater ombro com ombro contra o inimigo comum, e Mussolini, para não ficar atrás de tão belicosas demonstrações, deu aviso ao mundo de que poderá mobilizar em pouco tempo oito milhões de homens, muitos deles ainda quentes da vitória sobre esse outro inimigo da civilização ocidental, a Etiópia. Mas, regressando ao ninho nosso paterno, já não é só sucederem-se as listas de voluntários para a Mocidade, contam-se também por milhares os inscritos na Legião Portuguesa, que este nome terá, e o subsecretário das Corporações lavrou um despacho em que louva, nos termos mais expressivos, as direções dos sindicatos nacionais pela patriótica iniciativa do comício, crisol onde se acadinharam os corações nacionalistas, agora nada poderá travar o passo do Estado Novo. Também se anuncia que o senhor presidente do Conselho anda a visitar os estabelecimentos militares, esteve na fábrica de material de guerra de Braço de Prata, esteve no depósito de armamento de Beirolas, e quando tiver estado em outros lugares se dará a notícia, por isso já há quem lhe chame Esteves em vez de Salazar.

É pelos jornais que Ricardo Reis sabe que o Afonso de Albuquerque foi a Alicante buscar refugiados, e em seu íntimo entristece, porque, afinal, estando tão ligado às viagens deste barco, modo de dizer que deverá ser entendido tendo em mente as suas relações sentimentais, não o informou Lídia de que o seu irmão marinheiro partira para o mar, em missão humanitária. Aliás, Lídia não tem aparecido, a roupa suja acumula-se, o pó cai sobre os móveis e os objetos maciamente, aos poucos as coisas perdem o seu contorno como se estivessem cansadas de existir, será também o efeito de uns olhos que se cansaram de as ver. Ricardo Reis nunca se sentiu tão só. Dorme quase todo o dia, sobre a cama desmanchada, no sofá do escritório, chegou mesmo a adormecer na retrete, aconteceu-lhe uma vez apenas, porque então acordara em sobressalto ao sonhar que podia morrer ali, descomposto de roupas, um morto que não se respeita não mereceu ter vivido. Escreveu uma carta a Marcenda, mas rasgou-a. Era uma longa missiva, de muitas páginas, que punha de pé toda uma arqueologia da lembrança, desde a primeira noite do hotel, e foi escrita fluentemente, ao correr da pena, memorial de uma vivíssima memória, porém, chegando a este dia em que está, não soube Ricardo Reis que mais escrever, pedir não devo, dar não tenho, então juntou todas as folhas, acertou-as, endireitou os cantos dobrados de algumas, e rasgou-as metodicamente até as transformar em minúsculos pedacinhos onde seria difícil ler uma palavra por inteiro. Não os deitou ao lixo, pareceu-lhe que deveria evitar essa degradação final, por isso saiu de casa altas horas da noite, toda a rua dormia, e foi lançar por cima das grades do jardim a sua chuva de papelinhos, carnaval triste, a brisa da madrugada levou-os por cima dos telhados, outro vento mais forte os arrastará para longe, mas a Coimbra não chegarão. Dois dias depois copiou para uma folha de papel o seu poema, Saudoso já deste verão que vejo, sabendo que esta primeira verdade se tornara entretanto mentira, porque não sente nenhumas saudades, apenas um sono infinito, hoje escreveria outros versos se fosse capaz de escrever, saudoso estava, fique saudoso no tempo em que saudade sentia. Endereçou o sobrescrito a Marcenda Sampaio, posta-restante, Coimbra, passando os meses e não aparecendo a destinatária, irá para o refugo, e se o já dito funcionário escrupuloso e inconfidente levar a carta ao cartório do doutor Sampaio, como se chegou a temer, daí talvez não venha mal, chegando a casa dirá o pai à filha, aberta a carta como é seu paternal direito, Parece que tens um admirador desconhecido, e Marcenda lerá os versos, sorrindo, nem lhe passa pela cabeça que sejam de Ricardo Reis, se nunca ele lhe disse que era poeta, há semelhanças na caligrafia, mas são simples coincidência, nada mais.

Não volto aqui, dissera Lídia, e é ela quem neste momento bate à porta. Traz no bolso a chave da casa, mas não se serve dela, tem os seus melindres, disse que não voltaria, mal parecia agora meter a chave à porta como em casa sua, que nunca foi, hoje ainda menos, se esta palavra nunca admite redução, admitamo-la nós, que das palavras não conhecemos o último destino. Ricardo Reis foi abrir, disfarçou a surpresa, e como Lídia se mostrava hesitante, se entraria no quarto, se iria para a cozinha, decidiu passar ao escritório, ela que o seguisse, se quisesse. Lídia tem os olhos vermelhos e inchados, talvez depois de grande luta com o seu nascente amor de mãe tenha acabado por resolver fazer o desmancho, pela expressão da cara não parece ser causa do desgosto ter caído Irun e estar cercado San Sebastián. Ela diz, Desculpe, senhor doutor, não tenho podido vir, mas quase sem transição emendou, Não foi por isso, pensei que já não lhe fazia falta, tornou a emendar, Sentia-me cansada desta vida, e tendo dito ficou à espera, pela primeira vez olhou de frente para Ricardo Reis, achou-o com um ar envelhecido, estará doente, Tens-me feito falta, disse ele, e calou-se, dissera tudo o que havia para dizer. Lídia deu dois passos para a porta, irá ao quarto fazer a cama, irá à cozinha lavar a louça, irá ao tanque pôr a roupa em sabão, mas não foi para isto que veio, ainda que tudo isto venha a fazer, mais tarde. Ricardo Reis percebe que há outras razões, pergunta, Por que é que não te sentas, e depois, Conta-me o que se passa, então Lídia começa a chorar baixinho, É por causa do menino, pergunta ele, e ela acena que não, lança-lhe mesmo, em meio das lágrimas, um olhar repreensivo, finalmente desabafa, É por causa do meu irmão. Ricardo Reis lembra-se de que o Afonso de Albuquerque regressou de Alicante, porto que ainda está em poder do governo espanhol, soma dois e dois e acha que são quatro, O teu irmão desertou, ficou em Espanha, O meu irmão veio com o barco, Então, Vai ser uma desgraça, uma desgraça, Ó criatura, não sei de que estás a falar, explica-te por claro, É que, interrompeu-se para enxugar os olhos e assoar-se, é que os barcos vão revoltar-se, sair para o mar, Quem to disse, Foi o Daniel em grande segredo, mas eu não consigo guardar este peso para mim, tinha de desabafar com uma pessoa de confiança, pensei no senhor doutor, em quem mais havia de pensar, não tenho ninguém, a minha mãe não pode nem sonhar. Ricardo Reis espanta-se por não reconhecer em si nenhum sentimento, talvez isto é que seja o destino, sabermos o que vai acontecer, sabermos que não há nada que o possa evitar, e ficarmos quietos, olhando, como puros observadores do espetáculo do mundo, ao tempo que imaginamos que este será também o nosso último olhar, porque com o mesmo mundo acabaremos, Tens a certeza, perguntou, mas disse-o somente porque é costume dar a nossa cobardia ao destino essa última oportunidade de voltar atrás, de arrepender-se. Ela acenou que sim, chorosa, esperando pelas perguntas apropriadas, aquelas a que só podem ser dadas respostas diretas, se possível um sim ou um não, mas trata-se de proeza que está acima das humanas capacidades. Na falta, sirva-nos, por exemplo, Qual é a intenção deles, com certeza não contam sair para o mar acreditando que será bastante para fazer cair o governo, A ideia é irem para Angra do Heroísmo, libertar os presos políticos, tomar posse da ilha, e esperar que haja levantamentos aqui, E se não os houver, Se não houver, seguem para Espanha, vão juntar-se ao governo de lá, É uma rematada loucura, nem conseguirão sair a barra, Foi o que eu disse ao meu irmão, mas eles não dão ouvidos a ninguém, Para quando será isso, Não sei, ele não mo disse, é um destes dias, E os barcos, quais são os barcos, É o Afonso de Albuquerque, mais o Dão e o Bartolomeu Dias, É uma loucura, repete Ricardo Reis, mas já não pensa na conspiração que com tanta simplicidade lhe foi descoberta. Recorda-se, sim, do dia da sua chegada a Lisboa, os contratorpedeiros na doca, as bandeiras molhadas como trapos pingões, as obras mortas pintadas de morte-cinza, O Dão é aquele mais perto, dissera o bagageiro, e agora o Dão vai sair para o mar, em rebeldia, deu por si Ricardo Reis a inspirar fundo, como se ele próprio fosse na proa do barco, recebendo em cheio na cara o vento salgado, a amarga espuma. Tornou a dizer, É uma loucura, mas é a própria voz que desmente as palavras, há nela um tom que parece de esperança, foi ilusão nossa, seria absurdo, não sendo esperança sua, Enfim, talvez tudo venha a correr bem, sabe-se lá se não acabarão por pôr de parte o projeto, e se teimarem talvez consigam chegar a Angra, veremos o que acontece, e tu não chores mais, lágrimas não adiantam, porventura mudarão de ideias, Não mudam, não, o senhor doutor não os conhece, tão certo como chamar-me eu Lídia.

Ter dito o seu próprio nome chamou-a ao cumprimento dos deveres, Hoje não lhe posso arrumar a casa, tenho de ir a correr para o hotel, foi só o tempo de desabafar, talvez nem tenham dado pela minha falta, Não te posso ajudar em nada, Eles é que vão precisar de ajuda, com tanto rio para navegar antes de passarem a barra, o que mais lhe peço, por alma de todos os seus, é que não conte nada a ninguém, guarde-me este segredo que eu não fui capaz de calar só para mim, Fica descansada, que a minha boca não se abrirá. Não se abriu a boca, mas descerraram-se os lábios, o suficiente para um beijo de consolação, e Lídia gemeu, porém da mágoa que tem, embora não fosse impossível encontrar nesse gemido um outro som profundo, nós, humanos, é assim que somos, sentimos tudo ao mesmo tempo. Lídia desceu a escada, contra o costume foi Ricardo Reis ao patamar, ela olhou para cima, ele fez-lhe um gesto de aceno, ambos sorriram, há momentos perfeitos na vida, foi este um deles, como uma página que estava escrita e aparece branca outra vez.

Ao outro dia, quando Ricardo Reis saiu para almoçar, parou no jardim a olhar o quadro dos navios de guerra, além, em frente do Terreiro do Paço. Entendia pouco de barcos em geral, apenas sabia que os avisos são maiores que os contratorpedeiros, mas à distância todos lhe pareciam iguais, e isto exasperava-o, aceitava que não fosse capaz de identificar o Afonso de Albuquerque, e o Bartolomeu Dias, em que nunca reparara, mas ao Dão conhecia-o desde que chegara a Portugal, o bagageiro dissera-lhe, É aquele, palavras perdidas foram, lançadas ao vento. Lídia deve ter sonhado, ou divertiu-se o irmão à custa dela, com uma incrível história de conspiração e revolta, saírem os barcos para o mar, três daqueles que ali estão, nas suas boias, tão por igual sossegados sob a brisa, e as fragatas de água-acima, e os cacilheiros no seu incessante ir e voltar, e as gaivotas, o céu azul, descoberto, e o sol, que tanto refulge lá onde está como sobre o rio expectante, afinal é mesmo verdade o que o marinheiro Daniel contou à irmã, um poeta é capaz de sentir a inquietação que há nestas águas, Quando será que eles saem, Um destes dias, respondeu Lídia, uma tenaz de angústia aperta a garganta de Ricardo Reis, turvam-se-lhe os olhos de lágrimas, também foi assim que começou o grande choro de Adamastor. Vai para retirar-se quando ouve vozes excitadas, Além, além, são os velhos, e outras pessoas perguntam, Onde, o quê, e uns rapazitos que saltavam ao eixo param e gritam, Olha o balão, olha o balão, enxugou Ricardo Reis os olhos com as costas da mão e viu que surgia da Outra Banda um enorme dirigível, devia ser o Graf Zepellin, ou o Hindemburgo, vinha largar correio para a América do Sul. No leme a cruz suástica, com as suas cores de branco, vermelho e negro, poderia ser um daqueles papagaios que as crianças lançam ao ar, emblema que perdeu o sentido primeiro, ameaça que paira em vez de estrela que sobe, estranhas relações são estas entre os homens e os sinais, lembremo-nos de S. Francisco de Assis atado pelo sangue à cruz de Cristo, lembremo-nos da cruz do mesmo Cristo nos braços dos bancários que vão ao comício, de pasmar é que não se perca uma pessoa nesta confusão de sentidos, ou em verdade perdida está e nessa mesma perdição se reconhece todos os dias. O Hindemburgo, com os motores rugindo nas alturas, sobrevoou o rio para os lados do castelo, depois desapareceu por trás das casas, aos poucos foi-se apagando o som, o dirigível vai largar o correio à Portela de Sacavém, quem sabe se o Highland Brigade lhe levará depois as cartas, pode muito bem ser, que as andanças do mundo só nos parecem múltiplas porque não reparamos na repetição dos trânsitos. Os velhos voltaram a sentar-se, os rapazes regressaram ao jogo do eixo, as correntes do ar estão quietas e caladas, não sabe agora Ricardo Reis mais do que sabia, os barcos lá ficam sob o calor da tarde que começa, de frente para a maré, devem ser horas do almoço dos marinheiros, hoje como todos os dias, exceto se for este o último. No restaurante, Ricardo Reis encheu o seu copo de vinho, depois o do convidado invisível, e quando pela primeira vez o levou aos lábios fez um gesto como um brinde, não estamos dentro da cabeça dele para saber a quem ou a quê brindou, façamos como os criados da casa, já mal reparam, que este cliente, ainda assim, não é dos que mais dão nas vistas.

A tarde está muito bonita. Ricardo Reis desceu ao Chiado, a Rua Nova do Almada, queria ver os barcos de perto, da beirinha do cais, e quando atravessava o Terreiro do Paço lembrou-se de que em todos estes meses nunca fora ao Martinho da Arcada, naquela vez parecera a Fernando Pessoa que seria imprudência desafiar a memória das paredes conhecidas, e depois não calhou, nenhum deles se lembrou mais, Ricardo Reis ainda tem desculpa, ausente tantos anos, o hábito de frequentar aquele café, se o chegou a ter, quebrara-se com a ausência. Também não irá lá hoje. Os barcos, vistos do meio da praça, pousados sobre a água luminosa, parecem aquelas miniaturas que os comerciantes de brinquedos põem nas montras, em cima de um espelho, a fingir de esquadra e porto de mar. E, de mais perto, da beirinha do cais, pouco se consegue ver, dos nomes nenhum, apenas os marinheiros que vão de um lado para o outro no tombadilho, irreais a esta distância, se falam não os ouvimos, e é segredo o que pensam. Está Ricardo Reis nesta contemplação, alheado, desprendeu-se do motivo que o levou ali, só está olhando, nada mais, de repente uma voz disse ao lado, Então o senhor doutor veio ver os barcos, reconheceu-a, é o Victor, no primeiro instante sentiu-se perplexo, não por ele ali estar, mas porque o cheiro não o denunciara, então compreendeu porquê, o Victor pusera-se a sotavento. O coração de Ricardo Reis agitou-se, desconfiará o Victor de alguma coisa, será já conhecida a revolta dos marinheiros, Os barcos e o rio, respondeu, também poderia ter falado das fragatas e das gaivotas, poderia igualmente ter dito que ia apanhar o cacilheiro, gozar o regalo da travessia, ver saltar as toninhas, limitou-se a repetir, Os barcos e o rio, afastou-se bruscamente, consigo mesmo dizendo que fora um erro proceder assim, devia era ter mantido uma conversa natural, Se ele sabe alguma coisa do que está para acontecer, com certeza achou duvidoso ver-me ali. Então pareceu a Ricardo Reis que deveria avisar Lídia, era sua obrigação, mas logo reconsiderou, Afinal, que teria eu para lhe dizer, que vi o Victor no Terreiro do Paço, podia ter sido um acaso, os polícias também gostam de ver o rio, capaz até de estar de folga, ia a passar, sentiu o apelo da alma marinheira que há em todos os portugueses, e, tendo ali visto o senhor doutor, mal parecia que não lhe falasse, tendo tão boas recordações. Ricardo Reis passou à porta do Hotel Bragança, subiu a Rua do Alecrim, lá estava o anúncio insculpido na pedra, clínica de enfermedades de los ojos y quirúrgicas, A. Mascaró, 1870, não se menciona se o dito Mascaró tinha licença da faculdade ou era simples prático, nesses tempos seriam menos rigorosas as exigências documentais, e nestes excessivas não são, basta lembrarmo-nos de que Ricardo Reis andou a tratar doentes cardíacos sem habilitação particular. Seguiu o caminho das estátuas, Eça de Queirós, o Chiado, D'Artagnan, o pobre Adamastor visto de costas, fingiu que admirava aqueles monumentos, por três vezes deu-lhes pausada volta, sentia-se como se estivesse a brincar aos polícias e ladrões, mas ficava descansado, o Victor não viera atrás de si.

A tarde passou devagar, a noite desceu. Lisboa é uma sossegada cidade com um rio largo e histórico. Ricardo Reis não saiu para jantar, mexeu dois ovos, meteu-os numa vianinha, acompanhou o magro presigo com um copo de vinho, mesmo este pouco se lhe enrolava na boca. Estava nervoso, inquieto. Já passava das onze horas, desceu ao jardim para olhar os barcos uma vez mais, deles viu apenas as luzes de posição, agora nem sequer sabia distinguir entre avisos e contratorpedeiros. Era o único ser vivo no Alto de Santa Catarina, com o Adamastor já não se podia contar, estava concluída a sua petrificação, a garganta que ia gritar não gritará, a cara mete horror olhá-la. Voltou Ricardo Reis para casa, certamente não vão sair de noite, à ventura, com risco de encalhe. Deitou-se, meio despido, adormeceu tarde, acordou, tornou a adormecer, tranquilizado pelo grande silêncio que havia na casa, a primeira luz da manhã entrava pelas frinchas da janela quando despertou, nada acontecera durante a noite, agora que outro dia começara parecia impossível que alguma coisa pudesse acontecer. Recriminou--se pelo despropósito de dormir vestido, só descalçara os sapatos e tirara o casaco e a gravata, Vou tomar um banho, disse, baixara-se para procurar os chinelos debaixo da cama, então ouviu o primeiro tiro de peça. Quis acreditar que se enganara, talvez tivesse caído qualquer objeto muito pesado no andar de baixo, um móvel, a dona da casa com um desmaio, mas outro tiro soou, as vidraças estremeceram, são os barcos que estão a bombardear a cidade. Abriu a janela, na rua havia pessoas assustadas, uma mulher gritou, Ai que é uma revolução, e largou a correr, calçada acima, na direção do jardim. Ricardo Reis calçou-se rapidamente, enfiou o casaco, ainda bem que não se despira, parecia que adivinhava, as vizinhas já estavam na escada, entrouxadas nas batas de trazer por casa, quando viram aparecer o médico, um médico sabe tudo, perguntaram em aflição, Haverá feridos, senhor doutor, se ia com tanta pressa era porque o tinham chamado de urgência. E foram atrás dele, aconchegando o pescoço descoberto, ficaram à entrada do prédio, meio recolhidas por via do pudor. Quando Ricardo Reis chegou ao jardim havia já muitas pessoas, morar aqui perto era um privilégio, não há melhor sítio em Lisboa para ver entrar e sair os barcos. Não eram os navios de guerra que estavam a bombardear a cidade, era o forte de Almada que disparava contra eles. Contra um deles. Ricardo Reis perguntou, Que barco é aquele, teve sorte, calhou dar com um entendido, É o Afonso de Albuquerque. Era então ali que ia o irmão de Lídia, o marinheiro Daniel, a quem nunca vira, por um momento quis imaginar um rosto, viu o de Lídia, a estas horas também ela chegou a uma janela do Hotel Bragança, ou saiu para a rua, vestida de criada, atravessou a correr o Cais do Sodré, agora está na beira do cais, aperta as mãos sobre o peito, talvez a chorar, talvez com os olhos secos e as faces incendiadas, de repente dando um grito porque o Afonso de Albuquerque foi atingido por um tiro, logo outro, há quem bata palmas no Alto de Santa Catarina, neste momento apareceram os velhos, quase lhes rebentam os pulmões, como terão eles conseguido chegar aqui tão depressa, em tão pouco tempo, morando lá nas profundas do bairro, mas prefeririam morrer a perder o espetáculo, ainda que venham a morrer por não tê-lo perdido. Parece, tudo isto, um sonho. O Afonso de Albuquerque navega devagar, provavelmente foi atingido em algum órgão vital, a casa das caldeiras, o leme. O forte de Almada continua a disparar, parece o Afonso de Albuquerque que respondeu, mas não há a certeza. Deste lado da cidade começaram a soar tiros, mais violentos, mais espaçados, É o forte do Alto do Duque, diz alguém, estão perdidos, já não vão poder sair. E é neste momento que outro barco começa a navegar, um contratorpedeiro, o Dão, só pode ser ele, procurando ocultar-se no fumo das suas próprias chaminés e encostando-se à margem sul para escapar ao fogo do forte de Almada, mas, se deste escapa, não foge ao Alto do Duque, as granadas rebentam na água, contra o talude, estas são de enquadramento, as próximas atingem o barco, o impacte é direto, já sobe no Dão uma bandeira branca, rendição, mas o bombardeamento continua, o navio vai adernado, então são mostrados sinais de maior dimensão, lençóis, sudários, mortalhas, é o fim, o Bartolomeu Dias nem chegará a largar a boia. São nove horas, cem minutos passaram desde que isto principiou, a neblina da primeira manhã já se desvaneceu, o sol brilha desafogado, a esta hora devem andar a caçar os marinheiros que se atiraram à água. Deste miradouro não há mais nada para ver. Ainda aí vêm uns retardatários, não puderam chegar mais cedo, os veteranos explicam como foi, Ricardo Reis sentou-se num banco, sentaram-se depois ao lado dele os velhos, que, escusado será dizer, quiseram meter conversa, mas o senhor doutor não responde, está de cabeça baixa como se tivesse sido ele o que quis ir ao mar e acabou apanhado na rede. Enquanto os adultos conversam, cada vez menos excitadamente, os rapazitos começaram a saltar ao eixo, as meninas cantam, Fui ao jardim da Celeste, o que foste lá fazer, fui lá buscar uma rosa, e outra podia ser a cantiga, nazarena, Não vás ao mar Tonho, podes morrer Tonho, ai Tonho Tonho, que desgraçado tu és, não tem esse nome o irmão de Lídia, mas em desgraça não será grande a diferença. Ricardo Reis levanta-se do banco, os velhos, ferozes, já não dão por ele, o que valeu foi ter dito uma mulher, compassiva, Coitadinhos, refere-se aos marinheiros, mas Ricardo Reis sentiu esta doce palavra como um afago, a mão sobre a testa ou suave correndo pelo cabelo, e entra em casa, atira-se para cima da cama desfeita, escondeu os olhos com o antebraço para poder chorar à vontade, lágrimas absurdas, que esta revolta não foi sua, sábio é o que se contenta com o espetáculo do mundo, hei de dizê-lo mil vezes, que importa àquele a quem já nada importa que um perca e outro vença. Ricardo Reis levanta-se, põe a gravata, vai sair, mas ao passar a mão pela cara sente a barba crescida, não precisa de olhar-se ao espelho para saber que não gosta de si neste estado, os pelos brancos brilhando, cara de sal e pimenta, anunciação da velhice. Os dados já foram atirados sobre a mesa, a carta jogada foi coberta pelo ás de trunfo, por mais depressa que corras não salvarás o teu pai da forca, são ditos comuns que ajudam a tornar suportáveis para o vulgo as resoluções do destino, sendo assim vai Ricardo Reis barbear-se e lavar-se, é um homem vulgar, enquanto se barbeia não pensa, dá apenas atenção ao deslizar da navalha, um destes dias terá de assentar-lhe o fio, que parece dobrado. Eram onze e meia quando saiu de casa, vai ao

Hotel Bragança, é natural, ninguém pode estranhar que um antigo cliente, que não o foi de passagem, mas por quase três contínuos meses, ninguém estranhará que esse cliente, tão bem servido por uma das criadas do hotel, a qual teve um irmão nesta revolta, ela lho tinha dito, Ah, sim senhor doutor, tenho um irmão que é marinheiro no Afonso de Albuquerque, ninguém estranhará que vá saber, interessar-se, Coitada da rapariga, o que lhe havia de ter acontecido, há pessoas que nascem sem sorte.

O besouro tem um som mais rouco, ou foi a memória que se transviou desde então. O pajem levanta o seu globo apagado, afinal em França também havia pajens assim, não chegará a saber-se, de certeza certa, donde este veio, o tempo não deu para tudo. Ao cimo da escada aparece o Pimenta, vai para descer julgando que é um cliente com bagagem, então ficou à espera, ainda não reconheceu quem sobe, pode-se ter esquecido, são tantas as caras que entram e saem da vida de um mandarete de hotel, e há o contraluz, devemos sempre contar com o contraluz nestas ocasiões, mas agora está tão perto, mesmo vindo de cabeça baixa, que se acabam as dúvidas, É o senhor doutor Reis, como está, senhor doutor, Bons dias, Pimenta, aquela criada, como é que ela se chama, a Lídia, está, Ah, não, senhor doutor, não está, saiu e ainda não voltou, acho que o irmão estava metido na revolta, ainda bem não tinha Pimenta acabado a última palavra apareceu Salvador no patamar, fez-se de novas, Oh, senhor doutor, que grande alegria vê-lo por cá, e o Pimenta disse o que ele já sabia, O senhor doutor queria falar com a Lídia, Ah, a Lídia não está, mas se eu puder ser útil, Queria apenas saber o que se passou com o irmão, coitada da rapariga, ela tinha-me falado de um irmão que estava na marinha de guerra, vim só para ajudar em alguma coisa, como médico, Compreendo, senhor doutor, mas a Lídia não está, saiu assim que começaram os tiros e não voltou, e Salvador sorria, sempre sorri quando dá informações, é um bom gerente, digamo-lo pela última vez, mesmo tendo razões de queixa deste antigo hóspede que ia para a cama com a criada, e se calhar ainda vai, agora aparece-me aqui, feito inocente, se ele julga que me engana, muito enganado está, Sabe aonde é que ela terá ido, perguntou Ricardo Reis, Andará por aí, capaz de estar no ministério da Marinha, ou em casa da mãe, ou na polícia, que este caso deve meter polícia, é mais do que certo, mas fique o senhor doutor descansado que eu digo-lhe que o senhor doutor esteve cá, ela depois procura-o, e o Salvador tornava a sorrir, como quem acaba de armar um laço e já vê a caça presa pelo jarrete, mas Ricardo Reis respondeu, Sim, ela que me procure, tem aqui a minha morada, e escreveu num papel a inútil indicação. Salvador desfez o sorriso, despeitado pela resposta pronta, não se chegou a saber que palavras iria dizer, do segundo andar desciam dois espanhóis em acalorada conversa, um deles perguntou, Señor Salvador, los ha levado el diablo a los marineros, Sí, don Camilo, los ha levado el diablo, Bueno, entonces es hora de decir arriba España viva Portugal, Arriba, don Camilo, e o Pimenta acrescentou, por conta da pátria, Viva. Ricardo Reis desceu a escada, o besouro zumbiu, em tempos tinha havido aqui uma sineta, mas os hóspedes de então protestaram, diziam que parecia portão de cemitério.

Durante toda a tarde, Lídia não apareceu. Na hora da distribuição dos vespertinos Ricardo Reis saiu para comprar o jornal. Percorreu rapidamente os títulos da primeira página, procurou a continuação da notícia na página central dupla, outros títulos, ao fundo, em normando, Morreram doze marinheiros, e vinham os nomes, as idades, Daniel Martins, de vinte e três anos, Ricardo Reis ficou parado no meio da rua, com o jornal aberto, no meio de um silêncio absoluto, a cidade parara, ou passava em bicos de pés, com o dedo indicador sobre os lábios fechados, de repente o barulho voltou ensurdecedor, a buzina dum automóvel, o despique de dois cauteleiros, o choro duma criança a quem a mãe puxava as orelhas, Se tornas a fazer outra, deixo-te sem conserto. Lídia não estava à espera nem havia sinal de que tivesse passado. É quase noite. Diz o jornal que os presos foram levados primeiro para o Governo Civil, depois para a Mitra, que os mortos, alguns por identificar, se encontram no necrotério. Lídia andará à procura do irmão, ou está em casa da mãe, chorando ambas o grande e irreparável desgosto.

Então bateram à porta. Ricardo Reis correu, foi abrir, já prontos os braços para recolher a lacrimosa mulher, afinal era Fernando Pessoa, Ah, é você, Esperava outra pessoa, Se sabe o que aconteceu, deve calcular que sim, creio ter-lhe dito um dia que a Lídia tinha um irmão na Marinha, Morreu, Morreu. Estavam no quarto, Fernando Pessoa sentado aos pés da cama, Ricardo Reis numa cadeira. Anoitecera por completo. Meia hora passou assim, ouviram-se as pancadas de um relógio no andar de cima, É estranho, pensou Ricardo Reis, não me lembrava deste relógio, ou esqueci-me dele depois de o ter ouvido pela primeira vez. Fernando Pessoa tinha as mãos sobre o joelho, os dedos entrelaçados, estava de cabeça baixa. Sem se mexer, disse, Vim cá para lhe dizer que não tornaremos a ver-nos, Porquê, O meu tempo chegou ao fim, lembra-se de eu lhe ter dito que só tinha para uns meses, Lembro-me, Pois é isso, acabaram-se. Ricardo

Reis subiu o nó da gravata, levantou-se, vestiu o casaco. Foi à mesa de cabeceira buscar The god of the labyrinth, meteu-o debaixo do braço, Então vamos, disse, Para onde é que você vai, Vou consigo, Devia ficar aqui, à espera da Lídia, Eu sei que devia, Para a consolar do desgosto de ter ficado sem o irmão, Não lhe posso valer, E esse livro, para que é, Apesar do tempo que tive, não cheguei a acabar de lê-lo, Não irá ter tempo, Terei o tempo todo, Engana-se, a leitura é a primeira virtude que se perde, lembra-se. Ricardo Reis abriu o livro, viu uns sinais incompreensíveis, uns riscos pretos, uma página suja, Já me custa ler, disse, mas mesmo assim vou levá-lo, Para quê, Deixo o mundo aliviado de um enigma.

Saíram de casa, Fernando Pessoa ainda observou, Você não trouxe chapéu, Melhor do que eu sabe que não se usa lá. Estavam no passeio do jardim, olhavam as luzes pálidas do rio, a sombra ameaçadora dos montes. Então vamos, disse Fernando Pessoa, Vamos, disse Ricardo Reis. O Adamastor não se voltou para ver, parecia-lhe que desta vez ia ser capaz de dar o grande grito. Aqui, onde o mar se acabou e a terra espera.

*A Pilar, minha casa.*

*Saberemos cada vez menos o que
é um ser humano.*

Livro das previsões

*Pensa por ex. mais na morte, — & seria estranho em verdade que não tivesse de conhecer por esse facto novas representações, novos âmbitos da linguagem.*

WITTGENSTEIN

No dia seguinte ninguém morreu. O facto, por absolutamente contrário às normas da vida, causou nos espíritos uma perturbação enorme, efeito em todos os aspetos justificado, basta que nos lembremos de que não havia notícia nos quarenta volumes da história universal, nem ao menos um caso para amostra, de ter alguma vez ocorrido fenómeno semelhante, passar-se um dia completo, com todas as suas pródigas vinte e quatro horas, contadas entre diurnas e noturnas, matutinas e vespertinas, sem que tivesse sucedido um falecimento por doença, uma queda mortal, um suicídio levado a bom fim, nada de nada, pela palavra nada. Nem sequer um daqueles acidentes de automóvel tão frequentes em ocasiões festivas, quando a alegre irresponsabilidade e o excesso de álcool se desafiam mutuamente nas estradas para decidir sobre quem vai conseguir chegar à morte em primeiro lugar. A passagem do ano não tinha deixado atrás de si o habitual e calamitoso regueiro de óbitos, como se a velha átropos da dentuça arreganhada tivesse resolvido embainhar a tesoura por um dia. Sangue, porém, houve-o, e não pouco. Desvairados, confusos, aflitos, dominando a custo as náuseas, os bombeiros extraíam da amálgama dos destroços míseros corpos humanos que, de acordo com a lógica matemática das colisões, deveriam estar mortos e bem mortos, mas que, apesar da gravidade dos ferimentos e dos traumatismos sofridos, se mantinham vivos e assim eram transportados aos hospitais, ao som das dilacerantes sereias das ambulâncias. Nenhuma dessas pessoas morreria no caminho e todas iriam desmentir os mais pessimistas prognósticos médicos, Esse pobre diabo não tem remédio possível, nem valia a pena perder tempo a operá-lo, dizia o cirurgião à enfermeira enquanto esta lhe ajustava a máscara à cara. Realmente, talvez não houvesse salvação para o coitado no dia anterior, mas o que estava claro é que a vítima se recusava a morrer neste. E o que acontecia aqui, acontecia em todo o país. Até à meia-noite em ponto do último dia do ano ainda houve gente que aceitou morrer no mais fiel acatamento às regras, quer as que se reportavam ao fundo da questão, isto é, acabar-se a vida, quer as que atinham às múltiplas modalidades de que ele, o referido fundo da questão, com maior ou menor pompa e solenidade, usa revestir-se quando chega o momento fatal. Um caso sobre todos interessante, obviamente por se tratar de quem se tratava, foi o da idosíssima e veneranda rainha-mãe. Às vinte e três horas e cinquenta e nove minutos daquele dia trinta e um de dezembro ninguém seria tão ingénuo que apostasse um pau de fósforo queimado pela vida da real senhora. Perdida qualquer esperança, rendidos os médicos à implacável evidência, a família real, hierarquicamente disposta ao redor do leito, esperava com resignação o derradeiro suspiro da matriarca, talvez umas palavrinhas, uma última sentença edificante com vista à formação moral dos amados príncipes seus netos, talvez uma bela e arredondada frase dirigida à sempre ingrata retentiva dos súbditos vindouros. E depois, como se o tempo tivesse parado, não aconteceu nada. A rainha-mãe nem melhorou nem piorou, ficou ali como suspensa, baloiçando o frágil corpo à borda da vida, ameaçando a cada instante cair para o outro lado, mas atada a este por um ténue fio que a morte, só podia ser ela, não se sabe por que estranho capricho, continuava a segurar. Já tínhamos passado ao dia seguinte, e nele, como se informou logo no princípio deste relato, ninguém iria morrer.

A tarde já ia muito adiantada quando começou a correr o rumor de que, desde a entrada do novo ano, mais precisamente desde as zero horas deste dia um de janeiro em que estamos, não havia constância de se ter dado em todo o país um só falecimento que fosse. Poderia pensar-se, por exemplo, que o boato tivesse tido origem na surpreendente resistência da rainha-mãe a desistir da pouca vida que ainda lhe restava, mas a verdade é que a habitual parte médica distribuída pelo gabinete de imprensa do palácio aos meios de comunicação social não só assegurava que o estado geral da real enferma havia experimentado visíveis melhoras durante a noite, como até sugeria, como até dava a entender, escolhendo cuidadosamente as palavras, a possibilidade de um completo restabelecimento da importantíssima saúde. Na sua primeira manifestação o rumor também poderia ter saído com toda a naturalidade de uma agência de enterros e trasladações, Pelos vistos ninguém parece estar disposto a morrer no primeiro dia do ano, ou de um hospital, Aquele tipo da cama vinte e sete não ata nem desata, ou do porta-voz da polícia de trânsito, É um autêntico mistério que, tendo havido tantos acidentes na estrada, não haja ao menos um morto para exemplo. O boato, cuja fonte primigénia nunca foi descoberta, sem que, por outro lado, à luz do que viria a suceder depois, isso importasse muito, não tardou a chegar aos jornais, à rádio e à televisão, e fez espevitar imediatamente as orelhas a diretores, adjuntos e chefes de redação, pessoas não só preparadas para farejar à distância os grandes acontecimentos da história do mundo como treinadas no sentido de os tornar ainda maiores sempre que tal convenha. Em poucos minutos já estavam na rua dezenas de repórteres de investigação fazendo perguntas a todo o bicho-careta que lhes aparecesse pela frente, ao mesmo tempo que nas fervilhantes redações as baterias de telefones se agitavam e vibravam em idênticos frenesis indagadores. Fizeram-se chamadas para os hospitais, para a cruz vermelha, para a morgue, para as agências funerárias, para as polícias, para todas elas, com compreensível exclusão da secreta, mas as respostas iam dar às mesmas lacónicas palavras, Não há mortos. Mais sorte teria aquela jovem repórter de televisão a quem um transeunte, olhando alternadamente para ela e para a câmara, contou um caso vivido em pessoa e que era a exata cópia do já citado episódio da rainha-mãe, Estava justamente a dar a meia-noite, disse ele, quando o meu avô, que parecia mesmo a ponto de finar-se, abriu de repente os olhos antes que soasse a última badalada no relógio da torre, como se se tivesse arrependido do passo que ia dar, e não morreu. A repórter ficou a tal ponto excitada com o que tinha acabado de ouvir que, sem atender a protestos nem súplicas, Ó minha senhora, por favor, não posso, tenho de ir à farmácia, o avô está lá à espera do remédio, empurrou o homem para dentro do carro da reportagem, Venha, venha comigo, o seu avô já não precisa de remédios, gritou, e logo mandou arrancar para o estúdio da televisão, onde nesse preciso momento tudo estava a preparar-se para um debate entre três especialistas em fenómenos paranormais, a saber, dois bruxos conceituados e uma famosa vidente, convocados a toda a pressa para analisarem e darem a sua opinião sobre o que já começava a ser chamado por alguns graciosos, desses que nada respeitam, a greve da morte. A confiada repórter laborava no mais grave dos enganos, porquanto havia interpretado as palavras da sua fonte informativa como significando que o moribundo, em sentido literal, se tinha arrependido do passo que estava prestes a dar, isto é, morrer, defuntar, esticar o pernil, e portanto resolvera fazer marcha atrás. Ora, as palavras que o feliz neto havia efetivamente pronunciado, Como se se tivesse arrependido, eram radicalmente diferentes de um perentório Arrependeu-se. Umas quantas luzes de sintaxe elementar e uma maior familiaridade com as elásticas subtilezas dos tempos verbais teriam evitado o quiproquó e a consequente descompostura que a pobre moça, rubra de vergonha e humilhação, teve de suportar do seu chefe direto. Mal podiam imaginar, porém, ele e ela, que a tal frase, repetida em direto pelo entrevistado e novamente escutada em gravação no telejornal da noite, iria ser compreendida da mesma equivocada maneira por milhões de pessoas, o que virá a ter como desconcertante consequência, num futuro muito próximo, a criação de um movimento de cidadãos firmemente convencidos de que pela simples ação da vontade será possível vencer a morte e que, por conseguinte, o imerecido desaparecimento de tanta gente no passado só se tinha devido a uma censurável debilidade de volição das gerações anteriores. Mas as cousas não ficarão por aqui. Uma vez que as pessoas, sem que para tal tenham de cometer qualquer esforço percetível, irão continuar a não morrer, um outro movimento popular de massas, dotado de uma visão prospetiva mais ambiciosa, proclamará que o maior sonho da humanidade desde o princípio dos tempos, isto é, o gozo feliz de uma vida eterna cá na terra, se havia tornado em um bem para todos, como o sol que nasce todos os dias e o ar que respiramos. Apesar de disputarem, por assim dizer, o mesmo eleitorado, houve um ponto em que os dois movimentos souberam pôr-se de acordo, e foi terem nomeado para a presidência honorária, dada a sua eminente qualidade de precursor, o corajoso veterano que, no instante supremo, havia desafiado e derrotado a morte. Tanto quanto se sabe, não virá a ser atribuída particular importância ao facto de o avôzinho se encontrar em estado de coma profundo e, segundo todos os indícios, irreversível.

Embora a palavra crise não seja certamente a mais apropriada para caracterizar os singularíssimos sucessos que temos vindo a narrar, porquanto seria absurdo, incongruente e atentatório da lógica mais ordinária falar-se de crise numa situação existencial justamente privilegiada pela ausência da morte, compreende-se que alguns cidadãos, zelosos do seu direito a uma informação veraz, andem a perguntar-se a si mesmos, e uns aos outros, que diabo se passa com o governo, que até agora não deu o menor sinal de vida. É certo que o ministro da saúde, interpelado à passagem no breve intervalo entre duas reuniões, havia explicado aos jornalistas que, tendo em consideração a falta de elementos suficientes de juízo, qualquer declaração oficial seria forçosamente prematura, Estamos a coligir as informações que nos chegam de todo o país, acrescentou, e realmente em nenhuma delas há menção de falecimentos, mas é fácil imaginar que, colhidos de surpresa como toda a gente, ainda não estejamos preparados para enunciar uma primeira ideia sobre as origens do fenómeno e sobre as suas implicações, tanto as imediatas como as futuras. Poderia ter-se deixado ficar por aqui, o que, levando em conta as dificuldades da situação, já seria motivo para agradecer, mas o conhecido impulso de recomendar tranquilidade às pessoas a propósito de tudo e de nada, de as manter sossegadas no redil seja como for, esse tropismo que nos políticos, em particular se são governo, se tornou numa segunda natureza, para não dizer automatismo, movimento mecânico, levou-o a rematar a conversa da pior maneira, Como responsável pela pasta da saúde, asseguro a todos quantos me escutam que não existe qualquer motivo para alarme, Se bem entendi o que acabo de escutar, observou um jornalista em tom que não queria parecer demasiado irónico, na opinião do senhor ministro não é alarmante o facto de ninguém estar a morrer, Exato, embora por outras palavras, foi isso mesmo o que eu disse, Senhor ministro, permita-me que lhe recorde que ainda ontem havia pessoas que morriam e a ninguém lhe passaria pela cabeça que isso fosse alarmante, É natural, o costume é morrer, e morrer só se torna alarmante quando as mortes se multiplicam, uma guerra, uma epidemia, por exemplo, Isto é, quando saem da rotina, Poder-se-á dizer assim, Mas, agora que não se encontra quem esteja disposto a morrer, é quando o senhor ministro nos vem pedir que não nos alarmemos, convirá comigo que, pelo menos, é bastante paradoxal, Foi a força do hábito, reconheço que o termo alarme não deveria ter sido chamado a este caso, Que outra palavra usaria então o senhor ministro, faço a pergunta porque, como jornalista consciente das minhas obrigações que me prezo de ser, me preocupa empregar o termo exato sempre que possível. Ligeiramente enfadado com a insistência, o ministro respondeu secamente, Não uma, mas quatro, Quais, senhor ministro, Não alimentemos falsas esperanças. Teria sido, sem dúvida, uma boa e honesta manchete para o jornal do dia seguinte, mas o diretor, após consultar com o seu redator-chefe, considerou desaconselhável, também do ponto de vista empresarial, lançar esse balde de água gelada sobre o entusiasmo popular, Ponha-lhe o mesmo de sempre, Ano Novo, Vida Nova, disse.

No comunicado oficial, finalmente difundido já a noite ia adiantada, o chefe do governo ratificava que não se haviam registado quaisquer defunções em todo o país desde o início do novo ano, pedia comedimento e sentido de responsabilidade nas avaliações e interpretações que do estranho facto viessem a ser elaboradas, lembrava que não deveria excluir-se a hipótese de se tratar de uma casualidade fortuita, de uma alteração cósmica meramente acidental e sem continuidade, de uma conjunção excecional de coincidências intrusas na equação espaço-tempo, mas que, pelo sim, pelo não, já se haviam iniciado contactos exploratórios com os organismos internacionais competentes em ordem a habilitar o governo a uma ação que seria tanto mais eficaz quanto mais concertada pudesse ser. Enunciadas estas vaguidades pseudocientíficas, destinadas, também elas, a tranquilizar, pelo incompreensível, o alvoroço que reinava no país, o primeiro-ministro terminava afirmando que o governo se encontrava preparado para todas as eventualidades humanamente imagináveis, decidido a enfrentar com coragem e com o indispensável apoio da população os complexos problemas sociais, económicos, políticos e morais que a extinção definitiva da morte inevitavelmente suscitaria, no caso, que tudo parece indicar como previsível, de se vir a confirmar. Aceitaremos o repto da imortalidade do corpo, exclamou em tom arrebatado, se essa for a vontade de deus, a quem para todo o sempre agradeceremos, com as nossas orações, haver escolhido o bom povo deste país para seu instrumento. Significa isto, pensou o chefe do governo ao terminar a leitura, que estamos metidos até aos gorgomilos numa camisa de onze varas. Não podia ele imaginar até que ponto o colarinho lhe iria apertar. Ainda meia hora não tinha passado quando, já no automóvel oficial que o levava a casa, recebeu uma chamada do cardeal, Boas noites, senhor primeiro-ministro, Boas noites, eminência, Telefono-lhe para lhe dizer que me sinto profundamente chocado, Também eu, eminência, a situação é muito grave, a mais grave de quantas o país teve de viver até hoje, Não se trata disso, De que se trata então, eminência, É a todos os respeitos deplorável que, ao redigir a declaração que acabei de escutar, o senhor primeiro-ministro não se tenha lembrado daquilo que constitui o alicerce, a viga mestra, a pedra angular, a chave de abóbada da nossa santa religião, Eminência, perdoe-me, temo não compreender aonde quer chegar, Sem morte, ouça-me bem, senhor primeiro-ministro, sem morte não há ressurreição, e sem ressurreição não há igreja, Ó diabo, Não percebi o que acaba de dizer, repita, por favor, Estava calado, eminência, provavelmente terá sido alguma interferência causada pela eletricidade atmosférica, pela estática, ou mesmo um problema de cobertura, o satélite às vezes falha, dizia vossa eminência que, Dizia o que qualquer católico, e o senhor não é uma exceção, tem obrigação de saber, que sem ressurreição não há igreja, além disso, como lhe veio à cabeça que deus poderá querer o seu próprio fim, afirmá-lo é uma ideia absolutamente sacrílega, talvez a pior das blasfémias, Eminência, eu não disse que deus queria o seu próprio fim, De facto, por essas exatas palavras, não, mas admitiu a possibilidade de que a imortalidade do corpo resultasse da vontade de deus, não será preciso ser-se doutorado em lógica transcendental para perceber que quem diz uma cousa, diz a outra, Eminência, por favor, creia-me, foi uma simples frase de efeito destinada a impressionar, um remate de discurso, nada mais, bem sabe que a política tem destas necessidades, Também a igreja as tem, senhor primeiro-ministro, mas nós ponderamos muito antes de abrir a boca, não falamos por falar, calculamos os efeitos à distância, a nossa especialidade, se quer que lhe dê uma imagem para compreender melhor, é a balística, Estou desolado, eminência, No seu lugar também o estaria. Como se estivesse a avaliar o tempo que a granada levaria a cair, o cardeal fez uma pausa, depois, em tom mais suave, mais cordial, continuou, Gostaria de saber se o senhor primeiro-ministro levou a declaração ao conhecimento de sua majestade antes de a ler aos meios de comunicação social, Naturalmente, eminência, tratando-se de um assunto de tanto melindre, E que disse o rei, se não é segredo de estado, Pareceu-lhe bem, Fez algum comentário ao terminar, Estupendo, Estupendo, quê, Foi o que sua majestade me disse, estupendo, Quer dizer que também blasfemou, Não sou competente para formular juízos dessa natureza, eminência, viver com os meus próprios erros já me dá trabalho suficiente, Terei de falar ao rei, recordar-lhe que, em uma situação como esta, tão confusa, tão delicada, só a observância fiel e sem desfalecimento das provadas doutrinas da nossa santa madre igreja poderá salvar o país do pavoroso caos que nos vai cair em cima, Vossa eminência decidirá, está no seu papel, Perguntarei a sua majestade que prefere, se ver a rainha-mãe para sempre agonizante, prostrada num leito de que não voltará a levantar-se, com o imundo corpo a reter-lhe indignamente a alma, ou vê-la, por morrer, triunfadora da morte, na glória eterna e resplandecente dos céus, Ninguém hesitaria na resposta, Sim, mas, ao contrário do que se julga, não são tanto as respostas que me importam, senhor primeiro-ministro, mas as perguntas, obviamente refiro-me às nossas, observe como elas costumam ter, ao mesmo tempo, um objetivo à vista e uma intenção que vai escondida atrás, se as fazemos não é apenas para que nos respondam o que nesse momento necessitamos que os interpelados escutem da sua própria boca, é também para que se vá preparando o caminho às futuras respostas, Mais ou menos como na política, eminência, Assim é, mas a vantagem da igreja é que, embora às vezes o não pareça, ao gerir o que está no alto, governa o que está em baixo. Houve uma nova pausa, que o primeiro-ministro interrompeu, Estou quase a chegar a casa, eminência, mas, se me dá licença, ainda gostaria de lhe pôr uma breve questão, Diga, Que irá fazer a igreja se nunca mais ninguém morrer, Nunca mais é demasiado tempo, mesmo tratando-se da morte, senhor primeiro-ministro, Creio que não me respondeu, eminência, Devolvo-lhe a pergunta, que vai fazer o estado se nunca mais ninguém morrer, O estado tentará sobreviver, ainda que eu muito duvide de que o venha a conseguir, mas a igreja, A igreja, senhor primeiro--ministro, habituou-se de tal maneira às respostas eternas que não posso imaginá-la a dar outras, Ainda que a realidade as contradiga, Desde o princípio que nós não temos feito outra cousa que contradizer a realidade, e aqui estamos,

Que irá dizer o papa, Se eu o fosse, perdoe-me deus a estulta vaidade de pensar-me tal, mandaria pôr imediatamente em circulação uma nova tese, a da morte adiada, Sem mais explicações, À igreja nunca se lhe pediu que explicasse fosse o que fosse, a nossa outra especialidade, além da balística, tem sido neutralizar, pela fé, o espírito curioso, Boas noites, eminência, até amanhã, Se deus quiser, senhor primeiro--ministro, sempre se deus quiser, Tal como estão as cousas neste momento, não parece que ele o possa evitar, Não se esqueça, senhor primeiro-ministro, de que fora das fronteiras do nosso país se continua a morrer com toda a normalidade, e isso é um bom sinal, Questão de ponto de vista, eminência, talvez lá de fora nos estejam a olhar como um oásis, um jardim, um novo paraíso, Ou um inferno, se forem inteligentes, Boas noites, eminência, desejo-lhe um sono tranquilo e reparador, Boas noites, senhor primeiro-ministro, se a morte resolver regressar esta noite, espero que não se lembre de o ir escolher a si, Se a justiça neste mundo não é uma palavra vã, a rainha-mãe deverá ir primeiro que eu, Prometo que não o denunciarei amanhã ao rei, Quanto lhe agradeço, eminência, Boas noites, Boas noites.

Eram três horas da madrugada quando o cardeal teve de ser levado a correr ao hospital com um ataque de apendicite aguda que obrigou a uma imediata intervenção cirúrgica. Antes de ser sugado pelo túnel da anestesia, naquele instante veloz que precede a perda total da consciência, pensou o que tantos outros têm pensado, que poderia vir a morrer durante a operação, depois lembrou-se de que tal já não era possível, e, finalmente, num último lampejo de lucidez, ainda lhe passou pela mente a ideia de que se, apesar de tudo, morresse mesmo, isso significaria que teria, paradoxalmente, vencido a morte. Arrebatado por uma irresistível ânsia sacrificial ia implorar a deus que o matasse, mas já não foi a tempo de pôr as palavras na sua ordem. A anestesia poupou-o ao supremo sacrilégio de querer transferir os poderes da morte para um deus mais geralmente conhecido como dador da vida.

Embora tivesse sido imediatamente posta a ridículo pelos jornais da concorrência, que haviam conseguido arrancar à inspiração dos seus redatores principais os mais diversos e substanciosos títulos, algumas vezes dramáticos, líricos outras, e, não raro, filosóficos ou místicos, quando não de comovedora ingenuidade, como tinha sido o caso daquele diário popular que se contentou com a pergunta E Agora Que Irá Ser De Nós, acrescentando como rabo da frase o alarde gráfico de um enorme ponto de interrogação, a já falada manchete Ano Novo, Vida Nova, não obstante a confrangedora banalidade, caiu como sopa no mel em algumas pessoas que, por temperamento natural ou educação adquirida, preferiam acima de tudo a firmeza de um otimismo mais ou menos pragmático, mesmo se tivessem motivos para suspeitar de que se trataria de uma mera e talvez fugaz aparência. Tendo vivido, até estes dias de confusão, naquilo que haviam imaginado ser o melhor de todos os mundos possíveis e prováveis, descobriam, deliciados, que o melhor, realmente o melhor, era agora que estava a acontecer, que já o tinham ali mesmo, à porta de casa, uma vida única, maravilhosa, sem o medo quotidiano da rangente tesoura da parca, a imortalidade na pátria que nos deu o ser, a salvo de incomodidades metafísicas e grátis para toda a gente, sem uma carta de prego para abrir à hora da morte, tu para o paraíso, tu para o purgatório, tu para o inferno, nesta encruzilhada se separavam em outros tempos, queridos companheiros deste vale de lágrimas chamado terra, os nossos destinos no outro mundo. Posto isto, não tiveram os periódicos reticentes ou problemáticos outra solução, e com eles as televisões e as rádios afins, que unir-se à maré alta de alegria coletiva que alastrava de norte a sul e de leste a oeste, refrescando as mentes temerosas e arrastando para longe da vista a longa sombra de tânatos. Com o passar dos dias, e vendo que realmente ninguém morria, os pessimistas e os céticos, aos poucos e poucos no princípio, depois em massa, foram-se juntando ao mare magnum de cidadãos que aproveitavam todas as ocasiões para sair à rua e proclamar, e gritar, que, agora sim, a vida é bela.

Um dia, uma senhora em estado de viúva recente, não encontrando outra maneira de manifestar a nova felicidade que lhe inundava o ser, e se bem que com a ligeira dor de saber que, não morrendo ela, nunca mais voltaria a ver o pranteado defunto, lembrou-se de pendurar para a rua, na sacada florida da sua casa de jantar, a bandeira nacional. Foi o que se costuma chamar meu dito, meu feito. Em menos de quarenta e oito horas o embandeiramento alastrou a todo o país, as cores e os símbolos da bandeira tomaram conta da paisagem, com maior visibilidade nas cidades pela evidente razão de estarem mais beneficiadas de varandas e janelas que o campo. Era impossível resistir a um tal fervor patriótico, sobretudo porque, vindas não se sabia donde, haviam começado a difundir-se certas declarações inquietantes, para não dizer francamente ameaçadoras, como fossem, por exemplo, Quem não puser a imortal bandeira da pátria à janela da sua casa, não merece estar vivo, Aqueles que não andarem com a bandeira nacional bem à vista é porque se venderam à morte, Junte-se a nós, seja patriota, compre uma bandeira, Compre outra, Compre mais outra, Abaixo os inimigos da vida, o que lhes vale a eles é já não haver morte. As ruas eram um autêntico arraial de insígnias desfraldadas, batidas pelo vento, se este soprava, ou, quando não, um ventilador elétrico colocado a jeito fazia-lhe as vezes, e se a potência do aparelho não era bastante para que o estandarte virilmente drapejasse, obrigando-o a dar aqueles estalos de chicote que tanto exaltam os espíritos marciais, ao menos fazia com que ondulassem honrosamente as cores da pátria. Algumas raras pessoas, à boca pequena, murmuravam que aquilo era um exagero, um despropósito, que mais tarde ou mais cedo não haveria outro remédio que retirar aquele bandeiral todo, e quanto mais cedo o fizermos, melhor, porque da mesma maneira que demasiado açúcar no pudim dá cabo do paladar e prejudica o processo digestivo, também o normal e mais do que justo respeito pelos emblemas patrióticos acabará por converter-se em chacota se permitirmos que descambe em autênticos atentados contra o pudor, como os exibicionistas de gabardina de execrada memória. Além disso, diziam, se as bandeiras estão aí para celebrar o facto de que a morte deixou de matar, então de duas uma, ou as retiramos antes de que com a fartura comecemos a embirrar com os símbolos da pátria, ou vamos levar o resto da vida, isto é, a eternidade, sim, dizemos bem, a eternidade, a mudá-los de cada vez que os apodreça a chuva, que o vento os esfarrape ou o sol lhes coma o colorido. Eram pouquíssimas as pessoas que tinham a coragem de pôr assim, publicamente, o dedo na ferida, e um pobre homem houve que teve de pagar o antipatriótico desabafo com uma tareia que, se não lhe acabou ali mesmo com a triste vida, foi só porque a morte havia deixado de operar neste país desde o princípio do ano.

Nem tudo é festa, porém, ao lado de uns quantos que riem, sempre haverá outros que chorem, e às vezes, como no presente caso, pelas mesmas razões. Importantes setores profissionais, seriamente preocupados com a situação, já começaram a fazer chegar a quem de direito a expressão do seu descontentamento. Como seria de esperar, as primeiras e formais reclamações vieram das empresas do negócio funerário. Brutalmente desprovidos da sua matéria-prima, os proprietários começaram por fazer o gesto clássico de levar as mãos à cabeça, gemendo em carpideiro coro, E agora que irá ser de nós, mas logo, perante a perspetiva de uma catastrófica falência que a ninguém do grémio fúnero pouparia, convocaram a assembleia geral da classe, ao fim da qual, após acaloradas discussões, todas elas improdutivas porque todas, sem exceção, iam dar com a cabeça no muro indestrutível da falta de colaboração da morte, essa a que se haviam habituado, de pais a filhos, como algo que por natureza lhes era devido, aprovaram um documento a submeter à consideração do governo da nação, o qual documento adotava a única proposta construtiva, construtiva, sim, mas também hilariante, que havia sido apresentada a debate, Vão-se rir de nós, avisou o presidente da mesa, mas reconheço que não temos outra saída, ou é isto, ou será a ruína do setor. Informava pois o documento que, reunidos em assembleia geral extraordinária para examinar a gravíssima crise com que se estavam debatendo por motivo da falta de falecimentos em todo o país, os representantes das agências funerárias, depois de uma intensa e participada análise, durante a qual sempre havia imperado o respeito pelos supremos interesses da nação, tinham chegado à conclusão de que ainda era possível evitar as dramáticas consequências do que sem dúvida irá passar à história como a pior calamidade coletiva que nos caiu em cima desde a fundação da nacionalidade, isto é, que o governo decida tornar obrigatórios o enterramento ou a incineração de todos os animais domésticos que venham a defuntar de morte natural ou por acidente, e que tal enterramento ou tal incineração, regulamentados e aprovados, sejam obrigatoriamente levados a cabo pela indústria funerária, tendo em contra as meritórias provas prestadas no passado como autêntico serviço público que têm sido, no sentido mais profundo da expressão, gerações após gerações. O documento continuava, Solicitamos ainda a melhor atenção do governo para o facto de que a indispensável reconversão da indústria não será viável sem vultosos investimentos, pois não é a mesma cousa sepultar um ser humano e levar à última morada um gato ou um canário, e porque não dizer um elefante de circo ou um crocodilo de banheira, sendo portanto necessário reformular de alto a baixo o nosso know-how tradicional, servindo de providencial apoio a esta indispensável atualização a experiência já adquirida desde a oficialização dos cemitérios para animais, ou seja, aquilo que até agora não havia passado de uma intervenção marginal da nossa indústria, ainda que, não o negamos, bastamente lucrativa, tornar-se-ia em atividade exclusiva, evitando-se assim, na medida do possível, o despedimento de centenas senão milhares de abnegados e valorosos trabalhadores que em todos os dias da sua vida enfrentaram corajosamente a imagem terrível da morte e a quem a mesma morte volta agora imerecidamente as costas, Exposto o que, senhor primeiro-ministro, rogamos, com vista à merecida proteção de uma profissão milenariamente classificada de utilidade pública, se digne considerar, não somente a urgência de uma decisão favorável, mas também, em paralelo, a abertura de uma linha de créditos bonificados, ou então, e isso seria ouro sobre azul, ou dourado sobre negro, que são as nossas cores, para não dizer da mais elementar justiça, a concessão de empréstimos a fundo perdido que ajudem a viabilizar a rápida revitalização de um setor cuja sobrevivência se encontra ameaçada pela primeira vez na história, e desde muito antes dela, em todas as épocas da pré-história, pois nunca a um cadáver humano deve ter faltado quem, mais cedo ou mais tarde, acudisse a enterrá-lo, ainda que não fosse mais que a generosa terra abrindo-se. Respeitosamente, pedem deferimento.

Também os diretores e administradores dos hospitais, tanto do estado como privados, não tardaram muito a ir bater à porta do ministério da tutela, o da saúde, para expressar junto dos serviços competentes as suas inquietações e os seus anseios, os quais, por estranho que pareça, quase sempre relevavam mais de questões logísticas que propriamente sanitárias. Afirmavam eles que o corrente processo rotativo de enfermos entrados, enfermos curados e enfermos mortos havia sofrido, por assim dizer, um curto-circuito ou, se quisermos falar em termos menos técnicos, um engarrafamento como os dos automóveis, o qual tinha a sua causa na permanência indefinida de um número cada vez maior de internados que, pela gravidade das doenças ou dos acidentes de que haviam sido vítimas, já teriam, em situação normal, passado à outra vida. A situação é difícil, argumentavam, já começámos a pôr doentes nos corredores, isto é, mais do que era costume fazê-lo, e tudo indica que em menos de uma semana nos iremos encontrar a braços não só com a escassez das camas, mas também, estando repletos os corredores e as enfermarias, sem saber, por falta de espaço e dificuldade de manobra, onde colocar as que ainda estejam disponíveis. É certo que há uma maneira de resolver o problema, concluíam os responsáveis hospitalares, porém, ofendendo ela, ainda que de raspão, o juramento hipocrático, a decisão, no caso de vir a ser tomada, não poderá ser nem médica nem administrativa, mas política. Como a bom entendedor sempre meia palavra bastou, o ministro da saúde, depois de consultar o primeiro-ministro, exarou o seguinte despacho, Considerando a imparável sobreocupação de internados que já começa a prejudicar seriamente o até agora excelente funcionamento do nosso sistema hospitalar e que é a direta consequência do crescente número de pessoas ingressadas em estado de vida suspensa e que assim irão manter-se indefinidamente, sem quaisquer possibilidades de cura ou de simples melhora, pelo menos até que a investigação médica alcance as novas metas que se tem proposto, o governo aconselha e recomenda às direções e administrações hospitalares que, após uma análise rigorosa, caso por caso, da situação clínica dos doentes que se encontrem naquela situação, e confirmando-se a irreversibilidade dos respetivos processos mórbidos, sejam eles entregues aos cuidados das famílias, assumindo os estabelecimentos hospitalares a responsabilidade de assegurar aos enfermos, sem reserva, todos os tratamentos e exames que os seus médicos de cabeceira ainda julguem necessários ou simplesmente aconselháveis. Fundamenta-se esta decisão do governo numa hipótese facilmente admissível por toda a gente, a de que a um paciente em tal estado, permanentemente à beira de um falecimento que permanentemente lhe vai sendo negado, deverá ser-lhe pouco menos que indiferente, mesmo em algum momento de lucidez, o lugar em que se encontre, quer se trate do seio carinhoso da sua família ou da congestionada enfermaria de um hospital, uma vez que nem aqui nem ali conseguirá morrer, como também nem ali nem aqui poderá recuperar a saúde. O governo quer aproveitar esta oportunidade para informar a população de que prosseguem em ritmo acelerado os trabalhos de investigação que, assim o espera e confia, hão de levar a um conhecimento satisfatório das causas, até este momento ainda misteriosas, do súbito desaparecimento da morte. Igualmente informa que uma nutrida comissão interdisciplinar, incluindo representantes das diversas religiões em vigor e filósofos das diversas escolas em atividade, que nestes assuntos sempre têm uma palavra a dizer, está encarregada da delicada tarefa de refletir sobre o que virá a ser um futuro sem morte, ao mesmo tempo que tentará elaborar uma previsão plausível dos novos problemas que a sociedade terá de enfrentar, o principal dos quais alguns resumiriam nesta cruel pergunta, Que vamos fazer com os velhos, se já não está aí a morte para lhes cortar o excesso de veleidades macróbias.

Os lares para a terceira e quarta idades, essas benfazejas instituições criadas em atenção à tranquilidade das famílias que não têm tempo nem paciência para limpar os ranhos, atender aos esfíncteres fatigados e levantar-se de noite para chegar a arrastadeira, também não tardaram, tal como já o haviam feito os hospitais e as agências funerárias, a vir bater com a cabeça no muro das lamentações. Fazendo justiça a quem se deve, temos de reconhecer que a incerteza em que se encontravam divididos, isto é, continuar ou não continuar a receber hóspedes, era uma das mais angustiantes que poderiam desafiar os esforços equitativos e o talento planificador de qualquer gestor de recursos humanos. Principalmente porque o resultado final, e isso é o que caracteriza os autênticos dilemas, iria ser sempre o mesmo. Habituados até agora, tal como os seus queixosos parceiros da injeção intravenosa e da coroa de flores com fita roxa, à segurança resultante da contínua e imparável rotação de vidas e mortes, umas que vinham entrando, outras que iam saindo, os lares da terceira e quarta idades não queriam nem pensar num futuro de trabalho em que os objetos dos seus cuidados não mudariam nunca de cara e de corpo, salvo para exibi-los mais lamentáveis em cada dia que passasse, mais decadentes, mais tristemente descompostos, o rosto enrugando-se, prega a prega, igual que uma passa de uva, os membros trémulos e duvidosos, como um barco que inutilmente andasse à procura da bússola que lhe tinha caído ao mar. Um novo hóspede sempre havia sido motivo de regozijo para os lares do feliz ocaso, tinha um nome que seria preciso fixar na memória, hábitos próprios trazidos do mundo exterior, manias que eram só dele, como um certo funcionário aposentado que todos os dias tinha de lavar a fundo a escova de dentes porque não suportava ver nela restos da pasta dentífrica, ou aquela anciã que desenhava árvores genealógicas da sua família e nunca acertava com os nomes que deveria pendurar dos ramos. Durante algumas semanas, até que a rotina nivelasse a atenção devida aos internados, ele seria o novo, o benjamim do grupo, e iria sê-lo pela última vez na vida, ainda que durando ela tanto como a eternidade, esta que, como do sol costuma dizer-se, passou a brilhar para toda a gente deste país afortunado, nós que veremos extinguir-se o astro do dia e continuaremos vivos, ninguém sabe como nem porquê. Agora, porém, o novo hóspede, exceto se ainda veio preencher alguma vaga e arredondar a receita do lar, é alguém cujo destino se conhece de antemão, não o veremos sair daqui para ir morrer a casa ou ao hospital como acontecia nos bons tempos, enquanto os outros hóspedes fechavam à chave apressadamente a porta dos seus quartos para que a morte não entrasse e os levasse também a eles, já sabemos que tudo isto são cousas de um passado que não voltará, mas alguém do governo terá de pensar na nossa sorte, nós, patrão, gerente e empregados dos lares do feliz ocaso, o destino que nos espera é não termos ninguém que nos acolha quando chegar a hora em que tenhamos de baixar os braços, reparai que nem sequer somos senhores daquilo que de alguma maneira também havia sido nosso, ao menos pelo trabalho que nos deu durante anos e anos, aqui deverá perceber-se que os empregados tomaram a palavra, o que queremos dizer é que não haverá sítio para estes que somos nos lares do feliz ocaso, salvo se pusermos de lá para fora uns quantos hóspedes, ao governo já lhe tinha ocorrido a mesma ideia quando foi daquele debate sobre a pletora dos hospitais, que a família reassuma as suas obrigações, disseram, mas para isso seria necessário que ainda se encontrasse nela alguém com suficiente tino na cabeça e energias bastantes no resto do corpo, dons cujo prazo de validade, como sabemos por experiência própria e pelo panorama que o mundo oferece, têm a duração de um suspiro se o compararmos com esta eternidade recentemente inaugurada, o remédio, salvo opinião mais abalizada, seria multiplicar os lares do feliz ocaso, não como até agora, aproveitando vivendas e palacetes que em tempos conheceram melhor sorte, mas construindo de raiz grandes edifícios, com a forma de um pentágono, por exemplo, de uma torre de babel, de um labirinto de cnossos, primeiro bairros, depois cidades, depois metrópoles, ou, usando palavras mais cruas, cemitérios de vivos onde a fatal e irrenunciável velhice seria cuidada como deus quisesse, até não se sabe quando, pois os seus dias não teriam fim, o problema bicudo, e para ele nos sentimos no dever de chamar a atenção de quem de direito, é que, com o passar do tempo, não só haverá cada vez mais idosos internados nos lares do feliz ocaso, como também será necessária cada vez mais gente para tomar conta deles, dando em resultado que o romboide das idades virará rapidamente os pés pela cabeça, uma massa gigantesca de velhos lá em cima, sempre em crescimento, engolindo como uma serpente pitão as novas gerações, as quais, por sua vez, na sua maioria convertidas em pessoal de assistência e administração dos lares do feliz ocaso, depois de terem gasto a melhor parte da sua vida a cuidar de velhorros de todas as idades, quer as normais, quer as matusalénicas, multidões de pais, avós, bisavós, trisavós, tetravós, pentavós, hexavós, e por aí fora, ad infinitum, se juntarão, uma atrás de outra, como folhas que das árvores se desprendem e vão tombar sobre as folhas dos outonos pretéritos, mais où sont les neiges d'antan, do formigueiro interminável dos que, pouco a pouco, levaram a vida a perder os dentes e o cabelo, das legiões dos de má vista e mau ouvido, dos herniados, dos catarrosos, dos que fraturaram o colo do fémur, dos paraplégicos, dos caquéticos agora imortais que não são capazes de segurar nem a baba que lhes escorre do queixo, vossas excelências, senhores que nos governam, talvez não nos queiram crer, mas o que aí nos vem em cima é o pior dos pesadelos que alguma vez um ser humano pôde haver sonhado, nem mesmo nas escuras cavernas, quando tudo era terror e tremor, se terá visto semelhante cousa, dizemo-lo nós que temos a experiência do primeiro lar do feliz ocaso, é certo que então tudo era em ponto pequeno, mas para alguma cousa a imaginação nos haveria de servir, se quer que lhe falemos com franqueza, de coração nas mãos, antes a morte, senhor primeiro-ministro, antes a morte que tal sorte.

Uma terrível ameaça que vem pôr em perigo a sobrevivência da nossa indústria, foi o que declarou aos órgãos de comunicação social o presidente da federação das companhias seguradoras, referindo-se aos muitos milhares de cartas que, mais ou menos por idênticas palavras, como se as tivessem copiado de uma minuta única, haviam entrado nos últimos dias nas empresas trazendo uma ordem de cancelamento imediato das apólices de seguros de vida dos respetivos signatários. Afirmavam estes que, considerando o facto público e notório de que a morte havia posto termo aos seus dias, seria absurdo, para não dizer simplesmente estúpido, continuar a pagar uns prémios altíssimos que só iriam servir, sem qualquer espécie de contrapartida, para enriquecer ainda mais as companhias. Não estou para sustentar burros a pão de ló, desabafava, em post scriptum, um segurado particularmente maldisposto. Alguns iam mais longe, reclamavam a devolução das quantias pagas, mas, esses, percebia-se logo que era só um atirar barro à parede por descargo de consciência, a ver se pegava. À inevitável pergunta dos jornalistas sobre o que pensavam fazer as companhias de seguros para contrapor à salva de artilharia pesada que de repente lhes tinha caído em cima, o presidente da federação respondeu que, embora os assessores jurídicos estivessem, neste preciso momento, a estudar com toda a atenção a letra pequena das apólices à procura de qualquer possibilidade interpretativa que permitisse, sempre dentro da mais estrita legalidade, claro está, impor aos segurados heréticos, mesmo contra sua vontade, a obrigação de pagar enquanto fossem vivos, quer dizer, sempiternamente, o mais provável, no entanto, seria que viesse a ser-lhes proposto um pacto de consenso, um acordo de cavalheiros, o qual consistiria na inclusão de uma breve adenda às apólices, tanto para a retificação de agora como para a vigência futura, em que ficaria fixada a idade de oitenta anos para morte obrigatória, obviamente em sentido figurado, apressou-se o presidente a acrescentar, sorrindo com indulgência. Desta maneira, as companhias passariam a cobrar os prémios na mais perfeita normalidade até à data em que o feliz segurado cumprisse o seu octogésimo aniversário, momento em que, uma vez que se havia convertido em alguém virtualmente morto, mandaria proceder à cobrança do montante integral do seguro, o qual lhe seria pontualmente satisfeito. Havia que acrescentar ainda, e isso não seria o menos interessante, que, no caso de assim o desejarem, os clientes poderiam renovar o seu contrato por mais oitenta anos, ao fim dos quais, para os efeitos devidos, se registaria o segundo óbito, repetindo-se o procedimento anterior, e assim sucessivamente. Ouviram-se murmúrios de admiração e algum esboço de aplauso entre os jornalistas entendidos em cálculo atuarial, que o presidente agradeceu baixando de leve a cabeça. Estratégica e taticamente, a jogada tinha sido perfeita, ao ponto de que logo no dia a seguir começaram a afluir cartas às companhias de seguros dando por nulas e sem efeito as primeiras. Todos os segurados se declaravam dispostos a aceitar o acordo de cavalheiros proposto, graças ao qual se poderá dizer, sem exagero, que este foi um daqueles raríssimos casos em que ninguém perdia e todos ganhavam. Em especial as companhias de seguros, salvas da catástrofe por um cabelo. Já se espera que na próxima eleição o presidente da federação seja reconduzido no cargo que tão brilhantemente desempenha.

Da primeira reunião da comissão interdisciplinar tudo se pode dizer menos que tenha corrido bem. A culpa, se o pesado termo tem aqui cabimento, teve-a o dramático memorando levado ao governo pelos lares do feliz ocaso, em especial aquela cominatória frase que o rematava, Antes a morte, senhor primeiro-ministro, antes a morte que tal sorte. Quando os filósofos, divididos, como sempre, em pessimistas e otimistas, uns carrancudos, outros risonhos, se dispunham a recomeçar pela milésima vez a cediça disputa do copo de que não se sabe se está meio cheio ou meio vazio, a qual disputa, transferida para a questão que ali os chamara, se reduziria no final, com toda a probabilidade, a um mero inventário das vantagens ou desvantagens de estar morto ou de viver para sempre, os delegados das religiões apresentaram-se formando uma frente unida comum com a qual aspiravam a estabelecer o debate no único terreno dialético que lhes interessava, isto é, a aceitação explícita de que a morte era absolutamente fundamental para a realização do reino de deus e que, portanto, qualquer discussão sobre um futuro sem morte seria não só blasfema como absurda, porquanto teria de pressupor, inevitavelmente, um deus ausente, para não dizer simples-

mente desaparecido. Não se tratava de uma atitude nova, o próprio cardeal já havia apontado o dedo ao busílis que significaria esta versão teológica da quadratura do círculo quando, na sua conversação telefónica com o primeiro-
-ministro, admitiu, ainda que por palavras muito menos claras, que se se acabasse a morte não poderia haver ressurreição, e que se não houvesse ressurreição, então não teria sentido haver igreja. Ora, sendo esta, pública e notoriamente, o único instrumento de lavoura de que deus parecia dispor na terra para lavrar os caminhos que deveriam conduzir ao seu reino, a conclusão óbvia e irrebatível é de que toda a história santa termina inevitavelmente num beco sem saída. Este ácido argumento saiu da boca do mais velho dos filósofos pessimistas, que não ficou por aqui e acrescentou ato contínuo, As religiões, todas elas, por mais voltas que lhes dermos, não têm outra justificação para existir que não seja a morte, precisam dela como do pão para a boca. Os delegados das religiões não se deram ao incómodo de protestar. Pelo contrário, um deles, conceituado integrante do setor católico, disse, Tem razão, senhor filósofo, é para isso mesmo que nós existimos, para que as pessoas levem toda a vida com o medo pendurado ao pescoço e, chegada a sua hora, acolham a morte como uma libertação, O paraíso, Paraíso ou inferno, ou cousa nenhuma, o que se passe depois da morte importa-nos muito menos que o que geralmente se crê, a religião, senhor filósofo, é um assunto da terra, não tem nada que ver com o céu, Não foi o que nos habituaram a ouvir, Algo teríamos que dizer para tornar atrativa a mercadoria, Isso quer dizer que em realidade não acreditam na vida eterna, Fazemos de conta. Durante um minuto ninguém falou. O mais velho dos pes-

simistas deixou que um vago e suave sorriso se lhe espalhasse na cara e mostrou o ar de quem tinha acabado de ver coroada de êxito uma difícil experiência de laboratório. Sendo assim, interveio um filósofo da ala otimista, porquê vos assusta tanto que a morte tenha acabado, Não sabemos se acabou, sabemos apenas que deixou de matar, não é o mesmo, De acordo, mas, uma vez que essa dúvida não está resolvida, mantenho a pergunta, Porque se os seres humanos não morressem tudo passaria a ser permitido, E isso seria mau, perguntou o filósofo velho, Tanto como não permitir nada. Houve um novo silêncio. Aos oito homens sentados ao redor da mesa tinha sido encomendado que refletissem sobre as consequências de um futuro sem morte e que construíssem a partir dos dados do presente uma previsão plausível das novas questões com que a sociedade iria ter de enfrentar-se, além, escusado seria dizer, do inevitável agravamento das questões velhas. Melhor então seria não fazer nada, disse um dos filósofos otimistas, os problemas do futuro, o futuro que os resolva, O pior é que o futuro é já hoje, disse um dos pessimistas, temos aqui, entre outros, os memorandos elaborados pelos chamados lares do feliz ocaso, pelos hospitais, pelas agências funerárias, pelas companhias de seguros, e, salvo o caso destas, que sempre hão de encontrar maneira de tirar proveito de qualquer situação, há que reconhecer que as perspetivas não se limitam a ser sombrias, são catastróficas, terríveis, excedem em perigos tudo o que a mais delirante imaginação pudesse conceber, Sem pretender ser irónico, o que nas atuais circunstâncias seria de péssimo gosto, observou um integrante não menos conceituado do setor protestante, parece-me que esta comissão já nasceu morta, Os lares do feliz ocaso têm razão, antes a morte que tal sorte, disse o porta-voz dos católicos, Que pensam então fazer, perguntou o pessimista mais idoso, além de propor a extinção imediata da comissão, como parece ser o vosso desejo, Por nossa parte, igreja católica, apostólica e romana, organizaremos uma campanha nacional de orações para rogar a deus que providencie o regresso da morte o mais rapidamente possível a fim de poupar a pobre humanidade aos piores horrores, Deus tem autoridade sobre a morte, perguntou um dos otimistas, São as duas caras da mesma moeda, de um lado o rei, do outro a coroa, Sendo assim, talvez tenha sido por ordem de deus que a morte se retirou, A seu tempo conheceremos os motivos desta provação, entretanto vamos pôr os rosários a trabalhar, Nós faremos o mesmo, refiro-me às orações, claro está, não aos rosários, sorriu o protestante, E também vamos fazer sair à rua em todo o país procissões a pedir a morte, da mesma maneira que já as fazíamos ad petendam pluviam, para pedir chuva, traduziu o católico, A tanto não chegaremos nós, essas procissões nunca fizeram parte das manias que cultivamos, tornou a sorrir o protestante. E nós, perguntou um dos filósofos otimistas em um tom que parecia anunciar o seu próximo ingresso nas fileiras contrárias, que vamos fazer a partir de agora, quando parece que todas as portas se fecharam, Para começar, levantar a sessão, respondeu o mais velho, E depois, Continuar a filosofar, já que nascemos para isso, e ainda que seja sobre o vazio, Para quê, Para quê, não sei, Então porquê, Porque a filosofia precisa tanto da morte como as religiões, se filosofamos é por saber que morreremos, monsieur de montaigne já tinha dito que filosofar é aprender a morrer.

Mesmo não sendo filósofos, ao menos no sentido mais

comum do termo, alguns haviam conseguido aprender o caminho. Paradoxalmente, não tanto a aprender a morrer eles próprios, porque ainda não lhes teria chegado o tempo, mas a enganar a morte de outros, ajudando-a. O expediente utilizado, como não tardará a ver-se, foi uma nova manifestação da inesgotável capacidade inventiva da espécie humana. Numa aldeia qualquer, a poucos quilómetros da fronteira com um dos países limítrofes, havia uma família de camponeses pobres que tinha, por mal dos seus pecados, não um parente, mas dois, em estado de vida suspensa ou, como eles preferiam dizer, de morte parada. Um deles era um avô daqueles à antiga usança, um rijo patriarca que a doença havia reduzido a um mísero farrapo, ainda que não lhe tivesse feito perder por completo o uso da fala. O outro era uma criança de poucos meses a quem não tinham tido tempo de ensinar nem a palavra vida nem a palavra morte e a quem a morte real recusava dar-se a conhecer. Não morriam, não estavam vivos, o médico rural que os visitava uma vez por semana dizia que já nada podia fazer por eles nem contra eles, nem sequer injetar-lhes, a um e a outro, uma boa droga letal, daquelas que não há muito tempo teriam sido a solução radical para qualquer problema. Quando muito, talvez pudesse empurrá-los um passo na direção aonde se supunha que a morte se encontraria, mas seria em vão, inútil, porque nesse preciso instante, inalcançável como antes, ela daria um passo atrás e guardaria a distância. A família foi pedir ajuda ao padre, que ouviu, levantou os olhos ao céu e não teve outra palavra para responder senão que todos estamos na mão de deus e que a misericórdia divina é infinita. Pois sim, infinita será, mas não o suficiente para ajudar o nosso pai e avô a morrer em paz nem para salvar um pobre inocentinho que nenhum mal fez ao mundo. Nisto estávamos, nem para a frente, nem para trás, sem remédio nem esperança dele, quando o velho falou, Que se chegue aqui alguém, disse, Quer água, perguntou uma das filhas, Não quero água, quero morrer, Bem sabe que o médico diz que não é possível, pai, lembre--se de que a morte acabou, O médico não entende nada, desde que o mundo começou a ser mundo sempre houve uma hora e um lugar para morrer, Agora não, Agora sim, Sossegue, pai, que lhe sobe a febre, Não tenho febre, e mesmo que a tivesse daria o mesmo, ouve-me com atenção, Estou a ouvir, Aproxima-te mais, antes que se me quebre a voz, Diga. O velho sussurrou algumas palavras ao ouvido da filha. Ela abanava a cabeça, mas ele insistia e insistia. Isso não vai resolver nada, pai, balbuciou ela estupefacta, pálida de espanto, Resolverá, E se não resolver, Não perderemos nada por experimentar, E se não resolver, É simples, trazem-me outra vez para casa, E o menino, O menino vai também, se eu lá ficar, ficará comigo. A filha tentou pensar, lia-se-lhe na cara a confusão, e finalmente perguntou, E por que não os trazemos e enterramos aqui, Imagina o que seria, dois mortos em casa numa terra onde ninguém, por mais que faça, consegue morrer, como o explicarias tu, além disso, tenho as minhas dúvidas de que a morte, tal como estão as cousas, nos deixasse regressar, É uma loucura, pai, Talvez seja, mas não vejo outro meio para sair desta situação, Queremo-lo vivo, e não morto, Mas não no estado em que me vês aqui, um vivo que está morto, um morto que parece vivo, Se é assim que quer, cumpriremos a sua vontade, Dá-me um beijo. A filha beijou-o na testa e saiu a chorar. Dali, lavada em lágrimas, foi anunciar ao resto da família que o pai havia determinado que o levassem nessa mesma noite ao outro lado da fronteira, lá onde, segundo a sua ideia, a morte, ainda em vigor nesse país, não teria mais remédio que aceitá-lo. A notícia foi recebida com um sentimento complexo de orgulho e resignação, orgulho porque não é cousa de todos os dias ver um ancião oferecer-se assim, por seu próprio pé, à morte que lhe foge, resignação porque perdido por um, perdido por cem, que se lhe há de fazer, contra o que tem de ser toda a força sobra. Como está escrito que não se pode ter tudo na vida, o corajoso velho deixará em seu lugar nada mais que uma família pobre e honesta que certamente não se esquecerá de lhe honrar a memória. A família não era só esta filha que saiu a chorar e a criança que não tinha feito mal nenhum ao mundo, era também uma outra filha e o marido respetivo, pais de três meninos felizmente de boa saúde, mais uma tia solteira a quem já se lhe passou há muito a idade de casar. O outro genro, marido da filha que saiu a chorar, está a viver num país distante, emigrou para ganhar a vida e amanhã saberá que perdeu de uma só vez o único filho que tinha e o sogro a quem estimava. É assim a vida, vai dando com uma mão até que chega o dia em que tira tudo com a outra. Que importam pouco a este relato os parentescos de uns tantos camponeses que o mais provável é não voltarem a aparecer nele, melhor que ninguém o sabemos, mas pareceu-nos que não estaria bem, mesmo de um estrito ponto de vista técnico-narrativo, despachar em duas rápidas linhas precisamente aquelas pessoas que irão ser protagonistas de um dos mais dramáticos lances ocorridos nesta, embora certa, inverídica história sobre as intermitências da morte. Aí ficam, pois. Faltou-nos apenas dizer que a tia solteira ainda manifestou uma dúvida, Que dirá a vizinhança, perguntou, quando der por que já não estão aqui aqueles que, sem morrer, à morte estavam. Em geral a tia solteira não fala de uma maneira tão preciosa, tão rebuscada, mas se o fez agora foi para não rebentar em lágrimas, que assim sucederia se tivesse pronunciado o nome do menino que não tinha feito mal nenhum ao mundo e as palavras meu irmão. Respondeu-lhe o pai dos outros três meninos, Dizemos simplesmente o que se passou e esperamos as consequências, pela certa seremos acusados de fazer enterros clandestinos, fora do cemitério e sem conhecimento das autoridades, e ainda por cima noutro país, Oxalá não comecem nenhuma guerra por causa disto, disse a tia.

Era quase meia-noite quando saíram a caminho da fronteira. Como se suspeitasse de que algo de estranho estaria a tramar-se, a aldeia havia tardado mais do que o costume a recolher aos lençóis. Por fim, o silêncio tomou conta das ruas e as luzes das casas foram-se apagando uma a uma. A mula foi atrelada à carroça, depois, com muito esforço, apesar do pouco que pesava, o genro e as duas filhas fizeram descer o avô, tranquilizaram-no quando ele, em voz sumida, perguntou se levavam a pá e a enxada, Levamos, sim, esteja descansado, e logo a mãe da criança subiu, tomou-a ao colo, disse Adeus meu filho que não te torno a ver, e isto não era verdade, porque ela também iria na carroça com a irmã e o cunhado, posto que três não seriam de mais para a tarefa. A tia solteira não quis despedir-se dos viajantes que não regressariam e fechou-se no quarto com os sobrinhos. Como os aros metálicos das rodas da carroça causariam estrépito no empedrado irregular da calçada, com grave risco de fazerem aparecer à janela os moradores curiosos de saber aonde iriam os vizinhos àquela hora, deram um rodeio por caminhos de terra até que chegaram finalmente à estrada, fora da povoação. Não estavam muito longe da fronteira, mas o pior era que a estrada não os levaria lá, em certa altura teriam de a deixar e continuar por atalhos onde a carroça mal caberia, sem falar que o último troço tinha de ser feito a pé, por assim dizer a corta-mato, carregando com o avô sabe deus como. Felizmente o genro conhece bem aquelas paragens porque, além de as ter calcorreado como caçador, também, uma vez por outra, nelas havia exercido de contrabandista amador. Tardaram quase duas horas a chegar ao ponto onde teriam de deixar a carroça, e foi aí que o genro teve a ideia de levarem o avô em cima da mula, fiado na firmeza dos jarretes do animal. Desatrelaram a besta, aliviaram-na dos arreios supérfluos, e, com muito trabalho, trataram de içar o velho. As duas mulheres choravam Ai o meu querido pai, Ai o meu querido pai, e com as lágrimas ia-se-lhes a pouca força que ainda lhes restava. O pobre homem estava meio inconsciente, como se fosse já atravessando o primeiro umbral da morte. Não conseguimos, exclamou com desespero o genro, mas de súbito lembrou-se de que a solução seria montar primeiro ele próprio e puxá-lo depois para a cruz da mula, à sua frente, Levo-o abraçado, não há outra maneira, vocês ajudem daí. A mãe do menino foi à carroça ajeitar a pequena manta que o cobria, não fosse o pobrezinho colher frio, e voltou para ajudar a irmã, À uma, às duas, às três, disseram, mas foi como se nada, agora o corpo pesava que parecia chumbo, não puderam fazer mais que soerguê-lo do chão. Então deu-se uma cousa nunca vista, uma espécie de milagre, um prodígio, uma maravilha. Como se por um instante a lei da gravidade se tivesse suspendido ou passado a exercer-se ao contrário, de baixo para cima, o avô escapou-se suavemente das mãos das filhas e, por si mesmo, levitando, subiu para os braços estendidos do genro. O céu, que desde o princípio da noite havia estado coberto de pesadas nuvens que ameaçavam chuva, abriu-se e deixou aparecer a lua. Já podemos seguir, disse o genro, falando para a mulher, tu conduzes a mula. A mãe do menino abriu um pouco a manta para ver como estava o filho. As pálpebras, cerradas, eram como duas pequenas manchas pálidas, o rosto um desenho confuso. Então ela soltou um grito que varreu todo o espaço ao redor e fez estremecer nas suas covas os bichos do mato, Não, não serei eu quem leve o meu filho ao outro lado, não o trouxe à vida para entregá-lo à morte por minhas próprias mãos, levem o pai, eu fico aqui. A irmã veio para ela e perguntou-lhe, Preferes assistir, um ano atrás de outro, à sua agonia, Tens três filhos com saúde, falas de farta, O teu filho é como se fosse meu, Se é assim, leva-o tu, eu não posso, E eu não devo, seria matá-lo, Qual é a diferença, Não é o mesmo levar à morte e matar, pelo menos neste caso, tu és a mãe desse menino, não eu, Serias capaz de levar um dos teus filhos, ou todos eles, Penso que sim, mas não o poderei jurar, Então a razão tenho-a eu, Se é assim que queres, espera-nos, nós vamos levar o pai. A irmã afastou-se, agarrou a mula pela brida e perguntou, Vamos, o marido respondeu, Vamos, mas devagar, não quero que se me caia. A lua, cheia, brilhava. Em algum lugar, adiante, encontrava-se a fronteira, essa linha que só nos mapas é visível. Como iremos saber que chegámos, perguntou a mulher, O pai o saberá. Ela compreendeu e não fez mais perguntas. Continuaram a andar, ainda cem metros, ainda dez passos, e de súbito o homem disse, Chegámos, Acabou, Sim. Atrás deles uma voz repetiu, Acabou. A mãe do menino amparava pela última vez o filho morto no regaço do seu braço esquerdo, a mão direita segurava ao ombro a pá e a enxada de que os outros se tinham esquecido. Andemos um pouco mais, até àquele freixo, disse o cunhado. Ao longe, numa encosta, distinguiam-se as luzes de uma povoação. Pelo pisar da mula percebia-se que a terra se tornara macia, deveria ser fácil de cavar. Este sítio parece-me bom, disse por fim o homem, a árvore servir-nos-á de sinal para quando viermos trazer-lhes umas flores. A mãe do menino deixou cair a enxada e a pá e, suavemente, deitou o filho no chão. Depois, as duas irmãs, com mil cautelas para que não resvalasse, receberam o corpo do pai e, sem esperarem a ajuda do homem que já descia da mula, foram colocá-lo ao lado do neto. A mãe do menino soluçava, repetia monotonamente, Meu filho, meu pai, e a irmã veio e abraçou-se a ela, chorando também e dizendo, Foi melhor assim, foi melhor assim, a vida destes infelizes já não era vida. Ajoelharam-se ambas no chão a prantear os mortos que tinham vindo a enganar a morte. O homem já manejava a enxada, cavava, retirava com a pá a terra solta, e logo voltava a cavar. Para baixo a terra era mais dura, mais compacta, algo pedregosa, só ao cabo de meia hora de trabalho contínuo a cova ganhou profundidade suficiente. Não havia caixão nem mortalha, os corpos descansariam sobre a terra estreme, somente com as roupas que traziam postas. Unindo as forças, o homem e as duas mulheres, ele dentro da cova, elas fora, uma de cada lado, fizeram descer devagar o corpo do velho, elas sustentando-o pelos braços abertos em cruz, ele amparando-o até que tocou o fundo. As mulheres não paravam de chorar, o homem tinha os olhos secos, mas todo ele tremia, como se estivesse atacado de sezões. Ainda faltava o pior. Entre lágrimas e gemidos, o menino foi descido, arrumado ao lado do avô, mas ali não estava bem, um vultozinho pequeno, insignificante, uma vida sem importância, deixado à parte como se não pertencesse à família. Então o homem curvou-se, tomou a criança do chão, deitou-a de bruços sobre o peito do avô, depois os braços deste foram cruzados sobre o corpinho minúsculo, agora sim, já estão acomodados, preparados para o seu descanso, podemos começar a lançar-lhes a terra para cima, com jeito, pouco a pouco, para que ainda possam olhar-nos por algum tempo mais, para que possam despedir-se de nós, ouçamos o que estão dizendo, adeus minhas filhas, adeus meu genro, adeus meus tios, adeus minha mãe. Quando a cova ficou cheia, o homem calcou e alisou a terra para que não se percebesse, se alguém passasse por ali, que havia gente enterrada. Colocou uma pedra à cabeceira e outra mais pequena aos pés, a seguir espalhou sobre a cova as ervas que havia cortado antes com a enxada, outras plantas, vivas, em poucos dias virão tomar o lugar destas que, murchas, mortas, ressequidas, entrarão no ciclo alimentar da mesma terra de que haviam brotado. O homem mediu a passos largos a distância entre a árvore e a cova, doze foram, depois pôs ao ombro a pá e a enxada, Vamos, disse. A lua desaparecera, o céu estava outra vez coberto. Começou a chover quando acabavam de atrelar a mula à carroça.

Os atores do dramático lance que acaba de ser descrito com desusada minúcia num relato que até agora havia preferido oferecer ao leitor curioso, por assim dizer, uma visão panorâmica dos factos, foram, quando da sua inopinada entrada em cena, socialmente classificados como camponeses pobres. O erro, resultante de uma impressão precipitada do narrador, de um exame que não passou de superficial, deverá, por respeito à verdade, ser imediatamente retificado. Uma família camponesa pobre, das realmente pobres, nunca chegaria a ser proprietária de uma carroça nem teria posses para sustentar um animal de tanto alimento como é a mula. Tratava-se, sim, de uma família de pequenos agricultores, gente remediada na modéstia do meio em que viviam, pessoas com educação e instrução escolar suficiente para poderem manter entre si diálogos não só gramaticalmente corretos, mas também com aquilo a que, à falta de melhor, alguns costumam chamar conteúdo, outros substância, outros, mais terra a terra, miolo. Se assim não fosse, nunca jamais a tia solteira teria sido capaz de pôr de pé aquela tão formosa frase antes comentada, Que dirá a vizinhança quando der por que já não estão aqui aqueles que, sem morrer, à morte estavam. Corrigido a tempo o lapso, posta a verdade no seu lugar, vejamos então o que disse a vizinhança. Apesar das precauções tomadas, alguém vira a carroça e estranhara a saída daqueles três a tais horas. Precisamente foi essa a pergunta que o vizinho vigilante fizera mentalmente, Aonde irão aqueles três a esta hora da noite, repetida na manhã seguinte, com uma pequena mudança, ao genro do velho agricultor, Aonde iam vocês àquela hora da noite. O interpelado respondeu que tinham ido tratar de um assunto, mas o vizinho não se deu por satisfeito, Um assunto à meia-noite, de carroça, com a tua mulher e a tua cunhada, caso raro, disse ele, Será raro, mas foi assim mesmo, E donde vinham vocês quando o céu já começava a clarear, Não é da tua conta, Tens razão, desculpa, realmente não é da minha conta, mas em todo o caso suponho que te posso perguntar como se encontra o teu sogro, Na mesma, E o teu sobrinho pequeno, Também, Ah, estimo as melhoras de ambos, Obrigado, Até logo, Até logo. O vizinho deu uns passos, parou, voltou atrás, Pareceu-me ver que levavam algo na carroça, pareceu-me ver que a tua irmã tinha uma criança ao colo, e, se assim era, então o mais provável é que o vulto deitado que me pareceu ver, coberto com uma manta, fosse o teu sogro, tanto mais, Tanto mais, quê, Tanto mais que no regresso a carroça vinha vazia e a tua irmã não trazia nenhuma criança ao colo, Pelos vistos, não dormes de noite, Tenho o sono leve, acordo com facilidade, Acordaste quando nos fomos, acordaste quando voltámos, a isso se chama coincidência, Assim é, E queres que te diga o que se passou, Se essa for a tua vontade, Vem comigo. Entraram em casa, o vizinho cumprimentou as três mulheres, Não quero incomodar, disse contrafeito, e esperou. Serás a primeira pessoa a saber, disse o genro, e não terás de guardar segredo porque não to vamos pedir, Não digas senão o que realmente queiras dizer, O meu sogro e o meu sobrinho morreram esta noite, levámo-los ao outro lado da fronteira, lá onde a morte continua em atividade, Mataram-nos, exclamou o vizinho, De certa maneira, sim, uma vez que eles não poderiam ter ido por seu pé, de certa maneira, não, porque o fizemos por ordem do meu sogro, quanto ao menino, pobrezinho, esse não tinha querer nem vida para viver, ficaram enterrados ao pé de um freixo, podia dizer-se que abraçados um ao outro. O vizinho levou as mãos à cabeça, E agora, Agora tu vais contá-lo a toda a aldeia, seremos presos e levados à polícia, provavelmente julgados e condenados pelo que não fizemos, Fizeram, sim, Um metro antes da fronteira ainda estavam vivos, um metro depois já estavam mortos, diz-me tu quando foi que os matámos, e como, Se não os tivessem levado, Sim, estariam aqui, esperando a morte que não vinha. Caladas, serenas, as três mulheres olhavam o vizinho. Vou-me embora, disse ele, realmente desconfiava de que algo tinha acontecido, mas nunca pensei que fosse isto, Tenho um pedido a fazer-te, disse o genro, Qual, Que me acompanhes à polícia, assim não terás tu que ir de porta em porta, por aí, a contar às pessoas os horríveis crimes que cometemos, imagine-se, parricídio, infanticídio, santo deus, que monstros vivem nesta casa, Não o contaria dessa maneira, Bem sei, acompanhas-me, Quando, Agora mesmo, o ferro deve bater-se enquanto está quente, Vamos.

Não foram nem condenados nem julgados. Como um rastilho, a notícia correu veloz por todo o país, os meios de comunicação vituperaram os infames, as irmãs assassinas, o genro instrumento do crime, choraram-se lágrimas sobre o ancião e o inocentinho como se eles fossem o avô e o neto que toda a gente desejaria ter tido, pela milésima vez jornais bem pensantes que atuavam como barómetros da moralidade pública apontaram o dedo à imparável degradação dos valores tradicionais da família, fonte, causa e origem de todos os males em sua opinião, e eis senão quando quarenta e oito horas depois começaram a chegar informações sobre práticas idênticas que estavam a ocorrer em todas as regiões fronteiriças. Outras carroças e outras mulas levaram outros corpos inermes, falsas ambulâncias deram voltas e voltas por azinhagas abandonadas para chegarem ao lugar onde deviam descarregá-los, atados no trajeto, em geral, pelos cintos de segurança ou, em algum censurável caso, escondidos nos porta-bagagens e tapados com uma manta, carros de todas as marcas, modelos e preços transportaram a essa nova guilhotina cujo fio, com perdão da comparação libérrima, era a finíssima linha da fronteira, invisível a olho nu, aqueles infelizes a quem a morte, no lado de cá, havia mantido em situação de pena suspensa. Nem todas as famílias que assim procederam poderiam alegar em sua defesa os motivos de algum modo respeitáveis, ainda que obviamente discutíveis, apresentados pelos nossos conhecidos e angustiados agricultores que, muito longe de imaginarem as consequências, haviam dado início ao tráfico. Algumas não quiseram ver no expediente de ir despejar o pai ou o avô em território estrangeiro senão uma maneira limpa e eficaz, radical seria um termo mais exato, de se verem livres dos autênticos pesos mortos que os seus moribundos eram lá em casa. Os meios de comunicação que antes tinham vituperado energicamente as filhas e o genro do velho enterrado com o neto, incluindo depois nessa reprovação a tia solteira, acusada de cumplicidade e conivência, estigmatizavam agora a crueldade e a falta de patriotismo de pessoas aparentemente decentes que nesta circunstância de gravíssima crise nacional tinham deixado cair a máscara hipócrita por trás da qual escondiam o seu verdadeiro carácter. Apertado pelos governos dos três países limítrofes e pela oposição política interna, o chefe do governo condenou a desumana ação, apelou ao respeito pela vida e anunciou que as forças armadas tomariam imediatamente posições ao longo da fronteira para impedir a passagem de qualquer cidadão em estado de diminuição física terminal, quer fosse o intento de sua própria iniciativa, quer determinado por arbitrária decisão de parentes. No fundo, no fundo, mas disto, claro está, não ousou falar o primeiro-ministro, o governo não via com tão maus olhos um êxodo que, em última análise, serviria o interesse do país na medida em que ajudaria a baixar uma pressão demográfica em aumento contínuo desde há três meses, embora ainda longe de atingir níveis realmente inquietantes. Também não disse o chefe do governo que nesse mesmo dia se havia reunido discretamente com o ministro do interior a fim de planear a colocação de vigilantes, ou espias, em todas as localidades do país, cidades, vilas e aldeias, com a missão de comunicarem às autoridades qualquer movimento suspeito de pessoas afins a padecentes em situação de morte suspensa. A decisão de intervir ou não intervir seria ponderada caso por caso, uma vez que não era objetivo do governo travar totalmente este surto migratório de novo tipo, mas sim dar uma satisfação parcial às preocupações dos governos dos países com fronteiras comuns, o suficiente para calarem por um tempo as reclamações. Não estamos aqui para fazer o que eles querem, disse com autoridade o primeiro-ministro, Ainda vão ficar fora do plano os pequenos casarios, as herdades, as casas isoladas, notou o ministro do interior, A esses vamos deixá-los à vontade, que façam o que entenderem, bem sabe, meu caro ministro, por experiência, que é impossível colocar um polícia ao pé de cada pessoa.

Durante duas semanas o plano funcionou mais ou menos na perfeição, mas, a partir daí, uns quantos vigilantes começaram a queixar-se de que estavam a receber ameaças pelo telefone, cominando-os, se queriam viver uma vida tranquila, a fazerem vista grossa ao tráfico clandestino de padecentes terminais, e mesmo a fechar os olhos por completo se não queriam aumentar com o seu próprio corpo a quantidade das pessoas de cuja observação haviam sido encarregados. Não eram palavras vãs, como logo se viu quando as famílias de quatro vigilantes foram avisadas por telefonemas anónimos de que deveriam ir recolhê-los em sítios determinados. Tal como se encontravam, isto é, não mortos, mas também não vivos. Perante a gravidade da situação, o ministro do interior decidiu mostrar o seu poder ao desconhecido inimigo, ordenando, por um lado, que os espias intensificassem a ação investigadora, e, por outro lado, cancelando o sistema de conta-gotas, este sim, este não, que vinha sendo aplicado de acordo com a tática do primeiro-ministro. A resposta foi imediata, outros quatro vigilantes sofreram a triste sorte dos anteriores, mas, neste caso, não houve mais que uma chamada telefónica, dirigida ao próprio ministério do interior, o que poderia ser interpretado como uma provocação, mas igualmente como uma ação determinada pela pura lógica, como quem diz

Nós existimos. A mensagem, porém, não ficou por aqui, trazia anexa uma proposta construtiva, Estabeleçamos um acordo de cavalheiros, disse a voz do outro lado, o ministério manda retirar os vigilantes e nós encarregamo-nos de transportar discretamente os padecentes, Quem são vocês, perguntou o diretor de serviço que atendera a chamada, Apenas um grupo de pessoas amantes da ordem e da disciplina, gente altamente competente na sua especialidade, que detesta confusões e cumpre sempre o que promete, gente honesta, enfim, E esse grupo tem nome, quis saber o funcionário, Há quem nos chame máphia, com ph, Porquê com ph, Para nos distinguirmos da outra, da clássica, O estado não faz acordos com máfias, Em papéis com assinaturas reconhecidas por notário, certamente que não, Nem esses nem outros, Que cargo é o seu, Sou diretor de serviço, Quer dizer, alguém que não conhece nada da vida real, Tenho as minhas responsabilidades, A única que nos interessa neste momento é que faça chegar a proposta a quem de direito, ao ministro, se a ele tem acesso, Não tenho acesso ao senhor ministro, mas esta conversação será imediatamente transmitida à hierarquia, O governo terá quarenta e oito horas para estudar a proposta, nem um minuto mais, mas previna já a sua hierarquia de que haverá novos vigilantes em coma se a resposta não for a que esperamos, Assim farei, Depois de amanhã, a esta mesma hora, voltarei a telefonar para conhecer a decisão, Tomei nota, Foi um prazer falar consigo, Não poderei eu dizer o mesmo, Estou certo de que começará a mudar de opinião quando souber que os vigilantes regressaram sãos e salvos a suas casas, se ainda não se esqueceu das orações da sua infância, vá rezando para que isso aconteça, Compreendo, Sabia que compreenderia, Assim é, Quarenta e oito horas, nem um minuto a mais, Com certeza não serei eu a atendê-lo, Pois eu tenho a certeza de que sim, Porquê, Porque o ministro não quererá falar diretamente comigo, além disso, se as cousas correrem mal será você a carregar com as culpas, lembre-se de que o que propomos é um acordo de cavalheiros, Sim senhor, Boas tardes, Boas tardes. O diretor de serviço retirou a fita magnética do gravador e foi falar com a hierarquia.

Meia hora depois a cassete estava nas mãos do ministro do interior. Este ouviu, tornou a ouvir, ouviu terceira vez, depois perguntou, Esse seu diretor de serviço é pessoa de confiança, Até hoje não tive a menor razão de queixa, respondeu a hierarquia, Também nem a maior, espero, Nem a maior nem a menor, disse a hierarquia, que não tinha percebido a ironia. O ministro retirou a cassete do gravador e pôs-se a desenrolar a fita. Quando terminou, juntou-a num grande cinzeiro de cristal e chegou-lhe a chama do isqueiro. A fita começou a enrugar-se, a encarquilhar-se, e em menos de um minuto estava transformada num enredado enegrecido, quebradiço e informe. Eles também devem ter gravado o diálogo com o diretor de serviço, disse a hierarquia, Não importa, qualquer poderia simular uma conversação ao telefone, para isso bastavam duas vozes e um gravador, o que contava, aqui, era destruir a nossa fita, queimado o original ficaram de antemão queimadas todas as cópias que a partir dele se poderiam vir a fazer, Não necessita que lhe diga que a operadora telefónica conserva os registos, Providenciaremos para que esses desapareçam também, Sim senhor, agora, se me permite, retiro-me, deixo-o a pensar no assunto, Já está pensado, não se vá embora, Realmente não me surpreende, o senhor ministro goza do privilégio de ter um pensamento agilíssimo, O que acaba de dizer seria uma lisonja se não fosse realidade, é verdade, penso com rapidez, Vai aceitar a proposta, Vou fazer uma contraproposta, Temo que eles não a aceitem, os termos em que o emissário falou, além de perentórios, eram mais do que ameaçadores, haverá novos vigilantes em coma se a resposta não vier a ser a que esperamos, estas foram as palavras, Meu caro, a resposta que vamos dar-lhes é precisamente a que esperam, Não compreendo, Meu caro, o seu problema, digo-o sem ânimo de ofender, é não ser capaz de pensar como um ministro, Culpa minha, lamento, Não lamente, se alguma vez o chamarem a servir o país em funções ministeriais perceberá que o cérebro lhe dará uma volta no preciso momento em que se sentar numa cadeira como esta, nem imagina a diferença, Também não ganharia nada em criar fantasias, sou um funcionário, Conhece o ditado antigo, nunca digas desta água não beberei, Agora mesmo tem aí o senhor ministro uma água bastante amarga para beber, disse a hierarquia apontando os restos da fita queimada, Quando se segue uma estratégia bem definida e se conhecem com suficiência os dados da questão, não é difícil traçar uma linha de ação segura, Sou todo ouvidos, senhor ministro, Depois de amanhã, o seu diretor de serviço, uma vez que será ele quem irá responder ao emissário, é ele o negociador por parte do ministério, e ninguém mais, dirá que concordámos em examinar a proposta que nos fizeram, mas imediatamente adiantará que a opinião pública e a oposição ao governo jamais permitiriam que esses milhares de vigilantes fossem retirados da sua missão sem uma explicação aceitável, E está claro que a explicação aceitável não poderia ser que a máphia passou a tomar conta do negócio, Assim é, embora o mesmo pudesse ter sido dito em termos mais escolhidos, Desculpe, senhor ministro, saiu-me sem pensar, Bem, chegados a este ponto, o diretor de serviço apresentará a contraproposta, a que também poderemos chamar sugestão alternativa, isto é, os vigilantes não serão retirados, permanecerão nos lugares onde agora se encontram, mas desativados, Desativados, Sim, creio que a palavra é bastante clara, Sem dúvida, senhor ministro, apenas manifestei a minha surpresa, Não vejo de quê, é a única maneira que temos de não parecer que cedemos à chantagem desse bando de patifes, Ainda que em realidade tenhamos cedido, O importante é que não pareça, que mantenhamos a fachada, o que acontecer por trás dela já não será da nossa responsabilidade, Por exemplo, Imaginemos que intercetamos agora um transporte e prendemos os tipos, não é preciso dizer que esses riscos já estavam incluídos na fatura que os parentes tiveram de pagar, Não haverá fatura nem recibo, a máphia não paga impostos, É uma maneira de falar, o que interessa neste caso é o facto de que todos acabaremos ganhando, nós, que nos tiramos um peso de cima, os vigilantes, que não voltarão a ser lesados na sua integridade física, as famílias, que descansarão sabendo que os seus mortos-vivos se converteram finalmente em vivos-mortos, e a máphia, que cobrará pelo trabalho, Um arranjo perfeito, senhor ministro, Que aliás conta com a fortíssima garantia de que ninguém estará interessado em abrir a boca, Creio que tem razão, Talvez, meu caro, o seu ministro lhe esteja parecendo demasiado cínico, De modo algum, senhor ministro, só admiro a rapidez com que conseguiu pôr tudo isso de pé, tão firme, tão lógico, tão coerente, A experiência, meu caro, a experiência, Vou falar com o diretor de serviço, transmitir-lhe as suas instruções, estou convencido de que dará boa conta do recado, tal como eu tinha dito antes, nunca me deu a menor razão de queixa, Nem a maior, creio, Nem nenhumas destas nem nenhumas daquelas, respondeu a hierarquia, que tinha compreendido enfim a finura do jocoso toque.

Tudo, ou quase tudo, para sermos mais precisos, se passou como o ministro havia previsto. Exatamente à hora marcada, nem um minuto antes, nem um minuto depois, o emissário da associação de delinquentes que a si mesma se denomina máphia telefonou para ouvir o que o ministério tinha para dizer. O diretor de serviço desobrigou-se com nota alta da incumbência que lhe havia sido adjudicada, foi firme e claro, persuasivo na questão fundamental, isto é, os vigilantes permaneceriam nos seus lugares, porém desativados, e teve a satisfação de receber em troca, e logo transmitir à hierarquia, a melhor das respostas possíveis na atual circunstância, a de que a sugestão alternativa do governo iria ser atentamente examinada e de que passadas vinte e quatro horas seria feita outra chamada. Assim sucedeu. Do exame tinha resultado que a proposta do governo poderia ser aceite, mas com uma condição, a de que só deveriam ser desativados os vigilantes que se mantivessem leais ao governo, ou, por outras palavras, aqueles a quem a máphia, simplesmente, não tivesse convencido a colaborar com o novo patrão, isto é, ela própria. Façamos um esforço para entender o ponto de vista dos criminosos. Colocados perante uma complexa operação de longa duração e à escala nacional, e tendo de empregar uma boa parte do seu mais experimentado pessoal nas visitas às famílias que em princípio estariam inclinadas a desfazer-se dos seus entes queridos para louvavelmente os poupar a sofrimentos não só inúteis, como eternos, estava mui claro que lhes conviria, na medida do possível, e utilizando para tal as suas armas preferidas, corrupção, suborno, intimidação, aproveitar os serviços da gigantesca rede de informadores já montada pelo governo. Foi contra esta pedra de súbito atirada ao meio do caminho que a estratégia do ministro do interior esbarrou com grave dano para a dignidade do estado e do governo. Entalado entre a espada e a parede, entre sila e caribdes, entre a cruz e a caldeirinha, correu a consultar o primeiro-ministro sobre o inesperado nó górdio surgido. O pior de tudo era que as cousas haviam ido demasiado longe para que se pudesse agora voltar atrás. O chefe do governo, apesar de mais experiente que o ministro do interior, não encontrou melhor saída para a dificuldade que propor uma nova negociação, agora com o estabelecimento de uma espécie de numerus clausus, qualquer cousa como o máximo de vinte e cinco por cento do número total de vigilantes em atividade que passariam a trabalhar para a outra parte. Mais uma vez viria a caber ao diretor de serviço transmitir a um interlocutor já impaciente a plataforma conciliatória com a qual, forçados pela sua própria ansiedade a acalentar esperanças, o chefe do governo e o ministro do interior acreditavam que o acordo viria a ser finalmente homologado. Sem assinaturas, uma vez que se tratava de um acordo de cavalheiros, desses em que é suficiente o simples empenho da palavra, prescindindo, como nos explica o dicionário, de formalidades legais. Era não fazer a menor ideia do retorcido e maligno que é o espírito dos maphiosos. Em primeiro lugar, não marcaram um prazo para a resposta, deixando sobre áscuas o pobre do ministro do interior, já resignado a entregar a sua carta de demissão. Em segundo lugar, quando ao cabo de vários dias lhes ocorreu que deviam telefonar foi somente para dizer que ainda não haviam chegado a nenhuma conclusão sobre se a plataforma seria toleravelmente conciliatória para eles, e, de passagem, assim como quem não quer a cousa, aproveitaram a ocasião para informar que não tinham qualquer responsabilidade no facto lamentável de no dia anterior terem sido encontrados em péssimo estado de saúde mais quatro vigilantes. Em terceiro lugar, graças a que toda a espera tem seu fim, feliz ou infeliz ele seja, a resposta que acabou por ser comunicada ao governo pela direção nacional maphiosa, via diretor de serviço e hierarquia, dividia-se em dois pontos, a saber, ponto a, o numerus clausus não seria de vinte e cinco por cento, mas de trinta e cinco, ponto b, sempre que o considerasse conveniente para os seus interesses, e sem necessidade de prévia consulta às autoridades e menos ainda consentimento, a organização exigia que lhe fosse reconhecido o direito de transferir vigilantes ao seu próprio serviço para lugares onde se encontrassem vigilantes desativados, sendo escusado dizer que aqueles iriam ocupar os lugares destes. Era pegar ou largar. Vê alguma maneira de fugir a esta disjuntiva, perguntou o chefe do governo ao ministro do interior, Não creio sequer que ela exista, senhor, se recusarmos, calculo que iremos ter quatro vigilantes inutilizados para o serviço e para a vida em cada dia que passe, se aceitarmos, ficaremos nas mãos dessa gente deus sabe por quanto tempo, Para sempre, ou ao menos enquanto houver famílias que se queiram ver livres a qualquer preço dos empecilhos que têm lá em casa, Isso acaba de dar-me uma ideia, Não sei se deva alegrar-me, Tenho feito o melhor que posso, senhor primeiro-ministro, se me tornei num empecilho de outro tipo só tem que dizer uma palavra, Adiante, não seja tão suscetível, que ideia é essa, Creio, senhor primeiro-ministro, que nos encontramos perante um claríssimo exemplo de oferta e procura, E isso a que propósito vem, estamos a falar de pessoas que neste momento só têm uma maneira de morrer, Tal como na dúvida clássica de saber o que apareceu primeiro, se o ovo, se a galinha, também nem sempre é possível distinguir se foi a procura que precedeu a oferta ou se, pelo contrário, foi a oferta que pôs em movimento a procura, Estou a ver que não seria de má política tirá-lo da pasta do interior e passá-lo para a economia, Não são assim tão diferentes, senhor primeiro-ministro, da mesma maneira que no interior existe uma economia, existe também na economia um interior, são vasos comunicantes, por assim dizer, Não divague, diga-me qual é a ideia, Se àquela primeira família não lhe tivesse ocorrido que a solução do problema podia estar à sua espera no outro lado da fronteira, talvez a situação em que hoje nos encontramos fosse diferente, se muitas famílias não lhe tivessem seguido o exemplo depois, a máphia não teria aparecido a querer explorar um negócio que simplesmente não existiria, Teoricamente assim é, ainda que, como sabemos, eles sejam capacíssimos de espremer de uma pedra a água que lá não está e depois vendê-la mais cara, de um modo ou outro continuo sem ver que ideia é essa sua, É simples, senhor primeiro-ministro, Oxalá o seja, Em poucas palavras, estancar o caudal da oferta, E isso como se conseguiria, Convencendo as famílias, em nome dos mais sagrados princípios de humanidade, de amor ao próximo e de solidariedade, a ficar com os seus enfermos terminais em casa, E como crê que poderá produzir esse milagre, Estou a pensar numa grande campanha de publicidade em todos os meios de difusão, imprensa, televisão e rádio, incluindo desfiles de rua, sessões de esclarecimento, distribuição de panfletos e autocolantes, teatro de rua e de sala, cinema, sobretudo dramas sentimentais e desenhos animados, uma campanha capaz de emocionar até às lágrimas, uma campanha que leve ao arrependimento os parentes desencaminhados dos seus deveres e obrigações, que torne as pessoas solidárias, abnegadas, compassivas, estou convencido de que em pouquíssimo tempo as famílias pecadoras se tornariam conscientes da imperdoável crueza do seu atual comportamento e regressariam aos valores transcendentes que ainda não há muito tempo eram os seus mais sólidos alicerces, As minhas dúvidas aumentam a cada minuto, agora pergunto-me se não deveria antes entregar-lhe a pasta da cultura, ou a dos cultos, para a qual também lhe encontro certa vocação, Ou então, senhor primeiro-ministro, reunir as três pastas no mesmo ministério, E já agora também a de economia, Sim, por aquilo dos vasos comunicantes, Para o que não serviria, meu caro, seria para a propaganda, essa ideia de uma campanha de publicidade que fizesse regressar as famílias ao redil das almas sensíveis é um perfeito disparate, Porquê, senhor primeiro-ministro, Porque, em realidade, campanhas desse tipo só aproveitam a quem cobrou por elas, Temos feito muitas, Sim, com os resultados que se conhecem, além disso, para tornar à questão que nos deve ocupar, ainda que a sua campanha viesse a dar resultado, não seria nem para hoje nem para amanhã, e eu tenho de tomar uma decisão agora mesmo, Aguardo as suas ordens, senhor primeiro-ministro.

O chefe do governo sorriu com desalento, Tudo isto é ridículo, absurdo, disse, sabemos muito bem que não temos por onde escolher e que as propostas que fizemos só serviram para agravar a situação, Sendo assim, Sendo assim, e se não queremos carregar a consciência com quatro vigilantes por dia empurrados à cacetada para o portão de entrada da morte, não nos resta outro caminho que não seja aceitar as condições que nos propuseram, Podíamos desencadear uma operação policial relâmpago, uma captura fulminante, meter na cadeia umas quantas dezenas de maphiosos, talvez conseguíssemos fazê-los recuar, A única maneira de liquidar o dragão é cortar-lhe a cabeça, aparar-lhe as unhas não serve de nada, Para algo serviria, Quatro vigilantes por dia, recorde, senhor ministro do interior, quatro vigilantes por dia, melhor é reconhecer que nos encontramos atados de pés e mãos, A oposição vai atacar-nos com a maior violência, acusar-nos-ão de ter vendido o país à máphia, Não dirão país, dirão pátria, Pior ainda, Esperemos que a igreja nos queira dar uma ajuda, imagino que deverão ser recetivos ao argumento de que, além de lhe fornecermos uns quantos mortos úteis, foi para salvar vidas que tomámos esta decisão, Já não se pode dizer salvar vidas, senhor primeiro-ministro, isso era antes, Tem razão, vai ser preciso inventar outra expressão. Houve um silêncio. Depois o chefe do governo disse, Acabemos com isto, dê as necessárias instruções ao seu diretor de serviço e comece a trabalhar no plano de desativação, também precisamos de saber quais são as ideias da máphia sobre a distribuição territorial dos vinte e cinco por cento de vigilantes que constituirão o numerus clausus, Trinta e cinco por cento, senhor primeiro--ministro, Não lhe agradeço que me tenha recordado que a nossa derrota ainda foi maior do que aquela que desde o princípio já parecia inevitável, É um dia triste, As famílias dos quatro seguintes vigilantes, se soubessem o que se está a passar aqui, não lhe chamariam assim, E pensarmos nós que esses quatro vigilantes poderão estar amanhã a trabalhar para a máphia, Assim é a vida, meu caro titular do ministério dos vasos comunicantes, Do interior, senhor primeiro-ministro, do interior, Esse é o depósito central.

Poder-se-ia pensar que, após tantas e tão vergonhosas cedências como haviam sido as do governo durante o sobe e desce das transações com a máphia, indo ao extremo de consentir que humildes e honestos funcionários públicos passassem a trabalhar a tempo inteiro para a organização criminosa, poder-se-ia pensar, dizíamos, que já não seriam possíveis maiores baixezas morais. Infelizmente, quando se avança às cegas pelos pantanosos terrenos da realpolitik, quando o pragmatismo toma conta da batuta e dirige o concerto sem atender ao que está escrito na pauta, o mais certo é que a lógica imperativa do aviltamento venha a demonstrar, afinal, que ainda havia uns quantos degraus para descer. Através do ministério competente, o da defesa, chamado da guerra em tempos mais sinceros, foram despachadas instruções para que as forças do exército que haviam sido colocadas ao longo da fronteira se limitassem a vigiar as estradas principais, em especial aquelas que dessem saída para os países vizinhos, deixando entregues à sua bucólica paz as de segunda e terceira categoria, e também, por maioria de razões, a miúda rede dos caminhos vicinais, das veredas, das azinhagas, dos carreiros e dos atalhos. Como não podia deixar de ser, isto significou o regresso a quartéis da maior parte dessas forças, o que, se é verdade ter dado um alegrão à tropa rasa, incluindo cabos e furriéis, fartos, todos eles, de sentinelas e rondas diurnas e noturnas, veio causar, muito pelo contrário, um declarado descontentamento na classe de sargentos, pelos vistos mais conscientes que o restante pessoal da importância dos valores de honra militar e de serviço à pátria. No entanto, se o movimento capilar desse desgosto pôde ascender até aos alferes, se depois perdeu um tanto do seu ímpeto à altura dos tenentes, o certo é que tornou a ganhar força, e muita, quando alcançou o nível dos capitães. Claro que nenhum deles se atreveria a pronunciar em voz alta a perigosa palavra máphia, mas, quando debatiam uns com os outros, não podiam evitar a lembrança de como nos dias anteriores à desmobilização tinham sido intercetadas numerosas furgonetas que transportavam enfermos terminais, as quais levavam ao lado do condutor um vigilante oficialmente credenciado que, antes mesmo que lho pedissem, exibia, com todos os necessários timbres, assinaturas e carimbos apostos, um papel em que, por motivo de interesse nacional, expressamente se autorizava a deslocação do padecente fulano de tal a destino não especificado, mais se determinando que as forças militares deveriam considerar-se obrigadas a prestar toda a colaboração que lhes fosse solicitada, com vista a garantir aos ocupantes de cada furgoneta a perfeita efetividade da operação de traslado. Nada disto poderia suscitar dúvidas no espírito dos dignos sargentos se, pelo menos em sete casos, não se tivesse dado a estranha casualidade de o vigilante haver piscado um olho ao soldado no preciso momento em que lhe passava o documento para verificação. Considerando a dispersão geográfica dos lugares em que estes episódios da vida de campanha tinham ocorrido, foi imediatamente posta de parte a hipótese de se tratar de um gesto, digamo-lo assim, equívoco, algo que tivesse que ver com os manejos da mais primária sedução entre pessoas do mesmo sexo ou de sexos diferentes, para o caso tanto fazia. O nervosismo de que os vigilantes deram então claras mostras, uns mais do que outros, é certo, mas todos de tal maneira que mais pareciam estar a deitar uma garrafa ao mar com um papel lá dentro a pedir socorro, foi o que levou a perspicaz corporação dos sargentos a pensar que nas furgonetas iria escondido aquele sobre todos famoso gato que sempre arranja modo de deixar a ponta do rabo de fora quando quer que o descubram. Viera depois a inexplicável ordem de regresso aos quartéis, logo uns zunzuns aqui e além, nascidos não se sabe como nem onde, mas que alguns alvissareiros, em confidência, insinuavam poder ser o próprio ministério do interior. Os jornais da oposição fizeram-se eco do mau ambiente que estaria a respirar-se nos quartéis, os jornais afetos ao governo negaram veementemente que tais miasmas estivessem a envenenar o espírito de corpo das forças armadas, mas o certo é que os rumores de que um golpe militar estaria em preparação, embora ninguém soubesse explicar porquê e para quê, cresceram por toda a parte e fizeram com que, de momento, tivesse passado a um segundo plano de interesse público o problema dos enfermos que não morriam. Não que ele estivesse esquecido, como o provava uma frase então posta a circular e muito repetida pelos frequentadores dos cafés, Ao menos, dizia-se, mesmo que venha a haver um golpe militar, de uma cousa poderemos estar certos, por mais tiros que derem uns nos outros não conseguirão matar ninguém. Esperava-se a todo o momento um dramático apelo do rei à concórdia nacional, uma comunicação do governo anunciando um pacote de medidas urgentes, uma declaração dos altos comandos do exército e da aviação, porque, não havendo mar, marinha também não havia, protestando fidelidade absoluta aos poderes legitimamente constituídos, um manifesto dos escritores, uma tomada de posição dos artistas, um concerto solidário, uma exposição de cartazes revolucionários, uma greve geral promovida em conjunto pelas duas centrais sindicais, uma pastoral dos bispos chamando à oração e ao jejum, uma procissão de penitentes, uma distribuição maciça de panfletos amarelos, azuis, verdes, vermelhos, brancos, chegou mesmo a falar-se em convocar uma gigantesca manifestação na qual participassem os milhares de pessoas de todas as idades e condições que se encontravam em estado de morte suspensa, desfilando pelas principais avenidas da capital em macas, carrinhos de mão, ambulâncias ou às costas dos filhos mais robustos, com uma faixa enorme à frente do cortejo, que diria, sacrificando nada menos que quatro vírgulas à eficácia do dístico, Nós que tristes aqui vamos, a vós todos felizes esperamos. Afinal, nada disto veio a ser necessário. É verdade que as suspeitas de um envolvimento direto da máphia no transporte de doentes não se dissiparam, é verdade que viriam mesmo a reforçar--se à luz de alguns dos sucessos subsequentes, mas uma só hora iria bastar para que a súbita ameaça do inimigo externo sossegasse as disposições fratricidas e reunisse os três estados, clero, nobreza e povo, ainda vigentes no país apesar do progresso das ideias, à volta do seu rei e, se bem que com certas justificadas reticências, do seu governo. O caso, como quase sempre, conta-se em breves palavras.

Irritados pela contínua invasão dos seus territórios por comandos de enterradores, maphiosos ou espontâneos, vindos daquela terra aberrante em que ninguém morria, e depois de não poucos protestos diplomáticos que de nada serviram, os governos dos três países limítrofes resolveram, numa ação concertada, fazer avançar as suas tropas e guarnecer as fronteiras, com ordem taxativa de dispararem ao terceiro aviso. Vem a propósito referir que a morte de uns quantos maphiosos abatidos praticamente à queima--roupa depois de terem atravessado a linha de separação, sendo o que costumamos chamar os ossos do ofício, foi imediato pretexto para que a organização subisse os preços da sua tabela de prestação de serviços na rubrica de segurança pessoal e riscos operativos. Mencionado este elucidativo pormenor sobre o funcionamento da administração maphiosa, passemos ao que importa. Uma vez mais, rodeando numa manobra tática impecável as hesitações do governo e as dúvidas dos altos comandos das forças armadas, os sargentos retomaram a iniciativa e foram, à vista de toda a gente, os promotores, e em consequência também os heróis, do movimento popular de protesto que saiu de casa para exigir, em massa nas praças, nas avenidas e nas ruas, o regresso imediato das tropas à frente de batalha. Indiferentes, impassíveis perante os gravíssimos problemas com que a pátria de aquém se debatia, a braços com a sua quádrupla crise, demográfica, social, política e económica, os países de além tinham finalmente deixado cair a máscara e mostravam-se à luz do dia com o seu verdadeiro rosto, o de duros conquistadores e implacáveis imperialistas. O que eles têm é inveja de nós, dizia-se nas lojas e nos lares, ouvia-se na rádio e na televisão, lia-se nos jornais, o que eles têm é inveja de que na nossa pátria não se morra, por isso nos querem invadir e ocupar o território para não morrerem também. Em dois dias, a marchas forçadas e de bandeiras ao vento, cantando canções patrióticas como a marselhesa, o ça ira, a maria da fonte, o hino da carta, o não verás país nenhum, a bandiera rossa, a portuguesa, o god save the king, a internacional, o deutschland über alles, o chant du marais, as stars and stripes, os soldados voltaram aos postos de onde tinham vindo, e aí, armados até aos dentes, aguardaram a pé firme o ataque e a glória. Não houve. Nem a glória, nem o ataque. Pouco de conquistas e ainda menos de impérios, o que os ditos países limítrofes pretendiam era tão-somente que não lhes fossem lá enterrar sem autorização esta nova espécie de imigrantes forçados, e, ainda se lá fossem só para enterrar, vá que não vá, mas iam igualmente para matar, assassinar, eliminar, apagar, porquanto era naquele exato e fatídico momento em que, de pés para a frente para que a cabeça pudesse dar-se conta do que estava a passar-se com o resto do corpo, atravessavam a fronteira, que os infelizes se finavam, soltavam o último suspiro. Postos estão frente a frente os dois valerosos campos, mas também desta vez o sangue não irá chegar ao rio. E olhem que não foi por vontade dos soldados do lado de cá, porque esses tinham a certeza de que não morreriam mesmo que uma rajada de metralhadora os cortasse ao meio. Ainda que por mais do que legítima curiosidade científica devamos perguntar-nos como poderiam sobreviver as duas partes separadas naqueles casos em que o estômago ficasse para um lado e os intestinos para outro. Seja como for, só a um perfeito louco varrido lhe ocorreria a ideia de dar o primeiro tiro. E esse, a deus graças, não chegou a ser disparado. Nem sequer a circunstância de alguns soldados do outro lado terem decidido desertar para o eldorado em que não se morre teve outra consequência que serem devolvidos imediatamente à origem, onde já um conselho de guerra estava à sua espera. O facto que acabámos de referir é de todo irrelevante para o decurso da trabalhosa história que vimos narrando e dele não voltaremos a falar, mas, ainda assim, não quisemos deixá-lo entregue à escuridão do tinteiro. O mais provável é que o conselho de guerra resolva a priori não tomar em conta nas suas deliberações o ingénuo anseio de vida eterna que desde sempre habita no coração humano, Aonde é que isto iria parar se todos passássemos a viver eternamente, sim, aonde é que isto iria parar, perguntará a acusação usando de um golpe da mais baixa retórica, e a defesa, escusado será o aditamento, não teve espírito para encontrar uma resposta à altura da ocasião, ela também não tinha nenhuma ideia de aonde iria parar. Espera-se que, ao menos, não venham a fuzilar os pobres diabos. Então seria caso para dizer que haviam ido por lã e de lá vieram prontos para a tosquia.

Mudemos de assunto. Falando das desconfianças dos sargentos e dos seus aliados alferes e capitães sobre uma responsabilidade direta da máphia no transporte dos padecentes para a fronteira, havíamos adiantado que essas desconfianças se viram reforçadas por uns quantos subsequentes sucessos. É o momento de revelar quais eles foram e como se desenrolaram. A exemplo do que havia feito a família de pequenos agricultores iniciadora do processo, o que a máphia tem feito é simplesmente atravessar a fronteira e enterrar os mortos, cobrando por isto um dinheirame. Com outra diferença, a de que o faz sem atender à beleza dos sítios e sem se preocupar em apontar no canhenho da operação as referências topográficas e orográficas que no futuro pudessem auxiliar os familiares chorosos e arrependidos da sua malfetria a encontrar a sepultura e pedir perdão ao morto. Ora, não será preciso ser-se dotado de uma cabeça especialmente estratégica para compreender que os exércitos alinhados no outro lado das três fronteiras tinham passado a constituir um sério obstáculo a uma prática sepulcrária que decorrera até aí na mais perfeita das seguranças. Não seria a máphia o que é, se não tivesse encontrado a solução do problema. É realmente uma lástima, permita-se-nos o comentário à margem, que tão brilhantes inteligências como as que dirigem estas organizações criminosas se tenham afastado dos retos caminhos do acatamento à lei e desobedecido ao sábio preceito bíblico que mandava que ganhássemos o pão com o suor do nosso rosto, mas os factos são os factos, e ainda que repetindo a palavra magoada do adamastor, oh, que não sei de nojo como o conte, deixaremos aqui a compungida notícia do ardil de que a máphia se serviu para obviar a uma dificuldade para a qual, segundo todas as aparências, não se via nenhuma saída. Antes de prosseguirmos convirá esclarecer que o termo nojo, posto pelo épico na boca do infeliz gigante, significava então, e só, tristeza profunda, pena, desgosto, mas, de há tempos a esta parte, o vulgar da gente considerou, e muito bem, que se estava a perder ali uma estupenda palavra para expressar sentimentos como sejam a repulsa, a repugnância, o asco, os quais, como qualquer pessoa reconhecerá, nada têm que ver com os enunciados acima. Com as palavras todo o cuidado é pouco, mudam de opinião como as pessoas. Claro que o do ardil não foi encher, atar e pôr ao fumeiro, o assunto teve de dar as suas voltas, meteu emissários com bigodes postiços e chapéus de aba derrubada, telegramas cifrados, diálogos através de linhas secretas, por telefone vermelho, encontros em encruzilhadas à meia-noite, bilhetes debaixo da pedra, tudo o de que mais ou de menos já nos havíamos apercebido nas outras negociações, aquelas em que, por assim dizer, se jogaram os vigilantes aos dados. E também não se pode pensar que se tratou, como no outro caso, de transações simplesmente bilaterais. Além da máphia deste país em que não se morre, participaram igualmente nas conversações as máphias dos países limítrofes, pois essa era a única maneira de resguardar a independência de cada organização criminosa no quadro nacional em que operava e do seu respetivo governo. Não teria qualquer aceitação, seria mesmo absolutamente repreensível, que a máphia de um desses países se pusesse a negociar em direto com a administração de outro país. Apesar de tudo, as cousas ainda não chegaram a esse ponto, tem-no impedido até agora, como um último pudor, o sacrossanto princípio da soberania nacional, tão importante para as máphias como para os governos, o que, sendo mais ou menos óbvio no que a estes respeita, seria bastante duvidoso em relação àquelas associações criminosas se não tivéssemos presente com que ciumenta brutalidade costumam elas defender os seus territórios das ambições hegemónicas dos seus colegas de ofício. Coordenar tudo isto, conciliar o geral com o particular, equilibrar os interesses de uns com os interesses dos outros, não foi tarefa fácil, o que explica que durante duas longas e aborrecidas semanas de espera os soldados tivessem passado o tempo a insultar-se pelos altifalantes, tendo em todo o caso o cuida-

do de não ultrapassar certos limites, de não exagerar no tom, não fosse a ofensa subir à cabeça de algum tenente-
-coronel suscetível e arder troia. O que mais contribuiu para complicar e demorar as negociações foi o facto de nenhuma das máphias dos outros países dispor de vigilantes para fazer com eles o que entendesse, faltando-lhes, consequentemente, o irresistível meio de pressão que tão bons resultados havia dado aqui. Embora este lado obscuro das negociações não tenha chegado a transpirar, a não ser pelos zunzuns de sempre, existem fortes presunções de que os comandos intermédios dos exércitos dos países limítrofes, com o indulgente beneplácito do ramo superior da hierarquia, se tenham deixado convencer, só deus sabe a que preço, pela argumentação dos porta-vozes das máphias locais, no sentido de fechar os olhos às indispensáveis manobras de ir e vir, de avançar e recuar, em que a solução do problema afinal consistia. Qualquer criança teria sido capaz da ideia, mas, para a tornar efetiva, era necessário que, chegada à idade a que chamamos da razão, tivesse ido bater à porta da secção de recrutamento da máphia para dizer, Trouxe-me a vocação, cumpra-se em mim a vossa vontade.

Os amantes da concisão, do modo lacónico, da economia de linguagem, decerto se estarão perguntando porquê, sendo a ideia assim tão simples, foi preciso todo este arrazoado para chegarmos enfim ao ponto crítico. A resposta também é simples, e vamos dá-la utilizando um termo atual, moderníssimo, com o qual gostaríamos de ver compensados os arcaísmos com que, na provável opinião de alguns, hemos salpicado de mofo este relato, Por mor do background. Dizendo background, toda a gente sabe do que se trata, mas não nos faltariam dúvidas se, em vez de background, tivéssemos chochamente dito plano de fundo, esse aborrecível arcaísmo, ainda por cima pouco fiel à verdade, dado que o background não é apenas o plano de fundo, é toda a inumerável quantidade de planos que obviamente existem entre o sujeito observado e a linha do horizonte. Melhor será então que lhe chamemos enquadramento da questão. Exatamente, enquadramento da questão, e agora que finalmente a temos bem enquadrada, agora sim, chegou a altura de revelar em que consistiu o ardil da máphia para obviar qualquer hipótese de um conflito bélico que só iria servir para prejudicar os seus interesses. Uma criança, já o havíamos dito antes, poderia ter tido a ideia. A qual não era senão isto, passar para o outro lado da fronteira o padecente e, uma vez falecido ele, voltar para trás e enterrá-lo no materno seio da sua terra de origem. Um xeque-mate perfeito no mais rigoroso, exato e preciso sentido da expressão. Como se acaba de ver, o problema ficava resolvido sem desdouro para qualquer das partes implicadas, os quatro exércitos, já sem motivo para se manterem em pé de guerra na fronteira, podiam retirar-se à boa paz, uma vez que o que a máphia se propunha fazer era simplesmente entrar e sair, lembremos uma vez mais que os padecentes perdiam a vida no mesmo instante em que os transportavam ao outro lado, a partir de agora não precisarão de lá ficar nem um minuto, é só aquele tempo de morrer, e esse, se sempre foi de todos o mais breve, um suspiro, e já está, pode-se imaginar bem o que passou a ser neste caso, uma vela que de repente se apaga sem ser preciso soprar-lhe. Nunca a mais suave das eutanásias poderá vir a ser tão fácil e tão doce. O mais interessante da nova situação criada é que a justiça do país em que não se morre se encontra desprovida de fundamentos para atuar judicialmente contra os enterradores, supondo que o quisesse de facto, e não só por se encontrar condicionada pelo acordo de cavalheiros que o governo teve de armar com a máphia. Não os pode acusar de homicídio porque, tecnicamente falando, homicídio não há em realidade, e porque o censurável ato, classifique-o melhor quem disso for capaz, se comete em países estrangeiros, nem tão-pouco os pode incriminar por haver enterrado mortos, uma vez que o destino deles é esse mesmo, e já é para agradecer que alguém tenha decidido encarregar-se de um trabalho a todos os títulos penoso, tanto do ponto de vista físico como do ponto de vista anímico. Quando muito, poderia alegar que nenhum médico esteve presente para certificar o óbito, que o enterramento não cumpriu as formas prescritas para uma correta inumação e que, como se tal caso fosse inédito, a sepultura não só não está identificada como com toda a certeza se lhe perderá o sítio quando cair a primeira bátega forte e as plantas romperem tenras e alegres do húmus criador. Consideradas as dificuldades e receando tombar no tremedal de recursos em que, curtidos na tramoia, os astutos advogados da máphia a afundariam sem dó nem piedade, a lei resolveu esperar com paciência a ver em que parariam as modas. Era, sem sombra de dúvida, a atitude mais prudente. O país encontra-se agitado como nunca, o poder confuso, a autoridade diluída, os valores em acelerado processo de inversão, a perda do sentido de respeito cívico alastra a todos os setores da sociedade, provavelmente nem deus saberá aonde nos leva. Corre o rumor de que a máphia está a negociar um outro acordo de cavalheiros com a indústria funerária com vista a uma racionalização de esforços e a uma distribuição de tarefas, o que significa, em linguagem de trazer por casa, que ela se encarrega de fornecer os mortos, contribuindo as agências funerárias com os meios e a técnica para enterrá-los. Também se diz que a proposta da máphia foi acolhida de braços abertos pelas agências, já cansadas de malgastar o seu saber de milénios, a sua experiência, o seu know-how, os seus coros de carpideiras, a fazer funerais a cães, gatos e canários, alguma vez uma catatua, uma tartaruga catatónica, um esquilo domesticado, um lagarto de estimação que o dono tinha o costume de levar ao ombro. Nunca caímos tão baixo, diziam. Agora o futuro apresentava-se forte e risonho, as esperanças floresciam como canteiros de jardim, podendo até dizer-se, arriscando o óbvio paradoxo, que para a indústria dos enterros havia despontado finalmente uma nova vida. E tudo isto graças aos bons préstimos e à inesgotável caixa-forte da máphia. Ela subsidiou as agências da capital e de outras cidades do país para que instalassem filiais, a troco de compensações, claro está, nas localidades mais próximas das fronteiras, ela tomou providências para que houvesse sempre um médico à espera do falecido quando ele reentrasse no território e precisasse de alguém para dizer que estava morto, ela estabeleceu convénios com as administrações municipais para que os enterros a seu cargo tivessem prioridade absoluta, fosse qual fosse a hora do dia ou da noite em que lhe conviesse fazê-los. Tudo isto custava muito dinheiro, naturalmente, mas o negócio continuava a valer a pena, agora que os adicionais e os serviços extras tinham passado a constituir o grosso da fatura. De repente, sem avisar, fechou-se a torneira donde havia estado brotando, constante, o generoso manancial de padecentes terminais. Parecia que as famílias, por um rebate de consciência, tinham passado palavra umas às outras, que se acabou isso de mandar os entes queridos a morrer longe, se, em sentido figurado, lhes tínhamos comido a carne, também agora os ossos lhes haveremos de comer, que não estávamos aqui só para as horas boas, quando ele ou ela tinham a força e a saúde intactas, estamos igualmente para as horas más e para as horas péssimas, quando ela ou ele não são mais que um trapo fedorento que é inútil lavar. As agências funerárias transitaram da euforia ao desespero, outra vez a ruína, outra vez a humilhação de enterrar canários e gatos, cães e a restante bicharada, a tartaruga, a catatua, o esquilo, o lagarto não, porque não existia outro que se deixasse levar ao ombro do dono. Tranquila, sem perder os nervos, a máphia foi ver o que se passava. Era simples. Disseram-lhe as famílias, quase sempre em meias palavras, dando só a entender, que uma cousa tinha sido o tempo da clandestinidade, quando os entes queridos eram levados a ocultas, pela calada da noite, e os vizinhos não tinham precisão nenhuma de saber se permaneciam no seu leito de dor, ou se se tinham evaporado. Era fácil mentir, dizer compungidamente, Coitadinho, lá está, quando a vizinha perguntasse no patamar da escada, E então como vai o avozinho. Agora tudo seria diferente, haveria uma certidão de óbito, haveria chapas com nomes e apelidos nos cemitérios, em poucas horas a invejosa e maledicente vizinhança saberia que o avozinho tinha morrido da única maneira que se podia morrer, e que isso significava, simplesmente, que a própria cruel e ingrata família o havia despachado para a fronteira. Dá-nos muita vergonha, confessaram. A máphia ouviu, ouviu, e disse que ia pensar. Não tardou vinte e quatro horas. Seguindo o exemplo do ancião da página quarenta e três, os mortos tinham querido morrer, portanto seriam registados como suicidas na certidão de óbito. A torneira tornou a abrir-se.

Nem tudo foi tão sórdido neste país em que não se morre como o que acabou de ser relatado, nem em todas as parcelas de uma sociedade dividida entre a esperança de viver sempre e o temor de não morrer nunca conseguiu a voraz máphia cravar as suas garras aduncas, corrompendo almas, submetendo corpos, emporcalhando o pouco que ainda restava dos bons princípios de antanho, quando um sobrescrito que trouxesse dentro algo que cheirasse a suborno era no mesmo instante devolvido à procedência, levando uma resposta firme e clara, algo assim como, Compre brinquedos para os seus filhos com esse dinheiro, ou, Deve ter-se equivocado no destinatário. A dignidade era então uma forma de altivez ao alcance de todas as classes. Apesar de tudo, apesar dos falsos suicidas e dos sujos negócios da fronteira, o espírito de aqui continuava a pairar sobre as águas, não as do mar oceano, que esse banhava outras terras longe, mas sobre os lagos e os rios, sobre as ribeiras e os regatos, nos charcos que a chuva deixava ao passar, no luminoso fundo dos poços, que é onde melhor se percebe a altura a que está o céu, e, por mais extraordinário que pareça, também sobre a superfície tranquila dos aquários. Precisamente, foi quando, distraído, olhava o peixinho vermelho que viera boquejar à tona de água e quando se perguntava, já menos distraído, desde há quanto tempo é que não a renovava, bem sabia o que queria dizer o peixe quando uma vez e outra subia a romper a delgadíssima película em que a água se confunde com o ar, foi precisamente nesse momento revelador que ao aprendiz de filósofo se lhe apresentou, nítida e nua, a questão que iria dar origem à mais apaixonante e acesa polémica que se conhece de toda a história deste país em que não se morre. Eis o que o espírito que pairava sobre a água do aquário perguntou ao aprendiz de filósofo, Já pensaste se a morte será a mesma para todos os seres vivos, sejam eles animais, incluindo o ser humano, ou vegetais, incluindo a erva rasteira que se pisa e a sequoiadendron giganteum com os seus cem metros de altura, será a mesma a morte que mata um homem que sabe que vai morrer, e um cavalo que nunca o saberá. E tornou a perguntar, Em que momento morreu o bicho-da-seda depois de se ter fechado no casulo e posto a tranca à porta, como foi possível ter nascido a vida de uma da morte da outra, a vida da borboleta da morte da lagarta, e serem o mesmo diferentemente, ou não morreu o bicho-da-seda porque está vivo na borboleta. O aprendiz de filósofo respondeu, O bicho-da-seda não morreu, a borboleta é que morrerá, depois de desovar, Já o sabia eu antes que tu tivesses nascido, disse o espírito que paira sobre as águas do aquário, o bicho-da-seda não morreu, dentro do casulo não ficou nenhum cadáver depois de a borboleta ter saído, tu o disseste, um nasceu da morte do outro, Chama-se metamorfose, toda a gente sabe de que se trata, disse condescendente o aprendiz de filósofo, Aí está uma palavra que soa bem, cheia de promessas e certezas, dizes metamorfose e segues adiante, parece que não vês que as palavras são rótulos que se pegam às cousas, não são as cousas, nunca saberás como são as cousas, nem sequer que nomes são na realidade os seus, porque os nomes que lhes deste não são mais do que isso, os nomes que lhes deste, Qual de nós dois é o filósofo, Nem eu nem tu, tu não passas de um aprendiz de filosofia, e eu apenas sou o espírito que paira sobre a água do aquário, Falávamos da morte, Não da morte, das mortes, perguntei por que razão não estão morrendo os seres humanos, e os outros animais, sim, por que razão a não morte de uns não é a não morte de outros, quando a este peixinho vermelho se lhe acabar a vida, e tenho que avisar-te que não tardará muito se não lhe mudares a água, serás tu capaz de reconhecer na morte dele aquela outra morte de que agora pareces estar a salvo, ignorando porquê, Antes, no tempo em que se morria, nas poucas vezes que me encontrei diante de pessoas que haviam falecido, nunca imaginei que a morte delas fosse a mesma de que eu um dia viria a morrer, Porque cada um de vós tem a sua própria morte, transporta--a consigo num lugar secreto desde que nasceu, ela pertence-te, tu pertences-lhe, E os animais, e os vegetais, Suponho que com eles se passará o mesmo, Cada qual com a sua morte, Assim é, Então as mortes são muitas, tantas como os seres vivos que existiram, existem e existirão, De certo modo, sim, Estás a contradizer-te, exclamou o aprendiz de filósofo, As mortes de cada um são mortes por assim dizer de vida limitada, subalternas, morrem com aquele a quem mataram, mas acima delas haverá outra morte maior, aquela que se ocupa do conjunto dos seres humanos desde o alvorecer da espécie, Há portanto uma hierarquia, Suponho que sim, E para os animais, desde o mais elementar protozoário à baleia-azul, Também, E para os vegetais, desde o bacteriófito à sequoia gigante, esta citada antes em latim por causa do tamanho, Tanto quanto creio saber, o mesmo se passa com todos eles, Isto é, cada um com a sua morte própria, pessoal e intransmissível, Sim, E depois mais duas mortes gerais, uma para cada reino da natureza, Exato, E acaba-se aí a distribuição hierárquica das competências delegadas por tânatos, perguntou o aprendiz de filósofo, Até onde a minha imaginação consegue chegar, ainda vejo uma outra morte, a última, a suprema, Qual, Aquela que haverá de destruir o universo, essa que realmente merece o nome de morte, embora quando isso suceder já não se encontre ninguém aí para pronunciá-lo, o resto de que temos estado a falar não passa de pormenores ínfimos, de insignificâncias, Portanto, a morte não é única, concluiu desnecessariamente o aprendiz de filósofo, É o que já estou cansado de te explicar, Quer dizer, uma morte, aquela que era nossa, suspendeu a atividade, as outras, as dos animais e dos vegetais, continuam a operar, são independentes, cada uma trabalhando no seu setor, Já estás convencido, Sim, Vai então e anuncia-o a toda a gente, disse o espírito que pairava sobre a água do aquário. E foi assim que a polémica começou.

O primeiro argumento contra a ousada tese do espírito que pairava sobre a água do aquário foi que o seu porta-voz não era filósofo encartado, mas um mero aprendiz que nunca havia ido além de alguns escassos rudimentos de manual, quase tão elementares como o protozoário, e, como se isso ainda fosse pouco, apanhados aqui e além, aos retalhos, soltos, sem agulha e linha que os unisse entre si ainda que as cores e as formas contendessem umas com as outras, enfim, uma filosofia do que poderia chamar-se a escola arlequinesca, ou eclética. A questão, porém, não estava tanto aí. É certo que o essencial da tese havia sido obra do espírito que pairava sobre a água do aquário, porém, bastará tornar a ler o diálogo desenvolvido nas duas páginas anteriores para reconhecer que a contribuição do aprendiz de filosofias também teve a sua influência na gestação da interessante ideia, pelo menos na qualidade de ouvinte, fator dialético indispensável desde sócrates, como é por de mais sabido. Algo, pelo menos, não podia ser negado, que os seres humanos não morriam, mas os outros animais sim. Quanto aos vegetais, qualquer pessoa, mesmo sem saber nada de botânica, reconheceria sem dificuldade que, tal como antes, nasciam, verdeavam, mais adiante murchavam, logo secavam, e se a essa fase final, com podridão ou sem ela, não se lhe deveria chamar morrer, então que viesse alguém que o explicasse melhor. Que as pessoas daqui não estejam a morrer, mas todos os outros seres vivos sim, diziam alguns objetores, só há que vê-lo como demonstração de que o normal ainda não se retirou de todo do mundo, e o normal, escusado seria dizê--lo, é, pura e simplesmente, morrer quando nos chegou a hora. Morrer e não pôr-se a discutir se a morte já era nossa de nascença, ou se apenas ia a passar por ali e lhe deu para reparar em nós. Nos restantes países continua a morrer-se e não parece que os seus habitantes sejam mais infelizes por isso. Ao princípio, como é natural, houve invejas, houve conspirações, deu-se um ou outro caso de tentativa de espionagem científica para descobrir como o havíamos conseguido, mas, à vista dos problemas que desde então nos caíram em cima, cremos que o sentimento da generalidade da população desses países se poderá traduzir por estas palavras, Do que nós nos livrámos.

A igreja, como não podia deixar de ser, saiu à arena do debate montada no cavalo de batalha do costume, isto é, os desígnios de deus são o que sempre foram, inescrutáveis, o que, em termos correntes e algo manchados de impiedade verbal, significa que não nos é permitido espreitar pela frincha da porta do céu para ver o que se passa lá dentro. Dizia também a igreja que a suspensão temporal e mais ou menos duradoura de causas e efeitos naturais não era propriamente uma novidade, bastaria recordar os infinitos milagres que deus havia permitido se fizessem nos últimos vinte séculos, a única diferença do que se passa agora está na amplitude do prodígio, pois que o que antes tocava de preferência o indivíduo, pela graça da sua fé pessoal, foi substituído por uma atenção global, não personalizada, um país inteiro por assim dizer possuidor do elixir da imortalidade, e não somente os crentes, que como é lógico esperam ser em especial distinguidos, mas também os ateus, os agnósticos, os heréticos, os relapsos, os incréus de toda a espécie, os afeiçoados a outras religiões, os bons, os maus e os piores, os virtuosos e os maphiosos, os verdugos e as vítimas, os polícias e os ladrões, os assassinos e os dadores de sangue, os loucos e os sãos de juízo, todos, todos sem exceção, eram ao mesmo tempo as testemunhas e os beneficiários do mais alto prodígio alguma vez observado na história dos milagres, a vida eterna de um corpo eternamente unida à eterna vida da alma. A hierarquia católica, de bispo para cima, não achou nenhuma graça a estes chistes místicos de alguns dos seus quadros médios sedentos de maravilhas, e fê-lo saber por meio de uma muito firme mensagem aos fiéis, na qual, além da inevitável referência aos impenetráveis desígnios de deus, insistia na ideia que já havia sido expressa de improviso pelo cardeal logo às primeiras horas da crise na conversação telefónica que tivera com o primeiro-ministro, quando, imaginando-se papa e rogando a deus que lhe perdoasse a estulta presunção, tinha proposto a imediata promoção de uma nova tese, a da morte adiada, fiando-se na tantas vezes louvada sabedoria do tempo, aquela que nos diz que sempre haverá um amanhã qualquer para resolver os problemas que hoje pareciam não ter solução. Em carta ao diretor do seu jornal preferido, um leitor declarava-se disposto a aceitar a ideia de que a morte havia decidido adiar-se a si mesma, mas solicitava, com todo o respeito, que lhe dissessem como o tinha sabido a igreja, e, se realmente estava tão bem informada, então também deveria saber quanto tempo iria durar o adiamento. Em nota da redação, o jornal recordou ao leitor que se tratava somente de uma proposta de ação, aliás não levada à prática até agora, o que quererá dizer, assim concluía, que a igreja sabe tanto do assunto como nós, isto é, nada. Nesta altura alguém escreveu um artigo a reclamar que o debate regressasse à questão que lhe havia dado origem, ou seja, se sim ou não a morte era uma ou várias, se era singular, morte, ou plural, mortes, e, aproveitando que estou com a mão na pluma, denunciar que a igreja, com essas suas posições ambíguas, o que pretende é ganhar tempo sem se comprometer, por isso se pôs, como é seu costume, a encanar a perna à rã, a dar uma no cravo e outra na ferradura. A primeira destas expressões populares causou perplexidade entre os jornalistas, que nunca tal tinham lido ou ouvido em toda a sua vida. No entanto, perante o enigma, espevitados por um saudável afã de competição profissional, deitaram das estantes abaixo os dicionários com que algumas vezes se ajudavam à hora de escrever os seus artigos e notícias e lançaram-se à descoberta do que estaria ali a fazer aquele batráquio. Nada encontraram, ou melhor, sim, encontraram a rã, encontraram a perna, encontraram o verbo encanar, mas o que não conseguiram foi tocar o sentido profundo que as três palavras juntas por força haveriam de ter. Até que alguém se lembrou de chamar um velho porteiro que viera da província há muitos anos e de quem todos se riam porque, depois de tanto tempo a viver na cidade, ainda falava como se estivesse à lareira a contar histórias aos netos. Perguntaram-lhe se conhecia a frase e ele respondeu que sim senhor conhecia, perguntaram-lhe se sabia o que significava e ele respondeu que sim senhor sabia. Então explique lá, disse o chefe da redação, Encanar, meus senhores, é pôr talas em ossos partidos, Até aí sabemos nós, o que queremos é que nos diga que tem isso que ver com a rã, Tem tudo, ninguém consegue pôr talas numa rã, Porquê, Porque ela nunca está quieta com a perna, E isso que quer dizer, Que é inútil tentar, ela não deixa, Mas não deve ser isso o que está na frase do leitor, Também se usa quando levamos demasiado tempo a terminar um trabalho, e, se o fazemos de propósito, então estamos a empatar, então estamos a encanar a perna à rã, Logo, a igreja está a empatar, a encanar a perna à rã, Sim senhor, Logo, o leitor que escreveu tem toda a razão, Acho que sim, eu só estou a guardar a entrada da porta, Ajudou-nos muito, Não querem que lhes explique a outra frase, Qual, A do cravo e da ferradura, Não, essa conhecemo-la nós, praticamo-la todos os dias.

A polémica sobre a morte e as mortes, tão bem iniciada pelo espírito que paira sobre a água do aquário e pelo aprendiz de filósofo, acabaria em comédia ou em farsa se não tivesse aparecido o artigo do economista. Embora o cálculo atuarial, como ele próprio reconhecia, não fosse sua especialidade profissional, considerava-se suficientemente conhecedor da matéria para vir a público perguntar com que dinheiro o país, dentro de uns vinte anos, mais ponto, menos vírgula, pensava poder pagar as pensões aos milhões de pessoas que se encontrariam em situação de reformados por invalidez permanente e que assim iriam continuar por todos os séculos dos séculos e às quais outros milhões se viriam reunir implacavelmente, tanto fazendo que a progressão seja aritmética ou geométrica, de qualquer maneira sempre teremos garantida a catástrofe, será a confusão, a balbúrdia, a bancarrota do estado, o salve-se quem puder, e ninguém se salvará. Perante este quadro aterrador não tiveram outro remédio os metafísicos que meter a viola no saco, não teve outro recurso a igreja que regressar à cansada missanga dos seus rosários e continuar à espera da consumação dos tempos, essa que, segundo as suas escatológicas visões, resolverá tudo isto de uma vez. Efetivamente, voltando às inquietantes razões do economista, os cálculos eram muito fáceis de fazer, senão vejamos, se temos um tanto de população ativa que desconta para a segurança social, se temos um tanto de população não ativa que se encontra na situação de reforma, seja por velhice, seja por invalidez, e portanto cobra da outra as suas pensões, estando a ativa em constante diminuição em relação à inativa e esta em crescimento contínuo absoluto, não se compreende que ninguém se tenha logo apercebido de que o desaparecimento da morte, parecendo o auge, o acme, a suprema felicidade, não era, afinal, uma boa cousa. Foi preciso que os filósofos e outros abstratos andassem já meio perdidos na floresta das suas próprias elucubrações sobre o quase e o zero, que é a maneira plebeia de dizer o ser e o nada, para que o senso comum se apresentasse prosaicamente, de papel e lápis em punho, a demonstrar por a + b + c que havia questões muito mais urgentes em que pensar. Como seria de prever, conhecendo-se os lados escuros da natureza humana, a partir do dia em que saiu a público o alarmante artigo do economista, a atitude da população saudável para com os padecentes terminais começou a modificar-se para pior. Até aí, ainda que toda a gente estivesse de acordo em que eram consideráveis os transtornos e incomodidades de toda a espécie que eles causavam, pensava-se que o respeito pelos velhos e pelos enfermos em geral representava um dos deveres essenciais de qualquer sociedade civilizada, e, por conseguinte, embora não raro fazendo das tripas coração, não se lhes negavam os cuidados necessários, e mesmo, em alguns assinalados casos, chegavam a adoçá-los com uma colherzinha de compaixão e amor antes de apagar a luz. É certo que também existem, como demasiado bem sabemos, aquelas desalmadas famílias que, deixando-se levar pela sua incurável desumanidade, chegaram ao extremo de contratar os serviços da máphia para se desfazerem dos míseros despojos humanos que agonizavam interminavelmente entre dois lençóis empapados de suor e manchados pelas excreções naturais, mas essas merecem a nossa repreensão, tanto como a que figurava na fábula tradicional mil vezes narrada da tigela de madeira, ainda que, felizmente, se tenha salvado da execração no último momento, graças, como se verá, ao bondoso coração de uma criança de oito anos. Em poucas palavras se conta, e aqui a vamos deixar para ilustração das novas gerações que a desconhecem, com a esperança de que não troquem dela por ingénua e sentimental. Atenção, pois, à lição de moral. Era uma vez, no antigo país das fábulas, uma família em que havia um pai, uma mãe, um avô que era o pai do pai e aquela já mencionada criança de oito anos, um rapazinho. Ora sucedia que o avô já tinha muita idade, por isso tremiam-lhe as mãos e deixava cair a comida da boca quando estavam à mesa, o que causava grande irritação ao filho e à nora, sempre a dizerem-lhe que tivesse cuidado com o que fazia, mas o pobre velho, por mais que quisesse, não conseguia conter as tremuras, pior ainda se lhe ralhavam, e o resultado era estar sempre a sujar a toalha ou a deixar cair comida ao chão, para já não falar do guardanapo que lhe atavam ao pescoço e que era preciso mudar-lhe três vezes ao dia, ao almoço, ao jantar e à ceia. Estavam as cousas neste pé e sem nenhuma expectativa de melhora quando o filho resolveu acabar com a desagradável situação. Apareceu em casa com uma tigela de madeira e disse ao pai, A partir de hoje passará a comer daqui, senta--se na soleira da porta porque é mais fácil de limpar e assim já a sua nora não terá de preocupar-se com tantas toalhas e tantos guardanapos sujos. E assim foi. Almoço, jantar e ceia, o velho sentado sozinho na soleira da porta, levando a comida à boca conforme lhe era possível, metade perdia-se no caminho, uma parte da outra metade escorria-lhe pelo queixo abaixo, não era muito o que lhe descia finalmente pelo que o vulgo chama o canal da sopa. Ao neto parecia não lhe importar o feio tratamento que estavam a dar ao avô, olhava-o, depois olhava o pai e a mãe, e continuava a comer como se não tivesse nada que ver com o caso. Até que uma tarde, ao regressar do trabalho, o pai viu o filho a trabalhar com uma navalha um pedaço de madeira e julgou que, como era normal e corrente nessas épocas remotas, estivesse a construir um brinquedo por suas próprias mãos. No dia seguinte, porém, deu-se conta de que não se tratava de um carrinho, pelo menos não se via sítio onde se lhe pudessem encaixar umas rodas, e então perguntou, Que estás a fazer. O rapaz fingiu que não tinha ouvido e continuou a escavar na madeira com a ponta da navalha, isto passou-se no tempo em que os pais eram menos assustadiços e não corriam a tirar das mãos dos filhos um instrumento de tanta utilidade para a fabricação de brinquedos. Não ouviste, que estás a fazer com esse pau, tornou o pai a perguntar, e o filho, sem levantar a vista da operação, respondeu, Estou a fazer uma tigela para quando o pai for velho e lhe tremerem as mãos, para quando o mandarem comer na soleira da porta, como fizeram ao avô. Foram palavras santas. Caíram as escamas dos olhos do pai, viu a verdade e a sua luz, e no mesmo instante foi pedir perdão ao progenitor e quando chegou a hora da ceia por suas próprias mãos o ajudou a sentar-se na cadeira, por suas próprias mãos lhe levou a colher à boca, por suas próprias mãos lhe limpou suavemente o queixo, porque ainda o podia fazer e o seu querido pai já não. Do que veio a passar-se depois não há sinal na história, mas de ciência mui certa sabemos que se é verdade que o trabalho do rapazinho ficou em meio, também é verdade que o pedaço de madeira continua a andar por ali. Ninguém o quis queimar ou deitar fora, quer fosse para que a lição do exemplo não viesse a cair no esquecimento, quer fosse para o caso de que a alguém lhe ocorresse um dia a ideia de terminar a obra, eventualidade não de todo impossível de produzir-se se tivermos em conta a enorme capacidade de sobrevivência dos ditos lados escuros da natureza humana. Como já alguém disse, tudo o que possa suceder, sucederá, é uma mera questão de tempo, e, se não chegámos a vê-lo enquanto por cá andávamos, terá sido só porque não tínhamos vivido o suficiente. Pelos modos, e para que não se nos acuse de pintarmos tudo com as tintas da parte esquerda da paleta, há quem admita a hipótese de que uma adaptação do amavioso conto à televisão, após tê-lo recolhido um jornal, sacudidas as teias de aranha, nas poeirentas prateleiras da memória coletiva, possa contribuir para fazer regressar às quebrantadas consciências das famílias o culto ou o cultivo dos incorpóreos valores de espiritualidade de que a sociedade se nutria no passado, quando o baixo materialismo que hoje impera ainda não se tinha assenhoreado de vontades que imaginávamos fortes e afinal eram a própria e insanável imagem de uma confrangedora debilidade moral. Conservemos no entanto a esperança. No momento em que aquela criança aparecer no ecrã, estejamos certos de que metade da população do país correrá a buscar um lenço para enxugar as lágrimas e de que a outra metade, talvez de temperamento estoico, as irá deixar correr pela cara abaixo, em silêncio, para que melhor possa observar-se como o remorso pelo mal feito ou consentido não é sempre uma palavra vã. Oxalá ainda estejamos a tempo de salvar os avós.

Inesperadamente, com uma deplorável falta de sentido de oportunidade, os republicanos decidiram aproveitar a delicada ocasião para fazerem ouvir a sua voz. Não eram muitos, nem sequer tinham representação no parlamento apesar de se encontrarem organizados em partido político e concorrerem regularmente aos atos eleitorais. Vangloriavam-se no entanto de certa influência social, sobretudo nos meios artísticos e literários, por onde de vez em quando faziam circular manifestos no geral bem redigidos, mas invariavelmente inócuos. Desde que a morte havia desaparecido que não davam sinal de vida, nem ao menos, como se esperaria de uma oposição que se diz frontal, para reclamarem o esclarecimento da rumorejada participação da máphia no ignóbil tráfico de padecentes terminais. Agora, aproveitando-se da perturbação em que o país malvivia, dividido como estava entre a vaidade de saber-se único em todo o planeta e o desassossego de não ser como toda a gente, vinham pôr sobre a mesa nada mais nada menos que a questão do regime. Obviamente adversários da monarquia, inimigos do trono por definição, pensavam ter descoberto um novo argumento a favor da necessária e urgente implantação da república. Diziam que ia contra a lógica mais comum haver no país um rei que nunca morreria e que, ainda que amanhã resolvesse abdicar por motivo de idade ou amolecimento das faculdades mentais, rei continuaria a ser, o primeiro de uma sucessão infinita de entronizações e abdicações, uma infinita sequência de reis deitados nas suas camas à espera de uma morte que nunca chegaria, uma correnteza de reis meio vivos meio mortos que, a não ser que os arrumassem nos corredores do palácio, acabariam por encher e por fim não caber no panteão onde haviam sido recolhidos os seus antecessores mortais, que já não seriam mais que ossos desprendidos dos engonços ou restos mumificados e bafientos. Quão mais lógico não seria ter um presidente da república com vencimento a prazo fixo, um mandato, quando muito dois, e depois que se desenrasque como puder, que vá à sua vida, dê conferências, escreva livros, participe em congressos, colóquios e simpósios, arengue em mesas-redondas, dê a volta ao planeta em oitenta receções, opine sobre o comprimento das saias quando elas voltarem a usar-se e sobre a redução do ozono na atmosfera se ainda houver atmosfera, enfim, que se amanhe. Tudo menos ter de encontrar todos os dias nos jornais e ouvir na televisão e na rádio a parte médica sempre igual, não atam nem desatam, sobre a situação dos internados nas enfermarias reais, as quais, vem a propósito informar, depois de terem sido aumentadas duas vezes, já estariam à bica de uma terceira ampliação. O plural de enfermaria está ali para indicar que, como sempre sucede em instituições hospitalares ou afins, os homens se encontram separados das mulheres, portanto, reis e príncipes para um lado, rainhas e princesas para outro. Os republicanos vinham agora desafiar o povo a assumir as responsabilidades que lhe competiam, tomando o destino nas suas mãos para dar começo a uma vida nova e abrindo um novo e florido caminho em direção às alvoradas do porvir. Desta vez o efeito do manifesto não se limitou a tocar os artistas e os escritores, outras camadas sociais se mostraram recetivas à feliz imagem do caminho florido e às invocações das alvoradas do porvir, o que teve como resultado uma concorrência absolutamente fora do comum de adesões de novos militantes dispostos a empreender uma jornada que, tal como a pescada, que ainda na água lhe chamam assim, já era histórica antes de se saber se realmente o viria a ser. Infelizmente as manifestações verbais de cívico entusiasmo dos novos aderentes a este republicanismo prospetivo e profético, nos dias que se seguiram, nem sempre foram tão respeitadoras como a boa educação e uma sã convivência democrática o exigem. Algumas delas chegaram mesmo a ultrapassar as fronteiras do mais ofensivo grosseirismo, como dizerem, por exemplo, falando das realezas, que não estavam dispostos a sustentar bestas à argola nem burros a pão de ló. Todas as pessoas de bom gosto estiveram de acordo em considerar tais palavras, não só inadmissíveis, como também imperdoáveis. Bastaria dizer-se que as arcas do estado não podiam continuar a suportar mais o contínuo crescimento das despesas da casa real e seus a latere, e toda a gente o compreenderia. Era verdade e não ofendia.

O violento ataque dos republicanos, mas principalmente os inquietantes vaticínios veiculados no artigo sobre a inevitabilidade, em prazo muito breve, de que as ditas arcas do estado não poderiam satisfazer o pagamento de pensões de velhice e invalidez sem um fim à vista, levaram o rei a fazer saber ao primeiro-ministro que precisavam de ter uma conversação franca, a sós, sem gravadores nem testemunhas de qualquer espécie. Chegou o primeiro-ministro, interessou-se pelas reais saúdes, em particular pela da rainha-mãe, aquela que na última passagem do ano estava prestes a morrer, e afinal, como tantas e tantas outras pessoas, ainda respira treze vezes por minuto, embora poucos mais sinais de vida se deixem perceber no seu corpo prostrado, sob o baldaquino do leito. Sua majestade agradeceu, disse que a rainha-mãe sofria o seu calvário com a dignidade própria do sangue que ainda lhe corria nas veias, e logo passou aos assuntos da agenda, o primeiro dos quais era a declaração de guerra dos republicanos. Não percebo o que é que deu na cabeça dessa gente, disse, o país afundado na mais terrível crise da sua história e eles a falar de mudança do regime, Eu não me preocuparia, senhor, o que estão a fazer é aproveitar-se da situação para difundir aquilo a que chamam as suas propostas de governo, no fundo não passam de uns pobres pescadores de águas turvas, Com uma lamentável falta de patriotismo, acrescente-se, Assim é, senhor, os republicanos têm lá umas ideias sobre a pátria que só eles são capazes de entender, se é que as entendem realmente, As ideias que tenham não me interessam, o que quero ouvir de si é se existe alguma possibilidade de que consigam forçar uma mudança de regime, Nem sequer têm representação no parlamento, senhor, Refiro-me a um golpe de estado, a uma revolução, Nenhuma possibilidade, senhor, o povo está com o seu rei, as forças armadas são leais ao poder legítimo, Então posso ficar descansado, Absolutamente descansado, senhor. O rei fez uma cruz na agenda, ao lado da palavra republicanos, disse, Já está, e logo perguntou, E que história vem a ser essa das pensões que não se pagam, Estamos a pagá-las, senhor, o futuro é que se apresenta bastante negro, Então devo ter lido mal, pensei que tinha havido, digamos, uma suspensão de pagamentos, Não, senhor, é o amanhã que se nos apresenta altamente preocupante, Preocupante em que ponto, Em todos, senhor, o estado pode vir a derrubar-se, simplesmente, como um castelo de cartas, Somos o único país que se encontra nessa situação, perguntou o rei, Não, senhor, a longo prazo o problema atingirá a todos, mas o que conta é a diferença entre morrer e não morrer, é uma diferença fundamental, com perdão da banalidade, Não estou a perceber, Nos outros países morre-se com normalidade, os falecimentos continuam a controlar o caudal dos nascimentos, mas aqui, senhor, no nosso país, senhor, ninguém morre, veja-se o caso da rainha-mãe, parecia que se finava, e afinal aí a temos, felizmente, quero dizer, creia que não exagero, estamos com a corda na garganta, Apesar disso chegaram-me rumores de que algumas pessoas vão morrendo, Assim é, senhor, mas trata-se de uma gota de água no oceano, nem todas as famílias se atrevem a dar o passo, Que passo, Entregar os seus padecentes à organização que se encarrega dos suicídios, Não compreendo, de que serve que se suicidem se não podem morrer, Estes sim, E como o conseguem, É uma história complicada, senhor, Conte-ma, estamos sós, No outro lado das fronteiras morre-se, senhor, Então quer dizer que essa tal organização os leva lá, Exatamente, Trata-se de uma organização benemérita, Ajuda-nos a retardar um pouco a acumulação de padecentes terminais, mas, como eu disse antes, é uma gota de água no oceano, E que organização é essa. O primeiro-ministro respirou fundo e disse, A máphia, senhor, A máphia, Sim senhor, a máphia, às vezes o estado não tem outro remédio que arranjar fora quem lhe faça os trabalhos sujos, Não me disse nada, Senhor, quis manter vossa majestade à margem do assunto, assumo a responsabilidade, E as tropas que estavam nas fronteiras, Tinham uma função a desempenhar, Que função, A de parecer um obstáculo à passagem dos suicidas e não o ser, Pensei que estavam lá para impedir uma invasão, Nunca houve esse perigo, de todo o modo estabelecemos acordos com os governos desses países, tudo está controlado, Menos a questão das pensões, Menos a questão da morte, senhor, se não voltarmos a morrer não temos futuro. O rei fez uma cruz ao lado da palavra pensões e disse, É preciso que alguma cousa aconteça, Sim, majestade, é preciso que alguma cousa aconteça.

O sobrescrito encontrava-se sobre a mesa do diretor-geral da televisão quando a secretária entrou no gabinete. Era de cor violeta, portanto fora do comum, e o papel, de tipo gofrado, imitava a textura do linho. Parecia antigo e dava a impressão de que já havia sido usado antes. Não tinha qualquer endereço, tanto de remetente, o que às vezes sucede, como de destinatário, o que não sucede nunca, e estava num gabinete cuja porta, fechada à chave, acabara de ser aberta nesse momento, e onde ninguém poderia ter entrado durante a noite. Ao dar-lhe a volta para ver se havia algo escrito por trás, a secretária sentiu-se a pensar, com uma difusa sensação do absurdo que era pensá-lo e tê-lo sentido, que o sobrescrito não estava ali no momento em que ela introduzira a chave e fizera funcionar o mecanismo da fechadura. Disparate, murmurou, não devo ter reparado que estava aqui quando saí ontem. Passeou os olhos pelo gabinete para ver se tudo se encontrava em ordem e retirou-se para o seu lugar de trabalho. Na sua qualidade de secretária, e de confiança, estaria autorizada a abrir aquele ou qualquer outro sobrescrito, tanto mais que nele não havia qualquer indicação de carácter restritivo, como seriam as de pessoal, reservado ou confidencial, porém não o tinha feito, e não compreendia porquê. Por duas vezes se levantou da sua cadeira e foi entreabrir a porta do gabinete. O sobrescrito continuava ali. Estou com manias, será efeito da cor, pensou, ele que venha já e se acabe com o mistério. Referia-se ao patrão, ao diretor-geral, que tardava. Eram dez horas e um quarto quando finalmente apareceu. Não era pessoa de muitas palavras, chegava, dava os bons-dias e imediatamente passava ao seu gabinete, onde a secretária tinha ordem de só entrar cinco minutos depois, o tempo que ele considerava necessário para se pôr à vontade e acender o primeiro cigarro da manhã. Quando a secretária entrou, o diretor-geral ainda estava de casaco vestido e não fumava. Segurava com as duas mãos uma folha de papel da mesma cor do sobrescrito, e as duas mãos tremiam. Virou a cabeça na direção da secretária que se aproximava, mas foi como se não a reconhecesse. De repente estendeu um braço com a mão aberta para fazê-la parar e disse numa voz que parecia sair doutra garganta, Saia imediatamente, feche essa porta e não deixe entrar ninguém, ninguém, ouviu, seja quem for. Solícita, a secretária quis saber se havia algum problema, mas ele cortou-lhe a palavra com violência, Não me ouviu dizer-lhe que saísse, perguntou. E quase gritando, Saia, agora, já. A pobre senhora retirou-se com as lágrimas nos olhos, não estava habituada a que a tratassem com estes modos, é certo que o diretor, como toda a gente, tem os seus defeitos, mas é uma pessoa no geral bem-educada, não é seu costume fazer das secretárias gato-sapato. Aquilo é alguma cousa que vem na carta, não tem outra explicação, pensou enquanto procurava um lenço para enxugar as lágrimas. Não se enganava. Se se atrevesse a entrar outra vez no gabinete veria o diretor-geral a andar rapidamente de um lado para outro, com uma expressão de desvairo na cara, como se não soubesse o que fazer e ao mesmo tempo tivesse a consciência clara de que só ele, e ninguém mais, é que poderia fazê-lo. O diretor olhou o relógio, olhou a folha de papel, murmurou em voz muito baixa, quase em segredo, Ainda há tempo, ainda há tempo, depois sentou-se a reler a carta misteriosa enquanto passava a mão livre pela cabeça num gesto mecânico, como se quisesse certificar-se de que ainda a tinha ali no seu lugar, de que não a perdera engolida pelo vórtice de medo que lhe retorcia o estômago. Acabou de ler, ficou com os olhos perdidos no vago, pensando, Tenho de falar com alguém, depois acudiu-lhe à mente, em seu socorro, a ideia de que talvez se tratasse de uma piada, de uma piada de péssimo gosto, um telespectador descontente, como há tantos, e ainda por cima de imaginação mórbida, quem tem responsabilidades diretivas na televisão sabe muito bem que não é tudo por lá um mar de rosas, Mas não é a mim que em geral se escreve a desabafar, pensou. Como era natural, foi este pensamento que o levou a ligar finalmente à secretária para perguntar, Quem foi que trouxe esta carta, Não sei, senhor diretor, quando cheguei e abri a porta do seu gabinete, como sempre faço, ela já aí estava, Mas isso é impossível, durante a noite ninguém tem acesso a este gabinete, Assim é, senhor diretor, Então como se explica, Não mo pergunte a mim, senhor diretor, há pouco quis dizer-lhe o que se havia passado, mas o senhor diretor nem sequer me deu tempo, Reconheço que fui um pouco brusco, desculpe, Não tem importância, senhor diretor, mas doeu-me muito. O diretor-geral voltou a perder a paciência, Se eu lhe dissesse o que tenho aqui, então é que a senhora saberia o que é doer. E desligou.

Tornou a olhar o relógio, depois disse consigo mesmo, É a única saída, não vejo outra, há decisões que não me compete a mim tomar. Abriu uma agenda, procurou o número que lhe interessava, encontrou-o, Aqui está, disse. As mãos continuavam a tremer, custou-lhe acertar com as teclas e ainda mais acertar com a voz quando do outro lado lhe responderam, Ligue-me ao gabinete do senhor primeiro-ministro, pediu, sou o diretor da televisão, o diretor-geral. Atendeu o chefe de gabinete, Bons dias, senhor diretor, muito prazer em ouvi-lo, em que posso ser-lhe útil, Necessito que o senhor primeiro-ministro me receba o mais rapidamente possível por um assunto de extrema urgência, Não pode dizer-me de que se trata para que eu o transmita ao senhor primeiro-ministro, Lamento muito, mas é-me impossível, o assunto, além de urgente, é estritamente confidencial, No entanto, se pudesse dar-me uma ideia, Tenho em meu poder, aqui, diante destes olhos que a terra há de comer, um documento de transcendente importância nacional, se isto que lhe estou a dizer não é suficiente, se não é bastante para que me ponha agora mesmo em comunicação com o senhor primeiro-ministro onde quer que se encontre, temo muito pelo seu futuro pessoal e político, É assim tão sério, Só lhe digo que, a partir deste momento, cada minuto que tiver passado é de sua exclusiva responsabilidade, Vou ver o que posso fazer, o senhor primeiro-ministro está muito ocupado, Pois então desocupe-o, se quiser ganhar uma medalha, Imediatamente, Ficarei à espera, Posso fazer-lhe outra pergunta, Por favor, que mais quer saber ainda, Por que foi que disse estes olhos que a terra há de comer, isso era dantes, Não sei o que o senhor era dantes, mas sei o que é agora, um idiota chapado, passe-

-me ao primeiro-ministro, já. A insólita dureza das palavras do diretor-geral mostra a que ponto o seu espírito se encontra alterado. Tomou-o uma espécie de obnubilação, não se conhece, não percebe como foi possível ter insultado alguém apenas por lhe ter feito uma pergunta absolutamente razoável, quer nos termos, quer na intenção. Terei de lhe pedir desculpa, pensou arrependido, amanhã poderei vir a precisar dele. A voz do primeiro-ministro soou impaciente, Que se passa, perguntou, os problemas da televisão, que eu saiba, não são comigo, Não se trata da televisão, senhor primeiro-ministro, tenho uma carta, Sim, já me disseram que tem uma carta, e que quer que lhe faça, Só venho rogar-lhe que a leia, nada mais, o resto, para usar as suas mesmas palavras, não será comigo, Noto que está nervoso, Sim, senhor primeiro-ministro, estou mais do que nervoso, E que diz essa misteriosa carta, Não lho posso dizer pelo telefone, A linha é segura, Mesmo assim nada direi, toda a cautela é pouca, Então mande-ma, Terei de lha entregar em mão, não quero correr o risco de enviar um portador, Mando-lhe eu alguém daqui, o meu chefe de gabinete, por exemplo, pessoa mais perto de mim será difícil, Senhor primeiro-ministro, por favor, eu não estaria aqui a incomodá-lo se não tivesse um motivo muito sério, preciso absolutamente que me receba, Quando, Agora mesmo, Estou ocupado, Senhor primeiro-ministro, por favor, Bom, já que tanto insiste, venha, espero que o mistério valha a pena, Obrigado, vou a correr. O diretor-geral pousou o telefone, meteu a carta no sobrescrito, guardou-a num dos bolsos interiores do casaco e levantou-se. As mãos haviam deixado de tremer, mas a testa tinha-a alagada de suor. Limpou a cara com o lenço, depois chamou a secretária pelo telefone interno, disse-lhe que ia sair, que chamasse o carro. O facto de ter passado a responsabilidade para outra pessoa acalmara-o um pouco, dentro de meia hora o seu papel neste assunto haverá terminado. A secretária apareceu à porta, O carro está à espera, senhor diretor, Obrigado, não sei quanto tempo demorarei, tenho um encontro com o primeiro-ministro, mas esta informação é só para si, Fique descansado, senhor diretor, nada direi, Até logo, Até logo, senhor diretor, que tudo lhe corra bem, Tal como estão as cousas, já não sabemos o que está bem e o que está mal, Tem razão, A propósito, como se encontra o seu pai, Na mesma situação, senhor diretor, sofrer, não parece sofrer, mas para ali está a definhar, a extinguir-se, já leva dois meses naquele estado, e, visto o que vem acontecendo, só terei de esperar a minha vez para que me estendam numa cama ao lado dele, Sabe-se lá, disse o diretor, e saiu.

O chefe de gabinete foi receber o diretor-geral à porta, cumprimentou-o com secura evidente, depois disse, Acompanho-o ao senhor primeiro-ministro, Um minuto, antes quero pedir-lhe desculpa, havia realmente um idiota chapado na nossa conversação, mas esse era eu, O mais provável é que não fosse nenhum de nós, disse o chefe de gabinete sorrindo, Se pudesse ver o que levo dentro deste bolso compreenderia o meu estado de espírito, Não se preocupe, quanto ao que me toca, está desculpado, Agradeço-lho, seja como for já não faltam muitas horas para que a bomba estale e se torne pública, Oxalá não faça demasiado estrondo ao rebentar, O estrondo será maior que o pior dos trovões jamais escutados, e mais cegantes os relâmpagos que todos os outros juntos, Está a deixar-me preocupado, Nessa altura, meu caro, tenho a certeza de que me tornará a desculpar, Vamos lá, o senhor primeiro-ministro já está à sua espera. Atravessaram uma sala a que em épocas passadas deviam ter chamado antecâmara, e um minuto depois o diretor-geral estava na presença do primeiro-ministro, que o recebeu com um sorriso, Vejamos então que problema de vida ou morte é esse que me traz aí, Com o devido respeito, estou convencido de que nunca da sua boca lhe terão saído palavras mais certas, senhor primeiro-ministro. Tirou a carta do bolso e estendeu-a por cima da mesa. O outro estranhou, Não traz o nome do destinatário, Nem de quem a enviou, disse o diretor, é como se fosse uma carta dirigida a toda a gente, Anónima, Não, senhor primeiro-ministro, como poderá ver vem assinada, mas leia, leia, por favor. O sobrescrito foi aberto pausadamente, a folha de papel desdobrada, mas logo às primeiras linhas o primeiro-ministro levantou os olhos e disse, Isto parece uma brincadeira, Podê-lo-ia ser, de facto, mas não creio, apareceu em cima da minha mesa de trabalho sem que ninguém saiba como, Não me parece que essa seja uma boa razão para darmos crédito ao que aqui se está a dizer, Continue, continue, por favor. Chegado ao final da carta, o primeiro-ministro, devagar, movendo os lábios em silêncio, articulou as duas sílabas da palavra que a assinava. Pousou o papel sobre a secretária, olhou fixamente o interlocutor e disse, Imaginemos que se trata de uma brincadeira, Não o é, Também estou em crer que não o seja, mas se estou a dizer-lhe que o imaginemos é só para concluir que não demoraríamos muitas horas a sabê-lo, Precisamente doze, uma vez que é meio-dia agora, Aí é onde eu quero chegar, se o que se anuncia na carta vier a cumprir-se, e se não avisámos antes as pessoas, irá repetir-se, mas ao invés, o que sucedeu na noite do fim de ano, Tanto faz que as avisemos, ou não, senhor primeiro-ministro, o efeito será o mesmo, Contrário, Contrário, mas o mesmo, Exato, no entanto, se as tivéssemos avisado e afinal viesse a verificar-se que se tratava de uma brincadeira, as pessoas teriam passado um mau bocado inutilmente, embora seja certo que haveria muito que conversar sobre a pertinência deste advérbio, Não creio que valha a pena, o senhor primeiro-ministro já disse que não pensa que seja uma brincadeira, Assim é, Que fazer, então, avisar, ou não avisar, Essa é a questão, meu caro diretor-geral, temos de pensar, ponderar, refletir, A questão já está nas suas mãos, senhor primeiro-ministro, a decisão pertence-lhe, Pertence-me, de facto, poderia até rasgar este papel em mil pedaços e deixar-me ficar à espera do que acontecesse, Não creio que o faça, Tem razão, não o farei, portanto há que tomar uma decisão, dizer simplesmente que a população deve ser avisada, não basta, é preciso saber como, Os meios de comunicação social existem para isso, senhor primeiro-ministro, temos a televisão, os jornais, a rádio, A sua ideia, portanto, é que distribuamos a todos esses meios uma fotocópia da carta acompanhada de um comunicado do governo em que se pediria serenidade à população e se dariam alguns conselhos sobre como proceder na emergência, O senhor primeiro-ministro formulou a ideia melhor do que eu alguma vez seria capaz de fazer, Agradeço-lhe a lisonjeira opinião, mas agora peço-lhe que faça um esforço e imagine o que aconteceria se procedêssemos desse modo, Não percebo, Esperava melhor do diretor-geral da televisão, Se assim é, sinto não estar à altura, senhor primeiro-ministro, Claro que está, o que se passa é que se encontra aturdido pela responsabilidade, E o senhor primeiro-ministro, não está aturdido, Também estou, mas, no meu caso, aturdido não quer dizer paralisado, Ainda bem para o país, Agradeço-lhe uma vez mais, nós não temos conversado muito um com o outro, geralmente só falo da televisão com o ministro da tutela, mas creio que chegou o momento de fazer de si uma figura nacional, Agora é que não o compreendo de todo, senhor primeiro-ministro, É simples, este assunto vai ficar entre nós, rigorosamente entre nós, até às nove horas da noite, a essa hora o noticiário da televisão abrirá com a leitura de um comunicado oficial em que se explicará o que irá suceder à meia-noite de hoje, sendo igualmente lido um resumo da carta, e a pessoa que procederá a estas duas leituras será o diretor-geral da televisão, em primeiro lugar porque foi ele o destinatário da carta, ainda que não nomeado nela, e em segundo lugar porque o diretor-geral da televisão é a pessoa em quem confio para que ambos levemos a cabo a missão de que, implicitamente, fomos encarregados pela dama que assina este papel, Um locutor faria melhor o trabalho, senhor primeiro-ministro, Não quero um locutor, quero o diretor-geral da televisão, Se é esse o seu desejo, considerá-lo-ei como uma honra, Somos as únicas pessoas que conhecem o que se vai passar hoje à meia-noite e continuaremos a sê-lo até à hora em que a população receba a informação, se fizéssemos o que há pouco propôs, isto é, passar já a notícia à comunicação social, iríamos ter aí doze horas de confusão, de pânico, de tumulto, de histerismo coletivo, e sei lá que mais, portanto, uma vez que não está nas nossas possibilidades, refiro-me ao governo, evitar essas reações, ao menos que as limitemos a três horas, daí para diante já não será connosco, vamos ter de tudo, lágrimas, desesperos, alívios mal disfarçados, novas contas à vida, Parece boa ideia, Sim, mas só porque não temos outra melhor. O primeiro-ministro pegou na folha de papel, passou-lhe os olhos sem ler e disse, É curioso, a letra inicial da assinatura deveria ser maiúscula, e é minúscula, Também estranhei, escrever um nome com minúscula é anormal, Diga-me se vê algo de normal em toda esta história que temos andado a viver, Realmente, nada, A propósito, sabe tirar fotocópias, Não sou especialista, mas tenho-o feito algumas vezes, Estupendo. O primeiro-ministro meteu a carta e o sobrescrito dentro de uma pasta repleta de documentos e mandou chamar o chefe de gabinete, a quem ordenou, Faça desocupar imediatamente a sala onde se encontra a fotocopiadora, Está onde os funcionários trabalham, senhor primeiro-ministro, é esse o seu lugar, Que vão para outro sítio, que esperem no corredor ou saiam a fumar um cigarro, só precisaremos de três minutos, não é assim, diretor-geral, Nem tanto, senhor, Eu poderei tirar a fotocópia com absoluta discrição, se é isso, como me permito supor, o que se pretende, disse o chefe de gabinete, É precisamente isso que se pretende, discrição, mas, por esta vez, eu próprio me encarregarei do trabalho, com a assistência técnica, digamos assim, do senhor diretor-geral da televisão aqui presente, Muito bem, senhor primeiro-ministro, vou dar as ordens necessárias para que a sala seja evacuada. Regressou daí a minutos, Já está desocupada, senhor primeiro-ministro, se não vê inconveniente volto para o meu gabinete, Congratulo-me por não ter de lho pedir e peço-lhe que não leve a mal estas manobras aparentemente conspirativas pelo facto de o excluírem a si, conhecerá ainda hoje o motivo de tantas precauções e sem precisar que eu lho diga, Com certeza, senhor primeiro-ministro, nunca me permitiria duvidar da bondade das suas razões, Assim se fala, meu caro. Quando o chefe de gabinete saiu, o primeiro-ministro pegou na pasta e disse, Vamos lá. A sala estava deserta. Em menos de um minuto a fotocópia ficou pronta, letra por letra, palavra por palavra, mas era outra cousa, faltava-lhe o toque inquietante da cor violeta do papel, agora é uma missiva vulgar, comum, daquelas do género Oxalá estas regras vos encontrem de boa e feliz saúde em companhia de toda a família, que eu, por mim, só tenho a dizer bem da vida ao fazer desta. O primeiro-ministro entregou a cópia ao diretor-geral, Aí tem, fico com o original, disse, E o comunicado do governo, quando irei recebê-lo, Sente-se, que eu próprio o redijo num instante, é simples, queridos compatriotas, o governo considerou ser seu dever informar o país sobre uma carta que lhe chegou hoje às mãos, um documento cujo significado e importância não necessitam ser encarecidos, embora não estejamos em condições de garantir a sua autenticidade, admitimos, sem querer antecipar já o seu conteúdo, uma possibilidade de que não venha a produzir-se o que no mesmo documento se anuncia, no entanto, para que a população não se veja tomada de surpresa numa situação que não estará isenta de tensões e aspetos críticos vários, vai-se proceder de imediato à sua leitura, da qual, com o beneplácito do governo, se encarregará o senhor diretor-geral da televisão, uma palavra ainda antes de terminar, não é necessário assegurar que, como sempre, o governo se vai manter atento aos interesses e necessidades da população em horas que serão, sem dúvida, das mais difíceis desde que somos nação e povo, motivo este por que apelamos a todos vós para que conserveis a calma e a serenidade de que tantas mostras haveis dado durante a sucessão de duras provações por que passámos desde o princípio do ano, ao mesmo tempo que confiamos em que um porvir mais benévolo nos venha restituir a paz e a felicidade de que somos merecedores e de que desfrutávamos antes, queridos compatriotas, lembrai-vos de que a união faz a força, esse é o nosso lema, a nossa divisa, mantenhamo-nos unidos e o futuro será nosso, pronto, já está, como vê, foi rápido, estes comunicados oficiais não exigem grandes esforços de imaginação, quase se poderia dizer que se redigem a si próprios, tem aí uma máquina de escrever, copie e guarde tudo bem guardado até às nove horas da noite, não se separe desses papéis nem por um instante, Fique tranquilo, senhor primeiro-ministro, estou perfeitamente consciente das minhas responsabilidades nesta conjuntura, tenha a certeza de que não se sentirá dececionado, Muito bem, agora pode regressar ao seu trabalho, Permita-me que lhe faça ainda duas perguntas antes de ir-me, Adiante, O senhor primeiro-ministro acaba de dizer que até às nove horas da noite só duas pessoas saberão deste assunto, Sim, o senhor e eu, nenhuma outra, nem sequer o governo, E o rei, se não é ousadia da minha parte meter-me onde não sou chamado, Sua majestade sabê-lo-á ao mesmo tempo que os demais, isto, claro, no caso de estar a ver a televisão, Suponho que não irá ficar muito contente por não haver sido informado antes, Não se preocupe, a melhor das virtudes que exornam os reis, refiro-me, como é óbvio, aos constitucionais, é serem pessoas extraordinariamente compreensivas, Ah, E a outra pergunta que queria fazer, Não é bem uma pergunta, Então, É que, sinceramente, estou assombrado com o sangue-frio que está demonstrando, senhor primeiro-ministro, a mim, o que vai suceder no país à meia-noite aparece-me como uma catástrofe, um cataclismo como nunca houve outro, uma espécie de fim do mundo, enquanto, olhando para si, é como se estivesse a tratar de um assunto qualquer de rotina governativa, dá tranquilamente as suas ordens, e há pouco tive até a impressão de que havia sorrido, Estou convencido de que também o meu caro diretor-geral sorriria se tivesse uma ideia da quantidade de problemas que esta carta me vem resolver sem ter precisado de mover um dedo, e agora deixe-me trabalhar, tenho de dar umas quantas ordens, falar com o ministro do interior para que mande pôr a polícia de prevenção, tratarei de inventar um motivo plausível, a possibilidade de uma alteração da ordem pública, não é pessoa para perder muito tempo a pensar, prefere a ação, deem-lhe ação se querem vê-lo feliz, Senhor primeiro-ministro, consinta-me que lhe diga que considero um privilégio sem preço ter vivido a seu lado estes momentos cruciais, Ainda bem que o vê dessa maneira, mas poderá ficar certo de que mudaria rapidamente de opinião se uma só palavra das que foram ditas neste gabinete, minhas ou suas, viesse a ser conhecida fora das quatro paredes dele, Compreendo, Como um rei constitucional, Sim, senhor primeiro-ministro.

Eram quase vinte horas e trinta minutos quando o diretor-geral chamou ao seu gabinete o responsável do telejornal para o informar de que o noticiário dessa noite iria abrir com a leitura de uma comunicação do governo ao país, da qual, como de costume, deveria encarregar-se o locutor que se encontrasse de serviço, após o que ele próprio, diretor-geral, leria um outro documento, complementar do primeiro. Se ao responsável do telejornal o procedimento lhe pareceu anormal, desusado, fora do costume, não o deu a perceber, limitou-se a pedir os dois documentos para serem passados ao teleponto, esse meritório aparelho que permite criar a presunçosa ilusão de que o comunicante se está a dirigir direta e unicamente a cada uma das pessoas que o escutam. O diretor-geral respondeu que neste caso o teleponto não iria ser utilizado, Faremos a leitura à moda antiga, disse, e acrescentou que entraria no estúdio às vinte horas e cinquenta e cinco minutos precisas, momento em que entregaria o comunicado do governo ao locutor, a quem instruções rigorosas já deveriam ter sido dadas para só abrir a pasta que o continha quando fosse iniciar a leitura. O responsável do telejornal pensou que, agora sim, havia motivo para mostrar um certo interesse pelo assunto, É assim tão importante, perguntou, Em meia hora o saberá, E a bandeira, senhor diretor-geral, quer que a mande colocar atrás da cadeira onde se irá sentar, Não, nada de bandeiras, não sou nem chefe do governo nem ministro, Nem rei, sorriu o responsável do telejornal com um ar de lisonjeira cumplicidade, como se quisesse dar a entender que rei, sim, o era, mas da televisão nacional. O diretor-geral fez que não tinha ouvido, Pode ir, dentro de vinte minutos estarei no estúdio, Não haverá tempo para que o maquilhem, Não quero ser maquilhado, a leitura será bastante breve e os telespectadores, nessa altura, terão mais cousas em que pensar que se a minha cara está maquilhada ou não, Muito bem, o senhor diretor-geral manda, Em todo o caso, tome providências para que os focos não me ponham covas na cara, não gostaria que me vissem no ecrã com aspeto de desenterrado, hoje menos que em qualquer outra ocasião. Às vinte horas e cinquenta e cinco minutos o diretor-geral entrou no estúdio, entregou ao locutor de serviço a pasta com o comunicado do governo e foi sentar-se no lugar que lhe estava destinado. Atraídas pelo insólito da situação, a notícia, como seria de esperar, tinha corrido, havia muitas mais pessoas no estúdio do que era habitual. O realizador ordenou silêncio. Às vinte e uma horas exatas surgiu, acompanhado pela sua inconfundível música de fundo, o fulgurante arranque do telejornal, uma variada e velocíssima sequência de imagens com as quais se pretendia convencer o telespectador de que aquela televisão, ao seu serviço as vinte e quatro horas do dia, estava, como antigamente se dizia da divindade, em toda a parte e de toda a parte mandava notícias. No mesmo instante em que o locutor acabou de ler o comunicado do governo, a câmara número dois pôs o diretor-geral no ecrã. Notava-se que estava nervoso, que tinha a garganta apertada. Pigarreou um pouco para limpar a voz e começou a ler, senhor diretor-geral da televisão nacional, estimado senhor, para os efeitos que as pessoas interessadas tiverem por convenientes venho informar de que a partir da meia-noite de hoje se voltará a morrer tal como sucedia, sem protestos notórios, desde o princípio dos tempos e até ao dia trinta e um de dezembro do ano passado, devo explicar que a intenção que me levou a interromper a minha atividade, a parar de matar, a embainhar a emblemática gadanha que imaginativos pintores e gravadores doutro tempo me puseram na mão, foi oferecer a esses seres humanos que tanto me detestam uma pequena amostra do que para eles seria viver sempre, isto é, eternamente, embora, aqui entre nós dois, senhor diretor-geral da televisão nacional, eu tenha de confessar a minha total ignorância sobre se as duas palavras, sempre e eternamente, são tão sinónimas quanto em geral se crê, ora bem, passado este período de alguns meses a que poderíamos chamar de prova de resistência ou de tempo gratuito e tendo em conta os lamentáveis resultados da experiência, tanto de um ponto de vista moral, isto é, filosófico, como de um ponto de vista pragmático, isto é, social, considerei que o melhor para as famílias e para a sociedade no seu conjunto, quer em sentido vertical, quer em sentido horizontal, seria vir a público reconhecer o equívoco de que sou responsável e anunciar o imediato regresso à normalidade, o que significará que a todas aquelas pessoas que já deveriam estar mortas, mas que, com saúde ou sem ela, permaneceram neste mundo, se lhes apagará a candeia da vida quando se extinguir no ar a última badalada da meia-noite, note-se que a referência à badalada é meramente simbólica, não seja que a alguém lhe passe pela cabeça a ideia estúpida de encravar os relógios dos campanários ou de retirar o badalo aos sinos pensando que dessa maneira deteria o tempo e contrariaria o que é minha decisão irrevogável, esta de devolver o supremo medo ao coração dos homens a maior parte das pessoas que antes se encontravam no estúdio já se havia sumido dali, e as que ainda se mantinham bichanavam baixinho umas com as outras, os seus murmúrios zumbindo sem que o realizador, ele próprio a deixar cair o queixo de puro pasmo, se lembrasse de mandar calar com aquele gesto furioso que era seu costume usar em circunstâncias obviamente muito menos dramáticas portanto resignem-se e morram sem discutir porque de nada lhes adiantaria, porém, um ponto há em que sinto ser minha obrigação dar a mão à palmatória, o qual tem que ver com o injusto e cruel procedimento que vinha seguindo, que era tirar a vida às pessoas à falsa-fé, sem aviso prévio, sem dizer água-vai, tenho de reconhecer que se tratava de uma indecente brutalidade, quantas vezes não dei nem sequer tempo a que fizessem testamento, é certo que na maior parte dos casos lhes mandava uma doença para abrir caminho, mas as doenças têm algo de curioso, os seres humanos sempre esperam safar-se delas, de modo que só quando já é tarde de mais se vem a saber que aquela iria ser a última, enfim, a partir de agora toda a gente passará a ser prevenida por igual e terá um prazo de uma semana para pôr em ordem o que ainda lhe resta de vida, fazer testamento e dizer adeus à família, pedindo perdão pelo mal feito ou fazendo as pazes com o primo com quem desde há vinte anos estava de relações cortadas, dito isto, senhor diretor-geral da televisão nacional, só me resta pedir-lhe que faça chegar hoje mesmo a todos os lares do país esta minha mensagem autógrafa, que assino com o nome com que geralmente se me conhece, morte. O diretor-geral levantou-se da cadeira quando viu que já o tinham retirado do ecrã, dobrou a cópia da carta e meteu-a num dos bolsos interiores do casaco. Notou que o realizador vinha para ele, pálido, com o rosto descomposto, Então era isso, dizia num murmúrio quase inaudível, então era isso. O diretor-geral acenou em silêncio e dirigiu-se à saída. Não ouviu as palavras que o locutor começara a balbuciar, Acabaram de escutar, e depois as notícias que haviam deixado de ter importância porque em todo o país ninguém lhes estava a dar a menor atenção, nas casas em que havia um doente terminal as famílias foram juntar-se à cabeceira do infeliz, porém, não podiam dizer-

-lhe que ia morrer daí a três horas, não podiam dizer-lhe que já agora podia aproveitar o tempo para fazer o testamento a que sempre se tinha negado ou se queria que chamassem o primo para fazerem as pazes, também não podiam praticar a hipocrisia do costume que era perguntar se se sentia melhorzinho, ficavam a contemplar a pálida e emaciada face, depois olhavam o relógio às furtadelas, à espera de que o tempo passasse e de que o comboio do mundo regressasse aos carris do costume para fazer a viagem de sempre. E não poucas famílias houve que, tendo já pago à máphia para que lhes levasse dali o triste despojo, e supondo, no melhor dos casos, que não iriam agora pôr-se a chorar o dinheiro gasto, viam como, se houvessem tido um pouco mais de caridade e paciência, lhes teria saído grátis o despejo. Nas ruas havia enormes alvoroços, viam-se pessoas paradas, aturdidas, ou desorientadas, sem saberem para que lado fugir, outras a chorar desconsoladamente, outras abraçadas como se tivessem resolvido começar ali mesmo as despedidas, algumas discutiam se as culpas de tudo isto seriam do governo, ou da ciência médica, ou do papa de roma, um cético protestava que não havia memória de a morte ter escrito alguma vez uma carta e que era necessário mandar fazer com urgência a análise da caligrafia porque, dizia, uma mão só composta de trocinhos ósseos nunca poderia escrever da mesma maneira que o teria feito uma mão completa, autêntica, viva, com sangue, veias, nervos, tendões, pele e carne, e que se era certo que os ossos não deixam impressões digitais no papel e portanto não se poderia por aí identificar o autor da carta, um exame ao adn talvez lançasse alguma luz sobre esta inesperada manifestação epistolar de um ser, se a morte o é, que tinha estado silencioso toda a vida. Neste mesmo momento o primeiro-ministro está a falar com o rei pelo telefone, a explicar-lhe as razões por que havia decidido não lhe dar conhecimento da carta da morte, e o rei responde que sim, que compreende perfeitamente, então o primeiro-ministro diz-lhe que sente muito o funesto desenlace que a última badalada da meia-noite virá impor à periclitante vida da rainha-mãe, e o rei encolhe os ombros, que para pouca vida mais vale nenhuma, hoje ela, amanhã eu, tanto mais que o príncipe herdeiro já anda a dar mostras de impaciência, a perguntar quando chegará a sua vez de ser rei constitucional. Depois de terminada esta conversação íntima, com toques de inusual sinceridade, o primeiro-ministro deu instruções ao chefe de gabinete para convocar todos os membros do governo a uma reunião de urgência máxima, Quero-os aqui em três quartos de hora, às dez em ponto, disse, teremos de discutir, aprovar e pôr em marcha os paliativos necessários para minorar as confusões e balbúrdias de toda a espécie que a nova situação inevitavelmente criará nos próximos dias, Refere-se à quantidade de pessoas falecidas que vai ser preciso evacuar nesse curtíssimo prazo, senhor primeiro-ministro, Isso ainda é o menos importante, meu caro, para resolver problemas dessa natureza é que as agências funerárias existem, aliás, a crise acabou para elas, devem estar contentíssimas a deitar contas ao que vão ganhar, portanto, que enterrem elas os mortos como lhes compete, que a nós caber-nos-á tratar dos vivos, por exemplo, organizar equipas de psicólogos para ajudarem as pessoas a superar o trauma de terem de voltar a morrer quando estavam tão convencidas de que iriam viver para sempre, Realmente deverá ser duro, eu próprio já o havia pensado, Não perca tempo, os ministros que tragam os secretários de estado respetivos, quero-os aqui a todos às dez em ponto, se algum lhe perguntar, diga que é o primeiro a ser convocado, eles são como crianças pequenas, gostam de rebuçados. O telefone tocou, era o ministro do interior, Senhor primeiro-ministro, estou a receber chamadas de todos os jornais, disse, exigem que lhes sejam fornecidas cópias da carta que acaba de ser lida na televisão em nome da morte e que eu deploravelmente desconhecia, Não o deplore, se entendi assumir a responsabilidade de guardar segredo foi para que não tivéssemos de aguentar doze horas de pânico e de confusão, Que faço, então, Não se preocupe com este assunto, o meu gabinete vai distribuir a carta agora mesmo por todos os órgãos de comunicação social, Muito bem, senhor primeiro-ministro, O governo reunir-se-á às dez horas em ponto, traga os seus secretários de estado, Os subsecretários também, Não, esses deixe-os a guardar a casa, sempre ouvi dizer que muita gente junta não se salva, Sim, senhor primeiro-ministro, Seja pontual, a reunião principiará às dez horas e um minuto, Tenha a certeza de que seremos os primeiros a chegar, senhor primeiro-ministro, Receberá a sua medalha, Que medalha, Era só uma maneira de falar, não faça caso.

Os representantes das empresas funerárias, enterros, incinerações e trasladações, serviço permanente, vão reunir-se à mesma hora na sede da corporação. Confrontadas com o desmesurado e nunca antes experimentado desafio profissional que representará a morte simultânea e o subsequente despacho fúnebre de milhares de pessoas em todo o país, a única solução séria que se lhes apresentará, ademais de altamente beneficiosa do ponto de vista económico graças ao embaratecimento racionalizado dos custos, será porem em campo, de forma conjunta e ordenada, os recursos de pessoal e os meios tecnológicos de que dispõem, em suma, a logística, estabelecendo de caminho quotas proporcionais de participação no bolo, como graciosamente dirá o presidente da associação de classe, com discreto embora sorridente aplauso da companhia. Haverá que levar em conta, por exemplo, que a produção de caixões, tumbas, ataúdes, féretros e esquifes para uso humano se encontra estancada desde o dia em que as pessoas deixaram de morrer e que, no improvável caso de que ainda restem existências numa ou outra carpintaria de gerência conservadora, será como aquela pequena rosette de malherbe, que, convertida em rosa, mais não pôde durar que a brevidade de uma manhã. A citação literária foi obra do presidente, que, sem vir muito a propósito, mas provocando os aplausos da assistência, disse a seguir, Seja como for, terminou para nós a vergonha de andar a fazer enterros a cães, gatos e canários de estimação, E papagaios, disse uma voz lá ao fundo, E papagaios, assentiu o presidente, E peixinhos tropicais, lembrou outra voz, Isso foi só depois da polémica levantada pelo espírito que paira sobre a água do aquário, corrigiu o secretário da mesa, a partir de agora vão passar a dá-los aos gatos, por aquilo de lavoisier, quando disse que na natureza nada se cria e nada se perde, tudo se transforma. Se não se chegou a saber a que extremos poderiam chegar os alardes de almanaque das agências funerárias ali reunidas foi porque um dos seus representantes, preocupado com o tempo, vinte e duas horas e quarenta e cinco minutos no seu relógio, levantou o braço para propor que se telefonasse à associação de carpinteiros a perguntar como estavam eles de caixões e ataúdes, Precisamos de saber com o que podemos contar a partir de amanhã, concluiu. Como seria de esperar, a proposta foi calorosamente aplaudida, mas o presidente, disfarçando mal o despeito por não ter sido dele a ideia, observou, O mais certo é não haver ninguém nos carpinteiros a estas horas, Permito-me duvidar, senhor presidente, as mesma razões que aqui nos reuniram, deverão tê-los feito reunir a eles. Acertava em cheio o proponente. Da corporação de carpinteiros responderam que tinham alertado os respetivos associados logo a seguir à leitura da carta da morte, chamando a sua atenção para a conveniência de restabelecerem no mais curto prazo possível o fabrico de caixaria fúnebre, e que, de acordo com as informações que estavam a receber continuamente, não só muitas empresas haviam logo convocado os seus operários, como também já se encontravam em plena laboração a maior parte delas. Vai contra o horário de trabalho, disse o porta-voz da corporação, mas, considerando que se trata de uma situação de emergência nacional, os nossos advogados têm a certeza de que o governo não terá outro remédio senão fechar os olhos e de que ainda por cima nos agradecerá, o que não poderemos garantir, nesta primeira fase, é que os caixões e os ataúdes a fornecer se apresentem com a mesma qualidade de acabamento a que tínhamos habituado os nossos clientes, os polimentos, os vernizes e os crucifixos no tampo terão de ficar para a fase seguinte, quando a pressão dos enterros começar a diminuir, de todo o modo estamos conscientes da responsabilidade de sermos uma peça fundamental neste processo. Ouviram-se novos e ainda mais calorosos aplausos na reunião dos representantes das agências funerárias, agora sim, agora havia motivo para se felicitarem mutuamente, nenhum corpo ficaria por enterrar, nenhuma fatura por cobrar. E os coveiros, perguntou o da proposta, Os coveiros fazem o que se lhes mandar, respondeu irritado o presidente. Não era bem assim. Por outra chamada telefónica soube-se que os coveiros exigiam um aumento substancial de salário e o pagamento em triplo das horas extraordinárias. Isso é com as câmaras municipais, eles que se amanhem, disse o presidente. E se chegamos ao cemitério e não há lá ninguém para abrir as covas, perguntou o secretário. A discussão prosseguiu acesa. Às vinte e três horas e cinquenta minutos o presidente teve um infarto de miocárdio. Morreu com a última badalada da meia-noite.

Muito mais que uma hecatombe. Durante sete meses, que tantos foram os que a trégua unilateral da morte havia durado, tinham-se ido acumulando em uma nunca vista lista de espera mais de sessenta mil moribundos, exatamente sessenta e dois mil quinhentos e oitenta, postos de uma vez em paz por obra de um instante único, de um átimo de tempo carregado de uma potência mortífera que só encontraria comparação em certas repreensivas ações humanas. A propósito, não resistiremos a recordar que a morte, por si mesma, sozinha, sem qualquer ajuda externa, sempre matou muito menos que o homem. Talvez algum espírito curioso se esteja perguntando agora como foi que conseguimos apurar aquela precisa quantidade de sessenta e duas mil quinhentas e oitenta pessoas que fecharam os olhos ao mesmo tempo e para sempre. Foi muito fácil. Sabendo-se que o país em que tudo isto se passa tem mais ou menos dez milhões de habitantes e que a taxa de mortalidade é mais ou menos de dez por mil, duas simples operações aritméticas, das mais elementares, a multiplicação e a divisão, a par de uma cuidadosa ponderação das proporções intermediárias mensais e anuais, permitiram-nos obter, para cima e para baixo, uma estreita faixa numérica

na qual a quantidade finalmente indicada se nos apresentou como média razoável, e se dizemos razoável é porque igualmente poderíamos haver adotado os números laterais de sessenta e duas mil quinhentas e setenta e nove ou de sessenta e duas mil quinhentas e oitenta e uma pessoas se a morte do presidente da corporação das agências funerárias, por inesperada e de última hora, não tivesse vindo introduzir nos nossos cálculos um fator de perturbação. Ainda assim, estamos confiantes em que a verificação dos óbitos, iniciada logo às primeiras horas da manhã seguinte, virá confirmar a justeza das contas feitas. Outro espírito curioso, dos que sempre interrompem o narrador, estará perguntando como podiam os médicos saber a que moradas se deveriam dirigir para executar uma obrigação sem cujo cumprimento um morto não estará legalmente morto, ainda que indiscutivelmente morto esteja. Em certos casos, escusado seria dizê-lo, foram as próprias famílias do defunto a chamar o seu médico assistente ou de cabeceira, mas esse recurso teria forçosamente um alcance muito reduzido, uma vez que o que se pretendia era oficializar em tempo recorde uma situação anómala, de modo a evitar que se confirmasse uma vez mais o ditado que diz que uma desgraça nunca vem só, o que, aplicado à situação, significaria depois de morte súbita, putridez em casa. Foi então quando se demonstrou que não é por acaso que um primeiro-ministro chega a tão altas funções e que, como não se tem cansado de afirmar a infalível sabedoria das nações, cada povo tem o governo que merece, devendo contudo observar-se, quanto a este particular, e para completa clarificação do assunto, que se é verdade que os primeiros-
-ministros, para bem ou para mal, não são todos iguais,

também não é menos verdade que os povos não são sempre a mesma cousa. Numa palavra, em um caso como no outro, depende. Ou é conforme, se se preferir dizê-lo em duas palavras. Como se vai ver, qualquer observador, mesmo que não especialmente propenso à imparcialidade dos juízos, não teria a menor dúvida em reconhecer que o governo soube mostrar-se à altura da gravidade da situação. Todos estaremos lembrados de que na alegria daqueles primeiros e deliciosos dias de imortalidade, afinal tão breves, a que este povo inocentemente se entregou, uma senhora, viúva de pouco tempo, teve a ideia de celebrar essa felicidade nova pendurando na varanda florida da sua casa de jantar, aquela que dava para a rua, a bandeira nacional. Também estaremos recordados de como o embandeiramento, em menos de quarenta e oito horas, qual rastilho de pólvora, qual nova epidemia, alastrou a todo o país. Passados estes sete meses de contínuas e malsofridas desilusões, só raras bandeiras haviam sobrevivido, e, mesmo essas, reduzidas a melancólicos farrapos, com as cores comidas pelo sol e deslavadas pela chuva, além de lamentavelmente desmanchada a arquitetura do emblema. Dando prova de um admirável espírito previsor, o governo, entre outras medidas de urgência destinadas a suavizar os danos colaterais do inopinado regresso da morte, tinha recuperado a bandeira da pátria como indicativo de que ali, naquele terceiro andar esquerdo, havia um morto à espera. Assim industriadas, as famílias que tinham sido feridas pela odiosa parca mandaram um dos seus à loja a comprar o símbolo, penduraram-no à janela e, enquanto enxotavam as moscas da cara do falecido, puseram-se a aguardar o médico que viria certificar o óbito. Reconheça-se que a ideia não só era eficaz, como da mais extremada elegância. Os médicos de cada cidade, vila, aldeia ou simples lugar, de carro, de bicicleta ou a pé, só tinham de percorrer as ruas de olho atento à bandeira, subir à casa assinalada e, tendo comprovado a defunção à vista desarmada, sem a ajuda de instrumentos, porquanto outros exames mais chegados ao corpo se haviam tornado impossíveis por causa da urgência, deixavam um papel assinado com o qual se tranquilizariam as agências funerárias sobre a natureza específica da matéria-prima, isto é, que se a esta enlutada casa tinham vindo por lebre, não seria gato o que levariam dela. Como já se terá percebido, a bem lembrada utilização da bandeira nacional iria ter uma dupla finalidade e uma dupla vantagem. Havendo começado por servir de guia aos médicos, iria ser agora farol para os empacotadores do defunto. No caso das cidades maiores, e com distinção para a capital, metrópole desproporcionada em relação ao pequeno tamanho do país, a divisão do espaço urbano por talhões, com vista ao estabelecimento de quotas proporcionais de participação no bolo, como com fino espírito havia dito o desditoso presidente da associação dos funerários, facilitaria enormemente a tarefa dos angariadores de fretes humanos na sua correria contra o tempo. Um outro efeito subsequente da bandeira, não previsto, não esperado, mas que veio mostrar a que ponto podemos estar equivocados quando nos dedicamos a cultivar ceticismos da espécie sistemática, foi o virtuoso gesto de uns quantos cidadãos respeitadores das mais arraigadas tradições de esmerada conduta social e que ainda usavam chapéu, descobrindo-se ao passar diante das festoadas janelas e deixando no ar a dúvida admirável de se o faziam por causa do falecido ou do símbolo vivo e sagrado da pátria.

Os jornais, nem seria necessário dizê-lo, tiveram uma procura enorme, maior ainda do que quando pareceu que se tinha deixado de morrer. Claro que um grande número de pessoas já haviam sido informadas pela televisão do cataclismo que lhes caíra sobre as cabeças, muitas delas tinham até parentes mortos em casa à espera do médico e bandeiras chorando na sacada, mas é muito fácil de compreender que existe uma certa diferença entre a imagem nervosa de um diretor-geral falando ontem à noite no pequeno ecrã e estas páginas convulsas, agitadas, manchadas de títulos exclamativos e apocalípticos que se podem dobrar, guardar no bolso e levar para reler em casa com todo o vagar e de que nos contentaremos com respigar aqui estes poucos mas expressivos exemplos, Depois Do Paraíso O Inferno, A Morte Dirige O Baile, Imortais Por Pouco Tempo, Outra Vez Condenados A Morrer, Xeque-Mate, Aviso Prévio A Partir De Agora, Sem Apelo E Com Agravo, Um Papel De Cor Violeta, Sessenta E Dois Mil Mortos Em Menos De Um Segundo, A Morte Ataca À Meia-Noite, Ninguém Foge Ao Seu Destino, Sair Do Sonho Para Cair No Pesadelo, Regresso À Normalidade, Que Fizemos Nós Para Merecer Isto, et cætera, et cætera. Todos os jornais, sem exceção, publicavam na primeira página o manuscrito da morte, mas um deles, para tornar mais fácil a leitura, reproduziu o texto em letra de forma corpo catorze dentro de uma caixa, corrigiu-lhe a pontuação e a sintaxe, acertou-lhe as conjugações verbais, pôs as maiúsculas onde faltavam, sem esquecer a assinatura final, que passou de morte a Morte, uma diferença inapreciável ao ouvido, mas que irá provocar nesse mesmo dia um indignado protesto da autora da missiva, também por escrito e no mesmo papel de cor violeta. Segundo a opinião autorizada de um gramático consultado pelo jornal, a morte, simplesmente, não dominava nem sequer os primeiros rudimentos da arte de escrever. Logo a caligrafia, disse ele, é estranhamente irregular, parece que se reuniram ali todos os modos conhecidos, possíveis e aberrantes de traçar as letras do alfabeto latino, como se cada uma delas tivesse sido escrita por uma pessoa diferente, mas isso ainda se perdoaria, ainda poderia ser tomado como defeito menor à vista da sintaxe caótica, da ausência de pontos finais, do não uso de parêntesis absolutamente necessários, da eliminação obsessiva dos parágrafos, da virgulação aos saltinhos e, pecado sem perdão, da intencional e quase diabólica abolição da letra maiúscula, que, imagine-se, chega a ser omitida na própria assinatura da carta e substituída pela minúscula correspondente. Uma vergonha, uma provocação, continuava o gramático, e perguntava, Se a morte, que teve o impagável privilégio de assistir no passado aos maiores génios da literatura, escreve desta maneira, como não o farão amanhã as nossas crianças se lhes dá para imitar semelhante monstruosidade filológica, a pretexto de que, andando a morte por cá há tanto tempo, deverá saber tudo de todos os ramos do conhecimento. E o gramático terminava, Os disparates sintáticos que recheiam a lamentável carta levar-me-iam a pensar que estaríamos perante uma gigantesca e grosseira mistificação se não fosse a tristíssima realidade, a dolorosa evidência de que a terrível ameaça se cumpriu. Na tarde deste mesmo dia, como já havíamos antecipado, chegou à redação do jornal uma carta da morte exigindo, nos termos mais enérgicos, a imediata retificação do seu nome, senhor diretor, escrevia, eu não sou a Morte, sou simplesmente morte, a Morte é uma cousa que aos senhores nem por sombras lhes pode passar pela cabeça o que seja, vossemecês, os seres humanos, só conhecem, tome nota o gramático de que eu também saberia pôr vós, os seres humanos, só conheceis esta pequena morte quotidiana que eu sou, esta que até mesmo nos piores desastres é incapaz de impedir que a vida continue, um dia virão a saber o que é a Morte com letra grande, nesse momento, se ela, improvavelmente, vos desse tempo para isso, perceberíeis a diferença real que há entre o relativo e o absoluto, entre o cheio e o vazio, entre o ainda ser e o não ser já, e quando falo de diferença real estou a referir-me a algo que as palavras jamais poderão exprimir, relativo, absoluto, cheio, vazio, ser ainda, não ser já, que é isso, senhor diretor, porque as palavras, se o não sabe, movem-se muito, mudam de um dia para o outro, são instáveis como sombras, sombras elas mesmas, que tanto estão como deixaram de estar, bolas de sabão, conchas de que mal se sente a respiração, troncos cortados, aí lhe fica a informação, é gratuita, não cobro nada por ela, entretanto preocupe-se com explicar bem aos seus leitores os comos e os porquês da vida e da morte, e, já agora, regressando ao objetivo desta carta, escrita, tal como a que foi lida na televisão, de meu punho e letra, convido-o instantemente a cumprir aquelas honradas disposições da lei de imprensa que mandam retificar no mesmo lugar e com a mesma valorização gráfica o erro, a omissão ou o lapso cometidos, arriscando-se neste caso o senhor diretor, se esta carta não for publicada na íntegra, a que eu lhe despache, amanhã mesmo, com efeitos imediatos, o aviso prévio que tenho reservado para si daqui por alguns anos, não lhe direi quantos para não lhe amargar o resto da vida, sem outro assunto, subscrevo-me com a atenção devida, morte. A carta apareceu pontualíssima no dia seguinte com derramadas desculpas do diretor e também em duplicado, isto é, manuscrita e em letra de forma, corpo catorze e caixa. Só quando o jornal saiu à rua é que o diretor se atreveu a sair do bunker em que se havia encerrado a sete chaves a partir do momento em que leu a cominatória carta. E tão assustado estava ainda que se recusou a publicar o estudo grafológico que um importante especialista na matéria lhe foi entregar pessoalmente. Já basta que me tivesse metido em sarilhos com a assinatura da morte com maiúscula, disse, leve a sua análise a outro jornal, dividimos o mal pelas aldeias e a partir daqui seja o que deus quiser, tudo menos ter de sofrer outro susto igual ao que apanhei. O grafólogo foi a um jornal, foi a outro, e a outro, e só à quarta vez, a ponto já de perder as esperanças, conseguiu que lhe recebessem o fruto das não poucas horas do labiríntico trabalho a que, com lupa diurna e noturna, se havia dedicado. O substancioso e suculento relatório começava por recordar que a interpretação da escrita, nas suas origens, havia sido um dos ramos da fisiognomia, sendo os outros, para informação de quem não esteja a par desta ciência exata, a mímica, os gestos, a pantomima e fonognomonia, feito o que passou a chamar à colação as maiores autoridades na complexa matéria, como foram, cada um em seu tempo e lugar, camillo baldi, johann caspar lavater, édouard auguste patrice hocquart, adolf henze, jean-hippolyte michon, william thierry preyer, cesare lombroso, jules crépieux-jamin, rudolf pophal, ludwig klages, wilhelm helmuth müller, alice enskat, robert heiss, graças aos quais a grafologia havia sido reestruturada no seu aspeto psicológico, demonstrando-se a ambivalência das particularidades grafológicas e a necessidade de conceber a sua expressão como um conjunto, posto o que, uma vez expostos os dados históricos e essenciais da questão, o nosso grafólogo avançou pelo campo da definição exaustiva das características principais da escrita sub judice, a saber, o tamanho, a pressão, o arranjo, a disposição no espaço, os ângulos, a pontuação, a proporção de traços altos e baixos das letras, ou, por outras palavras, a intensidade, a forma, a inclinação, a direção e a continuação dos signos gráficos, e, finalmente, havendo deixado claro o facto de que o objetivo do seu estudo não era um diagnóstico clínico, nem uma análise do carácter, nem um exame de aptidão profissional, o especialista concentrou a sua atenção nas evidentes mostras relacionadas com o foro criminológico que a escrita a cada passo ia revelando, Não obstante, escrevia frustrado e pesaroso, encontro-me colocado perante uma contradição que não vejo forma nenhuma de solucionar, que duvido mesmo que haja para ela resolução possível, e é que se é certo que todos os vetores da metódica e minuciosa análise grafológica a que procedi apontam a que a autora do escrito é aquilo a que se chama uma serial killer, uma assassina em série, outra verdade igualmente irrefragável, igualmente resultante do meu exame e que de algum modo vem desbaratar a tese anterior, acabou por se me impor, isto é, a verdade de que a pessoa que escreveu esta carta está morta. Assim era, de facto, e a própria morte não teve mais remédio que confirmá-lo, Tem razão, o senhor grafólogo, foram as suas palavras depois de ler a erudita demonstração. Só não se compreendia como, estando ela morta, e toda feita ossos, fosse capaz de matar. E, sobretudo, que escrevesse cartas. Estes mistérios nunca serão esclarecidos.

Ocupados a explicar o que depois da hora fatídica havia sucedido às sessenta e duas mil quinhentas e oitenta pessoas que se encontravam em estado de vida suspensa, adiámos para um momento mais oportuno, que veio a ser este, as indispensáveis reflexões sobre a maneira como reagiram à mudança de situação os lares do feliz ocaso, os hospitais, as companhias de seguros, a máphia e a igreja, especialmente a católica, maioritária no país, ao ponto de nele ser crença comum que o senhor jesus cristo não quereria outro lugar para nascer se tivesse de repetir, de a até z, a sua primeira e até agora, que se saiba, única existência terreal. Nos lares do feliz ocaso, começando por eles, os sentimentos foram o que se esperaria. Se se levar em conta que a ininterrupta rotação dos internados, como ficou claramente explicado logo no princípio destes surpreendentes sucessos, era a própria condição da prosperidade económica das empresas, o regresso da morte teria de ser, como foi, motivo de alegria e renovadas esperanças para as respetivas administrações. Passado o choque inicial causado pela leitura da famosa carta na televisão, os gerentes começaram imediatamente a deitar contas à vida e viram que todas lhes saíam certas. Não poucas garrafas de champanhe foram bebidas à meia-noite para festejar o já não esperado regresso à normalidade, o que, parecendo constituir o cúmulo da indiferença e do desprezo pela vida alheia, não era, afinal, senão o natural alívio, o legítimo desafogo de quem, posto perante uma porta fechada e tendo perdido a chave, a via agora aberta de par em par, escancarada, com o sol do outro lado. Dirão os escrupulosos que ao menos se deveria ter evitado a ostentação ruidosa e pacóvia do champanhe, o saltar da rolha, a espuma a escorrer, e que um discreto cálice de porto ou madeira, uma gota de conhaque, um cheirinho de brande no café, seriam festejo mais que suficiente, mas nós, aqui, que bem sabemos com que facilidade o espírito deixa escapar as rédeas do corpo quando a alegria se desmanda, ainda quando não se deva desculpar, perdoar sempre se pode. Na manhã seguinte, os responsáveis pela gerência chamaram as famílias para que fossem buscar os corpos, mandaram arejar os quartos e mudar os lençóis, e após terem reunido o pessoal para lhes comunicar que, afinal, a vida continuava, sentaram--se a examinar a lista de pedidos de ingresso e a escolher, entre os pretendentes, aqueles que mais prometedores lhes parecessem. Por razões não em todos os aspetos idênticas, mas de igual consideração, também a disposição anímica dos administradores hospitalares e da classe médica havia melhorado da noite para o dia. Embora, como já havia ficado dito antes, uma grande parte dos doentes sem cura e cuja enfermidade havia chegado ao seu extremo e derradeiro grau, se era lícito dizer tal de um estado nosológico que se havia anunciado como eterno, tivessem sido recambiados para as suas casas e famílias, Em que melhores mãos poderiam estar os pobres diabos, perguntava-se hipocritamente, o certo é que um elevado número deles, sem parentes conhecidos nem dinheiro para pagar a pensão exigida nos lares do feliz ocaso, se amontoavam por ali ao sabor do que calhasse, não já nos corredores, como é costume velho destes beneméritos estabelecimentos de assistência, ontem, hoje e sempre, mas em arrecadações e em recantos, em esconsos e em desvãos, onde com frequência os deixavam abandonados por vários dias, sem que isso importasse a quem quer que fosse, pois, como diziam médicos e enfermeiros, por muito mal que se encontrassem, morrer não poderiam. Agora já estavam mortos, levados dali e enterrados, o ar dos hospitais tornara-se puro e cristalino, com aquele seu inconfundível aroma de éter, tintura de iodo e creolina, como nas altas montanhas, a céu aberto. Não se abriram garrafas de champanhe, mas os sorrisos felizes dos administradores e diretores clínicos eram um alívio para as almas, e, no que aos médicos se refere, não há mais que dizer senão que haviam recuperado o histórico olhar devorador com que seguiam o pessoal feminino de enfermagem. Portanto, em todos os sentidos da palavra, a normalidade. Quanto às empresas seguradoras, terceiras da lista, não há até este momento muito para informar, porquanto ainda não acabaram de entender-se sobre se a atual situação, à luz das alterações introduzidas nas apólices de seguro de vida e a que antes fizemos referência pormenorizada, as prejudicaria ou beneficiaria. Não darão um passo sem estarem bem seguras da firmeza do chão que pisam, mas, quando finalmente o derem, ali mesmo implantarão novas raízes sob a forma de contrato que consigam inventar mais adequada aos seus interesses, Entretanto, como o futuro a deus pertence e porque não se sabe o que o dia de amanhã nos virá trazer, continuarão a considerar como mortos todos os segurados que atingirem a idade de oitenta anos, este pássaro, pelo menos, já o têm bem seguro na mão, só falta ver se amanhã arranjarão maneira de fazer cair dois na rede. Há quem adiante, no entanto, que, aproveitando a confusão que reina na sociedade, agora mais do que nunca entre a espada e a parede, entre sila e caribdes, entre a cruz e a caldeirinha, talvez não fosse má ideia aumentar para oitenta e cinco ou mesmo noventa anos a idade da morte atuarial. O raciocínio dos que defendem a alteração é transparente e claro como água, dizem que, chegando àquelas idades, as pessoas, em geral, além de não terem já parentes para lhes acudirem numa necessidade, ou terem-nos tão velhos eles próprios que tanto faz, sofrem sérios rebaixamentos no valor das suas pensões de reforma por efeito da inflação e dos crescentes aumentos do custo de vida, causa de que muitíssimas vezes se vejam forçadas a interromper o pagamento dos seus prémios de seguro, dando às companhias o melhor dos motivos para considerarem nulo e sem efeito o respetivo contrato. É uma desumanidade, objetam alguns. Negócios são negócios, respondem outros. Veremos no que isto vai dar.

Onde também a estas horas se está a falar muito de negócios é na máphia. Talvez que por ter sido excessivamente minuciosa, admitimo-lo sem reserva, a descrição feita nestas páginas dos negros túneis por onde a organização criminosa penetrou na exploração funerária poderá ter levado algum leitor a pensar que mísera máphia era esta se não tinha outras maneiras de ganhar dinheiro com muito menor esforço e mais pingues proventos. Tinha-as, e variadas, como qualquer das suas congéneres espalhadas pelas sete partidas do mundo, porém, habilíssima em equilíbrios e mútuas potenciações das táticas e das estratégias, a máphia local não se limitava a apostar prosaicamente no lucro imediato, os seus objetivos eram muito mais vastos, visavam nada menos que a eternidade, ou seja, implantar, com a derivação tácita das famílias para a bondade da eutanásia e com as bênçãos do poder político, que fingiria olhar para outro lado, o monopólio absoluto das mortes e dos enterramentos dos seres humanos, assumindo no mesmo passo a responsabilidade de manter a demografia nos níveis em cada momento mais convenientes para o país, abrindo ou fechando a torneira, conforme a imagem já antes usada, ou, para empregar uma expressão com mais rigor técnico, controlando o fluxómetro. Se não poderia, ao menos nesta primeira fase, espevitar ou ralear a procriação, ao menos estaria na sua mão acelerar ou retardar as viagens à fronteira, não a geográfica, mas a de sempre. No preciso ponto em que entrámos na sala, o debate havia-se centrado na melhor maneira de reaplicar em atividades similarmente remunerativas a força de trabalho que tinha ficado sem ocupação com o regresso da morte, e, sendo certo que as sugestões não faltaram à roda da mesa, mais radicais umas que outras, acabou por preferir-se algo já com largo historial de provas dadas e que não necessitava dispositivos complicados, isto é, a proteção. Logo no dia seguinte, de norte a sul, por todo o país, as agências funerárias viram entrar-lhes pela porta dentro quase sempre dois homens, às vezes um homem e uma mulher, raramente duas mulheres, que perguntavam educadamente pelo gerente, ao qual, depois, com os melhores modos, explicavam que o seu estabelecimento corria o risco de ser assaltado e mesmo destruído, ou à bomba, ou incendiado, por ativistas de umas quantas associações ilegais de cidadãos que exigiam a inclusão do direito à eternidade na declaração universal dos direitos humanos e que, agora frustrados, pretendiam desafogar a sua ira fazendo cair sobre inocentes empresas o pesado braço da vingança, só porque eram elas que levavam os cadáveres à última morada. Estamos informados, dizia um dos emissários, de que as ações destrutivas concertadas, que poderão ir, em caso de resistência, até ao assassínio do proprietário e do gerente e suas famílias, e na falta deles um ou dois empregados, começarão amanhã mesmo, talvez neste bairro, talvez noutro, E que posso eu fazer, perguntava tremendo o pobre homem, Nada, o senhor não pode fazer nada, mas nós poderemos defendê-lo se no-lo pedir, Claro que sim, claro que peço, por favor, Há condições a satisfazer, Quaisquer que sejam, por favor, protejam-me, A primeira é que não falará deste assunto a ninguém, nem sequer à sua mulher, Não sou casado, Tanto faz, à sua mãe, à sua avó, à sua tia, A minha boca não se abrirá, Melhor assim, ou então arriscar-se-á a ficar com ela fechada para sempre, E as outras condições, Uma só, pagar o que lhe dissermos, Pagar, Teremos de montar os operativos de proteção, e isso, caro senhor, custa dinheiro, Compreendo, Até poderíamos defender a humanidade inteira se ela estivesse disposta a pagar o preço, no entanto, uma vez que atrás de tempo sempre outro tempo virá, ainda não perdemos a esperança, Estou a perceber, Ainda bem que é de perceção rápida, Quanto deverei pagar, Está apontado nesse papel, Tanto, É o justo, E isto é por ano, ou por mês, Por semana, É demasiado para as minhas posses, com o negócio funerário não se enriquece facilmente, Tem sorte em não lhe pedirmos aquilo que, em sua opinião, a sua vida deverá valer, É natural, não tenho outra, E não a terá, por isso o conselho que lhe damos é que trate de acautelar esta, Vou pensar, precisarei de falar com os meus sócios, Tem vinte e quatro horas, nem mais um minuto, a partir daí lavamos as nossas mãos do assunto, a responsabilidade passa a ser toda sua, se algum acidente vier a suceder-lhe, temos quase a certeza de que, por ser o primeiro, não será mortal, nessa altura talvez voltemos a conversar consigo, mas o preço dobrará, e então não terá outra solução que pagar o que lhe pedirmos, não imagina como são implacáveis essas associações de cidadãos que reivindicam a eternidade, Muito bem, pago, Quatro semanas adiantadas, por favor, Quatro semanas, O seu caso é dos urgentes, e, como já lhe tínhamos dito antes, custa dinheiro montar os operativos de proteção, Em numerário, em cheque, Numerário, cheques só para transações doutro tipo e doutros montantes, quando não convém que os dinheiros passem diretamente de uma mão a outra. O gerente foi abrir o cofre, contou as notas e perguntou enquanto as entregava, Dão-me um recibo, um documento que me garanta a proteção, Nem recibo, nem garantia, terá de contentar-se com a nossa palavra de honra, De honra, Exatamente, de honra, não imagina até que ponto honramos a nossa palavra, Onde poderei encontrá-los se tiver algum problema, Não se preocupe, nós o encontraremos a si, Acompanho-os à saída, Não vale a pena levantar-se, já conhecemos o caminho, virar à esquerda depois do armazém de ataúdes, sala de maquilhagem, corredor, receção, a porta da rua é logo ali, Não se perderão, Temos um sentido de orientação muito apurado, nunca nos perdemos, por exemplo, na quinta semana depois desta virá alguém aqui para fazer a cobrança, Como saberei se se trata da pessoa própria, Não terá nenhuma dúvida quando a vir, Boas tardes, Boas tardes, não tem nada que nos agradecer.

Finalmente, last but not least, a igreja católica, apostólica e romana tinha muitos motivos para estar satisfeita consigo mesma. Convencida desde o princípio de que a abolição da morte só poderia ter sido obra do diabo e de que para ajudar a deus contra as obras do demo nada é mais poderoso que a perseverança na prece, tinha posto de lado a virtude da modéstia que com não pequeno esforço e sacrifício ordinariamente cultivava, para passar a felicitar-se, sem reservas, pelo êxito da campanha nacional de orações cujo objetivo, recordemo-lo, fora rogar ao senhor deus que providenciasse o regresso da morte o mais rapidamente possível para poupar a pobre humanidade aos piores horrores, fim de citação. As preces haviam demorado quase oito meses a chegar ao céu, mas há que pensar que só para atingir o planeta marte precisamos de seis, e o céu, como é fácil de imaginar, deverá estar muito mais para lá, treze mil milhões de anos-luz de distância da terra, números redondos. Na legítima satisfação da igreja havia, porém, uma sombra negra. Discutiam os teólogos, e não se punham de acordo, sobre as razões que teriam levado deus a mandar regressar subitamente a morte, sem ao menos dar tempo para levar a extrema-unção aos sessenta e dois mil moribundos que, privados da graça do último sacramento, haviam expirado em menos tempo do que leva a dizê-lo. A dúvida de que deus teria autoridade sobre a morte ou se, pelo contrário, a morte seria o superior hierárquico de deus, torturava em surdina as mentes e os corações do santo instituto, onde aquela ousada afirmação de que deus e a morte eram as duas caras da mesma moeda passara a ser considerada, mais do que heresia, abominável sacrilégio. Isto era o que se vivia por dentro. À vista de toda a gente o que preocupava realmente a igreja era a sua participação no funeral da rainha-mãe. Agora que os sessenta e dois mil mortos comuns já descansavam nas suas últimas moradas e não atrapalhavam o trânsito na cidade, era tempo de levar a veneranda senhora, convenientemente encerrada no seu caixão de chumbo, ao panteão real. Como os jornais não se esqueceriam de escrever, virava-se uma página da história.

É possível que só uma educação esmerada, daquelas que já se vêm tornando raras, a par, talvez, do respeito mais ou menos supersticioso que nas almas timoratas a palavra escrita costuma infundir, tenha levado os leitores, embora motivos não lhes faltassem para manifestar explícitos sinais de mal contida impaciência, a não interromperem o que tão profusamente viemos relatando e a quererem que se lhes diga o que é que, entretanto, a morte andou a fazer desde a noite fatal em que anunciou o seu regresso. Dado o papel importante que desempenharam nestes nunca vistos sucessos, bem está que tivéssemos explicado com abundância de pormenores como responderam à súbita e dramática mudança de situação os lares do feliz ocaso, os hospitais, as companhias de seguros, a máphia e a igreja católica, porém, a não ser que a morte, levando em conta a enorme quantidade de defuntos que era preciso enterrar nas horas imediatas, houvesse decidido, num inesperado e louvável gesto de simpatia, prolongar a sua ausência por mais alguns dias a fim de dar tempo a que a vida tornasse a girar nos antigos eixos, outra gente falecida de fresca data, isto é, logo nos primeiros dias da restauração do regime, teria por força de vir juntar-se aos infelizes que durante meses haviam mal vivido entre cá e lá, e desses novos mortos, como imporia a lógica, deveríamos ter que falar. No entanto, não sucedeu tal, a morte não foi tão generosa. O motivo da pausa em que durante oito dias ninguém morreu e que começou por criar a falaz ilusão de que afinal nada tivesse mudado, resultava simplesmente das atuais pautas de relacionamento entre a morte e os mortais, ou seja, que todos eles passariam a ser avisados de antemão de que ainda disporiam de uma semana de vida, por assim dizer até ao vencimento da livrança, para resolverem os seus assuntos, fazer testamento, pagar os impostos em atraso e despedir-se da família e dos amigos mais chegados. Em teoria parecia uma boa ideia, mas a prática não tardaria a demonstrar que não o era tanto. Imagine-se uma pessoa, dessas que gozam de uma esplêndida saúde, dessas que nunca tiveram uma dor de cabeça, otimistas por princípio e por claras e objetivas razões, e que, uma manhã, saindo de casa para o trabalho, encontra na rua o prestimoso carteiro da sua área, que lhe diz, Ainda bem que o vejo, senhor fulano, trago aqui uma carta para si, e imediatamente vê aparecer nas mãos dele um sobrescrito de cor violeta a que talvez ainda não desse especial atenção, porquanto poderia tratar-se de mais uma impertinência dos senhores da publicidade direta, se não fosse a estranha caligrafia com que o seu nome está nele escrito, igualzinha à do famoso fac simile publicado no jornal. Se o coração lhe der nesse instante um salto de susto, se o invadir o pressentimento lúgubre de uma desgraça sem remédio, e quiser, por isso, negar-se a receber a carta, não o conseguirá, será então como se alguém, segurando-o suavemente pelo cotovelo, o estivesse ajudando a descer o degrau, a evitar a casca de banana no chão, a fazê-lo virar a esquina sem tropeçar nos próprios pés. Também não valerá a pena tentar rasgá-la em pedaços, já se sabe que as cartas da morte são por definição indestrutíveis, nem um maçarico de acetileno funcionando à máxima força seria capaz de entrar com elas, e o ardil ingénuo de fingir que se lhe caiu da mão seria igualmente inútil porque a carta não se deixa soltar, fica como pegada aos dedos, e, se, por um milagre, o contrário pudesse suceder, é certo e sabido que logo apareceria um cidadão de boa vontade a recolhê-la e a correr atrás do falso distraído para lhe dizer, Creio que esta carta lhe pertence, talvez seja importante, e ele teria de responder melancolicamente, É, sim, é importante, muito obrigado pelo seu cuidado. Mas isto só poderia ter acontecido ao princípio, quando ainda poucos sabiam que a morte estava a utilizar o serviço postal público para mensageiro das suas fúnebres notificações. Em poucos dias a cor violeta iria tornar-se na mais execrada de todas as cores, mais ainda que o negro apesar de este significar luto, o que é facilmente compreensível se pensarmos que o luto o põem os vivos, e não os mortos, mesmo quando a estes os enterram com o fato preto posto. Imagine-se a perturbação, o desconcerto, a perplexidade daquele que ia para o seu trabalho e viu de repente saltar-lhe ao caminho a morte na figura de um carteiro que nunca tocará duas vezes, a este bastar-lhe-á, se o acaso não o fez encontrar o destinatário na rua, meter a carta na caixa do inquilino em questão ou introduzi-la, deslizando, por baixo da porta. O homem está ali parado, no meio do passeio, com a sua estupenda saúde, a sua sólida cabeça, tão sólida que nem mesmo agora lhe dói apesar do terrível choque, de repente o mundo deixou de lhe pertencer ou ele de pertencer ao mundo, passaram a estar emprestados um ao outro por oito dias, não mais que oito dias, di-lo esta carta de cor violeta que resignadamente acaba de abrir, os olhos nublados de lágrimas mal conseguem decifrar o que nela está escrito, Caro senhor, lamento comunicar-lhe que a sua vida terminará no prazo irrevogável e improrrogável de uma semana, aproveite o melhor que puder o tempo que lhe resta, sua atenta servidora, morte. A assinatura vem com inicial minúscula, o que, como sabemos, representa, de alguma forma, o seu certificado de origem. Duvida o homem, senhor fulano lhe chamou o carteiro, portanto é do sexo masculino, e logo o confirmámos nós próprios, duvida o homem se deverá voltar para casa e desabafar com a família a irremediável pena, ou se, pelo contrário, terá de engolir as lágrimas e prosseguir o seu caminho, ir aonde o trabalho o espera, cumprir todos os dias que lhe restam, então poderá perguntar Morte onde esteve a tua vitória, sabendo no entanto que não receberá resposta, porque a morte nunca responde, e não é porque não queira, é só porque não sabe o que há de dizer diante da maior dor humana.

Este episódio de rua, unicamente possível num país pequeno onde toda a gente se conhece, é por de mais eloquente quanto aos inconvenientes do sistema de comunicação instituído pela morte para a rescisão do contrato temporário a que chamamos vida ou existência. Poderia tratar-se de uma sádica manifestação de crueldade, como tantas que vemos todos os dias, mas a morte não tem qualquer necessidade de ser cruel, a ela, tirar a vida às pessoas basta-lhe e sobeja-lhe. Não pensou, é o que é. E agora, absorvida como deverá estar na reorganização dos seus serviços de apoio depois da longa paragem de sete meses, não tem olhos nem ouvidos para os clamores de desespero e angústia dos homens e das mulheres que, um a um, vão sendo avisados da sua morte próxima, desespero e angústia que, em alguns casos, estão a causar efeitos precisamente contrários àqueles que tinham sido previstos, isto é, as pessoas condenadas a desaparecer não resolvem os seus assuntos, não fazem testamento, não pagam os impostos em dívida, e, quanto às despedidas da família e dos amigos mais chegados, deixam-nas para o último minuto, o que, como é evidente, não vai dar nem para o mais melancólico dos adeuses. Mal informados sobre a natureza profunda da morte, cujo outro nome é fatalidade, os jornais têm-se excedido em furiosos ataques contra ela, acusando-a de impiedosa, cruel, tirana, malvada, sanguinária, vampira, imperatriz do mal, drácula de saias, inimiga do género humano, desleal, assassina, traidora, serial killer outra vez, e houve até um semanário, dos humorísticos, que, espremendo o mais que pôde o espírito sarcástico dos seus criativos, conseguiu chamar-lhe filha da puta. Felizmente, o bom senso ainda perdura em algumas redações. Um dos jornais mais respeitáveis do reino, decano da imprensa nacional, publicou um sisudo editorial em que apelava a um diálogo aberto e sincero com a morte, sem reservas mentais, de coração nas mãos e espírito fraterno, no caso, como era óbvio, de se conseguir descobrir onde ela se alojava, o seu fojo, o seu covil, o seu quartel-general. Um outro jornal sugeriu às autoridades policiais que investigassem nas papelarias e fábricas de papel, porquanto os consumidores humanos de sobrescritos de cor violeta, se os houvera, e pouquíssimos seriam, deveriam de ter mudado de gosto epistolar à vista dos acontecimentos recentes, sendo portanto facílimo caçar a macabra cliente quando ela se apresentasse a renovar a provisão. Outro jornal, rival acérrimo deste último, apressou-se a classificar a ideia de estupidez crassa, porquanto só a um idiota chapado poderia ocorrer a lembrança de que a morte, um esqueleto embrulhado num lençol como toda a gente sabe, saísse por seu pé, chocalhando os calcâneos nas pedras da calçada, para ir lançar as cartas ao correio. Não querendo ficar atrás da imprensa, a televisão aconselhou o ministério do interior a pôr agentes de guarda aos recetáculos ou marcos postais, esquecida, pelos vistos, de que a primeira carta, aquela que lhe havia sido dirigida, tinha aparecido no gabinete do diretor-geral estando a porta fechada com duas voltas à chave e as janelas com as vidraças intactas. Tal como o chão, as paredes e o teto não apresentavam nem sequer uma simples fenda onde uma lâmina de barbear pudesse caber. Talvez fosse realmente possível convencer a morte a tratar com mais compaixão os infelizes condenados, mas para isso era preciso começar por encontrá-la e ninguém sabia como nem onde.

Foi então que a um médico legista, pessoa bem informada sobre tudo quanto, de maneira direta ou indireta, dissesse respeito à sua profissão, lhe ocorreu a ideia de mandar vir do estrangeiro um famoso especialista em reconstituição de rostos a partir de caveiras, o qual dito especialista, partindo de representações da morte em pinturas e gravuras antigas, sobretudo aquelas que mostram o crânio descoberto, trataria de restituir a carne aonde fazia falta, reencaixaria os olhos nas órbitas, distribuiria em adequadas proporções cabelo, pestanas e sobrancelhas, espalharia nas faces os coloridos próprios, até que diante de si surgisse uma cabeça perfeita e acabada de que se fariam mil cópias fotográficas que outros tantos investigadores levariam na carteira para as compararem com quantas caras de mulher lhes aparecessem pela frente. O mal foi que, concluída a intervenção do especialista estrangeiro, só uma vista pouco treinada admitiria como iguais as três caveiras escolhidas, obrigando portanto a que os investigadores, em lugar de uma fotografia, tivessem de trabalhar com três, o que, obviamente, iria dificultar a tarefa da caça à morte como, ambiciosamente, a operação havia sido denominada. Uma única cousa havia ficado demonstrada por cima de qualquer dúvida, a saber, que nem a iconografia mais rudimentar, nem a nomenclatura mais enredada, nem a simbólica mais abstrusa se haviam equivocado. A morte, em todos os seus traços, atributos e características, era, inconfundivelmente, uma mulher. A esta mesma conclusão, como decerto estareis lembrados, já o eminente grafólogo que estudou o primeiro manuscrito da morte havia chegado quando se referiu a uma autora e não a um autor, mas isso talvez tenha sido consequência do simples hábito, dado que, à exceção de alguns idiomas, poucos, em que, não se sabe porquê, se preferiu optar pelo género masculino, ou neutro, a morte sempre foi uma pessoa do sexo feminino. Embora esta informação já tenha sido dada antes, convirá, para que não esqueça, insistir no facto de que os três rostos, sendo todos de mulher, e de mulher jovem, eram diferentes uns dos outros em determinados pontos, não obstante, também, as flagrantes semelhanças que neles unanimemente se reconheciam. Porque, não sendo crível a existência de três mortes distintas, por exemplo, a trabalhar por turnos, duas delas teriam de ser necessariamente excluídas, embora também pudesse acontecer, para complicar mais ainda a situação, que o modelo esquelético da verdadeira e real morte viesse a não corresponder a nenhum dos três que haviam sido selecionados. De acordo com a frase feita, iria ser o mesmo que disparar um tiro na escuridão e confiar que o benévolo acaso tivesse tempo de colocar o alvo na trajetória da bala.

Iniciou-se a investigação, como doutra maneira não poderia ser, nos arquivos do serviço oficial de identificação onde se reuniam, classificadas e ordenadas por características básicas, dolicocéfalos de um lado, braquicéfalos do outro, as fotografias de todos os habitantes do país, tanto naturais como forâneos. Os resultados foram dececionantes. Claro está que, em princípio, havendo os modelos escolhidos para a reconstituição facial, tal como antes referimos, sido tomados de gravuras e pinturas antigas, não se esperaria encontrar a imagem humanada da morte em sistemas de identificação modernos, só há pouco mais de um século instituídos, mas, por outro lado, considerando que a mesma morte existe desde sempre e não se vislumbra nenhum motivo para que precisasse de mudar de cara ao longo dos tempos, sem esquecer que deveria ser-lhe difícil realizar o seu trabalho de modo cabal e ao abrigo de suspeitas se vivesse na clandestinidade, é perfeitamente lógico admitir a hipótese de que ela se tivesse inscrito no registo civil sob um nome falso, uma vez que, como temos mais do que obrigação de saber, à morte nada é impossível. Fosse como fosse, o certo é que, apesar de os investigadores terem recorrido aos talentos das artes da informática no cruzamento de dados, nenhuma fotografia de uma mulher concretamente identificada coincidiu com qualquer das três imagens virtuais da morte. Não houve portanto outro remédio, aliás como já havia sido previsto em caso de necessidade, que regressar aos métodos da investigação clássica, ao artesanato policial de cortar e coser, espalhando por todo o país aqueles mil agentes de autoridade que, de casa em casa, de loja em loja, de escritório em escritório, de fábrica em fábrica, de restaurante em restaurante, de bar em bar, e até mesmo em lugares reservados ao exercício oneroso do sexo, passariam revista a todas as mulheres com exclusão das adolescentes e das de idade madura ou provecta, pois as três fotografias que levavam no bolso não deixavam dúvidas de que a morte, se chegasse a ser encontrada, seria uma mulher ao redor dos trinta e seis anos de idade e formosa como poucas. De acordo com o padrão obtido, qualquer delas poderia ser a morte, porém, nenhuma o era em realidade. Depois de ingentes esforços, depois de calcorrearem léguas e léguas por ruas, estradas e caminhos, depois de subirem escadas que todas juntas os levariam ao céu, os agentes lograram identificar duas dessas mulheres, as quais só diferiam dos retratos existentes nos arquivos porque haviam beneficiado de intervenções de cirurgia estética que, por uma assombrosa coincidência, por uma estranha casualidade, haviam acentuado as semelhanças dos seus rostos com os rostos dos modelos reconstituídos. No entanto, um exame minucioso das respetivas biografias eliminou, sem margem de erro, qualquer possibilidade de que algum dia elas se tivessem dedicado, nem que fosse nas horas vagas, às mortíferas atividades da parca, quer profissionalmente, quer como simples amadoras. Quanto à terceira mulher, só identificada graças ao álbum de fotografias da família, essa, tinha falecido no ano passado. Por simples exclusão de partes, não poderia ser a morte quem dela precisamente havia sido vítima. E escusado será dizer que enquanto as investigações decorreram, e duraram elas algumas semanas, os sobrescritos de cor violeta continuaram a chegar a casa dos seus destinatários. Era evidente que a morte não arredara pé do seu compromisso com a humanidade.

Naturalmente haveria que perguntar se o governo se estava limitando a assistir impávido ao drama quotidiano vivido pelos dez milhões de habitantes do país. A resposta é dupla, afirmativa por um lado, negativa por outro. Afirmativa, ainda que só em termos bastante relativos, porque morrer é, afinal de contas, o que há de mais normal e corrente na vida, facto de pura rotina, episódio da interminável herança de pais a filhos, pelo menos desde adão e eva, e muito mal fariam os governos de todo o mundo à precária tranquilidade pública se passassem a decretar três dias de luto nacional de cada vez que morre um mísero velho no asilo de indigentes. E é negativa porque não seria possível, até mesmo a um coração de pedra, permanecer indiferente à demonstração palpável de que a semana de espera estabelecida pela morte havia tomado proporções de verdadeira calamidade coletiva, não só para a média de trezentas pessoas a cuja porta a sorte mofina ia bater diariamente, mas também para a restante gente, nada mais nada menos que nove milhões novecentas e noventa e nove mil e setecentas pessoas de todas as idades, fortunas e condições que viam todas as manhãs, ao acordar de uma noite atormentada pelos mais terríveis pesadelos, a espada de dâmocles suspensa por um fio sobre as suas cabeças. Quanto aos trezentos habitantes que haviam recebido a fatídica carta de cor violeta, as maneiras de reagir à implacável sentença variavam, como é natural, segundo o carácter de cada um. Além daquelas pessoas, já mencionadas antes, que, impelidas por uma ideia distorcida de vingança a que com justa razão se poderia aplicar o neologismo de pré-póstuma, decidiram faltar ao cumprimento dos seus deveres cívicos e familiares, não fazendo testamento nem pagando os impostos em dívida, houve muitas que, pondo em prática uma interpretação mais do que viciosa do carpe diem horaciano, malbarataram o pouco tempo de vida que ainda lhes ficava entregando-se a repreensíveis orgias de sexo, droga e álcool, talvez pensando que, incorrendo em tão desmedidos excessos, poderiam atrair sobre as suas cabeças um colapso fulminante ou, na sua falta, um raio divino que, matando-as ali mesmo, as furtasse às garras da morte propriamente dita, pregando-lhe assim uma partida que talvez lhe servisse de emenda. Outras pessoas, estoicas, dignas, corajosas, optavam pela radicalidade absoluta do suicídio, crendo também que dessa maneira estariam a dar uma lição de civilidade ao poder de tânatos, aquilo a que antigamente chamávamos uma bofetada sem mão, daquelas que, de acordo com as honestas convicções da época, mais dolorosas seriam por terem a sua origem no foro ético e moral e não em qualquer movimento de primário desforço físico. Escusado seria dizer que todas estas tentativas se malograram, à exceção de algumas pessoas obstinadas que reservaram o seu suicídio para o último dia do prazo. Uma jogada de mestre, esta, sim, para a qual a morte não encontrou resposta.

Honra lhe seja feita, a primeira instituição a ter uma perceção muito clara da gravidade da situação anímica do povo em geral foi a igreja católica, apostólica e romana, à

qual, uma vez que vivemos num tempo dominado pela hipertrofiada utilização de siglas na comunicação quotidiana, tanto privada como pública, não assentaria mal a abreviatura simplificadora de icar. Também é certo que seria preciso estar cega de todo para não ver como, quase de um momento para outro, se lhe tinham enchido os templos de gente aflita que ia à procura de uma palavra de esperança, de um consolo, de um bálsamo, de um analgésico, de um tranquilizante espiritual. Pessoas que até aí tinham vivido conscientes de que a morte é certa e de que a ela não há meio de escapar, mas pensando ao mesmo tempo que, havendo tanta gente para morrer, só por um grande azar lhes tocaria a vez, passavam agora o tempo a espreitar por trás da cortina da janela a ver se vinha o carteiro ou tremendo de ter de voltar a casa, onde a temível carta de cor violeta, pior que um sanguinário monstro de fauces escancaradas, poderia estar atrás da porta para lhes saltar em cima. Nas igrejas não se parava um momento, as extensas filas de pecadores contritos, constantemente refrescadas como se fossem linhas de montagem, davam duas voltas à nave central. Os confessores de serviço não baixavam os braços, às vezes distraídos pela fadiga, outras vezes com a atenção de súbito espevitada por um pormenor escandaloso do relato, no fim aplicavam uma penitência pro forma, tantos pai-nossos, tantas ave-
-marias, e despachavam uma apressada absolvição. No breve intervalo entre o confessado que se retirava e o confitente que se ajoelhava, davam uma dentada na sanduíche de frango que seria todo o seu almoço, enquanto vagamente imaginavam compensações para o jantar. Os sermões versavam invariavelmente sobre o tema da morte como porta única para o paraíso celeste, onde, dizia-se, nunca ninguém entrou

estando vivo, e os pregadores, no seu afã consolador, não duvidavam em recorrer a todos os métodos da mais alta retórica e a todos os truques da mais baixa catequese para convencerem os aterrados fregueses de que, no fim de contas, se podiam considerar mais afortunados que os seus ancestres, uma vez que a morte lhes havia concedido tempo suficiente para prepararem as almas com vista à ascensão ao éden. Alguns padres houve, porém, que, encerrados na malcheirosa penumbra do confessionário, tiveram que fazer das tripas coração, sabe deus com que custo, porque também eles, nessa manhã, haviam recebido o sobrescrito de cor violeta e por isso tinham sobra de razões para duvidarem das virtudes lenitivas do que naquele momento estavam a dizer.

O mesmo se passava com os terapeutas da mente que o ministério da saúde, correndo a imitar as providências terapêuticas da igreja, tinha enviado para auxílio dos mais desesperados. É que não foram poucas as vezes que um psicólogo, no preciso momento em que aconselhava o paciente a deixar sair as lágrimas como sendo a melhor maneira de aliviar a dor que o atormentava, se desfazia em convulsivo choro ao lembrar-se de que também ele poderia ser o destinatário de um sobrescrito idêntico na primeira distribuição postal de amanhã. Acabavam os dois a sessão em desabalado pranto, abraçados pela mesma desgraça, mas pensando o terapeuta da mente que se lhe viesse a suceder uma infelicidade, ainda teria oito dias, cento e noventa e duas horas para viver. Umas orgiazinhas de sexo, droga e álcool, como tinha ouvido dizer que se organizavam, ajudá-lo-iam a passar para o outro mundo, embora correndo o risco de que, lá no assento etéreo onde subiste, se te venham a agravar as saudades deste.

Diz-se, di-lo a sabedoria das nações, que não há regra sem exceção, e realmente assim deverá ser, porquanto até mesmo no caso de regras que todos consideraríamos maximamente inexpugnáveis como são, por exemplo, as da morte soberana, em que, por simples definição do conceito, seria inadmissível que se pudesse apresentar qualquer absurda exceção, aconteceu que uma carta de cor violeta foi devolvida à procedência. Objetar-se-á que semelhante cousa não é possível, que a morte, precisamente por estar em toda a parte, não pode estar em nenhuma em particular, daqui decorrendo, portanto, neste caso, a impossibilidade, tanto material como metafísica, de situar e definir o que costumamos entender por procedência, ou seja, na aceção que aqui nos interessa, o lugar de onde veio. Igualmente se objetará, embora com menos pretensão especulativa, que, tendo mil agentes da polícia procurado a morte durante semanas, passando o país inteiro, casa por casa, a pente fino, como se de um piolho esquivo e hábil nas fintas se tratasse, e não a tendo visto nem cheirado, é óbvio que se até ao momento em que estamos não nos foi dada nenhuma explicação de como as cartas da morte vão para o correio, menos ainda se nos dirá por que misteriosos canais agora lhe chegou às mãos a carta devolvida. Reconhecemos humildemente que têm faltado explicações, estas e decerto muitas mais, confessamos que não estamos em condições de as dar a contento de quem no-las requer, salvo se, abusando da credulidade do leitor e saltando por cima do respeito que se deve à lógica dos sucessos, juntássemos novas irrealidades à congénita irrealidade da fábula, compreendemos sem custo que tais faltas prejudicam seriamente a sua credibilidade, porém, nada disto significa, repetimos, nada disto significa que a carta de cor violeta a que nos referimos não tenha sido efetivamente devolvida ao remetente. Factos são factos, e este, quer se queira, quer não, pertence à ordem dos incontornáveis. Não pode haver melhor prova dele que a imagem da própria morte que temos diante dos olhos, sentada numa cadeira e embrulhada no seu lençol, e tendo na orografia da sua óssea cara um ar de total desconcerto. Olha desconfiada o sobrescrito violeta, dá-lhe voltas para ver se nele encontra alguma das anotações que os carteiros devem escrever em casos semelhantes, como sejam, recusado, mudou de residência, ausente em parte incerta e por tempo indeterminado, falecido, Que estupidez a minha, murmurou, como poderia ter falecido ele se a carta que o devia matar voltou para trás. Tinha pensado as últimas palavras sem lhes dar maior atenção, mas imediatamente as recuperou para repeti-las em voz alta, com expressão sonhadora, Voltou para trás. Não é necessário ser-se carteiro para saber que voltar para trás não é o mesmo que ser devolvido, que voltar para trás poderá estar a dizer unicamente que a carta de cor violeta não chegou ao seu destino, que num ponto qualquer do percurso algo lhe aconteceu que a fez desandar o caminho, voltar para donde tinha vindo. Ora, as cartas só podem ir aonde as levam, não têm pernas nem asas, e, tanto quanto se sabe, não foram dotadas de iniciativa própria, tivessem-na elas e apostamos que se recusariam a levar as notícias terríveis de que tantas vezes têm de ser portadoras. Como esta minha, admitiu a morte com imparcialidade, informar alguém de que vai morrer numa data precisa é a pior das notícias, é como estar no corredor da morte há uma quantidade de anos e de repente vem o carcereiro e diz, Aqui tens a carta, prepara-te. O curioso do assunto é que todas as restantes cartas da última expedição foram entregues aos seus destinatários, e se esta o não foi, só poderá ter sido por qualquer fortuita casualidade, pois assim como tem havido casos de uma missiva de amor ter levado, só deus sabe com que consequências, cinco anos a chegar a um destinatário que residia a dois quarteirões de distância, menos de um quarto de hora andando, também poderia suceder que esta tivesse passado de uma cinta transportadora a outra sem que ninguém se apercebesse e depois regressasse ao ponto de partida como quem, tendo-se perdido no deserto, não tem nada mais em que confiar que o rasto deixado atrás de si. A solução será enviá-la outra vez, disse a morte à gadanha que estava ao lado, encostada à parede branca. Não se espera que uma gadanha responda, e esta não fugiu à norma. A morte prosseguiu, Se te tivesse mandado a ti, com esse teu gosto pelos métodos expeditivos, a questão já estaria resolvida, mas os tempos mudaram muito ultimamente, há que atualizar os meios e os sistemas, pôr-se a par das novas tecnologias, por exemplo, utilizar o correio eletrónico, tenho ouvido dizer que é o que há de mais higiénico, que não deixa cair borrões nem mancha os dedos, além disso é rápido, no mesmo instante em que a pessoa abre o outlook express da microsoft já está filada, o inconveniente seria obrigar-me a trabalhar com dois arquivos separados, o daqueles que utilizam computador e o dos que não o utilizam, de qualquer maneira temos muito tempo para decidir, estão sempre a aparecer novos modelos, novos designs, tecnologias cada vez mais aperfeiçoadas, talvez um dia me resolva a experimentar, até lá continuarei a escrever com caneta, papel e tinta, tem o charme da tradição, e a tradição pesa muito nisto de morrer. A morte olhou fixamente o sobrescrito de cor violeta, fez um gesto com a mão direita, e a carta desapareceu. Ficámos assim a saber que, contrariamente ao que tantos criam, a morte não leva as cartas ao correio.

Sobre a mesa há uma lista de duzentos e noventa e oito nomes, algo menos que a média do costume, cento e cinquenta e dois homens e cento e quarenta e seis mulheres, um número igual de sobrescritos e de folhas de papel de cor violeta destinados à próxima operação postal, ou falecimento pelo correio. A morte acrescentou à lista o nome da pessoa a quem se dirigia a carta que tinha regressado à procedência, sublinhou as palavras e pousou a caneta no porta-penas. Se tivesse nervos, poderíamos dizer que se encontra ligeiramente excitada, e não sem motivo. Havia vivido demasiado para considerar a devolução da carta como um episódio sem importância. Compreende-se facilmente, um pouco de imaginação bastará, que o posto de trabalho da morte seja porventura o mais monótono de todos quantos foram criados desde que, por exclusiva culpa de deus, caim matou a abel. Depois de tão deplorável acontecimento, que logo no princípio do mundo veio mostrar como é difícil viver em família, e até aos nossos dias, a cousa tinha vindo por aí fora, séculos,

séculos e mais séculos, repetitiva, sem pausa, sem interrupções, sem soluções de continuidade, diferente nas múltiplas formas de passar da vida à não vida, mas no fundo sempre igual a si mesma porque sempre igual foi também o resultado. Na verdade, nunca se viu que não morresse quem tivesse de morrer. E agora, insolitamente, um aviso assinado pela morte, de seu próprio punho e letra, um aviso em que se anunciava o irrevogável e improrrogável fim de uma pessoa, tinha sido devolvido à origem, a esta sala fria onde a autora e signatária da carta, sentada, envolta na melancólica mortalha que é seu uniforme histórico, com o capuz pela cabeça, medita no sucedido enquanto os ossos dos seus dedos, ou os seus dedos de ossos, tamborilam sobre o tampo da mesa. Surpreende-se um pouco a desejar que a carta outra vez enviada lhe venha novamente devolvida, que o sobrescrito traga, por exemplo, a indicação de ausente em parte incerta, porque isso, sim, seria uma absoluta surpresa para quem sempre conseguiu descobrir onde nos havíamos escondido, se dessa infantil maneira alguma vez julgámos poder escapar-lhe. Não crê, porém, que a suposta ausência lhe apareça anotada no reverso do sobrescrito, aqui os arquivos vão-se atualizando automaticamente a cada gesto e movimento que fazemos, a cada passo que damos, mudança de casa, de estado, de profissão, de hábitos e costumes, se fumamos ou não fumamos, se comemos muito, ou pouco, ou nada, se somos ativos ou indolentes, se temos dor de cabeça ou azia de estômago, se sofremos de prisão de ventre ou diarreia, se nos cai o cabelo ou nos tocou o cancro, se sim, se não, se talvez, bastará abrir o gavetão do ficheiro alfabético, procurar o correspondente verbete, e lá está tudo. E não nos admiremos se, no preciso instante em que estivéssemos a ler o nosso cadastro particular, nos aparecesse instantaneamente registado o choque da angústia que de súbito nos petrificou. A morte conhece tudo a nosso respeito, e talvez por isso seja triste. Se é certo que nunca sorri, é só porque lhe faltam os lábios, e esta lição anatómica nos diz que, ao contrário do que os vivos julgam, o sorriso não é uma questão de dentes. Há quem diga, com humor menos macabro que de mau gosto, que ela leva afivelada uma espécie de sorriso permanente, mas isso não é verdade, o que ela traz à vista é um esgar de sofrimento, porque a recordação do tempo em que tinha boca, e a boca língua, e a língua saliva, a persegue continuamente. Com um breve suspiro, puxou para si uma folha de papel e começou a escrever a primeira carta deste dia, Cara senhora, lamento comunicar-lhe que a sua vida terminará no prazo irrevogável e improrrogável de uma semana, desejo-lhe que aproveite o melhor que puder o tempo que lhe resta, sua atenta servidora, morte. Duzentas e noventa e oito folhas, duzentos e noventa e oito sobrescritos, duzentas e noventa e oito descargas na lista, não se poderá dizer que um trabalho destes seja de matar, mas a verdade é que a morte chegou ao fim exausta. Com o gesto da mão direita que já lhe conhecemos fez desaparecer as duzentas e noventa e oito cartas, depois, cruzando sobre a mesa os magros braços, deixou descair a cabeça sobre eles, não para dormir, porque morte não dorme, mas para descansar. Quando meia hora mais tarde, já refeita da fadiga, a levantou, a carta que havia sido devolvida à procedência e outra vez enviada, estava novamente ali, diante das suas órbitas atónitas e vazias.

Se a morte havia sonhado com a esperança de alguma surpresa que a viesse distrair dos aborrecimentos da rotina, estava servida. Aqui a tinha, e das melhores. A primeira devolução poderia ter sido resultado de um simples acidente de percurso, um rodízio fora do eixo, um problema de lubrificação, uma carta azul-celeste que tinha pressa de chegar e se havia metido adiante, enfim, uma dessas cousas inesperadas que se passam no interior das máquinas que, tal como sucede com o corpo humano, deitam a perder os cálculos mais exatos. Já o caso da segunda devolução era diferente, mostrava com toda a clareza que havia um obstáculo em qualquer ponto do caminho que a deveria ter levado à morada do destinatário e que, ao chocar contra ele, a carta fazia ricochete e voltava para trás. No primeiro caso, dado que o retorno se havia verificado no dia seguinte ao do envio, ainda se podia considerar a hipótese de que o carteiro, não tendo encontrado a pessoa a quem a carta deveria ser entregue, em lugar de a meter na caixa do correio ou debaixo da porta, a fizera regressar ao remetente esquecendo-se de mencionar o motivo da devolução. Seriam demasiados condicionais, mas poderia ser uma boa explicação para o sucedido. Agora o caso mudara de figura. Entre ir e vir, a carta não havia demorado mais que meia hora, provavelmente muito menos, dado que já se encontrava em cima da mesa quando a morte levantou a cabeça do duro amparo dos antebraços, isto é, do cúbito e do rádio, que para isso mesmo é que são entrelaçados. Uma força alheia, misteriosa, incompreensível, parecia opor-se à morte da pessoa, apesar de a data da sua defunção estar fixada, como para toda a gente, desde o próprio dia do nascimento. É impossível, disse a morte à gadanha silenciosa, ninguém no mundo ou fora dele teve alguma vez mais poder do que eu, eu sou a morte, o resto é nada. Levantou-se da cadeira e foi ao ficheiro, donde voltou com o verbete suspeito. Não havia qualquer dúvida, o nome conferia com o do sobrescrito, a morada também, a profissão era a de violoncelista, o estado civil em branco, sinal de que não era casado, nem viúvo, nem divorciado, porque nos ficheiros da morte nunca consta o estado de solteiro, baste pensar-se no estúpido que seria nascer uma criança, fazer-se-lhe a ficha e escrever, não a profissão, porque ela ainda não saberá qual vai ser a sua vocação, mas que o estado civil do recém-nascido é o de solteiro. Quanto à idade inscrita no verbete que a morte tem na mão, vê-se que o violoncelista tem quarenta e nove anos. Ora, se ainda é necessária uma prova do funcionamento impecável dos arquivos da morte, agora mesmo a vamos ter, quando, numa décima de segundo, ou ainda menos, perante os nossos olhos incrédulos, o número quarenta e nove for substituído por cinquenta. Hoje é o dia do aniversário do violoncelista titular do verbete, flores lhe deveriam ter sido enviadas em vez de um anúncio de falecimento daqui a oito dias. A morte levantou-se novamente, deu umas quantas voltas à sala, por duas vezes parou onde se encontrava a gadanha, abriu a boca como para falar com ela, pedir-lhe uma opinião, dar-lhe uma ordem, ou simplesmente dizer que se sentia confusa, desconcertada, o que, recordemo-lo, não é nada de estranhar se pensarmos no tempo que já leva neste ofício sem haver sofrido, até hoje, a menor falta de respeito do rebanho humano de que é soberana pastora. Foi neste momento que a morte teve o funesto pressentimento de que o acidente poderia ter sido ainda mais grave do que primeiramente lhe havia parecido. Sentou-se à mesa e começou a consultar de diante para trás as listas mortuórias dos últimos oito dias. Logo na primeira relação de nomes, a de ontem, e ao contrário do que esperava, viu que não constava o do violoncelista. Continuou a folhear, uma, outra, outra, mais outra, mais outra ainda, e só na oitava lista, enfim, o foi encontrar. Erradamente havia pensado que o nome deveria estar na lista de ontem, e agora via-se perante o escândalo inaudito de que alguém que já deveria estar morto há dois dias continuava vivo. E isso não era o principal. O diabo do violoncelista, que desde que tinha nascido estava assinalado para morrer novo, com apenas quarenta e nove primaveras, acabara de perfazer descaradamente os cinquenta, desacreditando assim o destino, a fatalidade, a sorte, o horóscopo, o fado e todas as demais potências que se dedicam a contrariar por todos os meios dignos e indignos a nossa humaníssima vontade de viver. Era realmente um descrédito total. E agora como vou eu retificar um desvio que não podia ter sucedido, se um caso assim não tem precedentes, se nada de semelhante está previsto nos regulamentos, perguntava-se a morte, sobretudo porque era com quarenta e nove anos que ele deveria ter morrido e não com os cinquenta que já tem. Via-se que a pobre morte estava perplexa, desconcertada, que pouco lhe faltava para começar a dar com a cabeça nas paredes de pura aflição. Em tantos milhares de séculos de contínua atividade nunca havia tido uma falha operacional, e agora, precisamente quando tinha introduzido algo de novo na relação clássica dos mortais com a sua autêntica e única causa mortis, eis que a sua reputação, tão trabalhosamente conquistada, acabava de sofrer o mais duro dos golpes. Que fazer, perguntou, imaginemos que o facto de ele não ter morrido quando devia o colocou fora da minha alçada, como vou eu descalçar esta bota. Olhou a gadanha, companheira de tantas aventuras e massacres, mas ela fez-se desentendida, nunca respondia, e agora, de todo ausente, como se se tivesse enjoado do mundo, descansava a lâmina desgastada e ferrugenta contra a parede branca. Foi então que a morte deu à luz a sua grande ideia, Costuma-se dizer que não há uma sem duas, nem duas sem três, e que às três é de vez porque foi a conta que deus fez, vejamos se realmente é como dizem. Fez o gesto de despedida com a mão direita e a carta duas vezes devolvida tornou a desaparecer. Nem dois minutos andou por fora. Ali estava, no mesmo lugar que antes. O carteiro não a metera debaixo da porta, não tocara a campainha, mas ela ali estava.

Evidentemente não há que ter pena da morte. Inúmeras e justificadas têm sido as nossas queixas para que nos deixemos cair agora em sentimentos de piedade que em nenhum momento do passado ela teve a delicadeza de nos manifestar, não obstante saber melhor que ninguém quanto nos contrariava a obstinação com que sempre, custasse o que custasse, levou a sua avante. No entanto, ao menos por um breve momento, o que temos diante dos olhos mais se assemelha à estátua da desolação do que à figura sinistra que, segundo deixaram dito alguns moribundos de vista penetrante, se apresenta aos pés das nossas camas na hora derradeira para nos fazer um sinal semelhante ao que envia as cartas, mas ao contrário, isto é, o sinal não diz vai para lá, diz vem para cá. Por qualquer estranho fenómeno ótico, real ou virtual, a morte parece agora muito mais pequena, como se a ossatura se lhe tivesse encolhido, ou então foi sempre assim e são os nossos olhos, arregalados de medo, que fazem dela uma giganta. Coitada da morte. Dá-nos vontade de lhe ir pôr uma mão no seu duro ombro, dizer-lhe ao ouvido, ou melhor, ao sítio onde o tinha, por baixo do parietal, algumas palavras de simpatia, Não se rale, senhora morte, são cousas que estão sempre a suceder, nós aqui, os seres humanos, por exemplo, temos grande experiência em desânimos, malogros e frustrações, e olhe que nem por isso baixámos os braços, lembre-se dos tempos antigos quando a senhora nos arrebatava sem dó nem piedade na flor da juventude, pense neste tempo de agora em que, com idêntica dureza de coração, continua a fazer o mesmo à gente mais carecida de tudo quanto é necessário à vida, provavelmente temos andado a ver quem se cansava primeiro, se a senhora ou nós, compreendo o seu desgosto, a primeira derrota é a que mais custa, depois habituamo-nos, em todo o caso não leve a mal que lhe diga oxalá não seja a última, e não é por espírito de vingança, que bem pobre vingança seria ela, seria assim como deitar a língua de fora ao carrasco que nos vai cortar a cabeça, a falar verdade, nós, os humanos, não podemos fazer muito mais que deitar a língua de fora ao carrasco que nos vai cortar a cabeça, deve ser por isso que sinto uma enorme curiosidade em saber como irá sair da embrulhada em que a meteram, com essa história da carta que vai e vem e desse violoncelista que não poderá morrer aos quarenta e nove anos porque já cumpriu os cinquenta. A morte fez um gesto impaciente, sacudiu secamente do ombro a mão fraternal que ali tínhamos pousado e levantou-se da cadeira. Agora parecia mais alta, com mais corpo, uma senhora morte como se quer, capaz de fazer tremer o chão debaixo dos pés, com a mortalha a arrastar levantando fumo a cada passo. A morte está zangada. É a altura de lhe deitarmos a língua de fora.

Salvo alguns raros casos, como os daqueles citados moribundos de olhar penetrante que a enxergaram aos pés da cama com o aspeto clássico de um fantasma envolto em panos brancos ou, como a proust parece ter sucedido, na figura de uma mulher gorda vestida de preto, a morte é discreta, prefere que não se dê pela sua presença, especialmente se as circunstâncias a obrigam a sair à rua. Em geral crê-se que a morte, sendo, como gostam de afirmar alguns, a cara de uma moeda de que deus, no outro lado, é a cruz, será, como ele, por sua própria natureza, invisível. Não é bem assim. Somos testemunhas fidedignas de que a morte é um esqueleto embrulhado num lençol, mora numa sala fria em companhia de uma velha e ferrugenta gadanha que não responde a perguntas, rodeada de paredes caiadas ao longo das quais se arrumam, entre teias de aranha, umas quantas dúzias de ficheiros com grandes gavetões recheados de verbetes. Compreende-se portanto que a morte não queira aparecer às pessoas naquele preparo, em primeiro lugar por razões de estética pessoal, em segundo lugar para que os infelizes transeuntes não se finem de susto ao darem de frente com aquelas grandes órbitas vazias no virar de uma esquina. Em público, sim, a morte torna-se invisível, mas não em privado, como o puderam comprovar, no momento crítico, o escritor marcel proust e os moribundos de vista penetrante. Já o caso de deus é diferente. Por muito que se esforçasse nunca conseguiria tornar-se visível aos olhos humanos, e não é porque não fosse capaz, uma vez que a ele nada é impossível, é simplesmente porque não saberia que cara pôr para se apresentar aos seres que se supõe ter criado, sendo o mais provável que não os reconhecesse, ou então, talvez ainda pior, que não o reconhecessem eles a ele. Há também quem diga que, para nós, é uma grande sorte que deus não queira aparecer-nos por aí, porque o pavor que temos da morte seria como uma brincadeira de crianças ao lado do susto que apanharíamos se tal acontecesse. Enfim, de deus e da morte não se têm contado senão histórias, e esta não é mais que uma delas.

Temos portanto que a morte decidiu ir à cidade. Despiu o lençol, que era toda a roupa que levava em cima, dobrou-o cuidadosamente e pendurou-o nas costas da cadeira onde a temos visto sentar-se. Excetuando esta cadeira e a mesa, excetuando também os ficheiros e a gadanha, não há nada mais na sala, salvo aquela porta estreita que não sabemos para onde vai dar. Sendo aparentemente a única saída, seria lógico pensar que por ali é que a morte irá à cidade, porém não será assim. Sem o lençol, a morte perdeu outra vez altura, terá, quando muito, em medidas humanas, um metro e sessenta e seis ou sessenta e sete, e, estando nua, sem um fio de roupa em cima, ainda mais pequena nos parece, quase um esqueletozinho de adolescente. Ninguém diria que esta é a mesma morte que com tanta violência nos sacudiu a mão do ombro quando, movidos de uma imerecida piedade, a pretendemos consolar do seu desgosto.

Realmente, não há nada no mundo mais nu que um esqueleto. Em vida, anda duplamente vestido, primeiro pela carne com que se tapa, depois, se as não tirou para banhar-se ou para atividades mais deleitosas, pelas roupas com que a dita carne gosta de cobrir-se. Reduzido ao que em realidade é, o travejamento meio desconjuntado de alguém que há muito tempo tinha deixado de existir, não lhe falta mais que desaparecer. E isso é justamente o que lhe está a acontecer, da cabeça aos pés. Perante os nossos atónitos olhos os ossos estão a perder a consistência e a dureza, a pouco e pouco vão-se-lhes esbatendo os contornos, o que era sólido torna-se gasoso, espalha-se em todos os sentidos como uma neblina ténue, é como se o esqueleto estivesse a evaporar-se, agora já não é mais que um esboço impreciso através do qual se pode ver a gadanha indiferente, e de repente a morte deixou de estar, estava e não está, ou está, mas não a vemos, ou nem isso, atravessou simplesmente o teto da sala subterrânea, a enorme massa de terra que está por cima, e foi-se embora, como em seu foro íntimo havia decidido depois de que a carta de cor violeta lhe foi devolvida pela terceira vez. Sabemos aonde vai. Não poderá matar o violoncelista, mas quer vê-lo, tê-lo diante dos olhos, tocar-lhe sem que ele se aperceba. Tem a certeza de que há de descobrir a maneira de o liquidar num dia destes sem infringir demasiado os regulamentos, mas entretanto saberá quem é esse homem a quem os avisos de morte não lograram alcançar, que poderes tem, se é esse o caso, ou se, como um idiota inocente, continua a viver sem que lhe passe pela cabeça que já deveria estar morto. Aqui encerrados, nesta fria sala sem janelas e com uma porta estreita que não se sabe para que servirá, não tínhamos dado por quão rápido passa o tempo. São três horas dadas da madrugada, a morte já deve estar em casa do violoncelista.

Assim é. Um das cousas que sempre mais fatigam a morte é o esforço que tem de fazer sobre si mesma quando não quer ver tudo aquilo que em todos os lugares, simultaneamente, se lhe apresenta diante dos olhos. Também neste particular se parece muito a deus. Vejamos. Embora, em realidade, o facto não se inclua entre os dados verificáveis da experiência sensorial humana, fomos habituados a crer, desde crianças, que deus e a morte, essas eminências supremas, estão ao mesmo tempo em toda a parte, isto é, são omnipresentes, palavra, como tantas outras, feita de espaço e tempo. Em verdade, porém, é bem possível que, ao pensá--lo, e talvez mais ainda quando o expressamos, considerando a ligeireza com que as palavras nos costumam sair da boca para fora, não tenhamos uma clara consciência do que isso poderá significar. É fácil dizer que deus está em toda a parte e que a morte em toda a parte está, mas pelos vistos não reparamos que, se realmente estão em toda a parte, então por força, em todas as infinitas partes em que se encontrem, em toda a parte veem tudo quanto lá houver para ver. De deus, que por obrigações de cargo está ao mesmo tempo no universo todo, porque de outro modo não teria qualquer sentido havê-lo criado, seria uma ridícula pretensão esperar que mostrasse um interesse especial pelo que acontece no pequeno planeta terra, o qual, aliás, e isto talvez a ninguém tenha ocorrido, é por ele conhecido sob um nome completamente diferente, mas a morte, esta morte que, como já havíamos dito páginas atrás, está adstrita à espécie humana com carácter de exclusividade, não nos tira os olhos de cima nem por um minuto, a tal ponto que até mesmo aqueles que por enquanto ainda não vão morrer sentem que constantemente o seu olhar os persegue. Por aqui se poderá ter uma ideia do esforço hercúleo que a morte foi obrigada a fazer nas raras vezes em que, por esta ou aquela razão, ao longo da nossa história comum, necessitou rebaixar a sua capacidade percetiva à altura dos seres humanos, isto é, ver cada cousa de sua vez, estar em cada momento em um só lugar. No caso concreto que hoje nos ocupa não é outra a explicação de por que ainda não conseguiu passar da entrada da casa do violoncelista. A cada passo que vai dando, se lhe chamamos passo é apenas para ajudar a imaginação de quem nos leia, não porque ela efetivamente se movimente como se dispusesse de pernas e pés, a morte tem de pelejar muito para reprimir a tendência expansiva que é inerente à sua natureza, a qual, se deixada em liberdade, faria logo estalar e dispersar-se no espaço a precária e instável unidade que é a sua, com tanto custo agregada. A distribuição das divisões do apartamento onde vive o violoncelista que não recebeu a carta de cor violeta pertence ao tipo económico remediado, portanto mais própria de um pequeno-burguês sem horizontes que de um discípulo de euterpe. Entra-se por um corredor onde no escuro mal se distinguem cinco portas, uma ao fundo, que, para não termos de voltar ao assunto, fica já dito que dá acesso ao quarto de banho, e duas de cada lado. A primeira à mão esquerda, por onde a morte decide começar a inspeção, abre para uma pequena sala de jantar com sinais de ser pouco usada, a qual, por sua vez, comunica com uma cozinha ainda mais pequena, equipada com o essencial. Por aí se sai novamente ao corredor, mesmo em frente de uma porta em que a morte não necessitou tocar para saber que se encontra fora de serviço, isto é, nem abre, nem fecha, modo de dizer contrário à simples demonstração, pois uma porta da qual se diz que não abre nem fecha, é unicamente uma porta fechada que não se pode abrir, ou, como também é costume dizer-se, uma porta que foi condenada. Claro que a morte poderia atravessá-la e ao mais que por trás dela estivesse, mas se lhe havia custado tanto trabalho a agregar-se e definir-se, embora continue invisível a olhos vulgares, numa forma mais ou menos humana, se bem que, como dissemos antes, não ao ponto de ter pernas e pés, não foi para correr agora o risco de se relaxar e dispersar no interior da madeira de uma porta ou de um armário com roupa que seguramente estará do outro lado. A morte seguiu pois pelo corredor até à primeira porta à direita de quem entra e por aí passou à sala de música, que outro nome não se vê que deva ser dado à divisão de uma casa onde se encontra um piano aberto e um violoncelo, um atril com as três peças da fantasia opus setenta e três de robert schumann, conforme a morte pôde ler graças a um candeeiro de iluminação pública cuja esmaecida luz alaranjada entrava pelas duas janelas, e também algumas pilhas de cadernos aqui e além, sem esquecer as altas estantes de livros onde a literatura tem todo o ar de conviver com a música na mais perfeita harmonia, que hoje é a ciência dos acordes depois de ter sido a filha de ares e afrodite. A morte afagou as cordas do violoncelo, passou suavemente as pontas dos dedos pelas teclas do piano, mas só ela podia ter distinguido o som dos instrumentos, um longo e grave queixume primeiro, um breve gorjeio de pássaro depois, ambos inaudíveis para ouvidos humanos, mas claros e precisos para quem desde há tanto tempo tinha aprendido a interpretar o sentido dos suspiros. Ali, no quarto ao lado, será onde o homem dorme. A porta está aberta, a penumbra, não obstante ser mais profunda que a da sala de música, deixa ver uma cama e o vulto de alguém deitado. A morte avança, cruza o umbral, mas detém-se, indecisa, ao sentir a presença de dois seres vivos no quarto. Conhecedora de certos factos da vida, embora, como é natural, não por experiência própria, a morte pensou que o homem tivesse companhia, que ao seu lado estaria dormindo outra pessoa, alguém a quem ela ainda não havia enviado a carta de cor violeta, mas que nesta casa partilhava o conchego dos mesmos lençóis e o calor da mesma manta. Aproximou-se mais, quase a roçar, se tal cousa se pode dizer, a mesa de cabeceira, e viu que o homem estava só. Porém, do outro lado da cama, enroscado sobre o tapete como um novelo, dormia um cão mediano de tamanho, de pelo escuro, provavelmente negro. Ao menos que se lembrasse, foi esta a primeira vez que a morte se surpreendeu a pensar que, não servindo ela senão para a morte de seres humanos, aquele animal se encontrava fora do alcance da sua simbólica gadanha, que o seu poder não poderia tocar-lhe nem sequer ao de leve, e por isso aquele cão adormecido também se tornaria imortal, logo se haveria de ver por quanto tempo, se a sua própria morte, a outra, a que se encarrega dos outros seres vivos, animais e vegetais, se ausentasse como esta o tinha feito e, portanto, alguém tivesse um bom motivo para escrever no limiar de outro livro No dia seguinte nenhum cão morreu. O homem moveu-se, talvez sonhasse, talvez continuasse a tocar as três peças de schumann e lhe tivesse saído uma nota falsa, um violoncelo não é como um piano, o piano tem as notas sempre nos mesmos sítios, debaixo de cada tecla, ao passo que o violoncelo as dispersa a todo o comprido das cordas, é preciso ir lá buscá-las, fixá-las, acertar no ponto exato, mover o arco com a justa inclinação e com a justa pressão, nada mais fácil, por conseguinte, que errar uma ou duas notas quando se está a dormir. A morte inclinou-se para a frente para ver melhor a cara do homem, e nesse momento passou-lhe pela cabeça uma ideia absolutamente genial, pensou que os verbetes do seu arquivo deveriam ter colada a fotografia das pessoas a quem dizem respeito, não uma fotografia qualquer, mas uma cientificamente tão avançada que, da mesma maneira que os dados da existência dessas pessoas vão sendo contínua e automaticamente atualizados nos respetivos verbetes, também a imagem delas iria mudando com a passagem do tempo, desde a criança enrugada e vermelha nos braços da mãe até este dia de hoje, quando nos perguntamos se somos realmente aqueles que fomos, ou se algum génio da lâmpada não nos irá substituindo por outra pessoa a cada hora que passa. O homem tornou a mover-se, parece que vai despertar, mas não, a respiração retomou a cadência normal, as mesmas treze vezes por minuto, a mão esquerda repousa-lhe sobre o coração como se estivesse à escuta das pulsações, uma nota aberta para a diástole, uma nota fechada para a sístole, enquanto a mão direita, com a palma para cima e os dedos ligeiramente curvados, parece estar à espera de que outra mão venha cruzar-se nela. O homem mostra um ar de mais velho que os cinquenta anos que já cumpriu, talvez não mais velho, apenas estará cansado, e porventura triste, mas isso só o poderemos saber quando abrir os olhos. Não tem os cabelos todos, e muitos dos que ainda lhe restam já estão brancos. É um homem qualquer, nem feio nem bonito. Assim como o estamos a ver agora, deitado de costas, com o seu casaco do pijama às riscas que a dobra do lençol não cobre por completo, ninguém diria que é o primeiro violoncelista de uma orquestra sinfónica da cidade, que a sua vida discorre por entre as linhas mágicas do pentagrama, quem sabe se à procura também do coração profundo da música, pausa, som, sístole, diástole. Ainda ressentida pela falha nos sistemas de comunicação do estado, mas sem a irritação que experimentava quando para aqui vinha, a morte olha a cara adormecida e pensa vagamente que este homem já deveria estar morto, que este brando respirar, inspirando, expirando, já deveria ter cessado, que o coração que a mão esquerda protege já teria de estar parado e vazio, suspenso para sempre na última contração. Veio para ver este homem, e agora já o viu, não há nele nada de especial que possa explicar as três devoluções da carta de cor violeta, o melhor que terá a fazer depois disto é regressar à fria sala subterrânea donde veio e descobrir a maneira de acabar de vez com o maldito acaso que tornou este serrador de violoncelos em sobrevivente de si mesmo. Foi para esporear a sua própria e já declinante contrariedade que a morte usou estas duas agressivas parelhas de palavras, maldito acaso, serrador de violoncelos, mas os resultados não estiveram à altura do propósito. O homem que dorme não tem nenhuma culpa do que sucedeu com a carta de cor violeta, nem por remotas sombras poderia imaginar que está a viver uma vida que já não deveria ser sua, que se as cousas fossem como deveriam ser já estaria enterrado há pelo menos oito dias, e que o cão negro andaria agora a correr a cidade como louco à procura do dono, ou estaria sentado, sem comer nem beber, à entrada do prédio, esperando a volta dele. Por um instante a morte soltou-se a si mesma, expandindo-se até às paredes, encheu o quarto todo e alongou-se como um fluido até à sala contígua, aí uma parte de si deteve-se a olhar o caderno que estava aberto sobre uma cadeira, era a suite número seis opus mil e doze em ré maior de johann sebastian bach composta em cöthen e não precisou de ter aprendido música para saber que ela havia sido escrita, como a nona sinfonia de beethoven, na tonalidade da alegria, da unidade entre os homens, da amizade e do amor. Então aconteceu algo nunca visto, algo não imaginável, a morte deixou-se cair de joelhos, era toda ela, agora, um corpo refeito, por isso é que tinha joelhos, e pernas, e pés, e braços, e mãos, e uma cara que entre as mãos se escondia, e uns ombros que tremiam não se sabe porquê, chorar não será, não se pode pedir tanto a quem sempre deixa um rasto de lágrimas por onde passa, mas nenhuma delas que seja sua. Assim como estava, nem visível, nem invisível, nem esqueleto, nem mulher, levantou-se do chão como um sopro e entrou no quarto. O homem não se tinha mexido. A morte pensou, Já não tenho nada que fazer aqui, vou-me embora, nem valia a pena ter vindo só para ver um homem e um cão a dormirem, talvez estejam a sonhar um com o outro, o homem com o cão, o cão com o homem, o cão a sonhar que já é manhã e que está a pousar a cabeça ao lado da cabeça do homem, o homem a sonhar que já é manhã e que o seu braço esquerdo cinge o corpo quente e macio do cão e o aperta contra o peito. Ao lado do guarda-roupa encostado à porta que daria acesso ao corredor está um sofá pequeno onde a morte se foi sentar. Não o havia decidido, mas foi-se sentar ali, naquele canto, talvez por se ter lembrado do frio que a esta hora fazia na sala subterrânea dos arquivos. Tem os olhos à altura da cabeça do homem, distingue-lhe o perfil nitidamente desenhado sobre o fundo de vaga luminosidade laranja que entra pela janela e repete consigo mesma que não há nenhum motivo razoável para que continue ali, mas imediatamente argumenta que sim, que há um motivo, e forte, porque esta é a única casa da cidade, do país, do mundo inteiro, em que existe uma pessoa que está a infringir a mais severa das leis da natureza, essa que tanto impõe a vida como a morte, que não te perguntou se querias viver, que não te perguntará se queres morrer. Este homem está morto, pensou, todo aquele que tiver de morrer já vem morto de antes, só precisa que eu o empurre de leve com o polegar ou lhe mande a carta de cor violeta que não se pode recusar. Este homem não está morto, pensou, despertará daqui a poucas horas, levantar-se-á como todos os outros dias, abrirá a porta do quintal para que o cão se vá livrar do que lhe sobra no corpo, tomará a refeição da manhã, entrará no quarto de banho donde sairá aliviado, lavado e barbeado, talvez vá à rua levando o cão para comprarem juntos o jornal no quiosque da esquina, talvez se sente diante do atril e toque uma vez mais as três peças de schumann, talvez depois pense na morte como é obrigatório fazerem-no todos os seres humanos, porém ele não sabe que neste momento é como se fosse imortal porque esta morte que o olha não sabe como o há de matar. O homem mudou de postura, virou as costas ao guarda-roupa que condenava a porta e deixou escorregar o braço direito para o lado do cão. Um minuto depois estava acordado. Tinha sede. Acendeu o candeeiro da mesa de cabeceira, levantou-se, enfiou nos pés os chinelos que, como sempre, estavam debaixo da cabeça do cão, e foi à cozinha.

A morte seguiu-o. O homem deitou água para um copo e bebeu. O cão apareceu nesta altura, matou a sede no bebedouro ao lado da porta que dá para o quintal e depois levantou a cabeça para o dono. Queres sair, claro, disse o violoncelista. Abriu a porta e esperou que o animal voltasse. No copo tinha ficado um pouco de água. A morte olhou-a, fez um esforço para imaginar o que seria ter sede, mas não o conseguiu. Também não o teria conseguido quando teve de matar pessoas à sede no deserto, mas então nem sequer o havia tentado. O animal já regressava, abanando o rabo. Vamos dormir, disse o homem. Voltaram ao quarto, o cão deu duas voltas sobre si mesmo e deitou-se enroscado. O homem tapou-se até ao pescoço, tossiu duas vezes e daí a pouco entrou no sono. Sentada no seu canto, a morte olhava. Muito mais tarde, o cão levantou-se do tapete e subiu para o sofá. Pela primeira vez na sua vida a morte soube o que era ter um cão no regaço.

Momentos de fraqueza na vida qualquer um os poderá ter, e, se hoje passámos sem eles, tenhamo-los por certos amanhã. Assim como por detrás da brônzea couraça de aquiles se viu que pulsava um coração sentimental, bastará que recordemos a dor de cotovelo padecida pelo herói durante dez anos depois de que agamémnon lhe tivesse roubado a sua bem-amada, a cativa briseida, e logo aquela terrível cólera que o fez voltar à guerra gritando em voz estentória contra os troianos quando o seu amigo pátroclo foi morto por heitor, também na mais impenetrável de todas as armaduras até hoje forjadas e com promessa de que assim irá continuar até à definitiva consumação dos séculos, ao esqueleto da morte nos referimos, há sempre a possibilidade de que um dia venha a insinuar-se na sua medonha carcaça, assim como quem não quer a cousa, um suave acorde de violoncelo, um ingénuo trilo de piano, ou apenas que a visão de um caderno de música aberto sobre uma cadeira te faça lembrar aquilo em que te recusas a pensar, que não havias vivido e que, faças o que fizeres, não poderás viver nunca, salvo se. Tinhas observado com fria atenção o violoncelista adormecido, esse homem a quem não conseguiste matar porque só pudeste chegar a ele quando já era demasiado tarde, tinhas visto o cão enroscado no tapete, e nem sequer a este animal te seria permitido tocar porque tu não és a sua morte, e, na tépida penumbra do quarto, esses dois seres vivos que rendidos ao sono te ignoravam só serviram para aumentar na tua consciência o peso do malogro. Tu, que te havias habituado a poder o que ninguém mais pode, vias-te ali impotente, de mãos e pés atados, com a tua licença para matar zero zero sete sem validez nesta casa, nunca, desde que és morte, reconhece-o, havias sido a esse ponto humilhada. Foi então que saíste do quarto para a sala de música, foi então que te ajoelhaste diante da suite número seis para violoncelo de johann sebastian bach e fizeste com os ombros aqueles movimentos rápidos que nos seres humanos costumam acompanhar o choro convulsivo, foi então, com os teus duros joelhos fincados no duro soalho, que a tua exasperação de repente se esvaiu como a imponderável névoa em que às vezes te transformas quando não queres ser de todo invisível. Voltaste ao quarto, seguiste o violoncelista quando ele foi à cozinha beber água e abrir a porta ao cão, primeiro tinha--lo visto deitado e a dormir, agora via-lo acordado e de pé, talvez devido a uma ilusão de ótica causada pelas riscas verticais do pijama parecia muito mais alto que tu, mas não podia ser, foi só um engano dos olhos, uma distorção da perspetiva, está aí a lógica dos factos para nos dizer que a maior és tu, morte, maior que tudo, maior que todos nós. Ou talvez nem sempre o sejas, talvez as cousas que sucedem no mundo se expliquem pela ocasião, por exemplo, o luar deslumbrante que o músico recorda da sua infância teria passado em vão se ele estivesse a dormir, sim, a ocasião, porque tu já eras outra vez uma pequena morte quando regressaste ao quarto e te foste sentar no sofá, e mais pequena ainda te fizeste quando o cão se levantou do tapete e subiu para o teu regaço que parecia de menina, e então tiveste um pensamento dos mais bonitos, pensaste que não era justo que a morte, não tu, a outra, viesse um dia apagar o brasido suave daquele macio calor animal, assim o pensaste, quem diria, tu que estás tão habituada aos frios ártico e antártico que fazem na sala em que te encontras neste momento e aonde a voz do teu ominoso dever te chamou, o de matar aquele homem a quem, dormindo, parecia desenhar-se-lhe na cara o ricto amargo de quem em toda a sua vida nunca havia tido uma companhia realmente humana na cama, que fez um acordo com o seu cão para que cada um sonhe com o outro, o cão com o homem, o homem com o cão, que se levanta de noite com o seu pijama às riscas para ir à cozinha matar a sede, claro que seria mais cómodo levar um copo de água para o quarto quando se fosse deitar, mas não o faz, prefere o seu pequeno passeio noturno pelo corredor até à cozinha, no meio da paz e do silêncio da noite, com o cão que sempre vai atrás dele e às vezes pede para ir ao quintal, outras vezes não, Este homem tem de morrer, dizes tu.

A morte é novamente um esqueleto envolvido numa mortalha, com o capuz meio descaído para a frente, de modo a que o pior da caveira lhe fique tapado, mas não valia a pena tanto cuidado, se essa foi a preocupação, porque aqui não há ninguém para se assustar com o macabro espetáculo, tanto mais que à vista só aparecem os extremos dos ossos das mãos e dos pés, estes descansando nas lajes do chão, cuja gélida frialdade não sentem, aquelas folheando, como se fossem um raspador, as páginas do volume completo das ordenações históricas da morte, desde o primeiro de todos os regulamentos, aquele que foi escrito com uma só e simples palavra, matarás, até às adendas e aos apêndices mais recentes, em que todos os modos e variantes do morrer até agora conhecidos se encontram compilados, e deles se pode dizer que nunca a lista se esgota. A morte não se surpreendeu com o resultado negativo da consulta, na verdade, seria incongruente, mas sobretudo seria supérfluo que num livro em que se determina para todo e qualquer representante da espécie humana um ponto final, um remate, uma condenação, a morte, aparecessem palavras como vida e viver, como vivo e viverei. Ali só há lugar para a morte, nunca para falar de hipóteses absurdas como ter alguém conseguido escapar a ela. Isso nunca se viu. Porventura, procurando bem, fosse possível encontrar ainda uma vez, uma só vez, o tempo verbal eu vivi numa desnecessária nota de rodapé, mas tal diligência nunca foi seriamente tentada, o que leva a concluir que há mais do que fortes razões para que nem ao menos o facto de se ter vivido mereça ser mencionado no livro da morte. É que o outro nome do livro da morte, convém que o saibamos, é livro do nada. O esqueleto arredou o regulamento para o lado e levantou-se. Deu, como é seu costume quando necessita penetrar no âmago de uma questão, duas voltas à sala, depois abriu a gaveta do ficheiro onde se encontrava o verbete do violoncelista e retirou-o. Este gesto acaba de fazer-nos recordar que é o momento, ou não mais o será, por aquilo da ocasião a que nos referimos, de deixar aclarado um aspeto importante relacionado com o funcionamento dos arquivos que têm vindo a ser objeto da nossa atenção e do qual, por censurável descuido do narrador, até agora não se havia falado. Em primeiro lugar, e ao contrário do que talvez se tivesse imaginado, os dez milhões de verbetes que se encontram arrumados nestas gavetas não foram preenchidos pela morte, não foram escritos por ela. Não faltaria mais, a morte é a morte, não uma escriturária qualquer. Os verbetes aparecem nos seus lugares, isto é, alfabeticamente arquivados, no instante exato em que as pessoas nascem, e desaparecem no exato instante em que elas morrem. Antes da invenção das cartas de cor violeta, a morte não se dava nem ao trabalho de abrir as gavetas, a entrada e saída de verbetes sempre se fez sem confusões, sem atropelos, não há memória de se terem produzido cenas tão deploráveis como seriam uns a dizer que não queriam nascer e outros a protestar que não queriam morrer. Os verbetes das pessoas que morrem vão, sem que ninguém os leve, para uma sala que se encontra por baixo desta, ou melhor, tomam o seu lugar numa das salas que subterraneamente se vão sucedendo em níveis cada vez mais profundos e que já estão a caminho do centro ígneo da terra, onde toda esta papelada algum dia acabará por arder. Aqui, na sala da morte e da gadanha, seria impossível estabelecer um critério parecido com o que foi adotado por aquele conservador de registo civil que decidiu reunir num só arquivo os nomes e os papéis, todos eles, dos vivos e dos mortos que tinha à sua guarda, alegando que só juntos podiam representar a humanidade como ela deveria ser entendida, um todo absoluto, independentemente do tempo e dos lugares, e que tê-los mantido separados havia sido um atentado contra o espírito. Esta é a enorme diferença existente entre a morte daqui e aquele sensato conservador dos papéis da vida e da morte, ao passo que ela faz gala de desprezar olimpicamente os que morreram, recordemos a cruel frase, tantas vezes repetida, que diz o passado, passado está, ele, em compensação, graças ao que na linguagem corrente chamamos consciência histórica, é de opinião que os vivos não deveriam nunca ser separados dos mortos e que, no caso contrário, não só os mortos ficariam para sempre mortos, como também os vivos só por metade viveriam a sua vida, ainda que ela fosse mais longa que a de matusalém, sobre quem há dúvidas de se morreu aos novecentos e sessenta e nove anos como diz o antigo testamento masorético ou aos setecentos e vinte como afirma o pentateuco samaritano. Certamente nem toda a gente estará de acordo com a ousada proposta arquivística do conservador de todos os nomes havidos e por haver, mas, pelo que possa vir a valer no futuro, aqui a deixaremos consignada.

A morte examina o verbete e não encontra nele nada que não tivesse visto antes, isto é, a biografia de um músico que já deveria estar morto há mais de uma semana e que, apesar disso, continua tranquilamente a viver no seu modesto domicílio de artista, com aquele seu cão preto que sobe para o regaço das senhoras, o piano e o violoncelo, as suas sedes noturnas e o seu pijama às riscas. Tem de haver um meio de resolver este bico de obra, pensou a morte, o preferível, claro está, seria que o assunto pudesse arrumar--se sem se notar demasiado, mas se as altas instâncias servem para algo, se não estão lá apenas para receber honras e louvores, então têm agora uma boa ocasião para demonstrarem que não são indiferentes a quem, cá em baixo, na planície, leva a cabo o trabalho duro, que alterem o regulamento, que decretem medidas excecionais, que autorizem, se for necessário chegar a tanto, uma ação de legalidade duvidosa, qualquer cousa menos permitir que semelhante escândalo continue. O curioso do caso é que a morte não tem nenhuma ideia de quem sejam, em concreto, as tais altas instâncias que supostamente lhe devem resolver o dito bico de obra. É verdade que, numa das suas cartas publicadas na imprensa, salvo erro a segunda, ela se havia referido a uma morte universal que faria desaparecer não se sabia quando todas as manifestações de vida do universo até ao último micróbio, mas isso, além de tratar-se de uma obviedade filosófica porque nada pode durar sempre, nem sequer a morte, resultava, em termos práticos, de uma dedução de senso comum que desde há muito circulava entre as mortes setoriais, embora lhe faltasse a confirmação de um conhecimento avalizado pelo exame e pela experiência. Já muito faziam elas em conservar a crença numa morte geral que até hoje ainda não havia dado nem o mais simples indício do seu imaginário poder. Nós, as setoriais, pensou a morte, somos as que realmente trabalhamos a sério, limpando o terreno de excrescências, e, na verdade, não me surpreenderia nada que, se o cosmo desaparecer, não seja em consequência de uma proclamação solene da morte universal, retumbando entre as galáxias e os buracos negros, mas sim como derradeiro efeito da acumulação das mortezinhas particulares e pessoais que estão à nossa responsabilidade, uma a uma, como se a galinha do provérbio, em lugar de encher o papo grão a grão, grão a grão o fosse estupidamente esvaziando, que assim me parece mais que haverá de suceder com a vida, que por si mesma vai preparando o seu fim, sem precisar de nós, sem esperar que lhe dêmos uma mãozinha. É mais do que compreensível a perplexidade da morte. Tinham-na posto neste mundo há tanto tempo que já não consegue recordar-se de quem foi que recebeu as instruções indispensáveis ao regular desempenho da operação de que a incumbiam. Puseram-lhe o regulamento nas mãos, apontaram-lhe a palavra matarás como único farol das suas atividades futuras e, sem que provavelmente se tivessem apercebido da macabra ironia, disseram-lhe que fosse à sua vida. E ela foi, julgando que, em caso de dúvida ou de algum improvável equívoco, sempre iria ter as costas quentes, sempre haveria alguém, um chefe, um superior hierárquico, um guia espiritual, a quem pedir conselho e orientação.

Não é crível, porém, e aqui entraremos enfim no frio e objetivo exame que a situação da morte e do violoncelista vem requerendo, que um sistema de informação tão perfeito como o que tem mantido estes arquivos em dia ao longo de milénios, atualizando continuamente os dados, fazendo aparecer e desaparecer verbetes consoante nasceste ou morreste, não é crível, repetimos, que um sistema assim seja primitivo e unidirecional, que a fonte informativa, lá onde quer que se encontre, não esteja continuamente recebendo, por sua vez, os dados resultantes das atividades quotidianas da morte em funções. E, se efetivamente os recebe e não reage à extraordinária notícia de que alguém não morreu quando devia, então uma de duas, ou o episódio, contra as nossas lógicas e naturais expectativas, não lhe interessa e portanto não se sente com a obrigação de intervir para neutralizar a perturbação surgida no processo, ou então subentender-se-á que a morte, ao contrário do que ela própria pensava, tem carta branca para resolver, como bem entender, qualquer problema que lhe surgir no seu dia a dia de trabalho. Foi necessário que esta palavra dúvida tivesse sido dita aqui uma e duas vezes para que na memória da morte ecoasse finalmente uma certa passagem do regulamento que, por estar escrita em letra pequena e em rodapé, não atraía a atenção do estudioso e muito menos a fixava. Largando o verbete do violoncelista, a morte deitou mão ao livro. Sabia que aquilo que procurava não era nos apêndices nem nas adendas que se encontrava, que teria de estar na parte inicial do regulamento, a mais antiga, e portanto a menos consultada, como em geral sucede aos textos históricos básicos, e ali foi dar com ela. Rezava assim, Em caso de dúvida, a morte em funções deverá, no mais curto prazo possível, tomar as medidas que a sua experiência lhe vier a aconselhar a fim de que seja irremissivelmente cumprido o desideratum que em toda e qualquer circunstância sempre deverá orientar as suas ações, isto é, pôr termo às vidas humanas quando se lhes extinguir o tempo que lhes havia sido prescrito ao nascer, ainda que para esse efeito se torne necessário recorrer a métodos menos ortodoxos em situações de uma anormal resistência do sujeito ao fatal desígnio ou da ocorrência de fatores anómalos obviamente imprevisíveis na época em que este regulamento está a ser elaborado. Mais claro, água, a morte tem as mãos livres para agir como melhor lhe parecer. O que, assim o mostra o exame a que procedemos, não era nenhuma novidade. E, se não, vejamos. Quando a morte, por sua conta e risco, decidiu suspender a sua atividade a partir do dia um de janeiro deste ano, não lhe passou pela oca cabeça a ideia de que uma instância superior da hierarquia poderia pedir-lhe contas do bizarro despautério, como igualmente não pensou na altíssima probabilidade de que a sua pinturesca invenção das cartas de cor violeta fosse vista com maus olhos pela referida instância ou outra mais acima. São estes os perigos do automatismo das práticas, da rotina embaladora, da práxis cansada. Uma pessoa, ou a morte, para o caso tanto faz, vai cumprindo escrupulosamente o seu trabalho, um dia atrás de outro dia, sem problemas, sem dúvidas, pondo toda a sua atenção em seguir as pautas superiormente estabelecidas, e se, ao cabo de um tempo, ninguém lhe aparece a meter o nariz na maneira como desempenha as suas obrigações, é certo e sabido que essa pessoa, e assim sucedeu também à morte, acabará por comportar-se, sem que de tal se aperceba, como se fosse rainha e senhora do que faz, e não só isso, também de quando e de como o deve fazer. Esta é a única explicação razoável de porquê à morte não lhe pareceu necessário pedir autorização à hierarquia quando tomou e pôs em execução as transcendentes decisões que conhecemos e sem as quais este relato, feliz ou infelizmente, não poderia ter existido. É que nem sequer nisso pensou. E agora, paradoxalmente, é no justo momento em que não cabe em si de contentamento por descobrir que o poder de dispor das vidas humanas é, afinal, unicamente seu e de que dele não terá que dar satisfações a ninguém, nem hoje nem nunca, é quando os fumos da glória ameaçam entontecê-la, que não consegue evitar aquela receosa reflexão de uma pessoa que, mesmo a ponto de ser apanhada em falta, milagrosamente havia escapado no último instante, Do que eu me livrei.

Apesar de tudo, a morte que agora se está levantando da cadeira é uma imperatriz. Não deveria estar nesta gelada sala subterrânea, como se fosse uma enterrada viva, mas sim no cimo da mais alta montanha presidindo aos destinos do mundo, olhando com benevolência o rebanho humano, vendo como ele se move e agita em todas as direções sem perceber que todas elas vão dar ao mesmo destino, que um passo atrás o aproximará tanto da morte como um passo em frente, que tudo é igual a tudo porque tudo terá um único fim, esse em que uma parte de ti sempre terá de pensar e que é a marca escura da tua irremediável humanidade. A morte segura na mão o verbete do músico. Está ciente de que terá de fazer alguma cousa com ele, mas ainda não sabe bem o quê. Em primeiro lugar deverá acalmar-se, pensar que não é agora mais morte do que era antes, que a única diferença entre hoje e ontem é ter maior certeza de o ser. Em segundo lugar, o facto de finalmente poder ajustar as suas contas com o violoncelista não é motivo para se esquecer de enviar as cartas do dia. Pensou-o e instantaneamente duzentos e oitenta e quatro verbetes apareceram em cima da mesa, metade eram homens, metade eram mulheres, e com eles duzentas e oitenta e quatro folhas de papel e duzentos e oitenta e quatro sobrescritos. A morte voltou a sentar-se, pôs de lado o verbete do músico e começou a escrever. Uma ampulheta de quatro horas teria deixado cair o derradeiro grão de areia precisamente quando ela acabou de assinar a ducentésima octogésima quarta carta. Uma hora depois os sobrescritos estavam fechados, prontos para a expedição. A morte foi buscar a carta que três vezes havia sido enviada e três vezes havia vindo devolvida e colocou-a sobre a pilha dos sobrescritos de cor violeta, Vou dar-te uma última oportunidade, disse. Fez o gesto do costume com a mão esquerda e as cartas desapareceram. Ainda dez segundos não tinham passado quando a carta do músico, silenciosamente, reapareceu em cima da mesa. Então a morte disse, Assim o quiseste, assim o terás. Riscou no verbete a data de nascimento e passou-a para um ano depois, a seguir emendou a idade, onde estava escrito cinquenta corrigiu para quarenta e nove. Não podes fazer isso, disse de lá a gadanha, Já está feito, Haverá consequências, Uma só, Qual, A morte, enfim, do maldito violoncelista que se anda a divertir à minha custa, Mas ele, coitado, ignora que já tinha de estar morto, Para mim é como se o soubesse, Seja como for, não tens poder nem autoridade para emendar um verbete, Enganas-te, tenho todos os poderes e toda a autoridade, sou a morte, e toma nota de que nunca o fui tanto como a partir deste dia, Não sabes no que te vais meter, avisou a gadanha, Em todo o mundo há um só lugar onde a morte não se pode meter, Que lugar, Esse a que chamam urna, caixão, tumba, ataúde, féretro, esquife, aí não entro eu, aí só os vivos entram, depois de que eu os mate, claro, Tantas palavras para uma só e triste cousa, É o costume desta gente, nunca acabam de dizer o que querem.

A morte tem um plano. A mudança no ano de nascimento do músico não foi senão o movimento inicial de uma operação em que, podemos adiantá-lo desde já, serão empregados meios absolutamente excecionais, jamais usados em toda a história das relações da espécie humana com a sua figadal inimiga. Como num jogo de xadrez, a morte avançou a rainha. Uns quantos lances mais deverão abrir caminho ao xeque-mate e a partida terminará. Poder-se-á agora perguntar por que não regressa a morte ao statu quo ante, quando as pessoas morriam simplesmente porque tinham de morrer, sem precisarem de esperar que o carteiro lhes trouxesse uma carta de cor violeta. A pergunta tem a sua lógica, mas a resposta não a terá menos. Trata-se, em primeiro lugar, de uma questão de pundonor, de brio, de orgulho profissional, porquanto, aos olhos de toda a gente, regressar a morte à inocência daqueles tempos seria o mesmo que reconhecer a sua derrota. Uma vez que o processo atualmente em vigor é o das cartas de cor violeta, então terá de ser por via dele que o violoncelista irá morrer. Bastará que nos imaginemos no lugar da morte para compreendermos a bondade das suas razões. Claro que, como por quatro vezes tivemos ocasião de ver, o magno problema de fazer chegar a já cansada carta ao destinatário subsiste, e é aí que, para lograr o almejado desiderato, entrarão em ação os meios excecionais a que aludimos acima. Não antecipemos, porém, os factos, observemos o que a morte faz neste momento. A morte, neste preciso momento, não faz nada mais do que aquilo que sempre fez, isto é, empregando uma expressão corrente, anda por aí, embora, a falar verdade, fosse mais exato dizer que a morte está, não anda. Ao mesmo tempo, e em toda a parte. Não necessita de correr atrás das pessoas para as apanhar, sempre estará onde elas estiverem. Agora, graças ao método do aviso por correspondência, poderia deixar-se ficar tranquilamente na sala subterrânea e esperar que o correio se encarregasse do trabalho, mas a sua natureza é mais forte, precisa de se sentir livre, desafogada. Como já dizia o ditado antigo, galinha do mato não quer capoeira. Em sentido figurado, portanto, a morte anda no mato. Não tornará a cair na estupidez, ou na indesculpável fraqueza, de reprimir o que em si há de melhor, a sua ilimitada virtude expansiva, portanto não repetirá a penosa ação de se concentrar e manter no último limiar do visível, sem passar para o outro lado, como havia feito na noite passada, sabe deus com que custo, durante as horas que permaneceu em casa do músico. Presente, como temos dito mil e uma vezes, em toda a parte, está lá também. O cão dorme no quintal, ao sol, esperando que o dono regresse ao lar. Não sabe aonde ele foi nem o que foi fazer, e a ideia de lhe seguir o rasto, se alguma vez o tentou, é algo em que já deixou de pensar, tantos e tão desorientadores são os bons e maus cheiros de uma cidade capital. Nunca pensamos que aquilo que os cães conhecem de nós são outras cousas de que não fazemos a menor ideia. A morte, essa, sim, sabe que o violoncelista está sentado no palco de um teatro, à direita do maestro, no lugar que corresponde ao instrumento que toca, vê-o mover o arco com a mão destra, vê a mão esquerda, esquerda mas não menos destra que a outra, a subir e a descer ao longo das cordas, tal como ela própria havia feito meio às escuras, apesar de nunca ter aprendido música, nem sequer o mais elementar dos solfejos, o chamado três por quatro. O maestro interrompeu o ensaio, repenicou a batuta na borda do atril para um comentário e uma ordem, pretende que nesta passagem os violoncelos, justamente os violoncelos, se façam ouvir sem parecer que soam, uma espécie de charada acústica que os músicos dão mostras de haver decifrado sem dificuldade, a arte é assim, tem cousas que parecem de todo impossíveis ao profano e afinal de contas não o eram. A morte, escusado será dizer, enche o teatro todo até ao alto, até às pinturas alegóricas do teto e ao imenso lustre agora apagado, mas o ponto de vista que neste momento prefere é o de um camarote acima do nível do palco, fronteiro, ainda que um pouco de esguelha, aos naipes de cordas de tonalidade grave, às violas, que são os contraltos da família dos violinos, aos violoncelos, que correspondem ao baixo, e aos contrabaixos, que são os da voz grossa. Está ali sentada, numa estreita cadeira forrada de veludo carmesim, e olha fixamente o primeiro violoncelista, esse a quem viu dormir e que usa pijama às riscas, esse que tem um cão que a estas horas dorme ao sol no quintal da casa, esperando o regresso do dono. Aquele é o seu homem, um músico, nada mais que um músico, como o são os quase cem homens e mulheres arrumados em semicírculo diante do seu xamã privado, que é o maestro, e que um dia destes, em uma qualquer semana, mês e ano futuros, receberão em casa a cartinha de cor violeta e deixarão o lugar vazio, até que outro violinista, ou flautista, ou trompetista, venha sentar-se na mesma cadeira, talvez já com outro xamã a fazer gestos com o pauzinho para conjurar os sons, a vida é uma orquestra que sempre está tocando, afinada, desafinada, um paquete titanic que sempre se afunda e sempre volta à superfície, e é então que a morte pensa que ficará sem ter que fazer se o barco afundado não puder subir nunca mais cantando aquele evocativo canto das águas escorrendo pelo costado, como deve ter sido, deslizando com outra rumorosa suavidade pelo ondulante corpo da deusa, o de anfitrite na hora única do seu nascimento, para a tornar naquela que rodeia os mares, que esse é o significado do nome que lhe deram. A morte pergunta-se onde estará agora anfitrite, a filha de nereu e de dóris, onde estará o que, não tendo existido nunca na realidade, habitou não obstante por um breve tempo a mente humana a fim de nela criar, também por breve tempo, uma certa e particular maneira de dar sentido ao mundo, de procurar entendimentos dessa mesma realidade. E não a entenderam, pensou a morte, e não a podem entender por mais que façam, porque na vida deles tudo é provisório, tudo precário, tudo passa sem remédio, os deuses, os homens, o que foi, acabou já, o que é, não será sempre, e até eu, morte, acabarei quando não tiver mais a quem matar, seja à maneira clássica, seja por correspondência. Sabemos que não é a primeira vez que um pensamento destes passa pelo que nela pensa, seja aquilo que for, mas foi a primeira vez que tê-lo pensado lhe causou este sentimento de profundo alívio, como alguém que, havendo terminado o seu trabalho, lentamente se recosta para descansar. De súbito, a orquestra calou-se, apenas se ouve o som de um violoncelo, chama-se a isto um solo, um modesto solo que não chegará a durar nem dois minutos, é como se das forças que o xamã havia invocado se tivesse erguido uma voz, falando porventura em nome de todos aqueles que agora estão silenciosos, o próprio maestro está imóvel, olha aquele músico que deixou aberto numa cadeira o caderno com a suite número seis opus mil e doze em ré maior de johann sebastian bach, a suite que ele nunca tocará neste teatro, porque é apenas um violoncelista de orquestra, ainda que principal do seu naipe, não um daqueles famosos concertistas que percorrem o mundo inteiro tocando e dando entrevistas, recebendo flores, aplausos, homenagens e condecorações, muita sorte tem por uma vez ou outra lhe saírem uns quantos compassos para tocar a solo, algum compositor generoso que se lembrou daquele lado da orquestra onde poucas cousas costumam passar-se fora da rotina. Quando o ensaio terminar guardará o violoncelo na caixa e voltará para casa de táxi, daqueles que têm um porta-bagagem grande, e é possível que esta noite, depois de jantar, abra a suite de bach sobre o atril, respire fundo e roce com o arco as cordas para que a primeira nota nascida o venha consolar das incorrigíveis banalidades do mundo e a segunda as faça esquecer se pode, o solo terminou já, o tutti da orquestra cobriu o último eco do violoncelo, e o xamã, com um gesto imperioso da batuta, voltou ao seu papel de invocador e guia dos espíritos sonoros. A morte está orgulhosa do bem que o seu violoncelista tocou. Como se se tratasse de uma pessoa da família, a mãe, a irmã, uma noiva, esposa não, porque este homem nunca se casou.

Durante os três dias seguintes, exceto o tempo necessário para correr à sala subterrânea, escrever as cartas a toda a pressa e enviá-las ao correio, a morte foi, mais do que a sombra, o próprio ar que o músico respirava. A sombra tem um grave defeito, perde-se-lhe o sítio, não se dá por ela assim que lhe falta uma fonte luminosa. A morte viajou sentada ao lado dele no táxi que o levou a casa, entrou quando ele entrou, contemplou com benevolência as loucas efusões do cão à chegada do amo, e depois, tal como faria uma pessoa convidada a passar ali uma temporada, instalou-se. Para quem não precisa de se mover, é fácil, tanto lhe dá estar sentado no chão como empoleirado na cimeira de um armário. O ensaio da orquestra tinha acabado tarde, daqui a pouco será noite. O violoncelista deu de comer ao cão, depois preparou o seu próprio jantar com o conteúdo de duas latas que abriu, aqueceu o que era para aquecer, depois estendeu uma toalha sobre a mesa da cozinha, pôs os talheres e o guardanapo, deitou vinho num copo e, sem pressa, como se pensasse noutra cousa, meteu a primeira garfada de comida na boca. O cão sentou-se ao lado, algum resto que o dono deixe ficar no prato e possa ser-lhe dado à mão será a sua sobremesa. A morte olha o violoncelista. Por princípio, não distingue entre gente feia e gente bonita, se calhar porque, não conhecendo de si mesma senão a caveira que é, tem a irresistível tendência de fazer aparecer a nossa desenhada por baixo da cara que nos serve de mostruário. No fundo, no fundo, manda a verdade que se diga, aos olhos da morte todos somos da mesma maneira feios, inclusive no tempo em que havíamos sido rainhas de beleza ou reis do que masculinamente lhe equivalha. Aprecia-lhe os dedos fortes, calcula que as polpas da mão esquerda devem ter-se tornado a pouco e pouco mais duras, talvez até levemente calosas, a vida tem destas e doutras injustiças, veja-se este caso da mão esquerda, que tem à sua conta o trabalho mais pesado do violoncelo e recebe do público muito menos aplausos que a mão direita. Terminado o jantar, o músico lavou a louça, dobrou cuidadosamente pelos vincos a toalha e o guardanapo, meteu-os numa gaveta do armário e antes de sair da cozinha olhou em redor para ver se havia ficado alguma cousa fora do seu lugar. O cão foi atrás dele para a sala de música, onde a morte os esperava. Ao contrário da suposição que havíamos feito no teatro, o músico não tocou a suite de bach. Um dia, em conversa com alguns colegas da orquestra que em tom ligeiro falavam sobre a possibilidade da composição de retratos musicais, retratos autênticos, não tipos, como os de samuel goldenberg e schmuyle, de mussorgsky, lembrou-se de dizer que o seu retrato, no caso de existir de facto em música, não o encontrariam em nenhuma composição para violoncelo, mas num brevíssimo estudo de chopin, opus vinte e cinco, número nove, em sol bemol maior. Quiseram saber porquê e ele respondeu que não conseguia ver-se a si mesmo em nada mais que tivesse sido escrito numa pauta e que essa lhe parecia ser a melhor das razões. E que em cinquenta e oito segundos chopin havia dito tudo quanto se poderia dizer a respeito de uma pessoa a quem não podia ter conhecido. Durante alguns dias, como amável divertimento, os mais graciosos chamaram-lhe cinquenta e oito segundos, mas a alcunha era por de mais comprida para perdurar, e também porque nenhum diálogo é possível manter com alguém que tinha decidido demorar cinquenta e oito segundos a responder ao que lhe perguntavam. O violoncelista acabaria por ganhar a amigável contenda. Como se tivesse percebido a presença de um terceiro em sua casa, a quem, por motivos não explicados, deveria falar de si mesmo, e para não ter de fazer o longo discurso que até a vida mais simples necessita para dizer de si mesma algo que valha a pena, o violoncelista sentou-se ao piano, e, após uma breve pausa para que a assistência se acomodasse, atacou a composição. Deitado ao lado do atril e já meio adormecido, o cão não pareceu dar importância à tempestade sonora que se havia desencadeado por cima da sua cabeça, quer fosse por a ter ouvido outras vezes, quer fosse porque ela não acrescentava nada ao que conhecia do dono. A morte, porém, que por dever de ofício tantas outras músicas havia escutado, com particular relevância para a marcha fúnebre do mesmo chopin ou para o adagio assai da terceira sinfonia de beethoven, teve pela primeira vez na sua longuíssima vida a perceção do que poderá chegar a ser uma perfeita convizinhança entre o que se diz e o modo por que se está dizendo. Importava-lhe pouco que aquele fosse o retrato musical do violoncelista, o mais provável é que as alegadas parecenças, tanto as efetivas como as imaginadas, as tivesse ele fabricado na sua cabeça, o que à morte impressionava era ter-lhe parecido ouvir naqueles cinquenta e oito segundos de música uma transposição rítmica e melódica de toda e qualquer vida humana, corrente ou extraordinária, pela sua trágica brevidade, pela sua intensidade desesperada, e também por causa daquele acorde final que era como um ponto de suspensão deixado no ar, no vago, em qualquer parte, como se, irremediavelmente, alguma cousa ainda tivesse ficado por dizer. O violoncelista havia caído num dos pecados humanos que menos se perdoa, o da presunção, quando imaginara ver a sua própria e exclusiva figura num retrato em que afinal se encontravam todos, a qual presunção, em todo o caso, se repararmos bem, se não nos deixarmos ficar à superfície das cousas, igualmente poderia ser interpretada como uma manifestação do seu radical oposto, ou seja, a humildade, uma vez que, sendo aquele retrato de todos, também eu teria de estar retratado nele. A morte hesita, não acaba de decidir-se pela presunção ou pela humildade, e, para desempatar, para tirar-se de dúvidas, entretém-se agora a observar o músico, esperando que a expressão da cara lhe revele o que está a faltar, ou talvez as mãos, as mãos são dois livros abertos, não pelas razões, supostas ou autênticas, da quiromancia, com as suas linhas do coração e da vida, da vida, meus senhores, ouviram bem, da vida, mas porque falam quando se abrem ou se fecham, quando acariciam ou golpeiam, quando enxugam uma lágrima ou disfarçam um sorriso, quando se pousam sobre um ombro ou acenam um adeus, quando trabalham, quando estão quietas, quando dormem, quando despertam, e então a morte, terminada a observação, concluiu que não é verdade que o antónimo da presunção seja a humildade, mesmo que o estejam jurando a pés juntos todos os dicionários do mundo, coitados dos dicionários, que têm de governar-se eles e governar-nos a nós com as palavras que existem, quando são tantas as que ainda faltam, por exemplo, essa que iria ser o contrário ativo da presunção, porém em nenhum caso a rebaixada cabeça da humildade, essa palavra que vemos claramente escrita na cara e nas mãos do violoncelista, mas que não é capaz de dizer-nos como se chama.

Calhou ser domingo o dia seguinte. Estando o tempo de boa cara, como sucede hoje, o violoncelista tem o costume de ir passar a manhã num dos parques da cidade em companhia do cão e de um ou dois livros. O animal nunca se afasta muito, mesmo quando o instinto o faz andar de árvore em árvore a farejar as mijadas dos congéneres. Alça a perna de vez em quando, mas por aí se fica no que à satisfação das suas necessidades excretórias se refere. A outra, por assim dizer complementar, resolve-a disciplinadamente no quintal da casa onde mora, por isso o violoncelista não tem de ir atrás dele recolhendo-lhe os excrementos num saquinho de plástico com a ajuda da pazinha especialmente desenhada para esse fim. Tratar-se-ia de um notável exemplo dos resultados de uma boa educação canina se não se desse a circunstância extraordinária de ter sido uma ideia do próprio animal, o qual é de opinião de que um músico, um violoncelista, um artista que se esforça por chegar a tocar dignamente a suite número seis opus mil e doze em ré maior de bach, é de opinião, dizíamos, que não está bem que um músico, um violoncelista, um artista, tenha vindo ao mundo para levantar do chão as cacas ainda fumegantes do seu cão ou de qualquer outro. Não é próprio, bach, por exemplo, disse este um dia em conversa com o dono, nunca o fez. O músico respondeu que desde então os tempos mudaram muito, mas foi obrigado a reconhecer que bach, de facto, nunca o havia feito. Embora seja apreciador da literatura em geral, bastará olhar as prateleiras médias da sua biblioteca para o comprovar, o músico tem uma predileção especial pelos livros sobre astronomia e ciências naturais ou da natureza, e hoje lembrou-se de trazer um manual de entomologia. Por falta de preparação prévia não espera aprender muito com ele, mas distrai-se lendo que na terra há quase um milhão de espécies de insetos e que estes se dividem em duas ordens, a dos pterigotos, que são providos de asas, e os apterigotos, que não as têm, e que se classificam em ortópteros, como o gafanhoto, blatóideos, como a barata, mantídeos, como o louva-a-deus, nevrópteros, como a crisopa, odonatos, como a libélula, efemerópteros, como o efémero, tricópteros, como o frigano, isópteros, como a térmita, afanípteros, como a pulga, anopluros, como o piolho, malófagos, como o piolhinho das aves, heterópteros, como o percevejo, homópteros, como o pulgão, dípteros, como a mosca, himenópteros, como a vespa, lepidópteros, como a caveira, coleópteros, como o escaravelho, e, finalmente, tisanuros, como o peixe-de-prata. Conforme se pode ver na imagem que vem no livro, a caveira é uma borboleta, e o seu nome latino é acherontia atropos. É noturna, ostenta na parte dorsal do tórax um desenho semelhante a uma caveira humana, alcança doze centímetros de envergadura e é de coloração escura, com as asas posteriores amarelas e negras. E chamam-lhe atropos, isto é, morte. O músico não sabe, e não poderia imaginá-lo nunca, que a morte olha, fascinada, por cima do seu ombro, a fotografia a cores da borboleta. Fascinada e também confundida. Recordemos que a parca encarregada de tratar da passagem da vida dos insetos à sua não vida, ou seja, matá-los, é outra, não é esta, e que, embora em muitos casos o modus operandi seja o mesmo para ambas, as exceções também são numerosas, basta dizer que os insetos não morrem por causas tão comuns na espécie humana como são, por exemplo, a pneumonia, a tuberculose, o cancro, a síndroma da imunodeficiência adquirida, vulgarmente conhecida por sida, os acidentes de viação ou as afeções cardiovasculares. Até aqui, qualquer pessoa entenderia. O que custa mais a perceber, o que está a confundir esta morte que continua a olhar por cima do ombro do violoncelista é que uma caveira humana, desenhada com extraordinária precisão, tenha aparecido, não se sabe em que época da criação, no lombo peludo de uma borboleta. É certo que no corpo humano também aparecem por vezes umas borboletazitas, mas isso nunca passou de um artifício elementar, são simples tatuagens, não vieram com a pessoa ao nascer. Provavelmente, pensa a morte, houve um tempo em que todos os seres vivos eram uma cousa só, mas depois, a pouco e pouco, com a especialização, acharam-se divididos em cinco reinos, a saber, as móneras, os protistos, os fungos, as plantas e os animais, em cujo interior, aos reinos nos referimos, infindas macrospecializações e microspecializações se sucederam ao longo das eras, não sendo portanto nada de estranhar que, em meio de tal confusão, de tal atropelo biológico, algumas particularidades de uns tivessem aparecido repetidas noutros. Isso explicaria, por exemplo, não só a inquietante presença de uma caveira branca no dorso desta borboleta acherontia atropos, que, curiosamente, além da morte, tem no seu nome o nome de um rio do inferno, como também as não menos inquietantes semelhanças da raiz da mandrágora com o corpo humano. Não sabe uma pessoa o que pensar diante de tanta maravilha da natureza, diante de assombros tão sublimes. Porém, os pensamentos da morte, que continua a olhar fixamente por cima do ombro do violoncelista, tomaram já outro caminho. Agora está triste porque compara o que haveria sido utilizar as borboletas da caveira como mensageiras de morte em lugar daquelas estúpidas cartas de cor violeta que ao princípio lhe tinham parecido a mais genial das ideias. A uma borboleta destas nunca lhe ocorreria a ideia de voltar para trás, leva marcada a sua obrigação nas costas, foi para isso que nasceu. Além disso, o efeito espetacular seria totalmente diferente, em lugar de um vulgar carteiro que nos vem entregar uma carta, veríamos doze centímetros de borboleta adejando sobre as nossas cabeças, o anjo da escuridão exibindo as suas asas negras e amarelas, e de repente, depois de rasar o chão e traçar o círculo de onde já não sairemos, ascender verticalmente diante de nós e colocar a sua caveira diante da nossa. É mais do que evidente que não regatearíamos aplausos à acrobacia. Por aqui se vê como a morte que leva a seu cargo os seres humanos ainda tem muito que aprender. Claro que, como bem sabemos, as borboletas não se encontram sob a sua jurisdição. Nem elas, nem todas as outras espécies animais, praticamente infinitas. Teria de negociar um acordo com a colega do departamento zoológico, aquela que tem à sua responsabilidade a administração daqueles produtos naturais, pedir-lhe emprestadas umas quantas borboletas acherontia atropos, embora o mais provável, lamentavelmente, tendo em conta a abissal diferença de extensão dos respetivos territórios e das populações correspondentes, seria responder-lhe a referida colega com um soberbo, malcriado e perentório não, para que aprendamos que a falta de camaradagem não é uma palavra vã, até mesmo na gerência da morte. Pense-se só naquele milhão de espécies de insetos de que falava o manual de entomologia elementar, imagine-se, se tal é possível, o número de indivíduos existentes em cada uma, e digam-me cá se não se encontrariam mais bichinhos desses na terra que de estrelas tem o céu, ou o espaço sideral, se preferirmos dar um nome poético à convulsa realidade do universo em que somos um fiozinho de merda a ponto de se dissolver. A morte dos humanos, neste momento uma ridicularia de sete mil milhões de homens e mulheres bastante mal distribuídos pelos cinco continentes, é uma morte secundária, subalterna, ela própria tem perfeita consciência do seu lugar na escala hierárquica de tânatos, como teve a honradez de reconhecer na carta enviada ao jornal que lhe havia escrito o nome com inicial maiúscula. No entanto, sendo a porta dos sonhos tão fácil de abrir, tão ao jeito de qualquer que nem impostos nos exigem pelo consumo, a morte, esta que já deixou de olhar por cima do ombro do violoncelista, compraz-se a imaginar o que seria ter às suas ordens um batalhão de borboletas alinhadas em cima da mesa, ela fazendo a chamada uma a uma e dando as instruções, vais a tal lado, procuras tal pessoa, pões-lhe diante a caveira e voltas aqui. Então o músico julgaria que a sua borboleta acherontia atropos havia levantado voo da página aberta, seria esse o seu último pensamento e a última imagem que levaria agarrada à retina, nenhuma mulher gorda vestida de preto a anunciar-lhe a morte, como se diz que viu marcel proust, nenhum mastronço embrulhado num lençol branco, como afirmam os moribundos de vista penetrante. Uma borboleta, nada mais que o suave ruge-ruge das asas de seda de uma borboleta grande e escura com uma pinta branca que parece uma caveira.

O violoncelista olhou o relógio e viu que eram mais do que horas de almoço. O cão, que já levava dez minutos a pensar o mesmo, tinha-se sentado ao lado do dono e, apoiando a cabeça no joelho dele, esperava pacientemente que regressasse ao mundo. Não longe dali havia um pequeno restaurante que fornecia sanduíches e outras minudências alimentícias de natureza semelhante. Sempre que vinha a este parque pela manhã, o violoncelista era cliente e não variava na encomenda que fazia. Duas sanduíches de atum com maionese e um copo de vinho para si, uma sanduíche de carne mal passada para o cão. Se o tempo estava agradável, como hoje, sentavam-se no chão, à sombra de uma árvore, e, enquanto comiam, conversavam. O cão guardava sempre o melhor para o fim, começava por despachar as fatias de pão e só depois é que se entregava aos prazeres da carne, mastigando sem pressa, conscientemente, saboreando os sucos. Distraído, o violoncelista comia como calhava, pensava na suite em ré maior de bach, no prelúdio, uma certa passagem levada dos diabos em que lhe acontecia deter-se algumas vezes, hesitar, duvidar, que é o pior que pode suceder na vida a um músico. Depois de acabarem de comer, estenderam-se um ao lado do outro, o violoncelista dormitou um pouco, o cão já estava a dormir um minuto antes. Quando acordaram e voltaram para casa, a morte foi com eles. Enquanto o cão corria ao quintal para descarregar a tripa, o violoncelista pôs a suite de bach no atril, abriu-a na passagem escabrosa, um pianíssimo absolutamente diabólico, e a implacável hesitação repetiu-se. A morte teve pena dele, Coitado, o pior é que não vai ter tempo para conseguir, aliás, nunca o têm, mesmo os que chegaram perto sempre ficaram longe. Então, pela primeira vez, a morte reparou que em toda a casa não havia um único retrato de mulher, salvo de uma senhora de idade que tinha todo o ar de ser a mãe e que estava acompanhada por um homem que devia ser o pai.

Tenho um grande favor a pedir-te, disse a morte. Como sempre, a gadanha não respondeu, o único sinal de ter ouvido foi um estremecimento pouco mais que percetível, uma expressão geral de desconcerto físico, posto que jamais haviam saído daquela boca semelhantes palavras, pedir um favor, e ainda por cima grande. Vou ter de estar fora durante uma semana, continuou a morte, e necessito que durante esse tempo me substituas no despacho das cartas, evidentemente não te estou a pedir que as escrevas, apenas que as envies, só terás de emitir uma espécie de ordem mental e fazer vibrar um poucochinho a tua lâmina por dentro, assim como um sentimento, uma emoção, qualquer cousa que mostre que estás viva, isso bastará para que as cartas sigam para o seu destino. A gadanha manteve-se calada, mas o silêncio equivalia a uma pergunta. É que não posso estar sempre a entrar e a sair para tratar do correio, disse a morte, tenho de me concentrar totalmente na resolução do problema do violoncelista, descobrir a maneira de lhe entregar a maldita carta. A gadanha esperava. A morte prosseguiu, A minha ideia é esta, escrevo de uma assentada todas as cartas referentes à semana em que estarei ausente, procedimento que me permito a mim mesma usar considerando o carácter excecional da situação, e, tal como já disse, tu só terás de as enviar, nem precisarás de sair de onde estás, aí encostada à parede, repara que estou a ser simpática, peço-te um favor de amiga quando poderia muito bem, sem contemplações, dar-te uma simples ordem, o facto de nos últimos tempos ter deixado de me aproveitar de ti não significa que não continues ao meu serviço. O silêncio resignado da gadanha confirmava que assim era. Então estamos de acordo, concluiu a morte, dedicarei este dia a escrever as cartas, calculo que venham a ser umas duas mil e quinhentas, imagina só, tenho a certeza de que chegarei ao fim do trabalho com o pulso aberto, deixo-tas arrumadas em cima da mesa, em grupos separados, da esquerda para a direita, não te equivoques, da esquerda para a direita, repara bem, desde aqui até aqui, arranjar-me-ias outra complicação dos diabos se as pessoas recebessem fora de tempo as suas notificações, quer para mais, quer para menos. Diz-se que quem cala, consente. A gadanha havia calado, portanto tinha consentido. Envolvida no seu lençol, com o capuz atirado para trás a fim de desafogar a visão, a morte sentou-se a trabalhar. Escreveu, escreveu, passaram as horas e ela a escrever, e eram as cartas, e eram os sobrescritos, e era dobrá-las, e era fechá-los, perguntar-se-á como o conseguia se não tem língua nem de onde lhe venha a saliva, isso, meus caros senhores, foi nos felizes tempos do artesanato, quando ainda vivíamos nas cavernas de uma modernidade que mal começava a despontar, agora os sobrescritos são dos chamados autocolantes, retira-se-lhes a tirinha de papel, e já está, dos múltiplos empregos que a língua tinha, pode dizer-se que este passou à história. A morte só não chegou ao fim com o pulso aberto depois de tão grande esforço porque, em verdade, aberto já ela o tem desde sempre. São modos de falar que se nos pegam à linguagem, continuamos a usá-los mesmo depois de se terem desviado há muito do sentido original, e não nos damos conta de que, por exemplo, no caso desta nossa morte que por aqui tem andado em figura de esqueleto, o pulso já lhe veio aberto de nascença, basta ver a radiografia. O gesto de despedida fez desaparecer no hiperespaço os duzentos e oitenta e tal sobrescritos de hoje, porquanto será só a partir de amanhã que a gadanha principiará a desempenhar as funções de expedidora postal que acabavam de ser-lhe confiadas. Sem pronunciar uma palavra, nem adeus, nem até logo, a morte levantou-se da cadeira, dirigiu-se à única porta existente na sala, aquela portazinha estreita a que tantas vezes nos referimos sem a menor ideia de qual pudesse ser a sua serventia, abriu-a, entrou e tornou a fechá-la atrás de si. A emoção fez com que a gadanha experimentasse ao longo da lâmina, até ao bico, até à ponta extrema, uma fortíssima vibração. Nunca, de memória de gadanha, aquela porta havia sido utilizada.

As horas passaram, todas as que foram necessárias para que o sol nascesse lá fora, não aqui nesta sala branca e fria, onde as pálidas lâmpadas, sempre acesas, pareciam ter sido postas ali para espantar as sombras a um morto que tivesse medo da escuridão. Ainda é cedo para que a gadanha emita a ordem mental que fará desaparecer da sala o segundo monte de cartas, poderá, portanto, dormir um pouco mais. Isto é o que costumam dizer os insones que não pregaram olho em toda a noite, mas que, pobres deles, julgam ser capazes de iludir o sono só porque lhe pedem um pouco mais, apenas um pouco mais, eles a quem nem um minuto de repouso lhes havia sido concedido. Sozinha, durante todas aquelas horas, a gadanha procurou uma explicação para o insólito facto de a morte ter saído por uma porta cega que, desde o momento em que a tinham colocado ali, parecia condenada para o fim dos tempos. Por fim desistiu de dar voltas à cabeça, mais tarde ou mais cedo terá de acabar por saber o que está a passar-se ali atrás, pois é praticamente impossível que haja segredos entre a morte e a gadanha como também os não há entre a foice e a mão que a empunha. Não teve de esperar muito. Meia hora teria passado num relógio quando a porta se abriu e uma mulher apareceu no limiar. A gadanha tinha ouvido dizer que isto podia acontecer, transformar-se a morte em um ser humano, de preferência mulher por essa cousa dos géneros, mas pensava que se tratava de uma historieta, de um mito, de uma lenda como tantas e tantas outras, por exemplo, a fénix renascida das suas próprias cinzas, o homem da lua carregando com um molho de lenha às costas por ter trabalhado em dia santo, o barão de münchhausen que, puxando pelos seus próprios cabelos, se salvou de morrer afogado num pântano e ao cavalo que montava, o drácula da transilvânia que não morre por mais que o matem, a não ser que lhe cravem uma estaca no coração, e mesmo assim não falta quem duvide, a famosa pedra, na antiga irlanda, que gritava quando o rei verdadeiro lhe tocava, a fonte do epiro que apagava os archotes acesos e inflamava os apagados, as mulheres que deixavam escorrer o sangue da menstruação pelos campos cultivados para aumentar a fertilidade da sementeira, as formigas do tamanho de cães, os cães do tamanho de formigas, a ressurreição no terceiro dia porque não tinha podido ser no segundo. Estás muito bonita, comentou a gadanha, e era verdade, a morte estava muito bonita e era jovem, teria trinta e seis ou trinta e sete anos como haviam calculado os antropólogos, Falaste, finalmente, exclamou a morte, Pareceu-me haver um bom motivo, não é todos os dias que se vê a morte transformada num exemplar da espécie de quem é inimiga, Quer dizer que não foi por me teres achado bonita, Também, também, mas igualmente teria falado se me tivesses aparecido na figura de uma mulher gorda vestida de preto como a monsieur marcel proust, Não sou gorda nem estou vestida de preto, e tu não tens nenhuma ideia de quem foi marcel proust, Por razões óbvias, as gadanhas, tanto esta de ceifar gente como as outras, vulgares, de ceifar erva, nunca puderam aprender a ler, mas todas fomos dotadas de boa memória, elas da seiva, eu do sangue, ouvi dizer algumas vezes por aí o nome de proust e liguei os factos, foi um grande escritor, um dos maiores que jamais existiram, e o verbete dele deverá estar nos antigos arquivos, Sim, mas não nos meus, não fui eu a morte que o matou, Não era então deste país o tal monsieur marcel proust, perguntou a gadanha, Não, era de um outro, de um que se chama frança, respondeu a morte, e notava-se um certo tom de tristeza nas suas palavras, Que te console do desgosto de não teres sido tu a matá-lo o bonita que te vejo, benza-te deus, ajudou a gadanha, Sempre te considerei uma amiga, mas o meu desgosto não vem de não o ter matado eu, Então, Não saberia explicar. A gadanha olhou a morte com estranheza e achou preferível mudar de assunto, Aonde foste encontrar o que levas posto, perguntou, Há muito por onde escolher atrás daquela porta, aquilo é como um armazém, como um enorme guarda-roupa de teatro, são centenas de armários, centenas de manequins, milhares de cabides,

Levas-me lá, pediu a gadanha, Seria inútil, não entendes nada de modas nem de estilos, À simples vista não me parece que tu entendas muito mais, não creio que as diferentes partes do que vestes joguem bem umas com outras, Como nunca sais desta sala, ignoras o que se usa nos dias de hoje, Pois dir-te-ei que essa blusa se parece muito a outras que recordo de quando levava uma vida ativa, As modas são rotativas, vão e voltam, voltam e vão, se eu te contasse o que vejo por essas ruas, Acredito sem que tenhas de mo dizer, Não achas que a blusa acerta bem com a cor das calças e dos sapatos, Creio que sim, concedeu a gadanha, E com este gorro que levo na cabeça, Também, E com este casaco de pele, Também, E com esta bolsa ao ombro, Não digo que não, E com estes brincos nas orelhas, Rendo-me, Estou irresistível, confessa, Depende do tipo de homem a quem queiras seduzir, Em todo o caso parece-te mesmo que vou bonita, Fui eu quem o disse em primeiro lugar, Sendo assim, adeus, estarei de regresso no domingo, o mais tardar na segunda-feira, não te esqueças de despachar o correio de cada dia, suponho que não será demasiado trabalho para quem passa o seu tempo encostado à parede, Levas a carta, perguntou a gadanha, que decidira não reagir à ironia, Levo, vai aqui dentro, respondeu a morte, tocando a bolsa com as pontas de uns dedos finos, bem tratados, que a qualquer um apeteceria beijar.

A morte apareceu à luz do dia numa rua estreita, com muros de um lado e do outro, já quase fora da cidade. Não se vê qualquer porta ou portão por onde possa ter saído, também não se percebe nenhum indício que nos permita reconstituir o caminho que desde a fria sala subterrânea a trouxe até aqui. O sol não molesta órbitas vazias, por isso os crânios resgatados nas escavações arqueológicas não têm necessidade de baixar as pálpebras quando a luz súbita lhes bate na cara e o feliz antropólogo anuncia que o seu achado ósseo tem todo o aspeto de ser um neanderthal, embora um exame posterior venha a demonstrar que afinal se trata de um vulgar homo sapiens. A morte, porém, esta que se fez mulher, tira da bolsa uns óculos escuros e com eles defende os seus olhos agora humanos dos perigos de uma oftalmia mais do que provável em quem ainda terá de habituar-se às refulgências de uma manhã de verão. A morte desce a rua até onde os muros terminam e os primeiros prédios se levantam. A partir daí encontra-se em terreno conhecido, não há uma só casa destas e de todas quantas se estendem diante dos seus olhos até aos limites da cidade e do país em que não tenha estado alguma vez, e até mesmo naquela obra em construção terá de entrar daqui a duas semanas para empurrar de um andaime um pedreiro distraído que não reparará onde vai pôr o pé. Em casos como estes é nosso costume dizer que assim é a vida, quando muito mais exatos seríamos se disséssemos que assim é a morte. A esta rapariga de óculos escuros que está entrando num táxi não lhe daríamos nós tal nome, provavelmente acharíamos que seria a própria vida em pessoa e correríamos ofegantes atrás dela, ordenaríamos ao condutor doutro táxi, se o houvesse, Siga aquele carro, e seria inútil porque o táxi que a leva já virou a esquina e não há aqui outro ao qual pudéssemos suplicar, Por favor, siga aquele carro. Agora, sim, já tem todo o sentido dizermos que é assim a vida e encolher resignados os ombros. Seja como for, e que isso nos sirva ao menos de consolação, a carta que a morte leva na sua bolsa tem o nome de outro destinatário e outro endereço, a nossa vez de cair do andaime ainda não chegou. Ao contrário do que poderia razoavelmente prever-se, a morte não deu ao motorista do táxi a direção do violoncelista, mas sim a do teatro em que ele toca. É certo que decidira apostar pelo seguro depois dos sucessivos desaires sofridos, mas não havia sido por uma mera casualidade que tinha começado por se transformar em mulher, ou, como um espírito gramático poderia também ser levado a pensar, por aquilo dos géneros que havíamos sugerido antes, ambos eles, neste caso, da mulher e da morte, femininos. Apesar da sua absoluta falta de experiência do mundo exterior, particularmente no capítulo dos sentimentos, apetites e tentações, a gadanha havia acertado em cheio no alvo quando, em certa altura da conversa com a morte, se perguntou sobre o tipo do homem a quem ela pretendia seduzir. Esta era a palavra-chave, seduzir. A morte poderia ter ido diretamente a casa do violoncelista, tocar-lhe à campainha e, quando ele abrisse a porta, lançar-lhe o primeiro engodo de um sorriso mavioso depois de tirar os óculos escuros, anunciar-se, por exemplo, como vendedora de enciclopédias, pretexto arquiconhecido, mas de resultados quase sempre seguros, e então de duas, uma, ou ele a mandaria entrar para tratarem do assunto tranquilamente diante de uma chávena de chá, ou ele lhe diria logo ali que não estava interessado e fazia o gesto de fechar a porta, ao mesmo tempo que delicadamente pedia desculpa pela recusa, Ainda se fosse uma enciclopédia musical, justificaria com um sorriso tímido. Em qualquer das situações a entrega da carta seria fácil, digamos mesmo que ultrajantemente fácil, e isto era o que não agradava à morte. O homem não a conhecia a ela, mas ela conhecia o homem, passara uma noite no mesmo quarto que ele, ouvira-o tocar, cousas que, quer se queira, quer não, criam laços, estabelecem uma harmonia, desenham um princípio de relações, dizer-lhe de chofre, Vai morrer, tem oito dias para vender o violoncelo e encontrar outro dono para o cão, seria uma brutalidade imprópria da mulher bem-parecida em que se havia tornado. O seu plano é outro.

No cartaz exposto à entrada do teatro informava-se o respeitável público de que nessa semana se dariam dois concertos da orquestra sinfónica nacional, um na quinta-feira, isto é, depois de amanhã, outro no sábado. É natural que a curiosidade de quem vem seguindo este relato com escrupulosa e miudinha atenção, à cata de contradições, deslizes, omissões e faltas de lógica, exija que lhe expliquem com que dinheiro vai a morte pagar a entrada para os concertos se há menos de duas horas acabou de sair de uma sala subterrânea onde não consta que existam caixas automáticas nem bancos de porta aberta. E, já que se encontra em maré de perguntar, também há de querer que lhe digam se os motoristas de táxi passaram a não cobrar o devido às mulheres que levam óculos escuros e têm um sorriso agradável e um corpo bem-feito. Ora, antes que a mal intencionada suposição comece a lançar raízes, apressamo-nos a esclarecer que a morte não só pagou o que o taxímetro marcava como não se esqueceu de lhe juntar uma gorjeta. Quanto à proveniência do dinheiro, se essa continua a ser a preocupação do leitor, bastará dizer que saiu donde já tinham saído os óculos escuros, isto é, da bolsa ao ombro, uma vez que, em princípio, e que se saiba, nada se opõe a que de onde saiu uma cousa não possa sair outra. O que, sim, poderia acontecer, era que o dinheiro com que a morte pagou a viagem de táxi e haverá de pagar as duas entradas para os concertos, além do hotel onde ficará hospedada nos próximos dias, se encontrasse fora de circulação. Não seria a primeira vez que iríamos para a cama com uma moeda e nos levantaríamos com outra. É de presumir, portanto, que o dinheiro seja de boa qualidade e esteja coberto pelas leis em vigor, a não ser que, conhecidos como são os talentos mistificadores da morte, o motorista do táxi, sem se dar conta de que estava a ser ludibriado, tenha recebido da mulher dos óculos escuros uma nota de banco que não é deste mundo ou, pelo menos, não desta época, com o retrato de um presidente da república em lugar da veneranda e familiar face de sua majestade o rei. A bilheteira do teatro acabou de abrir agora mesmo, a morte entra, sorri, dá os bons-dias e pede dois camarotes de primeira ordem, um para quinta-feira, outro para sábado. Insiste com a empregada que pretende o mesmo camarote para ambas as funções e que, questão fundamental, esteja situado no lado direito do palco e o mais próximo possível dele. A morte meteu a mão ao acaso na bolsa, tirou a carteira das notas e entregou as que lhe pareceram necessárias. A empregada devolveu o troco, Aqui está, disse, espero que vá gostar dos nossos concertos, suponho que é a primeira vez, pelo menos não me lembro de a ter visto por aqui, e olhe que tenho uma excelente memória para fisionomias, nenhuma me escapa, também é certo que os óculos alteram muito a cara da gente, sobretudo se são escuros como os seus. A morte tirou os óculos, E agora que lhe parece, perguntou, Tenho a certeza de nunca a ter visto antes, Talvez porque a pessoa que tem diante de si, esta que sou agora, nunca tivesse precisado de comprar entradas para um concerto, ainda há poucos dias tive a satisfação de assistir a um ensaio da orquestra e ninguém deu pela minha presença, Não compreendo, Lembre-me para que lho explique um dia, Quando, Um dia, o dia, aquele que sempre chega, Não me assuste. A morte sorriu o seu lindo sorriso e perguntou, Falando francamente, acha que tenho um aspeto que meta medo a alguém, Que ideia, não foi isso o que quis dizer, Então faça como eu, sorria e pense em cousas agradáveis, A temporada de concertos ainda durará um mês, Ora aí está uma boa notícia, talvez nos voltemos a ver na próxima semana, Estou sempre aqui, já sou quase um móvel do teatro, Descanse, encontrá-la-ia ainda que aqui não estivesse, Então cá fico à sua espera, Não faltarei. A morte fez uma pausa e perguntou, A propósito, recebeu, ou alguém da sua família, a carta de cor violeta, A da morte, Sim, a da morte, Graças a deus, não, mas os oito dias de um vizinho meu cumprem-se amanhã, o pobrezinho está num desespero que dá pena, Que lhe havemos de fazer, a vida é assim, Tem razão, suspirou a empregada, a vida é assim. Felizmente outras pessoas haviam chegado para comprar entradas, de outro modo não se sabe aonde esta conversação poderia ter levado.

Agora trata-se de encontrar um hotel que não esteja muito longe da casa do músico. A morte desceu andando para o centro, entrou numa agência de viagens, pediu que a deixassem consultar um mapa da cidade, situou rapidamente o teatro, daí o seu dedo indicador viajou sobre o papel para o bairro onde o violoncelista vivia. A zona estava um tanto afastada, mas havia hotéis nas redondezas. O empregado sugeriu-lhe um deles, sem luxo, mas confortável. Ele próprio se ofereceu para fazer a reserva pelo telefone e quando a morte lhe perguntou quanto devia pelo trabalho respondeu, sorrindo, Ponha na minha conta. É o costume, as pessoas dizem cousas à toa, lançam palavras à aventura e não lhes passa pela cabeça deter-se a pensar nas consequências, Ponha na minha conta, disse o homem, imaginando provavelmente, com a incorrigível fatuidade masculina, algum aprazível encontro em futuros próximos. Arriscou-se a que a morte lhe respondesse com um olhar frio, Tenha cuidado, não sabe com quem está a falar, mas ela apenas sorriu vagamente, agradeceu e saiu sem deixar número do telefone nem cartão de visita. No ar ficou um difuso perfume em que se misturavam a rosa e o crisântemo, De facto, é o que parece, metade rosa e metade crisântemo, murmurou o empregado, enquanto dobrava lentamente o mapa da cidade. Na rua, a morte mandava parar um táxi e dava ao condutor a direção do hotel. Não se sentia satisfeita consigo mesma. Assustara a amável senhora da bilheteira, divertira-se à sua custa, e isso tinha sido um abuso sem perdão. As pessoas já têm suficiente medo da morte para necessitarem que ela lhes apareça com um sorriso a dizer, Olá, sou eu, que é a versão corrente, por assim dizer familiar, do ominoso latim memento, homo, quia pulvis es et in pulverem reverteris, e logo depois, como se fosse pouco, havia estado a ponto de atirar a uma pessoa simpática que lhe estava fazendo um favor aquela estúpida pergunta com que as classes sociais chamadas superiores têm a descarada sobranceria de provocar as que estão por baixo, Você sabe com quem está a falar. Não, a morte não está contente com o seu procedimento. Tem a certeza de que no estado de esqueleto nunca lhe teria ocorrido portar-se desta maneira, Se calhar foi por ter tomado figura humana, estas cousas devem pegar-se, pensou. Casualmente olhou pela janela do táxi e reconheceu a rua em que passavam, é aqui que o violoncelista mora e aquele é o rés do chão em que vive. À morte pareceu-lhe sentir um brusco aperto no plexo solar, uma agitação súbita dos nervos, podia ser o frémito do caçador ao avistar a presa, quando a tem na mira da espingarda, podia ser uma espécie de obscuro temor, como se começasse a ter medo de si mesma. O táxi parou, O hotel é este, disse o condutor. A morte pagou com os trocos que a empregada do teatro lhe devolvera, Fique com o resto, disse, sem reparar que o resto era superior ao que o taxímetro marcava. Tinha desculpa, só hoje é que havia começado a utilizar os serviços deste transporte público.

Ao aproximar-se do balcão da receção lembrou-se de que o empregado da agência de viagens não lhe tinha perguntado como se chamava, limitara-se a avisar o hotel, Vou-lhes mandar uma cliente, sim, uma cliente, agora mesmo, e ela ali estava, esta cliente que não poderia dizer que se chamava morte, com letra pequena, por favor, que não sabia que nome dar, ah, a bolsa, a bolsa que traz ao ombro, a bolsa donde saíram os óculos escuros e o dinheiro, a bolsa donde vai ter de sair um documento de identificação, Boas tardes, em que posso servi-la, perguntou o rececionista, Telefonaram de uma agência de viagens há um quarto de hora a fazer uma reserva para mim, Sim, minha senhora, fui eu que atendi, Pois aqui estou, Queira preencher esta ficha, por favor. Agora a morte já sabe o nome que tem, disse-lho o documento de identificação aberto sobre o balcão, graças aos óculos escuros poderá copiar discretamente os dados sem que o rececionista se dê conta, um nome, uma data do nascimento, uma naturalidade, um estado civil, uma profissão, Aqui está, disse, Quantos dias ficará no nosso hotel,

Tenciono sair na próxima segunda-feira, Permite-me que fotocopie o seu cartão de crédito, Não o trouxe comigo, mas posso pagar já, adiantado, se quiser, Ah, não, não é necessário, disse o rececionista. Pegou no documento de identificação para conferir os dados passados para a ficha e, com uma expressão de estranheza na cara, levantou o olhar. O retrato que o documento exibia era de uma mulher mais velha. A morte tirou os óculos escuros e sorriu. Perplexo, o rececionista olhou novamente o documento, o retrato e a mulher que estava na sua frente eram agora como duas gotas de água, iguais. Tem bagagem, perguntou enquanto passava a mão pela testa húmida, Não, vim à cidade fazer compras, respondeu a morte.

Permaneceu no quarto durante todo o dia, almoçou e jantou no hotel. Viu televisão até tarde. Depois meteu-se na cama e apagou a luz. Não dormiu. A morte nunca dorme.

Com o seu vestido novo comprado ontem numa loja do centro, a morte assiste ao concerto. Está sentada, sozinha, no camarote de primeira ordem, e, como havia feito durante o ensaio, olha o violoncelista. Antes que as luzes da sala tivessem sido baixadas, quando a orquestra esperava a entrada do maestro, ele reparou naquela mulher. Não foi o único dos músicos a dar pela sua presença. Em primeiro lugar porque ela ocupava sozinha o camarote, o que, não sendo caso raro, tão-pouco é frequente. Em segundo lugar porque era bonita, porventura não a mais bonita entre a assistência feminina, mas bonita de um modo indefinível, particular, não explicável por palavras, como um verso cujo sentido último, se é que tal cousa existe num verso, continuamente escapa ao tradutor. E finalmente porque a sua figura isolada, ali no camarote, rodeada de vazio e ausência por todos os lados, como se habitasse um nada, parecia ser a expressão da solidão mais absoluta. A morte, que tanto e tão perigosamente havia sorrido desde que saiu do seu gelado subterrâneo, não sorri agora. Do público, os homens tinham-na observado com dúbia curiosidade, as mulheres com zelosa inquietação, mas ela, como uma águia descendo rápida sobre o cordeiro, só tem olhos para o violoncelista. Com uma diferença, porém. No olhar desta outra águia que sempre apanhou as suas vítimas há algo como um ténue véu de piedade, as águias, já o sabemos, estão obrigadas a matar, assim lho impõe a sua natureza, mas esta aqui, neste instante, talvez preferisse, perante o cordeiro indefeso, abrir num repente as poderosas asas e voar de novo para as alturas, para o frio ar do espaço, para os inalcançáveis rebanhos das nuvens. A orquestra calou-se. O violoncelista começa a tocar o seu solo como se só para isso tivesse nascido. Não sabe que aquela mulher do camarote guarda na sua recém-estreada malinha de mão uma carta de cor violeta de que ele é destinatário, não o sabe, não poderia sabê-lo, e apesar disso toca como se estivesse a despedir-se do mundo, a dizer por fim tudo quanto havia calado, os sonhos truncados, os anseios frustrados, a vida, enfim. Os outros músicos olham-no com assombro, o maestro com surpresa e respeito, o público suspira, estremece, o véu de piedade que nublava o olhar agudo da águia é agora uma lágrima. O solo terminou já, a orquestra, como um grande e lento mar, avançou e submergiu suavemente o canto do violoncelo, absorveu-o, ampliou-o como se quisesse conduzi-lo a um lugar onde a música se sublimasse em silêncio, a sombra de uma vibração que fosse percorrendo a pele como a última e inaudível ressonância de um timbale aflorado por uma borboleta. O voo sedoso e malévolo da acherontia atropos perpassou rápido pela memória da morte, mas ela afastou-o com um gesto de mão que tanto se parecia àquele que fazia desaparecer as cartas de cima da mesa na sala subterrânea como a um aceno de agradecimento para o violoncelista que agora voltava a cabeça na sua direção, abrindo caminho aos olhos na obscuridade cálida da sala. A morte repetiu o gesto e foi como se os seus finos dedos tivessem ido pousar-se sobre a mão que movia o arco. Apesar de o coração ter feito tudo quanto podia para que tal sucedesse, o violoncelista não errou a nota. Os dedos não tornariam a tocar-lhe, a morte tinha compreendido que não se deve nunca distrair o artista na sua arte. Quando o concerto terminou e o público rompeu em aclamações, quando as luzes se acenderam e o maestro mandou levantar a orquestra, e depois quando fez sinal ao violoncelista para que se levantasse, ele só, a fim de receber o quinhão de aplausos que por merecimento lhe cabia, a morte, de pé no camarote, sorrindo enfim, cruzou as mãos sobre o peito, em silêncio, e olhou, nada mais, os outros que batessem palmas, os outros que soltassem gritos, os outros que reclamassem dez vezes o maestro, ela só olhava. Depois, lentamente, como a contragosto, o público começou a sair, ao mesmo tempo que a orquestra se retirava. Quando o violoncelista se virou para o camarote, ela, a mulher, já não estava. Assim é a vida, murmurou.

Enganava-se, a vida não é assim sempre, a mulher do camarote estará à sua espera na porta dos artistas. Alguns dos músicos que vão saindo olham-na com intenção, mas percebem, sem saber como, que ela está defendida por uma cerca invisível, por um circuito de alta voltagem em que se queimariam como minúsculas borboletas noturnas. Então, apareceu o violoncelista. Ao vê-la, estacou, chegou mesmo a esboçar um movimento de recuo, como se, vista de perto, a mulher fosse outra cousa que mulher, algo de outra esfera, de outro mundo, da face oculta da lua. Baixou a cabeça, tentou juntar-se aos colegas que saíam, fugir, mas a caixa do violoncelo, suspensa de um dos seus ombros, dificultou-

-lhe a manobra de esquiva. A mulher estava diante dele, dizia-lhe, Não me fuja, só vim para lhe agradecer a emoção e o prazer de tê-lo ouvido, Muito obrigado, mas eu sou apenas músico de orquestra, não um concertista famoso, daqueles que os admiradores esperam durante uma hora só para lhe tocarem ou pedirem um autógrafo, Se a questão é essa, eu também lho poderei pedir, não trouxe comigo o álbum de autógrafos, mas tenho aqui um sobrescrito que poderá servir perfeitamente, Não me entendeu, o que quis dizer é que, embora lisonjeado pela sua atenção, não me sinto merecedor dela, O público não parece ter sido da mesma opinião, São dias, Exatamente, são dias, e, por coincidência, é este o dia em que eu lhe apareço, Não quereria que visse em mim uma pessoa ingrata, mal-educada, mas o mais provável é que amanhã já lhe tenha passado o resto da emoção de hoje, e, assim como me apareceu, desaparecerá, Não me conhece, sou muito firme nos meus propósitos, E quais são eles, Um só, conhecê-lo a si, Já me conheceu, agora podemos dizer-nos adeus, Tem medo de mim, perguntou a morte, Inquieta-me, nada mais, E é pouca cousa sentir-se inquieto na minha presença, Inquietar-se não significa forçosamente ter medo, poderá ser apenas o alerta da prudência, A prudência só serve para adiar o inevitável, mais cedo ou mais tarde acaba por se render, Espero que não seja o meu caso, E eu tenho a certeza de que o será. O músico passou a caixa do violoncelo de um ombro para outro, Está cansado, perguntou a mulher, Um violoncelo não pesa muito, o pior é a caixa, sobretudo esta, que é das antigas, Necessito falar consigo, Não vejo como, é quase meia-noite, toda a gente se foi embora, Ainda estão ali algumas pessoas, Essas estão à espera do maestro, Conversaríamos num bar, Está a ver-me a entrar com um violoncelo às costas num sítio abarrotado de gente, sorriu o músico, imagine que os meus colegas iam todos lá e levavam os instrumentos, Poderíamos dar outro concerto, Poderíamos, perguntou o músico, intrigado pelo plural, Sim, houve um tempo em que toquei violino, há mesmo retratos meus em que apareço assim, Parece ter decidido surpreender-me com cada palavra que diz, Está na sua mão saber até que ponto ainda serei capaz de surpreendê-lo, Não se pode ser mais explícita, Engano seu, não me referia àquilo em que pensou, E em que pensei eu, se se pode saber, Numa cama, e em mim nessa cama, Desculpe, A culpa foi minha, se eu fosse homem e tivesse ouvido as palavras que lhe disse a si, certamente teria pensado o mesmo, a ambiguidade paga-se, Agradeço-lhe a franqueza. A mulher deu uns passos e disse, Vamos lá, Aonde, perguntou o violoncelista, Eu, ao hotel onde estou hospedada, você, imagino que a sua casa, Não a tornarei a ver, Já lhe passou a inquietação, Nunca estive inquieto, Não minta, De acordo, estive-o, mas já não estou agora. Na cara da morte apareceu uma espécie de sorriso em que não havia a sombra de uma alegria, Precisamente quando mais motivos deveria ter, disse, Arrisco-me, por isso repito a pergunta, Qual foi, Se não a tornarei a ver, Virei ao concerto de sábado, estarei no mesmo camarote, O programa é diferente, não tenho nenhum solo, Já o sabia, Pelos vistos, pensou em tudo, Sim, E o fim disto, qual vai ser, Ainda estamos no princípio. Aproximava-se um táxi livre. A mulher fez-lhe sinal para parar e voltou-se para o violoncelista, Levo-o a casa, Não, levo-a eu ao hotel e depois sigo para casa, Será como eu digo, ou então vai ter de tomar outro táxi, Está habituada a levar a sua avante, Sim, sempre, Alguma vez terá falhado, deus é deus e quase não tem feito outra cousa, Agora mesmo poderia demonstrar-lhe que não falho, Estou pronto para a demonstração, Não seja estúpido, disse de repente a morte, e havia na sua voz uma ameaça soterrada, obscura, terrível. O violoncelo foi metido na mala do carro. Durante todo o trajeto os dois passageiros não pronunciaram palavra. Quando o táxi parou no primeiro destino, o violoncelista disse antes de sair, Não consigo compreender o que está a passar-se entre nós, creio que o melhor é não nos vermos mais, Ninguém o poderá impedir, Nem sequer você, que sempre leva a sua avante, perguntou o músico, esforçando-se por ser irónico, Nem sequer eu, respondeu a mulher, Isso significa que falhará, Isso significa que não falharei. O motorista tinha saído para abrir a mala do carro e esperava que fossem retirar a caixa. O homem e a mulher não se despediram, não disseram até sábado, não se tocaram, era como um rompimento sentimental, dos dramáticos, dos brutais, como se tivessem jurado sobre o sangue e a água não voltar a ver-se nunca mais. Com o violoncelo suspenso do ombro, o músico afastou-se e entrou no prédio. Não se virou para trás, nem mesmo quando no limiar da porta, por um instante, se deteve. A mulher olhava para ele e apertava com força a malinha de mão. O táxi partiu.

 O violoncelista entrou em casa murmurando irritado, É doida, doida, doida, a única vez na vida que alguém me vai esperar à saída para dizer que toquei bem, sai-me uma mentecapta, e eu, como um néscio, a perguntar-lhe se não a tornarei a ver, a meter-me em trabalhos por meu próprio pé, há defeitos que ainda podem ter algo de respeitável, pelo menos digno de atenção, mas a fatuidade é ridícula, a enfatuação é ridícula, e eu fui ridículo. Afagou distraído o cão que tinha corrido a recebê-lo à porta e entrou na sala do piano. Abriu a caixa acolchoada, retirou com todo o cuidado o instrumento que ainda teria de afinar antes de ir para a cama porque as viagens de táxi, mesmo curtas, não lhe faziam nenhum bem à saúde. Foi à cozinha pôr um pouco de comida ao cão, preparou uma sanduíche para si, que acompanhou com um copo de vinho. O pior da sua irritação já tinha passado, mas o sentimento que a pouco e pouco a ia substituindo não era mais tranquilizador. Recordava frases que a mulher havia dito, a alusão às ambiguidades que sempre se pagam e descobria que todas as palavras que ela pronunciara, se bem que pertinentes no contexto, pareciam levar dentro um outro sentido, algo que não se deixava captar, algo tantalizante, como a água que se retirou quando a intentávamos beber, como o ramo que se afastou quando íamos para colher o fruto. Não direi que seja louca, pensou, mas lá que é uma mulher estranha, sobre isso não há dúvida. Acabou de comer e voltou à sala de música, ou do piano, as duas maneiras por que a temos designado até agora quando teria sido muito mais lógico chamar-lhe sala do violoncelo, uma vez que é este instrumento o ganha-pão do músico, em todo o caso há que reconhecer que não soaria bem, seria como se o lugar se degradasse, como se perdesse uma parte da sua dignidade, bastará seguir a escala descendente para compreender o nosso raciocínio, sala de música, sala do piano, sala do violoncelo, até aqui ainda seria aceitável, mas imagine-se aonde iríamos parar se começássemos a dizer sala do clarinete, sala do pífaro, sala do bombo, sala dos ferrinhos. As palavras também têm a sua hierarquia, o seu protocolo, os seus títulos de nobreza, os seus estigmas de plebeu. O cão veio com o dono e foi-se-lhe deitar ao lado depois de ter dado as três voltas sobre si mesmo que eram a única recordação que lhe havia ficado dos tempos em que havia sido lobo. O músico afinava o violoncelo pelo lá do diapasão, restabelecia amorosamente as harmonias do instrumento depois do bruto trato que a trepidação do táxi sobre as pedras da calçada lhe infligira. Por momentos havia conseguido esquecer a mulher do camarote, não exatamente a ela, mas à inquietante conversação que haviam mantido à porta dos artistas, se bem que a violenta troca de palavras no táxi continuava a ouvir-se lá atrás, como um abafado rufar de tambores. Da mulher do camarote não se esquecia, da mulher do camarote não queria esquecer-se. Via-a de pé, com as mãos cruzadas sobre o peito, sentia que lhe tocava o seu olhar intenso, duro como diamante e como ele resplandecendo quando ela sorriu. Pensou que no sábado a tornaria a ver, sim, vê-la-ia, mas ela já não se poria de pé nem cruzaria as mãos sobre o peito, nem o olharia de longe, esse momento mágico havia sido engolido, desfeito pelo momento seguinte, quando se virou para a ver pela derradeira vez, assim o cria, e ela já lá não estava.

O diapasão regressara ao silêncio, o violoncelo recuperara a afinação e o telefone tocou. O músico sobressaltou-se, olhou o relógio, quase uma e meia. Quem diabo será a esta hora, pensou. Levantou o auscultador e durante uns segundos ficou à espera. Era absurdo, claro, ele é que deveria falar, dizer o nome, ou o número do telefone, provavelmente responderiam do outro lado Foi engano, desculpe, mas a voz que falou tinha preferido perguntar, É o cão que está a atender o telefone, se é ele, ao menos que faça o favor de ladrar. O violoncelista respondeu, Sim, sou o cão, mas já há muito tempo que deixei de ladrar, também perdi o hábito de morder, a não ser a mim mesmo quando a vida me repugna, Não se zangue, estou a telefonar-lhe para que me perdoe, a nossa conversa meteu-se logo por um atalho perigoso, e o resultado viu-se, um desastre, Alguém a desviou para lá, mas não eu, A culpa foi toda minha, em geral sou uma pessoa equilibrada, serena, Não me pareceu nem uma cousa nem outra, Talvez sofra de dupla personalidade, Nesse caso devemos ser iguais, eu próprio sou cão e homem, As ironias não soam bem na sua boca, suponho que o seu ouvido musical já lho terá dito, As dissonâncias também fazem parte da música, minha senhora, Não me chame minha senhora, Não tenho outro modo de tratá-la, ignoro como se chama, o que faz, o que é, A seu tempo o virá a saber, as pressas são más conselheiras, mesmo agora acabámos de conhecer-nos, Vai mais adiantada que eu, tem o meu número de telefone, Para isso servem os serviços de informações, a receção encarregou-se de averiguar, É pena que este aparelho seja antigo, Porquê, Se fosse dos atuais eu já saberia donde me está a falar, Estou a falar-lhe do quarto do hotel, Grande novidade, E quanto à antiguidade do seu telefone, tenho de lhe dizer que contava que assim fosse, que não me surpreende nada, Porquê, Porque em si tudo parece antigo, é como se em lugar de cinquenta anos tivesse quinhentos, Como sabe que tenho cinquenta anos, Sou muito boa a calcular idades, nunca falho, Está-me a parecer que presume demasiado de nunca falhar, Leva razão, hoje, por exemplo, falhei duas vezes, posso jurar que nunca me tinha acontecido, Não percebo, Tenho uma carta para lhe entregar e não lha entreguei, podia tê-lo feito à saída do teatro ou no táxi, Que carta é essa, Assentemos em que a escrevi depois de ter assistido ao ensaio do seu concerto, Estava lá, Estava, Não a vi, É natural, não podia ver-me, De qualquer maneira, não é o meu concerto, Sempre modesto, E assentemos não é a mesma cousa que ser certo, Às vezes, sim, Mas neste caso, não, Parabéns, além de modesto, perspicaz, Que carta é essa, Também a seu tempo o saberá, Porquê não ma entregou, se teve oportunidade para isso, Duas oportunidades, Insisto, porquê não ma deu, Isso é o que eu espero vir a saber, talvez lha entregue no sábado, depois do concerto, segunda-feira já terei saído da cidade, Não vive aqui, Viver aqui, o que se chama viver, não vivo, Não entendo nada, falar consigo é o mesmo que ter caído num labirinto sem portas, Ora aí está uma excelente definição da vida, Você não é a vida, Sou muito menos complicada que ela, Alguém escreveu que cada um de nós é por enquanto a vida, Sim, por enquanto, só por enquanto, Quem dera que esta confusão ficasse esclarecida depois de amanhã, a carta, a razão por que não ma deu, tudo, estou cansado de mistérios, Isso a que chama mistérios é muitas vezes uma proteção, há os que levam armaduras, há os que levam mistérios, Proteção ou não, quero ver essa carta, Se eu não falhar terceira vez, vê-la-á, E porquê irá falhar terceira vez, Se tal suceder só poderá ser pela mesma razão que falhei nas anteriores, Não brinque comigo, estamos como no jogo do gato e do rato, O tal jogo em que o gato sempre acaba por apanhar o rato, Exceto se o rato conseguir pôr um guizo no pescoço do gato, A resposta é boa, sim senhor, mas não passa de um sonho fútil, de uma fantasia de desenhos animados, ainda que o gato estivesse a dormir, o ruído acordá-lo-ia, e então adeus rato, Sou eu esse rato a quem está a dizer adeus, Se estamos metidos no jogo, um dos dois terá de sê-lo forçosamente, e eu não o vejo a si com figura nem astúcia para gato, Portanto condenado a ser rato toda a vida, Enquanto ela durar, sim, um rato violoncelista, Outro desenho animado, Ainda não reparou que os seres humanos são desenhos animados, Você também, suponho, Teve ocasião de ver o que pareço, Uma linda mulher, Obrigada, Não sei se já se apercebeu de que esta conversação ao telefone se parece muito com um flarte, Se a telefonista do hotel se diverte a escutar as conversas dos hóspedes, já terá chegado a essa mesma conclusão, Mesmo que seja assim, não há que temer consequências graves, a mulher do camarote, cujo nome continuo a ignorar, partirá na segunda-feira, Para não voltar nunca mais, Tem a certeza, Dificilmente se repetirão os motivos que me fizeram vir desta vez, Dificilmente não significa que venha a ser impossível, Tomarei as providências necessárias para não ter de repetir a viagem, Apesar de tudo valeu a pena, Apesar de tudo, quê, Desculpe, não fui delicado, queria dizer que, Não se canse a ser amável comigo, não estou habituada, além disso é fácil adivinhar o que ia a dizer, no entanto, se considera que deverá dar-me uma explicação mais completa, talvez possamos continuar a conversa no sábado, Não a verei daqui até lá, Não. A ligação foi cortada. O violoncelista olhou o telefone que ainda tinha na mão, húmida de nervosismo, Devo ter sonhado, murmurou, isto não é aventura para acontecer-me a mim. Deixou cair o telefone no descanso e perguntou, agora em voz alta, ao piano, ao violoncelo, às estantes, Que me quer esta mulher, quem é, porquê aparece na minha vida. Despertado pelo ruído, o cão tinha levantado a cabeça. Nos seus olhos havia uma resposta, mas o violoncelista não lhe deu atenção, cruzava a sala de um lado para outro, com os nervos mais agitados que antes, e a resposta era assim, Agora que falas nisso, tenho a vaga lembrança de haver dormido no regaço de uma mulher, pode ser que tenha sido ela, Que regaço, que mulher, teria perguntado o violoncelista, Tu dormias, Onde, Aqui, na tua cama, E ela, onde estava, Por aí, Boa piada, senhor cão, há quanto tempo é que não entra uma mulher nesta casa, naquele quarto, vá, diga-me, Como deverás saber, a perceção de tempo da espécie dos caninos não é igual à dos humanos, mas realmente creio ter sido muito o tempo que passou desde a última senhora que recebeste na tua cama, isto dito sem ironia, claro está, Portanto sonhaste, É o mais provável, os cães são uns sonhadores incorrigíveis, chegamos a sonhar de olhos abertos, basta vermos algo na penumbra para logo imaginarmos que aquilo é um regaço de mulher e saltarmos para ele, Cousas de cães, diria o violoncelista, Mesmo não sendo certo, responderia o cão, não nos queixamos. No seu quarto do hotel, a morte, despida, está parada diante do espelho. Não sabe quem é.

Durante todo o dia seguinte a mulher não telefonou. O violoncelista não saiu de casa, à espera. A noite passou, e nem uma palavra. O violoncelista dormiu ainda pior que na noite anterior. Na manhã de sábado, antes de sair para o ensaio, entrou-lhe na cabeça a peregrina ideia de ir perguntar pelos hotéis das imediações se ali estaria hospedada uma mulher com esta figura, esta cor de cabelo, esta cor dos olhos, esta forma de boca, este sorriso, este mover das mãos, mas desistiu do alucinado propósito, era óbvio que seria imediatamente despedido com um ar de indisfarçável suspeita e um seco Não estamos autorizados a dar a informação que pede. O ensaio não lhe correu bem nem mal, limitou-se a tocar o que estava escrito no papel, sem outro empenho que não errar demasiadas notas. Quando terminou correu outra vez para casa. Ia a pensar que se ela tivesse telefonado durante a sua ausência não teria encontrado um miserável gravador para deixar o recado, Não sou um homem de há quinhentos anos, sou um troglodita da idade da pedra, toda a gente usa atendedores de chamadas menos eu, resmungou. Se precisava de uma prova de que ela não tinha telefonado, deram-lha as horas seguintes. Em princípio, quem telefonou e não teve resposta, telefonará outra vez, mas o maldito aparelho manteve-se silencioso toda a tarde, alheio aos olhares cada vez mais desesperançados que o violoncelista lhe lançava. Paciência, tudo indica que ela não ligará, talvez por uma razão ou outra não lhe tivesse sido possível, mas irá ao concerto, regressarão os dois no mesmo táxi como aconteceu depois do outro concerto, e, quando aqui chegarem, ele convidá-la-á a entrar, e então poderão conversar tranquilamente, ela dar-lhe-á finalmente a ansiada carta e depois ambos acharão muita graça aos exagerados elogios que ela, arrastada pelo entusiasmo artístico, havia escrito após o ensaio em que ele não a tinha visto, e ele dirá que não é nenhum rostropovitch, e ela dirá sabe-se lá o que o futuro lhe reserva, e quando já não tiverem mais nada que dizer ou quando as palavras começarem a ir por um lado e os pensamentos por outro, então se verá se algo poderá suceder que valha a pena recordar quando formos velhos. Foi neste estado de espírito que o violoncelista saiu de casa, foi este estado de espírito que o levou ao teatro, com este estado de espírito entrou no palco e foi sentar-se no seu lugar. O camarote estava vazio. Atrasou-se, disse consigo mesmo, deverá estar a ponto de chegar, ainda há pessoas a entrar na sala. Era certo, pedindo desculpa pelo incómodo de fazer levantar os que já estavam sentados os retardatários iam ocupando as suas cadeiras, mas a mulher não apareceu. Talvez no intervalo. Nada. O camarote permaneceu vazio até ao fim da função. Contudo, ainda havia uma esperança razoável, a de que, tendo-lhe sido impossível vir ao espetáculo por motivos que já explicaria, estivesse à sua espera lá fora, na porta dos artistas. Não estava. E como as esperanças têm esse fado que cumprir, nascer umas das outras, por isso é que, apesar de tantas deceções, ainda não se acabaram no mundo, poderia ser que ela o aguardasse à entrada do prédio com um sorriso nos lábios e a carta na mão, Aqui a tem, o prometido é devido. Também não estava. O violoncelista entrou em casa como um autómato, dos antigos, dos da primeira geração, daqueles que tinham de pedir licença a uma perna para poderem mover a outra. Empurrou o cão que o viera saudar, largou o violoncelo onde calhou e foi-se estender em cima da cama. Aprende, pensava, aprende de uma vez, pedaço de estúpido, portaste-te como um perfeito imbecil, puseste os significados que desejavas em palavras que afinal de contas tinham outros sentidos, e mesmo esses não os conheces nem conhecerás, acreditaste em sorrisos que não passavam de meras e deliberadas contrações musculares, esqueceste-te de que levas quinhentos anos às costas apesar de caridosamente to haverem recordado, e agora eis-te aí, como um trapo, deitado na cama onde esperavas recebê-la, enquanto ela se está rindo da triste figura que fizeste e da tua incurável parvoíce. Esquecido já da ofensa de ter sido rejeitado, o cão veio consolá-lo. Pôs as patas da frente em cima do colchão, arrastou o corpo até chegar à altura da mão esquerda do dono, ali abandonada como algo inútil, inservível, e sobre ela, suavemente, pousou a cabeça. Podia tê-la lambido e tornado a lamber, como costumam fazer os cães vulgares, mas a natureza, desta vez benévola, reservara para ele uma sensibilidade tão especial que até lhe permitia inventar gestos diferentes para expressar as sempre mesmas e únicas emoções. O violoncelista virou-se para o lado do cão, moveu e dobrou o corpo até que a sua própria cabeça pôde ficar a um palmo da cabeça do animal, e assim ficaram, a olhar-se, dizendo sem necessidade de palavras, Pensando bem, não tenho ideia nenhuma de quem és, mas isso não conta, o que importa é que gostemos um do outro. A amargura do violoncelista foi diminuindo a pouco e pouco, em verdade o mundo está mais que farto de episódios como este, ele esperou e ela faltou, ela esperou e ele não veio, no fundo, e aqui para nós, céticos e descrentes que somos, antes isso que uma perna partida. Era fácil dizê-lo, mas bem melhor seria tê-lo calado, porque as palavras têm muitas vezes efeitos contrários aos que se haviam proposto, tanto assim que não é raro que estes homens ou aquelas mulheres jurem e praguejem, Detesto-a, Detesto-o, e logo rebentem em lágrimas depois da palavra dita. O violoncelista sentou-se na cama, abraçou o cão, que lhe pusera as patas nos joelhos em último gesto de solidariedade, e disse, como quem a si mesmo se repreendia, Um pouco de dignidade, por favor, já basta de lamúrias. Depois, para o cão, Tens fome, claro. Abanando o rabo, o cão respondeu que sim senhor, tinha fome, há uma quantidade de horas que não comia, e os dois foram para a cozinha. O violoncelista não comeu, não lhe apetecia. Além disso o nó que tinha na garganta não o deixaria engolir. Passada meia hora já estava na cama, havia tomado uma pastilha para o ajudar a entrar no sono, mas de pouco lhe serviu. Acordava e adormecia, acordava e adormecia, sempre com a ideia de que tinha de correr atrás do sono para o agarrar e impedir que a insónia viesse ocupar-lhe o outro lado da cama. Não sonhou com a mulher do camarote, mas houve um momento em que despertou e a viu de pé, no meio da sala de música, com as mãos cruzadas sobre o peito.

O dia seguinte era domingo, e domingo é o dia de levar o cão a passear. Amor com amor se paga, parecia dizer-lhe o animal, já com a trela na boca e a postos para o passeio. Quando, já no parque, o violoncelista se encaminhava para o banco onde era costume sentar-se, viu, de longe, que uma mulher já se encontrava ali. Os bancos de jardim são livres, públicos e em geral gratuitos, não se pode dizer a quem chegou primeiro que nós, Este banco é meu, tenha a bondade de ir procurar outro. Nunca o faria um homem de boa educação como o violoncelista, e menos ainda se lhe tivesse parecido reconhecer na pessoa a famosa mulher do camarote de primeira ordem, a mulher que havia faltado ao encontro, a mulher a quem vira no meio da sala de música com as mãos cruzadas sobre o peito. Como se sabe, aos cinquenta anos os olhos já não são de fiar, começamos a piscar, a semicerrá-los como se quiséssemos imitar os heróis do faroeste ou os navegadores de antanho, em cima do cavalo ou à proa da caravela, com a mão em pala, a esquadrinhar os horizontes distantes. A mulher está vestida de maneira diferente, de calças e casaco de pele, é com certeza outra pessoa, isto diz o violoncelista ao coração, mas este, que tem melhores olhos, diz-te que abras os teus, que é ela, e agora vê lá bem como te vais portar. A mulher levantou a cabeça e o violoncelista deixou de ter dúvidas, era ela. Bons dias, disse quando se deteve junto do banco, hoje poderia esperar tudo, mas não encontrá-la aqui, Bons dias, vim para me despedir e pedir-lhe desculpa por não ter aparecido ontem no concerto. O violoncelista sentou-se, tirou a trela ao cão, disse-lhe Vai, e, sem olhar a mulher, respondeu, Não tenho nada que desculpar-lhe, é uma cousa que está sempre a suceder, as pessoas compram bilhete e depois, por isto ou por aquilo, não podem ir, é natural, E sobre o nosso adeus, não tem opinião, perguntou a mulher, É uma delicadeza muito grande da sua parte considerar que deveria vir despedir-se de um desconhecido, ainda que eu não seja capaz de imaginar como pôde saber que venho a este parque todos os domingos, Há poucas cousas que eu não saiba de si, Por favor, não regressemos às absurdas conversas que tivemos na quinta-feira à porta do teatro e depois ao telefone, não sabe nada de mim, nunca nos tínhamos visto antes, Lembre-se de que estive no ensaio, E não compreendo como o conseguiu, o maestro é muito rigoroso com a presença de estranhos, e agora não me venha para cá com a história de que também o conhece a ele, Não tanto como a si, mas você é uma exceção, Melhor que não o fosse, Porquê, Quer que lho diga, quer mesmo que lho diga, perguntou o violoncelista com uma veemência que roçava o desespero, Quero, Porque me apaixonei por uma mulher de quem não sei nada, que anda a divertir-se à minha custa, que irá amanhã sei lá para onde e que não voltarei a ver, É hoje que partirei, não amanhã, Mais essa, E não é verdade que tenha andado a divertir-me à sua custa, Pois se não anda, imita muito bem, Quanto a ter-se apaixonado por mim, não espere que lhe responda, há certas palavras que estão proibidas na minha boca, Mais um mistério, E não será o último, Com esta despedida vão ficar todos resolvidos, Outros poderão começar, Por favor, deixe-me, não me atormente mais, A carta, Não quero saber da carta para nada, Mesmo que quisesse não lha poderia dar, deixei-a no hotel, disse a mulher sorrindo, Pois então rasgue-a, Pensarei no que devo fazer com ela, Não precisa pensar, rasgue-a e acabou-se. A mulher pôs-se de pé. Já se vai embora, perguntou o violoncelista. Não se havia levantado, estava de cabeça baixa, ainda tinha algo para dizer. Nunca lhe toquei, murmurou, Fui eu que não quis que me tocasse, Como o conseguiu, Para mim não é difícil, Nem sequer agora, Nem sequer agora, Ao menos um aperto de mão, Tenho as mãos frias. O violoncelista ergueu a cabeça. A mulher já não estava ali.

Homem e cão saíram cedo do parque, as sanduíches foram compradas para comer em casa, não houve sestas ao sol. A tarde foi longa e triste, o músico pegou num livro, leu meia página e atirou-o para o lado. Sentou-se ao piano para tocar um pouco, mas as mãos não lhe obedeceram, estavam entorpecidas, frias, como mortas. E, quando se voltou para o amado violoncelo, foi o próprio instrumento que se lhe negou. Dormitou numa cadeira, quis afundar-se num sono interminável, não acordar nunca mais. Deitado no chão, à espera de um sinal que não vinha, o cão olhava-o. Talvez a causa do abatimento do dono fosse a mulher que apareceu no parque, pensou, afinal não era certo aquele provérbio que dizia que o que os olhos não veem, não o sente o coração. Os provérbios estão constantemente a enganar-nos, concluiu o cão. Eram onze horas quando a campainha da porta tocou. Algum vizinho com problemas, pensou o violoncelista, e levantou-se para ir abrir. Boas noites, disse a mulher do camarote, pisando o limiar, Boas noites, respondeu o músico, esforçando-se por dominar o espasmo que lhe contraía a glote, Não me pede que entre, Claro que sim, faça o favor. Afastou-se para a deixar passar, fechou a porta, tudo devagar, lentamente, para que o coração não lhe explodisse. Com as pernas tremendo acompanhou-a à sala de música, com a mão que tremia indicou-lhe a cadeira. Pensei que já se tivesse ido embora, disse, Como vê, resolvi ficar, respondeu a mulher, Mas partirá amanhã, A isso me comprometi, Suponho que veio para trazer a carta, que não a rasgou, Sim, tenho-a aqui nesta bolsa, Dê-ma, então, Temos tempo, recordo ter-lhe dito que as pressas são más conselheiras, Como queira, estou ao seu dispor, Di-lo a sério, É o meu maior defeito, digo tudo a sério, mesmo quando faço rir, principalmente quando faço rir, Nesse caso atrevo-me a pedir-lhe um favor, Qual, Compense-me de ter faltado ontem ao concerto, Não vejo de que maneira, Tem ali um piano, Nem pense nisso, sou um pianista medíocre, Ou o violoncelo, É outra cousa, sim, poderei tocar-lhe uma ou duas peças se faz muita questão, Posso escolher, perguntou a mulher, Sim, mas só o que estiver ao meu alcance, dentro das minhas possibilidades. A mulher pegou no caderno da suite número seis de bach e disse, Isto, É muito longa, leva mais de meia hora, e já começa a ser tarde, Repito-lhe que temos tempo, Há uma passagem no prelúdio em que tenho dificuldades, Não importa, salta-lhe por cima quando lá chegar, disse a mulher, ou nem será preciso, vai ver que tocará ainda melhor que rostropovitch. O violoncelista sorriu, Pode ter a certeza. Abriu o caderno sobre o atril, respirou fundo, colocou a mão esquerda no braço do violoncelo, a mão direita conduziu o arco até quase roçar as cordas, e começou. De mais sabia ele que não era rostropovitch, que não passava de um solista de orquestra quando o acaso de um programa assim o exigia, mas aqui, perante esta mulher, com o seu cão deitado aos pés, a esta hora da noite, rodeado de livros, de cadernos de música, de partituras, era o próprio johann sebastian bach compondo em cöthen o que mais tarde seria chamado opus mil e doze, obras elas quase tantas como foram as da criação. A passagem difícil foi transposta sem que ele se tivesse apercebido da proeza que havia cometido, mãos felizes faziam murmurar, falar, cantar, rugir o violoncelo, eis o que faltou a rostropovitch, esta sala de música, esta hora, esta mulher. Quando ele terminou, as mãos dela já não estavam frias, as suas ardiam, por isso foi que as mãos se deram às mãos e não se estranharam. Passava muito da uma hora da madrugada quando o violoncelista perguntou, Quer que chame um táxi para a levar ao hotel, e a mulher respondeu, Não, ficarei contigo, e ofereceu-lhe a boca. Entraram no quarto, despiram-se e o que estava escrito que aconteceria, aconteceu enfim, e outra vez, e outra ainda. Ele adormeceu, ela não. Então ela, a morte, levantou-se, abriu a bolsa que tinha deixado na sala e retirou a carta de cor violeta. Olhou em redor como se estivesse à procura de um lugar onde a pudesse deixar, sobre o piano, metida entre as cordas do violoncelo, ou então no próprio quarto, debaixo da almofada em que a cabeça do homem descansava. Não o fez. Saiu para a cozinha, acendeu um fósforo, um fósforo humilde, ela que poderia desfazer o papel com o olhar, reduzi-lo a uma impalpável poeira, ela que poderia pegar-lhe fogo só com o contacto dos dedos, e era um simples fósforo, o fósforo comum, o fósforo de todos os dias, que fazia arder a carta da morte, essa que só a morte podia destruir. Não ficaram cinzas. A morte voltou para a cama, abraçou-se ao homem e, sem compreender o que lhe estava a suceder, ela que nunca dormia, sentiu que o sono lhe fazia descair suavemente as pálpebras. No dia seguinte ninguém morreu.

*A quem me abriu portas e mostrou caminhos
— e também em lembrança de Almeida
Garrett, mestre de viajantes.*

# ÍNDICE

Prefácio – Claudio Magris ............................723
Apresentação ...............................................727

De Nordeste a Noroeste, duro e dourado ........729

O sermão aos peixes ...................................729
Dossel e maus caminhos...............................740
Um bagaço em Rio de Onor...........................749
História do soldado José Jorge ......................754
Tentações do demónio .................................759
Casa Grande................................................769
A cava do lobo manso...................................776
Os animais apaixonados ...............................783
Onde Camilo não está...................................792
O palácio da Bela Adormecida ......................798
Males da cabeça e milagres vários ................807
Mais Casa Grande ........................................815
As meninas de Castro Laboreiro ...................823
S. Jorge saiu a cavalo...................................832
O alimento do corpo ....................................840
O monte Evereste de Lanhoso ......................851
"Junta com o rio que chamam Doiro..." ...........859

Terras baixas, vizinhas do mar .....................870

As infinitas águas........................................870
Em casa do marquês de Marialva .................880

Nem todas as ruínas são romanas ................888
Coimbra sobe, Coimbra desce ......................897
Um castelo para Hamlet ..............................908
À porta das montanhas ...............................916

Brandas beiras de pedra, paciência ..............920

O homem que não esqueceu .........................920
Pão, queijo e vinho em Cidadelhe...................927
Malva, seu nome antigo................................938
Por um grão de trigo não foi Lisboa .............. 949
Novas tentações do demónio........................ 958
O rei da quinta............................................ 969
Alta está, alta mora .....................................981
O povo das pedras....................................... 984
O fantasma de José Júnior .......................... 994
*Hic est chorus* ........................................ 1006

Entre Mondego e Sado, parar em todo o lado ... 1017

Uma ilha, duas ilhas................................... 1017
Artes da água e do fogo.............................. 1024
Frades, guerreiros e pescadores................... 1035
A casa mais antiga..................................... 1048
Quanto mais perto, mais longe .................... 1057
O capitão Bonina ....................................... 1065
O nome no mapa ........................................ 1078
Era uma vez um escravo.............................. 1087
O paraíso encontrado ................................. 1096
Às portas de Lisboa ................................... 1106
Dizem que é coisa boa ................................ 1110
Chaminés e laranjais.................................. 1132

A grande e ardente terra de Alentejo............1141

Onde as águias pousam ..............................1141
Uma flor da rosa .........................................1151
A pedra velha, o homem ...............................1158
É proibido destruir os ninhos .......................1169
A noite em que o mundo começou ................1181
O pulo e o salto ..........................................1196
Os italianos em Mértola ...............................1210

De Algarve e sol, pão seco e pão mole ...........1219

O diretor e o seu museu ...............................1219
O português tal qual se cala ........................1230
O viajante volta já .......................................1244

Índice toponímico .......................................1246

# Prefácio*

José Saramago não gosta de prefácios. Essa foi uma das primeiras coisas que ouvi dele quando nos encontramos pela primeira vez em Lisboa, há muitos anos, e ele nos deu de presente, a mim e a Marisa, justamente este *Viagem a Portugal*. Inclusive as linhas iniciais desta viagem previnem contra os prefácios, que são inúteis se a obra não os solicita, ou indício de fraqueza, caso ela os demande. De fato eu não escreveria — e ninguém me pediria — uma introdução ao *Ano da morte de Ricardo Reis*, talvez meu livro predileto de Saramago, nem a outros romances dele, os quais tanto admiro. Mas a viagem — no mundo e no papel — é já por si uma espécie de prefácio contínuo, um prólogo a algo que sempre está por vir e continua sempre atrás da esquina; partir, parar, retornar, fazer e desfazer as malas, anotar no caderno a paisagem que escapa, desmorona e se recompõe enquanto a atravessamos, como uma sequência cinematográfica com seus *fade in* e *fade out* ou um rosto que muda no tempo. E depois retocar, apagar e reescrever aqueles apontamentos nesse trânsito da realidade para o papel e vice-
-versa que é a escritura, até neste sentido muito semelhante a uma viagem. Esta última, escreve Saramago no epílogo, sempre recomeça, sempre há de recomeçar, assim como a vida, e cada anotação dele é um prólogo. *Viagem a Portugal*

---

* *Prefácio de Claudio Magris à primeira edição espanhola de* Viagem a Portugal, *de Saramago, reproduzido no* Corriere della Sera *de 17 de dezembro de 1999.*

desmente as idiossincrasias de seu autor: ela traz uma apresentação e um apêndice. Cada texto autenticamente poético — e *Viagem* o é de modo intenso — sabe bem mais do que o próprio autor; aliás, essa é uma prova de sua grandeza. Saramago viaja em Portugal, ou melhor, dentro de si mesmo, e não só, como ele diz, porque Portugal é sua cultura. É no mundo, no espelho das coisas e dos outros homens, que se encontra a si mesmo, como aquele pintor de de que fala uma parábola de Borges, que pinta paisagens, montes, árvores, rios e no fim se dá conta de que, dessa maneira, havia retratado o próprio rosto. Toda verdadeira viagem é uma odisseia, uma aventura cuja grande questão é se nela nos perdemos ou nos encontramos ao atravessarmos o mundo e a vida, se apreendemos o sentido ou descobrimos a insensatez da existência. Desde as origens e daquele que talvez seja o maior de todos os livros, a *Odisseia,* literatura e viagem surgem estreitamente ligadas, uma exploração análoga, desconstrução e recomposição do mundo e do eu. Uma verificação do real que, em sua fidelidade, torna-se invenção e ainda inventa o eu viajante, um personagem literário. *Viagem a Portugal* é um fascinante exemplo disso. O viajante avança, como na vida, numa mistura de planejamento e casualidade, metas prefixadas e súbitas digressões que levam a outras paragens; erra a estrada, volta atrás, salta rios e riachos; não tem certeza sobre o que visitar e o que deixar de lado, porque viajar também é, assim como a escrita e a vida, sobretudo abdicar. Ele se detém diante de momentos gloriosos, de grandes personagens e obras-primas da arte — a admirável descrição de quadros e especialmente de igrejas, cinzeladas ou descascadas pelo vento e pelos séculos —, mas também nos rostos das pessoas encontradas e entrevistas apenas por um instante, nos quais se lê uma história ao mesmo tempo individual e coletiva, como as mulheres de Miranda do Douro, que não se lembram de ter sido jovens, ou nas faces do Alentejo, apagadas por velhos jugos sociais. O viajante recolhe histórias célebres e obscuras, para ao sentir o perfume de uma mimosa que redime a mísera ruela de uma cidadezinha. Presta atenção nas cores, nas estações, nos cheiros, nas plantas, nos animais, com frequência ultrapassando a fronteira entre natureza e história — cruzar fronteiras é o ofício do viajante — e descobrindo que também ela, como todos os confins, é precária. "Onde está a fronteira?", ele se pergunta, e essa questão, que eu também me fiz tantas vezes perambulando no Danúbio ou em meus microcosmos, não se refere apenas ao confim entre Portugal e Espanha. Quando ultrapassa este último, o viajante se dirige aos peixes que numa margem nadam no Douro e, na outra, no Duero, pedindo conselho e talvez recordando que São Tiago havia pregado aos salmões, mesmo que fosse para convertê-los e induzi-los a aceitar seu destino de ser pescados e comidos. Protagonistas desta viagem também são, em páginas maravilhosas, o esplendor das águas do rio que encontram as do mar, a luz da praia, o brilho da cascata, a solidão da laguna, o romper-se do oceano contra os rochedos, música que evoca um grande silêncio, o ouro escurecido da noite que se apaga nas planícies perto de Serpa, as pedras românicas mesmo as mais humildes, das quais, porém, nascia uma grande arte, porque "os construtores sabiam que estavam erigindo a casa de Deus". Também neste livro, que sinto extraordinariamente próximo ao meu vagabundear no mundo e na cabeça, a viagem se embrenha não só no espaço, mas sobretudo no tempo; é experiência de sua plenitude e fugacidade e, simultaneamente, guerrilha contra esta última, desejo de reter a tarde que foge e que amanhã não será a mesma, de parar o tempo ou de contê-lo errando no espaço. A viagem, como diz o título de um livro de Gadda, tem a ver com a morte, e é por isso que aferra momentos tão intensos de vida e se encanta, numa esplêndida passagem do livro, perante uma proibição, passível de pesada multa, de destruir ninhos; proibição que, imagino, José Saramago aprove ainda mais que a de escrever prefácios. Para compreender de fato, o viajante paradoxalmente deveria deter-se, ser sedentário, participar a fundo da vida que atravessa e deixa para trás; eu viajo permanentemente, e sempre pensei que o viajante é alguém que gostaria de ser residente, radicado, mas em muitos lugares. A viagem não termina nunca, mas os viajantes, isto é, nós, terminamos. Este viajante português afirma, a certa altura, que esteve no bairro de Alfama mas que não sabe o que Alfama é. Nós também estamos na vida sem saber o que ela é.

## Apresentação

*Mal vai à obra se lhe requerem prefácio que a explique, mal vai ao prefácio se presume de tanto. Acordemos, então, que não é prefácio isto, mas aviso simples ou prevenção, como aquele recado derradeiro que o viajante, já no limiar da porta, já postos os olhos no horizonte próximo, ainda deixa a quem lhe ficou a cuidar das flores. Diferença, se a há, é não ser o aviso último, mas primeiro. E não haverá outro.*

*Resigne-se pois o leitor a não dispor deste livro como de um guia às ordens, ou roteiro que leva pela mão, ou catálogo geral. Às páginas adiante não se há de recorrer como a agência de viagens ou balcão de turismo: o autor não veio dar conselhos, embora sobreabunde em opiniões. É verdade que se acharão os lugares seletos da paisagem e da arte, a face natural ou transformada da terra portuguesa: porém, não será forçadamente imposto um itinerário, ou orientado habilmente, apenas porque as conveniências e os hábitos acabaram por torná-lo obrigatório a quem de sua casa sai para conhecer o que está fora. Sem dúvida, o autor foi aonde se vai sempre, mas foi também aonde se vai quase nunca.*

*Que é, afinal, o livro que um prefácio possa anunciar com alguma utilidade, mesmo não imediata em primeiro atendimento? Esta* Viagem a Portugal *é uma história. História de um viajante no interior da viagem que fez, história de uma viagem que em si transportou um viajante, história de viagem e viajante reunidos em uma procurada fusão daquele que vê e daquilo que é visto, encontro nem sempre pacífico de subjetividades e objetividades. Logo: choque e adequação, reconhecimento e descoberta, confirmação e surpresa. O viajante viajou no seu país. Isto significa que viajou por dentro de si mesmo, pela cultura que o formou e está formando, significa que foi, durante muitas semanas, um espelho refletor das imagens exteriores, uma vidraça transparente que luzes e sombras atravessaram, uma placa sensível que registou, em trânsito e processo, as impressões, as vozes, o murmúrio infindável de um povo.*

*Eis o que este livro quis ser. Eis o que supõe ter conseguido um pouco. Tome o leitor as páginas seguintes como desafio e convite. Viaje segundo um seu projeto próprio, dê mínimos ouvidos à facilidade dos itinerários cómodos e de rasto pisado, aceite enganar-se na estrada e voltar atrás, ou, pelo contrário, persevere até inventar saídas desacostumadas para o mundo. Não terá melhor viagem. E, se lho pedir a sensibilidade, registe por sua vez o que viu e sentiu, o que disse e ouviu dizer. Enfim, tome este livro como exemplo, nunca como modelo. A felicidade, fique o leitor sabendo, tem muitos rostos. Viajar é, provavelmente, um deles. Entregue as suas flores a quem saiba cuidar delas, e comece. Ou recomece. Nenhuma viagem é definitiva.*

# De Nordeste a Noroeste, duro e dourado

*O SERMÃO AOS PEIXES*

De memória de guarda da fronteira, nunca tal se viu. Este é o primeiro viajante que no meio do caminho para o automóvel, tem o motor já em Portugal, mas não o depósito da gasolina, que ainda está em Espanha, e ele próprio assoma ao parapeito naquele exato centímetro por onde passa a invisível linha da fronteira. Então, sobre as águas escuras e profundas, entre as altas escarpas que vão dobrando os ecos, ouve-se a voz do viajante, pregando aos peixes do rio:

"Vinde cá, peixes, vós da margem direita que estais no rio Douro, e vós da margem esquerda que estais no rio Duero, vinde cá todos e dizei-me que língua é a que falais quando aí em baixo cruzais as aquáticas alfândegas, e se também lá tendes passaportes e carimbos para entrar e sair. Aqui estou eu, olhando para vós do alto desta barragem, e vós para mim, peixes que viveis nessas confundidas águas, que tão depressa estais duma banda como da outra, em grande irmandade de peixes que uns aos outros só se comem por necessidades de fome e não por enfados de pátria. Dais-me vós, peixes, uma clara lição, oxalá não a vá eu esquecer ao segundo passo desta minha viagem a Portugal, convém a saber: que de terra em terra deverei dar muita atenção ao que for igual e ao que for diferente, embora ressalvando, como humano é, e entre vós igualmente se pratica, as preferências e as simpatias deste viajante, que não está ligado a obrigações de amor universal, nem isso se lhe pediu. De vós, enfim, me despeço, peixes, até um dia, ide à vossa vida enquanto por aí não vêm os pescadores, nadai felizes, e desejai-me boa viagem, adeus, adeus."

Bom milagre foi este para começar. Uma aragem súbita encrespou as águas, ou terá sido o rebuliço dos peixes mergulhando, e mal o viajante se calou não havia mais que ver do que o rio e escarpas dele nem mais que ouvir do que o murmúrio adormecido do motor. É esse o defeito dos milagres: não duram muito. Mas o viajante não é taumaturgo de profissão, milagriza por acidente, por isso já está resignado quando regressa ao automóvel. Sabe que vai entrar num país abundoso em fastos de sobrenatural, de que logo é assinalado exemplo esta primeira cidade de Portugal por onde vai entrando, com seu vagar de viajante minucioso, cuja se chama Miranda do Douro. Há de pois recolher com modéstia as suas próprias veleidades, e decidir-se a aprender tudo. Os milagres e o resto.

Esta tarde é de Outubro. O viajante abre a janela do quarto onde passará a noite e, no imediato relance de olhos, descobre ou reconhece que é pessoa de muita sorte. Podia ter na sua frente um muro, um canteiro enfezado, um quintal com roupa pendurada, e havia de contentar-se com essa utilidade, essa decadência, esse estendal. Porém, o que vê é a pedregosa margem espanhola do Douro, de tão dura substância que o mato mal lhe pôde meter o dente, e porque uma sorte nunca vem só, está o Sol de maneira que a escarpada parede é uma enorme pintura abstrata em diversos tons de amarelo, e nem apetece daqui sair enquanto houver luz. Neste momento ainda o viajante não sabe que alguns dias mais tarde há de estar em Bragança, no Museu do Abade de Baçal, olhando a mesma pedra e talvez os mesmos amarelos, agora num quadro de Dórdio Gomes. Sem dúvida pode abanar a cabeça e murmurar: "Como o mundo é pequeno..."

Em Miranda do Douro, por exemplo, ninguém seria capaz de se perder. Desce-se a Rua da Costanilha, com as suas casas do século XV, e quando mal nos precatamos passámos uma porta da muralha, estamos fora da cidade olhando os grandes vales que para poente se estendem, cobre-nos um grande silêncio medieval, que tempo é este e que gente. A um dos lados da porta está um grupo de mulheres, todas vestidas de preto, conversam em voz baixa, nenhuma delas é nova, quase todas, provavelmente, já não se lembram de o terem sido. O viajante leva ao ombro, como lhe compete, a máquina fotográfica, mas envergonha-se, ainda não está habituado aos atrevimentos que os viajantes costumam ter, e por isso não ficou memória de retrato daquelas sombrias mulheres que estão falando ali desde o princípio do mundo. O viajante fica melancólico e augura mal de viagem que assim começa. Caiu em meditação, felizmente por pouco tempo: ali perto, fora das muralhas, estrondeou o motor de um *bulldozer,* havia obras de terraplenagem para uma nova estrada, é o progresso às portas da Idade Média.

Torna a subir a Costanilha, diverge para outras caladas e varridíssimas ruas, ninguém às janelas, e por falar em janelas, descobre sinais de velhos rancores voltados para Espanha, mísulas obscenas talhadas na boa pedra quatrocentista. Dá vontade de sorrir esta saudável escatologia que não teme ofender os olhos das crianças nem os aborrecidos defensores da moral. Em quinhentos anos ninguém se lembrou de mandar picar ou desmontar a insolência, prova inesperada de que o português não é alheio ao humor, salvo se só o entende quando lhe serve os patriotismos. Não se aprendeu aqui com a fraternidade dos peixes do Douro, mas talvez haja boas razões para isso. Afinal, se as potências celestiais favoreceram um dia os Portugueses contra os Espanhóis, mal parecia que os humanos deste lado passassem por cima das intervenções do alto e as desautorizassem. O caso conta-se brevemente.

Andavam acesas as lutas da Restauração, meados portanto do século XVII, e Miranda do Douro, aqui à beirinha do Douro, estava, por assim dizer, a um salto duma pulga de acometidas do inimigo. Havia cerco, a fome já era muita, os sitiados desanimavam, enfim, estava Miranda perdida. Eis senão quando, isto é o que se diz, avança ali um garoto a gritar às armas, a incutir ânimo e coragem onde coragem e ânimo estavam desfalecendo, e de tal maneira que em dois tempos se levantaram todas aquelas debilidades, tomam armas verdadeiras e inventadas, e atrás do infante vão-se aos Espanhóis como se malhassem em centeio verde. São desbaratados os sitiantes, triunfa Miranda do Douro, escreveu-se outra página nos anais da guerra. Porém, onde está o chefe deste exército? Onde está o gentil combatente que trocou o pião pelo bastão de marechal de campo? Não está, não se encontra, ninguém o viu mais. Logo, foi milagre, dizem os mirandeses. Logo, foi o Menino Jesus.

O viajante confirma. Se foi capaz de falar aos peixes e eles capazes de o ouvirem, não tem agora nenhum motivo para desconfiar das antigas estratégias. Tanto mais que aqui está ele, o Menino Jesus da Cartolinha, com a sua altura de dois palmos, à cinta a espada de prata, a faixa vermelha atravessando do ombro para o lado, laço branco ao pescoço, e a cartola no alto da sua redonda cabeça de criança. Este não é o fato da vitória, apenas um do seu confortável guarda-roupa, completo e constantemente posto em dia, como ao viajante está mostrando o sacristão da Sé. É sabedor do seu mister de guia este sacristão, e, porque dá tento da minuciosa atenção do viajante, leva-o a uma dependência lateral onde tem recolhidas diversas peças de estatuária, defendendo-as assim das tentações dos gatunos de ofício e ocasião. Aí se confirmam as coisas. Uma pequena tábua, esculpida em alto-relevo, acaba de convencer o viajante da sua própria incipiência em matéria de milagres. Eis Santo António recebendo genuflexão duma ovelha, que assim está dando exemplar lição de fé ao pastor descrente que se tinha rido do santo e ali, na escultura, evidentemente, se mostra corrido de vergonha e por isso talvez ainda merecedor de salvação. Diz o sacristão que muita gente fala desta tábua, mas que poucos a conhecem. Escusado será dizer que o viajante não cabe em si de vaidade. Veio de tão longe, sem empenhos, e só por ter cara de boa pessoa o admitiram ao conhecimento destes segredos.

Esta viagem vai no princípio, e sendo o viajante escrupuloso como é, aqui lhe morde o primeiro sobressalto. Afinal, que viajar é este? Dar uma volta por esta cidade de Miranda do Douro, por esta Sé, por este sacristão, por esta cartolinha e esta ovelha, e, isto feito, marcar uma cruz no mapa, meter rodas à estrada, e dizer, como o barbeiro enquanto sacode a toalha: "O senhor que se segue." Viajar deveria ser outro concerto, estar mais e andar menos, talvez até se devesse instituir a profissão de viajante, só para gente de muita vocação, muito se engana quem julgar que seria trabalho de pequena responsabilidade, cada quilómetro não vale menos que um ano de vida. Lutando com estas filosofias, acaba o viajante por adormecer, e quando de manhã acorda lá esta a pedra amarela, é o destino das pedras, sempre no mesmo sítio, salvo se vem o pintor e a leva no coração.

À saída de Miranda do Douro, vai o viajante aguçando a observação para que nada se perca ou alguma coisa se aproveite, e por isso é que reparou num pequeno rio que por aqui passa. Ora, os rios têm nomes, e este, tão perto de se juntar ao encorpado Douro, como lhe terão chamado? Quem não sabe, pergunta, e quem pergunta, tem às vezes resposta: "Ó senhor, como se chama este rio?" "Este rio chama-se Fresno." Fresno?" "Sim senhor, Fresno." "Mas fresno é palavra espanhola, quer dizer freixo. Por que é que não dizem rio Freixo?" "Ah, isso não sei. Sempre assim lhe ouvi chamar." No fim das contas, tanta luta contra os Espanhóis, tantas más-criações nas fronteiras das casas, até ajudas do Menino Jesus, e aqui está este Fresno, dissimulado entre margens gostosas, a rir-se do patriotismo do viajante. Lembra-se ele dos peixes, do sermão que lhes fez, distrai-se um pouco nessa recordação, e já está perto da aldeia de Malhadas quando se lhe acende o espírito: "Quem sabe se fresno não será também uma palavra do dialeto mirandês?" Leva ideia de fazer a pergunta, mas depois esquece-se, e quando muito mais tarde torna à sua dúvida, decide que o caso não tem importância. Ao menos para o seu uso, passou fresno a ser português.

Malhadas fica a deslado da estrada principal, desta que se segue para Bragança. Aqui perto há restos de uma via romana que o viajante não vai procurar. Mas quando dela fala a um lavrador e a uma lavradeira que encontra à entrada da aldeia, respondem-lhe: "Ah, isso é a estrada mourisca." Pois seja a estrada mourisca. Agora, aquilo que o viajante quer saber é o porquê e o como deste trator donde o lavrador desce com o à-vontade de quem usa coisa sua. "Tenho pouca terra, só para mim não daria. Mas alugo-o de vez em quando aos vizinhos, e assim vamos vivendo." Ficam os três ali de conversa, falando das dificuldades de quem tem filhos a sustentar, e é patente que está outro para breve. Quando o viajante diz que vai até Vimioso e depois tornará a passar por ali, a lavradeira, sem ter de pedir licença ao marido, convida: "Nós moramos nesta casa, almoça com a gente", e bem se vê que é de vontade, que o pouco ou o muito que estiver na panela seria dividido em partes desiguais, porque é mais do que certo que o viajante teria no seu prato a parte melhor e maior. O viajante agradece muito e diz que ficará para outro dia. Afasta-se o trator, recolhe a mulher a casa: "São uns palheiros", tinha ela dito, e o viajante dá uma volta pela aldeia, mal chega a dá-la, porque de súbito surge-lhe pela frente uma gigantesca tartaruga negra, é a igreja do lugar, de grossíssimas paredes, uns enormes botaréus de reforço que são as patas do animal. No século XIII, e nestas bandas de Trás-os-Montes, não se saberia muito de resistência de materiais, ou então o construtor era homem desconfiado das seguranças do mundo e resolveu edificar para a eternidade. O viajante entrou e viu, foi ao campanário e ao telhado e dali passeou os olhos em redor, um pouco intrigado com uma terra transmontana que não se descai nos vales e precipícios abruptos que a imaginação lhe preparara. Enfim, cada coisa a seu tempo, isto é um planalto, não deve o viajante ralhar com a sua fantasia tanto mais que ela o serviu quando fez da igreja tartaruga, só lá indo se saberá como é justa e rigorosa a comparação. Duas léguas adiante está Caçarelhos. Aqui diz Camilo que nasceu o seu Calisto Elói de Silos e Benevides de Barbuda, morgado de Agra de Freimas, herói patego e patusco da *Queda Dum Anjo,* novela de muito riso e alguma melancolia. Considera o viajante que o dito Camilo não escapa à censura que acidamente desferiu contra Francisco Manuel do Nascimento, acusado este de galhofar com a Samardã, como antes outros tinham chalaceado com Maçãs de D. Maria, Ranhados ou Cucujães. Juntando Elói a Caçarelhos tornou Caçarelhos risível, ou será isto defeito do nosso espírito, como se tivéssemos de acreditar ser a culpa das terras e não de quem nelas nasce. A maçã é bichosa por doença da macieira, e não por maldade do torrão. Fique então dito que esta aldeia não sofre de pior maleita que a distância, aqui nestes cabos do mundo, nem provavelmente tem o seu nome que ver com o que no Minho se diz: caçarelho é fulano tagarela, incapaz de guardar um segredo. Há de ter Caçarelhos os seus: ao viajante ninguém lhos contou, quando atravessava o campo da feira, que hoje é dia de vender e comprar gado, estes belos bois cor de mel, olhos que são como salvadoras boias de ternura, e os beiços brancos de neve, ruminando em paz e serenidade, enquanto um fio de baba devagar escorre, tudo isto debaixo duma floresta de liras, que são as córneas armações, caixas de ressonância naturais do mugido que, uma vez por outra, se ergue do ajuntamento. Certamente há nisto segredos, mas não daqueles que as palavras podem contar. Mais fácil é contar dinheiro, tantas notas por este boi, leve lá o animal, que vai muito bem servido.

Os castanheiros estão cobertos de ouriços, tantos que fazem lembrar bandos de pardais verdes que nestes ramos tivessem pousado a ganhar forças para as grandes migrações. O viajante é um sentimental. Para o carro, arranca um ouriço, é uma recordação simples para muitos meses, já o ouriço ressequiu, e pegar nele é tornar a ver o grande castanheiro da beira da estrada, sentir o ar vivíssimo da manhã, tanta coisa cabe afinal numa campestre promessa de castanha.

Vai a estrada em curvas descendo para Vimioso, e o viajante contente murmura: "Que lindo dia." Há nuvens no céu, daquelas soltas e brancas que passeiam pelo campo sombras esparsas, um correr de pouco vento, parece o mundo que acabou agora de nascer. Vimioso está construído numa encosta suave, é vila sossegada, isto é o que parece ao viajante de passagem que não se vai demorar, apenas o tempo de pedir informações a esta mulher. E aqui registará a primeira desilusão. Tão prestável estava sendo a informadora, por pouco não daria a volta aos bairros a mostrar as raridades locais, e afinal o que queria era vender as toalhas do seu fabrico. Não se pode levar a mal, mas o viajante está nos seus princípios, julga que o mundo não tem mais que fazer senão dar-lhe informações. Por uma rua abaixo foi descendo e lá ao fundo teve o prémio. É certo que, aos seus olhos desabituados de arquiteturas sacras rurais, tudo ganha facilmente foros de maravilha, porém não é pequeno prazer dar por estes contrastes entre frontarias seiscentistas, robustas, mas com primeiros sinais de certa frieza barroca, e o interior da nave, baixa e ampla, com uma atmosfera romântica que nenhum elemento arquitetónico confirma. Contudo, não é este o verdadeiro prémio. À sombra das árvores, cá fora, sentado nos degraus que dão acesso ao adro, o viajante ouve contar uma história da história da construção do templo. Com a condição de ter capela privativa, certa família ofereceu uma junta de bois para acarretar a pedra destinada ao levantamento da igreja. Levaram nisto os boizinhos dois anos, tão contados os passos entre a pedreira e o telheiro dos alvenéis, que por fim era só carregar o carro, dizer "ala", e os animais se encarregavam de ir e vir sem boieiro nem guardador, atroando aqueles ermos com o gemer dos cubos mal ensebados, em grandes conversas sobre a presunção dos homens e das famílias. Quis o viajante saber que capela é essa e se há ainda descendentes habilitáveis ao usufruto. Não lho souberam dizer. Lá dentro não viu sinais particulares de distinção, mas pode ser que ainda existam. Fica o conto exemplar duma família que de si própria nada deu, salvo os bois, encarregados de abrir, com grande canseira, a estrada que haveria de levar os donos ao paraíso.

Torna o viajante sobre os seus passos, distraído do caminho que já conhece, em Malhadas vem-lhe a tentação de parar e pedir o almoço prometido, porém tem seus acanhamentos, mesmo sabendo que deles virá a arrepender-se. Na povoação de Duas Igrejas é que vivem os pauliteiros. Destes nada ficará a saber o viajante, nem são horas de andarem os dançarinos a paulitar pelas ruas. Já ficou mostrado que tem o viajante direito às suas imaginações, e nisto de pauliteiros não é de hoje nem é de ontem que presume que mais bela e fragorosa dança seria se, em vez de paulitos, batessem e cruzassem os homens sabres ou adagas. Então, sim, teria o Menino Jesus da Cartolinha boas e militares razões para passar revista a este exército de bordados, coletinhos e lenços ao pescoço. É o defeito do viajante: quer ter mais do que o bom que tem. Que lho perdoem os pauliteiros.

Em Sendim, são horas de almoço. Que será, onde será. Alguém diz ao viajante: "Siga por essa rua fora. Aí adiante há um largo, e no largo é o Restaurante Gabriela. Pergunte pela senhora Alice." O viajante gosta desta familiaridade. A mocinha das mesas diz que a senhora Alice está na cozinha. O viajante espreita à porta, há grandes odores de comida no ar que se respira, um caldeirão de verduras ferve a um lado, e, da outra banda da grande mesa do meio, a senhora Alice pergunta ao viajante que quer ele comer. O viajante está habituado a que lhe levem a ementa, habituado a escolher com desconfiança, e agora tem de perguntar, e então a senhora Alice propõe a Posta de Vitela à Mirandesa. Diz o viajante que sim, vai sentar-se à sua mesa, e para fazer boca trazem-lhe uma suculenta sopa de legumes, o vinho e o pão, que será a posta de vitela? Porquê posta? Então, posta não foi sempre de peixe? Em que país estou, pergunta o viajante ao copo do vinho, que não responde e, benévolo, se deixa beber. Não há muito tempo para perguntas. A posta de vitela, gigantesca, vem numa travessa, nadando em molho de vinagre, e para caber no prato tem de ser cortada, ou ficaria a pingar para a toalha. O viajante julga estar sonhando. Carne branda, que a faca corta sem esforço, tratada no exato ponto, e este molho de vinagre que faz transpirar as maçãs do rosto e é cabal demonstração de que há uma felicidade do corpo. O viajante está comendo em Portugal, tem os olhos cheios de paisagens passadas e futuras, enquanto ouve a senhora Alice a chamar da cozinha e a mocinha das mesas ri e sacode as tranças.

## *DOSSEL E MAUS CAMINHOS*

O viajante é natural de terras baixas, muito lá para o sul, e, sabendo pouco destes montes, esperava-os maiores. Já o disse, e torna a dizer. Não faltam os acidentes, mas são tudo colinas de boa vizinhança, altas em relação ao nível do mar, mas cada qual ombro com ombro da que está próxima e todas perfiladas. Em todo o caso, se alguma se atreve um pouco mais ou espigou de repente, então sim, tem o viajante uma diferente noção destas grandezas, não tanto pelo que está perto, mais por aquela vultosa serra ao longe. Chegando-se-lhe, percebe-se que a diferença não era assim tão grande, mas bastou para promessa de um momento.

Esta linha férrea que vai ao lado da estrada parece de brincadeira, ou restos de solene antiguidade. O viajante, cujo sonho de infância foi ser maquinista de caminhos de ferro, desconfia que a locomotiva e as carruagens são desse tempo, objetos de museu a que o vento que vem dos montes não consegue sacudir as teias de aranha. Esta linha é a do Sabor, do nome do rio que se torce e retorce para alcançar o Douro, mas onde esteja o gosto da traquitana, isso não descobre o viajante.

Sem dar por que passou a serra, o viajante chega a Mogadouro. A tarde vai descaindo, ainda luminosa, e do alto do castelo se podem deitar contas ao trabalho dos homens e das mulheres deste lugar. Todas as encostas em redor estão cultivadas, é um jogo de canteiros e talhões, uns enormes, outros mais pequenos, como se servissem apenas para preencher as sobras dos grandes. Os olhos repousam, o viajante estaria totalmente regalado se não fosse o remorso de ter feito fugir do recato das muralhas um casal de namorados que estava tratando dos seus amores. Aqui em Mogadouro ficou ilustrado, uma vez mais, o antigo conflito entre ação e intenção.

É em Azinhoso, aldeiazinha perto, que começa a nascer a paixão do viajante por este românico rural do Norte. O risco das minúsculas igrejas não tem ousadias, é receita trazida de longe e ligeiramente variada para ressalvar o prestígio do construtor, mas muito se engana quem cuide que, tendo visto uma, viu todas. Há que dar-lhes a volta com todo o vagar, esperar calado que as pedras respondam, e, se houver paciência, de cada vez sairá dali repeso o viajante, este ou qualquer outro. Repeso de não ficar mais tempo, pois não está bem demorar um quarto de hora ao pé duma construção que tem setecentos anos, como neste caso de Azinhoso. Sobretudo quando começam a aproximar-se pessoas que querem conversar com o viajante, pessoas que justamente conviria ouvir porque são as herdeiras desses sete séculos. O pequeno adro está coberto de erva, o viajante assenta nela as suas pesadas botas e sente-se, não sabe porquê, reabilitado. Por mais que pense, é esta a palavra, não há outra, e não a sabe explicar.

Daqui a pouco será noite, que no Outono vem cedo, e o céu cobre-se de nuvens escuras, talvez amanhã chova. Em Castelo Branco, quinze quilómetros ao sul, o ar parece ter passado por uma peneira de cinza, só na cor, que de pureza até os pulmões estranham. À beira da estrada há uma comprida fachada de solar, com grandes pináculos nos extremos. Se houvesse fantasmas em Portugal, este sítio seria bom para assustar os viajantes: luzes por trás das vidraças partidas, talvez um estridor de dentes e correntes. Porém, quem sabe, talvez que às horas do dia esta decadência seja menos deprimente.

Quando o viajante entra em Torre de Moncorvo, já há muito tempo que é noite fechada. O viajante considera que é desconsideração entrar nas povoações a tais horas. As povoações são como as pessoas, aproximamo-nos delas devagar, paulatinamente, não esta invasão súbita, a coberto da escuridão, como se fôssemos salteadores mascarados. Mas é bem feito, que elas pagam-se. As povoações, é conveniente lembrar, sabem defender-se à noite. Põem os números das portas e os nomes das ruas, quando os há, em alturas inverosímeis, tomam esta praça igual a este largo, e, se lhes dá no apetite, colocam-nos na frente, a empatar o trânsito, um político com o seu cortejo de aderentes e o seu sorriso de político que anda a segurar os votos. Foi o que fez Torre de Moncorvo. O pior é que o viajante vai destinado a uma quinta que fica para além, no Vale da Vilariça, e a noite está tão negra que dos lados da estrada não se sabe se a encosta, a pique, é para cima ou para baixo. O viajante transporta-se dentro de um borrão de tinta, nem as estrelas ajudam, que o céu é todo uma pegada nuvem. Enfim, depois de muito desatinar, chega ao seu destino, antes lhe ladraram cães desaforados, e entra na casa onde o esperam com um sorriso e a mão aberta. Grandes, portentosos eucaliptos tornam ainda mais escura a noite lá fora, mas não tarda que o jantar esteja na mesa, e depois do jantar um copo de vinho do Porto enquanto não vem a hora de dormir, e, quando ela chega, este é o quarto, uma cama de dossel, daquelas altas, que só por ser alto o viajante dispensa o degrauzinho para lá chegar, que profundo é este silêncio do Vale da Vilariça, que consoladora a amizade, o viajante está prestes a adormecer, quem sabe se nesta cama de dossel dormiu sua majestade o rei ou talvez, preferível, sua alteza a princesa.

Manhã cedo, acorda. A cama não é só alta, é também imensa. Nas paredes do quarto há uns retratos de gente antiga que fitam severamente o intruso. Há conflito. O viajante levanta-se, abre a janela e vê que vai passando em baixo um pastor com as ovelhas, os tempos mudaram seu bocado, tanto assim que este pastor não se comporta como os dos romancezinhos bucólicos, não levanta a cabeça, não se descobre, não diz: "Deus o salve, meu senhor." Se não fosse distraído com a sua vida, diria apenas: "Bons dias", e não poderia desejar melhor ao viajante, que dos dias só isso quer, que sejam bons.

O viajante despede-se e agradece a quem lhe deu dormida por esta noite, e antes de se meter ao caminho torna atrás, a Torre de Moncorvo. Não vai deixar desgostos nas suas costas, nem deitaria a vila ao desdém, que o não merece. Agora que é dia claro, ainda que enevoado, já não precisa de letreiros nas esquinas. A igreja está ali adiante, com o seu pórtico renascentista e a alta torre sineira que lhe dá um ar de fortaleza, impressão acentuada pelos extensos panos de muralha que envolvem o conjunto. Dentro são três as naves, demarcadas por grossas colunas cilíndricas. Trancada a porta, em tempo de alvoroço militar, muito teriam de roer os inimigos antes de poderem rezar lá dentro as suas próprias missas. Mas a paz com que o viajante vai por aqui circulando dá-lhe tempo para tomar o gosto ao tríptico de madeira esculpida e pintada que representa passos da vida de Santa Ana e de S. Joaquim, e a outras peças de não menor valor. De jeito renascentista é também a Igreja da Misericórdia, e o púlpito de granito, com figuras em relevo, valeria, por si só, a paragem em Torre de Moncorvo.

Agora o viajante afasta-se das obras de arte. Meteu por um mau caminho, ali mesmo à boca da ponte, que passa sobre a ribeira da Vilariça, e vai subindo, subindo, parece que não tem fim a estrada, e é o caso que, de tão nus os montes que a um lado e outro se derrubam para o vale, chega o viajante a temer que um golpe de vento o leve pelos ares, o que seria outra maneira de viajar de bem pior destino. Em todo o caso, diante desta largueza de paisagem, é como se asas tivesse. Daqui por alguns meses, tudo ao longe serão amendoeiras floridas. O viajante deita-se a imaginar, escolheu na sua memória duas imagens de árvore em flor, as melhores que tinha, escolheu amendoeira e brancura, e multiplicou tudo por mil ou dez mil. Um deslumbramento. Mas não o é menor este vale fertilíssimo, mais afortunado do que os campos do Ribatejo, que já não colhem das cheias o benefício do nateiro, e sim a desgraça das areias. Aqui, as águas que a ribeira leva e se juntam às do rio Sabor refluem diante do grande caudal do Douro e vêm espraiar-se por todo o vale, onde ficam a decantar as matérias fertilizantes que trazem em suspensão. É a rebofa, dizem os habitantes de cá, para quem o Inverno, se a mais se não desmanda, é uma estação feliz.

Esta estrada vai dar à aldeia de Estevais, depois a Cardanha e Adeganha. O viajante não pode parar em todo o lado, não pode bater a todas as portas a fazer perguntas e a curar das vidas de quem lá mora. Mas como não sabe nem quer despegar-se dos seus gostos e tem a fascinação do trabalho das mãos dos homens, vai até Adeganha onde lhe disseram que há uma preciosa igrejinha românica, assim deste tamanho. Vai e pergunta, mas antes pasma diante da grande e única laje granítica que faz de praça, eira e cama de luar no meio da povoação. Em redor, as casas são aquelas que em Trás-os-Montes mais se encontram nos lugares esquecidos, é a pedra sobre a pedra, a padieira rente ao telhado, os humanos no andar de cima, os animais em baixo. É a terra do sono comum. Chamado a prestar contas, este homem dirá: "Eu e o meu boi dormimos debaixo do mesmo teto." O viajante, de cada vez que dá com realidades assim, sente-se muito comprometido. Amanhã, chegando à cidade, lembrar-se-á destes casos? E se se lembrar, como se lembrará? Estará feliz? Ou infeliz? Ou tanto disto como daquilo? É muito bonito, sim senhores, pregar sobre a fraternidade dos peixes. E a dos homens?

Enfim, a igreja é esta. Não caiu em exagero quem a gabou. Cá nestas alturas, com os ventos varredores, sob o cinzel do frio e da soalheira, o templozinho resiste heroicamente aos séculos. Quebraram-se-lhe as arestas, perderam feição as figuras representadas na cachorrada a toda a volta, mas será difícil encontrar maior pureza, beleza mais transfigurada. A igreja de Adeganha é coisa para ter no coração, como a pedra amarela de Miranda.

O viajante começa a descer por uma estrada ainda pior. Range e protesta a suspensão do automóvel, e é um alívio quando, entre charcos e lama, aparece a Junqueira. Não é lugar de particular importância. Mas, como o viajante é capaz de inventar as suas próprias obras de arte, aqui está esta fachada de capela barroca sem telhado, com uma exuberante figueira a crescer lá dentro e já a ultrapassar a altura da empena. Por um olho-de-boi se chegaria aos figos, se a figueira não fosse, afinal, brava. Decerto causam espanto no povo estas admirações. Aparece por cima de um muro a cabeça duma rapariga, depois outra, e logo a seguir a mãe delas. O viajante faz uma pergunta qualquer, dão-lhe resposta em repousada voz transmontana, e depois a conversa pega, não tarda que o viajante saiba casos desta família, e um deles, terrível história de princesas encantadas e fechadas em altas torres, é que estas duas raparigas nunca daqui saíram, nem para ir à Torre de Moncorvo, apenas treze quilómetros. É o pai que não deixa, isto de raparigas é preciso todo o cuidado, o senhor bem sabe. O viajante tem ouvido dizer, por isso não nega nem confirma: "E a vida, como vai por aqui?" "Arrastada", responde a mulher.

Conversas destas deixam sempre o viajante mal-humorado. Por isso quase não tem olhos para Vila Flor, teve de abrir o guarda-chuva, foi levar recado a um conhecido, espreitou o S. Miguel por cima da porta da igreja. O viajante tem vindo a reparar que há por estes lados uma grande devoção ao arcanjo. Já em Mogadouro lá estava, num altar das almas, e noutros sítios também, preocupados todos com as probabilidades do purgatório. Aqui, quando já se dispunha a continuar caminho, o viajante emenda a mão. Afinal, o pórtico desta matriz do século XVII é digno de grandes atenções e demora suficiente: as colunas torsas, os motivos florais, a geometria doutros armam um conjunto que fica na memória. Também fica na memória, infelizmente, um painel de azulejos embutido numa parede em que um cidadão Trigo de Morais dá conselhos aos filhos.

Não são maus os conselhos, mas foi péssima a ideia. E que importância se dava o conselheiro para assim vir moralizar à praça pública aquilo que deveria ser recomendação de portas adentro! Enfim, esta viagem a Portugal terá de tudo.

Voltou a chover. Não se vê ninguém no largo quando o viajante vira a última esquina que para ele dá. Mas ao atravessar sente que o seguem por trás das vidraças e há quem o olhe seco de dentro das lojas, talvez com desconfianças. O viajante parte como se carregasse às costas as culpas todas de Vila Flor ou do mundo. Provavelmente é verdade.

A direito para o norte, por estradas de sobe e desce, chega-se a Mirandela. Para o viajante, é apenas ponto de passagem, embora já no caminho para Bragança vá cismando nas ignoradas razões por que a ponte que atravessa o rio Tua tem desiguais todos os arcos, e se a originalidade já vem dos romanos, seus primeiros construtores, ou é preciosismo do século XVI em que alguma reconstrução houve. Desagrada muito ao viajante não saber os motivos de coisas tão simples como esta de ter uma ponte vinte arcos e nenhum igual a outro. Porém, não tem remédio senão conformar-se: havia de ter que ver, ficar a interrogar as mudas pedras, enquanto as águas iam murmurando nos talha-mares.

Para estes lados, há umas povoações a que chamam "aldeias melhoradas". São elas Vilaverdinho, Aldeia do Couço e Romeu. Por causa da singularidade do nome, e também porque um grande letreiro informa haver aí um museu de curiosidades, o viajante escolhe Romeu para maior demora. Porém em Vilaverdinho é que soube que a ideia das melhorias foi de um antigo ministro de Obras Públicas, tanto que de "ideia humana" se gaba de ter sido, em inscrição adequada, confirmada pelas letras abertas em enorme pedregulho à beira da estrada, em que se afirma que os "habitantes nunca esquecerão" um presidente que ali foi à inauguração, em Agosto de 1964. Estas inscrições são sempre duvidosas, imagine-se o que irão pensar os historiadores e os epigrafistas futuros se derem com a lápide e acreditarem. À frente do nome desse presidente, alguém escreveu "ladrão", vocábulo perturbador que nos dias de amanhã talvez seja desconhecido.

Em Romeu, há o museu. Tem de tudo como na botica: automóveis de D. Elvira, carruagens e arreios, telefonias e galenas, cítaras, caixas de música, pianolas, relógios muitos, telefones dos primeiros que vieram, alguns trajos, fotografias, enfim, um tesouro pitoresco de pequenos objetos que fazem sorrir. São os antepassados toscos das tecnologias novas que nos vão transformando em serventuários e ignorantes. O viajante, quando sai, encolhe os ombros, mas agradece à família Meneres, que foi da ideia. Sempre aprendeu alguma coisa.

Chuvisca. O viajante liga e desliga o limpa-vidros, num jogo que vai descobrindo a paisagem e logo a deixa mergulhar, imprecisamente, como dentro dum aquário turvado. À esquerda, a serra da Nogueira já é uma senhora serra, com os seus mil e trezentos metros. Um outro jogo divertido é o das passagens de nível, felizmente todas abertas quando o viajante passa. Em trinta quilómetros são nada menos que cinco: Rossas, Remisquedo, Rebordãos, Mosca, e outra de que não ficou o nome. E ainda mal, que neste caso são os nomes que se salvam.

Enfim, desta encosta se vê Bragança. A tarde apaga-se rapidamente, o viajante vai cansado. E, nesta situação, padece da ansiedade de todos os viajantes que procuram abrigo. Há de haver um hotel, um sítio para jantar e dormir. É então que lhe aparece o sinal cor de laranja: Pousada. Vira, contente, começa a subir o monte, e esta paisagem é belíssima no quase lusco-fusco, até que dá com o prédio, o edifício, a estalagem, ou lá o que é, que pousar aqui não pode apetecer a ninguém. Esta seria a ocasião de recordar o mestre de todos nós, o Garrett, quando chega à Azambuja e diz, por palavras suas: "Corremos a apear-nos no elegante estabelecimento que ao mesmo tempo cumula as três distintas funções de hotel, de restaurante e de café da terra. Santo Deus! que bruxa que está à porta! que antro lá dentro!... Cai-me a pena da mão." Ao viajante não caiu a pena porque a não usa. Também não havia nenhuma velha à porta. Mas o antro era aquele. O viajante fugiu, fugiu, até que foi dar com um hotel sem imaginação mas bem-apessoado. Ali ficou, ali jantou e dormiu.

### UM BAGAÇO EM RIO DE ONOR

Às vezes, começa-se pelo que está mais longe. O natural seria, estando em Bragança, ver o que a cidade tem para mostrar, e depois deitar as vistas em redor, pedra aqui, paisagem acolá, respeitando a hierarquia dos lugares. Mas o viajante traz uma ideia fixa: ir a Rio de Onor. Não é que da visita espere mundos e maravilhas, afinal Rio de Onor não passa duma pequena aldeia, não constam por lá sinais de godos ou de mouros, porém quando um homem mexe em livros colam-se-lhe à memória nomes, factos, impressões, e tudo isto se vai elaborando e complicando até chegar, é este o caso, às idealidades do mito. O viajante não veio fazer trabalho de etnólogo ou de sociólogo, dele ninguém esperará supremas descobertas nem sequer outras menores: tem apenas o legítimo e humaníssimo desejo de ver o que outras pessoas viram, de assentar os pés onde outros pés deixaram marcas. Rio de Onor é para o viajante como um lugar de peregrinação: de lá trouxe alguém um livro que, sendo obra de ciência, é das mais comovedoras coisas que em Portugal se escreveram. É essa terra que o viajante quer ver com os seus próprios olhos. Nada mais.

São trinta quilómetros de estrada. Logo à saída de Bragança, ali adiante, está a escura e silenciosa aldeia de Sacoias. Entra-se nela como em outro mundo. Vista a disposição das primeiras casas, a curva que o caminho faz, dá vontade de parar e gritar: "Está alguém? Pode-se entrar?" O certo é que ainda hoje o viajante não sabe se Sacoias é habitada. A lembrança que guarda deste lugar é a de um ermo, ou, talvez mais exatamente, de uma ausência. E esta impressão não se desfaz mesmo quando lhe pode sobrepor uma outra imagem, quando já vinha de regresso, de três mulheres dispostas de maneira teatral nos degraus duma escada, ouvindo o que, inaudivelmente para o viajante, outra lhes dizia, enquanto suspendia a mão sobre um vaso de flores. Tão parecido isto é com um sonho que o viajante, afinal, chega a suspeitar que nunca esteve em Sacoias.

O caminho para Rio de Onor é um deserto. Ficam por aqui umas aldeias: Baçal, Varge, Aveleda, mas sai-se delas e é o mesmo que entrar no ermo primitivo. Claro que não faltam sinais de cultivo, não é terra de mato ou pedraria bruta, porém não se veem aquelas casas dispersas que noutras regiões se encontram e vão servindo de companhia a quem viaja. Aqui pode-se imaginar o princípio de qualquer coisa.

O viajante olha o mapa: se esta curva de nível não engana, é altura de começar a descer. À direita fica um largo e extenso vale, logo abaixo vê-se uma fiada de colmeias, e, confusamente, entre a bruma delgada, andam ao longe homens a trabalhar. As terras são verdes e as cortinas das árvores parecem negras. Pela estrada, empatando o caminho, sobe uma vacada. O viajante para, deixa passar o gado, dá os bons-dias ao guardador, que é rapaz novo e tranquilo. Parece não pôr grande empenho no seu ofício de pastor, o que deve ser alta habilidade sua: pelo menos, as vacas vão-se comportando como se as rodeasse uma legião de vigilantes.

Eis Rio de Onor. Dobrou-se uma curva, aparece entre as árvores um luzeiro de água, ouve-se um restolhar líquido sobre as fragas, e depois há uma ponte de pedra. O rio, como é sua obrigação, chama-se Onor. Os telhados das casas são de ardósia, quase todos, e com este tempo húmido brilham e aparecem mais escuros que a sua natural cor de chumbo. Não chove, ainda não choveu hoje, mas toda esta paisagem escorre, é como se estivesse no fundo de um vale submarino. O viajante olhou com todo o seu vagar e seguiu para o outro lado. Não está bem em si. Afinal chegou a Rio de Onor, tanto o quis e agora nem parece contente. Certas coisas que muito se desejam, não é raro que nos deixem perdidos quando as obtemos. Só assim se entende que o viajante vá perguntar pelo caminho para Guadramil, aonde, contudo, não chegará a ir, por causa do mau estado da estrada. Assim lho dizem. Então o viajante decide comportar-se segundo a sua condição. Avança por uma rua que é como um extenso charco, salto aqui, salto acolá, e vai tão atento a reparar onde põe os pés que só no último instante viu que tem companhia. Dá os bons-dias (nunca se habituou à saudação urbana que limita os bons votos a um dia de cada vez), e assim mesmo é que lhe respondem, um homem e uma mulher que ali estão sentados, ela com um grande pão no regaço, que daqui a pouco partirá para compartilhar com o viajante. Estão os dois e o alambique, um gigante de cobre ao ar livre, sem nenhum medo às humidades, o que não admira, com a fogueirinha que tem por baixo. O viajante diz o que costuma: "Ando por aqui a fazer uma visita. É uma bonita terra." O homem não dá opinião. Sorri e pergunta: "Quer provar do nosso bagaço?" Ora, o viajante não é bebedor: gosta do seu vinho branco ou tinto, mas tem um organismo que repele aguardentes. Porém, em Rio de Onor, um bagaço pode-se lá recusar, mesmo vindo ainda tão longe a hora do almoço. Em dois segundos, aparece um copito de vidro grosso e o bagaço, ainda quente, é aparado da bica e emborcado garganta abaixo. Uma plaina não seria menos áspera. Há uma explosão no estômago, o viajante sorri heroicamente, e repete. Talvez para reparar os estragos, a mulher abraça o pão contra o peito, tanto amor neste gesto, corta um canto e uma fatia, e é o seu olhar que pergunta: "Quer um bocadinho?" O viajante não pediu e foi-lhe dado. Quer-se melhor dar do que este?

A próxima meia hora vai o viajante passá-la conversando com Daniel São Romão e sua mulher, ali sentados os três ao calorzinho brando do lume. Há outras pessoas que passam e param, e depois seguem, e cada uma diz o seu recado. Vive-se muito mal em Rio de Onor. Aqui, uma dor de dentes cura-se com bochechos de bagaço. Ao cabo de uns tantos, não se sabe se passou a dor, se está embriagado o dorido. Ainda assim, com isto pode a gente sorrir, mas não com a história daquela mulher que estava grávida de dois gémeos, e quando o primeiro filho lhe nasceu não sabia que ainda tinha segundo para atirar ao mundo, e essas aflições foram tais que levou vinte e quatro horas a sofrer sem saber de quê, e quando a criança enfim nasceu foi uma admiração, e vinha morta. O viajante não anda a viajar para ouvir estas coisas. O bagaço é uma excelente e pitoresca ideia, sim senhores, pôr aqui o amigo Daniel São Romão a oferecer saúdes aos turistas, mas é preciso cuidado com estas histórias, convém vigiar as confidências do povo, que irão pensar os estrangeiros.

Daniel São Romão explica como se faz o bagaço. Levanta-se e diz ao viajante que o acompanhe, e ele vai, ainda mordendo o seu naco de pão, aqui está a matéria-prima, o engaço da uva, uma tulha cheia. "Mas o bagaço não é de boa qualidade", diz o produtor, e o viajante pasma da honradez.

Desde que fez o sermão aos peixes, desde o Menino Jesus da Cartolinha, o viajante preocupa-se com a possibilidade de incidentes fronteiriços: "Como é isto aqui? Dão-se bem com os espanhóis?" A informante é uma velha de grande antiguidade que nunca dali saiu, e por isso sabe do que fala: "Sim senhor. A gente até tem terras do lado de lá." Confunde-se o viajante com esta imprecisão de espaço e propriedade, e torna a ficar confundido quando outra velha menos velha acrescenta tranquilamente: "E eles também têm terras do lado de cá." Aos seus botões, que lhe não respondem, o viajante pede auxílio de entendimento. Afinal de contas, onde está a fronteira? Como se chama este país, aqui? Ainda é Portugal? Já é Espanha? Ou é só Rio de Onor, e nada mais do que isso?

Estas regras são outras. Por exemplo, o rapaz que conduzia a vacada leva animais de toda a povoação para o pasto que é propriedade de todos. Não resta muito da vida comunitária de antigamente, mas Rio de Onor resiste: oferece pão e bagaço a quem lá vai, e tem uma fogueira na rua quando o tempo está de chuva e o frio vem chegando. E se Daniel São Romão estiver em mangas de camisa não se admirem os viajantes: está habituado e não faz cerimónias.

Torna o viajante a passar a ponte. É tempo de se ir embora. Ainda ouve uma voz de mulher a chamar os filhos: "Telmo! Moisés!" Leva consigo a memória, o eco destes nomes hoje tão raros, mas não consegue apagar outros sons que não chegou a ouvir: os gritos da mulher a quem morreu um filho, que não sabia ter dentro de si.

## *HISTÓRIA DO SOLDADO JOSÉ JORGE*

Às portas de Bragança, começa a chover. O tempo está desta feição, rolam no céu grandes nuvens escuras, parece o mundo que para copiar as aldeias se cobriu de ardósia, mas telhou-se mal, porque a chuva cai pelos buracos e o viajante tem de refugiar-se no Museu do Abade de Baçal. Este abade era o padre Francisco Manuel Alves, que em Baçal nasceu, no ano de 1865. Foi arqueólogo e investigador, não se contentou com as suas obrigações sacerdotais, tem obra valiosa e alongada. É portanto justo que o seu nome continue a dizer-se e seja referência deste museu magnificamente instalado no antigo paço episcopal. O viajante não tem o espanto fácil, fez suas viagens pela Europa, onde não faltam outras grandezas, mas, medindo em si mesmo as oscilações do sentimento, conclui que deve estar embruxado. Doutro modo se não entenderia a sua comoção quando circula pelas salas do museu, aqui tão longe da capital e das capitais, sabendo muito bem que se trata apenas de um pequeno museu de província, sem obras-primas, a não ser a do amor com que foram recolhidos e são expostos os objetos. Pedras, móveis, pinturas e esculturas, coisas de etnografia, paramentos, e tudo posto com ordem e sentido. Cá está *A Pedra Amarela* de Dórdio Gomes, cá estão os excelentes trabalhos de Abel Salazar, de quem certos críticos desdenham chamando-lhe amador. Ao viajante custa-lhe despegar-se, mesmo estando a chover foi ao jardim, passeou por entre as lápides, respirou o cheiro das plantas molhadas, e, enfim, caiu em meditação diante das "porcas" de granito, dos "berrões", também assim chamados: famoso animal este que em vida se desmanda, fertilíssimo, em bacorinhos, ranchadas de quinzena, e em morto se desmancha em pernis, lombos, costelas, orelhas, chispes e coiratos, dadivoso até ao fim. Diz-se que a origem destas toscas pedras vem da Pré-História. O viajante não duvida. Para a gente das cavernas e das toscas cabanas que vieram depois, o porco devia ser a obra-prima da criação. Mais magnífica ainda a porca, pelas razões já ditas. E quando a Idade Média levantou os pelourinhos dos municípios, pôs como base deles a porca, animal protetor, emblema e algumas vezes guarda. Os povos nem sempre são ingratos.

O viajante sai para a chuva. Não quer esquecer-se do que viu, os tetos pintados, os trajos típicos de Miranda, as ferragens, todo aquele mundo de objetos, mas sabe que irremediavelmente outras memórias apagarão estas, as confundirão, é a triste sina de quem viaja. Guardará no entanto para sempre esta escultura do século XVI, uma *Virgem com o Menino*, gótica, de roupagens que são um esplendor, quebrado o corpo pela cintura, numa linha sinuosa que se prolonga para além do rosto de puríssimo oval, talvez flamengo. E como o viajante tem excelentes olhos para contrastes e contradições, vai comparando, à chuva, o quadro de Roeland Jacobsz que representa Orfeu amansando com a música da sua harpa as brutas feras, e um outro, de autor anónimo quinhentista, que mostra Santo Inácio a ser devorado pelos leões. Podia a música o que a fé não logrou. Não há dúvida, pensa, houve uma idade de ouro.

Absorto nas suas reflexões, não reparou que deixara de chover. Ia a fazer figura de distraído, com o guarda-chuva aberto, espetáculo que todos já demos, sorriso irreprimível. O viajante vai ao castelo, sobe as calçadinhas estreitas e empedradas à antiga, aprecia o pelourinho, com a sua cruz em cima e a sua porca em baixo, e dá a volta à Domus Municipalis, que devia estar aberta e não está. Quem a vê em fotografias julgá-la-á retangular, e fica surpreendido ao dar com cinco lados desiguais, que uma criança não desenharia. Que razões podem ter levado a este risco, não se sabe, ou desconhece-as o viajante. E muito mais que averiguar se a construção é romana, ou vem do domínio grego, ou é simplesmente medieval, o que intriga o viajante é este pentágono torto para que não encontra explicação.

Da Igreja de Santa Maria do Castelo o viajante apenas vê o portal, e como não é muito sensível às exuberâncias barrocas dá mais atenção ao grão do granito do que aos cachos e folhas que se enrolam nas colunas torsas. Mais tarde há de dar o dito por não dito, reconhecer a dignidade particular do barroco, mas, antes disso, ainda muito terá que andar. De igrejas de Bragança pouco mais lhe interessou, a não ser, e por motivos de curta história, a Igreja de São Vicente, onde, segundo reza a tradição, casaram clandestinamente D. Pedro e Inês de Castro. Assim será, mas das pedras e paredes de então nada resta, e o local nada sugere de tão grandes e políticos amores.

Está vista Bragança? Não está. Mais não se peça, porém, ao viajante, que tem outras terras a ver, como esta capazes de reter um homem para o resto da vida, não por particulares merecimentos, mas porque é essa a tentação das terras. E quando se diz para o resto da vida, diz-se também para além dela, como é o caso do soldado José Jorge, que vai contar-se.

Antes se diga, para entendimento completo, que o viajante tem um gosto, provavelmente considerado mórbido por gente que se gabe de normal e habitual, e que é, dando-lhe a gana ou a disposição de espírito, ir visitar os cemitérios, apreciar a encenação mortuária das memórias, estátuas, lápides e outras comemorações e de tudo isto tirar a conclusão de que o homem é vaidoso mesmo quando já não tem nenhuma razão para continuar a sê-lo. Calhou estar o dia propício a estas reflexões, e quis o acaso que os passos vagabundos do viajante o encaminhassem ao lugar onde elas mais se justificam. Entrou, circulou pelas ruas varridas e frescas, ia lendo as inscrições cobertas pelos líquenes e roídas pelo tempo, e dando a volta inteira foi dar com uma campa rasa, isolada das pompas da congregação dos falecidos, na qual campa, rodeada por um berço, estava um dístico que assim rezava: "AQUI JAZ JOSÉ JORGE FOI SENTENCIADO À MORTE EM 3 DE ABRIL DE 1843." O caso era intrigante. Que morto célebre era este, com lugar marcado e ocupado há quase cento e quarenta anos, posto aqui ao pé do muro, mas não ao abandono, como se vê pelas letras pintadas de fresco, nítido branco sobre preto retinto? Alguém há de saber. Mesmo ali ao lado estava a barraca do coveiro, e o coveiro lá dentro. Diz o viajante: "Boas tardes. Pode dar-me uma informação?" O coveiro, que estivera conversando com uma mulherzinha naquele suave tom transmontano, levanta-se do banco e põe-se às ordens: "Se eu souber." Sabe, com certeza, é pergunta do ofício, parecia mal que não respondesse: "Aquele José Jorge ali, quem era?" O coveiro encolhe os ombros, sorri: "Ah, isso é uma história muito antiga." Que o seja, não é novidade para o viajante, que bem viu a data. Prossegue o cavador desta vinha: "Conta-se que era um soldado que viveu naquela época. Um dia um amigo pediu-lhe a farda emprestada, sem dizer para quê, mas eram amigos, e o soldado nem perguntou, o caso é que mais tarde apareceu uma rapariga morta e toda a gente começou a dizer que a tinha morto um soldado e que esse soldado era o José Jorge. Parece que o fardamento tinha ficado sujo de sangue, o José Jorge não conseguia explicar, ou não queria, por que tinha emprestado a farda." "Mas se dissesse que a tinha emprestado, salvava a vida", diz o viajante, que se gaba de espírito lógico. Respondeu o coveiro: "Isso não sei. Só sei o que me contaram, é uma história que já vem do meu avô, e do avô dele. Calou-se o José Jorge, o amigo não se apresentou, ruim amigo era, e o José Jorge foi enforcado e depois enterrado naquele sítio. Aqui há muitos anos quiseram levantar a campa, mas deram com o corpo em perfeito estado, tornaram a tapar, e nunca mais se lhe mexeu." Perguntou o viajante: "E quem é que lhe vai pintando aquelas letras tão bem-feitinhas?" "Isso sou eu", respondeu o coveiro.

O viajante agradeceu a informação e retirou-se. Recomeçara a chover. Ficou um momento parado à beira da grade, a pensar: "Por que foi que nasceu este homem? Por que foi que morreu?" O viajante tem muito destas perguntas sem resposta. Depois, confusamente, pensa que talvez tivesse gostado de ter conhecido este soldado José Jorge, tão confiante e calado, tão amigo do seu amigo, e enfim reconhece que há milagres e outras justiças, mesmo póstumas e de nenhum proveito, como esta de estar incorrupto cento e quarenta anos depois. Sai o viajante do cemitério, agarrado ao guarda-chuva, e desce para o centro da cidade, imaginando onde teria sido o local da forca, se aqui na praça principal, ou na cerca do castelo, ou nestes arrabaldes, e a cerimónia da execução, os tambores rufando, o pobre de mãos atadas e cabeça baixa, enquanto em Rio de Onor uma mulher estaria dando à luz uma criança e na igreja de Sacoias o padre batizava outra.

À noite o viajante foi visitar uns amigos e ficou até tarde. Quando saiu, enganou-se no caminho e foi dar à estrada de Chaves. Continuava a chover.

### TENTAÇÕES DO DEMÓNIO

Há quem não garanta nada sem jurar, há quem se recuse a mais que sim sim, não não. Digamos que o viajante está no termo médio destas posições, e só por isso não faz juramento formal de apenas viajar, futuramente, por este tempo brumoso e de chuva, no Outono, quando o céu se esconde e as folhas caem. Belo é sempre o Verão, sem dúvida, com o seu sol, sua praia, sua latada de sombra, seu refresco, mas que se há de dizer deste caminho entre florestas onde a bruma se esfarrapa ou adensa, às vezes ocultando o horizonte próximo, outras vezes rasgando-se para um vale que parece não ter fim. As árvores têm todas as cores. Se alguma falta, ou quase se esconde, é precisamente o verde, e quando ainda se mantém está já a degradar-se, a tomar o primeiro grau do amarelo, que começará por ser vivo em alguns casos, depois surgem os tons de terra, o castanho--pálido, logo escuro, às vezes a cor do sangue vivo ou coalhado. Estas cores estão nas árvores, cobrem o chão, são quilómetros gloriosos que o viajante gostaria de percorrer a pé, mesmo sendo tão longe de Bragança a Chaves, que é o seu primeiro destino de hoje.

Diz-se, em corrente estilo, que as árvores no nevoeiro são como fantasmas. Não é verdade. As árvores que aparecem entre estas névoas têm uma presença intensíssima, é como gente que vem à estrada e acena a quem passa. O viajante para, olha para o vale, e tem uma impressão que pensaria não ser possível: gosta de nada ver, apenas esta brancura irreprimível, que mais adiante se tornará a rasgar para mostrar outra vez a floresta neste mundo quase desabitado que se prolonga até Vinhais.

Porém, o melhor deste dia será a passagem do rio Tuela. Da ponte não tem o viajante memória, nem sequer do rio, talvez, e só, o espumejar da água entre as pedras, mas isto é o que tem para oferecer qualquer rio ou ribeira destes sítios. Aquilo que ao viajante não esquecerá enquanto viver é a sufocante beleza do vale neste lugar, nesta hora, nesta luz, neste dia. Talvez que em Agosto ou Maio, ou amanhã, tudo seja diferente, mas agora, exatamente agora, o viajante sabe que vive um momento único. Dir-lhe-ão que todos os momentos são únicos, e isso é verdade, simplesmente ele responde que nenhum outro é este. A bruma já se levantou, apenas sobre a crista dos montes se vão arrastando esfarrapadas névoas, e aqui o vale é um imenso e verde prado, com as árvores que o cortam e povoam em todas as direções, fulvas, douradas, negras, e há um profundo silêncio, um silêncio total, raro, angustioso, mas que é necessário a esta solidão, a este minuto inesquecível. O viajante vai-se embora dali, não pode lá ficar para sempre, mas afirma e jura que, de uma certa maneira que nem sabe explicar, continua sentado na beira da estrada, a contemplar as árvores, a olhar esta primeira porta do paraíso.

Entre Vinhais e Rebordelo a chuva foi constante. Este caminho é uma festa que o céu acompanha enviando tudo quanto tem para mostrar. Agora começa a surgir entre as nuvens o primeiro azul-aguado, a primeira promessa de tréguas. E quando o viajante se aproxima de Chaves já é muito maior o espaço de céu limpo, as nuvens fazem a sua obrigação e aproveitam o vento alto, mas recolheram a chuva, são flotilhas de barcos de recreio a espairecer, todas de velas brancas e galhardetes. Aliás, bem está que assim seja: a veiga de Chaves não merecia outra coisa. Desdobrada nas duas margens do Tâmega, divide-se em canteiros cultivados com minúcia, trabalho de hortelão e ourives. O viajante, que vem de paisagens agrestes e rudezas primitivas, tem de habituar-se outra vez à presença do trabalho transformador.

Antes de entrar em Chaves, o viajante vai a Outeiro Seco, não mais do que três quilómetros para norte. Ali, logo à entrada da povoação, está a Igreja de Nossa Senhora da Azinheira, peça românica do século XIII, célebre muitas léguas em redor, não tanto pelos seus merecimentos arquitetónicos, ou também alguma coisa, mas sobretudo por a escolherem para celebração de matrimónios e batizados as classes altas da região. Vão ali de Vila Real, de Guimarães, e até do Porto. À noite, quando as pedras podem falar sem testemunhas, deve haver grandes conversas entre elas, quem estava, quem casou ou saiu batizado, como ia a noiva vestida e se a mãe dela chorava com a comoção natural das mães que veem sair as filhas do seu regaço, hoje muito menos protetor do que antigamente.

Estava o viajante neste seu filosofar de três um vintém, e ouvia distraidamente o resto das explicações que lhe dava a mulher da chave, desencantada da sua casa duzentos metros adiante, quando da parte de trás da igreja se levantou um alto choro, de mulher também, um ganido lancinante, como um gemido que de si próprio se queixasse. O viajante teve um arrepio e jura que se arrepiaram nas paredes as figuras dos frescos. Olhou surpreendido a mulher da chave e mais surpreendido ficou ao vê-la com um sorrizinho de troça nada próprio do lugar e da situação. "Que é isto?", perguntou. E a mulher da chave respondeu: "Ali, não é nada. É uma criatura a quem morreu a filha, e todos os dias vem aí a chorar para o cemitério. Uma exagerada. E quando sente alguém perto, é quando se põe aos gritos."

Gritos, havia-os, sem dúvida. O viajante já não tinha olhos para os capitéis. Saiu do adro e aproximou-se do muro do cemitério, que está num rebaixo do terreno, por trás da igreja, como já ficou dito. Ali estava uma mulher que chorava, gemia e gritava, de pé, e tendo-se o viajante chegado mais perto percebeu que ela fazia um longo discurso, talvez sempre o mesmo, quase uma invocação, um encantamento, um esconjuro. Tinha a mulher um retrato na mão e era para ele que falava e suspirava. De cima do muro, o viajante, apesar dos maus olhos que tem, viu que a retratada era uma rapariga novíssima, e bonita. Atreveu-se a perguntar que desgosto era aquele. E soube a história duma filha que saiu do regaço de sua mãe para emigrar, lá para as Franças do costume, onde casou e morreu com dezoito anos. Enquanto ia ouvindo, o viajante jurava a si próprio nunca mais se aproximar de cemitérios, pelo menos durante esta viagem. Só casos tristes de injustiças, um soldado enforcado inocente, uma rapariguinha em flor. E como o dinheiro custa muito a ganhar, não se esqueceu a mãe chorosa de informar o viajante que só o transporte do corpo, de Hendaia até Portugal, custara quarenta contos. Afastou-se esmagado o viajante, deu a propina à mulher da chave, que sorria malevolamente, e meteu-se a caminho de Chaves. Eram horas de almoço.

A cidade é maneirinha, quer dizer, pequena na proporção, de bom tamanho para ser bom lugar de viver. Ao Largo do Arrabalde tudo vai dar, e é dali que tudo parte. O viajante já almoçou, deita contas à vida. Vai ver a matriz, que tem a singularidade de dois portais a poucos palmos de distância um do outro, românico o da torre sineira, renascença o da fachada, e em pensamento louva quem para construir o segundo entendeu dever conservar o primeiro. Louva também, o viajante está em maré de louvores, será do bom almoço no 5 Chaves, louva a cantaria aparelhada da nave, louva a magnífica estátua de Santa Maria Maior, antiquíssima peça que na abside se mostra. E sai louvando o sol que o espera na rua e o acompanha até à Igreja da Misericórdia, toda em colunas torsas, como a cabeceira duma cama de bilros. Lá dentro, painéis de azulejos forram de alto a baixo a nave e são uma festa para os olhos. O viajante demora-se a percorrer aquelas paisagens, a investigar aquelas figuras, e sai contente.

O viajante não vai a todos os castelos que vê. Algumas vezes contenta-se com vê-los de fora, mas irrita-se sempre quando dá com algum fechado. Lá lhe parece que os fechados são os melhores, e fica-se nesta teima até que o bom senso o convence de que só lhe parecem os melhores precisamente por estarem fechados. São fraquezas que se desculpam. Mas a torre de menagem, que no alto da cidade se levanta, tem, ainda por cima, um aspeto impenetrável, com aqueles lisos panos de muralha, ainda mais frustradores. Paciência. O viajante volta as suas atenções para as varandas da Rua Direita, sacadas de madeira, pintadas de cores escuras e quentes, molduras que enquadram as brancas superfícies das paredes caiadas. É um modo de viver antigo, mas por cima dos telhados florescem fartas as antenas de televisão, nova teia de aranha que sobre o mundo caiu, bem e mal, verdade e mentira.

Agora é preciso escolher. De Chaves vai-se a todo o lado, frase que mais parece um lugar-comum (de qualquer lugar se vai a outro lugar), mas aqui, para oeste estão as serras do Barroso e do Larouco, para baixo a Padrela e a Falperra, e isto só para falar de alturas e altitudes, que não faltam outras e tão boas razões para a perplexidade em que o viajante se encontra. Veio a prevalecer uma que só ele provavelmente será capaz de defender: tomou-se de amores por um nome, pelo nome duma povoação que está no caminho de Murça, e que é Carrazedo de Montenegro. É pouco, é suficiente, pense cada um o que quiser. Mas esta decisão não se tomou sem intenso debate interior, tanto assim que o viajante se enganou no caminho e meteu pela estrada que segue para Vila Real, por Vila Pouca de Aguiar. Há horas felizes, há erros que o não são menos. O vale que se prolonga a partir de Pero de Lagarelhos é outro daqueles que o viajante não esquecerá, e se é verdade que alguns quilómetros adiante emendou o percurso e voltou para trás, isso mesmo se há de tomar como um ato de bom sentir. Continuando haveria de assistir ao fim daquela formosíssima paisagem, naturalmente, porque tudo tem seu fim. Mas, neste caso, não. Na memória do viajante ficou intacto o vale profundo e enevoado de delgada bruma, tenuíssima, que parecia avivar melhor as cores vegetais, contra o que se pode e deve esperar das brumas. Não vendo tudo, o viajante ficou com o melhor.

E Carrazedo de Montenegro, valeu a pena? Tem duas estátuas de granito, quatrocentistas, preciosos exemplos do poder expressivo de um material pouco dúctil, mas que o viajante muito estima. Tem por cima duma porta lateral um S. Gonçalo de Amarante rude, tosco, de grande cajado, uma espécie de arrasa-montanhas ou mata-gigantes, colocado, o santo, sobre uma ponte de três arcos de vazamento apenas apontado. Terá Carrazedo de Montenegro muito mais, em gente, pedra e paisagem. Mas em Carrazedo de Montenegro foi o viajante pela primeira vez tentado pelo demónio, e desta sua vitória se alimentou em futuras tentações outras, que tornou a vencer. Nunca se sabe o que espera o viajante que se mete ao caminho, mas o aviso cá fica.

A estrada passa ali mesmo, rente à igreja, que é desmedidamente alta, uma enorme construção, tendo em vista não ser a freguesia nenhuma babilónia. Arrumado o automóvel, o viajante foi dando a volta ao templo, de nariz no ar, mirando as cantarias, à busca duma porta que lhe desse entrada. Enfim, quando já cuidava desistir ou procurar guia competente, deu com uma escada exterior e lá no alto uma porta meio cerrada. Seria o acesso para a torre sineira. Não chegou o viajante a confirmar a hipótese, ou não guarda lembrança, mas, tendo subido as escadas e empurrado discretamente a porta, deu três passos e achou-se no coro alto, excelente ponto de vista para abarcar toda a nave. O viajante debruçou-se do balaústre, demorou seu tempo, é um viajante que, podendo, vê devagar, e quando enfim se retirava, sem que vivalma na igreja estivesse de oração ou vigia, dá com uma imagem ali a um canto, uma Nossa Senhora com anjos aos pés, mesmo à mão de apanhar. Aproximou-se para apreciar melhor, e neste instante, vindo certamente do campanário, aparece-lhe o demónio, tão à vontade que nem trazia disfarce: era chavelhudo, rabudo, cabeludo e barbichudo, como mandam as regras. Diz o tentador: "Então, andas a viajar?" O viajante trata muita gente por tu, mas não o inimigo. Respondeu secamente: "Ando. Deseja alguma coisa?" Torna o fulaninho: "Vinha dizer-te que esses anjos estão seguros só por um espigão. Basta puxar e ficam-te nas mãos. A Virgem, não te aconselho. É pesada, grande, e viam-te à saída." O viajante zangou-se. Filou o diabo por um corno e disse-lhe das boas: "Ou você desaparece já da minha vista, ou leva um pontapé que só para em casa." Isto é, no inferno. O diabo tem aquele aparato todo, porém, no fundo, é um cobarde. Tinha o viajante mais para dizer, mas ficou com a palavra no ar: diabo, viste-o tu. Chocadíssimo com o atrevimento do mafarrico, o viajante encaminhou-se para a saída. Abriu a porta, desceu os primeiros degraus, olhou a povoação ali do alto. Não havia ninguém à vista, nem passavam carros na estrada.

Então o viajante voltou atrás, tornou a entrar no coro, chegou-se à imagem que piedosamente o fitava, e fez o que o diabo lhe ensinara: agarrou num anjo, puxou-o, e ficou com ele na mão. Durante três segundos, céu e terra pararam para ver o que ia acontecer: perdia-se aquela alma, ou salvava-se? O viajante tornou a colocar o anjo no seu lugar, e desceu a escada, enquanto ia resmungando que não são maneiras próprias de a igreja empalar assim os tenros anjinhos como se fossem uns ganimedes quaisquer. Riu-se a terra, corou o céu envergonhado, e o viajante continuou viagem para Murça.

A estrada segue por altas paragens, depois de logo à saída de Carrazedo deixar de acompanhar o rio Curros. São estas terras grandes desertos, andam-se quilómetros sem ver gente, e quando surge de repente uma povoação que não se espera chama-se Jou, que lindo nome, ou há modestos caminhos que levam a Toubres, a Valongo de Milhais, a Carvas, o viajante vai repetindo estas palavras, saboreia-as, nem precisa doutro alimento. Os nossos antepassados eram gente imaginativa, ou estava a nascente língua portuguesa muito mais solta em seu movimento do que está hoje, quando aí nos vemos em papos de aranha para batizar novos lugares habitados, que graça tem Vila Isto, Vila Aquilo.

Assim discorrendo, vai o viajante deitando olhos à paisagem, ao grande consolo destes montes e destas vegetações, bravas ou cultivadas, as pedras e os penedos, os gigantescos lombos das serras, até um homem se esquece de que há léguas de planícies lá para baixo.

O viajante entra em Murça, terra de muita fama e opinião, que teve em tempos um soberbo rasgo de humor ao pôr sobre pedestal uma enorme porca de granito, irmã maior das que se dispersaram por estes lados. Ali está no largo principal, toda em costados e lombos, em presuntos inesgotáveis, fungando a quem passa. Subiu do chiqueiro à pureza da chuva que a lava, do sol que a enxuga e aquece, no meio do seu jardinzinho que o município cuidadosamente defende. O viajante vai ao vinho, que é outra e não menor fama da terra, compra umas garrafas, e tendo assim suprido apetites futuros vai dar uma volta ao passado apreciando a fachada da Capela da Misericórdia, que é como um retábulo de altar trazido para a luz do dia. Estas colunas torsas, estas folhagens esculpidas com artes de botânico repetem modelos, copiam padrões, mas, de cada vez, renova-se o deslumbramento da pedra trabalhada por instrumentos de joalheiro ou filigranista. Uns pássaros de pedra empoleirados nos pináculos voltam a cabeça para trás, desdenhosos, ou terá o gesto um significado místico que o viajante não conhece. O mais certo, porém, é estarem-se já rindo das impaciências do viajante quando, passado o rio Tinhela, entrar no labirinto das não menos afamadas Curvas de Murça, esse faz que anda mas não anda, que leva a desejar ter asas para voar em linha reta. Enfim se chega a Vila Real, e, tendo o viajante andado por tão maus caminhos, pasma deste privilégio, a avenida de cintura, pista de corridas para bólides de fora e dentro. Há grandes contrastes na vida, e agora mesmo, ao entrar na cidade, viu o viajante o exagero de uma pedra de armas toda ornamentada de volutas e penachos, de tal maneira que mais avultam os enfeites barrocos do que as prosápias de brasão. Estaria o viajante tentado a ver aqui um sinal de modéstia se não fosse ser a pedra de tamanho descomunal, que muito esforço há de ter custado ao mestre canteiro.

## CASA GRANDE

Vila Real não é cidade afortunada. Terá o viajante de explicar-se melhor para que não fiquem a querer-lhe mal os naturais, assim desacreditados imerecidamente. Em verdade, que se há de dizer de uma terra que tem, a nascente, Mateus, com seu solar de atrativo fácil, a poente, o Marão, a sul, o vale do Corgo e o outro, paralelo, por onde não corre rio de água mas onde escorre a doçura das vinhas? Viajante que por aqui se encontre, há de por força andar distraído, a pensar no que lhe está tão perto. E este tem outro seu motivo especial, que está a norte, a acenar-lhe: "Vem cá! Vem cá!", e tão imperioso é o apelo que o viajante, ao acordar, fica de repente nervosíssimo, dá-lhe uma grande pressa, e em dois tempos já lá vai na estrada. Não o espera mina de ouro ou encontro secreto, mas esta manhã é certamente gloriosa de brancas nuvens, grandes e altas, e um sol que parece ter endoidecido.

A poucos quilómetros de Vila Real está Vilarinho de Samardã, e logo a seguir a Samardã. Hão de perdoar-se ao viajante estas fraquezas: vir de tão longe, ter mesmo à mão de ver coisas tão ilustres como um palácio velho, dois vales, cada qual sua beleza, uma serra lendária, e correr, em alvoroço, a duas pobres aldeias, só porque ali andou e viveu Camilo Castelo Branco. Uns vão a Meca, outros a Jerusalém, muitos a Fátima, o viajante vai à Samardã. Por esta estrada seguiu, a cavalo ou de traquitana, o doido do Camilo quando jovem. Em Vilarinho passou ele, palavras suas, "os primeiros e únicos felizes anos da mocidade", e na Samardã se deu o assinalado caso do lobo que resistiu a cinco tiros e acabou comendo a metade da ovelha que faltava. São episódios de vidas e de livros, razão mais do que bastante para que o viajante ande à procura da casa de Vilarinho, perguntando a umas mulheres que lavam no tanque, e elas apontam, é logo adiante. Lá está o dístico, mesmo ao lado da ombreira da porta, mas esta casa é particular, não tarda que venha alguém. Ainda teve o viajante tempo para ouvir o zumbido das abelhas e seguir ao longo da casa, espreitando as varandas corridas, a desejar ingenuamente viver ali, e é aí que lhe aparece uma senhora a indagar destas curiosidades. É ela sobrinha-bisneta de Camilo, cumpridora parente que dá resposta cabal às perguntas do viajante, aos pés de ambos corre um regueiro de água, e as abelhas não se calam, há realmente momentos felizes na vida.

Mas não duram muito. À delicadeza da senhora não pode pedir-se mais, tolo é o viajante se cuida que lhe vão oferecer a casa, nem há razão para isso, e assim retira-se, agradece, vai dar uma volta pela aldeia. Há um grande eucalipto, plantado em 1913, árvore enorme cujos ramos mais altos roçam a barriga das nuvens, as mulheres que lavam a roupa dizem: "Boa viagem", e o viajante segue o seu caminho, confortado. Adiante é a Samardã, lugarejo entornado na encosta do monte, apostemos que está como Camilo a deixou. Esta casa, por exemplo, com a data de 1784 na padieira da porta, esta casa viu-a Camilo deste mesmo sítio onde o viajante põe os pés, o mesmo espaço ocupado por ambos, em tempos diferentes, com o mesmo Sol por cima da cabeça e o mesmo recorte dos montes. Há moradores que vêm ao caminho, mas o viajante está em comunicação com o além, não liga a este mundo, perdoe-se-lhe por esta vez. O viajante alonga os olhos pela falda côncava do monte, procura inconscientemente o fojo onde a ovelha tinhosa serviu de engodo ao lobo esfomeado, mas percebeu a tempo que os tempos são outros, andam os lobos por mais longe, adeus.

Torna o viajante a Vila Real, e agora, sim, cumprirá os ritos. O primeiro será Mateus, o solar do morgado. Antes de entrar, deve-se passear neste jardim, sem nenhuma pressa. Por muitos e valiosos que sejam os tesouros dentro, soberbos seríamos se desprezássemos os de fora, estas árvores que do espetro solar só descuidaram o azul, deixam-no para uso do céu; aqui têm todos os tons do verde, do amarelo, do vermelho, do castanho, roçam mesmo as franjas do violeta. São as artes do Outono, esta frescura debaixo dos pés, esta alegria maravilhosa dos olhos, e os lagos que refletem e multiplicam, de repente o viajante cuida ter caído dentro dum caleidoscópio, Viajante no País das Maravilhas.

Dá por si olhando de frente o palácio. É uma beleza maltratada em rótulos de garrafas de um vinho sem espírito, mas que, por graça de Nasoni, seu arquiteto, se mantém intacta. Coisas assim não se descrevem, e, se é certo ser o viajante mais sensível às simplicidades românicas, também é capaz de não cair em teimosias estultas. Por isso não resiste a esta graça cortesã, ao golpe de génio que é a ocupação do espaço superior com uns pináculos à primeira vista desproporcionados. O pátio parece acanhado, e é, afinal, o primeiro sinal da intimidade interior. As grandes lajes de granito ressoam, o viajante sente ali o grande mistério das casas dos homens. Lá dentro, é o que se espera: o quadro, o móvel, a estátua, a gravura, uma certa atmosfera de sacristia galante lutando contra as ponderosas erudições da biblioteca. Aqui estão as chapas das gravuras originais de Fragonard e Gérard para a edição dos *Lusíadas*, e quem for fácil de satisfazer em matéria de arroubos pátrios encontrará autógrafos de Talleyrand, Metternich, Wellington, também de Alexandre, czar da Rússia – todos agradecendo a oferta do livro que não sabiam ler. Com todo o respeito, o viajante considera que o melhor de Mateus ainda é o Nicolau Nasoni.

O mundo não está bem organizado. Já não é só a complicada história do que falta a uns e sobeja a outros, é, para este caso de agora, o grave delito de não se trazer a esta estrada todos os portugueses de aquém e de além, para que nos seus olhos ficasse a formidável impressão destas encostas cultivadas em socalcos, cobertas de vinhas de cima a baixo, a grafia dos muros de suporte que vão acompanhando o fluir do monte, e as cores, como há de o viajante, em prosa de correr, dizer o que são estas cores, é o jardim do Solar de Mateus alargado até ao horizonte distante, é a floresta junto do rio Tuela, é um quadro que ninguém poderá pintar, é uma sinfonia, uma ópera, é o inexprimível. Por isso mesmo quereria ver nesta estrada um desfile ininterrupto de compatriotas, sempre por aí abaixo até Peso da Régua, parando para dar uma ajuda aos vindimadores de monte acima, aceitando ou pedindo um cacho de uvas, cheirando o mosto dos lagares, metendo nele os braços e tirando-os tintos do sangue da terra. O viajante tem destes devaneios, e espera que lhos desculpem, porque são de fraternidade.

Vai a estrada em seu sossego de curva e contracurva, ora desce, ora sobe, e na encosta de lá veem-se melhor as casas, até elas condizem com a paisagem. Não são ermos estes lugares. Tempo houve, antiquíssimo, em que estas montanhas de xisto teriam sido assustadoras e eriçadas massas, recozendo ao sol de Verão, ou varridas de cataratas de água nos grandes temporais, imensas solidões minerais que nem para desterro serviriam. Depois veio o homem e pôs-se a fabricar terra. Desmontou, bateu e tornou a bater, fez como se esfarelasse as pedras entre as palmas grossas das mãos, usou o malho e o alvião, empilhou, fez os muros, quilómetros de muros, e dizer quilómetros será dizer pouco, milhares de quilómetros, se contarmos todos os que por esse país foram levantados para segurar a vinha, a horta, a oliveira. Aqui, entre Vila Real e Peso da Régua, a arte do socalco atinge a suma perfeição, e é um trabalho que nunca está concluído, é preciso escorar, dar atenção à terra que aluiu, à laje que deslizou, à raiz que fez de alavanca e ameaça precipitar o muro no fundo do vale. Vistos de longe, estes homens e estas mulheres parecem anões, naturais do reino de Lilipute, e afinal desafiam em força as montanhas e mantêm-nas domesticadas. São gigantes pessoas, e isto não passa de imaginações do viajante, que as tem pródigas, quando se está mesmo a ver que têm os homens o seu tamanho natural, e basta.

O almoço é em Peso da Régua e dele não ficou cheiro nem sabor para a memória. Ainda sentado à mesa, o viajante consulta os seus grandes mapas, segue com um dedo decifrador o traçado das estradas, e faz isto lentamente, é um prazer de criança que anda a descobrir o mundo. Tem seus projetos, por esta margem do Douro até Mesão Frio, mas de súbito vem-lhe uma grande saudade do caminho que ainda agora percorreu, e a saudades assim que fará o viajante senão render-se? O mais que pôde fazer, e com isso não perdeu, foi subir até Fontelas, e mais acima, entre as quintas, vendo do alto os socalcos, o rio ao fundo, parando com uma grande paz na alma diante dos pequenos e recolhidos solares, rústicos netos de Nasoni, arquiteto santíssimo que a estas terras veio e nelas felizmente abundou em prole. Torna o viajante a descer a Peso da Régua, atravessa a vila sem parar, e é um viajante atormentado de dúvida, que tanto tem na vontade subir até Vila Real como ficar pelas encostas de Fontelas e Godim, entre os muros, batendo aos portões das quintas como os garotos e fugindo ao ladrar dos cães. Santa vida.

Facilmente se compreende que o viajante vai em recordações da sua própria infância passada noutras terras, e dessa distração acorda por alturas de Lobrigos: uma vez mais pasmado diante dos vinhedos, sem dúvida é esta a oitava maravilha do mundo. Passa Santa Marta de Penaguião, Cumeeira, até Parada de Cunhos, e aí, voltando costas ao rio Corgo, enfrenta o Marão. Parece a seca enunciação de um itinerário, e é, pelo contrário, um grande passo na vida do viajante. Atravessar a serra do Marão, qualquer o pode fazer, mas quando se sabe que Marão significa Casa Grande, as coisas ganham o seu aspeto verdadeiro, e o viajante sabe que não vai apenas atravessar uma serra mas entrar numa casa.

Que faz qualquer visitante ao entrar? Tira o chapéu, se o usa, baixa ligeiramente a cabeça, se a traz ao léu, dá, enfim, as devidas mostras de respeito. Este viajante torna-se visitante, e entra, depois de convenientemente lavada a alma, como no capacho se limpam os pés. O Marão não é a aguda fraga, o penhasco vertiginoso, o desafio para alpinistas. Já foi dito que é uma casa, e as casas são para os homens morarem nelas. A estas alturas toda a gente pode subir. Poderá? Os montes sucedem-se, tapam o horizonte, ou rasgam-no para outro monte ainda maior, e são redondos, enormes dorsos de animais deitados ao sol e para sempre imóveis. Nos fundos vales ouve-se o cachoar da água, e das encostas, por todos os lados, escorrem torrentes que depois acompanham a estrada à procura de uma saída para o nível abaixo, de patamar em patamar, até caírem de alto ou mansamente desaguarem na corrente principal que é apenas afluente de afluente, águas que tanto podem ir dar ao Corgo, que ficou lá para trás, como ao Douro, muito para sul, como ao Tâmega, que espera o viajante.

E há as florestas. Torna o viajante a dizer-se afortunado por estar viajando no Outono. Não se descreve uma árvore. Como se há de descrever uma floresta? Quando o viajante olha a encosta do monte fronteiro, o que vê é os altos fustes dos troncos, as copas redondas ou esgalgadas, escondendo o húmus, o feto, o brando mato destes lugares. Assim fica sabendo que viaja, ele também, no invisível, tornou-se gnomo, duende, bichito que vive debaixo da folha caída, e só torna a ser homem quando, de longe em longe, a floresta se interrompe e a estrada corre ao céu aberto. E sempre o rumorejar das águas, frigidíssimas, e as nuvens rolando no céu, é um murmúrio que passa, como serão aqui as trovoadas? Atravessar a serra do Marão, de Vila Real até Amarante, deveria ser outra imposição cívica como pagar os impostos ou registar os filhos. Enraizado no rio Douro, o Marão é o tronco deitado duma grande árvore de pedra que se prolonga até ao Alto Minho, entrando pela Galiza dentro: reforça-se na Falperra, e abre-se, monte sobre monte, pelo Barroso e Larouco, pela Cabreira e pelo Gerês, até à Peneda, nos altos do Lindoso e de Castro Laboreiro.

Lá iremos. Agora vai o viajante entrando em Amarante, cidade que parece italiana ou espanhola, a ponte e as casas que na margem esquerda do Tâmega se debruçam, o balcão dos reis virado à praça, e este hotel modestíssimo cujas varandas traseiras dão para o rio, donde a esta hora do entardecer se levanta uma neblina, talvez só a poalha da água precipitada nos rápidos, rumor que povoará os sonhos do viajante, para sua felicidade. Porém, antes, jantará no Zé da Calçada, com proveito e gosto. E ao atravessar a ponte não fará outro sermão, mas pensará: "Esta há de ter histórias." Mais teria a que neste lugar existiu, construída no século XIII pelo S. Gonçalo de cá e povos de Ribatâmega. Bons tempos esses, em que o santo levava a argamassa ao alvenel e ficava muito agradecido.

## *A CAVA DO LOBO MANSO*

Quando o viajante acordou, ainda mal aclarava, percebeu que não fora só o marulhar da corrente do rio que o embalara. Chovia, as goteiras despejavam cataratas sobre os ladrilhos da varanda. Acostumado já a viajar com todo o tempo, encolheu o viajante os ombros debaixo dos cobertores e tornou a adormecer, sem cuidados. Foi o bem que fez. Ao levantar-se, já manhã franca, o céu está descoberto, o Sol anda a fazer arco-íris pequeninos nas gotas penduradas das folhas. É uma festa. O viajante arrepia-se só de pensar no calor que já estaria se fosse Verão. A primeira ida é ao Museu Albano Sardoeira, onde há algumas peças arqueológicas de interesse, umas tábuas quinhentistas que merecem atenção, mas, acima disso e do resto, estão os Amadeus, soberbas telas do período de 1909 a 1918, com um saber de oficina que as mostra no esplendor da última pincelada, como se o pintor, acabada a obra, tivesse saído agora mesmo para a sua casa de Manhufe onde a vindima o estava esperando. Tem mais o museu uns Elóis, uns Dacostas, uns Cargaleiros, mas é o Amadeo de Souza-Cardoso que o viajante devagar contempla, aquela prodigiosa matéria, suculenta pintura que se desforra do exotismo orientalista e medievalizante dos desenhos que, em reprodução reduzida, o viajante veio a comprar, humildemente.

Está visto que a paciência é uma grande virtude. Diga-o S. Gonçalo que no século XIII construiu a ponte antes desta e teve de esperar cinco séculos para lhe arranjarem lugar para um túmulo em que não está, mas onde não faltam as oferendas. O viajante diz isto com ares de gracejo, maneira conhecida de compensar o susto que apanhou quando, ao entrar numa capela de teto baixíssimo, deu com a grande estátua deitada, colorida como de pessoa viva. Estava o local meio às escuras e o susto foi de estalo. Estão polidos os pés do milagroso santo, de afagos que lhe fazem e de beijos que neles depõem as bocas que vêm implorar mercês. É de acreditar que os pedidos sejam satisfeitos, pois não faltam as oferendas, pernas, braços e cabeças de cera, equilibrados sobre o túmulo, é certo que ocos, os tempos vão maus para a cera maciça, e esta bem se vê que é adulterada. Salva-se a fé que é muita neste S. Gonçalo de Amarante que tem reputação de casar as velhas com a mesma facilidade com que Santo António, por condão das raparigas, passou à história.

O viajante percorre a igreja e o claustro do que foi o convento, e, em seu coração, põe-se a amar Amarante, sabendo já que é um amor para sempre. Nem o afligem os três maus reis portugueses que na varanda estão, e o outro, espanhol, pior que todos: o D. João III, o D. Sebastião e o D. Henrique cardeal, mais o primeiro dos Filipes. Amarante é tão graciosa cidade que se lhe perdoa o perverso gosto histórico. Enfim, estão lá estes reis porque foi durante os reinados deles que a construção se fez. Razão suficiente.

Torna o viajante à igreja, mete por uma passagem lateral que vai dar à sacristia. Donde vem esta música *rock and roll*, é que não adivinha. Talvez da praça, talvez um vizinho amador. Em cidades de província, o menor ruído chega a toda a parte. O viajante dá mais dois passos e espreita. Sentado a uma secretária, um homem, escriturário ou sacristão, isso não veio a saber-se, faz lançamentos num grande livro e tem ao lado um pequeno transístor que é o responsável pela música, ali, enchendo a sacristia venerável de sons maliciosos e convulsivos. Já nada surpreende o viajante, porém quer averiguar por completo até onde vai a subversão, e então pergunta: "Dá licença que passe uma vista de olhos?" O sacristão levanta a cabeça, olha afavelmente e responde: "Ora essa. Veja à vontade." E enquanto o viajante dá a volta à sacristia, examina os tetos pintados, as imagens de boa nota artística, um S. Gonçalo patusco e bem-disposto, vai o transístor chegando ao fim do *rock* e começa outro, até parece invenção, mas não é, são verdades inteiras, nem aparadas, nem acrescentadas. Agradece o viajante, o sacristão continua a escrever, ninguém lhes perguntou, mas ambos estão de acordo em que está um lindo dia, e a música toca. Talvez daqui a bocado deem uma valsa.

Pena leva o viajante de não ter puxado uma cadeira para junto da mesa a que o sacristão trabalhava nas sua eclesiais escriturações e ficar ali na boa conversa, a saber de vidas e de gostos musicais, perde-se muito não falando com as pessoas. Porém, já fora de Amarante, trata-se de descobrir S. João de Gatão, onde é, onde não é, não faltam as indicações, estes homens que fazem a vindima empoleirados em altas escadas: "Chegando aí adiante, onde há umas árvores grandes, vire à esquerda, é logo lá." Virar, vira o viajante, ou julga tê-lo feito, porque adiante outros homens dirão: "Chegando aí adiante, onde há umas árvores grandes, vire à direita, é logo lá." Enfim, chegou o viajante ao seu procurado destino. A casa é igual a muitas que por estes lados se encontram: um pequeno solar, de corpo central e duas alas, casa às vezes nobre, outras vezes de burguês enobrecido, rurais ambos, dependentes da terra e da renda, e por isso duros no trato negocial. Não será esse o caso. Esta casa é de poeta. Viveu aqui Teixeira de Pascoaes, debaixo daquelas telhas morreu.

O viajante pisa o caminho amolecido pelas chuvas, retarda o momento e vai ali ao lado, a uma adega, certificar-se do que já adivinhou: "Se é ali a casa do poeta." Respondem-lhe que sim, com simplicidade, o informador serve outras obrigações, e ainda por cima está habituado à vizinhança, nenhum homem é grande para a adega que lhe estiver perto. O viajante guarda na memória a cautela que teve de usar para passar sobre uns canos de borracha ou de plástico que por ali havia estendidos, e o cheiro da uva pisada, uva de Pascoaes, mosto poético, vai acompanhá-lo durante muitos quilómetros, até se lhe dissipar a embriaguez. Melhor se diria vertigem.

Há um lanço de escadas simples, vasos de flores, beirais marcados de musgo e líquenes. É óbvio que o viajante está intimidado. Bateu à porta, espera que venham abrir: "Falha a viagem se não entro." É que esta casa não é museu, não tem horas de abrir e fechar, mas sem dúvida há um deus dos viajantes bem-intencionados, é ele que diz: "Entre", e quando se apresenta não é deus nenhum, mas sim o pintor João Teixeira de Vasconcelos, sobrinho de Teixeira de Pascoaes, que abre todas as portas de uma casa toda ela preciosa romã e vai acompanhando o viajante até ao fundo do corredor. O viajante está no limiar da parte da casa onde Teixeira de Pascoaes passou os últimos anos da vida. Olha e mal se atreve a entrar. Casas, lugares onde vive ou viveu gente, tem visto muitas. Mas não a cava de um lobo manso. São três salas dispostas em fiada, o sítio de dormir e trabalhar, a biblioteca, chaminé ao fundo, dizer isto é o mesmo que nada dizer, porque as palavras não podem exprimir a indefinível cor de barro que tudo cobre ou de que tudo é feito, a não ser que a origem da cor ambiente seja a luz da manhã, assim como não dirão que súbita comoção é esta que enche de lágrimas os olhos do viajante. Nestas salas andou um lobo, isto não é casa de gente avulsa e paisana. E o viajante tem de disfarçar e enxugar os olhos sentimentais, assim lhes chamaria quem cá não veio, mas entenderá melhor se se lembrar de que Marão é Casa Grande, e entrar aqui é o mesmo que estar no mais alto monte da serra, recebendo todo o vento na cara e olhando de cima os vales profundos e negros. Teixeira de Pascoaes não é dos mais preferidos poetas do viajante, mas o que comove é esta casa de homem, este leito pequeno como o de S. Francisco em Assis, esta rusticidade de ermitério, a lata das bolachas para a fome das horas mortas, a tosca mesa dos versos. Todos deixamos no mundo o que no mundo criámos. Teixeira de Pascoaes teria merecido levar consigo esta outra criação sua: a casa em que viveu.

Há mais que andar. Quando o viajante regressa à luz do Sol, é como se tivesse caído doutro planeta. E tão abalado vai que chega a Amarante sem dar por isso, mas aí acorda e indigna-se diante da estátua de Pascoaes que lá está, obra peca e pouca. Torna a passar a ponte depois de ter deitado um olhar de despedida à trecentista Nossa Senhora da Piedade que está no nicho, e segue por baixo das grandes frondes da alameda, a tomar a estrada que o levará a Marco de Canaveses. Suave caminho é este ao longo do Tâmega, formoso e brando para éclogas. Em suas reflexões, o viajante vem a concluir ser o lugar bom para pastores arcádicos, pelo menos enquanto não desse a morrinha nas ovelhas e as frieiras nos dedos do zagal.

O viajante deixa ao lado Marco de Canaveses e vai à procura de Tabuado. Prevê que será outra busca demorada, mas enganou-se. De súbito, aparece-lhe pela direita, como se o segurasse pela manga do casaco, a igreja matriz do século XII, de um românico simples na arquitetura, mas preciosamente decorado de motivos de plantas e animais. Dentro e fora, a igreja justificaria um dia inteiro de apreciação, e o viajante sente grande ciúme de quem esse tempo já aqui gastou ou possa vir a gastar. O que resta dos frescos da capela-mor, obra quatrocentista, retém os olhos, e o viajante fica a pensar nos desvios de gosto que terão feito ocultar, em passados tempos, a beleza rústica destas pinturas, quem sabe se por isso mesmo poupadas a maiores estragos. Quando o viajante sai, conversa um pouco com um homem e uma mulher que ali estão. A igreja, para eles, é só o que sempre ali viram desde que nasceram, mas concordam com o viajante, que sim senhor é bonita.

Entre Marco de Canaveses e Baião, tem o viajante ocasião e tempo para dar a mão à palmatória. Disse ele, quando do Marão falou, que toda a serra era de arredondados montes, com amenas florestas, um vergel. Não retira nada do que disse, que assim é o Marão entre Vila Real e Amarante, mas aqui, Marão é isto também, e contudo não pode haver orografia mais diferente, áspera e dura, com as agudas pedras que mais a norte faltam. Tem esta casa grande, afinal, muitas moradas, e a que o viajante agora vai percorrendo é decerto a casa dos ventos e das cabras monteses, desabitada casa se diga, porque hoje nem uma aragem sopra, e as cabras extinguiram-se há séculos.

Talvez por ser a paisagem assim, o viajante não se sente atraído pelos lugares habitados. Não se detém em Baião, continua para norte, a par do rio Ovil, e num lugar chamado Queimada vê sinal de que há ali perto dólmenes. Sabe o viajante que não faltam no País construções destas, e, se agora não as fosse ver, não perderia ele nem perderia a viagem. Mas já foi dito que, na disposição em que vai, prefere os ermos, e este íngreme caminho que arranca pelo monte acima promete muito silêncio e solidão. Ao princípio há pinhal, sinais de trabalho recente, mas o mato começa logo adiante. O caminho é uma tosca e arruinada carreteira, com profundos sulcos cavados pelas torrentes vindas do alto, e o viajante teme um acidente, uma avaria. Contudo, persevera, e tem a sua recompensa quando a ascensão termina num quase raso planalto. Os dólmenes não estão à vista. Agora é preciso avançar pelo mato dentro, há uns delgados carris que se interrompem, maneiras de negaça que o deixam perplexo. É um quebra-cabeças malicioso, traçado em monte deserto para obscuros fins. O viajante avança pelo mato, tem de encontrar a mina de ouro, a fonte milagrosa, e quando já lança pragas e imprecações (bem está que o faça neste cenário inquietante) vê na sua frente a mamoa, o primeiro dólmen meio soterrado, com o chapéu redondo assente sobre esteios de que só se veem as pontas, é como uma fortificação abandonada. O viajante dá a volta, aí está o corredor, e lá dentro a câmara espaçosa, mais alto todo o conjunto do que pelo lado de fora parecia, tanto que o viajante nem precisa curvar-se, e de baixo nada tem. Não há limites para o silêncio. Debaixo destas pedras, o viajante retira-se do mundo. Vai ali à Pré-História e volta já, cinco mil anos lá para trás, que homens terão levantado à força de braço esta pesadíssima laje, desbastada e aperfeiçoada como uma calote, e que falas se falaram debaixo dela, que mortos aqui foram deitados. O viajante senta-se no chão arenoso, colhe entre dois dedos um tenro caule que nasceu junto de um esteio, e, curvando a cabeça, ouve enfim o seu próprio coração.

### *OS ANIMAIS APAIXONADOS*

Tornou o viajante a Amarante, pela estrada que segue ao longo do rio Fornelo, e desta vez não para. Simples cuidado de prudência, que Amarante tem artes de mulher e seria bem capaz de cativar por muitos dias o incauto. Poucos quilómetros andados, é Telões. Há aqui um mosteiro com uma airosa galilé, ainda que restaurada. Quando o viajante sai das estradas principais cobra sempre grandes compensações. O vale onde foi construído Telões é aberto, amplo, passa aqui um ribeirito qualquer, e quando o viajante vai entrar na igreja são horas de bater o relógio. É ele de carrilhão e amplificadores, umas buzinas orientadas aos quatro pontos cardeais que atroam a gravação dos bronzes por todos os espaços infra e supra. O viajante teria preferido o dlim-dlão natural dos sinos a tais eletrónicas, mas não será por sua causa que o progresso vai ficar fora destes vales. Vivam pois Telões e o seu carrilhão do último modelo. Lá dentro, na igreja, há um painel das almas que atrai o viajante. Tem S. Miguel da santificada lança, umas labaredas de cor natural, mas os olhos vão cobiçosos para aquela formosíssima condenada, de peitos firmes e apetitosos, que arde voluptuosamente entre as chamas. Não está bem que a igreja castigue as tentações da carne e ao mesmo tempo as provoque desta maneira em Telões. O viajante saiu do templo em pecado mortal.

Felgueiras já ficou para trás, e aí adiante é Pombeiro de Ribavizela, um mosteiro arruinado, triste como só os mosteiros em ruínas conseguem ser. São cinco horas da tarde, o dia vai escurecendo, e o viajante cai em grande melancolia. A igreja, por dentro, é húmida e fria, há manchas nas paredes onde a água das chuvas se infiltrou, e as lajes do chão estão, aí e além, cobertas de limo verde, mesmo as da capela-mor. Ouvir aqui missa deve valer uma indulgência geral com efeitos pretéritos e futuros. Mas o assombro do viajante atinge extremos quando a mulher da chave lhe diz que na missa das sete da manhã é que a afluência é grande, vem gente de todos os lugares próximos. Sob a capa fria e húmida da atmosfera, o viajante arrepia-se: que será isto pelos grandes frios e dilúvios do Inverno? Quando vai a sair, a mulher aponta-lhe as arquetas tumulares que ali estão, de um lado e outro da porta. "Um é o Velho, o outro é o Novo", diz. O viajante vai certificar-se. Os túmulos são do século XIII. Um deles representa D. Gomes de Pombeiro na tampa e deve conter-lhe os ossos. Esse é o Velho. Porém, o Novo, quem será? Não o sabe dizer a mulher da chave. Então, o viajante aceita sem discutir o que a sua própria imaginação lhe propõe: o outro túmulo é também de D. Gomes de Pombeiro, feito quando, mancebo e vivíssimo rapaz, recebeu grave ferimento em batalha, de que felizmente escapou. Fez-se o túmulo para escarmento e D. Gomes de Pombeiro esperou pela velhice para ir descansar ao lado da sua própria imagem quando moço. É um imaginado tão bom como qualquer outro, mas o viajante não fez dele confidência à mulher da chave, pois ela merece outro respeito que este brincar com os mortos, tanto mais que não terá túmulo de pedra nem estátua jazente, e se a tivesse haveria de merecer a sua dupla imagem, a Nova que foi, e a Velha que é de amargoso luto e face sucumbida. Fecha a mulher a igreja com a grande chave e retira-se para as ruínas do convento, onde mora. O viajante olha a altíssima fachada, a grande rosácea, compraz-se alguns minutos no híbrido mas formoso portal. A tarde morre mesmo, já não há quem segure este dia.

Quando o viajante entra em Guimarães, os candeeiros estão acesos. Dormirá numa água-furtada com vista para a Praça do Toural. Sonha com o Velho e o Novo, vê-os a caminhar pela estrada que vai de Pombeiro a Telões, ouve o duro pisar dos seus pés de pedra, e está com eles diante do altar das almas, olhando todos os três a bela condenada, aquecendo enfim o corpo gelado naquela fogueirinha que nem S. Miguel pode apagar.

 O viajante acorda já de manhã clara. Não gosta do sonho que teve, não é nenhum D. João para assim lhe aparecerem convidados de pedra, e decide cortar cerce nas imaginações para não vir a perder o sono. Toma um café que mais eficazmente cobrirá as suas negruras interiores, e sai à rua a farejar os ares. Tempo instável, sol apenas por metade, mas luminoso quando aparece. Ao viajante não agrada ficar na cidade. Logo tornará a ela, mas neste momento o que lhe apetece é voltar aos grandes horizontes. Por isso decide seguir para as terras de Basto, nome pelos vistos de muito requestamento, pois só Basto há três, duas são as Cabeceiras, e ainda temos Mondim e Celorico, Canedo e Refojos, tudo de Basto, com muita honra. O viajante viu estes casos pelo mapa, não lhe impõe o seu roteiro que por todos aqueles lugares passe, mas, tendo observado a abundância, mal parecia que não registasse. Poucos quilómetros adiante de Guimarães é Arões. Lástima tem o viajante de que uma linha de palavras não seja uma corrente de imagens, de luzes, de sons, de que entre elas não circule o vento, que sobre elas não chova, e de que, por exemplo, seja impossível esperar que nasça uma flor dentro do *o* da palavra flor. Vem isto tão a propósito de Arões como de qualquer outro lugar, mas como a paisagem é esta beleza, como a igreja matriz é este românico, tem o viajante este desabafo. Mesmo agora sentiu o cheiro das folhas molhadas e não sabe onde está a palavra que devia exprimir esse cheiro, essa folha e essa água. Uma só palavra para dizer tudo isto, já que muitas não o conseguem.

E este vale, como explicar o que ele é? A estrada vai andando às curvas, por entre montes e montanhas, e é a costumada formosura, nem o viajante espera mais do que tem. Então, aqui, num ponto entre Fafe e Cabeceiras de Basto, numa volta da estrada, o viajante tem de parar, e na página mais clara da sua memória vai pôr a grande extensão que os seus olhos veem, os planos múltiplos, as cortinas das árvores, a atmosfera húmida e luminosa, a neblina que o sol levanta do chão e perto do chão se dissipa, e outra vez árvores, montes que vão baixando e depois tornam a erguer-se, ao fundo, sob um grande céu de nuvens. O viajante está cada vez mais crente de que a felicidade existe.

Estas coisas merecem a sua coroação. Lá adiante há outro vale, um enorme circo rodeado de montanhas, cultivado, fundo, largo. E logo depois, quando o solo volta a ser bravo, de pinheiral e mato, aparece o arco-íris, o arco do céu, aqui tão perto que o viajante cuida que lhe pode chegar com a mão. Nasce em cima da copa dum pinheiro, vai por aí acima e esconde-se por trás da encosta, e em verdade não é um arco, mas sim um quase invisível segmento de círculo franjado de faixas coloridas, assim como uma cortina de tule finíssimo em frente de um rosto. O viajante cansa-se de comparações e faz uma última e definitiva, junta todos os arco-íris da sua vida, verifica que este é o mais perfeito e completo de todos, agradece à chuva e ao Sol, à sua preciosa sorte que o trouxe aqui nesta preciosa hora, e segue viagem. Quando passa debaixo do arco-íris, vê que lhe caem sobre os ombros tintas de várias cores, mas não se importa, felizmente são tintas que não se apagam e ficam como tatuagens vivas.

O viajante está quase a chegar a Cabeceiras de Basto, mas antes fez um desvio para Alvite, só para a ver, da banda de fora, a Casa da Torre, conjunto de porta, capela e torre, barrocas as primeiras, a torre mais antiga, e o mais singular daqui são os altos pináculos das esquinas, equilíbrio magnífico de formas volumétricas, airosa graça de funambulismo arquitetónico. Em Cabeceiras, o viajante é recebido pelas primeiras gotas do que há de vir a ser, não tarda, uma devastadora bátega. Vai ao convento, que é uma enorme construção setecentista onde já nada se encontra do primitivo mosteiro beneditino. Esta região está bem guardada por S. Miguel. Aqui são logo dois, um sobre o pórtico, e outro, de tamanho maior que o natural, vê-se cá de baixo empoleirado no lanternim do zimbório, mirando toda a paisagem, à procura de almas perdidas. S. Miguel deve ter ganho todas as suas batalhas, ou não estariam os demónios, de língua de fora, pategos e humilhados, suportando os órgãos da igreja, como atlas de plástica monstruosa, sem nenhuma grandeza.

Volta o viajante à praça, de repente lembrado de que não vira o Basto, delito que tão pouco se perdoa como não ver o papa em Roma, estando lá. Habituado a praças de monumento ao meio, o viajante concluiu que o Basto foi roubado, ou não é ali a sua Roma. Foi por isso informar-se, e afinal eram só dois passos, a deslado, entre o chafariz e o rio. O Basto, quem é? Dizem que se trata de um guerreiro galaico, de escudo circular na barriga, como era moda do tempo. Data, tem a de 1612, e mais parece um rapazito de bigodes pintados e calções curtos do que o rústico batalhador de antigas eras. Tem na cabeça uma barretina das invasões francesas, e para não falhar a primeira comparação parece usar umas meias bem puxadinhas por mandado de sua mãe ou avó. Dá vontade de sorrir. O viajante tira-lhe o retrato, e ele apruma-se, olha para a objetiva, quer ficar favorecido, o Basto, com o seu fundo de ramos verdes, como convém a senhor de terras e montanhas, muito mais que o S. Miguel do lanternim, tão distante. O Basto é, por força, uma das mais justificadas estátuas portuguesas, todos lhe querem bem.

O viajante olha o céu, desconfiado. Estão a amontoar-se umas nuvens escuríssimas, netas reforçadas das que fizeram o dilúvio. Pensa no que fará, se fica por ali a beber um cafezinho quente ou se se mete ao caminho, traz na ideia ir à aldeia de Abadim, que fica perto. Como o viajante anda à descoberta do que não sabe, tem de correr seus riscos. Vai portanto a Abadim, e é como se passasse o Rubicão. Não tinha andado um quilómetro desaba uma catarata do céu. Em poucos segundos o espaço ficou branco do contínuo fluxo de água. Uma árvore a vinte metros ficava tão vaga, tão difusa como se estivesse escondida no nevoeiro. Para a estrada, péssima, corriam as cascatas dos montes.

Aí, o viajante temeu. Já se via arrastado pela corrente, de cambulhada com as pedras soltas e as folhas mortas. Atravessou uma pontezinha frágil, e agora vai mais sereno, sobe o monte, o automóvel não dá parte de fraco, e depois de mil voltas aí está Abadim. Não se vê vivalma, toda a gente recolhida, em casa a que em casa está, em abrigos de ocasião os que andam fora. A chuva diminuiu, mas ainda cai com grande violência. O viajante resolve retirar-se, continuar viagem, mais frustrado do que quer confessar. É então que passa uma mulher nova, de guarda-chuva aberto, e o viajante aproveita: "Boas tardes. Pode dar-me uma informação? Aqui os gados dos vizinhos ainda vão todos juntos para a serra da Cabreira, ou já não se usa?" A mulher há de estar a perguntar a si própria por que quer o viajante saber tais coisas, mas é simpática, e delicada, se lhe perguntam, responde: "É, sim senhor. Do primeiro domingo de Junho até ao dia da Assunção, vai o gado todo para a serra, com os pastores." Ao viajante custam a entender estas transumâncias, mas a mulher explica que na serra da Cabreira há uma pastagem que é de Abadim, sua propriedade mesma, e é para aí que o gado vai aposentar. O viajante lembra-se de Rio de Onor, terras da banda de lá que são nossas, terras da banda de cá que são deles, e mais se lhe enraíza a convicção de quanto é relativo o conceito de propriedade, querendo os homens. Despede-se da mulher, que deseja boa viagem, e quando já vai na estrada, chove quase nada, encontra um pastorzito de quinze anos. Quem é, quem não é: "Ando a guardar vacas do meu pai e de uns vizinhos. Não senhor, não tenho salário. Depois dos vitelos vendidos, reparte-se o dinheiro pelos donos. Para mim fica pouco. Mas em sendo mais velho deixo o gado, vou ser mecânico em Cabeceiras." O viajante afasta-se, pensando: "Este nunca irá à serra da Cabreira atrás das vacas e há de esquecer-se de que é dono de pastagens. Onde ganha, perde. Onde perde, ganha." E assim, com estas filosofias, se distrai a caminho de Mondim de Basto e Celorico, sem mais aventuras que olhar a paisagem, sempre de monte e penha, em Mondim altíssimo pico, mas longe.

Chegado a Guimarães, o viajante tem ainda tempo para entrar na Igreja de São Francisco, onde o recebe um minucioso sacristão que sabe do seu ofício. Os azulejos setecentistas são magníficos, traçados com desafogo e bem harmonizados com a abóbada gótica da capela-mor. A Árvore de Jessé que noutra capela se vê mostra uns reis joviais, sentados nos ramos como pintassilgos, engrinaldando a Virgem coroada. O viajante foi à sacristia e ao claustro, ouviu as explicações, e regressando à nave reconheceu o resplendor das talhas que sobre as capelas são como caramanchéis floridos. Já o sacristão ficava para trás, concluída a sua ladainha, quando o viajante deu com a deliciosa miniatura que é a cela de S. Boaventura, ali embutida sobre um altar, o cardeal bonequito sentado à mesa, congeminando em seus piedosos escritos, com a estante carregada de livros, a mitra, o báculo e a cruz a um lado, o serviço de chá ao outro, canecas e canjirões vários aos pés, uma gaiola pendurada, cadeiras para as visitas, um contador, o crucifixo resguardado, enfim, uma boa vida de frade maior mostrada a toda a gente numa caixa com meio metro de maior dimensão e trinta e cinco centímetros de largura e altura. S. Boaventura, que foi doutor da Igreja, chamado o doutor seráfico, franciscano de alto coturno, veio caber afinal nesta caixinha de brinquedos, obra talvez de freira que assim terá ganho o céu da paciência. O viajante sai da igreja, fica por ali a sorrir da lembrança. E, de repente, ao olhar com mais atenção os capitéis do portal gótico, vê o mais claro amor naqueles dois animais de cabeças encostadas e ligados corações, sorrindo de pura felicidade para o difícil espetáculo do mundo. O viajante deixa de sorrir, olha aquele sorriso transfigurado de pedra, e sente uma louca inveja do canteiro que esculpiu, assim, uns animais apaixonados. Nessa noite o viajante tornou a sonhar, mas desta vez foram pedras de vida.

## ONDE CAMILO NÃO ESTÁ

Ao viajante têm dito que Guimarães é o berço da nacionalidade. Aprendeu isso na escola, ouviu-o nos discursos de vária comemoração, não lhe faltam portanto razões para encaminhar os seus primeiros passos ao outeiro sagrado onde está o castelo. Nesse tempo, os declives que levam até lá deviam estar livres de vegetação de porte para não terem embaraço as hostes nas suas surtidas nem poderem esconder-se os inimigos pela calada. Hoje é um jardim de cuidadas áleas e arvoredo farto, bom sítio para namorados em começo. O viajante, que sempre exagera no seu respeito histórico, preferia rasa toda a colina, apenas plantada de erva áspera, com pedras aflorando há oitocentos anos. Assim, como isto está, perde-se a venerável sombra de Afonso Henriques, não dá com o caminho da porta, e se de impaciência decide cortar a direito tem certa a intervenção do empregado municipal, que lhe há de gritar: "Ó cavalheiro, para onde é que vai?" E responde o nosso primeiro rei: "Vou ao castelo. Já tenho o cavalo cansado de andar às voltas." O jardineiro não vê cavalo nenhum, mas responde caridosamente: "Leve-o pela arreata e vá aqui por este caminho, não tem nada que enganar." E quando Afonso Henriques se afasta, arrastando a perna ferida em Badajoz, o jardineiro comenta para o ajudante: "Vê-se cada um."

Efabulando este e outros episódios da nova história pátria, o viajante entra no castelo. Visto de fora parecia muito maior. Aqui é um pequeno recinto, que a espessura das muralhas mais reduz ainda, e a grossa torre de menagem, com os restos da alcáçova. É já uma pequena casa lusitana, transportada igual a todas as partes do mundo quando chegar a hora. O viajante examina-se para descobrir traços de comoção e desespera de não os encontrar tão nítidos como gostaria. No meio destas pedras, quais são as mais carregadas de sentido? Muitas foram aqui postas há pouco mais de quarenta anos, outras são do tempo de D. Fernando, e do que foi terra e madeira mandada armar pela condessa Mumadona nada resta, salvo talvez esta poeira molhada que se pega aos dedos do viajante quando sacode a bainha das calças. O viajante gostaria que o rio da história lhe entrasse de repente no peito, e em vez dele é um pequeno fio de água que constantemente se afunda e some nas areias do esquecimento.

Está assim desamparado, entre as falsas muralhas, quase a suspirar de frustração, quando vencidamente olha para o chão e nele subitamente se reconforta, tão perto se encontrava a explicação de tudo, e ele não a via. Está de pé sobre as grandes pedras brutas que Afonso Henriques pisou e a peonagem popular, quem sabe se mesmo aqui foi deitado alguém que morria, um Martim qualquer, um Álvaro, mas a pedra, o chão, o céu que está por cima, e este vento que de rajada passa, sopro de todas as palavras portuguesas ditas, de todos os suspiros primeiros e finais, murmúrio do profundo rio que é o povo. O viajante não precisa de subir ao caminho de ronda para ver mais paisagem, nem à alta torre para ver mais paisagem ainda. Sentado nesta pedra que os passos calçados ou descalços não gastaram, compreende tudo, ou assim julga, e isso lhe basta, ao menos hoje.

O viajante saiu, disse adeus a Afonso Henriques, que à porta estava limpando o cavalo do grande suor da jornada, desceu até à Igreja de São Miguel do Castelo, fechada, depois ao palácio dos duques de Bragança, de exagerado restauro. A impressão que o viajante tem é a de se ter cometido aqui, em arquitetura, o mesmo gosto de medievalização que arcaizou os escultores oficiais e oficiosos entre os anos 40 e 60. Não está em causa o recheio artístico do palácio, não está sequer em causa o conspecto gaulês do edifício, que lhe vem de origem, mas sim o ar pintado de fresco que tudo tem, mesmo o que é indesmentivelmente antigo, como estas tapeçarias de Gobelins e Pastrana, esta sala de armas, estes móveis e estas imagens sacras. O viajante traz ainda aos ombros, talvez, a pedra do castelo. Por isso não será capaz de entender o palácio. Faz promessa de a ele voltar um dia, para emendar as injustiças que neste momento, por seu mal, estiver a cometer.

É tempo de ir aos museus. Vai o viajante começar pelo mais antigo, o de Martins Sarmento, aonde foram recolhidos os achados da citânia de Briteiros e do castro de Sabroso. Pedra por pedra, nunca mais acabaria o exame e a apreciação, mesmo nos limites acanhados da ciência do viajante. Saborosas são as estátuas dos guerreiros lusitanos, o avantajado colosso de Pedralva, o berrão de granito, mano da porca de Murça e doutras porcas transmontanas, e enfim aporta do forno crematório de Briteiros, a bem nomeada Pedra Formosa, com os seus ornatos geométricos de laçaria e entrançados. O resto do museu, com outras espécies menos antigas, e algumas apenas de ontem, não merece menor atenção. O viajante saiu refeito, e, como está de boa maré, segue dali para o Museu de Alberto Sampaio.

Declara já o viajante que este é um dos mais belos museus que conhece. Outros terão riqueza maior, espécies mais famosas, ornamentos de linhagem superior: o Museu de Alberto Sampaio tem um equilíbrio perfeito entre o que guarda e o envolvimento espacial e arquitetónico. Logo o claustro da Colegiada de Nossa Senhora da Oliveira, pelo seu ar recolhido, pela irregularidade do traçado, dá ao visitante vontade de não sair dali, de examinar demoradamente os capitéis e os arcos, e como abundam as imagens rústicas ou sábias, todas belas, há grande risco de cair o visitante em teimosia e não arredar pé. O que vale é acenar--lhe o guia com outras formosuras lá dentro das salas, e realmente não faltam, tantas que seria necessário um livro para descrevê-las: o altar de prata de D. João I e o loudel que vestiu em Aljubarrota, as *Santas Mães*, a oitocentista *Fuga para o Egito*, a *Santa Maria a Formosa* de Mestre Pero, a *Nossa Senhora e o Menino* de António Vaz, com o livro aberto, a maçã e as duas aves, a tábua de frei Carlos representando *S. Martinho, S. Sebastião* e *S. Vicente* e mil outras maravilhas de pintura, escultura, cerâmica e prataria. É ponto assente para o viajante que o Museu de Alberto Sampaio contém uma das mais preciosas coleções de imaginária sacra existentes em Portugal, não tanto pela abundância, mas pelo altíssimo nível estético da grande maioria das peças, algumas verdadeiras obras-primas. Este museu merece todas as visitas, e o visitante faz jura de cá voltar de todas as vezes que em Guimarães estiver. Poderá não ir ao castelo, nem ao palácio ducal, mesmo estando prometido: aqui é que não faltará. Despedem-se o guia e o viajante, cheios de saudades um do outro, porque outros visitantes não havia. Porém, parece que não faltam lá mais para o Verão.

Todos cometemos erros. Depois de sair do museu, o viajante passeou pelas ruas velhas, apreciou os antigos Paços do Concelho, o padrão do Salado, e tendo descido à

Praça do Toural pecou involuntariamente contra a beleza. Há ali uma igreja, cujo nome o viajante prefere que fique no esquecimento porque é um atentado ao gosto mais elementar e ao respeito que uma religião deve merecer: esta é a atmosfera beata por excelência, o oratório da tia Patrocínio ou da madre Paula, a deliquescência de confessionário. O viajante entrou contente e saiu agoniado. Tinha visto as *Santas Mães* no museu, aquela Virgem coroada de rosas que também lá está – não merecia ela, nem mereciam elas, esta ofensa e esta deceção. Não foi tudo visitado em Guimarães, mas o viajante prefere partir.

Na manhã seguinte, chove. O tempo está assim, tão depressa de sol como de aguaceiros. Choverá com algumas intermitências até Santo Tirso, mas o céu já estará aberto quando o viajante parar em Antas, muito perto de Vila Nova de Famalicão. Toda esta região aparece ao viajante como paisagem de subúrbio, semeada de casas, e nela sente-se o foco de penetração industrial que irradia do Porto. Por isso, a igreja matriz de Antas, no seu românico trecentista, surge insolitamente, incongruente neste meio cuja ruralidade se desagrega, menos integrada no ambiente do que o mais delirante produto da imaginação "casa *maison* com janela de *fenêtre*" para emigrante. Desde que saiu de Trás-os-Montes, os olhos do viajante têm procurado não ver os horrores disseminados pela paisagem, as empenas de quatro ou oito cores diferentes, os azulejos de casa de banho transferidos para a fachada, os telhados suíços, as mansardas francesas, os castelos do Loire armados à beira da estrada em ponto de cruz, o inconcebível de cimento armado, o furúnculo, o poleiro de papagaio, o grande crime cultural que se vai cometendo e deixando cometer. Mas agora, tendo diante dos magoados olhos a beleza sóbria e puríssima da igreja de Antas e, ao mesmo tempo, o arraial das arquiteturas cretinas, não pode o viajante continuar a fingir que não vê, não pode falar apenas de agrados e louvações, e tem de deixar lavrado o seu protesto contra os responsáveis pela geral degradação.

Onde está São Miguel de Ceide? Há aqui umas tabuletas generosas que apontam a direção, mas depois, de estrada em estrada, reduz-se o nome, escamoteia-se a seta, e vem a acontecer o ridículo de passar o viajante ao lado da casa que foi de Camilo Castelo Branco e não a ver. Três quilómetros adiante, num cruzamento enigmático, vai perguntar a um homem que ali está, talvez para caridosamente ajudar os viajantes perdidos, e ele diz: "Fica lá para trás. É ali num largo, onde está a igreja e o cemitério." Emenda o viajante os passos, corrido de vergonha, e enfim dá com a casa. São horas de almoço, o guia está no seu descanso, e o viajante tem de esperar. Enquanto espera, anda por ali passeando, espreita pelo portão, foi aqui que viveu e morreu Camilo Castelo Branco. O viajante sabe que a verdadeira casa ardeu em 1915, que esta é tão postiça como os merlões do Castelo de Guimarães mas espera que lá dentro alguma coisa o comova tanto como o chão natural que as muralhas rodeiam. O viajante é homem muito agarrado à esperança.

Aí vem o guarda. "Boas tardes", diz um. "Boas tardes", responde outro. "Queria ver a casa, se faz favor." "Ora essa." Abre-se o portão e o viajante entra. Camilo esteve neste lugar. As árvores nem eram estas, nem as plantas, nem provavelmente o empedrado do chão. Está ali a acácia do Jorge, rente ao lanço de escadas, e essa é autêntica. O viajante sobe, o guarda vai dizendo coisas já conhecidas, e agora abre-se a porta do andar. O viajante compreende que não haverá milagres. A atmosfera é baça, os móveis e os objetos, por mais verdadeiros que sejam, trazem a marca doutros lugares por onde passaram e ao regressarem vêm estranhos, não reconhecem estas paredes nem elas os conhecem a eles. Quando a casa ardeu, só aqui estavam um retrato de Camilo e o sofá onde ele morreu. Ambos foram salvos. Pode portanto o viajante olhar o sofá e ver nele sentado Camilo Castelo Branco. E é também certo que o recheio destas pequenas salas, os objetos, os autógrafos, os quadros que estão na parede, tudo isto, ou pertenceu de facto a Camilo ou há forte presunção. Sendo assim, donde vem a amarga melancolia que invade o viajante? Será do ambiente pesado, do invisível mofo que parece cobrir tudo. Será da vida trágica que aqui dentro se viveu. Será o desconsolo das vidas falhadas, mesmo quando de gloriosas obras. Será isto, ou aquilo, ou aqueloutro. Nesta cama dormiu Camilo, aqui escrevia. Porém, onde está Camilo? Em S. João de Gatão, o fojo de Teixeira de Pascoaes é uma coisa quase assustadora que Camilo teria merecido. Ceide é um interior burguês oitocentista da Rua de Santa Catarina, do Porto, ou da Rua dos Fanqueiros, de Lisboa. Ceide é muito mais a casa de Ana Plácido, quase nada a de Camilo. Ceide não comove, entristece. Talvez por isso o viajante começa a sentir que é tempo de ver o mar.

### *O PALÁCIO DA BELA ADORMECIDA*

Olhando o mapa, o viajante decidiu: "Começo aqui." Aqui é Matosinhos. Coitado do António Nobre se por estes lados, até Leça, agora se perdesse. Morreria de pena antes de o matar a tuberculose, vendo estas chaminés de fábrica, ouvindo estes rumores industriais, e até o viajante, que se preza de ser homem do seu tempo, se confunde e perturba neste subúrbio atarefado. Afinal, grande é a nossa culpa quando teimamos em ler a realidade nos livros que outra realidade registaram. Há muitas modalidades de sebastianismo, e esta é das mais insidiosas: o viajante promete a si mesmo não esquecer o aviso.

Em Matosinhos há que ver a Igreja do Senhor Bom Jesus e a Quinta do Viso. Mas o viajante, que não pode chegar a todo o lado, ficou-se pelo Nasoni, por esta perfeita obra de arquitetura, toda composta na horizontal. O Nasoni era italianíssimo, mas soube entender os méritos do granito lusitano, dar-lhe espaço para melhor chegar aos olhos, alternando o escuro da pedra moldurante com a cal dos rebocos. Esta lição esqueceram-na os adulteradores modernos, os fabricantes do pesadelo. O viajante sabe muito bem que casas de granito custariam hoje fortunas incomportáveis, mas aposta o que tem e o que não tem como seria possível encontrar soluções economicamente equilibradas compatíveis com uma tradição arquitetónica que tem vindo a ser metodicamente assassinada. Pavores.

Cá fora, no jardim meio esventrado, há umas capelas toscas, bastante arruinadas, onde convencionalíssimos barros descrevem os passos da cruz. É esta uma coisa que muito custa a compreender ao viajante: a dificuldade que têm os homens de aprender as boas coisas, a facilidade com que repetem as más. Dentro da igreja não faltam as peças de boa escultura, por exemplo, um *S. Pedro* de pedra de Ançã: com o bom exemplo à vista, que modelos foram escolher estes barristas sem inquietação na ponta dos dedos? A pergunta não tem resposta, mas a isso está já o viajante habituado.

De Matosinhos a Santa Cruz do Bispo é o salto duma pulga. O viajante vai à procura do monte de S. Brás, onde mora uma célebre escultura, homem portentoso armado de pesada maça, tendo aos pés, dominado e obediente, um leão feroz. Um programa assim pede uma montanha, um ermo, um mistério. Fez mal o viajante em imaginar estes romantismos. O monte de S. Brás é, afinal de contas, uma colina de presépio, tão armadinha que parece artificial, e o ferrabrás vem a ser uma pobre figura mutilada das pernas, com um cachorrinho a pedir que lhe cocem a barriga. Em vez do lugar agreste, penhascoso, uma espécie de capricho natural, arredado da frequentação das gentes, sai ao viajante um parque de piqueniques estivais, onde ainda há restos de folguedos e sacos de plástico. Já se sabe como estas coisas são: o viajante viaja e quer que tudo seja só para ele, fica ofendido se alguém se antecipou nas vistas e nos prazeres. Este homem barbudo, que deve ser S. Brás, como o monte está dizendo, e não Hércules, como certas ambições eruditas pretenderam, recebe aqui muitos visitantes, é patrono de alegrias, e o leão não mostra os dentes, olha de lado o dono como perdigueiro à espera do sinal do caçador. Há vestígios de vinho derramado na cabeça e nos ombros de S. Brás: os romeiros não são egoístas, dão ao santo do melhor que têm, o que lhes aquece o sangue e faz nascer os risos. Ponderadas todas as coisas, o viajante reconhece o seu egoísmo: queria uma estátua só para si, ou para poucos escolhidos, encontrou um santo popular que bebe do vinho comum, um leão pacífico que oferece o forte lombo à rapariga que vai descansar entre duas danças. Onde encontraria mundo mais harmonioso? Humildado pela lição, deixa o viajante o Homem da Maça a contas com o tempo que o mói, e segue para Azurara, terra que deu nome a um cronista que provavelmente aqui não nasceu como é também o caso daquele Damião que, sendo de Góis, nasceu em Alenquer. A igreja matriz de Azurara fica mesmo à beira da estrada, não há nenhum pretexto para que a não visitem, salvo se o sacristão estiver ausente sem ter dito para onde foi e não deixou a chave a pessoa visível. O viajante desespera-se; não é para isto que anda a viajar, mas esta cerrada matriz é uma fortaleza militar, não tem fenda por onde se penetre. Veja-se, portanto, pelo lado de fora, que não é pequeno gosto, e faça-se a promessa de voltar. Em Vila do Conde, que está logo adiante, recebe o viajante muitas compensações. A casa de José Régio também está fechada, chegou o viajante em dia desacertado, mas há estas sinuosas, serpentinas ruas do bairro dos pescadores. Por aqui chegará à Ermida do Senhor do Socorro, com a sua imponente abóbada caiada, é um templo popular apartado das grandezas litúrgicas, e ali, no adro, se é esse o nome que se pode dar a este espaço, estão pescadores remendando as redes ao Sol que já vai descendo. Há uma geral conversa, um deles chama-se Delfim, que é um bom nome marinho, e depois o viajante chega-se ao muro, olha para baixo, lá está o rio Ave e o *Sorriso da Vida*, não podia o viajante desejar melhor, um rio capaz de voar e um barco que tem um nome assim. O ar está de uma pureza magnífica, não há sequer vento: tudo a condizer. Despede-se o viajante de Delfim e seus companheiros, desce à vila baixa, vai por escadinhas e travessas e remata nos estaleiros. Aqui se constroem barcos de madeira, estes cavernames que põem à vista segredos de arte marinheira que o viajante não saberá decifrar. Contenta-se com poder ver o desenho das quilhas que sulcarão a água, o arqueado das travessas, e respirar o cheiro da madeira serrada ou desbastada a enxó. O viajante não tem ilusões: aprender as primeiras letras desta arte, e as segundas, e as finais, seria obra para começar outra vez a vida. Porém, nem todas as letras o viajante desconhece e algumas é capaz de ler: por exemplo, as que estão escritas a branco numa chapa de ferro, como uma proclamação: TRABALHO E VONTADE NÃO NOS FALTA. DEEM-NOS CONDIÇÕES. É então que o viajante toma consciência da longa viagem que já fez. De Rio de Onor a Vila do Conde, do murmúrio recolhido à palavra escrita, franca e aberta por cima de montes e vales, entre chuvas e nevoeiros, a céu descoberto, nos socalcos do Douro, à sombra dos pinhais, um falar português.

Vila do Conde tem muito que se nos diga. Desde logo, é a única povoação, cidade seja, ou vila comum, ou aldeia, que tem no pelourinho um braço armado de espada, figuração de uma justiça que não precisa de que lhe vendem os olhos, porque os não tem. É só um braço, ligado a uma haste vertical, o fiel fixo da balança ausente. Onde o viajante se interroga é quanto ao dono daquele braço e quanto ao que corta a espada. Justiça será, mas enigmática. A igreja matriz tem um portal manuelino de primeira água, atribuído a João de Castilho. A torre sineira, maciça, é do século XVII. Avançada sobre o corpo da igreja, tanto a esconde e apaga como a sublinha e valoriza, é, ao mesmo tempo, excessiva e complementar. O viajante, se tivesse opinião nestas coisas e força nos braços, agarraria nela em peso e deslocá-la-ia para um lado, assim como está o *campanile* de Giotto em relação à Igreja de Santa Maria dei Fiore, em Florença. É uma ideia que o viajante deixa para a posteridade, se houver dinheiro de sobra para gastar nestes aperfeiçoamentos. Lá dentro não falta que ver, o *S. João* do século XVI, que, como padroeiro, tem outra imagem no tímpano do portal, a *Senhora da Boa Viagem,* do século XVI, que segura na mão direita, anacronicamente, um lugre ou quejando barco. Esta Senhora é a que guarda os pescadores, Delfim e companheiros, felizmente ainda vivos.

Depois o viajante vai ao Convento de Santa Clara. Tem como guia um aluno da escola que ali está instalada, um rapazinho chamado João Antero, com quem o viajante tem graves conversas sobre matérias de ensino e professores. O viajante ainda se lembra dos tormentos por que passou, e a igreja gótica, magnífica, de preciosas pedras, enche-o de grande compreensão e paternal afeto. Andam por ali outros visitantes, mas esses parecem mais preocupados com encher os ecos do que abrir os olhos. O rapazinho da escola lá tem a sua sensibilidade, abandona-os um pouco e prefere acompanhar o viajante. Está ali uma *Santa Clara* a um canto, sem o braço direito, uma excelente ocasião para fotografar o João Antero. Na Capela dos Fundadores estão os túmulos de D. Afonso Sanches, bastardo do rei D. Dinis, e de sua mulher D. Teresa Martins. São, em verdade, duas joias de pedra.

O viajante não pode ficar. Se se deixa prender não sairá daqui, porque esta igreja é das mais belas coisas que até agora os seus olhos viram. Adeus, Vila do Conde.

Aonde foi Rio Mau buscar este nome é que o viajante não sabe. Na beirada da povoação não passa nenhum curso de água, há apenas um regatinho a um quilómetro, não pode haver maldade em tal insignificância. E o Este, afluente do Ave, que próximo corre, tem seu nome próprio de ponto cardeal, outro mistério que fica a bulir nas curiosidades do viajante. Enfim, procura-se aqui, não um rio, mas uma celebrada igreja, a de São Cristóvão, peça do século XII. Dizem-na integrada no românico regional, o que é, ao mesmo tempo, correto e despiciendo. O que realmente importa é verificar, uma vez mais, a eficácia plástica do estilo, a expressão conseguida pela simples densidade do material, o valor gráfico dos blocos sobrepostos, a sua múltipla leitura. E se São Cristóvão de Rio Mau é realmente um templo muito simples, então a simplicidade será uma muito direta via para chegar à sensibilidade estética, com a condição, já se vê, de ter esta força sufocante que de súbito oprime e solevanta o viajante. Bem vê ele que por aqui andaram grandes restauros, porém, contra o costume, isso não o afeta. Pelo contrário: em vez de uma ruína que os contemporâneos da construção primitiva não reconheceriam, está aqui uma obra refeita, ou recomposta, que restitui a este dia de hoje o dia de então. Dentro da igreja, o viajante sente-se como se estivesse no interior duma máquina do tempo. E é certo que viaja também no espaço. Um destes capitéis, que os entendidos afirmam reproduzir cenas da *Canção de Roldão*, remete o viajante para Veneza como um relâmpago. No Palácio dos Doges, numa esquina virada para a Praça de São Marcos, está embutida uma escultura de pórfiro a que chamam Os *Tetrarcas*. São quatro guerreiros em atitude fraternal, talvez de camaradagem militar, mas com um subtil toque de humanidade. Estes tetrarcas de Rio Mau são muito mais guerreiros do que homens. São, no sentido verdadeiro, homens de armas. Contudo, a semelhança, ou, se se preferir, o eco, é irresistível. O viajante maravilha-se, aposta que nunca ninguém se lembrou de tal, e fica contente consigo mesmo.

É com muita dificuldade que se arranca de Rio Mau. Poucos templos serão tão rústicos, raros o serão mais, mas há um fascínio particular no génio rural que esculpiu o tímpano do pórtico, a figura do báculo, que se diz ser Santo Agostinho, as duas outras, menores, e a ave, com o Sol por cima da cabeça, e o que parece uma criança enfaixada segurando a Lua nos braços levantados. Por esta escultura daria o viajante a Vénus de Milo, o Apolo do Belveder e todas as métopes do Parténon. Como já se terá entendido, o viajante, a bem dizer, é um rústico.

O dia vai desandando para o crepúsculo. Deixa o viajante Rio Mau, mete-se à estrada e, se não fosse tão arriscado o negócio, iria de olhos fechados para conservar mais tempo a impressão magnífica. Vai daqui a Junqueira, onde é sabido haver um mosteiro, dito de S. Simão, mas sem esperanças, a esta hora estará fechado, nem é justo incomodar alguém a abrir a porta. O viajante tem, porém, as suas teimosias, e uma delas é a de querer ver com os seus olhos visto, ainda que fugazmente e com luz despedida, as coisas que deseja. Já passou por uma Junqueira em Trás-os-Montes, quer saber como é esta do Minho. Ficou sabendo. São Simão é só uma frontaria barroca, com duas torres sineiras, coruchéus, nada de especial, coisa nenhuma comparando com Rio Mau, que não sai do pensamento. E a porta, como previsto, está fechada.

Não tarda que seja noite, o viajante vai dormir a Póvoa de Varzim, melhor é partir. Mas, quando se dispõe, dá com uma porta entreaberta, um portão de quinta, umas vegetações aparecendo por cima do muro. O silêncio, neste lugar, é total. E não se vê vivalma. De duas uma: ou o mundo vai acabar, ou vai começar o mundo. Ninguém é viajante se não for curioso. Aquele portão entreaberto, o silêncio, o lugar ermo, se não aproveitasse seria tolo ou mal encaminhado. Empurrou um pouco o portão, cautelosamente, e espreitou para dentro. O muro, afinal, não era muro, mas um estreito corpo de edifício assente sobre a abóbada da entrada. Agita-se o coração do viajante, ele lá sabe, que é o primeiro a adivinhar estas coisas, e, como se de repente tivesse entrado num sonho, já entrou, já lá está dentro, numa rua ampla que separa dois jardins diferentes, um à esquerda, no pé do grande edifício que deve ser o antigo mosteiro, e o outro à direita, todo recortado em estreitíssimas áleas ladeadas de buxos cortados, e certamente aparados de fresco. O outro jardim está em nível superior, tem umas balaustradas, algumas árvores de médio porte, mas aqui, neste de baixo, que parece ter sido feito por gnomos para neles passearem fadas, é que o viajante discorre, quase bêbedo do cheiro que as plantas húmidas libertam, talvez os buxos aparados, nardos se fosse o tempo deles, jacintos ou escondidas violetas. O viajante dá por si a tremer, tem a garganta apertada, deseja que venha alguém e ninguém aparece, não ladra sequer um cão. Avança mais uns passos pela álea central, tem de apressar-se porque a noite vem aí, e dá com um amplo espaço arborizado, árvores baixas de larga copa que formam um teto vegetal a que quase se chega com o braço. O chão está coberto de folhas, uma espessa camada que rumoreja sob os passos. Nesta outra fachada do mosteiro há luz: uma só janela iluminada. O viajante está angustiado. Não tem medo, mas treme, ninguém lhe vem ralhar, e quase chora. Avança mais, passa o arco de um muro, e, na luz já quase última, vê um largo terreno com árvores de fruto, um aqueduto ao fundo, ervas bravas, caminhos empedrados, platibandas, roseiras transidas. Anda por ali, descobre um tanque vazio, e lá está a janela iluminada, certamente, oh certamente, o quarto da Bela Adormecida, habitante única deste lugar misterioso. Passou um minuto, ou uma hora passou, não se sabe, a luz é apenas um resto, mas a noite não ousa avançar, dá tempo para voltar às árvores e ao tapete de folhas murchas, ao restolhar que os pés fazem, ao jardim pequenino, ao perfume da terra. O viajante saiu. Cerrou atrás de si o portão como se fechasse um segredo.

## *MALES DA CABEÇA E MILAGRES VÁRIOS*

Da Póvoa de Varzim o viajante não tem mais acesa memória de que uma confusão de trânsito, um procurar de caminhos, os dolos na praia como elementos de construção de armar, e algures uma delirante casa forrada de azulejos e outras cerâmicas com todas as cores e formas do universo. E quando chegou a A Ver-o-Mar, tão suave nome, tão de mirante olhar, terá sido sua a culpa porque escolheu mal a hora, mas na praia as moscas eram milhões, os restos de peixe, as tripas, os filamentos gelatinosos, e excrementos diversos. São pitorescas as "cubatas" de algas, as pedras que seguram a cobertura de palha como um colar de grossas pérolas irregulares, porém, estando vistas, não há mais que ver. Seguiu, pois, o viajante adiante, crítico bastante de si mesmo para suspeitar que a culpa desta insatisfação teria ficado em Junqueira, naquela irrecuperável hora dum fim de tarde de Novembro, que nunca mais volta. E como alguma coisa tem visto do mundo e da vida, igualmente sabe que a esta hora da manhã em que vai a Aguçadoura ver os "campos-masseiras", o jardim da Bela Adormecida tem outra luz e outro cheiro, anda alguém a varrer as folhas para delas fazer estrume, e, lástima suprema, a enigmática donzela do mosteiro está agora dando ordens às criadas e ralhando com a desastrada que partiu o bule do chá. Porém, o viajante sabe outras coisas: sabe, por exemplo, como guardar na sua memória, para sempre, uma imagem indestrutível que continuará a ser, enquanto viva, o palácio da Bela Adormecida.

Em Aguçadoura, os campos-masseiras inventam agriculturas entre areias estéreis. Transporta-se a terra, o húmus, os férteis detritos vegetais, as algas colhidas do mar, e armam-se canteiros protegidos do vento, e tudo isto é como cultivar hortas no deserto. No fim de contas, quem isto faz é da mesma raça dos britadores de xisto do Douro, dos armadores de socalcos, é a mesma pertinácia, a mesma necessidade de comer, de manter os filhos, de continuar a espécie. O viajante leva daqui outra maneira de medir o trabalho dos homens, reconsidera o que lhe desagradou em A Ver-o-Mar e pergunta a si mesmo, de si mesmo desfazendo, como se hão de secar algas ao ar livre sem que venham as moscas ao cheiro. E, tendo assim pensado, fez as pazes com tudo e segue caminho para Rates.

Se o viajante disse tanto de São Cristóvão de Rio Mau, que há de dizer agora de Rates? Esta igreja é irmã pouco mais velha da de Rio Mau, ambas do século XII, mas Rates é doutra grandeza e riqueza ornamental. O pórtico, de cinco arquivoltas, esculpidas as duas interiores, mostra no tímpano um

Cristo em mandorla ou nimbo oval, com duas personagens santas ladeando, postas, uma e outra, sobre figuras prostradas, o que ao viajante parece pouco cristão, salvo se tais figuras são representações demoníacas, e mesmo assim. Não vai o viajante descrever a igreja. Dirá que os capitéis deste pórtico são, cada um, obras-primas de escultura, que toda a frontaria, com os seus contrafortes, demora os olhos e o espírito. Dirá que o interior, amplo, imerso em penumbra, faz com que definitivamente acreditemos na possibilidade que o homem afinal tem de viver entre a beleza. Dirá que o lançamento destes arcos, diferentes uns dos outros, quebrados uns, de volta inteira outros, e um derradeiro ogival, prova como a diversidade pode resultar em homogeneidade. Dirá, enfim, que a igreja de Rates justifica a celebração de novas peregrinações para virem aprender os que têm ofício de buscar perfeição. Talvez aqui se consolidem fés. Que neste lugar se consolidariam razões para confiar na permanência da beleza, disso não duvida o viajante.

De Rates vai o viajante a Apúlia onde o não esperam sargaceiros vestidos à romana, mas onde o mar, adiante, neste dia de macio sol, se não dá para molhar nele a pele, de frio que está sobeja para lavar os olhos. É desafogado o caminho para Fão e Ofir, e certamente nestes lugares haveria motivos para demora, porém o viajante tem andado por medievais terras, pesa-lhe este bulício turístico, o cartaz dos imobiliários, o anúncio do *snack-bar* (abominação que veio riscar dos costumes portugueses o saboroso *vinhos e petiscos*, que honradamente diz logo quanto vale), e, quando a Esposende passa, vê-se perdido nas largas avenidas costeiras, reflete se lhe vale a pena, e torna a ter saudades, desta vez de montanhas e águas maneirinhas. Volta a atravessar o rio Cávado e segue ao longo da margem sul, por Vila Seca e Gilmonde. Fica-lhe no caminho a celebrada cidade de Barcelos, mas o viajante resolve deixá-la para outra vez, está visto que se lhe acendeu a vocação de lobo solitário. É bem certo, porém, que quando alguém foge aos cuidados do mundo, são os cuidados do mundo que o procuram. Em Abade de Neiva foi o viajante ver o conjunto de igreja e torre de mais viva atmosfera medieval que até agora encontrou, e quando voltou ao automóvel tinha um furo. São acidentes vulgares de quem na estrada anda, mormente se por tão maus caminhos. Tira a roda, põe outra, a pensar maravilhas, o suave que está o dia, o verde que é o pinhal de além, e quem construiu aquela torre ao ladinho daquela igreja sabia do seu ofício, e, enfim, trabalho feito, põe-se a caminho. Andou assim dois quilómetros. Ia o viajante cavalgando o seu pégaso de nuvens, quando, de repente, dá consigo nas duras penas do erro. Valeu-lhe a iluminação: nem mais nem menos tinha-se esquecido de apertar os parafusos da roda, bom viajante será ele, mas para incompetente mecânico nada lhe falta. Apenas ficou a dúvida de se viera o aviso de S. Cristóvão ou de Mercúrio, tendo em conta que se não havia automóveis na Grécia, onde se inventou o deus, também os não havia na Síria, onde nasceu o santo.

A Quintiães queria o viajante ir, mas desistiu. O caminho era péssimo, se ali lhe acontecia outro furo, grande enfado seria. Como lembrança extrema fixou duas cabeças de lagarto que por lá estavam a enfeitar um portão, pareciam autênticas gárgulas ou pedras de canto, e seriam imitações, apenas mais hábeis do que a mecânica com que remedeia furos.

Na margem norte do rio Neiva está Balugães, terra de grande antiguidade, já povoação quando os Romanos ainda cá não tinham chegado. O viajante entrou e logo se achou numa encruzilhada. É certo que leva destino escolhido, e esse, Viana do Castelo, fica para a banda da esquerda, mas se um viajante chega a uma encruzilhada deve fazer pausa, ver se está empoleirada num pilar a esfinge que faz perguntas, farejar os ventos. Quem estava a um lado era o homem que sempre dá as respostas: "Para entrar na terra, segue essa estrada em frente e vira à esquerda." Ia o viajante executar quando subitamente dá com um nicho na parede duma capelita ali à mão. O viajante, como se sabe, é curioso destas coisas. Por isso se aproximou em ar de caçador, e, quando esperava ver mais uma dessas imagens deliquescentes que povoam os lugares santos portugueses, encontra uma figurinha de granito, com duas gotinhas verdes marcando os olhos e pintadas as unhas da mão direita levantada à altura da cabeça. Na pedra inferior, o viajante leu: "Só a cabeça." Não havia esfinge, mas estava ali o enigma.

Em tais casos recorre-se ao homem que dá as respostas: "Não senhor. Quem ali está é a Senhora da Cabeça. Vem aí muita gente que sofre de males do miolo." O viajante tinha lido mal. A santa tem forma, feições e gesto de ídolo bárbaro, cura ou não cura esvaimentos, enxaquecas ou loucuras completas, mas o certo certo é ficar o viajante fascinado a olhar para ela, hesitando se sim ou não deveria tentar ali a cura das suas próprias tonteiras. O homem que dá as respostas sorri, tem certamente o hábito destes diálogos. Então o viajante disfarça e vai à povoação.

Balugães é pequena terra. O viajante anda um bocado, pergunta onde é a igreja matriz, outra românica obra que é preciso ver, e dão-lhe indicações que, sendo exatas, maravilhariam pela precisão. O pior são os caminhos. Tem de seguir a pé, vai por uma quelha pedregosa, entre muros de pedra solta e uveiras, e a igreja não aparece. Pensa o viajante que uma igreja que se prezasse estaria no meio do povo, vigiando e dando conselho fácil, não este despropósito e arredamento. Torna a perguntar. Não vai enganado, é sempre a direito. Então o viajante dá por que se encontra no Portugal do século XIII ou XIV, quem sabe se este caminho não será muito mais antigo, de tempos romanos ou godos. A intervalos, erguem-se cruzes de pedra, lugares para se deterem as procissões do Senhor dos Passos e talvez outras, que nisso não é o viajante entendido. Imagina, porém, que se apertarão muitas vezes os corações dos devotos, ao verem oscilar violentamente os andores, que neste caminho acidentado não deve ser fácil o transporte a ombros. A parte superior das cruzes aparece algumas vezes manchada de verde, é do sulfato de cobre com que se curam as vides, e o viajante fica contente por ter encontrado logo a explicação.

Não há aqui mais do que dois rumores: o das botas do viajante quando raspam as pedras, e o correr da água que por todo o lado murmura, vinda da encosta, e às vezes caindo mais de alto. O Sol está escondido por trás do monte, mas a atmosfera é de uma transparência total, respira-se uma frescura que sobe da terra e desce do céu como duas faces, que uma à outra se encostam. O viajante vai muito feliz. É-lhe indiferente encontrar ou não a igreja, o que ele quer é que o caminho não acabe.

Já não há casas, nem vides, só pedras, água corrente, fetos, e o caminho desce um pouco para logo tornar a subir, sempre ao longo da encosta. Então, num terrapleno que dá para um adro murado, em plano inferior, está a igreja. Veem-se restos de arcos de festa, com papéis descoloridos, ali mesmo ao lado estão construindo uma casa, e um pouco adiante há um salto de água, um jorro que se lança no ar. Voltando as costas à casa em construção, o viajante fica sozinho. A velha matriz de Balugães, do século XII, adulterada mas formosíssima, é pequena, meio enterrada. A porta está fechada, mas o viajante não faz qualquer tentativa para descobrir o guardador da chave. Só quer ali estar olhando as pedras antigas e tentando decifrar a inscrição avivada a preto que se vê sobre o arco da porta. É latim, e o viajante sabe, como pode, o português. A tarde vai chegando ao fim, a frescura do ar é maior, o tempo devia parar agora.

O tempo não para. O viajante torna pelo mesmo caminho, vai procurando fixar tudo na memória, as grandes lajes do chão, o rumor da água, as vides suspensas das árvores, o verde-azebre nas cruzes, e em seus pensamentos diz que a felicidade existe, já não é a primeira vez nesta viagem, que lhe acontece fazer tal descoberta. Na encruzilhada despede-se do homem que dá as respostas, e depois mete pela estrada de Viana do Castelo, para logo a seguir começar a subir a grande rampa que leva à Capela da Aparecida, que tem, evidentemente, uma história. É a história do vidente João Mudo, pastor a quem se revelou Nossa Senhora, em 1702, quando ia nos vinte anos. Era este pastor, segundo os dizeres de frei Agostinho de Santa Maria, absolutamente imbecil, nem se benzia nem sabia o padre-nosso, e o abade Custódio Ferreira trata-o de mentecapto, falto de entendimento e de língua. De todos os males o curou a visão. Este João Mudo estava obviamente fadado para bons destinos. Como o pai, pedreiro de seu ofício, não acreditasse na aparição que o filho simples proclamava, deu-se o arriscado milagre da queda do João Mudo da ponte de Barcelos abaixo, onde com o progenitor trabalhava, e estando o moço de cântaro ao ombro, nem água se entornou nem o caído partiu as pernas.

Estas maravilhas ouviu-as o viajante da boca do padre que lhe apareceu quando andava a visitar o templo erigido com o dinheiro das esmolas dos devotos de Nossa Senhora Aparecida. Vira antes o túmulo do João Mudo, que, se ali está de corpo inteiro, devia ser de raça minorca. Na capela há uns círios gigantescos. Se forem à proporção dos milagres, bem servido foi o ofertante. Quis o viajante saber notícias da igreja matriz, e o padre informou que a inscrição por cima da porta, aliás incompleta, é uma declaração de sagração. Conta-se que a sagraram três bispos que, pela estrada romana de que por ali ainda há vestígios (teria sido o caminho que o viajante seguiu?), se dirigiam para um concilio em Lugo. Era o tempo, isto é pensamento do viajante, em que três bispos se achariam precisos para igreja tão pequena. Era o tempo, torna o viajante a pensar, em que a mais pequena pedra sacra era maior do que quem a sagrasse. O padre vai mostrar uma tábua que está por trás do altar, às ocultas de quem não saiba, representando um admirável Cristo morto, de um lado, e do outro uma última Ceia. Esta tábua é o que de melhor tem a igreja. Agora passeiam no adro, conta-se o caso do sino que veio da matriz e que os habitantes da vila velha quiseram roubar numa noite, trouxeram umas correntes e o sino já vinha por aí abaixo, suspenso, quando se deu fé do assalto. Fugiram os justos roubadores pelos montes, mas a justiça chega sempre, mesmo tardando muito. "O sino vai voltar para o lugar donde veio", diz o padre, e com isto se despediu.

O viajante entristece. Estas histórias de milagres, de mudos que passam a falar, de círios do tamanho de um homem, cobriram por instantes a memória da tarde. Pior ainda quando descobriu na encosta umas escadinhas medíocres e uma fonte desgraçada, desgraças e mediocridades ainda maiores, representadas pelo grupo de pedra branca que é o João Mudo, merecedor de mais respeito em sua infelicidade de tolinho, e umas ovelhas que parecem gatos tosquiados. Ai Balugães, Balugães, que isto não merecias.

## MAIS CASA GRANDE

É manhã clara, mas o viajante ainda não se levantou. É de propósito que atrasa o momento em que abrirá as duas janelas do quarto. Faz demorar o gosto com que está contando desde que, noite fechada, chegou ao hotel. Talvez receie, também, uma deceção. A luz entra pelas frinchas, coada, e aqui se aperta o coração do viajante: "Estará nevoeiro?" Salta da cama, indignado contra a simples ideia da miserável desfeita que seria ver coberta de nevoeiro a paisagem de Santa Luzia, e num repente abre a primeira janela, a que dá para o mar, recebe no rosto e no corpo o ar frio da manhã, e fica iluminado de gosto e de pasmo diante do esplendor das águas, a costa brumosa, o encontro do rio e do oceano, o cordão de espuma das vagas que vêm do largo e se desfazem na praia. A outra janela faz ângulo reto com esta, o quarto é de esquina, vida e boa sina, há mais paisagem à espera. E para esta não vão chegar palavras, nem pinturas, nem música. Sobre o largo vale do Lima paira uma névoa luminosa que o sol faz reverberar por dentro como um resplendor.

A água do rio, correndo, cinge as múltiplas ilhas, e nesta margem direita, que melhor se distingue do alto, há braços líquidos que entram pela terra e refletem o céu, e campos verdes cortados por altas árvores ruivas e sebes escuras. Das chaminés das casas sobe o fumo matinal, e muito ao fundo, por esta vez contribuindo para a geral beleza da hora magnífica, fumegam em glória as chaminés das fábricas. O viajante tem muita sorte: duas janelas para o mundo, e este momento de luz única, a frescura do ar que lhe envolve o corpo, em boa hora veio a Viana do Castelo, em boa hora chegou estando a noite fechada e resolveu subir ao monte de Santa Luzia para dormir.

São horas de ir à cidade. Leva o viajante suas indicações e referências, todas com prioridade. Eis a Praça da República, as três construções quinhentistas: a antiga Casa da Câmara, a Casa da Misericórdia e o chafariz imaginado e lavrado por João Lopes, o Velho. A Casa da Câmara é reforçada, sólida, uma frontaria de pedra em que se abrem arcos e janelas, um tanto a contragosto, apesar da franqueza das aberturas; já a Casa da Misericórdia, que foi concebida por João Lopes, o Moço, tem, com as suas grandes varandas para espairecimento dos doentes, um ar renascentista nada comum no nosso país. As doze cariátides, seis em cada andar, que suportam os alpendres, são ao mesmo tempo robustas e elegantes. Para o viajante fatigado é agradável o banco da arcada térrea onde se pode estar a ver passar a cidade e à conversa com os vizinhos. O chafariz é harmonioso e está no lugar certo, com as pedras do seu tempo. Se esta praça fosse tão bem contemplada ao redor todo como foi neste canto, seria o mais formoso espaço urbano português.

A igreja matriz, de raiz gótica quatrocentista, ainda prolonga reminiscências românicas. Tem um belo pórtico com apóstolos fazendo de colunelos de suporte, e por cima dele uma rosácea enorme. Lá dentro sente-se que não se operou a fusão dos diferentes estilos de arquitetura ou decoração que se foram implantando ao longo dos séculos. O incêndio de 1806 deve ter tido parte importante no carácter compósito que o conjunto oferece. Não faltam, no entanto, belas peças de estatuária e de pintura, e também excelentes painéis de azulejos. Porém, o melhor desta igreja talvez esteja na sua implantação e nas construções que a circundam: ficou preservado um ambiente, uma atmosfera, o que, devendo ser a regra, veio a ser a exceção.

O viajante segue por uma rua paralela ao eixo maior da praça e encontra uma belíssima janela renascença que, mais do que qualquer outra obra de arte, merecia ser o símbolo da cidade. A pedra assim lavrada vale o seu peso em ouro e ainda se fica a dever muito ao lavrante. Aliás, Viana do Castelo é pródiga em portas e janelas manuelinas, algumas simples, outras de lavor apurado, tanto que com justiça se pode dizer que Viana põe à vista do viajante o que tem de melhor. Ressalva-se o museu, que tem suas portas de entrar e sair, e, sendo pequeno, contém, para não já falar doutras prendas, a mais completa e rica coleção de faianças portuguesas, cerca de mil e seiscentas peças que o viajante não pode estudar em pormenor, ou teria de acabar aqui a viagem. E tem mais o museu: talvez por obra, amor e arte do seu guia, entalhador de ofício, os móveis que aqui se guardam (e são muitos, e são preciosos) estão em estado de conservação invulgar. E como o viajante não pode referir tudo fica a menção de uma pequenina *Descida da Cruz,* maravilha de perfeição e de rigor, que se atribui a Machado de Castro e que vale todos os presépios e mais barros de quem nesta arte generosamente abundou. Repare-se também no gigante barbado que no átrio está, um basto mais autêntico que o outro, lá do céltico período, quando Galiza e Minho tudo era um.

O viajante foi até aos estaleiros, onde não pôde entrar, e quando voltou passou os olhos pela Igreja de São Domingos, onde se guardam os ossos de frei Bartolomeu dos Mártires, que frei Luís de Sousa biografou. Assim se ligam as vidas, incluindo a de Almeida Garrett, que com a história do biógrafo fez a melhor peça de teatro que já se escreveu em Portugal. Conversando consigo mesmo destas coisas, deu a volta para ver o solar do visconde da Carreira, ainda assim conhecido, com a sua decoração manuelina e o seu ar opulento. Antes de partir, olhou a casa de João Velho e a pequena obra-prima barroca que é a Capela das Malheiras.

No rio Lima viam os romanos aquele mitológico rio Letes, que apagava as memórias, e não o queriam passar com medo que se lhes varresse a pátria da lembrança e do coração. A estrada por onde segue o viajante, ao longo da margem norte, esconde muito as celebradas belezas, mas quando do ofício de viajar se está já calejado o remédio é bom de tomar e está ao alcance. Mete-se pelas pequenas estradas que derivam para a margem, vai-se por elas mesmo que não conduzam a mais que à beira da água, e então o rio aparece a estes olhos portugueses como a romanos olhos, e qualquer de nós se sente magistrado ou centurião que de Bracara Augusta veio por razões civis e militares e de súbito tem vontade de depor o rolo das leis ou a lança e proclamar a paz.

Em Bertiandos, o viajante para na estrada, espreita como um pobre de pedir por entre os ferros do portão, e fica a olhar consolado o acerto do conjunto arquitetónico barroco com a torre quinhentista, e pergunta a si mesmo que maldição caiu sobre a arquitetura de hoje, tão distraída das regras de acordo entre estilos diferentes, haja vistas as constantes brigas entre o que estava e o que ao lado se construiu. Não se pergunte que regras são essas: apenas se poderia responder que as sabiam aqui em Bertiandos, neste salto de trezentos anos entre a torre e o solar.

O viajante tem de confessar que não foi a Ponte de Lima. Tinha-a ali mesmo à mão, no outro lado do rio, mas, lá de cima, das terras altas, uma pequena aldeia o estava chamando, com tanta instância que não teve ânimo de lhe desobedecer. O mais que conseguiu foi não tomar a estrada direta, dar a volta por Paredes de Coura, e, então sim, descer a Romarigães, que este é o nome da aldeia. Porém, não antecipemos. Antes haverá que falar da paisagem admirável que a estrada de Paredes de Coura atravessa, sempre a subir, passando da planura do Lima aos altos de Labrujo e Rendufe. Lembra, em menor, mas é honra que se lhe faz comparando assim, a estrada de Vila Real a Peso da Régua. O viajante, diante destas largas respirações, sente que vinha incubando uma saudade de montanha e vale. Está agora bem servido, nestes vinte quilómetros de altos montes e formosos baixos, amplos e cultivados. Se não fosse a ânsia de ver o que a curva adiante reserva em horizontes e declives, o viajante iria devagar, a contar as pedras do caminho.

Aqui está o cruzamento. Para um lado é Rubiães, para o outro Romarigães. Agora que está perto, o viajante não se importa de adiar um pouco o encontro com aquilo que procura. Vai primeiro a Rubiães, mas antes ainda tem de dar conta deste interminável murmúrio que o vem acompanhando desde Ponte de Lima, águas que escorrem dos declives, que vão correndo pelas valetas da estrada à procura de riacho que as receba, de regato que as abra, de rio que as envolva e transporte, de mar que lhes dê o sal. O viajante lembra-se das sequiosas terras do Sul, que mesmo no Inverno secam se a chuva não cai constante, e recomenda aos montes e às ervinhas que desta água aproveitem enquanto a há, que a não matem nem desperdicem, que o mesmo seria perder sangue e vida.

Rubiães é um templo românico fechado. O adro está praticamente coberto de lápides sepulcrais, entre o antigo e o quase moderno. O viajante ainda troca algumas palavras com dois homens que descansavam de uma carga sentados nos degraus, e depois segue para onde o chama o coração.

São três quilómetros de estrada de macadame que as últimas chuvas esfarelaram, e ao fim deles há uma curva, daí para diante o caminho estreita, o viajante resolve continuar a pé. Fez muito bem. Lá está a aguazinha clara e fresca, e agora o sol que mal se sente no rosto mas faz festas nas mãos, e o viajante vai andando, vê que ainda está longe da povoação, hesita, porém há ali dois jovens, rapaz e rapariga, a apostar que são namorados. Estão sentados num muro derrubado, e pararam de conversar. O viajante chega-se a eles e pergunta: "Sabem dizer-me onde fica, aqui, a Capela da Nossa Senhora do Amparo?" O rapaz e a rapariga olham um para outro, e é ele quem responde: "Capela da Senhora do Amparo, não conheço. Se é a igreja que procura, fica lá em baixo, no povo." O viajante sabe muito bem o que quer, mas perturba-o a informação: "Não é isso, é a Capela da Senhora do Amparo de que falou o senhor Aquilino Ribeiro no livro", e, tendo dito isto, esperava ver abrirem-se os sorrisos dos namorados. Penas perdidas. Responde a rapariga, com modos de irritada por lhe ter sido cortado o galanteio: "Não senhor, não conhecemos."

Sentiu-se o viajante corrido e resolveu descer ao povo, a perguntas mais fortunadas. Porém, dando por que caminhava ao longo duma parede, sentiu no coração um baque. Levantou os olhos e viu uma janela sobre a qual havia um modo de lintel não apoiado e por cima dele uma cruz esculpida, ladeada por duas jarras com folhagens de acanto, tanto quanto cá de baixo parecia. À mesma altura, uma pedra de armas, com os seus elementos coloridos. "Isto quer dizer alguma coisa", pensou. Deu mais uns passos, olhou para cima, e lá estava. Era a frontaria da capela, o campanário alto, os coruchéus. Se o viajante não estivesse tão ansioso, teria increpado os namorados ignorantes, com muito mau futuro na vida se sabem tanto de amores como dos bens da sua terra. Limitou-se a dizer: "A capela é esta. Tomem nota, se aparecer por cá alguém a perguntar." Os namorados responderam distraídos: "Sim senhor", e continuaram a namorar. Talvez saibam mesmo de amores.

Quem derrubou esta parte do muro, soube o que fazia. Só assim o viajante pode invadir a propriedade alheia, saltar as pedras, e ir, ansioso como uma criança que sobe ao pote da marmelada, contemplar do outro lado, de alto a baixo, a fachada da Capela da Senhora do Amparo de que falou o Aquilino na sua *Casa Grande de Romarigães. O* viajante tem pouco de modesto, mas neste caso manda-lhe a prudência que dê a palavra a quem a merece e mais direito tem, isto é, o próprio Aquilino. Disse ele: "Em toda a fachada, salvo o pano ínfero com a porta singela, mesmo assim de ombreiras rematadas por florões em guisa de capitéis, e duas janelas de grades, a puxar para o Renascimento na sua estrutura, não havia uma pedra que não fosse obra antes de ourives que de escultor. A sua polimorfia era mais rica que a fachada dum livro setecentista. E com os quatro pináculos, saintes em seu fundo bulboso duma pilastra quadrada, e a sineira do género de quiosque, lembrava de facto um pagode, de agulhas e coruchéus em simetria com as corutas dos pinheiros e dos olmos, erguidos na mata, mais longe, à luz efusiva dos céus." O viajante conta os pináculos e só acha dois, grande dano faz o tempo, ou Aquilino Ribeiro se deslembrou do que lá tinha.

O viajante tem ido a muitos lugares, umas vezes bem pago do que encontrou, outras vezes nem tanto. Mas de Romarigães vai em estado de plenitude. Quando passa pelos namorados e se despede, descobre que eles, não sabendo como se chamava a capela, sabiam muito bem o que ela era, lugar de paraíso, ou então não teriam escolhido o local para se encontrar Eva com Adão.

Desce o viajante para Caminha, ao longo do rio Coura. Pela esquerda tem a serra de Arga, rapada montanha que o Sol acende, lugar de protopoemas e de lobos. Não é alta esta serra, pouco mais de oitocentos metros, mas, desafogada que está, faz grande vulto na distância e repele o viajante com mão dura. Em Caminha, vista a casa quinhentista dos Pitas, armada de merlões chanfrados, com as suas vergas das janelas golpeadas, conferidas as horas que são na Torre do Relógio, resto da antiga cerca, foi o viajante à igreja matriz, composta de baluarte militar e templo, onde o gótico se prolonga no manuelino e já no Renascimento. Renascentista, pelo espírito arquitetónico, que não pela estatuária, é o pórtico lateral, com os seus medalhões por onde assomam meias figuras, interrogando o viajante com as novas inquietações do tempo, enquanto os apóstolos se demoram ainda no sonho gótico. O chafariz da vila é obra de um João Lopes, provavelmente o mesmo que concebeu e lavrou o de Viana do Castelo.

Já pouco falta para se acabar este dia. O viajante segue ao longo do rio Minho, passa por Vila Nova da Cerveira sem parar, e disso se lastima, e por Valença, quer ganhar o que resta de luz e de ar livre. Aí está o muro de terreiro do morgado de Pias, com a sua cruz inclinada, e adiante o rio chega-se-lhe quase com a mão, correndo num baixo de vides de ramadas. Perto de Monção, o viajante toma a estrada que leva a Pinheiros, só para ver, de fora uma vez mais, como pobre de pedir, o Palácio da Brejoeira, com a sua vasta esplanada, tão inacessível como o Himalaia, com avisos de que a guarda republicana tem debaixo de olho a propriedade. Posta a questão nestes termos, o viajante procede à retirada. Terá seu prémio lá adiante, quando à beira da estrada encontrar um plátano todo amarelo. O Sol baixo atravessa as folhas como um cristal, e então, sem temer ataques pelas costas, o viajante fica-se a contemplar a árvore gratuita, enquanto a luz aguenta. Quando entra em Monção, acendem-se os primeiros candeeiros.

### *AS MENINAS DE CASTRO LABOREIRO*

Monção é aquela terra onde se deu o caso infalivelmente contado às crianças do tempo em que o viajante também o era, cujo foi o de Deuladeu Martins, mulher engenhosa que, estando a praça sitiada e carecida de alimentos, mandou amassar e cozer as últimas poeiras de farinha, lançando depois das muralhas abaixo, em grande alarde de prosperidade, as cheirosas bolachas, assim derrotando, por convencimento da inutilidade do cerco, as tropas de Henrique II de Castela que queriam tomar o castelo. Foi isto no ano de 1368, tempo afinal de grande ingenuidade política, pois facilmente se acreditava em manhas táticas tão pouco imaginosas. Hoje os tempos vão mudados, e é Monção que pede, a julgar pelo menino de coro que logo à entrada duma igreja está, piedosa e implorativa a expressão, recebendo a esmola dos corações sensíveis. O viajante anda curando doutras sensibilidades, mas registou a maviosa imagem. Como registou os anjos de barroquismo hiperbólico que na mesma igreja ladeiam o altar-mor, e também um gigantesco Senhor dos Passos, dramático e assustador, que estava na matriz, onde, aliás, se encontra o monumento fúnebre à memória da senhora Deuladeu, ação de veneração familiar de um trineto.

Até Melgaço desfruta-se uma paisagem agradável, mas que não sobressai particularmente sobre o que é comum encontrar no Minho. Qualquer destas bouças faria figura de preciosidade paisagística em terras menos avantajadas de mimos, mas aqui os olhos tornam-se exigentes, nem tudo os contenta. Melgaço é vila pequena e antiga, tem castelo, mais um para o catálogo do viajante, e a torre de menagem é coisa de tomo, avulta sobre o casario como o pai de todos. A torre está aberta, há uma escada de ferro, e lá dentro a escuridão é de respeito. Vai o viajante pé aqui, pé acolá, à espera de que uma tábua se parta ou salte rato. Estes medos são naturais, nunca o viajante quis passar por herói, mas as tábuas são sólidas, e os ratos nada encontrariam

aqui para trincar. Do alto da torre, o viajante percebe melhor a pequenez do castelo, decerto havia pouca gente na paisagem em aqueles antigos tempos. As ruas da parte velha da vila são estreitas e sonoras. Há um grande sossego. A igreja é bonita por fora, mas por dentro banalíssima: salve-
-se uma *Santa Bárbara* de boa estampa. O padre abriu a porta e foi-se às obras da sacristia. Cá fora, um sapateiro convidou o viajante a ver o macaco da porta lateral norte. O macaco não é macaco, é um daqueles compósitos animais medievos, há quem veja nele um lobo, mas o sapateiro tem muito orgulho no bicho, é seu vizinho.

Logo adiante de Melgaço está Nossa Senhora da Orada. Fica à beira do caminho, num plano ligeiramente elevado, e se o viajante vai depressa e desatento passa por ela, e ai minha Nossa Senhora, onde estás tu? Esta igreja está aqui desde 1245, estão feitos, e já muito ultrapassados, setecentos anos. O viajante tem o dever de medir as palavras. Não lhe fica bem desmandar-se em adjetivos, que são a peste do estilo, muito mais quando substantivo se quer, como neste caso. Mas a Igreja da Nossa Senhora da Orada, pequena construção românica decentemente restaurada, é tal obra-
-prima de escultura que as palavras são desgraçadamente de menos. Aqui pedem-se olhos, registos fotográficos que acompanhem o jogo da luz, a câmara de cinema, e também o tato, os dedos sobre estes relevos para ensinar o que aos olhos falta. Dizer palavras é dizer capitéis, acantos, volutas, é dizer modilhões, tímpano, aduelas, e isto está sem dúvida certo, tão certo como declarar que o homem tem cabeça, tronco e membros, e ficar sem saber coisa nenhuma do que o homem é. O viajante pergunta aos ares onde estão os álbuns de arte que mostrem a quem vive longe esta Senhora

da Orada e todas as Oradas que por esse país fora ainda resistem aos séculos e aos maus-tratos da ignorância ou, pior ainda, ao gosto de destruir. O viajante vai mais longe: certos monumentos deveriam ser retirados do lugar onde se encontram e onde vão morrendo, e transportados pedra por pedra para grandes museus, edifícios dentro de edifícios, longe do sol natural e do vento, do frio e dos líquenes que corroem, mas preservados. Dir-lhe-ão que assim se embalsamariam as formas; responderá que assim se conservariam. Tantos cuidados de restauro com a fragilidade da pintura, e tão poucos com a debilidade da pedra. De Nossa Senhora da Orada, o viajante só escreverá mais isto: viram--na os seus olhos. Como viram, do outro lado da estrada, um rústico cruzeiro, com um Cristo cabeçudo, homenzinho crucificado sem nada de divino, que apetece ajudar naquele injusto transe.

Vai agora o viajante iniciar a grande subida para Castro Laboreiro. Melgaço está a uns trezentos metros de altitude. Castro Laboreiro anda pelos mil e cem. Vence-se este desnível em cerca de trinta quilómetros: não é íngreme a ascensão. Mas é inesquecível. Esta serra da Peneda não abunda em florestas. Há maciços de árvores, aqui, além, sobretudo próximo dos lugares habitados, mas na sua maior extensão é penedia estreme, mato de tojo e carrasqueira. Não faltam, claro está, nas terras ainda baixas, grandes espaços de cultivo, e nestes dias de fim de Outono a paisagem trabalhada pelos homens tem uma doçura que se diria feminina, em contraste com a serra ao fundo que vai encavalando montes sobre montes, qual mais áspero e bruto. Mas esta terra tem uma coisa nunca vista que por muitos quilómetros intrigou o viajante, pouco experiente de andanças viajeiras, como logo se verá. Estava o Sol de maneira que batendo nas encostas distantes despedia brilhos, grandes placas luminosas, ofuscantes, e o viajante moía o juízo para saber o que aquilo era, se preciosos minérios assim revelados, se apenas o polido de lascas xistosas, ou se, imaginações fáceis, seriam as divindades da Terra a fazer sinais umas às outras para se esconderem dos olhares indiscretos.

Afinal, a resposta estava à beira da estrada por onde seguia. Pelas fendas das rochas ressumbrava água que, embora não correndo em fio ou em toalha, mantinha húmidas certas pedras, onde, dando o sol de jeito, se acendia um espelho. Nunca tal o viajante vira, e tendo decifrado o mistério foi gozando pelo caminho o atear das luzes, que depois se apagavam e ressurgiam à medida que a estrada fazia e desfazia curvas e portanto se alterava o ângulo de reflexão do Sol. Esta é uma terra grande e descampada, separam os montes grandes vales, aqui não podem os pastores gritar recados de encosta para encosta.

Castro Laboreiro chega sem avisar, numa volta da estrada. Há ali umas casas novas, e depois a vila com o seu trajo escuro de pedra velha. Bons de ver são os botaréus que amparam as paredes da igreja, restos românicos da antiga construção, e o castelo, nesta sua grande altura, com a única porta que lhe ficou, a do Sapo, alguma coisa daria o viajante para saber a origem deste nome. Não requer grandes demoras a vila, ou requere-as enormes a quem tiver ambições de descoberta, ir, por exemplo, àquelas altas pedras, gigantes em ajuntamento, que ao longe se levantam. No céu, de puríssimo azul, atravessa um rasto branco de avião, reto e delgado: nada se ouve, apenas os olhos vão acompanhando o lento passar, enquanto, obstinadamente, as pedras se apertam mais umas contras as outras.

Está quase a despedir-se, veio por causa do caminho, da grande serrania, destes altos pitões, e correndo agora em redor os olhos, já distraídos, dá com duas meninas que o miram, com sério rosto, suspendendo as atenções que davam a uma boneca de comprido vestido branco. São duas meninas como nunca se viram: estão em Castro Laboreiro e brincam à sombra duma árvore, a mais nova tem o cabelo comprido e solto, a outra usa tranças com uns lacinhos vermelhos, e ambas fitam gravemente. Não sorriem quando olham a máquina fotográfica, quando assim se mostra o rosto tão aberto, não é preciso sorrir. O viajante louva, em pensamento, as maravilhas da técnica: a memória, infiel, poderá renovar-se neste retângulo colorido, reconstituir o momento, saber que era de tecido escocês a saia, crespas as tranças, e as meias de lã, e o risco do cabelo ao meio, e, descoberta inesperada, que uma outra bonequita havia caída lá para trás, acenando com a mão, com pena de não ficar de corpo inteiro na fotografia.

O destino nem sempre ordena mal as coisas. Para ver a Igreja da Nossa Senhora da Orada e as meninas de Castro Laboreiro, teve o viajante de andar cem quilómetros, números redondos: tenha agora coragem de protestar quem achar que não valeu a pena. E tome lá, como acrescento e contrapeso, os gigantes de pedra, o macaco de Melgaço, o avião no ar, os espelhos de água, e esta pequena ponte de pedra solta, só para gente pedestre e gado miúdo.

Torna o viajante a Monção, aqui se rematam os cem quilómetros, e procura a estrada que vai para Longos Vales. Entre os nomes belos que na terra portuguesa abundam,

Longos Vales tem uma ressonância particular, é só dizer Loooongos Vaaaales e logo se fica sabendo quase tudo, que nesse cantar só não se adivinha a formosura da abside da igreja matriz, com os seus modilhões povoados de animais grotescos e figuras humanas contorcidas. A fresta, estreitíssima, que já serviu de alvo para a pedrada do gentio infante, tem uma bela decoração de bilhetes. Diante destes capitéis, o viajante volta a uma velha ideia sua: a decifração dos significados destas composições, complexas de mais para serem desinteressadas, haveria de explicar muito do pensamento medieval. Provavelmente estará já estudado e decifrado, tem o viajante de indagar quando lhe sobrar algum tempo.

Por Merufe, ao longo de um afluente do rio Mouro, o viajante torna a subir, até às margens do rio Vez, primeiro da banda do norte, depois da banda do sul, e aqui há que soltar grandes brados e reclamar justiça. Fala-se muito das belezas bucólicas e suaves de Lima, Cávado e Minho. Sim senhores, bem estão e bem são no seu género. Mas este rio Vez, por alturas de Sistelo, que é onde o viajante o alcança, e depois o rio Cabreiro, que a ele aflui, são maravilhas verdadeiras que juntam a doçura e a aspereza, a harmonia dos socalcos verdes e o pedregar das águas, sob a fortuna duma luz que começa a baixar e recorta, linha por linha, cor por cor, a mais bela paisagem que cabe nas imaginações. O viajante põe ao lado dela o que a memória lhe guarda do rio Tuela, e nada mais dirá.

A estrada grande fica do outro lado, mas o viajante prefere esta que vai até Arcos de Valdevez por Gondoriz e Giela. A Igreja de Gondoriz ergue-se como um cenário sobre o vale, é uma construção teatral, setecentista, sem dúvida uma boa imagem de igreja triunfante. E o cruzeiro que lhe está defronte acompanha-a nesse espírito, com o seu fuste salomónico e a sua *Pietà* armada e colorida, a esta hora recortada contra o Sol. Poucos quilómetros abaixo, já quase às portas de Arcos de Valdevez, está Giela. Aqui faz o viajante demorado alto. Sobe as ladeiras da colina por um caminho bem tratado e ainda vai a meio já está vendo os melrões da torre, implantada em evidência no meio dum redondel de montes arborizados. O viajante sente-se nervoso, é o que sempre lhe acontece quando está perto o que muito deseja conhecer. Há aqui um paço quinhentista, que é, agora o declara o viajante, que o tem diante dos olhos, um dos belos exemplares deste tipo de construção existentes no País. A torre é mais antiga, do final do século XVI, e dela se diz que foi doada por D. João I a Fernão Anes de Lima, depois da batalha de Aljubarrota: a casa, de um tempo mais recente, tem uma bela janela manuelina que dá para o eirado.

Não mora aqui gente nobre nem pessoal burguês. Ninguém mora. A casa serve de celeiro, espalham-se pelos sobrados trémulos as espigas de milho, e onde quer que o viajante ponha o pé todas as tábuas rangem. O garoto que acompanha, a mandado do pai, ali com ofício de caseiro, salta como um cabrito por cima dos montes de folhelho, espantando as galinhas, e, com dó, vai prevenindo e apontando os sítios de maior risco. Dos tetos do andar, o fasquiado pende como uma grande vela de barco e tem a curva que o vento à vela daria. O que se vê é uma ruína. Por fora, a boa rijeza da pedra continua a resistir, mas, lá dentro, aqueles soalhos estão à mercê duma colheita dez espigas mais abundante ou que a galinha tenha uma ninhada maior: tudo virá abaixo.

Retira-se o viajante tristíssimo. Quem te salvará, Paço de Giela?

Talvez por causa destas penas, passou o viajante por Arcos de Valdevez sem parar, mas, chegando a Ponte da Barca, decidiu que não havia de deixar abater-se por desânimos e avançou para a serra do Soajo. Vai seguindo ao longo do rio Lima, ameníssimo de margens nestas terras altas, mas cascalhando nos rápidos do leito, porém não tarda muito que a estrada comece a subir, a afastar-se, nunca para grande distância, mas já inacessível o rio. Chegando à bifurcação fronteira a Ermelo, o viajante tem de escolher: ou atravessa o rio para Soajo ou continua até Lindoso. Decide-se por Lindoso. Vai de subida sempre, contando os quilómetros, grande viagem é esta sua que a tão longes terras o trouxe.

Em Lindoso há o castelo e os espigueiros, todos muito bem fechados. Ora bem. Do castelo não cura o viajante, e os espigueiros são mesmo para ver de fora, não faltaria ir perturbar a paz dos milhos. Assim dispostos, os espigueiros formam uma cidade. Tem seus edifícios antigos, manchados de líquenes, com datas de setecentos e oitocentos, e outros já modernos. Mas todos seguem finalmente o risco tradicional: cobertura de duas águas, corpo assente em pilastras sobre o que parecem capitéis, mas têm o nome de mesas, artifício engenhoso e simples para evitar que os ratos vão ao milho. Em alguns, as grelhas de pedra já foram substituídas por tábuas, sinal de estarem altos os preços do canteiro: para pregar meia dúzia de ripas, o menos habilidoso dos homens chega. Do que o viajante tem pena é de não poder andar por aqui em noite de luar. Esta cidade de palafitas sem água, de casas pernaltas, deve cruzar à noite as suas sombras: uma sombra de homem que por cá andasse havia de aprender muita coisa.

Torna o viajante ao caminho, quer ir a Bravães, que fica para lá de Ponte da Barca, já chegará nos últimos instantes do dia, a luz horizontal e fulva, em pouco será o poente e o céu ficará cor-de-rosa. Bravães é um portal românico florido de formas, uma espécie de compêndio sublimado dos temas e motivos abertos na pedra, nesta e noutras terras, desde a Galiza. Nas impostas, cabeças de touros têm visto desfilar gerações, reminiscência talvez doutros cultos, como o Sol e a Lua, tão facilmente encontrados em composição com símbolos cristãos. O viajante entra na igreja, já sombria, distingue mal um S. Sebastião pintado na parede aqui ao lado do arco triunfal, mas o que vê confunde-o, pois este santo tem muito mais cara de donzela do que de oficial do exército romano. Porém, estas coisas passam por muita transformação, o que era deixou de ser ou tornou-se diferente, como é o caso, sem sair da hagiografia, de ter S. Sebastião sido morto no circo à paulada, e por todo o lado o vermos crivado de dardos, com o que aliás não parece dar-se mal.

Caiu o crepúsculo. O Cristo da mandorla olha severamente o viajante, que, disfarçando, toma o caminho de Braga, onde o esperam novas aventuras.

## S. JORGE SAIU A CAVALO

O primeiro passo do viajante, em Braga, é para ir ver a Fonte do Ídolo. Está ali, ao pé da Casa do Raio, em sítio não assinalado, com um portão que dá para um empedrado sem luzimento, e depois olha-se para a cova que está adiante, um charco com pedras limosas, onde é a fonte? Desce o viajante os degraus e enfim vê o que procura, as humildes pedras, as inscrições e as figuras mutiladas. Parece que a fonte é pré-histórica, ainda que sejam posteriores as esculturas, e teria sido consagrada a um deus de nome polinésio: Tongoenabiago. Destas erudições não cura muito o viajante. O que o toca é pensar que houve um tempo em que tudo isto era ermo, corria a água entre as pedras, quem vinha por ela agradecia ao deus Tongo as bondades da linfa. Dessas bondades há hoje que desconfiar (será pura a água?), mas as esculturas continuam a oferecer o apagado rosto, enquanto de todo se não somem.

Se o vício do viajante fosse a cronologia, este seria o começo certo: fonte pré-histórica, inscrições latinas, mas Braga põe ao lado destas antiguidades o barroco joanino, precisamente a dita Casa do Raio, e, assim sendo, tome-se o que à mão vem, sem preocupações de método. É a Casa do Raio, em palácio, uma das mais preciosas joias setecentistas que Portugal guarda. Causa algum espanto como um estilo que nas composições interiores dificilmente conseguiu manter o equilíbrio entre a forma e a finalidade, foi capaz, nos exteriores, de comprazer-se em jogos de curva e contracurva, integrando-os nas exigências e possibilidades dos materiais. E o azulejo que, pelo seu geometrismo rígido, não parecia poder ser submetido aos recortes que as pedras lhe impõem, surge aqui como um fator complementar de extrema precisão.

O viajante não pode demorar-se tanto quanto quer. De igrejas tem Braga rosários, e o viajante não vai visitá-las a todas. Haverá portanto de escolher, um pouco por recados que já leva, muito mais por impulsos da ocasião. Visita obrigatória será porém a da Sé. Como o viajante não tem de particularizar primores de erudição, busque-se noutro relato a minúcia e o apuro enciclopédico. Aqui fala-se de impressões, de olhos que passeiam e aceitam o risco de não captar o essencial por se prenderem no acessório. A riqueza decorativa acumulada pelos séculos no interior da Sé de Braga tem só o defeito de ser excessiva para a capacidade de assimilação de quem lá entra.

Nasceu com grandes ambições esta igreja. Se o viajante não se engana, Braga começou por querer não ficar atrás de Santiago de Compostela. Di-lo o plano inicial de cinco naves, o dilatado espaço que a construção iria portanto ocupar, di--lo a própria situação geográfica da cidade e a sua importância religiosa. O viajante não tem documentos para provar isto, mas, se lhe ocorreu a ideia quando circulava no interior do templo, tem obrigação de dar conta das suas intuições. Nesta confusão de estilos e processos, que vai do românico ao barroco, passando pelo gótico e pelo manuelino, o que mais conta para o viajante é a impressão geral, e essa é a de grande edifício que, por obra da disposição voluntária ou do inacabamento de construções laterais, quebra a rigidez dos muros que o isolariam do contexto urbano e prolonga para esse contexto aberturas, passagens, acessos, se não se lhes quiser chamar pequenas ruas e pequenas praças, assim se definindo um conjunto arquitetónico que, nesse aspeto, não deve ter semelhante em Portugal. O viajante continua a apostar nas suas intuições, mas não faz delas opiniões, muito menos afirmações. Pense cada um o que quiser enquanto não forem dadas provas que levem todos a pensar da mesma maneira. Fala o viajante da Sé de Braga, claro está.

Diante do frontal do altar-mor, feita antes a reverência estética que exige a estátua trecentista de Santa Maria de Braga, o viajante sente-se invadido por grande e molesta indignação. Este frontal é o que ficou do retábulo mandado fazer por um arcebispo e que outros dois mutilaram. Pasma o viajante, e põe-se a pensar que não faltam aí incréus que não ousariam levantar mão contra a integridade desta obra-prima de escultura, e encontraram-se dois arcebispos levianos, mas de pesado martelo, que melhor fariam cuidando da sua alma. O viajante não é vingativo, porém espera que tais pecados não passem em claro no dia do Juízo Final.

Quando o viajante passa ao claustro, que é para ele uma das tais praças laterais que prolongam a igreja para o exterior, já sabe que há ali duas capelas que devem ser vistas, a de S. Giraldo e a da Glória. Estão agora fechadas, logo virá quem abra. Aqui deste lado, quase a sair para a cidade, está a estátua monolítica de S. Nicolau, edícula e santo numa só pedra de granito. Tem velinhas acesas, sinal de que ainda lhe pedem intervenções, apesar de apartado do sacro recinto. Do outro lado do claustro há outra capela, construção sem interesse, mas que guarda quatro santos pretos, um deles S. Benedito, de quem o viajante na sua infância ouvia dizer que comia pouco e andava gordito, e particularmente um grande S. Jorge, couraçado de peitoral, elmo e perneiras, com pluma ao alto e grande bigode de guarda-republicano do céu. Este S. Jorge tem história, cuja vem a ser uma página negra nos anais do arcebispado.

Em certa procissão que o viajante não apurou, sem que isso porém prejudique a inteligência do caso, saía sempre S. Jorge montado em seu cavalo, como compete a quem desde imemoriais tempos anda em luta acesa com dragões. A cavalo e empunhando a lança, S. Jorge percorria as ruas da cidade recebendo, certamente, preces e continências militares, enquanto o cavalo, conduzido pela arreata, resfolgava de contentamento.

Assim foi por muitos anos, até que veio um dia, nefasto, em que ao cavalo que havia de transportar o santo foram postas ferraduras novas, por estarem gastas as velhas. Sai o cortejo, toma S. Jorge o seu lugar na procissão, e às tantas tropeça a besta numa calha dos carros elétricos, foge-lhe o chão debaixo de mãos e patas, e aí vai S. Jorge desabar contra a calçada, em terrível estrondo, pânico e consternação. Estrondo foi o que se ouviu, pânico o dos ratos que em chusma fugiam de dentro do santo, e consternação a dos padres, mesários e acompanhantes que viam assim, demonstrada na praça pública, o nenhum cuidado que o interior do santo lhes merecia. Lá tinham feito ninhada os ratos da Sé de Braga, e não o sabiam os clérigos. Foi há trinta anos, e de vergonha nunca mais S. Jorge voltou a sair à rua. Ali está, na capela, triste, longe da cidade amada, por onde nunca mais espaireceu, com a sua pluma ondulando ao vento e a lança pronta. O viajante, que gosta de acrescentar pontos a todos os contos, dá-se à fantasia de imaginar que, altas horas da noite, quando a cidade dorme, vem aqui ter um cavalo de sombra que em segurança leva a passeio o santo. Não está quem no caminho lhe dê palmas, mas S. Jorge não se importa, aprendeu à sua custa de quão pouco depende a conservação das glórias.

Enfim, vai o viajante começar pela Capela de São Giraldo. Estes túmulos aqui são do conde D. Henrique e de D. Teresa sua mulher, e foram mandados fazer pelo arcebispo D. Gonçalo Pereira, avô de D. Nuno Álvares Pereira. São pequenos e estão colocados em arcossólios discretos. Pergunta o viajante: "Mas este tem tampa de madeira. Porquê?" A resposta é um gracioso capítulo da história das vaidades humanas. Dai atenção todos.

Quando o arcebispo mandou construir os túmulos, tinha um pensamento secreto: reservar um deles para os seus próprios restos. Foi por isso que os ossos do conde D. Henrique e de D. Teresa ficaram juntos num túmulo só, ainda mais próximos na morte do que tinham andado em vida. Passou o tempo, o arcebispo não morria, e, não morrendo, começou a pensar que talvez tivesse tempo para mandar lavrar o seu próprio túmulo, sem ocupar a casa a outro destinada. Assim se fez, o túmulo é aquela magnificência ali ao lado, na Capela da Glória, e para o de D. Teresa acabou por se fazer uma tampa de madeira, que lá está. Se na repartição dos ossos condais houve confusão, console-nos a ideia de que, se com a condessa ficou apenas uma costela do conde, ficou o conde inteiro. Quando o viajante sai para o claustro pergunta a si mesmo se os apóstolos e os diáconos que estão de boca aberta nos lados do túmulo do arcebispo, cada um em sua edícula, estarão cantando responsos ou clamando censuras. Está de boca fechada um deles, talvez porque saiba a verdade.

Por esta escadaria vai-se ao Museu de Arte Sacra. O viajante leva consigo guia e guarda, ambos muito necessários, ainda que numa pessoa só. Sem guia não haveria orientação possível entre as maravilhas, sem guarda não se admitiria que alguém circulasse entre elas. O museu não é um museu, no sentido preciso que a palavra tem. É antes uma enorme arrecadação, uma sucessão de pequenas salas, só por si verdadeiros tesouros, onde a esmo, porque nenhum critério classificativo rigoroso é possível nestas condições, o viajante tem, para contemplar, uma riquíssima coleção de esculturas, livros iluminados, marfins, estanhos e ferros forjados, paramentos, um interminável fluxo de obras de arte de todos os géneros. Com o seu guia, o viajante teve o privilégio de ver tudo isto sozinho, e lá tornará um dia, havendo vida. Se quem a Braga vai, ao museu não foi, Braga não conhece. O viajante louva-se de ter encontrado esta fórmula lapidar. Não é todos os dias que se inventam coisas que mereçam a imortalidade da lápide.

Vai agora dar uma volta pela cidade, entrar aqui e ali. Viu já a Senhora do Leite, de Nicolau de Chanterenne, debaixo do seu baldaquino, na cabeceira da Sé, e isso lhe dá para voltar à sua cisma: antes que seja tarde de mais, já o manto da imagem se esboroa e o menino perde feições, ponha-se aqui uma cópia e guarde-se em lugar seguro esta beleza. É um crime de desleixo o que se está cometendo. A Capela dos Coimbras está fechada, não pode portanto o viajante juntar a sua voz ao coro de louvores que rodeia esta construção quinhentista e o que ela contém. Olha de fora e leva com que entreter os pensamentos, pois não é facilmente explicável que entre as esculturas da cimalha estejam, além de S. Pedro e Santo Antão, um centauro e um fauno, malícias mitológicas e outros modos de viver.

O Largo do Paço é amplo, com pavimento de grandes lajes, e tem ao centro um dos mais belos chafarizes que o viajante tem visto. Os edifícios constituem alas de andar térreo e sobrado: não deveria ser preciso mais para habitar. Descendo, subindo, o viajante não se dá ao trabalho de averiguar o que vai vendo. Entra em duas igrejas, mira um arco setecentista, e em bairro que não prometia muito vê outra igreja (é a de S. Vítor, informam-no a seguir), onde tem de ouvir uma demorada conversa entre a mulherzinha das limpezas e um homem pachorrento. A conversa caía, e caía como pedradas, sobre uma outra mulher, ausente, tão ruim peste que nem o filho ou filha, e o resto seguia neste teor de incompatibilidades e malquerenças. O viajante foi ver os azulejos, que são convencionais, mas interessantes, e porque lhes terá dado mais atenção do que o comum achou-se a mulher obrigada a mudar a conversa, pôr o homem lá fora e virar-se para o curioso que estava agora contemplando o retábulo da capela-mor. E tão empenhada está a mulher em agrados, quem sabe se para disfarçar o ter estado a dizer mal da vida alheia na casa do Senhor, que se propõe mostrar as grandes obras da sacristia. Ainda bem que o viajante acedeu. Num corredor de acesso, metida em vitrina, estava uma figura feminina toda de rendas vestida, com um galante chapéu de aba larga, igualmente toucado de rendas, todo um ar de *maja goyesca*, castiça no porte da cabeça e nos cabelos soltos. Ao colo tinha um menino que mal se distinguia entre o fofo de folhos e bordados. "Quem é?", perguntou o viajante. "É Nossa Senhora do Enjeito, na sua cadeirinha, é assim que vai na procissão." O viajante julga ter ouvido mal e insiste. "Sim senhor, do Enjeito", tornou a mulher. Claro que o viajante não pretende passar por entendido em hagiologias, mas, enfim, tem visto alguma coisa do mundo e muito em Portugal, e bem se sabe como de santos está a nossa terra cheia, porém de Senhora do Enjeito nunca ouvira falar. Já na rua, ainda se interrogava: "Cuidará ela das criancinhas enjeitadas, dos abandonadinhos?"

A resposta só o viajante a teve quando já adormecera e acordara, e no silêncio do quarto bracarense, entre damascos e credências de um hotel antigo, desceu sobre ele a iluminação: "É Egito, não é Enjeito. A mulherzinha é que sabe tão pouco de geografias como de português que não for o de maldizer." Mas o viajante, antes de tornar a adormecer, sentiu pena, e ainda hoje a sente, de que não seja do Enjeito aquela Nossa Senhora. Sempre era um nome mais bonito e de maior caridade.

## O ALIMENTO DO CORPO

Madrugou o viajante, que hoje é dia de muito andar. Vai primeiro à serra da Falperra, que nos passados tempos foi rival do pinhal da Azambuja em salteamentos e ladroeiras e hoje é bucólico sítio, adequado à frequentação das famílias. Aqui se mostra em sua infinita graça a Igreja de Santa Maria Madalena, obra setecentista do arquiteto André Soares, que também é autor da estátua da santa, colocada no nicho por cima da grande janela. Estas arquiteturas, talhadas no duríssimo granito, lembram irresistivelmente ao viajante os modelados do barro em que o mesmo século XVIII foi exímio. Entre a plasticidade do barro e a rijeza da pedra não se verá ponte de ligação, e decerto a não há, falando materialmente, mas essa ponte talvez estivesse no espírito dos autores dos riscos quando esboçavam roupagens e atitudes ou quando lançavam os envolvimentos decorativos de que esta fachada é acabado exemplo. Não pode o viajante entrar, mas não se queixa: este é um dos casos em que a beleza maior está posta à vista de quem passa. Aqui não se cometeu o pecado de avareza.

Quem mandou construir este sumptuoso edifício foi o arcebispo D. Rodrigo de Moura Teles, que por aqui pontificou, tanto em religião como em artes, no trânsito do século XVII para o século XVIII, por muitos anos e quase sempre bons. Era o arcebispo um homenzinho de um metro e trinta que não chegava ao altar da Sé. Por isso é que mandou fazer os altíssimos coturnos que no museu se mostram, assim como os paramentos que parecem talhados para uma criança que quisesse brincar às igrejas. Com os seus sapatos de vinte centímetros, não ficava o arcebispo transformado em gigante, mas com a ajuda da mitra, mais a dignidade da função, havia de sentir-se acima da gente comum. Mas D. Rodrigo ousou melhor. De todos os arcebispos construtores de Braga, este foi o que viu mais longe e mais alto. Além das obras que fez na Sé, e da Igreja de Nossa Senhora da Madalena, foi ele quem empreendeu a construção do Santuário do Bom Jesus do Monte, ali em Tenões, embora não tivesse o gosto de lançar a primeira pedra, pois a seu tempo morreu. Este D. Rodrigo de Moura Teles daria matéria para um estudo psicológico: nunca os mecanismos de compensação terão funcionado tão às claras como neste arcebispo pequenino que só sabia talhar pela bitola grande.

Ao Bom Jesus e ao Sameiro vai-se por devoção e gosto. O viajante foi lá por gosto. É larga a paisagem, fresco o ar neste Novembro de muito sol, e se artisticamente as maravilhas não são pródigas, há em tudo isto um sabor popular, um colorido de romaria que se pegou às estátuas, ao escadório, às capelas, e que justifica abundantemente a visita. O Bom Jesus ganha em beleza plástica à Senhora do Sameiro, nem há sequer comparação. Quanto a pontos de maior ou menor devoção, não são contas do rosário do viajante. Siga a viagem.

Quando em Portugal se proclamavam reis, o grito de estilo era, segundo as crónicas: "Real, real, por D. Fulano, rei de Portugal!" Deixemos nós cair, porque estamos em república, e mal não estamos, as duas, partes últimas, da frase real, e exclamemos: "Real! Real!" É quanto nos basta. Real é uma pequena povoação a dois quilómetros de Braga. Tem o que todas têm, pessoas, casas, e mais o que a todas as outras falta, aldeias sejam ou cidades de estadão: a Igreja de São Frutuoso de Montélios.

O viajante está consciente do que diz. Igrejas tem visto muitas, de artes arquitetónicas anda com os olhos cheios, e por isso sabe quanto vale a afirmação de que em Portugal nada há que possa comparar-se com este tesouro. É um pequeno edifício, despido de enfeites por fora, singelo por dentro, em dois minutos dá-se-lhe a volta, e contudo talvez nunca em Portugal tão exatamente se tenham combinado volumes, tão eloquentemente se tenham feito falar superfícies quase lisas. São Frutuoso de Montélios é anterior a quantas artes o viajante por aqui tem visto, com exceção da romana. Estará entre o romano e o românico, será talvez visigótico, mas este é um daqueles casos em que as classificações importam pouco. A São Frutuoso deve ir quem julgue saber muito de arte, ou quem de arte confesse saber pouco: ambos se encontrarão no mesmo reconhecimento, na mesma gratidão pela distante gente que inventou e construiu esta igreja, lugar sobre todos precioso da arquitetura em Portugal.

Ao lado dela, pouca figura faz a igreja do Convento de São Francisco, apesar do rigor do seu estilo renascença: é que há vozes vindas de longe que nos falam tão perto do ouvido e do coração que cobrem todas as fanfarras. S. Francisco, aqui, não passa de um acólito menor de S. Frutuoso. Quanto ao viajante, retira-se sem saber muito bem quem é.

Felizmente ainda sabe para onde vai. Fica-lhe adiante Mire de Tibães (no Minho é assim, seria preciso parar em cada volta da estrada), antigo mosteiro beneditino, imponente máquina que esmaga a paisagem em redor e se alcança de longe, só frades seriam capazes destes excessos. O convento é uma ruína tristíssima. Quando o viajante entrou no primeiro claustro, ainda pensou que se estariam fazendo obras de restauro: havia ali materiais vários de construção, tijolos, areia, sinais de atividade. Depressa se desenganou: obras havia, mas das famílias que vivem nas dependências do mosteiro, e do mal o menos, sempre evitam que lhes chova nas improvisadas casas. Percorre até onde pode os frios e carunchosos corredores, há retratos enegrecidos pendurados nas paredes, forros de madeira apodrecidos, e tudo desprende um cheiro de mofo, de irremediável morte. Com diminuído ânimo, o viajante foi à igreja: é uma nave imensa, com um teto em abóbada de pedra esquartelada, e a talha é farta e rica, como de costume. Depois do manjar de Real, não é isto sobremesa que possa ter em gosto.

É já perto de Padim da Graça que o viajante dá a clássica palmada na testa: esquecera-se, estando ali tão perto, no Sameiro, de ir visitar a citânia de Briteiros. Lá irá na volta de amanhã, mesmo tendo de repetir itinerários. E está neste pensar quando subitamente uma casa à beira da estrada lhe entra pelos olhos dentro e o obriga a parar adiante. Não é solar nem palácio, nem castelo nem igreja, nem torre nem alpendrada. É uma casa comum, de porta e janela, parede da frente baixa, alta a de trás, telhado tosco de duas águas. Grandes placas de reboco desapareceram, a pedra está à vista. À janela há um homem de barba crescida, chapéu velho e sujo na cabeça, e os olhos mais tristes que pode haver no mundo. Foram estes olhos que fizeram parar o viajante. É caso decerto raro naquele lugar porque logo se juntaram três ou quatro garotos, curiosos sem nenhum disfarce. O viajante aproxima-se da casa e vê que o homem já saíra para a estrada. Veio sentar-se na berma do caminho como se estivesse à espera. Puro engano: este homem não espera ninguém. Quando o viajante lhe falou, quando fez as tolas perguntas que nestes casos se fazem, mora aqui há muito tempo, tem filhos, o homem tira o chapéu, não responde, porque não podem ser resposta, ou são-no de mais, aqueles suspiros e trejeitos da boca. Aflige-se o viajante, sente que está a penetrar num mundo de pavores, e quer retirar-se, mas são as crianças que o empurram para dentro de casa onde nada mais há que negrume, mesmo estando aberta a janela onde o homem espairecia. São negras as paredes descascadas de argamassa, negro o chão, e negra naquelas sombras parece a mulher que está sentada a uma máquina de costura. O homem não fala, a mulher pouco é capaz de dizer, ele tolinho, com um ar de Cristo que morreu e voltou, e tendo ido e vindo nem gostou antes nem depois, e a mulher é irmã, trabalha naquela máquina quase às escuras, cosendo trapos; esta é a vida de ambos, não outra. O viajante mastigou três palavras e fugiu. Diante destas aventuras, padece de cobardia.

Não há mais fáceis filosofias que estas, e de nenhum risco: comparar os esplendores da natureza, mormente passeando o viajante no Minho, e a miséria a que podem chegar homens, ficando nela a vida inteira e nela morrendo. Ainda bem que não é Primavera. Assim o viajante achará maneira de entreter-se encontrando analogias entre a melancolia em que vai e o cair das folhas que se acumulam na beira da estrada. Estradas para fugir não faltam: Padim da Graça ficou lá atrás, o homem do chapéu sujo voltou à sua janela, e outra vez se ouve o barulho surdo da máquina de costura. O motor do automóvel vai aos poucos cobrindo o rumor incómodo, os quilómetros passam, e Barcelos está à vista. O viajante tem obrigações a cumprir, cada uma de sua vez.

Esta é a terra do galo milagroso que depois de assado cantou e veio a ter descendência, tanta que, se ainda não chegou ao milhão, pouco lhe há de faltar. A história conta--se em palavras breves e não é mais maravilhosa que falar Santo António aos peixes e eles ouvirem-no. Foi o caso que em Barcelos houve, em imemoriais tempos, um crime, e não se apurava quem fosse o criminoso. Deu em caírem as suspeitas num galego, e já se estará vendo aqui quanto os barcelenses eram sensíveis xenófobos, que tendo posto os olhos num galego logo disseram: "É ele." Foi o homem preso e condenado à forca, e antes de ao patíbulo o levarem pediu para ir à presença do juiz que dera a sentença. O tal juiz, se calhar por se sentir muito contente consigo próprio e com a justiça feita, estava comendo do seu bom e do seu melhor, enquanto numa travessa um galo assado espetava o trinchante. Tornou o galego a afirmar-se inocente, com risco de estragar a digestão do juiz e seus amigos, e, em desespero de causa, desafiou todas as leis do mundo e do céu, e garantiu: "Tão certo é estar eu inocente, como esse galo cantar quando me enforcarem." O juiz, que julgava saber muito bem o que é um galo morto e assado, e não adivinhava de que primores é capaz um galo honrado, largou a rir. Foi uma surriada. Levaram o condenado, continuou o almoço, e, às tantas, quando enfim avançava o trinchante para o assado, levanta-se o galo da travessa, pingando molho e desarrumando as batatas, e lança pela janela fora o mais vivo e repenicado canto de galo que na história de Barcelos se ouvira. Para o juiz foi como se tivessem soado as trombetas do Juízo Final. Levanta-se da mesa, corre ao lugar da forca ainda de guardanapo atado ao pescoço, e vê que também ali haviam funcionado os poderes do milagre, pois o nó se deslaçava, facto que muito espantava os assistentes, vista e provada a competência do carrasco.

O resto já se sabe. Foi solto o galego, mandado em paz, e o juiz voltou ao almoço que arrefecia. Não conta a história qual teria sido o destino do milagroso galo, se foi comido em ação de graças, ou venerado em capela enquanto o tempo lhe não desmanchou a armação dos ossos. O que se sabe, por evidentes provas materiais, é que a sua imagem está esculpida aos pés de Cristo no cruzeiro do Senhor do Galo, e que, na figura dos seus descendentes de barro, voltou ao forno para ser mostrado vivo em todas as feiras do Minho, com todas as cores que um galo tem ou podia ter.

O viajante não duvida: aí está a lenda que o afirma, o cruzeiro que o sagra, a legião de barro que o prova. Barcelos é tão airosa cidade que merece perdão por querer condenar o galego, mais ainda tendo criado o galo que a salvou de remorsos. Mas o viajante, que anda a visitar o Museu Arqueológico (é seu conhecido gosto este de pedras velhas), vai protestar contra outras sentenças igualmente injustas, como esta de identificar as peças aqui mostradas com azulejos incrustados nas próprias peças, no pior estilo de pinturice folclórica. Põe-se o viajante a imaginar o que seria o *Desterrado* do Soares dos Reis com o azulejo na barriga, ou a *Vénus* de Milo marcada assim na coxa roliça, ou um desses brutos guerreiros galaicos, como o de Viana, vidrado no grande peitoral com letrinhas de azul-ultramarino. O viajante está indignado. Para desafogar, vai à ponte a ver o rio, a que dera pouca atenção à chegada. É o Cávado aqui uma beleza, entre as margens altas, que as necessidades urbanas ainda assim respeitaram. Lá está a azenha que vista da outra margem humaniza a aridez da grande muralha superior, as ruínas do Paço dos Condes, a massa pesada mas harmoniosa da igreja matriz. O pulso do viajante, aos poucos, vai serenando. Esta entrada de Barcelos emenda o mau juiz do museu, por força descendente de quem condenou o galego.

Vendo a água correr, o viajante sentiu sede, lembrando-se do galo, sentiu fome. Eram horas de almoçar. Meteu-se à descoberta, ia andando, espreitando e fungando, não faltavam os bons cheiros, mas ali havia com certeza predestinação, empurrão pelas costas, até ao lugar fadado: Restaurante Arantes. O viajante entrou, sentou-se, pediu a lista, encomendou: papas de sarrabulho, bacalhau assado com batatas, vinho verde. O vinho era dotado da maior virtude dos vinhos: nem resistia ao viajante, nem o viajante resistia a ele. Do honesto bacalhau, que veio na travessa com o seu exato molho e as suas batatas exatas, diga-se que era excelente. Mas as papas de sarrabulho, oh senhores, as papas de sarrabulho, que há de o viajante dizer das papas de sarrabulho senão que nunca outro melhor manjar comeu nem espera vir a comer, porque não é possível repetir a inventiva humana esta maravilhosa e rústica comida, esta macieza, esta substância, estes numerosos sabores combinados, todos vindos do porco e sublimados nesta malga quente que alimenta o corpo e consola a alma. Por todo o mais mundo que o viajante andar, cantará louvores das papas de sarrabulho que comeu no Arantes.

Quem assim almoçou, deveria ficar para jantar. Mas o viajante, depois de outra volta por Barcelos, tem de continuar o seu caminho. Agora vai à igreja matriz, gótica, restaurada com bom critério, e, se no conjunto apreciou, ficaram-lhe os olhos naquela adorável Santa Rosália, reclinada no seu nicho, fresco como o nome que tem, e tão feminina que não lhe assenta bem a santidade. Da Igreja do Terço, que foi do antigo Convento das Beneditinas, aplaudiu o viajante os azulejos setecentistas, atribuídos a António de Oliveira Bernardes, que contam a vida de S. Bento, cuja se relata outra vez nos quarenta painéis do teto, de rica molduração. E de requinte é o púlpito, lavrado como obra de prataria. Dourado, policromado, está aqui um dos não muitos casos em que o barroco argumenta e ganha. E esta igreja, veio a talhe dizê-lo, é também obra do infatigável arcebispo de Braga, D. Rodrigo de Moura Teles, aquele que se deixava medir aos palmos.

O viajante meteu o nariz numa capela modesta e assombrou-se diante de um S. Cristóvão que podia transportar ao ombro D. Rodrigo sem se fatigar. Olhou e apreciou as casas nobres, a Casa do Condestável, o Solar do Apoio, viu na alta cornija do Solar dos Pinheiros o Barbadão a arrancar as barbas, e nesse momento, avaliando a altura do Sol, mais o caminho que ainda tinha de andar, decidiu que era tempo de continuar viagem.

Manhente lembra Abade de Neiva pela disposição relativa da igreja e da torre de defesa, mas o portal, do século XII, tem mais rica escultura, é mais abundante de motivos e de ciência no tratamento. Em Lama está a Torre dos Azevedos, onde o viajante não entrou: nem sempre os portões têm cara de boas-vindas. Contentou-se com o exame por fora, os merlões chanfrados, a janela renascentista, o ar de fortaleza que, pelo menos desta vez, não se deixou expugnar.

A estrada segue ao longo do Cávado, pela margem norte, e atravessa o que à vista só poderiam ser hortas, pomares, vergéis, e talvez o não sejam, mas este Minho é de um tal viço, agora em Novembro como o será em Maio, que o viajante se aturde e perde em meio de verdes que resistem às outoniças cores e acabam por vencer. Braga já está bastante ao sul, e é quase a chegar a Rendufe que o viajante, numa das suas fulgurantes intuições, revoluciona o estudo dos hábitos e costumes dessa ave a que chamamos pega. A pega, como se sabe, tem fama de ladra. Devassar-lhe o ninho é encontrar uma coleção de coisas brilhantes, vidros, cacos de louça, tudo quanto possa refletir a luz do Sol. Até aqui, nenhuma novidade. Ora, o viajante teve ocasião de observar, ao longo da viagem, que muitas vezes se lhe atravessaram aves destas no caminho, espanejando o seu trajo de viúva alegre, como quem de propósito o faz. É na estrada de Rendufe que o caso se explica. Ao ver aproximar-se o automóvel, a pega fica alvoroçada perante a perspetiva de levar para o ninho aquele resplandecente caco que se lhe oferece na estrada livre. Arma voo, empurra-a a cobiça, mas quando chega perto dá pela desproporção entre as suas pequenas unhas e o besoiro gigantesco e rosnador. Ofendida, lacrimosa, deixa-se ir no balanço das asas e vai esconder a deceção na ramaria próxima. O viajante tem como certíssima esta sua intuição e não desespera de que venha um dia a achar-se pássaro suficientemente grande para agarrar e levar pelos ares, a fazer companhia aos vidrinhos de cores, um automóvel com os seus ocupantes. Tanto mais que em ninhos de pegas do tamanho vulgar já foram encontrados automóveis de brinquedo.

Não durou muito a satisfação do viajante pela descoberta. Chegando a Rendufe, foi encontrar um mosteiro arruinado, com um claustro de arcos toscanos que ainda é agradável de ver, apesar das ervas bravas que por todas as partes crescem, e os painéis de azulejos vão caindo, ou são arrancados por gatunos de ofício ou visitantes avaros, a quem não bastam as lembranças que levam na memória. Vindas da igreja, saem grupos de crianças, julga o visitante que foi preleção ou catequese, e há um senhor padre que conversa com um senhor que não é padre, e o viajante fica melindrado porque ninguém lhe liga importância, nem as crianças nem os senhores, apesar das sonoras boas-tardes que deu, com a ajuda excelente da acústica do claustro. Foi à igreja e, em legítima desforra, não lhe achou graça nenhuma. A ruína também lá chegou dentro, no cadeiral desmantelado, nos órgãos só vestígios. É certo que a talha é de boa nota, mas o viajante está cansado de talha barroca, é o seu direito, aqui vingativamente exercido.

A viagem deste dia vai no fim. O viajante não quer mais arte. Seguirá a estrada que corre ao lado do rio Homem, apenas terá olhos para a paisagem. Passa em Terras de Bouro, e tudo aqui são vales de grande cultivo, com os montes do outro lado longe, é uma paisagem larga, dilatada, em que os socalcos, quando os há, são profundos, às vezes de rápido declive. Mas a partir de Chamoim a orografia altera-se, surgem as fragas agudas, as encostas onde a água não encontra húmus para fertilizar. Depois de Covide e até São Bento de Porta Aberta, a grande montanha à esquerda é uma espécie de paisagem lunar. E de repente, em transição tão brusca que o espírito se desorienta, surge a opulência da floresta, a mata do Gerês, as altas árvores que o viajante vai olhando enquanto desce para a barragem da Caniçada. A tarde recolhe-se, o anoitecer não tarda, as sombras são já estendidos rastos. Este canto da terra, o grande lago sereno, liso como um espelho polido, os montes altos que contêm a enorme massa de água dão ao viajante uma impressão de paz como até agora ainda não experimentara. E quando, depois de subir a estrada do outro lado e terminar a jornada, torna a olhar o mundo, acha que tem direito a isto, apenas porque é um ser humano, nada mais.

## *O MONTE EVERESTE DE LANHOSO*

Quando o viajante estiver longe daqui, lá na grande cidade onde vive, e for amargo o seu dia, lembrar-se-á deste lago, destes braços de água que invadiram os vales pedregosos e às vezes as terras férteis e as casas de homens, verá com os olhos da lembrança as encostas íngremes, o reflexo de tudo isto na superfície incomparável, e então dentro de si se fará o grande silêncio dos ares, das nuvens altas, o necessário silêncio para poder murmurar, como se fosse essa a sua única resposta: "Eu sou." Que a natureza seja capaz de tanto permitir a um simples viajante, só estranhará quem a esta albufeira da Caniçada nunca veio. O viajante tem de explicar como as coisas são: mal empregadamente lá esteve quem depois vai gabar-se e dizer só: "Já lá fui", ou: "Passei por lá." Ai de quem não puder declarar, com verdade: "Não fui lá vê-la, fui lá mostrar-me." Pelo profundo vale que rasga até à Portela do Homem, o viajante chega ao Gerês. Há por aqui uns hotéis antigos que o viajante visita para saber como era o gosto dessas épocas, e, mesmo não sendo o gosto impecável, outra vez se averigua que, quem concebeu, desenhou e construiu, fez obra acima de quem depois nas cadeiras se sentou, nos pratos comeu e nos quartos dormiu. Há de ter havido exceções, mas certamente o não eram aqueles prósperos e corpulentos comerciantes ou industriais das praças do Norte que vinham aqui instalar-se termalmente com as suas amantíssimas esposas, mais, um dia antes ou um dia depois, as legítimas amantes que aí por vivendas ocultas se recatavam. Estão hoje mudados os costumes, já não se resignam as amantes a acompanhar os protetores ao tratamento dos males hepáticos, mas o que o viajante lamenta é não terem sido estudados esses tempos e hábitos, para a história sentimental das classes de dinheiro alto. Repreende-se por se estar demorando nestes jogos de alcova e cheque, quando vai passeando sob as altas árvores, pisando os musgos verdes e húmidos, ouvindo e vendo correr as águas entre as pedras. Não se vê ninguém no parque, apenas ao longe, ao fundo, um jardineiro que varre as folhas mortas, e o viajante pensa que ainda bem que a natureza pode libertar-se alguns dias da presença dos homens, entregar-se ao seu natural, sem que apareçam entalhadores de corações nas árvores, desfolhadores de malmequeres ou colecionadores de folhas de hera. O viajante deixa todas as coisas nos seus lugares naturais e vai à sua vida, que já lhe dá bastante que fazer.

Torna a subir os montes, do alto vê e despede-se da albufeira, como é possível que tão grandes águas caibam em humanos olhos, e na sua volta passará por Vieira do Minho, que bem mais formoso nome tinha quando se chamava Vernaria, palavra primaveril, de folhas e flores que se abrem, há pessoas que não merecem a sorte que têm. Para a esquerda fica a barragem de Guilhofre, que não visitará. O seu próximo destino é Fonte Arcada, onde há uma igreja românica das mais antigas que em Portugal se construíram, dizem os registos que em 1067. Contra o costume, o cordeiro representado no tímpano é um animal adulto, de sólida armação córnea. O viajante julga compreender: a pureza é compatível com a força, e este carneiro obviamente se vê que não irá ao sacrifício sem resistir. Estes tempos românicos eram ásperos, agarrados ao instinto, sábios de Sol e Lua, como se vê na porta lateral, e muito capazes de infringir as convenções da sacristia: o cordeiro de Deus é um carneiro, e, se Cristo expulsou do templo os agiotas, marre o carneiro enquanto Cristo brande a chibata.

Não vai o viajante muito seguro da ortodoxia das suas reflexões, mas, à saída de Póvoa de Lanhoso, sossega-o a também nada ortodoxa construção daquela casa que nasceu encostada e abraçando o enorme pedregulho que obrigou a estrada a chegar-se para lá. Para quem aqui vive, a pedra é uma companhia. Deve ser uma boa sensação acordar de noite, pensar na pedra, saber que ela está ali, a olhar pela casa e pelo alpendre, como um guarda que se cobriu de musgo e líquenes como outros se cobrem de rugas e cabelos brancos.

Lá em cima é o Castelo de Póvoa de Lanhoso. Como tantos outros seus manos, está num alto. O viajante vai subindo, dando voltas, mas às tantas repara que, embora não falte vegetação e árvores de porte, a encosta é toda de pedra bruta, e a estranheza faz-se pasmo quando, chegando ao alto, vê que a pedra se apresenta como uma enorme laje inclinada, lisa, com rasgos e desníveis aqui e além, e então compreende que esta pedra vem das profundas da terra, rompe o húmus fértil do vale e cresce direito ao céu, até onde lhe chega o impulso. Pensa o viajante que o nosso grande monte Evereste é aqui: pudéssemos nós cavar até encontrar a raiz da pedra que sustenta lá em cima o Castelo de Póvoa de Lanhoso, e aqui viriam os alpinistas e outros montanheiros conquistar as glórias reservadas ao Himalaia. Somos um país pobre e modesto, é o que é.

Somos isto e aquilo, e excelentes destruidores dos bens que temos. Aqui está, por exemplo, esta capela aberta, sem portas nem janelas, e que ilustra o passo evangélico do Poço de Jacob, onde a Samaritana deu de beber às sedes de Jesus Cristo. O poço é mesmo um poço, tem no fundo uma água esverdeada e suja, e as imagens, coitadas delas, estão numa mísera ruína, partido e ausente o braço direito da mulherzinha, desaparecida meia bilha, e nas roupagens que veste, e também na túnica de Cristo, vieram escrever os seus nomes não poucos patetas receosos de que a humanidade se esquecesse de que por cá andaram. Não sabe o viajante que existia em Portugal outra capela assim, e esta veio encontrá-la meio destruída. Os azulejos do fundo são convencionais, com a eterna Jerusalém inventada ao fundo, mas nada aqui estaria melhor. Quanto tempo ainda Cristo e a Samaritana se olharão assim por cima do brocal do poço?

O viajante não vai de bom humor. Sabe porém o bastante de si próprio para suspeitar que o seu mal nasce de não poder conciliar duas opostas vontades: a de ficar em todos os lugares, a de chegar a todos os lugares. Segue na direção da citânia de Briteiros, que naquela outra volta lhe tinha escapado, e quer tanto lá chegar como quereria estar ainda na Caniçada a ver o reflexo dos montes, ou no Gerês roçando as botas nos fetos molhados, ou em Fonte Arcada pesando o Sol e a Lua, ou na capela do Poço de Jacob à espera de que alguém lhe matasse a sede, ou simplesmente naquela casa encostada à pedra, a sentir passar o tempo: quem desta conformidade for, é bom candidato a melancolias.

Aí está a citânia. Isto é uma cidade. Casas, não as há, salvo as que lá em cima foram reconstituídas, e parece que com pouco rigor, mas as ruas estão aqui todas, ou é fácil julgar que sim. Se o visitante tem imaginação suficiente, cuidará menos de ver onde põe os pés do que de transportar-se para os tempos em que por estas ruazinhas passavam outras gentes que deviam, certamente, dar os bons-dias umas às outras (em que língua?) e ir ao trabalho dos campos ou das toscas oficinas a pensar na vida. Esta rua é estreita, não cabem duas pessoas, deve portanto o viajante desviar-se para que passe aquele velho que tropeça nas lajes, aquela mulher que traz uma infusa cheia de água e diz: "Tem sede, senhor viajante?"

Acorda este viajante do devaneio, vê que está num campo de ruínas, vai pedir água ao guarda, que a tem escassa e vinda de longe, e, olhando em redor, acompanha o ondular dos montes, como terão feito deste mesmo lugar os habitantes da velha Briteiros, se esse era o nome que tinha, a quem causaríamos grande surpresa se lhes disséssemos que viviam na Idade do Ferro.

Hoje, o viajante chegará ao Porto. Almoçará por aqui, numa destas pequenas aldeias, longe das aglomerações ruidosas. Evitará as estradas principais, quer distrair-se por estes estreitos caminhos que ligam os homens e os seus vizinhos, colecionando nomes singulares, de norte para sul, e, sempre que um lhe aparece na beira da estrada, repete-o em voz baixa, saboreia-lhe o gosto, procura adivinhar-lhe o sentido, e quase sempre desiste ou outro lhe aparece quando ainda não decifrou o primeiro. Vai por Sande, Brito, Renfe, Pedome, Delães, Rebordões, e quando chega a Roriz considera que é tempo de parar, vai beber água daquela fonte, pedir que lhe abram a porta da igreja do antigo mosteiro, e enquanto espera espreita através das grades que dão para as ruínas do claustro. Lá em baixo, invisível deste lugar, passa o rio Vizela. Aqui há sinais insculpidos nas pedras antigas. Alguma coisa hão de querer dizer, mas o viajante não sabe. Tanta coisa que ao viajante falta aprender, e já não tem tempo.

Por exemplo, que estão aqui fazendo estes bois na porta da igreja, com a sua macia barbela, olhando com fixa atenção quem passa, este viajante, ou os fiéis, quando aqui vêm? Que culto esperam? Estarão lembrando aos homens o que estes lhes devem em esforço e trabalho, em carne e couro, em paciência? S. Boi foi ali posto para cobrar a primeira dívida.

O viajante, hoje, andou devagar. As estradas estão desertas e vão-se cobrindo de sombras. O Sol tanto aparece como desaparece, ora o escondem os montes, ora se esconde nas nuvens. Depois a paisagem vai descaindo, é de vaga larga, há espaço para abrir grandes áreas de cultivo, fundos e planos vales. Em Paços de Ferreira o viajante desatinou o caminho. Não lhe faltaram explicações, vire além, primeira à direita, terceira à esquerda, apanha a estrada alcatroada, e depois segue em frente até à escola. Eram matemáticas demasiadas. O viajante ia, voltava para trás, repetia a pergunta a quem já tinha perguntado, sorria amarelo quando lhe perguntavam: "Então não deu com o caminho? Olhe que é fácil, vire além, primeira à direita, etc." Lá pelas tantas, em desânimo, o viajante encontrou a sua fada benfazeja: uma alta mulher, morena, de olhos azuis, fundos, figura de cariátide, enfim, uma espécie de deusa rústica das estradas. E como as deusas não podem enganar-se, encontrou o viajante a igreja do Mosteiro de São Pedro de Ferreira, onde afinal não pôde entrar. Perdera muito tempo a desenredar a confusão entre Ferreira e Paços de Ferreira, e agora tinha de contentar-se com as belezas exteriores: o nártex românico, com o campanário ao lado, o aspeto geral de fortificação que a igreja mostra, e, sobretudo, o belo portal, os motivos estilizados dos capitéis, que no entanto se apagam sob a simplicidade geometrizante das arquivoltas, todas em lóbulos perfurados, como um enorme bordado. O viajante ainda foi bater a um portão. Havia luz em duas janelas, mas ninguém quis aparecer. Veio ladrar um cão às grades, duma maneira que o viajante achou ofensiva, e, por isso, afastou-se, melindrado.

Tinham-se acabado as estradas tranquilas. Depois de Paredes, ainda houve uma ressurgência de paz quando o viajante andou por Cete e Paço de Sousa. Para chegar ao Mosteiro de Cete teve de seguir por um caminho de cova e lomba, e tendo chegado vieram três mulheres ao terreiro, cada qual com a sua ideia sobre o lugar onde estaria a chave, e enquanto clamavam para vizinhas mais distantes, que cuidavam ouvir trave em vez de chave, o viajante resignou-se. O dia tinha dado muito e recusado muito. É assim a vida. Agradeceu às mulheres a boa vontade e os clamores e foi ele à vida, levando apenas na lembrança o insólito gigante que ampara na fachada o que lá dentro esteja, e que não pôde ver.

Teve a humildade o seu prémio. Em Paço de Sousa foi compensado com grandes abundâncias. A igreja do Mosteiro de São Salvador está num rebaixo plano e arborizado, passa mesmo ali ao lado um ribeiro que irá desaguar no rio Sousa. A tarde está no fim, e ainda bem. Esta é a atmosfera que convém, cinza sobre verde, rumor de águas rápidas. A chave vem dá-la o próprio padre. O viajante, se tivesse de confessar-se, acusar-se-ia de negra e vesga inveja. É que todo este sítio, sem particulares grandezas, é dos mais belos lugares que o viajante tem visto. Aqui gostaria ele de viver, nesta mesma casa onde lhe deram a chave com muito bons modos, sem desconfiarem das más intenções que na alma lhe fervem. Paciência. Abre o viajante por sua mão a igreja, mas antes reencontrou o Sol e Lua românicos, e o boi interrogativo em grande conversa com uma figura humana que, com a mão no queixo, se vê mesmo que não sabe responder. Por cima e aos lados, arquivoltas e colunelos são góticos, e a grande rosácea, bela e atrevida no seu lançamento.

Dentro está-se muito bem. Há a nudez que o viajante estima, se se fecharem os olhos a modificações feitas em séculos posteriores. É aqui que está o túmulo de Egas Moniz, obra é certo que rústica, mas de um vigor, de uma força muscular, assim apetece ao viajante exprimir-se, que vencem as requintadas e minuciosas esculturas do gótico avançado e do manuelino. Outro viajante terá outra opinião. A este toca-o muito mais a rudeza de um cinzel que tem de começar por lutar consigo próprio antes de conseguir vencer a resistência da pedra. E é bom que nesta luta se veja que a pedra não foi inteiramente dominada. Muito mais tosco é o S. Pedro, embora de três séculos mais tarde: obra de canteiro inspirado que quis fazer um santo e acabou por fazer um calhau magnífico.

O viajante foi entregar a chave e agradecer. Deu uma última vista de olhos, com muita pena de partir, mas achando que, ao menos neste lugar, estão certas coisas com a sua primeira tradição: para fundador do mosteiro não poderia encontrar-se ninguém com melhor nome que aquele abade D. Troicosendo Galendiz, aqui vindo num ano do século X a escolher o sítio onde se abririam os caboucos. O viajante já vai na estrada e ainda diz, como quem trinca um miolo de noz: "D. Troicosendo Galendiz. D. Troicosendo Galendiz."

O Porto é já perto. Passa um pouco das seis quando o viajante entra na cidade. Nas paragens dos autocarros, esperam grandes filas de mulheres. São operárias das fábricas deste lado suburbano. E, quando o viajante quer repetir outra vez o nome do abade que fundou Paço de Sousa, já não consegue lembrar-se.

### "JUNTA COM O RIO QUE CHAMAM DOIRO..."

O viajante está no largo da Sé, olhando a cidade. É manhã cedo. Veio aqui para escolher caminho, decidir um itinerário. A Sé ainda está fechada, o paço episcopal parece ausente. Do rio vem uma aragem fria. O viajante deitou contas ao tempo e aos passos, traçou mentalmente um arco de círculo, cujo centro é este terreiro, e achou que quanto queria ver do Porto estava delimitado por ele. Não tem, em geral, assim tantas preocupações de rigor, e provavelmente virá a infringir esta primeira regra. No fundo, aceita os princípios básicos que mandam dar atenção ao antigo e pitoresco e desprezar o moderno e banal. Viajar desta maneira por cidades e outros lugares acaba por ser uma disciplina tão conservadora como visitar museus: segue-se por este corredor, dá-se a volta a esta sala, para-se diante desta vitrina ou deste quadro durante um tempo que a observadores pareça suficiente e comprovativo das bases culturais do visitante, e continua-se, corredor, sala, vitrina, vitrina, sala, corredor. Aos bairros de construção recente não vale a pena ir fazer perguntas, aos subúrbios de mal-viver não é agradável nem cómodo ir procurar respostas. Tem o viajante, quem diz este, diz outro, a boa justificação de ser de belezas e grandezas a sua busca. Busque então, com a ressalva de não esquecer que no mundo não faltam fealdades nem míseras coisas.

Por estar fiando estes pensares é que decidiu começar a sua volta descendo as Escadas das Verdades, aquelas que por trás do paço episcopal vão descendo, em quebra-costas, para o rio. São altos os degraus, maus de descer, piores ainda de subir. Que razões terão sido as deste batismo, não sabe o viajante, tão curioso de nomes e das origens deles que ainda ontem, na estrada de Paço de Sousa, se regalava com as sílabas de D. Troicosendo Galendiz. Por estas encostas andam subindo e descendo gentes desde os tempos do conde Vímara Peres. O rio está no seu mesmo lugar, apertado entre as pedras de cá e as pedras de lá, entre Porto e Gaia, e o viajante nota como também entre pedras estes degraus foram abertos, como as casas foram aos poucos empurrando as penedias ou acomodando-se entre elas. Descem com o viajante regueiros de águas sujas, e, agora que a manhã se abriu por completo, vêm mulheres lavar aos tanques que estão nos patins, e as crianças jogam ao que podem. Há grandes flâmulas de roupa estendida alta nos prédios que puderam crescer até ao primeiro andar, e o viajante sente-se como se descesse uma escadaria triunfal, como se fosse Radamés depois da batalha contra os Etíopes. Aqui em baixo é a Ribeira. O viajante passa sob o arco da Travessa dos Canastreiros, boa sombra para o Verão, mas agora gélida passagem, e durante meia manhã andará por este Bairro do Barredo, a ver se aprende de vez o que são ruas húmidas e viscosas, cheiros de fossa, entradas negras de casas. Não ousará falar a ninguém. Leva ao ombro a máquina fotográfica, de que não se serve. Sente nas costas o olhar dos que o veem passar, ou tudo isto será sua impressão, talvez seja dentro de si mesmo que alguém o está olhando curiosamente. Quando as ruas se alargam um pouco, o viajante mira os andares altos: deixou de ser Radamés, é um estudioso que examina a curiosa questão urbanística da largura das janelas que nesta cidade ocupam, lado a lado, toda a largura das fachadas. Lá mais para cima, na Rua Escura, que contraditoriamente se ilumina ao abrir-se para os degraus que dão acesso ao terreiro da Sé, há um mercado popular, desses de levante. Ainda bem que os frutos naturais e os legumes se entornaram até aqui, ainda bem, por esta vez ainda bem, que os fabricantes de plásticos têm uma firme predileção pelas cores vivas. A Rua Escura é um pedaço de arco-íris, e de todas as janelas pendem roupas a secar, arcos-da-velha e arcos-da-nova que tudo aquilo lavou.

O viajante está decidido a não andar de igreja em igreja como se de tal dependesse a salvação da sua alma. Irá a São Francisco, apesar das constantes queixas que vem fazendo contra a talha barroca, que o persegue desde que entrou em

Portugal. Em São Francisco rematam-se todas as pontas da imensa cerzidura de ouro lavrado que se repete em receitas, em fórmulas, em cópias de cópias. O viajante não é autoridade, vê este esplendor, que não deixa um centímetro quadrado de pedra nua, aturde-se na magnificência do espetáculo, e acredita que esta seja a melhor talha dourada que no País há. Não se lembra se alguém o afirmou, mas está pronto a jurar: em verdade, quem entrar aqui não tem mais a fazer que render-se. Mas o viajante gostaria de saber um dia que paredes são as que a talha esconde, que pedra merecedora foi condenada à permanente cegueira.

Dá a sua volta, primeiro incomodado com o sadismo verista do altar dos Santos Mártires de Marrocos, depois distraído com as bifurcações genealógicas da Árvore de Jessé, escultura amaneirada e teatral, que faz pensar num coro de ópera. Um dos ascendentes de Cristo traja mesmo calções golpeados, é uma figurinha paçã do século XVII. E o viajante, olhando o patriarca Jessé adormecido, encontra naturalmente ali uma representação fálica, naquele tronco de árvore que do corpo lhe cresce, até Jesus Cristo, afinal sem mácula carnal nascido. Colocado no centro da igreja, o viajante sente-se esmagado, todo o ouro do mundo lhe cai em cima. Pede ar livre, e a mulher da chave, compreensiva diante deste acesso de claustrofobia caracterizada, abre a porta. Enquanto o viajante sai, rola mais uma cabeça dos Mártires de Marrocos. Ali mesmo ao lado, por trás dumas grades de ferro, é a Bolsa. Medita um pouco o viajante nas dificuldades deste mundo, tantas que nem foi possível resgatar em boa e devida moeda os pobres degolados.

Dali seguiu na direção das ruas principais, mas por travessas e rampas desviadas. Afinal, o Porto, para verdadeiramente honrar o nome que tem, é, primeiro que tudo, este largo regaço aberto para o rio, mas que só do rio se vê, ou então, por estreitas bocas fechadas por muretes, pode o viajante debruçar-se para o ar livre e ter a ilusão de que todo o Porto é Ribeira. A encosta cobre-se de casas, as casas desenham ruas, e, como todo o chão é granito sobre granito, cuida o viajante que está percorrendo veredas de montanha. Mas o rio chega aqui acima. Esta população não é piscatória, não será entre a Ponte de D. Luís e a da Arrábida que vão lançar-se redes, porém podem as tradições tanto que o viajante é capaz de adivinhar antepassados pescadores a esta mulher que passa, e se não tiverem sido pescadores foram calafates, carpinteiros de barcos, tecelões de panos de velas, cordoeiros, ou, como lá mais acima, onde a rua se identifica, canastreiros. Mudam-se os tempos, mudam-se as profissões, e basta um sinal de novo comércio para ver desfeita toda a poesia artesanal que o viajante tem vindo a contar pelos dedos. Aqui é loja de ortopedistas, como o está demonstrando a opulenta mulher pintada em chapa de ferro e armada no ar, tão inocente em sua nudez integral como estava a nossa mãe Eva antes de lhe chegarem as ptoses intestinais ou as quebraduras.

Gosta o viajante de olhar para o interior destes estabelecimentos, fundos, tão fundos que antes de chegar ao balcão tem o cliente tempo de mudar de opinião três vezes sobre o que vai comprar. Adivinha-se que lá para trás há quintais, árvores de fruto, por exemplo nespereiras, aqui chamadas magnórios. E o viajante não pode esquecer as cores com que se pintam as casas, estes ocres vermelhos ou amarelos, estes castanhos-profundos. O Porto é um estilo de cor, um acerto, um acordo entre o granito e as cores de terra que ele aceita, com uma exceção para o azul se com o branco se equilibrar no azulejo.

O viajante entrou na igreja do Mosteiro de São Bento da Vitória, deu-lhe a volta e saiu. Este frio estilo beneditino nada tem que ver com a cidade. Aqui requerem-se os granitos barrocos, entendido o barroco como exuberância, pedra que de tão trabalhada acaba por alcançar uma expressão outra vez natural. O viajante gostou de levar na memória as três esculturas de barro que estão na fachada e os atlantes que aguentam às costas os órgãos. Receia que de todo o mais se esqueça, e não tem pena por isso.

Não para de subir e descer. Vai ter a São João Novo, onde está um dos primeiros palácios que Nasoni construiu na cidade. É aqui o Museu Etnográfico, que visitará com a gula de que não pode nem quer curar-se. Bem arrumado, bem classificado este museu. Há, no rés do chão, uma adega reconstituída a que só falta o cheiro do mosto. Nas salas superiores, além das cerâmicas, dos machados de pedra ou de bronze, das pinturas, das imagens sacras populares, dos estanhos, das moedas (o viajante tem consciência de que está misturando épocas e espécies com a maior sem-cerimónia), encontra-se a reconstituição preciosíssima duma cozinha rural, que merece uma boa hora de exame. E tem mais o museu: até brinquedos, até um gigantão, até uns bonifrates de formidável potência expressiva, pelos quais o viajante tornaria a dar a Vénus de Milo. Tivesse agora tempo, juntaria a esta lição a que lhe daria o Museu de Arqueologia e Pré-História. Fica para outra vez.

Por mais escadinhas e ruas, Belomonte, Taipas, foi enfim o viajante desafogar-se nos Mártires da Pátria. Aí se sentou a descansar um pouco, e tendo cobrado forças avançou para a Igreja dos Carmelitas e do Carmo. Calcula que deve haver entre estas duas vizinhas, ali porta com porta, rivalidade e emulação. Comparando face e face, ganha o Carmo. Se o primeiro andar não tem particular interesse, os dois outros são de uma bela harmonia, que as estátuas dos quatro evangelistas, ao alto, acabam de definir. Sem essas estátuas, a fachada do Carmo perdia uma boa parte da sua magnificência.

Quanto ao interior, valha cada um imparcialmente o que valer, o viajante está com os carmelitas. E uma igreja que faz quanto pode pela fé, enquanto o Carmo faz obviamente de mais. A não ser que tudo isto tenha antes que ver com a disposição de espírito do viajante e não com juízos objetivos. Contudo, entrar na Igreja do Carmo neste dia de Inverno foi para o viajante uma experiência que não esquecerá. Logo à esquerda, em funda capela, está o Senhor do Bom Sucesso sob uma apoteose de luzes, muitas dezenas de velas, fortíssimas lâmpadas, inúmeros retratos de beneficiários de mercês, ceras várias em círio, cabeça, mão e pé, é como se aqui estivesse ardendo uma violenta fogueira de luz branca, esbraseada. De duas, uma: ou se cai de joelhos derrotado pelo cenário, ou se recua. O viajante sentiu que isto não era consigo, e afastou-se. Nos bancos da igreja estão sentados velhos e velhas de extrema antiguidade, tossindo em desespero, ora um ora outro, são os grandes catarrais e constipações deste húmido tempo, e na capela-mor está de joelhos num degrau o padre, que dramaticamente apoia a cabeça na esquina do altar. Nunca viu um caso assim, e mais não lhe faltam igrejas nem o respeito que merecem.

São horas de almoço, mas o apetite apagou-se de repente. O viajante esgarfeia uma posta de bacalhau, sorve um verde tinto que abusa do travo, e tendo almoçado desce a Rua da Cedofeita até à igreja que tem o mesmo nome. Vai um pouco por obrigação. Este românico é de substituição, quer o viajante dizer na sua que os restauros são aqui triunfantes. Não chegou a saber como é a igreja por dentro porque um vizinho solícito acudiu a informar que só abre aos sábados para casamentos, nos outros dias está fechada. Avança então para o Museu Soares dos Reis, subitamente precisado de silêncio e resguardo. Foge do mundo para reencontrar o mundo em formas particulares: as da arte, da proporção, da harmonia, da continuada herança que de mão em mão vai passando.

Não é a sala de arte religiosa do Museu Soares dos Reis distinguidamente rica, mas é aqui que o viajante pensa se estará feito ou ao menos começado o estudo da imaginária sacra popular. Desconfia que quando tal se fizer se encontrarão traços de particular originalidade, quem sabe se capazes, sem cair em revivalismos medievais ou barroquistas, de revivificar a geralmente estiolada escultura portuguesa. É uma impressão que o viajante tem, e que, perdoe-lhe a memória do grande escultor que foi Soares dos Reis, torna a sentir diante do *Desterrado*, esse helenístico mármore, sem dúvida formoso, mas tão longe da força expressiva das pedras de Ançã a que o viajante incansavelmente volta. É abundante o museu em pinturas: o viajante distingue a *Virgem do Leite* de Frei Carlos, talvez a obra mais importante que se guarda aqui. Mas há no seu coração um lugar muito particular para as pinturas de Henrique Pousão e de Marques de Oliveira, sem que esta inclinação signifique menosprezo dos excelentes Dórdio Gomes, Eduardo Viana ou Resende. A coleção de cerâmica merece nota alta, mas o viajante ainda está bem recordado do que sabe de Viana do Castelo, daí que não faça comparações nem conceda privilégios ao que está vendo. Debruça-se para os esmaltes de Limoges, entende sem dificuldade que são obras de primeira qualidade, mas por aí se fica. Não é o esmalte que rende o viajante.

Agora encaminha-se para a Sé. Na passagem entra nos Clérigos, olha-os de fora, pensa no que devem o Porto e o Norte a Nicolau Nasoni, e acha que é mesquinha paga terem-lhe posto o nome no cunhal duma rua que tão depressa começa logo acaba. O viajante sabe que raramente estas distinções estão na proporção da dívida que pretendem pagar, mas ao Porto competiriam outros modos de assinalar a influência capital que o arquiteto italiano teve na definição da própria fisionomia da cidade. Justo é que Fernão de Magalhães tenha aquela avenida. Não merecia menos quem navegou à volta do mundo. Mas Nicolau Nasoni riscou no papel viagens não menos aventurosas: o rosto em que uma cidade se reconhece a si própria.

Como seria a Sé do Porto nos seus tempos primeiros? Pouco menos que um castelo, em robustez e orgulho militar. Dizem-no as torres, os gigantes que vão até à altura superior do vão da rosácea. Hoje os olhos habituaram-se de tal maneira a esta compósita construção que já mal se repara na excentricidade do portal rococó e na incongruência das cúpulas e balaústres das torres. Ainda assim, é a galilé de Nasoni que mais bem integrada aparece no conjunto: este italiano, criado e educado entre mestres doutro falar e entender, veio aqui escutar que língua profundamente se falava no Norte português e depois passou-a à pedra. Perdoe-se a teima: não compreender isto é grave delito e mostra de pouca sensibilidade.

O interior da igreja avulta pela grandeza das pilastras, pelo voo das abóbadas apontadas. Em contrapartida, o claustro, felizmente restaurado, e que vem de 1385, é pequeno, de impecável geometrismo, que a pedra nova da arcaria sublinha. O cruzeiro, ao centro, tem mutilada a cabeça de Cristo. Todo o rosto desapareceu, e na superfície lisa tentam agora os líquenes desenhar novas feições. Ao lado do claustro é um antigo cemitério. Aqui se enterraram judeus, ao lado mesmo do templo cristão, o que confunde o viajante, que a si próprio promete tirar a limpo esta vizinhança inesperada.

Saindo da Sé, o viajante vai olhar os telhados do Barredo. Desce do terreiro para ver de mais perto, para tentar adivinhar as ruas entre o pouco que sobressai das fachadas, e é quando regressa que vê uma singular fonte adossada ao muro de suporte do terreiro. Tem ao alto um pelicano em atitude de arrancar a própria carne do peito. Da bacia superior sairia a água por quatro carrancas que mal sobressaem no contorno da pedra. Essa bacia é sustentada por duas figuras de criança, de meio tronco, que irrompem de dentro do que parece uma corola floral. O viajante não tem quaisquer certezas, diz só o que vê ou julga ver, mas o que para ele é indiscutível é a expressão ameaçadora das figuras de mulher, também de meio tronco, assentes em estípides, segurando cada uma a sua urna. O conjunto é uma ruína. Indo a perguntas à vizinhança, ouviu o viajante dizer que aquela é a Fonte do Pássaro, ou Passarinho, já não recorda bem. O que ninguém foi capaz de dizer-lhe é a razão do olhar colérico com que as duas mulheres de revés se desafiam, nem o que contêm aquelas urnas, nem a quem servia a água que aqui em tempos correu. No peito do pelicano há um orifício: dali manava a água. Os três filhos do pelicano, em baixo esboçados, padeciam da eterna sede. Tal como a fonte agora, toda ela, suja, maculada, sem ter quem a defenda. Se um dia o viajante torna ao Porto e vai por esta fonte e não a encontra terá grande desgosto. Dirá então que foi cometido um crime à luz do dia, sem que ao assassinado valesse a Sé, que está por cima, ou o povo do Barredo, que está por baixo.

Quando no dia seguinte estiver de partida, depois de ter ido visitar essa joia verdadeira que é a Igreja de Santa Clara, com o seu portal onde o Renascimento aflora, com a sua talha barroca que concilia outra vez o bem-querer do viajante, com aquele seu pátio resguardado e antigo para onde dá a antiga portada do convento quando o viajante estiver de partida, tornará a ir à Fonte do Pelicano, olhará aquelas iradas mulheres que presas à pedra se desafiam, saberá que há ali um segredo que ninguém lhe vem explicar, e é isso que leva do Porto, um duro mistério de ruas sombrias e casas cor de terra, tão fascinante tudo isto como ao anoitecer as luzes que se vão acendendo nas encostas, cidade junta com um rio que chamam Doiro.

# Terras baixas, vizinhas do mar

*AS INFINITAS ÁGUAS*

O viajante vai a caminho do sul. Atravessou o Douro em Vila Nova de Gaia, entra em terras que a bem dizer são diferentes, mas desta vez não lançou aos peixes uma nova peça do seu sermonário. De tão alta ponte não o ouviriam, sem contar que estes peixes são de cidade, não se rendem a sermões. Nesta margem esquerda do rio estão enterrados grandes tesouros: são os que vêm daquelas vistas encostas talhadas em socalcos, das cepas que nestes dias de Janeiro já perderam todas as folhas e são negras como raízes queimadas. Nesta encosta de Gaia desaguam os grandes afluentes das uvas esmagadas e do mosto, aqui se filtram, decantam e dormem, espíritos subtis do vinho, cavernas onde os homens vêm guardar o Sol.

Ainda bem que o não guardam todo. Pela estrada que vai a Espinho, não há mais sombras que não sejam as das árvores. O céu está limpo, não se vê um vago fiapo de nuvem, seria um dia de Verão se a aragem não fosse tão viva. Em Espinho o viajante não parou. Olhou de longe a praia deserta, as ondas atropelando-se, a espuma que o vento arrasta em poalha, e continuou a direito até Esmoriz. São minúcias desinteressantes de itinerário, mas é preciso não esquecer que o viajante não tem asas, viaja pelo chão como qualquer outro bicho pedestre, e mal parecia não dizer ao menos por onde passa. Vai agora a Feira, que é terra afamada por seu castelo, principalmente a torre de menagem com os coruchéus cónicos que, a olhos do viajante, lhe dão um ar de casa apalaçada, nada guerreira, apenas estância para fidalgos em tempos de paz. É certo que lá estão as seteiras, mas até para isso encontra uma explicação, supondo que nas horas de muito lazer se entreteriam os fidalgos no tiro ao alvo para não perderem o hábito. O viajante tem destas faltas de respeito, afinal simples e pouco hábil modo de se defender dos enternecimentos que as pedras antigas lhe causam. E já nem é tanto o Castelo da Feira que lhe está bulindo com as sensibilidades, mas estas antiquíssimas aras votadas a um deus que nestes lugares se venerou e a que chamavam, pasmemos todos, Bandevelugo-Toiraeco. Já não bastava o abade D. Troicosendo Galendiz, vem agora este deus de nome rebarbativo, mais trava-línguas que sujeito de oração. Não admira que tenha caído no esquecimento. Agora vai-se a Nossa Senhora dos Prazeres pedir o que certamente se rogava a Bandevelugo-Toiraeco: paz, saúde, felicidade.

Por intercessão desta potestade ou da outra, caiu o vento. O viajante desce do Castelo da Feira por aquelas umbrosas alamedas, respira consolado o ar vivíssimo, e vai dar uma vista de olhos à igreja do Convento do Espírito Santo. Não colhe grandes lucros. O mais que tem para ficar na lembrança é a sua implantação no terreno, empinada no alto de um escadório, em modo de presidência. Posto o que segue o viajante para Ovar, onde estão à sua espera o almoço e o museu. Do que comeu se esquecerá vinte e quatro horas depois, mas não daquele vinho verde adamado de Castelões, criado nas bem-aventuradas margens do rio Caima, ao abrigo das serras vizinhas da Freita e de Arestal. Este vinho que o viajante bebe em puro estado de graça, na exata temperatura que lhe convém, não acata a fisiologia do corpo humano. Mal entra na boca logo se derrama no sangue, é verdadeiramente absorvido por osmose, sem os grosseiros processos da digestão.

Não foi por isso que o viajante achou tão fascinante o museu. Enfim, tudo estará ajudando, o deus Bandevelugo, o branco de Castelões, a luz deste incrível Sol, mas há que dizer que o Museu de Ovar tem, por si só, um encanto particular. Primeiro, não é um museu, é um guarda-tudo. Ocupando o que foi casa de habitação, arruma como pode um recheio onde se juntam o banal e o precioso, a rede de pesca e o bordado, o instrumento agrícola e a escultura africana, o trajo e o móvel, os quadrinhos de conchas e escamas de peixe ou os bordados a cabelo. E o que tudo isto junta numa forma singular de homogeneidade: o amor com que foram reunidos todos os objetos, o amor com que se guardam e são mostrados.

O Museu de Ovar é um tesouro para quem da cultura tenha uma conceção global. Quanto ao viajante, que nessas matérias vai tão longe quanto pode, chegou a altura de confessar que em Ovar deixou uma parte do coração: só assim saberá dizer o que sentiu diante daquele chapéu de mulher, preto, de espesso feltro, grande aba redonda donde pendem seis borlas. Quem não o viu nunca, não poderá imaginar a graça, o donaire, a feminilidade irresistível do que, pela descrição, se cuidará ser um desajeitado guarda-sol. Não faltam razões para ir a Ovar, mas o viajante, quando lá tornar, será por causa deste chapéu.

De Ovar ao Furadouro são cinco quilómetros por uma estrada que vai a direito, como se quisesse lançar-se ao mar. Aqui a praia é um areal sem fim, encrespado de dunas para o sul, e a luz é um cristal fulgurante, que no entanto, providência deste tempo invernal, se mantém nos limites do suportável. A esta mesma hora, no Verão, cegam-se aqui os olhos com as múltiplas reverberações do mar e da areia. Agora o viajante passeia na praia como se estivesse na aurora do mundo.

É um momento solene. Aí para baixo é a ria de Aveiro, quarenta quilómetros de costa, vinte quilómetros para o interior, terra firme e água rodeando todas as formas que podem ter as ilhas, os istmos, as penínsulas, todas as cores que podem ter o rio e o mar. O viajante fez bem as suas orações: não há vento, a luz é perfeita, as infinitas águas da ria são um imóvel lago. Este é o reino do Vouga, mas não há de o viajante esquecer as ajudas da arraia-miúda de rios, ribeiras e ribeirinhos que das vertentes das serras da Freita, de Arestal e do Caramulo avançam para o mar, alguns condescendendo afluir ao Vouga, outros abrindo o seu próprio caminho e encontrando sítio para desaguar na ria por conta própria. Digam-se os nomes de alguns, de norte para o sul, acompanhando o leque desta mão de água: Antuã, Ínsua, Caima, Mau, Alfusqueiro, Águeda, Cértima, Levira, Boco, fora os que só têm nome para quem vive à borda deles e os conhece de nascença. Se este a tempo fosse de estivais lazeres, estariam as estradas em aflição de trânsito, as praias em ânsia de banhos, e nas águas não faltariam as embarcações de folguedo mecânico ou à vela. Mas este dia, mesmo de tão formoso sol e tão aberto céu, é de alto Inverno, nem sequer está a Primavera em seus primeiros ares. O viajante, pelo menos assim quer acreditar, é o único habitante da ria, além dos seus naturais, homens e bichos da água e da terra. Por isso (todo o bem há de ter sua sombra) estão as salinas desertas, os moliceiros encalhados, os mercantéis ausentes. Resta a grande laguna e a sua silenciosa respiração de azul. Mas aquilo que o viajante não pode ver, imagina, que também para isso viaja. A ria, hoje, tem um nome que bem lhe quadra: chama-se solidão, fala com o viajante, ininterruptamente fala, conversas de água e limosas algas, peixes que pairam entre duas águas, sob a reverberação da superfície. O viajante sabe que está a querer exprimir o inexprimível, que nenhumas palavras serão capazes de dizer o que uma gota de água é, quanto menos este corpo vivo que liga a terra e o mar como um enorme coração. O viajante levantou os olhos e viu uma gaivota desgarrada. Ela conhece a ria. Vê-a do alto, risca com as pendentes patas a polida face, mergulha entre o moliço e os peixes. É caçadora, navegante, exploradora. Vive ali, é ao mesmo tempo gaivota e laguna, como laguna é este barco, este homem, este céu, esta profunda comoção que aceita calar-se.

Atravessa o viajante a região da Murtosa e nota, primeiro em vaga impressão, depois por observação consciente, que todas as casas, mesmo as de só térreo piso, mesmo as humildes que mal se veem entre as árvores e por trás dos muros, têm afinal um ar apalaçado. Donde lhes virá a prosápia, é o que daí a pouco descobre, ou julga descobrir, para assim confirmar a bondade das pequenas causas no alcance dos grandes efeitos. Será primeiro a proporção, a cor, a implantação, o desafogo do espaço geral, mas é sobretudo obra daqueles enfeites de barro vermelho, pináculos, coruchéus, volutas, que ao longo das cumeeiras dos telhados se dispõem. É um uso que nestes lugares começa e nestes lugares acaba, pelo menos com a constância e o equilíbrio aqui encontrados. A paisagem, sem acidentes, toda quase ao nível do mar, furta-se aos olhos do viajante. Em Estarreja o viajante não vê mais que a casa da Praça, pintada duma agoniativa cor de salmão que prejudica o entendimento das suas proporções. Aponta outra vez ao sul, atravessa Salreu, Angeja, e enfim vê o Vouga na sua verdadeira dimensão de rio. Aí adiante, para além destas arenosas terras, é Aveiro, lugar que no século X era um minúsculo povoado de pescadores, senhorio da condessa Mumadona Dias. Já então se exploravam as salinas nos alagadiços, e não custa acreditar que certas terras, em dez séculos, nada mais tenham produzido que sal.

O viajante dá o balanço ao dia e não o acha perdido: um deus para seu uso particular, um chapéu incomparável, vinho para a ilha dos amores, as embriagadoras águas da ria. Porém, vai dormir com maus pressentimentos: o Sol, mesmo antes da sua hora, escondeu-se por trás duma bruma húmida que pairava sobre o mar. Bruma foi ela que na manhã seguinte todo o céu estava forrado de cinzento, a atmosfera fria e crespa. É aqui altura de alinhar as sabidas reflexões sobre a instabilidade do tempo e da fortuna, logo se consolando com a mesma sucessão dos dias que não consente que todos sejam maus. Ainda ontem, por exemplo, se viu como cuida o céu dos seus viajantes preferidos. A ria, vista sob a luz do Sol, foi um presente real. É bom que o viajante não vá com a ideia de que tudo são rosas.

Ir ao Museu de Aveiro é uma aventura. Tem, como todos, suas horas de abrir e fechar, mas se o viajante veio ao mundo sem sorte pode-lhe acontecer ficar infindos tempos à espera de entrar, como pobre à portaria de convento, em dia de atraso no caldo. E quando se diz portaria de convento, não é isto liberdade de quem escreve e eventualmente abusa das palavras, mas sim expressão rigorosa. Claro que tem os seus encantos puxar a corrente da sineta, ouvir lá dentro repicar o badalo, e depois esperar que a irmã porteira, isto é, o encarregado do museu, venha descerrar o batente. Se o viajante não está bem senhor dos usos e se tardam a abrir-lhe, é natural que se impaciente com a demora e torne a tocar. Fará mal. Estando o empregado nos fundos do convento, tem muito que andar antes de vir à porta, e pior ainda será se houver visitantes. Então não terá outro remédio que esperar, com paciência, que saia quem mais madrugou. Avisadamente andou o viajante que ainda não dera a hora já alçava a mão para o badalo, a pedir o seu pão.

Foi no Museu de Aveiro que o viajante depôs as armas com que, em horas menos respeitosas, tem lutado contra o barroco. Não houve conversão fulminante, amanhã tornará a recalcitrar outros excessos e gratuitidades, mas aqui abriu os olhos do entendimento. Quem organizou e mantém o Museu de Aveiro sabe do seu ofício. Do seu ofício sabe igualmente o guia que acompanha o viajante: não se limita às tradicionais ladainhas, chama a atenção, dialoga, comenta com inteligência.

O viajante está a aprender, faz muita questão de se mostrar bom aluno.

De duas mil peças que ali se encontram expostas, não poderá falar nem de dez. Do que o conjunto arquitetónico e decorativo é, mal se atreverá a falar. Fique uma palavra para o claustro, feminino, com os seus bancos forrados de azulejos onde as monjas divagariam, às tardes, sobre casos sacros e mundanos, entremeando segredinhos com orações. O viajante não esteve presente nesse tempo, mas adivinha. Considera que muito afortunadas eram as freiras, beneficiárias de tanta beleza acumulada nestas paredes, nestas decorações renascentistas, nestas passagens. Que alimentos se serviam nas longas mesas corridas, não sabe o viajante, mas pode ver neste momento a beleza dos azulejos que forram as paredes do refeitório, o teto baixo de madeira, a impecável proporção do conjunto. Impressiona-o menos o túmulo de Santa Joana Princesa, obra sem dúvida de lavor requintado, toda de mármores embutidos e de ordenadas cores, mas já se viu que o viajante tem uma sensibilidade apontada a outras direções e a outras matérias. Em compensação regala-se com as ingenuidades e os anacronismos das pinturas que forram as paredes do que hoje se denomina a sala-santuário, em particular aquela que mostra a princesa recebendo D. Afonso V no seu regresso de Arzila: ao fundo, em cerrada formação, faz guarda de honra uma companhia de granadeiros de barrete de pelo, enquanto o rei se apresenta em vestes e modos de fidalgo mais dado ao paço do que às batalhas. Porém, onde o cortesanismo atinge a incongruência total é no retrato que da princesa Joana fez Pachini, mostrando-a com expressão e atavios de Pompadour e fazendo do Menino Jesus, que ao colo dela está, a menos celeste das figuras, tão pouco que o resplendor se lhe confunde com os louríssimos cabelos. Não lhe fica atrás a santa, toda enfeitada de plumas e toucada de ouros e pedras preciosas. Felizmente que lá está o outro retrato, aquele do século XV, belo de matéria, rigoroso de plástica, mostrando uma princesa triste e portuguesa.

Devia o viajante fazer mais do que menção da provavelmente italiana e quatrocentista *Senhora da Madressilva*, dos ladrilhados e colunatas que envolvem a pintura que representa *S. Domingos*, da requintadíssima *Sagrada Família*, de Machado de Castro, obra puríssima que resgata o convencionalismo das atitudes. Devia, mas não pode. Tantas e tão magníficas peças reclamam visitas sucessivas, olhares demorados, lentas absorções. O viajante apenas falará daquele Cristo crucificado que está, não falhando a memória, no coro alto, de costas para a nave. É uma figura estranha, calva, ou que assim parece. Não tem sequer a coroa de espinhos: terá levado sumiço. E a estranheza é imediatamente dada pela pouco vulgar anatomia: não é o corpo esguio a que estamos acostumados, não tem a esbelteza que o descaimento do tronco e dos membros inferiores acentua; também não é atleta rubensiano, nem a mortificação de carnes amolecidas, tão do gosto de um Greco, por exemplo. É apenas um homem, um pobre homem de mediana estatura cujo esqueleto não entende de proporções clássicas. Tem a perna curta, o tronco de quem há de ter suportado carregos, e o rosto mais humano que olhos de viajante têm encontrado já neste longo andar. Posto no alto, deixa pender a cabeça, oferece a cara. E de seis lugares diferentes donde o olhemos, seis diferentes expressões mostra, de uma maneira que sendo gradativa é também brusca, súbita. Porém, se o espectador for passando devagar, de posição em posição, sem nelas se deter, numa geometria poligonal, então verá como este rosto é sucessivamente moço, maduro e velho, como tudo nele vai passando, a serenidade, a paz, a agonia, a morte, um sorriso vago, a intemporalidade, se tal coisa existe. Que Cristo é este, de que ninguém fala? Diz o guia que parece ter sido feito em Burgos, por gente árabe convertida ao cristianismo, assim se explicando a anatomia doutra raça, o rosto exótico. Se o escultor era mudéjar, terá preferido olhar o seu próprio corpo para fazer o Cristo, em vez de ir procurar modelos duma outra cultura, que só dolorosamente iria assimilando. Esta imagem de Cristo, aos olhos do viajante, exprime essa dor.

Perto do museu, é a Igreja de São Domingos, ou catedral. Tem à frente o cruzeiro, carcomida peça gótico-manuelina, os pezitos do crucificado virados para dentro, mais bem ajeitados para o bruto cravo que os trespassa, ou solução descoberta pelo escultor para disfarçar a sua inabilidade, ou quem sabe se suprema arte que assim terá impedido o avanço dos pés sobrepostos em relação ao plano vertical do corpo suspenso. A igreja deve ser visitada, não lhe faltam motivos de interesse, mas o viajante vem de manjares mais finos, olha distraidamente, apenas dando atenção aos retábulos de calcário. Dali passou à Misericórdia, onde o magnífico *Ecce Homo* de pau-cetim mal se percebe por trás dos reflexos do vidro que o protege. O visitante habituou-se aos museus, à fraqueza com que as imagens se mostram e desejaria este *Ecce Homo* menos inacessível.

Quando ao viajante dá o apetite do almoço, vem dos confins da sua memória uma recordação. Em Aveiro comeu ele, há muitos anos, uma sopa de peixe que até hoje lhe ficou na retentiva do olfato e das papilas da língua. Quer verificar se os milagres se repetem, e vai perguntar onde é o Palhuça, que assim se chamava a casa de pasto onde se dera a aparição. Já não há Palhuça, o Palhuça está agora a cozinhar para os anjos, ou talvez para a princesa Santa Joana, sua patrícia, acima deste cinzento céu. Baixa o viajante a cabeça, vencido, e vai comer a outro lado. Não comeu mal, mas nem a sopa era a do Palhuça, nem o viajante era o mesmo: tinham passado muitos anos.

À tarde, quer ver como será a rua estando o sol ausente. Viu águas de chumbo, terras rasas, as coisas a dissolverem-se na humidade do ar, e, contudo, apesar de tais melancolias, apesar do escuro mar que vem bater nos molhes da barra, está contente com a sua sorte: um dia de sol, um dia de névoa, de tudo se precisa para fazer um homem.

Desceu a costa até à Vagueira, passou por Vagos, vai a Vista Alegre. Do museu da fábrica não quer falar, do trabalho dos operários diz que decerto mereceria outro nível de arte, outra invenção, e não a repetição ou o rebuscamento de formas e soluções decorativas ultrapassadas. O que valeu ao viajante foi a Igreja de Nossa Senhora da Penha, mesmo ali ao lado, não tanto pelo túmulo do bispo D. Manuel de Moura, esculpido por Laprade, não tanto pela gigantesca Árvore de Jessé que ocupa todo o teto, mas pelas pinturas murais da sacristia, Maria Madalena despedindo-se dos brilhos e vícios do mundo para se refugiar, pecadora arrependida, já feia, já desgrenhada, numa caverna que nem os bichos haviam de querer. Assim é o mundo feito: a uma santa abonecou-a o pintor Pachini, a outra santa fez-se esta desconsideração.

## *EM CASA DO MARQUÊS DE MARIALVA*

Durante a noite, choveu. Quem diria, anteontem, vendo o Sol e o céu, que o tempo se poria de tão má cara. Talvez cuide desanimar o viajante, mandá-lo para casa, porém muito se engana: este viajante é homem para andar por cima de toda a folha, gosta mais de frio que de calor, e se aborrece um tanto o nevoeiro é só porque ele o impede de ver as coisas. A caminho de Águeda faz estas meteorológicas reflexões, enquanto vai observando a paisagem. A estrada segue na falda das colinas, dela veem-se os baixos alagados, campos de arroz, quintais de viçosos verdes. Talvez da exalação dos charcos, paira uma bruma à altura da copa das árvores. Enfim, está um lindo dia.

O viajante foi primeiro a Trofa, pequena povoação a deslado da estrada que liga Águeda a Albergaria-a-Velha. Quem levar pressa, nem dará pela solícita placa que lhe aponta o bom caminho, e, vendo-a, logo adiante se esquecerá do que viu, se não militar nos batalhões amantes de pedrarias e pinturices, salvo seja. Se é daqueles, converta-se em Trofa.

Ali tem, na igreja matriz de que é orago S. Salvador, a Capela dos Lemos. Mal entrou, o viajante sentiu que estava a viver um dos grandes momentos deste seu ofício de calcorreados. Não se trata aqui de uma monumental igreja, de imponentes conjunções de espaço e matéria. São uns tantos túmulos, quatro arcos que os cobrem, só isto e nada mais. Emenda o viajante: tudo isto. Está aqui o cavaleiro Diogo de Lemos, que este panteão fundou. Quem tal estátua jacente esculpiu, não se sabe. Há quem afirme que foi Hodart, há quem o negue ou duvide. Não seria mais bela a escultura por sabermos o nome de quem manejou os cinzéis, mas o viajante gostaria que nesta breve superfície lisa o artista tivesse deixado a sigla, a marca que um nome escrito faz, mesmo adulterado à portuguesa, como lhe chamaram: Odarte. O viajante tem pena de levar consigo esta dúvida, quando leva uma certeza que de nada lhe serve: ser o túmulo de um Diogo de Lemos que de si só isto deixou, precisamente o que seu não é.

Torna o viajante sobre os seus passos a Águeda e vai a Santa Eulália, que está num alto, isolada do congestionado centro da vila. Chega-se lá por estreitas e íngremes ruas, e, se no interior da igreja nos não esperam obras-primas, assinala-se contudo aqui a passagem da escola renascentista de Coimbra na Capela do Sacramento, com o seu magnífico retábulo. Há também, mais tardia, uma *Deposição no Túmulo* decerto convencional, porém dramática quanto baste para que o viajante experimente, juntando-lhe o seu próprio saber de experiência feito, as dores que não dão remédio a quem por morte de amados chora e muito menos a quem, chorado ou não, morreu.

O viajante não está de boa maré. Quer a cultura em que se formou que a arte, quase toda ela, ou pelo menos as suas expressões mais altas, tenha sido criada no seio da instituição religiosa. Ora, tal religião apregoa mais preocupações de vida eterna do que alegrias desta transitória vida, que alegre devia ser, e plena. Quer a religião católica que tudo sejam macerações, cilícios, jejuns, e, se isto não quer tanto hoje, continua a resistir mal às tentações. Alegrias, não as há, e os júbilos hão de ser celestes, ou contemplativos, ou místicos e extáticos. O viajante procura a arte dos homens, essa vontade de vencer a morte que se exprime em pedras levantadas ou suspensas, em adivinhações do traço e da cor, e encontra-as nas igrejas, no restante dos conventos, nos museus que daqueles e destes afinal se alimentaram. Procura a arte onde ela está, entra nas igrejas, nas capelas, aproxima-se dos túmulos, e em todos os lugares faz as mesmas perguntas: que é isto?, quem fez?, que quis dizer?, que medo foi o seu, ou que coragem?, que sonho para realizar amanhã? E se alguém insinuar ao viajante que bem poderia ter escolhido mais solene lugar para fáceis filosofias, ele dirá que todos os lugares são bons, e a Igreja de Santa Eulália, nesta Águeda que noutros tempos, e bem melhor, Ágata se chamou, serve tanto para o efeito como o dólmen da Queimada ou os espigueiros do Lindoso.

Neste estado de espírito, compreende-se que o viajante procure, de preferência, terras pequenas, sossegadas, onde ele próprio possa ouvir bem as perguntas que faz, mesmo não recebendo resposta. Passará por Oliveira do Bairro, mas antes irá a Oiã, que fica do outro lado do rio Cértima. A igreja é recentíssima, fez agora oitenta anos de consagração e atividade, mas quem a recheou tinha a cabeça no seu lugar e a sensibilidade no coração certo. Aqui foram reunidos uns magníficos retábulos de talha dourada que eram do Convento de Santa Ana de Coimbra, donde igualmente veio o cadeiral, mas o que para o viajante é principal, e isso não sabe donde veio, é o conjunto de pinturas seiscentistas que distinguem e enriquecem a igreja. São uma meia dúzia de excelentes retábulos, de notável unidade de fatura e de estilo, claramente todos da mesma mão, e não habilíssima mão, como se vê pelo repetitivismo das expressões. Mas a sinceridade destes pequenos quadros, o gosto de pintar que neles se adivinha, dão ao viajante um grande contentamento de alma, que passa a sorriso diante de um S. Sebastião de barba loura e louro bigode, que manifestamente não acredita no que lhe está acontecendo. Aliás, tivesse o viajante tempo e competência mínima, haveria de fazer um estudo comparado dos Sebastiões santos que inundam Portugal, tanto os de grande aparato como os toscos, tanto os de forçudo corpo como de efeminado gesto. Haviam de ser interessantes as conclusões. Sai o viajante a perguntar aos seus botões por que más artes se não recolhem em álbuns, em simples bilhetes-postais, estas pequenas joias populares, estas lições de gosto e de estética. Não lhe respondem os botões, e essa era a última esperança do viajante, porque respostas doutro lado não espera.

Em Mamarrosa, não se demorou. Apreciou a frontaria e, se não está sonhando, se foi realmente ali e não noutro lugar, visitou o minúsculo cemitério que está ao lado da igreja, tão minúsculo que só uma conclusão se pode tirar, a de que se morre pouco em Mamarrosa. Sempre para o sul, o viajante passa Samel, Campanas, Pocariça. A paisagem não espanta, e a da Bairrada, aprazível sem sobressaltos. Hoje não haverá surpresas.

Há duas, e estão à espera, mesmo aí adiante, em Cantanhede. A primeira, falando cronologicamente, é a igreja matriz. Está num grande largo, gosta-se de olhá-la por fora, o viajante hesita se há de, antes de mais nada, acudir às exigências do espírito ou aos alarmes do estômago, mas, estando tão perto, entra. Lembra-se de ter lido em Fernão Lopes que foi aqui, em Cantanhede, que D. Pedro o Cru declarou ter casado com Inês de Castro. Eram tempos em que bastava o rei dizer que casou e logo o tabelião lavrava auto de confirmação. Havia de ser hoje: pediam-se testemunhos, papel selado, bilhete de identidade, metia-se o registo civil no caso, e o rei tinha de casar outra vez.

Por esta igreja passou João de Ruão, uma das fortunas que no século XVI aconteceram em Portugal, em figura de escultor. As outras foram o Nicolau de Chanterenne e o Hodart. Vieram todos das Franças sacudir a rigidez ainda românica, o gótico hirto, e isto leva o viajante a pensar que nenhum mal nos teria feito continuar a receber visitantes desta qualidade. Alguns vieram, nenhum tão fecundante, salvo o Nasoni, e não faltaram outros que foram instrumentos de mala arte. Aqui, a Capela do Sacramento, onde estão os túmulos de uns Meneses, é um espaço precioso, trabalhado mais como uma pintura do que como ordenação de volumes. Explique-se melhor o viajante: esta capela é arquitetura, estas imagens são esculturas, mas o conjunto dá uma impressão pictórica, e é no interior de um quadro que o viajante se sente. Outros retábulos renascentistas estão na Capela da Misericórdia, e, vá por último, mas não por derradeiro, são admiravelmente lançadas as arcadas que separam as naves laterais do corpo central da igreja.

Mas o viajante falou de duas surpresas, e esta foi apenas a primeira. Vamos à segunda. Está a chover cá fora, levou toda a manhã a ameaçar, pelo que, obviamente, surpresa não é. A um passante bem-apessoado foi o viajante perguntar onde seria bom sítio para alimentar o corpo. Não foi neste estilo circunloquial que se exprimiu, mas o interrogado olhou de alto a baixo, antes de responder, e enfim deu a senha: "Vá ao Marquês de Marialva." Que haja em Cantanhede um marquês de Marialva, só mais tarde o viajante veio a compreender: hoje acumulam-se riquezas, antigamente acumulavam-se riquezas e títulos: este marquês de Marialva, sexto na sucessão, era também o oitavo conde de Cantanhede. Não quer o viajante entrar em particulares biográficos, o que nesta hora mais lhe importa é calar o estômago. Vai portanto ao Marquês de Marialva. Ficará sentado ao pé duma janela, vendo cair a chuva, e terá um bacalhau no forno que lhe ficará de lembrança, um vinho a carácter, uns pastéis de nata servidos nas suas naturais e queimadas forminhas de lata, uma aguardente em garrafa coberta de geada, um café honrado. O viajante está tão agradecido que lhe apetece tratar o dono do restaurante por marquês de Marialva, conde de Cantanhede, dar-lhe um título que o mereça. Não são efusões do vinho e da aguardente, é apenas a gratidão natural. Pagou o viajante a conta e saiu com a impressão de que ainda tinha ficado a dever qualquer coisa.

De Cantanhede a Mira são dezasseis quilómetros de reta. O que faz o viajante procurar outra vez o mar, é saber se ainda além existem os famosos palheiros, ou se são já apenas lembrança da gente mais velha que lá vive. Não faltará quem diga que é muito andar para tão pouco colher. Rege-se o viajante por outros compêndios e não se tem dado mal com isso.

Palheiros de Mira, entrando, é uma terra igual a outras da costa do mar: ruas largas, casas baixas, vá lá que uma pequena subida perpendicular ao passeio marginal, como se ao comprido da linha da praia se tivesse levantado um dique. Não compliquemos: isto é só jeito natural da primitiva duna que defendia a povoação e os campos. O céu limpou das névoas mais espessas, há mesmo, por instantes, um pálido sol. O viajante não vê palheiros, sente-se definitivamente logrado, mas vai perguntar a um velhíssimo homem que se entretém a olhar o mar: "Faz favor, onde são os palheiros?" O velho sorri, deve estar a juntar mais este viajante a quantos outros vieram aqui fazer a mesma pergunta, e responde com bons modos: "Isso já não há. Agora são tudo casas. Só para além, dois ou três." Agradeceu o viajante e seguiu na direção apontada. Lá estavam os sobreviventes, grandes barracas de tábuas escurecidas pelo vento e pela maresia, algumas já desmanteladas, pondo à vista a técnica da construção, o forro interior, os barrotes de sustentação. Algumas vê-se que são ainda habitadas, outras leva-lhes o vento as telhas. Não tardam muitos anos para que disto só reste a memória fotográfica. Porém, se então não forem distraídos os olhos, quem vier encontrará parentescos com os velhos palheiros neste prédio hoje construído, nos guarda-sóis das varandas, na cor fosca de madeira que o tempo curtiu. O viajante não sabe quem é o arquiteto, nem entrou nas casas para saber se ao génio de fora correspondem acertos de dentro, mas deixa aqui o seu louvor. Não é todos os dias que se encontra gente a entender assim o espaço, a cor, a atmosfera, a ligação que tudo há de ter a tudo. A disposição que nos palheiros tinham os tabuados transferiu-se para aqui, os novos materiais aceitaram a justificação dos antigos.

    O viajante voltou a Mira, onde não parou, atravessou a ribeira da Corujeira que vai dar à Barrinha, e, chegando a Tocha, como havia no ar um amplíssimo ainda que pálido arco-íris, entendeu que devia ir visitar o falado templete que faz de capela-mor na igreja matriz. Foi esta construção obra de um espanhol, que fez promessa dela à sua patrícia Nossa Senhora da Atocha se o curasse. Sarou o espanhol, pagou a promessa, e de Atocha se fez Tocha, que sempre era um falar mais fácil. O templete, circular, é curioso, tão artificial como uma construçãozinha de jardim rococó, mas com colunas, cúpula e lanternim, com arcobotantes que provavelmente nada estarão arrestando, cria-se uma atmosfera muito particular, de cenário de ópera. São interessantes os azulejos setecentistas. Quando o viajante saiu já não havia arco-íris: há de ter-se escondido por não ter dado tanto quanto prometera.

Está a tarde no fim quando o viajante mete pela serra de Buarcos. É sem dúvida exagero dar-lhe esse nome, um monte de pouco mais que duzentos metros de altitude, mas como sobe depressa e está mesmo ao pé do mar, ganha em grandeza. E é bem bonito passeio, diga-se já. Vai a estrada contornando até serra da Boa Viagem, desce depois, mostrando as grandes vistas da planície que o Sol baixo recorta. Remata-se agradavelmente o dia.

O viajante dormirá na Figueira da Foz, e quando no dia seguinte quiser visitar o museu encontrará as portas fechadas: falta a energia elétrica, tão cedo não a haverá. E como o depósito da gasolina quase secara, a estas horas ainda o viajante estaria na Figueira da Foz se o empregado da bomba, à força de braço, não tivesse praticado a obra de misericórdia que é dar de beber a quem tem sede.

### NEM TODAS AS RUÍNAS SÃO ROMANAS

Se há coisa que o viajante estime, é saber o porquê do nome das coisas, porém não há de acreditar em qualquer história que lhe venham contar, como essa de vir o nome de Maiorca de uma teima entre os habitantes da terra (que, entretanto, nome não teria, ou se perdeu da recordação) e os de Montemor-o-Velho, que mais adiante está. Diz que os de Montemor, para fazerem pirraça aos de além, e fazerem valer as maiores alturas da sua terra, diziam em desafio: "Monte mor. Monte mor." E então os de Maiorca, sem argumentos de outro peso, respondiam: "Maior cá. Maior cá."

Sabe-se como o resto é fácil: tira-se o acento, aproximam--se as palavras, e aí está Maiorca com nome fixado para o resto dos tempos. O viajante não acredita, e faz muito bem.

Em todo o caso, não quer acirrar despiques. Antes de ir a Montemor-o-Velho, passará o Mondego, far-se-á esquecido da imaginária querela. Procura outras imaginações, a bem dizer nem as procura, apenas quer ver com os seus olhos Ereira, terra onde nasceu e viveu Afonso Duarte, um dos maiores poetas portugueses deste século, hoje inexplicavelmente apartado das atenções. Ereira é terra tão vizinha da água que, transbordando o Mondego, mais o rio Arunca que perto lhe passa, vai a cheia entrar-lhe nas casas, familiarmente, como velhos conhecidos que se reencontram. Terá sido num dia assim que Afonso Duarte escreveu: *Há só mar no meu País./ Não há terra que dê pão:/ Mata-me de fome/ A doce ilusão/ De frutos como o Sol.* O viajante também nasceu em alagadiças terras, sabe o que são enchentes, mas, quando relê Afonso Duarte, toma com rigor a altura das águas, em quatro versos medidas: *Mal vai ao poeta lírico,/ Mal me vai se pontifico/ Que onde houver pobre e rico/ Há os problemas da terra.* Adeus, Ereira. Até sempre, Afonso Duarte.

O viajante não tem especiais motivos para ir a Soure, mas por esse caminho vai-se bem a Conímbriga. Hoje é dia consagrado a ruínas ilustres, como costumam ser aquelas que de Romanos restam. Do ponto de vista das tradições populares, três são as grandes referências históricas: o tempo dos Afonsinos, o tempo dos Mouros, e o tempo dos Romanos. O primeiro serve para ilustrar, contraditoriamente, o que mais antigo for, ou apenas impreciso, quase mítico; o segundo, a que faltam testemunhos materiais abundantes, é fertilíssimo em lendas; o terceiro, que lendas não deu, afirma-se na sólida ponte, na lajeada estrada, infunde portanto o respeito da dura lei ao som da marcha das legiões. Os Romanos não encontram simpatia em quem lhes herdou o latim.

Na verdade, quando o viajante passeia por estas magnificências, e é fácil ver que magnificências são, sente-se um tanto alheado, como se estivesse vendo e palpando testemunhos duma civilização e duma cultura totalmente estranhas. É possível que tal impressão venha de imaginar os Romanos aqui instalados, muito senhores do seu fórum, dos seus jogos de água, passeando de toga e túnica, combinando a ida a banhos, e em redor, perdido nas colinas hoje cobertas de olivais, um gentio bisonho e dominado, sofrendo de fome certa e de ciúme azedo. Vista assim, Conímbriga seria uma ilha de avançada civilização rodeada por um mar de gente a afogar-se. Estará o viajante cometendo grave injúria a quem precisamente essa mesma civilização acabou por enraizar aqui, mas esta é a explicação que encontra para o mal-estar que sempre o toma diante de Roma e suas obras, e inevitavelmente o está remordendo em Conímbriga. Há porém que dizer, e dessa isenção é muito capaz, que as ruínas de Conímbriga têm uma monumentalidade subtil, que vai solicitando devagar a atenção, e nem sequer as grandes massas das muralhas desequilibram a atmosfera particular do conjunto. Há realmente uma estética das ruínas. Intacta, Conímbriga terá sido bela. Reduzida ao que hoje podemos ver, essa beleza acomodou-se à necessidade. Não crê o viajante que melhor pudesse ter acontecido a estas pedras, a estes excelentes mosaicos, que em alguns lugares a areia oculta, para sua preservação.

Deu vagarosas voltas, ouviu as boas explicações do guia e, estando já sozinho, foi inesperadamente encontrar, protegidos por chapas de vidro, três esqueletos humanos, restos de Roma a olhar lá do fundo do seu buraco o céu de Portugal, brumoso nesta hora. Hesita o viajante em continuar a cultivar as suas antipatias: afinal, Conímbriga foi invadida, saqueada, em parte destruída, pelos Suevos, gente que, no fim das contas, tanto se estaria afogando no mar de que o viajante falou, como por suas mãos veio aqui afogar outra gente. A vida é muito complicada, pensamento de pouco brilho, e ainda menor originalidade, e então o viajante decide arredar rancores mal conscientes e ter a justa piedade por uns pobres ossos que dos alimentos da terra portuguesa se formaram e em paga a ela tornaram.

Agora, sim, vai a Montemor-o-Velho. O castelo vê-se de longe, abrange toda a coroa da elevação em que foi levantado, e, tanto pela sua disposição no terreno como pelo número de torres quadradas e cilíndricas que lhe reforçam os muros, transmite uma poderosa impressão de máquina militar. O viajante não precisa de sonhar castelos em Espanha, tem-nos em Portugal, e este avulta entre a grande cidade deles que já lhe povoa a memória. É possível, no entanto, que o viajante, a quem o cultivo das letras não é estranho, esteja a deixar-se influenciar por factos que com o castelo nada têm, como seja terem nascido nesta boa vila de Montemor o Fernão Mendes Pinto da *Peregrinação* e o Jorge de Montemor da *Diana*. Sabe muito bem o lugar que ocupa nesta fila de três, lá para trás, no coice, mas, sendo a imaginação livre, compraz-se com a ideia de que por esta mesma porta de Santa Maria de Alcáçova entraram a batizar-se, cada um em seu tempo, o pícaro Fernão e o amoroso Jorge, e agora entra o viajante, por seu pé, com muito mais sal na boca do que à salvação convém, mas tão curioso como Fernão e tão melindroso como Jorge. Fique este desabafo e vamos às pedras e pinturas. Santa Maria de Alcáçova tem três naves, mas são tão amplos os arcos, tão esbeltas as colunas, que mais parece isto um salão enfeitado de falsas sustentações. Mora aqui um retábulo renascentista presumivelmente da oficina de João de Ruão, fornecedor de peças afins até à exaustão de formas, e nele, entre Santa Luzia e Santa Apolónia, uma Virgem da Expectação gótica, de Mestre Pero, que mostra o ventre fecundado, pousando nele a mão esquerda. É uma formosa imagem, que não esquece.

Saiu o viajante ao terreiro e, pela altura do Sol (estando em castelos medievais parece mal recorrer a outros ponteiros), percebeu que seriam horas de almoçar. Aliás, o estômago já lho estava dizendo desde há pedaço. Desceu pois à vila e foi abancar pertíssimo da Igreja da Misericórdia, que ali está mesmo à beira de águas. Seria estimável a vizinhança se não fosse encher o rio e entrar na igreja. O viajante não sabe como as coisas lá dentro se passam em momentos tais, se têm os santos de levantar os mantos para não se molharem, mas uma outra coisa sabe, é que está escrevendo estas palavras, que parecem falta de respeito, para disfarçar a indignação que sente por ver que assim ao respeito se falta a preciosas obras de arte, condenadas à morte pela indiferença e pelo desmazelo. O viajante deve confessá-lo aqui, não precisa de imagens sacras para orar aos pés delas, mas precisa de que elas sejam defendidas porque são obra do génio do homem, beleza criada. Quando olha a Senhora da Misericórdia que está por cima da porta, engrinaldada de ervas parasitas cujas raízes estarão desmontando as juntas das pedras, quando assim contempla e se comove, usa o viajante uma forma particular de oração: admira e ama.

Porém, em Montemor-o-Velho, não se acabaram os gostos e os desgostos. Vai dali ao Convento de Nossa Senhora dos Anjos, vê que a porta está fechada, mas não se alarma porque uma boa vizinha lhe diz que a chave se encontra à guarda doutra boa vizinha, ali mais acima. O viajante já se habituou a bater à porta dos habitantes, sente-se como quem anda à esmola, mas gosta do ofício. Vai ter paciência de esperar um bocadinho, que a senhora da chave está a acabar de almoçar. Se não estivesse já alimentado, ter-se-ia feito convidar, porque o cheiro que vinha de dentro de casa seria capaz de ressuscitar todo o vale de Josafá. O viajante desceu a rua, sentou-se no murozinho que limita o pequeno adro, e esperou. Não tardou muito, a guardiã da chave ainda vem a mastigar o último bocado, e com o costumado estridor das fechaduras emperradas abre-se a porta.

Entendeu logo o viajante que estava num lugar de muita reverência. Há em Portugal belezas, se deste relato isso não se concluir claramente a culpa é de quem devia explicar-se melhor, mas o Convento de Nossa Senhora dos Anjos nem precisa de outros adiantados louvores que este brusco suspender da respiração que nos toma ao entrar. E as sufocações são duas: a primeira é a inexprimível beleza que aqui se reuniu e fundiu em harmonia, a segunda é o estado de ruína em que tudo isto se encontra, paredes fendidas e manchadas de humidade, verdoso limo que tudo invade. O viajante aflige-
-se, pergunta-se como é possível tal situação, pergunta-o à senhora da chave, que gosta tanto do seu convento e o vê assim abandonado, e respostas não têm, ficam ambos a olhar os tetos, os muros, isto sem falar no claustro que cai aos bo-

cados. Faz o viajante um esforço para não ver chagas e mazelas, e é tanta a beleza desta igreja que o consegue.

Falamos muito, em Portugal, de românico, de manuelino, de barroco. Falamos menos de Renascimento. Será porque todo ele veio de importação, será porque não teve entre nós desenvolvimentos nacionais. Em Montemor-o-Velho interessam pouco tais subtilezas: o que temos diante, aqui na Capela da Deposição, ali na Capela da Anunciação, são obras-primas renascentistas que como tal seriam estimadas na Itália, primeira pátria do Renascimento. E por falar de Itália, dá-se o viajante à ironia de pensar que a esta igreja puxariam os Italianos o lustro e poriam a render, e depois sempre se arranjariam alguns portugueses para irem visitar longe e virem de lá a lastimar-se por tais preciosidades estarem em país estrangeiro.

Este túmulo é de Diogo de Azambuja. Tem tal apelido, mas nasceu em Montemor-o-Velho. É um mancebo que está deitado na arca tumular, pousada a cabeça em duas almofadas de precioso bordado, mas esta tampa de pedra fechou-se sobre um homem de 86 anos, que tantos tinha Diogo de Azambuja quando morreu. Este velho escolheu a imagem com que havia de ficar para a eternidade, e teve a fortuna de encontrar o escultor que lha inventou: Diogo Pires, o Moço. Também aqui os bolores verdes se instalaram, mas ao menos servem para sublinhar volumes, avivar cavidades, desenhar contornos. A estátua jazente de Diogo de Azambuja está coberta de vida. Bem a merece.

O viajante não tem vontade de partir. Conversa com a guardiã da chave, já são bons amigos. Mas, que se há de fazer, ainda tem muito que andar. Vai às partes superiores do convento, contempla no coro alto da igreja as pinturas murais, ingénuas mas delicadas, um belíssimo *Nascimento da Virgem* rodeado de pássaros e flores, e, com muita pena, até um dia, torna à estrada. Conímbriga tem mais sorte: é ruína romana. A esta ruína portuguesa ninguém acode: nem ruína na sua terra se pode ser. É certo que às vezes nos acodem com as compensações, mas quando já não tem remédio. Diga-o, por exemplo, aquela D. Margarida de Melo e Pina, que lá na igreja também está, morta nos cárceres da Inquisição, ao cabo de dezassete anos de contínua prisão. Estava inocente.

Para Tentúgal, não tem nada que errar. É ir a direito pela estrada de Coimbra, há um desvio, está logo lá. Não faltam em Portugal povoações que parecem ter ficado à margem do tempo, assistindo ao passar dos anos sem mover uma pedra daqui para ali, e contudo sentimo-las vivas de vida interior, quentes, ouve-se bater um coração. Ou está o viajante cometendo grave injustiça, ou não é esse o caso de Tentúgal. Andam pessoas pelas ruas, passam veículos, mesmo um ruidoso trator com atrelado, e as lojas estão abertas. Mas a impressão que Tentúgal dá é a de uma vila que não se conformou com a decadência em que caiu, depois de um passado de nobres esplendores, e guarda uma espécie de rancor de fidalgo arruinado que não quer aceitar os tempos novos e os valores que eles tragam. Tentúgal fechou portas e janelas, entaipou-se por trás das antigas altivezas, e deixa as ruas e os largos à circulação dos intrusos e dos fantasmas. Daí que seja muito mais fascinante a ambiência urbana do que o recheio dos lugares sacros, em todo o caso não desinteressantes. O viajante faz tenção de tornar aqui um dia para avançar no exame desta peculiar atmosfera. E também, confesse-se aqui um pecado de gula, para ver se tornam a saber-lhe tão bem os divinos pastéis que comeu encostado à Torre dos Sinos, fazendo da mão esquerda guardanapo para não perder migalha.

Coimbra está muito perto, já se lhe sentem os ares, mas primeiro há de o viajante ir a São Silvestre e a São Marcos: ficam no caminho e abundantemente justificam a paragem. Em São Silvestre são muitas, e de grande valor, as imagens que a igreja matriz guarda, e que bem as guarde são os votos do viajante. O Convento de São Marcos está implantado num espaçoso terreiro, com grandes árvores fronteiras, e a chave vêm trazê-la duma agradável casa à esquerda. O viajante está mal habituado de Montemor-o-Velho, quando no Convento de Nossa Senhora dos Anjos esteve à conversa com a mulher que ainda vinha a mastigar a última bucha quando trouxe a chave. Em São Marcos é um rapaz que aparece, puxado, mal responde às boas-tardes que o bem-educado viajante lhe dá, e tendo aberto a porta virou costas e não tornou a aparecer. Paciência. Ao contrário da Senhora dos Anjos, São Marcos está limpo e polido, mas, veja-se como são as coisas, o viajante descobre-se a ter saudades da abandonada ruína e a antipatizar com esta arrumação. É injusto o viajante, é inconsequente. São Marcos é muito belo. Tem magníficos túmulos, em tal quantidade que mais parece um panteão, templo apenas funerário, mas sem dúvida é a sua mais preciosa joia o retábulo da capela-mor, obra do pródigo escultor que foi Nicolau de Chanterenne. Em todo o caso, o viajante bem gostaria de saber a quem se deve a policromia das delicadas figurinhas que povoam os nichos e as edículas: é que se Chanterenne pôs aqui beleza inteira, o pintor acrescentou a que faltava, são aritméticas que hão de parecer erradas, mas o viajante está convencido de que o entendem.

Enfim, parece a jornada que está concluída. Porém ainda o viajante vai a Ançã, terra que deu nome à macia pedra que foi regalo de escultores. Se já as pedreiras se esgotaram, não o chegou a saber, entretido como ficou a ouvir umas janeiras, com seu bombo, caixa e gaita de foles. Estava a cair grande humidade quando foi visitar a igreja matriz, que é escura, bem ambientada e tem méritos de sobra para apresentar. A vista do adro é desafogada, corre ao fundo a ribeira de Ançã. O viajante olha o pavimento da rua junto da igreja: há fragmentos com letras insculpidas, restos de lápides. Destes mortos se pode dizer que só as pedras se lhes aproveitaram.

E agora siga o viajante para Coimbra. O tempo pôs-se feio. Oxalá não chova.

### *COIMBRA SOBE, COIMBRA DESCE*

Choveu. Para a tarde, então, abriram-se os dilúvios do céu. Mas este viajante não é homem para desanimar à primeira bátega, e a segunda e a terceira ainda o encontram no caminho. São resistências campestres que lhe ficaram da infância e da adolescência, quando, em grau de maravilha, se não distinguia o sol da chuva, e ambos do luar, e todos do voo do milhafre. Há de contudo dizer-se que a manhã ainda pôde varrer umas largas faixas de céu azul, e foi sob essa luz que o viajante subiu a Couraça de Lisboa, íngreme calçada por onde têm rolado muitas ilusões perdidas de bacharelato e licenciatura. Para viajante, não será caminho habitualmente recomendado, mormemente se não tiver a perna lépida e o fôlego largo, mas este que vai aqui, mesmo quando já não lhe convier ao estado do coração, há de continuar a procurar os caminhos arredados, os de pouco passar e profundo viver. Esta Couraça de Lisboa não tem monumentos para mostrar, é só, como foi dito, uma calçada íngreme, mas é bom sítio para sentir Coimbra, provinciana cidade com duas cabeças, uma sua própria, e outra acrescentada, repleta de saberes e alguns imateriais prodígios. Se o viajante tivesse tempo, havia de procurar a Coimbra natural, esquecer a universidade que lá está em cima e entrar nestas casas da Couraça de Lisboa e das pequenas ruas que a ela afluem, e, conversando, vencer as inconscientes defesas de quem, sobre o próprio rosto, usa igual máscara.

Porém, o viajante não veio aqui para tão arriscados volteios. É um viajante, um sujeito que passa, um homem que, passando, olhou, e nesse rápido passar e olhar, que é superfície apenas, tem de encontrar depois lembranças das correntes profundas. São também volteios, mas da banda da sensibilidade. Enfim, esta é a Universidade de Coimbra, donde muito bem terá vindo a Portugal, mas onde algum mal se preparou. O viajante não vai entrar, ficará sem saber que jeito tem a Sala dos Atos Grandes e como é por dentro a Capela de São Miguel. O viajante, às vezes, é tímido. Vê-se ali, no Pátio das Escolas, rodeado de ciência por todos os lados, e não ousa ir bater às portas, pedir a esmola de um silogismo ou um livre-trânsito para os Gerais. Junte-se a esta cobardia a convicção profunda em que está o viajante de que a universidade não é Coimbra, e perceber-se-á por que a este Pátio das Escolas se limita a dar a volta, sem gosto pelas estátuas da Justiça e da Fortaleza que o Laprade armou na Via Latina, mas de gosto rendido diante do portal manuelino da Capela de São Miguel, e tendo entrado pela

Porta Férrea por ela tornou a sair. Vai derrotado, rendido, triste consigo mesmo por ousar tão pouco, viajante que por vales e montanhas tem andado, e aqui, em terra sapiente, se afasta rente às paredes como quem se esconde dos lobos. E está neste desconsolo quando vê e ouve uns estudantes, um rapaz e duas raparigas, que lançavam sonoros e coloridos palavrões contra outro que se afastava levantando um braço e fechando o punho. E o jovem paladino, de damas acompanhado, gritava cá de longe que fizesse o outro qualquer coisa que os castos ouvidos do viajante não quiseram reter. Não são bonitos episódios, mas verdadeiros sim. E sempre o viajante ficou mais amigo de si próprio, ele que tão desiludido vinha.

A Casa dos Melos fica logo em baixo. É uma avantajada construção quinhentista, que melhor conviria a fortaleza do que à Faculdade de Farmácia que hoje lá ensina a preparar simples e compostos. Do rigor científico destas palavras não tem o viajante grande certeza, e, por isso, antes que venham pedir-lhe contas, encaminha os seus passos à Sé Nova.

Pelo dedo se conhece o gigante, pela fachada o jesuíta. Grande cultor de escolástica, supremo definidor do *distinguo*, o jesuíta transportou para as arquiteturas a sua peculiar inteligência racionalizante que subjaz aos cultismos preciosistas em que, enredando, se enreda. A fachada da Sé Nova é um cenário teatral, não por exuberâncias cenográficas que de facto não tem, mas pelo seu contrário, pela neutralidade, pelo distanciamento. Diante desta fachada pode representar-se um drama de capa e espada ou uma tragédia grega, o *Frei Luís de Sousa* ou o *Círculo de Giz Caucasiano*. Para a tudo se adaptar, o estilo jesuítico tem de definir-se por uma elegância impessoal. Estas coisas, se as não sonha o viajante, estão na fachada e no interior da igreja. E se à fachada voltarmos, logo se verá como estão a mais, neste espírito, as torres sineiras, recuadas, mas que a perspetiva inevitavelmente abrange. Construídas em tempo posterior, as torres estão a dar razão ao viajante.

Não faltam à Sé Nova motivos de interesse. É opulentíssimo o altar-mor com o seu retábulo de talha dourada, de colunas torsas enramadas. Aliás, todas as capelas estão bem servidas de retábulos, e de todas avulta o da Capela de São Tomás de Vila-Nova, que é trabalho de exceção. De boa pintura não abunda a igreja, nem tal riqueza é frequente em igrejas portuguesas. Talvez o viajante o esteja notando por preferir ver aquecida a frialdade das paredes, a nudez das pilastras, o vazio dos caixotões. Este mármore foi trabalhado para ser apenas mármore. Poucas pedras serão mais pobres em si mesmas, segundo entende o viajante, com o risco de o apelidarem de bárbaro. No fundo, o viajante é pelo românico, que de qualquer pedra fazia arte, e nunca pequena arte, mesmo se rudimentar.

Talvez por castigo do céu e das heresias que vem pensando, o viajante, no trânsito que faz para o Museu Machado de Castro, apanha a primeira pancada de água. O que lhe vale é ser perto. Entra, sacudindo-se, responde ao compreensivo sorriso dos empregados, que ficam muito contentes por ver aparecer o viajante. Não que o conheçam, mas são pessoas que gostam de mostrar as preciosidades que guardam, e o viajante, enquanto a visita durar, será o único visitante. É certo que estamos em Janeiro, que ainda vem longe o tempo do grande leva-e-traz turístico, mas faz pena ver guias que não têm a quem guiar e peças de arte sem olhos que as tornem preciosas. O viajante decide ser egoísta: "Melhor para mim, mais regalado vejo." Regalado viu, em verdade. O Museu Machado de Castro tem a mais rica coleção de estatuária medieval que em Portugal existe, pelo menos do que à vista do público se encontra. De tal maneira que as imagens, pela proximidade a que as obriga a relativa exiguidade das instalações do museu, acabam por perder individualização e formam uma espécie de imensa galeria de personagens cujas feições se esbatem. Há exagero aqui, claro está, mas o viajante quereria ver cada uma destas peças isolada, com espaço livre ao redor, sem que os olhos, observando um anjo, estivessem já a ser captados por um santo. São pontos de minúcia que só chama à conversa porque está perante um tesouro de incalculável valor artístico. Não duplicaria o valor, mas seria multiplicado o prazer de olhar, a fruição.

    Que dirá o viajante do que está vendo? Que escultura, que imagem, que peça chamará à primeira fila? Meia dúzia ao acaso, fazendo injúria ao que não menciona. Este Cristo jazente do século XV, misteriosamente sorrindo, como quem está seguro de que ressurgirá dos mortos. O viajante não vai pôr-se a discutir tais ressurreições, prefere ver na figura inerte a imagem dos homens caídos que se levantam, e sorriem da certeza de que se levantarão, ou outros mais tarde, se eles já não puderem. Prefere ver desenhada a perenidade da esperança, os lábios descerrados para o sorriso da vida, e aqui tem o direito de recordar-se daquele barco que viu em Vila do Conde e que precisamente esse nome tinha. E a *Senhora do Ó*, trecentista, daquele génio português que foi Mestre Pero e a quem apetece inventar uma biografia. Está esta senhora em adiantado estado de gravidez, adivinha com a concha da mão dobrada pelo pulso o novelo humano que dentro de si tem, e, com a cabeça suavemente inclinada, olha para nós com os seus olhos de pedra. E lá está o anjo que veio da Sé do Porto, espesso, românico, e o *Cristo Negro*, que obviamente admira, mas que se nega a pôr adiante do homem crucificado do Museu de Aveiro. E passando de época para época, eis os formidáveis *Apóstolos* de Hodart, também modelador de homens, que é isso que são os companheiros que a esta última ceia vieram, trazendo consigo, no barro de que são feitos, a massa ardente das paixões humanas, a cólera, a ira justa, o furor. Estes apóstolos são combatentes, gente de guerrilha que veio sentar-se à mesa da conjura, e no momento em que Hodart chegou estavam no aceso da questão, discutindo se deviam salvar o mundo ou esperar que ele por si próprio se salvasse. Neste ponto estavam e ainda não decidiram.

Tendo sido Coimbra o foco de irradiação do Renascimento português, não há de surpreender que aqui se encontrem representados os seus introdutores Nicolau de Chanterenne e João de Ruão, que o viajante tem vindo a encontrar no seu itinerário. Veja-se a espetacular (o viajante não gosta da palavra, mas não acha outra melhor) Capela do Tesoureiro de João de Ruão, e a *Virgem Anunciada* de Chanterenne, uma das mais formosas esculturas que olhos viram. Não acabaria o viajante, e na pintura limita-se a apontar o Mestre do Sardoal, uns flamengos, não muito mais, que o forte do museu não é a pintura. Aparamentos e ourivesaria dá sempre atenção distraída, que novamente se concentra e fixa quando surge a faiança, alegria dos olhos.

Agora vai descer às profundas. Deixa as regiões superiores, onde, por sinal, está chovendo, e, atrás do seu guia, que não é Virgílio, avança, Dante não sendo, pelas galerias escassamente iluminadas do criptopórtico. O viajante, que às vezes se fatiga de mármores, consoante teve a franqueza de declarar, está servido de pedra áspera, grosseiramente aparelhada. Por ela passa as mãos com um gosto que é sensual, sente o grão rugoso na polpa dos dedos, e com tão pouco se dá felicidade a um viajante. O enfiamento dos arcos é como um infinito espelho, e a atmosfera torna-se tão densa, tão misteriosa, que o viajante não ficaria nada admirado se visse surgir-se a si próprio lá ao fundo. Tal não aconteceu, felizmente. O guia havia de ficar preocupado se ouvisse o viajante falar sozinho, mesmo que estivesse apenas lastimando o lábio ferido de Agripina. Baixara o viajante, torna a subir, e quando já na rua começa a descer para a Sé Velha, descem com ele as águas da chuva, pelas valetas chorreando, e, como atrás de ideia, ideia vem, recorda-se de outras águas que no Minho corriam pela berma das estradas, afinal o mundo é pequeno, todas as memórias estão juntas no pequeno espaço da cabeça do viajante. De repente parou de chover. O viajante pôde fechar o guarda-chuva e antes de entrar na Sé afligir-se não pouco com o arriscado trabalho que dois homens andavam fazendo, empoleirados em altas escadas apoiadas nas paredes, a arrancar as ervas que cresciam nas platibandas e nos interstícios das pedras. Sendo o pavimento da rua inclinado, a escada tinha de ser calçada para se equilibrar na vertical, e esse calçamento era feito com pequenas e instáveis pedras. Enfim, nada de mal aconteceu, enquanto o viajante ali esteve a olhar, mas uma comum escada *magirus* teria feito mais bom serviço.

Se o viajante tanto gosta do românico quanto diz, tem na Sé Velha satisfação que baste, porque, de geral consenso, este é o mais belo monumento que daquele estilo existe em Portugal. Será. O viajante assombra-se diante da fortaleza, a robustez das formas primeiras, a beleza própria dos elementos que lhe foram acrescentados em épocas posteriores como a Porta Especiosa, e, entrando, recebe a maciça impressão dos pilares, o voo da grande abóbada de berço central. Sabe que está no interior duma construção plena, lógica, sem mácula na sua geometria essencial. A beleza está aqui. Mas o viajante tem as suas fraquezas, e a coragem de as confessar: sem tirar nada ao que a Sé Velha de Coimbra é e tem, é mais profundamente tocado pelas pequenas e rústicas igrejas românicas do Norte, quase nuas tantas vezes, roídas por todos os lados, dentro e fora, já polidas como um seixo rolado, mas tão próximas do coração que se sente o pulsar da pedra. Aqui, na Sé Velha de Coimbra, usou o arquitecto um elemento que àquelas igrejas pobres naturalmente falta e a que o viajante é em extremo sensível: o trifório, a galeria de reforçadas colunas que corre sobre as naves laterais e que é uma das mais belas invenções do românico. E é justamente o trifório que vem equilibrar a balança e encaminhar o viajante na via de justiça relativa que à Sé Velha estava devendo. À saída, lembrou-se de que nestes degraus, em noites quentes, se costuma cantar o fado. Bem está. Mas o sítio também não seria mau para ouvir João Sebastião Bach. Por exemplo.

São horas de almoçar, e, podendo ser, confortavelmente. E de mau passadio não ficará o viajante a queixar-se. Foi ao Nicola, atendeu-o um daqueles já raros empregados de mesa que respeitam e fazem respeitar a profissão, com o gesto, a palavra, a dignidade. A tudo se juntou um bife tenro e suculento, e tudo fez o manjar real que alimentou o viajante.

Posto o que foi a Santa Cruz. Chovia que Deus a dava, e hoje não deveria dar tanta. Sob o arco triunfal resguardavam-se da maior alguns conimbricenses, e entre eles duas mulheres de mercado em conversa que seria livre em qualquer local. O viajante não é dos que entendem que as pedras se ofendem facilmente e tomou a conversa como uma dupla e simultânea confissão, como tantas outras que da banda de dentro desta porta se têm ouvido. Do portal se pode dizer que é bem uma obra coletiva: estão aqui risco e mãos de Diogo de Castilho, Nicolau de Chanterenne, João de Ruão e Marcos Pires, isto sem contar com os canteiros que não deixaram nome. Coletiva foi também a construção dos túmulos dos reis D. Afonso Henriques e D. Sancho I: outra vez Diogo de Castilho, outra vez Chanterenne, e para que nem tudo fique a saber-se, um anónimo que passou à história como Mestre dos Túmulos dos Reis, designação mais do que óbvia.

O que ao viajante causa grande espanto é ver aqui deitado Afonso Henriques, quando ainda não há muitos dias o deixou à porta do Castelo de Guimarães, mais o seu cavalo, ambos muitos cansados. Repreende-se por estar brincando com coisas sérias, e encara primeiro Afonso, depois Sancho, um que conquistou, outro que povoou, vê-os deitados sob estes magníficos arcos góticos e decide em seu coração de viajante que neste lugar se celebram quantos desde aquele século XII lutaram e trabalharam para que Portugal se fizesse e perdurasse. Se se levantassem as tampas destes túmulos veríamos um formigueiro de homens e mulheres, e alguns seriam os que tiraram estas pedras da pedreira, as transportaram e afeiçoaram, e, sentados nelas, na hora de jantar, comiam o que mulheres tinham cozinhado, e se o viajante não põe aqui ponto final é a história de Portugal que acabará por ter de contar.

À mão esquerda de quem entra está o púlpito. Muita pedra e magnífica martelou João de Ruão. Este púlpito é uma preciosidade tal que do alto dele nem preciso seria que botassem fala os pregadores: com simples olhar os doutores da Igreja ali esculpidos, deveria a assistência ficar edificada, tão segura dos mistérios da Fé como dos segredos da Arte.

Belos são também os azulejos que forram as paredes da nave, mas o azulejo deve ser olhado em doses homeopáticas: se o viajante abusa, entontece. O que vale é que na Igreja de Santa Cruz se pode passar dos azulejos historiados da nave para os de tipo tapete da sacristia. Aqui há bela pintura, o *Pentecostes* de Vasco Fernandes, a *Crucificação e o Ecce Homo* de Cristóvão de Figueiredo. O viajante sai confortado, passeia-se ao longo do cadeiral e acha, para concluir, que Santa Cruz é muito bela. E quando sai já as mulheres não estão e são outros os conimbricenses que debaixo do arco se abrigam, cujo foi obra de frei João do Couto, setecentista.

O viajante mete-se à chuva. Vai ver a Casa do Navio, e depois torna à Alta, não pode vir a Coimbra sem ver a Casa de Sub-Ripas, tão carcomida, coitada dela e de nós, e a Torre de Anto, onde viveu António Nobre, que há de ter sido o último castelão de vocação verdadeira. Se lá mora hoje alguém, o viajante não sabe. Podia ter averiguado, mas nem tudo lembra. Além disso, com toda esta chuva, é o único ser vivo que desafia as cascatas que vêm lá de cima. Torna abaixo, entra no Jardim da Manga, que parece um charco, e vai apreciar o templete, tão parecido com o da Igreja de Tocha.

Neste deambular se faz tarde, o viajante deita contas se há de ir a Santa Clara, e, embora sobre o Mondego estejam desabando cordas de água, aí vai. Lá para baixo é o Choupal, aonde não irá: sente-se anfíbio, mas ainda tem certa dificuldade em se servir das guelras.

Santa Clara-a-Velha vê-se muito bem a distância, mas depois, dá-se a volta, segue-se ao longo de uns prédios, e o mosteiro desaparece. Enfim torna a aparecer, é uma construção arruinada, melhor ainda, uma ruína total, confrange-se o coração de ver tal abandono sob a grande chuva que continua a cair. Há aqui uma escada de ferro, é legítimo subi-la, ao menos para procurar abrigo, e quando lá está dentro pode fechar o guarda-chuva, dar as boas-tardes ao guarda, que é surdo e responde pelo mexer dos lábios ou se lhe gritam alto, e estando isto esclarecido, olha enfim os grandes arcos, as abóbadas, e também o céu através dos rasgões das paredes. Santa Clara-a-Velha foi convento feminino, e, realmente, há nesta melancólica igreja uma atmosfera particular de gineceu, ou diz o viajante porque já o sabia.

O guarda quer conversar. Durante todo o dia ninguém o visitou, este mandou-lho a providência dos guardas. O viajante desiste de falar. E está prestes a encobrir-se por trás duma simulada atenção, quando pela milionésima vez ouve contar a história dos subterrâneos que ligavam os conventos a outros conventos, e a este de Santa Clara-a-Velha vem dar um que começa no Jardim da Manga, e a meio caminho, debaixo do chão, há uma sala com uma mesa de pedra e bancos em redor, e que tem as paredes forradas de azulejos, quem isto contou ao guarda foi um pedreiro que andava a trabalhar numas obras e viu. O dito pedreiro morreu há tempos de desastre, de modo que o viajante não pode ir saber outras seguras informações. Além disso, chove tanto.

Ainda tentou ir, por seu pé, a Santa Clara-a-Nova. Mas o enxurro que vem do alto exigiria barbatanas de salmão. O viajante é um simples homem. Torna a passar a ponte, e enquanto olha de revés o rio, pensa como estaria abrigado na tal sala subterrânea, a olhar os azulejos de que, não sendo em demasia, tanto gosta, e nesta altura tem uma terrível suspeita: a de que nessa mesma sala vão reunir-se à noite, quando o museu está fechado, os Apóstolos de Hodart para prosseguirem a conjura. Quem sabe se a entrada do subterrâneo não será no templete de João de Ruão?

## *UM CASTELO PARA HAMLET*

O viajante, felizmente, não se constipou. Mas, no dia seguinte, acordou com a manhã em meio, talvez de cansado por tanto subir e descer. Deu uma volta pelas estreitas e concorridas ruas da parte baixa da cidade, peregrinou uma vez mais pelas empinadas calçadas da alta, acenou ao Mondego, e, com vontade e sem ela, saiu de Coimbra. Em rigor, sair de Coimbra, quando, como o viajante, se toma a estrada da Beira, é só naquele sítio, na margem do rio, em que a dita estrada se bifurca, um ramo para Penacova, outro ramo para a Lousã. Até aí, ainda os nomes são evocativos do que a Coimbra pertence: Calhabé, Carvalhosa. A norte do rio, pode-se dizer que Coimbra está entre Mondego e Mondego.

Ideia arrematada de destino, não a trazia o viajante. Tanto o estava solicitando a margem do Mondego como a margem do Ceira. Não lançou moeda ao ar, decidiu-se por sua própria conta: ganhou o Ceira. Mas os homens são feitos de maneira que este ia repeso de não estar, ao mesmo tempo, subindo os contrafortes da serra da Lousã e ladeando os da serra do Buçaco. Para não ir homem dividido entre estar aqui, além, que não há pior divisão, fez promessa, chegando a Penacova, de ao menos descer o Mondego até à Foz do Caneiro. E tendo assim deliberado, sossegou e deu olhos à paisagem.

Não é ela de assombrar. O céu está baixo, roça quase os montes que só agora estão trepando às costas uns dos outros, mas sem grande esforço ou convicção. O rio, afinal, mal se vê da estrada, aqui, além, não a constante companhia que o mapa parecia prometer. Felizmente, não chove, só de longe em longe uns borrifos que não chegam para acrescentar aguada ao dilúvio que caiu ontem. O viajante atravessa o Ceira em Foz de Arouce, e daí a nada está na Lousã. Como o seu fito era o castelo, não atendeu à vila, que haveria de ter que ver e admirar, e seguiu caminho. Ficou este remorso para remediar um dia.

Agora, sim senhores, merece a serra o seu alto nome. O viajante não vai subir até Santo António da Neve ou Coentral, como desejaria, se confiasse mais nas estradas, mas vê de longe os cerros, e mesmo aqui, mais abaixo, por este desvio que apenas o leva ao castelo, caem os vales bastante abruptamente. As encostas são arborizadas, não falta o mato, e por isso, por este jogo de cortinas que as curvas multiplicam, o castelo surge de repente. Já o viajante se esqueceu dele, e ali está.

Este castelo é um castelinho, e faria muito mal quem o tivesse feito maior. Ocupa, e apenas em parte, o espinhaço de um monte que é, insolitamente, o mais baixo da vizinhança. Quem diz castelo, pensa altura, domínio de quem está de cima, mas aqui tem de pensar outras coisas. Pensará, sem dúvida, que o Castelo da Lousã é, paisagisticamente, das mais belas coisas que em Portugal se encontram. A sua própria situação, no centro duma roda de montes que o excedem em porte, torna, por um paradoxo aparente, mais impressiva a sensação da altura. É justamente a proximidade das encostas fronteiras que dá ao viajante uma impressão quase angustiante de equilíbrio precário quando entra no castelo e vai à torre. Já sentira o mesmo quando se aventurou até ao fim do espinhaço e ouviu do fundíssimo vale o estrondo das águas invisíveis do rio que ali passa, apertado entre as paredes de rocha. O dia está ventoso, toda a ramaria em redor se agita, e o viajante não se sente muito seguro em cima da torre cilíndrica a que conseguiu chegar. Está nisto, nesta romântica situação de desafiador de ventos e tempestades, quando subitamente lhe acode a ideia maravilhosa: neste lugar, neste castelo familiar, no centro deste círculo de montes que ameaçam avançar um dia é que Hamlet viveu e se atormentou, foi debruçado para o rio que fez a sua irrespondível pergunta, e, se nada disto aqui aconteceu, ao menos o viajante acredita que nenhum lugar existe no mundo com mais adequado cenário para uma representação shakespeariana, das que metem castigos, vaticínios funestos e grandeza. É uma cenografia natural que não precisa de retoques, e em tenebrismo dramático nada poderia ser mais impressionante. Construído de xisto, o Castelo da Lousã resiste mal ao martelar alternante do sol, da chuva, das geadas, do vento, ou então é o viajante que isso teme por ver como se estão esboroando, nos sítios mais expostos, os muros restaurados. Tem porém o xisto uma coisa boa: cai uma lasca, facilmente se põe outra.

Voltou o viajante à estrada armando na imaginação grandes projetos de teatro e filme, mas felizmente aos poucos o foi distraindo a alta montanha que à direita se ergue, no caminho que o levará a Góis. O melhor, pensa, é deixar as coisas como estão, não bulir com o castelo, que não precisa do Hamlet para impressionar os corações sensíveis. Aliás, nem Ofélia poderia ir tranquilamente cantando de água abaixo naquele pedregoso leito, coitadinha.

Góis vê-se de cima, e tais curvas tem a estrada de dar que quase se perde a vila de vista, julga-se tê-la ultrapassado, e para entrar é preciso, já no vale, fazer largo rodeio. Torna a encontrar o Ceira, que é bem formoso rio quando se mostra, mas esquivo.

Em Góis quer o viajante ver o túmulo de D. Luís da Silveira, atribuído, por quem destas matérias sabe, a Hodart. Pode duvidar-se, porém. Se são de Hodart, e são mesmo, os *Apóstolos* de Coimbra, aqueles convulsos homens cujas artérias latejam à flor do barro, não vê o viajante que irmandade de criação haja entre eles e este cavaleiro ajoelhado. Bem se sabe que a matéria determina a forma, que a plasticidade do barro sobreleva em valor expressionista a nitidez que da pedra se obtém, mas é com maior relutância que admite a atribuição. Está no entanto pronto a declarar que a estátua ajoelhada é uma obra-prima, mesmo estando tão malbaratada a classificação. E o arco, que não é da mesma mão, resplende de magnífica decoração renascentista. Góis é longe, mas este túmulo exige a viagem. Numa capela lateral encontrou depois o viajante uma singular representação da Santíssima Trindade com a Virgem, dispostas as figuras sobre uma nuvem que três anjos transportam e levam pelos ares, servindo de cabos de reboque, se a expressão é permitida, as pontas dos mantos das divinas personagens. O santeiro que esta peça concebeu e realizou sabia que em nuvens não há que fiar, por um nada se desfazem em chuva, como o viajante tem tido abundante prova, e agora confirmação fugaz quando sai da igreja matriz. Este rio Ceira joga às escondidas com a estrada. Já o julgamos longe e torna a aparecer em Vila Nova, agora, sim, para despedir-se. O caminho que leva a Penacova é um constante sobe-e-desce, um novelo de curvas, e atinge o delírio já perto do Mondego quando tem de vencer o desnível em frente de Rebordosa. É aqui que o viajante desiste de chegar à Foz do Caneiro quando passar para a banda de além. Tendo de ir a Lorvão, contentar-se-á com os quatro quilómetros de margem que separam Penacova de Rebordosa. Enfim, aqui está a ponte, agora é subir até Penacova, nome que consegue a suprema habilidade de conciliar uma contradição, reunindo pacificamente uma ideia de altura (pena) e uma ideia de fundura (cova). O que logo se entende quando se verifica que a construíram a meia encosta: quem vem de cima, vê-a em baixo; quem vem de baixo, vê-a em cima. Nada mais fácil. E, também, nada mais frio. O viajante almoça numa sala gelada e húmida. Não tirou um fio de lã dos que o agasalhavam ao ar livre e, mesmo assim, está enregelado. A criada, envolvida em acumuladas roupas, tem o nariz vermelho, constipadíssima. Parece uma cena polar. E se a comida é excelente, bastou-lhe viajar entre a cozinha e a mesa para chegar fria.

O viajante saiu com negras disposições. E se uma disposição negra admite escurecer ainda mais, imagine-se como terá ficado esta quando foi visto que a bomba de gasolina estava fechada e só abria às três. Em casos tais, convém praticar a virtude da paciência. Ir à igreja matriz e levar o dobro do tempo necessário, e neste caso não era muito, olhar cá de cima o vale do Mondego, contemplar os montes à procura de qualquer aspeto que os distinga dos cem outros vistos antes e justifique tão longo admirar. Os penacovenses devem estar muito satisfeitos com este viajante, que tanto mostra gostar da terra, ao ponto de não abandonar o muro do miradouro, nem mesmo quando chuvisca. Um homem tem de arejar as suas irritações, ou rebenta.

Enfim, deram as três, já pode ir a Lorvão. Estes caminhos são fora do mundo. Estando o céu aberto e o Sol fulgindo, talvez a paisagem se torne amável, mas o viajante duvida. Tudo isto por aqui é grave, severo, um pouco inquietante. As árvores escuríssimas, as encostas quase verticais, a estrada que tem de ser acautelada. O viajante resolve parar para saber como é este silêncio, e em verdade o sabe. Sente-o melhor ouvindo o vago rumor da chuva que cai sobre as árvores, vendo pairar nos vales uma neblina quase transparente. Está em paz o viajante. De Lorvão não viu muito. Levava a cabeça cheia de imaginações, e portanto só pode queixar-se de si próprio. Da primitiva construção, no século IX, nada resta. Do que no século XII se fez, uns poucos capitéis. Pouco relevantes as obras dos séculos XVI e XVII. De maneira que aquilo que mais avulta, a igreja, é obra do século XVIII, e este século não é dos que o viajante mais estime, e em alguns casos desestima muito. Vir a Lorvão à espera de um mosteiro que corresponda a sonhos românticos e responda à paisagem que o rodeia, é encontrar uma deceção. A igreja é ampla, alta, imponente, mas de arquitetura fria, traçada a tiralinhas e escantilhão de curvas. E as três gigantescas cabeças de anjos que enchem o frontão por cima da capela-mor são, no franco entender do viajante, de um atroz mau gosto. Belo é porém o coro, com a sua grade que junta o ferro e o bronze, belo o cadeiral setecentista. E aqui aproveita para verificar que o século XVIII, que tão mal se entendeu com a pedra, soube trabalhar a madeira como raras vezes antes e depois. E é também belo o claustro seiscentista, da renascença coimbrã. E se o viajante está de maré de não esquecer o que estimou, fiquem também notadas as boas pinturas que na igreja estão.

A serra do Buçaco, vista da estrada por onde o viajante segue, não se mete pelos olhos dentro. E como o caminho acompanha praticamente toda a falda sudoeste, não são insuportáveis os giros nem excessivas as rampas de cima a baixo. Quando se diz Buçaco, não está a pensar-se nesta serra igual a tantas, mas naquele extremo dela, esse sim, fabuloso, que é a mata, onde já o viajante vai entrando. Está aí, porém, o Palace Hotel a requerer a primeira atenção. Olhemo-lo para depois passarmos a coisas sérias. Porque, enfim, sério não pode ser este neomanuelino, este neorrenascimento, concebidos por um arquiteto e cenógrafo italiano nas agonias do século XIX, quando em Portugal se inflamavam imperialmente as consciências e convinha enquadrá-las em boas ou más molduras quinhentistas. E se Palace é Palace, portanto para raros apenas, se o Buçaco é longe, portanto fora de mão, em Lisboa se fez a estação dos caminhos de ferro no Rossio, pondo-lhe na fachada também manuelina, para ser mais acabada a ilusão, a imagem de D. Sebastião, vencido em Alcácer Quibir, mas ainda senhor absoluto de não poucas imaginações. O viajante não está zangado, nem indisposto, não são estes dizeres fruto de má digestão ou azedume intelectual. Apenas tem o direito de não gostar do Palace Hotel, mesmo reconhecendo como bem cinzelada está esta pedra, como são bem lançadas as salas e cómodas as cadeiras, como tudo está disposto para o conforto. O Palace Hotel será, pensa o viajante, o sonho realizado de um milionário americano que, não podendo transportar para Boston, pedra a pedra, este edifício, aqui vem exercitar a sua cobiça. Parece, no entanto, que ainda aqui se engana o viajante: muitos dos estrangeiros que se hospedam debaixo destes manuelinos tetos abalam de manhã cedo para a mata e só voltam às horas das refeições. O viajante começa a acreditar que o bom gosto não se perdeu neste mundo, e, assim sendo, não tem mais que seguir o exemplo das nações avançadas: vai à mata.

A mata do Buçaco absolve os pecados conjuntos de Manini e do viajante, e também, se é possível absorver toda a gente, de Jorge Colaço, que fez os azulejos, e dos Costa Motas, tio e sobrinho, que fizeram aí esculturas. É o reino do vegetal. Aqui é serva a água, servos os animais que se escondem na espessura ou por ela passeiam. O viajante passeia, entregou-se sem condições, e não sabe exprimir mais do que um silencioso pasmo diante da explosão de troncos, folhas várias, hastes, musgos esponjosos que se agarram às pedras ou sobem pelos troncos acima, e quando os segue com os olhos dá com o emaranhado das ramagens altas, tão densas que é difícil saber onde acaba esta e começa aquela. A mata do Buçaco requer as palavras todas, e, estando ditas elas, mostra como ficou tudo por dizer. Não se descreve a mata do Buçaco. O melhor ainda é perder-nos nela, como fez o viajante, neste tempo de Janeiro incomparável, quando ressumbra a humidade do ar e da terra, e o único rumor é o dos passos nas folhas mortas. Este cedro é velhíssimo, foi plantado em 1644, hoje ancião que precisa do amparo de espias de aço para não tombar desamparadamente na encosta, e diante dele o viajante faz ato de contrição e declara em voz alta: "Árvore fosse eu, e também ninguém me tiraria." Mas o viajante é homem, tem pés para andar e muito caminho à sua frente. Vai tristíssimo. Leva a floresta na memória, mas não lhe poderá chegar com as mãos quando por longe andar, e aqui nem os olhos bastam, aqui todos os sentidos são necessários, e talvez não cheguem. O viajante promete que só parará onde for dormir. Depois do Buçaco, o dilúvio. Mete à estrada, passa Anadia e segue por Boialvo, caminho secundário, atravessa Águeda, fosse mais cedo e talvez emendasse a palavra para revisitar Trofa, e quando entra em Oliveira de Azeméis é noite fechada. Está um temporal de vento capaz de alterar a órbita da Terra. O viajante sobe ao hotel, cansado. E à entrada tentam ainda as forças malignas dar-lhe o golpe final: há no quinto andar uma cabeleireira que assim anuncia os seus serviços: *houte-coiffeur*. Dizei agora, senhores, que seria do viajante se não fosse a mata do Buçaco.

## À PORTA DAS MONTANHAS

Ao acordar, na manhã seguinte, o viajante acredita que terá o seu dia estragado. Se em Coimbra choveu, em Oliveira de Azeméis alaga-se. Até Vale de Cambra não viu mais do que vinte metros de estrada à sua frente. Mas depois começou o tempo a levantar, em horas de saber ainda o que tinha vindo a perder: uma paisagem ampla, montanhosa, de grandes vales abertos, todas as encostas em socalcos verdíssimos, amparados por muros de xisto. As estradas parecem caminhos de quinta, de tão estreitas e maneirinhas. Para um lado e para o outro, extensas matas de corte, quase sempre eucaliptos, a que felizmente a chuva e a humidade geral da atmosfera apagaram a lividez mortuária que a árvore costuma ter em tempo seco. Quando chega a Arouca, o céu está descoberto. Terá sido uma coincidência igual a tantas, ou prodígio vulgarizado nesta vila, a verdade é terem passado naquele mesmo instante três belíssimas raparigas, altas, esbeltas, seguras, que pareciam doutro tempo, passado ou futuro. O viajante viu-as afastarem-se, invejou as fortunas meteorológicas de Arouca, e foi à visita do mosteiro.

Toda a pressa, aqui, é importuna. Há primeiramente a igreja. Não sendo particularmente notável do ponto de vista arquitetónico, é porém mais interessante do que a de Lorvão, com que de algum modo se parece. Mas o cadeiral é magnífico, tanto pela substância como pelo rigor. Os entalhadores setecentistas que este trabalho fizeram demonstram com ele a que ponto extremo pode chegar a precisão do trabalho das mãos e o sentido harmonioso do desenho. Por cima do cadeiral, sumptuosas molduras de talha barroca envolvem pinturas religiosas que, embora acatando as convenções do género, merecem atenção.

Há também o órgão setecentista, do qual convém saber que tem 24 registos e 1352 vozes, entre as quais se incluem, para quem gostar de minúcias, a trombeta de batalha, a trombeta real, os baixos imitadores do mar agitado com seus ruídos de trovão, o registo de bombo, o registo de vozes de canário, o registo de vozes de ecos, a flauta, o clarinete, o flautim, a trompa e um inesgotável etc. Está calado o órgão, mas agora vai o guia dizer que neste túmulo de ébano, prata e bronze se encontra o corpo mumificado, isto é, incorrupto, da Beata Mafalda, também aqui chamada Rainha Santa Mafalda. O corpo é pequenino, parece de criança, e a cera que cobre o rosto e as mãos encobre a verdade da morte. Desta Santa Mafalda se pode dizer que é com certeza muito mais bela agora, com o seu rostinho precioso, do que foi em vida, lá nesse bárbaro século XIII. Quem não se preocupou com parecenças foi aquele fortunado jogador do Totobola que, tendo ganho o primeiro prémio, mandou fazer uma estátua da santa, mais que de natural tamanho, cuja se encontra apartada no claustro, longe da comunidade das artes merecedoras de tal nome, porque em verdade não era merecedora de sorte melhor.

O museu é no primeiro andar, e tem para mostrar um magnífico recheio, tanto em escultura como em pintura. Aqui está este *S. Pedro* do século XV de que muito se tem falado e até já emigrou para terras de estranja, tão valioso é, toda a gente o conhece de fotografias. Mas é preciso vê-lo de perto, o rosto de homem robusto, a boca de muita e não recolhida sensualidade, a mão que ampara o livro, a outra que segura a chave, e o envolvimento que o manto faz, o arrastamento da túnica que vai acompanhando a perna direita ligeiramente fletida, e, ainda, à cabeça voltando, a barba que parece florida e os caracóis do cabelo. Outra imagem belíssima é a da *Virgem Anunciada* que cruza as mãos no peito e vai ajoelhar, vencida. E há umas magníficas esculturas góticas, estas de madeira, representando santos.

Excelente é também a coleção de pinturas, e, embora o viajante seja particularmente desafeto dos convencionalismos setecentistas, acha curioso o engrinaldamento figurativo e a retórica das atitudes nestas pinturas anónimas que pretendem ilustrar um milagre da Beata Mafalda, quando por sua direta, sobrenatural e testemunhada intervenção veio apagar um incêndio que se declarara no seu mosteiro. Mas onde os olhos ficam é nas oito tábuas quatrocentistas que ilustram cenas da Paixão. São, ou parecem ser, de produção popular, mas o viajante desconfia que foram obra de além-fronteiras, talvez Valência de Espanha, e não de ao pé da porta. Não jura nem apresenta provas, desconfia apenas.

Tudo isto é muito belo e de grande valor artístico: os tapetes, o *S. Tomé* maneirista de Diogo Teixeira, os ex-votos populares que constantemente estão pondo em perigo a honradez do viajante, os livros de pergaminho iluminados, as pratas, e se todas estas coisas vão assim mencionadas ao acaso, sem critério nem juízo formulado, é porque o viajante tem clara consciência de que só vendo se vê, embora não esqueça que mesmo para ver se requer aprendizagem. Aliás, é isso que o viajante tem andado a tentar: aprender a ver, aprender a ouvir, aprender a dizer.

Terminou a visita. Podendo, o viajante voltará um dia ao Mosteiro de Arouca. Está já na rua, nas suas costas fecha-se o grande portão, o guia vai ao almoço. O viajante fará o mesmo e depois, estendendo o mapa em cima da mesa, verifica que está à porta das montanhas. Acaba de beber o café, paga a conta, põe o saco ao ombro. Vamos à vida.

# Brandas beiras de pedra, paciência

*O HOMEM QUE NÃO ESQUECEU*

Se o viajante fosse a exame, sairia reprovado. Exame de viajante, entenda-se, que outros, talvez sim, talvez não. Chegar à Guarda passada a uma da manhã, a um sábado, isto em Março, que é alta estação de neve na serra, e confiar no patrono dos viajantes para lhe ter um quarto vago, é incompetência rematada. Aqui lhe disseram que não, além ninguém veio abrir, acolá nem vale a pena tocar a campainha. Voltou ao primeiro hotel, como é possível, tão grande edifício, e não haver sequer um quarto. Não havia. O frio, lá fora, era de transir. O viajante podia ter pedido a esmola de um sofá na sala de espera, para esperar a manhã e um quarto despejado, mas sendo pessoa com o seu orgulho entendeu que esta sua tão grave imprevidência merecia punição, e foi dormir dentro do automóvel. Não dormiu. Envolvido em tudo quanto podia fazer vezes de agasalho, trincando bolachas para enganar o apetite noturno e aquecer ao menos os dentes, foi a mais mísera criatura do Universo durante as longas horas do seu pessoal Inverno polar. Estava clareando a manhã, dificilmente clareando, e o frio apertava, quando foi posto em terrível dilema: ou humilhar-se a pedir enfim abrigo na sala de espera tépida, ou sofrer a humilhação de ver os madrugadores espreitarem pelas janelas, a ver se lá dentro estava homem ou pingente gelado. Escolheu a humilhação mais aconchegada, não se lhe pode levar a mal. Quando enfim, tendo saído muito cedo uma algazarra de espanhóis que tinham vencido esta Aljubarrota, ficou livre um quarto, o viajante mergulhou na água mais quente do mundo e depois entre lençóis. Dormiu três horas de profundo sono, almoçou e foi ver a cidade.

O dia merece o título de glorioso. Não há uma só nuvem no céu, o Sol brilha, o frio é tonificante. Viu a noite um viajante infeliz, vê o dia um contente viajante. Dirão os céticos que foi por ter dormido e comido, mas os céticos só nasceram para estragar os simples prazeres da vida, como este de atravessar a praça, comprar o jornal do dia anterior e verificar que as raparigas da Guarda são bonitas, substanciais e olham de frente. Põe-as o viajante na memória ao lado das de Arouca, e, seguindo ao longo deste passeio, dá com o museu e entra.

Não faltam outros mais ricos, mais bem arrumados, mais obedientes às regras básicas da museologia. Mas, não dando o espaço para melhor e sendo tão diversas as coleções, tem de bastar ao viajante a virtude do que se mostra, e essa não é escassa. Veja-se esta *Senhora da Consolação* românica, do século XII, feita da mesma pedra que o nicho que a envolve (aqui recorda o viajante o *S. Nicolau* que em Braga está), veja-se este barroco *Salvador do Mundo,* robusto e rubicundo, de larga testa desguarnecida, apenas coberto com o pano que lhe cobre as ancas e tendo lançado sobre ele um curto manto vermelho, vejam-se as palmatórias das esmolas para as almas, veja-se a pequenina e maciça Virgem coroada, com um Menino Jesus de rosto feito à sua imagem e semelhança, veja-se o tríptico seiscentista com Santo Antão, Santo António e um bispo, veja-se a pintura de frei Carlos, a *Adoração*, que tem a um canto uma referência à povoação de Açores, aonde o viajante não deixará de ir. Veja-se a magnífica coleção de armas, as peças romanas, outras lusitanas, os pesos e medidas, as talhas, e também algumas boas pinturas do foral do século XIX e deste em que estamos. E há de também interessar ver aqui reunidas algumas recordações do poeta Augusto Gil, que na Guarda passou a infância. Enfim, o Museu da Guarda merece abundantemente que o visitem. É quase familiar, talvez por isso se lhe sinta um coração.

Antes de ir à Sé, resolveu o viajante entrar na Igreja da Misericórdia, mas havia ofício religioso, e, em casos tais, é discreto. Saiu, foi à de São Vicente, onde se demorou a apreciar os painéis de azulejos setecentistas que forram a nave. Não são exemplares nos desenhos, ou justamente abusam de exemplaridade convencional, mas os enquadramentos são bem imaginados, monumentais no lançamento dos ornatos, sensíveis na utilização da cor. O vagar com que os apreciou deve ter acordado desconfianças em duas idosas senhoras de sua casa e família: miraram-no com escassa caridade, o que terá desagradado a S. Vicente, a quem até um corvo levou pão quando sofreu transes de fome.

Tendo descido para este lado, o viajante dá uma volta pelas estreitas ruas que o hão de levar à Praça da Câmara, onde está a estátua de D. Sancho I. São ruas sossegadas, estreitas, onde ninguém a esta hora passa, mas numa delas é que o viajante viu o que nunca vira, um lobo-d'alsácia que o olha por trás do vidro duma montra, ao lado de caixas de cartão. O cão não ladra, apenas olha, estará talvez guardando os bens do dono e já percebeu que daqui mal não virá. É uma cidade que tem mistérios, a Guarda. Vejam-se os postigos, ou janelas de dupla vidraça, forrados de papéis floridos, que não deixam olhar para dentro nem para fora: para que servirá a transparência se a ocultam, para onde dará este jardim inacessível?

Aí está, enfim, a Catedral. O viajante começa por vê-la do lado norte, com a larga escadaria e o portal joanino, por cima do qual se desenvolvem os sucessivos planos que correspondem, dentro, à nave lateral e à nave central, os arcobotantes arrestados nos botaréus respetivos. É maciça no seu soco, arejada nas obras altas, mas, quando se encara de frente para a fachada, o que os olhos veem poderia ser uma fortificação militar, com as torres sineiras que são castelos coroados de merlões denticulados. Como todo o edifício, excetuando a cabeceira, está implantado num espaço desafogado, a impressão de grandeza acentua-se. O viajante está a gostar da Guarda.

Entra pela porta e logo o envolve o grande interior gótico. A nave está deserta, o viajante pode passear à vontade, as devotas de S. Vicente não virão aqui persegui-lo com os seus olhos suspicazes e pequeninos, e o mais certo é ter--lhes o santo dado uma boa repreensão. Está aqui o grande retábulo da capela-mor, cerca de cem figuras esculpidas que se distribuem por quatro andares, compondo diversos quadros da história sacra. Diz-se que é também obra de João de Ruão. Fosse esta pedra de Ançã dura pedra, em vez da brandura que é sua natureza, e não teria o nosso século XVI podido prosperar em tanta estátua, em tanto retábulo, em tanta figura e figurinha. Diferente pedra, duríssima, é a do túmulo da Capela dos Pinas, este bispo gótico que repousa a cabeça sobre a mão esquerda enquanto o braço direito assenta ao longo do corpo, em último e já irremediável abandono. O corpo está ligeiramente inclinado para nós, para que possamos ver que é homem quem ali está deitado, e não uma estátua jazente. Faz sua diferença, e não pequena.

O viajante percorre devagar as três naves, fixa duas altas janelas ou frestas cuja serventia não entende, mas, estando a luz tão a favor, mal parecia desprezá-las. Não lhe apetece sair daqui, talvez por estar sozinho. Senta-se num degrau de pedra, vê em esforço os feixes torcidos das colunas, medita sobre a arte desta construção, as nervuras das abóbadas, a descarga calculada das partes altas, enfim, toma ali a sua lição sem mestre. Não se avantaja a Sé da Guarda particularmente a outras construções deste tipo, mas, como aqui estava o tempo certo com o lugar, o viajante aproveitou melhor.

Dali foi à Torre dos Ferreiros. Quer ver lá do alto a paisagem, ter a sensação de se encontrar a mais de mil metros de altitude. O dia continua luminoso, mas no horizonte há uma neblina, ténue, contudo suficiente para ocultar o que deste sítio se pode ver tão longe. O viajante sabe que além é a serra da Estrela, além a serra da Marofa, além a Malcata. Não as vê, mas sabe que estão à sua espera: as montanhas têm isto que as distingue: nunca vão a Maomé. A tarde vai-se aproximando, o Sol desceu muito, são horas de recolher. Dormiu pouquíssimo de manhã, depois da já relatada fria madrugada, e anseia por estender o corpo fatigado.

Dormitou o viajante no seu quarto e, chegando a hora, foi jantar. Aliviado da invasão espanhola o hotel, regressados aos lares os excursionistas lusos, está a sala de jantar em admirável sossego, reduzida no seu tamanho por um espesso cortinado que a aconchega. A temperatura, lá fora, desceu muito, treme o viajante de pensar como estaria agora sem quarto garantido e banho quente, essas coisas só acontecem a viajantes imprevidentes ou em princípio de curso, não a este, que é veterano. Está neste troçar de si próprio quando o chefe de mesa se aproxima com a lista e um sorriso. É um homem baixo, de tronco sólido. Trocam--se as palavras costumadas nestas ocasiões, parece que não vai acontecer mais nada que vir a comida e o vinho, café para terminar. Duas coisas acontecem. A primeira é a excelente comida. O viajante já o pressentira ao almoço, mas ainda devia estar sob a impressão gélida da noite, mal reparou. Porém, agora, sem pressa, ativado o paladar, que entretanto se purificara do gosto enjoativo das bolachas comidas na solidão do Polo Norte, pode confirmar que a cozinha é de mestre. Boa nota. A segunda coisa que está acontecendo é a conversa que já vai larga entre o viajante e o chefe de mesa. Em duas palavras diz aquele quem é e ao que anda, em outras duas fala de si, no essencial, o chefe de mesa, e depois vão ser precisas muitas outras para as histórias que serão contadas.

Diz o Sr. Guerra (é este o nome): "Sou natural de Cidadelhe, uma aldeia do concelho de Pinhel. Também pensa lá ir?" Responde o viajante, sem mentir: "Tinha essa intenção. Gostaria de ver. Como está a estrada?" "A estrada está má. Aquilo é o fim do mundo. Mas já foi pior." Fez uma pausa e repetiu: "Muito pior." Ninguém se pode intitular viajante se não tiver intuições. Aqui adivinhou este viajante que havia mais para ouvir, e lançou um simples fio que nem de anzol precisa: "Faço ideia." "Talvez faça. O que eu não posso é ficar indiferente quando me dizem que terras como a minha estão condenadas a desaparecer." "Quem foi que lhe disse isso?" "O presidente da Câmara de Pinhel, aqui há anos. São terras condenadas, dizia ele." "Gosta da sua terra?" "Gosto muito." "Ainda lá tem família?" "Só uma irmã. Tive outra, mas morreu."

O viajante sente que está a aproximar-se, e procura a pergunta que melhor sirva para abrir a arca que adivinha, mas afinal a arca abre-se por si própria e mostra o que tem dentro, um caso vulgar em terras condenadas como Cidadelhe: "A minha irmã morreu aos sete anos. Tinha eu nove. Deu-lhe o garrotilho, e esteve assim, cada vez pior. De Cidadelhe a Pinhel são vinte e cinco quilómetros, nessa altura era carreiro, tudo pedras. O médico não ia lá. Então a minha mãe pediu um burro emprestado e viemos os três, por aqueles montes." "E conseguiram?" "Nem meio caminho andámos. A minha irmãzinha morreu. Voltámos para casa, com ela em cima do burro, ao colo da minha mãe. Eu ia atrás, a chorar." O viajante tem um nó na garganta. Está numa sala de jantar de hotel, este homem é o chefe de mesa e conta uma história da sua vida. Há mais dois empregados perto, a ouvir. Diz o viajante: "Pobre menina. Morrer assim, por falta de assistência médica." "A minha irmã morreu por não haver médico nem haver estrada." Então o viajante compreende: "Nunca conseguiu esquecer isso, pois não?" "Enquanto viver, não esqueço." Houve uma pausa, está o jantar no fim, e o viajante diz: "Amanhã irei a Cidadelhe. Quer acompanhar-me o Sr. Guerra? Pode vir comigo? Mostra-me a sua terra." Os olhos ainda estão húmidos: "Terei um grande prazer." "Então, está combinado. Vou de manhã a Belmonte e a Sortelha, depois do almoço seguimos, se lhe convém."

O viajante regressa ao quarto. Estende em cima da cama o seu grande mapa, procura Pinhel, cá está, e a estrada que entra pelas terras dentro, num ponto qualquer deste espaço morreu uma menina de sete anos, e então o viajante encontra Cidadelhe, lá em cima, entre o rio Coa e a ribeira de Massueime, é o cabo do mundo, será o cabo da vida. Se não houver quem se lembre.

## *PÃO, QUEIJO E VINHO EM CIDADELHE*

*Prima donna assoluta* é a cantora de ópera que apenas faz principalíssimos papéis, aquela que nos cartazes ocupa sempre o primeiro lugar. Em geral, é caprichosa, impulsiva, inconstante. Desta também absoluta Primavera que adiantada veio, confia o viajante que não traga tais defeitos, ou tarde os mostre. De vantagem já leva dois magníficos e luminosos dias, o de ontem e o de hoje. Desce ao longo do vale que começa logo à saída da Guarda para sul e depois segue a par da ribeira da Gaia. É uma paisagem larga, de terras cultivadas, verdejando, em verdade o Inverno despede-se.

Perto de Belmonte está Centum Cellas ou Centum Coeli, o mais enigmático edifício destas paragens portuguesas. Ninguém sabe para que servia esta alta estrutura de mais de vinte metros: há quem afirme que terá sido templo, outros que foi prisão, ou estalagem, ou torre de acampamento, ou vigia. Para estalagem não se lhe vê o motivo, para vigia bastaria coisa mais simples, prisão só por avançadas pedagogias, tão desafogadas são estas portas e janelas, e templo, talvez, mas o vício está em facilmente darmos o nome de templo a quanto nos aparece. Pressente o viajante que a solução estará nos terrenos em redor, por que não é crível que este edifício aqui tenha surgido isoladamente, por uma espécie de capricho. Sob as terras lavradas se encontrará talvez a resposta, mas enquanto não for possível garantir trabalho sério e metódico, dinheiro pronto e proteção suficiente, é melhor deixar em paz Centum Cellas. Já se estragou demasiado em Portugal, por incúria, por falta de espírito de perseverança, por desrespeito.

Belmonte é a terra de Pedro Álvares Cabral, aquele que em 1500 chegou ao Brasil e cujo retrato, em medalhão, se diz estar no claustro dos Jerónimos. Estará ou não, que nisto de retratos de barba e elmo não há muito que fiar, mas aqui no Castelo de Belmonte deve ter Pedro Álvares brincado e aprendido suas primeiras habilidades de homem, pois neste lugar estão as ruínas do solar que foi de seu pai, Fernão Cabral. Não deve ter tido má vida Pedro Álvares: a julgar pelo que resta, o solar era magnífico. O mesmo qualificativo merece a janela manuelina geminada nas muralhas que viram a poente. E a cintura dos muros é extensa, protegendo um grande espaço interior que o viajante estima ver limpo e varrido. Em alegre brincadeira andam ali crianças da escola primária, e tanto brincam elas como as duas professoras, quase da mesma idade. O viajante gosta de ver estes quadros felizes e sai a fazer votos por que se não zangue a professora morena nem se enfureça a professora loura quando uma daquelas crianças não souber quantos são nove vezes sete.

Mesmo ao lado, num pequeno adro, é a antiga igreja matriz. O viajante entra, desprevenido, e, dados três passos, para sufocado. Esta é uma das mais belas construções que já viu. Dizer que é românica e também gótica, de transição, será dizer tudo e nada dizer. Porque, aqui, o que impressiona é o equilíbrio das massas, e logo depois a nudez da pedra, sem aparelho, apenas ligadas as juntas irregulares. É um corpo visto por dentro e mais belo do que esperava ao entrar. Vão-se logo os olhos para a capela formada por quatro arcos, avançada em relação ao arco triunfal, sem cobertura, e dentro, encostado à parede, um grupo escultórico representando a Virgem e o Cristo morto, ele deitado sobre os joelhos dela, virando para nós a cabeça barbada, a chaga entre as costelas, e ela não o olhando já, nem sequer a nós. Estão decerto muito repintadas as cabeças, mas a beleza do corpo, talhado em duro granito, atinge um grau supremo. O viajante tem em Belmonte um dos mais profundos abalos estéticos da sua vida.

A *Pietà* é a mais magnífica peça que aqui existe. Mas não podem escapar sem atenção os capitéis das colunas próximas, nem o arco da capela-mor, nem os frescos que ao fundo estão. E se o viajante aturar o menor depois de ter contemplado o maior, tem na sacristia uma Santíssima Trindade com um Padre Eterno de olhos assustadoramente arregalados, e na nave uns túmulos renascentistas, mas frios, e um S. Sebastião atlético e feminino, de longos cabelos caídos sobre os ombros e gesto de afetada elegância. Veja tudo isto, mas antes de sair coloque-se outra vez diante da *Pietà,* guarde-a bem nos olhos e na memória, porque obras assim não as vê todos os dias.

De Belmonte vai o viajante a Sortelha por estradas que não são boas e paisagens que são de admirar. Entrar em Sortelha é entrar na Idade Média, e quando isto o viajante declara não é naquele sentido que o faria dizer o mesmo entrando, por exemplo, na Igreja de Belmonte, donde vem.

O que dá carácter medieval a este aglomerado é a enormidade das muralhas que o rodeiam, a espessura delas, e também a dureza da calçada, as ruas íngremes, e, empoleirada sobre pedras gigantescas, a cidadela, último refúgio de sitiados, derradeira e talvez inútil esperança. Se alguém venceu as ciclópicas muralhas de fora, não há de ter sido rendido por este castelinho que parece de brincar.

O que não é brincadeira nenhuma é a acusação, em boa letra e ortografia, pintada na entrada duma fonte: ATENÇÃO! ÁGUA IMPRÓPRIA PARA BEBER POR DESLEIXO DAS AUTORIDADES MUNICIPAIS E DELEGAÇÃO DE SAÚDE. O viajante ficou satisfeito, não, claro está, por ver a população de Sortelha assim reduzida em águas, mas porque alguém se dispôs a pegar numa lata de tinta e num pincel para escrever, e para o saber quem passe, que as autoridades não fazem o que devem, quando devem e onde devem. Em Sortelha não fizeram, como testemunha o viajante, que daquela fonte quis beber e não pôde.

A Sabugal ia o viajante na mira dos ex-votos populares do século XVIII, mas não deu sequer com um. Onde os meteram não o soube dizer o ancião que veio com a chave da Ermida de Nossa Senhora da Graça, onde era suposto estarem. A igreja, agora, é nova e de espetacular mau gosto. Salva-se o *Pentecostes* de madeira talhada que está na sacristia. As figuras da Virgem e dos apóstolos, pintadas com vivacidade, são de admirável expressão. Leva o viajante, em todo o caso, uma dúvida: se isto é um Pentecostes, por que são os apóstolos dez?, estará Judas aqui representado apenas por razões de equilíbrio de volumes?, ou o entalhador popular decidiu, por sua conta e risco, exercer o direito de perdão que só aos artistas compete?

O viajante tem um compromisso para esta tarde. Irá a Cidadelhe. Para ganhar tempo almoça em Sabugal, e, para o não perder, nada mais viu que o geral aspeto duma vila ruidosa que ou vai para a feira ou vem de feirar. Segue depois a direito para a Guarda, deixa no caminho Pousafoles do Bispo aonde tencionara ir para saber o que poderá restar duma terra de ferreiros e ver a janela manuelina que ainda dizem lá existir. Enfim, não se pode ver tudo, era o que faltava, ter este viajante mais privilégios que outros que nunca tão longe puderam ir. Fique Pousafoles do Bispo como símbolo do incansável que a todos escapa. Mas o viajante envergonha-se destas metafísicas quando a si mesmo decide perguntar que coisas alcançarão ou não os descendentes dos ferreiros de Pousafoles. Envergonhou-se, calou-se, e foi buscar ao hotel o Sr. Guerra, de Cidadelhe, que já o esperava.

Foi dito que entre Pinhel e Cidadelhe são vinte e cinco quilómetros. Juntem-se-lhes mais quarenta entre Guarda e Pinhel. Dá para conversar muito e é sabido que ninguém conversa mais do que duas pessoas que, mal se conhecendo, têm de viajar juntas. Às tantas já se trocam confidências, já se confiam vidas para além do que é geralmente contado, e então se descobre como é fácil entenderem-se pessoas no simples ato de falar, quando não se quer que no espírito do outro fiquem suspeitas de pouca sinceridade, insuportáveis quando se vai de companhia. O viajante ficou amigo do chefe de mesa, ouviu e falou, perguntou e respondeu, fizeram ambos uma excelente viagem. Em Pera do Moço há um dólmen, e Guerra, sabendo ao que anda o viajante, apontou-o. Mas este dólmen não é dos que o viajante aprecia, não tem segredos nem mistério, está ali à beira da estrada, no meio do campo cultivado, nem lá se chega nem apetece.

Dólmenes tem visto, porém nem já deles fala, para não confundir nas suas recordações aquela mamoa da Queimada onde ouviu bater um coração. Então julgou que era o seu próprio. Hoje, a tão grande distância e tantos dias passados, não tem a certeza.

Já Pinhel ficou para trás, agora as estradas são caminhos de mal andar, e depois do Azevo o que se vê é um grande deserto de montes, com terras tratadas onde foi possível. Há searas, breves, as de mais intenso verde são de centeio, as outras de trigo. E nas terras baixas cultiva-se a batata, o geral legume. Pratica-se uma economia de subsistência, come-se do que se semeia e planta.

Cidadelhe, calcanhar do mundo. Eis a aldeia, quase na ponta de um bico rochoso entalado entre os dois rios. O viajante para o automóvel, sai com o seu companheiro. Em dois minutos juntou-se meia dúzia de crianças, e o viajante descobre, surpreendido, que todas são lindas, uma humanidade pequena de rosto redondo, que é maravilha ver. Ali perto está a Ermida de São Sebastião, e mesmo ao lado a escola. Entrega-se ao guia, e se a primeira visita deve ser a escola, pois que seja. São poucos os alunos. A professora explica o que o viajante já sabe: a população da aldeia tem vindo a diminuir, poucos mais há que uma centena de habitantes. Uma das meninas olha muito o viajante: não é bonita, mas tem o olhar mais doce do mundo. E o viajante descobre que para aqui vieram as velhas carteiras escolares da sua infância, são restos e sobras vindas da cidade para Cidadelhe.

A ermida estava fechada, e agora está aberta. Por cima da porta, sob o alpendre que defende a entrada, há uma pintura maneirista provincial que representa o Calvário.

Defendida da chuva e do sol, não a poupam, em todo o caso, o vento e o frio: milagre é estar em tão bom estado. Guerra conversa com duas mulheres idosas, pede notícias da terra e dá-as de si próprio e da família, e diz depois: "Este senhor gostaria de ver o pálio." O viajante está atento à pintura, mas sente, no silêncio seguinte, uma tensão. Uma das mulheres responde: "O pálio não pode ser. Nem cá está. Foi para arranjar." O resto foram murmúrios, um conciliábulo arredado, sem gestos, que nestes lugares mal se usam.

Entrou o viajante no pequeno templo e dá, de frente, com o S. Sebastião mais singular que os seus olhos encontraram. Vê-se que foi encarnado há pouco tempo, com a pintura envernizada, o tom róseo geral, a sombra cinzenta da barba escanhoada. Tem um dardo cravado em cheio no coração, e apesar disso sorri. Mas o que causa espanto são as enormes orelhas que este santo tem, verdadeiros abanos, para usar a expressiva comparação popular. Grande é o poder da fé, se diante deste santo, em verdade patusco, o crente consegue conservar a seriedade. E é grande esse poder, porque tendo-se aberto a porta da ermida já quatro mulheres estão fazendo oração. O único sorriso continua a ser do santo.

Os caixotões do teto mostram passos da vida de Cristo, de excelente composição rústica. Se se descontarem os efeitos da velhice, mais visíveis em algumas molduras, o estado geral das pinturas é bom. Apenas requerem consolidação, tratamento que as defenda. À saída, Guerra aproxima-se e o viajante pergunta: "Então, amigo Guerra, que há a respeito do pálio?" "O pálio", responde Guerra, embaraçado, "o pálio está a arranjar." E as mulheres idosas, cujo número o viajante já desistiu de contar, respondem em coro: "Sim senhor. Está a arranjar." "Então não se pode ver?" "Não senhor. Não pode."

O pálio (sabia-o já o viajante e teve confirmação pela boca do seu companheiro) é a glória de Cidadelhe. Ir a Cidadelhe e não ver o pálio, seria o mesmo que ir a Roma e não ver o papa. O viajante já foi a Roma, não viu o papa e não se importou com isso. Mas está a importar-se muito em Cidadelhe. Porém, o que não tem remédio, remediado foi. Coração ao alto.

A aldeia é toda pedra. Pedra são as casas, pedra as ruas. A paisagem é pedra. Muitas destas moradas estão vazias, há paredes derruídas. Onde viveram pessoas, bravejam ervas. Guerra mostra a casa onde nasceu, a soleira onde a mãe teve as dores, e uma outra casa onde viveu mais tarde, entalada sob um enorme barroco, que é este o nome beirão dos pedregulhos que por esses montes se amontoam e encavalam. O viajante maravilha-se diante de algumas padieiras insculpidas ou com baixos-relevos decorativos: uma ave pousada sobre uma cabeça de anjo alada, entre dois animais que podem ser leões, cães ou grifos sem asas, uma árvore cobrindo dois castelos, sobre uma composição esquemática de lises e festões. O viajante está maravilhado. É neste momento que Guerra diz: "Agora vamos ver o Cidadão." "Que é isso?", pergunta o viajante. Guerra não quer explicar já: "Venha comigo."

Vão por quelhas pedregosas, aqui nesta casa que em caminho fica mora uma irmã de Guerra, de seu nome Laura, e está também o cunhado, a limpar a corte do gado, tem as mãos sujas, por isso não se aproxima e saúda com palavras e sorrisos. Pergunta Laura: "Já viu o pálio?" Manifestamente contrafeito, Guerra responde: "Está a arranjar. Não se pode ver." Afastam-se ambos para um lado, é outro debate secreto. O viajante sorri e pensa: "Isto há de querer significar alguma coisa." E, enquanto vai subindo na direção de um campanário que de longe se avista por cima dos telhados, nota que Laura se afasta rapidamente por outra rua, como quem vai em missão. Curioso caso.

"Cá está o Cidadão", diz Guerra. O viajante vê um pequeno arco armado ao lado do campanário, e, grosseiramente esculpida em relevo, uma figura de homem tendo por baixo meia esfera. No outro pilar do arco, em grandes letras, lê-se: "Ano de 1656." O viajante quer saber mais e pergunta: "Que figura é esta?" Não se sabe. De memória de gerações sempre o Cidadão pertenceu a Cidadelhe, é uma espécie de patrono laico, um deus tutelar, disputado acesamente entre o povo de baixo (onde agora está) e as Eiras, que é o povo de cima, onde o viajante desembarcou. Houve um tempo em que as disputas verbais chegaram a aberta luta, mas acabaram por prevalecer as razões históricas, pois o Cidadão tem as suas raízes neste lado da aldeia. O viajante medita no singular amor que liga um povo tão carecido de bens materiais a uma simples pedra, mal talhada, roída pelo tempo, uma tosca figura humana em que já mal se distinguem os braços, e confunde-se em pensamentos, vendo como é tão fácil entender tudo se nos deixarmos ir pelos caminhos essenciais, esta pedra, este homem, esta paisagem duríssima. E mais pensa como há de ser melindroso bulir nestas coisas simples, deixá-las serem e transformarem-se por si, não as empurrar, estar simplesmente com elas, olhando este Cidadão é a felicidade que está no rosto do amigo novo que se chama José António Guerra, homem que decidiu guardar memória de tudo.

"Que se sabe da história do Cidadão?", perguntou o viajante. "Pouco. Foi encontrado não se sabe quando, numas pedras de além" (faz um gesto que aponta para a invisível margem do Coa) "e ficou sempre a pertencer ao povo." "Por que é que lhe chamam Cidadão?" "Não sei. Talvez por ser a terra Cidadelhe."

É um bom motivo, pensa o viajante. E vai entrar na igreja matriz, ali mesmo, quando repara que já não está sozinho com José António Guerra. Vindas não sei donde, estão ali três das idosas mulheres que fizeram o coro na Ermida de São Sebastião, e embora seja a idade muita, e castigada, agora sorriem. O melhor da igreja de Cidadelhe é o teto, armado em caixotões, uma festa edificante de pinturas representando santos, de tratamento mais erudito que aos do teto de São Sebastião. Desespera-se o viajante de não saber quem isto pintou, que imaginário viveu dentro desta igreja, que palavras se disseram entre ele e o cura, que olhares foram os do povo que vinha espreitar o adiantamento do trabalho, que orações foram ditas a esta corte celestial, e para quê. Vai lendo os nomes dos santos e as idosas mulheres acompanham-no, e, como não sabem ler, ficam algumas vezes espantadas por ser aquele o santo do nome que conheciam: "S. Mathias, S. Ilena, S. João, S. Jeronimo, S. Ant.º, S. Thereza de Jesus, S. Apolonia, S. Joze." São quinhentistas estas pinturas, precioso catálogo hagiológico, oxalá sejam os santos bastante poderosos para a si mesmos se protegerem.

Assim devia ser a viagem. Estar, ficar. O viajante está muito perturbado, vê-se-lhe na cara. Sai com José António Guerra, sobe com ele até uma elevação que é o ponto mais alto de Cidadelhe. Ouvem-se cantar os pássaros, os olhos vão indo por cima dos montes, quanto mundo se pode ver daqui. "Gosto disto desde pequeno", diz o companheiro. O viajante não responde. Está a pensar na sua própria infância, nesta sua madura idade, neste povo e nestes povos, e afasta-se. Está cada um consigo mesmo e ambos com tudo.

"São horas de merendar", diz Guerra. "Vamos a casa de minha irmã." Descem pelo caminho que trouxeram, lá está o Cidadão de sentinela, e vão primeiro a uma adega beber um copo de tinto claro, ácido, mas de uva franca, e depois sobem os degraus da casa, vem Laura ao limiar: "Entre, esteja na sua casa." A voz é branda, o rosto sossegado, e não é possível que haja no mundo mais límpidos olhos. Está na mesa o pão, o vinho e o queijo. O pão é grande, redondo, para o cortar é preciso apertá-lo contra o peito, e nesse gesto fica a farinha agarrada à roupa, à blusa escura da dona da casa, e ela sacode-a, sem pensar nisso. O viajante repara em tudo, é a sua obrigação, mesmo quando não entender tem de reparar e dizer. Pergunta Guerra. "Conhece o ditado do pão, do queijo e do vinho?" "Não conheço." "É assim: pão com olhos, queijo sem olhos, vinho que salte aos olhos. É o gosto a terra." O viajante não crê que as três condições sejam universais, mas em Cidadelhe aceita-as, nem é capaz de conceber que possam ser diferentes.

Acabou a merenda, são horas de partir. Despede-se o viajante com afeto, desce para a rua, Guerra ainda ficou a conversar com a irmã, que lhe diz: "Estão à espera nas Eiras." Que será, pergunta a si mesmo. Não vai tardar a saber. Quando se aproximada Ermida de São Sebastião vê, em ar de quem espera, aquelas mesmas idosas mulheres e outras mais novas. "É o pálio", diz Guerra. As mulheres abrem devagar uma caixa, tiram de dentro qualquer coisa envolvida numa toalha branca, e todas juntas, cada qual fazendo seu movimento, como se estivessem executando um ritual, desdobram, e é como se a não acabassem de desdobrar, a grande peça de veludo carmesim bordada a ouro, a prata e a seda, com o largo motivo central, opulenta cercadura que rodeia a custódia erguida por dois anjos, e ao redor flores, fios entrelaçados, esferazinhas de estanho, um esplendor que nenhumas palavras podem descrever. O viajante fica assombrado. Quer ver melhor, põe as mãos na macieza incomparável do veludo, e numa cartela bordada lê uma palavra e uma data: "Cidadelhe, 1707." Este é, em verdade, o tesouro que as mulheres de preto ciosamente guardam e defendem, quando já lhes custa guardar e defender a vida.

No regresso à Guarda, caía a noite, disse o viajante: "Então o pálio não estava a arranjar." "Não. Quiseram convencer-se primeiro de que o senhor era boa pessoa." O viajante ficou contente por o acharem boa pessoa em Cidadelhe, e nessa noite sonhou com o pálio.

### *MALVA, SEU NOME ANTIGO*

Pelo tempo de visitar estas paragens, assentou o viajante arraiais na Guarda. Hoje tomará a estrada de Viseu até Celorico da Beira e daí fará suas derivações, para voltar ao ponto de partida. O dia está como os seus manos mais chegados: formoso. Merece-os o viajante, que de chuva e nevoeiro tem tido mais do que a conta, embora não se queixe e algumas vezes estime. Porém, estivesse mau tempo, hoje seria pena, não poderia apreciar este largo, extenso e fundo vale onde o Mondego passa, ainda no lançamento da larga curva que o fará contornar os contrafortes da serra da Estrela pelo norte para depois se alongar por mais baixas terras, até ao mar. Este rio parecia fadado para ir desaguar no Douro, mas encontrou no caminho as alturas de Açores e Velosa, o monte de Celorico, e deixou-se ser o maior dos que em terra portuguesa nascem. Alguns destinos humanos são assim.

O viajante vai primeiro a Aldeia Viçosa, nome recente, porque os habitantes se envergonhavam de se chamar a sua terra Porco e requereram o crisma. Mal fizeram. Aldeia Viçosa é designação de complexo turístico, Porco era herança de gerações, do tempo em que nestes montes reinava o porco-bravo e matá-lo era ocasião de regozijo e alimento melhorado. Mudar o nome à aldeia foi um ato de ingratidão. Enfim, meta-se o viajante na sua vida, olhe esta viçosa paisagem das margens do rio, veja como de tão alto desceu. E agora, tornando a subir, repara nas casas dos lavradores dispersas pelo vale, muito trabalho aqui se fez para tornar isto um jardim. A estrada é muito estreita, sombreada de altas árvores, há portões de quintas, frontarias apalaçadas. De repente uma curva, aí está Aldeia Viçosa.

A igreja matriz, à primeira vista, desconcerta o viajante. Em terras que abundam em românico e barroco, ver aqui, na antiga aldeia de Porco, um exemplar neoclássico, é caso. Lá dentro, porém, encontram-se peças de maior antiguidade, como o túmulo quinhentista de Estêvão de Matos, falecido em 1562, e sua mulher Isabel Gil, que veio juntar-se ao marido em data que ninguém achou necessário acrescentar. A igreja tem que ver: a bela tábua, também do século XVI, representando a Virgem e o Menino com anjos músicos, e, no teto curvo da capela-mor, as pinturas que figuram os quatro doutores da Igreja, dois de cada lado, de grandes proporções, sobre um fundo ornamental de folhagens e volutas vegetais. Depois da fachada neoclássica, Aldeia Viçosa tem mais esta surpresa para mostrar. Mas também não falta a boa estatuária, com saliência para o belíssimo *S. Lourenço* seiscentista de madeira.

Retoma o viajante a estrada principal que adiante tornará a deixar para se meter por um caminho campestre, que é, diz o mapa, a estrada que vai a Açores. Se isto é estrada, o viajante é falcão, e se agora, com tempo seco, os cuidados têm de ser tantos, que fará havendo chuva e lama. A entrada em Açores faz-se pelo campo da feira, terreiro largo e extenso que logo se vê ser desproporcionado em relação à importância atual da povoação. Açores foi município em tempos idos, e isto, que o viajante diz ser largo de feira, seria também o acampamento dos romeiros de Nossa Senhora dos Açores, que é o orago. Aquele edifício ali, com o pelourinho à frente, foi a câmara. Está adulterado, abriram-lhe portas onde deviam estar panos de muro, mas é mesmo assim um afago para os olhos. Açores dá uma impressão de grande abandono, lembra, de alguma maneira, Tentúgal: o mesmo silêncio, o mesmo vazio, e até a dimensão urbana tem certa semelhança. O viajante cuida que, em seus tempos, a vila devia ser afamada neste lado da Beira.

O portal da igreja é barroco, mas lá dentro há provas de maior antiguidade, como a inscrição referente a uma princesa visigoda, morta no século VII. Mas a grande fascinação da igreja, pela novidade em templos portugueses, são as pinturas que representam factos e lendas locais. O viajante tem já duas mulheres da aldeia a acompanhá-lo, e são elas que, roubando a palavra uma à outra, querem ser relatoras dos fastos e milagres de Nossa Senhora dos Açores. Primeiramente, o nome. Não é ilha do Atlântico, é terra beirã, tão firme que fez afastar o Mondego, e contudo chama-se Açores. Pois isso vem do milagre obrado naquela terrível ocasião em que o pajem de um rei leonês, tendo deixado fugir o açor real, foi condenado a ficar sem a mão, e na sua aflição apelou para a Virgem, que logo fez regressar a ave. As mulheres já vão lançadas no milagre segundo, que é o da intervenção da Virgem numa batalha entre portugueses e leoneses, no terceiro, que é o da ressurreição do filho de um rei que veio aqui peregrinar, e no quarto, e final, que foi o salvamento da vaca que em perigo estava, com grande aflição e risco de prejuízo do seu dono. Decerto fez Nossa Senhora dos Açores outras obras, mas estas tiveram quem ingenuamente as ilustrasse para lição das idades futuras. Queixam-se as mulheres do abandono em que tudo está, queixa-se o viajante de terem elas razão para assim se queixarem.

Ainda tentou ir a Velosa, que fica a dois quilómetros, levava na ideia ver o túmulo duma princesa goda, Suintiliuba, já se viu mais maravilhoso nome? Mas receou-se da estrada, enfim, não foi um viajante corajoso. Voltou ao caminho de toda a gente, direção de Celorico da Beira, onde não para. O seu fito é Linhares, na estrada para Coimbra. Enquanto a estrada não tem que errar, o viajante não erra. Mas tendo que voltar para Linhares, vira onde não deve, e não tarda que se veja a subir por caminhos inverosímeis, que talvez cabras se recusassem a pisar. Vai trepando, volta para um lado, volta para outro, cada vez pior. Enfim chega a uma bifurcação, agora como será, e decide ir à aventura. Para a direita, o caminho mergulha na direção de um pinhal negríssimo e parece perder-se nele. Para a esquerda, talvez melhor, porém o viajante não quer arriscar. Avança a pé, e então, obra certamente de Nossa Senhora dos Açores (anda neste céu um milhafre), aparece um homem. Mas, antes, deve o viajante explicar que deste sítio se avista perfeitamente Linhares, com o seu gigantesco castelo, que, sem nenhuma razão plausível, lhe recorda Micenas. Linhares está ali, mas quem lhe chega?, como? Responde o homem: "Siga por este caminho. Em vendo lá à frente umas estevas está na estrada." "Na estrada? Qual estrada?" "A de Linhares. Não é o que o senhor quer?" "Mas eu vim por outro caminho." "Veio pelas Quintãs. O que me admira foi ter conseguido cá chegar." Também o viajante pasma, mas não é proeza de que deva orgulhar-se. Viajante competente é aquele que só vai por maus caminhos quando não tem outros, ou razão superior lhe manda que abandone os bons. Não é enfiar pelo primeiro carreiro que lhe apareça, sem verificação nem cautela.

Linhares é boa terra. Mal desembarcou, logo o viajante criou amizade com o encarregado das obras que se faziam na Igreja da Misericórdia, pedreiro-mor da vila e abridor benévolo de todas as portas. O viajante teve em Linhares um guia de primeira ordem. Estas são as bandeiras da Misericórdia, uma muito bela, representando a Ascensão da Virgem, e aqui, a meio da calçada, está uma tribuna de pedra que antigamente tinha cobertura e agora não, e era onde se reunia a câmara: sentavam-se nestes bancos e em voz alta discutiam os assuntos municipais, à vista do povo, que ouvia de fora e das janelas. Eram rústicos tempos, mas, por esta prática, acha o viajante que bons tempos seriam: não havia portas maciças nem reposteiros de veludo, e, chovendo, talvez se interrompesse a sessão para se abrigarem debaixo do alpendre os assistentes e passantes.

O século XVI foi grande construtor. Tem o viajante observado que, por estas paragens, e também em outras donde vem, o mais de edifícios civis antigos são quinhentistas. É o caso deste solar, a magnífica janela virada para a rua, com as suas airosas pilastras laterais, a padieira recortada. Nunca viverá nesta casa, mas compraz-se a imaginar que deve ser bom ver dali a paisagem que rodeia Linhares, a Cabeça Alta, a mais de mil e duzentos metros de altitude. O guia espera pacientemente que o viajante chegue ao fim das reflexões e depois leva-o à igreja matriz, onde estão as esplêndidas tábuas atribuídas a Vasco Fernandes e que representam uma *Anunciação*, uma *Adoração dos Magos* e um *Descimento da Cruz*. Porém, tão belo como elas é o arco da porta lateral de duas esplêndidas arquivoltas, decorada a exterior com motivos geométricos e a interior com representações mistas que evidenciam a origem românica. Da esquerda para a direita veem-se uma estrela de seis pontas talhadas em folha no interior de um círculo, uma cruz, um motivo de enxadrezado, uma espada sobre a qual parece pousada uma ave (teria vindo recolher-se aqui o açor do milagre?), e, enfim, uma figura humana de braço levantado. É liso o tímpano.

O castelo deve ter sido enorme. Estão a dizê-lo as duas gigantescas torres de granito, a altura das muralhas, toda a atmosfera de fortaleza que dentro se respira. Bem estaria assim, porque no tempo das guerras contra os sarracenos foi guarda avançada portuguesa. Reinava o senhor D. Dinis de quem, daqui a pouco, o viajante terá de voltar a falar. Quem sabe se neste castelo não foi que desceu sobre o rei-poeta a inspiração, vendo lá em baixo os pinhais. "Ai flores, ai flores do verde pino." Enfim, o viajante está hoje muito imaginativo, mas não pode abusar, que a visita está a ser feita na hora do almoço do pedreiro que lhe faz companhia, é tempo de partir, deixar Linhares que de longe tanto se parece com a grega Micenas e aonde custou tanto a chegar como se Micenas fosse.

Regressa à estrada principal, agora pelo caminho certo, e quando segue na direção de Celorico da Beira vê de relance o atalho das Quintãs e torna a repreender-se do erro. Em Celorico outra vez não parou, vai na ideia de chegar a Trancoso a boas horas de almoçar. A estrada atravessa uma região de meia altitude, coberta por aquelas grandes pedras de granito chamadas barrocos, isoladas ou em grupos, postas umas sobre as outras em equilíbrio que parece instável, mas que só uma potente carga de explosivos poderia, talvez, alterar. São toneladas sobre toneladas, e o viajante faz a costumada e ingénua reflexão: "Como foi que estas pedras apareceram assim?"

Trancoso não é bem como esperava. Ia a contar com uma vila de arquitetura ainda medieval, cercada de muralhas, uma atmosfera de antiga história. As muralhas estão lá, a história é antiga, mas o viajante sente-se rejeitado. Almoçou nem bem nem mal, viu os monumentos, e alguns estimou ver, porém no fim ficou-lhe uma impressão de frustração que resumiu desta maneira aproximativa: "Um de nós não entendeu o outro." Em consciência, o viajante acha que não entendeu Trancoso. Mas gostou da Igreja de São Pedro, com a pedra tumular do Bandarra, o sapateiro profeta, e como antes aprendera que no local da Capela de São Bartolomeu, à entrada da vila, em um templo que já não existe hoje, casara D. Dinis e D. Isabel de Aragão, achou que a história, sobretudo a imaginada, aproxima bem os casos, como este de fazer viver e passar pela mesma terra um sapateiro anunciador de futuros e uma rainha que de pão fazia rosas. Também gostou o viajante de ver a Igreja da Nossa Senhora da Fresta, as mal conservadas pinturas murais que lá estão dentro. Quis o viajante ir à Igreja de Santa Luzia, e foi, mas não viu mais que tapumes, poeira e pedras espalhadas: havia, de cima a baixo, obras de restauro. Era a altura de partir.

A Moreira de Rei, sete quilómetros a norte de Trancoso, foi o viajante por uma razão só: ver com os seus olhos as medidas insculpidas nos colunelos da porta da igreja, o côvado, a braça, o pé. Era bom sistema este: quem quisesse ter medidas certas para não enganar nem ser enganado, vinha aqui e entalhava na vara ou ripa a sua arma de defesa mercantil. Podia ir à feira, comprar o pano ou a soga, e regressar a casa seguro da boa mercancia. Mas Moreira é de Rei porque cá veio ter D. Sancho II quando em 1246 ia para o exílio em Toledo: de tantas terras em redor, e mais importantes, esta foi que lhe deu abrigo, talvez por uma só noite, assim acabam as glórias do mundo. Também se acabaram as glórias e as misérias do mesmo mundo para quem em redor desta igreja foi enterrado, em sepulturas abertas a picão na rocha dura, um pouco a esmo, mas todas com a cabeça virada para os muros da igreja, como quem se entrega à última bênção.

Vai o viajante continuar para norte, pela estrada a nascente da ribeira de Teja, nome que espanta encontrar aqui, pois estas não são as terras que o Tejo banha e onde Teja deveria estar, como mulher de seu marido. Passa em Pai Penela, e, dando a volta por Meda e Longroiva, sem casos ou vistas que mereçam particular registo, apanha a estrada que vem de Vila Nova de Foz Coa e torna para sul. O caminho agora é de planície, ou, com rigor maior, de planalto, os olhos podem alongar-se à vontade, e mais se alongarão lá de cima, de Marialva, a velha, que esta fundeira não tem motivos de luzimento que excedam os legítimos de qualquer terra habitada e de trabalho. O viajante não se confunde com o turista de leva-e-traz, mas nesta sua viagem não lhe cabe tempo para mais indagações que as da arte e da história, ciente de que, se souber encontrar as pontes e tornar claras as palavras, ficará entendido que é sempre de homens que fala, os que ontem levantaram, em novas, pedras que hoje são velhas, os que hoje repetem os gestos da construção e aprendem a construir gestos novos. Se o viajante não for claro no que escreve aclare quem o ler, que é também sua obrigação.

Marialva foi chamada, em antigos tempos, Malva. Antes de o saber, o viajante julgou que seria contração de um nome composto, Maria Alva, nome de mulher. E ainda agora não se resigna a aceitar que o primeiro batismo venha do rei de Leão, Fernando Magno, como dizem certos autores. Sua Mercê não veio, evidentemente, de Leão aqui para ver se a esta montanha quadrava bem o nome de Malva. Curou por informações, algum frade que por cá passou e tendo visto malvas julgou que era a terra delas, sem reparar, em seu recato de frade preceituado, que naquela casa hoje arruinada vivia a mais bela rapariga do monte, precisamente chamada Maria Alva, como ao viajante convém para justificar e defender a sua tese. A quem viaja hão de ser perdoadas estas imaginações, ai de quem as evitar, não verá mais do que pedras caladas e paisagens indiferentes.

De indiferente e calado se não pode acusar o castelo. Nem a vila velha, as ruas que trepam a encosta, nem quem aqui mora. O viajante sobe e dão-lhe as boas-tardes com tranquila voz. Estão mulheres costurando às portas, brincam algumas crianças. O Sol está deste lado do monte, bate nas muralhas do castelo com clara luz. A tarde vai em meio, não há vento. O viajante entra no castelo, daqui a bocado virá o velho Brígida dizer onde está a arca da pólvora, mas agora é um solitário que vai à descoberta do que, a partir deste dia, ficará sendo, no seu espírito, o castelo da atmosfera perfeita, o mais habitado de invisíveis presenças, o lugar bruxo, para dizer tudo em duas palavras. Neste largo onde está a cisterna, onde o pelourinho está, dividido entre a luz e a sombra, adeja um silêncio sussurrante. Há restos de casas, a alcáçova, o tribunal, a cadeia, outros que não se distinguem já, e é este conjunto de edificações em ruínas, o elo misterioso que as liga, a memória presente dos que viveram aqui, que subitamente comove o viajante, lhe aperta a garganta e faz subir lágrimas aos olhos. Não se diga daí que o viajante é um romântico, diga-se antes que é homem de muita sorte: ter vindo neste dia, nesta hora, sozinho entrar e sozinho estar, e ser dotado de sensibilidade capaz de captar e reter esta presença do passado, da história, dos homens e das mulheres que neste castelo viveram, amaram, trabalharam, sofreram, morreram. O viajante sente no Castelo de Marialva uma grande responsabilidade. Por um minuto, e tão intensamente que chegou a tomar-se insuportável, viu-se como ponto mediano entre o que passou e o que virá. Experimente quem o lê ver-se assim, e venha depois dizer como se sentiu.

Malva, Maria Alva, Marialva. Quase todo o resto da tarde o passou o viajante andando por estas pedras e por aquelas ruas. Veio o velho Alfredo Brígida apontar, como quem revela um segredo, a arca da pólvora, a lápide que está logo à entrada do castelo, a proa de navio que uma das torres faz, e depois levou o viajante à vila, a mostrar-lhe as casas antigas, o rosto das pessoas, a Igreja de Santiago, as sepulturas abertas na rocha viva, como as de Moreira de Rei. O Sol vai baixando. O castelo é luz doirada de um lado, sombra cinzenta do outro. E o viajante tornou sozinho, subiu outra vez as ruas, já é velho conhecido das pessoas: "Então ainda cá volta?", e perde-se outra vez no castelo, nos sítios de mais funda penumbra, à espera de ouvir não sabe que revelação, que explicação final.

Enfim, partiu. Vai andando pela planície, o Sol está-lhe à altura dos olhos, alguma coisa o viajante cresceu depois de ir ao Castelo de Marialva. Ou é o Castelo de Marialva que vai com o viajante e o torna maior. Tudo pode acontecer em viagens como esta.

Longamente regressa. Passa na Póvoa do Concelho com a última luz do dia, ainda vê a Casa do Alpendre, e é noite quando chega à Guarda. Jantará. E como nem só de castelos vive o homem nem das lágrimas que lá lhe subiram aos olhos, nem das responsabilidades de ser arco ou ponte de passagem entre passado e futuro, aqui deixa registo da opulenta Chouriçada à Moda da Guarda que comeu. Embora com um protesto e um voto: que esta Chouriçada passe a ser conhecida e declarada Ao Modo da Guarda, como em português de gente portuguesa se deve dizer. Aceita o viajante que se transforme Malva em Marialva, não pode aceitar que se diga Moda em vez de Modo. As modas são de vestir, os modos são de entender. Entendamo-nos, pois.

## *POR UM GRÃO DE TRIGO NÃO FOI LISBOA*

O viajante é um salta-rios. Apenas neste lance que o levará a perto de Vilar Formoso, só nele, sem contar com o resto do caminho, passa um ribeiro afluente do rio Noemi, a ribeira das Cabras, a ribeira de Pínzio, outra vez a ribeira das Cabras (que é empurrada para o norte, como o Mondego foi empurrado para o sul), errou por pouco a ribeira dos Gaiteiros, o rio Coa, e isto sem falar de mil regatinhos que, conforme o tempo, estão secos ou molhados. Sendo Março, tudo isto leva água, vicejam as margens, hoje há mais nuvens no céu, mas vão altas e leves, não há que temer.

A primeira paragem do dia é em Castelo Mendo. Vista de largo é uma fortaleza, vila toda rodeada de muralhas, com dois torreões na entrada principal. Vista de perto é tudo isto ainda, mais um grande abandono, uma melancolia de cidade morta. Vila, cidade, aldeia. Não se sabe bem como classificar uma povoação que de tudo isto tem e conserva. O viajante deu uma rápida volta, foi ao antigo tribunal, que está em restauro e só tem para mostrar as barrigudas colunas do alpendre, entrou na igreja e saiu, viu o alto pelourinho, e desta vez não foi capaz de dirigir a palavra a alguém. Havia velhos sentados às portas, mas em tão grande tristeza que o viajante deu em sentir embaraços na consciência. Retirou-se, olhou os arruinados berrões que guardam a entrada grande da muralha, e seguiu caminho. Nem pôde entrar em Castelo Bom, pouco adiante, como projetara. Há ocasiões em que tem a lucidez a apertá-lo: vê-se a si mesmo de fora a criticar-se, por aqui em viagem e as vidas tão difíceis.

Entre Vilar Formoso e Almeida não há que ver. Terras planas que dão uma impressão certamente errada de abandono, pois não é crível que se deixem sem cultivo tão grandes extensões. Mas este lado da Beira parece desértico, quem sabe se por ter sido terra de invasões.

Almeida é o forte. Do céu se apreciaria melhor o desenho poligonal das fortificações, o traçado dos baluartes, o leito dos fossos. Em todo o caso, o viajante pode ter uma boa noção do dispositivo circulando pelas muralhas, medindo-lhes com o olhar a altura. Esta construção é doutro tempo e doutras guerras. Lutava-se rentinho ao chão, pelo ar só vinham arremessadas bombas que não eram bastante potentes para arrombar as abóbadas das portas, enfim, uma guerra de formigas. Hoje, Almeida é uma relíquia histórica como o seria uma alabarda ou um arcabuz. Mas a vila civil, com o seu ar recatado e quieto, acentua ainda mais o alheamento que em tudo se sente.

Vai agora o viajante a Vermiosa, quer chegar-se à fronteira, ver como é aquilo por lá. Os campos são largos, mais coloridos de verde e húmus, deixam-se ver até longe. Vermiosa não mostra boa cara a quem chega: as ruas sujas, raras pessoas, fica a impressão de que por trás destas portas e janelas não habita ninguém. Salvou Vermiosa o perfume de entontecer que naquela ladeira desprendia uma mimosa, assim como um hálito da árvore. O viajante subiu até à igreja, e lá em cima não veio adulto ou criança a saber novidades do mundo nem a dá-las dali. Viu com seu sossego o interior do edifício, armado sobre arcos que se assemelham a gigantescas costelas de baleia, foi à sacristia apreciar as pinturas do teto, singular pela forma octogonal.

Por erro de orientação, não foi primeiramente a Escarigo, que mais perto estava. Deu uma volta grande, escusada, passou por Almofala, que não tinha muito para mostrar, salvo o cruzeiro, a pequena distância, no antigo caminho que os peregrinos tomavam para ir a Santiago de Compostela. É este cruzeiro um caminho de cruzes alçadas, adornadas com a vieira, símbolo de peregrinação, e motivos da liturgia. E também lá está, mas longe da estrada, sobre um cabeço aonde o viajante não quis ir, o que resta dum templo romano, mais tarde modificado e habitado por frades. É isto antes de chegar a Almofala, pouco adiante da ponte que cruza a ribeira de Aguiar. O viajante depois arrependeu-se de não ter desviado o caminho: foi contra o costume de pôr a mão em cima da pedra para saber o que a pedra é. Os olhos valem muito, mas não podem alcançar tudo.

Quando chegou a Escarigo, teve de lutar muito. Não para entrar, claro está. Não havia barricadas, e se as houvesse mais justo seria que estivessem do outro lado, do lado espanhol, nem lhe foi pedido salvo-conduto. Aliás, bem se via que a terra era internacional. Andavam por ali três espanhóis das aldeias de La Bouza, falando com portugueses numa língua que não era deles nem nossa, um dialeto fronteiriço, que para o viajante equivalia a linguagem cifrada para irrisão de forasteiros. E também não houve luta quando fez a pergunta sacramental, embora não sacramentada: "Pode informar-me onde é a igreja?" Às vezes, não é preciso perguntar, vê-se logo o campanário, a torre sineira, a empena, a cumeeira, enfim, o que alto está sobre o que baixo mora. Em Escarigo, que tem altos e baixos, convém indagar, se não se quiser perder tempo.

Igreja fechada. Não há motivo para espanto, tem acontecido outras vezes. Vai bater a uma porta perto, diz o que pretende, apontam-lhe outra casa. Nesta não há vivalma que responda. Volta o viajante à primeira: quem lá estivera, já não está, chega a pensar que tinha sonhado. Está nesta indecisão quando passa a criança providencial e inocente que não sabe esconder a verdade. O viajante pergunta e enfim quase acerta, isto é, não acerta primeiro mas acerta depois. Quem achar isto complicado, siga o diálogo: "Faz favor. É aqui que têm a chave da igreja?" "É, sim senhor, mas agora não está cá", responde a mulher que veio à porta. O viajante faz cara de catástrofe e torna à carga: "Se não está aqui, onde está? Venho de longe, ouvi falar das belezas da Igreja de Escarigo, e agora terei de me ir embora sem ver o que queria?" Torna a mulher: "Pois é, mas a chave não está cá. Onde há outra é naquela casa, além." O viajante olha obedientemente para onde lhe apontam, vê uma casa alta, de dois pisos, aí uns duzentos metros afastada. Para lá chegar é preciso descer uma rua e subir outra, mas o viajante não vira a cara a tais acidentes. E já vai a meio da rua que desce quando ouve gritar atrás de si. É a mesma mulher: "Ó senhor, ó senhor, venha cá." Sobe o que desceu, julga que vai receber uma informação complementar, mas o que vê é que a mulher tem a chave na mão e já vem descendo os degraus para ir mostrar a igreja. Há ocasiões em que o viajante tem de aceitar o mundo tal qual é. Aqui está uma mulher que sabia desde o primeiro instante que tinha a chave, e não obstante negou e mandou ir buscar outra que estaria, se estivesse, a duzentos metros, e depois chamou, como se nada se tivesse passado, como se o viajante tivesse acabado mesmo agora de chegar: "Tem a chave da igreja?" "Tenho, sim senhor." Vá lá um homem entender esta mulher.

Agora são duas. Fizeram-se as pazes sem se terem declarado os motivos da guerra, nunca se viram tão bons amigos. A igreja tem um retábulo barroco dos mais belos que o viajante viu até agora. Se tudo isto tivesse o vulgar e banal dourado uniforme, não mereceria mais do que um olhar a quem não fosse especialista. Mas a policromia da talha é tão harmoniosa nos seus tons de vermelho, azul e ouro, com toques de verde e róseo, que se pode estar uma hora a examiná-la sem fadiga. Quatro pelicanos sustentam o trono, e a porta do sacrário mostra um Cristo triunfante, numa moldura de anjos e volutas. E os anjos tocheiros ajoelhados que ladeiam o altar, vestidos de grandes flores e palmas, são uma admirável expressão de arte popular. Uma das imagens do retábulo é um *S. Jorge* famosíssimo que, sem espada nem lança, calca aos pés um dragão com cabeça de víbora. Num altar lateral há colunas de talha quase já sem pintura, com duas cabeças de anjos em alto-relevo, que são preciosa coisa. Não esquece o viajante o teto da capela-mor, de alfarge, mas os seus olhos vão ficar em duas pequenas tábuas esculpidas, predelas de um retábulo, mostrando uma *Anunciação* e uma *Visita da Virgem a Santa Ana*, de tão puro desenho, de composição tão sábia, ainda que ingénua, que ficou contente de ter vindo de tão longe, lutando por uma chave que se esquivava, mas isso já lá vai, agora está em boa conversa diante deste *S. Sebastião* mutilado da sacristia, talvez o primeiro por quem o viajante se toma de afeição.

Foram as mulheres à sua vida. O viajante atravessa a aldeia e encontra uma rapariga a quem dá as boas-tardes. Ela responde, responde uma velha que estava com ela, e ali se arma uma conversa sobre tesouros escondidos. Dizia a velha que nos tempos de antigamente, quando havia guerras com os Espanhóis, as pessoas abastadas de Escarigo escondiam o dinheiro em covas, no meio dos penedos, e punham marcas, sinais, por exemplo o desenho de um gato: "Mas se os Espanhóis estavam por cá muito tempo, o mato crescia, e quando as pessoas iam à procura do dinheiro escondido, estava escondido o gato. Aí em redor são tudo tesouros." A rapariga sorria como quem duvida, sempre é doutra geração. Mas a velha insistia: "Isto hoje é uma terra pequena. Mas olhe, senhor, que Escarigo chegou a ser uma cidade, foi capital aqui destes sítios." Então a rapariga entrou na conversa, sorrindo ainda, mas doutra maneira, como quem saboreia o efeito que vai causar: "Até se diz por cá que Escarigo só por um grão de trigo não foi Lisboa." Sorriu o viajante e despediu-se, pensando na importância de um grão de trigo, tão pequena diferença no peso, tão insignificante na contagem, e afinal por causa dele é Escarigo Escarigo.

Tornou a passar por Almofala, adiante viu um marco que assinalava a morte de um guarda-fiscal, decerto uma história de contrabandistas, que estas terras são muito dessa fruta. Pouco falta para chegar a Figueira de Castelo Rodrigo, mas primeiro há de o viajante visitar o Convento de Nossa Senhora de Aguiar, ou a igreja, que é o que dele resta. Tem a frieza que sempre têm os edifícios muito restaurados, agravada neste caso pela total nudez interior. Vê-se depressa este gótico simples, mas na sacristia há uma *Nossa Senhora de Aguiar*, de mármore, ainda com vestígios de pintura dourada, azul e vermelha, que é gostosa de ver. A imagem está coroada e segura na mão esquerda uma roda partida a que o guarda, pouco firme em identificações, chama metralhadora, arma com a qual a Senhora de Aguiar teria ajudado a desbaratar Espanhóis em batalha que não há de ter sido certamente a de Aljubarrota. Aliás, custa muito a crer que senhora de tão suave rosto, tão branda de gesto, fosse capaz de disparar rajadas mortíferas contra gente que em matéria de devoção à Virgem nunca ficou atrás dos Portugueses.

Em Figueira de Castelo Rodrigo almoça o viajante. Depois foi ver a igreja matriz, merecedora pelos anjos músicos do altar-mor, e, especialmente, pelo arco que sustenta o coro, constituído por elementos de pedra em forma de S e considerado único no País. É, em verdade, o ovo de Colombo: cada elemento encaixa e trava o seguinte, de tal maneira que a simples força da gravidade basta para manter o arco firme e estável. Sem dúvida assentam também neste princípio os elementos em forma de cunha, mas aqui o arco dá uma impressão de consistência que a outros falta. Estranho é não se ter espalhado a técnica.

Perto está Castelo Rodrigo, naquele alto, mas o viajante irá primeiro a Escalhão, na estrada de Barca de Alva. Vai a contar com uma aldeia perdida e sai-lhe uma vila de bom tamanho, desafogada de ruas e com grandes árvores na praça. A chave da matriz está em casa do prior e é entregue sem resistências: nada que se compare com os trabalhos de Hércules cometidos em Escarigo. Não pôde o viajante entrar na sacristia onde se diz haver boas pinturas a fresco no teto, mas viu com vagar a igreja, que justifica a jornada. É quinhentista o edifício, de amplo traçado, e não lhe faltam peças de alto valor artístico. Há um pequeno grupo escultórico barroco em que cabeças de anjos fazem supedâneo à Virgem e a Santa Ana, representadas como duas boas vizinhas conversando, cada qual em seu banquinho, envolvidas em decorativas e arrebatadas roupagens. E aquele S. Pedro, cujo rosto aflito mostra quanto remorso lhe vai na alma, tem aos pés o galo avisador, em atitude esgargalada de cantar, naturalismo diante do qual não se pode evitar o sorriso. Mas o que de magnífico a Igreja de Escalhão tem é estes dois baixos-relevos flamengos ou de flamenga inspiração, numa policromia de tons profundos, representando a Subida ao Calvário (tendo em segundo plano outra representação de Cristo a ser açoitado) e o Enterro. Neste é admirável o tratamento das pregas do sudário, e em ambos a composição das figuras, a serena e concentrada expressão dos rostos. Três medalhões na parede lateral do túmulo exibem rostos humanos, barbados os dos extremos, de criança ou mulher o do meio. E como o viajante dá sempre pelos enigmas, mesmo quando os não pode resolver, sai a interrogar-se sobre a razão por que aparece este rosto meio escondido pelo lençol em que Cristo é baixado ao túmulo. Descido o corpo, saberíamos que rosto é este. Mas, para isso, chegámos cedo de mais.

Desanda o viajante por onde veio e enfim sobe a Castelo Rodrigo. Enquanto vai subindo, monte acima, vê, quase ao alcance da mão, a serra da Marofa, toda a agreste paisagem em redor. Castelo Rodrigo, visto de largo, com as suas fortíssimas torres cilíndricas, recorda a cidade espanhola de Ávila, e o viajante, que de Ávila encontra fotografias e cartazes em toda a parte que de turismo espanhol cuide, pasma de não ver tratadas de igual maneira, pelas burocracias de cá, as muralhas desta vila. Há de pensar isto, e pior, quando entrar no burgo e o percorrer, as melancólicas ruas, de casas arruinadas ou fechadas por abandono de quem cá viveu: é certo que o destino das vilas altas é esmorecerem com o tempo, verem os filhos descer ao vale onde a vida é mais fácil e o trabalho melhor se alcança, mas o que não se pode entender é que se assista de coração indiferente à morte do que apenas esmorecido está, em vez de se lhe encontrarem novos estímulos e energias novas. Um dia equilibraremos a vida, mas já não iremos a tempo de recuperar o que entretanto se perdeu.

A esta hora, neste dia de Março, Castelo Rodrigo é um deserto. O viajante não viu mais do que meia dúzia de pessoas, todas de idade avançada, mulheres costurando à porta, homens olhando em frente, como quem se descobre perdido. Aquele que vai custodiar arrasta dolorosamente uma perna e repete um recado que não foi capaz de entender, é o seu último instrumento de trabalho e não sabe como lhe há de pegar. O viajante anda a viajar, não procura pensamentos negros, mas eles vêm, pairam sobre Castelo Rodrigo, desolação, tristeza infinita.

Esta é a Igreja do Reclamador, que, ao contrário do que parece, não é nome de santo protestatário. Reclamador é apenas deturpação de Rocamadour, terra francesa de peregrinação, em cuja abadia, ou nas ruínas dela, se diz estarem as relíquias de Santo Amadour, e onde há também uma igreja que guarda, é o que se diz, a famosa Durandal, a espada do paladino e par de França Roldão. São velhas histórias. Foi a Igreja do Reclamador fundada na passagem do século XII para o século XIII, e, se desse tempo não resta muito, ficou-lhe no entanto a atmosfera românica, aqui tão viva, talvez mais ainda, como a que o viajante sentiu em Belmonte. Esta igreja baixa, atarracada como uma cripta e como ela misteriosa, resiste a tudo quanto se lhe acrescentou depois e a desvirtuou. E se a igreja estivesse nua de ornamentos e conservasse apenas aquele *S. Sebastião* de calcário e este ingénuo e popular *Santo Iago* de madeira, ainda assim valeria a pena subir a Castelo Rodrigo. Parece que uma praga caiu sobre a vila. Ali está o brasão, com as armas reais invertidas, por castigo, diz-se, de ter o povo tomado partido por D. Beatriz de Castela contra D. João I. E nem terem deitado fogo os descendentes ao Palácio de Cristóvão de Moura, em 1640, como prova de patriotismo, pôde emendar o erro antigo: invertidas estavam as armas reais, invertidas ficaram. Castelo Rodrigo tem de fazer o inventário das suas armas próprias e lutar pela vida: é o conselho deixado pelo viajante, que nada mais pode.

Já quando saiu de Marialva acontecera o mesmo. As grandes impressões põem uma pessoa a olhar para dentro de si, mal vê a paisagem e o que a mais se mostre. Ainda foi a Vilar Turpim ver a igreja gótica e a capela funerária de D. António de Aguilar. Melhor a veria se não fosse a enorme imagem de um Senhor dos Passos que estava à frente e que o obrigou a altas acrobacias para achar passagem e distância de visão. Bem poderia a irmandade acomodar o andor em lugar de honra sem atentar contra a honra particular do lugar. Não importa o D. António que está dentro. Importa a dignidade do que está fora.

## *NOVAS TENTAÇÕES DO DEMÓNIO*

Sem desdouro para Fornos de Algodres e Mangualde, não teve história a jornada para Viseu. Calhando, voltará o viajante um dia a essas e a outras portas que ficaram pelo caminho: só espera que então não lhe peçam contas do despacho de hoje. De memória antiga, levava pronto o apetite para um arroz de carqueja, tanto mais que ia chegar a boas horas de comer. Almoçou já não recorda o quê, e prefere não dizer onde. São acidentes a que está sujeito quem viaja, e por isso não se há de ficar a querer mal às terras onde acontecem. Mas foi azar supremo e acumulado ter ido depois ao Museu Grão-Vasco e vê-lo em intermitências de luz e sombra, porque ora se aguentava a corrente elétrica ora desfalecia, e mais desfalecia do que se aguentava. Havia obras, arranjos, reparações no primeiro andar, e ainda assim valeu a boa vontade da guarda acompanhante que ia à frente acender e atrás apagar, para que não fosse sobrecarregada a instalação elétrica em ponto de rebentarem fusíveis, como apesar de todos os cuidados algumas vezes rebentaram. Depois de mal almoçar, mal ver, tem desculpa o viajante de sentir-se tão enfadado.

Está o Museu instalado no antigo Paço Episcopal dos Três Escalões, e isto não é referido por simples escrúpulo de topografia, mas sim porque é de bom critério saber o nome das belas coisas, como este edifício, tanto por fora, em sua maciça construção, como por dentro, na decoração eclesial das salas inferiores. Os decoradores do tempo setecentista tinham um bom sentido da cor e do desenho, mesmo aceitando e praticando as convenções rígidas impostas pela Igreja. Em todo o caso, os floreados barrocos e rococós arranjaram maneira de se introduzirem e espalharem por estes tetos, que são, para os olhos, notável alegria.

Se o museu se diz de Grão-Vasco, veja-se o Grão Vasco. Toda a gente vai ao *S. Pedro,* e o viajante também. Declara, no entanto, que nunca entendeu plenamente, e continua a não entender, o coro de louvores que tem rodeado esta pintura. Decerto é um imponente painel, decerto as roupagens do apóstolo são representadas com uma magnificência que é do pincel e da matéria, mas para o viajante estas coisas permanecem exteriores à pintura, em verdade reencontrada nas duas cenas laterais e nas predelas. Dir-se-á que já não é pouco; responderá que o melhor do *S. Pedro* não está onde geralmente se procura, e deixa aqui o aviso, se alguma coisa vale.

Quer, no entanto, deixar afirmado que não querela com o Vasco Fernandes, e a prova está na rendida estima que tem por todas as tábuas do chamado *Retábulo da Sé*, também no museu. São catorze admiráveis tábuas com passos da vida de Cristo, representados com uma sinceridade pictórica e uma capacidade expressiva raras na pintura do tempo. Vasco Fernandes é aqui, e não perde nenhuma oportunidade de o ser, um paisagista. É patente que sabia olhar as distâncias e integrá-las na composição geral do quadro, mas não custa ao observador isolar a paisagem entremostrada e reconhecer como por si mesma picturalmente se justifica.

O viajante, para ver os painéis, teve de alçar a perna e passar por cima de crianças sentadas no chão que estavam recebendo a lição da matéria religiosa contida neles, mas dada por uma professora que não ocultava a qualidade da pintura sob o objetivo da catequese. E como esta não é raro servir-se de péssimos exemplos artísticos, fique este episódio de Viseu como sinal de boa pedagogia.

O mais do museu requereria explicação demorada. Nota o viajante, apenas, a excelente coleção de pinturas de Columbano, o muito que há de aguarelistas e pintores naturalistas e de ar livre, dois quadros de Eduardo Viana, além de peças antigas de escultura, tábuas diversas do século XVI e XVII, enfim, não falta que ver. Desde que, como é óbvio, não falte a luz.

Para chegar à Sé, basta atravessar o largo, mas o viajante precisa descansar um pouco os olhos, dá-los às coisas comuns, as casas, as poucas pessoas que passam, as ruas com os seus nomes saborosos, a da Árvore, a do Chão do Mestre, a Escura e a Direita, a Formosa, a do Gonçalinho, a da Paz, que, por isso mesmo, é a que leva a bandeira. Esta é a parte velha de Viseu, que o viajante percorre devagar, com a estranha impressão de não estar neste século. Impressão subjetiva há de ser, uma vez que a cidade não conserva tanto dos velhos tempos que alimente a ilusão de ter caído no reinado de D. Duarte, que ali está na estátua, e muito menos de Viriato, que de bronze guarda a cava que foi romana. O viajante, se não se acautela, acaba visigodo.

Enfim, esta é a abóbada dos nós, uma extravagância do arquiteto que a propôs ou do bispo que a exigiu: o viajante não está interessado em averiguar quem foi o da ideia. Em seu gosto de linhas que a necessidade justifique, não entende a intenção destas imitações de nós. Foi levar longe de mais, se não ao absurdo, o aproveitamento quinhentista dos calabres como decoração do manuelino. Não duvida o viajante de que o turista embasbaque, permite-se perguntar aos seus botões por que motivo embasbacará o turista. E como já outras vezes aconteceu não aprenderam os botões a responder.

Chegou agora alguém a quem poderia perguntar. É o guia da Sé, volúvel criatura que se agita, dá corridinhas, não permite dúvidas nem questões, e leva o viajante a toque de caixa da igreja ao claustro, do claustro à sacristia, da sacristia ao tesouro, do tesouro à igreja, da igreja à rua, e enquanto vai andando vai fazendo trocadilhos, abre uma janela e diz Alfama, abre outra e diz sabe-se lá o quê, e com isto pretende apontar semelhanças com outros lugares portugueses e do resto do mundo, que guia vem a ser este, justos céus. Está visto que o viajante não perguntou, está visto que do que ouviu não pode lembrar-se. Puxa pela memória, sacode-se da poeira, e, vá lá, recorda os silhares de azulejos setecentistas do corredor que leva à sacristia, os outros que a revestem, o coro alto e as suas talhas, o andar renascentista do claustro, a porta romano-gótica há pouco tempo descoberta, o teto mudéjar da Capela do Calvário. Pode muito a memória para ter resistido a tal guia.

O Tesouro da Sé foi o lugar predileto da mania trocadilhadora do acompanhante. Quer o viajante não guardar rancores, mas um dia terá de voltar para ver o que mal deixaram olhar, não por impedimento físico, mas por aturdimento de inútil palavreado: espera que o guia seja outro, ou, sendo o mesmo, não abra a boca. Outra vez recorrendo à agredida memória, recorda, confusamente, algumas belas imagens de presépio, o *S. Rafael e Tobias*, que dizem ser de Machado de Castro, os preciosíssimos cofres de Limoges, e, como impressão geral, a ideia de que o Tesouro da Sé guarda um conjunto de peças de valor, muito harmoniosas na sua arrumação. O viajante não se importaria, tendo primeiramente aprendido o necessário recado, de ser guia deste museu durante um mês. Pelo menos, teria uma virtude, mesmo faltando-lhe outras mais canónicas: não faria trocadilhos.

O viajante saiu no dia seguinte de Viseu. Ia de mau humor. Dormiu mal porque a cama era má, teve frio porque o aquecimento não funcionava, e pagou como se tudo isto fosse bom e funcionasse. Ter nome de Grão-Vasco só é bastante quando se sabe pintar.

Mas a estrada que vai a Castro Daire é muito bela. O viajante sente-se reconciliado com o mundo, entre montes e florestas, aqui não chegará o guia da Sé, que o viajante teve o cuidado de não deixar dito para onde vinha. Está agora descendo para o Vouga, claras águas que também vão descendo a caminho do mar, que antes dele se alargarão naquela ria imensa que o viajante recorda com a vaga impressão de que lá deixou qualquer coisa, quem sabe o quê, talvez um remanso de barco, outro voo de gaivota, um leve traço de neblina na distância. Mas esta terra daqui, foi dito já, é de florestas. A estrada vai fazendo curvas, sobe não muito, desce não tanto, e por virtude desta orografia o viajante repara que não é comum a impressão de estar, como aqui, entre montes; não estão perto de mais, não estão longe de mais, vemo-los nós, veem-nos eles.

Vai o viajante fazendo estas descobertas, e de repente repara que leva um rio ao lado. É o rio Mel, torrente que lá ao fundo corre e espuma nas pedras, apertado entre encostas de socalcos verdes, casas trepadoras, árvores que chegam mais longe na subida, pedras que rematam e bordam o céu azul. Este rio Mel é um formoso lugar da Beira, um formoso lugar do mundo. Julga o viajante que sabe de rios, Tejo para aqui, Douro para acolá, Mondego banha Coimbra, o Sena atravessa Paris, Tibre é romano, e afinal há um rio de nome doce, uma beleza de água correndo, uma frescura do ar, verdes canteiros amparados por muros de xisto, pudesse o viajante e ficaria aqui sentado até a noite chegar.

Mas esta região abusa. Tinha aqui o Mel, tem logo adiante o Paiva, mais cavado ainda, entre uma roda de montes que vão amparando a estrada até Castro Daire, lá em cima. Pode aos habitantes da vila faltar muito do que a vida quer, beleza para os olhos é que não faltará enquanto este rio correr, enquanto puderem defrontar-se com os montes do outro lado. O viajante pergunta onde é Ermida de Paiva, e aí vai, estrada abaixo, até à margem do rio, ao longo dele, e tão distraído que ultrapassa o que procura. Em Pinheiro lhe dizem: "É além, atrás", e com as curvas que o rio desenha parece até que a ermida está na margem oposta. Dá meia volta, encontra a rampa abrupta que leva a um pequeno terreiro, e daí para a frente segue a pé.

Voltam a cantar águas correntes. O viajante vai liricamente andando, ouve os seus próprios passos, tem à direita uma encosta quase a pique, de que não alcança o cimo, e à esquerda o terreno descai suavemente, até ao rio que daqui se não pode ver. A ermida é primeiramente vista do lado da cabeceira. É uma pequena construção, de longe se diria ser casa de viver gente. O que o viajante sabe dela é que foi fundada no século XII por um frade da Ordem Premonstratense, de Santo Agostinho. Chamava-se ele frei Roberto. O viajante, que averiguou ser austera a ordem nos seus princípios, nem carne podiam comer os frades, imagina quanto seria duro neste lugar apartado do mundo guardar tais abstinências e sofrer os frios mal agasalhado. Passaram oito séculos, e, sem promessa de ganhar o céu, não falta hoje ainda quem frio sofra e em carne não meta o dente.

Nas cantarias das igrejas sempre os pedreiros da Idade Média deixavam as suas marcas, siglas distintas, hoje impossíveis de identificar. Em geral, vê-se uma aqui outra além, e viajante com alguma imaginação tem pasto para ela: verá o pedreiro traçando o seu sinal pessoal, suavemente, batendo no escropo a jeito de não torcer o risco, nada mais fácil. Mas a Ermida de Paiva está literalmente coberta de siglas, e isso levanta a este viajante uma questão: serão elas apenas designativas do obreiro que as afeiçoou?, se o são, foram assim tantos os pedreiros que vieram aqui trabalhar em obra que não se distingue por descomunal tamanho?, não serão outras linguagens, outro dizer, outro comunicar? Provavelmente estas perguntas são fantasiosas, falsas questões, mas não seria a primeira vez que um modesto viajante, no acaso de olhar e ver, encontraria a ponta duma meada escondida. Teria sua graça.

Voltou a Castro Daire, sobe o que desceu, e agora vai atravessar este lado da serra de Montemuro, paisagem tão diferente, árida, outra vez barrocos, o mato bravio, o osso cinzento da montanha posto à vista. Em meia dúzia de quilómetros ficou mudada a face do mundo.

Às vezes vêm ao viajante tentações, benignas elas são, de fazer a viagem a pé, com a mochila às costas, o bordão, o cantil. São lembranças do passado, não se deve dar importância. Mas, se o fizesse, teria outros nomes para escrever, e diria que de Ermida subiu ao Picão, depois a Moura Morta, ou a Gralheira e Panchorra, ou a Bustelo, Alhões e Tendais, terras aonde afinal não irá. Enfim, mesmo por esta banda não sai mal servido de nomes: Mezio, Bigorne, Magueija, Penude, e no remate primeiro desta estrada estará São Martinho de Mouros.

O viajante procura a igreja matriz da terra. Fica a um lado, virada para o vale, e, assim implantada, dando a face aos ventos, percebe-se que mais a tenham feito fortaleza do que templo. Com uma porta sólida, trancas robustas, mouros que viessem teriam sido vencidos como os venceu aqui Fernando Magno, rei de Leão, no ano de 1057, ainda faltavam quase cem anos para Portugal nascer. A prova de que esta igreja foi concebida para fortim, tanto, vá lá, como casa de oração, está nas paredes grossas e lisas, contrafortadas, de poucas frestas. E o torreão, recolhido em relação à vertical da fachada, seria posto de vigia, aberto aos quatro pontos cardeais. Para poder vê-lo, e ainda assim incompletamente, teve o viajante de recuar muito, ir colocar-se no extremo do terreiro. Não estava ali para brincadeiras o torreão.

Nunca viu igreja assim. Afinal, a proclamada rigidez das propostas românicas ainda deixava bastante campo à invenção. Colocar lá em cima aquela torre, resolver os problemas de estrutura que a opção implicava, conciliar as soluções particulares com o plano geral, unificar esteticamente o conjunto (para que hoje se possa achar tudo isto magnífico), significa que este mestre de obra tinha muito mais trunfos na manga do que o comum dos traçadores de risco da época. E quando o viajante estiver lá dentro verá, com espantados olhos, como foi encontrada a maneira de sustentar a torre: assenta ela em pilares que se erguem logo depois da entrada, formando uma espécie de galilé voltada para dentro, de efeito plástico único. A igreja não abunda em qualificadas obras de arte. Duas tábuas com passos da vida de S. Martinho, um Cristo enorme, e pouco mais, se não contarmos as imagens sacras populares que, sobre uma alta parede interior, se vão cobrindo de pó e teias de aranha. O viajante indigna-se diante de tal abandono. Se em São Martinho de Mouros não sabem estimar tão belas peças da imaginária rústica, entreguem-nas a um museu, que as saberá agradecer. Quando o viajante sair, dirá a uma mulher, que por acaso vai passando naqueles desertos, estas e outras suas indignações, envolvendo-as em conselhos de cautela, porque, ali, desamparadas, estão as imagens muito a jeito de mãos cobiçosas. Só o viajante sabe quanto lhe custou resistir ao demónio que outra vez o veio tentar, na igreja erma. Tal susto meteu à perplexa mulher que hoje em redor da igreja deve haver um campo fortificado onde só se entra com prévio exame da consciência e donde apenas se sai depois de mostrar o que vai nos alforges.

Mas há outras tentações em São Martinho de Mouros. Não couberam todas em Ermida de Paiva, vieram instalar-se aqui, empurradas pelas orações dos frades de além, materialização dos sonhos terrenos dos agostinhos que lá pregaram, nas margens do rio formoso, a privação da carne. Nas talhas dos retábulos o corpo feminino é apresentado com opulência atlética, quase rubensiana. Aqui não se ocultam ou espalmam os seios da mulher: são claramente lançados para a frente, moldados, contornados, coloridos, para que não fiquem dúvidas sobre as moralidades do céu: enfim se vê que há anjos dos dois sexos, terminou a velha e absurda questão. Gloriosamente o corpo neste lugar se mostra. Meio corpo é, mas tentação inteira.

Contadas estas coisas, tem o viajante muita razão para ir digerindo melancolia enquanto se aproxima de Lamego. E tanta razão lhe assiste que o céu decide acompanhá-lo cobrindo-se de nuvens cinzentas, húmidas. Em pouco tempo começa a peneirar uma morrinha leve que mal chega ao chão, um véu de gaze finíssima que se vai arrastando pelos montes, nem escondendo, nem mostrando. Lavra grande confusão nos astros, porque adiante tornou a haver sol e em Lamego não se viam sinais de chuva passada ou próxima. O viajante foi reservar alojamento e tornou à rua.

Lamego é uma cidade-vila, calma, sossegada, com gente suave, agradável no falar, solícita. Quer o viajante saber onde fica a Igreja de Almacave, e em vez de um informante aparecem-lhe três, felizmente coincidentes nas indicações que dão. Uma já o viajante recebeu, que o deixou tristíssimo: o museu não está aberto ao público, andam nele obras há mais de um ano. E neste desgosto em que cai, decide deixar a Sé para amanhã e desanuviar o espírito subindo à cidade alta, a Almacave, uma vez que lhe ficava no caminho. Boa ideia foi, não tanto por maravilhas de arte que não excederam a mediania, mas pela humana maravilha de se lhe dirigir um homem de meia-idade, obviamente toldado de vinho, ainda que de perna firme, a perguntar: "O senhor é de cá?" O viajante viu logo com quem falava, pelo menos assim julgou, e respondeu paciente: "Não senhor, estou de visita." "A mim me quis parecer. Diga-me cá, o senhor já tem hotel? Vi-o vir tão de cara pendurada que pensei se andaria à procura de quarto." Respondeu o viajante: "Já tenho hotel, já. Isto da cara pendurada são outras histórias." "Então por que não vai dormir a minha casa? O quarto é limpo, a cama asseada, nessas coisas não há como a minha mulher." "Muito obrigado pelo convite, mas, como lhe disse, já tenho quarto." "Faz mal. Poupava dinheiro e ficava em casa de amigos." O homem, neste ponto, faz uma pausa, olha o viajante e declara: "Eu sei que estou bêbado, é o vinho que me faz falar, mas olhe que a oferta é sincera." "Não duvido", respondeu o viajante, "e estou-lhe muito grato. Vir a Lamego e encontrar quem me ofereça teto sem me conhecer, nunca contei que tal acontecesse." O homem segura-se a um poste de sinalização e diz simplesmente: "Eu acredito em Deus." Considera o viajante a importância da declaração e responde: "Uns acreditam, outros não, e isso é o menos, desde que possam entender-se como pessoas."

"Desde que possam", repetiu o homem. E tendo meditado um pouco sobre isto, acrescentou: "Deixe lá. Há alguns que não acreditam e são melhores do que outros que acreditam." Estendeu a mão ao viajante, em Lamego foi que isto aconteceu, e seguiu rua abaixo, bêbado. Quanto ao viajante, continuou a subi-la, tão lúcido quanto possível.

## *O REI DA QUINTA*

Choveu durante a noite, não a água peneirada da tarde, mas a boa chuva que não engana ninguém. A manhã veio descoberta, cheia de sol. Talvez por isso, o viajante demorou-se pouco na Sé. Gostou da fachada com o seu manuelino pouco exuberante, a disposição dos pórticos, o modo de ser grande sem assombro, mas lá dentro a arquitetura pareceu-lhe fria. Se foi o Nasoni quem esta obra projetou, como se diz, estaria em hora de pouca inspiração. O que vale, essa é a opinião do viajante, é a sumptuosa decoração das abóbadas, em arquiteturas perspetivadas e rompimentos, de policromia realmente magnífica as cenas bíblicas representadas. O claustro é pequeno, recolhido, mais parece lugar para murmúrio de donzelas do que para dramáticas meditações religiosas.

O viajante foi depois ao Santuário da Senhora dos Remédios. O sítio lembra o Bom Jesus de Braga, ainda que muitas sejam as diferenças. Mas, como ele, tem uma longa e alta escadaria e, ao cabo, a promessa da salvação, ou a esperança. A igreja mostra uma boa fachada *rocaille*, mas o interior, todo em estuques azuis e brancos, em dois minutos cansa quem não vá à procura dos remédios desta Nossa

Senhora. O que o viajante muito estimou ver foi a cenográfica ordenação dos pórticos do patamar inferior, com grandes estátuas de fantasiosos reis no alto de pedestais, que, pelo recorte, lembram as figuras dos profetas do Aleijadinho, em Congonhas do Campo, no Brasil. Não que o viajante lá tivesse ido vê-las, disso não se pode gabar, mas correm mundo fotografias, só as não vê quem não quer.

Leva a mágoa de não ter podido olhar, por um minuto que fosse, *A Criação dos Animais* de Vasco Fernandes, que no Museu de Lamego se guarda. Quereria ver aquele maravilhoso cavalo branco a que só falta o chifre agudo e espiralado para ser unicórnio. É bem possível que o Padre Eterno, quando não estivermos a olhar para ele, conclua a obra. Enquanto se encaminha para Ferreirim, promete o viajante que voltará um dia a Lamego: se ali encontrou um homem que lhe ofereceu abrigo para a noite, decerto encontrará o unicórnio. Não é mais difícil uma coisa do que outra.

Ferreirim fica num vale que é a bacia do rio Varosa. O sítio é duma beleza suavíssima, sucedem-se as cortinas de árvores, por toda a parte se esgueiram estreitos caminhos, é como se a paisagem fosse feita de sucessivas transparências, mutáveis à medida que o viajante se desloca. E assim será em todo este percurso de pé-coxinho que o levará a Ucanha, a Salzedas, a Tarouca e a São João de Tarouca, sem dúvida alguma uma das belas regiões que o viajante tem encontrado, por todo um equilíbrio raro, de espaço e cultivo, de habitação de homens e morada natural.

Todas as razões são boas para ir a Ferreirim. Em geral, uma é suficiente: ver as pinturas que estão na igreja matriz, os oito painéis que Cristóvão de Figueiredo pintou, ajudado por Gregório Lopes e Garcia Fernandes, todos reunidos na designação comum de Mestres de Ferreirim. A isto veio o viajante. Chegou, viu portas fechadas, buscou uma que se abrisse ali ao lado, e em boa hora. Aparece-lhe um homem, vestindo uma colorida camisola de lã e calças rústicas: "Sim senhor, posso mostrar." Foi dentro, demorou-se de mais para as impaciências do viajante, e enfim vem, de chave em punho. A entrada fez-se por uma porta lateral, sem cerimónias: "Veja à vontade." Dá o viajante a volta à nave, contempla com todo o vagar os admiráveis painéis, infelizmente postos em excessiva altura, e enquanto vai andando conversa com o acompanhante, pessoa claramente bem informada do que ali está dentro. Assim dá gosto encontrar um homem da chave. Às tantas estão dialogando animadamente a propósito de um túmulo renascença e dos vestígios de um arco embebidos na parede. Num a-propósito qualquer, o viajante, que tem vindo a acumular amargas queixas de roubos desde que partiu de Miranda do Douro, e está traumatizado pelas lutas que tem tido que travar contra as suas próprias tentações, faz uma grave acusação: "Às vezes são os padres os culpados. Vendem imagens valiosas, inestimáveis do ponto de vista artístico, para comprarem esses modernos horrores, lambidos e decadentes, que enchem as nossas igrejas." Está na sua razão o viajante quanto aos horrores. Mas no que toca aos padres, diz o homem da chave: "Olhe que não. Aparecem é aí uns sacristães novos, que a troco de quaisquer quinhentos escudos se desfazem das imagens antigas. Quando o padre quer acudir, já é tarde."

Aqui o viajante tem um sobressalto no coração, mas decide não lhe dar importância. Acaba a visita, e o homem da chave quer mostrar do lado de fora da igreja os vestígios do tal arco que fora motivo de debate. E quando ambos estão novamente conversando, diz ele: "Eu sempre desconfiei de que isto era uma passagem. No outro dia esteve cá o senhor bispo do Porto, que tinha dúvidas, mas quando lhe expliquei, disse-me: olhe, senhor padre..." O viajante não ouviu o resto. O sobressalto do coração estava justificado. O homem da chave era o padre de Ferreirim, que assim tivera de ouvir, com evangélica paciência, a acusação irada do viajante sobre desvios de imagens, supostos ou verdadeiros. Estava explicada a ciência artística do guia. Tudo estava explicado, mas nada foi comentado. Despediu-se o viajante depois de ter deixado esmola para a igreja, assim tentando apagar da memória do padre a inconveniência, e levando a sugestão de visitar Ucanha, ali bem perto. Imagine-se: nem tonsura, nem vestígio sacerdotal indumentário. Se assim continua, o viajante ainda acabará por encontrar numa destas igrejas S. Pedro com a chave, e não o reconhece.

Num salto se chega a Ucanha. Está situada na margem direita do Varosa, já alastrando para o lado de lá, e precisamente junto ao rio está a torre que lhe deu fama. Diga-se logo que é uma construção inesperada no nosso país. O telhado de quatro águas, as altas varandas de pedra assentes em modilhões, a janela de mainel, o arco abatido de passagem, a robustez do conjunto são características que reunidas se não encontram em construções medievais portuguesas. Quem por Itália viajou, não se surpreendia se lá encontrasse esta torre. Em Portugal, é total surpresa. O viajante namora cá de baixo a preciosa imagem da Virgem coroada, com o Menino ao colo, acomodada numa edícula e protegida por um varandim de ferro, e fica cheio de gratidão para com o maltratado padre de Ferreirim que aqui lhe disse que viesse. E é terra que estima os seus filhos, como se vê por esta lápide que regista ter cá nascido Leite de Vasconcelos, etnógrafo, filósofo e arqueólogo dos melhores, autor de obras ainda hoje fundamentais. Quando ele daqui foi, não fizera ainda dezoito anos, levava a instrução primária e algum francês e latim. Levava também, isto é uma ideia do viajante, o recado que ouviu à sombra desta torre, debaixo do sonoro arco que dá para o rio, pondo as mãos adolescentes na pedra rugosa: procurar as raízes.

Entra-se em Salzedas à procura do convento, e é ele que nos corta o passo. O viajante para à sombra de uma enorme construção que sobe pelo céu acima, é pelo menos a impressão que lhe fica, parece-lhe nunca ter visto igreja tão alta. É provável que seja isto uma reação de olhos que vêm de gozar o invulgar equilíbrio da torre de Ucanha, apesar da sua pesada massa, mas é dever do viajante aceitar o que lhe é dado, aproximar-se com vontade de entender. É o que faz em Salzedas, onde afinal pouco viu, nem há muito para ver, tirando os supostos Vascos Fernandes, mas onde algum tempo se demorou. Havia casamento, os noivos, o padre que os casava, os convidados, e, como a nave da igreja é vasta, faziam, mesmo todos juntos, pequeno grupo. Os passos do viajante mal acordavam os ecos da igreja, o padre sussurrava, e o mais que se ouvia eram os gritos das crianças que brincavam lá fora.

Já se viu como o viajante é dado a devaneios. Estavam aqueles casando-se, e ele pôs-se a imaginar um diferente casamento, dois que aqui entrassem sozinhos, percorressem todo o comprimento da nave sem falar, não procuram padre nem bênção, foi só este grande espaço coberto de abóbadas que os chamou, e depois ajoelharam ou não, oraram ou não, e dando as mãos um ao outro saíram casados. E isto seria o mesmo que subirem ao alto de um monte e virem de lá casados, ou passarem por baixo da torre de Ucanha e casados serem por isso. O viajante é tonto, pensa nestas coisas, por isso perde a cerimónia e quando dá por si está sozinho. Lá de fora vem o barulho dos motores, redobram os gritos das crianças, deve haver chuva de rebuçados, e o viajante está triste, ninguém o convidou para a boda, ele que tão boas ideias tem.

Quando sai, o terreiro está deserto. Foram-se os noivos, foram-se os garotos, nada há a esperar de Salzedas. É nisto que se engana. Vai voltar à estrada, ladeia o comprido edifício que resta do mosteiro, e, quando passa rapidamente ao lado de um arco que dá para terreno aberto, apanha de relance uma imagem fugidia de estátua ou pessoa empoleirada num muro. Para e volta atrás, espreita discretamente, não vá perguntar-lhe a pessoa, se pessoa for: "Que é que quer?", e vê que afinal é estátua. Estátua de rei, como se vê pela coroa, rei português como se prova pelo escudo das quinas que tem à ilharga direita, ainda que mutilado. Está este nosso não sabido rei de armadura completa, grevas e joelheiras, peitoral, cota de malha, mas leva gola de renda e manga de fole. Pôs-se de gala para tirar o retrato, e do alto onde o puseram olha o viajante com ar bonacheirão, contente por, depois de alguma coisa ter reinado, aqui estar agora, para sempre, porque, tendo perdido os pés em andanças, o fixaram na alvenaria pelos cotos. Parece um rei de baralho, é afinal o rei da quinta. O viajante pergunta a umas mulheres que passam, e que também não foram ao casamento, desde quando está ali esta figura real. "Desde sempre", é a resposta que esperava e lhe deram. Bem está assim. Para a borboleta que nasce de manhã e morre à tarde, a noite não existe; para quem já cá achou o rei da quinta, a resposta honrada é – sempre.

O viajante não mostra grande vontade de sair destes lugares. Cruza e recruza estradas, lá está Ucanha outra vez, e agora vai a Tarouca, povoação onde perde um pouco o norte, tem de andar para trás e para diante, quem sabe se distraído pela alta montanha que diante dos seus olhos cresce, não lhe dizem o nome os mapas, será ainda a serra de Montemuro, será já a serra de Leomil. Enfim deu com o que procurava, a Igreja de São Pedro, foi ver o túmulo manuelino, rendilhado, filigrana de pedra no seu desenvolvimento de arcossólio e colunelos, mas sem estátua jazente, o que de algum modo surpreende, pois estes defuntos faziam muita questão de mostrar com que cara tinham gasto o seu dinheiro ou algum por eles. Esta Igreja de São Pedro é românica, mas não do melhor que o viajante tem visto. Também é certo que as viagens educam o espírito e o tornam exigente. Ou estará o viajante apenas cansado.

Se o estava, passou-lhe em São João de Tarouca. Porém, antes de ir ver as artes, há de o viajante explicar o que lhe aconteceu quando, passada a última curva da estrada, deu de frente com um tempo anterior da sua vida. São falsas memórias, diz-se, já aqui esteve e não se lembra, sugere-se. Primeiro, o viajante não sabe o que são falsas memórias. Tem-se memória de alguma coisa vista e fixada pelo cérebro. Pode ficar fora da consciência, pode resistir a esforços de recordação, mas no dia em que a imagem voltar a poder ser "lida", vê-la-emos, com precisão maior ou menor, e o que estivermos vendo é o que vimos já. Toda a memória é verdadeira, nenhuma é falsa. Confundida poderá estar, será como um *puzzle* desmanchado, que, potencialmente, é reconstituível até ao último fragmento, à mais breve linha, ao mais apagado tom. Quando os homens forem capazes de percorrer todos os registos da memória e ordená-los, deixarão de falar de falsas memórias, embora seja bem possível que então se defendam dessa capacidade memorizante total, cultivando falsos esquecimentos.

Em segundo lugar, o viajante sabe que nunca esteve neste sítio, nunca veio a São João de Tarouca, nunca passou esta pequena ponte, nunca viu estas duas côncavas margens cobertas de ervas verdes, nunca viu aquele edifício em ruínas, os arcos do aqueduto (e agora nem tem a certeza de os ter visto desta vez), esta curta rampa que leva ao portão da igreja e, descendo para o outro lado, à vila.

Se as falsas memórias não existem, se o viajante afirma solenemente que nunca veio aqui, então sempre é verdade que as almas transmigram, que a metempsicose existe. O viajante, este aqui, sim senhor, mas noutro corpo e hoje, além das suas próprias memórias, teria esta que herdou de um corpo desaparecido. O viajante responderá que tudo isso são histórias da carochinha, que um cérebro morto é um cérebro apagado, que as memórias não se dispersam ao vento para ver quem mais memórias recolhe, que até o inconsciente coletivo se compõe de dados de consciência, etc., etc. Mas, sabendo muito bem a que há de dizer "não", não é capaz de descobrir aquilo a que poderia dizer "sim". O que sabe, sem discutir comos e porquês, é que já viu este recanto de São João de Tarouca: alguma vez o terá sonhado, como sonhou com tantas outras paisagens para as quais, até hoje, não encontrou correspondência real, talvez, quem sabe, só por não ter viajado a todos os lugares. Afirmar isto será o mesmo que dizer que o sono, a imaginação solta, o discorrer inconsciente de imagens no cérebro podem prever o mundo exterior. É um caminho arriscado por onde o viajante teme meter-se. Em todo o caso, bem poderia acontecer sonhar com o motor de explosão o servente de artilharia encarregado de escovilhar os canhões: aí está o cilindro, aí está o êmbolo.

Divagou muito o viajante, e escusadamente. Mal foi terem-lhe dado tempo para isso. O portão exterior está fechado, foi um garoto buscar a chave, e não levava pressa. Procura não pensar na obsidiante convicção de que já viu este sítio, e conversa com uma menina de doze anos que o irá acompanhar. Fica a saber de tentativas de roubo que ali se fizeram, de toques a rebate para reunir o povo e caçar o gatuno, são histórias empolgantes e verdadeiras. Chega-se à fala o tonto da aldeia, é a primeira vez em tão longa viagem, pede dinheiro, e o viajante dá-lhe algum. A menina diz que o tonto o vai gastar em vinho, e conta que ele bate na mãe, e esta o põe fora de casa, levam a vida nisto. Anda o viajante no seu afã de ver belas artes, tudo são pinturas, tudo imagens, e maviosas pedras, e de repente deita-lhe a vida a mão ao braço e diz-lhe: "Não te esqueças de mim." Responde o viajante, envergonhado: "Mas olha que isto também és tu." E ela: "Pois sou. Mas não te esqueças do tonto." Aí vem o garoto com a chave. Entra toda a companhia, o viajante, a menina de doze anos, três crianças mais. Teme o viajante que a visita seja de algazarra, mas engana-se. Esta infância segue composta, vai acolitando, ou talvez esteja a vigiar, pronta a saltar à corda do sino e chamar o povo. Será ou não, nunca se viram mais gentis meninos que estes de São João de Tarouca.

Nestes lugares, as idades são como largas marés. Veio o românico e construiu, depois o gótico acrescentou, se renascença houve deixou sinal, o barroco apartou para o lado e fez alguns estragos, enfim, entre ir e vir, se para isso houve força bastante e poder de sedução, aonde a onda mais alta chegou, deixou bandeira. Aqui temos o cadeiral e a talha dourada, os painéis de azulejos com a lenda da fundação do mosteiro, as pinturas de Gaspar Vaz, talvez de Vasco Fernandes, talvez de Cristóvão de Figueiredo. Aqui temos um anjo do século XIV, e uma Virgem de granito pintado, com o Menino ao colo, da mesma época. Aqui temos, na sacristia, pequenas imagens de madeira, delidas pelo tempo e pelo uso.

As marés vieram e deixaram os seus salvados. Para tudo olha o viajante nestas três claras naves, ouve o refluir das vagas do tempo, as vozes dos homens que vêm com ele, o bater da pedra, o serrar e pregar da madeira. Viaja na alta crista dos séculos, e, sendo agora a sua vez de dar à praia, para diante do sarcófago de D. Pedro de Barcelos, assombrado. É uma imensa arca tumular, e a estátua jazente poderia ser a de um S. Cristóvão gigantesco que se cansasse de transportar o mundo às costas e se deitasse a descansar. De granito toscamente lavrado, o túmulo do filho bastardo de D. Dinis é das mais impressionantes coisas que o viajante tem visto e sentido: lá dentro, um corpo humano, em sua real dimensão, estará como um barco no mar ou uma ave no espaço. Mostra o sarcófago, numa das suas faces, em baixo-relevo, uma cena de caçada ao javali. Estranha ilustração. Como todos os nobres do seu tempo, D. Pedro de Barcelos terá andado em montarias atrás das feras, cavalgando por montes e vales, dando às matilhas de cães a carniça. Mas os trabalhos do conde, nesta Beira onde viveu a última parte da sua vida, foram bem diversos, e por eles é que se ilustrou. Foi ele quem compilou o *Livro de Linhagens,* talvez um cancioneiro, provavelmente uma crónica geral de Espanha, e, em vez do letrado que esperava, o que o viajante vê é um gigante truculento e um caçador sanguinário. Há aqui basta matéria para dissertar sobre incongruências, e, quando já o dedo vai em riste para apontar a primeira, descobre o viajante que deve começar por si mesmo: mau mundo é esse para quem o poeta é poeta só, e cada um de nós nada mais do que pareça. Quanto maior razão não teve D. Pedro de Barcelos, que quis levar, entre as lembranças da vida, aquelas frescas manhãs em que caçava os javalis nas suas terras dos Paços de Lalim.

O viajante acabou a visita. Quer dar uma recompensa à menina de doze anos que o acompanhou, mas ela recusa e responde que a dê aos mais pequenos. Este dia é cheio de lições. O viajante agradece como a uma pessoa crescida, olha uma vez mais a paisagem para ter a certeza de que já a viu antes, e aqui entra no seu espírito a primeira dúvida: realmente, não se lembra desta menina.

Quando chega a Moimenta da Beira, seria já tarde para almoçar se não fosse a boa vontade de quem o atende. Comeu um excelente bife de cebolada, que é prato hoje em geral mal servido nas nossas terras, e se mais não procurou na vila foi porque vinha ainda com os olhos cheios de São João de Tarouca. Vai enchê-los outra vez no caminho de Moimenta a São Pedro das Águias. Deslumbramento seria a palavra, se não fosse tão pouca. E afinal todas o seriam para dizer destes montes e socalcos o inexprimível, da suavidade e da transparência do ar, e, depois de Paço, quando a estrada começa a aproximar-se do rio Távora, o que se vai vendo das abruptas encostas cobertas de mato, donde irrompem espigões rochosos, e na Granjinha fica o viajante desnorteado, porque o nome São Pedro das Águias estava-lhe sugerindo alturas onde Águias vivem, e afinal eis uma descida que parece não ter fim, fundo, cada vez mais fundo, atravessando pequenos povoados, vai o viajante aturdido com tanta beleza, e quando enfim para ouve no grande silêncio o rumor das águas invisíveis correndo sobre as pedras, e ali adiante está, enfim, a Capela de São Pedro, realmente das águias, porque só elas poderiam dominar a vertigem dos altos penhascos que de um lado e do outro se levantam.

O viajante aproxima-se da capela. O primeiro enigma seria a razão por que neste lugar fora do mundo, entre fragas, alguém conseguiu construir um templo. Hoje há uma estrada, sim senhores, e no século XII como seriam os caminhos?, a pedra, como foi transportada?, ou serviu a que da escarpa foi retirada brutamente para abrir a plataforma onde se cavaram os alicerces? Porque este é o segundo enigma: que foi que determinou D. Gosendo Alvariz, se realmente foi ele o fundador, a dispor a capela em jeito de pouco espaço haver entre a escarpa e a fachada, tão pouco que um simples arco serve de apoio, não sabe o viajante a quê, se à igreja, que dele não parece precisar, se à encosta a pique, que em oito séculos se não deixou desagregar? Teve assim tanta força o costume de então que mandava orientar a fachada dos templos a poente? São Pedro das Águias é uma joia que o tempo mordeu e roeu por todos os lados. Não faltaram aqui mãos ofensoras, mas o grande destruidor foi realmente o tempo, o vento que por estas gargantas deve assobiar, a chuva fustigante, o sol calcinador. Mais duzentos anos sobre esta dolorida ruína, e aqui se encontrará um amontoado de pedras soltas, vagas inscrições, vagas formas esculpidas, ténues relevos que os futuros viajantes já não conseguirão identificar. A este não têm faltado grandes emoções: Rates, Rio Mau, Real, e outros lugares neste relato assinalados. São Pedro das Águias provoca uma onda de ternura, um desejo de abraçar estes muros, a vontade de apoiar neles o rosto, e assim ficar, como se a carne pudesse defender a pedra e vencer o tempo.

Está a tarde em meio, tempo não falta. Porém, hoje, o viajante decide que tem a sua conta de beleza. Nenhuma imagem deverá sobrepor-se a São Pedro das Águias. Pudesse o viajante e faria todo o caminho de olhos fechados, daqui até à Guarda, onde vai ficar. Veio de olhos abertos, mas, por mais que se esforce, de nada se lembram. Aí está outro enigma para resolver.

### *ALTA ESTÁ, ALTA MORA*

O viajante vai à serra, que é, por antonomásia, a Estrela. O tempo mudou. Ainda ontem a atmosfera estava límpida, o Sol claro, e hoje o céu aparece coberto de nuvens baixas, que os entendidos afirmam ser para o dia todo. Apesar disso, decide que não passará de largo. Se em Trás-os-Montes viajou com bruma cerrada e chuva de cordas, aqui, demais Primavera sendo, não o fará desistir um simples céu tapado. É certo que se arrisca a estar na serra e não ver a serra, mas confia que algum deus hermínio, desses que na Lusitânia se veneravam e agora estão adormecidos, como o louvado Endovélico, acorde do pesado sono secular para abrir umas nesgas de céu e mostrar ao viajante os seus antigos impérios.

Desdenha o viajante a comodidade da estrada que passa por Belmonte, e uma vez que comete empresas altas, melhor é que se habitue à elas desde já. Segue pois por Vale de Estrela até Valhelhas, sempre com o horizonte à vista. Salvo se vai o caminho apertado, como não poucas vezes acontece. Por estes sítios, a estrada é um grande deserto. E é realmente verdade que as nuvens estão baixas. Lá em cima, depois daquela curva, há uma fila de pinheiros cujos troncos parecem cortados: as copas são um borrão confuso, e se o viajante não tem cuidado entra-lhe uma nuvem pela janela. Mas o hermínio deus invocado meteu-se obviamente em brios e, quando o viajante chega à curva, não há nenhuma nuvem e a estrada está aberta. O lucro, no entanto, não é grande. A nuvem, ou névoa, ou nevoeiro apenas foram empurrados para diante e estão à espera, empoleirados numa alta penha, para saltarem ao caminho e confundirem as distâncias. O viajante começa a duvidar que lhe valha a pena fazer a volta da serra como a tinha sonhado, indo por Sabugueiro, Seia, São Romão, Lagoa Comprida, até à Torre, e depois descendo pelas Penhas da Saúde, rematando na Covilhã. E quando chega a Manteigas decide procurar novas informações. Logo lhe dizem: "Não aconselhamos. Perigo, não há. Mas se o senhor quer ver a serra, não a verá. A visibilidade na estrada garante a segurança, mas a vista da paisagem é praticamente impossível." O viajante agradece educadamente a informação, é o que têm as regras da urbanidade, temos de agradecer até o que nos desagrada, e vai consultar os seus mapas e guias. Calculou distâncias, observou desníveis, e resolveu seguir ao longo do Zêzere, ir antes ao Poço do Inferno, que esse, por próximo dos olhos estar, não o esconderá a névoa, e depois seguir por aí acima até às Penhas da Saúde. É o que pode fazer um viajante quando o poder dos deuses falha.

Se este é o Poço do Inferno, e se no inferno são assim os poços, devemos rever severamente alguns conceitos que herdámos da tradição. É verdade que estas rugidoras águas, caindo de alto, podem assemelhar-se a algumas das alegadas incomodidades infernais, mas se por lá não houver mais névoas do que estas que se agarram aos picos rochosos, não vê o viajante por que não há de ficar uma condenada alma olhando eternamente a fulgurante cascata, talvez com a esperança simples de que uma réstia de Sol, de século a século, ilumine de transparência a água e a espuma e afague a cabeça do contemplador, como uma espécie de perdão. E se enfim for perdoada a alma em pena, deem-lhe no céu um poço igual e mudem-lhe apenas o nome. Não é preciso mais nada. O viajante sobe a estrada que ladeia o rio. Vai devagar. Tinha destinado o dia a uma volta inteira, não chega a fazer metade dela. Todas as viagens têm as suas contrariedades. E também as suas negaças, como esta de chegar à Nave de Santo António e estar todo o céu limpo para cima. Em verdade, os deuses varrem bem as suas altas moradas, mas deixam os humanos cá em baixo às apalpadelas, quando estes, inocentes, mais não pedem que ver a paisagem. O viajante está queixoso. Aponta à Covilhã, mergulha uma vez mais nas nuvens, e, não tendo o caso remédio, resolve tirar proveito da situação: nenhum viajante olhou com mais interesse estas suspensas, levíssimas massas brancas, nenhum outro; decerto, parou à beira da estrada para sentir-se banhado por elas, nenhum desceu a encosta para se sentar debaixo duns pinheiros e contemplar o invisível vale, o grande mar branco. Eis a boa filosofia: tudo é viagem. É viagem o que está à vista e o que se esconde, é viagem o que se toca e o que se adivinha, é viagem o estrondo das águas caindo e esta subtil dormência que envolve os montes. O viajante já não se queixa. Torna pacificado à estrada, e das subidas paragens onde tem estado regressa à Covilhã. Alta mora a serra, mas hoje não recebia visitas.

## *O POVO DAS PEDRAS*

Nos tempos da sua juventude, o viajante tinha um dom que depois veio a perder: voava. Porém, sendo prenda que radicalmente o distinguia da restante humanidade, guardava-a para as secretas horas do sonho. Saía de madrugada pela janela e voava por cima de casas e quintais, e, como se tratava de um voo mágico, a noite tornava-se dia claro, assim se emendando o único defeito de tal navegação. Teve o viajante de esperar todos estes anos para reaver o dom perdido, quem sabe se por uma só noite, e ainda assim o estará devendo a uma derradeira compensação de Endovélico, que, não podendo fazer o milagre físico de dissipar as brumas, as reconstituiu no sonho para satisfação do viajante. Ao acordar, o viajante lembra-se de que voou por cima da serra da Estrela, mas, não havendo, como é costume dizer-se, firmeza em sonhos, prefere não contar o que viu para não passar pelo vexame de não encontrar quem acredite.

Abriu a janela do quarto, isto é, afastou a cortina, limpou o vapor de água que se condensara durante a noite na vidraça, e espreitou para fora. A serra continuava encapuchada de nuvens, ainda mais baixas que ontem: nada a fazer. O viajante não pode ir tirar a prova dos noves à realidade, saber se ela corresponde à realidade do que sonhou. Resigna-se, portanto, hoje, a viajar por terras baixas, e, para começar, dá uma volta pela Covilhã, que é cidade de meia altitude. Foi à Igreja de São Francisco, que tem um magnífico pórtico, e pouco mais de interesse: os dois portais em ogiva e as capelas tumulares quinhentistas.

As estátuas jacentes são corretas, um pouco frias, mas o conjunto ganha valor plástico com a penumbra que envolve o recanto. Dali foi o viajante à Capela de São Martinho, conformado com vê-la apenas pelo lado de fora. Restaurada de fresco, ainda o tempo não pôde adoçar as pedras, uni-las a outras mais antigas do mesmo tom da pele batida por muito sol e muito vento. É um edifício românico, de extrema simplicidade, uma casa para congregar fiéis sem grandes exigências estéticas. Mas quem concebeu a fresta que se abre por cima do portal conhecia o valor dos passos e os modos de o organizar.

Da Covilhã o viajante decidiu ir a Capinha. Não o levam lá especiais razões, salvo a estrada romana que seria um ramal da que, vinda de Egitânia, seguia para Centum Cellae. Nesse tempo, Capinha chamava-se Talabara, nome que deve ser próximo parente das Talaveras castelhanas, se isto não são imaginações linguísticas do viajante, pessoa bem menos erudita do que possa parecer às vezes. Capinha é uma aldeia agradável e onde facilmente se encontra o que se procura. Põe o viajante pé em terra, pergunta ao primeiro passante onde fica a estrada romana e logo ele o vai acompanhar, dá-lhe as indicações, subir esta calçada, atravessar uns campos, é aí. Este passante era o padre do lugar, homem novo e desafrontado com quem o viajante virá a ter largas e debatidas conversas, caso que não é para aqui, mas aqui começou. Veio o viajante de ver a estrada romana e fez novo conhecimento, um antigo motorista de praça de Lisboa que lhe quis mostrar as fontes de Capinha, provavelmente setecentistas. É um entusiasta político este homem e muito amante da sua terra, esta onde vive e a outra geral de todos nós. O viajante é um homem rico: aonde chega, arranja amigos.

Passa o viajante a ribeira da Meimoa e segue direito a Penamacor por terras que parecem desabitadas, largos horizontes de colinas ondulosas, de vegetação dispersa. É uma paisagem melancólica, ou nem isso, apenas indiferente, nem a brava natureza que resiste aos homens, nem a benevolência daquela que a eles já se entregou. Em Penamacor o viajante almoçará ao som de música "discô" (leva acento para não haver confusão) num restaurante decorado segundo os princípios do envernizado rústico. Nem a música nem o rústico dão certo com quem lá come, mas ninguém estranha. O batimento obsessivo que caracteriza o "discô" não ofende os ouvidos daquela família de Benquerença que ali está almoçando (as duas mulheres mais velhas têm rostos duma surpreendente beleza) e o viajante habituou-se em terras de ainda maior consumo musical. Quanto ao almoço, nem sim, nem não.

Nunca como na Igreja da Misericórdia de Penamacor o manuelino deu tanto a impressão de mera aplicação decorativa. A praticamente nula profundidade do pórtico, tal como o prolongamento dos colunelos exteriores, começando por lançar a arquivolta e desenhando acima do seu remate lógico uma forma cupular um pouco orientalizante, acentuam, dão corpo a essa impressão. No entanto, é inegável a harmonia dos diferentes elementos do portal: gregas, ramagens, rosetas, tem de reconhecer-se que há aqui uma originalidade particular. Lá para cima, o castelo joga um pouco às escondidas com o viajante, que acaba por desistir de lhe chegar perto, tanto mais que um cão de porte leonino e ladrar estentórico resolveu tomá-lo de ponta, a ele, que não andava a fazer mal a ninguém. Ainda observou com atenção os Paços do Concelho, mas preferiu descer à parte baixa da vila. Apreciou os arabescos que decoram as colunas das naves da igreja matriz, e partiu.

O caminho, agora, é para Monsanto. Não difere a paisagem muito, só lá mais para diante, passado Aranhas e Salvador, se levantam as alturas de Penha Garcia e, para sueste, na mesma linha orográfica, Monfortinho. O viajante inflete para sul, leva o seu fito e ninguém dele o fará arredar. Há lugares por onde se passa, há outros aonde se vai. Monsanto é destes. Mito nacional, modelo inocente de um portugalismo envenenado por objetivos de ruralismo paternalista e conservador (o viajante detesta adjetivos, mas usa-os quando não se pode passar sem eles), Monsanto é menos e mais do que se espera. Conta-se com telhados de lousa, e abunda a resguardante telha-marselha; imaginam-se tortuosas e escuríssimas quelhas, escorregadias neste tempo húmido, e o que é tortuoso não é escuro, e, quando escuro não consegue deixar de ser, tenta disfarçar-se com o pitoresco. O turismo passou por aqui e recomendou: "Compõe-te." Monsanto fez o possível. Ao pé de tantas aldeias transmontanas ou da Beira superior, Monsanto faz figura de terra espanejada, se contarmos apenas, claro está, com o que os olhos veem. O viajante já o disse e repete: viajar deveria ser ficar. Em Coimbra, e Coimbra era, desejou entrar nas casas e dizer: "Não falemos da Universidade." Aqui, de uma certa e diferente maneira, diria: "Não falemos de Monsanto."

Desta vez, está pouco interessado em igrejas. Se alguma lhe aparecer pelo caminho, não a recusará, mas não vai torcer os passos para enumerar imagens, arquivoltas, naves ou capitéis. Procura pedras, mas as outras, as que nenhum escopro bateu, ou, tendo batido, nelas deixou intacta a brutalidade. Não vai estar em Monsanto tempo bastante para saber o que há da pedra nas pessoas; confia que lhe será possível entender o que das pessoas passou à pedra. Num caso, ficaria na aldeia; no outro, deverá sair dela.

O caminho é para cima. Entre a última casa e a cerca do castelo, é o reino quase intocado das penedias, dos gigantescos barrocos amontoados, enormes vãos onde caberiam prédios da cidade, quatro enormes prédios, uma delas quase totalmente enterrada, servindo de chão, duas dos lados, altíssimas, e por cima, tocando-as em mínima superfície, uma esfera quase perfeita, como um satélite que dos céus tivesse caído e, intacto, pousasse. De pedras julgava o viajante ter visto tudo. Não o diga quem nunca veio a Monsanto.

É estranho. Não há casas aqui, e no entanto apostaria que ouviu rumores de vida, suspiros, uns resfolgos. Noite fosse e seria grande o susto, mas a luz do dia é boa conselheira, animadora de coragens falsas. Estes barulhos não são de gente. Por trás das pedras há pocilgas armadas de pedras, também os porcos têm aqui os seus castelos, infelizmente para eles não inexpugnáveis, porque, em vindo o dia da matança, não os salvam fossos nem barbacãs.

São feitas para durar, estas pocilgas. Construídas sabe-se lá quando, com a sua cerca de esteios, o abrigo circular coberto de terra onde a erva cresce, como as fortificações dos homens, olha-as o viajante e pensa que, lavado o interior, refrescada a palha, cada pocilga destas é um palácio comparada com milhares de barracas que cercam as grandes cidades. E mesmo em Monsanto terá havido um tempo em que o conforto do homem não terá sido muito maior que o conforto do porco.

Disse o viajante que não andava à procura de igrejas. Mas aqui está uma que se lhe veio meter ao caminho e nada mais tem para mostrar que quatro paredes levantadas, nuas por dentro e por fora, sem teto. É a Capela de São Miguel. Está num rebaixo, quase oculta entre pedras que têm a mesma cor e armam as suas próprias capelas. O viajante hesita: irá primeiro ao castelo, que lhe está à direita, ou ao templo arruinado, que à esquerda está? Decide-se por este lado. Desce por um caminho pedregoso. O pórtico é fundo, sem ornatos, e o nível da capela é inferior ao da soleira. Entrava-se aqui como numa cripta, e a sensação seria ainda mais pungente quando a capela estava coberta, quando a única luz fosse a dos círios e da estreita fresta da cabeceira. Agora a nave está toda aberta para o céu. Lá dentro as ervas crescem sobre as pedras de chão natural e os fragmentos de obra talhada. O viajante tem um bom catálogo de ruínas, mas esta, que sem dúvida o é também, resiste a deixar-se condenar como tal. Dir-se-ia que a Capela de São Miguel não precisa de nada. Construíram-na para lugar de culto, e foi-o enquanto isso lhe impuseram, mas o seu verdadeiro destino era este, quatro paredes levantadas à chuva e ao sol, musgo e líquenes, silêncio e solidão. Na parede norte, há dois arcossólios vazios, e pelo chão espalham-se arcas tumulares sem tampa, apenas cheias de água. Para leste, é a vertente do monte, e, até onde os olhos chegam, o vale do rio Pônsul e as encostas de Monfortinho. O viajante está feliz. Nunca na vida teve tão pouca pressa. Senta-se na beira de um destes túmulos, afaga com as pontas dos dedos a superfície da água, tão fria e tão viva, e, por um momento, acredita que vai decifrar todos os segredos do mundo. É uma ilusão que o assalta de longe em longe, não lho levem a mal.

Vai agora ao castelo. A porta fica num recanto, entre muralhas altíssimas abertas de seteiras orientadas de modo a cobrirem a passagem. Para cima das muralhas, muralhas há: são as pedras, a couraça própria do monte, os ombros indestrutíveis da fortaleza a que os homens apenas tiveram de encostar panos de muro.

Dentro é o assombro. Não tem mais sumo a velha comparação com os ciclopes que andaram amontoando pedregulhos para seu prazer de construtores ou para afundar o barco de Ulisses. Barco não há, prazer não se vê qual, fica o viajante sem poder fazer comparações, apenas com a medida da sua própria comoção, agora insuportável, dentro deste castelo onde as pedras rompem do chão como ossos, grandes calotes cranianas, nodosas articulações.

Vai ao ponto mais alto das muralhas, e só então sente o vento arrebatado que vem do largo, vento norte, frio, talvez seja por causa dele que os olhos se enchem de lágrimas.

Que gente viveu dentro deste castelo? Que homens e que mulheres suportaram o peso das muralhas, que palavras foram gritadas de uma torre a outra torre, que outras murmuradas nestes degraus ou à boca da cisterna? Aqui andou Gualdim Pais, com os seus pés de ferro e o seu orgulho de mestre dos Templários. Aqui humilde gente segurou, com os braços e o peito sangrando, as pedras assaltadas. O viajante quer entender razões e encontra perguntas: por que foi?, para que foi?, terá sido apenas para que eu, viajante, aqui estivesse hoje?, têm as coisas esse tão pouco sentido?, ou será esse o único sentido que as coisas podem ter?

Sai do castelo, desce a vertente para a aldeia. Às portas estão sentados velhos e velhas, o costume português. Estas velhas e estes velhos são partes do sentido. Junta-se um homem, junta-se uma pedra, homem, pedra, pedra, homem, se houvesse tempo para juntar e contar, para contar e ouvir, para ouvir e dizer, depois de primeiramente ter aprendido a linguagem comum, o eu essencial, o essencial tu, debaixo de toneladas de história, de cultura, enfim, como no castelo os ossos aparecendo, até à formação do inteiro corpo português. Ah, o viajante sonha, sonha, mas não passa de sonhos, esquecidos não tarda, agora que já vai descendo para a planície, e Monsanto lá fica, solidão, vento e silêncio.

Quando a paisagem é bela, apetece andar devagar. Esta, vista ao raso do que é, não faria parar o mais citadino dos viajantes. Contudo, este, que não é dos mais citadinos, vai seguindo como se levasse atrelada uma das grandes pedras de Monsanto ou o prendessem as memórias que lá em cima evocou. Atravessa Medelim com grande dificuldade, vêm as pessoas à estrada perguntar que carrego é aquele, enfim, passa-se tudo isto dentro da cabeça, mas podia bem ser verdade, pois também é certo que, sonhando, voou.

Aqui foi Egitânia, Idanha-a-Velha se chama hoje. Egitânia parece ser a forma visigótica, portanto posterior, da latina Igaeditania, o que ao viajante não importa assim tanto, são apenas maneiras de não esquecer como o passado das terras é mais comprido do que o caminho para elas. Esta aldeia vem de tão longe que se perdeu em viagem, talvez por seu mal ainda se regule pelo relógio de sol que no ano 16 antes de Cristo lhe ofereceu Q. Jálio Augurino, de quem nada mais se sabe. São largas as ruas de Idanha-a-Velha, mas tão nuas, tão abandonadas, que o viajante cuida estar em terrenos lunares. Procura a basílica paleocristã ou catedral visigótica, como se lhe queira chamar, e encontra uma rede de arame a rodear uma ruína, é ali.

Busca uma nesga, encontra-a um pouco adiante, onde a rede deveria ajustar-se ao muro que cinge por esse lado o abandonado lugar. Há sinais de terem sido feitas aqui escavações, veem-se grossos alicerces, mas as ervas invadiram tudo, e a própria basílica, fechada, emerge dum matagal, de mistura com pedras que não significam nada e outras que talvez signifiquem muito. Pelas frestas, tenta ver o que lá está dentro: distingue meia coluna, nada mais. Para quem de tão longe vem, é encontrar pouco. Mas, do lado de fora, a um nível mais baixo, um pouco para a esquerda da porta principal, debaixo duma tosca barraca de madeira, sem porta nem cadeado, está o batistério.

Quem acode a esta miséria? A humidade e o musgo limoso corroem a madeira friável dos tanques, aquele maior, provavelmente para gente adulta, e estes dois, tão pequenos, com uns lóbulos que parecem cadeirinhas, e que se destinariam às crianças. O viajante sente-se amarrotado como um jornal velho que tivesse servido de reforço a biqueiras de sapatos. A comparação é complicada, sem dúvida, mas complicado é também o estado de espírito do viajante diante deste crime de abandono, de absurdo desleixo: indigna-se, entristece, envergonha-se, não quer acreditar no que os seus olhos veem. Esta barraca de obras, que não serviria para guardar ferramentas ou sacos de cimento, resguarda, tão mal como acaba de ser explicado, um precioso vestígio de catorze ou quinze séculos. Assim cuida Portugal do que é seu. O viajante quase se fere ao sair de repelão pela abertura do arame. Vai ver a porta romana, que dá para a margem do rio Pônsul, e vê-a tão bem reconstituída, tão sólida nas suas pedras travadas, que não entende estes cuidados daqui e aqueles desmazelos de além.

Olha o viajante a altura do Sol, considera que vão sendo horas de recolher. Desce por Alcafozes, e depois para poente, a caminho de Idanha-a-Nova, terra também antiga, embora o nome esteja a querer negá-lo. Porém, comparada com a irmã, é uma criança: fundou-a Gualdim Pais no ano de 1187, sendo rei D. Sancho I. Do castelo de então só há ruínas que o viajante não foi ver. Era o que faltava, depois de Monsanto. Ficaram-lhe de lembrança, à entrada da vila, as casas construídas sobre uma ravina, adiante o palácio do marquês da Graciosa, que gracioso é, e pouco mais. Já o viajante ia saindo, salta-lhe ao caminho um muro, não teve remédio senão parar. É um murito baixo, que duas vezes diz quem é, primeiro com um coração que fendora seta atravessa, depois, mais explicitamente, declarando, por inteiro: "Muro dos Apaixonados." Estão os namorados de Idanha-a-Nova bem servidos: quando andarem sem sorte nem norte, basta que a este muro encaminhem os passos: nunca faltam as almas gémeas se nos roteiros sentimentais estiverem assinalados os locais de encontro.

Ficando-lhe em caminho, o viajante foi por Proença-a-
-Velha. Não esperava ver muito. Esteve de conversa com umas mulheres que em cadeirinhas baixas faziam malha ao resguardo de uma parede, e foi adiante apreciar as vistas. O adro de Proença-a-Velha é amplo, capaz de acolher bailaricos, se nesta terra é admitido conviverem o sagrado e o profano. Isso não perguntou o viajante. Decidiu tomar o gosto ao cair da tarde, olhando o vale do rio Torto que dali não se vê, o rio, mas sabendo-se se adivinha, e depois ficou por muito tempo encostado a um muro, que melhor mereceria o nome do outro, porque detrás dele vinha o mais rescendente perfume de flores que já tocou nariz de viajante. Comparado com isto, a acácia de Vermiosa é um banal vidrinho de cheiro.

Até ao Fundão, não voltará a parar. O dia vai chegando ao fim.

Depois de Vale de Prazeres começa a ver-se a Cova da Beira. É terra de grande fertilidade, e, a esta hora, de grande beleza. Cai sobre ela uma neblina que não impede a visibilidade, apenas a dilui, vagos vapores que descem do céu ou da planície sobem. Em sucessivos planos, os renques de árvores, as áreas cultivadas abrem-se para um lado e para outro. É uma paisagem de pintura antiga, quem sabe se foi daqui que Vasco Fernandes levou as cores, a bruma, e esta suavidade feminina que fez espreguiçar-se o viajante, neste momento esquecido de Monsanto.

## O FANTASMA DE JOSÉ JÚNIOR

Neste fundão em que Fundão está, a noite é fria. Mas não foi só por isso que o viajante dormiu mal. Por estes lados, não tão perto assim, mas, já por aqui se pressente, anda o fantasma de José Júnior. É, aliás, o único em que o viajante acredita. Por causa dele irá a São Jorge da Beira, terra que fica lá para os contrafortes da serra da Estrela, plena serra já. Não conheceu José Júnior, nunca lhe viu a cara, mas um dia, passaram muitos anos, escreveu algumas linhas sobre ele. Motivou-as uma notícia de jornal, o relato duma situação pungente, mas não rara nestas nossas terras, de um homem vítima daquela forma particular de ferocidade que se dirige contra os tontos de aldeia, os bêbados, os desgraçados sem defesa.

Nessa época escrevia para o jornal que nesta mesma vila de Fundão se publica, e então, movido por indignações talvez mais líricas do que racionais, escreveu um artigo, uma crónica que veio a ser publicada. Nela começava por evocar um verso do poeta brasileiro Carlos Drummond de Andrade e depois fazia algumas considerações morais sobre a sorte de tantos Josés deste mundo, os "que chegaram ao limite das forças, acuados a um canto pela matilha, sem coragem para o último ainda que mortal arranco". E continuava: "Um outro José está diante da mesa onde escrevo. Não tem rosto, é um vulto apenas, uma superfície que treme como uma dor contínua. Sei que se chama José Júnior, sem mais riqueza de apelidos e genealogias, e vive em São Jorge da Beira. É novo, embriaga-se, e tratam-no como se fosse uma espécie de bobo. Divertem-se à sua custa alguns adultos, e as crianças fazem-lhe as suadas, talvez o apedrejem de longe. E se isto não fizeram, empurraram-no com aquela súbita crueldade das crianças, ao mesmo tempo feroz e cobarde, e o José Júnior, perdido de bêbedo, caiu e partiu uma perna, ou talvez não, e foi para o hospital." E prosseguia: "Escrevo estas palavras a muitos quilómetros de distância, não sei quem é José Júnior, e teria dificuldade em encontrar no mapa São Jorge da Beira. Mas estes nomes apenas designam casos particulares de um fenómeno geral: o desprezo pelo próximo, quando não o ódio, tão constantes ali como aqui mesmo, em toda a parte, loucura epidémica que prefere as vítimas fáceis. Escrevo estas palavras num fim de tarde cor de madrugada com espumas no céu, tendo diante dos olhos uma nesga do Tejo, onde há barcos vagarosos que vão de margem a margem levando pessoas e recados. E tudo isto parece pacífico e harmonioso como os dois pombos que pousam na varanda e sussurram confidencialmente. Ah, esta vida preciosa que vai fugindo, tarde mansa que não serás igual amanhã, que não serás, sobretudo, o que és agora! Entretanto, José Júnior está no hospital, ou saiu já e arrasta a perna coxa pelas ruas frias de São Jorge da Beira. Há uma taberna, o vinho ardente e exterminador, o esquecimento de tudo no fundo da garrafa, como um diamante, a embriaguez vitoriosa enquanto dura. A vida vai voltar ao princípio. Será possível que a vida volte ao princípio? Será possível que os homens matem José Júnior? Será possível?"

Assim acabava a crónica, mas a vida não voltou ao princípio: José Júnior morreu no hospital. Agora o viajante sente-se chamado por um fantasma. Iria a São Jorge da Beira, já os mapas lhe disseram onde é, não leva recriminações nem saberia a quem dirigi-las. Quer, apenas, percorrer as ruas onde aqueles casos aconteceram, ser, ele próprio, por um rápido segundo, José Júnior. Sabe que tudo isto são idealizações do sofrimento alheio, mas vai sinceramente, e mais não se lhe pode pedir.

Daqui até lá, o caminho é grande. Cada terra tem o seu lugar e terá o seu tempo. Vejamos antes Fundão, onde estamos, ou melhor, vejamos do Fundão o que o tempo disponível consente, o altar-mor da igreja matriz, com a sua talha dourada, particularmente os painéis pintados do teto, de fatura popular ou oficina secundária. Entende o viajante que já são horas de dar atenção a estas pinturas menores, procurar nelas as notas de mínima ou ousada originalidade, que de umas e outras há. Ao lado dos grandes pintores, identificados ou não, devem ser colocados estes pequenos artífices, nem sempre epigonais, nem sempre obedientes copistas. Está Portugal cheio de pintura menor que requer estudo maior: aceite-se a modesta proposta do viajante. De ver é o cruzeiro da Capela de Nossa Senhora da Luz, a que se poderia chamar o Crucifixo das Duas Dores: de um lado está Jesus crucificado, do outro sua mãe.

Vai agora a caminho do Paul, para depois descer até Ourondo, donde apontará à serra. Paul tem para mostrar, em pontos de arte, o teto pintado da igreja matriz. É um *trompe-l'oeil* convencional, como costuma sê-lo este género de pintura, mas vir encontrá-lo aqui, no coração da Beira, é tão insólito como o encontro surrealista da máquina de costura e do guarda-chuva na mesa de anatomia. Estes raptos de falsas arquiteturas usam-se em palácios, não em modestas igrejas, como esta, onde neste momento uma catequista apascenta uma molhada de crianças, que vão de estação em estação, dizendo as orações da circunstância. A entrada do viajante, o seu vagaroso mirar, distraem a lição prática de catequese: o rancho olha cheio de curiosidade o intruso e dá com atraso e desatenção as respostas devidas. Antes que o desastre vá a mais, o viajante retira-se.

Em Ourondo ficaria por muito tempo se tivessem confirmação moderna as antigas histórias de ser terra onde o ouro se apanhava às mãos cheias, daí lhe ficando o nome. Não que ande a sonhar com riquezas, mas, como nunca lhe aconteceu dar um pontapé numa pepita, fosse esta a mina ou jazigo a céu aberto, e aqui se veria com que donaire de prospetor apuraria estes cabeços ou sondaria estas ribeiras. É bom que o viajante se não distraia: o caminho sobe sem pedir licença, ladeia altas e penhascosas vertentes. São grandes florestas de pinheiros e sobre elas o céu está branco, é só nuvem sem princípio nem fim. Não chove. Lá em baixo, muito ao fundo, passa a ribeira de Porsim. Se cada coisa nascesse com seu par, deveria haver também por aí a ribeira de Pornão. Não há, que o diga o mapa, talvez para confirmar o nome. Começava o viajante a lembrar-se mais gravemente do José Júnior, quando, de súbito, lhe aparecem, assomando por cima das elevações naturais, duas montanhas, cada qual com sua cor, cinzento e amarelo-queimado, sem um fio de erva nelas, sem um galho de árvore, nem sequer uma rocha, destas que por todo o lado surgem e se inclinam sobre a estrada. São os montes de detritos das minas da Panasqueira, apartados segundo a sua composição e cor, duas massas gigantescas que avançam sobre a paisagem e a comem por fora, na mesma proporção em que foi sendo roída a terra por dentro. Para quem não espera, o surgimento súbito destes montes causa um choque, sobretudo porque nada, à distância, os liga aos trabalhos da mina. É mais adiante, perto da povoação, que na encosta se veem as entradas para o interior da montanha. Cá fora uma lama esbranquiçada, quase fluida, escorre para outra vertente.

O viajante não entrará na mina, mas dela fica-lhe a imagem exterior de um inferno húmido e viscoso, onde os condenados vivem enterrados até aos joelhos. Não é certamente isto, não será melhor do que isto.

Daqui a São Jorge da Beira são três quilómetros. Faz a estrada uma curva, outra já nas primeiras casas, e a aldeia aparece subitamente inteira, lançada pela encosta acima como se houvesse tido grandes projetos de ascensão e lhe faltassem as forças logo ao primeiro impulso. Foi aqui que viveu José Júnior. É uma terra sossegada, tão longe do mundo que a estrada que até aqui conseguiu chegar não leva a mais parte alguma. Ao viajante parecia impossível que por estas empedradas calçadas, de cambulhão por estes degraus de xisto, roçando as ásperas empenas, tivesse andado um homem agredido de palavras e pancadas, perdido de bêbedo, ou bêbedo perdido, que são perdições diferentes, sem que alguém viesse apartar o fraco dos fortes, o perseguido dos perseguidores. Ou alguém veio e não bastou que viesse. A mão que ajuda, desajuda, se depois se retira. Não terá faltado quem desse bons conselhos a José Júnior e advertisse os seus carrascos. Também não terá faltado quem pagasse vinho a José Júnior para depois se divertir à custa dele. Em terra tão desprovida de tudo, seria estúpido perder a distração gratuita, o bobo coletivo. Mas o esquecimento voluntário é uma grande ajuda: a três pessoas perguntou o viajante se tinham conhecido José Júnior, e ninguém se lembrava. Não devemos estranhar. Quando não conseguimos viver com os remorsos, esquecemo-los. E é por isso que o viajante sugere que na esquina duma destas belíssimas ruas, ou mesmo em qualquer escura travessa, se ponha o letreiro, meia dúzia de palavras nada dramáticas, por exemplo: Rua José Júnior, filho desta terra. Quando aqui voltassem outros viajantes, a Junta de Freguesia mandaria alguém explicar quem foi José Júnior e por que está ali o nome.

Este viajante não encontrou o fantasma. São Jorge da Beira tratava da sua vida, rodeado de pinheirais e ravinas, coberto por um céu branco que não começa nem acaba. Amanhã talvez neve por estes lados, ou lá mais para o interior da serra, aonde o viajante não pôde ir. Também daqui não terá ido nunca para muito longe o José Júnior. E talvez seja por isso que não se encontrou o fantasma dele. Sendo fantasma, aproveita. Além disso, está provado que os fantasmas não bebem. E, existindo, por força riem-se de nós.

Pelo caminho que foi, voltou o viajante. Almoçou no Fundão, foi ver o Chafariz das Oito Bicas e seguiu para Donas, ali perto. Aqui, o mais de importância que há para ver arrumou-se a um canto, e assim fica facilitada a visita. Na igreja matriz andavam mulheres em grandes lavagens de chão e não devem ter gostado de ver aparecer o intruso. Olharam-no desconfiadas, como se fosse da inspeção do trabalho e quisesse conferir a folha de salários. O viajante sabe que estas obras são gratuitas, fazem-se para maior glória da igreja e salvação de alma. Não tendo o local muito para mostrar, passou à lateral Capela do Pancas, de boa ornamentação manuelina. Manuelina também é, e sumamente elegante, a Casa do Paço. Pertenceu à família do cardeal Jorge da Costa, o célebre Alpedrinha que viveu mais de cem anos e está sepultado em Roma, em magnífico túmulo. Era ambicioso o cardeal. Gostava de dinheiro, de luxo e de poder. Teve tudo. Foi prelado em Évora, arcebispo de Lisboa, cardeal de *nomine,* e tendo passado a Roma em

1479, donde nunca mais voltou e onde morreu em 1508, recebeu ali os títulos de bispo albanense, de bispo tusculano, e de bispo portuense e de Santa Rufina. E foi arcebispo de Braga sem sair de Roma. O viajante está pasmado, perguntando a si mesmo como foi possível dar a evangélica árvore frutos destes, e leva por consolação que não foram as mãos do Alpedrinha nem dos seus orgulhosos parentes que levantaram do chão de Donas a formosa Casa do Paço. Desconfia o viajante que as mulheres que andavam a lavar a igreja são descendentes dos alvanéis que ergueram aquelas paredes e lavraram as pedrarias da porta e das janelas. É preciso que alguém lhes vá dizer.

De Donas a Alcaide é um salto, que em pouco se dá. A beleza do caminho fá-lo parecer ainda mais curto, apesar dos acidentes de percurso que incluem duas passagens de nível e uma ponte. Estava fechada a Igreja de São Pedro, mas o sacristão, homem velho e urbaníssimo, veio abri-la aprimoradamente, parece o viajante que está brincando, e não, fala muito a sério, vá quem quiser a Alcaide e veja como este homem abre uma porta, fica uma pessoa com muito respeito por um ato tão simples como esse parece ser. A igreja é ampla, e os oito pilares de granito tornam-na um pouco severa, embora não fria. Esplêndido o arco românico da capela-mor, tapado desde o século XVII, quando das obras de reedificação, e recentemente posto a descoberto. Dessa mesma época deve ser uma imagem de Santa Ana tendo ao colo a Virgem, ainda menina, a quem está ensinando a ler. Não é obra de particular valor artístico, e passaria sem maior referência, ou não a teria sequer, se toda a composição da figura central não fizesse recordar ao viajante a profana figura da ama de Julieta, a do drama de

Shakespeare. Haverá tantas amas de Julieta quantas as intérpretes, serão magras ou gordas, altas ou baixas, louras ou morenas: para o viajante, a ama que trouxe ao colo Julieta Capuleto, e depois se viu metida naqueles trabalhos todos, é esta figura roliça, tão maternal e simples, a quem a sua menina parece querer desmanchar a touca enquanto aponta o livro do futuro e naturalmente se assusta com o que vê. Terá Santa Ana de contar a Julieta Capuleto, depois de sair o viajante, uma história que a distraia, era uma vez.

Por este lado, é a serra da Gardunha, que remata a Cova da Beira. O viajante tem de contorná-la, subindo, e de repente aparece-lhe a nuvem da serra da Estrela transportada para aqui, e pior, é nuvem, nevoeiro e chuva, tudo junto, como foi que este tempo se armou se lá em baixo não havia mais do que céu baço. Devem ser efeitos locais, a prova é que ainda antes de Alpedrinha se dissipou o nevoeiro, quebrou a nuvem, passou a chuva.

Em Alpedrinha nasceu o cardeal. Ali estão as suas armas, no frontão da Capela do Leão, também chamada de Santa Catarina. Ao viajante conviria ter chegado mais cedo. Embora afastado, o temporal que estava na passagem da serra apagou parte da luz do dia. Claramente se vê, mas há mais para andar, e por isso, também porque Alpedrinha parece um deserto, o viajante apenas passeará pelas ruas, para sentir o fascínio particular de uma decadência que se recusa a contemporizar com outros modos de viver. É uma impressão apenas subjetiva, talvez a que podem dar ruas onde ninguém passa, portas fechadas, janelas que não se entreabrem, cortinas que não se movem. Porém, em frente da igreja matriz há um grupo de raparigas que têm livros escolares, devem ter saído da última aula do dia, juntaram-

-se aqui, olham o viajante com curiosidade e ironia, é uma sensação estranha ser observado assim.

Lá para cima é o Chafariz de D. João v. O viajante, ao menos, quer ver o joanino fontanário, se não é pecado de lesa-majestade designá-lo assim, e, tendo-lhe chegado ao pé, confessa que é uma imponente construção, chega a parecer impossível como um simples fio de água veio a requerer tanta pedra talhada e esculpida. Nem todas as águas nascem com a mesma sorte. Esta é recolhida nos altos da serra, entre matos e penedos, vem descendo de toalha em toalha, e, onde antes corria derramada até à ribeira de Alpreade, puseram-lhe os arquitetos reais um jogo de tanques, bicas e escadórios, em que menos importância tem a linfa do que a imperial coroa que domina o conjunto. O viajante olha tudo isto de cima e sorri com a irreverência de uns garotos que por aquelas pedras saltam, enquanto uma voz de mulher grita: "Tenham cuidado." Mas devia haver um tempo para tudo. Estava o viajante sorrindo, e agora impacienta-se porque precisa de que haja um silêncio sobre esta adormecida vila, que não acorda por brincarem uns garotos e gritar a mãe deles, mas só em expectativa total se entregará a quem nela entre. A brincadeira não acabava, a mãe não se calou com a monótona recomendação, e o viajante teve de retirar-se, foi apenas ver as ruínas do palácio, os fogaréus e urnas da entrada, as janelas entaipadas umas, outras abertas para o céu cor de leite. Veio descendo até à estrada e, quando lá chegou, olhou para trás. Estranha terra esta. A estrada passa-lhe ao pé, corta-a pelo meio, e contudo é como se passasse entre dois muros que nada deixassem ver. Não faltam povoações escondidas, mas esta Alpedrinha é secreta.

Cai cinza húmida do céu. Toda a paisagem se tornou misteriosa. Parece que vai anoitecer rapidamente, mas não, ainda há bastante luz do dia, é uma luz suspensa, como se o transportador dela tivesse parado para dar tempo de chegar a Castelo Novo. É um favor que o viajante vai ficar a dever até ao fim da vida. A esta hora do dia, sob a luz miraculosa, não pode haver paisagem que se compare. A estrada, abandonada já a que segue para Castelo Branco, faz uma larga curva, atravessa toda a baixa da ribeira de Alpreade, e isto dito assim não é nada, não pode representar a bruma que paira sobre os campos, as árvores, ao fundo as vertentes da Gardunha, e sobretudo a luz, a luz indefinível que é quase só o que resta da passagem dela, não sabe o viajante como explicar. Declare que não sabe, confesse que não pode.

Castelo Novo é uma das mais comovedoras lembranças do viajante. Talvez um dia volte, talvez não volte nunca, talvez até evite voltar, apenas porque há experiências que não se repetem. Como Alpedrinha, está Castelo Novo construído na falda do monte. Daí para cima, cortando a direito, chegar-se-ia ao ponto mais alto da Gardunha. O viajante não tornará a falar da hora, da luz, da atmosfera húmida. Pede apenas que nada disto seja esquecido enquanto pelas íngremes ruas sobe, entre as rústicas casas, e outras que são palácios, como este, seiscentista, com o seu alpendre, a sua varanda de canto, o arco profundo de acesso aos baixos, é difícil encontrar construção mais harmoniosa. Fiquem pois a luz e a hora, aí paradas no tempo e no céu, que o viajante vai ver Castelo Novo.

Esta é a Casa da Câmara, românica, construída no tempo de D. Dinis. O viajante prepara-se para protestar contra o chafariz que ali foi posto por D. João V, mas emenda o rompante, vê como o românico digeriu e absorveu este barroco, ou como o barroco se deixou sujeitar ao românico que tinha chegado primeiro. Junte-se o pelourinho manuelino e estão aqui três épocas: os séculos XIII, XVI e XVIII. Sabiam trabalhar a pedra esses homens, e respeitar o espaço, quer o próximo quer o distante: não fosse assim e teríamos aqui grandes e inconciliáveis brigas arquitetónicas.

A uma velhinha que à sua porta aparece, pergunta o viajante onde fica a lagariça. É surda a velhinha, mas percebe se lhe falarem alto e puder olhar de frente. Quando entendeu a pergunta, sorriu, e o viajante ficou deslumbrado, porque os dentes dela são postiços, e contudo o sorriso é tão verdadeiro, e tão contente de sorrir, que dá vontade de a abraçar e pedir-lhe que sorria outra vez. Ouviu a explicação, mas terá entendido mal, porque entretanto se perdeu no itinerário. Perguntou a uns garotos, não sabiam, é o costume das gerações novas, sabem outras coisas. Tornou a perguntar adiante, disseram-lhe: "Desça essa rua, há aí um largo, na esquina está um comércio, pergunte que logo lhe indicam." Desceu o viajante a rua, viu o largo, foi ao comércio, e ao lojista deu as boas-tardes e fez a pergunta. É um homem baixo, com pouco mais cabelo que o viajante, mais adiantado na idade. Vem, solícito, é a bondade que sai de detrás do balcão e se aproxima, e ambos saem ao largo conversando sobre Castelo Novo, enchem-se os olhos de lágrimas a este homem ao falar da sua terra, e, virando uma rua para cima, a lagariça é logo ali, bastaria uma simples indicação sem sair da loja, se a terra fosse diferente e o homem outro. No alto da pedra, olhando o tanque pouco profundo, concha aberta a picão na rocha viva, o viajante ouve explicações: "Servia em antigos tempos para a pisa das uvas, tem aqui um buraco que dá para aquela pia, em baixo." O viajante põe-se logo a imaginar os homens do lugar, descalços, arregaçados até ao joelho, pisando as uvas, dizendo graças às mulheres que passassem, com o jovial desafogo que o vinho dá, mesmo quando é apenas mosto. Se há outra lagariça assim no País, o viajante não conhece, mas acredita que sim: ainda vem longe o dia em que saibamos tudo o que temos.

Nesta altura já o viajante disse quem era, e o guia declarou quem é: José Pereira Duarte. Tem os olhos claros, é um homem sensível, que lê. Mais baixo que o viajante, olha-o como quem mira um amigo que já ali não aparecesse há muitos anos, e toda a sua pena, diz, é que a mulher esteja doente, de cama: "Senão, gostava que estivesse um bocadinho na minha casa." Também o viajante gostaria de ficar em Castelo Novo, mas não pode ser. Descem os degraus da lagariça, despedem-se no largo, é um abraço verdadeiro, como o sorriso da velhinha, que parece ter ficado à espera, na sua soleira, para dizer adeus ao viajante. Será isto outro sonho, não é possível haver bondade assim: vá então a Castelo Novo quem nestes casos não acreditar.

Bruma, cinza sobre verde, hora parda que se despede, enfim. Quando o viajante entra na estrada para Castelo Branco, anoitece. Compreende-se: a luz já não era precisa.

### "HIC EST CHORUS"

Em Castelo Branco todos os caminhos vão dar ao jardim do Paço Episcopal. O viajante pode, portanto, sem qualquer risco, demorar-se e perder-se por outros lugares, ir, por exemplo, ao castelo, que é uma escassa ruína, e ter aí o primeiro desgosto: está fechada, cercada e vedada a Igreja de Santa Maria, onde jaz o poeta João Ruiz de Castelo Branco, a quem levantaram estátua lá em baixo, no Largo do Município. Queria o viajante, que tem muito destas fraquezas sentimentais, dizer à beira da pedra tumular aqueles maravilhosos versos que desde o século XVI têm vindo soando e de cada vez exprimindo, indiferentes ao tempo, a grande mágoa da separação amorosa: *Senhora, partem tão tristes/ Meus olhos, por vós, meu bem,/ Que nunca tão tristes vistes/ Outros nenhuns por ninguém...* Queria o viajante praticar este ato sentimental, mas não lho consente a rede de fortíssimo arame que rodeia um grande espaço em redor da igreja. Parece que aqui foram encontrados quaisquer vestígios arqueológicos e, enquanto se escava e não escava, fiquem de fora os visitantes. Não tem esta rede fraquezas como a de Idanha-a-Velha, e que as tivesse, onde é que estava o ganho, cerradas a sete chaves as portas.

O viajante desce pela cidade velha, Rua dos Peleteiros abaixo, e, para se consolar da deceção, vai murmurando: *Tão cansados, tão chorosos,/ Tão doentes da partida,/ Da morte mais desejosos/ Cem mil vezes que da vida.* Há fortunas literárias que em pouca abundância numeral assentam, como é o caso deste João Ruiz (ou Rodrigues) de Castelo Branco, que, pouco mais tendo feito que estes sublimes versos, há de ser lembrado e repetido enquanto houver língua portuguesa. Um homem vem a este mundo, dá duas voltas e vai-se embora, foi quanto bastou para modelar e dar corpo a uma expressão de sensibilidade que depois se incorpora em comportamentos coletivos.

Neste refletir se achou o viajante defrontado com a Sé,

que não sabe o que há de fazer da inexpressiva fachada que lhe deram. Dentro se vê que não se aprimoraram particularmente os que tiveram por missão enriquecer de arte o templo a S. Miguel consagrado: confiemos que a magnanimidade do arcanjo lhes perdoará o pouco caso. Muitos outros perdões vão ser necessários, e do pecado da soberba não se livra o bispo D. Vicente, que sobre a porta da sacristia mandou colocar o seu brasão, que é, para tudo dizer em três palavras, um delírio de pedra. Cristo teve como único emblema uma bruta cruz, mas os seus bispos vão atravancar o céu com quebra-cabeças heráldicos que darão que fazer para toda a eternidade.

Este lado da cidade é tão provinciano, ou provincial, para retirar o que possa ser entendido como pejorativo na primeira palavra, que o viajante tem dificuldade em admitir que ao redor destas ruas e pequenos largos, haja sinais de vida moderna, febril e agitada, como se diz. É uma impressão que lhe fica e em toda a visita não se modificará.

Aos poucos vai-se aproximando do jardim do paço. Está aqui o cruzeiro de S. João, pedra rendilhada, vazada como uma filigrana, onde, por mais que se procure, não se encontrará uma superfície lisa. E o triunfo da curva, do enrolamento, da eflorescência. Mas este cruzeiro, desamparado numa larga praça de passagem lateral, aparece alheio ao espaço que o circunda, como se tivesse sido vítima de transplantação mal pensada. Supõe o viajante que sempre ali esteve. Porém, num momento qualquer, o cruzeiro desligou-se da praça, desdenhou ou foi desdenhado.

O viajante passa ao lado do jardim, mas ainda não entrará. Vai primeiro ao museu, onde estima ver a boa mostra arqueológica, a reconstituição da arte rupestre do vale do Tejo com o hercúleo caçador que transporta aos ombros um veado, e, muito mais próxima, a delicada estatueta romana. Enternece-se o viajante diante da evocação à deusa Trebaruna, a quem Leite de Vasconcelos dedica tão maus versos e tão sincero amor, e regista o documentado caso de gémeos siameses, ilustrado realisticamente nesta pedra tumular, infelizmente mutilada. Não é um grande museu, este de Castelo Branco, mas vê-se com prazer. Magnífico aquele *Santo António*, atribuído a Francisco Henriques, com o seu rosto de homem simples, segurando o livro em que o Menino se senta, a quem não ousa tocar. O seu rosto, de dura barba mal rapada, está rendido, as pálpebras baixam-se, e é mais do que manifesto que este frade rústico não é o magnífico orador que evangelizou os peixes nem lhe toca a humildade o fundo sumptuoso do painel, com a sua coluna de pórfiro e a enramada tapeçaria. O viajante observa, naquela pintura também do século XVI, o anjo anunciador que entra pela janela feita à sua medida, mais colibri do que mensageiro, e compraz-se em dois pensamentos, cada qual de seu caminho. O primeiro é o do interesse que teria um estudo dos mosaicos que surgem nestas pinturas quinhentistas, e também antes e depois desse áureo século das nossas artes: cuida que daí se extrairiam dados de cronologia, de proximidade de motivos, de influência recíproca entre as oficinas de pintura e as oficinas de mosaicos. Decerto o potencial informativo destes elementos estruturais e de decoração não se esgotou com a descoberta de Almada Negreiros sobre a disposição dos painéis de São Vicente de Fora. Quanto ao segundo pensamento, é possível que desagrade a gente de feitio miudinho em pontos de ortodoxia religiosa. Vem a ser a frequência com que nestas Anunciações o pintor insiste em mostrar a alcova de dormir, enquadrando-a sob um arco abatido, como neste caso, afastando pesados reposteiros, como em outros casos acontece. É verdade que nesta altura estava já Maria casada com José, mas sendo a descida do Espírito Santo incorpórea, está o leito a mais, salvo se, como ao viajante parece, não pudesse o pintor esquecer, e assim o denunciasse, que naquele lugar, em geral, são concebidos os filhos dos homens. Tendo assim produzido dois pensamentos originais, foi o viajante ver a secção de etnografia, onde notou a vetustez das urnas eleitorais, a delirante máquina para extração de números nas sortes militares, e os utensílios de lavoura, o tear primitivo. Ao lado há magníficas colchas regionais, ouvem-se por trás duma cortina as vozes das alunas bordadeiras, a esta hora está o viajante arrependido de não a ter afastado e dado os "bons-dias" para dentro. Numa outra sala há bandeiras da Misericórdia, mas tão repintadas que não chega a saber-se como seriam na primitiva.

O viajante entrou pelo rés do chão, sai pela escadaria do primeiro andar, que faz por descer o mais episcopalmente possível. E agora, sim, vai ao jardim passear. Em Monsanto vive o povo das pedras, aqui é uma galeria de ilustradas figuras, angélicas, apostólicas, reais, simbólicas, mas todas familiares, ao alcance da mão, na franja dos buxos aparados. Não sabe o viajante se no mundo existe outro jardim assim. Se existe, copiámos bem; se é este o único, devia como tal ser louvado. Um único senão nele encontra: não é jardim para descansar, para ler um livro, quem entra tem de saber isso mesmo. Quando os antigos bispos aqui vinham, certamente trariam os fâmulos a cadeirinha para o repouso e a oração, apertando a respetiva necessidade, mas o visitante comum entra, dá todas as voltas que quiser, pelo tempo que quiser, mas sentar-se só no chão ou nos degraus dos escadórios. Estas estátuas são magníficas, não pelo valor artístico, certamente discutível, mas pela ingenuidade da representação transmitida por um vocabulário plástico erudito. Aqui estão os reis de Portugal, todos reis de baralho que lembram o reizinho de Salzedas, e aqui está a patriótica desforra que consistiu em representar os reis espanhóis em escala reduzida: não podendo ser ignorados, apoucaram-se. E agora temos as estátuas simbólicas: a Fé, a Caridade, a Esperança, a Primavera e as outras estações, e aqui, neste canto, obrigada a virar-se para a parede, a Morte. Os visitantes, claro está, não gostam dela. Metem-lhe nas órbitas vazias bolas mastigadas de pastilha elástica, colam-lhe no esgar das mandíbulas pontas de cigarro. É de supor que a Morte não ligue importância aos insultos. Ela bem sabe que cada coisa tem seu tempo.

O viajante concluiu o seu passeio, contou os apóstolos, viu o pequeno tanque do jardim alagado, desenhado como uma toalha de altar, e, tendo regressado à Praça do Município, não encontrou parecenças nenhumas entre a estátua de João Ruiz e os seus versos: o que ali está é um manequim a mostrar como se vestiam fidalgos na época, e não um homem que soube escrever: *Partem tão tristes os tristes,/ Tão fora de esperar bem,/ Que nunca tão tristes vistes/ Outros nenhuns por ninguém.* Parte também o viajante, não vai triste nem alegre, apenas preocupado com as grandes nuvens que do norte estão vindo. Vai ser molhada a viagem. Eis senão quando a mão severa da História sacode o viajante pelo ombro, acorda-o do devaneio em que caiu desde que entrou em Castelo Branco: "Quem os ossos deixou na Igreja de Santa Maria, quem na praça está em efígie, não é o poeta, meu caro senhor, mas sim Amato Lusitano, médico, que o mesmo nome teve, mas não fez versos." Despeitado, o viajante para o carro, atira à estrada a importuna autoridade, e prossegue a viagem, continuando a murmurar as palavras imortais de João Ruiz de Castelo Branco, ossos que são e estátua de poesia.

Tem de dizer-se por amor da verdade que o viajante escolheu os piores caminhos. Havendo aí à mão a estrada que direitamente o levaria a Abrantes, preferiu meter-se pelas alturas do Moradal e da serra Vermelha, onde tinham combinado encontro todas as nuvens e chuvas desta inconstante Primavera. Até perto de Foz Giraldo, o tempo apenas ameaçou. Porém, por todo o caminho que vai daqui a Oleiros a chuva caiu em torrentes, e no alto da serra do Moradal podia jurar-se que ela caía diretamente da nuvem, sem aquela desamparada queda que sempre tem de dar. É um caminho de grande solidão: são dezenas de quilómetros sem vivalma, montes em cima de montes, como pode ser tão grande tão pequeno país.

Em Oleiros gostou o viajante de ver as imagens que estão na igreja matriz, ainda que algumas indecorosamente repintadas, como aquela Virgem de pedra que na mão direita segura um ramo de flores, as quais, em vez da sua cor simples e natural, aparecem por igual cobertas de tinta de ouro. Aliás é também assim que se mostram as talhas. Mas a igreja de Oleiros merece largamente a visita, haja vista não só as imagens menos agredidas pela fúria retocadora, mas também o teto pintado e os azulejos da capela-mor.

Oleiros está entre duas serras: a de Alvelos, a sudeste, a Vermelha, a noroeste. Ao meio corre a ribeira da Sertã, agora de tumultuosas águas. O viajante tem o seu fito: quer ir a

Álvaro, terra aonde só por este lado se chega, e para isso tem de subir a serra Vermelha. Não é muito alta a serra, nem extensa, se se for comparar. Mas tem uma particular grandeza feita de severidade, de solidão quase angustiosa, com os seus fundos barrancos, as encostas cobertas de urze, a que talvez deva o nome que tem. As nuvens baixas ajudam a criar uma atmosfera de mundo intocado, onde todos os elementos ainda andassem misturados, e onde o homem só pudesse entrar em lentos e calculados passos, para não perturbar a formação primeira.

Depois de começar a descer para Álvaro, o viajante não foi longe. A estrada, em arranjo, era mais um rio de lama do que caminho de carros. A chuva não parava de cair, agora menos forte, pelo menos o viajante queria convencer-se disso. Mas um condutor de escavadora que ali estava, abrigado na cabina, avisou: "Se continua, vai-se meter em trabalhos." Tivesse o viajante ali um pombo-correio e teria mandado um recado a Álvaro, assim não houve mais remédio que voltar para trás, seguir ao longo da crista da serra, outra vez a urze cobrindo tudo, negros e fundos barrocais, olha se houvesse por aqui salteadores.

Na Sertã, já não chove. As estradas, cá para baixo, são estreitas e toscas como carreiritos de formiga. É certo que à escala do mundo, o viajante não passa também de uma formiga, mas preferia outro desafogo, menos pedra solta, menos buracos, quem por aqui viaje não acreditará que o asfalto e o betão existam. E como todas as desgraças trazem companhia, enganou-se o viajante no caminho e passou ao largo do Sardoal, sem particular proveito que lhe servisse de compensação. Enfim, andando, andando, sem mais ar de dia, chegou a Abrantes.

Já são terras do Sul. Da janela do seu quarto, o viajante vê o Tejo, reconhece o largo fluxo que, mais aqui, mais além, o acompanha desde a infância e teme não saber dizer dele e das terras que de perto banha o bem que lhes quer. Mas isto serão cuidados para mais tarde. Primeiro há de regressar às terras litorais que para trás lhe ficaram e o estão chamando. Agora contenta-se com este findar do dia, quase sem nuvens, e olha, pensativo, as grandes planícies do Sul.

Desta cidade se diz, ou para outras comparações se aproveita o dito, "tudo como dantes, quartel-general em Abrantes". O viajante sabe pouco de quartéis-generais, mas de Abrantes se dirá que, se tudo estivesse como dantes, outro galo lhe cantaria, artisticamente falando. Andaram por aqui assanhados os camartelos, destruíram a esmo e no lugar do que estava nem sempre nasceram boas coisas. São desgraças muito nacionais, mais notórias por ter sido Abrantes ponto de enlaces históricos e deles praticamente se não ver rasto. E há também algumas fadigas de construtor, como faltar uma torre à Igreja de São Vicente e estarem por acabar as duas de São João Batista, o que, afinal, se deverá a exaurimentos de tesouro apenas. Em São Vicente não pôde o viajante entrar, mas deu-lhe atenta volta, apreciou os rústicos arcobotantes que reforçam os muros laterais, sorriu ao minúsculo campanário que substitui a torre faltante, e, não tendo mais que ver, foi à Igreja de São João Batista. Fica numa praça esquinada de planta e de nível, que a afoga, mas a rodeia de alguma intimidade. O viajante não estimou particularmente a arquitetura filipina e pareceram-lhe incongruentes os três púlpitos: filipina se diz por ter sido a reedificação do templo iniciativa de Filipe

II, com o inadequado gosto das colunas jónicas, em renascença tardia e nada convincente, e quanto à incongruência dos púlpitos é ela muito óbvia, pois é difícil imaginar o que seria pregarem-se aqui três sermões ao mesmo tempo, quando uma só voz bastará para encher o templo. São mistérios da igreja que o viajante não se atreve a devassar.

Tivesse apenas isto Abrantes, e não haveria prejuízo passando-lhe em baixo, salvo por civil obrigação ou para restaurar-se e repousar o corpo. Porém, é aqui que se encontram, na Igreja da Misericórdia, os admiráveis painéis de Gregório Lopes, ou supostos dele, povoados daquela figuração requintada que distingue o pintor, mesmo quando tem de representar imagens piedosas. Diferentes são os modelos ou o modo de olhar do Mestre de Abrantes, atribuição acautelada da tábua que se encontra na Igreja de Santa Maria do Castelo, onde o viajante acaba de entrar. A Virgem desta *Adoração dos Magos* é claramente uma camponesa que apresenta o seu filho, futuro pastor, a outros camponeses que os trajes reais não sabem disfarçar.

E aqui está o que abundantemente justifica a vinda a Abrantes: esta Igreja de Santa Maria do Castelo, onde o Museu de D. Lopo de Almeida foi instalado há cinquenta anos. Não é grande a nave, o museu não é grande, mas a coleção é magnífica. O viajante usa conversar sempre, faz perguntas, porém nem sempre colhe na proporção do que semeia. Em Abrantes foi compensado: o guarda do museu ama o que guarda, é a menina dos seus olhos, e de cada peça fala como de parente muito chegado. Por fim já não se distinguem guia e visitante, são parceiro e parceiro, ambos falam da esplêndida escultura que representa a *Santíssima Trindade*, obra de um M. P. imaginário de génio, e destas estátuas romanas, e dos livros iluminados que na sacristia se guardam. É com um jeito de comovedora delicadeza que o guarda mostra uma iluminura deste Livro de Missas, a letra N, se o viajante bem se lembra, e o seu dedo aponta as volutas, os ornamentos, o brilho das cores, como se estivesse apontando o seu próprio coração.

Há uma passagem que leva ao coro, e por ela entram conversando, mas o viajante estaca e não dá um passo mais enquanto não saborear por completo a maravilha que é aquela tábua com um simples ornato floral à volta, e ao meio, em campo liso e desafogado, três palavras enternecedoramente inúteis: "*Hic est chorus*", aqui é o coro. Estes degraus não levam a outro lugar, não havia perigo de se perderem as almas e os corpos de quem os subisse, e contudo alguém achou que o caminho devia ser assinalado, único entre todos. O guarda acena com a cabeça, sorridente, talvez nunca tivesse pensado nisto, e passe, de futuro, a apontar aqui, como faz ao N. Tudo são letras. É quando lá chega acima que o viajante percebe tudo. Na parede do fundo está o friso superior de um retábulo vindo doutra igreja, e nele dois anjos, de escura madeira, erguem o tronco gloriosamente, o braço, e sem dúvida a voz, por isso "*Hic est chorus*", como por toda a nave se está ouvindo. Estes anjos fizeram a sua própria viagem, são anjos exultantes. "O júbilo. Estes sim, são anjos jubilosos", murmuraram ao lado do viajante.

O guarda acompanha até à saída e da porta aponta a pedra onde, segundo a tradição, subiu Nuno Alvares Pereira para montar na mula, a caminho de Aljubarrota. Vai também o viajante para essas bandas, são horas de partir.

# Entre Mondego e Sado, parar em todo o lado

*UMA ILHA, DUAS ILHAS*

Pela beirinha do Tejo é que o viajante gostaria de seguir, mas a estrada vai por dentro, e só lá adiante, passado Montalvo, se aproxima, para oferecer, em vez de um, dois rios. É Constância a formosa, mais formosa quando vista da outra margem, em seu magnífico anfiteatro, acasteladas as casas encosta acima até à Igreja de Nossa Senhora dos Milagres, que é matriz. Para lá chegar, precisa o viajante de boa perna e largo fôlego. Mas este tempo de clara Primavera enche--lhe a calçada de um perfume absoluto de rosas, nem sente a aspereza da subida.

Esta igreja, pelo tipo de estatuária, lembra certas igrejas barrocas italianas, e, singularmente, o efeito é acentuado pela pintura do teto, obra de José Malhoa que mostra Nossa Senhora da Boa Viagem em gesto de abençoar a união do Zêzere e do Tejo, a qual obra assim se revela muito menos naturalista do que o seu vocabulário de escola prometia. Ao pintar este teto, Malhoa deixou-se influenciar pelo que o envolvia. O viajante apreciou os baixos-relevos seiscentistas de madeira que vieram da Ermida de Santa Ana, em particular, pelo pitoresco da situação, geralmente representada com circunstancial solenidade, o *Batismo de Cristo*, que, aceitando em primeiro plano a representação convencional, mostra, ao fundo, o momento anterior, isto é, S. João Batista sentado a descalçar as botas e Cristo despindo a túnica pela cabeça, nu do torso para baixo, ainda que discretamente rodando o corpo em modo de garantir a conveniente ocultação. É uma maravilha de graça, estes rapazes que vão ao banho numa tarde de calor, assim claramente mostrados na simplicidade do gesto e de um gesto natural de viver.

O viajante desceu até ao rio, tentou refrescar-se na Flor do Tejo, casa de pasto ribeirinha sob alpendres de caniçado e folhagens, como nos meloais se usam, mas o menino da casa, infante de quatro meses, não estava bem da barriga e chorava sem remissão, melhor seria deixar o refresco para outra vez e ir à casa de Camões, que logo adiante fica. É o que dizem, e tanto viso tem de ser verdade como de não o ser. Ao viajante, filho deste rio, agrada pensar que por esta margem, entre os avós destes salgueiros, passeou Luís Vaz de Camões, curtindo ou não pesares de Catarina. Afinal, que erro histórico se praticaria levantando estas paredes, reconstituindo aqui uma casa provincial do século XVI, com as obras do poeta, retratos tão duvidosos como a casa continuaria a ser, vistas da antiga vila de Punhete, se as há? Não mais que dizer-se: "Dentro deste túmulo estão os ossos de Luís de Camões", como será levado a acreditar quem ingenuamente nos Jerónimos de Lisboa contemple o funerário monumento. Constância merece tanto ter o seu Camões, como cada um de nós o nosso. E o viajante tem de confessar que, ao contemplar esta ruína, viu, com os seus olhos visto, o vulto de Luís Vaz descendo as Escadinhas do Tem-te Bem, com o ar de quem ia poetar ao rio.

O viajante, quando em Abrantes se declarou pouco sabedor de quartéis-generais, ainda julgava poder esconder que nada entende de artes militares. Mas agora, diante do Castelo de Almourol, vendo-o desta margem onde, à sombra das oliveiras, há soldados refocilando sestas e lendo fotonovelas, considera, em sua definitiva ignorância, que esta fortificação não deve ter servido de muito a Gualdira Pais e a quem veio depois. Que defendia o castelo? A montante ou jusante, se não há vaus praticáveis, passariam os mouros de batel, estando desguarnecida a margem norte; e um cerco em boa e devida forma, impedidos os sitiados de descer à pesca da fataça, em pouco reduziria a resistência, faltando lá dentro a farinha para a bolacha. Mas o castelo está aqui, obra de pedra e força, e a sua presença afirma a sua necessidade. Então o viajante acabará por ceder, com a mental reserva de que não seria tanto o objetivo militar, mas a precisão de abrigo, que tornava este castelinho alvo de batalhas de montante e virotão. Abundam do lado de lá os descampados, imagine-se o que então não seria. O viajante não atravessou o rio: com raras exceções, os castelos veem-se melhor de fora, e este melhor do que qualquer outro.

Não pôde entrar na Igreja de Tancos, rodeada de casas e muros baixos de gosto arquitetónico rural já ribatejano, mas estimou ver o que resta do espírito renascentista da construção, os nichos da fachada, uma Nossa Senhora da Misericórdia que misericordiosamente se conserva, e as decorativas portas laterais, uma delas datada de 1685 na padieira.

Por este caminho parece o viajante que vai romper direito ao mar, por Torres Novas e a salto das serras de Aire e dos Candeeiros. Tempo havendo, lá chegará, porém, agora, depois de ir a Atalaia, tornará sobre os passos dados, atravessará outra vez a ponte sobre o Zêzere, e depois, pela margem esquerda acima, cruzará o rio em Castelo do Bode. Este vaivém é necessário, não fosse ficar de lado, por fora de mão, a bela igreja de Atalaia, com a sua fachada que terá inspirado São Vicente de Abrantes, é o belo interior de azulejos magníficos. Implantada num extremo da povoação, cujo crescimento felizmente a poupou, a igreja, com os seus três corpos reais e cinco aparentes, é uma construção fascinante. Apetece brincar às escondidas por trás dos arcos extremos, isto sente o viajante, animado pela descoberta de que a arquitetura, só por si, pode tornar feliz um homem.

Não pode anotar tudo quanto lhe agrada. Registará, por isso, apenas de passagem, a beleza da abóbada de nervuras da capela-mor, o imponente túmulo barroco à esquerda, a imagem de Nossa Senhora do século XIV, atribuída a Diogo Pires, o Velho, e, cumprida esta obrigação, só terá olhos para os admiráveis azulejos, sobretudo, ah, sobretudo os painéis policromos que adornam as empenas da nave central, representando cenas bíblicas: *A Criação do Mundo, O Pecado Original, A Expulsão do Paraíso, Abel e Caim, O Dilúvio, A Entrada dos Animais na Arca.* São quadros de ingénuo e saboroso desenho, em particular o que representa o dilúvio, com a grande arca flutuando nas vagas, tosca e pesada. A cor, azul-profundo e laranja, ilumina toda a parte superior da igreja, para onde os olhos dos fiéis deviam levantar-se muitas vezes, quando todas aquelas lições eram tomadas com inteira seriedade, e hoje os deverão fazer levantar também, por iguais razões, querendo, mas sobretudo porque estes painéis são uma admirável obra de arte popular, de qualidade poucas vezes igualada. Quando o viajante sai, custa-lhe abandonar este singular templo, com a sua fachada de "ombros largos", que escondem os botaréus em que o corpo do edifício se apoia. Mas necessidade pode muito, vamos ao Zêzere.

A estrada segue a cavaleiro da margem por espaço de três quilómetros. Depois mete-se ao monte, e passada uma légua surge a barragem. É Castelo do Bode. A grande albufeira está no seu máximo enchimento, é uma massa poderosa de água, um mar interior que estende braços por todos os vales. Tanto como de artes militares, o viajante é ignorante de engenharias hidráulicas. Pode portanto, legitimamente, espantar-se que este muro de betão, mesmo gigantesco, mesmo calculadíssimo de estruturas profundas e obras vivas, seja capaz de aguentar um empuxo de água que em linha reta se prolonga por mais de trinta quilómetros, sem diques intermédios. Aliás, o viajante tem esta boa qualidade: admira tudo quanto não é capaz de fazer.

Daqui a Tomar não é longe, e por isso, estando tão bonito o dia, resolve meter pela Beberriqueira, percorrer as florestas desta margem do Zêzere até alcançar Serra, e mais adiante outra vez a albufeira. É uma volta que dá grande consolo aos olhos, amplas vistas sobre a frescura das árvores, uma luz macia coada através das ramagens, nada mais é preciso para fazer um viajante feliz.

Quando desce à margem tem diante dos olhos a ilha do Lombo, um Almourol mais pequeno, sem castelo, apenas uma breve construção entre árvores, um cais acostável que daqui mal se distingue. Em tempos em que a albufeira não existia ainda, supõe o viajante que o rio correria a um lado, e o que hoje é ilha seria então uma colina avançada sobre o leito. Não que o caso tenha importância, mas o viajante gosta de entreter-se com estas e outras observações. Agora vai navegando sobre as límpidas águas, profundamente verdes, e à medida que se afasta da margem, sente-se liberto de cuidados, de horas pontuais, sequer do seu próprio gosto de viajante. Está a retirar-se do mundo, entra no nirvana, este é que é, afinal, o Letes do esquecimento. E quando põe o pé em terra não pode afastar o pensamento de que bom regalo seria ficar ali por dois dias ou vinte, cama, mesa e roupa lavada, até que o mundo de fora ou a inquietação de dentro o agarrassem por uma orelha, para aprender a não fugir às obrigações.

Não esteve duas horas. Esta paisagem de água e montes ao redor, este lago suíço, este remanso estão fora das humanas medidas. É uma paz excessiva. Regressa à Terra, vem agora num velocíssimo barco com motor fora de borda, e isso é também uma experiência agradável, as águas que se apartam para os lados, o rugido da máquina, foi breve esta viagem à ilha do Lombo, mas valeu a pena.

Entra em Tomar pelo lado oposto ao Castelo dos Templários, dá, por via do alojamento, as necessárias voltas, e, não havendo hoje tempo para mais, verá a Igreja de São João Batista e a sinagoga. Tem a igreja um pórtico manuelino cuja beleza a nudez da empena torna mais sensível. A torre sineira é uma pesada massa que se recusa a deixar-se integrar na simplicidade exterior do templo. Vale por si, e está ali para o afirmar.

Esta Igreja de São João Batista é vasta, com as suas três naves de arcos ogivais, bem lançados. A nave central, mais alta, desafoga todo o espaço, mas o óculo e as janelas não bastam para romper a penumbra que a esta hora se vai instalando. Pode no entanto o viajante apreciar, com tempo e atenção, as tábuas de Gregório Lopes. Este pintor régio devia ter sob as suas ordens uma excelente oficina e também ser dotado de grandes qualidades de mestre e de orientador: mostra-o a unidade de fatura destas e doutras tábuas, a finura do gosto decorativo, o fácil trânsito da cor e do desenho de tema para tema. *A Degolação*, de teatral composição de figuras, tem um verdadeiro rapto plástico nas alabardas obliquamente erguidas sobre as cabeças.

O púlpito, que se supõe ser da mesma mão que traçou e executou o pórtico, lembra, tanto pelo lavrado dos elementos como pela composição geral, o de Santa Cruz de Coimbra. É mais trabalho de ourives que de escultor da pedra. O viajante aprecia, mas não fica deslumbrado. Os seus gostos, já o disse, reclamam que se respeite a fronteira invisível, e por isso tantas vezes ultrapassada, por trás da qual a pedra ainda conserva a sua natureza profunda, a densidade, o peso. A pedra, esta é uma simples opinião, não deve ser trabalhada como estuque, mas, não sendo (o viajante) de ideias fixas, está pronto a aceitar todas as exceções e a defendê-las com o mesmo calor que emprega na defesa do esculpido contra o lavrado, de talhe contra o lavor.

Daqui levou a pena de não poder ver o *Batismo de Cristo* que no batistério se encontra. Está a grade fechada, e por muito que se esforce não consegue distinguir mais do que as bilhas de barro do painel da esquerda, o que representa *As Bodas de Canã*. Ficam-lhe fora do alcance dos olhos o batismo e a tentação.

O Sol já vai por trás do castelo. O viajante segue para a sinagoga, onde a porta lhe é aberta por um velho alto que poderia ser judeu, mas não o mostra nas palavras, e que, exibindo uma monografia velha, manuseada e sebenta, conta a história que sabe. A quadra é simples, mas de grande harmonia, com a sua subida abóbada de arestas vivas, assente em quatro colunas delgadas, mas de exata secção, e nas mísulas das paredes. Pormenor curioso é o dos cântaros, um em cada canto, embebidos na alvenaria, e cuja função é beneficiar a acústica por aumento da ressonância. Fez o viajante as costumadas experiências, também como de costume nada provativas. Os construtores do teatro grego de Epidauro tinham melhor ciência na arte de fazer ouvir.

À noite, foi jantar ao Restaurante Beira-Rio. Comeu um bife magnífico, histórico, com aquele sabor que, depois de ter passado por todas as sublimidades do molho, regressa ao natural da carne, para assim permanecer na memória gustativa. E como um bem também nunca vem só, atendeu-o um empregado de rosto sério que ao sorrir ficava com a cara mais feliz do mundo e sorria muitas vezes. A cidade de Tomar deve colocar ao peito deste homem a mais alta das suas condecorações ou comendas. Em troca contenta-se com o sorriso, e vai muito bem servida.

### *ARTES DA ÁGUA E DO FOGO*

Quando o viajante acorda, vai abrir a janela do quarto. Quer sentir a frescura das árvores do Mouchão, os altos choupos, as faias de folhas verde-brancas. Quem transformou o areal que isto era no século passado devia ganhar também uma medalha. O viajante, como se observa, dispõe-se a condecorar toda a gente que o mereça.

O convento está lá no alto, há que ir vê-lo. Mas o viajante reserva a primeira atenção do dia para o minucioso exame desta roda de rega, tão ao alcance que já distraidamente a olha quem por aqui passa, talvez julgando-a, se é visitante de ocasião, forma só decorativa ou brinquedo de crianças, por cautela posto fora de uso. Como trabalho de carpintaria é das mais perfeitas máquinas que tem visto. Chamam-lhe roda dos mouros, o que é costume na nossa terra quando doutra maneira se não sabem explicar as coisas, mas é de conceção romana, segundo afirmam os entendidos. O que o viajante não sabe é quando foi construída, mas tem relutância em acreditar que esta roda seja roda desde os séculos IV ou V. Muito mais do que saber se é moura ou tardo-romana, importaria averiguar quando se extinguiu, e porquê a arte e a técnica destas construções, que de uma e outra participam. Cada um tem o seu gosto preferido: o viajante tem este dos instrumentos de trabalho, das pequenas obras de arte a que ficaram agarrados sinais das mãos de quem os fez e usou.

O caminho para o convento é agradável, com boas árvores de sombra. À direita, uma pequena alameda leva à Igreja de Nossa Senhora da Conceição, que muito gostaria de ver, para tirar a limpo se pode ser tão caloroso quanto se afirma um estilo renascentista tocado por um romanismo que, para este observador, sempre foi sinónimo de frieza. Não será desta vez que a verificação se fará: a igreja só abre aos domingos, e o viajante não pode ficar acampado em frente da porta, à espera de que domingo seja.

A entrada na cerca do castelo faz-se por uma calçada que contorna a elevação em que assenta a muralha virada a nascente. O viajante sobe-a em seu sossego, um pouco indiferente aos arranjos de canteiro florido e arruamento de saibro fino. Não está radicalmente contra, mas, se fosse chamado a opinião, votaria doutra maneira: é seu parecer que entre a envolvência e o envolvido deve haver uma relação direta que comece por observar dominantes comuns. A contiguidade de elementos tem de respeitar a consanguinidade. Parecem estas reflexões fora de propósito na esplanada de um castelo, mas o viajante apenas vai formulando ideias que nascem do que vê, e isso é o que fazem todos se andarem com atenção a si próprios.

Cá está o pórtico de João de Castilho, uma das mais magníficas realizações plásticas que em Portugal foram cometidas. Em rigor, uma escultura, esta porta ou uma simples imagem, não pode ser explicada por palavras. Não basta sequer olhar, uma vez que os olhos também têm de aprender a ler as formas. Nada é traduzível noutra coisa. Um soneto de Camões não pode ser passado à pedra. Diante deste pórtico não há mais do que ver, identificar os diversos elementos no campo dos conhecimentos de que se dispõe, indagar para suprir o que falta, mas isto será trabalho de cada viajante, não de um que veja por todos e a todos explique. Um guia será boa ajuda, desde que não exiba, como este, um ar de fastio e distância, que tanto melindra o visitante sensível como ofende o que para ser mostrado ali está. O viajante quer ser compreensivo: afinal um homem está aqui todos os dias, a ver as mesmas pedras, a ouvir as mesmas exclamações, a ter de dar as mesmas respostas às mesmas perguntas, fazer os mesmos avisos – estivesse aqui um santo, modelo de virtude e paciência, e não poderia evitar a grande canseira das palavras repetidas, dos passos que vão e voltam, dos rostos que vêm e vão. Está o guia perdoado em nome de tão insuportáveis padecimentos.

O Convento de Tomar é o pórtico, é o coro manuelino, é

a charola, é a grande janela, é o claustro. E é o resto. De tudo, o que mais toca o viajante é a charola, pela antiguidade, decerto, pela exótica forma octogonal, sem dúvida, mas sobretudo porque vê nela uma expressão plástica perfeita do santuário, lugar secreto, acessível mas não exposto, ponto central e foco à roda do qual gravitam os fiéis e se dispõem a figurações secundárias. A charola, assim concebida, é, simultaneamente, sol radiante e umbigo do mundo.

Mas é sina dos sóis apagarem-se, e dos umbigos murcharem. O tempo está roendo com os seus invisíveis e duríssimos dentes a charola. Há uma decrepitude geral que tanto exprime velhice como desleixo. Uma das mais preciosas joias artísticas portuguesas está murchando e apagando-se. Ou lhe acodem rapidamente, ou amanhã ouviremos o habitual coro das lamentações tardias. O guia, ouvido o reparo do viajante, sai da sua torre e diz que as feridas das regiões inferiores, esboroamentos, tintas arrancadas, são principalmente consequência das muitas cerimónias de casamento que ali se realizam: "Toda a gente quer casar aqui, vêm os convidados, encostam-se às colunas, sobem para as bases delas para verem melhor, e depois divertem-se a arrancar pedacinhos da pintura, se calhar para recordação." O viajante espanta-se, mas tem a sugestão pronta: "É proibir os casamentos." Esta súbita descoberta já o guia a deve ter feito cem mil vezes. Encolhe os ombros e cala-se. Não é fastio que se lhe lê na cara, é desânimo.

Para o viajante, o claustro é seco e frio. Digamos isto doutra maneira: assim como Diogo de Torralva, autor do projeto, se não reconhecia no manuelino, e por maioria de razões no românico ou no gótico, também o viajante, que historicamente assistiu e assiste à sucessão dos gostos e dos estilos, pode, do seu ponto de vista de hoje, não se reconhecer no neoclássico romanista, e, como está obrigado a dizer porquê, diz que por secura e frieza da obra. É subjetivo isto. Pois será. Tem o viajante direito às suas subjetividades, ou então não lhe seria de nenhum proveito a viagem, pois viajar não pode ser senão confrontação entre isto e aquilo. Sosseguemos, porém: rejeições totais, não as há, como não há totais aceitações. O viajante deixa no claustro de D. João III uma paixão: aquelas portas do piso térreo, entre as colunas, com o seu janelão superior, triunfo da linha reta e da proporção rigorosa.

Da janela grande já tudo foi dito: provavelmente está tudo por dizer. Não se esperem do viajante adiantamentos. Apenas a convicção firme em que está de que o estilo manuelino não seria o que é se os templos da Índia não fossem o que são. Diogo de Arruda não terá navegado até às paragens do Índico, mas é mais do que certo que nas armadas seguiam debuxadores que de lá trouxeram apontamentos, esboços, decalques: um estilo de ornamentação tão denso como é o manuelino não podia ter nascido, armado e equipado, à sombra das oliveiras lusitanas: é um todo cultural colhido em terra alheia e depois aqui reelaborado. Perdoai ao viajante as ousadias.

Não são elas, contudo, tantas quantas deviam ser. Falta ao viajante o atrevimento de sublevar Tomar até que encontre quem lhe abra a porta da Ermida de Nossa Senhora da Conceição, que outra vez se lhe mete no caminho: a recordação do piso térreo do claustro não o larga. Se Diogo de Torralva foi tão longe aqui dentro, então terá de rever os sentidos de frio e seco que tão livremente tem utilizado. Porém, falta a ousadia, venha cá no domingo, não posso, tenho de partir já, então tenha paciência.

O viajante segue para poente. No caminho encontrará o aqueduto de Pegões Altos, demonstração de que a utilidade não é incompatível com a beleza: a repetição sucessiva dos arcos de volta perfeita sobre os arcos quebrados, de maior vão, aproxima a monumentalidade da construção, torna-a menos imponente. O arquiteto, por um artifício de desenho, veio a conceber um falso aqueduto, que serve de suporte ao verdadeiro por onde a água se transporta.

Ourém fica num alto monte. Esta é a vila velha, das mais desprezadas terras que o viajante tem visto. Já se sabe que é na planície que a vida económica se desenvolve, a indústria, o comércio, os acessos fáceis, mas neste lugar abandonado teimam em viver pessoas e as razões dessa teima deviam ser consideradas e respeitadas. A morte destes sítios não é destino inelutável. Mau é o entendimento de que às pedras velhas se deve deitar um olhar e seguir adiante. Ourém Velha tem muitas razões para reviver: o alto lugar onde se alcandora, a urbanização ainda quinhentista, o singular paço que coroa o morro íngreme, motivos mais do que suficientes para que o abandono de hoje não signifique destruição amanhã. Conservem-se as pedras, defendam-se as pessoas.

Quis o acaso que, para chegar ao paço, seguisse o caminho mais longo. Ainda bem. Pôde dar a volta a toda a povoação, ver as habitações desertas, algumas em ruínas, outras com as janelas entaipadas, e capelas dos passos sem imagens, nuas, lugares onde até as aranhas definham. Apenas em nível superior do monte se refugiaram os últimos habitantes, há alguma animação, crianças brincando, um restaurante de tolas pretensões heráldicas, fechado para alívio do viajante, que já se cansou de estalagens nobres e semelhantes fantasias.

O paço, de que resta pouco mais que as torres, é uma construção feita por gigantes. É verdade que, pedra a pedra, fará um povo de liliputianos uma torre capaz de chegar ao céu, mas estas, que a tanto não pretendem, dão a impressão de só poderem ter sido construídas por grandes braços e grandes músculos. Poderosos artífices estes foram, sem dúvida, para terem criado uma construção de características originais, com estas arcaturas ogivais, estes ornatos de tijolo, que imediatamente aligeiram a impressão maciça que o conjunto começa por transmitir. Parece que foram judeus magrebinos os construtores, os mesmos que depois vieram a construir a sinagoga de Tomar e são autores da cripta de D. Afonso, aonde o viajante logo irá. Recorda-se o viajante do Cristo de Aveiro, provavelmente de gente mudéjar, mete na mesma caldeira cristãos-novos e convertidos árabes, espreita para ver como fervem as tradições, as novas crenças, e as contradições de umas e outras, e começa a ver surgirem formas diferentes de arte, súbitas mutações infelizmente integradas antes do seu desenvolvimento pleno. Em Tomar a sinagoga, em Ourém esta cripta e o túmulo que guarda, mais o paço — aonde nos levaria o exame das circunstâncias, do tempo, do lugar e das pessoas, isto pergunta o viajante quando começa a descer a íngreme calçada que o devolve à planície.

São muitas as voltas para chegar a Fátima. Há certamente caminhos mais retos, mas dos lados donde o viajante vem, com mistura de mouros e judeus, não é de estranhar que tenha achado o percurso longo. Hoje, a imensa esplanada é um deserto. Só lá ao fundo, ao pé da Capela das Aparições, se juntaram algumas pessoas, e há pequenos grupos que se aproximam ou afastam distraidamente. Uma freira, de guarda-sol aberto, aparece no campo visual do viajante como se viesse do nada, e desaparece subitamente como se ao nada tivesse regressado. O viajante tem opiniões, e a primeira é de que a estética, aqui, serviu muito mal a fé. Nem é de espantar, nestes céticos tempos. Os construtores da mais humilde igrejita românica sabiam que estavam a levantar a casa de Deus; hoje satisfaz-se uma encomenda e um caderno de encargos. A torre da igreja, ao fundo, não sabe bem como há de rematar-se, a colunata não encontrou proporção e equilíbrio, só a fé poderá salvar Fátima, não a beleza que não tem. O viajante, que é impenitente racionalista, mas que nesta viagem já muitas vezes se emocionou por causa de crenças que não partilha, gostava de poder comover-se também aqui. Retira-se sem culpas. E vai protestando um pouco de indignação, um pouco de mágoa, um pouco de enfado diante do estendal de comércio das inúmeras lojinhas que, aos milhões, vendem medalhas, rosários, crucifixos, miniaturas do santuário, reproduções mínimas e máximas da Virgem. O viajante é, no final das contas, um homem religiosíssimo: já em Assis o escandalizara o negócio sacro e frio que os frades agenciam por trás dos balcões.

Não tem o viajante nada contra as grutas. Sabe muito bem que nelas viveram os seus antepassados depois de se terem cansado de andar a saltar de árvore em árvore. E até, para tudo ficar dito, se é certo que daria um mau antropoide por sofrer de vertigens nas alturas, já seria um excelente cro-magnon, pois não padece de claustrofobia. Tem que ver o desabafo, e o reconhecimento expresso de específicas ascendências, com estas grutas, onde a maravilha natural das formações calcárias, com todas as variações possíveis de estalactite e estalagmite a que tudo se reduz, é adulterada por iluminações muitas, e não pouco desvairadas cores, com música de fundo wagneriana, em sítio onde as Valquírias teriam grande dificuldade em meter os cavalos. E depois há os nomes com que foram batizadas as diferentes cavernas, o Presépio, a Capela Imperfeita, o Bolo de Noiva, a Fonte das Lágrimas: horror dos horrores. Que quereria o viajante? Uma só luz, a que melhor pudesse mostrar a pedra; nenhum som, salvo o natural das gotas de água caindo; nenhuma palavra, proibição absoluta de ocultar o que é sob o nome que não lhe pertence.

Agora o viajante precisa de um largo período sem ver mais que paisagem. Quer distrair-se olhando as modestas colinas destes lugares, árvores que não têm arrebatamentos, campos que sem maior resistência se deixam cultivar. Esquivará Leiria por agora. Passa o rio Lis depois de Gândara dos Olivais, e em terras já de rasa planície avança para norte. Encontra Amor no caminho, o que é estranho, pois amor costuma habitar paragens mais acidentadas. O dia está luminoso, e vivíssimo de claridade, e já se sente o mar. Em Vieira de Leiria há uma Santa Rita de Cássia seiscentista, que o viajante vai espreitar por lhe ficar em caminho, mas que, por si mesma, merece a visita. Aí está agora a praia da Vieira, toda aberta para sul, a foz do Lis logo acima. Há barcos na praia, de curvas e atiladas proas, os longos remos postos ao través, à espera de que a maré favoreça e haja esperança de peixe.

E este é o pinhal de Leiria, o dos cantares do verde pino de D. Dinis, o das naus e caravelas das navegações, o frágil lenho que tão longe se aventurou. Da praia da Vieira a São Pedro de Muel é um só caminho entre árvores, uma extensíssima reta que muito lá adiante inflete na direção do mar, donde já se ia afastando. São Pedro de Muel, visto nesta hora, praia deserta, mar forte batendo, muitas casas fechadas à espera de um tempo estival talvez não tão formoso como este, tem uma atmosfera que tranquiliza o viajante. E nessa disposição vai indagar se não há caminho para a Marinha Grande que lhe permita saborear por mais tempo a mata. Dizem-lhe que, haver, há, mas que o risco de perder-se é certo. Correu o risco, e se se perdeu não deu por isso. Sabe o que ganhou: alguns quilómetros de verdadeiro deslumbramento, a floresta densa por onde a luz entra em feixes, em rajadas, em nuvens, transformando o verde das árvores em ouro palpitante, reconvertido depois o ouro em seiva, nem o viajante sabe para onde olhar. A mata de São Pedro de Muel é incomparável. Outras podem ser mais opulentas de espécies e porte, nenhuma mereceria mais ter, como habitantes, o povo pequenino dos gnomos, fadas e duendes. E está pronto a apostar que um súbito remexer de folhas que ali se viu foi obra de um esperto anãozinho de barrete vermelho.

Enfim, sai à estrada de toda a gente. Segue para Marinha Grande, vila por excelência das altas artes do vidro. Talvez por estas ter, não cuidou de conservar outras, toda entregue aos seus fornos e às suas misturas químicas. É terra, já se sabe, industrial, de atmosfera política peculiar: afirma-o em todas as paredes, nas bandeirolas que cruzam as ruas, no próprio chão. O viajante pergunta como se vai a uma fábrica de vidros e encontra quem o guie, quem lhe facilite a entrada, quem o acompanhe lá dentro.

Diz-se fábrica, não se imagina que isto o seja: um grande barracão esburacado, aberto a todos os ventos, com alguns corpos anexos de pedra e cal para armazéns e operações que exijam maior proteção. Mas a fábrica, o lugar onde se fabrica, acaba por ser inesperadamente lógico: o calor seria insuportável se estas janelas se fechassem, se estes buracos se tapassem. A corrente de ar que constantemente circula mantém uma relativa frescura ambiente e talvez tenha, é uma das ideias do viajante, influência no vidro. Eis os fornos. Rugem as bocas de fogo (pacíficas, estas), projetando para dentro do forno um ininterrupto jorro de labaredas. Lá dentro a massa em fusão ao rubro-branco borbulha e agita-se em temíveis correntes: é um minúsculo sol donde sairão objetos capazes de captar e reter a luz do Sol verdadeiro. Quando o vidro sai do forno, bola rubra e mole que parece querer escapar-se do longo tubo, ninguém diria que se tornará transparente, diáfano, como se o próprio ar pudesse ser vivificado. Mas a cor é já uma despedida. Introduzida a bola no molde, soprada e rodada, uma vez e outra, enquanto não endurece, sai depois, ainda fulgente e irisada do calor que contém, e já transformada em jarro vai pelo ar, arrefecendo, seguro por uma pinça, à fase seguinte do processo. Este movimento é disciplinado, não lento, não rápido também, apenas o necessário para proteger o operário que transporta a peça e a própria peça.

No ambiente quente e ruidoso, entre as paredes de tábuas velhas, os homens movem-se como se estivessem praticando passes rituais. É um trabalho em cadeia simples: o homem transporta sempre a peça e entrega-a a outro homem, estafeta que segue sempre o mesmo percurso e ao ponto de partida constantemente volta.

Para saber um pouco mais deste passar de mão em mão, foi o viajante ao local onde se moldam os recipientes que hão de entrar nos fornos, aqueles onde se fará a fusão dos elementos que formam o vidro, com a parte de vidro feito que a estes sempre se junta. Aqui não há barulho, a porta está sempre fechada, os homens falam em voz baixa. Aqui molha-se e amassa-se o barro, vagarosamente, com os pés, em tal minúcia que se diria maníaca, calcar, amontoar, calcar, amontoar, e segundo uma técnica que não vai deixar uma parte sequer mínima sem igual pressão e igual grau de humidade. Neste barro não pode haver qualquer corpo estranho, nenhuma minúscula pedrinha, sequer a terra que de fora venha agarrada às solas dos sapatos. E a fabricação do recipiente dentro do molde, a igualização das paredes interiores e exteriores, o alisamento, quase o polido, é obra de escultor. É uma forma abstrata constantemente repetida, um concreto cilindro fechado em um dos lados, e nos homens que o constroem não vê o viajante o menor sinal de tédio, antes um grande amor pelo trabalho que tem de ser sempre bem-feito, ou o forno o rejeitará na primeira labareda. Desta obra se dirá, com inteira verdade, que é à prova do fogo.

### *FRADES, GUERREIROS E PESCADORES*

De Leiria não viu muito o viajante. Culpa sua, culpa do acaso, ou irremediável necessidade, diga-o quem souber.

A Sé padece provavelmente do seu longuíssimo período de construção (mais de cem anos), com as inevitáveis flutuações de um estilo que logo de começo não seria particularmente seguro. Veio depois o terramoto de 1755, derrubou parte da fachada, enfim, não se pode dizer que a Sé de Leiria ofereça extremas compensações espirituais, se exceturmos, claro está, as do foro religioso. Enquanto o viajante percorria as naves e procurava estimar os altíssimos pilares e os tetos de artesões, ouvia o bater de uma bola contra uma das portas da igreja: no adro brincavam garotos, e o que defendia a baliza formada pelo vão da porta não mostrava grande habilidade para o lugar. No vazio das amplas naves, o estrondo repercutia, ecoava como bruta martelada. Das poucas pessoas que na igreja estavam, nenhuma parecia importar-se: o viajante concluiu que há em Leiria grande tolerância para com as atividade lúdicas infantis. Ainda bem.

Embora a manhã esteja no princípio, faz calor. Os garotos não interrompem o jogo, e o visitante começa a fatigante ascensão para o castelo. Vai-se alargando a paisagem lentamente, suave, mas sem surpresas, e o viajante cuida que nenhuma o espera. Engana-se: este Castelo de Leiria é dos mais amenos lugares de passeio, com seus caminhos campestres, suas apertadas passagens, ruínas dispostas como de propósito. A magnífica varanda do palácio de D. Dinis faz pensar em damas de corte que por aqui teriam arrastado seus vestidos enquanto ouviam primores em verso e prosa que os enamorados lhes estariam murmurando. Nada de tão claro como aquele abraço que une, ali ao canto, um rapaz e uma rapariga, apertados da boca aos joelhos, como é uso da mocidade. Examina-se o viajante severamente para saber se está fazendo juízos morais: conclui que não, sobretudo ao lembrar-se de que por aquele abraço também passavam Dona Fulana e seu Dom Fuão, apenas não tão às vistas. Leiria vista daqui é bonita.

Foi depois ver as ruínas da Igreja de Nossa Senhora da

Pena, ali ao lado. Das pedras que foram dela no tempo de D. Afonso Henriques nada resta que possa ser identificado. Isto que está é do século XIV, quando a reconstruíram. De mediana dimensão, deve ter sido um formoso templo. Ainda hoje, sem teto, aberto a todos os ventos, tem uma muito particular beleza, que lhe virá da sua justa medida, talvez nisso ajudado pela referência dimensional obrigatória que o paço, em plano superior, representa. O viajante distrai-se um pouco por aqueles carreirinhos de sobe e desce, e depois, sentado na mesma pedra em que Dona Fulana deu o sim ao teimoso Dom Fuão, estende o mapa e traça o seu próprio plano de batalha. Começará, sim senhor, por ir à Batalha, e a seguir, por São Jorge e Cós, irá olhar a Nazaré. Tornará do mar ao interior por Maiorga, até Alcobaça, e outra vez em Leiria fechará o dia.

A viagem não é longa, o viajante pode ir devagar. E, para seu maior descanso, deixa a estrada principal e segue por esta, modestíssima, que faz companhia ao rio Lis. É um modo de preparar-se em paz para enfrentar o Mosteiro de Santa Maria da Vitória. O viajante escreve estas palavras muito seguro de si mas em seu íntimo sabe que não tem salvação possível. Onde dez mil páginas não bastariam, uma é de mais. Tem muita pena de não estar viajando de avião, assim poderia dizer: "Mal pude olhar, ia muito alto." Mas é pelo chãozinho natural que vai, e está quase a chegar, não há aqui fugir um homem ao seu dever. Mais fácil tarefa foi a de Nuno Álvares, que só teve de vencer os castelhanos.

Em verdade, não pode deixar-se intimidar pelas dimensões do monumento, nem perder-se no exame, logo fatigado, de cada pedra, capitel, ornato, estátua, e o mais que lá está. Terá uma impressão do conjunto e contentar-

-se-á com ela, e, sendo destas coisas um simples curioso, ousará pensar a contrapelo de opiniões aceites e fundamentadas, porque a isso o autoriza ter olhos, gosto próprio e sensibilidade porventura suficiente. Dirá, por exemplo, uma vez que já entrou na igreja, que a Capela do Fundador, não obstante a riqueza da escultura que a reveste e a harmónica conceção estrutural, o deixa em estado de assombro frio, que é uma maneira de exprimir a espécie de sentimento de rejeição que bruscamente o tomou. Entendamo-nos. O viajante não tem quaisquer dúvidas sobre a legitimidade dos louvores que têm caído sobre este lugar, e poderia, sem esforço, juntar-lhes os seus próprios. Mas, não sendo a perfeição um fim em si mesmo, e sendo o viajante o mais imperfeito dos observadores, talvez que, para sua maior segurança, prefira encontrar-se com o artista naquela larga margem de trabalho em que a vitória sobre a matéria não é completa, sem que por isso a satisfação alcançada seja menor. É uma atitude paradoxal, sem dúvida. Por um lado, deseja-se que o artista se exprima completamente, única maneira de saber-se *quem* ele é: por outro lado, prefere-se que não consiga dizer tudo, talvez, quem sabe, porque este suposto tudo é ainda um estádio intermédio na expressão. É bem possível que certas aparentes regressões formais não sejam, afinal, mais do que o resultado dessa verificação desconcertante de que a perfeição esvaziaria o significado.

O viajante desconfia que disse algumas tolices. Paciência. A isso se arrisca quem viaja e vai contando o que viu. E como não anda aqui para dizer apenas que o Sol nasce a oriente e põe-se a ocidente, arrisca aventurar algumas subversões, que, no fundo, são meras sinceridades pessoais.

Essa sinceridade lhe manda que diga o claro prazer que o inunda ao olhar da entrada a nave principal, os altos e grossos pilares que deste ângulo formam uma cerrada parede e escondem as laterais, e como, deslocando-se o viajante, o espaço entre elas se anuncia, depois alarga, até aparecerem os tramos na sua plenitude e outra vez se reduzirem. O estático torna-se dinâmico, o dinâmico detém-se para ganhar forças na imobilidade. Seguir ao longo destas naves é passar por todas as impressões que um espaço organizado pode suscitar. Porém, não tarda o viajante a reconhecer que não estava tudo dito: pela porta entraram três andorinhas que voaram, aos gritos, nas alturas da nave, e então uma nova impressão tomou, um longo arrepio, assim ficando provado que sempre se pode ir mais longe acrescentando à linguagem outra linguagem, à abóbada a ave, ao silêncio o grito.

Passou o viajante ao claustro real. Aqui está um caso em que a riqueza plástica é muito mais assegurada pelos fatores decorativos do que pelos fatores estruturais. Sem a sumptuosa escultura dos tímpanos, assentes em colunelos trabalhados que nada suportam da carga do arco, o claustro real não se distinguiria, ou pouquíssimo, de tantos outros que mais ambição não tenham do que reservar à meditação um espaço privilegiado. É a exuberância manuelina que acrescenta à gravidade gótica o valor cenográfico que, fundamentalmente, é o seu.

E porque o viajante, que sempre aceita correr o risco de errar, reivindica para si uma coerência pessoal, é agora a ocasião de declarar que muito mais fundamente o impressiona o claustro de D. Afonso V. Foi obra de um construtor sem génio de particular distinção, Fernão de Évora, mas essa não é questão que o afete. Há no claustro de D. Afonso V um saber explicitamente artesanal, de alguém mais afeito a delinear pátios de lavoura do que palácios luxuosos, e justamente esse aspeto é que comove o viajante: a rusticidade do desenho e da execução, o recato espiritual que neste lugar se encontra, em oposição ao explícito virtuosismo do claustro real. Em global sentido, o claustro afonsino é, para o viajante, mais perfeito. Aceita, contudo, que o contradigam.

Ao entrar na Sala do Capítulo, tem na lembrança aquelas páginas de Alexandre Herculano que o impressionaram na infância: o velho Afonso Domingues sentado sob a pedra de fecho da abóbada, os serventes retirando as escoras e o cimbre, em ânsias não fosse desmoronar-se a construção, e, da banda de fora, espreitando pela porta ou pelas janelas laterais, a multidão de obreiros, com algum fidalgo à mistura, em ansiedade igual: "Cai, não cai", não faltava quem tomasse o desastre por garantido, e enfim, passando o tempo e sustentando-se o grande céu de pedra, o dito de Afonso Domingues: "A abóbada não caiu, a abóbada não cairá." Tem o viajante ideia de que o seu professor de então levou o caso à ligeira, apenas uma lição como qualquer outra, quando aqui se está mesmo a ver que não. Sentou-se Afonso Domingues certo da justeza dos seus cálculos, mas de modo algum seguro de que escaparia ao desafio: a previsão absoluta não é humana. Contudo, deu-se a si mesmo por garantia duma obra que fora de muitos. Ganhou, e ganhámos. É um espaço magnífico, este, lugar doutra batalha, aquela que transforma pedras inertes em jogos de forças, finalmente equilibradas. O viajante vai colocar-se debaixo do fecho da abóbada, no lugar onde esteve Afonso Domingues. Muita gente já fez este mesmo gesto, de cada vez assumindo por sua própria conta o desafio do arquiteto. É a nossa prova de confiança. Estão ali dois soldados vivos a guardar um soldado morto. É um arquiteto morto que guarda os soldados e o viajante. Há de encontrar-se um modo de nos guardarmos a todos.

Ladeando por fora a Sala do Capítulo, o viajante foi ver o panteão de D. Duarte, absurdamente, mas sem remédio, chamado Capelas Imperfeitas. É fortuna nossa que o panteão não tenha sido concluído. Teríamos uma abóbada por cima das cabeças, teríamos uma visão sem surpresa. Assim, há uma promessa que permanece como tal, sabendo embora todos nós que não será cumprida, e contudo satisfazendo-nos tanto, senão mais, que a obra completa. E é bom que seja Primavera. No espaço livre entre as capelas voam explosivamente vivas as andorinhas, gritando como se estivessem furiosas, e é apenas exaltação do Sol, da caçada, talvez da glória daquelas pedras, voo interrompido que abre os seus sete braços para sustentar o céu. Dê-se ao viajante o direito, de vez em quando, a raptos líricos, mesmo pouco imaginosos. Às vezes uma pessoa precisa de desabafar e não sabe como.

Agora vai vagarosamente dar a volta inteira ao mosteiro. Contempla o pórtico com as suas arquivoltas povoadas de figuras de anjos, profetas, reis, santos, mártires, cada um ocupando seu lugar na hierarquia; o tímpano que mostra Cristo e os evangelistas; as estátuas dos apóstolos sobre mísulas figurativas que são obras-primas. O viajante recua, abraça o conjunto como pode, e perplexo com as suas próprias ousadias retira-se contente.

Um viajante ingénuo, que julgue terem as palavras um só sentido, cuidará, tratando-se da batalha de Aljubarrota, que para encontrar o sítio dos combatentes deverá procurá-

-lo na aldeia do mesmo nome. Está muito enganado. Aljubarrota fica a catorze quilómetros do mosteiro, e este não assinala o preciso lugar do acontecimento. Foi em São Jorge, a cinco quilómetros da Batalha, que se travou o decisivo combate. Não há muito para ver, como sempre acontece em todos os campos de luta se lá não se deixaram os ossos de quem morreu e as armas de quem foi vencido. Na Sala do Capítulo do mosteiro há um soldado desconhecido, aqui são desconhecidos todos. Mas o viajante vai ali à Ermida de São Jorge, que foi mandada erigir por Nuno Álvares Pereira, em ação de graças. Do que seria, pouco resta, ou mesmo nada. É difícil ajudar-nos a imaginação a criar o quadro dos antigos acontecimentos. Mesmo aquele admirável S. Jorge a cavalo que além está, escultura do século XIV, são outras as batalhas em que anda: sempre o dragão a ser morto, sempre o dragão a ressuscitar, quando será que S. Jorge se convence de que só homens podem matar dragões.

O viajante vira para os lados do mar, por terras que vão descendo. No caminho está a povoação de Cós. É dia de festa geral — 25 de Abril —, e se o viajante tem dado pelo aprazimento de todos os dias feriados, em Cós anda a gente na rua, mais explicitamente festejando a data e o seu próprio contentamento. Em Cós está o Convento de Santa Maria, ou o que dele resta. Não se espera, em povoação tão apartada dos caminhos habituais, encontrar um edifício assim grandioso, e rico de expressão artística. O teto da igreja é magnífico de cor e composição, com os seus caixotões pintados, e a sacristia, de paredes totalmente forradas de azulejos azuis e brancos, com representações da vida de S. Bernardo de Claraval, é de esplêndido efeito. Cós fica entre as boas surpresas da viagem.

Surpresa foi também Maiorga, não por particulares monumentos, mas por ser terra de gostos musicais. Pouco mais fez o viajante que passar, mas bastou para ver que em três locais diferentes havia indicação de ser ali sede de banda, filarmónica ou grupo musical. E um deles, não lhe bastando o declarado cultivo da música, tinha por entrada (Apolo lha conserve) um belo portal manuelino: veio o viajante a saber que ali fora a Ermida do Espírito Santo, mais tarde sede da Misericórdia. Não desmereceu o velho edifício: tendo começado por cuidar das almas, deu-se depois ao bem-fazer, e agora ao bem-ouvir.

Que veio o viajante fazer à Nazaré? Que faz em todas as povoações e lugares onde entra? Olhar e passar, passar e olhar. Já se sangrou em saúde, já declarou que viajar não é isto, mas sim estar e ficar, e não pode estar sempre a dizê-lo. Porém, aqui terá de retomar a ladainha para que lhe seja garantida a absolvição: devia estar e ficar para ver os pescadores irem ao mar e do mar voltarem, oxalá que todos; devia saber a cor e o bater das ondas; devia puxar os barcos; devia gritar com quem gritasse e chorar com quem chorasse; devia pesar o peixe e o salário, o morrer e o viver. Seria nazareno, depois de ter sido poveiro e vareiro. Assim, é apenas um viajante que passa em dia feriado, ninguém no mar, mar mansinho, e com um Sol tão luminoso que deslumbra, muitas pessoas passeando na marginal ou sentadas no muro, e uma procissão de automóveis besourando. O viajante, nestes casos, fica melancólico, sente-se separado da vida, por trás de um vidro que, mostrando, deforma. Resolve por isso ir ao Sítio, ver lá do alto o casario que vai alastrando para sul, e a suave curva da praia, o mar sempre trazendo espuma, a terra sempre desfazendo os fios dela.

Também aqui não faltam pessoas a olhar. Havia de ter sua graça juntar o que cada uma delas vê, comparar tantos mares, tantas Nazarés, e concluir depois que ainda não foram olhos suficientes. O viajante tem a certeza de que ajudou pouco e pede que lho desculpem.

Com Alcobaça terminará o dia. Não foi longa a volta, mas substancial, provavelmente em excesso. Em Alcobaça se coloca, em termos diferentes, a antiga questão de saber se apareceu primeiro o ovo ou a galinha. Quer dizer, é por se chamarem Alcoa e Baça os rios daqui que Alcobaça teve o nome, ou não tendo ainda sido batizados os rios se resolveu partir em dois o nome da terra, toma lá tu, toma lá tu. Dizem entendidos que o nome de Alcobaça vem de Helcobatie, nome de uma povoação romana que próximo existiu, mas essa explicação não resolve a nossa angustiosa dúvida, pois apenas empurra o problema para outros tempos: chamar-se-iam então os rios Helco e Batie?, deram eles o nome a Helcobatie?, ou Helcobatie generosamente se dividiu em dois para não ficarem os seus rios anónimos? Parecem brincadeiras do viajante, mas são sérios assuntos. E não está bem que nos deem explicações que nada explicam. Ainda que se deva reconhecer que é perfeitamente possível viver e trabalhar em paz, mesmo sem estar resolvido o problema do nome de Alcobaça.

O que de notável a fachada do mosteiro tem, é a perfeita integração dos seus diferentes estilos, tanto mais que o barroco com que culmina não faz qualquer esforço para se aproximar do gótico do portal. É verdade que este é diminuído na sua possibilidade de competição com os restantes elementos da fachada pelo facto de ter as arquivoltas lisas, sem decoração, e estar ladeado por pilastras barrocas. O conjunto, portanto, apresenta uma organização e uma movimentação barroca que as duas janelas manuelinas que enquadram a rosácea não modificam. As torres sineiras são o triunfo do estilo, repetido até à exaustão por todo o País.

Mas dentro da igreja o viajante esquece a fachada. Aqui é o reino de Cister, a fria atmosfera criada pela pura funcionalidade, o rigor da arquitetura repetindo o rigor da regra. A nave é profunda (não há outra maior em Portugal) e parece estreitíssima, a tão grande altura se ergueram as abóbadas. Mas as naves laterais ainda mais acentuam esta característica, quase surgindo como corredores de passagem. O conjunto é imponente, esmagador, este espaço só pode ser habitado por grandes corais e solenes imprecações. Agora anda aqui um viajante um tanto contrafeito, à procura da sua própria dimensão.

Estes são os túmulos de Pedro e Inês, os imortais amantes que esperam o fim do mundo para se levantarem e continuarem o amor no ponto em que os "brutos matadores" o cortaram, se tais continuações se toleram no céu. São os túmulos de um rei português e de uma dama de corte, galega de nascimento, que tiveram amores e filhos: por razões políticas foi ela morta, provavelmente não por outras. São duas preciosidades de escultura e estatuária, infelizmente ofendidas por mutilações e depredações propositadas, que a magnificência do conjunto quase faz esquecer. O viajante só lamenta que estas altas arcas tumulares praticamente escondam ao exame a sua parte mais importante, o jazente, só visível em difíceis perfis e escorços. Já na Batalha o visitante mal se apercebe do vulto conjunto de D. João e D. Filipa, deitados lado a lado, dando-lhe ele a mão a ela, na figuração dos Bem Casados: passeia ao redor, sabendo que lhe escapa o essencial. Estes e outros túmulos, que hoje são unicamente obras de arte, não monumentos à glória e ao poder de quem lá está (ou já não está, ou nunca esteve), deviam, sempre que tal fosse possível sem ofender o espaço circundante, ser colocados em nível inferior, com degraus e deambulatório suficientemente amplo, para que de todos os ângulos pudessem oferecer-se aos olhos. Não pode ser, responderão os entendidos. Deveria ser, insiste o viajante. E fica cada qual na sua.

Não tem o viajante de repetir-se. Deverá evitá-lo, até. Mas não ocultará que, reconhecendo a beleza extrema dos sepulcros de D. Pedro e D. Inês, esta Sala dos Túmulos lhe é plasticamente mais gratificante; veja-se, para não dar outros exemplos, o túmulo de D. Beatriz de Gusmão, do século XIII. Arca de pequenas dimensões, para o tamanho natural de uma mulher, apresenta em redor, esculpidas duramente, figuras de maior expressão dramática, mesmo sendo de algum modo estereotipada essa mesma expressão.

Dramático é o estado em que se encontra o retábulo da Morte de S. Bernardo, esboroado e partido o barro. Mas é, mesmo assim, uma obra-prima. As figuras são lançadas com uma presença que talvez só esta particular matéria possa dar: o barro, afinal, segundo se diz, está muito mais próximo da nossa fragilidade humana do que a pedra. Mas isto são ideias que nos metem na cabeça.

O viajante bem gostaria de ter entrado na sacristia e daí à capela que contém o relicário barroco de frei Constantino de S. Paio. Contentou-se com ver o portal da sacristia, luxuriante estilização vegetalista de João de Castilho, que deixa o viajante desconfiado do seu próprio gosto: será admirável, pensa ele, mas quem sabe se não é excessivamente admirável? É como se o portal tivesse boca e dissesse: "Aqui estou, admira-me." O viajante nunca gostou de que lhe dessem ordens.

Do claustro fixou a contradição entre a robustez do piso inferior e a leveza do piso alto. Duas épocas, dois modos de tratar o material, duas técnicas, duas ciências das possibilidades de resistência. Mas fixou igualmente os elementos dos capitéis, tratados de maneira ao mesmo tempo sólida e delicada.

Foi o viajante à cozinha e ao refeitório, de mistura com um grupo ruidoso de raparigas espanholas. São dois espaços grandiosos que vão a talhe com o conjunto conventual. O viajante distraiu-se com o cantar da água que sempre corre na cozinha, abriu de pasmo a boca e os olhos debaixo da gigantesca chaminé, e quando entrou no refeitório não conseguiu evitar que a imaginação lhe mostrasse os frades todos ali sentados, esperando com disciplina a pitança, e depois o pratejar das louças, dos grossos jarros brancos, a mastigação estimulada pelo apetite, o apetite avivado pelos trabalhos da horta, e enfim, ditas as últimas orações, a saída para o digestivo passeio no claustro, dai-nos, Senhor, o pão de cada dia.

Como o tempo passa. Não tarda que o mosteiro feche. As raparigas espanholas já largaram na grande camioneta que as trouxe, aonde irão a esta hora. O viajante para no adro, olha o largo em frente, os prédios, o morro do castelo. Esta vila nasceu e cresceu à sombra da abadia. Tem hoje os seus meios de vida próprios. Mas a sombra mantém-se, alastrada, ou talvez seja apenas da inclinação do Sol e o viajante esteja com alucinações mal empregadas.

## A CASA MAIS ANTIGA

Manhã cedo, saiu o viajante de Leiria. Há certa solenidade nesta saída, não tanto por estarem no itinerário assinalados lugares de história e arte, e alguns não faltam, mas porque o viajante, depois de ter andado por diferentes casas grandes, haverá hoje de passar pela casa mais antiga. Não antecipemos, porém, e vamos primeiro a Porto de Mós.

É bonita vila, luminosa, de brancas frontarias, toda regaçada em redor do castelo. Outros monumentos não procurará o viajante. O palácio do conde de Ourém atrai de longe, com os seus altos e brilhantes coruchéus piramidais, o grande boqueirão do portal, todo o conjunto, insólito na paisagem portuguesa, como insólitos também são, deste ponto de vista, os castelos de Feira e de Ourém. Aliás, o Castelo de Porto de Mós poderia ter aqueles dois por pai e mãe, se é que, respeitadas cronologias e precedências, não tem qualquer deles por filho. Contudo, as maiores parecenças ainda são as que o ligam ao Castelo de Ourém: há de ter andado aqui o dedo de D. Afonso, a singular e já falada personagem que está na cripta da igreja da vila e cujo emblema — dois guindastes — mais o aproxima de gente mecânica do que daquela a que por nascimento e armas pertenceu. Não há aqui, porém, que iludir-nos. D. Afonso, conde de Ourém, foi fidalga pessoa e de sangue insuspeito, não o imaginemos em rutura com a sua classe. Seria, não obstante, caso a estudar: homem culto, viajado, amador de tão particulares arquiteturas, nada espantado ficaria o viajante se, raspando bem a tinta da superfície, nele se encontrassem suspeitas de heretismos.

Até Casais do Livramento, no contraforte norte da serra

da Mendiga, a estrada sobe em sucessivas curvas. A paisagem é ampla, pouco arborizada. Logo adiante aparece a serra de Aire, com os seus dois montes afrentados, a leste e oeste. A estrada passa no vale, agora sempre a descer, em direção às terras baixas do Tejo. Faz calor. Quando o viajante entra em Torres Novas, vai a sonhar com as frescuras do Almonda, a sombra dos chorões, o alto ramalhar de freixos e choupos. Ali é o mouchão, com os seus banquinhos e pérgolas, barcos para passear, pena é não ter o viajante tempo. Esta vila, ao crescer, deixou espaço para o rio, não o afrontou demasiado indo construir à beira de água, salvo se foi ele que a empurrou no desatino das cheias, em tempo da sua juventude. Seja como for, cada um ficou no seu lugar, juntos sim, mas não atropelando-se. O viajante deu uma volta pelas igrejas da terra, não lhes encontrou nada de especialmente assinalável (entenda-se: ainda ontem se passeou pelas altas maravilhas de Santa Maria da Vitória e de Santa Maria de Alcobaça), e decidiu fazer tempo para o almoço visitando o Museu de Carlos Reis. Foi primeiro ver o rio, de cima da ponte, e duvidou de que fosse rio aquilo: águas sujas, grandes flocos de espuma, detritos, indícios de morte. O viajante retirou-se em negra tristeza.

O museu é uma confusão simpática. Embora mais seletivo, e de mais valiosas peças, lembra o Museu de Ovar pela dispersão, e, como ele, não se importa de juntar o ovo e o espeto. Ao lado (modo de dizer que não deve ser tomado à letra) duma extraordinária imagem quatrocentista de Nossa Senhora do Ó estão maquetas de lagares de azeite e vinho, rendas miraculosas de finura e leveza emparceiram com uma celada do século XII, um precioso frasco romano de vidro reflete (se pode) as tábuas atribuídas ao Mestre de S.

Quintino, e, enfim, para não se dizer que tudo tem seu par, ou lhe é inventado, aqui está uma estatueta que figura Eros cansado, preciosa figurinha de menino que dorme depois de grandes batalhas amorosas, e, estando assim há vinte séculos, nunca mais acordou. O viajante pergunta se o museu é muito visitado, e a culta rapariga que o está atendendo responde com o já esperado não, e ambos ficam desconsoladamente olhando as modestas salas, apesar disso merecedoras de melhor sorte. Cá fora, ao ar livre, abundam fragmentos de colunas, cimalhas, lápides várias. Os garotos brincam por ali, o que parece não ser muito mau para a sua educação estética, mas é péssimo para as pedras, boas de escalar, e de cada vez que uma botazita raspa aquela letra romana lá se vai uma lasca de história. O viajante desce do alto em que o museu está, vai a perguntas de sítios onde se coma, e foi tão bem informado que pode aqui declarar que em Torres Novas conheceu, e disso se aproveitou, o mais maravilhoso cabrito assado de toda a sua vida. Como se chega a tal obra-prima de culinária não sabe o viajante, que nisso não é entendido. Porém, confia no seu paladar, que tem discernimentos de sábio infalível, se os há.

Voltou ao caminho. Não precisa de olhar o mapa. Estas terras têm nomes de uma grande família que abrange lugares, as pessoas que neles vivem ou viveram, árvores, bichos, milhos e meloais, olivais, restolhos, cheias de aflição, aflitas secas. São nomes que o viajante conhece desde que nasceu: Riachos, Brogueira, Alcorochel, Golegã. Esta é a vila, para o viajante a mais fechada de todas as vilas, mesmo abrindo-se tanto em sua feira celebrada. Nunca o viajante conseguiu achar-se neste raso lugar, nestas ruas longuíssimas donde desde sempre se levantam nuvens de pó, e mesmo hoje, homem que cresceu até onde pôde, continua a ser a criança a quem este nome de Golegã assustava porque sempre esteve ligado ao pagamento das décimas, ao tribunal, ao registo, à morte de um tio a quem desfizeram a cabeça à paulada.

São particulares das vidas. O viajante viaja por mor de casos gerais e interesses que devem ser de toda a gente, em especial os que toquem os domínios da arte. Portanto vai à igreja da Golegã, que é, em manuelino, o que de mais belo existe entre templos rurais. Este pórtico foi feito por Diogo Boitaca e é, na sua acentuada verticalidade, quase alcançando o alto óculo, um exemplo de como a decoração exuberante do manuelino pode integrar-se bem numa empena lisa como esta é. Hão de ter ajudado à harmonia do efeito os dois botaréus que limitam o corpo central da fachada: o estrutural serviu, com a sua linguagem própria, o decorativo. A igreja da Golegã tem muito que a distinga, mas para o viajante nada há que valha a declaração, tão orgulhosa, tão humilde, que à entrada uns anjos exibem em cartelas e que, em linguagem corrente de hoje, está explicando: "Memória sou de quem a mim me fabricou." Foi Diogo Boitaca quem o mandou escrever, foi o canteiro à revelia do mestre de obra, não se sabe. Ficaram ali estas magníficas palavras, dístico que poderia estar em todas as obras do homem, que nelas está invisível, mas que o bom viajante em tudo deve ler, como prova de que anda com atenção ao mundo e a quem nele por enquanto vive.

Este é o Campo da Golegã. Para um lado e para outro da estrada, fabricaram esta terra os homens e o rio. Fizeram-na lisa para se verem melhor uns aos outros, resguardado o rio entre salgueiros enquanto lhe não vem a hora de continuar a sua parte da obra, se não de a destruir, caso em que não está excluída a culpa dos homens. A estrada corta a direito, não há colinas a contornar, desníveis a vencer, é quase uma reta perfeita até àquele outro rio, que é, diga-se-lhe o nome, o Almonda. Em tempos já há muito passados, o viajante gostava de andar no Paul do Boquilobo, além, e quando diz andar, é modo apenas expedito de exprimir-se, porque ali tudo se faria, gavegar de barco nos canais, patinhar na lama, andar é que não. Mas o viajante tinha uma maneira muito sua de se deslocar sobre a parte arborizada do paul, e era ir passando de um para outro dos ramos baixos dos salgueiros, a dois palmos do charco profundo, ou não o seria tanto, mas de mais sem dúvida para a altura que tinha. Por muitos metros se deslocava assim, até à fímbria das árvores, donde os canais se viam, e nunca caiu ao pântano. Ainda hoje não sabe o que lhe teria acontecido.

Desta ponte não fará o viajante outro sermão aos peixes. O Almonda é um rio de águas mortas, vida, nele, só a da podridão. Em criança tomou banho neste pego, e se as águas nunca foram límpidas como as dos ribeiros de montanha, era só por causa do nateiro suspenso, matéria fertilizadora e por isso bem-vinda. Hoje as águas estão envenenadas, como já em Torres Novas claramente se mostrava. Não veio o viajante para lamentar a morte dum rio, mas ele está morto, ao menos que isso se saiba.

Em verdade, é aqui o portal da casa mais antiga. A estrada segue entre altos e velhos plátanos, de um lado a Quinta de Santa Inês, do outro a Quinta de São João, e então aparecem as primeiras moradas. E, na nomenclatura da terra, o Cabo das Casas. Foi aqui, em Azinhaga, que o viajante nasceu. E para que se não cuide que veio cá só por razões egoistamente sentimentais, apontará a Ermida de São José, que tem belíssimos azulejos azuis e amarelos, de tipo padrão e joalharia, e tetos admiravelmente ornados. Nos seus tempos de infância, o viajante tinha medo deste lugar: dizia-se que em frente da porta, atravessado na estrada, aparecera certa noite um grande barrote, que não se sabia donde viera, e querendo um homem, que regressava a casa, passar por cima dele, não o conseguiu, porque havia qualquer coisa que lhe segurava a perna, e quando se ouviu uma voz a dizer: "Aqui não se passa", o homem ganhou medo e fugiu. Os céticos da aldeia disseram que ele estava era bêbedo, declaração que o viajante então não estimou porque assim se lhe ia o mistério e o arrepio.

O viajante não parará. A casa mais antiga é uma casa deserta. Restam uns tios, uns vagos primos, a grande melancolia do passado pessoal: pensando bem, só o passado coletivo é exaltante. Não vale a pena ir ver outra vez o rio: nem sequer é um morto limpo. Lá para baixo, perto da confluência com o Tejo, parece tornar-se a água clara: é apenas porque corre em fundo raso, de areia. Chama-se aí o sítio Rabo dos Cágados, e nunca nenhum nome foi mais bem posto do que este, tão flagrante é a semelhança, mais ainda no mapa que o viajante está examinando, não para se orientar, mas para se reconhecer melhor. São nomes de encantatória toada, palavras de santo-e-senha que já deram acesso à descoberta do mundo: Cerrada Grande, Lagareira, Olival da Palha, Divisões, Salvador, Olival Basto, Arneiro, Cholda, Olival d' El-Rei, Moitas. É uma terra comum, esta primeira casa do viajante. Não há mais que dizer dela.

Santarém é cidade singular. Com gente na rua ou toda metida em casa, dá sempre a mesma impressão de encerramento. Entre a parte antiga e os núcleos urbanos mais recentes não parece haver comunicação: está cada qual no lugar onde foi posto e sempre de costas voltadas. O viajante reconhece uma vez mais que se tratará de uma visão subjetiva, mas os factos não desmentem, ou melhor, confirma-o a ausência deles: em Santarém nada pode acontecer, seria outro palácio da Bela Adormecida se soubéssemos onde encontrar a bela.

Tem, porém, a cidade as Portas do Sol para desafogar ao longe. Teria, acrescenta duvidosamente o viajante. É que o esplendoroso panorama, a grande vista sobre o rio e os campos de Almeirim e Alpiarça, ainda mais acentuam a sensação de isolamento, de distância, quase de ausência que em Santarém se experimenta. O que vale é poder uma simples chaminé humanizar, tornar de súbito calorosa uma cidade fechada: no caminho para as Portas do Sol, num rebaixo que mil vezes parecerá despercebido, uma chaminé exibe uma figura de mulher que oferece ao sol os seios estranhamente moldados, seios elementares em forma de disco, representação sem paralelo conhecido do viajante.

Assim mais confortadamente se visitará a cidade, não o Museu de São João de Alpalhão, hoje fechado (não há que o censurar, está no seu dia, ou tem fundamento o encerramento), mas já a Igreja da Graça, que fica em caminho. Tem este templo a frieza dos restauros recentes. A pedra nova encosta-se à pedra velha e não se entendem uma e outra. Porém há de olhar-se a magnífica rosácea sobre o pórtico, e este, de puro gótico flamejante, claramente lembrado da

Batalha, mas sem a mesma riqueza dos colunelos e arquivoltas. O pavimento da nave fica muito abaixo do nível da rua, o que produz um efeito raro em igrejas portuguesas. Abundam as lajes sepulcrais, os mausoléus, os epitáfios, um destes de Pedro Álvares Cabral. Daqui foi o viajante à Igreja de Marvila: belo pórtico manuelino, azulejos interessantes, seiscentistas. Havia ofício, mirou como pôde e saiu cuidadosamente, para não perturbar quem estava. Não longe está a Igreja da Misericórdia, com o seu palmar de colunas decoradas com efeitos de ornato: é de três naves aparentes, em rigor um amplo salão coberto por uma abóbada que altíssimas colunas sustentam.

Hoje o viajante contenta-se com vistas de conjunto, não sente vocação para particularizações. Porém, vai ficar seu tempo na Igreja do Seminário Patriarcal, onde entrou por uma porta lateral furtiva, sem que ninguém desse fé. Esta igreja reúne exemplarmente todos os elementos do gosto jesuíta: teatralidade, luxo decorativo, riqueza de materiais, aparato cenográfico. Aqui a religião é uma ópera ao divino, lugar para o sermão de grande instrumental, aula prática de seminário. O viajante olha o magnífico teto, pintado a fresco e de imponentes dimensões, como se o céu se tivesse coberto de arquiteturas fingidas e festões de flores, para receber a visita da Imaculada Conceição e da corte dos anjos. O efeito é magnífico, os pintores jesuítas sabiam o que queriam e sabiam executá-lo bem. Talhas, mármores alvíssimos de Carrara, mármores embutidos revestem as capelas de cima a baixo. Da nascente à foz, está morto o rio Almonda, pensa o viajante a despropósito.

A tarde refrescou. O viajante atravessa o jardim, admirou as fortíssimas árvores, e agora tem na sua frente o melhor que Santarém guarda e laboriosamente reconstrói, o Convento de São Francisco. Com mais rigor: o que dele resta. É uma ruína, um corpo destroçado de gigante que procura os seus próprios pedaços e que a todo o momento vai encontrando restos doutros gigantes, fragmentos, lanços de muros, troços de colunas, capitéis avulsos, isto gótico, além manuelino, aqui renascença. Mas São Francisco é, no interior da igreja, magnificamente gótico, do século de Trezentos, e, assim em ruínas, com tábuas atravessadas sobre fossos, terra solta no caminho, andaimes, rasgões por onde se vê o céu, um claustro atravancado de peças recuperadas, que são, na maior parte dos casos, de impossível reconstituição, esta massa ainda caótica, e quem sabe por quanto mais tempo, conta ao viajante uma intraduzível história de formas meditadas, de força espiritual que afinal não quer abandonar o chão, ou se levanta apenas para pôr-se de pé, não para tomar asas que de nada serviriam aos trabalhos da terra. Este Convento de São Francisco, na opinião do viajante, que quando as tem não as cala, deveria ser restaurado apenas até ao limite da manutenção. Ruína é, ruína deve ficar. É que as ruínas sempre foram mais eloquentes do que a obra remendada. No dia em que a igreja abrir, como costuma dizer-se, as suas portas novas ao público, despede-se da sua força maior: ser testemunha. Sob o alpendre interior ninguém quererá saber se foi ali jurado rei D. João II ou sabê-lo-á indiferente. Não faltam ao presente lugares donde possa falar ao futuro. Esta é a voz do passado. Calemo-nos neste claustro, na borda desta sepultura vazia, raspando com o pé o pó acumulado: o silêncio não é menos vital que a palavra.

## QUANTO MAIS PERTO, MAIS LONGE

Fronteiro a Santarém, está Almeirim. Quem o viu, e quem o vê. Terra de estância real nos séculos XV e XVI, altar escolhido para casamentos imperiais, o mais inocente dos viajantes esperaria encontrar aqui abundantes vestígios das passadas grandezas. Nem pedra. Parece uma vila nascida ontem, sem história, salvo a anónima do trabalho, que essa é geral. O viajante, que trata de cada coisa em seu tempo e em seu lugar, não vê em Almeirim ponta de arte onde pegue, salvo o palácio dos marqueses de Alorna, mas mesmo esse o não prenderá.

O caminho é fácil, sempre no cheiro de águas várias, as do Tejo, as da vala de Alpiarça, da ribeira de Muge, e lá mais para o sul, pouco antes de Benavente, o rio Sorraia, de maior porte. Em Salvaterra de Magos, o viajante foi ver a Capela do Paço Real, singular edifício que contraria a tradicional ordenação dos espaços e a sua relação. Mas o que neste lugar mais atrai é a *Pietà* quinhentista, com o Cristo deitado sobre os joelhos da Virgem, numa posição rígida, apenas sobre os braços, conjunto que lembra, embora o não faça esquecer, a *Pietà* de Belmonte. Esta escultura é de madeira, mas parece, salvo na flexão do corpo da Virgem, não ter conseguido resolver os problemas mínimos de plasticidade que a matéria levantava. Com o granito teve de haver-se o mais antigo escultor de Belmonte, e atingiu, na simples forma, uma expressão dramática que a pintura, primária, respeita, ao passo que em Salvaterra de Magos é a pintura que pretende exprimir uma emoção que se furtou à escultura.

De pontes e pontões tem abundado o dia de hoje. Está aí a de Vila Franca de Xira, canhestra de lançamento e pernas, mas serviçal. Iam dando cabo dela logo no dia da inauguração, se é verdadeira a história ao viajante contada nessa época. Diz-se em três palavras: para festejar o presidente inaugurante e corta-fitas que aí vinha, foram dispostos ao longo do tabuleiro campinos encavalgados, e a um sinal dado começaram eles a fazer piafar os cavalos, com tal cadência e regularidade que as estruturas começaram a vibrar, o que causou um susto geral. E como não é possível explicar a cavalos como se troca o passo, o melhor foi ficar tudo quieto enquanto a ponte ia serenando e os engenheiros também. O presidente inaugurou, passou, e a ponte não se afundou. Os cavalos abanavam as orelhas, enfadados com tamanha imprevidência.

Estas terras por onde vai passar são povoadíssimas, as aldeias quase vizinhas de patamar, cada qual espreitando a próxima, de vertente para vertente. Começa aqui o desconhecido. É um modo de falar, claro está, que a capital está perto, mas que se há de dizer de uma região aonde poucos vêm, precisamente por ser pequena a viagem? Assim o perto se faz longe, e escondido se torna o que está diante dos olhos. Aos apressados viajantes alfacinhas que em torrente se despejam por estradas marginais, vias rápidas e autoestradas à procura da felicidade, pergunta este de pouca pressa por que a não vêm buscar aqui (fala das felicidades que as viagens dão, não doutras), por terras que se chamam Arruda dos Vinhos, Sobral de Monte Agraço, São Quintino, Dois Portos, Torres Vedras, para só falar delas agora, que são as visitadas.

E mais do que as povoações, esta beleza calma da paisagem, terra de agricultores, muita vinha, pomar, horticultura, constante ondulação do terreno, tão regular que tudo é colina e longo vale. A paisagem é feminina, macia como um corpo deitado, e tépida neste dia de Abril, florida nas bermas da estrada, fertilíssima nas lavras, já rebentando as cepas plantadas a cordel, geometria rara nesta nossa inconsequente pátria. Não há um palmo de chão em que a enxada não tivesse entrado desde o primeiro Mustafá que veio aqui instalar-se sob a proteção dos exércitos do Profeta e depois, por seus descendentes, já de nome mudado e crença nova, à sombra do poder dos novos senhores, mas desconfiando sempre. Este viajante atravessa um jardim que não precisa de cheirar a rosas.

Em Arruda dos Vinhos encontrou, em igreja que exteriormente não se aparta da vulgaridade da fachada lisa, um belo pórtico manuelino, de notável equilíbrio, em que a decoração é apenas a suficiente para, em medida justa, servir a estrutura. O viajante examina a sua própria surpresa, e conclui que, tendo penetrado num mundo tão diferente em topografia e paisagem geral, estaria, inconscientemente, à espera de que fosse outra a arquitetura. São os mistérios da mente, que não cabe aqui decifrar. Dentro a igreja é harmoniosa, com as suas colunas aneladas no fuste e os excelentes azulejos com cenas da vida de santos.

Por estes cabeços, ou acomodando-se em faldas resguardadas dos ventos, abundam casas rurais, meio de lavoura, meio de viver. São apalaçados de arquitetura simples, porém tão integrados na paisagem que qualquer nova construção, ao gosto desvairado de hoje, surge como agressão violenta, tanto ao que a rodeia como ao espectador que trazia os olhos habituados a outros concertos. Muitas dessas moradas mostram um ar de abandono: não vivem cá os donos, outros ocupam só uma parte da habitação, há novos proprietários que não fizeram obras. Conservar hoje estes bens custará fortunas, quem sabe se a exploração da terra compensaria. Seja como for, quem a trabalha é que não pode ir viver para longe: as grandes casas da quinta são como marcos geodésicos, referências de uma caminhada que volta sempre aos mesmos torrões e aos mesmos trabalhos, lavrar, semear, plantar, adubar, mondar, colher, o mesmo princípio e o mesmo fim, o verdadeiro movimento contínuo, que não precisou de inventor porque é o da necessidade.

A São Quintino vai-se por um caminho que começa por esconder-se no descaimento duma curva da estrada principal e depois lança uma bifurcação onde o viajante, ou acerta com o que procura, ou, errando, tem sempre a certeza de ganhar alguma coisa. Não são andanças de altas montanhas com riscos de perdimento: aqui é tudo perto, mas as colinas sucessivas, com o seu desenho multiplicado de vertente e vale, iludem as perspetivas, criam um novo sentido de distância, parece que basta estender a mão para alcançar a Igreja de São Quintino, e de repente ela desaparece, faz negaças, estamos a vinte metros e não a vemos.

Pena seria. A Igreja de São Quintino merecia carreiras diretas de autocarro, guia sabedor, tão capaz de falar de azulejos como de arquitetura, de manuelino como de renascença, do espaço de fora como da harmonia de dentro. É, nesta encosta, aberta aos livres horizontes, uma joia preciosa quase ignorada. E para tornar a falar de guia, a ele teria de ser juntada, como parte indispensável da informação, a mulher que o viajante foi descobrir num quinteiro perto e o acompanhou durante a visita. Essa mulher seria a voz do sincero amor das coisas, a que não sabe de erudições, tantas vezes simples rótulos colados na face verdadeira da beleza, mas que, em cada palavra dita, ressumbra um quase dolorido enternecimento, aquele que liga os seres humanos à aparente fixidez e indiferença dos objetos inertes ou trabalhados. Esta mulher repete às vezes palavras ouvidas no acaso de sábias visitas que aqui têm vindo: ecos doutras vozes, ganham um sentido novo no seu discurso, são afloramentos de ciência porventura exata no humano e ingénuo torrão, pronto para todas as culturas.

O portal é de 1530, data inscrita naquela pilastra. Nele reúnem-se elementos renascentistas e manuelinos, verificação que imediatamente pode ser feita, basta ter de uns e outros mínimo conhecimento. O viajante, provavelmente, não vai muito além desse conhecimento mínimo, mas ganhou o bom hábito de refletir, e neste caso diz-lhe a sua reflexão que não chegou a seu termo o desenvolvimento destas esboçadas simbioses entre um estilo importado dos pés à cabeça (o renascença) e outro que, aqui florindo, tinha igualmente raízes distantes, mais distantes ainda e alimentando-se doutro solo cultural (o manuelino). Exóticos ambos, como afinal exóticos foram o românico e o gótico, estilos internacionais por excelência, mas encontrados (aqueles) numa época mais aberta à criação, ou, por outras palavras, menos canónica, é bem provável que a sua evolução tenha sido detida pela repressão ideológica desenvolvida ao longo do século XVI. A partir daí, não haveria que esperar mais nem de um nem do outro. A ligação renascença-manuelino foi um golpe de asa que mal conseguiu levantar-se do chão.

Um exemplo bastará. É sabido que o vocabulário plástico renascentista utilizou, até à exaustão, a máscara, isto é, o rosto humano alterado por subtis ou brutais distorções, e com ela semeou, com objetivos meramente decorativos, pilastras, entablamentos, frontões, toda a transposição arquitetónica que para a decoração fez. Aqui, em São Quintino, e certamente noutros lugares portugueses, a máscara pôde surgir, ou assim mesmo se quis que aparecesse, como fator inquietante ou de intimidação. A máscara torna-se careta. Voluntária ou não, tal intimidação está patente no modo como veio a ser designada, popularmente, e no tom com que a designação se enuncia, aquela máscara tripla que no alto da pilastra esquerda se mostra a uma paisagem decerto desajustada: "a cara dos três narizes". Outras formas fantásticas do vocabulário renascentista apresenta o portal de São Quintino, nenhuma como esta mais eloquente de significados acrescentados e portanto de futuros possíveis.

Lá dentro continuam os agrados. O anel, a meio dos fustes das colunas, já encontrado em Arruda dos Vinhos, encontra-se também aqui. Mas a beleza maior está nos azulejos setecentistas, o silhar que forra as paredes laterais, do tipo albarrada, e na entrada, por cima do silhar, de tipo ponta de diamante. O efeito, apesar de tanto azulejo visto, não se esquece. E o batistério, à mão esquerda de quem entra, é em verdade um lugar de iniciação, tão íntimo, tão resguardada está a confidência batismal da companhia de pais, padrinhos e convidados.

De imaginária não é rico São Quintino. Porém, ao viajante intrigou-o uma pintura guardada na sacristia, que mostra, indubitavelmente, a Virgem e o Menino, mas ambos sem resplendor, e o Menino não é a costumada criança do colo, vai já nos seus cinco ou seis anos e tem um sorriso inocente e crispado, mais velho do que ele. O pintor não dominava com bastante segurança as anatomias: o corpo da Virgem perde-se dentro das roupagens, o braço direito do Menino é curtíssimo, a cabeça parece fora de sítio, mas a expressão intensíssima dos olhares compensa as fraquezas da composição, aliás, de muito interesse por outros aspetos de cor e desenho. Não valerá muito a pintura, mas o viajante gostou, talvez por lhe parecer enigmática na limpidez figurativa, interrogadora na aparente simplicidade de exposição. Há muito mais "caras de três narizes" do que se julga.

A Dois Portos foi o viajante, mas não pôde desembarcar. A igreja, lá no alto, estava fechada, e só o padre autorizaria a entrega da chave. O viajante conferenciou longamente à porta da casa paroquial, mas devia estar nos seus dias de cara de bandoleiro, porque a todas as razões de interesse e urgência a criada (se criada era, se não era antes parente) opunha uma recusa firme e delicada, por baixo da qual tentava esconder-se evidente temor de que o viajante fosse o ratoneiro que obviamente parecia. Teve pena de não ver o teto mudéjar e o *S. Pedro* quinhentista. Se o doente a quem o padre teria ido visitar melhorou com o conforto espiritual, o viajante perdoa a deceção. Mas se a chave da igreja não trancou a porta da morte, então todos perderam, o padre os passos, o doente a vida, o viajante o gosto.

Daqui para diante, e até Torres Vedras, a estrada enlaça-se com o rio Sizandro e com a linha férrea, ora ponte ora passagem de nível. A paisagem é inalteravelmente bela, suavíssima. Torres Vedras está no limite da grande agitação orográfica desta parte da Estremadura. Para poente e noroeste as terras descaem insensivelmente até à costa, mas para nascente e nordeste desenham-se as vertentes que hão de levar, de degrau em degrau, às alturas de Montejunto.

Em Torres Vedras, o viajante começou por ver a Fonte

dos Canos. Estava mesmo no caminho, mal parecia desprezá-la. Muito estimavam a água os construtores do século XIV para desta maneira a preitearem, arcos ogivais de bom desenho e talhe, capitéis que não são mera fórmula estrutural, gárgulas imaginosas. Não corria hoje a água, esgotou-se talvez o caudal, ou, tendo sido integrado no abastecimento público, não cuidaram de o reencaminhar para a secular saída. Lastima o viajante: fonte que não corre, é mais triste que ruína.

Logo a seguir está a Igreja de São Pedro, outro portal de componentes manuelinas e renascentistas. É uma admirável peça de escultura, mas São Quintino, ou por mérito próprio, ou por primeiramente visto, guarda-se melhor na memória. Dentro não falta que ver: a decoração dos arcos do tramo mais afastado da entrada, os azulejos verdes e brancos, outros tardios, de tipo tapete e ponta de diamante, túmulo quinhentista, cuja arca renascença está envolvida por uma edícula manuelina, os painéis de azulejos brancos e azuis da Capela da Senhora da Boa Hora, protetora das paridas.

Como a tarde vai chegando ao fim, o viajante quer dar uma última vista de olhos à paisagem donde veio. Sobe ao castelo, admira até onde os olhos alcançam, e, estando ali a Igreja de Santa Maria do Castelo, erro seria não aproveitar. Restam vestígios da primitiva construção românica, talvez do século XII, e o interior merece atenção. Cá de baixo, na penumbra que já se instala, tenta decifrar a *Ressurreição* do coro, que lhe parece pintura interessante. No alto da vila, e metida entre as muralhas, a igreja está silenciosa, não zumbe mosca, nem os pássaros se ouvem lá fora. O viajante repara numa porta que ali há, empurra-a e encontra-se numa pequena divisão nua de móveis ou outra decoração. Dá três passos e quando, movendo ao mesmo tempo o corpo, passa os olhos em redor, tem um violento sobressalto: julgou ter visto uma enorme cara a espreitá-lo pela frincha doutra porta. Confessa antes que lho perguntem: teve medo. Mas enfim, um viajante é um homem: se não há ali ninguém que lhe admire a coragem, prove-a a si próprio.

Aproximou-se da porta misteriosa e abriu-a de repelão. Ajoelhado no pavimento de tijoleira, estava um enorme S. José de pasta, já esfarrapadas as vestimentas, todo ele papelão moldado, velhinho mais que o natural na brancura de cabelo, barba, bigode e sobrancelhas, mas muito jovem de pele. Era uma figura de presépio, claro está. O viajante desce os dois degraus, e aqui estão as outras personagens, um Menino atlético na manjedoura, e a Virgem mais à moda que é possível imaginar-se, morena, de longos cabelos, maquilhada de sombra azul nas pálpebras, pestanas alongadas a rímel, enfim, as sobrancelhas traçadas a lápis, os lábios carnudos e bem contornados. A rapariga que serviu de modelo a esta Virgem ficaria ofendida se soubesse que assustara o viajante pela frincha da porta. Não foi esse o caso: quem estava a espreitar era S. José. Mas o viajante ainda hoje pergunta a si mesmo que diabo teria sentido se num relance olhasse aquela formosura e a julgasse de carne e osso. Está convencido de que pecaria por pensamentos. Não ousa pensar mais.

## *O CAPITÃO BONINA*

Em Torres Vedras foi que o viajante teve pela primeira vez a chave de casa: atingiu, por assim dizer, a maioridade de viajante. Às tantas horas fecha-se a porta do hotel, e que faz o hóspede? Toca a campainha?, bate as palmas a chamar o guarda-noturno? Nada disso. Limita-se a tirar do bolso a chave que lhe foi entregue e simplesmente entra como em sua própria casa: não há vigilante a quem tenha de se pedir desculpa pelo incómodo quando aparece lá dos fundos, estremunhado, tirado ao seu justo sono. O princípio é bom, o viajante gostou.

De manhã, tendo de escolher entre o que lhe falta visitar, ficou-se com o Convento da Graça e o Museu Municipal. Não foi mal servido. O convento tem na sala da portaria curiosos painéis de azulejos que contam episódios da vida de S. Gonçalo de Lagos, prior que era deste estabelecimento à data da morte, em 1422. Do mesmo S. Gonçalo está lá dentro o túmulo, mas não deve ser especialmente milagreiro pois não se lhe veem sinais particulares de devoção e agradecimento. Estes santos são sempre simpáticos ao viajante: esforçaram-se na terra, sabe-se lá vencendo que fraquezas, e depois não foram beneficiados com especiais poderes, fazem o seu milagrezito de tempos a tempos, só para não perderem o lugar, e é tudo. No conclave dos santos devem ocupar as últimas bancadas, votam se é preciso votar, com isso nos contentam.

Aos lados da capela-mor há duas imponentes santas, de sumptuosas roupagens, altivas como madres abadessas. Estão em lugar de honra, mas fora dos altares, facto que o viajante se permite estranhar: havendo o crente que se dirigir a qualquer delas, pode fazê-lo com grande simplicidade como se conversasse com um amigo encontrado por acaso, mas o cerimonial da oração deve seguramente ser prejudicado e perder a eficácia. Magníficas são as pinturas quinhentistas duma das capelas, e igualmente belos os quadros de azulejos que representam cenas da Paixão na Capela do Senhor dos Passos. E falando de azulejos, fale-se uma vez mais para mencionar os do claustro, com passos da vida de frei Aleixo de Meneses, que não veio a ser santo mas edificava os frades enquanto passeavam no claustro. À saída deu o viajante os bons-dias a três mulheres que andavam em grandes limpezas de vassoura e pano molhado na galilé, e elas responderam com tão bom modo que saiu dali como se tivesse sido três vezes abençoado.

O Museu Municipal não é rico, mas gosta de mostrar o que tem. E tem algumas boas tábuas de oficinas regionais, louvadas pelo viajante com palavras que caíram bem no espírito do jovem funcionário que o atendia. Notável de modo superlativo é uma escultura de madeira provavelmente espanhola, representando Cristo morto. De tamanho que se aproxima do natural e mostrado de maneira realista, embora não dramatizada, este Cristo é das mais belas peças do género, e não são muitas, porque se há região da representação sacra onde a banalidade se instalou, é exatamente esta. Mais louvores portanto merece o Cristo de Torres Vedras.

Meteu-se enfim o viajante ao caminho, ainda consolado pelas bênçãos das três mulheres da esfrega, mas não tardou a verificar que o raio de ação das bênçãos é perigosamente curto para quem não vá acautelado doutra maneira. Foi o caso de no Turcifal ter visto o viajante uma altíssima igreja erguida sobre um terreiro a que por tesos lanços de escada se chegaria, havendo boa perna. Buliu o avantajado edifício com a curiosidade do viajante, que se lançou no habitual jogo da chave. Caridosa mulher que a um balcão estava, delegou em filho pequenino o encargo de o acompanhar a uma rua retirada. O viajante aproveita para confessar aqui que não tem talento para conversar com crianças. Demonstrou--o uma vez mais no Turcifal. Ali ia aquele garoto, tirado das suas brincadeiras, a acompanhar um desconhecido, era primário dever do viajante fazer conversa. Não fez. Zumbiu uma pergunta qualquer, a que o rapazinho sensatamente não respondeu, e por esse pouco se ficou. Valeu que a morada procurada não era longe.

Antes fosse, antes se cansasse o viajante e desistisse. "É aqui", disse o pequeno. O viajante bateu uma vez, bateu duas vezes, e depois de bater três vezes entreabriu-se uma frincha zelosa, e uma cara de mulher velha apareceu, severa: "Que deseja?" Dá o viajante o seu habitual recado, veio de longe, anda a visitar, seria um grande favor, etc. Responde a frincha da porta: "Não estou autorizada. Não dou a chave. Vá pedir ao padre." Que secura, justos céus. O viajante insiste, está na sua razão, foi-lhe garantido que a chave é ali, mas fica com a frase em meio porque bruscamente fecham-lhe a porta na cara, é a primeira vez que tal acontece. Turcifal não tem o direito de fazer uma desfeita destas ao viajante. Vai este temperar a indignação com um café que a esta hora da manhã só servirá para lhe azedar o estômago, e demora-se a ponderar se vai a casa do padre, se vira costas a Turcifal. Já pensa que no limiar da povoação fará o teatral gesto de sacudir a poeira das botas, mas então lembra-se do bom modo da primeira mulher, da sensatez do menino, e vai ao padre. Pasmemos todos. A velha já lá está, em grandes demonstrações explicativas, de palavra e gesto, com a ama do padre, ou talvez parente, o viajante nunca sabe, e quando se aproxima repara que a velha recua assustada, como diante do Inimigo. "Que terei eu feito?", interroga-se. Nada fez, e tudo vem a explicar-se. Esta pobre mulher, mostrando a igreja a visitantes, foi por duas vezes vítima (palavras suas) de ataques de testemunhas de Jeová que queriam cometer não sei que desacatos ou sacrilégios. Uma delas (parece) até lhe deitou as mãos ao pescoço, um horror. O viajante fora confundido com uma testemunha de Jeová, e muita sorte não terem visto nele coisa pior. Enfim, foram todos juntos à igreja, que afinal não valia metade destes trabalhos e agitação. O melhor do caso, porém, foi ter-se revelado a velhinha grande viajante europeia, pois no tempo em que o marido vivia foi com ele a quase todos os países da Europa Ocidental (e acentuava ocidental abrindo muito os olhos, por alguma razão seria), principalmente à Itália. Estivera em Roma, em Veneza, em Florença, o viajante está pasmado, no Turcifal uma mulherzinha de xale e lenço, morando numa pobre casa de rua escondida, e tão viajante, benza-a Deus. Ficaram as pazes feitas, mas o viajante ainda hoje está convencido de que, para a mulherzinha do Turcifal, é mesmo testemunha de Jeová, trabalhando na clandestinidade.

Foi o caso que o mau-olhado empeceu. Não tem outra explicação dar o viajante a volta por São Pedro da Cadeira, fascinado pela singularidade do topónimo, e encontrar em obras a Capela de Cátela e aferrolhada a igreja do senhor S. Pedro. Da primeira nem esperanças, da segunda desesperanças porque, penalizada informação recebida, o sacristão andava nas hortas a trabalhar e seria o cabo dos trabalhos ir à procura dele. Além do prejuízo. O viajante é pessoa compreensiva, agradece o incómodo que deu e vai à vida. Consola-o a ideia de que Varatojo, por tão perto ser de Torres Vedras, esteja já alcançado pelo raio de ação das bênçãos daquelas outras mais humanas mulheres.

Assim é. Passado Ponte do Rol começa-se a ver ao longe a enorme massa do Convento de Santo António, que à vista não promete muito, nada mais que uma fachada com janelas iguais às de toda a gente. O viajante começou por temer, mas lembrou-se de que o diabo não pode estar sempre atrás da porta, gosta de sair a espairecer de vez em quando, também tem as suas fraquezas. Enfim, em Varatojo veio a correr tudo pelo melhor.

Por ter chegado o viajante desta banda, e não de Torres Vedras, entrou no convento pelo lado das traseiras, e assim foi melhor. Mirou a alta fachada, pôs-se à procura de porta e deu com ela, uma portinha baixa que dava para uma passagem escura, a qual, por sua vez, abria à luz de um pátio. O silêncio era total. Estava o viajante hesitando, entro, não entro, aparece um homem forte, vestindo camisola de gola alta. O viajante espera ser interpelado, mas não, o homem limita-se a responder à saudação, e é o viajante quem se explica: "Gostaria de visitar..." O outro responde apenas: "Com certeza", e afasta-se, mete-se num automóvel que ali está perto e desaparece. O viajante pergunta-se: "Quem será?" Padre não parecia ser, assim vestido, mas o viajante anda de pé atrás desde Ferreirim, não o apanharão outra vez em falta. Voltou o silêncio. Encorajado pela autorização, entra decidido e o que primeiro vê é umas escadinhas que dão para um rangente passadiço de madeira onde há pequenas portas, por onde o mais baixo dos adultos só entrará curvando-se. São as celas dos frades. Lembra-se o viajante de Assis (nem só a velha do Turcifal viajou para esses lados): ambos os conventos são

franciscanos, não é muito de surpreender encontrarem-
-se semelhanças.

Passado o pátio que o viajante começara por ver, está o claustro. É destes que o viajante gosta: simples, pequeno, discreto. Sendo Primavera, não faltam flores nem abelhas. Numa das colunas enrosca-se um grosso tronco, e o viajante pasma como não deslocou a força do arbusto o apoio dos arcos e não veio tudo abaixo. É quando olha para cima, à procura de eventuais estragos, que o viajante vê o teto pintado com um motivo constantemente repetido: o rodízio de tirar água, que era o emblema de D. Afonso V. Caso estranho: esta gente nobre medieval tomava para suas insígnias pessoais a imagem de objetos mecânicos, instrumentos usados por quem vilão era e portanto não prezado, este rodízio, os guindastes do conde de Ourém, o camaroeiro da rainha D. Leonor, e sabe lá o viajante que mais por aí haverá. Seria interessante investigar estas adopções, que relações morais ou espirituais, ideológicas portanto, as motivaram.

Há aqui um portal manuelino. Noutro lugar dar-lhe-ia o viajante mais atenção, não no Convento de Varatojo. Passa nesta altura, no outro lado do claustro, em silêncio, como sombra, um frade. Não olhou, não disse uma palavra, passou rapidamente, a que obrigações iria. O viajante, depois, duvidou que tivesse visto o frade. Quer dizer: não duvida, só não conseguiu ver de que porta saiu ele e em que porta entrou, e isso lhe causará daqui a pouco algumas dificuldades, quando andar à procura da passagem para a igreja.

Porém, agora trata-se da Sala do Capítulo, que para o claustro dá. Em comprimento, largura e altura, é de rigorosa proporção. São excelentes os azulejos setecentistas. Por cima do silhar estão retratos de frades, e o viajante vai passando de um para outro, sem dar muita atenção a pinturas que no geral não são boas, quando de repente fica pregado ali no chão, tão feliz da vida que nem sabe explicar. Tem na sua frente, em admirável pintura, o retrato de frei António das Chagas, homem que no mundo se chamou António da Fonseca Soares, foi capitão do terço de Setúbal, matou um homem quando ainda não tinha vinte anos, viveu dissipadamente no Brasil em folguedos de arte amatória, e enfim perdoado o seu crime da juventude veio a entrar como noviço na Ordem de S. Francisco, depois de outras não poucas andanças e algumas recaídas em tentações mundanais. Enfim, um homem de carne e sentidos que levou para a religião os seus arrebatamentos militares de escaramuça e guerrilha, e sendo grande pregador alvoroçava os auditórios, chegando a arremessar-lhes do púlpito o crucifixo, última e violenta argumentação que rendia de vez os fiéis, aos gritos e suspiros prostrados no pavimento da igreja. Chamaram-lhe capitão Bonina, e ao pregar, não tendo outros inimigos carnais à mão, dava a si mesmo violentas bofetadas, tais e tantas que um seu diretor espiritual lhe aconselhou moderação no castigo.

Tudo isto é barroco, contrário aos declarados gostos do viajante, mas este Frei António das Chagas, que no Varatojo morreu em 1682, tendo nascido na Vidigueira em 1631, foi homem inteiro e por isso excessivo, escritor gongórico, filho do tempo, lírico e obsceno, figura que nunca soube fazer nada sem paixão. Para o fim da vida sofreu de vertigens e fluxos nasais, e desse continuado ranho, a que eruditamente chamava estilício, dizia impávido: "o estilício é memorial do modo com que Vossa Mercê há de aceitar o que lhe vem de Deus, ou seja mal ou bem. O estilício cai da cabeça no peito, e significa que o que lhe vem de Deus é cabeça nossa, deve Vossa Mercê meter no coração, que no peito tem o seu lugar." Com um homem que argumenta assim, ninguém se atreva a discutir. Fosse mau este retrato, e o viajante o contemplaria com a mesma fascinação. Mas a pintura, torna a dizer, é excelente, digna de museu e de lugar principal nele. O viajante sente-se feliz por ter vindo a Varatojo. Numa dessas celas morreu o fradinho, que assim lhe chamavam ao tempo. Na hora de morrer, madrugada de 20 de Outubro, pediu ao companheiro que o assistia que lhe abrisse a janela para ver o céu. Não viu a paisagem nem o Sol que lhe alumiara os excessos. Apenas a grande e definitiva noite em que ia entrar.

O viajante sai da Sala do Capítulo bastante abalado. Feliz e abalado. Uma vida de homem é o que há de mais importante. E este, que andou por caminhos que o viajante não pisa nem pisará certamente, acabou naquela mesma encruzilhada aonde o viajante há de chegar, tão certo ele de ter vivido bem como este quer que seja sua própria convicção. Caminhos não faltam, e não vão dar todos à mesma Roma.

Agora o viajante procura o caminho para a igreja. Quantas portas lhe aparecem, abre-as, e após levantar e baixar aldrabas, meter a cabeça por desvãos, embater com fechos de fora depois de ter destrancado os de dentro, dá enfim consigo na igreja. Ninguém o viu, ninguém lhe vem pedir contas, é um viajante livre. Não faltam motivos de atenção, quer na cave, quer nas capelas: mármores embutidos, retábulos de talha barroca enfeitados de anjos e pássaros, pinturas edificantes, azulejos de bom desenho. Em moldura alta e apertada, porque neste sítio o espaço não dava para mais azulejos, um peregrino, de costas, afasta-se, enquanto uma árvore esguia de algum modo o prolonga, ao mesmo tempo que preenche o espaço vazio. Entre mil imagens, perdurou esta mais vivamente na memória do viajante. Explique-o quem quiser.

Vai sendo tempo de partir. O viajante sai da igreja, atravessa o claustro, olha uma vez mais o capitão Bonina ("Ou morrer na empresa ou alcançar a vitória", são palavras dele), e enquanto desce a colina vai pensando que, se um dia se meter a frade, é à porta do Varatojo que virá bater.

Para baixo é que é Lisboa, diz quem ao norte dela está, mas o viajante, antes de lá ir, ainda se afastará para terras que ficaram atrás e não pode deixar esquecidas. Infelizmente, nem todos os passos têm o seu merecido remate, como se viu em Merceana e Aldeia Galega, vistas só as igrejas por fora (magnífico o portal manuelino de Aldeia Galega), e o mesmo acontecerá em Meca, de que o viajante apenas pôde ver o púlpito donde se abençoa o gado, sem particulares méritos artísticos.

Em Aldeia Gavinha é que foi o bom e o bonito. Ido o viajante à busca de quem lhe abrisse a porta da igreja (sobre os diferentes modos de pedir uma chave poderia escrever um tratado), há um alvoroço na família, iam sair todos a passeio, mas um dos homens da casa põe-se ao serviço do viajante, vai com ele aonde a chave está, e depois acompanha-o, dá explicações sobre as imagens e o geral conjunto do templo, e enquanto estão nisto chegam duas mulheres das que iriam sair também, nada impacientes, abençoadas sejam, apenas para verem o forasteiro e auxiliarem no que fosse preciso. Dizer que a Igreja de Nossa Senhora da Madalena merece visita, seria dizer pouco. Os azulejos, amarelos e azuis, são dos mais belos, e o batistério, todo forrado deles, dá vontade, pela lindeza que é, de voltar outra vez à pia batismal. Intrigante é a imagem da padroeira: agora no interior da igreja, depois de ter passado longos anos no nicho da frontaria, tem os olhos baixos, fechados, se não se iludiram os do viajante. Ou está assim para melhor ver os impetrantes, ou recusa-se a ver o mundo, no que muito mal fará, pois o mundo tem boas coisas, como poderia explicar Frei António das Chagas.

Aqui nasceu Palmira Bastos, que foi, pode dizer-se, a última atriz do século XIX. Lá está a praça com o seu nome, a casa onde nasceu. O viajante, que, como se tem observado, é fértil em ideias, quer saber por que não se fez naquela casa arruinada um museu do teatro que reunisse as recordações de Palmira, retratos, objetos de uso pessoal, trajos de cena, cartazes, enfim, o habitual em casos tais. Não lhe sabem responder, nem o viajante esperava resposta. Porque se então lha tivessem dado, não teria oportunidade para aqui repetir a pergunta. Cá fica.

Não tem falado de paisagem, mas, com mínimas diferenças, é a que o maravilhou desde Arruda dos Vinhos a Torres Vedras. Deve notar-se que o viajante deu um salto que o levou perto do mar, e agora quase regressou ao ponto de partida. Espiçandeira está na margem direita do rio de Alenquer, e é uma terra tranquila, um tanto alheada, com o seu largo triangular, de casas baixas. A igreja, consagrada a S. Sebastião, fica resguardada por trás duma grade que protege igualmente o pequeno jardim. Voltada para a estrada, há uma belíssima porta com motivos renascentistas, um tanto ameaçadora, para que não esqueçam os passantes que a vida é trânsito e mais nada. O viajante está de acordo, e acha que o recado da porta contradiz o que lá dentro se afirma sobre certezas de imortalidade.

De S. Sebastião de Espiçandeira guardou o viajante na memória, além dos azulejos (toda a região é riquíssima nesta arte), uma fileira heterogénea de imagens arrumadas sobre o arcaz da sacristia, e, mais do que tudo, o impressionante túmulo de um cavaleiro seiscentista, toscamente talhado, com a sua estátua jazente de armadura e espada. Pela rudeza da pedra, que não por mais, recorda ao viajante D. Pedro de Barcelos, que está em São João de Tarouca. Terras tão distantes são assim aproximadas por quem as visita: essa é a melhor vizinhança.

A Alenquer chega-se sem dar por isso. Depois de uma última curva, estamos dentro da vila, é uma aproximação nada parecida com a que se faz pela estrada do Norte, donde a povoação é vista alta como um presépio. Alta é realmente, como o viajante vai saber à sua própria custa, trepando até lá acima, ao Convento de São Francisco. Ninguém diria dele que foi o primeiro convento franciscano fundado em Portugal, precisamente em 1222. Resta de então a porta gótica, e de posteriores reconstruções o claustro quinhentista e o portal manuelino da Casa do Capítulo. O mais que se vê é posterior ao terramoto de 1755, que deitou abaixo quase tudo.

O viajante é acompanhado na visita por uma irmã muito sorridente e distraída, que dá sempre as respostas certas, mas parece estar a pensar noutra coisa. Em todo o caso, é ela quem chama a atenção para um relógio de sol que a tradição diz ter sido oferecido ao convento por Damião de Góis. Não estava o viajante esquecido de que Damião de Góis nasceu e morreu em Alenquer, mas ouvir dizer-lhe ali o nome, pelos inocentes lábios desta freira, que continua a sorrir, como lhe hão de ter recomendado para que à saída a propina seja certa, fez-lhe sério abalo, como se lhe falassem de um parente ou de alguém com quem muito privou. O viajante foi ao piso superior do claustro, a instâncias da irmã, que queria mostrar a Capela de D. Sancha, fundadora, e não lhe achou particular interesse. Andavam por ali dois velhos do asilo à espera da morte, um sentado num banco e olhando o altar, o outro cá fora, ao ar mais livre, ouvindo talvez cantar os pássaros. Ao lado está o cemitério. "É ali que está a Sãozinha", diz a irmã. O viajante acena compungido a cabeça e pensa: "Sim, Damião de Góis." O que é um disparate, pois Damião de Góis não se encontra aqui.

Se ainda continua na Igreja de São Pedro, cem metros mais abaixo, isso não pode o viajante jurar, tantos são os baldões por que passam ossos. Pelo menos parece certo que aquela cabeça de pedra, mutilada, na parede por cima da lápide em latim que o próprio Damião de Góis escreveu, o retrata. Falta-lhe uma parte inferior da cara, mas vê-se que era, ao tempo, um velho robusto, claro homem da renascença no gorro e no penteado, no modo desafrontado de olhar. Alenquer viu nascer Damião de Góis e viu-o morrer. Há quem diga que acabou por causa duma queda que deu. Outros dizem que o mataram os criados, por cobiça de haveres ou a mandado de ocultas vontades. Não se saberá. Cá de baixo, o viajante saúda Damião de Góis, espírito livre, mártir da Inquisição. E sem entender bem o que poderá aproximar esses dois homens tão diferentes, pensa de si para consigo que também Damião de Góis poderia ter escrito aquelas palavras de Frei António das Chagas: "Ou morrer na empresa ou alcançar a vitória."

Enfim: vitória ou morte. Um grito que vem de longe e ainda não se calou.

## O NOME NO MAPA

De Alenquer às Caldas da Rainha veio o viajante sem parar. Tirando a Ota, o Cercal e Sancheira Grande, a estrada fugiu a tudo quanto é lugar habitado, estrada bicho do mato, de poucas palavras. Pagou-lhe bem o viajante: veio a pensar todo o caminho em Frei António das Chagas e em Damião de Góis, que era uma maneira tão boa como outra qualquer de pensar em Portugal.

De manhã, nas Caldas, vai-se ao mercado. O viajante foi, mas não fez compras. O mercado das Caldas é para avios domésticos, não tem mais pitoresco do que isso. Em grande engano caem os turistas que indo de passagem veem o magote de vendedores e compradores, tão ao natural, e irrompem excitadíssimos, enristando máquinas fotográficas, à procura do ângulo raro e do raro espécime que lhe enriquecerá a coleção. Em geral, o turista fica frustrado. Para ver comprar e vender não precisava vir tão longe.

Onde se está bem, é no jardim. Ao mesmo tempo íntimo e desafogado, o jardim das Caldas da Rainha é, para usar o nariz de cera, um lugar aprazível. O viajante senta-se por aqueles bancos, divaga ao longo das áleas, vai vendo as estátuas, naturalistas por via de regra, mas algumas de boa fatura, e depois entra no museu. Abunda a pintura, embora nem toda se salve: o Columbano, o Silva Porto, o Marques de Oliveira, por quem o viajante torna a confessar rendida estima, o Abel Manta, o António Soares, o Dórdio Gomes, e alguns outros. E também, claro está, o José Malhoa: afinal, este homem foi excelente retratista e bom pintor de ar livre e atmosfera. Veja-se o retrato de Laura Sauvinet, veja-se o *Paul da Outra Banda*. E se se preferir um documento terrível, sob as aparências brilhantes da luz e da cor, olhe-se *As Promessas* por todo o tempo necessário até que a verdade se mostre. Estas pagadoras de promessas que se arrastam no pó requeimado pelo Sol são um retrato cruel mas exato de um povo que durante séculos sempre pagou promessas próprias e benesses alheias. A dúvida que assalta o viajante é se José Malhoa saberia o que ali pintava. Mas isso importa pouco: se a verdade sai inteira da boca das crianças que nela não pensam como oposto da mentira, também pode sair dos pincéis de um pintor que julgue estar só a pintar um quadro.

Também nas Caldas da Rainha se deverão ver as cerâmicas. O viajante confessa que tem um sério amor por estes barros, e tão aberto que precisa de vigiar-se para não cair em tolerâncias universais. Não se toma por entendido na matéria, mas é familiar da D. Maria dos Cacos, do Manuel Mafra, dos Alves Cunhas, dos Elias, do Bordalo Pinheiro, do Costa Mota Sobrinho, para não falar de anónimos fabricantes que não punham marca nas suas peças e tantas vezes as modelavam magníficas. Se o viajante começa a falar de louças das Caldas, há risco de levar o dia todo: cale-se pois, e siga viagem.

Não vai já, porque primeiro ainda há de ir apreciar a Igreja de Nossa Senhora do Pópulo, classificada de pré-manuelina por quem destas coisas sabe, ainda que fosse muito mais interessante para o viajante saber como a estariam classificando os arquitetos dela em 1485, data da fundação, dez anos antes de ser aclamado rei D. Manuel. O viajante não quer fazer figura de coca-bichinhos, mas enfadam-no certas simplificações. A igreja é muito bela, e tem sobre o arco triunfal um tríptico, atribuído a Cristóvão de Figueiredo, em verdade de grande valor artístico. Pena estar tão alto. Ao menos uma vez por ano deviam descê-lo à altura da rasteira humanidade: seria dia de S. Ver O Quadro, e decerto não faltariam peregrinos e pagadores de outras promessas. O viajante ouve o que lhe diz o guia, e julgando que pode haver entre os dois conversa acerca de coisas que, ao parecer, ambos estimam, faz uma observação simples, uma opinião de contraponto. Oh, que tal disseste. O homem atrapalha-se, olha em pânico, hesita uma vez e duas, e depois retoma a melopeia explicativa no ponto onde fora interrompida. Compreende o viajante que o guia só assim sabe o recado, e não abre mais a boca. E bem gostaria de dizer alguma coisa sobre a bela pia batismal, feita pelas mesmas mãos que talharam a que hoje está na Sé Nova de Coimbra. Ou sobre a porta manuelina (esta, sim, manuelina) que dá para a sacristia. Ou sobre qualquer matéria que pedisse pergunta e resposta. Não pôde ser. Paciência.

Das Caldas da Rainha a Óbidos chega-se num suspiro. O viajante faz como toda a gente: entra pela Porta da Vila e fica-se a olhar, surpreendido pelo efeito inesperado daquele varandim interior, com o oratório rodeado de painéis de azulejos azuis e brancos, e a abóbada pintada ao gosto setecentista. Quem não vá avisado ou entre de cabeça baixa a pensar na vida, ou com a ideia fixa nas belezas que o esperam dentro das muralhas, arrisca-se a ficar reprovado no exame de atenção, especialmente se vai de automóvel. Claro que isto não é grande arte, mas basta que seja bela decoração.

Óbidos, para gosto do viajante, deveria ser menos florida. As flores, que, como qualquer pessoa normal, gosta de ver e cheirar, são aqui, em excesso, um escusado arrebique: o valor cromático do branco das paredes é diminuído pelas maciças jardinagens, renques de verdura que caem do alto dos muros, canteirinhos donde sobem trepadeiras de vária cor e feitio, vasos às janelas altas. O viajante não duvida de que a maioria dos visitantes goste, e não diz que tenham eles mau gosto: limita-se a dar opinião, uma vez que a viagem é sua. E até já está contando que lhe respondam que nunca ninguém se atreveu a tal heresia. Dê-se licença que o viajante faça, neste caso, figura de precursor.

Mas Óbidos merece todos os mais louvores. É bem possível que a vila tenha um modo de viver um pouco artificial. Sendo lugar obrigatório de passagem e permanência de visitantes, toda ela se compôs para tirar, não um retrato, mas muitos, com a preocupação de em todos ficar favorecida. Óbidos é um pouco a menina de tempo antigo que foi ao baile e espera que a venham buscar para dançar. Vemo-la muito composta na sua cadeirinha, não mexe uma pestana e está raladíssima porque não sabe se o caracol da testa se desmanchou com o calor. Mas, enfim, a menina é mesmo formosa, não há que negar.

Colocada a um lado do harmonioso largo, a Igreja de Santa Maria é, toda ela, uma preciosidade. É-o imediatamente na proporção geral da frontaria, no delicado portal renascentista, na robusta e sóbria torre sineira. E torna a sê-lo lá dentro nas magníficas decorações do teto, festa dos olhos que não se cansam de percorrer volutas, medalhões e mais elementos, onde não faltam figuras enigmáticas e pouco canónicas; é-o também no túmulo do alcaide-mor de Óbidos e de sua mulher, obra atribuída ao fertilíssimo Nicolau de Chanterenne e que é sem dúvida do mais belo que o renascimento coimbrão produziu; é-o igualmente pelas pinturas de Josefa de Ayala, ainda que o viajante não desfaleça de amores diante desta festejada senhora; e até não embacia o brilho de Santa Maria de Óbidos o retábulo arcaizante de João da Costa, artista que nesta vila trabalhou.

Ao cabo da volta do dia, o viajante tornará a Óbidos e aqui passará a noite. Agora, antes que se faça mais tarde, segue outra vez a direção do mar. Encontra Serra d'El-Rei, que não é serra nenhuma, mas de el-rei foi. Há aqui ruínas de uns paços que foram mandados construir por D. Pedro I, o da Inês formosa, e aonde depois vieram estanciar e caçar outros reis e senhores. De fora pouco se vê, e as tentativas que o viajante ainda fez, as vozes que deu por cima dos muros, não tiveram outro eco que o costumado ladrar dos cães. Fosse o viajante Sua Alteza e gritariam lá de dentro festivos os pavões de D. Afonso V, sustentados pela renda que o foreiro Diogo Martins pagava.

Em Atouguia da Baleia não falta que visitar, mas o viajante apenas entrou na Igreja de São Leonardo. É obra de estilo romano-gótico, de grande pureza de linhas, provavelmente acentuada pela nudez do templo. Em restauro há dez anos, ainda hoje não se vê fim próximo ao trabalho. Tudo quanto o decorava foi retirado, nem há pinturas, nem imagens. Mas, olhando as vastas naves, não é preciso imaginar muito para antever a beleza do conjunto se na reintegração do templo for respeitado o seu espírito e lhe devolverem as obras que aqui estiveram ou outras que o mereçam. Delas apenas se conserva, cuidadosamente arrumado e envolvido em panos e folhas de plástico grosso, o extraordinário alto-relevo trecentista que representa a *Natividade. É* obra de delicadeza infinita. O escultor não se preocupou excessivamente com a tradição: se era assim o sítio a que se recolheram a Virgem e S. José, há que dizer que bem aviada de estábulos estava a Galileia, porque a Virgem está deitada (outra infração ao costume, que a mostra sentada) num leito de aparato, enquanto S. José assiste em seu assento solene, de gótico desenho. Entre dois anjos assomam as cabeças do boi e do burro, mais parecendo troféus de caça que pios espectadores. O viajante parece estar brincando: é jeito seu quando fala de coisas sérias: esta escultura é, sem favor nenhum, uma obra-prima.

A Ferrel foi por uma razão só: ser esta a localidade onde se prevê, ou previu, construir uma central nuclear. Não indagou se a população estava a favor ou estava contra, apenas quis ver um lugar tão chegado ao coração dos ecologistas e que foi bandeira de ações de contestação política. Aos ecologistas sobram razões, aos contestadores não poderiam faltar, porém o viajante interroga-se sobre os tempos em que vierem a esgotar-se as fontes de energia conhecidas, e se, então, as fontes de energia alternativa limpa (solar, eólica, marítima) encontrarão maneiras racionais e económicas de exploração. O homem tem sido um animal envenenador, por excelência o animal que suja. Que revolução cultural será preciso cometer para que ascenda na escala e se torne bicho limpo?

Em Ferrel, uma vez que não fez perguntas, não espera o viajante respostas. A não ser que remotamente o seja a cena que passa a contar. Estava ele consultando o seu mapa maior, aquele que de tão minucioso chega a baralhar a vista, chegam-se três garotos à conversa. Vinham da escola, via-se pela saca dos livros e pelo contentamento do rosto. Diz um deles: "Olha, um mapa." "Que grande", acrescenta outro. E o terceiro, para quem os mapas têm sido outra coisa, pergunta: "Isso é mesmo um mapa?" O viajante está satisfeito por ter um mapa de tal maneira grande que faz parar três garotos da escola. E responde: "É um mapa, mas não daqueles em que vocês estudam. Este é militar." Os garotos estão derrotados. E o viajante, generoso com aquilo que não fez, prossegue: "Querem ver a vossa terra? Ora reparem. Aqui. Veem? Ferrel." Um garoto debruça-se, soletra gravemente: "Ferrel." E o viajante, a quem as crianças nunca ligaram muito, explora desta vez a situação: "Está cá tudo. Atouguia da Baleia é aqui, ali está Peniche, nesta ponta o Baleal. Os riscos encarnados são as estradas." E é o garoto que duvidara de que o mapa fosse mapa quem vai rematar a conversa: "Falta aí a estrada do Baleal a Peniche." E tendo os três educadamente dito adeus ao viajante, retiraram-se para irem almoçar. O viajante olhou zangado o louvado mapa. Faltava realmente a estrada. No tempo em que os cartógrafos desenharam a folha, ainda não havia estrada do Baleal a Peniche. E tem de haver uma estrada para Peniche.

Meteu-se o viajante à estrada que já há, fez a larga curva aberta ao norte, e, deixando por agora o cabo Carvoeiro, desceu a Peniche. Chegado, foi-se informar das chegadas e partidas para as Berlengas. O viajante tem dado algumas provas de ser tolo, não estranhe que desse mais esta. Julgava ele que ir às retiradas ilhas era como apanhar o autocarro ou o comboio. Pois, não senhor. Barcos regulares, há-os a partir de Junho, e fretar hoje uma traineira que o levasse, só com forte razão e grande despesa, vistas as posses. O viajante é no cais uma estátua de desolação, parece que ninguém tão cedo será capaz de o arrancar à magoada postura, mas tendo a fisiologia as desconcertantes reações que se lhe reconhecem, encontrou o desgosto equilíbrio numa súbita e declarada fome. O viajante, por atavismos remotos, é fatalista quando não tem outro recurso: o que não tem remédio, remediado esteja. Ir às Berlengas não pode ser, pois então almoce-se.

A vida tira com a mão direita, dá com a esquerda, ou tanto faz. O viajante teve as Berlengas no seu prato, as ilhas e todo o mar em redor, as águas profundas e azuis, as sonoras grutas, a fortaleza de São João Batista, o passeio a remos. Cabe tudo isto numa posta de cherne? Cabe, e ainda sobra peixe. Pela janela vê o mar, a luz brilhante que salta sobre as ondas, sente ainda uma fugidia pena de não as ir sulcando a esta hora, e num estado muito próximo da beatitude regressa ao manjar roubado às mesas de Netuno, a esta hora irritado e perguntando às sereias e aos tritões quem foi que lhe comeu o cherne do almoço. Oxalá, de zanga, o deus dos mares não mande por aí uma tempestade. No Restaurante Gaivota acaba de entrar um grupo numeroso de ingleses. Quase todos pedem bife. Estes saxões são uns bárbaros.

Hoje é dia de feira em Peniche. Neste lado há grandes tendas, quase aéreas, onde se vendem colchas e cortinados, panos de lençol, são verdadeiros pavilhões de torneio medieval, só falta que venham os cavaleiros ao terreiro defender a honra das damas, no intervalo de partir costelas a mouros e castelhanos. Ali é o Forte de Peniche, que foi lugar de reclusão e hoje tem as portas abertas. O viajante olha as grossas muralhas, esquece Amadis e Oriana, e abre espaço para outras imaginações, por exemplo, adivinhar por onde fugiram aqueles que aqui estiveram presos. A Ribeira é uma floresta de mastros, uma confusão de cascos coloridos, o Sol refulge por todo o lado como se estivesse dentro das coisas e lutasse para sair. É como o homem que dentro de si tem um homem, seu próprio Sol. O viajante decide ir agora ao cabo Carvoeiro, não tem outra maneira de se aproximar das Berlengas, ao menos vê-las de longe. É um insatisfeito, o viajante: ainda agora se dava por pago com a posta do cherne, e já está outra vez a sonhar com ilhas. Contente-se com esta Nau dos Corvos, com os Passos de Leonor e a Laje de Frei Rodrigo, e dê-se por feliz, que para isso tem de sobra.

É altura de passar os olhos pelas artes, não as da pesca, mas as outras de pintura e outros plásticos alardes. A Igreja de São Pedro, com os seus acrescentos setecentistas, não entusiasma o viajante, e a Igreja da Misericórdia, de afamados caixotões no teto, está em obras. Os caixotões foram retirados, estão em bom resguardo, não se vê mais do que andaimes, afadigados pedreiros, a betoneira a girar, há que ter paciência. Felizmente está ali a Igreja de Nossa Senhora da Conceição, que vai compensar o que ainda resta de frustrações anteriores e mais estas de agora. O teto é magnificamente decorado com flores, anjos e volutas, numa quente policromia que se conjuga sem choque com os azulejos brancos e azuis das paredes narrando cenas da vida da Virgem. Pequena, recolhida, a igreja é como o interior duma preciosa e conventual arca de relíquias: não custa compreender que o crente encontre facilmente aqui habitantes doutras esferas a quem falar.

O viajante foi acabar a tarde nas sombras da Lagoa de Óbidos, dormitando e tecendo um sonho em que, rodeado de uma escolta de anjos nadadores, navegava na esteira de um cherne em direção às Berlengas, enquanto do Forte de Peniche se levantavam grandes revoadas de pombas brancas.

## ERA UMA VEZ UM ESCRAVO

Na arrumação do Museu de Óbidos andou dedo de gente sabedora. E não era fácil organizar um espaço que se desenvolve em altura, de reduzida superfície em cada piso. Sendo o museu pequeno, a tentação poderia ser sobrecarregá-lo de peças. Felizmente não aconteceu assim. Ou não havia tantas. As peças expostas têm suficiente fundo liberto para que os olhos não sejam distraídos pela vizinhança doutras: o visitante pode entregar-se a descansadas contemplações, e se tiver a sorte de ser único durante todo o tempo que lá estiver, caso do viajante, sairá em estado de comprazimento perfeito, o que nem todos os dias se alcança.

Logo à entrada, encontra-se um magnífico S. João Batista, de farto cabelo e longas barbas louras, obra do século XV. Não distingue o viajante qual seria a policromia original, e é bem possível que o louro apontado seja afinal uma cor de base sobre a qual as outras se estenderiam. A impressão que este S. João dá, é de ser um idoso homem, o que contraria os dados da história evangélica, que lhe dá de vida ainda menos que a idade de Cristo. Além disso, se é permitido ao viajante meter-se pelos meandros da alma alheia, este venerável ancião nunca poderia fazer acordar na dançarina Salomé a perigosa paixão que a fez despir sete véus e, rendido Herodes a encantos por sua vez incestuosos, pedir a cabeça de quem a rejeitara. Neste momento ainda S. João Batista tem a cabeça sobre os ombros. Esta imagem dele é das mais belas que o viajante conhece, pela mansidão do homem, pela harmonia do trabalho do escultor.

Assinale-se, da pintura que o museu apresenta, o *Tríptico de S. Brás*, em especial a aba direita, que mostra a glória do santo. O anjo, que das nuvens se debruça e aponta ao mártir o caminho do céu, é uma figura carnalíssima, vinda doutras paragens, as da renascença italiana. É igualmente de belíssimo efeito o grupo das quatro tábuas que mostram os martírios de S. Vicente. Mas ainda há o conjunto de bandeiras da Misericórdia, uma *Pietà* em que o Cristo morto parece estar regressando ao tamanho do Menino para se aconchegar bem no regaço da mãe, um anjo segurando uma patena, uma Visitação em alto-relevo. Num dos pisos inferiores viu o viajante, pela primeira vez, que se lembre, uma pintura em que S. Sebastião é representado retirado do poste do martírio. Damas vestidas ao modo da corte retiram-lhe as setas. Parece um divertimento palaciano, e o santo mais dorme do que desfalece.

Todas estas coisas, obras de pincel e de cinzel, dizem logo o que são. Não é o caso daquela fonte de presépio, mais pequena que uma mão aberta que tem aos lados o que parece ser umas enormes orelhas e por cima um peixe com cauda de seta. Esta obra é claramente demoníaca, afirma o viajante, que sempre atribui ao demónio aquilo que não percebe. O barrista que esta peça fez não deixou explicações, por gosto seu de mistério, ou porque as pessoas todas do seu tempo sabiam, afinal, que as fontes têm orelhas, como hoje ainda dizemos que as paredes têm ouvidos. E numa fonte com orelhas compreende-se que vá nadar um peixe com o rabo em ponta de dardo. Mas estas coisas di-las o viajante para disfarçar a sua ignorância.

Antes de sair de Óbidos, ainda foi visitar a Igreja da Misericórdia, que mostra uma opulenta Virgem de faiança sobre o portal e tem, no interior, bons azulejos, e depois dar uma volta pelo caminho de ronda do castelo, contemplando a paisagem, para enfim escolher a que se estende para norte, funda e plana até à pequena elevação que tapa o horizonte. Estas observações têm a vantagem de situar um lugar entre lugares. Para o viajante, Óbidos não é apenas uma terra com pessoas, ruas excessivamente floridas, boas pinturas e boas esculturas. É também um sítio da paisagem, um acidente, uma dobra de terra e pedra. Parece que assim se reduz a dimensão das obras dos homens. Não é essa a opinião do viajante.

Carvalhais não faltam em Portugal. Uns bem-feitos, outros meãos, outros redondos, uns no singular, outros no plural, aí estão a lembrar que houve tempos em que abundavam na terra portuguesa os carvalhos, essas árvores magníficas a que ninguém pedia frutos e a que todos requeriam madeira. O carvalho para ser útil, tinha de morrer. Tanto o mataram, que o iam exterminando. Em alguns lugares não resta mais que o nome: o nome, como sabemos, é a última coisa a morrer.

A este Carvalhal, para o distinguir, acrescentavam-lhe antigamente Óbidos: Carvalhal de Óbidos. Há aqui uma torre a que chamavam dos Lafetás, por assim ser conhecida uma família de cremonenses vinda a Portugal no final do século XV e que aqui teve esse e outros bens. Quando se diz que veio essa família a Portugal, não se pretende afirmar que viesse toda. Eram banqueiros riquíssimos, poderosa companhia mercantil internacional desse século e do seguinte, com negócios em Portugal, Espanha, França, Inglaterra e Flandres. Credores de reis, contratadores de pimenta e açúcar, os Affaitati vêm a esta viagem para lembrar que os descobrimentos foram também um gigantesco negócio, e sobretudo por causa de um escravo que neste Carvalhal tiveram. Na torre que aqui está foi em tempos encontrada uma coleira com uns dizeres gravados, os quais assim rezavam: "Este preto he de Agostinho de Lafetá do Carvalhal de Óbidos." O viajante não sabe mais nada do escravo preto, a quem a coleira só deve ter sido tirada depois que morreu. Foi deixada aí pelos cantos, brincaram talvez com ela os filhos de Agostinho de Lafetá e de sua mulher, D. Maria de Távora, e pelo modelo se terão feito as que serviram aos cães e que até hoje se usaram: "Chamo-me Piloto. No caso de me perder, avisem o meu dono." E depois vem a morada e o número do telefone. E ainda assim houve progressos. Na coleira do escravo de Agostinho de Lafetá nem sequer se mencionava o nome. Como se sabe, um escravo não tem nome. Por isso, quando morre, não deixa nada. Só a coleira, que ficava pronta para servir outro escravo. Quem sabe, pergunta o viajante fascinado, a quantos escravos teria ela servido, sempre a mesma, enquanto houvesse pescoço de escravo em que servisse? O viajante tem a informação de que a coleira está em Lisboa, no Museu de Arqueologia e de Etnografia. A si mesmo promete, com a solenidade adequada ao caso, que será a primeira coisa que há de ver quando chegar a Lisboa. Cidade tão grande, tão rica, tão afamada, onde todos os Lafetás de dentro e de fora fizeram os seus muitos negócios, pode ser principiada de muitas maneiras. O viajante começará por uma coleira de escravo.

Para ver a Igreja do Sacramento teve de usar todas as suas artes de persuasão. A mulher que guardava a chave avançou com desconfianças, não obstante reconhecer que o viajante tinha uma cara simpática, e por fim, quando se convenceu, levou consigo uma companheira. Foi explicado que houvera duas tentativas de roubo, e que ali perto, em A dos Ruivos, tinham levado as imagens todas, ou quase. Esta queixa tem sido ouvida de norte a sul, e a avaliar pela frequência, mais tem sido roubado nos últimos anos que nas invasões dos Franceses. As tábuas que estão na sacristia, colocadas no que resta do retábulo renascentista, são interessantes, especialmente a *Ceia,* em que a mesa aparece representada em profundidade, e a teatral *Ressurreição.* Dali foi o viajante à Ermida de Nossa Senhora do Socorro, que está retirada da povoação. Tem ao lado uma casa, onde não havia mais do que um cão, excelente animal que, contra o costume dos cães, veio festejar o viajante. Parecia aborrecido de estar sozinho, e tão contente se mostrou que deve ter pensado que a visita era para ele. O viajante chamou, e enfim apareceu, vinda dos fundos do quintal, uma mulher. Depois das saudações, da explicação necessária, disse o viajante: "O seu cão não guarda nada. Até parecia que me conhecia há muito tempo." Respondeu a mulher: "Que há de ele fazer, coitadinho. Ainda é tão novinho." O viajante pensou, e achou que era boa a razão. E o cão também, que não parava de dar ao rabo.

 A ermida tem uns belos caixotões com motivos de ornato, e uns admiráveis painéis de azulejos com episódios da vida da Virgem. Na base de uma das cercaduras do lado da capela-mor se informa que sendo juiz António Gambino foram aqueles azulejos colocados ali na era de 1733. Veja-se bem: o artista não assinou a sua obra, mas o juiz que a pagou, com o dinheiro dos paroquianos, claro está, não teve mão na vaidade que não desse ordem de lhe porem o nome em boa letra desenhada para informação do futuro. A partir de então, António Gambino terá dado bem pouca atenção aos ofícios divinos, todo enlevado na contemplação de si mesmo. Vá lá, pior fez Eróstrato, que, para conquistar a imortalilidade ao seu nome, deitou fogo ao Templo de Diana, em Éfeso.

O viajante nota que tem estado hoje com uma robusta veia histórica. Passou de italianos comerciantes a portugueses descobridores, de franceses invasores a gregos incendiários, de judeus que mandaram decapitar a escravos que levavam no pescoço a marca doutra decapitação, e tudo com a ligeireza de quem não tem de aprofundar o terreno que pisa. Meta-se portanto pelos caminhos de toda a gente, os que, pelo Bombarral, chegam à Lourinhã, onde deve ser visto o famoso quadro que representa S. João em Patmos. O dito S. João, escusado será dizer, é o evangelista, e o que ele faz nesta ilha de Patmos é escrever o *Apocalipse*. Não se sabe quem foi o autor do painel. Chamam-lhe Mestre da Lourinhã, porque algum nome se lhe havia de dar e assim ficava satisfeito o escrúpulo catalogante do observador. O painel é admirável, com o seu fundo de casas e muralhas, ruas onde passam pessoas que tratam das suas contingentes vidas como se as esperasse uma eternidade daquilo que elas são hoje, se para melhor não puder ser, enquanto o santo escreve sobre o fim dos tempos. O viajante está convencido de que o Mestre da Lourinhã nunca leu o *Apocalipse*, ou não teria desenhado esta quietação, este rio tão manso e largo, estas barcas e galeões, as árvores serenas. Para pintar um S. João no ato de escrever o *Apocalipse* requeria-se um Bosch, e mesmo este, no seu quadro de Berlim-Dahlen, não foi tão longe quanto o tema requeria.

Excelente é também, ainda que menos falado, o S. João Batista que nesta mesma Sala do Despacho da Misericórdia se mostra, entre outros painéis. Distingue o viajante, destes, uma Virgem quinhentista com os símbolos da ladainha postos em cercadura, sem cuidados de integração, apenas dispostos com uma intenção provavelmente didática: olhando o painel, o devoto recordaria os atributos marianos e, pela via da representação visual, fixaria um enunciado tão facilmente deslizável para corruptelas desconcertastes como a que praticavam as tias de Henrique de Souselas, na *Morgadinha* do Júlio Dinis, transformando *Turris eburnis* em *turris e burris*.

O viajante tem de dominar este pendor discorrente. Felizmente vem distraí-lo a solene mesa do despacho, circular, com quatro cadeiras trinas, em arco, e outra única, a do presidente. São excelentes peças de marcenaria. O tampo da mesa roda sobre o eixo, e o viajante não percebe porquê, julga que é defeito, daqueles que a idade traz. Amavelmente é-lhe explicado que não se trata de defeito, mas de feitio: o tampo girava para que os mesários pudessem assinar o livro de atas sem terem de se levantar. O antepassado das modernas linhas de montagem está aqui na Misericórdia da Lourinhã.

Foi depois outra vez o viajante até ao mar, à praia de Santa Rita, onde, no alto duma arriba, se ergue um hotel horrendo. Fosse aqui o cabo das Tormentas e o Vasco da Gama não conseguiria passar, tal o susto que lhe causaria este Adamastor de betão. E é uma pena, tão bela é a paisagem que do Vimeiro vem até aqui, com a estrada seguindo a ribeira de

Alcabrichel, a jogar às escondidas com ela, entre arvoredos. Pediu o viajante um refresco numa melancólica casa de pasto: estava morno. O mar, sim, esse resistia ao grande insulto, e as águas estariam frias, não fosse o viajante levar tanta pressa e talvez se aventurasse a molhar os pés.

No caminho para o Sul, o viajante sente-se preocupado. A imagem do hotel não o larga. Aquela arriba parece forte, sem dúvida, mas aguentará ela? Não tem esta inquietação que ver com o peso do edifício, mas com o direito que a qualquer pedra honrada assiste de alijar de seus magoados ombros insuportáveis cargas físicas e morais. Depois, o viajante lembra-se de para onde a esta hora caminha e suspira de alívio, mas igualmente de resignação. Ainda tem a Ericeira pelo meio, verá com prazer o teto de caixotões pintados da igreja matriz, mas logo adiante, tão imenso que desta distância distintamente se vê, quase se lhe podem contar os buracos da fachada, está o Convento de Mafra. O viajante não pode desviar caminho. Vai como hipnotizado, deixou de pensar. E, quando enfim põe pé em terra, vê que distância tem ainda de percorrer até ao vestíbulo da igreja, a escadaria, o adro, e quase desfalece. Porém lembra-se de Fernão Mendes Pinto, que tão longes terras andou, quantas vezes a pé e por péssimos caminhos, e, com este bom exemplo na mente, acomoda o bornal no ombro e avança, heroico.

O Convento de Mafra é grande. Grande é o Convento de Mafra. De Mafra é grande o convento. São três maneiras de dizer, podiam ser algumas mais, e todas se podem resumir desta maneira simples: o Convento de Mafra é grande. Parece o viajante que está brincando, porém o que ele não sabe é pegar nesta fachada de mais de duzentos metros de comprimento, nesta área ocupada de quarenta mil metros quadrados, nestas quatro mil e quinhentas portas e janelas, nestas oitocentas e oitenta salas, nestas torres com sessenta e dois metros de altura, nestes torreões, neste zimbório. O viajante procura ansiosamente um guia. A ele se entrega como náufrago prestes a ir a pique. Estes guias devem estar muito habituados. São pacientes, não levantam a voz, levam os visitantes com mil cuidados, sabem a que violentos traumas eles vieram expor-se. Reduzem as salas, cortam nas portas e janelas, abandonam ao silêncio alas inteiras, e quanto a informação vão dando apenas a óbvia, que não sobrecarregue o cérebro nem faça rombo no gume da sensibilidade. Viu o viajante a galilé, com as estátuas que vieram da Itália: talvez sejam obras-primas, quem é ele para pôr em dúvida, mas deixam-no frio, frio. E a igreja, vasta, mas desproporcionada, não consegue aquecê-lo.

Não têm faltado santos nesta viagem, porém, todos juntos, talvez não somem os que aqui estão. Em igrejas de aldeia, outras maiores, meia dúzia de santinhos fazem a festa e a muitos deles festejou o viajante, louvou-os, e até chegou a acreditar em apregoados milagres. Sobretudo, viu que eram obras de amor. O viajante comoveu-se muitas vezes diante de toscas imagens, muitas de perfeita arte o impressionaram até ao arrepio físico, mas este S. Bartolomeu de pedra que mostra a sua pele esfolada causa-lhe uma indefinível repugnância. A religião que as imagens da igreja de Mafra exibem é uma religião de devotos, não de crentes.

As palavras do guia zumbem como vespas. Ele sabe por experiência como há de adormecer os visitantes, anestesiá-los. O viajante, na confusão do seu espírito, sente-se grato. Agora já saíram da igreja, sobem escadarias intérminas, e ao acaso das lembranças foram olhando (como aguentará o guia?) o quarto de D. Maria I, em estilo Império rico, a sala dos troféus de caça, a sala da audiência, a enfermaria dos frades, a cozinha, a sala isto, a sala aquilo, a sala, a sala. E aqui é a biblioteca: oitenta e três metros de comprimento, livros que desta entrada mal se distinguem, muito menos tocar-lhes, saber que história contam, o guia não espera muito tempo para dar o sinal de retirar. Torna a mostrar a igreja, agora duma janela alta, e o viajante só não recua para não o desgostar. O guia está pálido, enfim o viajante compreende que este homem é feito da mesma argila dos outros mortais, sofre de vertigens, padece de insónias e não passa bem das digestões. Não é impunemente guia do Convento de Mafra.

O viajante saiu para a rua. O céu, bendito seja, está azul, brilha o Sol, e corre mesmo uma aragenzinha que é um afago. A pouco e pouco, o viajante regressa à vida. E para ficar completamente restabelecido e não desesperar de Mafra, vai visitar a Igreja de Santo André, a mais antiga vítima do convento. É um templo de grande e pura beleza, obra do século XIII ou princípio do século XIV, e a sua mistura de elementos estruturais românicos e góticos define-se num encontro harmonioso que pacifica. Afinal, a beleza não morreu.

## *O PARAÍSO ENCONTRADO*

Pela estrada da Ericeira tornou o viajante atrás, e, a norte, enfim, da curva mais extrema da ribeira de Cheleiros, rumou francamente para sul. Estes caminhos são meio loucos, lançam-se em grandes propósitos de servir tudo quanto é por aqui pequena povoação, mas nunca vão pelo mais curto, distraem-se no sobe e desce das colinas, e positivamente perdem a cabeça quando chegam à vista da serra de Sintra. O viajante tem de ir com muita atenção ao mapa para não se desorientar. Bem estaria se fosse a serra o seu objetivo imediato: tão diante dos olhos está que qualquer caminho havia de servir. Porém, há por aqui uma aldeiazita, Janas de seu nome, que tem para mostrar a Ermida de São Mamede, de rara planta circular, e o viajante faz o rodeio necessário, de que não se arrepende.

Apartando-se o observador, a ermida parece mais uma construção rural do que casa de devoção. Tem um longo alpendre onde é agradável estar, e, da parte de trás da entrada (aqui mal se pode falar de frontaria), espessos contrafortes amparam as paredes. A porta está fechada, mas para viajantes curiosos qualquer janela serve, mesmo gradeada e protegida com rede de arame. Lá dentro, ao meio do círculo, quatro colunas formam uma espécie de santuário onde brilha a luz dum lampadário de azeite. O altar encosta-se à parede, o que deve complicar um pouco o culto. No espaço livre dispõem-se filas de bancos, claramente desacertadas com a organização geral do espaço. Certo, sim, está aquele outro banco corrido, de pedra, que acompanha, ele próprio circular, toda a construção. É verdade que se interrompe de cada lado do altar-mor, mas a sua disposição mostra bem uma prática ritual que necessariamente seria diferente da costumada. Sentados no banco circular, os fiéis voltam o rosto para o lugar central que as colunas circunscrevem, não para o altar. O viajante não compreende como pode esta evidência ser conciliada com um rito que se desenvolve segundo uma regra de frontalidade, entre um celebrante e uma assembleia que trocam gestos e dizeres. Será um mistério pequeno, ou nenhum mistério será. Seja como for, o viajante não está longe de acreditar que a Ermida de São Mamede de Janas foi, em tempos, local de outros cultos e diferentes rituais. Não faltam igrejas no lugar de mesquitas. Bem podia ter-se celebrado aqui um culto solar ou lunar, e ser o espaço sagrado circular uma representação da divindade. Estará errada a hipótese, mas tem fundamento material e objetivo.

Todos os caminhos vão dar a Sintra. O viajante já escolheu o seu. Dará a volta por Azenhas do Mar e Praia das Maçãs, espreitará primeiro as casas que descem a arriba em cascata, depois o areal batido pelas ondas do largo, mas confessa ter olhado tudo isto um pouco desatento, como se sentisse a presença da serra atrás de si e lhe ouvisse perguntar por cima do ombro: "Então, que demora é essa?" Pergunta igual há de ter feito o outro paraíso quando o Criador andava entretido a juntar barro para fazer Adão.

Por este lado da serra, começará por encontrar Monserrate. Porém, que Monserrate? O palácio orientalizante, de inspiração mogol, agora meio arruinado, ou o parque que se derrama desde a estrada pelo fundo vale abaixo? A fragilidade do estuque, ou a exuberância das seivas? O viajante toma o que primeiro vem, desce os degraus irregulares que se embrenham na mata, as áleas profundas, e entra no reino do silêncio. É verdade que cantam pássaros, que há rápidos rumores de bichos rastejantes, que uma folha cai ou uma abelha zumbe, mas estes sons são, eles próprios, silêncio. Altíssimas árvores sobem deste e daquele lado da encosta, os fetos têm grossos troncos, e na parte mais funda do vale, onde correm águas, há umas plantas de enormes e espinhosas folhas, debaixo das quais um adulto poderia abrigar-se do sol. Nos pequenos lagos abrem-se nenúfares, e, de vez em quando, um baque surdo na floresta faz sobressaltar o viajante: é uma pinha que, de tão seca, se largou do ramo.

Lá em cima é o palácio. Visto de longe, tem alguma grandeza. Os torreões circulares, de platibanda característica, seduzem os olhos, e a bordadura dos arcos imaterializa-se com a distância. Ao perto, o viajante entristece: este capricho inglês, alimentado com o dinheiro do comércio de panos, e de inspiração vitoriana, mostra a fugacidade dos revivalismos. O palácio está em obras, e ainda bem: ruínas já as temos de sobra. Mas mesmo quando estiver totalmente restaurado, aberto à curiosidade, continuará a ser o que sempre foi: capricho de uma época que tinha todos os gostos porque nenhum gosto tinha definido. Estas arquiteturas oitocentistas são geralmente de importação, ecléticas até ao desvario. A grande penetração económica dos impérios tomava para seu divertimento as alheias culturas. E isto sempre foi, também, o primeiro sinal das decadências.

Da varanda do palácio o viajante olha a massa verde do parque. Que a terra é fértil, já o sabia: conhece bastante de searas e pinhais, de pomares e olivedos, mas que essa fertilidade possa manifestar-se com tanta força serena, como de um ventre inesgotável que se alimenta do que vai criando, isso só aqui estando se sabe. Só pondo a mão neste tronco ou molhando-a na água do tanque, ou afagando a estátua reclinada coberta de musgo, ou, fechados os olhos, ouvindo o murmúrio subterrâneo das raízes. O Sol cobre tudo isto. Um pequeno esforço das árvores levantaria a terra para ele. O viajante sente a vertigem dos grandes ventos cósmicos. E, para se certificar de que não perderá este paraíso, regressa pelo mesmo caminho, conta os fetos e acha mais um, e portanto sai contente porque a terra promete não acabar tão cedo.

A estrada, sinuosa, estreitíssima, vai contornando a serra como um abraço. Abóbadas de verdura protegem-na do Sol, separam o viajante ciosamente da paisagem circundante. Não se reclamem horizontes largos quando o horizonte próximo for uma cortina cintilante de troncos e folhagens, um jogo infinito de verdes e de luz. Seteais aparece insolitamente com o seu grande terreiro relvado, afinal pouco mais do que um miradouro para a planície e um cenográfico ponto de vista para o Palácio da Pena, lá no alto.

Explicar o Palácio da Pena é aventura em que o viajante não se meterá. Já não é pequeno trabalho vê-lo, aguentar o choque desta confusão de estilos, passar em dez passos do gótico para o manuelino, do mudéjar para o neoclássico, e de tudo isto para invenções com poucos pés e nenhuma cabeça. Mas o que não se pode negar é que, visto de longe, o palácio apresenta uma aparência de unidade arquitetónica invulgar, que provavelmente lhe virá muito mais da sua perfeita integração na paisagem do que da relação das suas próprias massas entre si. Elemento por elemento, a Pena é a demonstração aberrativa de imaginações que em nada se preocuparam com afinidades ou contradições estéticas. A torre briga claramente com o grande torreão cilíndrico do outro extremo, e este pertence a família diferente dos mais pequenos torreões oitavados que ladeiam a Porta do Tritão. Grandeza e unidade têm-na os fortíssimos arcos que amparam os terraços superiores e as galerias. Aqui encontraria o viajante uma sugestão para Gaudí se não fosse mais exato terem bebido nas mesmas fontes exóticas o grande arquiteto catalão e o engenheiro militar alemão Von Eschwege, que veio à Pena por mando doutro alemão, D. Fernando de Saxe-Coburgo Gotha, dar corpo a delírios românticos muito do gosto germânico.

É porém verdade que sem o Palácio da Pena a serra de Sintra não seria o que é. Apagá-lo da paisagem, eliminá-lo que fosse duma fotografia que registe aquelas alturas, seria alterar profundamente o que já é natureza. O palácio aparece como um afloramento particular da própria massa rochosa que o suporta. E este é decerto o melhor louvor que pode ser feito a um edifício que, nas suas partes, se caracteriza, como já alguém escreveu, por "fantasia, inconsciência, mau gosto, improvisação". Porém, onde essa fantasia, essa inconsciência, esse mau gosto, essa improvisação perdem limites e comedimento é no interior.

Deve o viajante, neste ponto, tentar explicar-se melhor. É inegável que não faltam no salão nobre, no quarto da rainha D. Amélia, na Sala de Saxe, para os citar apenas, móveis e objetos de mérito, alguns de grande valor material e artístico. Tomados cada um por si, isolados do que os rodeia, justificam uma observação interessada. Mas, ao contrário dos elementos estruturais do palácio, que se harmonizam numa inesperada unidade de contrários, aqui dentro não logram a simples conciliação elementos decorativos que precisamente se caracterizam por afinidades de gosto. E quando certas antigas peças cá vieram instalar-se, logo foram neutralizadas, primeiro, subvertidas depois, no ambiente geral: é caso disso o quarto de D. Amélia. Se o viajante quisesse fazer trocadilhos, diria que este palácio tem um recheio de palacete. Em boa verdade, o excesso romântico do exterior não merecia o excesso burguês do interior. Ao artificial caminho de ronda do castelo, às inúteis guaritas de canto e seteiras saudosas de guerras ultrapassadas, veio juntar-se o cenário teatral de cortes que da cultura tinham uma conceção essencialmente ornamental. Quando os últimos reis vinham descansar das canseiras da governação, entravam no teatro: entre isto e o papel pintado a diferença não é grande. Se tivesse de escolher, o viajante preferiria o caos organizado de Von Eschwege ao luxo novo-rico das reais pessoas.

Tendo avistado destes paços o Castelo dos Mouros, o viajante deu-se por satisfeito. Aliás, no geral, castelos é vê--los de fora, e este, tão maneirinho à distância, é assim que quer ser visto, emblematicamente.

Retoma o viajante o caminho, e são tantas as voltas que tem de dar, tão constante a força da vegetação, tantas as impressões que de tudo colhe, que lhe parece a viagem muito mais longa do que na realidade é. Longa e feliz, raro caso em que podem juntar-se as duas palavras.

Por este juntar palavras, recorda-se de como as juntou Filipe II, quando se gabava de que nas terras do seu império nunca o Sol se punha, e de como se louvou de que nos reinos que governava, Portugal incluído, existiam o mais rico e o mais pobre dos conventos do orbe: o Escorial e os Capuchos de Sintra. Filipe II tinha, portanto, tudo: a maior riqueza e a maior pobreza, o que, naturalmente, lhe permitia escolher. Têm os reis o particular privilégio de tudo se lhes dever agradecer: a riqueza que ao seu estado convinha, e a pobreza que não cuidavam de remediar nos outros. O que lhes valia, para sossego da alma, era poderem ir sem desdouro ou remorso à pobreza, quando a procuravam junto dos frades. Não sabe o viajante se alguma vez Filipe II subiu à serra de Sintra para visitar os franciscanos do mais pobre convento e equilibrar assim as residências que fazia no convento mais rico. Mas D. Sebastião, antes dele, vinha muitas vezes aos Capuchos praticar com os frades, que todos se haviam de rejubilar com a visita de Sua Alteza. Naquelas argolas, diz ao viajante o guarda, prendia D. Sebastião o cavalo, e a estas mesas se sentava para merendar e refrescar-se da grande subida. Espanta-se uma pessoa de como um simples guarda sabe estas coisas magníficas e delas fala como se tivesse sido testemunha, em tal convicção que o viajante olha as argolas e as mesas, e tanto espera ouvir o cavalo relinchar como ouvir falar o rei.

Eram tempos ainda serenos. Não havia razões para temer Castela, Filipe II dava-se por satisfeito com o Escorial, não tinha ambições sobre este pobríssimo convento só de pedras feito, cujo único conforto e defesa contra os grandes frios da serra era a cortiça de que generosamente o forravam e que, renovada, até hoje se mostra. Quem aqui decidiu vir viver e morrer, apetecia realmente a humildade. Estas pequenas portas, que para as passar até uma criança tem de curvar-se, exigiam radicais sujeições do corpo e da alma, e as celas para onde dão forçariam os membros a reduzir-se. Quantos homens se deixaram submeter, melhor, quantos vieram procurar a submissão? Na Casa do Capítulo não cabem mais que meia dúzia de pessoas, o refeitório parece de brinquedo, pouco sobra do espaço que ocupa a laje da mesa, e depois há a constante mortificação dos bancos de rugosa cortiça, se já então a não desbastavam. O viajante reflete um pouco nisto de ser frade. Para ele, homem tão do mundo, é mistério intrigante sair uma pessoa de sua casa, deixar o trabalho, e vir bater ali fora ao portão: "Quero entrar", e depois não cuidar de mais nada, nem sequer quando D. Sebastião deixou de aparecer e outro era o rei, aos frades dos Capuchos tanto se lhes dava. Julgando-se com o céu garantido, lá diriam uns aos outros que os anjos não conhecem português nem castelhano, e tratavam de apurar o latim, que é, como todos sabemos, a celestial linguagem. Isto murmura o viajante, mas, no fundo, está impressionado: todo o sacrifício o comove, toda a renúncia, todo o ato de entrega. Mesmo sendo tão egoísta como este, os capuchos do Convento de Santa Cruz pagavam-no bem caro. Por este herético pensar é que, provavelmente, o viajante vai ser expulso do paraíso. Poderia ainda trocar as voltas, meter-se escondido nas frondes, mas depois chegaria a noite e não é ele tão corajoso que se habilite à grande confrontação com as trevas nestes penhascais da serra. Desça pois à vila, que é descer ao mundo, e deixe na boa paz do esquecimento as sombras dos frades que só pecaram por orgulho de se pensarem salvos.

Quase tão heterogéneo de estilos como o Palácio da Pena, é o Palácio Nacional da Vila. Mas este é como uma longa praia onde as marés do tempo vagarosamente vieram deixar os seus salvados, devagar construindo, devagar pondo uma coisa no lugar doutra coisa, e, por isso, deixando desta mais do que a simples recordação: primeiro, o paço gótico de D. Dinis, depois, as ampliações decididas por D. João I, mais tarde por D. Afonso V, D. João II, e enfim D. Manuel I, por cujo mandado se construiu toda a ala do lado nascente. No Palácio da Vila sente-se o tempo que passou. Não é o tempo petrificado da Pena, ou o tempo perdido de Monserrate, ou a grande interrogação dos Capuchos. Quando o viajante se lembra de que neste palácio esteve o pintor Jan van Eick, pensa que ao menos algumas coisas neste mundo fazem sentido.

Para seu gosto, certas salas deveriam estar mais nuas, próximas tanto quanto possível da sua primeira serventia. Ainda bem que não chegam aos tetos os arranjos mobiliários de que os pavimentos são infensos sujeitos. Assim, pode o viajante olhar o teto apainelado da Sala dos Brasões, ter dele a imagem que a corte manuelina tinha, mesmo sendo diferente a leitura, e sem nada que o distraia verificar como o brasão real é aqui como um sol, à roda do qual se distribuem, como satélites, os brasões dos infantes e, em outro anel exterior, os da nobreza do tempo. Também o da Sala dos Cisnes, de masseira, e o das Pegas, todas "por bem" palrando, mesmo quando declaram o que bem calado devia ficar. Porém, não se pode ser injusto com estes azulejos esplendorosos, os da Sala da Galé e todos os mais, cujos segredos de fabrico provavelmente se perderam. E isto perturba muito o viajante: nada que o homem tivesse inventado ou descoberto devia perder-se, lido devia transmitir-se. Se o viajante não souber como se há de voltar a repetir este azul de fez, é um viajante mais pobre que todos os frades dos Capuchos juntos.

Poucas coisas podem ser mais belas e repousantes que os pátios interiores do Palácio da Vila, poucas de mais serena exaltação que a capela gótica. Quando o espírito cristão se encontrou com o espírito árabe, uma nova arte quis nascer. Cortaram-lhe as asas para que não voasse. Entre os pássaros do paraíso seria esse um dos mais formosos. Não pôde voar, não pôde viver.

## ÀS PORTAS DE LISBOA

Por causa de palavras ouvidas no Palácio de Sintra, veio o viajante a pensar no rei que por nove anos lá esteve preso, Afonso de seu nome e sexto na ordem onomástica. Apiedam-se muito as gentes populares de que os reis e príncipes sofram reveses da sorte mofina, e esta de imaginar um rei legítimo metido entre quatro paredes, para lá e para cá, ao ponto de gastar os mosaicos do chão, por pouco não levanta indignações tardias e certamente mal empregadas. Este Afonso VI tinha muito de mentecapto e padecia doutras carências, entre as quais a mínima virilidade que se exige aos reis para garantia da sucessão. Enfim, são histórias de famílias de sangue avariado, que nem por se renovarem, melhoram. Extinguiu-se a dinastia de Aviz com um D. Sebastião degenerado e um cardeal-infante caquético, e logo a de Bragança, morto o brilhante D. Teodósio, não tem para colocar no trono senão um hemiplégico, intelectualmente incapaz e rufião. O viajante gostaria de se apiedar do homem, mas disso acaba por distraí-lo a lembrança da ferocíssima guerra de palácio em que todos se envolveram, rei, rainha, infante, validos francês e italiano, ministros, enquanto por essas terras o povinho miúdo nascia, trabalhava, morria, e pagava as custas. Houve, pensa o viajante, prisioneiros que mereceram outro respeito. Cuidemos de não meter tudo no mesmo saco.

Em Cascais foi o viajante ao Museu de Castro Guimarães para ver Lisboa. Parece despropósito, e é a pura verdade. Aqui se encontra guardada a *Crónica de D. Afonso Henriques*, de Duarte Galvão, em cujo frontispício uma iluminura de minucioso desenho mostra a capital do reino metida entre os seus muros quinhentistas. Embarcações de vário tipo e calado, naus, caravelas, batéis, navegam desencontradas mas sem abalroarem. O iluminador não sabia muito de ventos, ou sabia tanto que os manejava à vontade. Tem o museu mais que ver, mas ao viajante interessava particularmente a antiga imagem duma cidade desaparecida, urbe submersa pelo tempo, arrasada por terramotos e que, enquanto cresce, a si mesma se vai devorando.

Estas terras marginais são prediletas do turismo. O viajante não é turista, é viajante. Há grande diferença. Viajar é descobrir, o resto é simples encontrar. Por isso se há de compreender que passe sem particulares demoras por estas amenas praias, e se nas ondas pacatas do Estoril decidir dar breve mergulho, fique este sem menção. É certo que o viajante gosta de parques e jardins, mas esta falda florida que do casino se estende até à praia não está ali para passeios, é como um tapete de palácio, à volta do qual respeitosamente desfilam os visitantes. E quanto às sossegadas ruas que nas íngremes encostas se entretecem, tudo são muros e portões fechados, barreiras e biombos de luxo. Aqui não é Lamego, não vai aparecer um homem meio embriagado a oferecer um quarto para dormir e a trocar ideias sobre os destinos supremos da humanidade. O viajante lembra-se de que perto foram encontrados restos de ossadas e crânios, ocultos durante milhares de anos, de mistura com machados de pedra, goivas e enxós, e outros miúdos objetos úteis ou rituais; depois olha os hotéis sumptuosos, o jardim desamável, os passantes e passeantes, e definitivamente convence-se de que o mundo é complicado. A originalidade da conclusão vale o registo que o viajante recusa ao mergulho no mar e que igualmente recusaria se no casino tivesse levado a banca à glória.

Enfim, para a frente é que é Lisboa. Mas antes de cometer o feito, que no fundo da alma o está intimidando, o viajante irá a esta povoação ribeirinha chamada Carcavelos, para ver o que só bem poucas pessoas conhecem, do milhão delas que em Lisboa vivem, dos muitos milhares que ao banho na praia vêm, isto é, e concluindo, a igreja matriz. Por fora ninguém daria nada por ela: são quatro paredes, uma porta, uma cruz em cima. Um espírito jansenista diria que para adorar a Deus não se requer mais. Ainda bem que assim não entendeu quem desta obra decidiu. Lá dentro, está uma das mais magníficas decorações de azulejos policromos que o viajante teve diante dos seus privilegiados olhos. Excetuando a cúpula sobre o transepto, todas as paredes, todos os arcos, todos os vãos se encontram revestidos dessa matéria incomparável, hoje tão desgraçadamente usada. Vivendo perto, o viajante voltará aqui outra vez, e muitas. Não cabe maior louvor.

Provavelmente parecia mal não ir a Queluz. Pois vá e vença a antipatia que sente por dois reis que lá viveram, aquele D. João VI que, falando de si mesmo, dizia: "Sua Majestade tem dor de barriga", ou "Sua Majestade quer orelha de porco", e aquela D. Carlota Joaquina, senhora de mau porte, intriguista e ainda por cima feia como noite de trovões. Haviam de ter sua graça os diálogos destes dois, e hilariantes se pelos caminhos do sentimento entravam. Porém, o viajante é muito discreto sobre as vidas íntimas, e se anda a viajar não é para comportar-se depois como qualquer vulgar bisbilhoteiro: fique lá a rainha com os seus amantes criados do paço e o rei com as suas dificuldades digestivas e vejamos o que este palácio tem para mostrar. É, por fora, uma caserna, e parece um bombom cor-de-rosa se posto o observador no jardim, de Netuno chamado. Dentro encontra-se a costumada sucessão de salas de aparato e aposentos privados: ele é a sala da música, a do trono, a das merendas, o toucador da rainha, a capela, e mais o quarto deste e daquela, e a cama Império, e a cadeira D. José, e os lustres de Veneza, e a madeira do Brasil, e o mármore da Itália. Arte autêntica, séria, quase a não há; arte decorativa, superficial, só para distrair os olhos, e manter o cérebro ausente, vemo-la por todos os lados. E de tal modo o viajante se vai deixando embalar pela ladainha do guia que abre caminho e algum entendimento ao dócil rebanho dos visitantes de hoje, tão sonâmbulo segue, outra vez sentido assomar na borda do poço o velho rancor, que subitamente é como se acordasse.

Está na sala de D. Quixote, onde se diz que nasceu e morreu D. Pedro IV. Não é este princípio e este fim que comovem o viajante: não faltava mais nada que lacrimejar por coisas tão comuns. O que em verdade o perturba é a incongruência destas cenas da vida do pobre fidalgo manchego, zelador de honra e justiça, louco apaixonado, inventor de gigantes, posto em tal lugar, neste Palácio de Queluz que leu o *rocaille* à portuguesa e o neoclássico à francesa, e mais errou do que acertou. Há grandes abusos. O desgraçado Quixote, que comia pouco por necessidade e vocação, e de castidades forçadas padecia mais do que a conta, foi à força metido numa corte com uma rainha que não queria saber de continências e um rei que as fazia muitas ao faisão e ao chispe. Se é verdade que nasceu aqui D. Pedro, se nele houve, a par de interesses familiares e dinásticos que convinha assegurar, real amor da liberdade, então D. Quixote de la Mancha fez quanto pôde para vingar-se da afronta de o pintarem nestas paredes. Moído de pancada, soerguendo o tronco nos mortificados braços, quase turvos os olhos do desmaio de que saiu ou em que vai cair, ouve a criança nos seus primeiros gritos e diz-lhe na boa língua cervantina, que o viajante traduz: "Olha lá, pequeno, se aqui me puseram, não me vás envergonhar na vida." E se é certo ter vindo D. Pedro cá morrer, o mesmo D. Quixote, agora montado no seu cavalo, como quem vai também partir, e levantando o braço à despedida, ter-lhe-á dito no último instante: "Vá lá, não te portaste mal." De tal boca, e dirigidas a um simples rei, não se poderiam esperar palavras mais confortadoras.

## DIZEM QUE É COISA BOA

Cá está a coleira. O viajante disse e cumpriu: mal entrasse em Lisboa iria ao Museu de Arqueologia e Etnologia à procura da falada coleira usada pelo escravo dos Lafetás. Podem-se ler os dizeres: "Este preto he de Agostinho de Lafetá do Carvalhal de Óbidos." O viajante repete uma vez e outra para que fique gravado nas memórias esquecidas. Este objeto, se é preciso dar-lhe um preço, vale milhões e milhões de contos, tanto como os Jerónimos aqui ao lado, a Torre de Belém, o palácio do presidente, os coches por junto e atacado, provavelmente toda a cidade de Lisboa. Esta coleira é mesmo uma coleira, repare-se bem, andou no pescoço dum homem, chupou-lhe o suor, e talvez algum sangue, de chibata que devia ir ao lombo e errou o caminho. Agradece o viajante muito do seu coração quem recolheu e não destruiu a prova de um grande crime. Contudo, urna vez que não tem calado sugestões, por tolas que pareçam, dará agora mais uma, que seria colocar a coleira do preto de Agostinho de Lafetá numa sala em que nada mais houvesse, apenas ela, para que nenhum viajante pudesse ser distraído e dizer depois que não viu.

Tem o museu milhares de peças de que o viajante não falará. Todas têm a sua história própria, desde o paleolítico ao século passado, e é cada uma delas breve ou demorada lição. O viajante gostaria de pegar na mais antiga e depois seguir a história até à mais recente. Tirando alguns deuses conhecidos e uns tantos imperadores romanos, o resto é a arraia-miúda, anónima, sem rosto nem nome. Há uma palavra para designar cada objeto, e o viajante descobre, estupefacto, que a história dos homens é afinal a história desses objetos e das palavras que os nomeiam, e dos nexos existentes entre eles e elas, mais os usos e os desusos, o como, para quê, onde e quem produziu. A história assim contada não se atravanca de nomes, é a história dos atos materiais, do pensamento que os determina, dos atos que determinam o pensamento. Era bom ficar aqui a interrogar esta cabra de bronze ou esta placa antropomórfica, este friso ou esta quadriga encontrada em Óbidos, tão perto do Carvalhal. Para demonstração de que é possível e é necessário aproximar todas as coisas para entender cada uma.

O viajante vem para a rua, é um viajante perdido. Aonde irá? Que lugares irá visitar? Que outros deixará de lado, por sua deliberação ou impossibilidade de ver tudo e falar de tudo? E que é ver tudo? Tão legítimo seria atravessar o jardim e ir ver os barcos no rio como entrar no Mosteiro dos Jerónimos. Ou então, nada disto, ficar apenas sentado no banco ou sobre a relva, a gozar o esplêndido e luminoso Sol. Diz-se que barco parado não faz viagem. Pois não, mas prepara-se para ela. O viajante enche de bom ar o peito, como quem levanta as velas a apanhar o vento do largo, e ruma para os Jerónimos.

Bem fez em ter usado linguagem marinheira. Aqui mesmo à entrada está, à mão esquerda, Vasco da Gama, que descobriu o caminho para chegar à Índia, e, à direita, a jacente estátua de Luís de Camões, que descobriu o caminho para chegar a Portugal. Deste não estão os ossos, nem se sabe onde param; de Vasco da Gama, estarão ou não. Onde parece que há alguns verdadeiros é lá ao fundo, à direita, numa capela do transepto; aí estão (estarão?) os restos de D. Sebastião, outras vezes falado neste relato. E de túmulos não falemos mais: o Mosteiro dos Jerónimos é uma maravilha de arquitetura, não uma necrópole.

Produziram muito os arquitetos do manuelino. Nunca nada mais perfeito que esta abóbada da nave nem tão arrojado como a do transepto. Tantas vezes tem feito profissão de fé numa certa bruteza natural da pedra, e agora vê-se rendido diante da decoração finíssima, que parece renda imponderável, dos pilares, incrivelmente delgados para a carga que suportam. E reconhece o golpe de génio que foi deixar em cada pilar uma secção de pedra despida de ornamento: o arquiteto, isto pensa o viajante, quis prestar homenagem à simplicidade primeira do material, e ao mesmo tempo introduziu um elemento que vem perturbar a preguiça do olhar e estimulá-lo.

Porém, onde o viajante entrega as armas, as bagagens e as bandeiras é sob a abóbada do transepto. São vinte e cinco metros de altura, num vão de vinte e nove metros por dezanove. Não há aqui pilar ou coluna que ampare a enorme massa da abóbada, lançada num só voo. Como um enorme casco de barco virado ao contrário, este bojo vertiginoso mostra o cavername, cobre com as suas obras vivas o espanto do viajante, que está vai não vai para ajoelhar ali mesmo e louvar quem tal maravilha concebeu e construiu. Corre outra vez à nave, outra vez o arrebatam os fustes esbeltos dos pilares que no topo recebem ou dele fazem nascer as nervuras da abóbada como palmares. Deambula de um lado para outro, entre turistas que falam metade das línguas do mundo, e entretanto decorre um casamento, diz o padre as palavras costumadas, está toda a gente contente, oxalá sejam felizes e tenham os meninos que quiserem, mas não se esqueçam de os ensinar a gostar destas abóbadas em que os pais mal repararam.

O claustro é belíssimo, porém, não vence o viajante, que em claustros tem ideias muito firmes. Reconhece-lhe a beleza, mas acha-o excessivo de ornamento, sobrecarregado, embora julgue saber encontrar, sob essa capa, a harmonia da estrutura, o equilíbrio das grandes massas, ao mesmo tempo reforçadas e leves. Contudo, não é esta a paixão do viajante. O seu coração está repartido por alguns claustros de que tem falado. Aqui apenas sentiu o prazer dos olhos.

O viajante não falou dos portais, o do sul, que dá para o rio, e o outro, virado a poente, no eixo da igreja. São ambos belos, trabalhados como filigrana, mas sendo embora o primeiro mais aparatoso, porque pôde desenvolver-se a toda a altura da frontaria, vão as preferências para o outro, talvez pelas magníficas estátuas de D. Manuel e D. Maria, obra de Chanterenne, mais provavelmente pela união de elementos decorativos predominantemente góticos e renascentistas, praticamente sem nenhum aproveitamento do vocabulário manuelino. Ou então será outra manifestação do já demonstrado gosto do viajante pelo mais simples e rigoroso. Pode bem ser. Outro terá outro gosto, e ainda bem para ambos.

Colocado agora entre o Museu da Marinha e o Museu dos Coches, entre alguns meios de navegar nas águas e outros de ser transportados em terra, o viajante decide ir à Torre de Belém. Um poeta disse, em hora de rima fácil e desencanto pátrio, que só isto fazemos bem, torres de Belém. O viajante não é da mesma opinião. Viajou bastante para saber que muitas outras coisas fizemos bem-feitas, e agora mesmo vem de ver as abóbadas dos Jerónimos. Fez de conta Carlos Queirós que as não viu, ou desforrou-se na torre da dificuldade de encontrar rima coerente para o mosteiro. Em todo o caso não vê o viajante que utilidade militar poderia ter esta obra de joalharia, com o seu maravilhoso varandim virado ao Tejo, lugar de mais excelência para assistir a desfiles náuticos do que para orientar a alça dos canhões. Que conste, nunca a torre entrou em batalha formal. Ainda bem. Imagine-se os destroços que fariam neste rendilhado as bombardas quinhentistas ou as palanquetas. Assim pode o viajante percorrer as sobrepostas salas, ir às altas guaritas, assomar ao balcão do rio e ter muita pena de não poder ver-se a si mesmo assomando em tão formoso lugar, e enfim descer ao mais fundo, onde presos já estiveram. É manha do homem: não pode ver um buraco lôbrego sem pensar em meter nele outro homem.

Não esteve o viajante muito tempo no Museu da Marinha, e ainda menos no dos Coches. Barcos fora de água entristecem-no, carruagens de pompa e circunstância enfadam-no. E vá lá que os barcos, louvados sejam, ainda podem ser levados dali ao rio, ao passo que os coches seriam ridícula coisa de ver, a bambolearem-se grotescos por ruas e auto-estradas, desajeitados cágados que acabariam por perder em caminho as patas e a carcaça.

Por várias razões boas e outra ainda melhor (sacudir do espírito as teias de aranha) o viajante foi ao Museu de Arte Popular. É um refrigério. É também uma e muitas interrogações. Desde logo o viajante tomaria esta coleção e dividi-la-ia em dois ramos, cada um dos quais suscetível de amplos desenvolvimentos: o de Arte Popular propriamente dita e o do Trabalho, o que não significaria organizar dois museus, antes tornar mais visíveis as ligações entre trabalho e arte, mostrar a compatibilização entre o artístico e o útil, entre o objeto e o prazer sensorial. Não que o museu não seja uma extraordinária lição de beleza objetiva, porém padece do pecado original de simples exposição para fins ideológicos nada simples, como foram os que presidiram à sua criação e organização. O viajante gosta de museus, por nada deste mundo votaria a sua extinção em nome de critérios porventura modernos, mas não se resignará nunca ao catálogo neutral que toma o objeto em si, o define e enquadra entre outros objetos, radicalmente cortado o cordão umbilical que os ligava ao seu construtor e ao seu utilizador. Um ex-voto popular exige o respetivo enquadramento social, ético e religioso; um ancinho não é entendível sem o trabalho para que foi feito. Novas morais e novas técnicas vão empurrando todo este material para a arqueologia, e esta é só uma razão mais de novas exigências museológicas.

Falou o viajante de uma e muitas interrogações. Fique esta apenas: vivendo a sociedade portuguesa tão acentuada crise de gosto (particularmente na arquitetura e na escultura, no objeto de uso corrente, no envolvimento urbano), não faria mal nenhum aos árbitros e responsáveis dessa geral corrupção estética, e algum bem faria àqueles poucos ainda capazes de lutarem contra a corrente que nos vai asfixiando, irem passar umas tardes ao Museu de Arte Popular, olhando e refletindo, procurando entender aquele mundo quase morto e descobrir qual a parte da herança dele que deve ser transmitida ao futuro para garantia da nossa sobrevivência cultural.

O viajante segue ao longo do rio, tão diferente aqui do carreirinho de água de Almourol, mas por sua vez quase um regato comparado com a vastidão que em frente de Sacavém se alonga, e tendo lançado comprazidos olhares à ponte hoje chamada de 25 de Abril (antes teve o nome de um hipócrita que até à última hora fingiu ignorar como se ia denominar a obra), sobe as escadinhas da Rocha do Conde de Óbidos para ir ao Museu de Arte Antiga. Antes de entrar regala-se a contemplar os barcos atracados, a rigorosa confusão dos cascos e dos mastros, das chaminés e dos guindastes, dos paus de carga e das flâmulas, e, sendo noite, voltará para deslumbrar-se com as luzes e tentar adivinhar o significado dos sons metálicos que ecoam bruscamente e se ampliam na ressonância das escuras águas. O viajante gosta dos seus vinte sentidos, e a todos acha poucos, embora seja capaz, por exemplo, e por isso se contenta com os cinco que trouxe ao nascer, de ouvir o que vê, de ver o que ouve, de cheirar o que sente nas pontas dos dedos, e saborear na língua o sal que neste momento exato está ouvindo e vendo na onda que vem do largo. Do alto da Rocha do Conde de Óbidos o viajante bate palmas à vida.

Para ele, o mais belo quadro do mundo está em Siena, na Itália. É uma pequena paisagem de Ambrogio Lorenzetti, com pouco mais de um palmo na sua maior dimensão. Mas o viajante, nestas coisas, não é exclusivista; sabe muito bem que não faltam por aí outros mais belos quadros do mundo. O Museu de Arte Antiga, por exemplo, tem um: os *Painéis de S. Vicente de Fora*, e ainda outro: as *Tentações de Santo Antão*. E talvez o seja também *O Martírio de S. Sebastião* de Gregório Lopes. Ou o *Descimento da Cruz* de Bernardo Martorell. Cada visitante tem direito a escolher, a designar o mais belo quadro do mundo, aquele que a uma certa hora, num certo lugar, põe acima de todos os outros. Este museu que deveria ter o bem mais belo nome das Janelas Verdes, que é o da rua onde mora, não goza de fama e proveito de particularmente rico entre os seus pares da Europa. Mas, aproveitado todo ele, daria largo pasto às fomes estéticas da capital e lugares próximos. Sem falar das aventuras para que abriria a parte estrangeira da pinacoteca, contenta-se o viajante, nas salas da pintura portuguesa do século XVI, com delinear, para seu gozo próprio, os caminhos da representação da figura humana ou animal, da paisagem, do objeto, da arquitetura real ou inventada, da flora, natural ou preciosamente alterada, do trajo comum ou de corte, e esse outro que se abandona à fantasia ou copia estrangeiros modelos.

E, voltando atrás, sejam de Nuno Gonçalves ou não, estes painéis soletram feição por feição a portuguesa humanidade que no friso superior de retratos se mostra, tão fortes de expressão que os não pôde apagar a valorização maior das primeiras figuras, reais, fidalgas ou eclesiásticas.

Tem sido fácil exercício colocar lado a lado estas imagens e outras de gente hoje viva: por esse país fora não faltam irmãos gémeos destes homens. Porém, apesar desses outros igualmente fáceis exercícios de nacionalismo que derivação, não encontramos em Portugal maneira de tornar evidente, no plano profundo, a semelhança fisionómica. Num qualquer ponto da história o português deixou de reconhecer-se no espelho que estes painéis são. Claro que o viajante não está a referir-se às formas de culto aqui expressas nem a projetos de descobrimentos novos que eventualmente os painéis inspirariam. O viajante junta estas pinturas às coisas que viu no Museu de Arte Popular, e assim cuida que fica mais bem explicado o seu pensamento.

Não se descreve o Louvre de Paris, nem a Galeria Nacional de Londres, nem os Ofícios de Florença, nem o Vaticano, nem o Prado de Madrid, nem a Galeria de Dresden. Também não se descreve o Museu das Janelas Verdes. É o que temos, e temo-lo bom. O viajante é habitual visitante, tem o bom costume de visitar uma sala de cada vez, ficar lá uma hora, e depois sair. Recomenda o método. Uma refeição de trinta pratos não alimenta trinta vezes mais do que uma refeição de um prato só; olhar cem quadros pode destruir o proveito e o prazer que um deles daria. Exceto no que toque à organização do espaço, as aritméticas têm pouco que ver com a arte.

Está bom tempo em Lisboa. Por esta rua se desce ao jardim de Santos-o-Velho, onde uma contrafeita estátua de Ramalho Ortigão se apaga entre as verduras. O rio esconde-se por trás duma fiada de barracões, mas adivinha-se. E depois do Cais do Sodré desafoga-se completamente para merecer o Terreiro do Paço. É uma belíssima praça de que nunca soubemos bem o que havíamos de fazer. De repartições e gabinetes de governo já pouco resta, estes casarões pombalinos adaptam-se mal às novas conceções dos paraísos burocráticos. E quanto ao terreiro, ora parque de automóveis, ora deserto lunar, faltam-lhe sombras, resguardos, focos que atraiam o encontro e a conversa. Praça real, ali ao canto foi morto um rei, mas o povo não a tomou para si, exceto em momentos de exaltação política, sempre de curta dura. O Terreiro do Paço continua a ser propriedade do D. José. Um dos mais apagados reis que em Portugal reinaram olha, em estátua, um rio de que nunca deve ter gostado e que é maior do que ele.

O viajante sobe por uma destas ruas comerciais, com lojas em todas as portas, e bancos que lojas são, e vai imaginando que Lisboa haveria neste lugar se não tem vindo o terramoto. Urbanisticamente, que foi que se perdeu? Que foi que se ganhou? Perdeu-se um centro histórico, ganhou-se outro que, por força do tempo passado, histórico se tornaria. Não vale a pena discutir com terramotos nem averiguar que cor tinha a vaca de que foi mungido o leite que se entornou, mas o viajante, em seu pensar vago, considera que a reconstrução pombalina foi um violento corte cultural de que a cidade não se restabeleceu e que tem continuidade na confusa arquitetura que em marés desajustadas se derramou pelo espaço urbano. O viajante não anseia por casas medievais ou ressurgências manuelinas. Verifica que essas e outras ressuscitações só foram e são possíveis graças ao traumatismo violento provocado pelo terramoto. Não caíram apenas casas e igrejas. Quebrou-se uma ligação cultural entre a cidade e o povo dela.

Defende-se o Rossio melhor. Lugar confluente e defluente, não se abre francamente à circulação, mas precisamente é isso que retém os passantes. O viajante compra um cravo nas floristas do lago e, virando costas ao teatro a que se recusa o nome de Almeida Garrett, sobe e desce a Rua da Madalena para ir à Sé. No caminho assustou-se com a ciclópica estátua equestre de D. João I que está na Praça da Figueira, exemplo acabado de um equívoco plástico que só raramente soubemos resolver: há quase sempre cavalo a mais e homem a menos. Machado de Castro explicou lá em baixo, no Terreiro do Paço, como se faz, mas raros o entenderam.

À Sé pouco lhe faltou para não sobreviver às remendagens dos séculos XVII e XVIII, subsequentes ao terramoto umas, sem tento nem gosto todas. Reabilitou-se felizmente a frontaria, agora de bela dignidade no seu estilo militar acastelado. Não é certamente o mais belo templo que em Portugal existe, mas o adjetivo cobre sem nenhum favor o deambulatório e as capelas absidiais, magnífico conjunto para que não se encontra fácil paralelo. Também a capela de Bartolomeu Joanes, em gótico francês, merece atenção. E há que referir o trifório, arcaria tão harmoniosa que se ficam os olhos nela. E se o visitante padece do mal romântico, aí tem o túmulo da Princesa Desconhecida, comovente até à lágrima. Admiráveis são também os túmulos de Lopo Fernandes Pacheco e de sua segunda mulher, Maria Vilalobos.

Até agora não falou o viajante do castelo dito de S. Jorge. Visto cá de baixo a vegetação quase o esconde. Fortaleza de tantas e tão remotas lutas, desde romanos, visigodos e mouros, hoje mais parece um parque. O viajante duvida se o preferiria assim. Tem na memória a grandeza de Marialva e de Monsanto, formidáveis ruínas, e aqui, apesar dos restauros, que num princípio reintegrariam a fortaleza na sua recordação castrense, acaba por ter significado maior o pavão branco que se passeia, o cisne que voga no fosso.

O miradouro faz esquecer o castelo. Nem parece que naquela porta morreu entalado Martim Moniz. É sempre assim: sacrifica-se um homem pelo jardim dos outros.

Nem tem o viajante mostrado grande afeição pela arte setecentista, cujo maior florão é o chamado ciclo joanino, abundante em talha e grande importador de produções italianas, como em Mafra se viu. Logo parece pouco imaginativo, salvo se refinada lisonja for, beneficiar com nomes reais estilos artísticos em que os ditos reis não puseram dedo: têm os britânicos o isabelino ou o vitoriano, temos nós o manuelino e o joanino, só para dar estes exemplos. Mostra isto que os povos, ou quem por eles fala, ainda não se resolveram a passar sem pai e mãe, muito putativos neste caso. Mas, enfim, tinham os reis autoridade e o poder de dispor dos dinheiros populares, e por via desta obsessão de paternidades temos de agradecer a D. João V, contente pelo nascimento do herdeiro, a construção da Igreja do Menino--Deus. Crê-se ser a planta do edifício do arquiteto João Antunes, homem nada peco na sua arte, como se pode concluir olhando este magnífico edifício. Não podia cá faltar o gosto italiano, que em todo o caso não apagou o sabor da terra, patente na feliz introdução dos azulejos. A igreja, com a sua nave octogonal, é de um equilíbrio perfeito. Mas o viajante, quando tiver tempo, há de averiguar por que se deu a este templo o nada vulgar nome de Menino-Deus: desconfia que andou aqui imposição de Sua Majestade, ligando subliminalmente a consagração da igreja ao filho que nascera. D. João V, pela sua conhecida mania das grandezas, era homem para isso.

O viajante ainda não descerá a Alfama. Primeiro tem aqui a Igreja e o Mosteiro de São Vicente de Fora, construídos, é o que diz a tradição, em terras onde acamparam os cruzados alemães e flamengos que deram a D. Afonso Henriques a mão necessária para conquistar Lisboa. Do mosteiro então mandado construir pelo nosso primeiro rei não restam vestígios: o edifício foi arrasado no tempo de Filipe II, e em seu lugar levantado este. É uma imponente máquina arquitetónica, pautada por uma certa frieza de desenho, muito comum no maneirismo. Acusa no entanto uma personalidade clara ainda que discreta na frontaria. O interior é vasto, majestático, rico em mosaicos e mármores, e o altar barroco que D. João V encomendou de grande aparato, com as suas fortíssimas colunas e as grandes imagens de santos. Mas em São Vicente de Fora devem ver-se sobretudo os painéis de azulejos da portaria, particularmente os que representam a tomada de Lisboa e a tomada de Santarém, convencionais na distribuição das figuras mas cheios de movimento. Outros azulejos, em silhares figurativos, decoram os claustros. O conjunto vem a ser algo frio, conventual naquele sentido que o século XVIII definiu e para sempre a ele ficou ligado. O viajante não recusa méritos a São Vicente de Fora, porém não sente comover-se uma só fibra do corpo e do espírito. Será culpa sua, talvez, ou está comprometido com outras e mais rudes vibrações.

Agora é que o viajante vai a Alfama, disposto a perder-se na segunda esquina e decidido a não perguntar o caminho. É a melhor maneira de conhecer o bairro. Há risco de falhar qualquer dos lugares seletos (a casa da Rua dos Cegos, a casa do Menino de Deus, ou a do Largo Rodrigues de Freitas, a Calçadinha de São Miguel, a Rua da Regueira, o Beco das Cruzes, etc.), mas, andando muito, acabará por lá passar e entretanto ganhou encontrar-se mil e uma vezes com o inesperado.

Alfama é um animal mitológico. Pretexto para sentimentalismos de várias cores, sardinha que muitos têm querido puxar à sua brasa, não barra caminhos a quem lá entra, mas o viajante sente que o acompanham irónicos olhares. Não são os rostos sérios e fechados do Barredo. Alfama está mais habituada à vida cosmopolita, entra no jogo se daí tira alguma vantagem, mas no segredo das suas casas deve rir-se muito de quem a julga conhecer por lá ter ido numa noite de Santo António ou comer arroz, de cabidela. O viajante segue pelos torcidos becos, este em cujas casas de um e outro lado quase os ombros tocam, e lá em cima o céu é uma frincha entre beirais que um palmo mal separa, ou por estes inclinados largos cujos desníveis dois ou três lanços de degraus ajudam a vencer, e vê que não faltam flores nas janelas, gaiolas e canários dentro, mas o mau cheiro dos esgotos que na rua se sente há de sentir-se ainda mais dentro das casas, algumas onde o sol não entrou nunca, e estas ao nível do chão só têm por janela o postigo aberto na porta. O viajante tem visto muito de mundo e vida, e nunca gostou de achar-se na pele do turista que vai, olha, faz que entende, tira fotografias e regressa à sua terra a dizer que conhece Alfama. Este viajante deve ser honesto. Foi a Alfama, mas não sabe o que Alfama é. Contudo, não para de dar voltas, de subir e descer, e quando enfim se acha no Largo do Chafariz de Dentro, depois de se ter perdido algumas vezes como decidira, vem-lhe a vontade de penetrar outra vez nas sombrias travessas, nos becos inquietantes, nas escadas de quebra-costas, e ficar por lá enquanto não aprender ao menos as primeiras palavras deste discurso imenso de casas, de pessoas, de histórias, de risos e inevitáveis choros. Animal mitológico por conta alheia, Alfama vive à sua própria e difícil conta. Tem horas de bicho saudável, tem outras em que se deita a um canto para lamber as feridas que séculos de pobreza lhe abriram na carne e este não encontra maneira de curar. E ainda assim estas casas têm telhado. Por esses arrabaldes não se fecharam os olhos do viajante a lugares de habitar que dispensam telhado porque não chegam a ser casas.

Adiante é o Museu Militar com o seu recheio de glórias, bandeiras e canhões. É sítio para ver com muita atenção, com espírito arguto, para procurar e encontrar o civil que em tudo está, no bronze do esmerilho, no aço da baioneta, na seda do estandarte, no pano grosso da farda. O viajante cultiva a original ideia de que todo o civil pode ser militar, mas que já é muito difícil a qualquer militar ser civil. Há desentendimentos que têm precisamente aqui a sua raiz. Daninha raiz, acrescente-se.

Este lado da cidade não tem beleza. O viajante não se refere ao rio, que esse, mesmo desfeado de barracões, sempre encontra um raio de Sol para receber e devolver ao céu, mas sim aos prédios, os antigos que são como muros com janelas, os novos que parecem copiados de sonhos psiquiátricos. Vale ao viajante levar a promessa do Convento da Madre de Deus.

Visto por fora é um enorme paredão com uma porta manuelina ao cimo de meia dúzia de degraus. Convém saber que esta porta é falsa. Trata-se de um curioso caso em que a arte copiou a arte para recuperar a realidade, sem querer saber se fora a realidade que a arte copiada copiara.

Parece o enunciado de uma charada ou um trava-línguas, mas é a pura verdade. Quando em 1872 se tentou a reconstituição da fachada manuelina do Convento da Madre de Deus, o arquiteto foi ao *Retábulo de Santa Auta* que está no Museu de Arte Antiga e copiou, traço por traço, apenas o tornando mais alongado, o portal por onde vai entrando a procissão que transporta o relicário. Achou João Maria Nepomuceno que a ideia era tão boa como a do ovo de Colombo, e talvez fosse. Afinal, para reconstruir Varsóvia devastada pela guerra recorreu-se a pinturas do setecentista veneziano Bernardo Bellotto que naquela cidade estanciou. Foi Nepomuceno precursor, e tolo seria se não aproveitasse a abonação documental que tinha à mão. Mas boa figura de tolos fazemos todos nós, se afinal não era assim o portal da Madre de Deus.

Embora os elementos de decoração que enriquecem tanto a igreja como o coro alto e a sacristia sejam de diferentes épocas (desde o século XVI ao século XVIII), a impressão que se experimenta é de grande unidade de estilos. É provável que essa impressão de unidade provenha, em parte, do esplendor dourado que tudo envolve, mas seria mais exato admitir que é, preferentemente, obra da alta qualidade artística do conjunto. A generosidade da iluminação, que não deixa adormecido nenhum relevo nem apagado nenhum tom, contribuiu para o sentimento eufórico que o visitante experimenta. O viajante, que tanto tem murmurado contra certos desmandos de talha dourada quando afogam as arquiteturas, descobre-se aqui rendido até ao *rocaille* da sacristia, sem dúvida um dos mais perfeitos exemplos de certo espírito religioso a que, precisamente, costumamos chamar de sacristia. Por muito que as paredes se revistam de pias imagens, o apelo sensual do mundo carrega as molduras e os retábulos de conchas, feixes de plumas, palmas, volutas entrelaçadas, grinaldas, festões floridos. Para exprimir o divino cobre-se tudo de ouro, mas a vida exterior dilata a decoração até à turgescência.

O coro alto é um escrínio, um relicário. Para exprimir o inexprimível, o entalhador emprega todas as receitas do estilo. O visitante perde-se na profusão das formas, desiste de utilizar analiticamente os olhos e conforma-se com a impressão global, que não é síntese, de um aturdimento dos sentidos. Apetece ao viajante sentar-se no cadeiral para recuperar a sensação simples da madeira lisa, que o trabalho modelador do ebanista não bastou para eliminar.

Nos claustros e em salas que para eles dão, está o Museu do Azulejo. Ao viajante vêm dizer que as peças mostradas são parte ínfima do que se encontra armazenado à espera de espaço e dinheiro. Mesmo assim, este museu é um precioso lugar, aonde o viajante lastima que não venham, ou se vêm não lhes aproveita, aqueles que orientam o gosto de decorar. Há um trabalho a fazer em relação ao azulejo, não de reabilitação, que de tal não precisa ele, mas de entendimento. De entendimento português, acrescente-se. Porque, em verdade, depois de ter sido desprezado durante grande parte deste século, o azulejo regressou em força ao revestimento exterior dos prédios. Para geral desgraça, acrescente-se outra vez. Quem esses azulejos desenha, não sabe o que são azulejos. E, pelos vistos, quem de, responsabilidades didáticas se exorna e argumenta não o sabe também.

O viajante torna sobre os seus passos, encontra no caminho outro chafariz, denominado de El-Rei, cujo não se sabe quem possa ter sido, porque no reinado de D. Afonso II lhe fizeram obras e no de D. João V lhe puseram as nove bicas que hoje tem secas. O mais provável é ter o nome resultado do furor consagratório do *Magnânimo*. Não resta muito mais da antiga cidade por estas bandas: está aqui a Casa dos Bicos, modesta prima afastada do Palácio dos Diamantes de Ferrara, e além o pórtico da Igreja da Conceição Velha, manuelino belíssimo que o terramoto não derrubou.

Ao longo das arcadas do Terreiro do Paço, pensa o viajante como seria fácil animar estas galerias, organizando em dias certos da semana ou do mês pequenas feiras de venda e troca de selos, por exemplo, ou de moedas, ou exposições de pintura e desenho, ou instalando balcões de floristas, não faltariam outras e melhores ideias, puxando pela cabeça. Talvez, aos poucos, viesse a ser possível povoar este deserto que nem sequer tem dunas de areia para oferecer. Os reconstrutores de Lisboa deixaram-nos esta praça. Ou já sabiam que íamos precisar dela para lhe meter automóveis, ou confiaram ingenuamente na nossa imaginação. Que, como qualquer pessoa pode verificar, é nula. Talvez porque o automóvel veio precisamente ocupar o lugar que à imaginação competia.

O viajante ouviu dizer que há, a meio desta calçada, um museu dito de Arte Contemporânea. Como homem de boa- -fé, acreditou no que ouviu, mas, sendo muito respeitador da verdade objetiva, declara que não acredita no que os seus olhos veem. Não que ao museu falte mérito, e em alguns casos grande, mas a prometida contemporaneidade foi-o, no geral, de outros antigos contemporâneos, não do viajante, que não é tão velho assim. São ótimos os Columbanos, e se outros nomes não se apontam, não é por menosprezo, mas para obliquamente significar que, ou este museu toma caminho de saber o que quer, ou responderá pelo agravamento de algumas confusões estéticas nacionais. Não se refere o viajante a críticos e artistas em geral, que esses obviamente não duvidam do que sabem e são, mas ao público que entra desamparado e sai perdido.

Para descansar e recompor-se do museu, o viajante foi ao Bairro Alto. Quem não tem mais que fazer alimenta rivalidades populares entre este bairro e Alfama. É tempo perdido. Mesmo pecando pelo exagero que sempre contêm as afirmações perentórias, o viajante dirá que são radicalmente diferentes os dois. Não é o caso de sugerir que é melhor este ou aquele, supondo que viria a concluir-se que significa ser melhor em comparações destas; é sim que Alfama e Bairro Alto são antípodas um do outro, no jeito, na linguagem, no modo de passar na rua ou estar à janela, numa certa altivez que em Alfama há e que o Bairro Alto trocou por desaforo. Com perdão de quem lá viva e de desaforado nada tiver.

A Igreja de São Roque fica perto. Pela cara, não se daria muito por ela. Dentro é um salão sumptuoso onde, na modesta opinião do viajante, há de ser difícil falar a um deus de pobreza. Veja-se ali a Capela de São João Batista que o infalível D. João V encomendou em Itália. É uma joia de jaspe e bronze, de mosaico e mármore, o que há de menos próprio para o furibundo precursor que pregava no deserto, comia gafanhotos e batizou Cristo com água corrente do rio. Mas, enfim, os tempos passam, os gostos mudam, e D. João V tinha muito dinheiro para gastar, como se conclui da resposta que deu quando lhe foram dizer que um carrilhão para Mafra custava a astronómica quantia de quatrocentos mil réis: "Não julgava que era tão barato; quero dois." É a Igreja de São Roque um lugar onde se poderá encontrar protetor para todas as circunstâncias: pródiga em relíquias, tem as efígies de quase toda a corte celestial nos dois aparatosos relicários que ladeiam a capela-mor. Mas os santos não fitam com olho benevolente o viajante. Talvez no tempo deles estes dizeres fossem tomados como heresias. Muito enganados estão: hoje são maneiras de procurar entender.

Lisboa nunca gostou de ruínas. Ou as emenda com pedras novas, ou as arrasa de vez para construir prédios de rendimento. O Carmo é uma exceção. A igreja, no essencial, está como o terramoto a deixou. Algumas vezes se falou de restaurar e reconstruir. A rainha D. Maria I foi a que mais se adiantou em obra nova, mas, ou porque faltasse o dinheiro, ou porque esmorecesse a vontade, em pouco ficaram os acrescentos. Melhor assim. Mas a igreja, já dedicada por Nuno Álvares Pereira a Nossa Senhora do Vencimento, já passara ou veio a passar por misérias várias depois do terramoto: primeiramente cemitério, depois vazadouro público de lixo e por fim cavalariça da Guarda Municipal. Mesmo tendo sido cavaleiro Nuno Álvares, hão de ter-lhe estremecido os ossos ao ouvir no além os relinchos e as patadas das bestas. Sem contar com outros desacatos da necessidade.

Enfim, hoje as ruínas são museu arqueológico. Não particularmente rico de abundância, sim em valor histórico e artístico. O viajante admira a pilastra visigótica e o túmulo renascentista de Rui de Meneses, e outras peças de que não irá fazer menção. É um museu que dá gosto por muitas razões, a que o viajante acrescenta outra que muito preza: vê-se a obra trabalhada, o sinal das mãos. Há quem pense como ele, e isso dá-lhe o grande prazer de sentir-se acompanhado: em duas gravuras de 1745, feitas por Guilherme Debrie, vê-se, numa delas, a frontaria do convento, e na outra um alçado lateral, e se em ambas aparece Nuno Álvares Pereira de conversa paçã ou edificante com fidalgos e frades, também lá está o canteiro talhando a pedra, tendo à vista régua e esquadro, que com isso é que os conventos se punham de pé.

Está o viajante a chegar a termo da sua volta por Lisboa. Viu muito, viu quase nada. Quis ver bem, terá visto mal. Este é o risco permanente de qualquer viagem. Sobe a Avenida da Liberdade, que tem um lindo nome, bom para conservar e defender, rodeia o gigantesco plinto que suporta o marquês de Pombal e o leão simbolizador de poder e força, embora não faltem espíritos maliciosos que insinuam demonstrar-se ali um número de domação da fera popular, rendida aos pés do homem forte e rugindo a mandado. O viajante acha agradável o Parque Eduardo VII (aqui está um topónimo que, sem escândalo da Grã-Bretanha, bem podia ser substituído por referência mais chegada ao nosso coração), mas vê-o como o Terreiro do Paço, plaino abandonado que um vento quente escalda. Vai ao Museu Calouste Gulbenkian, que é, sem dúvida, exemplo de museologia ao serviço duma coleção não especializada, que, por isso mesmo, permite uma visão documentada, em nível superior, da evolução da história da arte.

O viajante sairá de Lisboa pela ponte do Tejo. Vai para o Sul. Vê os altos pilares, os arcos gigantescos do Aqueduto das Águas Livres sobre a ribeira de Alcântara, e pensa como têm sido longas e penosas as sedes de Lisboa. Da sede de água a curaram Cláudio Gorgel do Amaral, procurador da cidade, que foi o da iniciativa, e os arquitetos

Manuel da Maia e Custódio José Vieira. Provavelmente para acatar o gosto italiano de D. João V, foi primeiro diretor da obra, ainda que por pouco tempo, António Canevari. Porém, em verdade, quem construiu as Águas Livres, e com o seu dinheiro as pagou, foi o povo de Lisboa. Assim o reconhecia a lápide escrita em latim, então colocada no arco da Rua das Amoreiras, e que deste modo rezava: "No ano de 1748, reinando o piedoso, feliz e magnânimo rei D. João V, o Senado e povo de Lisboa, à custa do mesmo povo e com grande satisfação dele, introduziu na cidade as Águas Livres desejadas por espaço de dois séculos, e isto por meio de aturado trabalho de vinte anos a arrasar e perfurar outeiros na extensão de nove mil passos." Era o mínimo que se podia dizer, e nem o orgulhoso D. João V ousou sonegar a verdade.

Porém, apenas vinte e cinco anos depois, por ordem do marquês de Pombal, foi mandada picar a lápide "em termo que mais se não conheça a existência das ditas inscrições". E no lugar da verdade foi autoritariamente posto o engano, o logro, o roubo do esforço popular. A nova lápide, que o marquês aprovou, falsificava assim a história: "Regulando D. João V, o melhor dos reis, o bem público de Portugal, foram introduzidas na cidade, por aquedutos solidíssimos que hão de durar eternamente, e que formam um giro de nove mil passos, águas salubérrimas, fazendo-se esta obra com tolerável despesa pública e sincero aplauso de todos. Ano de 1748." Falsificou-se tudo, até a data. O viajante está convencido de que foi o peso desta lápide que fez cair Sebastião José de Carvalho e Melo no inferno.

## CHAMINÉS E LARANJAIS

Talvez por estar atravessando o rio, o viajante lembra-se daquela sua passagem do Douro, há tanto tempo já, quando falou aos peixes no começo da viagem. Então se encontrou com o Menino Jesus da Cartolinha, amoroso infante que entrou na batalha ao lado dos mirandeses e, se a não venceu sozinho, deu grande ajuda. Lá em cima, no morro, está o Cristo Rei, gigantesco como a realeza convém, mas falho de beleza. Considera o viajante quantas terras e gentes viu já, assombra-se com as distâncias que percorreu, e como é também longo o caminho que vai do Menino de Miranda ao Cristo do Pragal.

Por estes lados tudo é grande. Grande a cidade, e tão formosa, grandes os pilares que sustentam o tabuleiro da ponte, grandes os cabos que o mantêm. E grandes são também as chaminés por toda a recortada margem que se estende de Almada a Alcochete, com as suas torrentes aéreas de fumo branco, amarelo, e ocre, ou cinzento, ou negro. Dá-lhes o vento, e as longas e estiradas nuvens cobrem os campos para sul e poente. É terra de estaleiros e fábricas, Alfeite, Seixal, Barreiro, Moita, Montijo, terra convulsa onde o metal range, ruge e bate, onde silvam gases e vapores, onde infinitas tubagens orientam o fluxo dos carburantes. Tudo é maior que os homens. Nada é tão grande como eles.

O viajante promete a si mesmo que, vida tendo, virá saber melhor que terras são estas e quem vive nelas. Hoje não fará mais do que passar. É seu primeiro destino Palmela, alta vila de bom vinho que com duas gotas transforma quem o bebe. Nem sempre o viajante sobe aos castelos, mas neste se demorará. Do alto da torre de menagem dão os olhos volta ao mundo e, como de cada vez se não cansam, tornam. Num qualquer lugar da vila, ao fundo, há mercado. Alguém usa um potente altifalante para apregoar mercadorias: colchas e panelas. É uma mulher hábil a vender. A voz dela cobre a paisagem, e soa tanto a contentamento que o viajante não se aborrece com a perturbação.

Nesta cisterna debaixo da torre morreu o bispo de Évora, D. Garcia de Meneses. Envenenado, se acreditarmos em Rui de Pina. É bem possível. Não podendo D. João II, contra quem conspirara, fazer-lhe o mesmo que ao duque de Viseu, isto é, matá-lo com as próprias mãos, por ser o bispo ungido do Senhor, o veneno seria meio expedito e discreto para liquidar aquele que fora a verdadeira cabeça da conspiração. Passou-se isto em 1484, vai para quinhentos anos, espanta-se o viajante como o tempo corre tão depressa, que ainda ontem aqui estava o bispo Garcia de Meneses e hoje já não está.

Em Palmela deve ir-se à igreja matriz por causa dos azulejos setecentistas que contam a vida de S. Pedro, e à igreja quatrocentista do Convento de Santiago, sólida construção que mais parece outra torre de guerra dentro do castelo.

Quem diz Vila Fresca de Azeitão, diz Quinta das Torres e Quinta da Bacalhoa. Também dirá Palácio dos Duques de Aveiro, mas aí não foi o viajante. É a Quinta das Torres um lugar bonançoso, de formosas árvores que se refletem no amplo lago. No meio deste há um templete no estilo italiano da renascença, ociosa mas romântica construção que não tem outro fim que lisonjear os olhos. Em galeria que é admirável ponto de vista há dois soberbos painéis de majólica, quinhentistas, que representam *O Incêndio de Troia* e *A*

*Morte de Dido,* casos da *Eneida* como é sabido. A Quinta das Torres conserva uma atmosfera compassada, de corte bucólica, tão ao avesso dos tempos de hoje que o viajante cuida ter feito uma viagem no tempo e andar por aqui vestido à moda do século XVII.

A Quinta da Bacalhoa, apesar de mais antiga, não dá igual impressão, talvez por serem gravemente visíveis os estragos que o tempo vai causando, mesmo quando não ajudado pela incúria e pela destruição intencional, como aqui aconteceu. O que resta é muito belo, de intensa serenidade. As chamadas "casas de prazer", abertas para o lago, forradas de belos azulejos, na sua maior parte deteriorados, guardam um ambiente secreto. Na sua nudez são dos mais habitados espaços em que o viajante já esteve. E poucas coisas serão tão misteriosas como o enfiamento das suas portas, aonde se espera, constantemente, ver assomar alguém. Vistas por este lado da entrada as "casas de prazer" são o primeiro e arriscado lance de um labirinto: é o efeito dos vãos sempre abertos, que também parecem esperar que alguém entre para irremediavelmente se fecharem. Num painel de azulejos repete-se a história de Susana e os Velhos. Susana vai ao banho, os velhos não querem resignar-se a sê-lo. É uma fiel imagem da vida: portas que se abrem, portas que se fecham.

Mas nem tudo é tão complicado. Este homem que acompanha o viajante está entre os sessenta e os setenta anos. Trabalha aqui desde rapaz, e o plátano que a ambos está agora dando sombra foi ele quem o plantou. "Há quantos anos?", pergunta o viajante. "Há quarenta." Amanhã morrerá o homem. O plátano ainda está novo: se não lhe vier maleita nem lhe cair raio, tem para cem anos. Caramba, que resistente é a vida. "Quando eu morrer, cá fica ele", diz o homem. O plátano bem o ouve, mas faz de conta. Diante de estranhos não fala, é um princípio que todas as árvores seguem, porém, retirado o viajante, há de dizer: "Não quero que morras, pai." E se ao viajante perguntarem como sabe, responderá que de conversas com árvores é especialista.

Daqui ao cabo Espichel abundam os vinhedos e não faltam os laranjais. O viajante recorda-se do tempo em que dizer "laranja de Setúbal" resumia a quinta-essência da laranja. Provavelmente são enganos da memória, mas a designação ficou para sempre associada a sensações gustativas inesquecíveis. Com medo de uma deceção, não comerá laranjas. Aliás, reparando bem, também não é tempo delas.

Confessa o viajante que o Santuário da Senhora do Cabo lhe diz muito ao coração. Os dois longos corpos das hospedarias, as arcadas simples, toda esta simplicidade rústica, rural, tocam-no mais fundamente do que as grandes máquinas de peregrinação que no País existem. Hoje pouca gente aqui vem. Ou a Senhora do Cabo deixou de ser milagrosa, ou as preferências dos peregrinos foram desviadas para mais rendosas paragens. Assim passam as glórias do mundo, ou, para usar o latim que sempre dá outro peso à conversa, *sic transit gloria mundi*; no século XVIII vinha aqui um mar de peregrinos, hoje é o que se vê, o grande terreiro deserto, ninguém à sombra destes arcos. E, no entanto, só pela beleza disto, vale a pena vir em romaria. Mas não faltam na igreja outros motivos de interesse: mármores da Arrábida, pinturas, esculturas e boa talha.

O vale que de Santana desce até Sesimbra vai mostrando o mar. Abre em larga boca para o verde marinho e para o céu azul, mas esconde a vila velha no resguardo que faz o monte do castelo. O viajante remata a última curva e aparece dentro de Sesimbra. Por muitas vezes que lá volte, sempre há de ter a mesma impressão de descoberta, de encontro novo.

Caldeiradas comem-se por toda essa costa fora, para norte e para sul. Mas em Sesimbra, quem saberá dizer porquê, o gosto delas é diferente, talvez porque a esteja comendo o viajante ao sol, e o vinho branco de Palmela veio frio naquele exato grau que ainda conserva todos os valores de sabor e perfume que tem o vinho à temperatura ambiente, ao mesmo tempo que acorda e prolonga aqueles que só o frio faz desentranhar dentro da garrafa. Provavelmente por ter almoçado tão bem, o viajante não viu como era sua obrigação a igreja matriz, e, por castigo, achou fechada a da Misericórdia, onde está a tábua pintada por Gregório Lopes, representando o orago. Para outra vez ficará. É uma dívida em aberto.

Depois de não ter tentado, sequer, descrever a serra de Sintra, o viajante não iria cair agora na tentação de explicar a Arrábida. Dirá apenas que esta serra é masculina, quando a de Sintra é feminina. Se Sintra é o paraíso antes do pecado original, a Arrábida é-o mais dramaticamente. Aqui já Adão se juntou a Eva, e o momento em que esta serra se mostra é o que antecede o grande ralho divino e a fulminação do anjo. O animal tentador, que no paraíso bíblico foi a serpente e em Sintra seria a alvéola, tomaria na Arrábida a figura do lobo.

Claro que o viajante vai procurando, por metáfora, dizer o que sente. Mas quando do alto da estrada se vê este imenso mar e ao fundo dos rochedos a franja branca que inaudível bate, quando apesar da distância a transparência das águas deixa ver as areias e as limosas pedras, o viajante pensa que só a grande música poderá exprimir o que os olhos se limitam a ver. Ou nem mesmo a música. Provavelmente o silêncio, nenhum som, nenhuma palavra, e também nenhuma pintura; apenas, afinal, o louvor do olhar: a vós, olhos, louvo e agradeço. Assim hão de ter pensado os frades que construíram o convento nesta meia encosta, abrigado do vento norte: todas as manhãs podiam oferecer--se à luz do mar, às vegetações da falda da encosta, e assim em adoração ficarem o dia todo. É convicção do viajante que estes arrábidos foram grandes e puríssimos pagãos.

O Portinho é como uma unha de areia, um arco de lua caído em tempos de mais próxima vizinhança. O viajante, a quem o tempo não sobra, seria tolo se resistisse. Entra na água, repousa de costas no subtil vaivém, e dialoga com as altíssimas escarpas que, vistas assim, parecem debruçar--se para a água e cair nela. Quando, depois, visita o Convento Novo, tem grande pena da Santa Maria Madalena que lá está metida atrás de grades. Já não foi pequeno sacrifício ter renunciado ao mundo, também teve de renunciar à Arrábida.

Para o viajante, Setúbal é uma babilónia, provavelmente a maior cidade do mundo. E agora que lhe puseram autoestradas à porta e bairros novos ao redor, não sabe o viajante qual é, mão direita e mão esquerda, e se, caminhando em linha reta, julga chegar ao rio, tarde vem a descobrir que está mais longe dele do que antes. É um caso de simpatia difícil.

Aqui nasceu Bocage, o da curta vida. Está no alto daquela coluna, voltado para a Igreja de São Julião, e há de estar perguntando a si mesmo por que foi que ali o puseram, tão sozinho, ele que foi homem de boémia, de versos improvisados em tabernas, de tumultuosos amores em camas de aluguer, de muita rixa e vinho. Este caso não é como o do plátano: quem cá ficou, abusou de quem morreu. Manuel Maria merecia uma arrebatada fúria, não esta romanização de senador que vai pregar no fórum sonetos de parabéns. O viajante estimaria vir a saber, qualquer destes dias, que Setúbal resolveu colocar nesta praça uma outra estátua menos de pedra, já que de carne e osso não pode ser.

A Igreja de Jesus, com o seu mosteiro ao lado, passa por ser o mais belo monumento da cidade. Talvez prometa por fora o que não oferece por dentro: a fachada, simples e harmoniosa, não deixa prever as artificiosas colunas torsas que sustentam as abóbadas artesoadas. Não é a primeira vez que o viajante encontra este tipo de colunas, e sempre as apreciou pacificamente, chegando até a aplaudi-las. Aqui deve tê-lo chocado o inesperado do efeito. A tal ponto que, tendo saído da igreja, a ela voltou para ver se a impressão se repetia. Repetiu-se. O viajante acha que na relação da altura e da secção, e também na implantação, qualquer coisa não foi resolvida. Deixá-lo ficar em tal cisma.

Excelentes azulejos levantinos e mudéjares revestem o altar-mor e a cripta, aonde terá sido recolhido o filho da fundadora Justa Rodrigues, ama de D. Manuel I. Nas paredes da igreja, um silhar de dezoito painéis de azulejos narra a vida da Virgem, outra vez contada em painéis que no Museu de Setúbal se encontram, presumível obra de Jorge Afonso, em que terão participado Cristóvão de Figueiredo e Gregório Lopes. Vias provavelmente o que nele se guarda de mais precioso é em particular a *Aparição de Um Anjo a Santa Clara, Santa Inês e Santa Coleta*. Aliás, todos estes painéis, incluindo os da Paixão de Cristo, constituem um conjunto de excecional importância para o entendimento da pintura portuguesa de Quinhentos.

O viajante não tem afeição por ourivesarias. Olha para elas distraidamente, e quando algumas lhe prendem a atenção pode apostar-se que são as mais simples. Esta cruz do século XV, de cristal de rocha e prata dourada, com um Cristo magnificamente modelado, faz parar o viajante e dá-lhe razão: o lavor em superfície, a inscultura, sobreleva quase sempre, em mérito artístico, nesta espécie de objetos, os conjuntos presepiais de figurinhas, frontões e outros tintinábulos. Quer o viajante acentuar que esta linguagem é totalmente falha de rigor. Contudo espera ter-se feito entender.

O gosto seria seguir ao longo das margens do Sado. Mas o rio abre um largo e irregular estuário, as águas entram profundamente pela terra dentro, formam ilhas, com um pouco mais de audácia o Sado seria outro Vouga. Há pois que dar uma volta larga até Águas de Moura antes de infletir francamente para o Sul. Já é Alentejo. Porém o viajante decide que Alcácer do Sal será o ponto extremo deste caminhar que o trouxe desde o Mondego. Todo o viajante tem o direito de inventar as suas próprias geografias. Se o não fizer, considere-se mero aprendiz de viagens, ainda muito preso à letra da lição e ao ponteiro do professor.

Alcácer do Sal está implantado onde o rio começa a ganhar forças para abrir os largos braços com que irá cingir as terras de aluvião a sul da linha férrea de Praias do Sado, Mourisca, Algeruz e Águas de Moura. É ainda um rio de província, mas proclama já a sua ambição atlântica. Visto aqui, não se lhe adivinhará o fôlego três léguas adiante. É como o Tejo à saída de Alhandra. Os rios, como os homens, só perto do fim vêm a saber para que nasceram.

# A grande e ardente terra de Alentejo

*ONDE AS ÁGUIAS POUSAM*

O viajante está a caminho de Montemor-o-Novo. Viu em Alcácer do Sal a Igreja do Senhor dos Mártires, construída pela Ordem de Santiago no século XIII, e a de Santa Maria, dentro do castelo. É a dos Mártires poderosa em seus contrafortes, obra geral de arquitetura com muito que se lhe diga. Entre o que mais se estime, há de contar-se a capela octogonal de S. Bartolomeu, e outra, gótica, onde se expõe o sarcófago de um comendador da ordem. Lá em cima, a Igreja de Santa Maria tem a guardá-la uma velha muito velha, menos surda do que é seu luxo parecer, e com uns olhos irónicos, subitamente duros quando à socapa inspecionam a propina que a mão rápida embolsou no avental. Mas as queixas são sinceras: que a igreja está num triste abandono, levam-lhe dali as imagens, as toalhas de altar foram e não tornaram, cuida que o padre, talvez por se cansar de subir tão alto, prefere outro templo mais da planície e para lá encaminha os bens daqui. Felizmente que não podem ser metidos em sacos ou transportados às costas os pórticos da primitiva construção nem os formosos capitéis românicos, em todo o caso duvidando o viajante que materiais tão antigos interessassem ao gosto eclesiástico moderno.

Mais para cima há umas ruínas de convento. Abre a cancela uma nova muito nova, de palavra pronta e gesto desinteressado, que consoante sabe explica, pedindo desculpa de saber tão pouco. Não descansa enquanto não leva o viajante ao mais alto dos muros, apenas para lhe mostrar a paisagem, a larga curva do Sado, entre os arrozais verdíssimos. E tem também a sua queixa pessoal: levaram da igreja arruinada os azulejos que a forravam de alto a baixo. "E onde estão agora?", pergunta o viajante. A mulher diz que alguém lhe disse que os painéis se encontram na igreja matriz da Batalha, o que lá coube, o resto estará guardado em caixotes, algures. O viajante puxa pela memória, mas a memória não se deixa puxar. Terá de voltar à Batalha para tirar o caso a limpo. Entretanto, faz justiça a este Castelo de Alcácer: em tempo da sua mocidade devia ser de notável arcaboiço, ferrabrás que só no reinado de D. Afonso II aceitou, sem mais esquivanças, a presença dos Portugueses.

Vai o viajante por rodeada volta, entre frescos campos que o calor não parece tocar, passou a ribeira de Sítimos (são nomes enigmáticos que, aos poucos, vamos desaprendendo), e quem o visse diria que segue direito ao Sul, abandonando as terras do Alto Alentejo. É apenas um desvio. No Torrão, depois de ter entrado na igreja matriz para ver os silhares de azulejos e de agradecer a quem, para lhe abrir a porta, interrompera o almoço, retomou o caminho do norte, em direção a Alcáçovas, terra que aqui ficará assinalada por ter descoberto o segredo da defesa das obras de arte, pelo menos as que a igreja conserva, e já não é pouco não podendo ser tudo. Bem visto, é o ovo de Colombo: pôr a igreja ao lado do posto da guarda republicana (se não foi o contrário), entregar a chave à custódia do cabo de serviço, e quem quiser visitar os tesouros litúrgicos de Alcáçovas deixe o bilhete de identidade, após o que vai uma praça escoltar o visitante à abertura dos ferrolhos. Quem for de más intenções, decerto não lhe resistem os nervos ao cerimonial.

O viajante já estimara, e muito, a cenográfica fachada barroca. Dentro é uma espaçosa, desafogada igreja-salão de altas colunas dóricas, com ampla abóbada de caixotões decorados com pinturas emblemáticas. À mão direita de quem entra, uma capela inteiramente forrada de azulejos, mostrando uma hierática Virgem de rígida estola, perturbou o viajante enquanto não lhe veio a desconfiança de estar diante de obra moderna imitada: mesmo assim, o efeito é magnífico. De outra cepa, e sem jaça, vem a capela tumular quatrocentista dos Henriques de Transtâmara. O viajante demorou-se por aqui mais do que exigiu a beleza do recheio, porque não queria ofender os brios da corporação porteira. Enfim foi recuperar o seu bilhete de identidade e seguiu para Santiago do Escoural, onde faz muita questão de ver as grutas. A estrada passa-lhes ao lado, mas nem isso torna o lugar menos rude, tal como os campos cultivados em redor. As galerias que é possível visitar são baixas, de trânsito difícil. O zelador vai apontando os vestígios de pinturas, fragmentos de ossadas que afloram, e vê--se que gosta do trabalho. Tem de repetir as mesmas palavras, mas, sendo os visitantes diferentes, di-las com um ar de fresca novidade, como se, neste caso, ele e o viajante de hoje acabassem agora mesmo de descobrir as grutas. Afirma-se que há dezassete mil anos viveram aqui homens e mulheres, depois, sucessivamente, foi o lugar santuário e cemitério. A ordem é impecavelmente lógica.

Em Montemor-o-Novo, o viajante começa por visitar o castelo, que de longe, visto de nascente, parece uma sólida e intacta construção. Mas, por trás das muralhas e das torres deste lado, não há mais do que ruínas. E, para chegar ao que resta, o acesso não é fácil. O viajante teve de penar para olhar de perto o matadouro mourisco, com a sua elegante cúpula. Tudo isto se encontra degradado. O tempo fez cair as pedras, não faltou quem, para obras próprias, daqui as arrancasse e levasse. Da antiga Igreja de Santa Maria do Bispo resta o portal manuelino com uma cancela de arame de capoeira, do Paço dos Alcaides carcomidas torres e empenas, a Igreja de São João é um pardieiro. Não têm faltado espetáculos desoladores na viagem: este sobreleva tudo. Quis encontrar prémio o viajante visitando a Igreja do Convento da Saudação, mas não lhe consentiram a entrada. Paciência. Foi consolar-se ao Convento de Santo António, vendo os magníficos azulejos policromos que forram de alto a baixo a igreja. No aproveitamento das antigas celas deu depois com um museu tauromáquico. A cada qual seu gosto. Onde o viajante gostou de estar foi no Santuário de Nossa Senhora da Visitação, construído na interpretação rural do estilo manuelino-mudéjar, que se resolve em pequenas torres cilíndricas e em grandes superfícies caiadas. A fachada é setecentista, mas não consegue esconder o traço original. Lá dentro alegrara a vista azulejos historiados e nervuras de abóbada. À entrada, uma grande arca de madeira recolhe o trigo oferecido para as despesas do culto. O viajante espreitou: uns escassos punhados de cereal, no fundo, serviam de chamariz ou eram a sobra da coleta.

Direito a Arraiolos, terra de tapeceiros e da Sempre Noiva, esteve vai não vai para fazer um desvio pela Gafanhoeira. Vive aqui um dizedor de décimas de musa grotesca e escarninha, que foi cantoneiro e tem o maravilhoso nome de Bernardino Barco Recharto. O viajante não irá, falta-lhe o tempo, mas adivinha que daqui a uma hora estará arrependido. Então, é tarde. Promete a si mesmo obedecer mais aos impulsos, se a razão, benevolente, não os contrariar com irrefutáveis razões.

Em Arraiolos, o viajante estranha. Bem sabe que o alentejano não tem o riso fácil, mas entre uma gravidade aprendida com o primeiro passo dado fora do berço e estes rostos fechados a distância é muita e não se percorre todos os dias. Grandes hão de ser os males. O viajante para num pequeno largo, quer orientar-se, pergunta onde é a Sempre Noiva e o Convento dos Lóios. Um velho sequíssimo e enrugado, cujas pálpebras, moles, mostram o interior róseo da mucosa, dá as explicações. E estão os dois nisto, o velho a falar, o viajante a ouvir, quando passam três homens fardados e armados. O velho calou-se de repente, não se ouvia no largo mais do que os passos dos guardas, e só quando estes desapareceram numa esquina o velho continuou. Mas agora tinha a voz trémula e um pouco rouca. O viajante sente-se mal por andar à procura de um convento de frades e de um solar, quase pede desculpa, mas é o velho quem, enfim sorrindo, lhe diz: "Vem cá muita gente à procura da Sempre Noiva. O senhor é de Lisboa?" O viajante, às vezes, não sabe muito bem de que terra é, e por isso responde: "Tenho andado por aí." E diz o velho: "É o que acontece a todos nós." E recolheu-se à sombra da casa.

O Solar da Sempre Noiva, no caminho de Évora, é um

lindo nome. Seria uma belíssima arquitetura se não estivesse tão carregada de postiços e acrescentos. Mesmo assim, o edifício construído à roda do ano de 1500, mantém, no corpo principal, a proporção que é filha da aplicação de números de oiro, que esse é o nome que merecem aqueles que assim se materializam. Outra vez o viajante se lamenta de não terem ido por diante os frutos do espírito cristão e do espírito mourisco. Juntar e fazer viver a força e a graça teria sido ato de inteligência e sensibilidade. Foi mais fácil cortar cabeças, uns a gritarem: "Santiago e aos mouros", os outros a clamarem: "Em nome de Alá." Que conversas terão no céu Alá e Jeová, isso é que nós não sabemos.

Para chegar ao Convento dos Lóios desce-se a Vale de Flores. É um casarão imenso, com uma gigantesca torre sineira. A igreja, que uma galilé antecede, é reforçada, tanto na frontaria como na parede lateral à vista, por altíssimos botaréus, ligeiramente mais baixos aqueles. O efeito resulta num movimento plástico que vai modificando os ângulos de visão e, portanto, a leitura. O estilo geral é o manuelino-
-mudéjar, mas os azulejos que revestiam o interior da nave, que levaram sumiço, foram pintados em 1700 por um espanhol, Gabriel del Barco. O viajante é, como já se tem visto, dado a imaginações. Sabendo, per o dizerem autoridades, que Arraiolos foi fundada por Galo-Celtas, trezentos anos antes de Cristo, ou, pouco mais tarde, por Sabinos, Tusculanos e Albanos, fica por sua vez autorizado a supor que o dizedor de décimas da Gafanhoeira é descendente deste pintor de azulejos, ambos artistas, ambos Barco de apelido. Com muito menos do que isto se têm fabricado árvores genealógicas. Onde o viajante encontraria não uma árvore dessas, mas uma floresta, seria em Pavia, povoação que

fica na estrada para Avis, logo abaixo da ribeira de Tera. Aqui viveu uma colónia de italianos de que foi chefe um tal Roberto de Pavia, que deixou em herança um nome, por sua vez tomado da terra donde viera. É assim que se faz o mundo. O viajante tem aprendido muito nesta sua viagem. Uma coisa tão simples, vir um homem há setecentos anos de uma cidade italiana, chegar aqui e dizer: "Chamo-me Roberto, de Pavia", e não se sabe porquê, talvez por se ter gostado da palavra, Pavia ficou a ser o povoado, até hoje. Com este exemplo se percebe logo por que foi que Manuel Ribeiro, desenhador, chegado a Lisboa para desenhar e passar fome, disse: "Chamo-me Manuel Ribeiro de Pavia", e assim ficou, deixando a vírgula para debate de reta--pronúncias.

Às vezes procuram os viajantes em ermos e serranias essas evocadoras construções que são as antas ou dólmenes. Este, lá para o Norte, como em seu tempo relatou, teve de afadigar-se para encontrar uma, e aqui, em Pavia, no interior da vila, há uma anta altíssima que a devoção, desde séculos, transformou em ermida. Está votada a S. Dinis, que não é santo de muito difundida devoção, o que leva o viajante a pensar que lhe dedicaram esta pagã construção por não saberem em que altar o haviam de pôr. A porta da ermida está fechada, não se vê nada para dentro. Encerrado entre os grandes esteios, S. Dinis há de a si próprio perguntar que mal teria feito para viver em tão grande escuridão, ele a quem os Romanos cortaram a cabeça e por isso devia ter, ao menos em efígie, a luz do Sol constantemente diante dos olhos. Do lado da sombra do largo, homens idosos olham o viajante: deve custar-lhes a entender tanto interesse por sete lapas cinzentas que ali já estavam quando eles nasceram. Se o viajante tivesse tempo, explicaria, e em troca ouviria casos outros, em que se não houvesse cabeças cortadas, não faltariam mãos presas.

Dali foi verificar se é tão singular a igreja matriz de Pavia como lhe tinham dito. Singular, sem dúvida, e, ao parecer, impenetrável. Construída no ponto mais alto da povoação, parece, sobretudo no seu flanco sul, muito mais fortificação do que templo. Não são raras estas características, raro é terem sido levadas ao extremo de não haver um só elemento estrutural que recorde ser ali casa de oração. A parede é coroada por merlões muçulmanos, de duas águas, e, a espaços regulares, cinco torres em tronco de cone, rematadas por cones perfeitos, reforçam maciçamente a alvenaria. Na frontaria é que a igreja é igreja confessada, exceto a porta, que não se abre. Está o viajante nisto, a pensar se há de ir à procura da chave (não se sente de maré para essa nem sempre fácil demanda), quando, de repente, o sino da igreja bate umas tantas badaladas que, pela especial cadência, hão de querer dizer alguma coisa. Logo a seguir há um grande ranger de fechos e ferrolhos e a porta abre-se, devagar. Nunca tal ao viajante aconteceu, e nem precisou de dizer: "Abre-te, Sésamo."

Tem o caso elementar explicação: eram cinco e meia da tarde, hora talvez de missa, e se o viajante usa o advérbio dubitativo é porque durante todo o tempo que lá dentro esteve ninguém mais entrou nem dali se aproximou. Sentado num banco, o padre que tocara o sino e abrira a porta meditava ou orava. O viajante murmurou umas boas-tardes em tom de quem se desculpa e deu atenção ao interior. É muito bela a igreja de Pavia, com pilares de granito, octogonais, de capitéis com figurações humanas e folhagens. Na capela-mor há um retábulo que representa a conversão de S. Paulo no caminho de Damasco: olhando pela porta aberta, o viajante não vê que outros Paulos venham chegando. A calçada em frente, de pedra solta, está deserta. O Sol quente cobre Pavia. Tornou o viajante a contemplar o retábulo e nota que na banqueta, além de um bispo e de Santo António, está Santo Iago malhando em mouros como em centeio verde. Veja-se como as coisas são: moura é a arquitetura desta igreja, e aos mouros dão o pago de mandar avançar Santo Iago. Em luta desleal, porque o santo ganha sempre. O viajante deu outra vez as boas-tardes. O padre nem ouviu. Ao passar novamente no largo onde a Ermida de São Dinis está, o viajante cruzou-se com dois guardas armados. Este caminho leva a Mora, onde não chegará a entrar. A tarde vai caindo, e, embora os dias sejam compridos, quer o viajante ver com vagar a Torre das Águias, perto da aldeia de Brotas. O caminho, para estes lados, vai por colinas em vaga larga, que no entanto não fazem esquecer que a região é de baixa altitude, ao redor dos cem metros. São mínimos e raros os lugares habitados.

Brotas aparece numa encosta, subindo em estreitas ruas de casas brancas. A estrada é obrigada a apertar-se entre os cunhais irregulares e as frontarias dispostas em linha quebrada. Há aqui um santuário construído em estilo que tanto conserva do gótico como aproveita do barroco, lição popular aprendida por mestre de obra que não curaria muito de rigores.

A acreditar nas informações chega-se com facilidade a Torre das Águias. O viajante tem passado por coisas piores, mas este caminho que sobe e desce, que corta valas a direito ou é por elas cortado, de certeza que se dá melhor com tratores do que com veículos urbanos. Enfim, resolvidas três bifurcações, duas regueiras e alguma pedra solta, abrem-se as árvores, descai a aba da última colina, e, como uma aparição doutro tempo, surge Torre das Águias. Outras vezes o viajante foi surpreendido por estas arquiteturas civis quinhentistas, nunca como neste lugar. Giela vê-se da estrada principal, Lama pouco menos, e Carvalhal surge inteira ao virar uma curva. Não é o caso de Torre das Águias. Aqui escondida, tem ainda, mais do que as outras, a sua poderosa massa de pedra, coroada de torres cónicas. As aberturas (frestas e janelas) são escassas. Numa das paredes desenvolvem-se numa só linha vertical, deixando aos lados grandes panos cegos de alvenaria. Mas talvez que o impressionante efeito que esta torre causa venha da sua planta em tronco de pirâmide, invulgar em tais construções.

Pertenceu o paço aos condes de Atalaia. Não se sabe quem foi o arquiteto, que golpe de génio dispôs sobre a cimalha as torres cónicas que nenhuma utilidade prática têm, uma vez que são maciças; também não se sabe se o topónimo tem justificação em antiga frequentação de águias por estes sítios. Sabe-se, sim, porque está à vista, que a torre não poderia ter outro nome. Esta maravilhosa e tão simples arquitetura não precisa estar em altíssimo pico, dispensa que as nuvens venham roçar por ela, qualquer avezinha lhe chega ao cimo num só bater de asas, e é, assim mais baixa do que a colina próxima, um poiso de águias. O viajante ainda há poucos dias esteve na serra de Sintra: pobre, insignificante Palácio da Pena, ele tão alto, ao pé destas brutas e desmanteladas pedras. O viajante inscreve no coração este novo amor. E, quando enfim se retira, leva consigo uma inquietação: terá perdido alguma coisa importante na vida se aqui não voltar.

O Sol vai pôr-se, não tarda. É na direção dele que o viajante segue. Atravessa Ciborro. À sua direita, erguendo-se sobre a planície, é a Guarita de Godeal. O viajante entra na aldeia de Lavre, vai bater a uma porta. É casa de amigos. Aí dormirá.

## *UMA FLOR DA ROSA*

Por Mora outra vez, Montargil, ao longo da barragem que lhe tem o nome, e ainda bem porque não há pior fado de barragem que chamar-se Fulano de Tal, o viajante chega a Ponte de Sor. Ora aqui está um nome modesto: havendo uma ribeira de Sor (e Sor, que será?, senhor?), era precisa uma ponte, e fez-se. Depois nasceu a povoação, que nome vai ter, provavelmente nem foi preciso discutir, estava ali a ponte, estava ali a ribeira com o seu nome de uma sílaba só, é Ponte de Sor e não se fala mais nisso. Não saiu mal, mas o viajante, vendo que a montante vem desaguar a ribeira de Longomel, fica a pensar que doce nome teria Ponte de Sor se se chamasse Longomel. Lá para cima há Longos Vales, justo seria que tão longa terra como esta de Alentejo tivesse uma palavra que a dissesse em bem, já que outra lhe não falta que a diz em mal: latifúndio. Isto é: Longador.

O viajante, não tendo muito que olhar para dizer, ou não podendo dizer quanto vai vendo, põe palavras à frente das palavras, com ar de pouco caso ou simples jogo, com a esperança de que arrumando-as assim, e não doutra maneira, uma verdade se ilumine, uma mentira se desarme.

Aliás, não foi o tempo que lhe faltou para sair tal sorte grande, entre Ponte de Sor e Alter do Chão, por estas grandes solidões de sobreiros e restolhos, sob um Sol de franqueza, porém ainda morno.

Em Alter do Chão, o castelo está na vila como se estivesse numa bandeja. Em geral, põem-nos nuns altos inacessíveis, que nem o viajante percebe que interesse havia em conquistá-los, quando nos vales é que as riquezas agrícolas e pecuárias se criam, e os bons lazeres se desfrutam, à beira do rio, na horta e no pomar, ou cheirando as rosas no jardim. Aqui é a vila que rodeia o castelo, não o castelo que com as suas muralhas cerca e protege a vila. Lembra um outro que o viajante viu na Bélgica, em Gand, também com porta para a rua, como este, pouco faltou para lhe porem número de polícia. Mas é airoso o Castelo de Alter do Chão, com os seus cubelos cilíndricos e coruchéus cónicos. Mandou-o construir D. Pedro I, em 1359. Se só ordenou que se fizesse, e não o viu, fez mal: a fortificação merecia a real visita. Não deve, porém, o visitante atirar pedras a telhados alheios, porque ainda há pouco passou a ponte romana da ribeira de Seda e dela não falou. Diga então agora que é majestosa obra, com os seus seis arcos de volta redonda, e, se alguma ajuda de manutenção lhe têm dado ao longo do tempo, há que dizer que a robustez da cantaria parecia capaz de dispensá-la. Na época se chamava Alter do Chão, em latina linguagem, Abelterium. Como os tempos mudam.

Mas há em Alter outra lindeza, tirando os cavalos, que o visitante não foi ver. É a fonte. Airosa construção mandada fazer por D. Teodósio II, quinto duque de Bragança, em 1556, há de lembrar-se saudosa dos tempos em que se oferecia no meio da praça à sede de todos. Hoje tem à mão esquerda um banco e à mão direita um *snack-bar*. Mas generosa continua a ser, como se está vendo pela avozinha de todos nós que ali foi recolher na infusa a fresca água. É renascença a fonte, já muito castigada do tempo, delidos os medalhões e as volutas, quebrados os capitéis coríntios. O viajante conforma-se mal com a morte das coisas belas. É uma disfarçada maneira de não se conformar com a morte de todas as coisas.

A direito para o norte, volta a encontrar a ribeira de Seda, desta vez servida por mais modesta ponte. Adiante é o Crato, alta vila donde se vê uma paisagem ondulosa e grave. Talvez que a impressão de severidade que dá resulte só da secura dos restolhos. É bem possível que na Primavera o verde-mar das searas faça cantar o coração. Agora este campo é dramático. Salvo se o viajante cede uma vez mais à inclinação para transferir os seus próprios estados de espírito para o que vê: esta solenidade campestre vem a ser, apenas, o descanso da terra.

O viajante faria o mesmo, se pudesse. Está um calor de morrer, as cigarras caíram em êxtase coletivo, só doidos andam a estas horas pelas estradas. E mesmo nas vilas, Crato é exemplo, poucas são as pessoas que ousam pôr o nariz de fora: as portas e as janelas fechadas são a única barreira que se opõe ao bafo de forno que corre as ruas. A um rapazinho heroico que não tem medo à soalheira, o viajante pergunta onde é isto e aquilo. A igreja matriz está por milagre aberta. Além de imagens quatrocentistas e quinhentistas de boa estampa, e da *Pietà* que veio de Rodes, oferecida pelo grão-mestre da Ordem de S. João de Jerusalém, tem bons azulejos com os costumados motivos religiosos, mas, inesperadamente, propõe também à atenção dos fiéis cenas profanas de caça e pesca. É esta uma boa moral: reze-se para salvar a alma, mas não se esqueça de que é preciso distrair e alimentar o corpo. Vai o viajante vendo o que visto já está, o que ele quer é aproveitar a frescura deste interior, mas, enfim, necessidade pode muito, castigado seja quem se negasse.

Tem a Igreja do Crato, sobre a cornija, um conjunto fascinante de figuras humanas e fantásticas nada comuns em nossas terras: urnas, taças e gárgulas são aproveitadas como suporte e justificação da representação de santos, anjos e estranhos seres da imaginária medieval. A pedra é um granito escuríssimo que a esta hora se recorta em negro contra o azul fundo do céu. O viajante, que algumas vezes tem lastimado as fragilidades da pedra, pode agora pasmar com a resistência desta: quinhentos verões de calor assim, até um santo de granito teria o direito de dizer basta e sumir-se em pó.

Flor da Rosa fica a dois quilómetros do Crato. Vai-se à Flor da Rosa para ver o castelo (castelo, convento e paço) que D. Álvaro Gonçalves Pereira, prior do Hospital, pai de Nuno Alvares Pereira, aqui mandou construir, em 1356. Lá irá o viajante, mas antes há de reparar na singular disposição desta aldeia que deixa grandes espaços entre as casas, terreiros que tanto podem servir às feiras de hoje como serviriam às justas e cavalgadas daqueles tempos. A impressão que se recebe é a de que teria sido imposto ao redor da maciça construção um espaço desafogado, arrumando--se o povinho bem longe dos senhores, e que essa presumível determinação se teria enraizado de tal maneira no comportamento social que em seis séculos praticamente não foram quebradas as interdições. O viajante ia a dizer: os tabus. O Convento da Flor da Rosa, hoje meio arruinado, continua a reger e a governar o espaço que o rodeia.

Por fora, dito foi já, o conjunto das edificações tem um aspeto maciço, de fortaleza. Mas a igreja, que é, em rigor, quanto resta, desconcerta pelas proporções invulgarmente esguias. Em vez da massa atarracada e compacta que o exterior sugere, a igreja-fortaleza é, como alguém escreveu já, "apesar da pequenez das aberturas e da robustez dos arcos e das nervuras que caem abruptamente nas grossas paredes de granito, a mais vertical de todas as igrejas portuguesas construídas na Idade Média". O viajante, que na memória tem fresca a lembrança de Alcobaça, surpreende-se diante deste arroubo arquitetónico: a relação entre a altura e a largura da nave é realmente inesperada, se se tiver em conta o que a impressão exterior deixava prever. A Flor da Rosa, por isto e pelo seu peculiar envolvimento urbano, por uma certa atmosfera quieta e ausente, parece oferecida na ponta de uns dedos frágeis: rosa brava, flor que apesar do tempo não pode murchar: quem a viu não a esquece. É como uma figura que passa, a quem fizemos um gesto ou murmurámos uma palavra, que não nos viu nem ouviu, e por isso mesmo fica na recordação como um sonho.

Uma longuíssima reta, apenas quebrada forçadamente, pelo curso da ribeira da Várzea, liga a Flor da Rosa a Alpalhão. Aos poucos, as terras vão alteando, mais ainda à aproximação de Castelo de Vide, no extremo contraforte noroeste da serra de São Mamede. O viajante ainda ontem se lembrou de Sintra por causa de Torre das Águias. Agora deverá lembrar-se outra vez para certificar-se da exatidão da frase que diz ser Castelo de Vide a "Sintra do Alentejo". É sempre sinal de inferioridade, que ao disfarçar-se se reconhece, colar estes dísticos em quem por méritos próprios, pequenos ou grandes, os dispensaria. Diz-se que Aveiro é a

Veneza portuguesa, mas não se diria que Veneza é o Aveiro italiano; diz-se que Braga é a Roma de cá, mas só um brincalhão de mau gosto diria que Roma é a Braga de lá; diz-se, enfim, que Castelo de Vide é a Sintra do Alentejo, quando a ninguém ocorreria afirmar que Sintra é o Castelo do Vide da Estremadura. As árvores que rodeiam Castelo de Vide não são as de Sintra, e ainda bem. Porque em vez de termos aqui uma paisagem de imitação, temo-la verdadeira, sob um outro céu, envolvendo outra realidade urbana, outro modo de viver. Fosse Castelo de Vide outra Sintra, e não valeria a pena vir de tão longe até cá.

Das igrejas que há na vila, o viajante só visitou a de Santo Iago e a Capela do Salvador do Mundo. Em ambas apreciou o revestimento azulejar, que na primeira cobre todo o interior, tanto a abóbada como as paredes laterais. Salvador do Mundo, cuja primeira edificação é do final do século XIII, está também inteiramente revestido de azulejos, com painéis setecentistas figurando a *Fuga para o Egito* e *Dois Anjos em Adoração da Virgem com o Menino*. A porta sul desta capela é da primitiva construção. No cimo do arco quebrado da porta, um rosto humano, esculpido toscamente no granito, cala quem é e o que faz ali. São faltas destas que o viajante lamenta: há uma razão para ter sido posto no remate do arco aquele rosto, não o saber impede-nos de conhecer o escultor e quem a obra viu. Esta porta (e tantas outras esculturas ou pinturas) é um alfabeto com que se formam palavras. Já não é pequeno embaraço ter de decifrar sentidos, maior ainda se nos faltam letras.

Terra tão abundante em águas, haveria de ter o seu chafariz monumental. Aí está ele, a Fonte da Vila, com o alpendre assente em seis colunas de mármore e as quatro bicas correndo duma urna. Lástima é a decrepitude em que tudo se encontra: gastas as pedras pelo tempo e pelos maus tratos, sujo o tanque e o corredor que o circunda. A fonte de Castelo de Vide está ali como órfã; se há misericórdia, cuide destas pedras que bem o merecem.

O viajante bebeu na concha da mão e foi à Judiaria. As ruas sobem pela encosta íngreme, aqui era a sinagoga, o viajante sente-se como se fosse ele próprio figura de presépio, tantas são as escadinhas, os recantos, os murinhos de quintal. Estes bairros da Judiaria e do Arçário são duma beleza rústica dificilmente comparável. Os portais das casas têm sido conservados com amor e respeito que comovem o viajante. São pedras de séculos passados, algumas do século XIV, que gerações sucessivas de habitantes se habituaram a estimar e a defender. O viajante não está muito longe de acreditar que nos testamentos de Castelo de Vide se escreve, com reconhecimento notarial: "Deixo a meus filhos uma porta que se manterá indivisa na família."

Marvão vê-se de Castelo de Vide, mas de Marvão vê-se tudo. O viajante exagera, mas essa é justamente a impressão que sente quando ainda lá não chegou, quando vai na planície e lhe surge, de repente, agora mais perto, o morro altíssimo que parece erguer-se na vertical. A mais de oitocentos metros de altitude, Marvão lembra um daqueles mosteiros gregos do monte Athos aonde só se pode chegar metido em cestos puxados à corda, com o abismo aos pés. Não são precisas tais aventuras. A estrada sofre para atingir o alto, são curvas e curvas num largo arco de círculo que rodeia a montanha, mas enfim o visitante pode pôr pé em terra e assistir ao seu próprio triunfo. Porém, se é homem amante da boa justiça, antes de extasiar-se diante das largas vistas, haverá de recordar-se daquelas duas filas de árvores que em duzentos ou trezentos metros ladeiam um trecho de estrada logo depois de Castelo de Vide: alameda formosa de robustos e altos troncos, se um dia se achar que sois um perigo para o trânsito de altas velocidades do nosso tempo, oxalá vos não deitem abaixo e vão construir a estrada mais longe. Talvez um dia gente de gerações futuras venha aqui interrogar-se sobre as razões destas duas filas de árvores tão regulares, tão a direito. É o viajante, como se vê, muito previdente: se não há resposta para o rosto humano do Salvador do Mundo, seja ela, para o mistério da alameda inesperada, encontrada aqui.

É verdade. De Marvão vê-se a terra quase toda: para os lados de Espanha avista-se Valência de Alcântara, São Vicente; e Albuquerque, além duma chusma de pequenas povoações; para sul, pelo desfiladeiro que separa a serra de São Mamede e a outra, apenas seu contraforte, serra da Ladeira da Gata, podem-se identificar Cabeço de Vide, Sousel, Estremoz, Alter Pedroso, Crato, Benavila, Avis; a oeste e noroeste, Castelo de Vide, onde o viajante ainda há pouco estava, Nisa, Póvoa e Meadas, Gáfete e Arez; enfim, a norte, estando límpida a atmosfera, a última sombra de azul é a serra da Estrela: não espanta que distintamente se vejam Castelo Branco, Alpedrinha, Monsanto. Compreende-se que neste lugar, do alto da torre de menagem do Castelo de Marvão, o viajante murmure respeitosamente: "Que grande é o mundo."

### *A PEDRA VELHA, O HOMEM*

Se às cidades fossem dados cognomes, como aos reis se fazia, o viajante haveria de propor para Portalegre "a bem rodeada". Razões teve D. Afonso III, em 1259, para mandar construir aqui a povoação de Portus Alacer, que depois deu Portalegre, porto álacre, porto alegre. Com todos estes campos e matas em redor, tão nitidamente distinta a mancha urbana de envolvimento campestre e bravio, compreendemos que José Régio tenha escrito, e obsessivamente repetido: *Em Portalegre, cidade/ Do Alto Alentejo, cercada/ De serras, ventos, penhascos, oliveiras e sobreiros...* Qualquer viajante que preze as letras alheias e as riquezas próprias se embalará na cantilena enquanto por aqui andar.

Há muito tempo que o viajante não se encontrava com Nicolau de Chanterenne. Depois de não dar dois passos sem assinalar mão sua ou de oficina, abrira-se uma ausência que já parecia definitiva. Não era tal. Aqui está, no Convento de Nossa Senhora da Conceição ou de São Bernardo, o túmulo do bispo D. Jorge de Melo, que terá sido a última obra do estatuário francês em boa hora vindo a Portugal. O sepulcro, com estátua jacente, tem como fundo um magnífico retábulo, povoado de imagens religiosas em nichos e edículas, numa arquitetura perspetivada característica do maneirismo. Recordando o retábulo de alabastro, também de Nicolau de Chanterenne, que se encontra na Pena, em Sintra, nota-se como tem influência na expressão da obra o material empregue: este mármore de Estremoz é incomparavelmente mais comunicante do que o alabastro rico do Convento da Pena. A não ser que tudo seja mera questão de gosto pessoal: se o viajante já declarou preferir o granito ao mármore, pode agora preferir este de Estremoz ao alabastro finíssimo. A quem considere que não interessam tais pormenores ao relato, responde-se que bem pobres serão viagens e viajantes que não se detenham em pormenores assim.

Estando tão perto, decidiu visitar a Manufatura de Tapeçarias de Portalegre, cujas técnicas de fabrico o francês Jean Lurçat tão calorosamente louvou. O viajante tem pouca sensibilidade para a tapeçaria, mas tem-na, e muita, para o trabalho das mãos. Se não gostou de tudo quanto viu, tanto pode ser sua a culpa como dos autores dos cartões que ali se executam, mas, sendo embora ignorante na matéria, soube reconhecer o virtuosismo das tecedeiras e a competência do trabalho preparatório de classificação de cores e pontos. E, a par de tudo, considera uma das grandes satisfações desta viagem a simpatia com que o acompanharam na visita, a simplicidade e a franqueza das explicações. O viajante agradeceu. Agradece outra vez.

É tempo de ir à cidade velha. Metida entre muralhas em quase todo o seu perímetro, tem as características habituais deste tipo de aglomerados: ruas estreitas, serpenteantes, prédios baixos, de poucos andares. Mas a isso junta uma serenidade particular em que não há tédio, mas haverá conformação. O Largo da Sé, quadrilátero espaçoso que privilegia o templo, parece, em sossego, um terreiro de aldeia. As torres dominam o casario. Rematadas em agulhas piramidais, veem-se de longe. Aliás, logo o segundo andar da igreja ultrapassa os telhados dos prédios vizinhos.

Dentro manifestam-se ainda mais impressivamente as grandes proporções do templo, dividido em três naves da mesma altura por grossos pilares de granito. É uma igreja muito bela, com as suas cinco capelas na cabeceira, ligadas entre si por passagens estreitas. O retábulo da capela-mor com cenas da vida da Virgem tem, no tímpano, um aparecimento de Cristo aos apóstolos de grande efeito. Ao claustro, de um só piso, falta-lhe intimidade. Mas os recortes barrocos superiores, com óculo, alternando com urnas, dão-lhe um ar de quádrupla colunata com seu quê de inesperado.

Mesmo ao lado está o Museu Municipal, a que não faltam boas peças. Não a mais valiosa, mas certamente a mais impressionante, é aquele Cristo de tamanho natural que lança o corpo para a frente num esforço tremendo para se arrancar da cruz. Há no rosto uma expressão de surpresa indignada, e os olhos dilatam-se até quase à exorbitação: todo este homem pede ajuda. É como se nos estivesse dizendo que o sacrifício da vida não era ali indispensável às salvações alheias. Belíssimo é o retábulo de terracota que mostra passagens da vida de Cristo: são pequeninas figuras cheias de movimento, quadrinhos admiráveis. Há também uns pacientes trabalhos de marfim, em alto-relevo, que deixam o viajante atónito pela minúcia, pela autêntica acrobacia de olhos e mãos que há de ter requerido a obra. Há, ainda, uma *Pietà* de madeira, em alto-relevo, possivelmente de origem espanhola, pelo dramatismo da composição e pelo realismo cruel do tratamento do corpo de Cristo. Passa o viajante sobre outras peças de valor e remata com uma referência aos notáveis pratos quinhentistas e seiscentistas que constituem uma secção do museu.

A Casa de José Régio é outro museu, com tudo ou quase tudo o que os museus têm: as pinturas, as esculturas, os móveis. É um museu, com uma excelente coleção de Cristos, ex-votos, alminhas, peças de artesanato, e é uma casa, "cheia dos bons e maus cheiros das casas que têm história, cheia da ténue, mas viva, obsidiante memória de antigas gentes e traças, cheia de Sol nas vidraças e de escuro nos recantos, cheia de medo e de sossego, de silêncios e de espantos". Não dirá tanto quem hoje a visite (ainda que certamente reconhecendo os versos no dizer corrido em que o viajante os transformou), mas a janela de que José Régio fala, sua "única diversão", vem o guia declarar-nos que é esta, "toda aberta ao sol que abrasa, ao frio que tolhe, gela, e ao vento que anda, desanda, e sarabanda, e ciranda de redor da minha casa, em Portalegre, cidade do Alto Alentejo, cercada de serras, ventos, penhascos, oliveiras e sobreiros". O viajante faz o que seria de esperar: assoma à pequena varanda, quanto basta a um poeta, olha por cima das casas novas os campos antigos, e tenta compreender o segredo de palavras que parecem tiradas apenas dum compêndio de geografia: *Em Portalegre, cidade / Do Alto Alentejo...* Tentar compreender, é o mínimo que se pode pedir.

Se o viajante tivesse preparação científica, havia de lançar-se na elaboração de um ensaio que tivesse um título assim, pouco mais ou menos: *Da Influência do Latifúndio na Rareza Povoacional.* Este "povoacional" é termo abstruso, mas em linguagem ensaística mal parecia falar como toda a gente: o que o viajante quer dizer, em palavras correntes, é o seguinte: por que diabo haverá no Alentejo tão poucos lugares habitados? É bem possível que o assunto já esteja estudado e dadas todas as explicações, quem sabe se nenhuma contemplando a hipótese do viajante, mas um homem que atravessa estas enormes extensões onde, em muitos quilómetros, se não vê uma simples casa, pode permitir-se pensar que a grande propriedade é inimiga da densidade populacional.

Chegando a Monforte, o viajante toma a estrada de Alter do Chão: vai à Herdade da Torre de Palma, onde há uns restos de vila romana que tem curiosidade de examinar. A distância é pequena, e quem não for com atenção perde o caminho e a pequena tabuleta que diz: UCP Torre de Palma. UCP, para quem não souber, significa Unidade Coletiva de Produção. Não há que estranhar: assim como a ponte de Lisboa mudou de nome, também algumas terras mudaram de feitio. O viajante chega a um largo portão, entra no terreiro, vasto e refulgente de sol. Em frente há uma torre alta, com andares. A construção não é afonsina, vê-se logo, antes sugere que alguém, em tempos muito mais próximos, decidiu tornar visível o seu dinheiro ao gentio das cercanias. Na parede virada para o portão exibe-se uma pedra de armas. Mesmo por baixo, repousando de trabalhos ou preparando--se para eles, estão outras armas, algumas alfaias agrícolas.

O viajante avança, é um viajante tímido, sempre receoso de que lhe venham pedir contas de intrusões que só ele sabe serem bem-intencionadas. Ao aproximar-se duma esquina ouve vozes de homens. É uma tenda. O viajante entra, dá as boas-tardes e pergunta ao homem que está ao balcão onde são as ruínas e se é permitido vê-las. Este homem chama-se António, não tarda nada a saber-se, é baixo, entroncado, de ar tranquilo. Responde duas vezes sim e começa a dar as indicações necessárias. O viajante está cheio de sede, pede um refresco, e quando se está desalterando faz a pergunta mágica: "Então como é que vai aqui a ucêpê?" O Sr. António olha o viajante com atenção, mas antes que possa responder vai outra pergunta juntar-se à primeira: "Tem havido por cá marcações de reservas?" Quer seja da laranjada, quer da penumbra da loja, quer doutra qualquer razão, o ar parece tornar-se mais fresco, e o Sr. António responde simplesmente: "Não vamos mal, mas fala-se aí num pedido que se for atendido deixa-nos sem terra para trabalhar." Fez uma pausa e acrescentou:

"Quando acabar de beber, vamos ali ao escritório, que lá se explica melhor."

O escritório fica no extremo de uma fiada de casas que constituiu um dos lados do quadrilátero no meio do qual se ergue a torre. Sentada a uma secretária está uma rapariga morena, de olhos pretos e brilhantes, tipo evidente de cigana, bonita e de sorriso claro. Fazem-se as meias apresentações destes casos, e a rapariga, cujo nome o viajante esqueceu ou não chegou a ser dito, explica a situação. Enquanto fala mantém o sorriso, e o viajante terá de decidir se ela sorri a dizer coisas sérias, ou diz coisas sérias a sorrir. Parece o mesmo, e não é. Ouve com atenção, faz mais algumas perguntas, diz umas tantas palavras a desejar sorte e ânimo, e como também ele próprio está a sorrir, resolve que todos ali estão dizendo coisas sérias.

O Sr. António vai agora mostrar algumas instalações da cooperativa, o parque das máquinas, o lagar de azeite. Ambos são obra nova. O lagar de azeite está preparado para a próxima safra, impecavelmente limpo e lubrificado. Quando voltam ao terreiro, o viajante pergunta se se pode ir à torre. "Vamos já", diz o Sr. António. "É só ir buscar a chave." Tornam ao escritório, e enquanto abre uma gaveta para tirar a chave, a rapariga diz: "Nem as pessoas mais velhas da herdade se lembram de alguma vez terem visto os patrões." A frase é dita como um aditamento à conversa anterior, uma coisa que tivesse ficado por explicar. O viajante acena a cabeça. A rapariga sorri.

No piso térreo da torre, o Sr. António mostra a antiga cozinha, espécie de reduto medieval pela grossura das paredes, e ao lado uns bancos corridos e umas mesas de mármore branco. "Era aqui que comiam os ganhões", diz. O viajante olha fascinado, imagina os homens sentados naqueles bancos, à espera da açorda. Murmura só para si: "Açorda e mesa de mármore. Aqui está um título que dispensaria a obra."

Já vão subindo aos andares superiores, quartos vazios, corredores, escadas de vai e volta. Numa sala espaçosa há cadeiras, uma secretária. "É aqui que fazemos as nossas reuniões", diz o Sr. António. E, de repente: "Olha, um pardal. Deve ter entrado pelo forro do telhado." A avezinha, assustada, atirava-se contra as vidraças, sem perceber por que se tinha tornado tão dura a atmosfera ainda ontem branda e macia. Do outro lado da janela havia sol, árvores, abertos campos, e ele ali fechado. Então o Sr. António e o viajante lançam-se a apanhar o passarito, tropeçam nas cadeiras, estão quase a agarrá-lo, mas ele não sabe das intenções, escapa-se, voa até ao teto onde não pode pousar, torna a bater contra a vidraça, ri o viajante, ri o Sr. António, é um contentamento em Torre de Palma. Por fim, o viajante agarra o pardal, fica tão vaidoso por ter sido ele, e diz-lhe fraternalmente: "Seu estúpido, então não percebia que era com boa intenção?" O coraçãozinho da ave bate loucamente, do esforço e do susto. Ainda tenta escapar, mas o viajante segura-o com firmeza. No alto da torre abrem-se as portas da prisão. De repente o pardal está solto, já o ar é o que tinha sido, e num segundo desaparece ao longe. O viajante acha que pelo menos metade dos seus pecados estão perdoados.

Agora o Sr. António explica até onde chegam as terras da cooperativa, a reserva já marcada, a que está para marcar, oxalá não. Lá de baixo um homem diz uma frase em que se distingue a palavra borregos. O Sr. António tem de descer e ir ao seu trabalho. O viajante ainda pergunta onde são as

ruínas romanas, além e além, e depois descem, despedem-
-se como amigos que ficaram a ser, até um dia.

O viajante vai às ruínas. Dá-lhes a atenção que pode, a basílica paleocristã, a piscina do batistério, mas sente que está distraído no meio destas pedras velhas. Será porque estão tão próximos os homens novos que o viajante não pode encontrar os nexos, as relações, a corrente que liga tudo a tudo. Mas essa corrente, sabe-o o viajante, existe. Basta ver-
-se como continua o combate de Teseu contra o Minotauro, mostrado nos mosaicos que foram levados para Lisboa.

De Monforte não viu o viajante os monumentos. Está ali a Igreja de Nossa Senhora da Conceição com as suas ameias mudéjares, a Casa do Prior alpendrada, com estuques barrocos, a Igreja da Madalena, com a torre sineira, de agulha piramidal. São lembranças exteriores. Levando a Torre de Palma às costas, o viajante achou melhor não entrar. Decerto não caberia nas portas.

A próxima paragem será em Arronches, vila que cinco pontes rodeiam, posta em seu alto, a norte, poente e sul cercada de águas de ribeira e rio, Arronches ela, ele famoso Caia desde Eça de Queiroz. Na portada da igreja matriz foi o viajante encontrar sinais de Nicolau de Chanterenne, não de direta mão, mas de cópia humilde: querubins e guerreiros em alto-relevo mostram o já inconfundível ar de família. Mas o que particularmente interessou o viajante foi a Igreja de Nossa Senhora da Luz, com o seu pórtico renascentista, a galilé, a bela sala do capítulo, com figuras de estuque, e o claustro, discreto e de boa sombra, no sufocante calor em que o Sol se desmanda.

Outra vez por solidões e descampados o viajante avança, a meia distância entre a fronteira e a barragem do Caia.

Atravessa a aldeia de Nossa Senhora dos Degolados, e este nome, visto de relance, põe o viajante a pensar na quantidade de descabeçados que povoam a história do cristianismo para se ter achado conveniente arranjar uma Senhora especial que os proteja. A dúvida do viajante é se a proteção há de ser invocada antes ou depois do pescoço cortado.

Tivesse tempo e iria até Ouguela, não tanto por causa do castelo que D. Dinis reedificou, mas para ver que cara pode ter uma ribeira chamada de Abrilongo, se esse Abril é longo porque se prolonga, ou porque tarda. Fique aqui por Campo Maior que também tem castelo, pelo mesmo senhor D. Dinis mandado construir, e veja a octogonal Igreja de São João Batista, com seus mármores trabalhados segundo um desenho clássico, no entanto não frio, talvez porque a arquitetura religiosa regional, mesmo no tempo do senhor rei D. João V, não podia evitar comprometer-se com o seu envolvimento civil.

Sai o viajante pela portado lado de Elvas, vai seguindo o seu pacífico caminho, e logo adiante da ponte do Caia passam por ele, em direção a Campo Maior, duas camionetas de guardas armados. Nem todas as viagens são iguais, nem todos os caminhos vão dar às mesmas Romas.

A Elvas não faltam fastos militares. Dizem-no as muralhas que a rodeiam e os fortes de Santa Luzia e de Nossa Senhora da Graça, que apoiam a fortaleza principal. Mas nem só de lutas guerreiras se adorna a cidade. Outras heroicidades se cometeram nela, de que António Dinis da Cruz e Silva deu pontual notícia no seu *Hissope*, pois não foi pequeno heroísmo o acérrimo fervor com que o deão e o bispo da Sé de Elvas lutaram por não vir ou vir o hissope à apresentação antes da missa. Não é pequena epopeia lutar-

-se por Senhoria e por Excelência, intervir o cabido e a corte, enfim, aproveitasse Castela o ensejo e encontraria a praça-
-forte enfraquecida pelas intestinas e religiosas lutas.

Na Sé já não se encontram vestígios do sucesso. Não há sequer Sé, apenas a Igreja de Nossa Senhora da Assunção, matriz. Tem jeito de castelo, com o largo boqueirão do arco de entrada, os botaréus de reforço, os merlões chanfrados, as gárgulas. Dentro merecem atenção as colunas enfeixadas que sustentam as três naves. Porém, o viajante considera que a maior beleza da antiga Sé está na frontaria e na sua única torre. Em verdade, o arquiteto Francisco de Arruda não merecia que nesta sua obra se debatessem questões de precedência entre bispo e deão. E entre o merecido e o não merecido, veja-se em São Domingos a capela-mor, gótica, com as suas altas frestas, e evite-se olhar os capitéis dourados das colunas: para brigas já bastam as do hissope.

Entre o castelo, que é castelinho, o pelourinho e as pedras de armas, a Fonte da Misericórdia e a Fonte das Beatas, gastou o viajante algum tempo antes de ir ao museu. Gostou de ver à entrada o alpendre barroco e o enxadrezado azul e branco dos azulejos da cúpula. Dentro não falta que apreciar, mas este Museu de Elvas não é particularmente rico, salvo em pedras lavradas de brasões, e alguma arqueologia. Magnífica, essa sim, é a Santa Maria dos Açougues, vestida de dama da corte, senhora do século XVI e hoje talvez ainda mais formosa do que era vista então.

Não se fala de Elvas se não se falou do Aqueduto da Amoreira. Fale pois o viajante para dizer que é uma assombrosa obra, com os seus oitocentos e quarenta e três arcos de alvenaria, em certos trechos dispostos em quatro ordens. Mais de cem anos levou a construir (cento e vinte e quatro, para ser exato) e sempre o povo de Elvas, geração após geração, pagou o seu real de água. Quando em 1622 a Fonte da Vila começou enfim a correr, pode-se dizer que os habitantes de Elvas tinham suado bem aquela clara água. Como em Lisboa as Águas Livres. Como em toda a parte a bica ou o fontanário, o tanque da rega ou a pia dos animais.

## *É PROIBIDO DESTRUIR OS NINHOS*

De Estremoz ficou o viajante a conhecer pouco mais do que a parte alta, isto é, a vila velha e o castelo. Dentro dos muros, as ruas são estreitas. Cá para baixo, abundando o espaço, não já vila, mas cidade, Estremoz alarga-se e quase perde de vista as suas origens, mesmo sendo a celebrada Torre das Três Coroas tão evidente apelo. Em nenhum lugar sentiu tanto o viajante a demarcação de muralhas, a separação entre os de dentro e os de fora. Será, contudo, uma impressão pouco mais que subjetiva, sujeita portanto a caução, que o viajante, claro está, não pode oferecer.

Branquíssimas de cal, usando o mármore como pedra comum, as casas da vila alta são, por si sós, motivo para visitar Estremoz. Mas lá em cima está a torre já falada, com os seus decorativos balcões ameados e o que resta do Paço de D. Dinis, a galilé de colunas geminadas onde o viajante foi encontrar representações da Lua e cordeiros. Está a setecentista Capela da Rainha Santa Isabel, com o seu coro teatral e os ornamentadíssimos azulejos que representam passos da vida da milagrosa senhora que transformava pão em rosas à falta de poder fazer de rosas pão. E está o Museu Municipal que tem bastante para ver e muito para não esquecer.

Deixa o viajante de parte aquelas peças que poderia encontrar, sem surpresa, noutros museus, para poder maravilhar-se, à vontade, com os bonecos de barro que de Estremoz tomaram o nome. Maravilhar-se, diz ele, e não há termo melhor. São centenas de figurinhas, arrumadas com critério e gosto, e cada uma delas justificaria exame demorado. O viajante não sabe para onde virar-se: chamam-no tipos populares, cenas do trabalho rural, imagens de presépio ou de altar doméstico, maquinetas de diversa inspiração, um mundo a que não é possível dar inteira volta. Um exemplo bastará, uma só vitrina, onde se juntam, em organizada confusão, "pretos de pé e a cavalo: amazona e cavaleiros, pároco a cavalo; guardador de borregos, homem comendo as migas, homem fazendo a açorda; sargentos — de pé ou sentados no jardim; peralta do campo, tocador de harmónio; primaveras com ou sem grinalda; tipos populares — castanheira, leiteiro, aguadeiro; pastoras com fuso ou guardando galinhas ou perus ou borregos; mulheres do bando, lavando na selha, passando a ferro, entoucando-se a um espelho ou tomando chá; dama de pezinhos; matança do porco com três figuras e as mulheres dos enchidos". Oh, que maravilha, torna a dizer. A Estremoz irás, seus bonecos verás, tua alma salvarás. Aí fica um ditado inventado pelo viajante para passar à história.

Ficaria também ele, mas não pode. Depois de contemplar a infinda paisagem que de uma e outra parte se avista, desce às terras baixas, modo de dizer que foi ao Rossio, onde, a um lado, está a Igreja de São Francisco. Foi neste convento que morreu D. Pedro I, e aos frades daqui deixou o coração. Se é verdade que tomaram os frades a herança, em Alcobaça, na hora de ressurgir, não terá Pedro coração para dar a Inês.

Em São Francisco há uma bela *Árvore de Jessé* seiscentista, e na capela fronteira, dos Terceiros, encontra o viajante a mais inquietante coleção de santos em que já pôs os olhos. Não que eles se mostrem em atitudes de sofrimento excessivo ou de severidade insuportável. Pelo contrário. Todos vestidos de igual, homens e mulheres, longas e simples túnicas de cetim natural, o que os caracteriza é a impassibilidade do rosto e a fixidez do olhar. Altos, esguios, metidos em caixas de vidro, rodeiam toda a capela. Não se comportam como juízes, estão já para além dessa ainda servidão humana. O viajante, perturbado mais do que desejaria reconhecer, atreve-se a tomar conta dos nomes da assustadora corte, que nas mísulas pintados os têm: Santa Luísa de Albertónia, Santa Delfina, Santa Rosa de Viterbo, Santa Isabel da Hungria, São Luís Rei de França, Santo Ivo Doutor, Santa Isabel de Portugal, São Roque, Santa Margarida de Cortona. O viajante não consegue copiar o quase apagado dístico do último santo. Também já não teria forças: tremem-lhe as mãos, tem a testa alagada de aflito suor. Perdoem-lhe os outros santos, que destes não pode haver perdão.

O viajante retira-se, enfiado. E já vai de saída quando providencialmente põe os olhos num túmulo que ali está, soberba arca esculpida, com um barbado homem deitado, assistido por um anjito que mostra as asas e as solas dos pés (sinal de que tanto voa como anda), tendo no frontal dois brasões de armas com meias-luas e dois gatos possantes, e ao meio uma cena de caçada, o senhor a cavalo com o falcão no punho, um homem de lança tocando a trompa, outro incitando os cães que ladram e mordem um javali. O viajante respira, já aliviado. Afinal, nesta arca mortuária a vida rompe pujante, com uma força que apaga a lividez dos santos assustadores e emenda o seu desdém do mundo. Como D. Pedro de Barcelos em São João de Tarouca, este Vasco Esteves de Gatos quis levar na memória o feliz tempo das correrias pelos montes, galopando atrás dos cães, enquanto a trompa soa e as árvores florescem. O viajante sai da igreja tão contente como o pardal a que em Torre de Palma restituiu a liberdade.

É a altura de ir a Évora Monte. Está perto e vem a propósito. Nessa aldeia é que D. Miguel se rendeu a D. Pedro, como na escola se aprende. E, caso a assinalar, em vez de ser negociada a paz no ambiente militar, à primeira vista adequado, do castelo e do seu Paço de Homenagem, foi numa casita térrea, ao entrar da porta maior das muralhas, que se reuniram os duques da Terchera e Saldanha, do lado dos liberais, e o general Azevedo Lemos, comandante dos absolutistas, sob o benevolente olhar e opinião de John Grant, secretário da Legação Britânica em Lisboa: os amigos, como se costuma dizer, são para as ocasiões. A casa ainda ali está, e o Paço de Homenagem, restaurado de cima a baixo, daria hoje conforto e segurança a novos negociadores. Diz isto o viajante por causa do alindado do paço: três guardas-republicanos, que lá fora têm o jipe em que vieram, abrem roços na parede para meter instalação elétrica, enquanto trocam graças e valentemente assobiam. Deixá-los, é da idade, a mocidade é assim.

O Paço de Homenagem diz-se que é de inspiração italiana. Será, porque disto não tem o viajante visto por cá: um corpo central quadrilátero que se desenvolve, nas esquinas, em cubelos circulares. Dentro, o efeito é magnífico, com grossas colunas sustentando as abóbadas dos três andares, todas diferentes, tanto as abóbadas como as colunas, e as salas comunicando abertamente com os cubelos. O ambiente é, realmente, renascentista, próprio para reuniões e festas de estilo. Os guardas, agora, falam de fitas que viram ou estão para ver. O viajante olha, intrigado, as colunas do piso térreo: na base, a toda a volta, estão esculpidas labaredas. Labaredas, porquê? Que lume era este, ateado na pedra, em Évora Monte? A bagagem do viajante já vai cheia de enigmas, oxalá este não pegue fogo aos outros.

O viajante gostaria de visitar a igreja matriz, mas estava fechada. Fechada também a de São Pedro, apesar de esforços e perguntas: ausentara-se a mulher da chave, seis cães, pacíficos, guardavam-lhe o monte, e apesar de o viajante ter esperado mais do que a conta, falando aos cães e bocejando com eles, chave não apareceu. Lá em cima, por trás da igreja matriz, ficara uma nogueira onde cantavam vinte ou trinta cigarras ao mesmo tempo, de tal maneira que se ouvia apenas um único som, e não o zangarreio alternado do costume. Espantou-se o viajante de que nogueira e cigarras não levantassem voo e se lançassem pelos céus fora, cantando. A nogueira, pelo menos, muito houve de custar-lhe segurar as raízes.

Por onde foi tornou o viajante, passa em baixo de Estremoz, e, a caminho de Borba, vai atravessando cerrados olivais. O dia promete ser quentíssimo. Logo à entrada de Borba, uma simples capela, só porta, frontão e cúpula, resplandece de brancura quase insuportável. Diz o viajante que é simples a capela. Afinal, não tanto. Se pelas dimensões não avulta, avulta pela monumentalidade: a porta sobe até à cúpula, que assenta diretamente sobre o entablamento. Ladeando o frontão, duas belas imagens sentadas, que deixam pender os pés para o vazio, mantêm um diálogo que cá de baixo não se ouve. A umas mulheres que ali estavam, conversando à sombra, perguntou o viajante que capela era aquela. Nenhuma soube dizer. Seria de passos? Talvez.

Poucos metros andados é a Igreja de São Bartolomeu, renascença. Aliás, por estes lados, são duas coisas que não faltam: o renascença e o branco. Sem extremos aparatos por fora, a igreja é, no interior, sumptuosa de mármores. Mas a beleza maior está nas pinturas do teto, com medalhões e paisagens, género de decoração raramente encontrado. O viajante, decididamente, está a gostar de Borba. Será do sol, desta luz ainda matinal, será da brancura das casas (quem foi que disse que o branco não é cor, mas sim ausência dela?), será de tudo isto e do mais que é o traçado das ruas, a gente que nelas anda, já não seria preciso mais para um sincero afeto, quando, de súbito, vê o viajante, sob um beiral, a mais extraordinária declaração de amor, um letreiro que assim rezava: É PROIBIDO DESTRUIR OS NINHOS. MULTA 100$00.

Convenha-se que merece todos os louvores uma vila onde publicamente se declara que o rigor da lei caírá sobre as más cabeças que deitem abaixo as moradas dos pássaros. Das andorinhas, para ser mais rigoroso. Posto o letreiro por baixo de um beiral, onde precisamente usam as andorinhas construir os ninhos, entende-se que a proteção só a eles cobre. A outra passarada, ribaldeira e menos dada a confianças humanas, faz os seus ninhos nas árvores, por fora da vila, e sujeita-se aos azares da guerra. Mas já é excelente que uma tribo do povo alado tenha a lei por si. Indo assim aos poucos, acabarão as leis por defender as aves todas e os homens todos, exceto, claro está, ou então não mereceriam o nome de leis, os nocivos de um lado e de outro. Provavelmente por efeito do calor, o viajante não está nos seus dias de maior clareza, mas espera que o entendam.

Fala-se muito da Fonte das Bicas, e com razão. Concebida como um templete com os vãos cheios, tempera o neoclassicismo do estilo com a macieza particular do mármore branco da região. Mas o que o viajante mais estimou ver, ou, com outro rigor, o que o divertiu, foi a espécie de labirinto que antecede a fonte, o jogo de grades que sucessivamente abrem e fecham caminho. O forasteiro, à primeira entrada, perturba-se. Calcula o viajante que haverá sempre, postos de largo, bem-humorados habitantes de Borba a rir das atrapalhações.

A caminho de Vila Viçosa, de um lado e do outro da estrada, encontra o viajante abundância de pedreiras de mármore. Estes ossos da terra ainda trazem agarrada a carnação do barro que os cobria. E por estar falando de ossos, nota o viajante que à sua direita se levantam, ao fundo do horizonte, as alturas da serra de Ossa, que significa ursa, e não a fêmea do osso, que não a tem. Como se vai vendo e ilustrando, nem tudo o que parece é.

Em Vila Viçosa, vai-se ao Paço Ducal. Não se exime o viajante a esta obrigação, que é também gosto bastante, mas haverá de confessar que estes palácios o deixam sempre em estado muito próximo da confusão mental. A pletora de objetos, o excelente ao lado do medíocre, a sucessão das salas, fatigam-no aqui como já o tinham fatigado em Sintra ou Queluz. Ou em Versalhes, sem querer parecer presunçoso. Contudo, é inegável que o Paço de Vila Viçosa justifica uma visita tão atenta quanto o permitem os horários que hão de ser cumpridos pelos guias. Nem sempre o objeto apontado por digno de interesse é o que o viajante mais estimaria apreciar, mas a escolha obedecerá provavelmente a um padrão médio de gosto com o qual se pretende satisfazer toda a gente. Em todo o caso, estará garantida a unanimidade para as salas das Virtudes e das Duquesas, ou a de Hércules, na ala norte, e para as salas da Rainha e de David, com distinção particular para o rodapé de azulejos de Talavera que decora a segunda. Magníficos são também os caixotões da Sala dos Duques, e de grande beleza o oratório da duquesa D. Catarina, com o seu teto pintado de temas inspirados na decoração pompeiana. Não falta pintura em Vila Viçosa, muita de portugueses contemporâneos, e também algumas boas cópias quinhentistas, em particular a do *Descimento da Cruz* de Van Der Goes. E se o viajante foi ver a cozinha e espantar-se com o número e variedade dos utensílios de cobre, se viu as armas, armaduras e arneses, se não perdeu a cocheira de D. João V, é porque tudo é preciso olhar para conhecer as vidas dos duques e de quem os servia, ainda que, no que a estes toca, não informe muito a visita ao Paço.

Cá fora, o viajante dá uma volta à estátua equestre de D. João IV. Acha-a mana mais capaz daquela que em Lisboa está, de D. João I, o que, evidentemente, não lisonjeia a primeira nem valoriza a segunda. E para destes males aliviar o coração, vai o viajante à vila velha, que tem a particular beleza dos casarios alentejanos antigos. Antes de subir ao castelo, que muitos viajantes erradamente descuidam, entra na Igreja de Nossa Senhora da Conceição, forrada de cima a baixo de azulejos policromos, um exemplo mais a proclamar como viemos perdendo o gosto deste esplêndido material ou como o adulterámos nas modernas utilizações.

O viajante apreciou, como convinha, a imagem do orago

que D. João IV, sem ter em conta as divinas vontades, coroou e proclamou padroeira de Portugal, e ainda outros azulejos, estes de Policarpo de Oliveira Bernardes, artista de farta e qualificada produção. Mas sendo, como doutras vezes já demonstrou, tão atento às pequenas e quotidianas coisas, cuidando embora de não descuidar as raras e grandes, não se estranhará que tenha reparado nas substanciais arcas de esmolas de trigo e azeite, colocadas à entrada, e também nas imponentes caixas de esmolas, uma para a bula da cruzada, mais antiga de desenho e letra, outra para o orago, teatral como um retábulo barroco. Posta cada uma de seu lado da nave central, encostadas às colunas, estão ali para solicitar a generosidade do crente. Quem na igreja matriz de Vila Viçosa entrar com disponibilidade de dinheiro, azeite ou trigo, duro coração terá se não sair aliviado.

O castelo de Vila Viçosa, refere-se o viajante ao denominado Castelo Novo, obra quinhentista mandada fazer pelo duque D. Jaime, é uma construção claramente castrense. Tudo nele se subordina à essencial função militar. Uma fortificação assim, com muros que em alguns lugares chegam a atingir quatro e seis metros de espessura, foi concebida a pensar em grandes e duros cercos. O fosso seco, os poderosos torreões cilíndricos avançados em modo de cobrirem, cada um deles, dois lados do quadrilátero, as largas rampas interiores para a movimentação dos soldados, da artilharia de defesa e até, provavelmente, dos animais de tiro, deram a respirar ao viajante, como raramente lhe tem acontecido, e nunca tão intensamente, uma atmosfera bélica, o cheiro pólvora, apesar da ausência total de instrumentos de guerra. E dentro deste castelo que está a Alcáçova dos Duques, com alguma boa pintura, e nele se encontram instalados, bem instalados, seja dito de passagem, o Museu Arqueológico e o Arquivo da Casa de Bragança, acervo riquíssimo de documentação ainda não totalmente explorado. O viajante viu, com algum desânimo, afixada numa parede em lugar de evidência, uma macrofotografia de um documento assinado por Damião de Góis, poucas semanas antes de o prender a Inquisição. Desânimo não será a palavra justa, digamos melancolia, ou ceticismo melancólico, ou qualquer outra sensação indefinível, aquela que vem às sensibilidades diante do irremediável. É como se o viajante, sabendo que Damião de Góis vai ser preso porque lho dizem as datas e os factos, tivesse obrigação de emendar a história. Simplesmente, não pode: para emendar a história, é preciso, de cada vez, emendar o futuro.

Por Ciladas de São Romão chega o viajante à estrada que, indo de Alandroal a Elvas, serve Juromenha. E quando numa sombra se detém para consultar os mapas, repara que na carta militar que lhe serve de melhor guia não está reconhecida como tal a fronteira face a Olivença. Não há sequer fronteira. Para norte da ribeira de Olivença, para sul da Ribeira de Táliga, ambas do outro lado do Guadiana, a fronteira é marcada com uma faixa vermelha tracejada: entre os dois cursos de água, é como se a terra portuguesa se prolongasse para além do sinuoso traço azul do rio. O viajante é patriota. Sempre ouviu dizer que Olivença nos foi abusivamente sonegada, educaram-no nessa crença. Agora a crença torna-se convicção. Se os serviços cartográficos do Exército tão provativamente mostram que Portugal, em trinta ou quarenta quilómetros, não tem fronteira, então está aberto o caminho para a reconquista, nenhum tracejado nos impede de invadir a Espanha e tomar o que nos pertence. O viajante promete que voltará a pensar no assunto. Mas uma coisa teme: é que não falte o tracejado nas cartas militares espanholas, e para eles seja o assunto caso arrumado. Para se preparar, o viajante irá estar presente nas próximas reuniões das comissões mistas para as questões fronteiriças. Ouvirá com atenção o que se discute, como e para quê, até à altura de puxar do mapa que afervoradamente guarda e dizer: "Muito bem, vamos agora tratar desta questão de Olivença. Diz aqui o meu papel que a fronteira está por marcar. Marquemo-la com Olivença da nossa banda." Morre de curiosidade de saber o que acontecerá.

Enquanto o glorioso dia não chega, o viajante sobe a Juromenha. Fora dos muros da antiga fortaleza, que uma terrível explosão praticamente destruiu em 1659, a aldeia proclama a alvura das suas casas, o asseio quase clínico das ruas. Sob o grande e ardente Sol, um velho vem dar explicações, recortando-se contra o fundo branco da parede como se tivesse apenas duas dimensões. Quase não se vê ninguém nas ruas, mas sente-se a aldeia habitada como um ovo.

O viajante vai ao castelo. É, realmente, um mar de ruínas. À entrada da cintura seiscentista, sob o arco da porta, uma vaca e um vitelo remoem pacientemente (ou obrigatoriamente) o que já comeram. Lá dentro adivinham-se os lugares onde viveu gente: uma chaminé, a que falta o piso em que assentava, está suspensa no vazio. O recinto é vasto, o viajante não vai percorrê-lo todo. Mais ruínas, o resto duma capela, provavelmente a Misericórdia, e outras, mais pungentes, da Igreja de Nossa Senhora do Loreto, onde dorme a sesta um rebanho de ovelhas que a chegada intempestiva do viajante não basta para perturbar. Talvez porque ele próprio sinta neste momento uma profunda lassidão, um desejo de parar, de ficar quieto, aqui entre as ovelhas, debaixo daquele arco já tão pouco triunfal, onde outros visitantes, sequiosos de imortalidade, escreveram os seus nomes. Todas as viagens têm um fim, e Juromenha não seria mau sítio para acabar.

São pensamentos que passam. O viajante recusa deixar--se hipnotizar, e, sob o calor esmagador, atravessa o pó, as pedras soltas. Vai atento aonde põe os pés (sempre pode aparecer algum tesouro, não é verdade?), mas num carreiro mais raso e limpo pode levantar os olhos. Tinha-se esquecido do Guadiana, e ele ali está, magnífico de frescura, como aquelas regueiras que das fontes se escapam e são o último refúgio das ervas e dos patos. O Guadiana banha de vida as suas margens, sem distinguir entre a de cá e a de lá, que, a avaliar pelo mapa, é de cá também, e dá a curiosa sensação de ser, correndo à vista de um lugar habitado, um rio selvagem. É, com certeza, o mais ignorado da terra portuguesa.

Volta o viajante à estrada, caminho de Alandroal, onde para apenas para se refrescar. Daí segue na direção do sul, a Terena. Quer ver a que é, de todas as igrejas-fortalezas, a mais fortaleza que igreja. Dizem-no as fotografias, e a confirmação está diante dos olhos. Tirassem-lhe a torre sineira e ficava um castelinho perfeito, com os seus fortes merlões pontiagudos e o balcão que facilmente se transformaria em matacães, se é que não foi essa a primitiva função.

Este santuário de Nossa Senhora da Boa Nova, espacialmente, é como uma torre de planta cruciforme e braços iguais, baixa, atarracada, embora dê, dentro, a impressão de ganhar em altura. Joia preciosa da nossa arquitetura medieval, também porque intacta está, a igreja gótica da Boa

Nova ficará na memória do viajante. Por outras memórias andou antes, como a de Afonso X de Castela, que se lhe referiu nas *Cantigas de Santa Maria*. Diz a tradição que a Boa Nova foi mandada construir em 1340 por uma filha de D. Afonso IV, rei de Portugal. Ora Afonso X morreu em 1284. É a Igreja da Boa Nova mais antiga do que se diz, ou houve outra igreja no lugar desta? É ponto a esclarecer, como são para esclarecer as enigmáticas pinturas do teto da capela-mor, que ao primeiro relance parecem ilustração do *Apocalipse* mas que apresentam figuras que não se encontram no Evangelho segundo S. João. Nos restantes braços da igreja, veem-se pinturas hagiográficas populares.

Quando o viajante chegou a Redondo, já não tinha tempo para muito. Viu por fora a igreja matriz e a da Misericórdia, esta no castelo, viu aqui as portas da Revessa e do Relógio. Nada mais. Desistiu de ir às antas da serra de Ossa, não por causa das ursas, que se acabaram, mas por causa do tempo, que se acabara também. Comeu, no entanto, as mais saborosas, suculentas e sumptuosas costeletas de porco que, em sua vida inteira, ao dente lhe chegaram. Dê Redondo isto a quem lá vá, e não lhe faltarão amizades.

### *A NOITE EM QUE O MUNDO COMEÇOU*

O viajante está em Évora. Esta é a praça famosa do Giraldo, aquele cavaleiro salteador ou salteador cavaleiro que, para lhe perdoar Afonso Henriques os desmandos e crimes, se determinou a conquistar Évora. Por manha o conseguiu e inocência dos mouros, que tinham a velar numa torre um homem apenas e sua filha, cujos não velavam nada, antes a sono solto dormiam quando o Sem Pavor nem piedade lhes cortou a cabeça. Coitada da menina. No alvoroço do engano, supondo-se atacados noutro lado da cidade, deixaram os mouros abertas as portas da fortaleza, por onde entraram os mais soldados cristãos, com ajuda de mouriscos e moçárabes, que a seu bel-prazer mataram e aprisionaram. Foi isto em 1165. Que Évora fosse a que Giraldo conquistou, não é o viajante capaz de imaginar. Quantos mouros havia para defender a cidade, não sabe. Do valor relativo do feito não se pode, portanto, formar hoje juízo, mas sim do seu alcance. Évora nunca mais voltou a mãos islamitas.

Isto são histórias que toda a gente conhece desde as primeiras letras, mas ao viajante não ficaria bem inventar outras. Aliás, que pode um simples discorredor de prosas e quilómetros descobrir em Évora que descoberto não esteja, ou que palavras dirá que não tenham sido ditas? Que esta é a cidade mais monumental? E, se isto disser, que disse realmente? Que há em Évora mais monumentos do que em qualquer outra cidade portuguesa? E, mais não havendo, serão os daqui mais valiosos? Estes apóstolos da Sé são magníficos: porém, são mais ou menos magníficos do que os do pórtico da Batalha? Inúteis perguntas, tempo perdido. Em Évora há, sim, uma atmosfera que não se encontra em outro qualquer lugar; Évora tem, sim, uma presença constante de História nas suas ruas e praças, em cada pedra ou sombra; Évora logrou, sim, defender o lugar do passado sem retirar espaço ao presente. Com esta feliz sentença, dá--se o viajante como desobrigado de outros juízos gerais, e entra na Sé.

Há templos mais amplos, mais altos, mais sumptuosos. Poucos têm esta gravidade recolhida. Parente das sés de

Lisboa e do Porto, excede-se esta por uma especial individualidade, por uma subtil diferença de tom. Caladas todas as vozes, mudos os órgãos daqui e dalém, retidos os passos, ouça-se a música profunda, que é só vibração intraduzível das colunas, dos arcos, da geometria infinita que as juntas das pedras organizam. Espaço de religião, a Sé de Évora é, em absoluto, um espaço humano: o destino destas pedras foi definido pela inteligência, foi ela que as desentranhou da terra e lhes deu forma e sentido, é ela que pergunta e responde na planta desenhada no papel. É a inteligência que mantém de pé a torre lanterna, que harmoniza a pauta do trifório, que compõe os feixes de colunelos. Dir-se-á que o viajante distingue em excesso a Sé de Évora, enunciando louvores que em tantos lugares tão justos seriam como aqui, talvez mais. Assim é. Mas o viajante, que muito viu já, não encontrou nunca pedras armadas que como estas criassem no espírito uma exaltação tão confiante do poder da inteligência. Fiquem lá a Batalha, os Jerónimos e Alcobaça com os seus ciúmes. São maravilhas, ninguém o negará, mas a Sé de Évora, severa e fechada ao primeiro olhar, recebe o viajante como se lhe abrisse os braços, e sendo esse primeiro movimento o da sensibilidade, o segundo é o da dialética.

Provavelmente não são maneiras de falar de arquitetura. Um especialista abanará a cabeça, condescendente ou irritado, quererá que lhe falem uma linguagem objetiva. Por exemplo, ainda a propósito da torre lanterna, que "o tambor, de granito, é envolvido nos ângulos por uma cornija trilobada com janelas maineladas, amparados por contrafortes e rematados por uma agulha esguia forrada de escamas imbricadas". Nada mais exato e científico, mas além de requerer a descrição, em algumas passagens, explicação paralela, o seu lugar não seria este. Já basta o risco a que o viajante se expõe frequentando de fugida tais alturas. Por isso é que se ficam pelo trivial as suas acidentais incursões nesses domínios, por isso confia que lhe sejam relevadas as faltas, tanto as que cometeu já como as futuras. Usa o seu próprio falar para exprimir o seu entender próprio. E porque assim é, dá-se ao atrevimento de torcer o nariz ao Ludovice de Mafra que aqui também chegou, enxertando uma capela-mor de mármores e risco ao gosto joanino na gravidade de um templo que respondia às necessidades espirituais de um tempo de menos fausto. Se o busto que está no trifório é, de facto, do primeiro arquiteto da Sé, Martim Domingues, muito terá sofrido a pedra em que o talharam.

Para a frescura das sombras do Largo do Marquês de Marialva sai o viajante, sobe a breve rampa, e depois de ter mirado, com o seu vagar, o Templo de Diana, que de Diana não é, nem foi nunca, e esse nome deve ao inventivo padre Fialho, dirige-se ao museu. Em caminho vai meditando, como a viajante sempre convém, na sorte de certas construções dos homens: vivem o seu primeiro tempo de esplendor, depois decaem, perecem, e lá uma vez por outra salvam-se no último instante. Assim aconteceu a este romano templo: destruído no século v pelos bárbaros do Norte que vieram à península, serviu, na Idade Média, de casa-forte do castelo, que além estaria, com os intercolúnios emparedados, e deu por fim em açougue municipal. Na revolução de 1383 ocuparam-no os mesteirais levantados contra os partidários da rainha D. Leonor Teles, e, do terraço que então nele havia, coroado de ameias, pelejaram contra o castelo, lançando-lhe chuvas de virotões, até que se rendesse. Isto conta a honrada palavra de Fernão Lopes. Só em 1871 é que o templo romano recuperou parecenças, as possíveis, com a sua primeira imagem. Mas, vai agora pensando o viajante, bem arranjados estavam os partidários do Mestre de Avis se, para se abrigarem dos projéteis com que do castelo lhes respondiam, contassem apenas com a colunata do templo: não escaparia um. E, não escapando, não tomariam a fortaleza, e, não a tomando, quem sabe o que sucederia depois? É bem possível que, de caso em caso, viéssemos a perder Aljubarrota.

O museu é a mais desleal instituição que o viajante conhece. Exige que o visitemos, põe a correr que é nódoa cultural desdenhar dele, e quando lá dentro nos apanha, como discípulos que vão ao mestre, em vez de nos ensinar com moderação e critério, atira-nos com duzentas obras-primas, duas mil obras de mérito, outras tantas de aceitável valor médio. Não é tão rico assim o Museu de Évora, mas tem de sobra para um dia, que é excessivo tempo para as posses do viajante. Então, que fará? Passa na escultura romana como gato por brasas, e se se demora mais na medieval é porque lá estão os jacentes de Fernão Gonçalves Cogominho e dos três bispos, não tanto aqui fica que não leve remorsos na consciência. Mais bem se comportou na Sala do Renascimento, onde veio a reencontrar o pródigo Nicolau de Chanterenne nos túmulos de D. Álvaro da Costa, camareiro-mor de D. Manuel, e do bispo D. Afonso de Portugal, este talvez a sua melhor obra, como afirmam entendidos. E há também as pilastras magníficas do Convento do Paraíso. Não falta quem explique a maior beleza das obras do chamado ciclo alentejano de Nicolau de Chanterenne pelas características do mármore, que permitiriam maior precisão, nitidez e finura do talhe. Bem pode isso ser, que há aí matéria de tais perfeições que ela própria ensina o artista a trabalhar.

É possível que o melhor do Museu de Évora seja a pintura. Sendo assim, e tendo escultura como esta, é grande sorte a sua. Reconheça-se, contudo, que raramente se encontra, em museus nacionais, conjunto tão equilibrado como o dos treze painéis que constituem o ciclo da *Vida da Virgem*. Ainda que de diferentes mãos e denotando diferentes influências (apontam-se objetivamente características dos estilos de Gerard David, de Hugo Van der Goes e de Roger Van der Weyden), estes painéis, que o já dito bispo D. Afonso de Portugal encomendou na Flandres, acompanham-se no rigor do desenho e na riqueza da cor, ainda que logo seja percebível o maior valor artístico do que representa a Virgem como Nossa Senhora da Glória. De composição opulenta, mostra anjos músicos e cantores tocando e cantando em uníssono, enquanto quatro outros anjos suspendem uma coroa sobre a cabeça da Virgem. Todos os painéis são anónimos. Ao tempo, estavam as oficinas dos mestres povoadas de grandes artistas: cumpriam a sua tarefa diária, pintavam a paisagem fundeira do retábulo, as arquiteturas, as roupagens, o pouco ou muito de fauna e de flora que o tema requeresse, algumas vezes os rostos das figurações secundárias, depois vinha o mestre, com o seu dedo de gigante, tocava aqui e além, emendava, e, julgada a obra digna de ser vista, seguia o seu destino. Quem foi que pintou, quem fez? Não se sabe. Quando as mãos são muitas, só se vê o trabalho.

Aqui ao lado é a Igreja dos Lóios. Descem-se os degraus do alpendre e entra-se no templo, que é gótico-manuelino.

Como nele se não celebra culto, há uma certa frieza ambiente, agravada desta vez pelos azulejos setecentistas. Esta igreja foi muito escolhida por quem queria bem parecer depois de morto: há pedras tumulares de invulgar beleza, e no museu anexo encontram-se duas tampas de bronze, trabalho flamengo do século XV, que maravilham pela obra de cinzel, reproduzindo em projeção um minucioso gótico flamejante onde os olhos se perdem.

No palácio dos condes de Basto, que foi sede da Ordem de Cavalaria de São Bento de Calatrava, não entrou o viajante. Mas estimou muito ver que os seus muros assentam na muralha romano-visigótica, obra que tem entre quinze e dezassete séculos e conserva um ar de primeira juventude. Toda a gente acha naturalíssimo que pedras velhas suportem novas pedras, porém não falta aí sorrir de quem quer saber os primeiros fundamentos dos gestos e atitudes, das ideias e convicções daquele passante anónimo que além vai ou deste viajante que aqui está. São pessoas essas muito crentes de que Minerva saiu, de facto, armada e equipada da cabeça de Júpiter, sem passar pelas misérias e graças da infância nem pelos erros e aventuras do conhecimento.

Pelo caminho que leva, fica-lhe à esquerda o liceu, que foi universidade e agora o tornou a ser. Com os seus arcos leves e airosos, o claustro tem qualquer coisa de rural. O corpo central, da antiga capela e depois Sala dos Atos, briga com as arcadas que o envolvem, mas é, isoladamente tomado, uma das mais harmoniosas fachadas que o primeiro barroco nos deu.

Não picasse o Sol tanto, e talvez o viajante se deixasse ficar horas no Largo das Portas de Moura. Estão ali as arcadas que boa sombra dão, mas o que o viajante quereria era passar da parte de cima, donde vê a fonte e o mirante dos Cordovis, para a parte de baixo, donde a fonte veria e as torres da Sé. Não parece muito, para quem já viu tanto e, contudo, este largo, com este pouco, é, tirando-lhe o Sol que fulge de chapa, um repousante lugar, tão igual de tom, tão claro e calmo. O viajante vai ler a inscrição da grande esfera renascença: "Anno 1556", e pasma como há pessoas que não envelhecem. Mas este calor está, realmente, insuportável. Entremos de relance na Igreja da Misericórdia para saborear a misericordiosa frescura e um pouco menos os painéis de azulejos que representam as obras da misericórdia espiritual: de fatura convencional, tratam um suporte de tão específicas exigências como uma tábua ou uma tela, daí que o resultado seja tão pouco convincente como o transporte duma pintura para uma tapeçaria. Mas a temperatura, não há dúvida, estava refrescante, e o retábulo da capela-mor, pelo excesso pletórico da decoração, rende as confessadas resistências do viajante aos artifícios da talha.

Estes aqui são os Meninos da Graça. Chamam-lhes meninos por afeto, pois estes gigantões sentados sem propósito no cimo das pilastras haviam de infundir algum temor se não estivessem tão alto. Esta Igreja de Nossa Senhora da Graça viu-a o viajante em tempos por dentro só ruínas, com um chão de terra revolvida donde surgiam bicos de pedras e pontas de ossos. Está agora um primor de arranjo, emendadas as pedras, forrado o chão, lançados ao lixo os ossos, arrumado o resto. O viajante acha melhor assim, mas não esquece a imagem primeira. Iguais estão, sim, os gigantes, que podiam ter sido esboçados por Miguel Ângelo, e os belos rosetões, que resistiram às murchidões do tempo.

Para o viajante, esta igreja, por ser tão diferente do comum das construções religiosas da sua época, aparece com certo ar enigmático, como se os cultos que lá dentro se celebraram tivessem mais que ver com desvios pagãos do que com a ortodoxia.

À Igreja de São Francisco chega o viajante quase sem forças. As ruas de Évora são um deserto, só por obrigação se atravessa deste passeio àquele. O Sol bate, duríssimo, o calor parece soprado pela goela de um forno imenso. Como estarão os campos? Não tardará a sabê-lo o viajante, que ainda tem hoje muito que andar, mas primeiro passeie-se pela grande nave de São Francisco, veja as pinturas atribuídas a Garcia Fernandes, o S. Bruno setecentista proveniente da Cartuxa, e, se quiser, se gostar de comprazer-se, por gosto mórbido ou franciscana mortificação da carne, vá à Capela dos Ossos, se pelo contrário não lhe parecer, como parece, que roça a obscenidade aquele ordenamento arquitetural de restos humanos, tantos que acabam por perder significado sensível. O viajante, que já antes os viu, não vai lá hoje. Não pode perdoar aos frades franciscanos a imagem que se lhe está representando do agenciamento da capela, com ossos espalhados a esmo, trazidos das valas comuns (que os da gente nobre repousavam debaixo da boa pedra lavrada), enquanto os ditos frades, de mangas arregaçadas, procuram uma tíbia que caiba neste buraco, uma costela que arme as arcadas, um crânio que arredonde o efeito. Não, e não. Vós, ossos, que lá estais, por que não vos rebelais?

Arejemos o que for possível, e tão pouco é, na Galeria das Damas do Palácio de D. Manuel. Aproveitemos a sombra para ganhar forças. O viajante vê um pouco de largo a Ermida de São Brás, com a sua cor de côdea de pão, fortaleza mourisca de merlões e coruchéus, grossa galilé, ninguém lhe chamaria igreja se não fosse o minúsculo campanário lá atrás. É tempo de partir. Esta é a pior hora do calor, mas tem de ser. O viajante já almoçou, ali à Porta Nova, na Praça Luís de Camões, deu ainda uma volta pela cidade, a Travessa da Caraça, a janela de Garcia de Resende, o Aqueduto, a porta romana de D. Isabel. Metade de Évora ficou por ver, a outra metade sabe-se lá. Mas o que ao viajante causa impressão, perdoe-se-lhe a ideia fixa, é que tudo quanto viu (tirando as muralhas e o templo romano) ainda não existia no tempo do Sem Pavor nem sequer dos revoltosos de 1383. O viajante acha que tem muita sorte: alguém lhe conquistou um bom sítio para construir esta Évora, alguém a levantou, alguém a defendeu, alguém lutou para que as coisas fossem assim e não doutra maneira, tudo para que pudesse aqui regalar-se de artes e ofícios. Agradece em pensamento ao Sem Pavor, apesar de não lhe perdoar a rapariga degolada, agradece ao povo revoltoso de 1383, sem nada ter que lhe perdoar, e mete-se aos caminhos do Alentejo que o esperam, entre restolhos ardentes e ardentes palavras, trabalho, terra, revolução também.

Não corre uma brisa, e seria pior se corresse. O viajante vai atravessando a planície que se prolonga até às margens do rio Degebe, e, para lá, até às alturas de Monsaraz. Antes de Reguengos, acorda do torpor em que caíra, subitamente, ao ver à beira da estrada uma placa que lhe diz haver ali perto uma povoação chamada Caridade. Não levava fito nela, um viajante, está visto, não pode ir a todo o lado, mas um nome destes, Caridade, nem que a volta fosse maior. É uma aldeia branca, rebranca e sobrebranca (com o calor que está o viajante perde um pouco o domínio das palavras), e sobre esta brancura, à torreira do Sol, uma mulher vestida de preto lança nova aguada de cal nas paredes da sua casa, que paixão de branco vive na alma desta gente escura, tisnada de sol e suor. A igreja de Caridade, rústica, com um rodapé violeta, faz parar o viajante, deslumbrado. Existia esta Caridade, com uma ribeira ali que o mesmo nome tem, e o viajante não a conhecia. Ai, o que um homem perde na vida e não sabe!

Em Reguengos de Monsaraz não vale a pena parar. O tempo só de um refresco, outro logo a seguir, e ala. Adiante, entre a estrada e a ribeira de Pega, há restos de antas invadidos pelas silvas onde a charrua não conseguiu lavrar. O zumbido das cigarras ressoa agressivamente. Com este calor, perdem os pobres bichos o domínio das asas, como o viajante perdera o das palavras em Caridade. Quem sabe se a histórica embirração das formigas não virá de estarem inteiros verões sujeitas a este contínuo serrote que vai serrando o ar?

Em todo o caso, não há mal tão mau que não tenha o seu lado bom. Por causa da calma, as pessoas estão recolhidas nas suas casas, as que não, andam longe no trabalho, e o viajante pode percorrer as ruas como se a aldeia tivesse sido abandonada. É isso bom, mas, para acertar a regra, tem um lado mau: não há com quem falar. Aqui no largo central o viajante olha as casas discretas e belas, algumas desabitadas, adquiridas por gente de teres que vive longe, vê as frontarias, não os interiores, e entristece-se de pensar que Monsaraz seja, sobretudo, uma fachada. Há também injustiça nisto: não falta aí quem tenha criado corpo e espírito entre as muralhas deste castelo, nestas empinadas travessas, na sombra fresca ou gelada das casas sem conforto. Em

Monsaraz vive o de fora e o de dentro, o que vem repousar de gostos e maus gostos da grande cidade, o que de gostos conhece pouco mais que o travo das vidas que só para os olhos têm grandes horizontes.

Penando ao sol, o viajante descobriu quem lhe abrisse a igreja matriz. É um edifício que dentro desconcerta a expectativa: quadrangular, com três naves iguais divididas por grossíssimas colunas constituídas por enormes tambores de pedra. Pela atmosfera, pelo desgaste, parece muito mais vetusta do que a idade que tem: uns quatro séculos. Aqui vem encontrar um belo túmulo duocentista, o de Gomes Martins, que foi procurador da rainha D. Beatriz, mulher de D. Afonso III. Tem cenas de falcoaria e de lamentação do finado, de um realismo trágico que a representação rude ainda mais acentua.

Daqui foi o viajante ver o fresco quatrocentista que representa o juiz íntegro e o juiz venal, pintura de largos planos de cor, com um desenho tão nítido que parece esgrafitado. Há uma modernidade surpreendente nesta parede que o tempo não poupou, com a óbvia ajuda do desleixo e da ignorância dos homens. A não ser que o viajante tome como sugestão de modernidade o que modernamente veio a ressurgir em certa arte de recuperação medievalizante que em Portugal se praticou para fins não todos bons.

Do morro fortificado de Monsaraz desceu à planície. Isto é como estar fora do mundo. Os leitos das ribeiras são correntes de pedras requeimadas de sol, chega-se a duvidar de que alguma vez levem água, tão longe ela está neste momento, sequer, de simples promessa. Por este andar, o viajante, se o espremem, não deita gota. Vai assim, outra vez entorpecido, quase ao diabo dando o viajar, quando de repente lhe aparece um rio. É uma miragem, disse o viajante, cético, sabendo muito bem que nos desertos se desenham ilusões, um poço para os que morrem de sede, um palmar para quem vai a sonhar com sombras. Por sim, por não, consulta o mapa, a ver se nestas latitudes se assinala curso de água permanente. Cá está, o Guadiana! Era o Guadiana, aquele mesmo que bravio se lhe tinha mostrado em Juromenha e que depois abandonara. Amável Guadiana, Guadiana delicioso, rio que do paraíso nasces! Que faria qualquer viajante, que fez este? No primeiro sítio onde da estrada facilmente se chega ao rio, desceu, num resguardo se despiu e em dois tempos estava na água clara e fria, parece impossível que exista uma temperatura assim. Por mais tempo do que à viagem convinha esteve refocilando na límpida corrente, nadando entre as fulgurações que o Sol chispava na fluvial toalha, tão feliz o viajante, tão contentes o Sol e o rio, que eram três num prazer só. Porém, se os males não aturam, os bens não duram sempre: sai da água como um tritão a quem as ninfas desprezaram e molhado enfia-se nas roupas amarrotadas, húmidas elas do suor, um desconsolo.

Perto da ponte onde a estrada entronca com a que vem de Reguengos, tomam banho raparigas e rapazes. Riem, os malvados, lançam uns aos outros chapadas de água, devia haver uma lei que proibisse estes excessos: o viajante sente acordar dentro de si uma alma de Nero, está prestes a cometer um crime. Enfim, passou-lhe. Da ponte faz um aceno aos nadadores, conservem os deuses este rio para sempre e a vossa mocidade enquanto for possível.

Mourão não tinha muito para mostrar. Contudo, o viajante foi pontualmente ao castelo, que integra a igreja matriz, mas um e outra estavam fechados e não prometiam por fora nenhumas maravilhas dentro. Mas nem por isso deixou de encontrar belezas: cá estão as chaminés, circulares e de remates cónicos, que quase só aqui se encontram, e as mesmas, mas não monótonas, fachadas caiadas, outra vez mostrando o valor cromático que o branco adquire no jogo da luz incidente ou rasante, na sombra dura ou na penumbra macia dum recanto aonde a luz só chega mil vezes quebrada: tal é possível até mesmo numa tarde violenta como esta.

Paisagens assim, isto é o que vai pensando o viajante enquanto continua para o sul, para serem sufocantes, nem precisariam do calor. Entre Mourão e Póvoa, entre Póvoa e Moura, para um lado e para outro da estrada, os campos estendem os seus infinitos restolhos de um amarelo-pálido, quase branco se o calcamento o partiu e o Sol faz brilhar o interior polido do caule, e esta visão que parecia igual torna-se caleidoscópica. Olhar estas searas ceifadas, olhá-las fixamente durante alguns minutos, é entrar numa vertigem suave, numa espécie de hipnotização dada e recebida, quase extática.

Em Moura, que tem uma bela praça, muito mais sala de receber do que lugar de passagem, o viajante sentiu a primeira aragem do dia. Tímida ainda, logo arrependida do atrevimento em dia só ao senhor Sol reservado, mas graças a ela é que sentiu coragem de ir ao castelo, de saltar por cima das ruínas, que são muitas e variadas. É uma cenografia para drama nobre decadente ou temíveis duelos à espada em noite de luar. O viajante, agora falando muito a sério, espanta-se com o alheamento da gente cinematográfica portuguesa em relação a cenários naturais que para todos os gostos e necessidades possuímos abundantemente. Dita ou pensada esta sentença, voltou ao largo, viu de fora o belo portal trilobado da igreja matriz, com o seu arco conopial que lembra, ou na ocasião lembrou, o portal de Penamacor, e o cortesão, nada eclesiástico balcão de dossel com os seus colunelos jónicos e ferros batidos. Gosto tinha, sem dúvida, o mestre de pedraria Cristóvão de Almeida, que esta obra fez, e pação seria o abade que tal mundanidade quis na sua igreja.

Vai-se rematando a tarde, subtilmente refrescada, se de refresco se pode falar, mas as árvores da beira da estrada ajudam, as terras movem-se um pouco no ondular das colinas, e o viajante começa a respirar com deleite. Mas antes de Pias, no fim duma descida, estão dois guardas-republicanos a pedir papéis a quem passa, o que é normal, e ali perto, uma camioneta com outros guardas, o que de normal tem pouco. O viajante mostrou que não traz as mãos tintas de sangue e passou. Em Pias, com gente pelas ruas, perguntou onde era a igreja matriz. Queria ver a tábua que mostra Martim Moniz entalado na porta do Castelo São Jorge. Mas a igreja estava fechada, o que veio a resultar em justiça poética: gente sacrificada por sua vontade própria para que vivam e floresçam os que hão de vir, não falta nestes dias de hoje. Nestas mesmas terras.

O viajante dormirá neste sítio de São Gens, perto de Serpa. Há, aqui para trás, uma Ermida de Nossa Senhora de Guadalupe. O que tem para ver, vê-se de fora. Não é como a paisagem que diante dos olhos do viajante se alonga. Essa quer que a vejam por dentro. É uma distância de árvores e colinas quase rasas, simples cômoros que se confundem com a planície. Já se pôs o Sol, mas a planície não se apaga.

Cobre o campo uma cinza dourada, depois empalidece o ouro, a noite vem devagarinho do outro lado, acendendo estrelas. Chegará mais tarde a Lua, e os mochos chamarão uns pelos outros. O viajante, diante do que vê, sente vontade de chorar. Talvez tenha pena de si mesmo, desgosto de não ser capaz de dizer em palavras o que esta paisagem é. E diz apenas assim: esta é a noite em que o mundo pode começar.

### *O PULO E O SALTO*

Quando o viajante acordou e abriu a janela do quarto, o mundo estava criado. Era cedo, ainda vinha longe o Sol. Nenhum lugar pode ser mais serenamente belo, nenhum o será com meios mais comuns, terra larga, árvores, silêncio. O viajante, tendo assim estas coisas estimado com o seu saber de muita experiência feito, pôs-se à espera que o Sol nascesse. Assistiu a tudo, à transformação da luz, à invenção da primeira sombra e do canto da primeira ave, e foi o primeiro a ouvir uma voz de mulher, vinda do invisível, dizendo esta frase simples: "Vai estar outro dia de calor." Proféticas palavras, como o viajante viria a saber à sua custa.

De uma volta por Serpa não colheu muito, o portal renascença da antiga gafaria de Santo André, hoje Igreja de Nossa Senhora da Saúde, a cerca de muralhas do castelo, com o ciclópico torrejão em ruína. O melhor ainda são as casas de toda a gente: baixas e brancas, abraços de cal que vão cingindo as ruas, luz de luar que às paredes ficou agarrada e não se apaga. O viajante vai perguntar que estrada há de seguir para chegar ao Pulo do Lobo. É um inocente, este viajante. Outras vezes o suspeitou, hoje terá a prova. O interrogado, homem calmo, de falar lento, dá explicação e remata: "É nesse carro que vai?" Ainda é cedo para perceber o viajante o motivo da pergunta, e cuida que lhe estão a desfazer no transporte. Responde seco: "É, sim senhor." O homem abana a cabeça compassivamente e afasta-se.

Até São Brás a estrada faz boa companhia. Atravessa um grande ermo, paisagem de cabeços arredondados, mar picado de vaga curta, uma e outra pequenas tabuletas de madeira indicam o caminho para montes que da estrada não se avistam, nem sequer a ponta duma chaminé. Há mais dois quilómetros de razoável caminho, e começa a tormenta: o leito da estrada é um estendal de pedras soltas, um sobe e desce de buracos e lombas. O viajante já passou por apertos destes, mas o caos prolonga-se, e o pior de tudo é a opressiva sensação de isolamento: não há casas, os campos de cultivo parecem estar ali há mil anos, e, de todos os lados, os cabeços trepam às costas uns dos outros para ver se o viajante esbarra, ou derrapa, ou simplesmente desanima. O viajante cerra os dentes, faz-se pluma para aliviar a castigada suspensão, desafoga-se quando aparece um palmo de pavimento liso, aceitou o desafio do planeta desconhecido.

Quase se rendeu. Há uma descida profunda, uma curva louca para a esquerda, como se a estrada ali tivesse sido cortada cerce, tão íngreme que as pedras rolam e vão cair, tumba que tumba, no vale penhascoso onde uma faixa estreita de verdura está dizendo que é sítio de água. O viajante acobarda-se, pensa voltar para trás. Será vergonha, mas com estas pode um homem viver. Porém, voltar para trás, como? Recuar é um risco, impossível manobrar e inverter a marcha. Enquanto não se lhe achar o termo, se o há, o caminho é para a frente. Seja. Cautelosamente, o viajante prossegue, um caracol iria mais depressa, e eis a curva, quase um ângulo reto. Em baixo há uma ribeira, estão ali dois homens e um garoto, olham pasmados o viajante que se aproxima. "Bons dias. Isto aqui é o Guadiana?" De mais sabia o viajante que ali não podia ser o Guadiana: atirara a pergunta como quem faz um exorcismo. "Não senhor. Aqui é a ribeira de Limas." "E o Pulo do Lobo, fica longe?" "Uns três quilómetros", responde o homem mais velho. "O caminho é mau?" "Não é pior do que foi até agora. Ainda há um bocado com pedras, mas depois vai-se bem. Foi um bom suadoiro, hã?" O viajante quer sorrir, mas a cara sai-lhe lastimosa: "Nem me fale nisso. Então o Pulo do Lobo?" "Vá andando sempre em frente, passa dois montes, depois desce a fundo, em encontrando uma sobreira vira por um caminho à sua mão direita, daí para diante não tem que enganar."

Sobre as lajes do leito da ribeira, agora a seco (como será isto no Inverno?), o viajante passa para o outro lado. Recomeça a subir, já nem liga a pedras, quem se perdeu por cem, perca-se por mil, mas onde estarão os montes, a sobreira, o caminho de terra que há de levar a um destino, o infernal Pulo do Lobo, onde se meteu? Se o viajante tivesse um grãozinho de bom senso, voltaria para trás, mas é obstinado, teimoso, fincou os dentes na ideia, nada o fará desistir. Enfim, cansou-se o deserto. Aí está o primeiro monte, o segundo, mas não se vê vivalma, e lá ao fundo a sobreira, o desvio para a direita. Este caminho é o da glória. Vai circulando pelo alto dos cabeços, nunca desce aos vales, e, tendo por uma única vez subido em curva larga, acaba à porta de um monte arruinado. Daí para diante é um carreiro, com sinais de rodado de tratores. Por seu pé, o viajante começa a descer. Vai contente. O Pulo do Lobo há de ser além, por enquanto nada se vê, mas, só por si, ter chegado já não é pequena proeza.

De repente, como se uma cortina se afastasse, aparece o Guadiana. O Guadiana? A este lado, sim, uma estreita toalha de água que se precipita em rápido tem parecença de rio. Mas não o imenso acidente de rocha que se estende para a esquerda, rasgado numa violenta cicatriz, onde de longe em longe branqueja a espuma. Isto não é Portugal, é um pedaço enxertado doutro mundo, o que resta de monstruoso meteorito que veio do espaço, e caindo se partiu para deixar passar a água da terra. A rocha calcinada, áspera, rugosa, eriçada de dentes agudos, não deixa que cresça em si um fio de erva. O rio ferve entre as paredes duríssimas, rugem as águas, espadanam, batem, refluem e vão roendo, um milímetro por século, por milénio, um nada na eternidade: acabar-se-á o mundo primeiro que conclua a água o seu trabalho. O viajante caiu em pasmo perfeito. Esqueceu o caminho perigoso, os suores quentes e os suores frios, a aflição de um desastre possível, o aceno compassivo do homem de Serpa. E pergunta: "Como é que está isto em Portugal e tão poucos o sabem, e ainda menos o conhecem?" Vai custar-lhe muito retirar-se daqui. Voltará atrás por duas vezes para fingir que tendo continuado viagem lá tornou daí a um ano, daí a dois. É isto o Pulo do Lobo. Tão estreita a fenda entre as margens rochosas que bem podia um animal em fuga ter saltado aqui. Lobo foi, dizem. E salvou-se. É o que o viajante sente também: ter vindo aqui, olhar estas formidáveis paredes, este rasgão profundo na carne da pedra, é uma forma de salvação. Quando finalmente se afasta, nem o caminho lhe parece ruim. Talvez seja apenas a provação necessária para apurar quem e e quem não é merecedor de aceder ao lugar do assombro.

Chegando a Serpa, o viajante tem de fazer um esforço para habituar-se de novo ao mundo comum dos homens. Já na saída para Beja olha a abandonada Ermida de São Sebastião, tão formosa na sua hibridez de manuelino e mudéjar. Hibridez, pensa, porém seria mais correto dizer simbiose, união não apenas formal, mas vital. Não tão vital assim, repreende o espírito lógico, uma vez que o estilo não ultrapassou os limites do Alentejo nem se prolongou no tempo, transformando-se. Vital, sim, responde o espírito intuitivo, porque a arquitetura civil, a casa, a chaminé, o alpendre aí estão a proclamar donde vêm, que pais estilísticos foram os seus: a construção moura, que perdurou para além da reconquista, a construção gótica, que a ela se juntou em seu devido tempo.

Vai o viajante assim refletindo quando outra vez lhe aparece pela frente o Guadiana, agora de amplo e pacífico regaço. É um jogo de escondidas em que os dois andam, sina de amor que se experimenta. Justamente quando atravessa a ponte, o viajante pensa que um dia gostava de descer o rio de barco, começando lá em cima, na Juromenha, até ao mar. Talvez se fique por este gosto sonhado, talvez se decida bruscamente e cometa a aventura. Então representa-se-lhe diante dos olhos o Pulo do Lobo, ouve o clamor da água, vê claramente os vórtices entre as pedras, a morte possível. De futuro, o viajante vai ficar a observar-se, um pouco cético e irónico, um pouco enternecido e esperançoso: sempre quero ver se és capaz.

Logo adiante, uma tabuleta aponta o desvio para Baleizão. É terra sem artes assinaladas, mas o viajante murmura: "Ai, Baleizão, Baleizão", e mete ao caminho. Não parará na aldeia, não falará a ninguém. Limita-se a passar, quem o vir dirá: "Olha um turista." Nem sabe esse quanto se engana. O viajante respira fundo o ar de Baleizão, vai entre duas filas de casas, apanha na passagem um rosto de homem, um rosto de mulher, e quando sai do outro lado da aldeia, se no seu próprio se lhe não vê sinal de transfiguração, é porque um homem, quando tem de ser, disfarça muito.

Em pouco se chega a Beja. Lá no seu alto edificada (e aqui, nestas paragens rasas, falar de alturas não é nenhuma vertigem), a antiga Pax Julia romana não parece vir de tão longa antiguidade. Não lhe faltam, é certo, vestígios dessas épocas, e outras mais recuadas, ou dos visitados depois, mas a ordenação da cidade, a irreflexão de derrubes e levantamentos, uma vez mais o desleixo, e sempre a dramática ignorância, tornam-na, à primeira vista, igual a aglomerações de pouca ou nenhuma história. É preciso procurar, ir ao castelo, a Santa Maria, à Misericórdia, ao museu. Por eles se saberá que Pax Julia (Baju para os Mouros, que não sabiam latim, e depois Baja, e enfim Beja) tem de história que baste e sobeje.

Vai o viajante primeiramente à Igreja de Santa Maria. Dentro não perde nem ganha: de risco clássico as três naves, curiosa a *Árvore de Jessé*, mas sem mais. É cá fora, à vista de quem passa, que Santa Maria tem a sua maior beleza: a galilé de três arcos fronteiros, branca como se deve em terras transtaganas, apenas deixados na cor natural da pedra os capitéis onde vão assentar as nervuras da abóbada. Esta galilé promete o que as naves não cumprirão, mas quem entra tem de sair, e quem dentro se desconsolou reconforta-se à despedida.

Do castelo se diria, para insistir no estilo, que não tira nem acrescenta. Mas à torre de menagem deve o viajante fazer vénia. Se em Estremoz prezara, aqui haverá de estimar. São ambos parentes, mas esta sobreleva a primeira, e todas as mais, em grandeza e imponência. Das suas salas interiores, todas abobadadas, levaria o viajante, se pudesse, a sala central, de abóbada estrelada, muçulmana de inspiração, para prova de que os arquitetos cristãos souberam, ainda por muito tempo, entender a necessidade de um estilo e de uma técnica que tinham, nesta região, raízes culturais profundas. Tolice foi, mais tarde, tê-las arrancado.

Que Pax Julia tivesse dado Beja, depois de ter servido de trava-línguas a mouros, não há que estranhar. Mas que um açougue tivesse acabado em igreja, pode surpreender. Afinal, tudo vai das necessidades. Em Évora, fez-se do templo romano matadouro, aqui achou-se que a construção era bela de mais para servir de talho, e, no mesmo sítio onde se sacrificariam carneiros aos apetites do corpo, passou a sublimar-se o sacrifício do divino cordeiro às salvações da alma. Os caminhos por onde os homens circulam só aparentemente são complicados. Procurando bem, sempre se encontram sinais de passos anteriores, analogias, contradições resolvidas ou resolúveis, plataformas onde de repente as linguagens se tornam comuns e universais. Esta colunata da Igreja da Misericórdia mostra o carácter diferenciado (no sentido duma apropriação coletiva local) do estilo arquitetónico do Renascimento quando entendido compativelmente com expressões regionais anteriores.

O viajante gostaria de ir ver os capitéis visigóticos da Igreja de Santo Amaro, mas desta vez nem se aventurou à busca da milagrosa chave. Terá errado, quem sabe se seria fácil, mas se em terras pequenas a dificuldade é às vezes tanta, que faria nesta cidade, distraída com as suas preocupações, contra ou a favor. O viajante preferiu ir ao museu, que é um ver mais certo.

O Museu de Beja é regional e faz muito bem em não querer ser mais do que isso. Assim poderá gabar-se de que quase todo o recheio é daqui mesmo ou foi cá encontrado em escavações, e portanto duplamente daqui. O espaço em que as espécies se mostram é o do velho Convento da Conceição, com mais rigor, o que resta dele: igreja, claustro, e sala do capítulo. Por estes lugares passeou Mariana Alcoforado os seus suspiros de carnalíssima paixão. Estava no seu direito, que não é meter uma mulher dentro das quatro paredes dum convento e esperar que murche sem revolta. O que o viajante duvida é das cartas, isto é, de serem de mente e mão portuguesa e conventual. Aquilo são flores de retórica sensível pouco ao alcance de menina natural destas charnecas, mesmo que de família apurada em meios, de espírito e outros. Aliás, o grande amor de Mariana Alcoforado, se foi ela, não lhe abreviou a vida: oitenta e três anos andou por este vale de lágrimas, mais de sessenta no convento, comparemos com as médias de existência ao tempo e veremos o avanço que a freirinha de Beja levou para o paraíso.

O viajante não descreverá o museu. Regista o que lhe ficou na lembrança (e as razões são muitas, nem todas objetivas, para que a memória retenha isto e não aquilo), por exemplo, os andores de prata dos dois santos Joões, o Batista e o Evangelista, pesados bastante para fatigar duas confrarias, e nota como se instaurou uma rivalidade entre João e João, cada qual mais rico e favorecido, cada qual mais requestado de orações. Ao tempo de Mariana ainda estes andores não existiam. O viajante não pode, portanto, imaginar a apaixonada irmã a inventar recados celestes que lhe favorecessem os mundanais amores, mas não duvida que outras freiras, movidas por este luxo de sensuais pratas, tenham rogado aos santos proteção adequada mal puseram estes pé nos sumptuosos tronos.

A Casa do Capítulo, de bela proporção, com o seu teto delicadamente pintado, reúne uma coleção preciosa de azulejos, a que só podem comparar-se os de Sintra: azulejos de corda seca, sevilhanos, tipo de brocado gótico; azulejos de aresta, sevilhanos; outros valencianos, de Manises, lisos, azuis e verdes com reflexos de cobre. O que é particularmente notável é a harmonia conseguida nestas quatro paredes por espécies diferentes, quer no desenho, quer na cor, uns do século XV, outros do século XVI. O efeito das policromias e dos padrões é de irrepreensível unidade. O viajante, que às vezes não sabe muito bem como acertar uma calça e uma camisa, regala-se com esta ciência da composição.

Vai depois olhar a pintura, que a tem inesperadamente boa o Museu de Beja e não muito citada. É exceção a esse mau conhecer, claro está, o *S. Vicente*, dito do Mestre de Sardoal, ou sua escola: trata-se, sem favor nenhum, duma obra--prima que qualquer museu estrangeiro faria subir aos píncaros da fama. Nós, por cá, somos tão ricos de salões, com este hábito de beber a todas as refeições champanhe, que pouco ligamos ao corredor das artes. Defenda Beja o seu *S. Vicente* porque defende um tesouro sem preço. De mais poderia ainda, e era seu dever, falar o viajante: fica-se pelos Riberas, pela *Santa Bárbara*, pelo mavioso e florido *Cristo* de Arellano, pela impressionística *Flagelação,* e sobretudo, não por razões de mérito artístico, que são escassas, mas pelo humor involuntário da situação, a tela setecentista que representa o *Nascimento de S. João Batista*: a familiaridade, a confusão de pessoas e anjos que se agitam em redor da criança nascida (enquanto ao fundo, ainda deitada, Santa Ana dita a certidão de nascimento do filho), põem o viajante a sorrir de puro deleite. Não é mau farnel para a viagem.

Um itinerário assim, parece de homem perdido. Já do Pulo do Lobo a Beja fez a rota a noroeste, e agora vai rumo franco a norte, à Vidigueira primeiro, depois a Portel. Por onde passa encontra, e se pede informações para o caminho sabe sempre aonde quer chegar: é portanto um viajante que a si próprio se achou.

Quem diz Vidigueira, diz Vasco da Gama e vinho branco, com perdão de catões que vejam falta de respeito nesta aproximação de história e copo. Do almirante das Índias levaram os ossos para Belém de Lisboa. Resta do seu tempo a Torre do Relógio, onde ainda hoje se pode ouvir o sino de bronze que ele mandou fundir, quatro anos antes de morrer, em 1524, na distante terra de Cochim. Quanto ao vinho branco, continua vivo e promete durar mais que o viajante.

No alto do Mendro entra-se no distrito de Évora. Portel está duas léguas adiante. Tem o encanto das ruas irregulares, pouco afeiçoadas à linha reta, e certas frontarias adornam-se de ferros forjados. Há ainda portais góticos, outros manuelinos, e alguns velhos edifícios, como os Açougues, com a pedra de armas, e a Igreja da Misericórdia, onde, além da tribuna dos mesários, opulenta, se mostra um Cristo morto de madeira, quatrocentista, de belíssima fatura gótica. O viajante subiu ao castelo para ver a paisagem e as pedras que lá estivessem. De vistas foi favorecido: o eirado da torre de menagem dá diretamente para o mundo, estendendo um braço chega-se ao cabo dele. É o que têm estas terras alentejanas: não fazem negaças, quanto têm mostram logo. O castelo é octogonal, duas vezes cingido de muralhas, e alguns destes torreões cilíndricos vêm do século XIII e do tempo de D. Manuel I. Há restos dum palácio dos duques de Bragança e duma capela, quase indecifrável tudo isto para olhos pouco afeitos. Outros de maior experiência identificarão nestes encordoados o estilo de Francisco de Arruda, que foi arquiteto e empreiteiro das obras.

O viajante gosta de nomes, está no seu direito. Não tendo motivo para parar em Oriola, povoação no caminho de Viana do Alentejo, saboreou-lhe as sílabas italianíssimas ou geminalmente mais próximas da Orihuela valenciana. E por falar de nomes custa-lhe ao viajante entender por que quis Viana ser banalmente do Alentejo quando, por bairrismo, repudiou o topónimo de Viana-a-par-de-Alvito. Colhesse em época mais recuada esse outro enigmático nome que foi seu primeiro, de Viana de Fochem, e talvez se multiplicassem os visitantes, porventura logo atraídos pelos prestígios de Évora, ao norte, e por Beja, ao sul. Não pode Viana, claro está, disputar com as duas capitais, mas entre castelo, cruzeiro, igreja matriz, ermidas e santuário, posto isto tudo dentro e fora da vila de estreitas e brancas ruas, não lhe faltam dons e poderes para acordar amores no viajante. São de pouca altura as muralhas, sinal de escasso empenho bélico ou feliz sentido de proporção. Quem ao castelo chega do lado sudeste, vê, por cima das ameias muçulmanas, o jogo geométrico das obras altas da igreja matriz, os merlões chanfrados, os cubelos agulhados, os contrafortes e arcobotantes: se é possível resumir em poucas palavras, uma festa para os olhos. A entrada para o castelo dispõe-se em níveis sucessivos, em patamares. À sombra dumas árvores, refúgio de um Sol que queima, estão dois rapazes e duas raparigas: falam de estudos, feitos ou por fazer, vê-se que o caso é sério.

O viajante, informado, foi à procura da chave. Quando torna, a conversa continua, exame como, exame quando, muito tem de sofrer a juventude. Lá dentro, a igreja fascina pelo sentido espacial da sua construção: a abóbada de artesãos é suportada por grossíssimos e não apurados pilares octogonais, e as três naves desenvolvem-se em cinco tramos de grande vão, traçados em arcos de volta perfeita. O coro, quer pela franqueza dos acessos, quer pela liberdade da sua integração no corpo da igreja (absorve o primeiro tramo), não tem o ar distante e reservado que é comum nestas partes da estrutura. Pelo contrário: apetece subir e descer, fazer dele mirante para ofícios e cerimónias. O viajante subiu e desceu, feliz como um garoto que já fez os exames todos. Quando sai, olha com vagar o portal geminado, riquíssimo de efeitos e motivos decorativos, em seu arco de carena, os atributos régios (escudo das quinas, cruz de Cristo, esfera armilar, camaroeiro), os elementos de folhagens e figuras humanas: aqui meio escondido, este portal manuelino é uma lição perfeita do nosso hibridismo ornamental.

Agora o viajante vai rematar o laço que começou a traçar em Beja. Desce a Alvito, porém antes de lá chegar ainda espreitará o que puder da Quinta de Água de Peixes, velho solar do século XIV modificado por obras feitas nos primeiros anos do reinado de D. Manuel I, em que puseram mão artífices mouriscos ou judeus porventura expulsos de Castela depois da conquista de Granada. É preciso o alpendre da entrada, assente em esbeltos colunéis de pedra, com telhado de quatro águas, de menos acentuada inclinação posterior, o que introduz um estimulante elemento de assimetria. O balcão de um canto tem formosa ornamentação de influência mudéjar que mais uma vez faz suspirar o viajante.

Em Alvito prometia-se festa. Ninguém nas ruas, mas um altifalante projetava a todos os ventos, em insuportável estentor, uma canção de título espanhol cantada em inglês por um duo de vozes femininas, e suecas. Ali em baixo é o castelo, ou paço acastelado, de traço invulgar em terra portuguesa, com as suas torres de ângulo, boleadas, e os grandes panos de muralha. Por razões não sabidas, estavam as portas fechadas. O viajante desceu ao largo, bebeu de um fontanário uma água chilra que lhe agravou a sede, mas como é homem de sorte achou-se refrescado logo adiante, quando ao entrar numa rua levantou os olhos a averiguar onde estava e viu: Rua das Manhãs. Oh magnífica terra de Alvito, e também agradecida, que num cunhal dum prédio prestou homenagem às manhãs do mundo e dos homens, guarda-te a ti própria para que sobre ti não desça outra noite que não seja a natural! O viajante não cabe em si de contente. E como um espanto nunca vem só, após risonho engano que o fez tomar repartição de finanças por capela, foi dar com a igreja matriz mais aberta que já se viu, três largas portas escancaradas por onde entrava a luz a jorro, mostrando como afinal não há mistério nenhum nas religiões, ou, se há, não é o que parece. Aqui reencontrou o viajante os pilares octogonais de Viana do Alentejo, comuns nestas regiões, além de bons silhares de azulejos seiscentistas representando cenas sacras.

Por este caminho, passando Vila Ruiva e Vila Alva, chega-se a Vila de Frades, onde nasceu Fialho de Almeida. Porém, a glória artística da terra é a vila romana de São Cucufate, a poucos quilómetros, no meio duma paisagem de olivais e mato. Um letreiro minúsculo na beira da estrada aponta para um caminho de terra: será além. O viajante sente-se descobridor de ignotos mundos, tão recatado é o sítio e mansa a atmosfera. Em pouco tempo se chega. As ruínas são enormes, desenvolvem-se, lateralmente, em grandes frentes, e a estrutura geral, de pisos sobrepostos e robustos arcos de tijolo, mostra a importância do aglomerado. Estão em curso escavações, pelo aspeto feitas com critério científico apurado. Num terreiro liberto que terá servido de cemitério abriram-se grandes cavidades retangulares no fundo das quais, ainda meio presos na terra, há esqueletos. Estas ruínas foram aproveitadas na Idade Média para mosteiro, o Mosteiro de São Cucufate: serão dos frades os ossos, mas certamente não aqueles, tão miudinhos que só podem ter pertencido a uma criança. E se a largura dos ossos da bacia alguma coisa prova, este esqueleto é de mulher.

Em geral, as ruínas são melancólicas. Mas estas, talvez por se sentir nelas o trabalho de gente viva, e apesar dos fúnebres restos que à vista estão, acha o viajante que são agradável lugar. É como se o tempo se tivesse comprimido; anteontem estavam aqui os romanos, ontem os frades de S. Cucufate, hoje o viajante, por pouco não se tinham encontrado todos.

Deste lado há uma igreja, obra certamente dos monges. Serve agora de arrecadação para os materiais e utensílios das escavações, mas tem o teto da pequena nave central coberto de pinturas a fresco, algumas ainda em bom estado de conservação, e parecendo, pelo estilo arcaizante ou pela inabilidade da mão do artista, muito mais antigas do que a época que lhes é atribuída: séculos XVII ou XVIII. O viajante não é autoridade, mas permite-se rejeitar a opinião: prefere imaginar um frade medievo aplicadamente pintando esta capela sistina de ordem pobre em país mais pobre ainda. Os olhos dos santos arregalam-se para o viajante, anunciam uma pergunta que não chega a ser feita em voz alta: como vão as coisas depois destes séculos todos?

Cá fora cai o crepúsculo. Naquelas grandes pedras que se debruçam para a encosta há a marca de uma ferradura. Diz-se que foi o cavalo de Santo Iago, ao firmar impulso para saltar sobre o vale e alcançar o cabeço de além. O viajante não vê qualquer razão para duvidar: se em Serpa pulou um lobo, por que não saltaria um cavalo em São Cucufate?

## OS ITALIANOS EM MÉRTOLA

Quando o viajante tornou a sair de Beja, não levava como farnel o deleitado sorriso que o nascimento do Batista acordara. Mas tendo visitado hoje outra vila romana, a de Pisões, refrescaram-no os mosaicos geométricos, o geral desafogo dos vestígios de construção que restam. Não estava mau o viático para quem a tão grandes calores iria outra vez aventurar-se. Porém, o sorriso novo apaga-se em poucos quilómetros, foi um cristal de neve, já cá não está. Ainda passado ontem o viajante falava, com espanto, e sem outras mais palavras que esta, dos campos de Entre-Mourão-e-Moura, de Entre-Moura-e-Serpa. Que há de então dizer, agora, quando atravessa a planície em direção a Castro Verde, por Trindade e Albernoa? Oh, senhores, vós que ao sol da praia vos deitais, vinde aos campos de Albernoa conhecer o Sol. Vede como estão secos estes ribeiros, o barranco de Marzelona, a ribeira de Terges, os minúsculos, invisíveis afluentes que não se distinguem da paisagem, tão seca como eles. Aqui se sabe, sem ter de recorrer aos dicionários, o que significam estas três palavras: calor, sede, latifúndio. Ao viajante não faltam luzes destas paragens, mas o que os olhos mostram é sempre maior e mais do que se julgava saber.

Um milhafre atravessou a estrada em voo pairante. Veio do alto caindo, parecia que tinha claro o alvo entre os restolhos, mas depois, com um golpe de asa, quebrou a descida, e, noutro ângulo deslizando, orientou o voo para além das colinas. Anda à caça, solitário na imensidão do céu, solitário nesta outra imensidão fulgurante da terra, ave de presa, força de seda e aço, só quem uma vez te não viu pode censurar-te a ferocidade. Vai e vive.

Castro Verde merece o nome que tem. Está num alto e não lhe faltam verduras para aliviar os olhos das sequidões da charneca. Se só de monumentos cuidasse hoje o viajante, mal lhe valeria a pena de vir de tão longe para o pouco que verá, valendo embora tanto atravessar mais de quarenta quilómetros de searas ceifadas. Está aberta a Igreja das Chagas do Salvador, que tem para mostrar ingénuos quadros com cenas guerreiras e um bom silhar de azulejos, mas a matriz, a que chamam aqui basílica real, não. O viajante desespera-se. Vai à procura do padre que mora em tal e tal sítio, uma casa toda cercada de parreiras, engana-se uma vez e duas, e enfim dá com a residência, cá estão as parreiras. O padre é que não está. O viajante dá a volta à casa, vai aos fundos do quintal, nem cão ladra nem gato sopra. Regressa zangado à igreja, abana-lhe as fortíssimas portas (é uma imensa construção, e diz-se que lá dentro há uns painéis de azulejos que representam episódios da batalha de Ourique), mas o santo lugar não se comove. Estivessem estas coisas convenientemente organizadas, e, faltando o padre, viria um anjo à porta, abanando as asas para se refrescar, e perguntaria: "Que queres?" E o viajante: "Venho ver os azulejos." Tornava o anjo: "És crente?" E o viajante, em confissão: "Não, não sou. Tem, importância para os azulejos?" E o anjo: "Não tem nenhuma. Podes entrar." Assim é que devia ser. Quando o padre regressasse, o anjo daria contas da sua guarda: "Esteve aí um viajante para ver os azulejos. Deixei-o entrar. Pareceu-me boa pessoa." E o padre, para dizer alguma coisa: "Era crente?" Responderia o anjo, que não gosta de mentir: "Era." Num mundo assim, pensa o viajante, não ficaria um azulejo para ver.

Curioso caso. Em paragens de Albemoa viu o viajante um milhafre, e agora encontra outro, mas este está engaiolado. Ainda não se conformou, se é que bicho assim se conforma alguma vez, menos se foi apanhado já adulto. Chega a cabeça à rede e de repente abre a goela e lança um grito, áspero ganido que faz arrepiar o viajante. Castro Verde gosta das aves. Ao redor do jardim, há gaiolas com rolas, bicos--de-lacre, periquitos, pombos-de-leque, meia dúzia de tribos do povo alado, todos em companhias de macho e fêmea, exceto o milhafre, que está sozinho.

O viajante vai conversar com amigos, fazer tempo até às funções da tarde e da noite. Há três dias que duram as festas do senhor S. Pedro: tocaram a filarmónica e o conjunto de *rock*, dançaram os novos e os que ainda querem sê-lo, houve corridas a pé e de bicicleta, missa como se deve, e hoje rematam-se as alegrias. Ao cair da tarde, quando quebrar o Sol, serão lidadas umas tantas perigosas vacas, gado muito batido e que marra de olhos abertos, e aí se verá quantos moços de Castro Verde e de Entradas vão descer à praça para receber palmas e cornadas. O perigo não é grande. São duros os bichos às primeiras investidas, e brutos, mas, por fim, zonzos de gritaria e pó, moídos de derrotes e rabejamentos, entram em acordo com a rapaziada, investem para inglês ver e param logo que sentem o pegador instalado na armação torcida, mal embolada e cabana. O público, empoleirado nas tábuas oscilantes da praça improvisada, não se deixa enganar. Protesta que a vaca está cansada, reclama outro animal. Toda a gente se diverte, a filarmónica toca para espevitar os brios, o cometa sopra para outra pega. Um moço de Entradas aproxima-se da vaca por trás, talvez queira dar-lhe uma palmada, mas o bicho volta-se de repente, o pobre rapaz fica paralisado de espanto e quando dá por si está no ar, enganchado entrepernas por um chavelho, mas tem tanta sorte que, tendo caído em cima do lombo, resvala para o lado da cabeça, aí se agarra na mais monumental pega que jamais se viu em terras do Baixo Alentejo. São quinhentas gargalhadas, que este público não é do que se deixa enganar por aparências. Mas, enfim, o moço leva os seus aplausos, enquanto a filarmónica, entusiasmada, atira para o ar um *paso doble*. O viajante, que há quarenta anos teve de pegar um garraio malévolo que o escolhera para alvo, sabe o que são estas glórias de acaso. Porém, tem de reconhecer que são tão saborosas como as outras.

À noite, há um festival de cantares alentejanos. São sete ou oito grupos de perto e longe. Cantam os trabalhos e os dias, os amores e as paisagens. Estão duas mil pessoas a ouvi-los pela noite fora, em silêncio, só aplaudindo no fim de cada canção, à entrada de cada grupo, mas neste caso quase nada, porque é sabido que mal se podem bater palmas quando os homens começam a mover-se, lentamente, naquele movimento pendular dos pés, que parecem ir pousar onde antes haviam estado, e no entanto avançam. O tenor lança os primeiros versos, o contratenor levanta o tom, e logo o coro, maciço como o bloco dos corpos que se aproximam, enche o espaço da noite e do coração. O viajante tem um nó na garganta, a ele é que ninguém poderia pedir-lhe que cantasse. Mais facilmente fecharia os punhos sobre os olhos para não o verem chorar.

Dormiu o viajante em Castro Verde e sonhou com um coro de anjos vestidos de ganhões, sem asas, cantando em voz grossa e terrestre, enquanto o padre vinha a correr com a chave e abria a igreja para que toda a gente visse os azulejos da batalha. Acordou manhã alta e, tendo feito as despedidas, meteu-se a caminho.

Subtilmente, a paisagem modifica-se. Para cima, é a grande extensão já atravessada pelo viajante, para o sul o chão encrespa-se suavemente, sobe, desce. Depois de São Marcos da Ataboeira começam a ver-se ao longe duas altas elevações, Alcaria Ruiva a maior, tão bruscamente levantada que, a olhos habituados à planície, parece artificial. É aí que a transformação se torna brusca: o mato substitui as terras cultivadas, as colinas encavalam-se, os vales tornam-se fundos e escuros. Em meia dúzia de quilómetros, se não menos, passa-se da planura para a serra. O viajante tem visto a paisagem modificar-se diante dos seus olhos.

Nunca assistiu a tão rápida transição. Dirá, por isto, que a paisagem que envolve Mértola é já algarvia, com o que, note-

-se bem, não quer tirar terras ao Alentejo para as dar ao Algarve. Se o viajante tirasse terras, fazia assim: tirava terras ao Alentejo para as dar aos alentejanos, tirava terras ao Algarve para as dar aos algarvios, e, começando pelo Norte, do Minho para os minhotos, de Trás-os-Montes para os transmontanos, assim sucessivamente, cada um com cada qual, e tudo com Portugal. Era assim que o viajante faria.

A Mértola veio também o Guadiana, o das negaças. Este rio nasceu belo e belo acabará, é sina que há de cumprir. O viajante vai espreitá-lo, vê que não perdeu a cor profunda das águas nem a braveza, mesmo quando, como neste lugar, desliza entre pacíficas margens. Está-lhe na natureza, é um milhafre a gritar.

Para chegar à igreja matriz, há que subir. A porta está fechada, mas aqui o viajante não estranha nem se alarma. Onde é hoje a igreja, foi mesquita árabe, e este simples dado histórico aparece para justificar todos os recatos, todas as trancas e fechaduras. Por que caminhos ínvios se lhe forma na cabeça tal raciocínio, não sabe. Limita-se a dizer como foi. Bate a uma porta, logo lhe dizem que não é ali, mas mais abaixo. E nem o viajante precisa de ir ao sítio. Com um agudo grito, que mais parecia de almuadem, chamou a vizinha a sua vizinha, e em meio minuto veio esta, não com uma chave, mas duas. É a primeira para abrir uma capelinha ali entalada na parede, onde mal cabem três pessoas. É do Senhor dos Passos esta capela. Tem um Senhor trajado de roxo, com todos os maus-tratos patentes em pés, mãos e castigada face. Mas o melhor são duas esculturas, uma mostrando Cristo atado à coluna, outra um Ecce Homo, de robusta anatomia ambas, académicas se não fosse justamente essa robustez, com todos os músculos salientes, uns que o esforço pede a todos nós, outros que só um atleta seria capaz de exibir. O viajante surpreende-se com estas perfeições encerradas numa capela minúscula, pergunta donde vieram as estátuas, parece ele que adivinha, logo ali lhe contam a maravilhosa história de um preso que, há muitos anos, na cadeia de Mértola, esculpiu, em suas muitas horas vagas, as duas imagens do Senhor. Quer saber quem foi o preso, a história não pode ser apenas isto, mas a narradora não tem mais para dar e repete tudo desde o princípio. Frustrado, o viajante decide que se trata duma lenda (só faltou que tivessem libertado o homem em paga da sua arte), e não acredita. Talvez faça mal. Pelo menos, a história é fascinante: o preso na sua enxovia, truca, truca, a esculpir, não um, mas dois Cristos, não uma, mas duas chaves, e o mais certo é nenhuma lhe ter aberto a porta da prisão.

Está-se nisto quando se ouve parar na rua um automóvel, e logo a seguir vozes animadas. São italianos que vêm à igreja que foi mesquita. O viajante já vinha saindo da capela, a mulher fechava a porta, e, sendo tão claro que todos andavam ao mesmo gosto, respondeu o viajante com um sorriso ao sorriso da família que chegara, pai, mãe, filha de uns doze anos de idade. Passa-se do sorriso à palavra hesitante, francês para experimentar, e depois o viajante descobre que o seu italiano de tropeça e cai basta para o entendimento geral. Arma-se ali a conversa, quem és tu, quem sou eu, e vem a averiguar-se que já se encontraram em Sintra, quando o viajante foi ao Palácio da Vila e eles também por lá andavam ouvindo as lições. Vinham do Algarve, para lá seguia o viajante, e Roma, como está Roma, fica bem perguntar a romanos como está passando a cidade onde vivem, e aí, se não houvesse tento no tempo e a mulher da chave não estivesse à espera, ainda que paciente, ficariam a falar da Piazza Navonna, de Sant'Angelo, do Campo de'Fiori, da Capela Sistina. Esta é a família Baldassarri, que tem galeria de arte moderna na Via F. Scarpellini, consoante se está vendo nos papelinhos trocados, com os nomes de cá e os nomes de lá, afinal não há nada mais fácil que fazer amigos. Entram todos na igreja. Que maravilha, diz o viajante, Che meraviglia, dizem os pais Baldassarri, só a menina não diz nada, apenas se ri destes adultos que se comportam como crianças.

É a Igreja de Mértola a maravilha que em duas línguas foi dita. Já por fora os olhos de Itália e Portugal se haviam regalado diante do friso de merlões chanfrados, dos arcobotantes, das torrinhas cilíndricas, dos coruchéus cónicos, e do portal renascença que nada tem a ver com o resto, mas está bem assim. E dentro as cinco naves, o grande salão, os arcos góticos e de ferradura, as abóbadas rebaixadas, e os painéis ingénuos que ao longo das paredes assinalam os passos da cruz, como este *Senhor da Cana Verde*, com as mãos atadas, descaído o vermelho manto dos ombros ensanguentados, retrato dos homens de dores, feridos, roubados e escarnecidos, já o viajante se esqueceu dos seus novos amigos romanos, e é uma injustiça. Os Baldassarri não se cansam de louvar, a menina continua a sorrir, que lembrança será a dela quando em Roma estiver e se lembrar de uma vila chamada Mértola, que tem igreja onde houvera mesquita e em tempos de cá estarem os seus remotos antepassados romanos se chamou Myrtilis.

É tempo de se separarem. Dali irão os Baldassarri a Monsaraz, o viajante continuará para o sul. Diz-se boa viagem, buon viaggio, trocam-se sorrisos e apertos de mão, quem sabe se voltarão a ver-se. O viajante sai de Mértola, mete-se à estrada, agora toda a paisagem é agreste, áspera, quem não soubesse não acreditaria que lá em baixo, na beira do mar, são as terras da alegria, o fio de mel para onde as formigas correm. O viajante cumpre a sua obrigação: viaja e diz o que vê. Se não parece dizer tudo, será erro seu ou desatenção de quem leu. Mas há coisas que não deixam dúvidas. Por exemplo, aqui, no rio Vascão, decide-se a geografia a começar o Algarve. Já era tempo.

# De Algarve e sol, pão seco e pão mole

*O DIRETOR E O SEU MUSEU*

Quando o viajante entrava em Alcoutim, viu em sobranceiro monte um castelo redondo e maciço, com mais jeito de torre amputada do que construção militar complexa. Pela largueza do ponto de vista valeria a pena ir lá acima, pensou. Não foi. Julgava ele, enganado pela perspetiva, que o monte ainda estivesse em território português. Afinal, para chegar lá seria preciso atravessar o Guadiana, contratar barqueiro, mostrar passaporte, e isso já seria diferente viagem. Do outro lado é Sanlúcar e outro falar. Mas as duas vilas, postas sobre o espelho da água, hão de ver-se como espelho uma da outra, a mesma brancura das casas, os mesmos planos de presépio. Em riso e lágrima, também a diferença não deve ser grande.

O viajante onde chega, podendo, conversa. Todos os motivos são bons, e este de uma antiga capela transformada em marcenaria e depósito de caixotes, se não é o melhor de todos, chega para a ocasião. Tanto mais que, ao fundo, ainda há um altar e um santo em cima dele. O viajante pede licença para entrar, e a imagem é bem bonita, um Santo António de Menino ao colo, como se explica que aqui esteja, entre marteladas e trabalho de plaina, sem uma oração que o console? A conversa é cá fora, nos degraus da capela, e o homem, baixo, seco de carnes, roçando os sessenta anos, se os não passou já, responde: "Vinha de água abaixo quando foi da guerra da Espanha, e eu apanhei-o." Não é impossível, pensa o viajante, a guerra foi há quarenta anos e picos, teria o salvador uns quinze. "Ah, vender, não vendo. Está aí para quem quiser olhar para ele, e chega."

Nisto, aproxima-se um guarda-fiscal, curioso de feitio ou por obrigação de autoridade. É novo, de rosto largo, sorri sempre. Não dirá uma palavra durante toda a conversa. "No outro dia, esteve aí o padre, ele é magrinho, todo curvado, entrou e foi-se ajoelhar, esteve lá o tempo que quis e depois veio para mim, lá na língua de trapos que usa, sim, língua de trapos, o padre é irlandês, está cá há um ano, que dizem que veio fugido da terra dele, esteve oito dias escondido numa barrica de alcatrão quando foi dumas perseguições, quando, ah, isso não sei, e então agora vive aí, disse-me que o santinho devia estar na igreja em companhia dos outros santos, e eu respondi que se alguém se arriscasse levava com um sarrafo nas costas que lhe ficava de lembrança para o resto da vida, que tal dissestes, o padre desarvorou, agora quando passa vai de cabeça baixa, parece que vê o diabo." Todos riem, e o viajante faz coro, mas, no fundo, tem muita pena do padre, tão sozinho em terra estranha, e que apenas queria ter aquele santo por companhia, talvez na igreja lhe falte um Santo António.

A igreja vê-se dali. Fica no alto duma escadaria e tem um belo portal renascença. O viajante vai fazer a visita costumada, quando não dá com portas fechadas e padre ausente. Mas este é irlandês, foi instruído na ideia de que igreja é para estar aberta, e se não tem ninguém para cuidar dela há de por força lá estar dentro. Estava. Sentado num banco, como o padre de Pavia. Ao sentir os passos, levantou-se, saudou com um gesto solene de cabeça e tornou a sentar-se. O viajante, intimidado, nem abriu a boca. Olhou os magníficos capitéis das colunas da nave, o baixo-relevo do batistério, e tornou a sair. Em cavaletes, do lado de dentro da porta, estavam colados prospetos religiosos, o horário das missas, outros papéis, uns em português, quase todos em inglês. O viajante, de repente, não sabe de que terra é.

Não tarda que o saiba. Esta serra que para a direita se estende, em vagas sucessivas que nunca atingem os seiscentos metros, mas que a espaços levanta agudos picos, e onde as ribeiras se cansam para levar a sua água avante, é o Caldeirão, também chamado Mu. É o reino do mato e da braveza. As estradas passam de largo, só poucos e maus caminhos por ela se aventuram, terras de vida difícil e nomes meio bárbaros. Corujos, Estorninhos, Cachopo, Tareja, Feiteira, bem diferente seria a viagem, e o relato dela, se o viajante pudesse lançar-se na aventura de devassar o interior sertanejo.

Provavelmente, deixou dívida aberta em Castro Marim. Mal parou para olhar o formoso arcanjo Gabriel da igreja matriz, subiu ao castelo por desfastio, atraído pela rara cor vermelha das pedras, e tendo dado meia volta ao Castelo Velho, que os mouros construíram, regressou à estrada, caminho de Vila Real de Santo António. Já o mar se vê, já refulgem as grandes águas.

Em Vila Real de Santo António o trânsito era de endoidecer. O viajante, que se preparava para saborear com tempo o traçado pombalino das ruas, foi forçado a entrar no labirinto dos sentidos únicos, uma espécie de Jogo da Glória com muitos precipícios e poços e poucas recompensas. Para estas bandas foi a aldeia de Santo António de Avenilha, destruída pelo mar. O marquês de Pombal veio cá repetir, em ponto pequeno, a baixa lisboeta, esquadriando esquinas, impondo cérceas e cometendo o milagre, não ele, mas os seus arquitetos, de preservar um ambiente para bons vizinhos. Na praça principal, o viajante gostou de ver as águas-furtadas, de dimensão aparentemente; excessiva para os edifícios que rematam, mas certíssimas em relação ao conjunto geral do espaço e volume urbano.

Daqui foi a Tavira, onde terá de voltar outro dia se quiser ver o que trazia na ideia: o Carmo, Santa Maria do Castelo, a Misericórdia, São Paulo. Não têm conto as portas a que o viajante bateu, os passantes que deteve na rua. Informações não faltavam, mas quando, enfim, chegava a porto seguro, aí mesmo se lhe afundavam as esperanças: ou não estava quem devia, ou não tinha autorização quem estava. Foi o viajante desafogar as suas mágoas até ao cais, refrescando a congestionada fronte na brisa que vinha do mar e a três passos dados se mudava em bafo de fogueira, posto o que, agora que vai chegando ao fim das suas andanças, entendeu que não era altura para desânimos (morra o viajante, mas morra mais adiante) e seguiu para Luz. Aqui protegeu-o a fortuna. A igreja está à beira da estrada, aparece de repente em ar de feliz surpresa, e este adjetivo veio bem a propósito: protegida de construções próximas, de fácil circulação exterior, com distância para olhar folgadamente, e ainda por cima de uma pureza de estilo pouco vulgar, sublinhado pelo hábil uso da cor, a Igreja da Luz de Tavira é, realmente, uma igreja feliz. Lá por dentro, com as suas amplas naves de altas colunas, cobertas de abóbadas, o excelente retábulo seiscentista da capela-mor, as três pias de água benta, a primeira impressão prolonga-se: quem de Tavira vier frustrado, vá à Luz, talvez encontre a porta aberta. E se estiver fechada dê-se por satisfeito com as vistas de fora: é compensação suficiente.

Em Olhão o viajante não viu muito (apenas a pouco interessante igreja matriz, onde há uma magnífica imagem barroca do Cristo Ressuscitado), mas comprou uvas no mercado e fez uma descoberta. As uvas, comidas no cais dos pescadores, não eram boas, mas a descoberta, não fosse a modéstia do viajante, seria genial. Tem ela que ver com aquela conhecida história do rei mouro que casou com a princesa nórdica, cuja morria de saudades das suas nevadas terras, o que ao rei estava causando grande mágoa porque lhe tinha muito amor. É sabido como o astuto monarca resolveu a questão: mandou plantar milhares, milhões de amendoeiras, e um dia, floridas todas, fez abrir as janelas do palácio onde a princesa lentamente se extinguia. A pobre senhora, vendo cobertos os campos de flores brancas meteu-se-lhe na crença que era neve, e curou-se. Esta é a lenda das amendoeiras: não se sabe o que aconteceu depois, quando das flores se fizeram amêndoas, e ninguém perguntou.

Ora, o viajante põe a seguinte questão: como foi possível à princesa, se era tão grave a doença de consumpção em que caíra, aguentar-se com vida durante todo o tempo que milhões de amendoeiras levam a crescer e a frutificar? Está-se a ver que a história é falsa. A verdade descobriu-a o viajante, e aqui está. O palácio real era numa cidade, ou num lugar importante, como este, e à roda dele havia casas, muros, enfim, o que nas cidades há, todos pintados das cores que aos seus donos mais agradavam. Branco, havia pouco. Então o rei, vendo que se lhe finava a princesa, mandou publicar um decreto ordenando que todas as casas fossem pintadas de branco e que esse trabalho fosse feito por todos em data certa, da noite para o dia. E foi assim. Quando a princesa assomou à janela, viu coberta de branco a cidade, e, então, sim, sem perigo de murcharem e caírem estas flores, sarou. E não fica por aqui. Amendoeiras não as há no Alentejo, mas as casas são brancas. Porquê? É simples: porque o rei mandava também naquela província e a ordem foi para todos. O viajante acaba de comer as uvas, torna a examinar a sua descoberta, acha-a sólida e atira a lenda das amendoeiras às malvas.

Em Estói o viajante procurava o antigo palácio dos condes de Carvalhal e as ruínas de Milreu. E quando julgava que teria de mover céus e terra para penetrar em propriedade particular, palácio e jardins, dá com um portão de madeira aberto, uma álea sem obstáculos, salvo dois cães que só mostravam impaciência contra as moscas que os impediam de dormir, e enquanto por ali andou, subindo e descendo escadas, olhando o que havia para olhar, ninguém apareceu a expulsá-lo, sequer a pedir-lhe contas. É certo que o portão de ferro que daria acesso a um terceiro pavimento estava fechado, mas deste lado de cá não faltavam motivos de interesse. Misturam-se gostos setecentistas e oitocentistas, no traçado dos jardins, na profusão de estátuas e bustos, nas balaustradas, na decoração azulejar. Duas grandes estátuas reclinadas de Vénus e Diana têm como fundo painéis de azulejos com plantas e aves exóticas, de efeito muito arte nova. E os bustos sobre as cimalhas mostram ao viajante os rostos sem surpresa de Herculano,

Camões, Castilho, Garrett e, inesperadamente, do marquês de Pombal. Se em matéria de palácios para Belas Adormecidas o viajante não tivesse, como tem, ideias definidas, e se da memória se lhe apagasse a misteriosa luz do fim de tarde em Junqueira, talvez adotasse estes jardins e estas arquiteturas. Mas a luz é demasiado crua, aqui não há mistérios, mesmo parecendo deserto o lugar. O viajante aceita o que vê, não procura significação nem atmosferas, e se estes bustos são os do imperador e da imperatriz da Alemanha, o caso é curioso, nada mais. O lago está vazio, a crua brancura dos mármores fere os olhos. O viajante senta-se num banco, ouve o interminável canto das cigarras, e nesse embalo quase adormece. Adormeceu mesmo, porque, ao abrir os olhos, de repente não soube onde estava. Viu na sua frente um coreto desmantelado, imaginou as festas ao som da música, os pares passeando, as corridinhas pelo parque, e, humanamente, espreguiçou-se; há de ter sido uma boa vida a que foi aqui passada. Enfim, levantou-se, espreitou a umas portas com vidros de cor, e na penumbra viu o belo estuque árabe do teto, um presépio, outras cenas do nascimento de Cristo: da vida deste só convinham aos moradores os passos mais amáveis. Não se pode o viajante queixar, encontrou um portão aberto, que mais quer?

As ruínas da vila romana de Milreu ficam logo abaixo. Estão sujas e abandonadas. Contudo, pelo que ainda conserva, é das mais completas que se encontram no País. O viajante percorreu-as sob um sol de justiça, viu conforme soube, mas sente a falta de alguém que identifique os lugares, as dependências, alguém que ensine a olhar. Mas aquilo que teve mais dificuldade em entender foi uma casa arruinada que está no plano mais alto: lá dentro há manjedouras baixas, e estas cortes de gado dão diretamente para habitações que seriam de gente. Por onde entrava o gado? E que quer dizer aqui o painel de azulejos da frontaria representando uma figura de velho, com a palavra latina Charitas, caridade? O viajante sente-se subitamente melancólico. Será das ruínas, será do calor, será da sua própria incompreensão. Decide procurar lugares mais povoados e desce para Faro, que é capital.

Espera-o o vento da costa. Mas o viajante vem tão castigado do calor, tão deprimido de sentimento, que receber na cara o grande sopro do largo faz-lhe o efeito estimulante de um tónico de ação rápida. Só por isso haveria que ficar agradecido a Faro. Não faltam, porém, outras razões: aqui se imprimiu, em 1487, o segundo mais antigo incunábulo português. Há de parecer estranho que se louve Faro por um segundo lugar cronológico na arte da impressão, e não por honras de primeiro, mas a verdade é que, justamente, ainda se discute se afinal foi Leiria, com as *Coplas* do condestável D. Pedro, a cidade que esta disputa vence, ou Faro, com o *Pentateuco*, na oficina do judeu Samuel Gacon. Se é certa a data de 1481 atribuída às *Coplas*, ganha Leiria: se não, triunfa Faro. Seja como for, um segundo lugar em tão gloriosa corrida tem louros iguais aos do vencedor.

O viajante encontrou fechada a Igreja do Carmo, e não se lastimou por isso. Subir os degraus da escadaria, apesar das ajudas do vento, parecer-lhe-ia desumana imposição. Por isso desandou para a Igreja de São Pedro, que perto está, a ver e admirar os azulejos policromos setecentistas, os outros, azuis e brancos, da Capela das Almas, e mais do que tudo, antes reconhecendo a formosura da Santa Ana, o baixo-relevo da *Última Ceia*, peça profundamente humana, ajuntamento de amigos em redor duma mesa, que entre si dividem o borrego, o pão e o vinho. Tem Cristo o seu resplendor, que o isola um pouco, mas os ombros tocam nos ombros, e o próprio Judas, sentado no primeiro plano para não escapar à censura inconciliável dos fiéis, se lhe dissessem neste momento uma boa palavra largava para o chão os trinta dinheiros ou punha-os em cima da mesa para os gastos comuns da companhia.

De São Pedro foi o viajante à Sé. Esta parte da cidade, dentro das muralhas, é a Vila-a-Dentro, a antiga. Decaiu Ossónoba, extinguiu-se, e no seu lugar, sobre os restos, começou a nascer o novo burgo. Depois, muito depois, vieram os mouros, construíram muralhas, tomou a cidade o nome de Hárune, dos seus dominadores, e de Hárune a Faro a distância linguística é mais curta do que possa parecer. O viajante, passando a Porta da Vila, volta a ter calor. O vento ficou do lado de fora, é afinal um tímido vento que não ousa entrar nestas estreitas e silenciosas ruas, e nem sequer o Largo da Sé o incita a volteios. Talvez ali no grande Largo de São Francisco, que em tempos foi terreno alagado, aproveite o espaço e a boca da ria. Se o viajante tiver ocasião, lá irá apurar isso, que à Igreja de São Francisco não vale a pena: outro desanimado viajante de lá voltou, a dizer que está fechada.

A Sé é velha: têm setecentos anos as suas pedras mais antigas. Mas, depois, passou por tantas aventuras e desventuras (saques, terramotos, variantes de gosto e poder) que do romano-gótico para o renascimento, do renascimento para o barroco, se alguma coisa veio ganhando, foi muito mais o que perdeu. Da sua primeira face resta a magnífica torre-pórtico (que, estando o templo fechado, compensa por si só os passos que o visitante der para aqui chegar), e lá dentro as belíssimas capelas terminais do cruzeiro. O mais faz-se com retábulos renascentistas, talhas douradas, mármores embutidos, um órgão setecentista de esplendoroso colorido. Deste não conhece o viajante o som, mas se oferece aos ouvidos o prazer que dá aos olhos, generosa é a Sé de Faro.

O museu fica perto, na Praça Afonso III. É um daqueles de leva-e-traz, isto é, conduz o guia um grupo, demora o tempo que for preciso, e quem chega depois tem de esperar que se acabe a volta. Não há outro remédio, são as soluções da pobreza; quando não há pratos para que a família coma ao mesmo tempo, serve a malga comum; quando não há guardas para todas as salas, entram os visitantes à vez.

Está nestas reflexões, esperando pacientemente, ou, pelo contrário, mostrando a sua impaciência, em passeios no espaçoso átrio que dá para o claustro do que foi o antigo Convento da Assunção, quando repara num homem de cansada idade que ali está sentado, à secretária onde sempre puseram os cotovelos e a preguiça os incontáveis contínuos da terra portuguesa. O homem tem um rosto brando, de quem sabe da vida o bastante para tomá-la a sério e sorrir dela, e de si próprio. Sorri levemente o homem, o viajante interrompe o seu passeio para mostrar que deu por isso, e o diálogo começa: "É preciso ter paciência. As pessoas que lá estão dentro já não demorarão." Responde o viajante: "Paciência, tenho. Mas quem viaja nem sempre tem tempo para gastar assim." Diz o homem: "Devia haver um guarda em cada sala, mas não há verba." Diz o viajante: "Com todo este turismo, não devia faltar. Para onde vai o dinheiro?" Diz o homem: "Ai, isso não sei. Quer saber uma coisa? Só agora é que recebemos o material para a rotulagem das obras expostas, e há que tempos que o tínhamos pedido." O viajante volta à sua ideia fixa: "Devia haver guardas. Uma pessoa vai às vezes a um museu só para rever uma sala. Ou uma obra. Se tem de ir acompanhado e lhe apetece estar uma hora nessa sala ou diante dessa obra, como é que se faz aqui no museu? Ou em Aveiro. Ou em Bragança. Sei lá que mais." O homem da secretária sorri outra vez, iluminam-se-lhe muito os olhos, e repete: "Tem razão. Às vezes apetece estar uma hora diante duma obra." E tendo dito levantou-se, atravessou o átrio, entrou num compartimento ao fundo e tornou a sair, com um folheto na mão. E disse ao viajante: "Como o senhor se interessa por estas coisas, tenho muito gosto em lhe oferecer a história desta casa." Surpreendido, o viajante recebe o folheto, agradece, banalmente, e em meia dúzia de segundos acontecem várias coisas: vem o guarda com os visitantes, entram outras quatro pessoas, folheia o viajante o livrinho, desaparece o homem da secretária.

Lá dentro, olhado com mais atenção o folheto, interrogado o guarda, fica o viajante a saber que o homem da secretária é o diretor do museu. Ali sentado no lugar dos contínuos que não existem, com o seu ar fatigado, queixando-se da falta de verba, cobrindo com o sorriso as mágoas antigas e recentes, é o diretor. O viajante visitou todas as salas, achou umas melhores do que outras, aceitou ou não o que temporariamente se expõe, mas entendeu logo que o Museu de Faro é uma obra de amor e de coragem. E, alto lá, naquilo que de melhor tem, apresenta-se como museu importante. Veja-se a sala dedicada às ruínas de Milreu, o espólio romano e visigótico, os exemplares românicos, góticos e manuelinos, note-se como foram criados ambientes que favorecem certas peças ou conjuntos, delas, e a excelente coleção de azulejos, os diagramas didáticos, os mosaicos transpostos. E não ficaria por aqui a notícia se não tivesse de acabar em pouco. Espaço para se organizar, dinheiro para o conquistar e manter, é o que o Museu de Faro precisa. Quem o ame, já tem. Termina a visita (inesperadamente, uma pequena sala mostra excelentes obras de Roberto Nobre, entre elas um retrato magnífico de Manuela Porto), e o viajante, já no átrio, procura o diretor. Não está ali. Foi para qualquer sítio escondido deste seu mundo, talvez para não ver no rosto do viajante uma sombra de desagrado. Se assim é, enganou-se. O viajante gosta de todos os museus. Viu muitos. Mas este foi o primeiro em que o diretor estava sentado, tranquilamente sentado, a uma secretária de contínuo. Ele, diretor, e o seu constante, contínuo amor.

## O PORTUGUÊS TAL QUAL SE CALA

Tem o viajante muito que andar. Podendo ser, descerá às praias, podendo ser se banhará, em Monte Gordo o fez, em Armação de Pera e na Senhora da Rocha, nos Olhos de Água e na Ponta João de Arães, quem o ouvir falar julgará que disto fez vida, mas não, foram entradas por saídas, mal se molhou logo se enxugou. E bem merecia outros prémios, porque, nestas paragens, é o mais pálido dos viajantes.

Há, no entanto, quem mais pálido esteja e não torne a viajar. Em São Lourenço de Almansil, quando o viajante subia a rampa de acesso à igreja, viu que no adro e na rua lateral havia grupos de homens, vestidos de preto, conversando. As mulheres, notou logo, estavam sentadas nos bancos da igreja, esperando que começasse a missa de corpo presente. Na porta, um papel escrito em três línguas dizia: "Para visitar a igreja, chame o vizinho." São artes em que o viajante se tornou especialista, mas desta vez não precisa de procurar a chave, alguém se antecipou, a porta está aberta. Quem veio, está lá no fundo. O viajante não pergunta se é homem ou mulher, são coisas que deixam de interessar. Há ramos de flores, o padre ainda não chegou, as mulheres dos bancos conversam em voz baixa. Que fará o viajante? Não pode avançar pelo corredor da nave, não sobra espaço entre os bancos e as paredes. Já teme não passar da soleira quando sente (não pode explicar como, mas sentiu) que ali ninguém se escandalizará se avançar um pouco, se deslizar por um lado e outro, com licença, com licença e, tão bem quanto permita o melindre da situação, olhar os famosos azulejos de Policarpo de Oliveira Bernardes, a cúpula magnífica, a preciosa joia que toda a igreja é. E assim fez. Sem escândalo nem ofensa para os parentes do defunto, com o auxílio silencioso e discreto dos que se arredavam para lhe dar passagem, o viajante pôde maravilhar-se diante destas obras da vida. Quando saiu, os sinos começaram a tocar a finados.

Em Loulé, provavelmente, não morrera ninguém. Estava fechada a igreja matriz, fechada a da Misericórdia, fechada a de Nossa Senhora da Conceição. Mostraram os seus pórticos e frontarias, belos na matriz e na Misericórdia, vulgares na Conceição e vá o viajante com sorte. Mas em portal nada põe o pé adiante do Convento da Graça, com os seus capitéis de decoração vegetalista e a sua arquivolta florida. Pena que o mais sejam ruínas e no que existe sobejem mutilações. O viajante passeia-se um pouco pelo centro da vila, refresca-se a um balcão assaltado por outros sequiosos, e parte.

Segue para norte, caminho da serra. Passa a ribeira de Algibre, ao lado de Aldeia da Tor, e depois de mil curvas, se não tantas, muitas, chega a Salir, onde não para, pois não tem ilusões sobre a possibilidade de ver a bula do papa Paulo III, datada de 1550, que se encontra na igreja matriz. Parece que é um belo pergaminho iluminado. Outros tem visto o viajante: resigne-se, portanto.

Em Alte foi grande a sorte. Mais dez minutos, e fechada a Igreja. São horários que ninguém entende, ao sabor das missas e das estações, e também de alguns e justificados temores, pois entre tantos milhares de turistas de pé-leve, que a todo o lado querem ir, não faltam os de mão mais leve ainda. Se o próximo mal-intencionado chegar daqui a um quarto de hora, bate com o nariz na porta.

Depois de São Lourenço de Almansil, esta Igreja de Alte não é um Letes que faça esquecer o resto. Talvez porque em São Lourenço a unidade entre a arquitetura barroca e o azulejo barroco seja perfeita. Talvez porque o manuelino, como é este o caso, suporte dificilmente as aplicações azulejares, por mais que estas tentem obedecer à peculiar repartição dos volumes numa arquitetura afinal gótica. Seja como for, tolo será quem a Alte não vier. Perderá os maviosos anjos músicos setecentistas, os outros com açafates de flores à cabeça, e os raríssimos azulejos da Capela de Nossa Senhora de Lurdes, esses sim, porque de diferente espírito, harmoniosos com o envolvimento arquitetónico imediato.

Para quem achar que qualquer pedra é pedra e o que se faz com uma faz-se com outra, está aí a Igreja de São Bartolomeu de Messines. Fosse ela construída no granito duro, ou no calcário comum, ou no brilhante mármore, e seria muito diferente do que é, mesmo sendo igual o risco e o cinzel. Este grés vermelho, perigosamente friável no seu granulado sedimentar, mas ainda assim bastante robusto para resistir, apesar dos estragos, é por si só, pela desigualdade de tons, pelas diferenças no efeito da erosão, um motivo de atenção adicional. Logo o adro, exposto aos ventos e à chuva, ao frio e ao sol, fascina com o seu ar de ruína adiada. E dentro são magníficas as colunas torsas que sustentam os arcos redondos, também de grés, e magnífico é o púlpito, este de mármore cromático. Na sacristia o viajante conversou uns minutos com o padre, homem calmo e sabedor que, para responder e dar informações, interrompeu os registos que sobre uma credência, de pé, estava fazendo.

O viajante torna à costa. Vai agora viajando para Silves, e, como tem tempo, recapitula lugares, imagens, rostos, palavras encontradas. Recorda Albufeiras, Balaias e Quarteiras, cartazes nas estradas, tabuletas e tarjetas, balcões de receção, ementas e avisos, e em tantas línguas, ou tão constante uso de algumas, não sabe onde está a sua. Entra no hotel para saber se há um quarto disponível, e ainda não abriu a boca, já lhe sorriem e falam em inglês ou francês. E tendo o viajante feito a pergunta na sua pobre língua natal, respondem-lhe com portuguesa cara fechada, mesmo sendo para dizer que sim senhor, há quarto. O viajante calcula quanto lhe seria grato, nas diversas paragens do mundo exterior, ver posta a sua portuguesa fala em restaurantes e hotéis, em estações de caminho de ferro e aeroportos, ouvi--la fluente na boca de hospedeiras de bordo e comissários de polícia, da criada que vem trazer o pequeno-almoço ou do chefe dos vinhos. São fantasias nascidas do Sol violento:

o português não se fala lá fora, meu amigo, é língua de pouca gente com pouco dinheiro.

Mas se aqui vêm os estrangeiros há que dar-lhes o gosto que o viajante gostaria tanto de ter nas terras donde eles vêm. O bom e o justo devem ser repartidos, neste caso a posta maior para quem melhor pague. O viajante não discute conveniências, discute subserviências. Neste Algarve, toda a praia que se preze, não é praia mas é *beach*, qualquer pescador *fisherman*, tanto faz prezar-se como não, e se de aldeamentos (em vez de aldeias) turísticos se trata, fiquemos sabendo que é mais aceite dizer-se *Holliday's Village*, ou *Village de Vacances*, ou *Ferienorte*. Chega-se ao cúmulo de não haver nome para loja de modas, porque ela é, em português, *boutique*, e, necessariamente, *fashion shop* em inglês, menos necessariamente *modes* em francês, e francamente *Modegeschäfte* em alemão. Uma sapataria apresenta-se como *shoes*, e não se fala mais nisso. E se o viajante se pusesse a catar nomes de bares e de buates (como escrevem, por vingança involuntária, os brasileiros), quando chegasse a Sines ainda iria nas primeiras letras do alfabeto. Tão desprezado este na portuguesa arrumação que do Algarve se pode dizer, nestas épocas em que descem os civilizados à barbárie, ser a terra do português tal qual se cala.

Não se arrenegue mais o viajante. Tem aí Silves, a alta colina, o alto castelo, lembre-se de que, se os mouros ainda por cá estivessem, ficaria muito contente, sendo horas de almoçar, se lhe apresentassem uma lista onde pudesse ler: sardinhas assadas, em vez de um arabesco, belíssimo de ver, mas intraduzível, mesmo com dicionário ao lado. Entenda o viajante, definitivamente, que para ingleses, norte-americanos, alemães, suecos, noruegueses, e também franceses, e espanhóis, e às vezes italianos (exceto os encontrados em Mértola), o português não passa duma forma mais simples de mouro e arabesco. Diga *yes* a tudo e viverá feliz.

    Este castelo é obra árabe. Está uma ruína, mas formosa. E a pedra vermelha, já encontrada em São Bartolomeu de Messines, dá-lhe, contraditoriamente, um ar de construção recente, como se fosse feito de argila ainda húmida, de barro acabado de amassar. Belas, ainda mais, devem ser estas pedras quando as molha a chuva. O viajante admira a enorme cisterna que está no meio da esplanada, com a sua abóbada sustentada por quatro ordens de colunas, como uma mesquita. E vai ver, surpreendido pelo engenho da invenção, as pequenas construções subterrâneas do que os árabes faziam silos.

    É gótica a Sé de Silves, com acrescentos e adulterações doutras épocas. Mas aqui o que conta, mais do que a arquitetura, é outra vez o maravilhoso grés vermelho nas suas infinitas gradações, desde o quase amarelo com uma sombra de sangue até à profunda terra queimada. Que desta pedra se tivesse feito coluna ou capitel, nervura ogival ou simples aparelho, é indiferente: os olhos não veem a forma nem a função, veem a cor. Posto o que, reconhece o viajante, não faltam à Sé de Silves outros agrados, satisfeitos os olhos com a impressão imediata: o túmulo de João Gramaxo, o outro do bispo D. Rodrigo, o de Gaston de la Ylha. E também os azulejos e as talhas douradas. Mas o viajante faz muita questão de trazer nos olhos, como última imagem, a abóbada do transepto aonde uma luz refletida felizmente chega: nenhuma pedra é igual às suas vizinhas, todas juntas são maravilhosa pintura.

Perto da Sé há um cruzeiro, a que chamam Cruz de Portugal. Não sabe quem o batizou assim: decerto não está aqui Portugal mais do que em qualquer outro saído de mãos portuguesas. Diga-se apenas que é um magnífico trabalho manuelino, esculpido como uma joia. Tem de um lado Cristo crucificado e do outro uma *Pietà*, e a relação dos volumes, tão dissemelhantes, é conseguida com uma firmeza e uma liberdade exemplares. Por Lagoa passou o viajante sem muita demora. Não eram horas de ir aos vinhos, aqueles que ao primeiro copo, se o estômago se não defendeu com alguma substância, embalam docemente o bebedor, e se este insiste na imprudência, de repente o derrubam. Nem está isto tempo para mais que água gelada. Abstémio foi pois ver, na igreja matriz, a famosíssima imagem de Nossa Senhora da Luz, obra que se atribui a Machado de Castro, e prouvera que seja a atribuição exata, porque assim sabemos a quem devemos agradecer esta obra-prima do barroco português.

O viajante repara que pelas estradas do Algarve toda a gente tem pressa. Os automóveis são tufões, quem vai dentro deixa-se levar. As distâncias entre cidade e cidade não são entendidas como paisagem, mas como enfados que infelizmente não se podem evitar. O ideal seria que entre uma cidade e outra houvesse apenas o espaço para as tabuletas que as distinguem: assim se pouparia tempo. E se entre o hotel, a pensão ou a casa alugada e a praia, o restaurante, a *boîte*, houvesse comunicações subterrâneas, curtas e diretas, então veríamos realizado o mirífico sonho de estar em toda a parte, não estando em parte alguma. A vocação do turista no Algarve é claramente concentracionária.

Também o viajante terá algumas culpas neste cartório,

mas, chamado a capítulo (veja-se como as instituições jurídica e religiosa se introduzem repressivamente na linguagem), poderia responder que, vindo de Lagoa, tem alguma coisa à sua espera em Estômbar, e se ali e aqui não se demora tanto quanto desejaria é porque este seu tempo não é de *hollidays* ou *vacances*, mas de procura. E a procura, como se sabe, é sempre ansiosa. Boa paga houve quando, tendo procurado, encontrou. Assim aconteceu em Estômbar.

Logo o nome da terra daria para reflexões e pesquisas. Aliás, o Algarve está cheio duma toponímia estranha que apenas por convenções ou imposição centralizadora se dirá portuguesa. É o caso de Budens e Odiáxere, e também de Bensafrim, por onde o viajante há de passar, de Odelouca, que é uma ribeira aí adiante, de Porches, Boliqueime e Pademe, de Nexe e Odeleite, de Quelfes e Dogueno, de Laborato e Lotão, de Giões e Clarines, de Gilvrazino e Benafrim. Mas esta nova viagem (ir de origem em origem, buscando raízes e transformações, até tornar a memória antiga necessidade de hoje) não a fará o viajante: para isso se requereriam saber e experiência particulares, não estes apenas de olhar e ver, parar e caminhar, refletir e dizer.

A Igreja de Estômbar, vista por fora, parece uma catedral em miniatura, assim como se tivéssemos reduzido a Igreja de Alcobaça para caber num largo de aldeia. Só por isso seria fascinante. Mas tem excelentes azulejos setecentistas, e, sobretudo, ah, sobretudo, duas colunas insculpidas para que não existe, que o saiba o viajante, comparação em Portugal. Apeteceria até afirmar que foram feitas em longes terras e para cá trazidas. Há (perdoe-se ao viajante a fantasia) um ar polinésio na preocupação de não deixar qualquer superfície vazia, e os ornamentos vegetalistas reproduzem, ou parecem reproduzir estilizadamente, tipos das plantas que costumamos denominar gordas. Não se reconhece nestas colunas a flora indígena. É verdade que a base apresenta um calabre (elemento quinhentista), é verdade que as figuras são mostradas com instrumentos musicais da mesma época, mas a impressão de estranheza dada pelo conjunto mantém-se. O pior para esta tese é que o material das colunas é o grés da região. Em todo o caso, podia o artista ter vindo doutras paragens, sabe-se lá. Enfim, resolva quem puder este pequeno enigma, se não está decifrado já, como certamente foi, em seu tempo, o topónimo Estômbar.

Chega-se a Portimão pela ponte que atravessa a ribeira de Arade, se é que neste estuário ainda se justifica o nome, pois estas águas são muito mais do que mar que avança e recua entre a praia da Rocha e a Ponta do Altar, do que daquele e alguns outros pequenos cursos de água que vêm da serra de Monchique ou da Carapinha e convergem aqui. O viajante foi à igreja matriz e achou-a fechada. Não se lastimou demasiado: afinal, o melhor dela está à vista de toda a gente, e é o pórtico, cuja arquivolta exterior apresenta figuras de guerreiros, o que, não sendo raro num século XIV que algumas vezes fez de igrejas fortalezas, tem aqui a insólita nota de juntar homens e mulheres em aparato militar de trajo e armas. Como foi que à igreja de Portimão vieram ter estas amazonas, é que o viajante gostava de saber. É certo que não faltaram, por esses tempos, mulheres de armas, entre Deuladeus e Brites de Almeidas, mas incorporadas nas hostes regulares, ombro a ombro com os varões, disso não havia fé. Provavelmente, foi premonição do canteiro: adivinhou que um dia a guerra seria total e que as mulheres teriam de armar-se como os homens.

E porque está o viajante falando de guerras, não fica mal lembrar que a esta outra cidade de Lagos está ligado o antigo nome de Sertório, aquele romano que foi comandante dos lusitanos depois da morte de Viriato. Quem diz Lusitanos e pensa montes Hermínios, ou serra da Estrela, como hoje lhe chamamos, custar-lhe-á a crer que tão ao sul tivessem chegado os combates. Pois é verdade. Sertório, arredado por sua vontade ou alheia força, das lutas entre Mário e Sila (ou Sula), veio a ser convidado pelos Lusitanos, uns oitenta anos antes da nossa era, para chefiá-los na guerra contra os Romanos. O conceito de patriotismo era então muito menos exigente do que é hoje, ou tinha a franqueza de subordinar-se claramente a interesses de grupo, do que, enfim, se não distingue, fundamentalmente, só nas aparências que convém guardar, das práticas atuais. O caso é que Sertório aceitou o convite e com dois mil soldados romanos e setecentos líbios desembarcou na Península, vindo da Mauritânia, onde se refugiara após umas questões com piratas. São complicadas histórias de uma história geral que alguns teimam em fazer passar por simples: primeiro havia os Lusitanos, vieram os Romanos, depois os Visigodos e os Árabes, mas, como era preciso haver um país chamado Portugal, apareceu o conde D. Henrique, a seguir seu filho Afonso, e após ele, entre Afonsos outros, alguns Sanchos e Joões, Pedros e Manuéis, com um intervalo para reinarem três Filipes castelhanos, morto em Alcácer Quibir um pobre Sebastião. E pouco mais.

A velha Lacóbriga, romana antepassada de Lagos, ficava ali no monte Molião. Ora, um Metelo, partidário de Sula, que tomara o governo da Hispânia Ulterior (isto é, da nossa banda, para quem do lado de lá estava), decidiu cercar Lacóbriga e rendê-la pela sede, pois nela havia um único poço, provavelmente não farto. Sertório acudiu, mandando por homens seus dois mil odres de água, e como Metelo despachara para reforço do cerco um Aquino com seis mil homens, saltou-lhes Sertório ao caminho e desbaratou-os.

A Lagos veio também D. Sebastião, rei de Portugal e destes Algarves. Ali nas muralhas há uma janela manuelina donde, segundo reza a tradição, providência dos narradores quando faltam provas e documentos, assistiu à missa campal, antes da partida para Alcácer Quibir, onde ficou ele e a independência da Pátria. Deitando todas as contas ao reinado, não temos nada que agradecer-lhe, mas a estátua que de D. Sebastião fez João Cutileiro, e está ali na Praça de Gil Eanes, mostra um confiante e puríssimo adolescente que depôs o elmo das suas brincadeiras de polícias e ladrões, e espera que a mãe ou a ama lhe vão enxugar o suor da testa, dizendo: "Tontinho." Por causa desta estátua, o viajante quase perdoa ao mentecapto, impotente e autoritário Sebastião de Avis os desastres a que levou esta terra, agora, se possível, mais amada, porque em milhares de quilómetros e rostos foi vista.

De Sebastião se fala, visite-se a Igreja de São Sebastião. Sobe-se a ela por alguns empinados degraus, e antes de entrar pode-se ir ver a porta lateral do lado sul, um magnífico exemplar de arte renascentista, com as costumadas, mas aqui subtis, representações humanas em expectação, a par dos elementos de flora e fauna elaboradamente transpostos, consoante as regras do estilo. Lá dentro há uma imagem de Nossa Senhora da Glória, de tamanho maior que o natural, e bem está assim, que a glória quer-se sempre maior do que o homem que a conquistou ou de mão beijada a recebeu.

Lagos tem um mercado dos escravos, mas não parece gostar que se saiba. É uma espécie de alpendre ali à Praça da República, uns tantos pilares que suportam o andar: ali se fazia o negócio de quem mais dá no leilão por este cafre ensinado, por esta preta núbil e de bons peitos. Se traziam coleiras ao pescoço, não se encontra rasto delas. Quando o viajante foi ver o mercado, não o reconheceu. Servia de depósito de materiais de construção e arrecadação de motocicletas, assim se lavando, com os sinais dos tempos novos, as nódoas do tempo antigo. Se o viajante tivesse autoridade em Lagos, mandava pôr aqui boas correntes, um estrado para a exibição do gado humano, e talvez uma estátua: estando ali diante a do infante D. Henrique, que do tráfico se aproveitou, não ficaria mal a mercadoria.

Para rebater estes azedumes, foi, enfim, à Igreja de Santo António de Lagos. Por fora, não vale nada: cantaria lisa, nicho vazio, óculo rebordado de conchas, escudo de aparato. Mas, lá dentro, depois de tantos e por fim fatigantes retábulos de talha dourada, depois de tanta madeira lavrada em volutas, palmas, folhas, cachos e pâmpanos, depois de tantos anjos papudos, roliços mais do que a decência admite, depois de tantas quimeras e carrancas, era justo que o viajante tornasse a encontrar tudo isso, resumido e hiperbolizado em quatro paredes, mas agora, pelo próprio excesso, engrandecido. Na Igreja de Santo António de Lagos, os entalhadores perderam a cabeça: tudo quanto o barroco inventou, está aqui. Nem sempre é perfeita a execução, nem sempre o gosto é seguro, mas até esses erros ajudam à eficácia do efeito: os olhos têm onde demorar-se, a crítica surge, mas não tarda que se deixem arrastar na ronda que o viajante diria, salvo seja, endemoninhada. Não fosse a edificante série de painéis sobre a vida de Santo António, que se atribuem ao pintor Rasquinho, setecentista, de Loulé, e poderiam pôr-se sérias dúvidas sobre os méritos das orações ditas neste lugar, com tantas solicitações em redor, as mais delas mundanais.

O teto de madeira, em abóbada de berço, é pintado numa ousada perspetiva que prolonga as paredes na vertical, simulando colunas de mármore, janelas envidraçadas, e, enfim, no seu lugar material, mas parecendo muito mais distante, a abóbada, fingida em pedra. Aos cantos, espreitando por cima do balcão, os quatro Evangelistas olham desconfiadamente o viajante. Por cima, parecendo despegado do teto, pairando, está o escudo nacional, tal como o definia o século XVIII. Este é o reino do artifício, do faz de conta. Porém, declara-o sinceramente o viajante, esta conta é muito bem feita e resiste à prova dos nove da geometria. Quem pintou o teto? Não se sabe.

Daqui passa-se ao museu, se não se preferiu a entrada própria. Tem Lagos boas coleções de arqueologia, didaticamente dispostas, desde o Paleolítico até à Época Romana. O viajante apreciou, em particular, o material exposto da Época Ibérica: um capacete de bronze, uma estatueta de osso, peças de cerâmica, e muito mais. A estatueta é de configuração rara, uma das mãos subida ao peito, a outra no sexo, não é possível saber se se trata de representação masculina ou feminina. Mas o que apetece ver com vagar é a secção etnográfica. Essencialmente dedicada ao artesanato regional, com uma boa amostra de instrumentos de trabalho, em especial os de lavoura, e apresentando algumas miniaturas de carros, barcos, apetrechos de pesca, uma nora, esta parte do museu vai ao ponto de apresentar, conservados em boiões, alguns fenómenos teratológicos:

um gato com duas cabeças, um cabrito com seis pernas, e outras coisas igualmente perturbadoras para a consciência da nossa integridade e perfeição. Porém, tem este Museu de Lagos o melhor guia ou guarda que há no mundo (será o diretor, que, como o de Faro, por modéstia, o não declara?), e isto pode testemunhar o viajante, que estando em contemplação diante desta renda de bilros ou deste trabalho de cortiça, ou deste manequim vestido a rigor, ouve murmurada por cima do ombro a explicação e de cada vez acrescentando, no fim dela, um remate: "O povo." Expliquemo-nos melhor. Imagine-se que o viajante está a observar um objeto de vime, exato de forma ao serviço da função. Aí aproxima-se o guarda e diz: "Cesto do peixe." Pequeníssima pausa. Depois, como quem diz o nome do autor da obra: "O povo." Não há dúvida. Quase no fim da sua viagem, o viajante veio ouvir a Lagos a palavra final.

Lá para dentro, em mineralogia, numismática, história local (com o foral dado por D. Manuel), bandeiras, imagens, paramentos, há muito que ver. O viajante distingue, por ser uma obra nada menos que admirável, o díptico quinhentista atribuído a Francisco de Campos, representando a *Anunciação* e a *Apresentação*. Há várias razões para ir a Lagos: esta pode ser uma delas.

E agora a caminho da Finisterra do Sul. Para estes lados, o mundo despede-se. É certo que não faltam os lugares habitados, Espiche, Almadena, Budens, Raposeira, Vila do Bispo, mas vão rareando, e por fim, não fossem as casas de veraneio que aos poucos enxameiam, seria o grande deserto e solidão dos últimos extremos da terra. Há no viajante uma ânsia de chegar ao fim. Visitará a igreja da Raposeira, com a sua torre octogonal e a imagem quinhentista de Nossa Senhora da

Encarnação, mutilada mas muito bela, e ali perto a Ermida de Nossa Senhora de Guadalupe, obra dos Templários no século XIII, e que tem dos mais belos capitéis até agora vistos, e daqui para diante não muito mais. Olhará fascinado a cúpula branca da igreja de Vila do Bispo, onde não poderá entrar porque o padre saiu agora mesmo da vila e ninguém sabe para onde foi. E enfim, quase em linha reta, avança para a ponta de Sagres, depois, contornando a baía, para o cabo de São Vicente. O vento, fortíssimo, sopra do lado da terra. Há aqui uma rosa dos ventos que ajudará a marcar o rumo. Para mandar as naus à descoberta da especiaria, está de feição o vento e favorável a maré. Porém, o viajante tem de voltar a casa. Nem poderia avançar mais. Daqui ao mar, são cinquenta metros a pique. As ondas batem lá em baixo contra as pedras. Nada se ouve. É como um sonho.

O viajante vai subir ao longo da costa. Para o norte. Verá Aljezur, com as suas casas dispostas em cordões no regaço do monte, e Odemira, Vila Nova de Milfontes e a foz dulcíssima do rio Mira, que desta vez não vai cheio, Sines e os molhes ambiciosos devastados pelo mar, e em Santiago do Cacém outras ruínas, as da cidade romana de Miróbriga, aberto o fórum à paisagem admirável, último lugar para a imaginação que põe romanos de toga a passear neste espaço, falando das colheitas e dos decretos da distante Roma. Este é o país do regresso. A viagem acabou.

## O VIAJANTE VOLTA JÁ

Não é verdade. A viagem não acaba nunca. Só os viajantes acabam. E mesmo estes podem prolongar-se em memória, em lembrança, em narrativa. Quando o viajante se sentou na areia da praia e disse: "Não há mais que ver", sabia que não era assim. O fim duma viagem é apenas o começo doutra. É preciso ver o que não foi visto, ver outra vez o que se viu já, ver na Primavera o que se vira no Verão, ver de dia o que se viu de noite, com sol onde primeiramente a chuva caía, ver a seara verde, o fruto maduro, a pedra que mudou de lugar, a sombra que aqui não estava. É preciso voltar aos passos que foram dados, para os repetir, e para traçar caminhos novos ao lado deles. É preciso recomeçar a viagem. Sempre. O viajante volta já.

# Índice toponímico

A dos Ruivos, 1091
A Ver-o-Mar, 807-8
Abade de Neiva, 810, 848
Abadim, 789-90
Abrantes, 1012-5, 1019
Açores (freg. de Celorico da Beira), 922, 939-42
Adeganha, 744-5
Águas de Moura, 1139
Aguçadoura, 808
Águeda, 881-3, 916
Alandroal, 1178, 1180
Albergaria-a-Velha, 881
Albernoa, 1210-1
Albuquerque, 1158
Alcácer do Sal, 1139, 1141
Alcáçovas, 1142-3
Alcafozes, 993
Alcaide, 1001
Alcobaça, 1037, 1044, 1170, 1183
Alcochete, 1132
Alcorochel, 1050
Alcoutim, 1219
Aldeia da Tor, 1232
Aldeia do Couço, 747
Aldeia Galega, 1074
Aldeia Gavinha, 1074
Aldeia Viçosa, 939-40
Alenquer, 801, 1075-8
Alfeite, 1132
Algeruz, 1139
Alhandra, 1140
Alhões, 965
Aljezur, 1244
Aljubarrota, 1016, 1041-2
Almada, 1132
Almadena, 1243
Almeida, 949-50
Almeirim, 1054, 1057
Almofala, 950-1, 954
Almourol, 1021, 1116
Alpalhão, 1155
Alpedrinha, 1002-4, 1158

Alpiarça, 1054, 1057
Alte, 1232
Alter do Chão, 1152, 1162
Alter Pedroso, 1158
Álvaro, 1013
Alvite, 788
Alvito, 1207-8
Amarante, 775-9, 781-3
Amor, 1032
Anadia, 916
Ançã, 897
Angeja, 875
Antas, 796-7
Apúlia, 809
Aranhas, 987
Arcos de Valdevez, 829-31
Arez, 1158
Armação de Pera, 1230
Arneiro, 1053
Arões, 786
Arouca, 917-9, 921
Arraiolos, 1145-6
Arronches, 1166
Arruda dos Vinhos, 1058-9, 1062, 1075
Atalaia, 1020, 1150
Atouguia da Baleia, 1082, 1084
Aveiro, 875-6, 879, 1155-6, 1229
Aveleda (aldeia de Rio de Onor), 750

Avis, 1147, 1158
Azambuja, 749
Azenhas do Mar, 1098
Azevo, 932
Azinhaga, 1052
Azinhoso, 741
Azurara, 801

Baçal, 750, 754
Baião, 782
Bairrada, 884
Baleal, 1084
Baleizão, 1200-1
Balugães, 811-3
Barca de Alva, 955
Barcelos, 810, 845-8
Barreiro, 1132
Barrinha de Mira, 887
Batalha, 1037, 1042, 1045, 1055, 1142
Beberriqueira, 1021
Beja, 1201-6
Belmonte, 926-9, 957, 982, 1057
Benafrim, 1237
Benavente, 1057
Benavila, 1158
Benquerença, 986
Bensafrim, 1237
Berlengas, 1084-7
Bertiandos, 818-9

Bigorne, 965
Boialvo, 916
Boliqueime, 1237
Bom Jesus (Braga), 841, 969
Bombarral, 1092
Borba, 1173-5
Braga, 832-6, 838, 841, 848-9, 921, 1156
Bragança, 731, 735, 747-50, 754, 756-7, 1229
Bravães, 832
Briteiros (citânia), 794, 843, 854-5
Brito, 856
Brogueira, 1050
Brotas, 1149
Buçaco, 909, 914-6
Budens, 1237, 1243
Bustelo, 965

Cabeceiras de Basto, 787-8
Cabeço de Vide, 1158
Caçarelhos, 736
Cachopo, 1221
Caldas da Rainha, 1078-80
Caminha, 822
Campanas, 884
Campo Maior, 1167
Canedo de Basto, 786
Cantanhede, 884-6
Capinha, 985-6

Carcavelos, 1108
Cardanha, 744
Carrazedo de Montenegro, 764-5
Carvalhal, 1156
Carvalhal de Óbidos, 1089-90, 1110
Carvas, 767
Casais do Livramento, 1048-9
Cascais, 1106-7
Castelo Bom, 949
Castelo Branco (cidade), 1004, 1006-9, 1011, 1058
Castelo Branco (freg. do concelho de Mogadouro), 741
Castelo de Vide, 1155-8
Castelo do Bode, 1020-1
Castelo Mendo, 949
Castelo Novo, 1004-6
Castelo Rodrigo, 955-8
Castelões, 872
Castro Daire, 963-5
Castro Laboreiro, 776, 823, 826-8
Castro Marim, 1221
Castro Verde, 1210-4
Celorico da Beira, 938, 941, 944
Celorico de Basto, 786, 790
Cercal (do concelho de Cadaval), 1078
Cerrada Grande, 1053

Cete, 857
Chamoim, 850
Chaves, 759-61, 763-4
Cholda, 1053
Ciborro, 1151
Cidadelhe, 925-7, 931-8
Ciladas de São Romão, 1078
Clarines, 1237
Coentral, 909
Coimbra, 896-8, 902, 904, 906, 908, 911, 916, 941, 963, 988
Conímbriga, 889-91, 895
Constância, 1017-8
Corujos, 1221
Cós, 1037, 1042
Cova da Beira, 994, 1002
Covide, 850
Covilhã, 982-5
Crato, 1153-4, 1158
Cucujães, 736
Cumeeira, 774

Delães, 856
Divisões, 1053
Dogueno, 1237
Dois Portos, 1058, 1063
Donas, 1000
Duas Igrejas, 738

Eiras, 935, 937
Elvas, 1167-8, 1178

Entradas, 1213
Ereira, 889
Ericeira, 1094, 1096
Ermelo, 831
Ermida, 964-5
Escalhão, 955
Escarigo, 951-5
Esmoriz, 870
Espiçandeira, 1075
Espiche, 1243
Espinho, 870
Esposende, 809
Estarreja, 875
Estevais, 744
Estói, 1224
Estômbar, 1237-8
Estoril, 1107
Estorninhos, 1221
Estremoz, 1158-9, 1169-70
Évora, 1000, 1145, 1181-3, 1189-90, 1205-7
Évora Monte, 1172-3

Fafe, 787
Fão, 809
Faro, 1226-30
Fátima, 769, 1030-1
Feira (Vila da), 871, 1048
Feiteira, 1221
Felgueiras, 784
Ferreira, 857

Ferreirim, 970-2, 1070
Ferrel, 1083-4
Figueira da Foz, 888
Figueira de Castelo Rodrigo, 954
Finisterra do Sul, 1243
Flor da Rosa, 1154-5
Fonte Arcada, 853, 855
Fontelas, 774
Fornos de Algodres, 958
Foz de Arouce, 909
Foz do Caneiro, 909, 912
Foz Giraldo, 1012
Fundão, 994-5, 997
Furadouro, 853

Gafanhoeira, 1145, 1146
Gáfete, 1158
Gaia. *Ver* Vila Nova de Gaia
Gândara dos Olivais, 1032
Giela, 829-30, 1150
Gilmonde, 810
Gilvrazino, 1237
Giões, 1237
Godim, 774
Góis, 911
Golegã, 1050-1
Gondoriz, 829
Gralheira, 965
Granjinha, 980
Guadramil, 751
Guarda, 920-3, 927, 931, 938, 948, 981
Guarita de Godeal, 1151
Guimarães, 762, 785-6, 790-1, 795-6

Idanha-a-Nova, 993
Idanha-a-Velha, 991-2, 1007

Janas, 1097
Jou, 767
Junqueira (povoação do concelho de Vila do Conde), 805, 808, 1225
Junqueira (povoação perto de Moncorvo), 745, 805
Juromenha, 1178-80, 1200

Laborato, 1237
Lagareira, 1053
Lagoa, 1236-7
Lagoa Comprida, 982
Lagos, 1239-43
Lama, 848-9, 1150
Lamego, 967-70
Lanhoso, 851
Lavre, 1151
Leça do Bailio, 798
Leiria, 1032-3, 1035-7, 1048, 1226
Lindoso, 776, 831, 883

Linhares, 941-4
Lisboa, 798, 914, 986, 1018, 1074, 1090, 1106-8, 1110, 1118, 1122, 1127-31, 1147, 1169, 1172
Lobrigos, 774
Longos Vales, 828-9, 1151
Longroiva, 945
Lorvão, 912-3, 917
Lotão, 1237
Loulé, 1231, 1242
Lourinhã, 1092-3
Lousã, 908-9
Luz (de Tavira), 1222-3

Maçãs de D. Maria, 736
Mafra, 1094-6, 1121, 1128
Magueija, 965
Maiorca, 888-9
Maiorga, 1037, 1043
Malhadas, 734-5, 738
Mamarrosa, 884
Mangualde, 958
Manhente, 848
Manhufe, 777
Manteigas, 982
Marco de Canaveses, 781-2
Marialva, 946-8, 958, 1120
Marinha Grande, 1033
Marvão, 1057-8
Mateus, 769
Matosinhos, 798-9
Meadas, 1158
Meca, 769
Meda, 945
Medelim, 991
Melgaço, 824-6, 828
Merceana, 1074
Mértola, 1210, 1215-7, 1235
Merufe, 829
Mesão Frio, 773
Mezio, 965
Milreu, 1224-5, 1229
Mira, 886-7
Miranda do Douro, 730-4, 745, 755, 971
Mirandela, 747
Mire de Tibães, 843
Mogadouro, 740-1, 746
Moimenta da Beira, 979
Moita, 1132
Moitas, 1053
Monção, 823-4, 828
Mondim de Basto, 786, 790
Monforte, 1162, 1166
Monfortinho, 987, 990
Monsanto, 987-8, 991-4, 1010, 1120, 1158
Monsaraz, 1190-2, 1217
Monserrate (Sintra), 1098, 1104-5
Montalvo, 1017

Montargil, 1151
Monte Gordo, 1230
Montemor-o-Novo, 1141, 1144
Montemor-o-Velho, 888-9, 891-4, 896
Montijo, 1132
Mora, 1149-51
Moreira de Rei, 945, 948
Moura, 958
Moura Morta, 965
Mourão, 1193-4
Mourisca, 1139
Murça, 764, 767-8
Murtosa, 874

Nave de Santo António, 893
Nazaré, 1037, 1043
Nexe, 1237
Nisa, 1158
Nossa Senhora da Orada, 825-6
Nossa Senhora dos Degolados, 1167

Óbidos, 1080-2, 1089, 1111
Odeleite, 1237
Odemira, 1244
Odiáxere, 1237
Ofir, 809
Oiã, 883

Oleiros, 1012
Olhão, 1223
Olhos de Água, 1230
Olival Basto, 1053
Olival d'El-Rei, 1053
Olival da Palha, 1053
Oliveira de Azeméis, 916
Oliveira do Bairro, 883
Oriola, 1206
Ota, 1078
Ouguela, 1167
Ourém, 1029-30, 1048, 1071
Ourondo, 997
Outeiro Seco, 761
Ovar, 871

Paço de Sousa, 857, 859-60
Paços de Ferreira, 856
Paços de Lalim, 979
Pademe, 1237
Padim da Graça, 843
Pai Penela, 945
Palheiros de Mira, 886
Palmela, 1132-3, 1136
Panasqueira, 998
Panchorra, 965
Parada de Cunhos, 774
Paredes, 857
Paredes de Coura, 819
Paul, 997
Pavia, 1146-9

Pedome, 856
Pedralva, 794
Pena (Sintra), 1100-1, 1104
Penacova, 908-9, 912
Penamacor, 986, 1195
Penha Garcia, 987
Penhas da Saúde, 982
Peniche, 1084-5
Penude, 965
Pera do Moço, 931
Pero de Lagarelhos, 765
Peso da Régua, 772-4, 819
Pias, 1195
Picão, 965
Pinheiro, 964
Pinheiros, 823
Pinhel, 925-7, 931-2
Pisões, 1210
Pocariça, 884
Pombeiro de Ribavizela, 784
Ponta do Altar, 1238
Ponta João de Arães, 1230
Ponte da Barca, 831-2
Ponte de Lima, 819-20
Ponte de Sor, 1151-2
Ponte do Rol, 1070
Porches, 1237
Portalegre, 1158-9, 1162
Portel, 1205
Portela do Homem, 852
Portimão, 1238
Portinho da Arrábida, 1137
Porto, 762, 798, 855, 859-60, 862-3, 867-9
Porto de Mós, 1048
Pousafoles do Bispo, 931
Póvoa (povoação do Alto Alentejo), 1158, 1194
Póvoa (povoação do Baixo Alentejo), 1194
Póvoa de Lanhoso, 853
Póvoa de Varzim, 805, 807
Póvoa do Concelho, 948
Praia da Rocha, 1238
Praia das Maçãs, 1098
Praias do Sado, 1139
Proença-a-Velha, 994
Punhete, 1018

Queimada, 782, 883, 932
Quelfes, 1237
Queluz, 1108-9, 1175
Quintiães, 810

Ranhados, 736
Raposeira, 1243
Rates, 808-9, 981
Real, 842-3, 981
Rebordelo, 761
Rebordões, 856
Rebordosa, 912
Redondo, 1181

Refojos de Basto, 786
Reguengos de Monsaraz, 1191
Rendufe (Amares), 849-50
Rendufe (Ponte de Lima), 819
Renfe, 856
Riachos, 1050
Rio de Onor, 749-53, 759, 790, 802
Rio Mau, 803-5, 808, 981
Romarigães, 819-22
Romeu, 747-8
Roriz, 856
Rubiães, 819

Sabroso (Castro), 794
Sabugal, 930
Sabugueiro, 982
Sacavém, 1116
Sacoias, 750, 759
Salir (Algarve), 1232
Salreu, 875
Salvador, 987, 1053
Salvaterra de Magos, 1057
Salzedas, 970, 973-4, 1011
Samardã, 736, 769-71
Sameiro (Braga), 841, 843
Samel, 884
Sancheira Grande, 1078
Sande, 856
Sanlúcar, 1219
Santa Cruz do Bispo, 800
Santa Eulália, 882
Santa Marta de Penaguião, 774
Santa Rita (praia de), 1093
Santana, 1135
Santarém, 1054-6
Santiago do Cacém, 1244
Santiago do Escoural, 1143
Santo António da Neve, 909
Santo António de Avenilha, 1222
Santo Tirso, 796
São Bartolomeu de Messines, 1232, 1235
São Bento de Porta Aberta, 850
São Brás, 1197
São Cucufate, 1209
São Gens, 1195
São João de Gatão, 779, 798
São João de Tarouca, 970, 975-9, 1076, 1172
São Jorge, 1037, 1042
São Jorge da Beira, 994-1000
São Lourenço de Almansil, 1230-1
São Marcos, 896
São Marcos da Ataboeira, 1214
São Martinho de Mouros, 966-7

São Miguel de Ceide, 797
São Pedro da Cadeira, 1069
São Pedro das Águias, 979-81
São Pedro de Muel, 1032
São Quintino, 1058-62, 1064
São Romão, 982
São Silvestre, 896
São Vicente, 1014
Sardoal, 1013
Seia, 982
Seixal, 1132
Sendim, 739
Senhora da Rocha, 1230
Serpa, 1195-6, 1199-200
Serra, 1021
Serra d'El-Rei, 1082
Sertã, 1012-3
Sesimbra, 1035-6
Seteais, 1100
Setúbal, 1072, 1137-8
Silves, 1233-5
Sines, 1234, 1244
Sintra, 1098, 1156, 1159, 1175, 1204, 1216
Sistelo, 829
Sítio, 1043
Soajo, 831
Sobral de Monte Agraço, 1058
Sortelha, 926, 929

Soure, 889
Sousel, 1158

Tabuado, 781
Tancos, 1019
Tareja, 1221
Tarouca, 970, 975
Tavira, 1222-3
Telões, 784, 786
Tendais, 965
Tenões, 841
Tentúgal, 895, 940
Terena, 1180
Terras de Bouro, 850
Tocha, 887
Tomar, 1021-8, 1030
Torrão, 1142
Torre (serra da Estrela), 982
Torre das Águias, 1149-50, 1155
Torre de Moncorvo, 742, 744, 746
Torre de Palma, 1162-6, 1172
Torres Novas, 1019, 1049-52
Torres Vedras, 1058, 1063, 1065-6, 1070, 1075
Toubres, 767
Trancoso, 944-5
Trindade, 1210
Trofa, 881, 916
Turcifal, 1067-9

Ucanha, 970-4

Vagos, 880
Vagueira, 880
Vale de Cambra, 916
Vale de Estrela, 982
Vale de Prazeres, 994
Valença, 823
Valência de Alcântara, 1158
Valhelhas, 982
Valongo de Milhais, 767
Varatojo, 1069-73
Varge, 750
Velosa, 939, 941
Vermiosa, 950, 994
Viana do Alentejo, 1206-8
Viana do Castelo, 811, 813, 816-7, 823, 867
Vidigueira, 1072, 1205
Vieira de Leiria, 1032
Vieira do Minho, 852
Vila Alva, 1208
Vila de Frades, 1208
Vila do Bispo, 1243-4
Vila do Conde, 801-3, 901
Vila Flor, 746
Vila Franca de Xira, 1057
Vila Fresca de Azeitão, 1133
Vila Nova, 912
Vila Nova da Cerveira, 823
Vila Nova de Famalicão, 796
Vila Nova de Foz Coa, 946
Vila Nova de Gaia, 860, 870
Vila Nova de Milfontes, 1244
Vila Nova de Ourém. *Ver* Ourém
Vila Pouca de Aguiar, 765
Vila Real, 762, 765, 769-76, 783, 819
Vila Real de Santo António, 1221
Vila Ruiva, 1208
Vila Seca, 810
Vila Viçosa, 1175-7
Vilar Formoso, 949
Vilar Turpim, 958
Vilarinho de Samardã, 769
Vilaverdinho, 747
Vimeiro, 1093
Vimioso, 735, 737
Vinhais, 760
Viseu, 958-60, 962
Vista Alegre, 880

*À memória de
Jerónimo Hilário,
meu Avô*

*Em todas as almas, como em todas as casas,
além da fachada, há um interior escondido.*

Raul Brandão

# I

Por entre os véus oscilantes que lhe povoavam o sono, Silvestre começou a ouvir rumores de loiça mexida e quase juraria que transluziam claridades pelas malhas largas dos véus. Ia aborrecer-se, mas percebeu, de repente, que estava acordando. Piscou os olhos repetidas vezes, bocejou e ficou imóvel, enquanto sentia o sono afastar-se devagar. Com um movimento rápido, sentou-se na cama. Espreguiçou-se, fazendo estalar rijamente as articulações dos braços. Por baixo da camisola, os músculos do dorso rolaram e estremeceram. Tinha o tronco forte, os braços grossos e duros, as omoplatas revestidas de músculos encordoados. Precisava desses músculos para o seu ofício de sapateiro. As mãos, tinha-as como petrificadas, a pele das palmas tão espessa que podia passar-se nela, sem sangrar, uma agulha enfiada.

Num movimento mais lento de rotação, deitou as pernas para fora da cama. As coxas magras e as rótulas tornadas brancas pela fricção das calças que lhe desbastavam os pelos entristeciam e desolavam profundamente Silvestre. Orgulhava-se do seu tronco, sem dúvida, mas tinha raiva das pernas, tão enfezadas que nem pareciam pertencer-lhe.

Contemplando com desalento os pés descalços assentes no tapete, Silvestre coçou a cabeça grisalha. Depois passou a mão pelo rosto, apalpou os ossos e a barba. De má vontade, levantou-se e deu alguns passos no quarto. Tinha uma figura algo quixotesca, empoleirado nas altas pernas como andas, em cuecas e camisola, a trunfa de cabelos manchados de sal-e-pimenta, o nariz grande e adunco, e aquele tronco poderoso que as pernas mal suportavam.

Procurou as calças e não deu com elas. Estendendo o pescoço para o lado da porta, gritou:

— Mariana! Eh, Mariana! Onde estão as minhas calças?

(Voz de dentro:)

— Já lá vai!

Pelo modo de andar, adivinhava-se que Mariana era gorda e que não poderia vir depressa. Silvestre teve que esperar um bom pedaço e esperou com paciência. A mulher apareceu à porta:

— Estão aqui.

Trazia as calças dobradas no braço direito, um braço mais gordo que as pernas de Silvestre. E acrescentou:

— Não sei que fazes aos botões das calças, que todas as semanas desaparecem. Estou a ver que tenho que passar a pregá-los com arame...

A voz de Mariana era tão gorda como a sua dona. E era tão franca e bondosa como os olhos dela. Estava longe de pensar que dissera um gracejo, mas o marido sorriu com todas as rugas da cara e os poucos dentes que lhe restavam. Recebeu as calças, vestiu-as sob o olhar complacente da mulher e ficou satisfeito, agora que o vestuário lhe tornava o corpo mais proporcionado e regular. Silvestre era tão vaidoso do seu corpo como Mariana desprendida do que a Natureza lhe dera. Nenhum deles se iludia a respeito do outro e bem sabiam que o fogo da juventude se apagara para nunca mais, mas amavam-se ternamente, hoje como há trinta anos, quando do casamento. Talvez agora o seu amor fosse maior, porque já não se alimentava de perfeições reais ou imaginadas.

Silvestre foi atrás da mulher até à cozinha. Enfiou na casa de banho e voltou daí a dez minutos, já lavado. Não vinha penteado porque era impossível domar a grenha que lhe dominava (dominava é o termo) a cabeça – o "lambaz do barco", como lhe chamava Mariana.

As duas tigelas de café fumegavam sobre a mesa, e havia na cozinha um cheiro bom e fresco de limpeza. As faces redondas de Mariana resplandeciam, e todo o seu corpo obeso estremecia e se agitava movendo-se na cozinha.

– Cada vez estás mais gorda, mulher!...

E Silvestre riu. Mariana riu com ele. Duas crianças, sem tirar nem pôr. Sentaram-se à mesa. Beberam o café quente em longos sorvos assobiados, por brincadeira. Cada um queria vencer o outro no assobio.

– Então, que resolvemos?

Agora, Silvestre já não ria. Mariana também estava sisuda. Até as faces pareciam menos coradas.

– Eu não sei. Tu é que resolves.

– Já ontem te disse. A sola está cada vez mais cara. A freguesia queixa-se de que levo caro. É a sola... Não posso é fazer milagres. Sempre queria que me dissessem quem é que trabalha mais barato que eu. E ainda se queixam...

Mariana deteve-o no desabafo. Por este caminho não resolviam nada. O que era preciso era ver essa questão do hóspede.

– Pois é, fazia jeito. Ajudava-nos a pagar a renda e, se fosse um homem sozinho e tu quisesses encarregar-te da roupa, a gente equilibrava-se.

Mariana escorripichou o café adocicado do fundo da tigela e respondeu:

– Cá por mim, não me importo. Sempre é uma ajuda...

– Pois é. Mas estarmos outra vez a meter hóspedes, depois de nos vermos livres dessa cavalheira que se foi embora...

– Que remédio! Seja ele boa pessoa... Eu dou-me bem com toda a gente, se se derem bem comigo.

– Experimenta-se uma vez mais... Um homem só, que só venha dormir, é o que convém. Logo, à tarde, vou pôr o anúncio. – Mastigando ainda o último bocado de pão, Silvestre levantou-se e declarou: – Bom, vou trabalhar.

Regressou ao quarto e caminhou para a janela. Afastou a cortina que formava um pequeno biombo que o isolava do quarto. Havia um estrado alto e sobre ele a banca de trabalho. Sovelas, formas, bocados de fio, latas de prego miúdo, retalhos de sela e pele. A um canto, a onça de tabaco francês e os fósforos.

Silvestre abriu a janela e deitou uma vista de olhos para fora. Nada de novo. Pouca gente passava na rua. Não muito longe, uma mulher apregoava fava-rica. Silvestre não chegava a perceber como vivia aquela mulher. Nenhum dos seus conhecidos comia fava-rica, ele próprio não a comia há mais de vinte anos. Outros tempos, outros costumes, outras comidas. Resumida a questão nestas palavras, sentou-se. Abriu a onça, pescou as mortalhas na barafunda de objetos que pejavam a banca, e fez um cigarro. Acendeu-o, saboreou uma fumaça e deitou mãos ao trabalho. Tinha umas gáspeas a pôr, e aí estava uma obra em que sempre aplicava todo o seu saber.

De vez em quando, relanceava os olhos para a rua. A manhã ia aclarando pouco a pouco, embora o céu estivesse coberto e houvesse na atmosfera um ligeiro véu de névoa que esbatia os contornos das coisas e das pessoas.

Na multidão de ruídos que já enchia o prédio, Silvestre começou a distinguir um bater de saltos nos degraus da escada. Identificou-os imediatamente. Ouviu abrir a porta que dava para a rua e debruçou-se:

– Bom dia, menina Adriana!

– Bom dia, senhor Silvestre.

A rapariga parou debaixo da janela. Era baixinha e usava óculos de lentes grossas que lhe transformavam os olhos em duas bolinhas minúsculas e inquietas. Estava a meio do caminho dos trinta aos quarenta anos, e já um que outro cabelo branco lhe riscava o penteado simples.

– Então, ao seu trabalho, hem?

– É verdade. Até logo, senhor Silvestre.

Era assim todas as manhãs. Quando Adriana saía de casa já o sapateiro estava à janela do rés do chão. Impossível escapar sem ver aquela gaforina desgrenhada e sem ouvir e retribuir os inevitáveis cumprimentos. Silvestre seguiu-a com os olhos. Assim, de longe, parecia, na comparação pitoresca do sapateiro, "um saco mal atado". Chegada à esquina da rua, Adriana voltou-se e acenou um adeus para o segundo andar. Depois, desapareceu.

Silvestre largou o sapato e torceu a cabeça para fora da janela. Não era bisbilhoteiro, mas gostava das vizinhas do segundo, boas freguesas e boas pessoas. Com a voz alterada pela torção do pescoço, saudou:

– Viva, menina Isaura! Que tal o dia, hoje?

Do segundo andar, atenuada pela distância, veio a resposta:

– Não está mau, não. O nevoeiro...

Não se chegou a saber se o nevoeiro prejudicava, ou não,

a beleza da manhã. Isaura deixou morrer o diálogo e fechou a janela devagar. Não desgostava do sapateiro, do seu ar a um tempo refletido e risonho, mas nessa manhã não sentia ânimo para conversar. Tinha um monte de camisas para acabar até ao fim da semana. Sábado tinha que entregá-las, desse lá por onde desse. Por sua vontade, acabaria de ler o romance. Só lhe faltavam umas cinquenta páginas e estava na passagem mais interessante. Aqueles amores clandestinos, sustentados através de mil peripécias e contrariedades, prendiam-na. Além disso, o romance estava bem escrito. Isaura tinha experiência bastante de leitora para assim julgar. Hesitou. Mas bem via que nem sequer tinha o direito de hesitar. As camisas esperavam-na. Ouvia lá dentro um ruído de vozes: a mãe e a tia falavam. Muito falavam aquelas mulheres. Que tinham elas a dizer todo o santo dia, que não estivesse já dito mil vezes?

Atravessou o quarto onde dormia com a irmã. O romance estava à cabeceira. Lançou-lhe os olhos vorazes, mas seguiu. Parou diante do espelho do guarda-vestidos que a refletia da cabeça aos pés. Trazia uma bata caseira que lhe modelava o corpo esguio e magro, mas flexível e elegante. Com as pontas dos dedos percorreu as faces pálidas onde as primeiras rugas abriam sulcos finos, mais adivinhados que visíveis. Suspirou para a imagem que o espelho lhe mostrava e fugiu dela.

Na cozinha, as duas velhas continuavam a falar. Muito parecidas, os cabelos todos brancos, os olhos castanhos, os mesmos vestidos negros de corte simples, falavam com vozinhas agudas e rápidas, sem pausas e sem modulação:

– Já te disse. O carvão é só terra. É preciso ir reclamar à carvoaria – dizia uma.

– Está bem – respondia a outra.

– Que estão a dizer? – perguntou Isaura, entrando.

Uma das velhas, a de olhar mais vivo e de cabeça mais ereta, respondeu:

– É o carvão que é uma lástima. Tem que se reclamar.

– Está bem, tia.

Tia Amélia era, por assim dizer, a ecónoma da casa. Era ela quem cozinhava, fazia contas e dividia as rações pelos pratos. Cândida, a mãe de Isaura e Adriana, tratava dos arranjos domésticos, das roupas, dos pequenos bordados que ornamentavam profusamente os móveis e dos solitários com flores de papel que só eram substituídas por autênticas flores nos dias festivos. Cândida era a mais velha, e, tal como Amélia, viúva. Viúvas a que a velhice já tranquilizara.

Isaura sentou-se à máquina de costura. Antes de começar o trabalho, olhou o rio que se estendia muito largo, com a outra margem oculta pelo nevoeiro. Parecia o oceano. Os telhados e as chaminés estragavam a ilusão mas, mesmo assim, fazendo força para os não ver, o oceano surgia nos poucos quilómetros de água. Uma alta chaminé de fábrica, à esquerda, esborratava o céu branco com golfadas de fumo.

Isaura sempre gostava daqueles momentos em que, antes de curvar a cabeça sobre a máquina, deixava correr os olhos e o pensamento. A paisagem era sempre igual, mas só a achava monótona nos dias de verão teimosamente azuis e luminosos em que tudo é evidente e definitivo. Uma manhã de nevoeiro como esta, de nevoeiro delgado que não impedia de todo a visão, cobria a cidade de imprecisões e de sonho. Isaura saboreava tudo isto. Prolongava o prazer. No rio ia passando uma fragata, tão maciamente como se flutuasse numa nuvem. A vela vermelha tornava-se rosada através das gazes do nevoeiro. Súbito, mergulhou numa nuvem mais espessa que lambia a água e, quando ia surdir de novo nos olhos de Isaura, desapareceu atrás da empena de um prédio.

Isaura suspirou. Era o segundo suspiro nessa manhã. Sacudiu a cabeça como quem sai de um mergulho prolongado, e a máquina matraqueou com fúria. O tecido corria debaixo da patilha e os dedos guiavam-no mecanicamente como se fizessem parte da engrenagem. Aturdida pelo barulho, pareceu a Isaura que alguém lhe falava. Deteve a roda bruscamente e o silêncio refluiu. Voltou-se para trás:

– O quê?

A mãe repetiu:

– Não achas que é um bocadinho cedo?

– Cedo? Porquê?

– Bem sabes... O vizinho...

– Mas, minha mãe, que hei de fazer? Que culpa tenho eu de que o vizinho de baixo trabalhe de noite e durma de dia?

– Ao menos, podias esperar até mais logo. Não gosto nada de questões com a vizinhança...

Isaura encolheu os ombros. Pedalou outra vez e disse, elevando a voz acima do ruído da máquina:

– E a mãe quer que eu vá à loja pedir que esperem, não é?

Cândida abanou devagar a cabeça. Era uma criatura sempre perplexa e indecisa, que sofria o domínio da irmã, mais nova que ela três anos, e com a consciência aguda de que vivia à custa das filhas. Desejava, acima de tudo, não incomodar ninguém, passar despercebida, apagada como uma sombra na escuridão. Ia responder mas, ao ouvir os passos de Amélia, calou-se e voltou à cozinha.

Entretanto, Isaura, lançada no trabalho, enchia a casa de barulho. O chão vibrava. As faces empalidecidas coloriam-

-se-lhe pouco a pouco e uma gota de suor começava a brotar-lhe da testa. Sentiu mais uma vez que alguém se aproximava e abrandou.

– É escusado trabalhares tão depressa. Cansas-te.

Tia Amélia nunca dizia palavras supérfluas. Apenas as necessárias e não mais que as indispensáveis. Mas dizia-as de uma maneira que aqueles que a ouviam ficavam a apreciar o valor da concisão. As palavras pareciam nascer-lhe na boca no momento em que eram ditas: vinham ainda repletas de significação, pesadas de sentido, virgens. Por isso dominavam e convenciam. Isaura abrandou a velocidade.

Daí a poucos minutos, a campainha da porta tocou. Cândida foi abrir, demorou-se alguns instantes e regressou desorientada e aflita, murmurando:

– Eu não dizia?... Eu não dizia?...

Amélia levantou a cabeça:

– Que é?

– É a vizinha de baixo que vem reclamar. Este barulho... Vai lá tu, vai lá tu...

A irmã deixou a louça que estava lavando, limpou as mãos a um pano e dirigiu-se à porta. No patamar estava a vizinha de baixo.

– Bom dia, dona Justina. Que deseja?

Amélia, em qualquer momento e em qualquer circunstância, era a polidez em pessoa. Mas bastava-lhe carregar na polidez para tornar-se terrivelmente fria. As pupilas pequeníssimas cravavam-se no rosto que fitavam e provocavam uma impressão de mal-estar e de constrangimento impossíveis de reprimir.

A vizinha entendera-se bem com a irmã de Amélia e estivera quase a concluir o que trazia para dizer. Aparecia-lhe agora um rosto menos tímido e um olhar mais direto. Articulou:

– Bom dia, dona Amélia. É o meu marido... Trabalha toda a noite no jornal, como sabe, e só de manhã é que pode descansar... Fica sempre aborrecido quando o acordam e eu é que tenho que o ouvir. Se pudessem fazer menos barulho com a máquina eu agradecia...

– Bem sei. Mas a minha sobrinha precisa de trabalhar.

– Compreendo. Por mim, não me importaria, mas sabe como são os homens...

– Sei, sei. E também sei que o seu marido não se preocupa muito com o descanso dos vizinhos quando entra de madrugada.

– Que hei de eu fazer? Já desisti de o convencer a subir a escada como gente.

A figura longa e macilenta de Justina animava-se. Nos seus olhos começava a brilhar uma pequena luz maligna. Amélia terminou a conversa:

– Esperaremos mais um bocado. Vá descansada.

– Muito obrigada, dona Amélia.

Amélia murmurou um "com licença!" seco e breve e fechou a porta. Justina desceu a escada. Vestia luto carregado e, assim, muito alta e fúnebre, com os cabelos pretos divididos ao meio por uma risca larga, parecia um boneco mal articulado, demasiado grande para mulher e sem o menor sinal de graça feminina. Só os olhos negros, profundos nas olheiras maceradas de diabética, eram paradoxalmente belos, mas tão graves e sérios que a graça não morava neles.

Ao chegar ao patamar, parou junto da porta que ficava defronte da sua e aproximou o ouvido. De dentro não vinha qualquer rumor. Fez um trejeito de desprezo e afastou-se. Quando ia entrar, ouviu abrir-se uma porta no andar de cima e, logo a seguir, um ruído de vozes. Ajeitou o capacho para se dar um pretexto para não sair dali.

De cima vinha um diálogo animado:

– Ela o que não quer é ir trabalhar! – dizia uma voz feminina com asperezas de irritação.

– Seja lá o que for. É preciso cuidado com a pequena. Está na idade perigosa – respondeu uma voz de homem. – Nunca se sabe o que estas coisas dão.

– Qual idade perigosa, qual quê? Hás de ser sempre o mesmo. Com dezanove anos, idade perigosa? Isso só teu!...

Justina achou conveniente sacudir o capacho com força, para anunciar a sua presença. A conversa, em cima, interrompeu-se. O homem começou a descer a escada, ao mesmo tempo que dizia:

– Não a obrigues a ir. Se houver alguma novidade telefona-me para o escritório. Até logo.

– Até logo, Anselmo.

Justina cumprimentou o vizinho com um sorriso sem amabilidade. Anselmo passou, fez um solene gesto na direção da aba do chapéu e articulou com belo timbre uma saudação cerimoniosa. A porta da escada, em baixo, teve um bater cheio de personalidade, quando ele saiu. Justina cumprimentou para cima:

– Bom dia, dona Rosália.

– Bom dia, dona Justina.

– Que tem a Claudinha? Está doente?

– Como soube?

– Estava aqui a sacudir o capacho e ouvi o seu marido. Pareceu-me perceber...

— Aquilo é manha. O meu Anselmo é que não pode ouvir a filha queixar-se. É o ai-jesus... Diz ela que lhe dói a cabeça. Mândria é que ela tem. Tão grande é a dor de cabeça que já está outra vez a dormir!

— Nunca se sabe, dona Rosália. Foi assim que eu fiquei sem a minha filha, que Deus haja. Não era nada, não era nada, diziam, e lá se foi com a meningite... — Tirou um lenço e assoou-se com força. Depois, continuou: — Coitadinha... Com oito anos... Não me esquece... Está agora a fazer dois anos, lembra-se, dona Rosália?

Rosália lembrava-se e enxugou uma lágrima de circunstância. Justina ia insistir, lembrar pormenores já sabidos, apoiada à compaixão aparente da vizinha, quando uma voz rouca lhe cortou as palavras:

— Justina!

O rosto pálido de Justina tornou-se de pedra. Continuou a conversar com Rosália até que a voz se ouviu mais alta e violenta:

— Justina!!!

— Que é? — perguntou.

— Faz favor de vir para dentro. Não quero conversas na escada. Se estivesse tão farta de trabalhar como eu, não tinha disposição para dar à língua!

Justina encolheu os ombros com indiferença e prosseguiu a conversa. Mas a outra, incomodada pela cena, despediu-se. Justina entrou em casa. Rosália desceu alguns degraus e apurou o ouvido. Através da porta passaram exclamações ásperas. Depois, subitamente, o silêncio.

Era sempre assim. Ouvia-se o homem ralhar, depois a mulher pronunciava algumas poucas e inaudíveis palavras e ele calava-se. Rosália achava isto muito esquisito. O marido de Justina tinha fama de brutamontes, com o seu corpanzil inchado e os seus modos grosseiros. Ainda não chegara aos quarenta anos e parecia mais velho, por causa do rosto flácido, de olhos papudos e beiço reluzente sempre caído. Ninguém percebia como e por que dois seres tão diferentes se tinham casado. Verdade que também ninguém se lembrava de os ter visto juntos na rua. E, ainda, ninguém compreendia como de duas pessoas nada bonitas (os olhos de Justina eram belos e não bonitos) pudera nascer uma filha de tal maneira graciosa como fora a pequena Matilde. Dir-se-ia que a Natureza se enganara e que, depois, descobrindo o engano, se emendara fazendo desaparecer a criança.

O certo é que o violento e áspero Caetano Cunha, linotipista no *Notícias do Dia*, sempre a estalar de gordura, novidades e má criação, após três exclamações agressivas calava-se a um murmúrio da mulher, a diabética e débil Justina que um sopro bastaria para derrubar.

Era um mistério que não conseguia descobrir. Esperou ainda, mas o silêncio era total. Recolheu a casa, cerrando a porta com cuidado para não acordar a filha que dormia.

Que dormia ou fingia dormir. Rosália espreitou pela frincha da porta. Pareceu-lhe ver estremecerem as pálpebras da filha. Abriu a porta completamente e avançou para a cama. Maria Cláudia cerrava os olhos com força demasiada e escusada. Rugas pequeninas, vincadas pelo esforço, assinalavam o lugar onde mais tarde viriam a aparecer os pés de galinha. A boca carnuda conservava ainda restos de *bâton* do dia anterior. Os cabelos castanhos, cortados curtos, davam-lhe um ar de garoto rufião que lhe tornava a beleza picante e provocadora, quase equívoca.

Rosália mirava a filha, um tanto desconfiada daquele sono profundo que tinha todo o ar de impostura. Deu um pequeno suspiro. Depois, num gesto de carinho maternal, aconchegou a roupa em volta do pescoço da filha. A reação foi imediata. Maria Cláudia abriu os olhos. Riu muito, quis disfarçar, mas já era tarde:

– Fez-me cócegas, mãezinha!

Furiosa porque fora logonda e, sobretudo, porque a filha a surpreendera em flagrante delito de amor maternal, Rosália respondeu de mau humor:

– Era assim que dormias, não era?! Já não te dói a cabeça, pois não? O que tu não queres é trabalhar, preguiçosa!

Como a dar razão à mãe, a rapariga espreguiçava-se devagar, saboreando o distender dos músculos. A camisinha enfeitada de rendas abria-se no movimento em que o peito alargava – e deixava ver dois seios pequenos e redondos. Embora incapaz de dizer por que entendia que aquele movimento descuidado a ofendia, Rosália não pôde reprimir o seu desagrado e resmungou:

– Vê lá se te tapas! Vocês, hoje, são de tal maneira que nem se envergonham na presença da vossa mãe!

Maria Cláudia esbugalhou os olhos. Tinha-os azuis, de um azul brilhante, mas frios, tal como as estrelas que estão longe e de que, por isso, só percebemos a luminosidade.

– Mas, que mal faz? Pronto! Já estou tapada.

– No tempo em que eu tinha a tua idade, se aparecesse assim diante da minha mãe levava uma bofetada.

– Olhe que era bater por bem pouco...

– Achas? Pois era o que tu precisavas.

Maria Cláudia ergueu os braços num espreguiçamento disfarçado. Depois, bocejou:

— Os tempos são outros, mãe.

Rosália respondeu, enquanto abria a janela:

— São outros, são. São piores. — Depois voltou à cama: — Vamos a saber: vais trabalhar ou não?

— Que horas são?

— Quase dez.

— Agora já é tarde.

— Mas há bocado não era.

— Doía-me a cabeça.

As frases curtas e rápidas denunciavam irritação de parte a parte. Rosália fervia de cólera reprimida, Maria Cláudia estava aborrecida com as observações moralizadoras da mãe.

— Doía-te a cabeça, doía-te a cabeça! Fingida, é que tu és!...

— Já disse que me doía a cabeça. Que quer que lhe eu faça?

Rosália explodiu:

— É assim que se responde, menina? Olha que sou tua mãe, ouviste?

A rapariga não se atemorizou. Encolheu os ombros, querendo significar com o gesto que aquele ponto não merecia discussão, e, de um salto, levantou-se. Ficou de pé, descalça, com a camisa de seda descendo-lhe pelo corpo macio e bem formado. Na fervura da irritação de Rosália caiu a frescura da beleza da filha e a irritação desapareceu como água em areia seca. Rosália sentiu-se orgulhosa de Maria Cláudia, do lindo corpo que ela tinha. As palavras que disse a seguir eram uma rendição:

— Tem que se avisar para o escritório.

Maria Cláudia não mostrou ter apreciado a mudança de tom. Respondeu, indiferente:

— Vou lá abaixo à dona Lídia, telefonar.

Rosália irritou-se de novo, talvez porque a filha enfiara

uma bata caseira e era, agora, discretamente vestida como estava, incapaz de encantá-la.

– Sabes bem que não gosto que entres em casa da dona Lídia.

Os olhos de Maria Cláudia eram mais inocentes que nunca:

– Ora essa! Por quê? Não percebo.

Se a conversa continuasse, Rosália teria de dizer coisas que preferia calar. Sabia que a filha as não ignorava, mas entendia que há assuntos em que é prejudicial tocar diante de uma menina solteira. Da educação que recebera ficara com uma noção do respeito que deve existir entre pais e filhos – e aplicava-a. Simulou não ter percebido a pergunta e saiu do quarto.

Maria Cláudia, sozinha, sorriu. Diante do espelho desabotoou a bata, abriu a camisa e contemplou os seios. Estremeceu. Uma leve vermelhidão lhe tingiu o rosto. Sorriu de novo, um pouco nervosa, mas contente. O que fizera provocara-lhe uma sensação agradável, com um sabor a pecado. Depois, abotoou a bata, olhou uma vez mais o espelho e deixou o quarto.

Na cozinha, aproximou-se da mãe, que torrava fatias de pão, e beijou-a. Rosália não pôde negar que gostara do beijo. Não o retribuiu, mas o coração ficou-lhe batendo de contentamento:

– Vai-te lavar, filha, que as torradas estão quase prontas.

Maria Cláudia encerrou-se na casa de banho. Voltou fresquíssima, a pele brilhante e limpa, os lábios sem pintura ligeiramente entumecidos pela água fria. Os olhos da mãe cintilaram ao vê-la. Sentou-se à mesa e começou a comer com apetite.

— Sabe bem ficar em casa uma vez por outra, não é? — perguntou Rosália.

A rapariga riu com gosto:

— Ora, vê? Tenho, ou não tenho, razão?

Rosália sentiu que se dera demasiadamente. Quis emendar, compor a frase:

— Está bem, mas sempre é bom não abusar.

— No escritório não ralham comigo.

— Podem ralhar, filha. E é preciso conservar o emprego. O ordenado do teu pai não é grande, bem sabes.

— Esteja descansada. Eu sei fazer as coisas.

Rosália gostaria de saber como, mas não quis perguntar. Acabaram de comer em silêncio. Maria Cláudia levantou-se e disse:

— Vou pedir à dona Lídia que me deixe telefonar.

A mãe ainda abriu a boca para uma objeção, mas calou-se: a filha já ia no corredor.

— Escusas de fechar a porta, visto que não te demoras.

Na cozinha, Rosália ouviu a porta fechar-se. Não quis acreditar que a filha o tivesse feito de propósito para a contrariar. Encheu o alguidar e começou a lavar a louça suja da refeição da manhã.

Maria Cláudia não comparticipava dos escrúpulos da mãe quanto à inconveniência das relações com a vizinha de baixo, e, pelo contrário, achava d. Lídia muito simpática. Antes de tocar, ajeitou a gola da bata e passou as mãos pelo cabelo. Lamentou não ter dado um poucochinho de cor aos lábios.

A campainha deu um som estrídulo que ficou a ressoar no silêncio da escada. Por um pequeno ruído que ouviu, Maria Cláudia teve a certeza de que Justina a espreitava pelo ralo. Ia voltar-se, com um gesto de provocação, mas nesse momento a porta abriu-se e d. Lídia apareceu.

— Bom dia, senhora dona Lídia.

— Bom dia, Claudinha. Que a traz por cá? Não quer entrar?

— Se me dá licença...

No corredor penumbroso, a rapariga sentiu envolvê-la a tepidez perfumada do ambiente.

— Então, que há?

— Venho maçá-la, mais uma vez, dona Lídia.

— Ora, ora, não maça nada. Bem sabe que gosto muito que venha a minha casa.

— Obrigada. Queria pedir-lhe se me deixava telefonar para o escritório a dizer que não vou hoje.

— À vontade, Claudinha.

Empurrou-a docemente na direção do quarto. Maria Cláudia nunca ali entrava sem se perturbar. O quarto de Lídia tinha uma atmosfera que a entontecia. Os móveis eram bonitos, como nunca vira, havia espelhos, cortinas, um sofá vermelho, um tapete felpudo no chão, frascos de perfume no toucador, um cheiro de tabaco caro, mas nada disto, isoladamente, era responsável pela sua perturbação. Talvez o conjunto, talvez a presença de Lídia, qualquer coisa imponderável e vaga, como um gás que passa através de todos os filtros e que corrói e queima. Na atmosfera daquele quarto, perdia sempre o domínio de si mesma. Ficava tonta como se tivesse bebido champanhe, com uma irresistível vontade de fazer tolices.

— Ali tem o telefone — disse Lídia. — Esteja à vontade.

Fez um movimento para retirar-se, mas Maria Cláudia disse, rapidamente:

— Ai, por minha causa, não, dona Lídia. Isto não tem importância nenhuma...

Disse a última frase com uma intonação e um sorriso que pareciam dizer que outras coisas teriam importância e que d. Lídia bem sabia quais. Estava de pé, e Lídia exclamou:

– Sente-se, Claudinha! Aí mesmo, na beira da cama.

Com as pernas a tremer, sentou-se. Pousou a mão livre sobre o *édredon* forrado de cetim azul e, sem que desse por isso, pôs-se a afagar o tecido acolchoado, quase com volúpia. Lídia parecia desinteressada. Abrira uma caixa de cigarros e acendera um *Camel*. Não fumava por vício ou por necessidade, mas o cigarro fazia parte de uma complicada rede de atitudes, palavras e gestos, todos com o mesmo objetivo: impressionar. Isso, em si, já se transformara numa segunda natureza: desde que estivesse acompanhada, e fosse qual fosse a companhia, trataria de impressionar. O cigarro, o riscar lento do fósforo, a primeira baforada de fumo, longa e sonhadora, tudo eram cartas do jogo.

Maria Cláudia explicava ao telefone, com muitos gestos e exclamações, a sua "terrível" dor de cabeça. Fazia boquinhas de mimo, boquinhas dolorosas de quem está muito doente. Às furtadelas, Lídia observava-lhe a mímica. Por fim, a rapariga desligou e levantou-se:

– Pronto, dona Lídia. E muito obrigada.

– Ora essa! Já sabe que está sempre às suas ordens.

– Dá-me licença? Aqui tem os cinco tostões da chamada.

– Patetinha. Guarde o dinheiro. Quando é que perde o hábito de me querer pagar os telefonemas?

Sorriram ambas, olhando-se. Subitamente, Maria Cláudia teve medo. Não havia de que ter medo, ao menos daquele medo físico e imediato, mas, de um momento para o outro, sentiu uma presença assustadora no quarto. Talvez a atmosfera, que há pouco apenas entontecia, se tivesse tornado, de repente, sufocante.

— Bem. Vou-me embora. E, mais uma vez, obrigada.
— Não quer ficar mais um bocadinho?
— Tenho que fazer. A minha mãe está à minha espera.
— Não a prendo, então.

Lídia trazia um roupão de tafetá duro, vermelho, com os reflexos esverdeados dos élitros de certos besouros, e deixava atrás de si um rasto de perfume intenso. Ouvindo o ruge-ruge do tecido e, sobretudo, aspirando o aroma quente e capitoso que se desprendia de Lídia, aroma que não era só o do perfume, que era, também, o do próprio corpo de Lídia, Maria Cláudia sentia que estava a ponto de perder completamente a serenidade.

Quando Claudinha, depois de repetir os agradecimentos, saiu, Lídia voltou ao quarto. O cigarro queimava-se lentamente no cinzeiro. Esmagou-lhe a ponta para o apagar. Depois, estendeu-se na cama. Uniu as mãos atrás da nuca e acomodou-se melhor sobre o *édredon* macio que Maria Cláudia acariciara. O telefone tocou. Com um gesto cheio de preguiça, levantou o auscultador:

— Sim... Sou... Ah! sim. (...) Quero. Qual é a ementa, hoje? (...) Está bem. Serve. (...) Não, isso não. (...) Uhm! Está bem. (...) E a fruta? (...) Não gosto. (...) É escusado. Não gosto. (...) Pode ser. (...) Bom. Não mande tarde. (...) E não se esqueça de mandar a conta do mês. (...) Bom dia.

Pousou o auscultador e deixou-se cair outra vez na cama. Deu um amplo bocejo, com o à-vontade de quem não teme observadores indiscretos, um bocejo que evidenciava a ausência de um dos últimos molares.

Lídia não era bonita. Feição por feição, a análise concluiria por aquele tipo de fisionomia que está tão longe da beleza como da vulgaridade. Neste momento, prejudicava-a o não estar pintada. Tinha o rosto luzidio do creme da noite, e as sobrancelhas, nas extremidades, exigiam depilação. Lídia não era, de facto, bonita, sem contar com a circunstância importante de que o calendário já marcara o dia em que completara trinta e dois anos e que os trinta e três não vinham longe. Mas de toda ela se desprendia uma sedução absorvente. Os olhos eram castanho-escuros, os cabelos pretos. O rosto tinha, em momentos de cansaço, uma dureza masculina, especialmente ao redor da boca e nas asas do nariz, mas Lídia sabia, com uma ligeira transformação, torná-lo acariciante, sedutor. Não pertencia ao tipo de mulheres que atraem pelas formas do corpo, mas, da cabeça aos pés, irradiava sensualidade. Era bastante hábil para provocar em si própria um frémito que deixava o amante sem raciocínio, impossibilitado de defender-se daquilo que supunha ser natural, daquela onda simulada em que se afogava julgando-a verdadeira. Lídia sabia. Tudo eram cartas do seu jogo – e o seu corpo, delgado como um junco e vibrante como uma vara de aço, o seu maior trunfo.

Hesitou entre o adormecer e o levantar-se. Pensava em Maria Cláudia, na sua beleza fresca de adolescente, e, num instante, apesar de sentir indignas de si quaisquer comparações com uma criança, teve um brusco apertar de coração, um movimento de inveja que lhe enrugou a testa. Quis arranjar-se, pintar-se, pôr entre a juventude de Maria Cláudia e a sua sedução de mulher experiente a maior distância possível. Levantou-se rapidamente. Ligara já o esquentador: a água para o banho estava pronta. Num só movimento, despojou-se do roupão. Depois ergueu a camisa de dormir pela fímbria e despiu-a pela cabeça. Ficou completamente nua. Experimentou a temperatura da água e deixou-se escorregar para a banheira. Lavou-se devagar. Lídia conhecia o valor do asseio na sua situação.

Limpa e refrescada, embrulhou-se no roupão de banho e saiu para a cozinha. Antes de voltar ao quarto acendeu o fogão de gás e pôs uma cafeteira ao lume para o chá.

No quarto, vestiu um vestido simples mas gracioso, que lhe vincava as formas e a tornava mais nova, arranjou sumariamente o rosto, contente de si mesma e do creme que vinha usando. Regressou à cozinha. A água já fervia. Retirou a cafeteira. Quando abriu a caixa do chá verificou que estava vazia. Fez uma careta de aborrecimento. Deixou a lata e voltou ao quarto. Ia fazer uma ligação para a mercearia, chegou a levantar o auscultador, mas ao ouvir alguém falar na rua abriu a janela.

O nevoeiro levantara-se e o céu estava azul, de um azul aguado de começo de primavera. O sol vinha mesmo de muito longe, tão de longe que a atmosfera estimulava de frescura.

Na janela do rés do chão esquerdo do prédio uma mulher dava, e tornava a dar, um recado a um garoto loiro que a olhava de baixo, com o narizito franzido pelo esforço de atenção que estava fazendo. Falava com acento espanhol e abundantemente. O garoto já percebera que a mãe queria dez tostões de pimenta, e estava pronto a partir, mas ela repetia a encomenda só pelo gosto de falar com o filho e de ouvir-se a si mesma. Parecia nada haver mais a recomendar. Lídia chamou:

– Dona Carmen, ó dona Carmen!

– *Quien me llama?* Ah, *buenos días*, dona Lídia!

– Bom dia. Dava licença que o Henriquinho me fizesse um recado da mercearia? Precisava de chá...

Deu o recado e lançou uma nota de vinte escudos para o

garoto. Henriquinho deitou a correr rua fora, como se o perseguissem cães. Lídia agradeceu a d. Carmen que respondia na sua língua de trapos, alternando palavras espanholas com frases portuguesas e deixando estas a escorrer sangue na pronúncia. Lídia, que não gostava de exibir-se à janela, despediu-se. Daí a pouco chegou Henriquinho, muito vermelho da carreira, com o pacote do chá e o troco. Gratificou-o com dez tostões e um beijo – e o garoto foi-se embora.

A chávena cheia, um prato de bolos secos ao lado, Lídia instalou-se de novo na cama. Enquanto comia ia lendo um livro que tirara de um pequeno armário da casa de jantar. Preenchia o vazio dos seus dias desocupados com a leitura de romances e tinha alguns, de bons e maus autores. Neste momento estava interessadíssima no mundo fútil e inconsequente de *Os Maias*. Ia bebendo o chá em pequenos goles, trincava um palito *de la reine* e lia um período, exatamente aquele em que Maria Eduarda lisonjeia Carlos com a declaração de que "além de ter o coração adormecido, o seu corpo permaneceu sempre frio, frio como um mármore...". Lídia gostou da frase. Procurou um lápis para marcá-la, mas não encontrou. Então, levantou-se com o livro na mão e foi ao toucador. Com o *bâton* fez um sinal na margem da página, um risco vermelho que ficava sublinhando um drama ou uma farsa.

Da escada veio um rumor de vassoura. Logo, a voz aguda de d. Carmen entoou uma cantilena melancólica. E, ao fundo, atrás desses ruídos de primeiro plano, o zumbido perfurante de uma máquina de costura e as pancadas secas de um martelo sobre a sola.

Com um bolo delicadamente apertado entre os dentes, Lídia recomeçou a leitura.

## II

O velho relógio da sala, que Justina herdara por morte dos pais, bateu nove pancadas fanhosas, depois um arquejo de maquinismo cansado. A casa, de tão silenciosa, parecia desabitada. Justina usava sapatos de rasto de feltro e passava de um quarto para outro com a subtileza de um fantasma. Estavam tão certas uma para a outra – ela e a casa – que, vendo-as, se compreendia imediatamente por que uma e outra eram assim e não de outro modo. Justina só podia existir naquela casa, e a casa, assim tão nua e silenciosa, não poderia ser o que era sem a presença de Justina. Dos móveis, do chão, subiam emanações de mofo. Havia no ar um cheiro a bafio. As janelas sempre fechadas produziam aquela atmosfera de túmulo – e Justina era tão lenta e tardia que a limpeza da casa nunca se fazia completamente.

O som do relógio, que expulsara o silêncio, morria em vibrações cada vez mais ténues e distantes. Depois de apagar todas as luzes, Justina foi sentar-se numa cadeira, perto da janela que dava para a rua. Gostava de ali estar, imóvel, desocupada, as mãos abandonadas no regaço, os olhos abertos para a escuridão, à espera nem ela sabia de quê. A seus pés veio enroscar-se o gato, seu único companheiro de serões. Era um animal tranquilo, de olhos interrogadores e andar sinuoso, que parecia ter perdido a faculdade de miar. Aprendera com a dona o silêncio e, como ela, a ele se abandonava.

O tempo fluía lentamente. O tiquetaque do relógio empurrava o silêncio, insistia em querer afastá-lo, mas o silêncio opunha-lhe a sua massa espessa e pesada, onde todos os sons se afogavam. Sem desfalecimento, um e outro lutavam, o som com a obstinação do desespero e a certeza da morte, o silêncio com o desdém da eternidade.

Depois, outro ruído maior se interpôs: pessoas descendo a escada. Se fosse dia, Justina não deixaria de espreitar, mais por não querer ou não ter outra coisa para fazer do que por curiosidade, mas a noite deixava-a sempre sem forças, muito cansada, com uma estúpida vontade de chorar e de morrer. No entanto, apostaria sem hesitação que eram Rosália, o marido e a filha que iam ao cinema. Conhecia isso pelo modo de rir de Maria Cláudia, que era louca por cinema.

Cinema... Há quanto tempo não ia Justina ao cinema? Sim, a morte da filha... Mas, já antes disso, há quanto tempo não ia ao cinema? Matilde ia com o pai, mas ela ficava sempre em casa. Por quê? Sabia lá!... Não ia. Não gostava de andar na rua com o marido. Era muito alta e muito magra, e ele gordo e atarracado. No dia do casamento, os garotos da rua riram-se ao vê-la sair da igreja. Nunca esquecera esse riso, como não podia esquecer aquela fotografia, com os padrinhos e os convidados dispostos nos degraus da igreja como espectadores de peão em campo de futebol. Ela, hirta, com o ramo de flores pendurado, os olhos negros embaciados de perplexidade; e ele, já gordo, comprimido na sobrecasaca e com o chapéu alto emprestado. Enterrara essa fotografia ridícula no fundo duma gaveta e nunca mais a quisera ver.

O diálogo do relógio e do silêncio foi interrompido outra vez. Da rua veio o rolar surdo de rodas de borracha sobre o pavimento irregular. O automóvel parou. Houve uma confusão de ruídos na noite: a mola do travão de mão, o som característico da porta ao abrir-se, a pancada seca ao fechar, um tilintar de chaves. Justina não precisou de levantar-se para saber quem chegava. Dona Lídia recebia uma visita, a sua visita, o homem que a vinha ver três vezes por semana. Lá pelas duas da madrugada, o visitante sairia. Nunca passava a noite ali. Era metódico, pontual, correto. Justina não gostava da vizinha do lado. Tinha-lhe raiva porque ela era bonita e, sobretudo, porque era uma dessas mulheres que estão por conta, e ainda porque tinha uma casa bem-posta, dinheiro para pagar à mulher a dias e para mandar vir as refeições de um restaurante, sair à rua carregada de joias e rescendente de perfumes. Mas estava-lhe grata porque lhe proporcionara o pretexto de romper com o marido para sempre. Graças a Lídia, juntara às suas mil razões a razão maior.

Num esforço lento e penoso, como se o corpo se recusasse ao movimento, levantou-se e acendeu a luz. A sala de jantar, onde se encontrava, era grande, e a lâmpada que a iluminava tão fraca que, da escuridão afastada, ficaram penumbras nos cantos. As paredes nuas, as cadeiras de espaldar vertical, duras e repelentes, a mesa sem brilho e sem flores, os móveis baços e quase desguarnecidos – e Justina sozinha, no meio deste frio, muito alta e magra, o vestido preto, e os olhos negros, profundos e calados.

O relógio desandou duas rodas e deu uma pancada tímida. Nove e um quarto. Justina bocejou com lentidão. Depois apagou a luz e passou ao quarto de dormir. Sobre a cómoda, o retrato da filha abria um sorriso alegre, a única claridade viva daquele quarto sombrio e bafiento. Com um suspiro resignado, Justina deitou-se.

Dormia sempre mal. Levava a noite baralhando sonhos, confusos sonhos de que acordava exausta e perplexa. Apesar do esforço de memória que fazia, era-lhe impossível reconstituí-los. Só não podia esquecer – e, mesmo assim, mais como um pressentimento, ou talvez a lembrança de um pressentimento, do que como uma certeza – a obsidiante presença de alguém atrás de uma porta que nem todas as forças do mundo podiam abrir. Antes de adormecer martelava no cérebro a recordação do rosto de Matilde, das inflexões da sua voz, dos gestos, das gargalhadas, e, até, da sua face morta, como se tudo isto pudesse, no sonho, despedaçar aquela porta sempre fechada. Inútil. Cerradas as pálpebras, Matilde escondia-se, tão escondidamente que Justina só vinha a encontrá-la, sem mistério, ao acordar no dia seguinte. Mas encontrá-la sem mistério era perdê-la; vê-la como em vida era ignorá-la.

As pálpebras desceram devagar sob o peso das sombras e do silêncio. Lentamente, o silêncio e as sombras passavam para o cérebro de Justina. Ia começar a lenta sarabanda dos sonhos, repetir-se a angustiosa presença estranha – e a porta fechada que guardava o mistério. De repente, muito ao longe, ressoaram gemidos surdos e desesperados. A noite ficou arrepiada de sobrenatural. Os olhos já nublados de Justina abriram-se para a escuridão. Rolando por montanhas e planícies, despertando ecos nas grutas sombrias e nas cavidades das árvores antigas, lançando na noite mil ressonâncias trágicas, os gemidos aproximavam-se e o seu gemer já era chorar e cada lamento uma lágrima caindo como um punho cerrado, com a força de um punho cerrado.

Os olhos perdidos de Justina lutaram contra a angústia dos sons que lhe enchiam os ouvidos. Sentia que era arrastada para um abismo negro e fundo, e lutava para não se afundar. Na queda, apareceu o sorriso claro de Matilde. Agarrou-se-lhe com desespero e mergulhou no sonho.

Atravessando as paredes e subindo até às estrelas, ficou a música, o andamento lento da *Heroica*, clamando a dor, clamando a injustiça da morte do homem.

## III

Os últimos compassos da *Marcha fúnebre* tombavam como violetas no túmulo do herói. Depois, uma pausa. Uma lágrima que desliza e morre. E, imediatamente, a vitalidade dionisíaca do *Scherzo*, ainda pesado da sombra do Hades, mas fruindo já a alegria da vida e da vitória.

Um estremecimento correu sobre as cabeças curvadas. O círculo encantado da luz que descia do teto unia as quatro mulheres na mesma fascinação. Os rostos graves tinham a expressão tensa dos que assistem à celebração de ritos misteriosos e impenetráveis. A música, com o seu poder hipnótico, levantava alçapões no espírito das mulheres. Não se fitavam. Tinham os olhos atentos ao trabalho, mas só as mãos estavam presentes.

A música corria livremente no silêncio e o silêncio recebia-a nos seus lábios mudos. O tempo passou. A sinfonia, como um rio que desce da montanha, alaga a planície e se afunda no mar, acabou na profundidade do silêncio.

Adriana estendeu o braço e desligou a telefonia. Um estalido seco como o correr de uma fechadura. Terminara o mistério.

Tia Amélia ergueu os olhos. As suas pupilas, habitualmente duras, tinham um brilho húmido. Cândida murmurou:

– É tão bonito!

Não era eloquente a tímida e irresoluta Cândida, mas os seus lábios descorados tremiam, como tremem os das raparigas quando recebem o primeiro beijo de amor. Tia Amélia não ficou satisfeita com a classificação:

– Bonito? Bonito é uma cantiguinha qualquer. Isto é... é...

Hesitava. A palavra que queria pronunciar estava-lhe nos lábios, mas parecia-lhe que a profanaria dizendo-a. Há palavras que se retraem, que se recusam – porque significam de mais para os nossos ouvidos cansados de palavras. Amélia perdera um pouco da sua firmeza de articulação. Foi Adriana quem, numa voz que tremia, numa voz de segredo que se trai, murmurou:

– É belo, tia.

– Sim, Adriana. É assim mesmo.

Adriana baixou os olhos para a meia que estava passajando. Uma tarefa prosaica, como a de Isaura que caseava uma camisa, como a da mãe que estava pormenorizando as malhas de um *crochet*, como a de tia Amélia que somava as despesas do dia. Tarefas de mulheres feias e apagadas, tarefas de uma vida miudinha, de uma vida de janelas sem horizonte. Mas a música passara, a música companheira dos seus serões, visita diária da casa, consoladora e estimuladora – e agora podiam falar de beleza.

– Por que será que a palavra "belo" custa tanto a dizer? – perguntou Isaura, sorrindo.

– Não sei – respondeu a irmã. – O certo é que custa. E, vendo bem, devia ser como qualquer outra. É fácil de dizer, são só quatro letras... Também não percebo.

Tia Amélia, ainda chocada pela sua incapacidade de há pouco, quis esclarecer:

– Percebo eu. É como a palavra Deus para os que creem. É uma palavra sagrada.

Sim. Tia Amélia dizia sempre a palavra necessária. Mas impedia a discussão. Ficava tudo dito. O silêncio, um silêncio sem música, carregou a atmosfera. Cândida perguntou:

– Não há mais nada?

– Não. O resto do programa não interessa – respondeu Isaura.

Adriana sonhava, a meia esquecida sobre o regaço. Lembrava-se da máscara de Beethoven que vira na montra de uma loja de músicas, havia muitos anos. Tinha ainda nos olhos aquela face larga e poderosa, que até na inexpressividade do gesso mostrava a marca do génio. Chorara um dia inteiro porque não tinha dinheiro para a comprar. Fora isso pouco tempo antes de perder o pai. A morte deste, a diminuição dos recursos económicos, a necessidade de deixar a antiga residência – e a máscara de Beethoven era hoje, mais do que então, um sonho impossível.

– Em que pensas tu, Adriana? – perguntou a irmã.

Adriana sorriu e encolheu os ombros:

– Tolices.

– Correu-te mal o dia?

– Não. É sempre a mesma coisa: faturas a receber, faturas a pagar, débitos e créditos de dinheiro que não é nosso...

Riram ambas. Tia Amélia acabava as contas e pôs uma pergunta:

– Não se fala por lá em aumentos?

Adriana encolheu os ombros outra vez. Não gostava que lhe fizessem esta pergunta. Parecia-lhe que os outros achavam pouco o que ela ganhava e isso ofendia-a. Respondeu, com secura:

— Dizem que não se faz negócio...

— É sempre a mesma história. Para uns, muito; para outros, pouco; e para outros, nada! Quando é que essa gente aprende a pagar aquilo de que precisamos para viver?

Adriana suspirou. Tia Amélia era intratável em assuntos de dinheiro, de patrões e empregados. Não que fosse invejosa, mas indignava-a o desperdício que vai por esse mundo, quando milhões de pessoas sofrem fome e miséria. Ali, em casa, não havia miséria, e a mesa tinha comida a todas as refeições, mas havia a rigidez do orçamento apertado, donde fora excluído todo o supérfluo, até aquele supérfluo necessário sem o qual a vida do homem se processa quase ao nível da dos animais. Tia Amélia insistiu:

— É preciso falar, Adriana. Há dois anos que estás na casa e o ordenado mal chega para os elétricos.

— Oh, tia, mas que hei de eu fazer?

— Que hás de fazer? Põe-te a olhar para mim, assim, com esses olhos espantados!

A frase doeu a Adriana como uma pancada. Isaura olhou a tia com severidade:

— Tia!

Amélia virou-se para ela. Olhou depois Adriana e disse:

— Desculpem.

Levantou-se e deixou a sala. Adriana levantou-se também. A mãe fê-la sentar-se:

— Não faças caso, filha. Tu sabes que é ela que faz as compras. Mata a cabeça para o dinheiro chegar e o dinheiro não chega. Vocês ganham, trabalham, mas ela, coitada, é que se rala. Só eu é que sei.

Tia Amélia apareceu à porta. Parecia comovida, mas nem por isso a voz foi menos brusca, ou talvez por isso mesmo não o pudesse deixar de ser:

– Querem uma chávena de café?

(Como nos antigos tempos... Uma chávena de café! Venha, pois, a chávena de café, tia Amélia! Sente-se aqui, ao pé de nós, assim, com esse rosto de pedra e esse coração de cera. Beba uma chávena de café e amanhã refaça as suas contas, invente receitas, suprima despesas, suprima mesmo esta chávena de café, esta inútil chávena de café!)

O serão recomeçou, agora mais arrastado e silencioso. Duas mulheres velhas e duas que já voltavam costas à mocidade. O passado para recordar, o presente para viver, o futuro para recear.

Perto da meia-noite o sono introduziu-se na sala. Alguns bocejos. Cândida alvitrou (era sempre dela que vinha este alvitre):

– E se nos fôssemos deitar?

Levantaram-se, com um rumor de cadeiras arrastadas. Como de costume, só Adriana se deixou ficar para dar tempo a que as outras se deitassem. Depois, arrumou a costura e entrou no quarto. A irmã lia o romance. Tirou da mala um molho de chaves e abriu uma gaveta da cómoda. Com outra chave mais pequena abriu uma caixa e retirou de dentro um caderno grosso. Isaura olhou por cima do livro e sorriu:

– Lá vai o diário! Um dia hei de ver o que escreves nesse caderno.

– Não tens esse direito! – respondeu a irmã, de mau modo.

– Pronto! Não te assanhes...

– Às vezes, dá-me vontade de to mostrar, só para não estares sempre a falar na mesma coisa!

– Aborreço-te?

– Não, mas podias calar-te. Acho que é muito feio estares sempre com esses ditos. Ou não terei o direito de guardar o que me pertence?

Os olhos de Adriana, por detrás das lentes espessas, rebrilhavam irritados. Com o caderno apertado contra o peito, enfrentava o sorriso irónico da irmã.

– Pois sim – disse Isaura. – Vai lá escrevendo. Há de chegar o dia em que tu própria hás de mostrar o caderno para eu ler.

– Vai esperando – respondeu Adriana.

E saiu do quarto. Isaura acomodou-se melhor debaixo da roupa, colocou o livro em ângulo propício para a leitura e esqueceu a irmã. Esta, depois de passar pelo quarto, já às escuras, onde dormiam a mãe e a tia, fechou-se na casa de banho. Só ali, protegida pelo local contra a curiosidade da família, se sentia bastante segura para escrever no caderno as suas impressões do dia. Começara a escrever o seu diário pouco tempo depois de se empregar. Escrevera já dezenas de páginas. Sacudiu a caneta e começou:

"Quarta-feira, 19/3/52, à meia-noite menos cinco. Tia Amélia está hoje mais rabugenta. Detesto que me falem no pouco que ganho. Ofendem-me. Estive quase para responder-lhe que ganho mais que ela. Arrependi-me antes de ter falado e ainda bem. Tia Amélia, coitada... Diz a mãe que se mata a fazer contas. Acredito. É o que se passa comigo. Esta noite ouvimos a *3ª Sinfonia* de Beethoven. A mãe disse que era bonito, eu disse que era belo e tia Amélia concordou comigo. Gosto da tia. Gosto da mãe. Gosto da Isaura. Mas o que elas não sabem é que eu não estava a pensar na sinfonia ou no Beethoven, quer dizer, não estava a pensar nisto só... Também pensava... Até me lembrei da máscara de Beethoven e no meu desejo de a ter... Mas também pensava 'nele'. Estou contente, hoje. Falou-me muito bem. Quando me deu as faturas para eu conferir, tocou com a mão direita no meu ombro. Gostei tanto! Fiquei toda a tremer por dentro e senti-me corar até às orelhas. Tive que baixar a cabeça para ninguém ver. O pior foi depois. Julgou que eu não ouvia e começou a falar com o Sarmento a respeito de uma rapariga loira. Não chorei porque parecia mal e porque não quero comprometer-me. 'Ele' brincou com a rapariga durante uns meses e depois deixou-a. Meu Deus, será o mesmo comigo? Ainda bem que 'ele' não sabe que gosto dele. Era capaz de fazer pouco de mim. Se assim fosse, matava-me!"

Aqui interrompeu-se, mordiscando a ponta da caneta. Tinha escrito que estava contente e agora já falava em matar-se. Achou que não estava bem. Pensou um pouco e fechou com esta frase:

"Gostei tanto que ele me tivesse tocado no ombro!"

Agora sim. Fechava como devia, com uma esperança, com uma pequena alegria. Fazia questão de não ser completamente sincera no seu diário, quando os acontecimentos do dia a levassem ao desânimo e à tristeza. Releu o que escrevera e fechou o caderno.

Trouxera do quarto a camisa de dormir, uma camisa branca, afogada, sem decote, com as mangas compridas, porque as noites ainda estavam frescas. Despiu-se rapidamente. O seu corpo deselegante, liberto do constrangimento do vestuário, soltou-se e ficou mais pesado e irregular. O *soutien-gorge* vincava-lhe as costas. Quando o tirou, um vergão vermelho ficou a rodear-lhe o corpo como a marca de uma chicotada. Enfiou a camisa e, depois de completar o arranjo noturno, foi para o quarto.

Isaura não largava o livro. Tinha o braço livre curvado sobre a cabeça, e a posição deixava-lhe visível a axila enegrecida e o começo dos seios. Absorta na leitura, nem se mexeu quando a irmã se deitou.

– Já é tarde, Isaura. Deixa isso – murmurou Adriana.

– Já vai! – respondeu, impaciente. – Não tenho culpa de que não gostes de ler.

Adriana encolheu os ombros, num movimento que lhe era peculiar. Voltou as costas à irmã, puxou a roupa para cima de modo a evitar que a luz lhe batesse nos olhos e daí a pouco adormecia.

Isaura continuou a ler. Tinha que acabar o livro nessa noite porque o prazo do aluguer acabava no dia seguinte. Era perto da uma hora quando chegou ao fim. Ardiam-lhe os olhos e tinha o cérebro excitado. Pôs o livro na mesa de cabeceira e apagou a luz. A irmã dormia. Ouvia-lhe a respiração ritmada e regular, e teve um movimento de mau humor. No seu entender, Adriana era de gelo – e aquele diário uma criancice para fazer acreditar que tinha mistérios na sua vida. No quarto havia uma ténue luminosidade proveniente de um candeeiro da rua. Ouvia-se no escuro o roer de um inseto da madeira. Do quarto ao lado vieram vozes abafadas: tia Amélia sonhava alto.

Todo o prédio dormia. De olhos abertos para a noite, as mãos cruzadas atrás da cabeça, Isaura pensava.

## IV

— Não façam barulho. Bem sabem que não gosto de perturbar o sono da vizinhança — murmurou Anselmo.

Subia a escada, levando atrás de si a mulher e a filha, e iluminava o caminho acendendo fósforos. Distraído com as recomendações, deixou-se queimar. Soltou uma interjeição involuntária e riscou novo fósforo. Maria Cláudia sufocava de riso. A mãe ralhou em voz baixa:

— Então, menina, que propósitos são esses?

Chegavam a casa. Entraram a furta-passo, como gatunos. Mal chegaram à cozinha, Rosália sentou-se num banco:

— Ai, que cansada!

Descalçou os sapatos e as meias e mostrou os pés inchados:

— Olhem para isto!...

— Tens albumina, é o que é — declarou o marido.

— Credo! — sorriu Maria Cláudia. — O pai não faz a coisa por menos.

— Se o teu pai diz que tenho albumina, é porque é verdade — replicou a mãe.

Anselmo acenou a cabeça com gravidade. Fixava atentamente os pés da mulher e da observação tirava novas razões para o diagnóstico:

– É o que eu digo...

O pequeno rosto de Maria Cláudia franziu-se de desgosto. Aquele espetáculo dos pés da mãe e a possível doença aborreciam-na. Tudo que fosse feio a aborrecia.

Mais para se furtar à conversa do que por amor do trabalho, tirou três chávenas do armário e encheu-as de chá. Deixavam sempre o termo cheio, para o regresso. Aqueles cinco minutos dedicados à pequena refeição davam-lhes uma sensação toda particular, como se de repente tivessem deixado a mediocridade da sua vida para subir uns furos na escala do bem-estar económico. A cozinha desaparecia para dar lugar a uma salinha íntima com móveis caros e quadros pelas paredes e um piano a um canto. Rosália deixava de ter albumina, Maria Cláudia trazia um vestido da última moda. Só Anselmo não mudava. Era sempre o mesmo homem. Distinto, alto, decorativo, um pouco curvado, calvo, e cofiando o pequeno bigode. O rosto parado e inexpressivo, produto de um esforço de anos orientado no sentido de represar as emoções para garantia da respeitabilidade.

Infelizmente, eram apenas cinco minutos. Os pés descalços de Rosália acabaram por dominar a cena, e Maria Cláudia foi a primeira a deitar-se.

Na cozinha, marido e mulher começaram o diálogo-monólogo de quem está casado há mais de vinte anos. Banalidades, palavras ditas só por dizer, um simples prelúdio ao sono tranquilo da idade madura.

Pouco a pouco, os ruídos foram diminuindo, até que ficou aquele silêncio de expectativa que antecede a chegada do sono. Depois o silêncio tornou-se mais denso. Apenas Maria Cláudia continuava acordada. Tinha sempre dificuldade em adormecer. Gostara da fita. No cinema, um rapaz olhara-a muito, durante os intervalos. À saída viera mesmo junto dela, a tal ponto que lhe sentira o hálito no pescoço. Só não percebia por que o rapaz não a seguira. Mais valia não ter olhado tanto para ela. Esqueceu-se do cinema para se lembrar da visita que fizera a casa de d. Lídia. Que bonita era d. Lídia! "Muito mais bonita que eu..." Teve pena de não ser como d. Lídia. Subitamente, lembrou-se de que vira o automóvel à porta. Ficou sobre brasas, já incapaz de adormecer. Ignorava que horas eram, mas calculou que não devia estar muito longe das duas. Sabia, como toda a gente no prédio, que o visitante noturno de d. Lídia saía por volta das duas da madrugada. Por efeito da fita, do rapaz ou da visita matinal, sentia-se cheia de curiosidade, embora achasse nessa curiosidade algo de censurável e impróprio. Esperou. Minutos depois, ouviu no andar de baixo o ruído de uma lingueta que corre e duma porta que se abre. Um som indistinto de vozes e uns passos descendo a escada.

Com cuidado, para não acordar os pais, a rapariga deixou-se escorregar da cama. Caminhando na ponta dos pés, chegou à janela e entreabriu a cortina. O automóvel ficava sempre encostado ao passeio fronteiro. Viu o vulto pesado do homem atravessar a rua e entrar no automóvel.

O carro começou a rolar e, rapidamente, desapareceu do campo de visão de Maria Cláudia.

## V

Dona Carmen tinha um modo muito seu de saborear as manhãs. Não era pessoa que se deixasse ficar na cama até à hora do almoço e nem isso lhe era possível porque tinha de tratar da refeição do marido e de arranjar o Henriquinho, mas não lhe falassem em lavar-se e pentear-se antes do meio-dia. Adorava andar pela casa fora, durante a manhã, por arranjar, os cabelos soltos, toda ela descuidada e preguiçosa. O marido detestava semelhantes hábitos, que implicavam com as suas normas de regularidade. Vezes sem conto tentara convencer a mulher a emendar-se, mas o tempo encarregara-se de fazer-lhe ver que era tempo perdido. Apesar de a sua profissão de caixeiro de praça não lhe impor um horário rígido, escapava-se de manhã cedo só para não ficar indisposto todo o dia. Carmen, por seu lado, desesperava-se quando o marido se demorava em casa depois do café. Não que se sentisse obrigada por tal a faltar aos seus queridos hábitos, mas a presença do marido diminuía-lhe o prazer da manhã. O resultado é que, para ambos, dia em que isso acontecesse era dia estragado.

Nessa manhã, Emílio Fonseca, no preparar o mostruário para sair, verificou que alguém tinha baralhado preços e amostras. Os colares estavam fora dos lugares, misturados com as pulseiras e os alfinetes de peito, e tudo isto a trouxe-mouxe com os brincos e os óculos escuros. O responsável pelo desalinho só podia ser o filho. Ainda pensou em interrogá-lo, mas achou que não valia a pena. Se o filho negasse, desconfiaria de que estava mentindo, e isso era mau; se ele confessasse, teria de bater-lhe ou ralhar-lhe, o que seria pior. Sem contar que a mulher interviria logo, como uma fúria, e a cena acabaria em zaragata. Ora, farto de zaragatas estava ele. Colocou a mala sobre a mesa da casa de jantar e, sem uma palavra, procurou pôr ordem naquele desconcerto.

Emílio Fonseca era um homem pequeno e seco. Não era magro: era seco. Pouco mais de trinta anos. Louro, de um louro pálido e distante, o cabelo ralo e a testa alta. Sempre se envaidecera da altura da sua testa. Agora que ela estava maior por causa da calvície incipiente, preferiria tê-la mais baixa. Aprendera, no entanto, a conformar-se com o inevitável – e o inevitável não era apenas a falta de cabelo mas também a necessidade de arrumar a mala. Aprendera a ficar tranquilo em oito anos de casamento falhado. A boca era firme, com uns vincos de amargura. Quando sorria entortava-a ligeiramente, o que lhe dava à fisionomia um ar sarcástico que as palavras não desmentiam.

Henriquinho, com o ar embaraçado do criminoso que volta ao local do crime, veio mirar o que o pai fazia. Tinha uma cara de anjo, louro como o pai, mas de um louro mais quente. Emílio nem o olhou. Pai e filho não se amavam, nem pouco, nem muito: apenas se viam todos os dias.

No corredor ouvia-se o chinelar de Carmen, um chinelar agressivo, mais eloquente que todos os discursos. A arrumação estava quase completa. Carmen espreitou à porta da casa de jantar para calcular o tempo que o marido demoraria ainda. Já lhe parecia demasiada a demora. Neste momento, a campainha retiniu. Carmen franziu o sobrecenho. Não esperava ninguém àquela hora. O padeiro e o leiteiro já tinham vindo, e para o carteiro ainda era cedo. A campainha tocou outra vez. Com um "já lá vai!" impaciente dirigiu-se para a porta, levando o filho nos calcanhares. Apareceu-lhe uma mulherzinha de xaile, com um jornal na mão. Mirou-a, desconfiada, e perguntou:

— ¿*Qué desea*? (Tinha momentos em que ainda que a matassem não falaria português.)

A mulher sorriu com humildade:

— Bom dia, minha senhora. É aqui que está um quarto para alugar, não é? Podia vê-lo?...

Carmen ficou assombrada:

— Quarto para alugar? *No hay aquí* quarto para alugar.

— Mas o jornal traz um anúncio...

— Um anúncio? Deixe ver, se faz favor.

A voz tremia-lhe de irritação mal reprimida. Respirou fundo para acalmar-se. A mulher indicou-lhe o anúncio com um dedo espetado que tinha uma cicatriz de panarício. Lá estava, na coluna dos quartos para alugar. Não havia dúvida. Batia tudo certo: o nome da rua, o número do prédio e a indicação claríssima de rés do chão esquerdo. Devolveu o jornal e declarou secamente:

— Aqui não há quartos para alugar!

— Mas, o jornal...

— Já lhe disse. E, *además*, o anúncio é para *caballero*!...

— Há tanta falta de quartos, que eu...

— Com licença!

Fechou a porta na cara da mulher e foi ter com o marido. Sem passar da porta, perguntou:

– Puseste *alguno* anúncio no jornal?

Emílio Fonseca olhou para ela, com um colar de pedras coloridas em cada mão, e, erguendo uma sobrancelha, respondeu em tom calmo e irónico:

– Anúncio? Só se fosse para arranjar clientes...

– Anúncio de um quarto para alugar...

– De um quarto? Não, minha filha. Casei contigo em regime de comunhão de bens e autoridade, e não me atreveria a dispor de um quarto sem te consultar.

– *No seas gracioso.*

– Não estou a dizer graças. Quem se atreveria a ser engraçado contigo?

Carmen não respondeu. O seu incompleto conhecimento do português colocava-a sempre em inferioridade neste tiroteio de picuinhas. Preferiu esclarecer com uma voz mansa que ocultava uma intenção reservada:

– Era *una mujer*. Trazia o jornal e vinha lá o anúncio. Era para aqui, *no había confusión*. E, como era *una mujer*, pensei que tivesses posto o anúncio...

Emílio Fonseca fechou a mala, de estalo. Apesar de a frase da mulher não ser bastante explícita, compreendeu-a. Levantou para ela os olhos claros e frios, e respondeu:

– Se fosse um homem teria de concluir que o anúncio tinha sido posto por ti?

Carmen corou, ofendida:

– Malcriado!

Henriquinho, que ouvia a conversa sem pestanejar, fitou o pai para ver como ele reagia. Mas Emílio encolheu lentamente os ombros e murmurou apenas:

– Tens razão. Desculpa.

– *No quiero* que me peças desculpa – redarguiu Carmen,

já exaltada. – Quando me pedes desculpa estás a fazer pouco de *mí*. Antes quero que me batas!

– Nunca te bati.

– E *no* te atreves!

– Descansa. És mais alta e mais forte que eu. Deixa-me conservar a ilusão de que pertenço ao sexo forte. É a última ilusão que me resta. Acabemos com a discussão!

– *Y si yo quisiera* discutir?

– Fazes mal. Eu tenho sempre a última palavra. Ponho o chapéu na cabeça e saio. E só volto à noite. Ou nem volto mesmo...

Carmen foi à cozinha buscar o porta-moedas. Deu dinheiro ao filho e mandou-o à mercearia comprar rebuçados. Henriquinho quis resistir, mas o atrativo dos rebuçados foi mais forte que a sua curiosidade e a sua coragem que lhe estava exigindo que tomasse o partido da mãe. Logo que a porta se fechou, Carmen voltou à casa de jantar. O marido sentara-se na ponta da mesa e acendia um cigarro. A mulher caiu a fundo na discussão:

– Não voltas, hem? Já cá sabia! Tens onde ficar, *no*? Já sabia, já desconfiava! O santinho de pau caruncoso, viram?... *Y aquí estoy yo, la* moira, *la esclava*, a *trabajar* todo *el* dia para quando sua excelência *quisier* vir a casa!...

Emílio sorriu. A mulher ficou enfurecida:

– *No* te rias!

– Rio-me, pois claro que me rio. Por que não havia de rir? Tudo isso são pataratas. Há muitas pensões por essa cidade. Quem me impede de ficar numa delas?

– *Yo*!

– Tu? Ora, deixa-te de parvoíces! Tenho que fazer. Deixemo-nos de parvoíces.

– Emílio!

Carmen barrava-lhe a passagem, vibrante. Um pouco mais alta que ele, a face esquadrada de queixo proeminente, duas rugas fundas das asas do nariz aos cantos da boca, havia ainda nela uns restos de beleza quase esmaecidos, uma recordação de tez luminosa e quente, de olhos de olhar líquido e aveludado, de mocidade. Por momentos, Emílio viu-a como ela fora oito anos atrás. Um lampejo – e a recordação apagou-se.

– Emílio! Tu enganas-me!...
– Tolice. Não te engano. Até posso jurar, se quiseres... Mas, se te enganasse, em que podia isso importar-te? Já é tarde para estas lamentações. Estamos casados há oito anos e, somados todos estes dias, que felicidade tivemos? A lua de mel, ou talvez nem isso! Enganámo-nos, Carmen. Brincámos com a vida e estamos a pagar a brincadeira. É mau brincar com a vida, não achas? Que dizes tu, Carmen?

A mulher sentara-se, a chorar. Entre lágrimas, exclamou:
– ¡*Soy una disgraciada*!

Emílio pegou na mala. Com a mão livre afagou a cabeça da mulher com uma ternura esquecida, e murmurou:
– Somos dois desgraçados. Cada um a seu modo, mas acredita que somos os dois. E talvez seja eu o maior. Tu, ao menos, tens o Henrique... – A voz afetuosa endureceu subitamente: – Acabou-se. Talvez não venha almoçar, mas virei jantar, com certeza. Até logo.

No corredor, voltou-se para trás, e acrescentou, com uma prega irónica na voz:
– E quanto a essa história do anúncio, deve ser engano. Talvez seja aqui do lado...

Abriu a porta e saiu, com a mala suspensa da mão direita,

o ombro deste lado ligeiramente descaído por causa do peso. Num gesto inconsciente ajustou o chapéu, um chapéu cinzento, de aba larga, que lhe tornava mais pequena a face e o corpo e lhe lançava uma sombra sobre os olhos pálidos e distantes.

# VI

Dona Carmen recambiou ainda dois pretendentes ao quarto, antes de se decidir a comprovar o valor da sugestão do marido. E quando o fez, aquecida pela contenda doméstica e pela disputa com os candidatos ao aluguer, não foi amável para Silvestre. Mas este, que via, por fim, explicada a até aí inexplicável ausência de pretendentes, respondeu-lhe no mesmo tom, e Carmen teve de retirar-se quando viu aparecer, atrás do sapateiro, o vulto redondo de Mariana que já se vinha chegando, de mangas arregaçadas e mãos nas ancas. Para evitar maiores perturbações, Silvestre propôs que se colocasse na porta um letreiro remetendo para sua casa os candidatos ao quarto. Carmen redarguiu que não estava disposta a ter papéis dependurados, ao que o sapateiro retrucou que o mal seria dela porque teria de atender quem aparecesse. De má vontade, acabou por consentir, e Silvestre, em meia folha de papel de carta, redigiu um aviso. Carmen não consentiu que fosse ele a colocar o papel: ela própria o fixou à porta com uma lambuzadela de cola. O pior é que, ainda por uma vez, e porque o interessado não sabia ler, teve de enfrentar a pergunta já sabida e a visão do jornal comprovativo. O que ela pensou de Silvestre e da mulher estava muito além do que disse, mas, o que disse, já estava, por sua vez, muito para lá das conveniências e do que era justo. Fosse Silvestre pessoa conflituosa e ali teríamos um conflito internacional. Mariana bem espumava de fúria, mas o marido moderou-lhe os ímpetos e as revivescências da padeira de Aljubarrota.

O sapateiro voltou ao seu lugar à janela, a matutar como se teria dado o engano. Demais sabia que não tinha uma caligrafia primorosa mas, para sapateiro, achava-a muito boa, comparando-a com a de certos doutores. Não via outra explicação que não fosse a de um engano no jornal. Seu não era, tinha a certeza: parecia-lhe estar a ver o impresso que preenchera, e rés do chão é que lá pusera. Enquanto pensava, mantinha-se atento ao trabalho, sem se esquecer de deitar, de vez em quando, uma vista de olhos para a rua, com o fito de descobrir nos poucos transeuntes os que viessem à procura do quarto. A vantagem da observação estava em que quando chegasse à fala com o interessado já resolvera sobre a resposta a dar. Silvestre tinha-se na conta de bom fisionomista. Habituara-se, na mocidade, a olhar os outros a direito, para saber quem eram e o que pensavam, naquela época em que confiar ou não era quase uma questão de vida ou de morte. Estes pensamentos, puxando-o para trás, pelo caminho já percorrido da sua vida, distraíam-no da observação.

A manhã estava quase passada, o cheiro do almoço já invadia a casa e ninguém aparecera que conviesse. Silvestre arrependia-se de ter sido tão exigente. Gastara dinheiro no anúncio, andara à bulha com a vizinha do lado (que, por felicidade, não era freguesa) e estava sem hóspede.

Começava a pregar uns protetores numas botas quando viu aparecer no passeio fronteiro um homem que caminhava vagarosamente, com a cabeça levantada, mirando os prédios e as caras das pessoas que passavam. Não trazia jornal na mão, nem sequer, ao que parecia, na algibeira. Parou diante da janela de Silvestre a observar o prédio, andar por andar. Fingindo-se absorto no trabalho, o sapateiro olhava-o à sorrelfa. Era de estatura mediana, moreno, e não aparentava mais que trinta anos. Vestia daquela maneira inconfundível que mostra estar a pessoa a igual distância da pobreza e da mediania. O fato era pouco cuidado, embora de boa fazenda. As calças, de tão desvincadas, teriam provocado o desespero de Mariana. Vestia uma camisola de gola alta e vinha em cabelo. Parecia estar satisfeito com o resultado da inspeção, mas não dava um passo.

Silvestre começou a sentir-se inquieto. Não tinha nada a recear, nunca fora incomodado desde que... desde que deixara aquelas coisas e agora já estava velho, mas a imobilidade e o à-vontade do homem perturbavam-no. A mulher cantarolava na cozinha com aquela voz desafinada que era a alegria de Silvestre e constante motivo de gracejos. Já incapaz de suportar a expectativa, o sapateiro ergueu a cabeça e fitou o estranho personagem. Por sua vez, este, que acabara de inspecionar o prédio, chegava nesse momento com os olhos à janela de Silvestre. Ambos se fitaram, o sapateiro com um ligeiro ar de desafio, o outro com uma iniludível expressão de curiosidade. Separados pela rua, os dois homens afrontavam os olhares. Silvestre desviou os olhos para não parecer provocador. O homem sorriu e atravessou a rua em passos vagarosos, mas firmes. Silvestre sentiu-se estremecer enquanto aguardava o som da campainha. Não foi tão depressa quanto esperava. O homem devia estar a ler o aviso. Por fim, a campainha tocou. A cantiga de Mariana interrompeu-se no meio de uma lamentável dissonância. O coração de Silvestre precipitou as pulsações, de tal modo que o sapateiro, brincando consigo mesmo, achou que era presunção da sua parte acreditar que o homem vinha por motivos que nada tinham a ver com o quarto e que se relacionavam com os acontecimentos remotos do tempo em que... O sobrado estremeceu sob o peso de Mariana que se aproximava. Silvestre entreabriu a cortina:

– Que é?

– Está ali um sujeito que vem por causa do quarto. Queres lá ir?

O que Silvestre sentiu não foi precisamente alívio. O seu pequeno suspiro foi de pena, como se uma ilusão, a última, acabasse de morrer. Não havia dúvida de que fora presunção da sua parte...

Foi com o pensamento de que estava velho e liquidado que chegou à porta. A mulher já informara do preço, mas, como o homem queria ver o quarto, Silvestre é que resolvia. Ao ver o sapateiro o rapaz sorriu, um sorriso tão ligeiro que mal passava dos olhos. Tinha-os pequenos e brilhantes, muito pretos, sob as sobrancelhas espessas mas bem desenhadas. O rosto era moreno, conforme Silvestre já notara, de traços nítidos, sem brandura mas também sem dureza excessiva. Um rosto másculo, apenas adoçado pela boca de curvas femininas. Silvestre gostou da cara que tinha diante de si:

– Então, deseja ver o quarto?

– Se não vir inconveniente. O preço agrada-me, falta saber se o quarto me agradará.

– Faça favor de entrar.

O rapaz (era assim que Silvestre o considerava) entrou sem acanhamento. Deu uma vista de olhos pelas paredes e pelo chão, sobressaltando a estimável Mariana, sempre temerosa de que lhe apontassem faltas de asseio. O quarto tinha uma janela para o quintal onde Silvestre, nas poucas horas vagas, plantava umas vagas couves e criava uma ninhada de pintos. O rapaz olhou em volta e virou-se para Silvestre:

– Gosto do quarto. Mas não posso ficar com ele!

O sapateiro perguntou, um pouco aborrecido:

– Por quê? Acha caro?

– Não. O preço agrada-me, já lho disse. O pior é que o quarto não está mobilado...

– Ah, queria-o mobilado?

Silvestre olhou para a mulher. Esta fez um sinal e o sapateiro acrescentou:

– Por isso não deixamos de fazer negócio. Tínhamos aqui uma cama e uma cómoda que tirámos, visto que não pensávamos em alugar o quarto com mobília... Compreende... Nunca se sabe o uso que os outros dão às nossas coisas... Mas se o senhor está interessado...

– E o preço é o mesmo?

Silvestre coçou a grenha.

– Não quero prejudicá-lo – acrescentou o rapaz.

Esta observação meteu Silvestre em brios. Quem o conhecesse bem, diria exatamente aquelas palavras para conseguir que o quarto mobilado ficasse pelo mesmo preço que ficaria sem mobília.

– Ora! Com mobília ou sem mobília é a mesma coisa – decidiu. – No fim de contas, até nos faz jeito. Escusamos de ter a casa atravancada. Não é, Mariana?

Se Mariana pudesse dizer o que pensava, diria justamente – "não é". Mas não disse nada. Limitou-se a conjugar um encolher de ombros indiferente com um franzir de nariz desaprovador. O rapaz notou esta mímica e acudiu:

– Não, isso não. Dou-lhe mais cinquenta escudos. Acha bem?

Mariana exultou e ficou a gostar do rapaz. Silvestre, por sua vez, dava pulinhos de alegria interiormente. Não pelo negócio, mas por ver que não se enganara. O hóspede era pessoa direita. O rapaz foi até à janela, passeou os olhos pelo quintal, sorriu à ninhada que esgaravatava na terra solta e disse:

– Os senhores não sabem quem eu sou. Chamo-me Abel... Abel Nogueira. Podem ter informações a meu respeito no local onde trabalho e na casa que vou deixar agora. Aqui estão os endereços.

Sobre o parapeito da janela escreveu num papel duas moradas e entregou-o a Silvestre. Este fez um movimento de recusa, tão certo estava de que não daria um passo para "tirar informações", mas acabou por receber o papel. No meio do quarto sem móveis, o rapaz olhava os dois velhos e os dois velhos olhavam o rapaz. Os três estavam contentes, tinham aquele sorriso de olhos que vale por todos os sorrisos de dentes e lábios.

– Então, ocuparei o quarto hoje. Trarei as minhas coisas esta tarde. E, a propósito, espero entender-me com a senhora a respeito da roupa...

Mariana respondeu:

– Também espero que sim. Escusa de mandar lavar fora.

– Claro. Querem que os ajude a mudar para aqui a mobília?

Silvestre apressou-se:

– Não, senhor, não vale a pena. Nós cá trataremos disso.

– Vejam lá...
– Não vale a pena. A mobília não é pesada.
– Bom. Então, até logo.

Acompanharam-no à porta, sorridentes. Já no patamar, o rapaz lembrou que precisaria de uma chave. Silvestre prometeu mandar fazê-la nessa mesma tarde e ele retirou-se. Os dois velhos regressaram ao quarto. Silvestre tinha na mão o papel em que o hóspede escrevera os endereços. Meteu-o na algibeira do colete e perguntou à mulher:

– Então? Que tal achas o homem?
– Cá por mim, acho bem. Mas olha que tu, para fazeres negócios, és um alho...

Silvestre sorriu:
– Ora! Não ficávamos mais pobres...
– Pois sim, mas sempre são mais cinquenta escudos! Não sei é quanto hei de levar pela lavagem da roupa...

O sapateiro não ouvia. Tomara uma expressão aborrecida que lhe alongava o nariz.

– Que tens tu? – perguntou a mulher.
– Que tenho eu? Tenho que andamos a dormir. O rapaz disse o nome e nós ficámos calados, veio à hora do almoço e nós não lho oferecemos... Aí está!

Mariana não encontrou razão para tanto aborrecimento. Os nomes, era sempre tempo de dizê-los, e, quanto ao almoço, Silvestre devia saber que, chegando para dois, talvez não bastasse para três. Ciente pela cara da mulher de que, para esta, o assunto não tinha a menor importância, Silvestre mudou de conversa:

– Vamos mudar os móveis?
– Vamos. O almoço ainda está demorado.

A mudança foi rápida. A cama, a mesa de cabeceira, a

cómoda e uma cadeira. Mariana pôs lençóis lavados e deu uma arrumação final. Puseram-se, ela e o marido, de parte, a olhar. Não ficaram satisfeitos. O quarto parecia estar vazio. Não é que o espaço livre fosse grande. Pelo contrário, entre a cama e a cómoda, por exemplo, era preciso passar de lado. Mas notava-se a ausência de qualquer coisa que alegrasse o ambiente e o tornasse próprio para um ser vivo. Mariana saiu e voltou daí a pouco com um *napperon* e uma jarra. Silvestre aprovou com um aceno de cabeça. Os móveis, até aí estatelados de desânimo, alegraram-se. Depois, um tapete ao lado da cama diminuiu a nudez do sobrado. Com mais isto e mais aquilo, o quarto ganhou um ar de conforto modesto. Mariana e Silvestre olharam-se, sorridentes, como quem se congratula pelo êxito de uma empresa.

E foram almoçar.

# VII

Todas as tardes, depois do almoço, Lídia deitava-se. Tinha uma certa tendência para emagrecer e defendia-se dela repousando diariamente durante duas horas. Deitada na cama larga e macia, com o roupão desapertado, as mãos caídas ao lado do corpo, fixava os olhos no teto, relaxava a tensão muscular e os nervos e abandonava-se ao tempo sem resistência. Criava-se no cérebro de Lídia e no quarto algo como o vácuo. O tempo deslizava, continuamente, com aquele rumor sedoso que tem a areia correndo na ampulheta.

Os olhos semicerrados de Lídia seguiam o pensamento vago e indeciso. O fio quebrava-se, havia sombras interpostas como nuvens. Depois, aparecia nítido e claro, para logo se sumir entre véus e surdir mais longe. Era como a ave ferida que rasteja, esvoaça, aparece e desaparece, até cair morta. Incapaz de sustentar o pensamento acima das nuvens que o toldavam, Lídia adormeceu.

Acordou ao toque violento da campainha da porta. Desorientada, os olhos ainda cobertos de sono, sentou-se na cama. A campainha retiniu outra vez. Lídia levantou-se, calçou as pantufas e dirigiu-se ao corredor. Com cuidado, espreitou pelo ralo. Teve uma expressão de enfado e abriu a porta:

— Entre, mãe.
— Boa tarde, Lídia. Posso entrar?
— Entre, já lhe disse.

A mãe entrou. Lídia conduziu-a para a cozinha.

— Parece que ficaste aborrecida.
— Eu? Que ideia! Sente-se.

A mãe sentou-se num banco. Era uma mulher de pouco mais de sessenta anos, de cabelo grisalho coberto por uma mantilha preta, como preto era o vestido que trazia. Tinha a face mole, com poucas rugas, de um tom de marfim sujo. Os olhos pouco móveis e mortiços, mal defendidos pelas pálpebras quase sem pestanas. As sobrancelhas eram ralas e pequenas, desenhadas como um acento circunflexo. Todo o rosto tinha uma expressão pasmada e ausente.

— Não a esperava hoje — disse Lídia.
— Não é o meu dia, nem costumo vir a esta hora, bem sei — respondeu a mãe. — Tu estás boa?
— Como de costume. E a mãe?
— Cá vou indo. Se não fosse o reumatismo...

Lídia procurou interessar-se pelo reumatismo da mãe, mas com tão pouca convicção que acabou por mudar de assunto:

— Estava a dormir, quando tocou. Acordei estremunhada.
— Estás com mau parecer — notou a mãe.
— Acha? É de ter dormido, com certeza.
— Talvez. Dormir de mais faz mal.

Nenhuma delas se iludia com as banalidades que ouviam e diziam. Lídia conhecia bem a mãe para saber que ela não teria vindo só para notar-lhe o bom ou o mau aspeto; a mãe, por seu lado, se começara a conversa daquela maneira fora apenas para não entrar de chofre no assunto que a trouxera. Mas Lídia lembrou-se, neste momento, de que eram quase quatro horas e de que tinha que sair.

— Então, que a trouxe cá hoje?

A mãe pôs-se a alisar uma prega da saia. Aplicava nesse trabalho a maior atenção e parecia não ter ouvido a pergunta.

— Precisava de dinheiro — murmurou, por fim.

Lídia não ficou surpreendida. Esperava isto mesmo. No entanto, não pôde reprimir o desagrado:

— De mês para mês, vai-me dizendo isso mais cedo...

— Tu sabes que a vida está difícil...

— Está bem, mas acho que a mãe devia poupar um bocadinho.

— Eu poupo, mas ele gasta-se.

A voz da mãe era serena, como de quem está segura de alcançar aquilo que deseja. Lídia olhou-a. A mãe conservava os olhos baixos, fitos na prega da saia, acompanhando o movimento da mão. Lídia saiu da cozinha. Imediatamente a mãe deixou a saia e levantou a cabeça. Tinha uma expressão de contentamento, a expressão de quem procurou e achou. Ao ouvir que a filha se aproximava, retomou a sua posição modesta.

— Aqui tem — disse Lídia, estendendo duas notas de cem escudos. — Não lhe posso dar mais agora.

A mãe recebeu o dinheiro e guardou-o no porta-moedas que sepultou no fundo da mala de mão:

— Obrigada. Vais, então, sair?

— Vou até à Baixa. Estou farta de estar em casa. Vou lanchar e dar uma volta pelas montras.

Os olhos pequenos da mãe, fixos e obstinados como os de um animal empalhado, não a deixavam:

— Na minha fraca opinião — disse — não devias sair muito.

– Não saio muito. Saio quando me apetece.
– Pois é. Mas o senhor Morais pode não gostar.

As asas do nariz de Lídia palpitaram. Lentamente, articulou com sarcasmo:

– A mãe importa-se mais do que eu com o que o senhor Morais pensa...

– É para teu bem. Agora que tens uma situação...

– Agradeço-lhe o cuidado, mas já tenho idade para não precisar de conselhos. Saio quando quero e faço o que quero. O mal ou o bem que eu faça são à minha conta.

– Digo-te isto porque sou tua mãe e quero o teu bem-estar...

Lídia teve um sorriso brusco e incomodativo:

– O meu bem-estar!... Só há três anos é que a mãe se preocupa com o meu bem-estar. Antes disso dava-lhe pouca importância.

– Não estás a ser verdadeira – respondeu a mãe, novamente atenta à prega da saia. – Sempre me preocupei contigo.

– Seja como diz. Mas agora preocupa-se muito mais... Ah, descanse! Não tenho prazer nenhum em voltar à vida antiga, àquele tempo em que a mãe não se preocupava comigo... Quer dizer, quando não se preocupava tanto como hoje...

A mãe levantou-se. Alcançara o que pretendia e a conversa estava tomando um rumo desagradável: melhor era retirar-se. Lídia não a reteve. Sentia-se furiosa pela pequena exploração de que era vítima e porque a mãe se permitia dar-lhe conselhos. Tinha vontade de metê-la num canto e de não a largar enquanto não lhe dissesse tudo o que pensava dela. Todos aqueles cuidados, aquelas suspeitas, aquele temor de desagradar ao senhor Morais, não eram por amor da filha, eram pela integridade da pensãozinha mensal que dela recebia.

Ainda com os lábios frementes de cólera, Lídia voltou ao quarto para mudar de roupa e pintar-se. Ia lanchar, dar uma volta pela Baixa, como dissera à mãe. Nada mais inocente. Mas as insinuações que acabara de ouvir quase lhe davam vontade de voltar a fazer o que durante tantos anos fizera: encontrar-se com um homem num quarto mobilado da cidade, um quarto para pequenas permanências, com a inevitável cama, o inevitável biombo, os inevitáveis móveis de gavetas vazias. Enquanto espalhava o creme pela cara, recordava o que se passara nessas tardes e noites, em quartos assim. E a recordação entristecia-a. Não desejava recomeçar. Não por gostar de Paulino Morais: enganá-lo não lhe provocaria a sombra de um remorso, e se o não fazia era, sobretudo, por prezar a sua segurança. Conhecia de mais os homens para amá-los. Recomeçar, não! Quantas vezes fora à procura de uma satisfação sempre recusada? Ia por dinheiro, claro, e esse era-lhe dado porque o merecia... Quantas vezes saíra ansiosa, ofendida, lograda! Quantas vezes, tudo isto – quarto, homem e insatisfação – se repetiu! Depois, o homem podia ser outro, o quarto diferente, mas a insatisfação não desaparecia, não diminuía sequer.

Sobre o mármore do toucador, entre os frascos e os boiões, ao lado do retrato de Paulino Morais, estava o segundo volume de *Os Maias*. Folheou-o, procurou a passagem que assinalara a *bâton* e releu-a. Deixou cair o livro lentamente e, de olhos fitos no espelho, onde a sua cara tinha, agora, uma expressão de espanto que recordava a mãe, recapitulou em segundos a sua vida – luz e sombra, farsa e tragédia, insatisfação e logro.

Eram quase quatro e meia quando acabou de arranjar-se. Estava bonita. Tinha gosto para vestir-se, sem exageros. Pusera um *tailleur* cinzento, bem talhado, que lhe dava ao corpo o contorno sinuoso de uma plástica perfeita. Um corpo que obrigava os homens, na rua, a voltarem-se para trás. Milagres de modista. Instinto de mulher cujo corpo é o seu ganha-pão.

Desceu a escada naquele passo leve que evita o bater sonoro dos saltos dos sapatos nos degraus. À porta de Silvestre havia gente. Os dois batentes estavam abertos e o sapateiro ajudava um rapaz a fazer entrar uma mala grande. No patamar, Mariana segurava outra mala mais pequena. Lídia cumprimentou:

– Boas tardes.

Mariana correspondeu. Silvestre, para retribuir o cumprimento, parou e voltou-se. O olhar de Lídia passou por cima dele e fixou-se com curiosidade no rosto do rapaz. Abel olhou-a também. O sapateiro, ao notar a expressão interrogativa do hóspede, sorriu e piscou-lhe um olho. Abel compreendeu.

# VIII

Já o dia se enfuscava e a noite se pressentia na quietação do crepúsculo, que nem todos os ruídos da cidade anulavam, quando Adriana apareceu na esquina, em passo rápido. Entrou na escada a correr e subiu os degraus dois a dois, embora o coração protestasse contra o esforço. Tocou a campainha com insistência, impaciente pela demora. Apareceu-lhe a mãe:

– Boa tarde, mãezinha. Já começou? – perguntou, beijando-a.

– Devagar, menina, devagar... Ainda não. Para que vieste a correr?

– Tive medo de chegar tarde. Demoraram-me no escritório com umas cartas urgentes.

Entraram na cozinha. As lâmpadas já estavam acesas. A telefonia tocava baixinho. Isaura, na *marquise*, costurava, curvada sobre uma camisa cor-de-rosa. Adriana beijou a irmã e a tia. Depois sentou-se a descansar:

– Uf! Que estafa! Oh, Isaura, que coisa tão feia tu estás a fazer?!

A irmã levantou a cabeça e sorriu:

– O homem que vestir esta camisa deve ser o mais acabado tipo de estúpido. Estou mesmo a vê-lo, na loja, de olho arregalado para esta lindeza, capaz de tirar a pele para a pagar!

Riram ambas. Cândida observou:

– Vocês dizem mal de toda a gente!

Amélia apoiou as sobrinhas:

– Então, tu achas que será prova de bom gosto vestir aquela camisa?

– Cada um veste do que gosta – atreveu-se Cândida.

– Ora! Isso não é opinião!

– Chiu! – fez Isaura. – Deixem ouvir.

O locutor anunciava uma peça musical.

– Ainda não é – disse Adriana.

Ao lado da telefonia estava um embrulho. Pelo formato e pelo tamanho parecia um livro. Adriana pegou-lhe e perguntou:

– Que é isto? Outro livro?

– Sim – respondeu a irmã.

– Como se chama?

– *A religiosa*.

– Quem é o autor?

– Diderot. Nunca li nada dele.

Adriana pousou o livro e daí a pouco esquecia-o. Não apreciava muito os livros. Como a irmã, a mãe e a tia, adorava a música, mas os livros achava-os maçadores. Para contar uma história enchiam-se páginas e páginas e, afinal, todas as histórias se podem dizer em poucas palavras. Não compreendia que Isaura perdesse horas a ler, às vezes até de madrugada. Lá a música, sim. Era capaz de estar uma noite inteira a ouvir, sem se cansar. E era uma felicidade que todas gostassem. Se não fosse assim, não faltariam zangas!

– É agora – avisou Isaura. – Põe mais alto.

Adriana girou um dos botões. A voz do locutor encheu a casa:

– ... a *Dança dos mortos*, de Honegger. Texto de Paul Claudel. Interpretação de Jean-Louis Barrault. Atenção!

Na cozinha, uma cafeteira chiava. Tia Amélia tirou-a do lume. Ouviu-se o riscar da agulha no disco, e logo a voz dramática e vibrante de Jean-Louis Barrault fez estremecer as quatro mulheres. Nenhuma se mexia. Fitavam o olho luminoso do mostrador da telefonia, como se dali viesse a música. No intervalo do primeiro disco para o segundo ouviu-se, vindo da habitação contígua, um estridor de metais num *ragtime* que dilacerava os ouvidos. Tia Amélia encrespou o sobrolho, Cândida suspirou, Isaura espetou com força a agulha na camisa, Adriana fuzilou a parede com um olhar mortífero.

– Põe mais alto – disse a tia Amélia.

Adriana aumentou o som. A voz de Jean-Louis bradou *j'existe!*, a música torvelinhou na *vaste plaine* – e as notas trepidantes do *ragtime* misturaram-se hereticamente à dança *sur le pont d'Avignon*.

– Mais alto!

O coro dos mortos, em mil gritos de desespero e lástima, clamou a sua dor e os seus remorsos, e o tema do *dies irae* sufocou, aniquilou os risinhos de um clarinete buliçoso. Honegger, lançado através do alto-falante, logrou vencer o anónimo *ragtime*. Talvez Maria Cláudia se tivesse aborrecido do seu programa de baile favorito, talvez se assustasse com o esbravejar do furor divino que a música traduzia. Dissolvidas no ar as últimas notas da *Dança dos mortos*, Amélia lançou-se ao jantar, resmungando. Cândida afastou-se, receosa da tempestade, mas igualmente indignada. As duas irmãs, impressionadas pela música, ferviam de sagrada cólera.

— Isto parece impossível — declarou, por fim, Amélia. — Não é querer ser mais que os outros, mas parece impossível que haja quem goste daquela música de doidos!
— Há quem goste, tia — disse Adriana.
— Isso vejo eu!
— Nem toda a gente foi habituada como nós — acrescentou Isaura.
— Também sei. Mas entendo que toda a gente devia ser capaz de separar o trigo do joio. O que é mau, de um lado; o que é bom, do outro.
Cândida, que retirava os pratos do armário, ousou contrapor:
— Não pode ser. O mal e o bem, o bom e o mau, andam sempre misturados. Nunca se é completamente bom ou completamente mau. Acho eu — acrescentou timidamente.
Amélia virou-se para a irmã, empunhando a colher com que provava a sopa:
— Essa não está má. Nesse caso, não tens a certeza de que é bom aquilo de que gostas?
— Não, não tenho.
— Então, por que gostas?
— Gosto porque acho que é bom, mas não sei se é bom.
Amélia franziu os lábios, com desprezo. A tendência da irmã para não ter certezas acerca de coisa alguma, de fazer distinções em tudo, irritava o seu sentido prático, o seu modo de dividir verticalmente a vida. Cândida calara-se, arrependida de ter falado tanto. Aquele jeito subtil de raciocinar não era naturalmente seu: adquirira-o no convívio do marido, e o que dele havia de mais problemático simplificara-se nela.
— Tudo isso é muito bonito — insistiu Amélia. — Mas

quem sabe o que quer e o que tem arrisca-se a perder o que tem e a falhar o que pode querer.

— Que confusão — sorriu Cândida.

A irmã reconheceu que tinha sido obscura, o que ainda mais a irritou:

— Não é confusão, é a verdade. Há música boa e música má. Há pessoas boas e pessoas más. Há o bem e o mal. Qualquer pode escolher...

— Era bom, se assim fosse. Muitas vezes não se sabe escolher, não se aprendeu a escolher...

— Diz é que há pessoas que só podem escolher o mal, porque são mal formadas por natureza!

Cândida contraiu o rosto, como se tivesse sentido uma dor. Depois, respondeu:

— Não sabes o que estás a dizer. Isso só pode acontecer quando as pessoas são doentes do espírito. Ora, nós estamos a falar de pessoas que, segundo o que dizes, podem escolher... Um doente assim não pode escolher!

— Queres atrapalhar-me, mas não consegues. Falemos, então, das pessoas sãs. Eu posso escolher entre o bem e o mal, entre a música boa e a música má!

Cândida levantou as mãos, como se fosse encetar um longo discurso, mas logo as baixou, com um sorriso fatigado:

— Ponhamos de parte a música, que só está aí a embaraçar. Diz-me lá, se sabes, o que é o bem e o mal. Onde acaba um e começa o outro?

— Isso não sei, nem é pergunta que se faça. O que sei é reconhecer o mal e o bem onde quer que estejam...

— De acordo com o que pensas a respeito deles...

— Nem podia ser de outra maneira. Não é com as ideias dos outros que eu ajuízo!

– Pois é aí que está o ponto difícil. Esqueces que os outros também têm as suas ideias acerca do bem e do mal. E que podem ser mais justas que as tuas...

– Se toda a gente pensasse como tu, ninguém se entendia. É preciso regras, é preciso leis!

– E quem as fez? E quando? E com que fim?

Calou-se, durante um breve segundo, e perguntou com um sorriso de malícia inocente:

– E, afinal, pensas com as tuas ideias ou com as regras e as leis que não fizeste?...

A estas perguntas, Amélia não achou que responder. Virou costas à irmã e rematou:

– Está bem. Já devia saber que, contigo, não se pode conversar!

Isaura e Adriana sorriram. A discussão era apenas a última de dezenas já ouvidas. Pobres velhas, agora limitadas aos arranjos domésticos, longe do tempo em que os seus interesses eram mais amplos, mais vivos, em que o desafogo económico permitia esses interesses! Agora, enrugadas e dobradas, encanecidas e trémulas, o antigo fogo lançava as últimas fagulhas, lutava contra a cinza que se acumulava. Isaura e Adriana olharam-se e sorriram. Sentiam-se novas, vibrantes, sonoras como a corda tensa de um piano – comparando-se com aquela velhice que se esboroava.

Depois, foi o jantar. À volta da mesa, quatro mulheres. Os pratos fumegantes, a toalha branca, o cerimonial da refeição. Para aquém – ou talvez para além – dos rumores inevitáveis, um silêncio espesso, confrangedor, o silêncio inquisitorial do passado que nos contempla e o silêncio irónico do futuro que nos espera.

## IX

– Tu não vens bom, Anselmo!...

Anselmo fez um esforço para sorrir, um esforço bem digno de melhor resultado. A preocupação era demasiada para ceder ao jogo dos músculos que comandam o sorriso. O que se viu foi uma careta que seria cómica se não fosse a aflição evidente que se lhe instalara nos olhos, onde não chegavam os trejeitos musculares da boca.

Estavam na cozinha, a almoçar. Sobre a mesa, o relógio de Anselmo indicava-lhe o tempo de que ainda podia dispor. O tiquetaque miudinho insinuou-se no silêncio que se seguiu à exclamação de Rosália.

– Que tens tu? – insistiu ela.

– Ora... Chatices...

A sós com a mulher, Anselmo não tinha grandes escrúpulos de linguagem e nem lhe passava pela cabeça que ela pudesse melindrar-se. E Rosália, diga-se, não se melindrava:

– Mas, que chatices?

– Não me aceitaram o vale. E ainda faltam dez dias para o fim do mês...

– Pois faltam, e eu estou sem dinheiro. Já hoje, na mercearia, tive de fingir que me tinha esquecido do porta-moedas.

Anselmo pousou o garfo com violência. A última frase da mulher fora como uma bofetada:

– Eu só gostava de saber por onde se some o dinheiro! – declarou.

– Com certeza não pensas que eu o estrago. Aprendi com a minha mãe a ser poupada e não acredito que haja outra como eu.

– Ninguém diz que não és poupada, mas a verdade é que, com duas pessoas a ganhar, tínhamos obrigação de viver melhor.

– O que a Claudinha ganha, mal chega para ela. Filha minha não pode apresentar-se de qualquer maneira.

– Quando ela está, não falas assim...

– Se eu lhe fosse a dar asas, estava bem arranjada. Ou tu julgas que não sei o que faço?

Anselmo mastigava o último bocado. Mudou de posição, desapertou o cinto e estendeu as pernas. A luz cinzenta do dia chuvoso, que entrava pelos vidros da *marquise*, peneirava sombras na cozinha. Rosália, de cabeça baixa, continuava a comer. Na extremidade livre da mesa, o prato de Maria Cláudia esperava.

Os olhos fitando longe, o rosto grave, ninguém ousaria dizer que Anselmo não estava absorto em profundas reflexões. Sob a calva luzidia, ligeiramente enrubescida pelo trabalho digestivo que começava, o cérebro espremia ideias, todas elas com o mesmo objetivo: arranjar dinheiro que chegasse até ao fim do mês. Mas, talvez porque a digestão estivesse a complicar-se, o cérebro de Anselmo não produzia ideias que valessem.

– Não penses tanto. Tudo se há de arranjar – animou Rosália.

O marido, que só esperava por aquela frase para deixar de pensar em assunto tão incomodativo, olhou-a com irritação:

– Se eu não pensar, quem é que há de pensar?

– Mas faz-te mal essa preocupação, agora, depois do almoço...

Anselmo teve um grande gesto de desalento e abanou a cabeça, como quem não pode fugir à fatalidade implacável:

– Vocês, mulheres, nem sonham o que vai na cabeça de um homem!

Se Rosália proporcionasse a "deixa" necessária, Anselmo enveredaria por um longo solilóquio em que exporia, uma vez mais, as suas definitivas ideias sobre a condição do homem em geral e dos empregados de escritório em particular. Não tinha muitas ideias, mas tinha-as definitivas. E a principal, da qual todas as outras eram satélites e consequentes, consistia na profunda convicção de que o dinheiro é (palavras suas) a mola-real da vida. Que para o alcançar todos os processos são bons, desde que a dignidade não sofra com eles. Esta ressalva era muito importante, porque Anselmo tinha, como poucos, o culto da dignidade.

Rosália não deu a "deixa", não porque estivesse farta das teorias mil vezes expostas do marido, mas porque estava demasiadamente absorta na contemplação do seu rosto, aquele rosto que, visto de perfil, como agora, parecia o de um imperador romano. A pequena irritação de Anselmo por não lhe ter sido dada oportunidade de falar foi compensada pela atenção respeitosa com que se sentia observado. Considerava a mulher muito abaixo de si, mas saber-se assim adorado lisonjeava-o de tal modo que, de bom grado, renunciava ao gosto de evidenciar por palavras essa superioridade quando via nos olhos de Rosália o respeito e o temor.

Ouviu-se um suspiro: Rosália atingira o êxtase, o intermédio lírico terminara. Das altas regiões da adoração, desceu ao prosaísmo terrestre.

– Sabes quem meteu hóspede?

Para Anselmo a comédia ainda não terminara. Simulou um sobressalto e perguntou:

– O quê?

– Se sabes quem meteu hóspede?

Com o sorriso benevolente dos seres olímpicos que acedem a descer às planuras, Anselmo perguntou:

– Quem foi?

– Foi o sapateiro. Desta vez é um rapaz novo. Bem mal-arranjado, por sinal...

– Tambor um, caixa de rufo outro!

Era uma das frases prediletas de Anselmo. Queria ele dizer na sua que nada havia que estranhar no facto de um pelintra viver com outro pelintra. Mas a frase seguinte correspondia a uma preocupação:

– Um hóspede é que nos fazia arranjo...

– Se tivéssemos casa para isso...

Como não tinham casa para isso, Anselmo pôde dizer:

– Nem eu queria misturadas. Isto é só falar!...

A campainha deu três toques rápidos.

– É a pequena – disse Anselmo. – Olhou o relógio e acrescentou: – E já vem atrasada.

Quando Maria Cláudia entrou, as sombras da cozinha saíram. A rapariga lembrava a capa colorida de uma revista americana, dessas que mostram ao mundo que na América não se fotografam pessoas ou coisas sem que, previamente, se lhes aplique uma demão de tinta fresca. Maria Cláudia tinha um gosto infalível para escolher as cores que melhor ajudavam a sua juventude. Sem hesitações, quase por instinto, entre dois tons semelhantes escolhia o mais adequado. O resultado era um deslumbramento. Anselmo e Rosália, criaturas mazombas, de tez baça e fatos sombrios, não conseguiam furtar-se ao influxo de tanta frescura. E se não podiam imitá-la, admiravam-na.

Com o seu sexto sentido de atriz incipiente, a rapariga deixou-se ficar diante dos pais o tempo necessário para os seduzir com a sua gentileza. Sabia que vinha atrasada e não queria dar explicações. No momento exato e necessário, deu uma corridinha de ave graciosa na direção do pai e beijou-o. Rodopiou e caiu nos braços da mãe. Tudo isto parecia tão natural que nenhum deles, atores da comédia de enganos que era a sua vida, achou conveniente mostrar estranheza.

– Trago tanta fome!... – disse Maria Cláudia. E, sem esperar, ainda com o impermeável, correu para o quarto.

– Despe-te aqui, Claudinha – disse a mãe. – Vais molhar tudo lá dentro.

Não teve resposta, nem contava com ela. Fazia reparos e observações sem a mais ténue esperança de os ver atendidos, mas o simples facto de fazê-los dava-lhe uma ilusão de autoridade maternal, grata aos seus princípios de educação. Nem as sucessivas derrotas que tal autoridade sofria lha destruíam.

O rosto satisfeito de Anselmo cobriu-se repentinamente de sombras. Uma chama de desconfiança se lhe acendeu nos olhos.

– Vai ver o que foi ela fazer lá dentro – ordenou à mulher.

Rosália foi e apanhou a filha a espreitar para a rua, por entre as cortinas. Ao sentir a mãe, Maria Cláudia voltou-se com um sorriso meio atrevido, meio embaraçado.

– Que estás aí a fazer? Por que não te despes?

Aproximou-se da janela e abriu-a. Na rua, mesmo em frente, estava um rapaz, à chuva. Rosália fechou a janela com estrondo. Ia ralhar, mas deu com os olhos da filha, postos em si, uns olhos frios onde parecia brilhar a malignidade do rancor. Atemorizou-se. Maria Cláudia, sem pressas, tirava o impermeável. Algumas gotas de água tinham molhado o tapete.

– Eu não te disse que tirasses a capa? Olha como está o chão!

Anselmo apareceu à porta. Sentindo-se acompanhada, a mulher desabafou:

– Imagina tu que esta menina veio pôr-se à janela, a ver um parvalhão que estava ali defronte. Com certeza vieram os dois. Por isso é que ela chegou tarde!...

Medindo o chão, como se estivesse num palco e obedecesse à marcação do encenador, Anselmo aproximou-se da filha. Claudinha tinha os olhos baixos, mas nada em si denunciava embaraço. O rosto calmo parecia repelir. Demasiado interessado no que ia dizer para reparar na atitude da filha, Anselmo começou:

– Então, Claudinha, bem sabes que isso não é bonito. Uma menina nova, como tu, não pode andar assim acompanhada. O que dirão os vizinhos? Essa gente, onde põe a língua põe veneno. Além disso, esses conhecimentos nunca dão bom resultado e só comprometem. Quem é esse rapaz?

Silêncio de Maria Cláudia. Rosália espumava de indignação, mas calava-se. Seguro de que o gesto era de efeito dramático certo, Anselmo pousou a mão sobre o ombro da filha. E continuou, a voz um pouco trémula:

– Sabes que gostamos muito de ti e que queremos ver-te bem. Não é qualquer rapazola sem importância que deve interessar-te. Isso não é futuro. Compreendes?

A rapariga resolveu levantar os olhos. Fez um movimento para libertar o ombro e respondeu:

– Sim, pai.

Anselmo rejubilou: o seu método pedagógico era infalível.

E foi nessa convicção que saiu de casa, protegido contra a chuva que redobrava e disposto a insistir pelo adiantamento. Exigia-o a economia claudicante do lar e mereciam--no as suas qualidades de marido e pai.

# X

Recostado em duas almofadas, um pouco entorpecido pelo despertar recente, Caetano Cunha esperava o almoço. A luz do candeeiro da mesa de cabeceira, dando-lhe de través, deixava-lhe metade do rosto na penumbra e avivava o carmesim da face iluminada. Com um cigarro plantado no canto da boca, o olho desse lado semicerrado por causa do fumo, tinha um ar de vilão de filme de *gangsters*, esquecido pelo argumentista num quarto interior de casa sombria. À direita, sobre a cómoda, um retrato de criança sorria para Caetano Cunha, sorria fixamente, sorria com uma fixidez inquietante.

Caetano não olhava para o retrato. Não foi, portanto, por influência do sorriso da filha que ele sorriu. Nem o sorriso do retrato se parecia com o seu. O do retrato era franco e alegre e se incomodava era apenas pela fixidez. O sorriso de Caetano era lúbrico, quase repugnante. Quando os adultos sorriem deste modo não deviam estar presentes os sorrisos das crianças, mesmo os sorrisos fotografados.

Ao sair do jornal, Caetano tivera uma aventura, uma aventura imunda, que eram essas as que mais apreciava. Por isso, sorria. Apreciava as coisas boas e regalava-se duas vezes com elas: quando as experimentava e quando as recordava.

Justina veio estragar o segundo regalo. Entrou com o tabuleiro do almoço e pousou-o nos joelhos do marido. Caetano fitou-a com o olho iluminado, escarninhamente. Como o globo do candeeiro era vermelho, a esclerótica parecia ensanguentada e reforçava a maldade do olhar.

A mulher não sentiu o olhar, como já não sentia a fixidez do sorriso da filha, tão habituada estava a ambos. Regressou à cozinha, onde a esperava o seu almoço de diabética, frugal e sem sabor. Comia só. Ao jantar, o marido não estava, salvo às terças-feiras, seu dia de folga; ao almoço, comiam separados: ele na cama, ela na cozinha.

O gato saltou da sua almofada ao lado da chaminé, onde estivera amodorrando sonhos. Arqueou a espinha e, com o rabo em bandeira, roçou-se nas pernas de Justina. Caetano chamou-o. O animal subiu para a cama e ficou a olhar o dono, abanando lentamente a cauda. Os olhos verdes que a luz vermelha não conseguia tingir fixaram os pratos no tabuleiro. Esperava o prémio da sua condescendência. De mais sabia que das mãos de Caetano nunca recebia senão pancadas, mas persistia. Talvez no seu cérebro de animal houvesse uma curiosidade, a curiosidade de saber quando o dono se cansaria de bater. Caetano ainda não estava cansado: apanhou um chinelo do chão e atirou-o. Mais rápido, o gato fugiu de um salto. Caetano riu.

O silêncio que enchia a casa de alto a baixo, como um bloco, estalou àquele riso. Tão pouco habituados estavam a este rumor, que pareceu terem-se os móveis encolhido nos seus lugares. O gato, já esquecido da fome e atemorizado pela gargalhada, regressou ao esquecimento do sono. Só Justina, como se nada tivesse ouvido, permaneceu tranquila. Em casa, apenas abria a boca para dizer as palavras indispensáveis, e não considerava indispensável tomar o partido do animal. Vivia dentro de si mesma, como se estivesse sonhando um sonho sem princípio nem fim, um sonho sem assunto de que não queria acordar, um sonho todo feito de nuvens que passavam silenciosas encobrindo um céu de que já se esquecera.

## XI

A doença do filho transtornara as doces e preguiçosas manhãs de Carmen. Henriquinho estava de cama há dois dias, com uma angina benigna. Por vontade da mãe ter-se-ia chamado o médico, mas Emílio, com o pensamento na despesa consequente, declarou que não valia a pena. Que a doença era insignificante. Com uns gargarejos, umas zaragatoas de mercurocromo, e mimos a dobrar, não tardaria que o filho se levantasse. Isto foi pretexto para que a mulher o acusasse de indiferença pela criança, e como entrara no caminho das acusações despejou o saco das suas inumeráveis queixas. Emílio ouviu-a, sem responder, durante todo um serão. Por fim, para evitar que a questão azedasse e se prolongasse pela noite dentro, concordou com a ideia da mulher. Antes das censuras, a concordância não teria espicaçado o permanente desejo de contradição de Carmen. Aceitá-la agora seria tornar impossível o desabafo. Mal ouviu o marido, mudou de posição e passou a atacar, com a mesma ou maior veemência, o que até aí defendera. Cansado e aturdido, Emílio abandonou a luta, deixando a mulher senhora de tomar a decisão que entendesse. Não foi pequeno embaraço para ela: por um lado, desejaria satisfazer a sua primeira vontade; por outro lado, não podia resistir ao desejo de contrariar o marido, e sabia que o faria, agora, não chamando o médico. Henriquinho, alheio a toda esta disputa, resolveu o problema da maneira mais fácil: melhorou. Como boa mãe, Carmen ficou contente, embora, muito no fundo de si mesma, não lhe desagradasse um agravamento da doença (desde que não correspondesse a um perigo real) para que o marido visse que pessoa razoável ela era.

Como quer que fosse, enquanto Henriquinho estivesse na cama, adeus preguiçar matinal. Carmen tinha de ir às compras antes de o marido sair e não podia demorar-se muito para não lhe prejudicar o trabalho. Se tal prejuízo não fosse suscetível de prejudicar, por sua vez, os rendimentos do lar, não perderia a ocasião de pregar uma partida ao marido, mas a vida já era bastante difícil para a agravar pelo simples satisfazer de vinganças mesquinhas. Até nisto Carmen se reconhecia uma mulher razoável. A sós, quando podia, chorando, dar vazão ao desespero, lamentava-se porque o marido não sabia reconhecer-lhe as qualidades, ele, que só tinha defeitos, gastador, leviano, desinteressado do lar e do filho, criatura impossível de aturar com aquele permanente ar de vítima, de pessoa deslocada e indesejada. Muitas vezes, nos primeiros tempos, Carmen perguntara a si mesma onde estavam as razões do desentendimento constante entre ela e o marido. Tinham namorado como toda a gente, tinham gostado um do outro, e, de repente, tudo acabara. Começaram as cenas, as discussões, as palavras sarcásticas – e aquele ar de vítima que era, de tudo, o que mais a irritava. Agora estava convencida de que o marido tinha uma amante, uma amiga. Na sua opinião, todas as desavenças conjugais eram provocadas pela existência das amigas... Os homens são como os galos, que quando estão sobre uma galinha já têm escolhida a que há de seguir-se.

Nessa manhã, muito a contragosto porque chovia, Carmen saiu às compras. A casa ficou tranquila, isolada pelo sossego dos vizinhos e pelo rumor sossegado da chuva. O prédio vivia uma daquelas horas maravilhosas de silêncio e paz, como se não tivesse dentro de si criaturas de carne e osso, mas sim coisas, coisas definitivamente inanimadas.

Para Emílio Fonseca, o silêncio e a paz que o rodeavam nada tinham de tranquilizador. Sentia mesmo uma opressão, como se o ar se tivesse tornado denso e asfixiante. Era-lhe agradável esta pausa, a ausência da mulher e o silêncio do filho, mas pesava-lhe a certeza de que se tratava apenas de uma pausa, de um apaziguamento provisório que adiava e não resolvia. Encostado à janela que dava para a rua, vendo a chuva que caía de manso, fumava, as mais das vezes esquecido o cigarro entre os dedos nervosos.

Do quarto contíguo, o filho chamou. Pousou o cigarro num cinzeiro e foi atendê-lo:

– Que queres?

– Tenho sede...

Sobre a mesa de cabeceira estava um copo de água fervida. Soergueu o filho e deu-lha a beber. Henrique engolia devagar, o rosto crispado pelas dores. Parecia tão frágil, enfraquecido como estava pelo jejum forçado, que Emílio sentiu o coração apertar-se-lhe numa angústia súbita. "Que culpa tem esta criança?", perguntou a si mesmo. "E que culpa tenho eu?" Já saciado, o filho deixou-se recair na cama e agradeceu com um sorriso. Emílio não voltou à janela. Sentou-se na beira da cama, silencioso, a olhar o filho. Ao princípio, Henrique retribuiu o olhar do pai e parecia contente por vê-lo ali. Daí a momentos, porém, Emílio percebeu que o estava constrangendo. Desviou os olhos e fez um movimento para levantar-se. No mesmo instante, alguma coisa o deteve. Um pensamento novo se lhe propusera no cérebro. (E seria novo? Não teria sido mil vezes afastado, por importuno?) Por que se sentia tão pouco à vontade junto do filho? Por que razão o filho não parecia, decididamente não parecia, estar à vontade junto dele? Que é que os afastava? Tirou o maço de cigarros. Tornou a guardá-lo porque se lembrou de que o fumo faria mal à garganta de Henrique. Podia ir fumar para outro lado, mas não saiu dali. Olhou, de novo, a criança. Bruscamente, perguntou:

– Gostas de mim, Henrique?

A pergunta era tão insólita que a criança respondeu, sem convicção:

– Gosto...

– Muito?

– Muito.

"Palavras", pensou Emílio. "Tudo isto são palavras. Se eu morresse agora, daqui por um ano já não se lembraria de mim."

Os pés de Henrique erguiam a roupa da cama junto de si. Apertou-os num gesto carinhoso mas distraído. A criança achou graça e riu, um riso cuidadoso para não magoar a garganta. O aperto tornou-se mais violento. Como o pai parecia estar contente, Henrique não se queixou, mas ficou aliviado quando ele tirou a mão.

– Se eu me fosse embora, tinhas pena?

– Tinha... – murmurou o filho, perplexo.

– Depois, esquecias-te de mim...

– Não sei.

Que outra resposta devia esperar? Claro que a criança não sabia se viria a esquecer. Ninguém sabe se esquece antes de esquecer. Se fosse possível sabê-lo antes, muitas coisas de solução difícil a teriam fácil. De novo as mãos de Emílio se moveram na direção da algibeira onde guardava o tabaco. A meio do movimento, porém, retraíram-se, perderam-se – como que se esqueceram do que iam fazer. E não só as mãos denunciavam perplexidade. O rosto era o de alguém que chega a uma encruzilhada onde não há indicações de direção ou onde os letreiros estão escritos numa língua desconhecida. Ao redor, o deserto, ninguém que nos diga: "por aqui".

Henrique mirava o pai com olhos curiosos. Nunca o vira assim. Nunca lhe ouvira aquelas perguntas.

As mãos de Emílio ergueram-se devagar, firmes e decididas. Abertas, as palmas para cima, confirmavam o que a boca começava a pronunciar:

– Esquecias-te, com certeza...

Deteve-se um segundo, mas uma vontade irreprimível de falar afastou a hesitação. Não tinha a certeza de que o filho o entendesse, nem isso importava. Desejava mesmo que ele não compreendesse. Não escolheria palavras que estivessem ao alcance da compreensão da criança. O que era indispensável era falar, falar, até dizer tudo ou não saber que mais dizer:

– Esquecias-te, sim. Tenho a certeza. Daqui por um ano já não te lembrarias de mim. Até antes. Trezentos e sessenta e cinco dias de ausência e a minha cara seria, para ti, uma coisa passada. Mais tarde, ainda que visses o meu retrato não te lembrarias da minha cara. E se mais tempo passasse, não me reconhecerias ainda que me visses diante de ti.

Nada te diria que sou teu pai. Para ti, sou um homem que vês todos os dias, que te dá água quando estás doente e tens sede, um homem a quem a mãe trata por tu, um homem com quem a mãe dorme. Gostas de mim porque me vês todos os dias. Não gostas de mim pelo que sou, gostas pelo que faço ou não faço. Não sabes quem sou. Se me tivessem trocado por outro quando nasceste, não darias pela troca e havias de gostar dele como gostas de mim. E, se eu um dia voltasse, precisarias de muito tempo para te habituares a mim, ou, talvez, apesar de eu ser teu pai, preferisses o outro. Também o verias todos os dias, também ele te levaria ao cinema...

Emílio falara quase sem pausas, os olhos afastados do rosto do filho. Incapaz de resistir agora ao desejo de fumar, acendeu um cigarro. De relance, olhou o filho. Viu-o com cara de pasmo e teve pena dele. Mas ainda não tinha acabado:

– Não sabes quem eu sou e nunca saberás. Ninguém sabe... Também não sei quem és. Não nos conhecemos... Podia ir-me embora, que só perderias o pão que ganho...

O que queria dizer não era, afinal, isto. Aspirou profundamente o fumo e continuou a falar. Enquanto proferia as palavras, o fumo ia saindo misturado com elas, em jatos, conforme as articulava. Henrique observava, com atenção, a saída do fumo, completamente alheio ao que o pai dizia:

– Quando fores crescido, hás de querer ser feliz. Por enquanto não pensas nisso e é por isso mesmo que o és. Quando pensares, quando quiseres ser feliz, deixarás de sê-lo. Para nunca mais! Talvez para nunca mais!... Ouviste? Para nunca mais. Quanto mais forte for o teu desejo de felicidade, mais infeliz serás. A felicidade não é coisa que se conquiste. Hão de dizer-te que sim. Não acredites. A felicidade é ou não é.

Também isto o levava para longe do seu objetivo. Voltou a olhar para o filho. As pálpebras estavam cerradas, o rosto tranquilo, a respiração calma e igual. Adormecera. Então, em voz muito baixa, os olhos pregados no rosto da criança, murmurou:

– Sou infeliz, Henrique, sou muito infeliz. Vou-me embora um dia destes. Não sei quando, mas sei que irei. A felicidade não se conquista, mas quero conquistá-la. Aqui já não posso. Morreu tudo... A minha vida falhou. Vivo nesta casa como um estranho. Gosto de ti e da tua mãe, talvez, mas falta-me qualquer coisa. Vivo como numa prisão. Depois, estas cenas, esta... Tudo isto, enfim... Vou-me embora qualquer dia...

Henrique dormia profundamente. Uma madeixa dos seus louros cabelos caía-lhe para a testa. Pela boca entreaberta espreitava o brilho dos dentes pequeninos. Em toda a face havia a sombra de um sorriso.

Subitamente, Emílio sentiu os olhos inundados de lágrimas. Não sabia por que chorava. O cigarro queimou-lhe os dedos e distraiu-o. Voltou à janela. A chuva persistia, monótona e sossegada. Pensando no que dissera, achou-se ridículo. E imprudente, também. O filho percebera, sem dúvida, alguma coisa. Podia dizer à mãe. Não tinha medo, evidentemente, mas não desejava cenas. Mais ralhos, mais lágrimas, mais protestos – não! Estava cansado. Cansado, ouviste, Carmen?

Na rua, rente à janela, passou o vulto da mulher, mal encoberto pelo guarda-chuva. Emílio repetiu, em voz alta:

– Cansado, ouviste, Carmen?

Foi à sala de jantar buscar a mala. Carmen entrou. Despediram-se com frieza. Pareceu a ela que o marido saíra com rapidez suspeita. E desconfiou de que alguma coisa se passara. No quarto do filho nada lhe feriu a atenção. Passou ao outro quarto – e descobriu imediatamente. Sobre o toucador, ao lado do cinzeiro, estava o morrão de um cigarro. Afastando a cinza, viu a mancha negra da madeira carbonizada. A sua indignação foi tão forte que lhe brotou dos lábios em palavras violentas. O desgosto extravasou. Lamentou o móvel, a sua sorte, a sua negra vida. Tudo isto foi já murmurado entre pequenos soluços e fungadelas. Olhou em volta, temerosa de mais estragos. Depois, demorando no toucador um olhar de amor e desalento, voltou à cozinha.

Enquanto procedia aos preparativos do almoço, ia tecendo as frases que diria ao marido. Que ele não cuidasse que o caso ficava assim! Havia de ouvir o que o diabo nunca ouviu. Se queria estragar, estragasse o que lhe pertencia, não a mobília de quarto que fora comprada com o dinheiro dos pais dela. Tão bem agradecia, o ingrato!

– Estragar, estragar, estragar tudo... – murmurava, da chaminé para a mesa e da mesa para a chaminé. – É só o que sabe fazer!

E vinha, então, o senhor Emílio Fonseca, com grandes palavreados!... Razão tinha o pai, que desaprovara aquele casamento. Por que não casara antes com o primo Manolo que tinha a fábrica de escovas em Vigo? Podia ser agora uma senhora, dona de fábrica, com criadas às ordens!... Parva, parva! Maldita a hora em que se lembrara de vir a Portugal, passar uma temporada em casa da tia Micaela! Fora um sucesso no bairro! Eram todos a ver quem namorava a espanhola!... Isso é que a perdera. Gostara de saber-se requestada, mais requestada que na sua terra, e ali tinha as consequências da sua cegueira. O pai bem avisara: *Carmen, eso no es hombre bueno!...* Fechara os ouvidos aos conselhos, fizera finca-pé, recusara o primo Manolo e a fábrica de escovas...

Parou no meio da cozinha para enxugar uma lágrima. Já não via o primo Manolo há quase seis anos e sentiu saudades. Chorou o bem que perdera. Seria agora dona de fábrica: Manolo sempre gostara muito dela. *Ah, disgraciada, disgraciada!...*

Henrique chamou do quarto. Acordara subitamente. Carmen acorreu:

– *¿Qué tienes, qué tienes?*
– O paizinho foi-se embora?
– Foi.

Os lábios de Henrique começaram a tremer, a tremer, e um choro lento e sumido se ergueu, ante o pasmo da mãe, ao mesmo tempo despeitada e aflita.

## XII

Sobre a banca estavam uns sapatos desventrados que clamavam por conserto, mas Silvestre fez vista grossa e pegou no jornal. Lia-o de fio a pavio, desde o artigo de fundo às desordens e agressões. Andava sempre em dia com os acontecimentos internacionais, acompanhava-lhes a evolução e tinha os seus palpites. Quando se enganava, quando, tendo previsto branco, saía preto, atribuía as culpas ao jornal, que nunca publica o mais importante, que troca ou esquece notícias, sabe lá o diabo com que intenções! Hoje, o jornal não vinha pior nem melhor que o costume, mas Silvestre não pôde suportá-lo. De vez em quando, olhava para o relógio, impaciente. Fazia galhofa consigo mesmo e voltava ao jornal. Procurou interessar-se pela situação política da França e pela guerra da Indochina, mas os olhos deslizavam pelas linhas impressas e o cérebro não apreendia o sentido das palavras. Baixou o jornal, de repelão, e chamou a mulher.

Mariana apareceu à porta, quase a tapando com o seu vulto espesso. Vinha limpando as mãos, acabara de lavar a loiça.

— Aquele relógio está certo? — perguntou o marido.

Com um vagar enervante, Mariana apreciou a posição dos ponteiros:

— Acho que sim...
— Uhm...

A mulher esperou que ele dissesse alguma coisa, visto aquele resmungo não ter significação aparente. Silvestre deitou mãos ao jornal, desta vez com raiva. Sentia-se observado e reconhecia que a sua ansiedade tinha alguma coisa de ridículo ou, pelo menos, de infantil:

— Deixa lá, que o rapaz vem... — sorriu Mariana.

Silvestre levantou a cabeça, bruscamente:

— Qual rapaz? Ora essa! O que menos importa é o rapaz!...

— Então, por que estás assim nervoso?

— Nervoso, eu? É boa!

O sorriso de Mariana era maior e mais divertido. Silvestre caiu em si, notou que a sua indignação era excessiva e sem nada que a justificasse, e sorriu também:

— O diabo do rapaz!... Embruxou-me!

— Ora, embruxou-te!... Apanhou-te o fraco, o joguinho de damas... Estás perdido! — e voltou à cozinha, para engomar alguma roupa.

O sapateiro encolheu os ombros, bem-disposto, olhou uma vez mais o relógio e enrolou um cigarro para entreter a espera. Passou meia hora. Eram quase dez horas. Silvestre já pensava que não teria outro remédio senão pegar nos sapatos, quando a campainha tocou. A porta da sala de jantar, onde se encontrava, dava para o corredor. Pegou no jornal, deu ao rosto uma expressão atenta, fingiu-se alheado de quem entrava. Mas, interiormente, sorria de contentamento. Abel passou no corredor:

— Boa noite, senhor Silvestre — e seguiu corredor fora, para o quarto.

— Boa noite, senhor Abel — respondeu Silvestre, e imediatamente largou, uma vez mais, o fatigado jornal, e correu a preparar o velho tabuleiro de damas.

Abel, logo que entrou no quarto, pôs-se à vontade. Enfiou umas calças velhas, substituiu os sapatos por umas alpargatas e despiu o casaco. Abriu a mala onde guardava os livros, escolheu um que colocou em cima da cama e preparou-se para trabalhar. Outro qualquer não chamaria àquilo trabalho, mas Abel assim o considerava. Tinha diante de si o segundo volume de uma tradução francesa de *Os irmãos Karamazov*, que estava relendo para esclarecer alguns juízos resultantes da primeira leitura. Antes de sentar-se, procurou o tabaco. Não encontrou. Tinha fumado tudo e esquecera-se de comprar. Saiu do quarto, disposto a molhar-se outra vez para não ficar sem tabaco. Ao passar diante da porta da casa de jantar, ouviu Silvestre perguntar:

— Vai sair, senhor Abel?

Sorriu e explicou:

— Estou sem tabaco. Vou ali à taberna ver se há.

— Eu tenho aqui. Não sei é se gosta. É de onça...

Abel não fez cerimónia:

— Para mim, qualquer coisa serve. Estou habituado a tudo.

— Sirva-se, sirva-se! — exclamou Silvestre, estendendo-lhe a onça e o livro das mortalhas.

No movimento que fez deixou ver o tabuleiro que até aí ocultara. Abel olhou rapidamente para o sapateiro e surpreendeu-lhe nos olhos uma expressão de mágoa. Com presteza, enrolou um cigarro ante o olhar crítico de Silvestre, e acendeu-o. Por orgulho, o sapateiro procurava, agora, esconder o tabuleiro de damas com o corpo. Abel viu que a fruteira de vidro, que habitualmente estava ao centro da mesa, fora desviada para um lado e que defronte do lugar de Silvestre havia uma cadeira vazia. Compreendeu que a cadeira lhe era destinada. Murmurou:

— Estava a apetecer-me um joguinho. Está disposto, senhor Silvestre?

O sapateiro sentiu um formigueiro na ponta do nariz, sinal certo de comoção. Naquele momento, teve a certeza de que se tornara muito amigo de Abel, sem bem saber o motivo. Respondeu:

— Eu até estava para lhe falar nisso...

Abel foi ao quarto, guardou o livro e regressou a Silvestre.

O sapateiro já dispusera as pedras, colocara o cinzeiro em boa posição para Abel lhe chegar, fora até ao ponto de deslocar a mesa de modo que a luz, vinda do teto, não achasse no seu caminho obstáculos que lançassem sombras no tabuleiro.

Começaram a jogar. Silvestre estava radiante. Abel, menos demonstrativo, refletia o contentamento do outro, mas não deixava de observá-lo com atenção.

Mariana acabou o seu trabalho e foi-se deitar. Os dois ficaram. Perto da meia-noite, ao terminar um jogo em que fora particularmente infeliz, Abel declarou:

— Por hoje, basta! O senhor Silvestre joga muito melhor que eu. Para lição, já chega!...

Silvestre fez um trejeito de deceção, mas não foi além disso. Reconheceu que já tinham jogado muito, que era boa ideia pararem. Abel deitou mão ao tabaco, preparou novo cigarro e perguntou, enquanto mirava a sala onde estavam:

— Já mora aqui há muito tempo, senhor Silvestre?

— Há uns bons vinte anos. Sou o inquilino mais antigo do prédio.

– Conhece os outros inquilinos todos, claro?!...
– Conheço, conheço.
– É boa gente?
– Uns melhores, outros piores. Como em toda a parte, no fim de contas...
– Sim. Como em toda a parte.

Distraidamente, Abel começou a empilhar as pedras do jogo, alternando as brancas com as pretas. Em seguida, desmanchou a pilha e perguntou:

– Este aqui do lado, pelos vistos, não é dos melhores?
– Ele não é mau homem. Calado... Não gosto dos homens calados, mas este não é mau. Ela é que é uma víbora. E galega, ainda por cima...
– Galega? Mas que tem isso?

Silvestre arrependeu-se do modo depreciativo como pronunciara a palavra:

– Isto é um modo de dizer. Mas bem conhece o ditado: "De Espanha, nem bom vento, nem bom casamento...".
– Ah, sim! Parece-lhe, então, que eles não se dão bem?...
– Tenho a certeza. Ele mal se ouve, mas ela berra como uma cab..., quer dizer, fala muito alto...

O rapaz sorriu ao embaraço de Silvestre e ao seu cuidado na escolha do vocabulário:

– E os outros?
– No primeiro esquerdo mora uma gente que eu não percebo. Ele trabalha no *Notícias* e é um brutamontes. Desculpe, mas é mesmo assim. Ela, coitada, desde que a conheço parece que está para morrer. De dia para dia se vê mais chupada...
– É doente?
– É diabética. Foi o que ela disse à minha Mariana. Mas

ali, ou eu me engano muito, ou anda tuberculose garantida. Já a filha morreu com uma meningite. Desde aí, a mãe parece que envelheceu trinta anos. Deve ser gente infeliz, no meu entender. Ela... Quanto a ele, já o disse, é uma besta. Arranjo-lhe os sapatos porque preciso de ganhar a vida, mas a minha vontade...

– E ao lado?

Silvestre teve um sorriso malicioso: julgou compreender que o interesse do hóspede pelos vizinhos era um pretexto para saber "coisas" da vizinha de cima. Mas ficou atrapalhado ao ouvi-lo acrescentar:

– Bom. Essa já eu sei. E os do último andar?

O sapateiro achou que era excessiva curiosidade. No entanto, Abel, embora fazendo perguntas, não parecia muito interessado.

– No último andar... No lado direito mora um sujeito com quem eu embirro. Virado de pernas para o ar não deitaria um tostão, mas quem o vê julga ver um... um capitalista...

– Parece que o senhor Silvestre não gosta dos capitalistas – sorriu Abel.

A desconfiança fez recuar Silvestre. Articulou, devagar:

– Não gosto... nem desgosto... É um modo de falar...

Abel não deu mostras de ter ouvido:

– E o resto da família?

– A mulher é uma parva. O seu Anselmo para aqui, o seu Anselmo para acolá... A filha, cá no meu fraco entender, tem um saco cheio de dores de cabeça para dar aos pais. E como eles são uns babosos por ela, pior...

– Que idade tem ela?

– Deve andar pelos vinte. Cá no prédio chamam-lhe Claudinha. Oxalá eu me engane...

— E no outro lado?

— No outro lado moram quatro senhoras. Gente de muito respeito. Em tempos, parece que viveram bem. Depois, uns azares... É gente educada. Não andam aí pelos patamares a dizer mal dos outros, e isso já é de admirar. Metidas consigo...

Abel entretinha-se agora a dispor as pedras em quadrado. Como o sapateiro se calara, levantou os olhos para ele, à espera. Mas Silvestre não estava disposto a falar mais. Parecia-lhe haver uma intenção reservada nas perguntas do hóspede e, embora no que dissera nada houvesse de comprometedor, já estava arrependido de ter falado tanto. Vinham-lhe à lembrança as suas primeiras suspeitas e censurava-se pela sua boa-fé. A observação de Abel acerca dos capitalistas parecia-lhe capciosa e cheia de armadilhas.

O silêncio incomodava Silvestre e isso perturbava-o, tanto mais que o hóspede mostrava um perfeito à-vontade. As pedras alinhavam-se agora a todo o comprimento da mesa, como alpondras na corrente de um rio. A infantilidade do entretenimento irritava Silvestre. Quando o silêncio já era insuportável, Abel reuniu as pedras no tabuleiro com um cuidado enervante e, subitamente, deixou cair uma pergunta:

— Por que é que o senhor Silvestre não foi informar-se a meu respeito?

A pergunta vinha tão completamente ao encontro dos pensamentos de Silvestre, que este ficou aturdido nos primeiros segundos e sem resposta pronta. Para ganhar tempo não encontrou nada melhor que tirar dois copos e uma garrafa de um armário, e perguntar:

— Gosta de ginja?

– Gosto.
– Com elas ou sem elas?
– Com elas.

Enquanto matutava na resposta, ia enchendo os copos, mas como a extração das ginjas lhe absorvia a atenção chegou ao fim sem saber que responder. Abel cheirou a aguardente e disse com inocência:

– Ainda não respondeu à minha pergunta...
– Ah! A sua pergunta!... – A atrapalhação de Silvestre era evidente. – Não fui informar-me porque pensei... porque pensei que não era preciso...

Deu a estas palavras uma intonação tal, que um ouvido atento compreenderia que insinuava uma suspeita. Abel compreendeu:

– E ainda pensa assim?

Sentindo que estava a ser levado à parede, Silvestre tentou passar ao ataque:

– O senhor Abel parece que adivinha os pensamentos alheios...
– Tenho o hábito de ouvir todas as palavras que me são ditas e de dar atenção à maneira como são ditas. Não é difícil... Afinal, é verdade, ou não, que desconfia de mim?
– Mas por que havia de desconfiar de si?
– Estou à espera que mo diga. Dei-lhe uma oportunidade de saber quem sou. Não quis aproveitá-la... – Sorveu a aguardente, deu um estalinho com a língua e perguntou, com os olhos risonhos fitos em Silvestre: – Ou prefere que seja eu a dizer-lhe?

Com a curiosidade subitamente dispersa, Silvestre não pôde reprimir o movimento para a frente que a denunciou. Com o mesmo ar malicioso, Abel atirou nova pergunta:

– Mas quem lhe diz que não vou enganá-lo?

O sapateiro sentiu-se como deve sentir-se o rato entre as patas do gato. Veio-lhe uma vontade de "pôr o rapaz no seu lugar", mas essa vontade quebrou-se-lhe e ele não soube que dizer. Como se não esperasse resposta às duas perguntas, Abel começou:

– Gosto de si, senhor Silvestre. Gosto da sua casa e da sua mulher e sinto-me bem aqui. Talvez não esteja cá muito tempo, mas quando me for embora hei de levar boas recordações. Notei, desde o primeiro dia, que o meu amigo... Dá-me licença que o trate assim?

Silvestre, ocupado em espremer a ginja entre a língua e os dentes, acenou afirmativamente.

– Obrigado – respondeu Abel. – Notei uma certa desconfiança em si, principalmente nos seus olhares. Seja ela qual for, parece-me conveniente dizer-lhe quem sou. É certo que, a par dessa desconfiança, havia, como dizer?, havia uma cordialidade que me sensibilizou. Ainda agora estou a ver essa cordialidade e essa desconfiança...

A expressão fisionómica de Silvestre transformou-se. Passou pela cordialidade e pela desconfiança sem misturas, e acabou por fixar-se como antes. Abel assistiu a este pôr e tirar de máscaras, com um sorriso divertido:

– É como lhe digo. Lá estão elas... Quando acabar a minha história, espero ver apenas a cordialidade. Vamos à história. Dá-me licença que me sirva do seu tabaco mais uma vez?

Silvestre já não tinha a ginja na boca, mas não achou necessário responder. Sentia-se um poucochinho melindrado com a sem-cerimónia do rapaz e receava ser agressivo se lhe respondesse.

— A história é um pouco comprida — começou Abel, depois de ter acendido o cigarro — mas eu abreviarei. Já é tarde e não quero abusar da sua paciência... Tenho vinte e oito anos, não fiz o serviço militar. Profissão certa não a tenho, ver-se-á já por quê. Sou livre e só, conheço os perigos e as vantagens da liberdade e da solidão e dou-me bem com eles. Vivo assim há doze anos, desde os dezasseis. As minhas recordações da infância não interessam para aqui, até porque ainda não sou bastante velho para ter gosto em contá-las, e também porque nada ajudariam à sua desconfiança ou à sua cordialidade. Fui bom aluno na escola primária e no liceu. Consegui ser apreciado por colegas e professores, o que é raro. Não havia em mim, asseguro-lho, a menor sombra de cálculo: não lisonjeava os professores nem me subordinava aos camaradas. Cheguei assim aos dezasseis anos, altura em que... Ainda não lhe disse que era filho único e vivia com meus pais. Suponha agora o que quiser. Suponha que eles morreram num desastre ou que se separaram por não poderem viver um com o outro. Escolha. De qualquer modo, vem a dar no mesmo: fiquei sozinho. Dir-me-á, se optou pela segunda hipótese, que poderia ter ficado a viver com um deles. Sendo assim (estamos nessa hipótese), suponha que não quis ficar com nenhum deles. Talvez por não os amar. Talvez por amar igualmente os dois e ser incapaz de escolher entre eles. Pense o que quiser, porque, repito, vem a dar no mesmo: fiquei sozinho. Aos dezasseis anos (lembra-se?), aos dezasseis anos a vida é uma coisa maravilhosa, pelo menos para algumas pessoas. Vejo na sua cara que, nessa idade, a vida já não tinha nada de maravilhoso para si. Tinha-o para mim, infelizmente, e digo infelizmente porque isso não me ajudou. Abandonei o liceu e procurei trabalho. Parentes da província quiseram que eu fosse viver com eles. Recusei. Tinha mordido com gana o fruto da liberdade e da solidão e não estava disposto a consentir que mo tirassem. Ainda não sabia, nessa altura, que esse fruto tem bocados bem amargos... Estou a aborrecê-lo?

Silvestre cruzou os braços musculosos sobre o peito e respondeu:

– Não, bem sabe que não.

Abel sorriu.

– Tem razão. Vamos adiante. Para um rapaz que nada sabe aos dezasseis anos, e o que eu sabia era o mesmo que nada, e está disposto a viver sozinho, arranjar trabalho não é coisa fácil, ainda que não se ponha a escolher. Eu não escolhi. Agarrei-me ao que apareceu primeiro, e o que apareceu primeiro foi um anúncio onde se pedia um empregado para uma pastelaria. Havia bastantes pretendentes, soube-o depois, mas o dono da loja escolheu-me. Tive sorte. Talvez influísse na escolha o meu fato limpo e os meus modos corteses. Fiz mais tarde a contraprova, quando quis arranjar novo emprego. Apresentei-me sujo e mal-educado... Foi a conta, como se diz em calão. Nem para mim olharam. O ordenado chegava, à justa, para morrer de fome. Mas eu tinha as reservas acumuladas durante dezasseis anos de bom tratamento e aguentei-me. Quando as reservas se esgotaram, não achei outra solução que não fosse completar as refeições com os bolos do patrão. Hoje não posso ver um bolo sem ter vontade de vomitar. Pode dar-me outra ginja?

Silvestre encheu o copo. Abel molhou os lábios e prosseguiu:

– É claro que não chegaria a noite toda, se eu continuasse com estes pormenores. Já passa da uma hora e ainda vou no primeiro emprego. Tive muitos, e aqui está por que lhe disse que não tinha profissão certa. Presentemente, sou apontador numa obra, ali para o Areeiro. Amanhã, não sei o que serei. Talvez desempregado. Não seria a primeira vez... Ignoro se sabe o que é estar sem trabalho, sem dinheiro e sem casa. Eu sei. Uma das vezes em que isso aconteceu coincidiu com a inspeção para o serviço militar. O meu estado de depauperamento físico era de tal modo grave que me reprovaram. Fui um dos que a Pátria não quis... Não me importei, declaro-lhe francamente, embora a comida e a cama garantidas tivessem as suas vantagens. Consegui, pouco tempo depois, empregar-me. Vai rir-se se lhe disser em quê. Fui propagandista de um chá maravilhoso que curava todas as doenças... Não achou graça? Pois acharia, se me ouvisse falar. Nunca menti tanto na minha vida e não supunha ser tão grande o número de pessoas dispostas a acreditar em mentiras. Corri uma boa parte do país, vendi o meu chá milagroso a pessoas que me acreditavam. Nunca tive remorsos. O chá não fazia mal, isso posso eu assegurar, e as minhas palavras davam tanta esperança a quem o comprava que desconfio que ainda me ficavam a dever dinheiro. Até porque não há dinheiro que pague uma esperança...

Silvestre balançou lentamente a cabeça, concordando.

– Dá-me razão, não é verdade? Ora, aí está. Contar-lhe mais da minha vida é quase inútil. Passei fome e frio algumas vezes. Tive momentos de fartura e momentos de privação. Comi como um lobo que não sabe se caçará no dia seguinte, e jejuei como se me tivesse comprometido a morrer de fome. E aqui estou. Morei em todos os bairros da cidade. Dormi em dormitórios coletivos onde as pulgas e os percevejos podem contar-se aos milhares. Já tive umas aparências de lar com algumas boas raparigas que as há, aos centos, por essa Lisboa fora. Não falando dos bolos do meu primeiro patrão, nunca roubei senão uma vez. Foi no Jardim da Estrela. Tinha fome. Eu, que sei alguma coisa do assunto, posso dizer que nunca tinha chegado àquele ponto. Aproximou-se de mim a mais linda rapariga que jamais vi. Não, não é o que está a pensar... Era uma garota de uns quatro anos, não mais. E se lhe chamo bonita é, talvez, para compensá-la do roubo. Trazia uma fatia de pão com manteiga, quase intacta. Os pais ou a criada deviam estar perto. Nem nisso pensei. Ela não gritou, não chorou, e eu, daí a momentos, estava atrás da igreja a morder o meu pão com manteiga...

Havia um brilho de lágrimas nos olhos de Silvestre.

– Também nunca deixei de pagar a renda dos quartos que aluguei. Digo-lhe isto para o tranquilizar...

O sapateiro encolheu os ombros, com indiferença. Desejava que Abel continuasse a falar porque gostava de ouvi-lo, mas, sobretudo, porque não sabia que responder. Queria, é certo, fazer uma pergunta, mas receava que fosse cedo de mais. Abel antecipou-se:

– É a segunda vez que conto isto a alguém. A primeira foi a uma mulher. Julguei que ela compreendesse, mas as mulheres não compreendem nada. Enganei-me. Ela queria um lar definitivo e julgou que me prendia. Enganou-se. Contei-lhe agora a si, nem sei por quê. Talvez porque gosto da sua cara, talvez porque desde a primeira vez que falei nisto já passaram alguns anos e tinha necessidade de desabafar. Ou talvez por outra razão qualquer... Não sei...

– Contou para que eu deixasse de desconfiar – respondeu Silvestre.

– Ah, não! Quantos desconfiaram e ficaram ignorantes!...

Foi talvez a hora, o nosso jogo de damas, o livro que eu estaria agora a ler se não tivesse vindo para aqui, sei lá!... Fosse o que fosse, já sabe.

Silvestre coçou com as duas mãos a grenha emaranhada. Depois encheu o copo e despejou-o de um trago. Limpou a boca às costas da mão e perguntou:

– Por que é que vive assim? Desculpe, se sou indiscreto...

– Não é indiscreto. Vivo assim porque quero. Vivo assim porque não quero viver de outro modo. A vida como os outros a entendem não tem valor para mim. Não gosto de ser agarrado e a vida é um polvo de muitos tentáculos. Um só basta para prender um homem. Quando me sinto preso, corto o tentáculo. Às vezes, faz doer, mas não há outro remédio. Compreende?

– Compreendo muito bem. Mas isso não leva a nada de útil.

– A utilidade não me preocupa.

– Com certeza provocou desgostos...

– Fiz o possível para que isso não acontecesse. Mas quando aconteceu, não hesitei.

– É duro!

– Duro? Não. Sou frágil, acredite. E é a certeza da minha fragilidade que me leva a furtar o corpo aos laços. Se me dou, se me deixo prender, estou perdido.

– Até um dia... Eu sou velho. Tenho experiência...

– Também eu.

– Mas a minha é a dos anos...

– E que lhe diz ela?

– Que a vida tem muitos tentáculos, como disse há bocado. E, por mais que se cortem, há sempre um que fica e esse acaba por agarrar.

— Não o julgava tão... como dizer?...
— Filósofo? Todos os sapateiros têm um pouco de filósofos. Houve já quem o dissesse...

Ambos sorriram. Abel olhou o relógio:

— Duas horas, senhor Silvestre. São mais que horas de deitar. Mas, antes, quero dizer-lhe outra coisa. Comecei a viver assim por capricho, continuei por convicção e continuo por curiosidade.

— Não percebo.

— Já vai perceber. Tenho a sensação de que a vida está por detrás de uma cortina, a rir às gargalhadas dos nossos esforços para conhecê-la. Eu quero conhecê-la.

Silvestre teve um sorriso manso, onde havia uma pontinha de desalento:

— Há tanto para fazer para cá da cortina, meu amigo... Mesmo que vivesse mil anos e tivesse as experiências de todos os homens, não conseguiria conhecer a vida!

— É possível que tenha razão. Mas ainda é cedo para desistir...

Levantou-se e estendeu a mão a Silvestre:

— Até amanhã!

— Até amanhã... meu amigo.

Sozinho, Silvestre enrolou, vagarosamente, um cigarro. Tinha nos lábios o mesmo sorriso manso e fatigado. Os olhos fixavam-se no tampo da mesa, como se nela se movessem figuras de um passado longínquo.

# XIII

Do "diário" de Adriana:
"Domingo, 23/3/52, às dez e meia da noite. Choveu todo o dia. Nem parece que estamos na primavera. Quando eu era pequena, lembro-me de que os dias de primavera eram bonitos e que começavam a ser bonitos logo no dia 21. Já estamos a 23 e não faz senão chover. Não sei se é do tempo, mas sinto-me maldisposta. Não saí de casa. A mãe e a tia foram a casa das primas de Campolide, depois do almoço. Chegaram cá todas molhadas. A tia vinha zangada por causa de umas conversas que lá houve. Não percebi nada. Trouxeram uns bolos para nós, mas eu não os comi. A Isaura também não quis. O dia foi muito aborrecido. A Isaura não largou o livro que anda a ler. Leva-o para toda a parte, até parece que o esconde. Eu estive a bordar o meu lençol. A ligação de encaixe com o pano leva muito tempo, mas também não há pressa... Se calhar nunca chegarei a pô-lo na minha cama. Estou triste. Se soubesse, tinha ido com elas a Campolide. Antes lá, que passar um dia assim. Até tenho vontade de chorar. Não é por causa da chuva, com certeza. Ontem também chovia... Também não é por causa dele. Ao princípio é que me custava passar os domingos sem o ver. Agora, não. Já me vou convencendo de que ele não gosta de mim. Se gostasse, não se

punha com aquelas conversas ao telefone. A não ser que seja para me fazer ciúmes... Sou muito parva! Como há de ele querer fazer-me ciúmes, se não sabe que gosto dele? E por que razão havia ele de gostar de mim, se eu sou feia? Sim, eu sei que sou feia, não preciso que mo digam. Quando olham para mim, sei bem em que estão a pensar. Mas valho mais que as outras. O Beethoven também era feio, não teve nenhuma mulher que o amasse, e foi Beethoven. Não precisou que o amassem para fazer o que fez. Só precisou de amar e amou. Se eu vivesse no tempo dele, era capaz de lhe beijar os pés, e aposto que nenhuma mulher bonita o faria. No meu entender, as mulheres bonitas não querem amar, querem ser amadas. Bem sei que a Isaura diz que não percebo nada destas coisas. Se calhar é porque não leio romances. A verdade é que ela parece saber tanto como eu, apesar de os ler. Acho que lê de mais. Ainda hoje, por exemplo. Tinha os olhos vermelhos, parecia que tinha chorado. E estava nervosa, como nunca a vi. Em certa altura toquei-lhe num braço, para lhe dizer já não sei o quê. Deu um grito que até me assustou. De outra vez, vinha eu do quarto, estava ela a ler. (Desconfio que já chegou ao fim do livro e que voltou ao princípio.) Tinha uma cara esquisita, como nunca vi a ninguém. Parecia que tinha alguma dor, mas, ao mesmo tempo, parecia contente. Não era contente que ela parecia. Não sei explicar. Era como se a dor que tinha lhe desse prazer, ou como se o prazer lhe causasse dor. Que trapalhada estou a escrever!... A minha cabeça não regula bem hoje. Já estão todas deitadas. Vou dormir. Que dia tão triste! Quem dera amanhã!"

Trecho do romance *A religiosa*, de Diderot, lido por Isaura nessa mesma noite:

"Principiava a impaciência a apossar-se da superiora; perdera a alegria, a gordura, o descanso.

Na noite seguinte, quando toda a gente dormia e a casa emergia no silêncio, levantou-se, e depois de ter vagado algum tempo nos corredores, veio à minha cela. Parou.

Encostando a cabeça à porta, provavelmente, fez bastante ruído para me acordar, caso estivesse dormindo. Conservei-me silenciosa; como que ouvi uma voz queixar-se, alguém que suspirava. Primeiro tive um ligeiro calafrio, mas resolvi-me a dizer:

– *Avé.*

Em lugar de me responderem, afastaram-se com passos ligeiros. Voltaram algum tempo depois; os lamentos e os ais recomeçaram, e pela segunda vez murmurei:

– *Avé.*

Nova retirada. Sosseguei e adormeci. Entretanto entraram e sentaram-se ao lado do meu leito; as cortinas estavam entreabertas. Vinham com uma vela cuja luz me dava no rosto, e quem a trazia viu-me a dormir; foi, pelo menos, o que eu julguei da sua atitude. Abri os olhos e deparou-se-me a superiora.

Ergui-me subitamente, com medo.

– Susana, sossegue, sou eu...

Deitei a cabeça para o travesseiro.

– Que faz a estas horas aqui, querida madre? O que foi que a trouxe? Por que é que não dorme?

– Não o conseguiria, ou só o faria sobressaltada. São sonhos terríveis os que me atormentam. Mal cerro os olhos, as aflições que tem sofrido reaparecem na minha imaginação; vejo-a nas mãos dessas desumanas, com os cabelos para o rosto, os pés ensanguentados, uma tocha na mão, a corda ao pescoço. Julgo que vão dispor da sua vida e estremeço... Um suor frio espalha-se-me pelo corpo, quero ir em seu auxílio, solto gritos, acordo, e inutilmente espero que o sono venha. Foi o que me aconteceu esta noite; temi que o céu me anunciasse alguma desgraça sobrevinda à minha amiga; levantei-me, aproximei-me da sua porta e escutei; pareceu-me que não dormia. Falou e retirei-me. Vim outra vez, falou de novo e afastei-me. Voltei, e vendo que descansava entrei. Havia já algum tempo que estava aqui e receava despertá--la; hesitei primeiro se correria os cortinados. Queria-me ir para lhe não interromper o repouso, mas não resisti ao desejo de contemplar a minha cara Susana... se estava bem. Como é encantadora de ver, quando dorme!

– Quão bondosa é, madre!

– Sinto frio, mas agora sei que nada há que recear de molesto para a minha filha e creio que dormirei. Dê-me a sua mão.

Acedi.

– Como o seu pulso está tranquilo! Nada o agita?

– Tenho um sono sossegado.

– Que feliz é!

– Olhe que esfria mais, minha madre.

– Tem razão; adeus, formosa, adeus, vou-me embora.

Mas não se movia, continuava a olhar-me, e as lágrimas corriam-lhe.

– O que é que tem? Chora? Que zangada estou de lhe haver contado os meus desgostos!...

No mesmo instante fechou a porta, apagou a vela e lançou-se sobre mim. Abraçava-me, deitava-se ao meu lado, o rosto colava-se-me, as lágrimas molhavam-me, e com voz lamentosa, entrecortada:

– Tenha dó de mim!

– Mas o que é que sofre? Sente-se doente? Que é preciso que eu faça?

– Tremo, assaltam-me calafrios, e um frio mortal se apodera de mim.

– Quer que me levante e lhe ceda o meu lugar?

– Não é preciso, basta que eu me meta aí dentro e me aproxime de si. Aquecer-me-ei e fico curada.

– Isso é proibido, madre. Que se diria se o soubessem? Vi religiosas sujeitas à penitência por coisas muito menos graves. Aconteceu no convento de Santa Maria que uma irmã foi de noite à cela doutra, era sua amiga; e não imagina o que supuseram. O confessor perguntou-me algumas vezes se não me tinham proposto o virem dormir comigo, e recomendou-me insistentemente que não consentisse em tal. Falei-lhe mesmo nos afagos que recebia de si, que eu acho inocentes, mas ele não pensa o mesmo. Nem sei como esqueci esses conselhos. Fazia tenção de lhe referir as suas palavras.

– Todos dormem e ninguém se inteirará. Sou eu quem recompenso ou castigo, e diga o que disser o padre, não vejo que mal há em uma amiga receber a seu lado uma outra que foi assaltada pela inquietação, e que desperta, veio, durante a noite e apesar do rigor da estação, ver se a sua estremecida se encontraria em algum perigo. Susana não dormia nunca, em casa de seus pais, com alguma das suas irmãs?

– Nunca.

– E se a ocasião se apresentasse não o teria feito sem escrúpulos? Se a sua irmã, aterrorizada e transida de frio, viesse pedir um lugar junto de si, recusar-lhe-ia?

– Creio que não.

– Pois não sou eu sua mãe?

– Sim, mas proíbem-no.

– Sou eu quem o proíbe às outras e que lho permito e lhe peço a si. Aquentar-me-ei um momento e vou-me. A sua mão...

Obedeci.

– Olhe, apalpe, veja; pareço uma pedra...

Era verdade.

– É porque está doente, minha mãe. Mas espere, eu retiro-me para lá, e coloca-se no sítio que eu ocupava.

Assim o fiz, e, levantando a roupa, sentou-se a meu lado.

Que mal ela estava! Em todos os membros acometera-a um tremor geral; queria falar-me, acercar-se, mas não conseguia articular uma palavra, nem podia mover-se.

Dizia-me em voz baixa:

– Susana, minha amiga, aproxime-se um pouco.

Estendia os braços e eu virava-lhe as costas. Agarrou-me devagarinho, puxou-me, passando-me o braço direito sob o corpo e o outro por cima.

– Estou gelada, é tanto o frio que receio tocar-lhe, fazer-lhe mal.

– Não tenha medo, minha madre.

Colocou uma das mãos no meu peito e a outra em volta da cintura; assentara os pés sobre os meus e apertava-os para os aquecer.

– Veja como adquiriram calor tão prontamente; nada os separa dos seus.

– Mas o que lhe obsta que aquente todo o corpo da mesma maneira?

– Nada, se quiser.

Voltara-me, ela tirava o fato e eu ia fazer o mesmo,

quando, de repente, ouviram-se duas pancadas violentas na porta.

Assustada, saí imediatamente da cama, assim como a superiora. Aplicámos o ouvido, e sentimos que alguém, na ponta dos pés, se encaminhava para a cela próxima.

– É a irmã Santa Teresa; viu-a passar no corredor e entrar aqui. Surpreendeu as nossas palavras, oh! meu Deus! meu Deus!

Estava mais morta do que viva.

– Sim, é ela – observou a superiora num tom irritado – não há a menor dúvida; ficar-lhe-á de lembrança por muito tempo o atrevimento.

– Não lhe faça mal, querida madre.

– Adeus, Susana, boa noite. Vista-se, durma bem e fica dispensada da reza. Vou à cela dessa estouvada. Dê-me a sua mão...

Estendi-lha do outro lado da cama, ela levantou a manga que me cobria o braço, beijou-o, suspirando, de alto a baixo, depois da extremidade dos dedos até ao ombro, e saiu prometendo que a temerária que a interrompera havia de se arrepender.

Coloquei-me junto da porta e senti-a entrar na cela da irmã Teresa.

Fui tentada a levantar-me e a interpor-me entre as duas, se, por acaso, a cena se tornasse violenta; mas, estava tão perturbada, tão pessimamente disposta, que achei melhor meter-me na cama. Porém, não dormi. Pensei que ia tornar-me a fábula da casa, que esta aventura, que em si nada apresentava de particular, seria contada da maneira mais desfavorável; que me aconteceria aqui pior do que em Longchamp, onde fui acusada não sei de quê; que a nossa falta chegaria ao conhecimento dos superiores, que a nossa madre seria deposta, e que tanto a uma como a outra castigar-nos-iam severamente.

Estava com o ouvido à escuta, esperando com impaciência que a nossa madre saísse da cela da irmã Teresa; e a coisa foi difícil de acomodar porque passou ali quase toda a noite."*

---

* Para esta transcrição foi utilizada a tradução de João Grave. (N. do A.)

# XIV

Na sua sólida formação de homem respeitável, construída ao longo de anos de escassas palavras e gestos medidos, Anselmo tinha uma fraqueza: o desporto. Mais exatamente: a estatística desportiva, limitada, por sua vez, ao futebol. Entravam épocas e saíam épocas, sem que ele assistisse a um desafio entre equipas de clube. Não perdia, é certo, os jogos internacionais, e só uma doença grave ou um luto recente podiam impedi-lo de assistir a um desafio entre Portugal e a Espanha. Sujeitava-se às maiores indignidades para alcançar, no mercado negro, um bilhete, e não resistia, quando para tal tinha disponibilidades, a entrar na especulação, adquirindo por 20 e vendendo por 50. Tinha, no entanto, o cuidado de não negociar com os colegas do escritório. Para eles, era um sujeito grave que se abria num sorriso irónico ao ouvir as discussões de segunda-feira, de secretária para secretária. Um homem que tinha olhos apenas para os lados sérios da vida, que considerava o desporto coisa boa para entreter ócios de aprendizes e criados de café. Era inútil contar com ele para um esclarecimento, uma transferência de jogador de clube para clube, uma data célebre dos fastos futebolísticos nacionais, a composição de uma equipa na época de 1920/30. Mas tinha um primo que, coitado, dizia, era um doente da "bola". Se quisessem, um dia destes, quando o encontrasse, podia perguntar-lhe e teriam a resposta infalível. A expectativa e a ansiedade dos colegas deliciavam-no. Deixava-os esperar dias e dias, desculpava-se: não via o primo há bastante tempo, as suas relações com ele estavam um pouco tensas, o primo ficara de consultar os mapas e os registos, enfim, inventava pretextos dilatórios que só exasperavam a paciência dos colegas. Muitas vezes havia apostas em causa. Inflamados benfiquistas e inflamados sportinguistas esperavam dos lábios de Anselmo a sentença. Então, em casa, ao serão, Anselmo procurava nas suas estatísticas bem elaboradas, nos seus preciosos recortes de jornais, o desejado esclarecimento, e, no dia seguinte, enquanto colocava sobre o nariz os óculos que a sua vista cansada exigia, deixava cair, como do alto de uma cátedra, a data ou o resultado discutidos. Este admirável primo contribuía para a reputação de Anselmo tanto como a sua competência profissional, o seu ar circunspecto, a sua pontualidade exemplar. Se tal primo existisse, Anselmo, apesar do seu domínio das emoções, tê-lo-ia abraçado, porque fora graças a ele (assim o julgavam todos) que pudera dar ao gerente a informação pormenorizada do II Portugal-Espanha, desde o número dos assistentes ao jogo à constituição das equipas e cor das respetivas camisolas, nome do árbitro e juízes de linha. Fora graças a esta informação que conseguira, enfim, ver autorizado o vale, e que, consequentemente, guardava na algibeira do casaco as três notas de cem escudos necessárias aos gastos até ao fim do mês.

Agora, sentado entre a mulher e a filha, ambas costurando nas roupas familiares, Anselmo, com os seus mapas estendidos sobre a mesa da casa de jantar, saboreava o triunfo.

Deparando-se-lhe uma lacuna nas suas informações acerca dos suplentes selecionados para o III Portugal-Itália, logo determinou escrever no dia seguinte para um jornal desportivo que mantinha consultório aberto, a fim de se inteirar.

Infelizmente, não podia esquecer que os trezentos escudos lhe seriam descontados no ordenado desse mês, e isso amargava-lhe a alegria do êxito. Quando muito, poderia esperar autorização para amortizações mais suaves do débito. O pior é que qualquer desconto no vencimento, por pequeno que fosse, lhe desarticulava a engrenagem económica do lar.

Enquanto Anselmo remoía estes pensamentos, a telefonia irradiava o soluçar plangente e lastimoso do fado mais desabaladamente lancinante que jamais cantaram gargantas portuguesas. Anselmo, que não era piegas, todos o sabiam, comovia-se até às entranhas ao ouvir aquele lamento. Na sua comoção ia muito do seu caso pessoal, a terrível perspetiva do desconto no fim do mês. Rosália suspendera a agulha e reprimia um suspiro. Maria Cláudia, aparentemente calma, seguia, repetindo-os baixinho, os versos de amor desgraçado que o alto-falante debitava.

O que ficou depois do último "ai!" da cantadeira foi uma atmosfera de tragédia grega, ou, melhor e mais atual, o *suspense* de certa escola cinematográfica americana. Outro fado assim, e de três criaturas de saúde normal restariam três neuróticos. Felizmente, a emissora fechava. Breves notícias do estrangeiro, o resumo do programa do dia seguinte – e Rosália aumentou um pouco o volume do som para ouvir as doze badaladas da meia-noite.

Anselmo guardou os óculos, passou duas vezes a mão pela calva e declarou, enquanto arrecadava no armário do guarda-louça os seus papéis:

– É meia-noite. São horas de ir para a cama. Amanhã é dia de trabalho.

A esta frase, todo o mundo se levantou. E isto lisonjeava Anselmo, que nestas pequenas coisas via os ótimos resultados do seu método de educação doméstica. Tinha a vaidade de possuir uma família que podia servir de modelo, e vaidade maior por verificar que todo o mérito provinha de si.

Maria Cláudia depôs na face dos pais dois beijos chilreados e foi para o seu quarto. Com o jornal da noite pendurado ao longo da perna, para a pequena leitura antes do apagar das luzes, Anselmo meteu pelo corredor e foi-se deitar. Rosália ficou ainda, ocupada em arrumar a sua costura e a da filha. Endireitou as cadeiras à volta da mesa, mexeu levemente em vários objetos e, certa de que tudo ficava em ordem, seguiu o caminho do marido.

Quando entrou, ele olhou-a por cima dos óculos e continuou a ler. Como todo o cidadão português, tinha predileções clubistas, mas podia, sem se impressionar, ler os relatos de todos os desafios. Dali só lhe interessava a matéria estatística. Que jogassem bem ou mal, era com eles. O que importava era saber quem metera os golos e quando. O que importava era o que ficava para a história.

Segundo um acordo tácito entre os dois, quando Rosália mudava de roupa para se deitar, Anselmo não baixava o jornal. Fazê-lo, seria, na sua opinião, uma indignidade. Na opinião dela talvez não houvesse mal nenhum... Rosália deitou-se sem que o marido lhe visse a ponta dos pés. Assim é que era digno, assim é que era decente...

Luz apagada. Do quarto vizinho, um filete luminoso escapava-se, por uma frincha da porta, para o corredor. Do seu lugar, Anselmo viu-o e disse:

– Apaga a luz, Claudinha!

A luz apagou-se segundos depois. Anselmo sorriu no escuro. Era tão bom saber-se respeitado e obedecido! Mas a escuridão é inimiga dos sorrisos, sugere pensamentos graves. Anselmo mexeu-se, incomodado. A seu lado, tocando-lhe a todo o comprimento do corpo, o corpo da mulher abandonava-se à moleza do colchão.

– Que tens tu? – perguntou Rosália.

– É o diabo do vale – murmurou o marido. – No fim do mês descontam-mo e lá fico outra vez entalado.

– Não podes descontar em prestações?

– O gerente não gosta...

O suspiro represado no peito de Rosália desde o fado abriu caminho e encheu a casa. Anselmo, por sua vez, não pôde reprimir também um suspiro, menos exuberante embora, um suspiro de homem.

– Ainda se te aumentassem o ordenado... – sugeriu Rosália.

– Nem pensar nisso. Até falam em despedir pessoal.

– Credo! Oxalá não te calhe a ti!...

– A mim? – perguntou Anselmo, como se pela primeira vez pensasse em semelhante eventualidade. – A mim, não. Sou dos mais antigos...

– Está tudo tão mau por aí. Só ouço é gente queixar-se.

– É da situação internacional... – começou Anselmo.

Mas deteve-se. Que interessava agora botar figura com um discurso sobre a situação internacional? Assim, às escuras e com o problema do vale para resolver?

– Até tenho medo de que despeçam a Claudinha. Bem sei que os quinhentos escudos que ela ganha pouco adiantam, mas sempre ajudam.

— Quinhentos escudos!... Uma miséria! — resmungou Anselmo.

— Pois é, mas oxalá não nos faltem...

Calou-se subitamente, empolgada por uma ideia. Ia abrir a boca para expô-la ao marido, mas preferiu fazer um rodeio:

— Lá entre os teus conhecimentos não se arranjaria outra colocação para a pequena?

Qualquer coisa na voz da mulher despertou em Anselmo suspeitas de armadilha.

— Que queres dizer com isso? — perguntou.

— Que quero dizer? — volveu ela, naturalmente. — A pergunta é muito simples...

Que a pergunta era simples via Anselmo, mas via também que a mulher tinha uma ideia escondida. Resolveu não lhe facilitar o caminho:

— E quem é que arranjou o emprego onde ela está? Foste tu, não?

— Mas não se podia arranjar melhor?

Anselmo não respondeu. Por força ou por jeito, a mulher havia de deitar cá para fora a ideia. Calar-se era o processo melhor para a obrigar a isso. Rosália mudou de posição. Ficou voltada para o marido, o ventre um pouco obeso encostado ao quadril dele. Quis afastar a ideia, certa como estava de que Anselmo a repudiaria com veemência. Mas a ideia voltava, teimosa e absorvente. Rosália sabia que se a não dissesse não dormiria. Tossiu levemente para aclarar a voz, de modo a torná-la audível no murmúrio que se seguiu:

— Lembrei-me... Estou mesmo a ver que te vais zangar... Lembrei-me de falar com a vizinha de baixo, a dona Lídia...

Anselmo viu imediatamente onde a mulher queria chegar, mas preferiu fazer-se desentendido:

– Para quê? Não percebo...

Como se o contacto pudesse diminuir a indignação esperada, Rosália chegou-se mais. Anos atrás o movimento teria uma significação totalmente diversa.

– Acho eu... Como nos damos bem, podia ser que ela se interessasse...

– Continuo a não perceber nada.

Rosália suava. Afastou-se um pouco e, de golpe, sem escolher palavras, concluiu:

– Ela pedia ao sujeito que lá vai a casa. Ele é não sei quê de importante numa companhia de seguros e talvez arranjasse alguma coisa para a pequena.

A indignação de Anselmo teria explodido à primeira frase se fosse sincera. Declarou-se no fim, mas só não foi mais ruidosa porque a noite põe surdinas nas vozes:

– Parece impossível que tu te saias com uma dessas! Então, tu queres que se vá pedir tal coisa àquela... àquela mulher? Isso é não ter o sentido da dignidade! Não esperava isso de ti!

Anselmo excedia-se. Tudo estaria certo se, no íntimo, não concordasse com a sugestão. Não reparava em que, pondo a questão naqueles termos, tornava mais ilógica a sua final aquiescência e difícil a insistência da mulher.

Rosália, ofendida, afastou-se. Entre os dois havia agora um pequeno espaço que equivalia a léguas. Anselmo viu que tinha ido longe de mais. O silêncio incomodava ambos. Um e outro sabiam que o assunto não estava liquidado, mas calavam-se: ela, pensando na maneira de abordá-lo outra vez; ele, procurando o meio de não tornar excessivamente custosa a sua rendição, tornada aparentemente impossível pelas palavras que pronunciara. No entanto, ambos sabiam, também, que não adormeceriam sem que a questão estivesse resolvida. Anselmo deu o primeiro passo:

– Bom... É um caso a ver... Mas custa-me...

## XV

Perfeitamente à vontade, como quem está em sua casa, Paulino Morais traçou a perna e acendeu uma cigarrilha. Agradeceu com um sorriso o gesto de Lídia que lhe aproximara o cinzeiro, e deixou-se recair no *maple* vermelho-escuro, sua propriedade exclusiva naqueles serões. Estava em mangas de camisa. Era gordo, de temperamento sanguíneo. Os olhos pequenos afloravam o rosto, como que empurrados pelas pálpebras papudas. As sobrancelhas espessas e retas juntavam-se na nascença do nariz, cujo perfil agressivo era atenuado pelo tecido adiposo sobreposto. As orelhas grossas separavam-se do crânio, e os pelos que lhe enchiam os ouvidos eram rijos como cerdas. Calvo, penteava-se com o maior cuidado, cobrindo o alto da cabeça com os cabelos puxados dos parietais, cabelos esses que, para o efeito, deixara crescer até ao comprimento necessário. Tinha o próspero ar do quinquagenário que possui mulher nova e dinheiro velho. Todo o seu rosto, através da nuvem perfumada que o envolvia, tinha uma expressão de beatitude, a expressão de quem comeu e está digerindo sem dificuldade o que comeu.

Acabara de contar uma estupenda anedota e apreciava com ar guloso o sorriso de Lídia. E não só o sorriso. Estava nos seus dias de boa disposição e isso levava-o a felicitar-se mentalmente pela ótima ideia que tivera, havia já bastante tempo, para o vestuário com que Lídia o recebia. Um pouco gasto pelos excessos e adormentado pela idade, dera-lhe para procurar excitantes, e o vestuário da amante era um deles. Nada de fantasioso ou pornográfico, como conhecia de amigos seus. Tudo simples e natural. Lídia devia recebê--lo em camisa de noite, amplamente decotada, braços nus e cabelos soltos. A camisa devia ser de seda, nem transparente de mais que tudo deixasse ver, nem de menos que tudo ocultasse. O resultado era um jogo de claridades e sombras que lhe encandescia o cérebro nas noites em que se sentia "em forma" ou lhe regalava a vista nos dias do cansaço.

Lídia, ao princípio, opusera-se, mas depois achara melhor conformar-se. Todos os homens têm as suas excentricidades e a deste não era das piores. Cedeu, tanto mais que ele lhe levara um calorífero elétrico. Elevada a temperatura do quarto, a ligeireza do fato não provocava constipações.

Sentada num banquinho baixo, curvada para o amante, deixava-lhe ver, como ele gostava, os seios libertos do *soutien*. Sabia que só o seu corpo o prendia a ela e mostrava-o. Por enquanto, tinha-o moço e bem formado. Exibi-lo ali ou na praia não fazia grande diferença, salvo pelo apimentado do trajo e da posição.

Quando o serão não ia mais longe que não fosse à sua exibição em trajo sumário, dava por bem empregado o sacrifício e por razoável o gosto de Paulino Morais. E, se não ficava por aí, como sempre desejava, resignava-se.

Vivia por conta dele há três anos. Conhecia-lhe os tiques, as idiossincrasias, os movimentos. E, destes, o que mais receava que ele fizesse era o de, ainda sentado, desabotoar ao mesmo tempo as duas alças dos suspensórios. Fazia-o sempre ao mesmo tempo. Lídia sabia o que isso significava. Agora estava tranquila: Paulino Morais fumava e, enquanto a cigarrilha durasse, as alças não deixariam os botões.

Num gesto gracioso que lhe salientava a beleza do pescoço e das espáduas, Lídia voltou a cabeça para o pequeno relógio de faiança. Depois levantou-se, dizendo:

– São horas do teu café.

Paulino Morais assentiu. Sobre o mármore do toucador, a máquina de café esperava, já com o pó no reservatório. Lídia acendeu a lamparina e introduziu-a debaixo do globo que continha a água. Preparou a chávena e o açucareiro. Enquanto ela andava de um lado para o outro no quarto, Paulino Morais seguia-a com os olhos. As longas pernas da amante desenhavam-se sob o tecido leve que lhe modelava as ancas em curvas voluptuosas. Espreguiçou-se interiormente. A cigarrilha estava quase no fim.

– Sabes que me fizeram hoje um pedido? – perguntou Lídia.

– Um pedido?

– Sim. Os vizinhos de cima.

– Que querem eles de ti?

Debruçada para a máquina, Lídia esperava que a água subisse:

– Não é de mim, é de ti.

– Homessa! De que se trata, Lili?

Lídia estremeceu: Lili era o diminutivo das noites amorosas. A água começou a borbulhar, e como se fosse chupada de cima, subiu e foi tingir-se no depósito superior. Lídia encheu a chávena, adoçou ao gosto de Paulino e deu-lha. Sentou-se, de novo, no banco, e respondeu:

– Não sei se sabes que eles têm uma filha. Uma pequena

de dezanove anos. Está empregada, mas, pelo que diz a mãe, ganha pouco. Vieram ter comigo para te pedir se lhe arranjavas uma colocação.

Paulino pousou a chávena no braço do *maple* e acendeu outra cigarrilha:

— Mas tu tens muito interesse em atender o pedido?

— Se não tivesse, não te falaria nele...

— É que tenho o quadro do pessoal completo... Até tenho gente a mais... Além disso, não sou só eu a mandar...

— Quisesses tu...

— Há o conselho de administração...

— Ora! Quisesses tu...

Paulino segurou outra vez a chávena e bebeu um gole de café. Lídia via-o pouco disposto a satisfazê-la. Sentiu-se um tanto melindrada. Era o primeiro pedido deste género que lhe fazia e não via motivo que justificasse a recusa. Por outro lado, dada a situação irregular em que vivia e a que toda a gente no prédio torcia o nariz, agradava-lhe conseguir o emprego para Maria Cláudia, porque isso, espalhado aos quatro ventos pela satisfação de Rosália, conferir-lhe-ia um certo prestígio na vizinhança. Pesava-lhe o quase isolamento em que a deixavam e se, na verdade, ao receber o pedido, não manifestara grande interesse, agora, perante a resistência do amante, tomava a peito arrancar-lhe o consentimento. Baixou-se mais, como se quisesse alisar a pele cor-de-rosa que lhe debruava os sapatinhos do quarto e mostrou, assim, todo o peito desnudado:

— Nunca te fiz qualquer pedido destes... Se podes arranjar o que me pediram, devias ouvir-me. Fazias-me a vontade e ajudavas uma família necessitada.

Lídia estava exagerando o seu interesse e, tanto quanto

podia julgar, exagerava também as necessidades dos vizinhos do andar de cima. Lançada neste exagero, fez um gesto que, pela sua raridade, impressionou Paulino Morais: colocou uma das mãos sobre o joelho redondo do amante. As narinas de Paulino palpitaram:

– Não vejo motivo para te aborreceres. Ainda não disse que não...

A expressão da fisionomia dele mostrou a Lídia o preço por que teria de pagar esta meia aquiescência. Não se sentia disposta a abrir a cama e via que ele a desejava. Quis desfazer a impressão causada, desinteressar-se mesmo do pedido, mas Paulino, perturbado pela carícia, já dizia:

– Vou ver o que se pode arranjar. O que é que ela faz?

– Parece que é datilógrafa...

Neste "parece" ia toda a má vontade de Lídia. Endireitou-se, retirou a mão do joelho do amante e como que se cobriu dos vestidos mais espessos que possuía. Ele notou a transformação e ficou perplexo, longe de adivinhar o que se passava no espírito dela. Acabou de beber o café e esmagou a ponta da cigarrilha no cinzeiro. Lídia esfregou os braços, como se sentisse frio. Olhou o roupão abandonado em cima da cama. Sabia que se o vestisse provocaria o aborrecimento de Paulino. Sentiu-se tentada a ousar, mas amedrontou-se. Prezava muito a sua segurança para a prejudicar com um ato de amuo. Paulino cruzou as mãos sobre o ventre e disse:

– Na quarta-feira a pequena que venha cá falar comigo.

Lídia encolheu os ombros:

– Está bem.

A voz saiu-lhe sacudida e fria. Olhando de relance Paulino, viu-o franzir as sobrancelhas. Repreendeu-se intimamente por estar a provocar dissabores. Achou que tinha procedido como uma criança e quis recompor o que perturbara. Sorriu para ele, mas o sorriso imobilizou-se: Paulino não desfranzia o sobrolho. Começou a sentir medo. Precisava, precisava absolutamente, de encontrar um meio de o alegrar. Quis falar, mas não soube em quê. Se corresse para ele e o beijasse na boca tudo passaria, mas não se sentia capaz de o fazer. Não queria entregar-se. Queria render-se, mas não ativamente.

Sem pensar, agindo por instinto, apagou a luz do quarto. Depois, às escuras, dirigiu-se ao toucador e acendeu o candeeiro de pé alto que o ladeava. A luz apanhou-a em cheio. Não se moveu durante um instante. Sabia que todo o seu corpo, nu sob a camisa, se desenhava aos olhos do amante. Depois, lentamente, voltou-se. Paulino Morais, num movimento simultâneo das duas mãos, desabotoava os suspensórios.

# XVI

Abel parou no patamar para acender um cigarro. Nesse momento, a escada iluminou-se. Ouviu bater uma porta no andar de cima, um rumor de vozes abafadas e, logo a seguir, uns passos pesados que faziam ranger os degraus. Tirou a chave do bolso e, propositadamente, tardou a encontrar a fechadura. Só a encontrou ao sentir junto de si a pessoa que descia. Voltou-se e conheceu Paulino Morais. Este murmurou um "boa noite" educado, que Abel retribuiu do mesmo modo, já dentro de casa.

Seguindo pelo corredor, ouviu sobre a sua cabeça uns passos leves que o acompanhavam na mesma direção. Quando entrou no quarto, os passos ouviram-se mais longe. Acendeu a luz e viu as horas no relógio de pulso: duas e cinco.

O quarto abafava. Abriu a janela. A noite estava encoberta. Passavam no céu, iluminadas pelo resplendor da cidade, nuvens pesadas e lentas. A temperatura subira e a atmosfera estava quente e húmida. Os prédios que circundavam os quintais, adormecidos, formavam como que a guarda de um poço sombrio. Luz, só a do seu quarto. Enfiava pela janela aberta e ia derramar-se no quintal, mostrando os caules das couves enfezadas e inúteis que, ainda há pouco na escuridão, tinham agora o ar estremunhado de quem acorda subitamente.

Outra luz se acendeu, iluminando as traseiras dos prédios fronteiros. Abel viu roupa pendurada, vasos, e o reflexo dos vidros batidos pela luz. Apeteceu-lhe acabar o cigarro sentado no muro do quintal. Para não dar a volta pela cozinha, saltou pela janela. Na capoeira ouviu um pipilar de pintos. Avançou por entre as couves, em plena luz. Depois voltou-se e olhou para cima. Através dos vidros da *marquise* viu Lídia passar para a casa de banho. Sorriu, um sorriso triste, desencantado. Àquela hora, centenas de mulheres estariam fazendo o mesmo que Lídia... Ele vinha cansado, correra muitas ruas, vira muitos rostos, seguira muitos vultos. E ali estava agora, no quintal de Silvestre, fumando um cigarro e encolhendo os ombros à vida... "Pareço Romeu no jardim de Capuleto", pensou. "Só falta a lua. Em vez da inocente Julieta, temos a experimentada Lídia. Em vez do doce balcão, a janela de uma casa de banho. A escada de salvação em vez da escada de seda." Acendeu novo cigarro. "Daqui a pouco, ela dirá: Quem és tu, que assim, envolto na noite, surpreendes os meus segredos?"

Sorriu, condescendente, por estar a citar Shakespeare. Evitando pisar as abandonadas couves, foi sentar-se no muro. Sentia-se estranhamente triste. Influência do tempo, decerto. Estava abafado, havia no ar prenunciações de trovoada. Olhou outra vez para cima: Lídia saía da casa de banho. Talvez porque tivesse sentido, também, muito calor, abriu a janela e debruçou-se.

"Julieta viu Romeu", pensou Abel. "Que irá passar-se?" Levantou-se do muro e avançou para o meio do quintal. Lídia não deixou a janela. "Agora teria eu de exclamar: – Que resplendor abre caminho através daquela janela? É a aurora, e Julieta o Sol!"

– Boa noite – sorriu Abel.
Houve uma pausa. Depois, a voz de Lídia:
– Boa noite – e desapareceu.
Abel lançou o cigarro fora e murmurou, divertido, enquanto recolhia a casa:
– Deste final de cena é que o Shakespeare se não lembrou...

# XVII

O estado de Henrique piorou inesperadamente. O médico, chamado à pressa, mandou fazer uma pesquisa de bacilos de difteria. A criança tinha temperaturas altíssimas e delirava. Carmen, desesperada, acusou o marido de responsável por a doença ter progredido até àquele ponto. Houve uma cena violenta. Emílio ouviu tudo e, como de costume, não respondeu. Sabia que a mulher tinha razão, que fora ela a primeira a lembrar que se chamasse o médico. Teve remorsos. Passou todo o domingo junto do filho e, na segunda-feira, à hora que lhe haviam indicado, correu a buscar o resultado da análise. Respirou de alívio perante a conclusão negativa, mas a declaração, no impresso, de que uma só análise não era, em muitos casos, bastante, fê-lo recair na inquietação.

O médico declarou-se satisfeito e previu melhoras rápidas, decorrido que fosse um período de vinte e quatro horas. Em todo o dia Emílio não deixou a cabeceira do doente. Carmen, silenciosa e fria desde a cena, mal podia suportar a presença do marido. Em dias normais essa presença exasperava-a; agora que o marido não deixava o quarto sentia que estava a ser roubada no que tinha de mais precioso: o amor do filho.

Para afastar Emílio, chegou a lembrar-lhe que não era metido em casa que ganhava a vida, e que bem precisados estavam de dinheiro com as despesas que a doença provocara. Uma vez mais, Emílio respondeu com o silêncio. Ainda desta vez a mulher tinha razão, faria muito melhor deixando Henrique entregue aos cuidados dela. Mas não saiu de casa. Fixara-se nele a ideia de que era o responsável pela recaída, porque só depois das palavras que dissera ao filho a doença se agravara. A sua presença era como uma penitência, inútil como todas as penitências e apenas compreensível porque era voluntária.

Apesar da insistência da mulher, não foi para a cama à hora habitual. Carmen, para demonstrar que não lhe ficava atrás em amor pela criança, também não se deitou.

Pouco tinham que fazer. A doença seguia o seu curso natural, após a crise. Os medicamentos estavam aplicados, restava aguardar o seu efeito. Nem um, nem outro, queriam ceder, porém. Havia entre eles uma espécie de desafio, de luta surda. Carmen lutava pela conservação do afeto de Henrique, que sentia em perigo, em virtude da presença e dos cuidados do marido. Emílio lutava apenas para fazer calar os remorsos, para compensar pela atenção de agora a indiferença de então. Tinha a consciência de que a luta da mulher era mais digna e de que no fundo da sua havia um substrato de egoísmo. Decerto gostava do filho: fora ele que o gerara, não podia deixar de gostar. O contrário seria antinatural. Mas sentia bem que, naquela casa, era um estranho, que nada do que o rodeava, embora comprado com o seu dinheiro, lhe pertencia efetivamente. Ter não é possuir. Pode ter-se até aquilo que se não deseja. A posse é o ter e o desfrutar o que se tem. Tinha uma casa, uma mulher e um filho, mas nada era, efetivamente, seu. De seu, só tinha a si mesmo, e não completamente.

Às vezes, Emílio pensava se não estaria doido, se todo este modo de viver, estes conflitos, estas tempestades, esta incompreensão de todas as horas, não seriam, afinal, a consequência de um desequilíbrio nervoso. Na rua, era, ou supunha ser, uma criatura normal, capaz de rir ou sorrir como toda a gente. Mas bastava-lhe passar a soleira da porta para cair em cima de si um peso insuportável. Sentia-se como um homem prestes a afogar-se, que enche os pulmões não já do ar que lhe permitiria viver, mas da água que o mata. Pensava que tinha o dever de se declarar satisfeito com o que a vida lhe dera, que outros havia menos afortunados e viviam contentes. Mas a comparação não lhe trazia tranquilidade. Não sabia, mesmo, o que era e onde estava o que lhe daria a tranquilidade. Não sabia, ainda, se essa tranquilidade existia em alguma parte. O que sabia, com uma experiência de anos, é que não a tinha. E sabia também que a desejava, como o náufrago a prancha, como a semente o sol.

Estes pensamentos, mil vezes repetidos, conduziam-no sempre ao mesmo ponto. Comparava-se ao animal atrelado a uma nora, que caminha léguas num círculo restrito, de olhos vendados, sem dar por que passa por onde já passou milhares de vezes. Não era esse animal, não tinha os olhos fechados, mas reconhecia que o pensamento o conduzia por um caminho já trilhado. Mas saber tudo isto era ainda pior, porque, homem que era, procedia como irracional. Este, não pode ser censurado pela sua submissão ao jugo; e ele, podia ser censurado? Que força o amarrava? O hábito, a cobardia, o temor do sofrimento alheio? Mas os hábitos substituem-se, a cobardia domina-se, o sofrimento alheio é, quase sempre, menor do que o que tememos. Não provara já – tentara-o, pelo menos – que a sua ausência seria esquecida? Por que ficava, então? Que força era essa que o segurava àquela casa, àquela mulher e àquela criança? Os laços que o atavam, quem os fizera?

Não lhe ocorria outra resposta que não fosse esta: "Estou cansado". Tão cansado que, sabendo que todas as portas da sua prisão podiam abrir-se e que tinha a chave que as abria, não dava um passo para a liberdade. Habituara-se de tal modo a esse cansaço que chegava a encontrar nele prazer, o prazer de quem abdicou, o prazer de quem, vendo chegar a hora da decisão, atrasa o relógio e declara: "Ainda é cedo". O prazer do sacrifício. Mas o sacrifício só é completo quando se esconde. Torná-lo visível, é dizer a toda a hora: "Sacrifico-me", é forçar os outros a não o esquecer. E isso significa que ainda não se abdicou completamente, que por detrás da renúncia ainda mora a esperança, tal como, para além das nuvens, o céu continua azul.

Carmen olhava o marido e via-o absorto. Emílio tinha o cinzeiro cheio de pontas de cigarro e continuava a fumar. Um dia, ela fizera um cálculo do dinheiro gasto em tabaco e isso fora motivo para censuras amargas. Informara os pais e eles lastimaram-na. Dinheiro queimado, dinheiro deitado à rua, dinheiro que fazia falta. Vícios, são bons para ricos, e, quem os quer ter, enriquece primeiro. Mas Emílio, caixeiro de praça à falta de melhor, por necessidade e não por vocação, não dava, nunca dera, mostras de querer enriquecer. Contentava-se com o mínimo indispensável e daí não passava. Que homem e que vida!... Carmen pertencia a outra raça, à raça daqueles para quem a vida não é contemplação, mas luta. Era ativa; ele, abúlico. Ela, toda nervos, ossos e músculos, matéria que gera a força e o poder; ele, tudo isso também, mas, dominando os ossos, os músculos e os nervos, envolvendo-os no nevoeiro da fraqueza, havia a insatisfação e a perplexidade.

Emílio levantou-se e foi ao quarto do filho. A criança dormia, num sono agitado de que continuamente acordava e em que continuamente recaía. Palavras incoerentes saíam-lhe dos lábios secos. Aos cantos da boca, pequenas bolhas translúcidas marcavam a passagem da febre. Emílio, com cuidado, introduziu o termómetro na axila do filho. Esperou o tempo necessário e voltou à casa de jantar. Carmen levantou os olhos da costura, mas não fez perguntas. Ele olhou o termómetro: 39,2 graus. A temperatura parecia descer. O termómetro ficou em cima da mesa, ao alcance de Carmen. Apesar de todo o seu desejo de saber, ela não estendeu a mão. Ficou à espera de que o marido falasse.

Emílio deu alguns passos hesitantes. O relógio do andar de cima bateu as três pancadas. Carmen esperava, sentindo já que as fontes lhe latejavam e cerrando os dentes para não insultar o marido. Sem palavras, Emílio foi-se deitar. Estava cansado da vigília prolongada, cansado da mulher e de si mesmo. A angústia apertava-lhe a garganta: era ela que não lhe permitia falar, que o obrigava a retirar-se, como alguém que se esconde para morrer ou para chorar.

Para Carmen era esta a prova mais completa da ausência de sentimentos humanos no marido. Só um monstro teria procedido assim: deixá-la na inquietação e deitar-se como se nada de grave se passasse, como se a doença do filho não fosse mais que uma brincadeira.

Ergueu-se e aproximou-se da mesa. Olhou o termómetro. Depois, voltou ao seu lugar. Em toda a noite não se deitou. Como os vencedores das batalhas medievais, ficou no campo depois da luta. Vencera. E, além disso, não poderia, nessa noite, suportar o contacto do marido.

# XVIII

Caetano Cunha, por força da profissão que exercia, tinha uma vida um pouco como a dos morcegos. Trabalhava enquanto os mais dormiam, e era quando descansava, de janelas e olhos fechados, que os outros, à luz do sol, iam aos seus empregos. Este facto dava-lhe a medida da sua importância. Acreditava firmemente que valia mais que o comum das pessoas e por várias razões, e não era a menor esta vida noturna, agarrado à máquina de compor enquanto a cidade dormia.

Quando saía do jornal, ainda de noite, e via as ruas desertas brilhando da humidade que a madrugada trazia do lado do rio, sentia-se feliz. Gostava, antes de ir para casa, de errar pelas ruas silenciosas, onde passavam vultos de mulheres. Mesmo cansado, detinha-se para falar-lhes. Se mais lhe apetecia deixava-se levar, mas, ainda que mais não houvesse, falar lhe bastava.

Caetano gostava de mulheres, de todas as mulheres. A simples visão de uma saia balançando o perturbava. Sentia uma atração irresistível pelas mulheres fáceis. O vício, a dissolução, o amor comprado, fascinavam-no. Conhecia quase todas as casas de prostituição da cidade, sabia de cor e salteado as tabelas de preços, era capaz (disso se gabava no seu foro íntimo) de dizer, sem necessidade de inventar, os nomes de umas boas dezenas de mulheres com quem se deitara.

De todas as mulheres, uma só desdenhava: a sua. Justina era, para si, um ser assexuado, sem necessidades nem desejos. Quando ela, na cama, no acaso dos movimentos, lhe tocava, afastava-se com repugnância, incomodado pela sua magreza, pelos seus ossos agudos, pela pele excessivamente seca, quase pergaminhada. "Isto não é uma mulher, é uma múmia", pensava.

Justina via-lhe o desprezo nos olhos e calava-se. Dentro de si, o fogo do desejo apagara-se. Retribuía o desprezo do marido com um desprezo maior. Sabia que era enganada e encolhia os ombros, mas não tolerava que ele alardeasse em casa as suas conquistas. Não porque sentisse ciúmes, mas porque, conhecendo a altura da sua queda, ligando-se a um homem assim, não queria descer até ao nível dele. E quando Caetano, levado pelo seu temperamento exuberante e colérico, a tratava mal por palavras e comparações, fazia-o calar com uma simples frase. Essa frase, para o feitio donjuanesco de Caetano, era uma humilhação, porque lhe lembrava um fracasso sempre vivo na sua carne e no seu espírito. Vezes sem conto, ao ouvi-la, se sentia tentado a agredir a mulher, mas Justina tinha, nesses momentos, um fogo selvagem nos olhos, uma crispação de desprezo na boca, e ele acobardava-se.

Por isso, entre ambos, o silêncio era a regra e a palavra a exceção. Por isso, nada mais que sentimentos gelados e olhos distantes preenchiam o vácuo das horas passadas em comum. E o cheiro a bafio que inundava a casa, aquela atmosfera de subterrâneo, era como o cheiro dos túmulos abandonados.

Terça-feira era o dia de folga de Caetano. As vinte e quatro horas davam-lhe para entrar em casa já manhã alta. Dormia até meio da tarde e só então almoçava. Talvez por causa desta alteração na hora do almoço, talvez pela perspetiva da noite seguinte ao lado da mulher, as terças-feiras eram os dias em que o mau humor de Caetano vinha ao de cima com mais frequência, apesar de todo o cuidado em represá-lo. Nesses dias, a reserva de Justina tornava-se mais obstinada, como que se dobrava sobre si mesma. Habituado àquela distância impossível de transpor, Caetano só estranhava por que essa distância se tornava maior. Como represália, agravava a grosseria dos seus gestos e palavras, a brusquidão dos seus movimentos. Irritava-o, sobretudo, o facto de a mulher escolher a terça-feira para arejar as roupas da filha e lavar cuidadosamente o vidro da moldura onde o retrato dela eternamente sorria. Parecia-lhe que, com esta exibição, o estava censurando de alguma coisa. Caetano tinha a certeza de que nada havia a censurar-lhe nesse particular, mas nem por isso aquele estendal de recordações o incomodava menos.

As terças-feiras eram dias aziagos em casa de Caetano Cunha. Dias de enervamento em que Justina abandonava a sua abstração quando a forçavam, para ser violenta e agressiva. Dias em que Caetano temia abrir a boca, porque todas as palavras estavam carregadas de eletricidade. Dias em que um diabinho maligno se comprazia em tornar a atmosfera irrespirável.

O céu varrera-se das nuvens que o tinham coberto na noite anterior. O sol entrava pelos vidros da *marquise* e projetava no chão a sombra da armação de ferro como se fossem grades. Caetano acabara de almoçar. Olhou o relógio e viu que eram quase quatro horas. Levantou-se pesadamente. Tinha o hábito de dormir sem as calças do pijama. O seu abdómen redondo esticava para a frente o casaco largo e dava-lhe o ar de um daqueles bonecos que Rafael Bordalo criou. Nada mais risível que o seu ventre inchado, mas nada mais desagradável que o seu rosto avermelhado, de feições carrancudas. Tão inconsciente de um como do outro, saiu do quarto, atravessou a cozinha, sem dizer palavra à mulher, e meteu-se na casa de banho. Abriu a janela e olhou o céu. A luz intensa fez-lhe piscar os olhos como uma ave noturna. Mirou com indiferença os quintais da vizinhança, a brincadeira de três gatos sobre um telhado e não teve sequer um olhar para o voo elástico e puro de uma andorinha.

Mas já os olhos se fixavam num ponto bem próximo. Na janela fronteira, a da casa de banho de Lídia, agitava-se a manga de um roupão cor-de-rosa. De vez em quando, descaía e deixava ver um braço até ao cotovelo. Encostado ao parapeito, oculta a parte inferior do corpo, Caetano não tirava os olhos da janela. O que via pouco era, mas bastava para excitá-lo. Debruçou-se para a frente e deu com os olhos da mulher que espreitavam ironicamente através dos vidros da *marquise*. O rosto endureceu-se-lhe de rompante. A mulher estava diante de si e estendia-lhe uma cafeteira:

– A água quente...

Não agradeceu. Tornou a fechar a porta. Enquanto fazia a barba, espreitava a janela de Lídia. O roupão desaparecera. Em vez dele, Caetano encontrava no seu caminho os olhos da mulher. Sabia que o melhor meio de evitar a tempestade iminente era deixar de olhar, e que isso seria fácil visto que Lídia já lá não estava. Mas a tentação era mais forte que a prudência. Em certa altura, farto da espionagem da mulher, abriu a porta e perguntou:

– Não tem que fazer?

Tratavam-se por "você". A mulher olhou-o sem responder e, sem responder, voltou-lhe as costas. Caetano atirou a porta e não tornou a olhar. Quando saiu, já lavado e barbeado, notou que a mulher tirara de uma mala na cozinha as pequenas peças de roupa que haviam pertencido a Matilde. Não fosse a adoração que lhe transparecia nos olhos, e talvez Caetano passasse sem implicar. Mas, mais uma vez, sentiu que ela o censurava:

– Quando é que você deixa de me espreitar?

Justina levou tempo a responder. Parecia que estava regressando lentamente de muito longe, de um país longínquo onde só havia um habitante.

– Admirava a sua persistência – respondeu, friamente.

– Persistência de quê? – perguntou ele, avançando um passo.

Estava ridículo, de pernas nuas, em cuecas. Justina olhou-o com uma expressão de sarcasmo. Sabia-se feia e sem atrativos, mas, vendo o marido naquela figura, vinha-lhe o desejo de rir-lhe na cara:

– Quer que lhe diga?

– Quero.

Caetano perdeu a cabeça. Antes desta palavra ainda era tempo de evitar a bofetada. Dissera "quero" e já estava arrependido. Tarde, porém.

– Ainda não perdeu a esperança? Ainda está convencido de que ela acaba por lhe cair nos braços? Não lhe passou a vergonha por que passou? – O queixo de Caetano tremia de cólera. Os seus lábios de belfo deixavam passar a saliva aos cantos da boca. – Quer que o amante torne a pedir-lhe explicações pelo seu atrevimento?

E, como se desse um conselho, com uma afabilidade irónica:

– Tenha decência. Aquilo é obra muito fina para as suas mãos. Contente-se com as outras, com essas de quem você traz o retrato na carteira. Não lhe gabo o gosto. Quando elas tiram o retrato para a matrícula dão-lhe um a si, não é? Você é assim como uma sucursal da Polícia!...

Caetano ficou lívido. Nunca a mulher levara tão longe a ousadia. Cerrou os punhos e caminhou para ela:

– Um dia parto-lhe esses ossos! Um dia piso-a a pés juntos! Ouviu? Não me tente!

– Não é capaz.

– Ah, sua... – e um qualificativo imundo saiu-lhe dos lábios. Justina apenas respondeu:

– Não é a mim que me insulta. É a si, que já vê em todas as mulheres isso que disse.

O pesado corpo de Caetano balançou como um antropoide. A fúria, a cólera impotente, mandavam-lhe palavras à boca, mas todas elas se atropelavam e embaraçavam. Ergueu o punho cerrado como se o fosse descarregar sobre a cabeça da mulher. Ela não se desviou. O braço desceu vagarosamente, vencido. Os olhos de Justina pareciam duas brasas. Caetano, humilhado, desapareceu no quarto, atirando a porta.

O gato, que estivera mirando os donos com os seus olhos glaucos, enfiou pelo corredor escuro e foi deitar-se no capacho, silencioso e indiferente.

# XIX

Havia já duas horas que Isaura se revolvia na cama, sem poder dormir. Todo o prédio estava tranquilo. Da rua, de longe em longe apenas, os passos de algum retardatário que recolhia a casa. Pela janela entrava a luz pálida e distante das estrelas. Na escuridão do quarto mal se distinguiam as manchas mais negras dos móveis. O espelho do guarda--vestidos refletia vagamente a luz que vinha da janela. De quarto em quarto de hora, inflexível como o próprio tempo, o relógio dos vizinhos de baixo sublinhava a insónia. Tudo repousava no silêncio e no sono, exceto Isaura. Procurava por todas as maneiras adormecer. Contava e recontava até mil, abrandava a tensão dos músculos um a um, fechava os olhos, procurava esquecer a insónia e enganá-la deslizando lentamente no sono. Inútil. Todos os seus nervos estavam despertos. Para lá do esforço a que obrigava o cérebro para concentrar-se na necessidade de dormir, o pensamento guiava-a por caminhos vertiginosos. Ladeava com ele profundos vales, donde subia um rumor surdo de vozes que chamavam. Pairava nas alturas sobre o dorso potente de uma ave de amplas asas que, depois de subir acima das nuvens, onde a respiração se tornava ofegante, caía como uma pedra na direção dos vales cobertos de bruma em que se adivinhavam figuras brancas que, de tão alvas, pareciam nuas ou cobertas apenas de véus transparentes. Um desejo sem objeto, uma vontade de desejar e o temor de querer, a torturavam.

Ao lado, a irmã dormia tranquilamente. A sua respiração sossegada, a imobilidade do seu corpo, exasperavam-na. Por duas vezes se levantou e se aproximou da janela. Palavras soltas, frases incompletas, gestos adivinhados, tudo lhe circulava no cérebro. Era como um disco falhado que repete infinitamente a mesma frase musical, que de bela se torna odiosa pela repetição. Dez, cem vezes, as mesmas notas se sucedem, se entrelaçam, se confundem, e delas fica um som único, obsidiante, terrível, implacável. Sente-se que um minuto só dessa obsessão será a loucura, mas o minuto passa, a obsessão continua, e a loucura não vem. Em vez disso, a lucidez redobra, multiplica-se. O espírito abrange horizontes, caminha para lá e para além, não há fronteiras que o detenham e por cada passo em frente a lucidez torna-se mais acabrunhante. Abandoná-la, quebrar o som, esmagá-lo sob o silêncio, seria a tranquilidade e o sono. Mas as palavras, as frases, os gestos, erguem-se de debaixo do silêncio e giram silenciosamente e sem fim.

Isaura dizia a si mesma que estava louca. A cabeça ardia-lhe, a testa escaldava, o cérebro parecia expandir-se e rebentar o crânio. E a insónia é que a punha neste estado. E a insónia não a largaria enquanto aqueles pensamentos a não largassem. E que pensamentos, Isaura! Que coisas monstruosas! Que aberrações repugnantes! Que furores subterrâneos empurravam os alçapões da vontade!...

Que mão diabólica, que mão maliciosa, a guiara na escolha daquele livro? E dizer-se que fora escrito para servir a moralidade! Decerto – afirmava o raciocínio frio, quase perdido no torvelinhar das sensações. Por quê, então, esta agitação dos instintos que quebravam algemas e irrompiam na carne? Por que não o lera friamente, sem paixão? Fraqueza – dizia o raciocínio. Desejo – clamavam os instintos sofreados, anos após anos desviados e recalcados como vergonhas. E agora os instintos sobrenadavam, a vontade afundava-se num pego mais negro que a noite e mais fundo que a morte.

Isaura mordia os pulsos. Tinha o rosto coberto de suor, os cabelos pegados à testa, a boca torcida num espasmo violento. Sentou-se na cama, meteu as mãos pelos cabelos, desvairada, e olhou em redor. Noite e silêncio. O som do disco falhado voltava do abismo do silêncio. Extenuada, deixou-se cair nos colchões. Adriana fez um movimento e continuou a dormir. Aquela indiferença era como uma recriminação. Isaura cobriu a cabeça com o lençol, apesar do calor sufocante. Tapou os olhos com as mãos, como se a noite não fosse bastante escura para ocultar a sua vergonha. Mas nos olhos, assim comprimidos, acendiam-se chispas vermelhas e amarelas como faúlhas de um incêndio. (Se a manhã chegasse de repente, se a luz do sol fizesse o milagre de deixar o outro lado do mundo e irrompesse no quarto!...)

Lentamente, as mãos de Isaura moveram-se na direção da irmã. As pontas dos dedos captaram o calor de Adriana a um centímetro de distância. Ficaram ali, sem avançar nem recuar, longos minutos. O suor secara na fronte de Isaura. O rosto escaldava como se o queimasse um fogo interior. Os dedos avançaram até tocarem o braço nu de Adriana. Como se tivessem recebido um choque violento, recuaram. O coração de Isaura batia surdamente. Os olhos, abertos e dilatados, nada viam senão negrume. Outra vez as mãos avançaram. Outra vez se detiveram. Outra vez prosseguiram. Agora pousavam no braço de Adriana. Com um movimento coleante, sinuoso, Isaura aproximou-se da irmã. Sentia-lhe o calor do corpo todo. Devagar, uma das mãos percorreu o braço desde o pulso ao ombro, devagar se introduziu sob a axila quente e húmida, devagar se insinuou por baixo do seio. A respiração de Isaura tornou-se precipitada e irregular. A mão desceu para o ventre, sobre o tecido leve da camisa. A irmã fez um movimento brusco e ficou de costas. O ombro nu estava à altura da boca de Isaura que sentia nos lábios a proximidade da carne. Como a limalha atraída pelo íman, a boca de Isaura colou-se ao ombro de Adriana. Foi um beijo longo, sedento, feroz. Ao mesmo tempo, a mão apertou-lhe a cintura e puxou-a. Adriana acordou sobressaltada. Isaura não a largou. A boca continuava fixada ao ombro como uma ventosa e os dedos enterravam-se-lhe no flanco como garras. Com uma exclamação de terror, Adriana desprendeu-se e saltou da cama. Correu para a porta do quarto, mas, lembrando-se de que a mãe e a tia dormiam ao lado, voltou atrás e refugiou-se junto da janela.

Isaura não se mexera. Queria simular que estava adormecida. Mas a irmã não vinha. Só lhe ouvia a respiração sibilante. Via, através das pálpebras semicerradas, o seu vulto recortado no fundo opalescente da janela. Depois, já esquecida da simulação, chamou em voz baixa:

– Adriana...

A voz trémula da irmã respondeu:

– Que queres?

– Vem cá.

Adriana não se moveu.

– Estás a arrefecer... – insistiu Isaura.
– Não importa.
– Não podes ficar aí. Se não vens, saio eu.

Adriana aproximou-se. Sentou-se na beira da cama e quis acender o candeeiro de cabeceira.

– Não acendas – pediu Isaura.
– Por quê?
– Não quero que me vejas.
– Que mal faz?
– Tenho vergonha...

As frases eram murmuradas. A voz de Adriana recuperava a segurança, a de Isaura tremia como se fosse quebrar-se em soluços:

– Deita-te, peço-te...
– Não me deito.
– Por quê? Tens medo de mim?

A resposta de Adriana tardou:

– Tenho...
– Não te faço mal. Prometo. Não sei que foi isto. Juro-te...

Começou a chorar baixinho. Às apalpadelas, Adriana abriu o guarda-vestidos e tirou o seu casaco de abafar. Enrolou-se nele e sentou-se aos pés da cama.

– Vais ficar aí? – perguntou a irmã.
– Vou.
– Toda a noite?
– Sim.

Um soluço mais forte sacudiu o peito de Isaura. Quase imediatamente a luz do quarto contíguo acendeu-se e ouviu-se a voz de Amélia:

– Que é isso?

Adriana, rapidamente, atirou o casaco para trás da cama

e meteu-se debaixo da roupa. Amélia apareceu no vão da porta, com um xaile pelos ombros:

– Que é isso?

– Foi a Isaura que teve um pesadelo – respondeu Adriana, erguendo-se para esconder a irmã.

Amélia aproximou-se:

– Estás doente?

– Não é nada, tia. Foi um pesadelo. Vá-se deitar – insistiu Adriana, afastando-a.

– Bom. Se precisarem de alguma coisa, chamem.

A porta do quarto tornou a fechar-se, a luz apagou-se e, pouco a pouco, o silêncio voltou, apenas cortado por soluços abafados. Depois, os soluços foram-se espaçando mais e mais, e só o tremor dos ombros de Isaura denunciava a sua agitação. Adriana mantinha-se afastada, à espera. Lentamente, os lençóis aqueciam. Os dois corpos misturavam o seu calor. Isaura murmurou:

– Perdoas-me?

A irmã não respondeu logo. Sabia que devia responder "sim", para tranquilizá-la, mas a palavra que queria pronunciar era um "não" rápido.

– Perdoas-me? – repetiu Isaura.

– Perdoo...

Isaura teve um impulso para se agarrar à irmã, a chorar, mas dominou-se, temerosa de que a outra interpretasse o gesto como nova tentativa. Sentia que, desde aquele momento, tudo o que fizesse ou dissesse estaria envenenado pela recordação daqueles minutos. Que o seu amor de irmã estava falseado e impuro por aquela terrível insónia e pelo mais que se lhe seguira. Como se a respiração lhe faltasse, murmurou:

– Obrigada...

Lentos passaram os minutos e as horas. O relógio de baixo dobou o tempo em meadas sonoras de um fio ininterrupto. Exausta, Isaura acabou por adormecer. Adriana, não. Até que na janela a luz azulada da noite se transformou na luz parda da madrugada e que esta foi substituída, em lentas gradações, pela brancura da manhã, esteve acordada. Imóvel, os olhos fitos no teto, as fontes latejando, resistia, obstinadamente, ao despertar da sua fome de amor, também recalcada, também escondida e frustrada.

## XX

Em casa de Anselmo, jantou-se mais cedo nessa noite. Maria Cláudia tinha de arranjar-se para ser apresentada a Paulino Morais e não era conveniente fazer esperar uma pessoa cujas boas graças se pretendia captar. Mãe e filha comeram à pressa e meteram-se no quarto. Havia vários problemas a resolver quanto à apresentação de Claudinha e o mais difícil era a escolha do vestido. Nenhum outro ia melhor à sua beleza e à sua juventude que o vestido amarelo, sem mangas, de um tecido leve. A saia ampla, de fundas pregas, que no rodopio parecia o cálice invertido de uma flor, caía-lhe da cintura com um movimento de onda preguiçosa. Foram para esse vestido os votos de Rosália. Mas o bom senso e o gosto de Claudinha notaram a incongruência: aquele vestido estaria bem para os meses de verão, não para a primavera ainda chuvosa. Além disso, a ausência de mangas poderia desagradar ao senhor Morais. Rosália concordou, mas não fez mais sugestões. Escolhera aquele vestido, e só aquele, e não tinha de reserva outras lembranças.

Difícil parecia a escolha, mas Claudinha decidiu-se: levaria o vestido cinzento-esverdeado que era discreto e próprio para a estação. Era um vestido de lã, de mangas compridas que abotoavam nos pulsos com botões da mesma cor. O decote, pequeno, mal descobria o pescoço. Para uma futura empregada não podia desejar-se melhor. Rosália não gostou da ideia, mas quando a filha se vestiu deu-lhe razão.

Maria Cláudia tinha sempre razão. Viu-se no espelho alto do guarda-vestidos e achou-se bonita. O vestido amarelo tornava-a mais nova e o que ela agora queria era parecer mais velha. Nada de folhos, nem de braços nus. O vestido que pusera assentava-lhe no corpo como uma luva, parecia pegar-se à carne e obedecer-lhe nos mínimos movimentos. Não tinha cinto, mas o corte marcava a cintura naturalmente, e a cintura de Maria Cláudia era tão fina e esbelta que um cinto só a prejudicaria. Vendo-se no espelho, Claudinha descobriu o sentido em que deveria de futuro orientar-se na escolha do vestuário. Nada de superfluidades que lhe escondessem os contornos. E, neste momento, virando-se diante do espelho, pensava que lhe ficaria bem um vestido de *lamé*, desses que parecem pele, tão flexível e elástica como a natural.

– Que tal, mãezinha? – perguntou.

Rosália não tinha palavras. Andava em volta da filha como uma criada de quarto que prepara a vedeta para a apoteose. Maria Cláudia sentou-se, tirou da carteira o *bâton* e o *rouge* e começou a pintar-se. O cabelo ficava para depois, tão fácil era penteá-lo. Não abusou da pintura, foi mesmo mais discreta do que era seu costume. Confiava no nervosismo para dar-lhe boas cores e o nervosismo não a deixava mal. Quando acabou, pôs-se diante da mãe e repetiu:

– Que tal?

– Estás linda, filha.

Claudinha deu um sorriso ao espelho, um último olhar investigador e declarou-se pronta. Rosália chamou o marido. Anselmo apareceu. Compusera uma nobre figura de pai que vê ir decidir-se o futuro da filha e parecia comovido.

– Gosta, paizinho?

– Estás encantadora, minha filha.

Anselmo descobrira que, nos grandes momentos, "minha filha" estava melhor que qualquer outra locução. Dava seriedade, sugeria o afeto paternal, o orgulho da paternidade, mal dominados pelo respeito.

– Estou tão nervosa – disse Claudinha.

– É preciso calma – aconselhou o pai, passando a sua mão firme pelo bigode aparado. Nada podia alterar a firmeza daquela mão.

Quando a filha passou por ele, Anselmo ajeitou-lhe o fio de pérolas que lhe cingia o pescoço. Era o último retoque na *toilette* e dava-o quem devia: a mão firme e amorosa do pai.

– Vai, minha filha – disse ele, com solenidade.

Com o coração pulando como pássaro em gaiola, Maria Cláudia desceu ao primeiro andar. Estava muito mais nervosa do que parecia. Inúmeras vezes viera a casa de Lídia, mas nunca quando lá estava o amante. Esta visita tinha, assim, um ar de cumplicidade, de segredo, de coisa proibida. Era admitida à presença de Paulino Morais, entrava no conhecimento direto da situação irregular de Lídia. Isso excitava-a, entontecia-a.

Lídia abriu-lhe a porta, sorridente.

– Estávamos à sua espera.

A frase reforçou o sentimento de intimidade de que Maria Cláudia se sentia possuída. Entrou, toda trémula. Lídia tinha o seu roupão de tafetá e calçava sapatos de baile que se prendiam aos tornozelos por duas tiras prateadas. Mais pareciam sandálias que sapatos e, contudo, o que não daria Maria Cláudia para ter uns sapatos assim...

Habituada como estava a entrar para o quarto, a rapariga deu um passo naquela direção. Lídia sorriu:

– Não. Para aí não...

Claudinha corou violentamente. E foi assim, corada e confusa, que apareceu diante de Paulino Morais, que a esperava, de casaco vestido e cigarrilha acesa, na sala de jantar.

Lídia fez as apresentações. Paulino levantara-se. Com a mão que segurava a cigarrilha indicou uma cadeira a Maria Cláudia. Sentaram-se. Os olhos de Paulino fitavam Claudinha com uma atenção excessiva. A rapariga baixara os olhos para as figuras geométricas do tapete.

– Então, Paulino – disse Lídia, sempre sorrindo. – Não vês que estás a embaraçar a menina Maria Cláudia?

Paulino fez um movimento brusco e sorriu também:

– Não era minha intenção. – E para Maria Cláudia: – Não a julgava tão... tão nova!...

– Tenho dezanove anos, senhor Morais – respondeu ela, levantando os olhos.

– Como vês, é uma criança – disse Lídia.

A rapariga olhou para ela. Os olhares das duas cruzaram-se desconfiados e, subitamente, inimigos. Por intuição, Maria Cláudia penetrou no pensamento de Lídia, e o que viu fez-lhe medo e deu-lhe prazer ao mesmo tempo. Adivinhou que tinha nela uma inimiga e adivinhou por quê. Viu-se a si e a ela como se fosse outra pessoa, como se fosse, por exemplo, Paulino Morais, e a comparação consequente resultou a seu favor.

– Não sou assim tão criança, dona Lídia. O que sou, com certeza, como o senhor Morais disse, é muito nova.

Lídia mordeu os lábios: entendera a insinuação. Recompôs-se imediatamente e soltou uma gargalhada:

– Também já passei por isso. Quando tinha a sua idade, também eu desesperava quando me chamavam criança. Reconheço, hoje, que era verdade. Por que não há de a Claudinha reconhecê-lo também?

– Talvez porque ainda não tenho a idade da dona Lídia...

Em pouco tempo, Maria Cláudia aprendera a esgrima das amabilidades femininas. No seu primeiro assalto já dera dois toques e estava intacta, embora um pouco amedrontada: receava que lhe faltassem o fôlego e as armas para o resto da batalha. Felizmente para si, Paulino interveio: tirou a cigarreira de ouro e ofereceu cigarros. Lídia aceitou.

– Não fuma? – perguntou Paulino a Maria Cláudia.

A rapariga corou. Já fumara várias vezes, às escondidas, mas sentiu que não devia aceitar. Podia parecer mal e, além disso, não tinha a certeza de ser capaz de imitar Lídia na elegância com que ela segurava o cigarro e o levava à boca. Respondeu:

– Não, senhor Morais.

– Faz bem. – Calou-se para sorver uma fumaça da cigarrilha e continuou: – Pois não acho muito caridoso que estejam a falar de idades, diante de uma pessoa que podia ser pai de ambas.

A frase teve um efeito agradável: estabeleceu tréguas. Mas Claudinha tomou a dianteira. Com um sorriso encantador, como diria Anselmo, observou:

– O senhor Morais está a fazer-se mais velho do que, de facto, é...

– Vamos lá ver, então! Quantos anos me dá?

– Uns quarenta e cinco, talvez...

— Oh, oh! — Paulino tinha um riso gordo e quando ria o ventre estremecia-lhe. — Upa, upa!

— Cinquenta?...

— Cinquenta e seis. Até podia ser seu avô.

— Pois está muito bem conservado!

A frase foi sincera e espontânea e Paulino notou-o. Lídia levantou-se. Aproximou-se do amante e procurou encaminhar a conversa para o motivo por que ali estava Maria Cláudia:

— Não te esqueças de que a menina Claudinha está mais interessada na tua decisão do que na tua idade. Já é tarde, ela, com certeza, quer deitar-se, e além disso... — deteve-se, olhou Paulino com um sorriso expressivo e concluiu, em voz mais baixa, carregada de subentendidos: — além disso, eu preciso de te falar a sós...

Maria Cláudia sentiu-se vencida. Naquele terreno não podia combater. Viu que era uma intrusa, que ambos estavam — Lídia, sem dúvida — desejosos de vê-la pelas costas, e teve vontade de chorar.

— Ah, é verdade!... — Paulino pareceu lembrar-se pela primeira vez de que tinha uma posição a defender, uma respeitabilidade a guardar e que a ligeireza da conversa as comprometia. — Então, a menina quer empregar-se?

— Eu estou empregada, senhor Morais. Mas meus pais acham que ganho pouco e a dona Lídia quis ter a bondade de se interessar...

— Que sabe fazer?

— Sei escrever à máquina.

— Só? Não sabe estenografia?

— Não, senhor Morais.

— Saber só escrever à máquina, nos tempos que vão correndo, é pouco. Quanto ganha?

— Quinhentos escudos.
— Uhm... Não sabe, então, estenografia?
— Não, senhor...

A voz de Maria Cláudia sumia-se. Lídia estava sorridente. Paulino, pensativo. Um silêncio incómodo.

— Mas posso aprender... — disse Claudinha.
— Uhm...

Paulino chupava a cigarrilha e olhava a rapariga. Lídia acudiu:

— Ouve, querido, eu estou interessada no caso, mas se tu vês que não é possível... A Claudinha é bastante inteligente para compreender...

Maria Cláudia já não tinha forças que lhe permitissem reagir. O que queria era ver-se dali para fora e o mais depressa possível. Fez um gesto para se levantar.

— Deixe-se estar — disse Paulino. — Vou dar-lhe uma oportunidade. A minha estenodatilógrafa casa daqui a três meses e depois deixa o emprego. A menina vai trabalhar para a minha Companhia. Durante esses três meses, pago-lhe o mesmo que está a ganhar agora. Entretanto, vai aprendendo estenografia. Depois, veremos. Se me agradar, desde já lhe prometo que o ordenado dará um bom salto!... Convém-lhe?

— Convém, sim, senhor Morais! E muito obrigada! — O rosto de Maria Cláudia parecia uma alvorada de primavera.

— Não acha melhor falar primeiro a seus pais?
— Ai, não vale a pena, senhor Morais! Eles estão de acordo, com certeza...

Disse-o com tanta segurança, que Paulino fitou-a com olhos curiosos. No mesmo instante, Lídia observou:

– Mas, se ao fim desses três meses não estiveres satisfeito ou ela não souber bastante estenografia?... Tens que despedi-la?!...

Maria Cláudia olhou Paulino, inquieta.

– Bom, não será, talvez, caso para isso...

– Então, ficas mal servido...

– Eu aprenderei, senhor Morais – interrompeu Maria Cláudia. – E espero que ficará satisfeito comigo...

– Também espero – sorriu Paulino.

– Quando devo apresentar-me?

– Isso... Quanto mais depressa, melhor. Quando pode deixar o seu emprego?

– Já, se o senhor Morais quiser.

Paulino pensou durante alguns segundos, e disse:

– Estamos a 26... No dia 1, pode ser?

– Sim, senhor.

– Muito bem. Mas, espere... No dia 1 não estarei em Lisboa. Não importa. Dou-lhe um bilhete para se apresentar ao chefe do escritório, não vá esquecer-me de o avisar até lá. É pouco provável, no entanto...

Tirou da carteira um bilhete de visita. Procurou os óculos e não os encontrou:

– Onde deixei eu os óculos?

– Estão no quarto – respondeu Lídia.

– Vai buscar-mos, se fazes favor...

Lídia saiu. Paulino ficou com a carteira na mão e olhava distraidamente para Maria Cláudia. Esta, que tinha os olhos baixos, ergueu-se e fitou-o. Algo passou no olhar dele que a rapariga compreendeu. Nem um, nem outro, afastaram o olhar. O peito de Maria Cláudia arfou, o seio ondulou-lhe. Paulino sentiu que os músculos das costas se distendiam lentamente. No corredor soaram os passos de Lídia que voltava.

Quando ela entrou, Paulino remexia na carteira com escrupulosa atenção e Maria Cláudia fitava o tapete.

## XXI

Deitado na cama, os pés sobre um jornal para não sujar a colcha, Abel saboreava um cigarro. Tivera uma boa refeição. Mariana sabia cozinhar. E era, também, uma ótima dona de casa. Notava-se isso no arranjo da habitação, nos mais pequenos pormenores. O seu quarto ali estava para demonstrá-lo. Os móveis eram pobres, mas limpos, e tinham um ar de dignidade. Não há dúvida de que, assim como os animais domésticos – o cão e o gato, pelo menos – refletem o temperamento e o caráter dos donos, também os móveis e os objetos mais insignificantes de uma casa refletem alguma coisa da vida dos seus proprietários. Deles se desprende frieza ou calor, cordialidade ou reserva. São testemunhas que a toda a hora estão contando, numa linguagem silenciosa, o que viram e o que sabem. A dificuldade está em encontrar o momento mais favorável para recolher a confissão, a hora mais íntima, a luz mais propícia.

Seguindo no ar o movimento envolvente do fumo que subia, Abel ouvia as histórias que lhe contavam a cómoda e a mesa, as cadeiras e o espelho. E também as cortinas da janela. Não eram histórias com princípio, meio e fim, mas um fluir doce de imagens, a linguagem das formas e das cores que deixam uma impressão de paz e serenidade.

Sem dúvida, o estômago conchegado de Abel tinha parte importante nesta sensação de plenitude. Havia já muitos meses que estava privado das simples refeições domésticas, do sabor particular da comida feita pelas mãos e pelo paladar de uma tranquila dona de casa. Comia nas tabernas a meia-económica insossa e os carapaus fritos que, a troco de escassos escudos, dão aos pouco abonados a ilusão de que se alimentaram. Talvez Mariana desconfiasse disto mesmo. De outro modo, não se compreenderia o convite, de tão poucos dias datavam as suas relações. Ou talvez Silvestre e Mariana fossem diferentes. Diferentes de todas as pessoas que conhecera até aí. Mais humanas, mais simples, mais abertas. Que é que dava à pobreza dos seus hospedeiros aquele som de metal puro? (Por uma associação de ideias obscura, era assim que Abel sentia a atmosfera da casa.) "A felicidade? Será pouco. A felicidade comparticipa da natureza do caracol, que se retrai quando lhe tocam." Mas, a não ser a felicidade, que poderia ser, então? "Talvez a compreensão... Mas a compreensão é uma palavra, apenas. Ninguém pode compreender outrem, se não for esse outrem. E ninguém pode ser, ao mesmo tempo, outrem de si mesmo."

O fumo continuava a escapar-se do cigarro esquecido. "Estará na natureza de certas pessoas esta capacidade de desprender de si mesmas algo que transfigura a vida? Algo, algo... Algo, pode ser tudo ou quase nada. O que interessa é saber o quê. Mas, então, vejamos, ponhamos a pergunta: o quê?"

Abel pensou, tornou a pensar e, no fim, tinha diante de si apenas a pergunta. Parecia um beco sem saída. "Que pessoas são essas? Que capacidade é essa? Em que consiste a transfiguração? Não estarão estas palavras demasiado longe do que querem exprimir? A circunstância de ser forçoso o uso das palavras não dificultará a resposta? Mas, nesse caso, como achá-la?"

Alheio ao esforço especulativo de Abel, o cigarro consumiu-se até aos dedos que o seguravam. Com precaução para não fazer cair o longo morrão em que o cigarro se transformara, deitou a ponta para o cinzeiro. Ia retomar o fio do raciocínio, quando soaram duas pancadas leves na porta. Levantou-se:

– Pode entrar.

Apareceu Mariana com uma camisa na mão:

– Desculpe incomodá-lo, senhor Abel, mas não sei se esta camisa terá arranjo...

Abel segurou a camisa, mirou-a e sorriu:

– Que acha, senhora Mariana?

Ela sorriu também e aventurou:

– Não sei... Já está velhinha...

– Faça-lhe o que puder. Sabe?... às vezes tenho mais necessidade de uma camisa velha do que de uma nova... Acha esquisito?

– O senhor Abel lá sabe as razões que tem... – voltou a camisa por todos os lados, como se quisesse evidenciar-lhe a decrepitude, e acrescentou: – O meu Silvestre teve uma parecida com esta. Parece-me que ainda tenho uns bocados... Ao menos, para o colarinho...

– Isso dá muito trabalho. Talvez não...

Deteve-se. Viu nos olhos de Mariana a pena que lhe daria se não acedesse ao arranjo da camisa:

– Obrigada, senhora Mariana. Ficará melhor...

Mariana saiu. Tão gorda que fazia riso, tão boa que dava vontade de chorar.

"Será bondade", pensou Abel. "É pouco ainda", pensou

depois. "Há aqui qualquer coisa que me escapa. São felizes, vê-se. São compreensivos, são bons, bem o sinto. Mas falta qualquer coisa, talvez a mais importante, talvez a que é a causa da felicidade, da compreensão, da bondade. Talvez o que é – deve ser isto – simultaneamente, causa e consequência da bondade, da compreensão e da felicidade."

Por agora, Abel não achava saída no labirinto. O jantar reconfortante teria a sua parte de responsabilidade no embotamento do raciocínio. Pensou em ler um bocado, antes de se deitar. Era cedo, pouco passava das dez e meia, tinha bastante tempo à sua frente. Mas ler não lhe apetecia. Sair também não, apesar do tempo seguro, do céu sem nuvens, da temperatura amena. Sabia o que iria ver na rua: pessoas vagarosas ou apressadas, interessadas ou indiferentes. Casas sombrias, casas iluminadas. O correr egoísta da vida, a sofreguidão, o temor, o anseio, a abordagem pela mulher que passa, a expectativa, a fome, o luxo – e a noite que levanta as máscaras para mostrar a verdadeira face do homem.

Decidiu-se. Iria palestrar com Silvestre, com o seu amigo Silvestre. Sabia que a altura era má, que o sapateiro estava ocupado com um trabalho de urgência, mas, se não lhe pudesse falar, ao menos estaria ao pé dele, observando-lhe os movimentos das mãos hábeis, sentindo-lhe o olhar tranquilo. "Tranquilidade, esquisita coisa...", pensou.

Silvestre, ao vê-lo entrar na *marquise*, sorriu e disse:

– Hoje não há joguinho, hem?!...

Abel sentou-se em frente dele. A lâmpada baixa iluminava as mãos do sapateiro e o sapato de criança em que trabalhava.

– Que remédio! O senhor não tem horário de trabalho...
– Já tive. Hoje sou industrial...

Pronunciou a última palavra de um modo que lhe tirava toda a significação. Mariana, encostada ao tanque da roupa, a coser a camisa, gracejou:

– Industrial sem capital...

Abel tirou o maço de cigarros e ofereceu a Silvestre:

– Quer um destes?

– Pois sim.

Mas Silvestre tinha as mãos ocupadas e não podia tirar o cigarro. Foi Abel quem o tirou e lho meteu na boca e, depois, lho acendeu. Tudo isto em silêncio. Ninguém falou em contentamento, mas todos estavam contentes. A sensibilidade mais apurada do rapaz apreendeu a beleza do momento. Uma beleza pura. "Virginal", pensou.

A cadeira dele era mais alta que os bancos onde se sentavam Silvestre e Mariana. Via-lhes as cabeças curvadas, os cabelos brancos, a testa rugosa de Silvestre, as faces brilhantes e vermelhas de Mariana – e a luz familiar que os envolvia. O rosto de Abel estava na sombra, a brasa do novo cigarro acendido marcava-lhe o lugar da boca.

Mariana não era pessoa para longos serões. Além disso, a sua vista fatigada diminuía à noite. Para seu desespero, a cabeça pendia bruscamente para a frente. Para serões, não contassem com ela. Para madrugadas, podiam convidá-la.

– Já estás a amarrar perdizes – disse Silvestre.

– Que ideia, homem! Como se eu fosse algum perdigueiro!...

Mas era inútil. Ainda não tinham passado cinco minutos e já Mariana se levantava. Tinha os olhos chumbados de sono, o senhor Abel que desculpasse.

Os dois homens ficaram sós.

– Ainda não lhe agradeci o jantar – disse Abel.

— Ora! Que importância tem isso?
— Para mim, muita.
— Não diga tal. Jantar de pobre...
— Oferecido a outro mais pobre ainda... Tem graça! É a primeira vez que chamo a mim mesmo pobre. Nunca tinha pensado nisso.

Silvestre não respondeu. Abel sacudiu a cinza do cigarro e continuou:

— Mas não é por essa razão que disse que, para mim, tinha muita importância. É que nunca me senti tão bem como hoje. Quando me for embora, hei de levar saudades suas.

— Mas, por que há de ir-se embora?

Com um sorriso, Abel respondeu:

— Lembre-se do que lhe disse no outro dia... Quando me sinto agarrado, corto o tentáculo... — Após um breve silêncio que Silvestre não interrompeu, acrescentou: — Espero que não me julgue um ingrato...

— Não o julgo ingrato. Se não soubesse quem é, se não conhecesse a sua vida, era natural que pensasse assim.

Abel inclinou-se para a frente, num movimento de curiosidade irreprimível:

— Como é possível que o senhor seja tão compreensivo?

Silvestre levantou a cabeça, piscando os olhos feridos pela luz:

— Na minha profissão não é vulgar, não é o que quer dizer?

— Sim... Talvez...

— E olhe que sempre fui sapateiro!... O senhor é apontador e é pessoa sabedora. Também ninguém julgaria...

— Mas, eu...

— Acabe. Mas estudou, não é?

— Realmente.

— Pois eu também estudei. Tenho a instrução primária. Depois, li umas coisas, aprendi...

Como se o sapato exigisse toda a sua atenção, Silvestre calou-se, baixou mais a cabeça. A luz iluminava-lhe a nuca poderosa e as omoplatas musculosas.

— Estou a incomodá-lo no seu trabalho — disse Abel.

— Não está. Isto é coisa que eu já podia fazer de olhos fechados.

Pôs de parte o sapato, pegou em três linhas e começou a encerá-las. Fazia-o em movimentos largos e harmoniosos. Pouco a pouco, a cada passagem pela cera, a linha branca tomava uma cor amarela cada vez mais viva.

— Se o faço com os olhos abertos, é pela força do hábito — continuou. — E também porque, se os fechasse, o trabalho levaria mais tempo.

— Sem contar que sairia imperfeito — acrescentou Abel.

— Claro. Isso prova que até quando podemos fechar os olhos, os devemos conservar abertos...

— O que acaba de dizer tem todo o ar de uma charada.

— Olhe que não é tanto como julga. Não é verdade que, com a minha prática do ofício, podia trabalhar de olhos fechados?

— Até certo ponto. O senhor concordou em que, nessas condições, a obra não sairia perfeita.

— Por isso os abro. Também não é verdade que, com a minha idade, poderia fechar os olhos?

— Morrer?

Silvestre, que pegara na sovela e furava a sola para começar a coser, suspendeu o movimento:

— Morrer?! Que ideia? Não tenho pressa nenhuma.

– Então?

– Fechar os olhos só quer dizer não ver.

– Mas, não ver o quê?

O sapateiro fez um gesto amplo, como se quisesse abarcar tudo aquilo em que estava a pensar:

– Isto... A vida... As pessoas...

– Continua a charada. Confesso que não adivinho onde quer chegar.

– Nem podia adivinhar. Não sabe...

– Está a intrigar-me. Vamos ver se me oriento. O senhor disse que até mesmo quando podemos fechar os olhos os devemos conservar abertos, não foi? Também disse que os conservava abertos para ver a vida, as pessoas...

– Exatamente.

– Ora, bem. Todos nós temos os olhos abertos e vemos as pessoas, a vida... E, isso, quer se tenha seis ou sessenta anos...

– Depende da maneira de ver.

– Ah! Estamos a chegar ao ponto! O senhor Silvestre conserva os olhos abertos para ver de uma certa maneira. É isto que quer dizer?

– Foi o que eu disse.

– De que maneira?

Silvestre não respondeu. Esticava agora as linhas. Os músculos do braço contraíam-se.

– Estou a maçá-lo – disse Abel. – Se conversamos não terá o trabalho pronto amanhã...

– E se não conversamos ficará intrigado toda a noite.

– Isso é verdade.

– Está cheio de curiosidade, hem?! Está como eu no outro dia. Ao fim de dezasseis anos de mergulho na vida, descobriu uma ave rara. Um sapateiro filósofo! É quase a sorte grande!...

Abel teve a impressão de que Silvestre troçava dele, mas disfarçou o mau humor e respondeu, num tom levemente agridoce:

– Gostaria de saber, sem dúvida, mas nunca tentei forçar ninguém a dizer o que não quer. Nem mesmo aquelas pessoas em quem alguma vez confiei...

– Essa traz o meu endereço. Cá recebi.

O tom das palavras era de tal maneira jocoso e trocista que Abel teve de dominar-se para não responder com azedume. Mas como a única resposta possível seria azeda, preferiu calar-se. Intimamente sentia que não estava zangado com Silvestre, que não poderia zangar-se ainda que o quisesses.

– Ficou aborrecido? – perguntou o sapateiro.

– Nã... não...

– Esse não quer dizer sim. Aprendi consigo a ouvir tudo o que me dizem e a prestar atenção à maneira como dizem.

– Não acha que tenho razão?

– Tem. Tem razão e impaciência.

– Impaciência? Mesmo agora lhe disse que não forço ninguém a falar!...

– E se pudesse forçar?

– Se pudesse... Se pudesse, forçá-lo-ia a si. Ora, aí tem! Está satisfeito?

Silvestre riu alto:

– Doze anos de contacto com a vida ainda não o ensinaram a dominar-se.

– Ensinaram-me outras coisas.

– Ensinaram-no a ser desconfiado.

– Como pode dizer isso? Não confiei eu em si?

— Confiou. Mas o que disse podia ser dito a qualquer outra pessoa. Bastaria que sentisse aquela tal vontade de desabafar.

— É certo. Mas repare que foi consigo que eu desabafei.

— Agradeço-lhe... Agora não estou a brincar. Creia que lhe agradeço.

— Não preciso que me agradeça.

Silvestre pôs de parte o sapato e a sovela e empurrou para um lado a banca de trabalho. Mudou a posição da lâmpada, de forma a poder ver o rosto de Abel:

— Eia! O que aí vai de aborrecimento!...

O rosto de Abel carregou-se mais. Sentiu tentações de levantar-se e sair.

— Ouça, ouça – disse Silvestre. – É verdade, ou não, que desconfia de toda a gente? Que é um... um... falta-me a palavra.

— Um cético?

— Isso, um cético.

— Talvez. Tenho levado tantos trambolhões que para admirar seria se o não fosse. Mas o que é que, em mim, o levou a considerar-me cético?

— Em tudo o que me contou, não vi outra coisa.

— Mas, em certa altura, comoveu-se.

— Isso não quer dizer nada. Comovi-me por causa da sua vida, do que sofreu. Também me comovo com essas grandes desgraças em que, às vezes, os jornais falam...

— Está a fugir à questão. Por que é que eu sou um cético?

— Todos os rapazes da sua idade o são. Nestes tempos, pelo menos...

— E que rapazes conhece que tenham tido uma vida como a minha?

— Só a si. E é por isso mesmo que não lhe valeu de muito

o que viveu. Quer conhecer a vida, disse-me. Para quê? Para seu uso pessoal, para seu proveito, e nada mais!

– Quem lho disse?

– Adivinhei. Tenho um dedo torto que adivinha...

– Está outra vez a brincar?

– Já passou... Lembra-se de me ter falado nos tais tentáculos que nos agarram?

– Ainda há bocado falei neles...

– Pois, é aí que bate o ponto! Essa preocupação de não ser agarrado...

Abel interrompeu-o. A sua expressão de mau humor desaparecera. Estava agora interessado, quase exaltado:

– E daí? Quer ver-me com um emprego fixo onde tenha que jazer toda a vida? Quer ver-me com uma mulher agarrada? Quer ver-me a fazer a vida de toda a gente?

– Não quero, nem deixo de querer. Se o meu querer tivesse alguma importância para si, o que eu queria é que a sua preocupação de fugir a prisões não o levasse a ficar prisioneiro de si mesmo, do seu ceticismo...

Abel teve um sorriso amargo:

– E eu que julgava estar a viver uma vida exemplar!...

– Está, se dela tirar o que eu tirei da minha...

– E o que foi? Pode saber-se?

Silvestre abriu a onça, tirou uma mortalha e, vagarosamente, fez um cigarro. Com a primeira fumaça, respondeu:

– Uma certa maneira de ver...

– Voltámos ao princípio. O senhor sabe o que quer dizer. Eu não sei. Logo, a conversa não é possível!

– É. Quando eu lhe disser o que sei.

– Ora, até que enfim! Se tivesse começado por aí, teria sido bem melhor.

– Não acho. Precisava, primeiro, de ouvi-lo.
– Agora ouço eu. E, ai de si!, se não me convencer!

Ameaçava-o com o dedo indicador, mas o rosto era amigável. Silvestre correspondeu com um sorriso à ameaça. Depois, deixou pender a cabeça para trás e fitou o teto. Os tendões do pescoço pareciam cordas repuxadas. A gola aberta da camisa deixava ver a parte superior do peito, enegrecido de pelos, onde brilhavam pequenos fios de prata encrespados. Devagar, como se da abstração regressasse pesado de recordações, Silvestre olhou Abel. Em seguida, começou a falar, numa voz funda que tremia em certas palavras e como que se retesava e enrijecia noutras:

– Ouça, meu amigo. Quando eu tinha dezasseis anos já era o que sou hoje: sapateiro. Trabalhava num cubículo com mais quatro companheiros, de manhã à noite. De inverno, as paredes escorriam água; de verão, morria-se de calor. Adivinhou quando disse que lhe parecia que, aos dezasseis anos, a vida já não tinha nada de maravilhoso para mim. O Abel passou fome e frio porque quis, eu passei-os mesmo sem querer. Faz a sua diferença. Foi por sua vontade que começou a fazer essa vida, e não o censuro. A minha vontade não foi achada nem chamada para a vida que tive. Também não lhe contarei os meus anos de garoto, apesar de ser já bastante velho para dever ter prazer em recordá-los. Mas foram tão tristes que, para o caso, só vinham indispô-lo. Mau passadio, pouca roupa, muitas pancadas, e está tudo dito. São tantas as crianças que vivem assim, que a gente já nem se admira...

Com o queixo assente no punho cerrado, Abel não perdia uma palavra. Os seus olhos escuros brilhavam. A boca, de traços femininos, ganhara dureza. Todo o rosto estava atento.

— Aos dezasseis anos vivia desta maneira — continuou Silvestre. — Trabalhava no Barreiro. Conhece o Barreiro? Já lá não vou há um bom par de anos, não sei como aquilo está agora. Mas, adiante. Como lhe disse, tirei a instrução primária. À noite... Tinha um professor que não poupava a palmatória. Apanhei como os outros. A vontade de aprender era muita, mas o sono ainda era mais. Ele devia saber o que fazia durante o dia, lembro-me de que lho disse uma vez, mas era o mesmo que nada. Nunca me poupou. Já lá está. Que a terra lhe seja leve... Naquele tempo, estava a monarquia a dar o último suspiro. Acredito que foi mesmo o último...

— É republicano, claro — observou Abel.

— Se ser-se republicano é não gostar da monarquia, sou republicano. Mas a mim parece-me que monarquia e república, no fim de contas, são palavras. Parece-me, hoje... Naquela altura, era republicano convicto e a república mais que uma palavra. Veio a república. Não meti para aí prego nem estopa, mas chorei com tanta alegria como se tudo tivesse sido feito por mim. O Abel, que vive nestes tempos duros e desconfiados, não pode imaginar as esperanças daqueles dias. Se toda a gente sentiu o que eu senti, houve uma época em que não houve gente infeliz de uma ponta à outra de Portugal. Era uma criança, bem sei, sentia e pensava como criança. Mais tarde, comecei a ver que me roubavam as esperanças. A república já não era novidade, e nesta terra só se apreciam as novidades. Entramos como leões e saímos como sendeiros. Está-nos na massa do sangue... Havia muito entusiasmo, muita dedicação, era como se nos tivesse nascido um filho. Mas havia, também, muita gente disposta a dar cabo dos nossos ideais. E não se olhava a meios. Depois, o pior foi terem aparecido uns tantos que queriam, à viva força, salvar a Pátria. Como se ela estivesse para se perder!... Começou cada qual a não saber o que queria. Amigos de ontem eram inimigos no dia seguinte, sem bem saberem por quê. Eu ouvia aqui, ouvia ali, matutava, queria fazer qualquer coisa e não sabia o que havia de ser. Tive momentos em que daria a vida de boa vontade, se ma pedissem. Metia-me em discussões com os meus companheiros de banco. Um deles era socialista. Era o mais inteligente de nós todos. Sabia muita coisa. Acreditava no socialismo e sabia dizer por quê. A mim, emprestou-me livros. Estou a vê-lo. Era mais velho que eu, muito magro e muito pálido. Os olhos dele deitavam chamas quando falava de certas coisas. Por causa da posição em que trabalhava e porque era fraco, arqueava as costas. O peito metia-se-lhe para dentro. Dizia ele que gostava de mim porque eu era, ao mesmo tempo, forte e esperto... – calou-se, por momentos, reacendeu o cigarro que se apagara e prosseguiu: – Tinha o seu nome, chamava-se, também, Abel... Já lá vão mais de quarenta anos. Morreu antes da guerra. Um dia, faltou à oficina sem avisar. Fui visitá-lo. Vivia com a mãe. Estava na cama, cheio de febre. Tinha deitado sangue pela boca. Quando entrei no quarto, sorriu. Fez-me impressão aquele sorriso, parecia que estava a despedir-se de mim. Dois meses depois, morreu. Deixou-me os livros que tinha. Ainda os conservo...

Os olhos de Silvestre afundavam-se, recuavam para o passado distante. Viam o quarto pobre do doente, tão pobre como o seu, as longas mãos de unhas arroxeadas, o rosto pálido de olhos como brasas vivas.

– Nunca teve um amigo, pois não? – perguntou.
– Não, nunca tive...

— É pena. Não sabe o que é ter um amigo. Também não sabe o que custa perdê-lo, nem a saudade que se sente quando o recordamos. Aí tem uma das coisas que a vida não lhe ensinou...

Abel não respondeu, mas acenou com a cabeça lentamente. A voz de Silvestre, as palavras que ouvia, alteravam a ordem das suas ideias. Uma luz, não muito viva mas insistente, introduzia-se no seu espírito, iluminava sombras e desvãos.

— Depois, veio a guerra — continuou Silvestre. — Fui para a França. Não fui por gosto. Mandaram-me, não tive outro remédio. Andei por lá, metido até aos joelhos na lama da Flandres. Estive em La Couture... Quando falo na guerra, não sou capaz de dizer muita coisa. Imagino o que deve ter sido esta última para quem a viveu, e calo-me. Se aquela foi a Grande Guerra, que nome se há de dar a esta? E que nome se dará à próxima? — Sem aguardar resposta, prosseguiu: — Quando voltei, havia qualquer coisa de diferente. Dois anos sempre trazem mudanças. Mas quem estava mais mudado era eu. Voltei ao banco, noutra oficina. Os meus novos camaradas eram já homens, pais de filhos, que não iam, diziam eles, em cantigas. Assim que descobriram quem eu era, intrigaram-me com o patrão. Fui despedido e ameaçado com a polícia...

Silvestre teve um sorriso desdentado, como se recordasse qualquer episódio burlesco. Mas logo serenou:

— Os tempos tinham mudado. As minhas ideias, antes de eu ir para a França, podiam ser ditas em voz alta junto aos camaradas, que nenhum se lembraria de as denunciar à polícia ou ao patrão. Agora, tinha que as calar. Calei-me. Foi por essa altura que conheci a minha Mariana. Quem a vê hoje, não é capaz de imaginar o que ela era nesse tempo. Bonita como uma manhã de maio!...

Quase sem refletir, Abel perguntou:

– Gosta muito da sua mulher?

Silvestre, apanhado de surpresa, hesitou. Depois, serenamente, com uma convicção profunda, respondeu:

– Gosto. Gosto muito.

"É o amor", pensou Abel. "É o amor que lhes dá esta tranquilidade, esta paz." E, bruscamente, entrou-lhe no coração um desejo violento de amar, de dar-se, de ver na secura da sua vida a flor vermelha do amor. A voz serena de Silvestre continuava:

– Lembrei-me do meu amigo Abel, do outro...

Sorrindo, o rapaz fez um gesto de agradecimento pela delicadeza da intenção.

– Reli os livros que ele me tinha deixado e comecei a viver duas vidas. De dia, era o sapateiro, um sapateiro calado que não via mais longe que as solas dos sapatos que arranjava. À noite, é que era verdadeiramente eu. Não se admire se a minha maneira de falar é demasiadamente fina para a minha profissão. Convivi com muita gente culta e se não aprendi tudo o que devia, aprendi, pelo menos, o que podia. Arrisquei a vida algumas vezes. Nunca me recusei a qualquer tarefa, por mais perigosa que fosse...

A voz de Silvestre tornava-se lenta, como se se recusasse a uma recordação penosa, ou como se, não podendo evitar falar nela, procurasse a maneira de dizê-la:

– Uma vez houve uma greve de ferroviários. Ao fim de vinte dias foram mobilizados. Como resposta, o comité central ordenou que as estações fossem abandonadas. Eu estava em contacto com os ferroviários, tinha uma missão a cumprir junto deles. Era um elemento de confiança, apesar de a idade não ser muita. Mandaram-me chefiar um grupo que devia percorrer um setor do Barreiro, à noite. Devíamos colar panfletos. De madrugada tivemos um recontro com elementos da Juventude Monárquica...

Silvestre enrolou novo cigarro. As mãos tremiam-lhe um pouco e os olhos recusavam-se a fitar Abel:

– Um deles morreu. Mal lhe vi a cara, mas era novo. Ficou estendido na rua. Caía uma chuva miudinha e fria, e as ruas estavam cheias de lama. Veio a guarda e nós fugimos, antes que nos identificassem. Nunca se soube quem o matou...

Um silêncio pesado, como se a morte tivesse vindo sentar-se entre os dois homens. Silvestre conservava a cabeça baixa. Abel tossiu levemente e perguntou:

– E depois?

– Depois... Foi assim durante anos. Mais tarde, casei. A minha Mariana sofreu muito por minha causa. Em silêncio. Pensava que eu tinha razão e nunca me censurou. Nunca tentou afastar-me do meu caminho. Isso lhe devo. Os anos passaram. Hoje, estou velho...

Silvestre levantou-se e saiu da *marquise*. Voltou daí a minutos com a garrafa de ginja e dois copos:

– Quer uma ginja para aquecer?

– Quero.

Os copos cheios, os dois homens ficaram silenciosos.

– Então? – perguntou Abel, minutos depois.

– O quê?

– Onde está a tal maneira de ver a vida?

– Não descobriu?

– Talvez, mas preferia que me dissesse.

Silvestre engoliu a aguardente de um trago, limpou a boca às costas da mão e respondeu:

– Se não descobriu por si mesmo, é porque não soube dizer-lhe o que sinto. Nem admira. Há coisas que são tão difíceis de dizer... Julgamos que ficou tudo dito e, afinal...

– Não fuja.

– Não, não fujo. Aprendi a ver mais longe que a sola destes sapatos, aprendi que, por detrás desta vida desgraçada que os homens levam, há um grande ideal, uma grande esperança. Aprendi que a vida de cada um de nós deve ser orientada por essa esperança e por esse ideal. E que se há gente que não sente assim, é porque morreu antes de nascer. – Sorriu e acrescentou: – Esta frase não é minha. Ouvi-a há muitos anos...

– Na sua opinião, eu pertenço ao grupo daqueles que morreram antes de nascer?

– Pertence a outro grupo, ao grupo dos que ainda não nasceram.

– Não está a esquecer-se da experiência que tenho?

– Não esqueço nada. A experiência só vale quando é útil aos outros e o Abel não é útil a ninguém.

– Reconheço que não sou útil. Mas qual foi a utilidade da sua vida?

– Esforcei-me. E se não o consegui ficou, ao menos, o esforço.

– À sua maneira. E quem lhe diz que é a melhor?

– Hoje quase toda a gente diz que é a pior. Pertencerá o Abel ao número dos que falam assim?

– Para responder-lhe francamente, não sei...

– Não sabe? Depois do que viveu e do que viu, com a idade que tem, ainda não sabe?

Abel não pôde suportar o olhar de Silvestre e baixou a cabeça.

– Como é possível que não saiba? – insistiu o sapateiro. – Doze anos a viver dessa maneira ainda não lhe mostraram a baixeza da vida dos homens? A miséria? A fome? A ignorância? O medo?

– Mostraram tudo isso. Mas os tempos são outros...

– Sim. Os tempos são outros, mas os homens são os mesmos...

– Uns, morreram... O seu amigo Abel, por exemplo.

– Mas outros nasceram. O meu amigo Abel... Abel Nogueira, por exemplo.

– Está a contradizer-se. Ainda agora me dizia que eu pertenço ao grupo dos que ainda não nasceram...

Silvestre puxou, de novo, a banca para diante de si. Agarrou no sapato e recomeçou a trabalhar. Com voz sacudida, respondeu:

– Talvez não me tenha compreendido.

– Compreendo-o melhor do que supõe...

– E não me dá razão?

Abel levantou-se, olhou o quintal através dos vidros. A noite estava escura. Abriu a janela. Tudo era sombra e silêncio. Mas no céu havia estrelas. A via láctea desdobrava o seu caminho luminoso de horizonte a horizonte. E da cidade subia para as alturas um rumor surdo de cratera.

## XXII

Graças à vitalidade dos seus seis anos, Henrique restabeleceu-se com rapidez. No entanto, apesar da benignidade da doença, o seu caráter parecia ter-se modificado. Talvez por causa dos mimos excessivos que lhe haviam sido dispensados, exacerbara-se-lhe a sensibilidade. A uma palavra mais ríspida, as lágrimas vinham-lhe aos olhos e aí estava ele a chorar.

De buliçoso que era tornara-se comedido. Na presença do pai punha-se sério e acompanhava-o no silêncio. Fitava-o com uns olhares ternos, uma admiração muda, uma contemplação apaixonada. O pai não se mostrava mais afetuoso: não havia, portanto, uma retribuição de interesse. O que atraía Henrique, agora, era exatamente o que antes o afastara: o silêncio, as frases breves, o ar ausente. Por motivos que ignorava, e que não compreenderia se os conhecesse, tivera o pai à cabeceira. Aquela permanência, o rosto preocupado e, ao mesmo tempo, reservado, a atmosfera de hostilidade que envolvia a casa, tudo isto mais a recetividade, o aguçamento da perceção, provocados pela doença, impeliam-no, obscuramente, para o pai. No seu pequeno cérebro entreabrira-se uma das muitas portas fechadas até aí. Sem que tivesse consciência disso, estava dando um passo para o amadurecimento. Notava a desarmonia familiar.

Decerto, antes, assistira a cenas violentas entre os pais. Mas assistira como espectador indiferente, como se presenciasse um jogo que nem de longe nem de perto o afetaria. Agora não. Ainda sob a influência da doença, sob a impressão do estado mórbido anterior, captava, sem que nisso entrasse o menor da sua vontade, as manifestações do conflito latente. O prisma através do qual via os pais rodara, ligeiramente mas o bastante para vê-los de outro modo. Tarde ou cedo essa mudança se daria: a doença não fizera mais que apressá-la.

Sem dúvida, a mãe não perdera nada no seu conceito: via-a tal-qualmente antes. Mas o pai aparecia-lhe com outro aspeto. Henrique tinha seis anos: impossível dar-se conta de que a transformação se dera em si. Logo, o pai é que se transformara. Mas o certo é que o pai não lhe falava nem o beijava mais do que antes. Esta evidência remetia Henrique, na falta da autêntica explicação, para os cuidados que o pai lhe prodigalizara durante a doença. E, assim, tudo estava certo. Afinal, o interesse de Henrique não era mais que uma retribuição. Não do interesse presente, mas do interesse passado. Um reconhecimento. Uma gratidão. Cada época da vida toma a explicação mais fácil e imediata.

Este interesse manifestava-se a propósito e a despropósito. À refeição, a distância que ia da cadeira de Henrique à do pai era menor do que a que o separava da mãe. Quando Emílio, à noite, punha em ordem os seus papéis, as requisições e as encomendas que conseguira durante o dia, o filho encostava-se à mesa, a vê-lo trabalhar. Se algum desses papéis caía – e Henrique desejava-o com toda a sua capacidade de desejar –, corria pressuroso para lho entregar, e se o pai, em sinal de agradecimento, lhe sorria, Henrique era a mais feliz das crianças. Mas havia ainda felicidade maior, e maior porque não admitia comparações: era quando o pai lhe pousava a mão na cabeça. Nesses momentos, Henrique quase perdia a visão.

Em Emílio, o interesse súbito e aparentemente inexplicável do filho provocou duas reações diferentes e opostas. Primeiro, a comoção. Tinha a vida tão oca de afetos, tão distante do amor, sentia-se tão isolado, que aquelas pequenas atenções, aquela presença constante do filho a seu lado, aquela dedicação obstinada, o comoveram. Mas, logo, teve a perceção do perigo: tal interesse, tal comoção, só serviam para tornar mais difícil a decisão que tomara de partir. Endureceu, procurou afastar o filho, vincando mais os traços do seu caráter que poderiam contribuir para desanimá-lo. Mas a criança não desistiu. Se Emílio recorresse à violência talvez o tivesse afastado. Não podia. Nunca lhe batera, e não lhe bateria mesmo que as pancadas fossem o preço da sua libertação. Pensar que a mão com que acariciava o filho, e por este amada por causa da carícia, o agrediria, produzia-lhe um mal-estar intenso.

Emílio pensava de mais. Em tudo o seu cérebro se prendia. Andava ao redor dos problemas, metia-se neles, afogava-se neles, e, por fim, o seu próprio pensamento já era um problema. Esquecia o que mais importava e punha-se à procura dos motivos, das razões. A vida corria-lhe ao lado e não atentava nela. A questão a resolver estava ali e não a via. Ainda que ela pudesse gritar: "Estou aqui! Olha para mim!", não a ouviria. Agora, em vez de procurar o processo de afastar o interesse do filho, dava-lhe para procurar as razões desse interesse. E porque não as encontrou, o cérebro, lançado na teia do inconsciente, concluiu por uma explicação supersticiosa. Fora porque anunciara ao filho que se iria embora que ele piorara; era pela mesma razão que a criança, amedrontada pela perspetiva de perdê-lo, manifestava este interesse inesperado. Quando o pensamento emergia deste tremedal paralisante, Emílio dava-se conta da irracionalidade da conclusão: Henrique mal ouvira as suas palavras, dera-lhes tanta atenção como ao esvoaçar de uma mosca, agora visto, logo esquecido. Além disso, as últimas palavras, as palavras definitivas e irremediáveis, não as ouvira porque adormecera. Mas aqui, o cérebro de Emílio encetava nova viagem na corda bamba do subconsciente: as palavras ditas, ainda que não ouvidas, ficam no ar, pairam na atmosfera, são, por assim dizer, respiradas, e produzem efeitos tal como se tivessem encontrado no seu caminho ouvidos que as entendessem. Conclusão insensata, supersticiosa, toda tecida de agoiros e mistérios.

Para Carmen, o que se estava passando era o mais certo sinal da perversidade do marido. Não contente por ter-lhe negado a felicidade, queria agora roubar-lhe o seu último bem, o amor do filho. Lutou contra os maus desígnios de Emílio. Redobrou de carinhos para a criança. Mas Henrique dava mais atenção a um simples olhar do pai que à exuberância do afeto da mãe. Carmen, desesperada, chegou a pensar que o marido o embruxara, que lhe dera a beber qualquer droga para modificar-lhe os sentimentos. Encasquetada esta ideia, a maneira de reagir estava à vista. Às escondidas, submeteu a criança a rezas e defumadoiros. Atemorizou-o com ameaças de pancada se dissesse alguma coisa ao pai.

Perturbado pelo cerimonial da bruxaria, Henrique tornou-se mais nervoso e excitável. Amedrontado pelas ameaças aproximou-se mais do pai.

Os esforços de Carmen eram inúteis: nem bruxedos, nem carícias, desviavam o filho daquela obstinação. Tornou-se agressiva. Passou a procurar pretextos para lhe bater. À menor tropelia, chegava-lhe uma bofetada. Sabia que estava procedendo mal, mas não podia dominar-se. Quando, depois de bater na criança, a via chorar, chorava também, às escondidas, de raiva e de remorsos. O seu desejo seria bater até se cansar, embora soubesse que depois se arrependeria mil vezes. Perdera o domínio de si mesma. Apetecia-lhe fazer qualquer coisa de monstruoso, partir tudo à sua frente, correr a casa dando pontapés nos móveis e socos nas paredes, gritar aos ouvidos do marido, sacudi-lo, esbofeteá-lo. Trazia os nervos à flor da pele, perdera a prudência e o vago temor de que, como mulher casada, sofria em relação ao marido.

Uma noite, ao jantar, Henrique levara o seu banco para tão perto do pai, que Carmen sentiu uma onda de furor subir-lhe pela garganta. Pareceu-lhe que a cabeça lhe ia rebentar. Viu tudo dançando à sua volta e, para não cair, precisou de amparar-se à mesa. O gesto instintivo fez tombar uma garrafa. O acidente, o estilhaçar do vidro, foi o rastilho que fez explodir a cólera. Quase num grito, exclamou:

– *Estoy* farta! *Estoy* farta!

Emílio, que comia a sopa e ficara indiferente à queda da garrafa, levantou a cabeça serenamente, olhou a mulher com os seus olhos claros e frios e perguntou:

– De quê?

Carmen, antes de responder, deitou ao filho um olhar tão carregado de irritação que a criança se encolheu, encostando-se ao braço do pai.

– *Estoy* farta de ti! *Estoy* farta da casa! *Estoy* farta do teu filho! *Estoy* farta desta vida! *Estoy* farta!

— Tens o remédio à mão.
— Isso querias tu! Que *yo* me fosse embora! *Pero, no iré!*
— Como queiras...
— *Y si yo quisier* ir?
— Descansa que não irei buscar-te.

Acompanhou a frase de um sorriso escarninho que foi, para Carmen, pior que uma bofetada. Certa de que atingia profundamente o marido, ela respondeu:

— Talvez vás... Porque *yo, si* for, *no iré sola!*
— Não percebo.
— Levo o meu filho!

Emílio sentiu a mão da criança crispar-se no seu braço. Olhou-o um momento, viu-lhe os lábios trémulos e os olhos húmidos, e uma funda piedade, uma ternura irreprimível, o invadiu. Quis poupar o filho àquele espetáculo degradante:

— Esta conversa é estúpida. Nem reparas que ele está presente!

— *No me importa! No te hagas* de desentendido!...
— Acabou-se!
— *Sólo cuándo yo lo quiera!*
— Carmen!!

A mulher ergueu o rosto para ele. O seu queixo forte, que a idade já afilava, parecia desafiá-lo:

— *¡No me das miedo! ¡Ni tú, ni nadie!*

Decerto, Carmen não tinha medo. Mas, de súbito, a voz quebrou-se-lhe na garganta, as lágrimas inundaram-lhe o rosto, e, arrastada por um impulso impossível de dominar, lançou-se ao filho. De joelhos, a voz sacudida pelos soluços, murmurava, quase gemia:

— *¡Hijo mio, mírame! ¡Mira! Yo soy tu madre! ¡Soy tu amiga! ¡Nadie te gusta más que yo! Mira!...*

Henrique tremia de pavor, agarrado ao pai. Carmen continuava o seu monólogo despedaçado, vendo cada vez mais claramente que o filho lhe fugia, e, contudo, incapaz de renunciar a ele.

Emílio levantou-se, arrancou o filho dos braços da mulher, ergueu-a e sentou-a num banco. Ela deixou-se levar, quase desfalecida.

– Carmen!

Sentada no banco, toda curvada para a frente, as mãos amparando a cabeça, ela chorava. Do outro lado da mesa, Henrique parecia ir ter uma crise nervosa. Tinha a boca aberta, como se lhe faltasse o ar, os olhos esgazeados, fixos como os de um cego. Emílio correu para ele, precipitou palavras tranquilizadoras, levou-o para fora da cozinha.

A muito custo a criança sossegou. Quando voltaram, Carmen enxugava os olhos ao avental sujo. Ali, tão acabrunhada como uma velha, o rosto crispado e vermelho, fazia dó. Emílio teve pena dela:

– Estás melhor?

– Estou. O menino?

– Está bem.

Sentaram-se à mesa, em silêncio. Em silêncio, comeram. Após a cena tempestuosa, a acalmia do cansaço obrigava-os ao silêncio. Pai, mãe e filho. Três pessoas sob o mesmo teto, sob a mesma luz, respirando o mesmo ar. Família...

Quando acabou a refeição, Emílio foi para a casa de jantar e o filho seguiu-o. Sentou-se num velho canapé de verga, esgotado como se viesse de um trabalho violento. Henrique encostou-se-lhe aos joelhos.

– Como te sentes?

– Estou bem, paizinho.

Emílio passou-lhe a mão pelos cabelos macios. Aquela pequena cabeça, que a sua mão abrangia, enternecia-o. Afastou-lhe o cabelo dos olhos, passou-lhe os dedos sobre as sobrancelhas finas, e depois, descendo, seguiu-lhe o contorno do rosto até ao queixo. Henrique deixava-se acariciar como um cachorrinho. Quase não respirava, como se temesse que um sopro bastasse para interromper o afago. Tinha os olhos fixos no pai. A mão de Emílio continuava a percorrer as feições do filho, já esquecida do que fazia, num movimento mecânico de que a consciência não participava. A criança sentiu o afastamento do pai. Deslizou-lhe entre os joelhos e foi encostar a cabeça ao peito dele.

Agora Emílio estava livre do olhar do filho. Os seus olhos vagavam de móvel para móvel, de objeto para objeto. Sobre uma coluna, um rapaz de barro pintado iscava um anzol, tendo aos pés um aquário vazio. Debaixo da estatueta, caindo em folhos do tampo da coluna, um *napperon* mostrava as habilidades domésticas de Carmen. Sobre o aparador e o guarda-pratas que apenas guardava louças de Sacavém brilhavam foscamente copos de vidro. Mais *napperons* insistiam na demonstração da capacidade ornamentadora da dona da casa. Tudo era baço, como se uma camada de pó, impossível de levantar, ocultasse brilhos e cores.

Os olhos de Emílio recebiam uma impressão de fealdade, de monotonia, de prosaísmo. Uma impressão deprimente. O candeeiro do teto distribuía a luz, de tal modo que a sua função parecia, antes, a de distribuidor de sombras. E era moderno, o candeeiro. Tinha três braços cromados, com os correspondentes globos. Por economia, só uma lâmpada acendia.

Da cozinha, Carmen fazia-se lembrada, suspirando profundamente enquanto remoía o desgosto e lavava a loiça.

Com o filho apertado contra o peito, Emílio via a chateza da sua vida presente, lembrava a chateza da sua vida passada. Quanto ao futuro... Tinha-o nos braços, mas esse não era o seu. Daí a uns anos a cabeça que agora se apoiava, feliz, no seu peito, pensaria por sua conta. O quê?

Emílio afastou o filho devagar e fitou-o. O pensamento de Henrique dormitava ainda atrás da serenidade. Tudo estava oculto.

# XXIII

Amélia sussurrou ao ouvido da irmã:
– As pequenas têm aborrecimentos...
– O quê?
– Têm aborrecimentos...
Estavam na cozinha. O jantar acabara pouco tempo antes. Adriana e Isaura caseavam camisas no quarto ao lado. Pela porta aberta derramava-se a luz para o corredor escuro. Cândida olhou a irmã, incrédula:
– Não acreditas? – insistiu Amélia.
A outra encolheu os ombros e estendeu o lábio inferior, numa confissão de ignorância.
– Se não andasses sempre com os olhos fechados, já terias visto como eu...
– Mas que podem elas ter?
– Isso queria eu saber.
– Será impressão tua...
– Será. Mas podem contar-se pelos dedos as palavras que disseram hoje uma à outra. E não foi só hoje. Não reparaste?
– Não.
– É o que eu digo. Andas com os olhos fechados. Deixa-me cá com a cozinha e vai lá para dentro. E observa-as...

Nos seus passinhos miúdos, Cândida meteu pelo corredor para o quarto onde estavam as filhas. Ocupadas com o trabalho, não levantaram a cabeça quando a mãe entrou. A telefonia irradiava, sem grande ruído, a *Lucia* de Donizetti. Ouviam-se as notas agudíssimas de um soprano. Mais para sondar o ambiente do que para criticar, Cândida declarou:
– Que voz!... Parece que está a dar cambalhotas!

As filhas sorriram, com um sorriso tão forçado, tão contrafeito, como as acrobacias vocais da cantora. Cândida ficou inquieta. Deu razão à irmã. Algo se passava entre as filhas. Nunca as vira assim, reservadas e distantes. Dir-se-ia que estavam com medo uma da outra. Quis pronunciar uma frase conciliadora, mas a garganta, subitamente seca, não articulou palavra. Isaura e Adriana continuavam a trabalhar. A cantora abandonava a voz num *smorzando* quase quase inaudível. A orquestra deu três acordes rápidos, e a voz do tenor ergueu-se, forte e envolvente.

– Que bem canta o Gigli! – exclamou Cândida, para dizer alguma coisa.

As duas irmãs entreolharam-se, hesitantes, querendo cada uma que fosse a outra a falar. Ambas sentiam a necessidade de responder. Foi Adriana quem disse:
– É verdade. Canta muito bem. Já está é velho.

Feliz por poder, ainda que por minutos, reconstituir os antigos serões, Cândida defendeu o Gigli:
– Isso não quer dizer nada. Ora escuta... Não há outro como ele. E lá por estar velho... Os velhos também têm valor! Ora vejam se há algum que lhe ponha o pé adiante! Valem mais os velhos que muitos novos...

Como se a camisa que tinha no regaço lhe tivesse proposto um problema difícil, Isaura baixou a cabeça. A alusão da mãe ao valor dos velhos e dos novos, se bem que só remotamente pudesse atingi-la, fizera-lhe subir o sangue ao rosto. Como todos os que têm um segredo a esconder, via insinuações e suspeitas em todas as palavras e olhares. Adriana notou-lhe a confusão, adivinhou o motivo, e procurou acabar a conversa:

– As pessoas idosas rabujam sempre contra os mais novos!

– Mas eu não estou a rabujar... – desculpou-se Cândida.

– Bem sei.

Com estas palavras, Adriana fez um gesto de impaciência. Normalmente era calma, quase apática, não tinha, como a irmã, aquele frémito que se adivinhava sob a pele e que denunciava uma vida interior intensa e tumultuosa. Mas agora estava agitada. Todas as conversas a aborreciam e, mais que tudo, o ar eternamente perplexo e aflito da mãe. O tom de humildade com que ela falara tinha-a irritado.

Cândida notou a secura da voz de Adriana e calou-se. Fez-se mais pequena na cadeira, puxou o seu *crochet* e procurou passar despercebida.

De vez em quando, deitava, à socapa, um olhar para as filhas. Isaura ainda não abrira a boca. Estava tão absorta no trabalho que parecia nem dar atenção à música. Em vão, Gigli e Totti dal Monte garganteavam um dueto de amor: Isaura não ouvia; Adriana pouco mais. Só Cândida, embora preocupada, se deixava enlear pela melodia fácil e doce de Donizetti. Daí a pouco, ocupada com as malhas do *crochet* e a marcação do compasso, esquecia as filhas. Despertou-a da distração a voz da irmã, que chamava da cozinha.

– Então? – perguntou Amélia, quando Cândida chegou junto dela.

– Não dei por nada.
– Já esperava...
– Oh, filha... mas isso é imaginação tua!... Quando te dá para a desconfiança!...

Amélia esgazeou os olhos, como se considerasse as palavras da irmã absurdas e, mais do que absurdas, inconvenientes. Cândida não se atreveu a concluir a frase. Com um encolher de ombros que significava o desalento de ver-se interrompida, Amélia declarou:

– Eu verei. Tola fui em pensar que podia contar contigo.
– Mas desconfias de alguma coisa?
– Isso é comigo.
– Devias dizer-me. Elas são minhas filhas e gostaria de saber...
– Saberás a seu tempo!

Cândida teve um assomo de irritação tão inesperado como um acesso de fúria num canário engaiolado:

– Acho que tudo isso são tolices. Manias tuas!...
– Manias? É forte a palavra! Então eu preocupo-me com as tuas filhas e chamas a isso manias?
– Mas, Amélia...
– Não há cá Amélia. Deixa-me com o meu trabalho e vai ao teu. Ainda hás de agradecer-me...
– Podia agradecer-te já, se me dissesses o que se passa. Que culpa tenho eu de não ser tão observadora como tu?!

Amélia olhou a irmã, de soslaio, desconfiada. O tom parecia-lhe zombeteiro. Sentiu que a sua atitude não era razoável e esteve quase a confessar que nada sabia. Tranquilizaria a irmã, e, as duas juntas, viriam talvez a descobrir o motivo do desentendimento de Isaura e Adriana. Mas reteve-a o orgulho. Confessar a sua ignorância depois de deixar supor que alguma coisa sabia, era uma atitude que estava além das suas forças. Costumara-se a ter sempre razão, a falar como um oráculo e nem por sombras estava disposta a ceder o seu papel. Murmurou:

– Está bem. A ironia é fácil. Eu verei sozinha.

Cândida voltou para junto das filhas. Ia inquieta, mais do que da primeira vez. Amélia sabia algo que não queria contar – e que seria? Adriana e Isaura guardavam a mesma distância entre si, mas a mãe teve a sensação de que léguas as separavam. Sentou-se na sua cadeira, pegou no *crochet*, fez precipitadamente duas malhas, e, depois, incapaz de continuar, deixou pender as mãos, hesitou um segundo, e perguntou:

– Que têm vocês?

A esta pergunta direta, Isaura e Adriana tiveram um movimento de pânico. Por momentos, não puderam responder, mas depois falaram ao mesmo tempo:

– Nós? Nada...

Adriana acrescentou:

– Oh, mãe, mas que ideia a sua!...

"É claro, é uma tolice", pensou a mãe. Sorriu, fitou as filhas lentamente, uma por uma, e disse:

– Tens razão, é uma tolice. Coisas que se me meteram na cabeça... Não façam caso.

Agarrou de novo o *crochet* e, mais uma vez, recomeçou o trabalho. Isaura, daí a pouco, levantou-se e saiu. A mãe seguiu-a com os olhos vagos, até ela desaparecer. Adriana curvou-se mais para a camisa. Agora a telefonia baralhava as vozes dos cantores. Devia tratar-se de um final de ato, com muitas pessoas no palco, umas de vozes agudas, outras de vozes graves. O conjunto era confuso e, sobretudo, barulhento. De repente, após um estridor de metais que se sobrepôs ao canto, Cândida chamou:

– Adriana!

– Minha mãe...

– Vai ver o que tem a tua irmã. Pode estar doente...

O gesto de relutância de Adriana não lhe passou despercebido:

– Então? Não vais?

– Vou. Por que não iria?

– Isso queria eu saber.

Os olhos de Cândida brilhavam de uma maneira insólita. Dir-se-ia que estavam molhados de lágrimas.

– Oh, mãe, mas em que está a pensar?

– Não estou a pensar nada, filha, não estou a pensar nada...

– Não há que pensar, acredite. Nós estamos bem.

– Dás-me a tua palavra?

– Dou...

– Ainda bem. Vai lá ver, vai.

Adriana saiu. A mãe deixou cair o *crochet* no regaço. As lágrimas, até aí reprimidas, caíram. Duas lágrimas apenas, duas lágrimas que tinham de cair porque haviam chegado aos olhos e já não podiam voltar atrás. Não acreditara na palavra da filha. Tinha agora a certeza de que entre Isaura e Adriana havia um segredo que nenhuma delas queria ou podia revelar.

A entrada de Amélia cortou-lhe cerce o pensamento. Cândida deitou mão das agulhas e baixou a cabeça.

– As pequenas?

– Estão lá dentro.

– Que estão a fazer?

– Não sei. Se ainda estás disposta a descobrir podes ir espreitá-las, mas digo-te que perdes o teu tempo. A Adriana deu-me a sua palavra. Não se passa nada entre elas.

Amélia mudou com violência a posição de uma cadeira e respondeu, com voz dura:

– A tua opinião não me interessa. Nunca fui pessoa para espionar, mas se tanto for preciso começarei agora!

– Estás obcecada!

– Não importa que o esteja. Mas, haja o que houver, fica sabendo que não admito palavras como as que me disseste agora!

– Não quis ofender.

– Mas ofendeste.

– Peço desculpa.

– Vêm tarde as desculpas.

Cândida levantou-se. Era um pouco mais baixa que a irmã. Involuntariamente, ergueu-se nas pontas dos pés:

– Se não as aceitas, não te louvo por isso. Tenho a palavra da Adriana.

– Não acredito nela.

– Acredito eu e é quanto basta!

– Queres dizer que nada tenho com a vossa vida, não é? Bem sei que não passo de tua irmã e que a casa não é minha, mas estava longe de pensar que mo fizesses sentir dessa maneira!

– Estás a tirar conclusões erradas das minhas palavras. Não disse tal coisa!

– Para bom entendedor...

– Até os bons entendedores erram, às vezes!...

– Cândida!

– Estás a estranhar-me? A tua desconfiança estúpida

fez-me perder a paciência. Acabemos com a discussão. É lamentável ficarmos zangadas por causa disto.

Sem esperar que a irmã respondesse, saiu do quarto, levando as mãos aos olhos. Amélia ficou de pé, imóvel, os dedos crispados no espaldar da cadeira e, ela também, com os olhos húmidos. Uma vez mais teve vontade de dizer à irmã que nada sabia, mas o orgulho reteve-a.

Sim, decerto o orgulho a reteve, mas mais do que ele a reteve o regresso das sobrinhas. Vinham risonhas, mas os seus olhos agudos descobriram que os sorrisos eram falsos, que tinham sido afixados nos lábios, atrás da porta, como máscaras. Pensou: "Elas entendem-se para nos enganarem". E firmou-se mais na sua decisão de descobrir o que havia por detrás dos sorrisos simulados.

# XXIV

Caetano remoía ideias de vingança. Sofrera um enxovalho e queria vingar-se. Mil vezes se censurou pela sua cobardia. Devia ter pisado a mulher a pés, como dissera. Devia tê-la esmurrado com os seus punhos grossos e cabeludos, obrigá-la a correr todos os cantos da casa diante do seu furor. Não fora capaz, faltara-lhe a coragem e agora queria vingar-se. Mas queria uma vingança perfeita, que não se limitasse às pancadas. Qualquer coisa mais refinada e subtil, o que não significava que, para complemento, não pudessem vir as brutalidades.

Ao recordar a cena humilhante estremecia de cólera. Procurava manter-se nessa disposição, mas, mal a porta se abria, sentia-se impotente. Quis convencer-se de que era o aspeto débil da mulher que o impedia, quis dar à sua fraqueza ares de comiseração, e atormentava-se, consciente de que nada mais era senão fraqueza. Imaginou meios de aumentar o seu desprezo pela mulher: ela retribuía com um desprezo maior. Passou a dar-lhe menos dinheiro para o governo da casa. Logo desistiu porque era o único prejudicado: Justina apresentava menos comida. Durante dois dias inteiros (chegou a sonhar com isso) pensou em esconder ou retirar de casa o retrato e as recordações da filha.

Sabia que era o golpe mais fundo que podia assestar na mulher.

O medo é que o impediu. Não medo da mulher, sim das possíveis consequências do ato. Afigurou-se-lhe que tal ação se parecia muito com um sacrilégio. Tal gesto decerto lhe acarretaria as maiores desgraças: a tuberculose, por exemplo. Com os seus noventa quilos de carne e osso, a sua saúde insultante, temia a tuberculose como o pior dos males e sentia um horror mórbido à simples vista de alguém atacado dessa doença. A mera citação da palavra o arrepiava. Até mesmo quando, agarrado à máquina de compor, copiava os linguados (trabalho em que o cérebro não entrava, pelo menos para a perceção do que lia) e lhe aparecia a palavra horrível, não podia evitar um sobressalto. Isto acontecia tão frequentemente que acabou por convencer-se de que o chefe da oficina, conhecedor da sua fraqueza, lhe mandava tudo o que o jornal publicava acerca de tuberculose. Era fatal que lhe fossem às mãos os relatos das sessões médicas em que a doença era discutida. As misteriosas palavras de que tais relatos estavam repletos, palavras complicadas, de um tremebundo som a grego, e que pareciam inventadas de propósito para assustar as pessoas sensíveis, fixavam-se-lhe no cérebro como ventosas e acompanhavam-no durante horas.

Além deste impraticável projeto, a sua imaginação anémica apenas lhe sugeria ideias só aproveitáveis se vivesse em termos mais amistosos com a mulher. Já lhe tirara tanta coisa, amor, amizade, sossego, e tudo o mais que pode tornar suportável e, quantas vezes, desejável, a vida conjugal, que nada restava. Quase chegou a lamentar ter perdido tão depressa o hábito de a beijar ao entrar e sair de casa, só para o poder fazer agora.

Apesar de todos os fracassos da sua inventiva, não desistia. Obstinava-se na ideia de vingar-se de uma maneira que obrigasse a mulher a cair de joelhos diante dele, desesperada e pedindo perdão.

Um dia supôs ter achado. É verdade que uma simples reflexão lhe mostrou o absurdo da ideia, mas talvez esse mesmo absurdo o seduzisse. Ia desempenhar um papel novo nas relações com a mulher: o de ciumento. A pobre Justina, feia, quase esquelética, não suscitaria zelos ao mais feroz dos Otelos. Contudo, a imaginação de Caetano não foi capaz de produzir coisa melhor.

Enquanto preparava o lance, mostrou-se quase afável para a mulher. Foi ao ponto de acariciar o gato, o que, para o animal, foi a maior das surpresas. Comprou uma moldura nova para o retrato da filha e anunciou que estava pensando em fazer desse retrato uma ampliação. Tocada na corda mais íntima da sua sensibilidade, Justina agradeceu a moldura e louvou a ideia. Mas conhecia bastante o marido para suspeitar de que ele ocultava intenções reservadas. Colocou-se, portanto, na expectativa, à espera do pior.

Concluída toda esta preparação, Caetano deu o golpe. Uma noite, mal saiu do jornal, dirigiu-se a casa. Levava no bolso uma carta que a si próprio dirigira, disfarçando a letra. Usara tinta diferente da sua, escrevera com uma caneta estragada que tornava a caligrafia angulosa e esborratava as letras fechadas. Era uma obra-prima de dissimulação. Nem um perito descobriria a fraude.

Quando meteu a chave na fechadura, o coração pulsou-lhe, agitado. Ia satisfazer o seu desejo de vingança, ia ver a mulher de joelhos a protestar a sua inocência. Entrou devagar. Queria que a surpresa fosse completa. Acordaria a mulher bruscamente, pôr-lhe-ia diante dos olhos a prova da sua culpabilidade. Sorriu no escuro, enquanto seguia pelo corredor na ponta dos pés. À medida que caminhava ia fazendo deslizar a mão pela parede, até que encontrou a ombreira. Com a outra mão apalpou no ar. A porta estava aberta. Sentiu no rosto a atmosfera aquecida do quarto. Com a mão esquerda tateou o interruptor. Tudo estava pronto. Deu ao rosto uma expressão colérica e acendeu a luz.

Justina estava acordada. Esta eventualidade não fora prevista por Caetano. A cólera esvaiu-se, o rosto ficou inexpressivo. A mulher olhou-o surpreendida, sem falar. Caetano sentiu que todo o edifício da sua maquinação se esboroaria se não falasse imediatamente. Recuperou a serenidade, tornou a carregar o sobrecenho e disparou:

– Ainda bem que está acordada. Poupou-me trabalho. Leia isto!

Atirou-lhe a carta. Lentamente, Justina agarrou o sobrescrito. Durante o movimento pensou que estava ali o resultado da insólita mudança do marido. Tirou a carta e fez o possível para lê-la, mas a passagem brusca e recente das trevas para a luz e a má caligrafia não lho permitiram à primeira tentativa. Mudou de posição, esfregou os olhos, ergueu-se sobre um cotovelo. Estas demoras exasperavam Caetano: tudo lhe estava saindo às avessas.

Justina lia a carta. O marido seguia-lhe as transformações fisionómicas com ansiedade. Estupidamente, levantou-se-lhe no cérebro esta ideia: "E se, afinal, fosse verdade?". Não teve tempo para ver onde tal ideia o levaria. Justina deixava-se cair no travesseiro, à gargalhada.

– Você ri? – explodiu Caetano, desorientado.

A mulher não podia responder. Ria como doida, um riso

de sarcasmo, ria do marido e de si própria, mais de si própria que do marido. Ria em convulsões, em arrancos, ria como se, ao mesmo tempo, chorasse. Mas os olhos estavam enxutos: só a boca muito aberta, as gargalhadas histéricas e ininterruptas.

– Cala-te! Isto é um escândalo! – exclamou Caetano, caminhando para ela. Hesitava em continuar a comédia mal começada. A reação da mulher tornava impossível a execução do projeto tão bem delineado.

– Cala-te! – repetiu, curvado para ela. – Cala-te!

Agora só uns frouxos de riso sacudiam Justina. Pouco a pouco, acalmava-se. Caetano tentou retomar o fio que se escapara:

– É assim que recebe uma acusação destas? Ainda é pior do que eu supunha!...

A estas palavras, Justina sentou-se bruscamente na cama. O movimento foi tão rápido que Caetano recuou um passo. Os olhos da mulher relampejavam:

– Isto tudo é uma farsa! Não compreendo onde quer chegar!

– Chama a isto farsa, hem? Era o que faltava. Farsa!... Exijo que me dê explicações sobre o que vem nessa carta!

– Peça-as a quem a escreveu!

– É anónima.

– Bem vejo. Eu é que me recuso a dá-las.

– Atreve-se a dizer-me isso?

– Que quer que lhe diga?

– Se é verdade!

Justina fitou-o de uma maneira que ele não pôde suportar. Desviou os olhos e deu com o retrato da filha. Matilde sorria aos pais. A mulher seguiu-lhe o olhar. Depois murmurou, devagar:

– Quer saber se é verdade? Quer que lhe diga se é verdade? Quer que lhe conte a verdade?

Caetano vacilou. Novamente a ideia de há pouco apareceu através da desorientação que lhe ia no cérebro: "E se fosse verdade?". Justina insistiu:

– Quer saber a verdade?

Num salto, levantou-se da cama. Virou o retrato da filha: Matilde ficou sorrindo para o espelho onde as figuras dos pais se refletiam.

– Quer saber a verdade?

Segurou a camisa de dormir pela bainha e, num movimento rápido, tirou-a. Ficou nua diante do marido. Caetano abriu a boca para dizer nem ele sabia o quê. Não chegou a articular qualquer palavra. A mulher falava:

– Aqui tem! Olhe para mim! Aqui tem a verdade que quer saber. Olhe bem para mim! Não desvie os olhos! Veja bem!

Como se obedecesse às ordens de um hipnotizador, Caetano esgazeava os olhos. Via o corpo moreno e magro, mais escuro pela magreza, os ombros agudos, os seios moles e pendentes, o ventre cavado, as coxas delgadas que se implantavam rigidamente no tronco, os pés grandes e deformados.

– Veja bem – repisava a voz de Justina com uma tensão que anunciava a quebra iminente. – Veja bem. Se nem o senhor me quer, o senhor a quem tudo serve, quem é que me há de querer? Veja bem! Quer que eu continue assim, até me dizer que já viu? Diga, diga depressa!

Justina tremia. Sentia-se rebaixada, não por se mostrar assim nua diante do marido, mas por ter cedido à indignação, por não ter podido responder-lhe com um desprezo silencioso. Agora era tarde e não podia mostrar o que sentia.

Avançou para o marido:

– Então, ficou calado? Foi para isso que inventou esta comédia? Devia sentir-me envergonhada diante de si, neste estado. Mas não sinto. É a maior prova de desprezo que lhe dou!

Caetano, num rompante, saiu do quarto. Justina ouviu-o abrir a porta e descer a escada, em passos rápidos. Depois, sentou-se na cama e começou a chorar, sem ruído, extenuada pelo esforço que fizera. Como que envergonhada da sua nudez, agora que estava sozinha, puxou a roupa para os ombros.

O retrato de Matilde continuava voltado para o espelho e o seu sorriso não se alterara. Um sorriso alegre, o sorriso da criança que vai ao fotógrafo. E o fotógrafo dissera: "Assim mesmo, assim. Atenção! Já está! Ficou bonita". E Matilde saiu para a rua, pela mão da mãe, muito contente por ter ficado bonita.

# XXV

A perspetiva de estar ainda três meses a receber da mão da filha os quinhentos escudos que Paulino Morais se comprometera a pagar – aliás, pouco mais de quatrocentos e cinquenta depois de feitos os descontos da lei – não agradou a Anselmo. Quem lhe garantia que o homem, ao fim desses três meses, aumentaria o ordenado? Podia embirrar com a pequena, tomá-la de ponta. Anselmo sabia bem o que isso era, com a sua experiência de trinta anos de escritório. Sabia bem que empregado caído em desgraça nunca mais levanta a cabeça. Aí estava o seu caso a demonstrá-lo. Quantos, mais novos que ele e entrados depois, não lhe tinham passado adiante? Não eram mais competentes e, todavia, subiam.

– Sem falar – dizia à mulher – que a pequena já estava calhada no serviço do escritório antigo e talvez lhe custe a adaptar-se. Já tinha a sua antiguidadezinha e isso ainda conta. É certo que comigo não foi assim, mas ainda há patrões decentes.

– Mas, oh, homem, quem te diz que não é o caso do senhor Morais? E tu esqueces que temos um bom empenho!... A dona Lídia continua a interessar-se pela Claudinha e a Claudinha não é parva nenhuma!...

– Lá isso, tem a quem sair...

– Já vês...

Mas Anselmo não descansava. Tivera ganas de desobrigar a filha do compromisso assumido sem que a sua opinião tivesse sido pedida, e se não o fez foi por ver quanto ela estava entusiasmada com o novo emprego. Claudinha garantira que ia estudar a fundo a estenografia e que, antes de três meses, veriam o ordenado aumentado. Dissera-o com tanta segurança que Anselmo calou os seus agoiros.

Ao serão, enquanto Rosália passajava as meias do marido e Anselmo alinhava números e nomes, uns e outros relacionados com o futebol, a rapariga iniciava-se nos mistérios da escrita abreviada.

Embora não o confessasse, Anselmo enchia-se de admiração pelas habilidades da filha. No escritório onde trabalhava, ninguém sabia estenografia: era um escritório à antiga, sem móveis de aço, e onde só há pouco tempo entrara uma máquina de somar. A aprendizagem de Claudinha animou os serões familiares e foi geral a alegria quando a rapariga ensinou o pai a escrever o nome em estenografia. Rosália também quis aprender, mas levou mais tempo porque era analfabeta.

Passada a novidade, Anselmo dedicou-se ao seu trabalho interrompido: constituir a seleção nacional de futebol, a sua seleção. Descobrira um método simples e seguro: a guarda-redes pôs o jogador que menos bolas deixara entrar no decurso do campeonato; a avançados colocou, coerentemente, os jogadores que mais bolas tinham marcado. Os restantes lugares distribuiu-os de acordo com as suas preferências clubistas, só abdicando delas quando se tratava de jogadores que, segundo as notícias dos jornais, eram insubstituíveis. O trabalho de Anselmo não estava ainda concluído, uma vez que, de semana a semana, as posições dos marcadores de golos se alteravam. No entanto, como as variações, de que tomava nota num gráfico que inventara, não eram muito bruscas, acreditava estar a pique de encontrar a seleção perfeita. Alcançada ela, estava ali para ver o que ia fazer o selecionador.

Quinze dias depois de começar a trabalhar no escritório de Paulino Morais, Maria Cláudia chegou a casa contentíssima. O patrão chamara-a ao gabinete e tivera uma longa conversa com ela. Mais de meia hora. Dissera-lhe que estava satisfeito com o seu trabalho e que esperava que se dessem sempre bem. Perguntara-lhe várias coisas acerca da família, se gostava dos pais, se eles gostavam dela, se viviam sem privações, e mais perguntas de que Maria Cláudia se esquecera.

Rosália viu em tudo isto a ação benfazeja de d. Lídia e declarou que lhe agradeceria logo que a visse. Anselmo apreciou o interesse do senhor Morais e ficou lisonjeado quando a filha lhe deu conta de que aproveitara uma ocasião propícia para enaltecer os méritos do pai como empregado de escritório. Anselmo começou a acariciar a hipótese sedutora de passar para uma casa importante como a do senhor Morais. Seria uma boa partida para os seus atuais colegas. Infelizmente, acrescentara Claudinha, não havia vagas, nem esperança delas. Para Anselmo, essa circunstância não era obstáculo: a vida tem tantas surpresas, que não seria de espantar se lhe estivesse destinado um futuro confortável. Achava mesmo que a vida lhe devia uma infinidade de coisas e que tinha o direito de esperar o pagamento.

Nessa noite não houve meias passajadas, nem estenografia, nem trabalhos de seleção. Após a narrativa entusiástica de Maria Cláudia, o pai achou convenientes algumas recomendações:

– Precisas ter muito cuidado, Claudinha. Em toda a parte há gente invejosa e eu que o diga. Se começas a subir muito depressa verás que os teus colegas te invejarão. Toma cuidado!...

– Oh, pai, mas são todos tão simpáticos!...

– São agora. Depois, não será assim. Tens de procurar estar de bem com o patrão e com eles. Se não, começam a tecer intrigas e são capazes de te prejudicarem. Eu conheço o meio.

– Pois sim, pai, mas não conhece o meu escritório. É tudo gente de linha. E o senhor Morais é uma excelente pessoa!

– Será. Mas nunca ouviste dizer mal dele?

– Coisas sem importância!

Rosália quis colaborar na conversa:

– Olha que o teu pai tem muita experiência, filha! Se não subiu mais foi só porque lhe cortaram as pernas!

A referência à violenta operação não provocou aquela estranheza que seria perfeitamente justificável se se atendesse à circunstância de os membros inferiores de Anselmo continuarem ligados ao seu possuidor. Um estrangeiro desconhecedor das expressões idiomáticas portuguesas e entendendo à letra tudo o que ouvisse dizer, julgaria estar numa casa de loucos, vendo Anselmo acenar a cabeça gravemente e declarar com profunda convicção:

– É verdade. Foi assim mesmo.

– Ora! Deixem lá! Eu sei fazer as coisas.

Com esta frase, Claudinha encerrou a conversa. O seu sorriso confiante só podia provir do seu conhecimento completo do modo de "fazer as coisas". De que "coisas" se tratava é que ninguém sabia, nem, talvez, mesmo Maria Cláudia. É natural que pensasse que por ser nova e bonita, desembaraçada a falar e a rir, a solução das "coisas" viria com esses atributos. Seja como for, a família descansou na declaração.

O certo é que tais atributos não bastavam. Verificou-o Maria Cláudia. A estenografia não avançava. Estudar pelo livro era muito bom para os rudimentos. Lá para diante a matéria complicava-se e, sozinha, Maria Cláudia não progredia. A cada página surgiam dificuldades intransponíveis. Anselmo quis ajudar. É verdade que daquilo nada entendia, mas tinha trinta anos de experiência de escritório e uma grande prática. Redigia cartas no mais puro estilo comercial e – que diabo! – a estenografia não tem transcendência nenhuma! Tivesse que não tivesse, baralhou tudo. A filha teve uma crise de nervos. Rosália, despeitada com a derrota do marido, embirrou com a estenografia.

Quem salvou a situação foi Maria Cláudia, o que depunha a seu favor quanto à declarada capacidade de saber fazer as coisas. Anunciou que precisava de um professor que lhe desse umas lições à noite. Anselmo viu logo a despesa suplementar, mas pensou que se tratava de um investimento de capital que daí a pouco mais de dois meses começaria a dar juros. Tomou a seu cuidado arranjar o professor. Claudinha falou-lhe nalgumas escolas de ensino não oficial, todas de nomes imponentes onde a palavra "Instituto" era de regra. O pai não aceitou a sugestão. Primeiro, porque eram caras; segundo, porque julgava não ser possível entrar em qualquer altura do ano; e terceiro, porque ouvira falar em "misturas" e não queria a filha metida nelas. Ao cabo de alguns dias achou o que convinha: um velho professor aposentado, pessoa de respeito junto da qual uma menina de dezanove anos não corria o menor risco. Além de não levar muito dinheiro, tinha ainda a inestimável vantagem de dar lições a horas razoáveis que não obrigavam Claudinha a andar de noite pelas ruas da cidade. Saindo do escritório às seis, a rapariga ia de elétrico até São Pedro de Alcântara onde o professor residia, o que não lhe exigia mais que meia hora. A lição prolongava-se até às sete e meia, quando mal anoitecia. De lá a casa, três quartos de hora. Contando com um quarto de hora para os eventuais atrasos, às oito e meia Claudinha devia estar em casa. Assim foi durante alguns dias. Oito e meia no relógio de pulso de Anselmo e Claudinha a entrar.

Os progressos eram evidentes e foram eles que serviram à rapariga para justificar o seu primeiro atraso: é que o professor, entusiasmado com a sua aplicação, resolvera conceder-lhe mais um quarto de hora, sem aumento de honorários. Anselmo gostou e acreditou, sobretudo porque a filha insistia no pormenor do desinteresse do professor. De acordo com o seu ponto de vista utilitário, não pôde deixar de pensar que, no lugar do professor, faria "render o peixe", mas lembrou-se de que, afinal, ainda há gente boa e séria, o que tem todas as vantagens, sobretudo quando a bondade e a seriedade resultam a favor daqueles que, não sendo bons nem sérios, têm a habilidade necessária para lhes colher os frutos. A habilidade de Anselmo consistira no facto de ter achado um professor assim.

Já lhe pareceu desinteresse excessivo e incompreensível quando a filha começou a entrar em casa às nove horas. Fez perguntas e teve as respostas: Claudinha estivera no escritório até depois das seis e meia acabando um trabalho urgente para o senhor Morais. Estando, como estava, em regime de experiência, não podia dizer que não, nem alegar razões particulares. Anselmo concordou mas desconfiou. Pediu ao gerente que o deixasse sair um bocado mais cedo e foi plantar-se perto do escritório da filha. Das seis às sete menos vinte reconheceu que estava sendo injusto: Claudinha saía, efetivamente, mais tarde. Decerto a prendera novo trabalho urgente.

Esteve quase para desistir da espionagem, mas resolveu seguir a filha, mais por não ter, de momento, outra coisa que fazer, que para esclarecer desconfianças. Seguiu-a até São Pedro de Alcântara e instalou-se numa leitaria defronte da casa do professor. Mal acabara de beber o café que pedira, viu a filha sair. Pagou precipitadamente e foi atrás dela. Encostado a uma esquina, de cigarro na boca e em cabelo, estava um rapaz a quem Claudinha se dirigiu. Anselmo ficou varado quando a viu dar-lhe o braço e seguirem os dois rua abaixo, conversando. Num segundo pensou em intervir. Impediu-o o seu horror ao escândalo. Seguiu-os de longe e quando teve a certeza de que a filha tomava o caminho de casa, saltou para um elétrico e ultrapassou-a.

Rosália, ao abrir a porta, afligiu-se diante do rosto transtornado do marido:

– Que se passa, Anselmo?

Ele foi direito à cozinha e deixou-se cair num banco, sem abrir a boca. Rosália pensou o pior:

– Despediram-te? Ai!...

Anselmo recobrava-se da comoção. Acenou negativamente a cabeça. Depois, numa voz cava, declarou:

– A tua filha tem andado a enganar-nos! Segui-a. Esteve pouco mais de um quarto de hora em casa do professor e depois encontrou-se cá fora com um badameco qualquer!...

– E tu, que fizeste?
– Eu? Não fiz nada. Vim atrás deles. Depois passei-lhes à frente. Ela deve estar a chegar.

Rosália corou até aos cabelos, de fúria:
– Eu, se estivesse no teu lugar, chegava-me a eles... e nem sei o que lhes fazia!...
– Era um escândalo.
– Bem me importava a mim o escândalo! Ele levava duas bofetadas que o punha a dormir, e a ela trazia-a para casa, por uma orelha!...

Anselmo, sem responder, levantou-se e foi mudar de roupa. A mulher seguiu-o:
– Que é que vais dizer-lhe quando ela vier?

O tom era um pouco insolente, pelo menos para os hábitos de Anselmo, costumado como estava a ser rei e senhor em sua casa. Olhou a mulher com olhos agudos e, depois de mantê-la durante alguns segundos sob a intensidade do olhar, respondeu:
– Eu cá me entenderei com ela. E, a propósito, devo dizer-te que não estou habituado a que me falem nesse tom, nem aqui nem em parte nenhuma!

Rosália baixou a crista:
– Mas eu não disse nada...
– O que disseste chegou para me aborrecer!

Reconduzida à sua posição de cônjuge mais fraco, Rosália voltou à cozinha donde vinha um leve cheiro a queimado. Quando se atarefava de roda dos tachos, procurando salvar o jantar, a campainha tocou. Anselmo foi abrir.
– Boa noite, paizinho – disse Claudinha, sorrindo.

Anselmo não respondeu. Deixou que a filha passasse, fechou a porta, e só depois falou, indicando-lhe a casa de jantar:

– Entra para aqui.

A rapariga, surpreendida, obedeceu. O pai mandou-a sentar, e, de pé diante dela, fitou-a com o seu olhar intenso e carregado de severidade:

– Que fizeste tu, hoje?

Maria Cláudia tentou sorrir e ser natural:

– O costume, paizinho. Por que pergunta?

– Isso é comigo. Responde.

– Então... Estive no escritório. Saí já depois das seis e meia e...

– Sim, adiante.

– Depois, fui à lição. Como cheguei tarde, saí também mais tarde que o costume...

– A que horas saíste?

Claudinha estava embaraçada. Demorou a resposta para acertar as horas e disse, por fim:

– Passava um bocadinho das oito...

– É falso!

A rapariga encolheu-se. Anselmo gozou o efeito da sua exclamação. Podia ter dito "É mentira", mas preferira o "É falso" por ser mais dramático.

– Oh, paizinho... – balbuciou a filha.

– Lamento muito o que se passa – disse Anselmo, em voz comovida. – Não te merecia esse gesto. Vi tudo. Segui-te. Vi-te acompanhada por um valdevinos qualquer.

– Não é um valdevinos – respondeu Claudinha, resoluta.

– Que faz ele, então?

– Anda a estudar.

Anselmo deu um estalido com os dedos que pretendia exprimir a insignificância de semelhante ocupação. Como se isso não bastasse, exclamou:

— Ora!
— Mas ele é muito bom rapaz!
— E por que não veio ainda falar comigo?
— Fui eu que lhe disse que não viesse. Bem sei que o pai é muito esquisito...

Ouviram-se umas leves pancadas na porta.
— Quem é? – perguntou Anselmo.

A pergunta era ociosa porque só havia mais uma pessoa em casa. Pela mesma razão, também a resposta o era, mas nem por isso deixou de ser dada:
— Sou eu. Posso entrar?

Anselmo não respondeu afirmativamente porque não desejaria ser interrompido, mas tinha a consciência de que não lhe era lícito negar a entrada à mulher. Preferiu calar-se e Rosália entrou:
— Então? Já ralhaste com ela?

Se Anselmo alguma vez estivera disposto a ralhar com a filha, não seria neste momento. A intervenção da mulher forçava-o, sem que pudesse dar-se conta do motivo, a passar para o lado da filha:
— Já. Estávamos no fim.

Rosália pôs as mãos na cintura e abanou a cabeça com veemência, ao mesmo tempo que exclamava:
— Parece impossível, Claudinha! Só nos dás desgostos! Agora que estávamos tão contentes com o teu emprego, sais-te com esta!

Maria Cláudia levantou-se, de golpe:
— Oh, mãe, mas, então, eu não hei de casar? E para casar não é preciso namorar, conhecer um rapaz?

Pai e mãe ficaram aturdidos. A pergunta era lógica, mas de resposta difícil. Foi Anselmo quem julgou encontrá-la:

— Um estudante... Que vale isso?
— Pode não valer agora, mas anda a estudar para ser alguém!

Claudinha recobrava a serenidade. Entendia que os pais não tinham razão, que a razão estava toda do seu lado. Insistiu:

— Não querem que eu case? Digam!
— Não é isso, filha — respondeu Anselmo. — O que nós queríamos era ver-te bem!... As tuas qualidades merecem um bom marido!
— Mas o pai nem sequer o conhece?!
— Não conheço, mas é o mesmo. E, além disso — aqui a voz retomou o tom severo —, não tenho que dar-te satisfações. Proíbo-te de te encontrares com esse... com esse estudante!... E, para que não me faças o ninho atrás da orelha, vou passar a acompanhar-te à lição e a trazer-te de lá. Faz-me transtorno, mas tem que ser assim.
— Oh, pai, mas eu prometo...
— Não acredito.

Maria Cláudia inteiriçou-se como se lhe tivessem batido. Enganara muitas vezes os pais, fizera deles gato-sapato quantas vezes quisera, mas agora achava que a tratavam com injustiça. Sentia-se furiosa. Enquanto tirava o casaco, disse:

— É como queira. Mas já o previno de que tem que esperar por mim todos os dias à saída do escritório. O senhor Morais tem sempre trabalhos que me obrigam a ficar depois da hora.
— Está bem. Isso não tem importância.

Claudinha abriu a boca. Pela expressão do rosto parecia que ia contradizer o pai. Mas calou-se, com um sorriso vago.

# XXVI

Algumas vezes, desde que começara a viver livremente, Abel perguntara a si mesmo: "Para quê?". A resposta era sempre igual e também a mais cómoda: "Para nada". E se o pensamento insistia: "Não é nada. Assim não vale a pena", acrescentava: "Deixo-me ir. Isto há de ir dar a algum lado".

Bem via que "isto", a sua vida, não ia dar a parte alguma, que procedia como os avarentos que amontoam o ouro só para terem o prazer de o contemplar. No seu caso não se tratava de ouro, mas de experiência, único proveito da sua vida. Contudo, a experiência, não sendo aplicada, é como o ouro imobilizado: não produz, não rende, é inútil. E de nada vale a um homem acumular experiência como se colecionasse selos.

As suas poucas e mal assimiladas leituras de filosofia, ao acaso dos compêndios escolares e das brochuras desenterradas da poeira dos alfarrabistas da Calçada do Combro, permitiam-lhe pensar e dizer que desejava conhecer o sentido oculto da vida. Mas nos dias de desencantamento da sua existência, já lhe acontecera reconhecer que semelhante desejo era uma utopia e que as experiências multiplicadas apenas serviam para tornar mais denso o véu que pretendia afastar. A falta de sentido concreto da sua vida forçava-o, porém, a firmar-se naquele desejo que já deixara de o ser, para se transformar numa razão de viver tão boa ou tão má como qualquer outra. Nesses dias sombrios em que o rodeava o vácuo do absurdo, sentia-se cansado. Procurava atribuir esse cansaço à sua luta diária para assegurar a subsistência, à depressão causada pelas épocas em que os meios de subsistir se reduziam ao mínimo. Sem dúvida, tudo isso importava: a fome e o frio cansam. Mas não era bastante. Costumara-se a tudo, e o que, ao princípio, o chegara a assustar, agora quase se lhe tornara indiferente. Calejara o corpo e o espírito contra as dificuldades e as privações. Sabia que, com maior ou menor facilidade, poderia ver-se livre delas. Aprendera tantas coisas no decurso da vida, que ser-lhe-ia relativamente fácil arranjar uma colocação estável que lhe assegurasse o necessário à vida. Nunca tentara dar esse passo. Não queria prender-se, dizia, e era verdade. Mas não queria prender-se porque, então, seria confessar a inutilidade do que vivera. Que ganhara em fazer tão largo rodeio para, afinal, vir dar ao caminho por onde seguiam aqueles que resolutamente quisera deixar? "Queriam-me casado, fútil e tributável?", perguntara o Fernando Pessoa. "É isto o que a vida quer de toda a gente?", perguntava Abel.

O sentido oculto da vida... "Mas o sentido oculto da vida é não ter a vida sentido oculto nenhum." Abel conhecia a poesia de Pessoa. Fizera dos seus versos uma outra Bíblia. Talvez não os compreendesse completamente, ou visse neles o que lá não estava. De qualquer maneira, e embora desconfiasse de que, em muitos passos, Pessoa troçava do leitor e que, parecendo sincero, o ludibriava, habituara-se a respeitá-lo, até nas suas contradições. E, se não tinha dúvidas acerca da sua grandeza como poeta, parecia-lhe, por vezes, especialmente naqueles dias absurdos de desencanto, que na poesia de Pessoa havia muito de gratuitidade. "E que mal há nisso?" – pensava Abel. – "Não pode a poesia ser gratuita? Pode, sem dúvida, e o mal não é nenhum. Mas, o bem? Que bem há na poesia gratuita? A poesia é, talvez, como uma fonte que corre, é como a água que nasce da montanha, simples e natural, gratuita em si mesma. A sede está nos homens, a necessidade está nos homens, e é só porque elas existem que a água deixa de ser desinteressada. Mas será assim a poesia? Nenhum poeta, como nenhum homem, seja ele quem for, é simples e natural. E Pessoa menos que qualquer outro. Quem tiver sede de humanidade não a irá matar nos versos de Fernando Pessoa: será como se bebesse água salgada. E, contudo, que admirável poesia e que fascinação! Gratuita, sim, mas isso que importa se desço ao fundo de mim mesmo e me acho gratuito e inútil? E é contra esta inutilidade – a inutilidade da vida, que só ela o interessa – que Silvestre protesta. A vida deve ser interessada, interessada a toda a hora, projetando-se para lá e para além. Assistir é nada. Presenciar é estar morto. Era o que ele queria dizer. Não importa que se fique cá e aquém, o que é preciso é que a vida se projete, que não seja um simples fluir animal, inconsciente como o fluir da água na fonte. Mas projetar-se como? Projetar-se para onde? Como e para onde, eis o problema que gera mil problemas. Não basta dizer que a vida deve projetar-se. Para o 'como' e para o 'para onde' encontra-se uma infinidade de respostas. A de Silvestre é uma, a de um crente de uma qualquer religião é outra. E quantas mais? Sem contar que pode a mesma resposta servir a vários, servindo também a cada um outra resposta que não serve aos outros. Afinal, perdi-me no caminho.

Tudo estaria bem se não adivinhasse a existência de outros caminhos, ocupado em afastar os obstáculos do meu. A vida que escolhi é dura e difícil. Aprendi com ela. Está na minha mão deixá-la e começar outra. Por que não o faço? Por gostar desta? Em parte. Acho interessante fazer, conscientemente, uma vida que só forçados outros aceitariam. Mas não basta, esta vida não me basta. Qual escolher, então? Ser 'casado, fútil e tributável'? Mas pode ser-se cada uma destas coisas e não se ser as restantes! E depois?"

Depois... depois... Abel sentia-se perplexo. Silvestre acusara-o de inútil e isso aborrecera-o. Ninguém gosta que lhe descubram os pontos sensíveis, e a consciência da sua inutilidade era o calcanhar de Aquiles de Abel. Mil vezes o seu espírito pusera diante de si a pergunta incómoda. "Para quê?" Iludia-a e disfarçava pensando noutro assunto ou especulando no vazio, mas nem por isso ela se sumia: ficava hirta e irónica, esperando o fim do devaneio para mostrar-se implacável como antes. Desesperava-o, sobretudo, não ver nos outros o ar de perplexidade que lhe mostrasse ter iguais na inquietação. A perplexidade nos outros (Abel assim julgava) era o resultado de desgostos íntimos, de faltas de dinheiro, de amores mal correspondidos, tudo menos a perplexidade provocada pela própria vida, a vida sem mais nada. Tempos antes, essa certeza dava-lhe uma consoladora sensação de superioridade. Hoje irritava-o. Tanta segurança, tanto à-vontade perante os problemas secundários, provocavam-lhe um misto de desprezo e inveja.

Silvestre, com as suas recordações, viera agravar o mal. Mas, embora perturbado, Abel reconhecia que a vida do seu hospedeiro fora inútil no que se refere aos resultados: nada do que ele perseguira fora alcançado. Silvestre estava velho, fazendo hoje o que fazia ontem: consertar sapatos. Mas o mesmo Silvestre dissera que, pelo menos, a sua vida lhe ensinara a ver mais longe que a sola dos sapatos que consertava, ao passo que a Abel a vida não fizera mais que dar-lhe o poder de adivinhar a existência de algo oculto, de algo capaz de dar um sentido concreto à sua existência. Mais valera não ter recebido esse poder. Viveria tranquilo, teria a tranquilidade do pensamento adormecido, tal como acontece ao comum das gentes. "O comum das gentes", pensava, "como é estúpida esta expressão! Eu sei lá o que é o comum das gentes! Olho para milhares de pessoas durante o dia, vejo, com olhos de ver, dezenas. Vejo-as graves, risonhas, lentas, apressadas, feias ou belas, vulgares ou atraentes, e chamo-lhes o comum das gentes. Que pensará cada uma delas a meu respeito? Também eu ando lento ou apressado, grave ou risonho. Para algumas serei feio, para outras serei belo, ou vulgar, ou atraente. No fim de contas, também eu faço parte do comum das gentes. Também eu terei, para alguns, o pensamento adormecido. Todos nós ingerimos diariamente a nossa dose de morfina que adormece o pensamento. Os hábitos, os vícios, as palavras repetidas, os gestos repisados, os amigos monótonos, os inimigos sem ódio autêntico, tudo adormece. Vida plena!... Quem há aí que possa declarar que vive plenamente? Todos trazemos ao pescoço a canga da monotonia, todos esperamos, sabe o diabo o quê! Sim, todos esperamos! Mais confusamente uns que outros, mas a expectativa é de todos... O comum das gentes!... Isto, dito assim, com este tom desdenhoso de superioridade, é idiota. Morfina do hábito, morfina da monotonia... Ah, Silvestre, meu bom e puro Silvestre, nem tu imaginas as doses maciças que tens ingerido! Tu e a tua gorda Mariana, tão boa que dá vontade de chorar!" (Remoendo estes pensamentos, Abel não estava longe, ele, de chorar.) "Nem sequer o que penso tem o mérito da originalidade. É como um fato em segunda mão num estabelecimento de obra nova. É como uma mercadoria fora do mercado, embrulhada em papel colorido com um nastro de cor a condizer. Tédio e nada mais. Cansaço de viver, arroto de digestão difícil, náusea."

Quando chegava a este ponto, Abel saía de casa. Se ainda ia a tempo e tinha dinheiro, entrava num cinema. Achava as histórias absurdas. Homens perseguindo mulheres, mulheres perseguindo homens, aberrações mentais, crueldades, e estupidez da primeira à última imagem. Histórias mil vezes repetidas: ele, ela e o amante, ela, ele e o amante, e, pior do que isto, o primarismo com que se reproduzia a luta entre o bem e o mal, entre a pureza e a depravação, entre a lama e a estrela. Morfina. Intoxicação permitida por lei e anunciada nos jornais. Pretexto para passar o tempo, como se a eternidade fosse a vida do homem.

As luzes acendiam-se, os espectadores levantavam-se com o rumor matraqueado dos tampos das cadeiras. Abel deixava-se ficar. Tinham-se calado os fantasmas a duas dimensões que ocupavam as cadeiras. "E eu sou o fantasma a quatro dimensões", murmurava.

Julgando-o adormecido, vinham os empregados afugentá-lo. Cá fora, os últimos espectadores corriam aos lugares vazios dos elétricos. Pares de casados de fresco, muito agarrados... Casais de pequenos-burgueses com dezenas de anos de sagrado matrimónio, ela atrás, ele adiante. Não mais que meio passo os separava, mas esse meio passo exprimia a distância irremediável a que se encontravam um do outro. E eram, maduros e burgueses, o retrato antecipado dos noivos cuja aliança de casamento tinha ainda o brilho da novidade.

Abel seguia pelas ruas tranquilas, de raros passantes, com as linhas dos elétricos brilhando paralelamente, as tais paralelas que nunca se encontram. "Encontram-se no infinito! Sim, dizem os sábios que as paralelas se encontram no infinito... Todos nos encontramos no infinito, no infinito da estupidez, da apatia, do marasmo."

– Não queres vir? – perguntava uma voz de mulher, na escuridão. Abel sorria com tristeza.

"Admirável Sociedade que a tudo provê! Como ela não esquece os infelizes solteiros que precisam de regularizar as suas funções sexuais! E também os felizes casados, que gostam de variar por pouco dinheiro! Mãe amorável és tu, oh, Sociedade!"

Nas ruas dos bairros excêntricos, a cada porta caixotes do lixo. Os cães buscam os ossos, os trapeiros farrapos e papéis. "Tudo se aproveita", murmurava Abel. "Na Natureza nada se cria, nada se perde. Adorável Lavoisier, aposto que nunca pensaste que a confirmação do teu princípio está no caixote do lixo!"

Entrava num café. Mesas ocupadas, mesas vazias, criados que bocejam, nuvens de fumo, rumor de conversas, tinido de chávenas – marasmo. E ele sozinho. Saía, angustiado. A tépida noite de abril recebia-o cá fora. Os altos prédios canalizavam-lhe o caminho. Em frente, sempre em frente. Virar à esquerda ou à direita, só quando a rua o decidir. A rua e a necessidade de, cedo ou tarde, ter que ir para casa. E, tarde ou cedo, Abel ia para casa.

Deu em falar pouco. Silvestre e Mariana estranharam-no. Tinham-se habituado a considerá-lo pessoa da casa, quase família, e sentiam-se melindrados, ofendidos na sua confiança. Uma noite, Silvestre entrou-lhe no quarto, com o pretexto de lhe mostrar uma notícia do jornal. Abel estava deitado, com um livro na mão e um cigarro nos lábios. Leu a notícia, que para si não tinha o menor interesse, e devolveu o jornal, murmurando uma frase distraída. Silvestre deixou-se ficar, com os braços apoiados na barra da cama, a olhá-lo. Visto assim, o rapaz parecia mais pequeno e tinha, apesar do cigarro e da barba um pouco crescida, um ar de criança.

– Está a sentir-se preso? – perguntou Silvestre.
– Preso?
– Sim. O tentáculo...
– Ah!...

A exclamação saiu com um tom indefinível, como que de ausência. Abel soergueu o busto, olhou o sapateiro fixamente e acrescentou, devagar:

– Não. Talvez esteja a sentir a falta de um tentáculo. As conversas que temos tido fizeram-me pensar em questões que eu já supunha arrumadas.

– Não acredito que estivessem arrumadas. Ou estariam muito mal arrumadas... Se o Abel fosse o que queria parecer, não lhe teria eu contado a minha vida...

– E não está contente?

– Contente? Pelo contrário. Acho que está preso pelo aborrecimento. Fartou-se da vida, julga que aprendeu tudo, só vê coisas que aumentam o seu aborrecimento. Julga que posso estar contente? Nem tudo é fácil de cortar. É sempre possível deixar um emprego que nos maça ou uma mulher que nos maça ainda mais. Mas o aborrecimento, como é que se há de cortar?

— Já me disse tudo isso por outras palavras. Com certeza, não vai repetir...

— Se entende que estou a incomodá-lo...

— Não, não! Que ideia!...

Abel levantara-se de salto e estendia o braço para Silvestre. O sapateiro, que já fazia um movimento para retirar-se, ficou. Abel sentou-se na borda da cama, o tronco meio voltado para Silvestre. Os dois olhavam-se sem sorrir, como se esperassem qualquer acontecimento importante. O rapaz pronunciou, lentamente:

— Sabe que sou muito seu amigo?

— Acredito — respondeu Silvestre. — Também eu sou muito seu amigo. Mas parece que andamos zangados...

— A culpa é minha.

— Talvez seja minha. O Abel precisa de alguém que o ajude, e eu não sei, não sou capaz...

Abel levantou-se, enfiou os sapatos e dirigiu-se a uma mala que estava arrumada a um canto. Abriu-a e, apontando para os livros que quase a enchiam, disse:

— Nos piores momentos da minha vida, a ideia de os vender nem sequer me passou pela cabeça. Estão aqui todos os que trouxe de casa, mais os que fui comprando durante estes doze anos. Já os li e já os reli. Aprendi com eles muita coisa. Metade do que aprendi, esqueci, e a outra metade é capaz de estar errada. Certo ou errado, a verdade é que só contribuíram para tornar mais evidente a minha inutilidade.

— Penso que fez bem em lê-los... Quantos levam a vida sem descobrir que são inúteis? No meu entender, só pode ser verdadeiramente útil quem já sentiu que era inútil. Pelo menos, não corre tanto risco de voltar a sê-lo...

– Utilidade, utilidade, só lhe ouço essa palavra. Como posso eu ser útil?

– Cada um tem que descobrir por si. Como a tudo na vida, afinal. Conselhos não servem de nada. Bem gostaria eu de lhos dar se lhe servissem de alguma coisa...

– Também eu gostaria de saber o que está por detrás dessas meias palavras...

Silvestre sorriu:

– Não tenha medo. Só quero dizer que aquilo que cada um de nós tiver de ser na vida, não o será pelas palavras que ouve nem pelos conselhos que recebe. Teremos de receber na própria carne a cicatriz que nos transforma em verdadeiros homens. Depois, é agir...

Abel fechou a mala. Voltou-se para o sapateiro e repetiu, como se sonhasse:

– Agir... Se todos agirem como nós, então não há verdadeiros homens...

– O meu tempo passou – respondeu Silvestre.

– Por isso lhe é tão fácil censurar-me... Vai um joguinho de damas?

# XXVII

Paulino chegara mais tarde, quase às onze horas. Beijou Lídia de raspão e foi sentar-se no sofá predileto, chupando a cigarrilha.

Nessa noite, pela força das circunstâncias, Lídia não estava em camisa de dormir, o que talvez contribuísse para a irritação surda de Paulino. A própria maneira de segurar a cigarrilha entre os dentes, o tamborilar dos dedos no braço do sofá, tudo eram sinais de que não estava satisfeito. Sentada diante dele, num tamborete baixo, Lídia tentava distraí-lo com as bagatelas do seu dia. Há algumas noites já que notava uma transformação no amante. Deixara de a "comer" com os olhos, o que, podendo ser justificado pela larga convivência, poderia também significar que estava perdendo interesse por ela por quaisquer outras razões. O sentimento permanente de insegurança de Lídia fazia-lhe temer sempre o pior. Pormenores aparentemente insignificantes, pequenas faltas de atenção, palavras um tudo-nada bruscas, um ar distraído uma vez por outra, eram outras tantas preocupações para ela.

Paulino não ajudava a conversa. Havia longas pausas em que nem um nem outro sabiam que dizer. Com mais precisão: só Lídia é que não sabia que dizer; Paulino parecia querer ficar calado. Ela espremia a imaginação para não deixar morrer o diálogo; ele respondia distraidamente. E a conversa, à míngua de assunto, morria como uma candeia à míngua de azeite. Nessa noite, o vestido de Lídia parecia ser mais um motivo de afastamento. Paulino lançava para o ar longas baforadas de fumo, com um sopro impaciente e prolongado. Desistindo de encontrar um assunto capaz de interessá-lo, Lídia, um pouco ao acaso, notou:

– Parece que andas preocupado...

– Uhm...

A resposta era imprecisa: podia significar tudo. Parecia esperar que Lídia concretizasse a suposição. Com o vago medo do desconhecido que se oculta nas casas às escuras e nas palavras imprudentes de que nunca se conhecem as consequências, Lídia acrescentou:

– De há uns dias para cá, sinto-te diferente. Contavas-me sempre as tuas preocupações... Não quero ser indiscreta, repara, mas talvez te fizesse bem dizeres-me...

Paulino fitou-a com um olhar divertido. Chegou mesmo a sorrir. Lídia atemorizou-se com o olhar e o sorriso. Já estava arrependida do que dissera. Vendo-a retrair-se, Paulino acrescentou, para não deixar a oportunidade que ela lhe oferecera:

– Questões de negócios...

– Muitas vezes me disseste que, quando estavas comigo, não pensavas em negócios!...

– Pois disse. Mas, agora, penso...

O sorriso era maldoso. Os olhos tinham a fixidez implacável de quem nota imperfeições ou mazelas. Lídia sentiu-se corar. Tinha o pressentimento de que ia passar-se algo desagradável para si. Paulino, vendo-a silenciosa, insistiu:

— Agora penso. Não quero dizer que tenha deixado de sentir-me bem ao pé de ti, claro, mas há assuntos tão complicados que nos obrigam a pensar neles a toda a hora e seja qual for a companhia.

Por nada deste mundo Lídia desejaria conhecer estes assuntos. Pressentia que só lhe faria mal falar neles e, neste momento, ansiava por uma interrupção, que o telefone tocasse, por exemplo, qualquer acidente que fizesse acabar a conversa. Mas o telefone não tocou, nem Paulino estava disposto a deixar-se interromper:

— Vocês não conhecem os homens. Podemos gostar muito de uma mulher, mas lá por isso não se segue que só pensemos nela.

— É natural. Com as mulheres passa-se o mesmo.

Qualquer diabinho malicioso impelira Lídia a dizer estas palavras. O mesmo diabinho lhe segredava outras mais ousadas e Lídia tinha de dominar-se ou dominá-lo para as não dizer. Agora eram os seus olhos afiados que se fitavam sobre as fealdades de Paulino. Este, um tanto melindrado pela afirmação, respondeu:

— Claro! Era o que faltava, pensar-se sempre na mesma pessoa!

A voz soava a despeito. Fitaram-se desconfiados, quase inimigos. Paulino procurava descobrir até onde Lídia sabia. Esta, por sua vez, tateava na imprecisão das palavras que ouvira, para encontrar-lhes a causa. Subitamente, uma intuição perpassou-lhe no cérebro:

— É verdade!... Isto não vem a propósito, mas tem-me esquecido de dizer-te... A mãe da pequena cá de cima pediu-me que te agradecesse o teu interesse...

A transformação do rosto de Paulino mostrou-lhe que

acertara. Sabia, agora, contra quem lutava. Ao mesmo tempo, sentiu um estremecimento de medo. O diabinho ocultara-se em qualquer parte e ela estava desamparada.

Paulino sacudiu a cinza da cigarrilha, e mexeu-se no sofá como se estivesse mal sentado. Tinha o ar de uma criança apanhada a comer marmelada às escondidas da mãe:

– Sim... A pequena é jeitosa...

– Pensas em aumentar-lhe o ordenado?

– Sim... Talvez... Eu tinha falado em três meses... mas a família é pobre, foste tu que me falaste nisso, lembras-te?, e... a Claudinha entende-se bem com o serviço...

– A Claudinha?

– Sim, a Maria Cláudia!...

Paulino absorvera-se na contemplação da cinza que amortecia o fulgor do morrão. Com um sorriso de ironia, Lídia perguntou:

– E a estenografia? Que tal vai?

– Ah, vai muito bem! A pequena aprende com facilidade.

– Acredito, acredito...

O diabinho voltara. Lídia estava segura de que acabaria por vencer, desde que não perdesse a serenidade. Devia, sobretudo, evitar melindrar Paulino, sem consentir, no entanto, que ele descobrisse os secretos temores que a dominavam. Estaria perdida se ele suspeitasse de quanto se sentia insegura.

– A mãe dá-se muito comigo, sabes? Pelo que ela me contou, a pequena portou-se muito mal, aqui há dias...

– Portou-se mal?

A curiosidade de Paulino era tão flagrante que bastaria para convencer Lídia, se esta não estivesse já convencida.

— Não sei em que estás a pensar... — insinuou. Depois, fingindo que só nesse momento a ideia lhe ocorrera, teve uma grande exclamação: — Credo! Não é nada disso! Então, se fosse verdade, pensas que mo viriam contar? És bom de mais, meu querido Paulino!

Talvez Paulino fosse bom de mais. O certo é que pareceu ficar dececionado. Balbuciou:

— Eu não estava a pensar...

— A questão é mais simples. O pai andava desconfiado por causa de ela chegar tarde a casa. Ela desculpava-se: tu que a demoravas com trabalhos urgentes...

Paulino entendeu que devia preencher a pausa:

— Não é bem assim... Aconteceu algumas vezes, realmente, mas...

— Isso compreende-se e não é daí que vem o mal. O pai foi atrás dela e apanhou-a com o namorado!

O diabinho exultava, dava cambalhotas, morria de riso. Paulino ficou sombrio. Mordeu a cigarrilha com força e resmungou:

— São terríveis, estas meninas modernas...

— Oh, querido, estás a ser injusto! Então, que há de fazer a pobre pequena? Esqueces-te de que ela tem dezanove anos!... Que há de fazer uma rapariga com dezanove anos? O príncipe encantado é sempre um rapaz da mesma idade, bonito e elegante, que diz palavras patetas mas encantadoras. Esqueces-te de que também já tiveste dezanove anos?

— Quando eu tinha dezanove anos...

E mais não disse. Ficou a mastigar a cigarrilha, resmungando palavras incompreensíveis. Estava despeitado, furioso. Durante todo este tempo, fizera o seu rapapé em volta da nova datilógrafa e agora descobria que ela, sim, que ela lhe comia as papas na cabeça. Claro que não avançara de mais, muitas atenções, alguns sorrisos, conversas inteligentemente conduzidas a sós no gabinete, depois das seis... Não fizera qualquer proposta, claro... A rapariga era muito nova e tinha pais... Com o tempo, talvez... As suas intenções eram boas, claro... Queria ajudar a pequena e a família que era pobre...

— Mas isso será verdade?

— Bem digo eu que és bom de mais. Estas coisas não se inventam. Quando acontecem, até há o cuidado de escondê-las. E, se eu as sei, é porque a mãe tem toda a confiança em mim... — interrompeu-se e acrescentou, apreensiva: — Espero que não fiques muito aborrecido. Seria lamentável que começasses a antipatizar com a pequena. Conheço bem os teus escrúpulos em questões desta natureza, mas peço-te que não a prejudiques!

— Está bem! Fica descansada.

Lídia levantou-se. Não convinha insistir no assunto. Lançara a perturbação no delicioso *flirt* de Paulino e acreditava que ela bastaria para acabar, de vez, com o devaneio. Preparou o café, vigiando a elegância dos seus movimentos. Ela mesma serviu Paulino. Sentou-se-lhe no colo, passou-lhe um braço pelas costas e deu-lhe o café a beber, como a uma criança. O assunto Maria Cláudia estava arrumado. Paulino bebeu o café, sorrindo aos afagos que a amante lhe fazia na nuca. De súbito, Lídia mostrou-se muito interessada na cabeça dele:

— Que usas tu agora no cabelo?

— É um preparado novo.

— Notei pelo cheiro. Mas, espera...

Olhou-lhe fixamente a calva e acrescentou, risonha:

— Oh, querido, tu tens mais cabelo!...
— Palavra?
— Juro-te.
— Dá cá um espelho!
Lídia saltou-lhe do colo e correu ao toucador.
— Aqui tens. Ora vê!...
Entortando os olhos para apanhar a imagem que o espelho refletia, Paulino murmurou:
— Sim... Parece que tens razão...
— Repara! Aqui e aqui!... Não vês estes cabelos pequeninos? É cabelo a nascer!
Paulino entregou-lhe o espelho, sorrindo:
— O preparado é bom. Bem me tinham dito. Tem vitaminas, sabes?
— Ah, sim?
Com grande cópia de pormenores, Paulino explicou a composição do preparado e o modo de aplicação. Desta maneira, o serão, que começara mal, acabou bem. Não foi tão longo como de costume. Atendendo ao estado de Lídia, Paulino saiu antes da meia-noite. Por meias palavras, um e outro lamentaram as abstinências a que tal estado obrigava. Compensaram-se, mutuamente, com beijos e palavras ternas.

Depois de ele sair, Lídia voltou ao quarto. Começava a arrumá-lo quando ouviu no andar de cima, sobre a sua cabeça, um leve bater de saltos. O som ouvia-se com clareza. Ia e vinha, desaparecia e voltava. Enquanto o ouviu, Lídia ficou imóvel, os punhos cerrados, a cabeça ligeiramente erguida. Depois, duas pancadas mais fortes (a queda de uns sapatos) e o silêncio.

## XXVIII

Ao seu longo epistolário de queixas e lamentações, Carmen juntou mais uma carta. Lá longe, em Vigo, na sua terra, os pais ficariam estarrecidos e lacrimosos ao lerem o estendal sempre renovado das desditas da filha presa em mãos de estrangeiro.

Condenada ao uso de uma língua estranha, só nas cartas podia explicar-se em termos que ela própria entendia completamente. Relatou tudo o que se passara desde a última carta, demorando-se na doença do filho e dando à cena lamentável da cozinha um tom mais compatível com a sua dignidade. Recuperado o sangue-frio, pensou que se portara de uma maneira indecorosa. Pôr-se de joelhos diante do marido era para si a pior das ignomínias. Quanto ao filho... O filho esqueceria, era ainda uma criança. Mas o marido não esqueceria e isso era o que mais lhe custava.

Escreveu também ao primo Manolo. Não o fez sem hesitar. Tinha a vaga ideia de que cometia uma traição e reconheceu que a sua carta para ele não vinha a propósito. Afora breves missivas de parabéns pelo seu aniversário, boas festas pela Páscoa e pelo Natal, nada mais recebera dele. Sabia, contudo, como lhe ia correndo a vida. Os pais punham-na ao corrente do que acontecia no clã familiar, e o primo Manolo, com a sua fábrica de escovas, dava larga matéria. Triunfara na vida. Pena era que se conservasse solteiro: assim, a fábrica, depois da sua morte, teria de contentar tantos herdeiros que pouco ficaria a cada um. Salvo se ele preferisse um desses herdeiros em prejuízo dos outros. Era livre de dispor dos seus bens e tudo podia acontecer. Todos estes factos eram longamente explanados nas cartas de Vigo. Manolo ainda estava novo, tinha apenas mais seis anos que Carmen, mas o Henriquinho devia ir-se fazendo lembrado. Carmen nunca dera importância a estas sugestões, nem havia processo eficaz de o filho se fazer lembrar. Manolo não o conhecia. Vira-o muito pequeno quando viera a Lisboa com os pais de Carmen, em passeio. Carmen soubera (dissera-lho a mãe) que o primo declarara não ter gostado de Emílio. Naquela altura, casada de pouco tempo, não dera importância, mas agora via bem que o primo Manolo tinha razão. Diziam os portugueses que "de Espanha, nem bom vento, nem bom casamento...". Pois "de Portugal, nem bom marido, nem...". Carmen não dispunha de imaginação bastante para inventar uma rima que correspondesse a um malefício lusitano, mas tinha bem presentes todos os malefícios que proliferavam para cá da fronteira.

Escritas as cartas, ficou mais aliviada. As respostas não tardariam e, com elas, a consolação. Porque Carmen nada mais queria senão que a lamentassem. O dó de Manolo a compensaria da pequena deslealdade que cometera para com o marido. Imaginava o primo no escritório da fábrica, de que conservava uma lembrança. Um monte de cartas, encomendas e faturas sobre a secretária. A carta dela estava ao de cima. Manolo abria-a, lia-a com muita atenção, lia-a outra vez. Depois pousava-a diante de si, ficava uns momentos com a expressão de quem recorda acontecimentos agradáveis, e, imediatamente, afastava todos os papéis, puxava uma folha (com o nome da fábrica em letras maiúsculas) e começava a escrever.

Com estas recordações, principiaram as saudades a minar o coração de Carmen. Saudades de tudo o que deixara, da sua cidade, da casa dos pais, do portão da fábrica, da doce fala galega que os portugueses não conseguiam imitar. Lembrando tudo isto, punha-se a chorar. Decerto há muito tempo já que as saudades a ralavam, mas, assim como vinham assim iam, empurradas pelo tempo cada vez mais pesado. Tudo se esfumava, a memória mal conseguia captar as imagens desvanecidas do seu passado. Mas agora tudo lhe aparecia com nitidez. Por isso chorava. Chorava o bem que perdera e que nunca mais reaveria. Lá, estaria com a sua gente, amiga entre amigos. Ninguém, nas suas costas, a escarneceria pela sua fala, ninguém lhe chamaria "galega" com o tom desprezador com que lhe chamavam aqui. Sim, seria galega na sua terra de galegos, onde "galego" não era sinónimo de "moço de fretes" nem de "carvoeiro".

– ¡*Ah, disgraciada, disgraciada!*...

O filho mirava-a com olhos de espanto. Com uma teimosia inconsciente, resistira às tentativas da mãe para o cativar de novo, resistira às pancadas e aos bruxedos. Cada pancada, cada reza, o empurravam para o pai. O pai era calmo, tranquilo, a mãe era excessiva em tudo, no ódio e no amor. Mas agora ela chorava e Henrique, como todas as crianças, não podia ver chorar e muito menos sua mãe. Chegava-se para ela, consolava-a como podia, sem palavras. Beijava-a, encostava o seu rosto ao rosto molhado de lágrimas e, daí a pouco, choravam os dois. Então, Carmen contava-lhe longas histórias da Galiza, substituindo, quase sem dar por isso, o português pelo galego.

– Não percebo, mãe!...

Ela caía em si, traduzia para a detestada língua portuguesa aquelas lindas histórias que só tinham beleza e sabor na sua língua natal. Depois mostrava-lhe fotografias, o retrato do avô Filipe e da avó Mercedes, uma outra onde aparecia o primo Manolo com mais familiares. Henrique já vira tudo isto, mas a mãe insistia. Mostrando uma onde se via um canto do jardim da casa dos pais, disse:

– Aqui brinquei *muchas veces* com o primo Manolo...

Tornara-se uma obcecação a lembrança de Manolo. Por caminhos escondidos, o pensamento chegava sempre a ele, e Carmen ficava toda confusa quando descobria que durante muito tempo nele estivera pensando. Era uma tolice. Tanto tempo tinha passado... Estava velha, apesar dos seus trinta e três anos. E estava casada, também. Tinha a sua casa, um marido, um filho. Ninguém tem o direito, nesta situação, de ter semelhantes pensamentos.

Arrumava as fotografias, mergulhava nas ocupações domésticas, aturdia-se. Mas o pensamento voltava: a sua terra, os pais, Manolo depois de tudo, como se a recordação da sua figura e da sua voz tivesse sido afastada e por isso chegasse mais tarde.

À noite, na cama, ao lado do marido, tinha longas insónias. A saudade da vida passada tornara-se imperiosa, como que exigia uma ação imediata da sua parte. Enleada nos pensamentos que a levavam para longe, tornou-se mais calma. O seu temperamento fogoso abrandou, uma doce serenidade lhe entrou no coração. Emílio estranhou a transformação, mas não fez qualquer reparo. Pensou que seria uma mudança de tática para captar novamente o amor do filho. Supôs ter acertado, ao notar que Henrique se dividia, agora, entre ele e a mãe. Dir-se-ia que até os pretendia reconciliar. Com uma ingénua, e talvez inconsciente, habilidade, procurava interessar ambos nos seus assuntos. Os resultados eram desanimadores. Quer o pai quer a mãe, sempre prontos a responder-lhe quando se dirigia a cada um, fingiam-se distraídos quando tentava generalizar a conversa. Henrique não compreendia. Amara pouco o pai, mas descobrira que podia amá-lo sem reservas; durante algum tempo receara a mãe, mas agora a mãe chorava e ele reconhecia que nunca deixara de a amar. Amava ambos e via que eles se afastavam cada vez mais um do outro. Por que não falavam? Por que se olhavam, às vezes, como se não se conhecessem ou como se se conhecessem de mais? Por que aqueles serões silenciosos, onde a voz infantil parecia andar perdida, como uma floresta imensa e sombria que abafava todos os ecos e donde tinham fugido todos os pássaros? Para muito longe haviam fugido as aves amorosas, a floresta ficara petrificada, sem a vida que só o amor gera.

Lentos passaram os dias. O serviço postal encaminhara através do país e para lá da fronteira as cartas de Carmen. Talvez pela mesma via (quem sabe se pelas mesmas mãos?) as respostas começavam o seu caminho. Cada hora, cada dia, as aproximava mais. Carmen nem sabia o que esperava. Compaixão? Boas palavras? Sim, e delas precisava. Não estaria tão só ao lê-las, era como se em volta estivessem os seus verdadeiros parentes. Via-lhes os rostos compassivos que se debruçavam para ela e lhe incutiam coragem. Nada mais devia esperar. Mas, talvez porque se lembrara de escrever a Manolo, esperava mais. Os dias passaram. A sua ansiedade fazia-a esquecer que a mãe não era muito pronta a escrever, que a sua correspondência com ela tinha largos intervalos. Já cuidava que estava esquecida...

Amarrado à sua rotina de caixeiro de praça, vendo cada dia mais longe o dia da libertação, Emílio deixava passar o tempo. Anunciara que se iria embora e não dava um passo. Falecia-lhe a coragem. Quase a passar a soleira da porta para nunca mais voltar, alguma coisa o prendia. Da sua casa fugira o amor. Não odiava a mulher, mas estava fatigado de infelicidade. Tudo tem um limite: pode suportar-se a infelicidade até aqui, mas não até ali. E, no entanto, não partia. A mulher deixara de fazer aquelas cenas exasperantes, tornara-se mansa e tranquila. Nunca mais subira a voz, nunca mais se queixara da sua negra vida. Pensando nisto, Emílio assustava-se à hipótese de que ela pretendesse reconstruir a vida do lar. Já se sentia demasiadamente preso para desejar tal eventualidade. Mas Carmen falava-lhe apenas quando não podia deixar de o fazer. Nada permitia, pois, pensar num desejo de reconciliação. Que ela conseguira atrair o filho era evidente, mas daí a querer captá-lo a ele ia uma grande distância que não parecia disposta a transpor. A transformação intrigava-o: Henrique voltara ao convívio da mãe, por que esperava ela para recomeçar as cenas tempestuosas? Posta a pergunta e não encontrada a resposta, Emílio encolhia os ombros com indiferença e entregava-se ao tempo como se ele pudesse dar-lhe a coragem que lhe faltava.

Até que chegou uma carta. Emílio não estava em casa, Henrique fora a um recado. Quando a recebeu das mãos do carteiro e reconheceu a caligrafia da mãe, Carmen teve um estremecimento:

– Não traz mais nenhuma?

O carteiro olhou o maço que tinha na mão e respondeu:

– É só essa.

Só esta! Carmen teve vontade de chorar. Via nesse momento que estivera esperando carta de Manolo, não só dele, mas principalmente dele. E a carta não vinha. Com uma lentidão que intrigou o carteiro, fechou a porta. Que loucura, a sua! Não pensara! Não estava nos seus cinco sentidos quando escrevera ao primo! Ocupada com estes pensamentos já esquecera que tinha nas mãos a carta da mãe. Mas sentiu nos dedos, de súbito, o contacto do papel. Murmurou, em galego:

– *Miña nai...*

Num gesto rápido, abriu o sobrescrito. Duas folhas grandes, escritas de alto a baixo com a letra cerrada e miudinha que tão bem conhecia. O corredor estava escuro, não conseguiu ler. Correu para o quarto, acendeu a luz, sentou-se na borda da cama, tudo isto rapidamente, como se tivesse medo que a carta se lhe evaporasse das mãos. Os olhos molhados de lágrimas não conseguiam distinguir as palavras. Nervosa, enxugou-os, assoou-se, e pôde, enfim, saber o que a mãe lhe dizia.

Sim, vinha tudo o que esperava. A mãe lamentava-a mais uma vez, mais uma vez dizia que não era por culpa sua, que bem a avisara... Sim, já sabia tudo isto, já lera estas mesmas palavras noutras cartas... Mas não diziam mais nada? Não tinham outra coisa a dizer-lhe? Não?... Mas... Que querem dizer? Ah, mãe querida, mãe querida!...

Ali estava. Ia partir. Ia passar um tempo a casa dos pais. Um mês, talvez dois meses. Levaria Henrique. Eles pagavam as passagens. Seria... O que seria, não o sabia bem Carmen. As lágrimas saltaram e ela já não pôde ler mais. Seria uma felicidade, sem dúvida. Dois meses, talvez três, longe desta casa, ao lado dos seus, com o filho junto de si.

Limpou os olhos e continuou a ler. Notícias da casa, da família, o nascimento de um sobrinho. Depois, beijos e abraços. Na margem da carta, em letra mais apertada, um *post scriptum*. A campainha da porta tocou. Carmen não ouviu. Tornou a tocar. Carmen já lera aquelas linhas finais, mas nada ouvia. Ali estava a explicação: Manolo mandava dizer que não escrevia porque esperava que ela fosse a Vigo. A campainha estridulava impaciente e inquieta. Como se voltasse do fundo do tempo, Carmen ouviu-a, enfim. Foi abrir. Era o filho. Henrique ficou perplexo, a mãe chorava e ria ao mesmo tempo. Viu-se preso nos braços dela, sentiu-lhe os beijos e ouviu:

– Vamos ver o avô Filipe e a avó Mercedes. Vamos passar um tempo com eles. Vamos, vamos, meu filho!

Quando Emílio chegou, à noite, Carmen mostrou-lhe a carta. Nunca ele se interessara pela correspondência da mulher e era delicado bastante para não ir remexer nas cartas, às escondidas. Suspeitava dos queixumes, adivinhava que fazia figura de tirano naquela correspondência, mas não queria lê-la. E Carmen, embora não lhe desagradasse que o marido soubesse o que dele se dizia, apenas lhe mostrou o trecho da carta em que a mãe lembrava a viagem: era preciso que ele consentisse e a leitura do resto poderia levá-lo, por despeito, a recusar. Emílio notou a falta de uma margem que tinha sido cortada à tesoura. Não perguntou por quê. Devolveu a carta, sem palavras.

– Então?

Não respondeu logo. Via, ele também, dois meses, talvez

três, de solidão. Via-se livre, só, na casa vazia. Podia sair quando quisesse, entrar quando quisesse, dormir no chão ou na cama. Via-se a fazer todas as coisas que desejava – e eram tantas que não conseguia agora lembrar-se de nenhuma. Um sorriso distendeu-lhe os lábios. Desde esse momento começava a sentir-se livre, caíam à sua volta as cadeias que o amarravam. Lá fora esperava-o uma vida ampla, plena, onde cabiam todos os sonhos e todas as esperanças. Que não fossem mais que três meses, isso que importava? Talvez depois chegassem os seus dias de coragem...

– Então? – insistiu a mulher, pressentindo uma negativa no silêncio.

– Então?!... Acho bem.

Apenas estas duas palavras. Pela primeira vez há muitos anos, havia três pessoas satisfeitas naquela casa. Para Henrique era a perspetiva das férias, o comboio "pouca-terra-pouca-terra", todo o maravilhoso de que as viagens se rodeiam para as crianças. Para Emílio e para Carmen, a libertação do pesadelo que os ligava um ao outro.

O jantar foi tranquilo. Houve sorrisos e palavras amáveis. Henrique estava contente. Até os pais pareciam felizes. A própria luz da cozinha parecia mais clara. Tudo era mais claro e puro.

## XXIX

Da cena noturna em que Justina se mostrou nua pela primeira vez ao marido, nunca se falou. Caetano por cobardia, Justina por orgulho. Dela ficou apenas uma frieza maior. Caetano, depois de sair do jornal, ia passar o resto da noite e a manhã noutra cama. Só voltava a casa para almoçar. Deitava-se e dormia toda a tarde. Entendiam-se, quando precisavam de entender-se, por monossílabos e frases curtas. Nunca a aversão mútua fora tão completa. Caetano evitava a mulher, como se receasse que ela lhe aparecesse, subitamente, despida. Justina, essa, não evitava olhá-lo, mas fazia-o com desprezo, quase com insolência. Ele sentia o peso daquele olhar e fervia de cólera impotente. Sabia que muitos homens batem nas mulheres e que uns e outras acham o ato natural. Sabia que, para muitos, isso era considerado uma manifestação de virilidade, tal como tantos entendem que é um sintoma de virilidade o aparecimento de doenças venéreas. Mas, se podia gabar-se dos seus males de Vénus, não podia vangloriar-se de ter alguma vez sovado a mulher. Não por questão de princípios, embora gostasse de afirmá-lo, mas por pura cobardia. Intimidava-o a serenidade de Justina, só uma vez quebrada e em condições que lhe faziam vergonha. Revia a cena, trazia constantemente diante dos olhos a figura esquálida e nua, ouvia-lhe as gargalhadas que pareciam soluços. A reação da mulher, por inesperada, acentuara-lhe o complexo de inferioridade que desde há muito sofria em relação a ela. Por isso a evitava. Por isso estava em casa o mínimo tempo possível, por isso fugia de se deitar ao lado dela. E havia ainda outra razão. Sabia que quando se deitasse na cama onde a mulher estivesse, não poderia impedir-se de a possuir. Quando pela primeira vez teve consciência disto, assustou-se. Quis reagir, chamou-se estúpido, enumerou todas as razões que deviam impossibilitá-lo: o corpo sem graça, a repulsa de outros tempos, o desprezo. Mas quantas mais acrescentava, mais furioso se lhe acendia o desejo. Para o abafar, esgotava-se fora de casa, mas nunca o conseguia. Vazio, oco, com as pernas moles e os olhos fundos, mal chegava a casa e sentia o cheiro peculiar do corpo de Justina, logo a vaga do desejo se enrolava no mais secreto do seu ser. Era como se tivesse suportado uma longa abstinência e visse, pela primeira vez, depois dela, uma mulher ao alcance do braço. Quando se deitava, depois do almoço, o calor dos lençóis atormentava-o. Uma peça de roupa da mulher, abandonada numa cadeira, atraía-lhe os olhos. Mentalmente, dava ao vestido vazio, à meia dobrada, o contorno e o movimento do corpo vivo, da perna tensa e vibrante. A imaginação arquitetava formas perfeitas que nem de longe correspondiam à realidade. E se Justina, nesse momento, passava no quarto, precisava de apelar para toda a sua capacidade de resistência, para não saltar da cama e arrastá-la. Vivia obcecado pela mais baixa sensualidade. Tinha sonhos eróticos como um adolescente. Extenuava as suas amantes de ocasião e insultava-as porque elas não o acalmavam. Como uma mosca teimosa, constantemente o picava o desejo. Como uma borboleta a que a luz paralisa os movimentos de um lado do corpo e por isso descreve círculos mais e mais apertados até se queimar na chama, circulava à volta da mulher, atraído pelo seu cheiro, pelas suas formas toscas que o amor não moldara.

Justina não suspeitava do efeito que a sua presença produzia no marido. Via-o nervoso, excitável, mas atribuía esse estado ao dobrado desprezo com que o tratava. Como quem brinca com um animal perigoso sabendo o perigo que corre, mas não fugindo dele por curiosidade, queria ver até onde o marido era capaz de aguentar. Queria medir-lhe a altura da cobardia. Abrandou o seu desprezo silencioso e passou a falar mais para mais oportunidades ter de o mostrar. Em todas as suas palavras, em todas as inflexões de voz, mostrava ao marido quanto o considerava indigno. Caetano reagia de maneira imprevisível para ela. Transformara-se no tipo de amante masoquista. Os insultos, as vergastadas no seu orgulho de homem e de marido, levavam-no aos paroxismos do desejo. Justina brincava com o fogo sem o ver.

Uma noite, incapaz de resistir mais tempo, Caetano, logo que saiu do jornal, correu a casa. Combinara um encontro, mas esqueceu-o. A mulher que o esperava não podia satisfazê-lo. Como se tivesse enlouquecido mas guardasse ainda na memória o local onde lhe restituiriam a razão, correu para casa. Meteu-se num táxi vagabundo e prometeu ao motorista uma boa gorjeta se o levasse depressa. Pelas ruas desertas da cidade, o automóvel galgou em poucos minutos a distância. A gorjeta foi generosa; mais ainda, perdulária. Ao entrar em casa Caetano lembrou-se, de repente, de que da última vez que entrara àquela hora saíra corrido. Durante um breve segundo esteve lúcido. Viu o que ia fazer, temeu as consequências. Mas ouviu o respirar pausado de Justina, sentiu a tepidez do quarto, palpou sobre a colcha o corpo estendido, e, como uma vaga que o mar levanta das profundezas, ergueu-se nele o furor sexual.

Foi às escuras. Ao primeiro contacto, Justina reconheceu o marido. Meia imersa no sono, fez uns movimentos atabalhoados para defender-se. Mas ele dominou-a, esmagou-a contra o colchão. Ela ficou estendida, imóvel, alheia, impossibilitada de reagir, como se estivesse sonhando um daqueles pesadelos em que a Coisa monstruosa, desconhecida e por isso horrível, cai sobre nós. Conseguiu, por fim, soltar um braço. Apalpando nas trevas, acendeu o candeeiro da cabeceira. E viu o marido. O rosto dele aterrava. Os olhos salientes, o lábio inferior mais descaído que de costume, o rosto vermelho e suado, um rito animal torcendo-lhe a boca. Justina não gritou porque a garganta apertada de pavor não podia emitir o menor som. Súbito, a máscara de Caetano teve como que um estorcegão que a tornou irreconhecível. Era o rosto de um ser diferente, de um homem arrancado à animalidade pré-histórica, de uma besta selvagem encarnada num corpo humano.

Então, com um brilho frio no olhar, Justina cuspiu-lhe na cara. Caetano, aturdido, ainda fremente, ficou a olhar para ela. Não compreendia bem o que se passara. Passou a mão pelo rosto e olhou-a. A saliva, ainda tépida, pegara-se-lhe aos dedos. Abriu-os: a saliva ligava-os em fios brilhantes que se tornavam mais e mais delgados, até se quebrarem. Caetano compreendeu. Compreendeu, enfim. Foi como a chicotada imprudente que faz erguer o tigre já domado sobre as patas traseiras, as garras estendidas, os dentes afiados. A mulher fechou os olhos e esperou. O marido não se movia. Justina começou a descerrar as pálpebras, a medo, e imediatamente sentiu que o marido a empolgava de novo. Tentou desviar-se, mas todo o corpo dele a dominava. Quis manter-se fria, como da primeira vez, mas da primeira vez ficara fria naturalmente, não o estivera por ação da vontade. Agora, só à força de vontade o conseguia. Mas a vontade entrou de fraquejar. Forças poderosas, até aí adormecidas, se erguiam dentro de si. Ondas rápidas e envolventes a percorriam. Qualquer coisa como uma luz viva perpassava e perpassava dentro da sua cabeça. Soltou uma exclamação inarticulada. A vontade afundava-se no pego do instinto. Sobrenadou ainda um momento, agitou-se e desapareceu. Como louca, Justina correspondia ao amplexo do marido. O seu corpo magro quase desaparecia debaixo do corpo dele. Vibrava, estorcia-se, furiosa também agora, também agora subjugada pelo instinto cego. Houve como que um estertor simultâneo e os corpos rolaram, enlaçados e palpitantes.

Depois, movidos pela mesma repugnância, afastaram-se. Em silêncio, cada qual para seu lado, recuperavam o fôlego. A respiração arquejante de Caetano abafava a da mulher. Dela, apenas uns últimos estremecimentos assinalavam a presença.

Fizera-se o vácuo no cérebro de Justina. Tinha os membros doridos e moles. O cheiro forte do corpo do marido impregnara-lhe a pele. Gotas de suor deslizavam-lhe pelas axilas. E uma lassidão profunda impedia-a de mover-se. Sentia ainda o peso do corpo do marido. Lentamente, estendeu o braço e apagou a luz. Pouco a pouco, a respiração de Caetano tornou-se mais regular. Saciado, deslizou para o sono. Justina ficou sozinha. Os estremecimentos cessaram, o cansaço diminuiu. Só o cérebro continuava vazio de raciocínio. Pedaços de ideias começaram a erguer-se devagar. Sucediam-se uns aos outros, incompletos, sem continuidades, sem um fio que os ligasse entre si. Justina queria pensar no que acontecera, queria agarrar uma daquelas ideias fugidias que apareciam e se sumiam como feijões que a fervura levanta e logo faz desaparecer. Era cedo, porém. Nem ela o conseguiria tão depressa, porque foi o espanto que se apossou dela repentinamente. Tão absurdo se lhe figurava o que se passara minutos antes, que admitiu que sonhara. Mas o seu corpo pisado, uma estranha sensação de plenitude indefinível, localizada em certas regiões do corpo, a desmentiam. Foi então, só então, que o espanto a absorveu ou ela se absorveu nele.

Por todo o resto da noite, não dormiu. Ficou a olhar o escuro, desorientada, incapaz de raciocinar. Sentia vagamente que as suas relações com o marido tinham sofrido uma alteração. Estava como se tivesse passado das trevas para a luz intensa, cega, de momento, para os objetos que a rodeavam, adivinhando-lhes os contornos, mas vendo-os como um borrão indistinto. Ouviu todas as horas que o relógio bateu. Assistiu ao recuo da noite e à aproximação da manhã. Tons azulados começaram a espalhar-se no quarto, aqui e além. O vão da porta que dava para o corredor desenhou-se na penumbra com uma tonalidade opalescente. Ao mesmo tempo que a manhã, ouviam-se no prédio rumores imprecisos. Caetano dormia, estendido de costas, uma perna destapada até à virilha, uma perna branca e mole como a barriga de um peixe.

Reagindo contra o torpor que lhe prendia os membros, Justina ergueu-se. Ficou sentada, as costas curvadas, a cabeça pendida. Todo o corpo lhe doía. Levantou-se com cuidado para não acordar o marido, vestiu a bata e saiu do quarto. Continuava sem poder ligar duas ideias, mas, por detrás desta impossibilidade, o pensamento involuntário, aquele que se processa e desenvolve sem dependência da vontade, principiava a trabalhar.

Escassos segundos gastou Justina para chegar à casa de banho. Um momento bastou para que ela erguesse a cabeça e fitasse o espelho. Viu-se e não se reconheceu. O rosto que tinha na sua frente não lhe pertencia ou estivera oculto até aí. Em volta dos olhos, um círculo escuro tornava-os mais mortiços. As faces pareciam chupadas. Os cabelos em desordem lembravam a agitação da noite. Mas este aspeto não era novo para si: sempre que a diabetes se agravava, o espelho mostrava-lhe aquela aparência. O que diferia era a expressão. Devia estar indignada e estava calma, devia sentir-se ofendida e sentia-se como se tivesse perdoado uma injúria.

Sentou-se num banco da *marquise*. O sol entrava já pelos vidros superiores e riscava a parede de um filete de luz rosada que ia alargando e aclarando. No ar vivo da manhã passavam gritos de andorinhas. Levada por um impulso irrefletido, voltou ao quarto. O marido não se mexera. Dormia de boca aberta, os dentes muito brancos na face enegrecida pela barba. Aproximou-se devagar e curvou-se para ele. Aquele rosto inerte só de longe lembrava o rosto convulsionado que vira. Lembrou-se de que lhe cuspira e teve medo, um medo que a fez recuar. Caetano fez um movimento. A roupa que o cobria deslizou sobre a perna que se fletia e deixou-lhe o sexo à mostra. Uma onda de nojo subiu do estômago de Justina. Fugiu do quarto. Só então o último laço que lhe prendia o pensamento se desatou. Como se quisesse recuperar o tempo que perdera, o cérebro começou a girar rapidamente, até se fixar num pensamento único e obsidiante: "Que vou eu fazer? Que vou eu fazer?".

Não mais desprezo, não mais indiferença: agora era ódio o que sentia. Odiava o marido e odiava-se a si mesma. Lembrava-se de que se lhe entregara com a mesma fúria com que ele a possuíra. Deu uns passos indecisos na cozinha, como se estivesse num labirinto. Por toda a parte, portas fechadas e caminhos sem saída. Se tivesse podido conservar-se indiferente, ser-lhe-ia permitido apresentar-se como vítima da força bruta. Bem sabia que, como mulher casada, não teria o direito de recusar-se, mas a passividade seria a sua maior recusa. Ter-se-ia deixado possuir, não se teria entregado. E entregara-se. O marido vira que ela se entregara; consideraria isso uma vitória e agiria como vencedor. Imporia a lei que entendesse e rir-lhe-ia na cara quando ela quisesse rebelar-se. Um momento de desvario – e todo o trabalho de anos se desmoronara. Um momento de cegueira – e a força mudara-se em fraqueza.

Tinha que pensar no que devia fazer. E pensar depressa, antes que ele acordasse. Pensar, antes que fosse tarde de mais. Pensar, agora que o ódio estava vivo e a sangrar. Cedera uma vez, não queria ceder outra. Mas a recordação das sensações começou a perturbá-la. Nunca, até essa noite, subira ao mais alto cume do prazer. Mesmo quando vivia as relações normais com o marido, jamais experimentara aquela aguda sensação que faz temer a loucura e desejá-la. Nunca se sentira lançada, como naquele momento, no redemoinho do prazer, rotos todos os laços, ultrapassadas todas as fronteiras. O que para as demais mulheres seria a ascensão, era, para si, a queda.

Um toque de campainha cortou-lhe o pensamento. Correu à porta, nas pontas dos pés. Atendeu o leiteiro e voltou à cozinha. O marido não acordara.

Tornava-se, agora, clara a situação. Tinha de escolher entre o prazer e o domínio. Calando-se, aceitaria a derrota em troca de outros momentos como o que vivera, desde que o marido estivesse disposto a conceder-lhos. Falando, arriscar-se-ia a que lhe lançasse no rosto a maneira como ela retribuíra. Era fácil pôr estas duas alternativas, mas difícil escolher uma delas. Há pouco sentira nojo, mas, agora, marulhavam dentro de si, como as ondas do mar dentro de um búzio, as recordações do êxtase sexual. Falar, seria perder a possibilidade da repetição. Calar-se, seria sujeitar-se às condições que o marido quisesse impor. Justina oscilava entre os dois polos: o desejo acordado e a vontade de domínio; um excluía a outra. Qual escolher? Mais: até onde lhe era possível escolher? Dominando – como poderia resistir ao desejo, depois de o ter conhecido? Submetendo-se – como suportaria a submissão imposta por um homem que desprezava?

O sol daquela manhã de domingo entrava pela janela como um rio de luz. Do lugar onde estava sentada, Justina via as pequenas nuvens brancas de contornos esfarrapados que corriam no céu limpo. Bom tempo. Claridade. Primavera.

Do quarto veio um murmúrio abafado. A cama estalou. Justina estremeceu, sentindo o rosto em fogo. A linha de pensamento que vinha desenredando quebrou-se. Ficou paralisada, à espera. Os estalidos continuavam. Aproximou-se da porta do quarto e espreitou: o marido estava de olhos abertos e viu-a. Impossível voltar atrás. Em silêncio, entrou. Em silêncio, Caetano olhou-a. Justina não sabia o que ia dizer. Todo o raciocínio a abandonara. O marido sorriu. Ela não teve tempo para descobrir o que o sorriso queria significar. Quase sem dar por que falava, disse:

— Faça de conta que nada se passou esta noite. Por mim, farei o mesmo.

O sorriso desapareceu dos lábios de Caetano. Uma ruga funda se cavou entre as sobrancelhas.

— Talvez não seja possível – respondeu.

— Conhece muitas mulheres lá fora, pode divertir-se com elas...

— E se eu quiser usar dos meus direitos de marido?

— Não poderei recusar-me, mas há de cansar-se...

— Compreendo... Parece que compreendo... Por que não procedeu assim esta noite?

— Se o senhor tivesse alguma dignidade, não faria essa pergunta! Já se esqueceu de que lhe cuspi na cara?

O rosto de Caetano endureceu. As mãos que se apoiavam na colcha cerraram-se com força. Pareceu ir levantar-se, mas deixou-se ficar. Com uma voz lenta e sarcástica, respondeu:

— Já me tinha esquecido, já. Lembrei-me agora. Mas também me lembro de que só me cuspiu uma vez...

Justina compreendeu a insinuação e ficou calada.

— Então? Não responde? – perguntou o marido.

— Não. Tenho vergonha, por si e por mim.

— E eu? Eu, que tenho sofrido o seu desprezo?

— É digno dele.

— Quem é você para desprezar-me?

— Nada, mas desprezo-o.

— Por quê?

— Comecei a desprezá-lo logo que o conheci, e só o conheci depois de estar casada. O senhor é um vicioso.

Caetano encolheu os ombros, impaciente:
– Isso são ciúmes.
– Ciúmes, eu? Deixe-me rir! Só se tem ciúmes de quem se ama e eu não o amo. Gostei de si, talvez, mas durou pouco tempo. Quando a minha filha esteve doente, que importância lhe ligou? Todo o tempo era pouco para as amantes!...
– Está a dizer disparates.
– Pense o que quiser. Só quero que se convença de que o que se passou esta noite, não se repetirá.
– Veremos...
– Que quer dizer?
– Disse-me que sou um vicioso. É possível. Suponha que, por qualquer motivo, passei a interessar-me por si...
– Dispenso o interesse. E, de resto, há quantos anos não sou para si uma mulher?
– Parece que tem pena...
Justina não respondeu. O marido olhava-a com uma expressão maligna:
– Tem pena?
– Não! Seria pôr-me ao nível das mulheres que você conhece!
– Lembro-lhe que, com elas, é mais difícil. Já pensou que me bastaria puxá-la por um braço? Sou seu marido...
– Infelizmente para mim.
– Está a ser inconveniente, repare. O facto de eu ter ficado indiferente quando me cuspiu, não quer dizer que esteja na disposição de aturar-lhe todas as impertinências, ouviu?
– Ouvi, mas não me mete medo. Já me ameaçou de que me pisaria a pés e não tremi.
– Não me provoque!
– Não me assusta!

— Justina!

Discutindo, ela tinha-se aproximado. Estava à beira da cama, e olhava o marido, de cima. Num relance, o braço direito dele moveu-se e prendeu-a por um pulso. Não a puxou, mas manteve-a segura. Justina sentiu um tremor em todo o corpo. Os joelhos batiam um no outro como se estivessem prestes a vergar-se. Caetano murmurou, com a voz rouca:

— Tens razão... Sou um vicioso. Bem sei que não gostas de mim, mas, desde que te vi na outra noite, fiquei doido. Estás a ouvir-me?... Fiquei doido. Se não tivesse vindo esta noite, morria!...

Mais do que as palavras, o tom com que foram pronunciadas atordoou Justina. Tentou libertar o pulso, desesperada, sentindo que o marido a puxava lentamente:

— Deixe-me! Deixe-me!

As suas débeis forças cediam. Já toda se inclinava para ele, já sentia nos ouvidos as palpitações do coração. Mas deu com os olhos no retrato da filha, viu-lhe o doce e obstinado sorriso. Firmou-se na borda da cama e resistiu. Viu que o marido ia prendê-la com a outra mão. Furtou o corpo e cravou os dentes nos dedos que a seguravam. Com um berro, Caetano largou-a.

Ela correu para a cozinha. Sabia agora tudo, sabia agora o motivo... Assim, se não tivesse cedido ao impulso que a levara a mostrar-se nua ao marido, nada se teria passado. A Justina de hoje seria a Justina de ontem. Falara — e que resultara daí? A consciência certa e segura de que tudo se modificara. Se não cedera desta vez, fora apenas por um acaso fortuito. O retrato da filha de nada teria valido, se o diálogo não lhe tivesse dado forças para resistir e também porque só há poucas horas... "Quer dizer, se ele não insistir, se deixar passar um dia, dois dias, se, depois desses dois dias fizer uma tentativa, não resistirei..."

Justina preparava a refeição, com o pensamento longe do que fazia. E pensava: "Ele é um vicioso, por isso o desprezei. Continua a ser um vicioso, por isso o desprezo ainda. E, desprezando-o, entreguei-me, e sei que, chegada a oportunidade, me entregarei outra vez. Será isto o casamento? Terei de concluir, ao fim de tudo, ao fim de todos estes anos, que posso ser tão viciosa como ele? Se eu o amasse... se o amasse não falaria eu em vício. Acharia tudo natural, entregar-me-ia sempre como hoje. Mas, será possível, não amando, sentir o que senti? Não o amo e ia enlouquecendo de prazer. Os outros também viverão assim? Haverá, entre eles, apenas o ódio e o gozo? E o amor? Então, aquilo que só o amor deveria dar, também o dá este desejo animal? Ou, no fim de contas, será o amor apenas o desejo?".

– Justina! Quero levantar-me. Onde está o pijama?

Levantar-se, já? Iria passar toda a manhã junto dela? Talvez quisesse sair... Foi ao quarto, abriu o guarda-fato e entregou o pijama ao marido. Ele recebeu-o sem palavras. Justina nem sequer o olhou. No fundo do coração continuava a desprezá-lo e cada vez mais, mas não tinha coragem de o encarar. Voltou à cozinha, a tremer: "É medo o que sinto. Tenho medo dele. Eu! Tenho medo dele! Se mo dissessem ontem, teria rido...".

De mãos nas algibeiras, arrastando os sapatos, Caetano passou para a casa de banho. A mulher respirou: temera qualquer familiaridade e não estava preparada para recebê-la.

Caetano, na casa de banho, assobiava um fado melodioso. Pôs-se diante do espelho, interrompeu o assobio para apalpar a cara e esfregar a barba dura. Depois, enquanto armava a máquina de barbear, retomou o fado. Ensaboou-se e pôs de parte o assobio para barbear-se com segurança. Dava já a última passagem quando ouviu a voz da mulher, perto da porta fechada:

– O café está pronto.
– Está bem, filha. Já vou.

Para ele, a conversa com a mulher não contara. Sabia que vencera. Mais ou menos resistência, até dava a sua graça. Veria a d. Justina como tinha de pagar com língua de palmo todas as desconsiderações que lhe fizera. Apanhara-a. Como diabo não se lembrara de que a melhor forma de vergá-la era, justamente, aquela? Lá se ia o desprezo, lá se ia o orgulho partido em bocadinhos! Sem contar que ela gostara, a marota! Cuspira-lhe na cara, sim senhor, mas até isso pagaria. Havia de fazer-lhe o mesmo, uma vez, pelo menos. Quando ela começasse com o "ai-ai! ai-ai" e a rebolar-se, toma lá que já almoçaste! Sempre estava para ver o que ela fazia. Talvez se zangasse, talvez, mas seria só depois...

Caetano estava contente. Nem as borbulhas do pescoço rebentavam à passagem da lâmina. Acalmara os nervos, enfim. Andara a sabujar em volta da mulher, bem o reconhecia, mas agora tinha-a na mão. Ainda que a antiga repugnância voltasse, o que seria certo, não lhe recusaria "a assistência técnica que todo o marido deve dar à sua esposa".

O uso da palavra técnica nesta frase fê-lo sorrir: "Assistência técnica! Tem piada!...".

Lavou-se com grande desperdício de água e sabão. Enquanto se penteava, ia pensando: "Não há dúvida de que fui um grande tanso. A carta anónima estava-se mesmo a ver que não dava resultado nenhum...".

Interrompeu-se. Abriu a janela, devagar, e espreitou para fora. Não ficou surpreendido por ver Lídia: fora mesmo por causa dela que se interrompera. Lídia olhava para baixo e sorria. Caetano seguiu-lhe o olhar e viu no quintal do rés do chão direito, da casa do sapateiro, o hóspede correndo atrás de uma galinha, enquanto Silvestre, encostado ao muro, de cigarro na boca, dava grandes palmadas nas coxas:

– Oh, Abel! Você não é capaz de agarrar o bicho! Ai, que não temos canja para o almoço!

Lídia deu uma risada. Abel olhou para cima e sorriu:

– Desculpe... Quer dar-me uma ajuda?

O riso de Lídia soou mais alto:

– Só servia para o atrapalhar...

– Mas não é caridoso estar a rir-se da minha triste figura!

– Não estou a rir-me do senhor. Rio-me da galinha... – interrompeu-se para saudar: – Bom dia, senhor Silvestre! Bom dia, senhor...

– Abel... – disse o rapaz. – Não digo os apelidos porque estamos muito longe para apresentações.

A galinha, a um canto, sacudia-se e cacarejava.

– Está a fazer pouco de si – notou o sapateiro.

– Sim? Pois vou obrigá-la a fazer rir aquela senhora.

Caetano não quis ouvir mais. Fechou a janela. Os cacarejos agudos da ave perseguida começaram outra vez. Sorrindo, Caetano sentou-se na borda da retrete, enquanto ordenava os pensamentos: "Não deu resultado, a carta... Não deu, mas esta vai dar...". Estendeu a mão para a janela, na direção de Lídia, e murmurou:

– Vais-mas pagar, tu também... Ou eu não me chame Caetano.

## XXX

As diligências de Amélia esbarraram na defensiva obstinada das sobrinhas. Tentou fazê-las confessar a bem, lembrou-lhes a antiga harmonia, o perfeito entendimento que antes existira entre todas. Isaura e Adriana levaram o caso a rir. Demonstraram-lhe, com todas as razões possíveis, que não estavam zangadas, que só a preocupação de as ver constantemente felizes a fizera imaginar coisas que nem por sombras existiam.

– Todas nós temos os nossos aborrecimentos, tia – dizia Adriana.

– Bem sei. Até eu os tenho. Mas não julguem que me enganam. Tu ainda falas, ainda ris, a Isaura nem isso. Era preciso que eu fosse cega, para não ver.

Desistiu de saber por elas, diretamente, a razão da frieza que as separava. Via que havia entre ambas uma espécie de pacto para a iludir e à irmã. Mas, se a esta a aparência bastava, Amélia só se daria por satisfeita com a realidade. Sem disfarces, passou a vigiá-las. Obrigou as sobrinhas a um estado de tensão vizinho do pânico. A menor frase obscura dava-lhe oportunidade para insinuações. Adriana suportava-as gracejando, Isaura recolhia-se ao silêncio, como se receasse que das palavras mais inocentes a tia concluísse o que não devia.

– Não dizes nada, Isaura? – perguntava Amélia.
– Não tenho nada para dizer...
– Dantes, nesta casa, toda a gente se entendia. Todas falavam, todas tinham que dizer. Chegámos a um tal ponto que já nem a telefonia ouvimos!
– Não ouve porque não quer, tia.
– Para quê, se estamos todas a pensar noutra coisa?!

Não fosse a atitude da sobrinha e talvez abandonasse a sua ideia. Mas Isaura parecia inferiorizada por qualquer pensamento oculto que a atormentava. Amélia resolveu abandonar Adriana e concentrou toda a sua vigilância na outra. Quando ela saía, seguia-a. Voltava desiludida. Isaura não falava a ninguém no caminho, não se desviava do percurso que a levava à loja para onde trabalhava, não escrevia cartas e não as recebia. Nem sequer ia já à biblioteca onde alugava os livros:

– Nunca mais leste, Isaura.
– Não tenho tempo.
– Tens tanto tempo como tinhas antigamente. Trataram-te mal na biblioteca?
– Que ideia?!

Logo que ouvira a pergunta acerca da sua atual indiferença pelos livros, Isaura corara. Baixou a cabeça e evitou encontrar os olhos da tia. Esta notou-lhe a confusão e acreditou ter ali o fio da meada. Foi à biblioteca a pretexto de conhecer o horário das leituras no local. Queria ver os empregados. Saiu como entrara: os empregados eram dois velhotes calvos e desdentados e uma senhora nova. A sua suspeita foi ao ar como fumo e desvaneceu-se como ele. Sentindo que todas as portas se lhe fechavam, virou-se para a irmã. Cândida fez-se desentendida:

— Lá vens tu outra vez com as tuas ideias!...
— Venho e não desisto. Bem vejo que tu serves de capa às tuas filhas. Ao pé delas és toda meiguices, mas não me enganas. Bem te oiço, de noite, suspirar...
— Penso noutras coisas. Coisas antigas...
— O tempo dos suspiros por essas coisas antigas já passou. Os desgostos que tu tens também eu os tenho. Mas arrumei-os. E tu também os arrumaste. O que te faz suspirar são coisas modernas, são as pequenas...
— Oh, mulher, tu estás doente de mania! Quantas vezes já nos zangámos nós? E não fizemos as pazes? Ainda no outro dia...
— Ora, aí está. Nós zangamo-nos e fazemos as pazes. Elas não estão zangadas, não, mas não me queiras convencer...
— Eu não quero convencer-te seja do que for. Se te dá muito gosto continuar a fazer essa figura disparatada, continua. Estás a estragar a nossa vida. Corria tudo tão bem...
— Não é por culpa minha se tudo corre mal. No que me diz respeito, faço o que posso para que tudo corra bem. Mas — assoava-se com força para disfarçar a comoção — o que eu não posso ver é as pequenas assim!...
— A Adriana anda bem-disposta!... Ainda ontem, quando contou o caso do chefe que tropeçou na passadeira...
— Isso é disfarce. E a Isaura, também anda bem-disposta?
— São dias...
— São dias, são! E não são poucos! Vocês combinaram-se. Tu sabes o que se passa!
— Eu?!
— Sim, tu! Se não soubesses, andarias tão preocupada como eu.
— Mas mesmo há bocado disseste que eu suspiro de noite!...

– Apanhei-te!
– És muito esperta. Enganas-te se julgas que eu sei de alguma coisa... De resto, tudo isto são minhocas que se meteram dentro da tua cabeça!...

Amélia ficou indignada. Minhocas?! Quando a bomba rebentasse, ver-se-ia quem é que tinha as minhocas. Mudou de tática. Deixou de atormentar as sobrinhas com perguntas e insinuações. Fez-se desinteressada e esquecida. Notou logo que a tensão abrandara. A própria Isaura já sorria aos exageros da irmã, que trazia sempre uma história para contar. A atitude de Isaura mais a convenceu de que havia um mistério. Fora preciso sentir-se menos premida pela suspeita e pela perseguição para mostrar melhor cara. Parecia querer ajudá-la a esquecer. Mas Amélia não esquecia. Recuara para saltar melhor e mais longe.

Conservava-se indiferente, ouvido aberto a todas as palavras e não reagindo a elas por mais estranhas que fossem. Acreditou que, pedaço aqui, pedaço acolá, acabaria por desenredar a meada toda. Começou a rebuscar no passado todos os elementos que lhe pudessem servir. Tentou lembrar-se de quando "aquilo" principiara. Tinha a memória já fraca e embotada, mas forcejou, ajudada pelo calendário, até que veio a descobrir. "Aquilo" começara na noite em que ouvira as sobrinhas a falar no quarto e Isaura a chorar. Fora um pesadelo, dissera Adriana. Adriana é que dissera, logo a história era com Isaura. Que teriam elas dito? Sabia que as raparigas contam tudo umas às outras, pelo menos assim fora no seu tempo. Uma de duas: ou Isaura chorara por alguma coisa que Adriana lhe contara, e então o caso era com esta, ou chorara por alguma coisa que ela própria dissera e assim se explicava que Adriana tivesse querido disfarçar. Mas, sendo o caso com Adriana, como pudera esta manter o sangue-frio?

Estes pensamentos levaram-na a voltar a sua atenção para Adriana. Sempre lhe parecera que aquela alegria soava a falso, que não era mais que um disfarce. Isaura calava-se, Adriana é que disfarçava. A não ser que o disfarce pretendesse somente ocultar Isaura. Amélia desesperava-se neste beco sem saída.

Depois, começou a pensar que Adriana estava quase todo o dia fora das suas vistas. Não podia ir ao escritório como fora à biblioteca. Talvez lá estivesse a chave do mistério. Mas, se era lá que estava a explicação por que é que só ao fim de dois anos... A observação não tinha consistência: as coisas alguma vez têm de acontecer e o não terem acontecido ontem não quer dizer que não aconteçam hoje ou amanhã. Assentou, portanto, que a "história" era com Adriana e se relacionava com o escritório. Se viesse a provar-se que estava enganada, tentaria por outro lado. Provisoriamente, punha Isaura de parte. Só não conseguia perceber as lágrimas desta. Acontecimento grave deveria ter sido, para a obrigar a chorar naquela noite e a manter-se silenciosa e triste depois. Acontecimento grave... Amélia não via bem, ou não queria ver, o que poderia ter sido. Adriana era uma rapariga, uma mulher, e um acontecimento grave na vida de uma mulher e que faz chorar a irmã dessa mulher só pode ser... Achou a ideia absurda e quis afastá-la. Mas tudo agora lhe trazia achegas para tornar a ideia consistente. Primeiro: Adriana estava todo o dia fora de casa; segundo: fazia serões, lá de vez em quando; terceiro: todas as noites se fechava na casa de banho... Foi quase de chofre que Amélia deu por que, desde aquela noite, Adriana nunca mais se fechara na casa de banho. Outrora, era sempre a última e sempre se demorava. Agora, se nem sempre era a primeira, também raras vezes se deixava ficar para o fim. E, quando tal acontecia, repetia Amélia, era por pouco tempo. Ora, toda a gente sabia que Adriana tinha um "diário", uma criancice a que ninguém ligava importância, e que era na casa de banho que o escrevia. Estaria nele a explicação de toda esta embrulhada? E como conseguir a chave para abrir a gaveta?

Cada uma das quatro mulheres tinha uma gaveta apenas sua. Todas as outras estavam franqueadas: bastava puxá--las. Vivendo na dependência umas das outras, servindo-se das mesmas roupas de cama e das mesmas toalhas, seria absurdo fechar gavetas. Mas cada uma delas possuía as suas recordações. Amélia e Cândida, velhas cartas, fitas de ramos de noivado, fotografias amarelecidas, uma que outra flor seca, talvez um anel de cabelo. As gavetas particulares eram, assim, uma espécie de santuário onde cada uma, quando estava sozinha e a saudade apertava, ia rezar as suas recordações. Cada uma das velhas poderia, olhando a sua, dizer, com poucas probabilidades de erro, o que continha a gaveta da outra. Mas nenhuma delas seria capaz de adivinhar o que continham as gavetas das duas mais novas. Na gaveta de Adriana havia, pelo menos, o "diário", e Amélia tinha a certeza de que ali encontraria a explicação. Antes de pensar na forma de ler o manuscrito, já lhe pesava a violação que teria de cometer. Pensou no que sentiria se soubesse que lhe tinham devassado os segredos, os pobres segredos que não seriam mais que recordações de factos que toda a gente conhecia. Pensou que seria um abuso intolerável. Mas pensou, também, que prometera descobrir o segredo das sobrinhas, e não seria agora, promessa feita e a um passo de a cumprir, que recuaria. Acontecesse o que acontecesse, era preciso saber. As dificuldades eram grandes. Como se não bastasse a convicção de que os segredos de cada uma eram invioláveis, que nenhuma se atreveria a pôr mão em gaveta que não lhe pertencesse, Adriana trazia sempre as chaves consigo. Enquanto estava em casa guardava-as na carteira e era impossível tirá-las, abrir a gaveta e ler o que houvesse para ler sem que ninguém desse conta. Esquecer-se Adriana das chaves era pouco provável. Tirar-lhas, de forma que ela se convencesse de que as tinha perdido? Era o mais fácil, mas talvez desconfiasse e encravasse a fechadura de qualquer maneira. Só havia uma solução: mandar fazer uma chave igual. Para consegui-la era preciso copiar e para copiar teria de levá-la ao serralheiro. Não haveria outro processo? Fazer um desenho, sem dúvida. Mas, como?

Amélia forçou a imaginação. Tratava-se de achar uma oportunidade, não mais que uns escassos minutos, para desenhar as chaves. Fez várias tentativas, mas no último instante aparecia alguém. Tantas contrariedades aumentaram-lhe a ânsia de saber. A gaveta fechada fazia-a estremecer de impaciência. Já perdera os escrúpulos que até aí sentira. Era necessário saber, quaisquer que fossem as consequências. Se Adriana praticara algum ato de que pudesse envergonhar-se, o melhor era saber-se antes que fosse tarde de mais. "Tarde de mais", eis o que assustava Amélia.

Teimou e conseguiu. As primas de Campolide vieram visitá-las, para retribuição da visita em tempos feita por Cândida e Amélia. Era um domingo. Estiveram toda a tarde, tomaram chá, conversaram muito. Foram, uma vez mais, dobadas as recordações. Eram sempre as mesmas, todas o sabiam, mas todas faziam cara de ouvi-las pela primeira vez. Nunca Adriana estivera tão exuberante e nunca a irmã fizera tão grande esforço para parecer contente. Cândida, iludida pela alegria das filhas, esquecera tudo. Só Amélia não esquecia. Quando lhe pareceu oportuno, levantou-se e foi ao quarto das sobrinhas. Com o coração agitado e as mãos trémulas, abriu a carteira de Adriana e tirou as chaves. Eram cinco. Reconheceu duas, a da porta da rua e a da porta da escada. Das restantes, duas eram de tamanho médio e a outra pequena. Hesitou. Não sabia qual delas seria a da gaveta, ainda que lhe parecesse que devia ser uma das duas quase iguais. A gaveta estava a poucos passos. Podia experimentar, mas temeu qualquer ruído que atraísse a sobrinha. Resolveu desenhar as três. Não o fez sem dificuldade. O lápis escorregava-lhe dos dedos e não queria seguir exatamente o contorno das chaves. Fizera-lhe o bico comprido e fino para tornar o desenho mais fiel, mas as mãos tremiam-lhe tanto que esteve quase a desistir. Da sala ao lado vinham as risadas de Adriana: era a história da passadeira que as primas ainda ignoravam. Todas riram muito e o riso abafou o pequeno estalido da carteira ao fechar-se.

Nessa noite, depois do jantar, enquanto a telefonia, que fora ligada em consequência da boa disposição que restara da tarde, murmurava um Noturno de Chopin, Amélia exprimiu o seu contentamento por ver as sobrinhas tão amáveis uma para a outra.

– Estás a reconhecer que era cisma tua, ora vês? – sorriu Cândida.

– Vejo...

# XXXI

Já com a sua mesada na malinha, bem dobradas as notas no porta-moedas ensebado, a mãe de Lídia bebia uma chávena de café. Pousara sobre a cama o *tricot* com que ocupava os serões. Vinha sempre duas vezes por mês: uma, pelo dinheiro; outra, pela amizade. Conhecedora dos hábitos de Paulino Morais, só aparecia em dias ímpares da semana: terça, quinta ou sábado. Sabia que não era desejada, nesses ou em quaisquer outros, mas não podia deixar de vir. Para viver "de cabeça levantada" precisava do subsídio mensal. Pois que tinha uma filha em boa situação económica, mal pareceria que a abandonassem. E porque estava certa de que Lídia, por si, não daria um passo para a auxiliar, fazia-se lembrada. E também para que ela não julgasse que só o interesse a levava a aparecer, duas semanas, mais ou menos, depois de receber o dinheiro, ia saber do estado da filha. Das duas visitas, a mais suportável era a primeira, porque tinha um objetivo real. A segunda, não obstante o afetuoso interesse manifestado, aborrecia mãe e filha.

Lídia estava sentada no sofá, com um livro aberto sobre os joelhos. Interrompera a leitura para servir o café e não a recomeçara ainda. Fitava a mãe sem a menor sombra de amizade no olhar. Fitava-a friamente, como a uma desconhecida. A mãe não dava pelo olhar, ou estava tão habituada que não se impressionava. Bebia o café em golinhos, na atitude de compostura que sempre observava em casa da filha. Rapou com a colher o açúcar depositado no fundo da chávena, único gesto menos delicado que se permitia e que tinha justificação na sua gulodice.

Lídia baixou os olhos para o livro, num movimento que parecia significar ter atingido o limite da sua capacidade de observação de uma pessoa desagradável. Não gostava da mãe. Sabia-se explorada, mas não estava aí o motivo da inimizade. Não gostava da mãe porque sabia que ela não a amava como filha. Várias vezes pensara em afastá-la. Não o fazia porque temia cenas desagradáveis. Pagava a sua tranquilidade por um preço que, embora alto considerado em si mesmo, não era excessivo para o que lhe proporcionava. Duas vezes por mês tinha de receber a visita da mãe, e habituara-se. As moscas também importunam e, no entanto, não há nada a fazer senão habituarmo-nos a elas...

A mãe levantou-se e foi colocar a chávena no toucador. Voltou a sentar-se e pegou no *tricot*. A linha já estava enxovalhada e o trabalho avançava a passo de tartaruga. O progresso era tão lento que Lídia ainda não conseguira descobrir a que destinava o trabalho. Suspeitava mesmo de que a mãe só pegava no *tricot* enquanto estava em sua casa.

Tentou absorver-se na leitura, depois de ter deitado um olhar ao relógio de pulso para calcular o tempo que estaria ainda acompanhada. Decidira não abrir a boca senão para as despedidas. Sentia-se aborrecida. Paulino caíra na antiga distração, não obstante toda a boa vontade que empregava para agradar-lhe. Beijava-o com convicção, o que só fazia quando entendia necessário. Os mesmos lábios podem beijar de diversas maneiras e Lídia conhecia-as todas. O beijo apaixonado, o beijo que não é apenas lábios mas também língua e dentes, era reservado para as grandes ocasiões. Nos últimos dias fizera largo uso dele, vendo que Paulino se afastava ou, pelo menos, o parecia.

– Que tens tu, filha? Há que tempos estás a olhar para essa página, e ainda não acabaste?!

A voz era melíflua e insinuante, tal como a do empregado que vai agradecer a gratificação do Natal. Lídia encolheu os ombros e não respondeu:

– Parece que estás preocupada!... Algum desentendimento com o senhor Morais?

Lídia ergueu a cabeça e perguntou, com ironia:

– E se fosse?

– Era uma imprudência, filha. Os homens são muito esquisitos e, por dá cá aquela palha, aborrecem-se. Nunca sabe a gente como há de lidar com eles...

– A mãe parece ter muita experiência...

– Vivi vinte e dois anos com o teu falecido pai: queres maior experiência?

– Se viveu vinte e dois anos com o pai e não conheceu outro homem, como é que pode falar em experiência?

– São todos iguais, filha. Visto um, estão vistos todos.

– Como sabe? Se só conheceu um?!

– Basta abrir os olhos e ver.

– Tem bons olhos, mãe.

– Lá isso... Não é por me gabar, mas basta-me olhar para um homem para ficar a conhecê-lo!

– Sabe mais do que eu, pelo que ouço. E do senhor Morais, o que pensa?

A mãe pousou o *tricot* e foi eloquente:

— Foi a Providência que te apareceu, filha. Um homem assim, nem que tu o trouxesses nas palminhas lhe pagarias tudo o que lhe deves. Basta olhar para a casa que tens! E as joias! E os vestidos! Alguma vez encontraste quem te tratasse desta maneira? O que eu sofri...

— Já conheço os seus sofrimentos.

— Dizes isso de um modo... Parece que não acreditas. Era preciso que não fosse mãe para não sofrer. Qual é a mãe que não gosta de ver os filhos em boa situação?

— Sim! Qual é? — repetiu Lídia, trocista.

A mãe retomou o trabalho e não respondeu. Fez duas malhas, vagarosamente, como se tivesse o pensamento noutro lado. Depois, tornou à conversa:

— Tu deste a entender que havia qualquer desentendimento, ahn? Vê lá o que fazes!...

— Que preocupação a sua, mãe! Se há ou não desentendimento, é comigo!

— Não acho bem que penses assim. Ainda se...

— Por que não acaba? Ainda se, o quê?

A linha deu tais voltas que parecia estar cheia de nós. Pelo menos, a mãe curvou-se toda para o trabalho como se lhe tivesse aparecido o nó górdio ressuscitado.

— Então? Não responde?

— Queria eu dizer... Queria eu dizer que... Ainda se tu achasses uma situação melhor!...

Lídia fechou o livro, de estalo. Sobressaltada, a mãe desfez uma carreira de malhas.

— Seria preciso que eu tivesse por si muito respeito, para não a pôr fora desta casa! Respeito, não tenho nenhum, pode ficar ciente, mas, mesmo assim, não faço o que disse, nem sei por quê!

— Credo, filha! Que disse eu, para te inflamares dessa maneira?

— Ainda mo pergunta? Ponha-se no meu lugar!

— Oh, filha, mas que exaltação a tua! Parece que ainda me censuras. É só pelo teu bem que eu digo isto!

— Faça favor de se calar.

— Mas...

— Já lhe pedi que faça o favor de se calar!

A mãe choramingou:

— Parece impossível que me trates desta maneira. Eu, tua mãe!... Eu, que te criei e acarinhei. É para isto que uma mãe está guardada!...

— Se eu fosse uma filha como todas as outras filhas, e a mãe como todas as outras mães, teria razão para queixar-se.

— E os meus sacrifícios? Os meus sacrifícios?...

— Está bem paga por eles, se os fez. Está numa casa que o senhor Morais paga, está sentada numa cadeira que ele comprou, bebeu do café que ele bebe, tem na mala dinheiro que ele me deu. Acha pouco?

A mãe choramingou mais:

— Oh, filha, que coisas tu estás a dizer! Até me sinto envergonhada!...

— Estou vendo, estou vendo. A mãe só se sente envergonhada quando as palavras são ditas em voz alta. Pensadas só, não fazem vergonha!

Rapidamente, a mãe enxugou os olhos e respondeu:

— Não fui eu que te obriguei a esta vida. Se a tens, é porque queres!

— Muito obrigada. Desconfio, pelo rumo que a conversa está a tomar, que esta será a última vez que a mãe põe os pés nesta casa!...

– Que não é tua!
– Muito obrigada, mais uma vez. Minha ou não, quem manda nela sou eu. E se eu disser: "saia daqui", a mãe sai mesmo.
– Talvez venhas um dia a precisar de mim!
– Não lhe irei bater à porta, descanse! Nem que eu tenha de morrer de fome, não irei pedir-lhe um tostão do dinheiro que me tem levado.
– E que não é teu!
– Mas que é ganho por mim. Aí tem! Eu é que ganho esse dinheiro, sou eu! Ganho-o com o meu corpo. Para alguma coisa me havia de servir ter um corpo bonito. Para sustentá-la!
– Não sei o que me prende aqui, que não saio!...
– Quer que lhe diga? É o medo. É o medo de perder a galinha dos ovos de oiro. A galinha sou eu, os ovos estão no seu porta-moedas, o ninho é aquela cama, e o galo... Sabe quem é o galo?
– Que indecências!
– Deu-me hoje para dizer indecências. A verdade, às vezes, parece indecência. Tudo está bem enquanto não se começam a dizer indecências, enquanto não se começam a dizer verdades!
– Vou-me embora!
– Pois vá. E não volte, que talvez me encontre disposta a dizer mais indecências!
A mãe embrulhou e desembrulhou o *tricot*, sem se decidir a levantar-se. Fez um esforço para contemporizar:
– Mas, filha, tu hoje não estás boa. Isso são nervos. Eu não te quis melindrar, e tu foste logo às do cabo. Vocês, se calhar, andam arrufados, e tu ficaste assim. Mas isso passa, verás que isso passa!...

– A mãe parece feita de borracha. Por mais socos que lhe deem, volta sempre à mesma posição. Ainda não compreendeu que quero que se retire?

– Pois sim. Amanhã telefono para saber como estás. Isso passa.

– Perde o seu tempo.

– Oh, filha, tu...

– Já disse o que tinha a dizer. Faça favor de sair.

A mãe reuniu as suas coisas, agarrou na carteira e dispôs-se a retirar-se. No pé em que a conversa ficava, não lhe restavam muitas esperanças de poder voltar. Tentou abrandar a filha pela comoção:

– Nem tu imaginas o desgosto que me deste...

– Acredito, acredito. Está a ver que se lhe acaba o rendimentozinho, não é? Tudo acaba neste mundo...

Interrompeu-se ao ouvir abrir a porta da escada. Levantou-se e foi ao corredor:

– Quem é?... Ah, és tu, Paulino?! Não te esperava hoje...

Paulino entrou. Vinha de gabardina e não tirou o chapéu. Ao dar com os olhos na mãe de Lídia, exclamou:

– Que está a senhora a fazer aqui?

– Eu...

– Eu, eu, nada! Saia!

A frase saiu-lhe quase gritada. Lídia interveio:

– Mas que modos são esses, Paulino? Não parece teu! Que se passa?

Paulino olhou para ela, furioso:

– Ainda mo pergunta? – Virou-se para o lado e explodiu: – Ainda aí está? Não lhe disse já para sair?... Ou, espere... Já agora fica sabendo a linda prenda de filha que tem. Sente-se!

A mãe de Lídia deixou-se cair na cadeira.

– E a senhora sente-se também! – ordenou Paulino à amante.

– Não estou costumada a que me falem nesse tom. Não quero sentar-me.

– Como queira.

Tirou o chapéu e a gabardina e atirou-os para cima da cama. Depois virou-se para a mãe de Lídia e começou:

– A senhora é testemunha da forma como eu tenho tratado a sua filha...

– Sim, senhor Morais.

Lídia interrompeu:

– Afinal, o assunto é comigo ou com a minha mãe?

Paulino fez meia-volta, como se o tivessem picado. Deu dois passos para Lídia, esperando que ela recuasse. Lídia não recuou. Paulino estendeu-lhe uma carta que tirara da algibeira:

– Está aqui a prova de que a senhora me engana!

– O senhor está doido!

Paulino deitou as mãos à cabeça:

– Doido? Doido? Ainda por cima me chama doido? Leia, leia o que aí diz!

Lídia abriu a carta e leu-a em silêncio. O rosto não se lhe alterou. Quando chegou ao fim, perguntou:

– Acredita no que se diz nessa carta?

– Se acredito... Claro que acredito!

– Então, por que espera?

Paulino olhou para ela como se não tivesse percebido. A frieza de Lídia desnorteava-o. Maquinalmente, dobrou a carta e guardou-a. Lídia olhava-o a direito, nos olhos. Constrangido, virou-se para a outra que abria a boca, de espanto:

– Imagine que a sua filha andava a enganar-me com um vizinho, o hóspede do sapateiro, um rapazola qualquer!...

– Oh, Lídia, parece impossível! – exclamou a mãe, horrorizada.

Lídia sentou-se no sofá, traçou a perna, tirou da caixa um cigarro e pô-lo na boca. Movido pelo hábito, Paulino aproximou-lhe o isqueiro aceso.

– Obrigada. – Expeliu o fumo com força e disse: – Não sei por que esperam. O senhor declarou que acreditava no que essa carta diz, a mãe vê-me acusada de estar ligada a um rapaz que, suponho, não tem eira nem beira. Por que esperam para se irem embora?

Paulino aproximou-se dela, mais calmo:

– Diz-me se é verdade ou mentira.

– Nada tenho a acrescentar ao que já disse.

– É verdade, está visto que é verdade! Se não fosse verdade protestarias e...

– Se quer que lhe diga o que penso, dir-lhe-ei: esta carta é um pretexto!

– Um pretexto, para quê?

– Sabe-o melhor que eu.

– Queres dizer que fui eu que a escrevi?

– Há pessoas que não olham a meios para atingir os seus fins...

– Isso é uma refinada mentira! – gritou Paulino. – Eu seria incapaz de uma ação dessas!

– Talvez...

– Irra! Queres, por força, fazer-me perder a paciência!

Lídia esmagou a ponta do cigarro no cinzeiro e levantou-se, fremente:

— O senhor entra aqui como um selvagem, acusa-me de uma idiotice qualquer, e espera que eu fique indiferente?

— Então, é mentira?

— Não julgue que lhe respondo. Tem de acreditar, ou não acreditar, no que a carta diz, e não em mim. Já disse que acreditava, não disse? Por que espera, então? — Riu bruscamente e acrescentou: — Os homens que se julgam enganados, matam ou deixam a casa. Ou, então, fingem que não sabem. Que fará o senhor?

Paulino deixou-se cair no sofá, sucumbido:

— Mas diz-me só se é mentira...

— O que tinha a dizer, está dito. Espero que não leve muito tempo a resolver.

— Pões-me numa situação!...

Lídia voltou-lhe as costas e afastou-se para a janela. A mãe seguiu-a e cochichou:

— Por que é que não lhe dizes que é mentira?... Ele ficava descansado...

— Deixe-me!

A mãe tornou a sentar-se, olhando o homem com ar de comiseração. Paulino, derreado no sofá, batia com os punhos cerrados na cabeça, sem achar saída no labirinto em que o tinham metido. Recebera a carta depois do almoço e pouco lhe faltara para ter uma congestão depois de a ler. A carta não vinha assinada. Não indicava o local dos encontros, o que o impedia de apanhar Lídia em flagrante, mas alargava-se em descrições e pormenores e convidava-o a proceder como um homem. Depois de a ter relido (estava no seu gabinete do escritório da Companhia, fechado por dentro para não ser incomodado) pensou que a carta tinha o seu lado bom. A frescura e a mocidade de Maria Cláudia traziam-no um pouco atordoado. Constantemente inventava pretextos para chamá-la ao gabinete, de tal forma que já dera pelas murmurações dos empregados. Como todo o patrão que se preza, tinha um empregado de confiança que lhe dava conhecimento de tudo o que se fazia e dizia na casa. Passou a implicar com os murmuradores e redobrou de atenções para Maria Cláudia. A carta caía como sopa no mel. Uma cena violenta, dois insultos, e adeus, por aqui me vou, com novas inclinações! Decerto havia obstáculos: a própria juventude de Maria Cláudia, os pais... Pensara reunir os dois proveitos no mesmo saco: conservar Lídia que era um bom bocado de mulher e caçar Claudinha que prometia vir a ser ainda melhor. Mas isto fora antes de receber a carta. A denúncia era formal e obrigava-o a tomar uma atitude. O pior é que ainda não estava muito seguro de Claudinha e temia ficar sem Lídia. Não lhe sobrava tempo, nem disposição, para procurar amantes. Mas a carta estava ali, diante dele. Lídia enganava-o com um pobretão que andava por quartos alugados: era o pior dos insultos, o insulto à sua virilidade. Mulher nova, homem velho, amante novo. Ofensa como esta, não podia suportá-la. Chamou Claudinha ao gabinete e conversou com ela a tarde inteira. Não lhe falou na carta. Apalpou o terreno com mil cuidados e não ficou descontente. Depois de a rapariga sair, releu a carta e resolveu tomar as providências radicais que o caso exigia. Daí a cena.

Mas Lídia reagia de maneira imprevista. Punha-lhe, com a maior frieza, o dilema: pegar ou largar, reservando-se, ainda, o direito de proceder como entendesse no caso de ele se decidir pelo "pegar". Mas por que não respondia ela? Por que não dizia sim ou não?

— Lídia! Por que não me dizes sim ou não?
Ela olhou-o, sobranceira:
— Ainda aí vai? Julguei que já tinha resolvido.
— Mas é um disparate... Nós éramos tão amigos...
Lídia sorriu, um sorriso de ironia e tristeza.
— Vês, como sorris? Responde ao que te pergunto, vá!
— Se eu lhe responder que é verdade, que fará?
— Eu... Não sei... Ora essa! Deixo-te!
— Muito bem. E já se lembrou de que, se eu lhe responder que é mentira, está sujeito a receber outras cartas? Quanto tempo julga que poderia aguentar? Quer que eu esteja aqui, às suas ordens, até ao momento em que deixar de acreditar em mim?
A mãe acudiu:
— Oh, senhor Morais, então não se vê logo que é mentira? Basta olhar para ela!
— Cale-se, mãe!
Paulino abanou a cabeça, perplexo. Lídia tinha razão. A pessoa que escrevera a carta, vendo que nada se havia passado, escreveria outras, talvez ainda mais pormenorizadas, mais completas. Seria talvez insolente, classificá-lo-ia com os piores epítetos que se podem dar a um homem. Quanto tempo poderia aguentar? E quem lhe garantia que Claudinha estaria disposta a fazer de segunda? Num gesto rápido e violento, levantou-se:
— Está resolvido. Vou-me embora, e é já!
Lídia empalideceu. Apesar de tudo o que dissera, não esperava que o amante a deixasse. Fora sincera, e imprudente, reconhecia-o agora. Respondeu, com uma falsa serenidade:
— Como queira.
Paulino vestiu a gabardina e agarrou o chapéu. Quis

acabar com honra para a sua dignidade de homem. Declarou:

– Fique sabendo que cometeu a pior das ações. Não lhe merecia isso. Passe muito bem.

Dirigiu-se para a porta, mas Lídia deteve-o:

– Um momento... As coisas que lhe pertencem nesta casa, e são quase todas, estão à sua disposição. Pode mandar buscá-las quando quiser.

– Não quero nada. Pode ficar com elas. Ainda tenho dinheiro para pôr casa a outra mulher. Boa noite.

– Boa noite, senhor Morais – disse a mãe de Lídia. – Eu acho...

– Cale-se, mãe!

Lídia aproximou-se da porta do corredor e disse para Paulino que já estava com a mão no trinco para sair:

– Desejo-lhe as maiores felicidades com a sua nova amante. Tenha cuidado não o obriguem a casar com ela!...

Sem responder, Paulino saiu. Lídia voltou a sentar-se no sofá. Acendeu novo cigarro. Fitou a mãe com desdém e disse:

– Por que espera? Acabou-se o dinheiro. Saia! Bem lhe dizia eu que tudo acaba neste mundo...

A mãe, com uma expressão de dignidade ofendida, avançou para ela. Abriu a mala, tirou o dinheiro do porta-moedas e pô-lo em cima da cama:

– Aqui tens. Talvez te venha a fazer falta...

Lídia nem se moveu:

– Guarde o dinheiro! Já! Pela mesma forma que ganhei esse, posso ganhar mais. Saia!

Como se não desejasse outra coisa, a mãe guardou o dinheiro e saiu. Não ia contente consigo própria. A última frase da filha lembrara-lhe que poderia continuar a contar com aquele auxílio se não tivesse sido tão agressiva. Se se tivesse posto do lado dela, se se tivesse mostrado mais carinhosa... Mas muito pode o amor filial... Por isso, ia esperançada de que, mais cedo ou mais tarde, poderia voltar...

A pancada da porta ao fechar-se sobressaltou Lídia. Estava só. O cigarro ardia lentamente entre os dedos. Estava só como três anos antes, quando conhecera Paulino Morais. Acabara-se. Era preciso recomeçar. Recomeçar. Recomeçar...

Devagar, duas lágrimas brilharam-lhe nos olhos. Oscilaram um momento, suspensas da pálpebra inferior. Depois, caíram. Só duas lágrimas. A vida não vale mais que duas lágrimas.

## XXXII

Homem de pouca persistência, Anselmo depressa se cansou de custodiar a filha. Aborreciam-no, sobretudo, as duas esperas: a partir das seis até que a filha saísse, e enquanto ela estava com o professor de estenografia. No primeiro dia, tivera o gosto de ver fugir o estudante, à sua aproximação. No segundo, igual prazer. Mas, depois, o rapaz nunca mais aparecera e Anselmo aborrecera-se da sua função de anjo da guarda. A filha, talvez por ressentimento, não dizia palavra durante o percurso. Também isto o incomodava. Tentava conversar, fazia perguntas – e recebia respostas breves que lhe tiravam a vontade de continuar. Além de que, costumado como estava à realeza doméstica, parecia-lhe pouco digna a missão que determinara a si mesmo. Mal comparado e com o devido respeito, era assim como se o Presidente da República andasse pelas ruas a vigiar o trânsito. Anselmo só pedia um pretexto para acabar com a vigilância: uma promessa da filha de que se portaria como menina respeitosa. Ou qualquer outra coisa.

O pretexto apareceu e não foi a promessa. Claudinha, no fim do mês, entregou-lhe cerca de 750$00, o que significava que o patrão lhe aumentara o ordenado para 800$00. Por inesperado, este aumento alegrou toda a família, e, particularmente, Anselmo. Estando, como estavam, provados os méritos de Claudinha, achou-se na "obrigação moral" de ser magnânimo. E como a sua periclitante situação económica só lhe permitia ser magnânimo de coração, foi-o: anunciou à filha que ia deixar de a acompanhar. O reconhecimento de Claudinha foi bastante moderado. Julgando que ela não tivesse compreendido bem, repetiu a declaração. O reconhecimento não aumentou. Apesar da ingratidão, Anselmo cumpriu a sua palavra, mas, para se certificar de que a filha não iria fazer mau uso da liberdade que lhe concedia, seguiu-a alguns dias, de longe. Nem a sombra do rapaz apareceu.

Sossegado, Anselmo regressou ao seu ramerrão diário que tanto queria. Quando Claudinha chegava a casa, já ele estava instalado diante dos seus mapas de estatística desportiva. Começara, também, a elaborar um álbum de fotografias de jogadores, para o que comprava, todas as semanas, uma revista de aventuras para rapazes, revista essa que, para aumentar as vendas, incluía, em cada número, um *hors-texte* colorido com a efígie de um jogador de futebol. Ao comprar a revista, encontrava sempre maneira de dizer que era para um filho, e levava-a para casa enrolada numa folha de papel, para que os vizinhos não lhe descobrissem a fraqueza. Deu-se à despesa de comprar números atrasados, o que lhe permitiu, de uma assentada, ver-se possuidor de algumas dezenas de retratos. O aumento do ordenado de Claudinha foi providencial. Rosália atreveu-se a protestar contra o desperdício, mas Anselmo, regressado à sua autoridade, fê-la calar-se.

Por fim, todos estavam satisfeitos: Claudinha livre, Anselmo ocupado e Rosália como de costume. A máquina familiar retomara o seu curso normal, o qual só veio a ser excitado quando Rosália, num serão, lançou a suspeita:

– Estou cá desconfiada de que há novidade com a dona Lídia...

Pai e filha fitaram-na com pontos de interrogação nos olhos.

– Tu não sabes nada, Claudinha? – insistiu a mãe.
– Eu? Eu não sei nada...
– Uhm!... Talvez não queiras é dizer...
– Já disse que não sei nada!

Rosália enfiou o ovo de passajar na meia que ia coser. Fê-lo com lentidão, como se quisesse atiçar a curiosidade do marido e da filha, e acrescentou:

– Ainda não notaram que o senhor Morais não vem cá abaixo há mais de oito dias?

Anselmo não notara e disse-o logo. Claudinha já notara e também o disse. Mas acrescentou:

– O senhor Morais tem andado adoentado. Disse-mo ele...

Algo dececionada, Rosália não achou que a doença fosse razão bastante:

– Tu é que podias saber, Claudinha...
– Saber o quê?
– Se estão zangados. É o que eu desconfio...

Claudinha encolheu os ombros, enfastiada:

– Ora! Vou agora perguntar uma coisa dessas?!...
– E isso que tinha? Deves favores à dona Lídia, é natural que te interesses!
– Que favores devo eu à dona Lídia? Se os devo, é ao senhor Morais!
– Oh, filha – acudiu Anselmo –, se não fosse a dona Lídia tu não tinhas essa colocação!...

A rapariga não respondeu. Virou-se para a telefonia e começou a procurar um emissor que estivesse transmitindo música a seu gosto. Fixou-se num programa publicitário. Um cantor, de voz do tipo "quente", narrava, em música chocha e chocho verso, as suas desditas amorosas. Talvez por sentir-se abrandada pela cançoneta, Claudinha declarou, ao calar-se o cantor:

– Está bem. Se quiserem, posso tentar saber. De resto – acrescentou, depois de uma pausa longa –, se eu perguntar, o senhor Morais diz-me...

Claudinha tinha razão. Quando, no dia seguinte, chegou a casa, já sabia tudo. Não a esperavam tão cedo: pouco passava das sete e meia. Depois de beijar os pais, anunciou:

– Pronto! Já sei.

Antes de a deixar continuar, o pai quis saber por que vinha ela tão cedo.

– Não fui à lição – respondeu.

– Então, vens tarde...

– Fiquei lá para o senhor Morais me contar.

– E então? E então? – perguntou Rosália, sôfrega.

Claudinha sentou-se. Parecia um pouco nervosa. O lábio inferior tremia ligeiramente. O peito arfava, o que podia atribuir-se ao cansaço da caminhada.

– Então, filha? Estamos cheios de curiosidade!...

– Zangaram-se. O senhor Morais recebeu uma carta anónima onde se dizia...

– O quê? O quê? – perguntaram marido e mulher, excitados pela interrupção.

– ... que a dona Lídia o enganava.

Rosália bateu com as mãos nas coxas:

– Bem me queria a mim parecer!

– O pior é o resto – continuou Claudinha.
– Que resto?
– A carta dizia que ela o enganava com o hóspede do senhor Silvestre.

Anselmo e Rosália foram às nuvens, de espanto.

– Que pouca-vergonha! – exclamou Rosália. – Parece impossível, a dona Lídia fazer uma coisa dessas!...

Anselmo contradisse:

– A mim, não me parece impossível. Que é que se pode esperar de uma pessoa com aquela vida? – e mais baixo, para que a filha não ouvisse: – Isto é tudo o mesmo gado...

Apesar da surdina, Claudinha ouviu. Pestanejou rapidamente, mas fez-se desentendida. Rosália murmurava ainda:

– Parece impossível...

Estabeleceu-se um silêncio incómodo. Claudinha acrescentou depois:

– O senhor Morais mostrou-me a carta... Disse-me que não tem ideia nenhuma de quem lha mandou.

Anselmo entendeu conveniente condenar as cartas anónimas: classificou-as de infames. Mas Rosália saltou do lado, com a santa indignação de quem defende uma causa justa:

– Se não fossem elas, ficava muita coisa escondida! Que bonito continuar o senhor Morais a fazer a triste figura de enganado?!

Caminhava-se para a decisão que o acontecimento exigia. Anselmo concordou:

– Sim, se eu estivesse na mesma situação, também gostaria de que me avisassem...

Escandalizada com a hipótese, a mulher interrompeu:

– Que ideia fazes tu de mim? Ao menos, respeita a tua filha!

Claudinha levantou-se e foi para o quarto. Rosália, ainda aborrecida, observou:

— Que conversa a tua, homem! Essas coisas não se dizem.

— Bom. Está bem. Vê lá quando jantamos.

A decisão foi adiada. Claudinha regressou do quarto e, daí a pouco, jantava-se. Durante a refeição não se falou noutro assunto. Aliás, Claudinha guardava o mais absoluto silêncio, como se a conversa fosse demasiado escabrosa para intervir nela. Rosália e Anselmo apreciaram o caso de todos os lados, exceto de um, do tal que exigia a decisão. Um e outro sabiam-na necessária mas, tacitamente, reservaram-na para mais tarde. Rosália declarou que desde o primeiro dia não gostara do hóspede do sapateiro e obrigou o marido a lembrar-se de que nessa altura notara a sua má apresentação.

— A mim, o que me faz confusão – disse Anselmo – é que a dona Lídia tenha ido na conversa de um vagabundo que anda por quartos alugados... Que diabo podia ela esperar?

— Não faz confusão nenhuma. Ainda há bocado disseste que não se pode esperar outra coisa de pessoas com a vida dela!...

— É isso, é...

No fim do jantar, Claudinha declarou que lhe doía a cabeça e que ia deitar-se. Postos agora à vontade, marido e mulher olharam um para o outro, menearam a cabeça e abriram a boca, ao mesmo tempo, para falar. Fecharam-na, cada um esperando que o outro falasse. Anselmo tomou, enfim, a palavra:

— Isto é que são umas croias, hem?

— Gente sem-vergonha...

— Eu, a ele, não o censuro. É homem, aproveitou... Mas ela, com tudo o que é bom em casa?!

— Bons vestidos, boas peles, boas joias...

— É o que eu te digo: quem dá uma cabeçada, dá duas, dá três... Está-lhe na massa do sangue. Só estão bem a pensar na pouca-vergonha!

— Ainda se fosse só a pensar!...

— E logo com o hóspede do sapateiro, nas barbas do senhor Morais!

— É preciso não ter vergonha nenhuma!

Tudo isto era necessário dizer-se, porque a decisão só podia vir depois de bem definidas as culpas. Anselmo pegou na faca e começou a reunir as migalhas. Como se deste trabalho dependesse a segurança dos alicerces do prédio, a mulher observava-o com atenção:

— Visto isso — começou Anselmo, depois de concluir a apanha —, há que tomar uma atitude...

— Pois há...

— Temos que agir.

— Também acho...

— A Claudinha não pode continuar a dar-se com essa mulher. Seria um mau exemplo.

— Nem eu consentia! Estava, até, para te falar nisso.

Anselmo levantou a travessa e arrastou novas migalhas. Juntou-as às primeiras e declarou:

— E, quanto a nós, as conversas com essa desvergonhada acabaram. Nem bom dia, nem boa tarde. Faz-se de conta que não existe.

Estavam de acordo. Rosália começou a juntar os pratos sujos da refeição e Anselmo tirou o álbum da gaveta do aparador. O serão foi curto. As emoções fatigam. Marido e mulher recolheram ao quarto onde continuaram a apreciação severa do procedimento de Lídia. E a conclusão foi esta: há mulheres que mereciam desaparecer da face da terra, há mulheres cuja existência é uma nódoa alastrando no meio das pessoas honestas...

Claudinha não dormia. E não era a alegada e verídica dor de cabeça que lhe tirava o sono. Recordava a conversa com o patrão. As coisas não se tinham passado tão simplesmente como contara aos pais. Não tivera a menor dificuldade em saber, mas o que se seguira é que não podia ser facilmente contado. Nada de grave se passara, nada que, vendo bem, não pudesse e não devesse ser contado. Mas era difícil. Nem tudo o que parece, é, nem tudo o que é, o parece ser. Mas entre o ser e o parecer há sempre um ponto de entendimento, como se ser e parecer fossem dois planos inclinados que convergem e se unem. Há um declive, a possibilidade de escorregar nele, e, assim acontecendo, chega-se ao ponto em que, ao mesmo tempo, se contacta com o ser e o parecer.

Claudinha perguntara e soubera. Não logo, porque Paulino tinha muito que fazer e não lhe podia dar, imediatamente, as explicações pedidas. Teve de esperar pelas seis horas. Os colegas saíram, ela ficou. Paulino chamou-a ao gabinete e mandou-a sentar-se no *maple* reservado aos clientes importantes da casa. O *maple* era baixo e bem estofado. Claudinha, que nunca se resignara à recente moda das saias compridas, ficou com a saia subida até aos joelhos. A flacidez do estofo mantinha-a como num regaço. O patrão passeou duas vezes pelo gabinete até ir encalhar numa esquina da secretária. Tinha um fato cinzento-claro e uma gravata amarela que o rejuvenesciam. Acendeu uma cigarrilha – e o ar já abafado do gabinete tornou-se mais pesado. Daí a algum tempo estaria asfixiante. Passaram longos minutos antes que Paulino falasse. O silêncio, apenas interrompido pelo tiquetaque de um solene relógio de caixa alta, tornava-se constrangedor para Maria Cláudia. O patrão parecia estar à vontade. Já a cigarrilha ia em meio, quando ele falou:

– Quer saber, então, o que se passa?

– Reconheço, senhor Morais – fora assim mesmo que Maria Cláudia respondera –, reconheço que não tenho, talvez, o direito... Mas a minha amizade pela dona Lídia...

Falara deste modo, como se soubesse de antemão que as razões da ausência de Paulino só podiam resultar de uma zanga. Talvez estivesse sob a impressão das palavras da mãe, que não achara outro motivo. A sua resposta seria tola se, afinal, não tivesse havido desentendimento.

– E a sua amizade por mim não conta? – perguntou Paulino. – Se é apenas a amizade por ela que a leva a falar-me no assunto, não sei se deva...

– Fiz mal em perguntar. Não tenho nada com a vida do senhor Morais. Peço que me desculpe...

Esta manifestação de desinteresse poderia servir a Paulino de pretexto para não explicar o que se passara. Mas Paulino esperava as perguntas de Maria Cláudia. Preparara-se, até, para responder-lhes.

– Repare que ainda não respondeu ao que lhe perguntei. É só a amizade que tem por ela que a leva a querer saber? Não conta, porventura, a amizade que tenha por mim? Não é minha amiga?

– O senhor Morais tem sido muito bom...

– Também sou bom para os outros empregados e, contudo, não me disponho a contar-lhes a minha vida particular, nem os mando sentar nesse *maple*...

A rapariga não respondeu. A observação embaraçara-a. Baixou a cabeça ao sentir que corava. Paulino simulou não reparar. Puxou uma cadeira e sentou-se defronte de Claudinha. Depois, contou o que se passara. A carta, a discussão com Lídia, o rompimento. Omitiu as passagens que lhe eram desfavoráveis e apresentou-se com a dignidade que a referência a essas passagens teria fatalmente comprometido. Por algumas hesitações no relato, Maria Cláudia ficou a suspeitar de que a atitude mais digna não teria sido a dele. Mas quanto ao fundo da questão, não havia que duvidar, lida a carta que Paulino lhe mostrou:

– Estou arrependida de lhe ter perguntado, senhor Morais. Realmente, vejo que não tinha o direito...

– Tinha-o mais do que julga. Sou muito seu amigo, e entre amigos não pode haver segredos.

– Mas...

– É claro que não lhe vou pedir que me conte os seus. Os homens confiam sempre mais nas mulheres que elas neles, e é por isso que lhe contei tudo. Tenho confiança em si, a mais completa das confianças... – curvou-se para diante, com um sorriso: – Fica, então, existindo um segredo entre nós. Os segredos aproximam, sabe?

Por única resposta, Maria Cláudia sorriu. Fez o que todas as mulheres fazem quando não sabem que responder. A pessoa a quem o sorriso é dirigido pode interpretá-lo como quiser:

– Gostei de vê-la sorrir. Na minha idade gosta-se sempre de ver sorrir os novos. E a Claudinha é tão nova...

Novo sorriso de Maria Cláudia. Paulino interpretou:

– E não é só nova... Também é bonita...

– Muito obrigada, senhor Morais.

Desta vez o sorriso não veio isolado e as palavras de agradecimento estremeceram.

– Não vale a pena corar, Claudinha. O que eu disse é a pura verdade. Não conheço ninguém assim tão bonita...

Para dizer alguma coisa, já que o sorriso não bastaria, a rapariga disse o que deveria ter calado:

– A dona Lídia era muito mais bonita do que eu!...

Assim mesmo: "era". Como se Lídia tivesse morrido, como se já não contasse para a conversa se não como simples termo de comparação...

– Não queira comparar. Digo-lho eu, como homem... A Claudinha é diferente. É nova, é bonita, tem um não sei quê que me impressiona...

Paulino era pessoa delicada. Tão delicado que disse "com licença" antes de estender a mão para retirar um cabelo que caíra sobre o ombro de Claudinha. Mas a mão não seguiu o mesmo trajeto no regresso. Aflorou a face da rapariga, tão devagar que parecia uma carícia, tão lentamente que parecia não querer afastar-se. Claudinha ergueu-se precipitadamente. A voz de Paulino, súbito enrouquecida, ouviu-se:

– Que tem, Claudinha?

– Nada, senhor Morais. Tenho de ir-me embora. Já é tarde.

– Ainda não são sete horas.

– Mas tenho de ir.

Fez um movimento para avançar, mas Paulino barrava-lhe a passagem. Olhou para ele, trémula e assustada. Ele tranquilizou-a. Passou-lhe a mão pelo rosto, como o faria um avô afetuoso, e murmurou:

– Tontinha! Eu não lhe faço mal. Só quero o seu bem...

Tal e qual lhe diziam os pais: "Só queremos o teu bem...".

– Ouviu? Só quero o seu bem!
– Tenho que ir, senhor Morais.
– Mas acredita no que acabei de lhe dizer?
– Acredito, sim, senhor Morais.
– É minha amiga?
– Sim, senhor Morais.
– Dar-nos-emos sempre bem?
– Assim espero, senhor Morais.
– Ótimo!

Passou-lhe novamente a mão pelo rosto e recomendou:
– O que lhe disse fica entre nós, não é verdade? É um segredo. Se quiser, pode contar a seus pais... Mas, se lhes contar, não se esqueça de dizer que eu só deixei aquela mulher porque ela se portou indignamente. Seria incapaz de deixar uma pessoa que eu estimasse, sem uma razão forte. É verdade que, de há algum tempo para cá, não me sentia bem ao pé dela. Creio que já gostava menos dela. Pensava noutra pessoa, numa pessoa que conheço há poucas semanas. Fazia-me mal lembrar-me de que essa pessoa estava tão perto de mim e não podia falar-lhe. Compreende, Claudinha? Era em si que eu pensava!...

De mãos estendidas, avançou para a rapariga e segurou-a pelos ombros. Claudinha sentiu os lábios de Paulino afagarem-lhe a cara, procurarem-lhe a boca. Sentiu o hálito do tabaco, os beiços gulosos que a devoravam. Não teve forças para reagir. Quando ele a largou, sentou-se no *maple*, exausta. Depois, sem o olhar, murmurou:

– Deixe-me ir embora, senhor Morais...

Paulino respirou fundo, como se se tivesse libertado bruscamente de um constrangimento que lhe apertasse os pulmões, e disse:

– Hei de fazer-te muito feliz, Claudinha!...

Em seguida, abriu a porta do gabinete e chamou o contínuo. Mandou-o trazer o casaco da menina Claudinha. O contínuo era o seu homem de confiança, de tanta confiança que pareceu não notar a perturbação de Maria Cláudia, assim como não pareceu espantar-se quando viu o patrão ajudá-la a vestir o casaco.

Nada mais. Fora isto que Maria Cláudia não contara em casa. Doía-lhe muito a cabeça e o sono não vinha. Deitada de costas, os braços fletidos e as mãos atrás da nuca, pensava. Impossível não compreender o que Paulino queria. Impossível fechar os olhos à evidência. Estava ainda no declive do "parecer", mas tão próxima do "ser" como uma hora da hora seguinte. Sabia que não reagira como devia, não só durante aquela conversa mas também desde o primeiro dia, desde o momento em que, sozinha com Paulino, em casa de Lídia, lhe vira os olhos vorazes que a despiam. Sabia que, do rompimento, só a carta não era obra sua. Sabia que chegara àquele ponto não pelo que fizera, mas pelo que não fizera. Sabia tudo isto. Só não sabia se queria ocupar o lugar de Lídia. Porque toda a questão se resumia agora em querer ou não querer. Se tivesse contado tudo aos pais, já no dia seguinte não iria ao escritório. Mas não quisera contar. E por que não contara? Vontade de resolver o caso com as suas próprias forças? As suas forças tinham-na conduzido àquela situação. Retraimento de quem quer ser independente? E por que preço?

Havia já alguns momentos que Maria Cláudia distinguiu no andar de baixo um ruído de saltos de sapatos. A princípio não deu atenção, mas o ruído não cessava e acabou por lhe interromper o pensamento. Estava intrigada. Súbito, ouviu a porta abrir-se, o girar de uma chave na fechadura, e, após breve silêncio, uma pessoa que descia. Lídia saía de casa. Maria Cláudia olhou o relógio luminoso da mesa de cabeceira. Onze menos um quarto. Que ia Lídia fazer àquela hora para a rua? Mal acabara de formular a pergunta, achou a resposta. Sorriu friamente, mas logo descobriu quanto o sorriso era monstruoso. Veio-lhe uma repentina vontade de chorar. Tapou a cabeça com a roupa para abafar os soluços. E ali, quase sufocada pela falta de ar e pelas lágrimas, tomou a firme decisão de contar tudo aos pais no dia seguinte...

# XXXIII

Quando, ao fim de muitos passos e despesas, Emílio pôde chegar a casa com toda a documentação de que a mulher e o filho precisavam para partir, Carmen quase saltou de alegria. Tinham-lhe parecido anos aqueles dias de espera. Receara qualquer contratempo que a forçasse a adiar a viagem para além do que a sua impaciência podia suportar. Mas agora nada havia a temer. Com uma curiosidade infantil, folheou e refolheou o passaporte. Leu-o de ponta a ponta. Tudo estava em ordem, faltava marcar o dia da partida e avisar os pais. Por sua vontade, iria já no dia seguinte, enviaria um telegrama. Mas havia que preparar as malas. Emílio ajudou-a, e os serões que esse trabalho ocupou foram dos mais felizes que a família viveu. Sem má intenção, Henrique lançou uma nuvem no geral contentamento, quando declarou que tinha pena de que o pai não os acompanhasse. Mas o empenho e a boa vontade de Carmen e Emílio em convencê-lo de que o facto não tinha a menor importância, fê-lo esquecer a pequena sombra. Se os pais estavam alegres, também ele o devia estar. Se os pais não choravam enquanto separavam as roupas e os objetos de uso pessoal, seria absurdo que ele chorasse. Ao fim de três serões tudo ficou pronto. As malas já tinham as etiquetas de madeira com o nome de Carmen e o local do destino. Emílio comprou os bilhetes e disse à mulher que depois se fariam as contas, quando ela regressasse. É claro que havia contas a fazer, visto que os sogros se tinham comprometido a pagar as passagens e que Emílio tivera de pedir dinheiro emprestado para as comprar. Carmen respondeu que, logo que chegasse, lhe mandaria o dinheiro, para que ele não tivesse dificuldades. Marido e mulher apuraram todas as delicadezas, de tal maneira que as últimas horas viveu-as Henrique na alegria de ver os pais reconciliados, faladores como nunca os vira antes.

Foi no dia anterior ao da partida que Carmen soube do acontecido em casa de Lídia. A pretexto de lhe desejar boa viagem, Rosália passou uma boa parte da manhã a contar-lhe a zanga de Paulino. Relatou os motivos, censurou o procedimento de Lídia e, por sua conta e risco, insinuou que talvez não fosse esta a primeira vez que ela abusava da boa-fé do senhor Morais. Foi pródiga em louvores ao patrão da filha, à sua delicadeza e à nobreza do seu procedimento. E não se esqueceu de acrescentar que, logo no primeiro mês, Claudinha tivera aumento de ordenado.

No momento, Carmen apenas mostrou o espanto natural em quem ouvisse tão deplorável história. Acompanhou Rosália na censura, secundou-a nas lamentações acerca dos costumes imorais de certas mulheres e, tal como a vizinha, orgulhou-se, no seu foro íntimo, de não ser como elas. Depois de Rosália sair, notou que continuava a pensar no caso, o que estaria bem se não tivesse que partir no dia seguinte e se esse facto não devesse impedi-la de outras preocupações. Que lhe importava que a d. Lídia, de quem, aliás, não tinha razões de queixa (antes pelo contrário, sempre foi muito delicada e sempre deu dez tostões ao Henriquinho por um simples recado), que lhe importava que ela tivesse praticado tão feia ação?

A ação, em si, não importa, mas sim as suas consequências. Depois do que acontecera, Paulino não podia voltar a casa de Lídia: seria uma vergonha para ele. E, sem saber como, Carmen achou-se na mesma situação que Paulino, ou quase. Não havia entre si e o marido nenhum escândalo público, mas havia toda a vida passada em comum, vida difícil e desagradável, repleta de ressentimentos e inimizades, de cenas violentas e reconciliações penosas. Paulino fora-se embora, decerto de uma vez para sempre. Ela ia-se embora também, mas voltaria daí a três meses. E se não voltasse? E se ficasse na sua terra, com o seu filho e a sua família?

Quando admitiu esta possibilidade, quando pensou que poderia nunca mais regressar, sentiu uma vertigem. Era simples. Calar-se-ia, partiria com o filho, e, quando chegasse a Espanha, escreveria uma carta ao marido, dando-lhe notícia da sua decisão. E depois? Depois, recomeçaria a sua vida, de princípio, como se tivesse nascido agora. Portugal, Emílio, o casamento, teriam sido um pesadelo que durara anos e anos. E talvez pudesse... Seria necessário o divórcio, evidentemente... Talvez... Mas foi aqui que Carmen se lembrou de que não poderia ficar sem o consentimento do marido. Partia com a sua autorização, só com a sua autorização poderia continuar.

Estes pensamentos turvaram-lhe a alegria. Com eles ou sem eles partiria, mas a tentação de não regressar tornava-lhe a alegria quase dolorosa. Voltar, depois de três meses de liberdade, não seria o pior dos castigos? Condenar-se para o resto da vida a sofrer a presença e as palavras, a voz e a sombra do marido, não seria o inferno depois de ter reconquistado o paraíso? Teria de lutar constantemente para conservar o amor do filho. E quando o filho (a imaginação de Carmen pulava por cima dos anos), e quando o filho casasse, teria de viver ainda pior porque viveria sozinha com o marido. Tudo estaria resolvido se ele consentisse no divórcio. Mas se, por capricho ou má vontade, a obrigasse a regressar?

Todo o dia estes pensamentos a atormentaram. Até os momentos felizes da sua vida de casada, que os tivera, lhe tinham esquecido. Via apenas o olhar frio e irónico de Emílio, o seu silêncio carregado de censuras, o seu ar de fracassado que não se importa de mostrar-se como tal e que faz do fracasso um cartaz que toda a gente pode ler.

A noite chegou sem que ela tivesse avançado um passo nas respostas às perguntas que continuamente se lhe erguiam no espírito. Tão silenciosa se mostrou, que o marido quis saber o que a apoquentava. Que nada – respondeu. Estava apenas um pouco excitada por causa da proximidade da partida. Emílio compreendeu e não insistiu. Também ele se sentia excitado. Daí a poucas horas estaria livre. Três meses de solidão, de liberdade, de vida plena...

No dia seguinte foi a partida. Toda a vizinhança sabia e quase toda veio às janelas. Carmen despediu-se dos vizinhos com quem estava em boas relações e entrou para o automóvel com o marido e o filho. Chegaram à estação pouco antes de o comboio partir. Foi apenas o tempo de arrumar a bagagem, ocupar os lugares e fazer as despedidas. Henrique mal teve tempo de chorar. O comboio sumiu-se na boca do túnel, deixando uma fumarada branca que se desfazia no ar, como um lenço de despedida engolido pela distância...

Foi o primeiro dia de liberdade. Emílio vagueou pela cidade durante horas. Percorreu sítios onde nunca estivera, almoçou numa taberna de Alcântara, com um ar tão feliz que o taberneiro cobrou-lhe o dobro do preço da refeição. Não protestou e deu gorjeta. Voltou de automóvel para a Baixa, comprou tabaco estrangeiro e, ao passar perto de um restaurante caro, achou estúpido ter almoçado numa taberna. Foi ao cinema, nos intervalos bebeu café, travou conversa com um desconhecido que lhe disse, a propósito do café, sofrer horrivelmente do estômago.

Quando a fita acabou, seguiu uma mulher. Na rua, perdeu-a de vista e não se importou. Ficou parado no passeio, a sorrir para o monumento aos Restauradores. Pensou que com um simples pulo ficaria em cima da pirâmide, mas não deu o pulo. Esteve mais de dez minutos a olhar o sinaleiro e a ouvir o apito. Achava tudo divertido, e via as pessoas e as coisas como se as estivesse vendo pela primeira vez, como se tivesse recuperado a vista após muitos anos de cegueira. Um rapaz que tentava convencer os transeuntes a tirar o retrato dirigiu-se-lhe, e ele não recusou. Pôs-se em posição e, ao sinal do fotógrafo, caminhou para a frente com passo firme e um sorriso nos lábios.

Foi jantar ao restaurante caro. A comida era boa e o vinho também. Ficou com pouco dinheiro depois de todas estas despesas extraordinárias, mas não se arrependeu. Não se arrependia de nada. Não fizera mal de que devesse arrepender-se. Era livre, não tão livre como as aves, que essas não têm obrigações a cumprir, mas pelo menos tanto quanto podia esperar. Quando saiu do restaurante, todos os reclames luminosos do Rossio flamejavam. Olhou-os, um por um, como estrelas de Anunciação. Lá estava a máquina de costura, os dois relógios, o copo de vinho do Porto que se esvaziava sem que ninguém o bebesse, a carruagem que não sai do mesmo sítio, com dois cavalos, um azul e o outro branco. E estavam também, cá em baixo, as duas fontes com mulheres de rabo de peixe e cornucópias tão avarentas que só deitam água. E a estátua ao imperador Maximiliano do México, e as colunas do Teatro Nacional, e os automóveis rolando no asfalto, e os gritos dos vendedores de jornais, e o ar puro da liberdade.

Voltou a casa tarde, um pouco cansado. Os escassos candeeiros iluminavam, sem convicção, a rua. Todas as janelas estavam fechadas e sem luz. A sua, também.

Ao abrir a porta, sentiu a estranha impressão do silêncio. Andou de quarto em quarto, deixando atrás de si as lâmpadas acesas e as portas abertas, como uma criança. Não tinha medo, naturalmente, mas a imobilidade das coisas, a ausência das vozes familiares, um ambiente indefinível de expectativa, produziam-lhe uma sensação de mal-estar. Sentou-se na cama de que seria o único ocupante durante aqueles três meses, e acendeu um cigarro. Estaria sozinho durante os meses de maio, junho, julho e, talvez, parte de agosto. Era o melhor tempo para gozar a liberdade. Sol, calor, ar livre. Iria à praia todos os domingos, estender-se-ia ao sol como um lagarto que acaba de acordar do sono de inverno. Veria o céu azul, sem nuvens. Daria largos passeios pelo campo. As árvores de Sintra, o Castelo dos Mouros, as praias do litoral próximo. Tudo isto sozinho. Tudo isto e o mais que viesse a fazer e que não podia agora imaginar, porque perdera o hábito da imaginação. Estava como a ave que, vendo a porta da gaiola aberta, hesita em dar o salto que a lançará fora das grades.

O silêncio da casa rodeava-o como uma mão fechada. A realização dos projetos, quaisquer que eles fossem, exigia dinheiro. Tinha de trabalhar muito e isso roubar-lhe-ia tempo. Mas trabalharia com mais vontade e se nalguma coisa tivesse que limitar-se seria na alimentação. Arrependia-se do jantar caro e do tabaco estrangeiro. Fora o primeiro dia, era natural que se excedesse. Outros, no seu lugar, teriam feito pior.

Levantou-se e foi apagar as luzes. Voltou a sentar-se. Estava perplexo, como alguém a quem tivesse saído a sorte grande e não soubesse o que fazer ao dinheiro. Descobriu que tendo desejado tanto a liberdade, não sabia agora como gozá-la completamente. Os projetos de há pouco pareciam-lhe mesquinhos e frívolos. Afinal, queria fazer sozinho o que já fizera com a família. Afinal, iria percorrer os mesmos lugares, sentar-se sob as mesmas árvores, deitar-se sobre a mesma areia. Não podia ser. Tinha de fazer alguma coisa de mais importância, alguma coisa que pudesse lembrar depois do regresso da mulher e do filho. E que podia ser? Orgias? Pândegas? Aventuras com mulheres? Tivera tudo isso nos anos de solteiro e não sentia vontade de recomeçar. Sabia que esses excessos deixam sempre um travo amargo de arrependimento e desgosto. Repeti-los seria sujar a sua libertação. Mas, além de passeios e de luxúria, nada mais via com que ocupar os três meses que tinha diante de si. Queria algo mais elevado e digno, e não sabia o quê.

Acendeu novo cigarro. Despiu-se e deitou-se. Na cama apenas estava uma almofada: era como se estivesse viúvo, ou solteiro, ou divorciado. E pensou: "Que vou eu fazer amanhã? Tenho que ir à loja. De manhã dou uma volta. Preciso de umas boas encomendas. E à tarde? Vou ao cinema? Ir ao cinema é perder tempo: não há aí filme que preste. Se não vou ao cinema, onde irei? Passear, claro. Passear a qualquer parte.

Mas, onde? Lisboa é uma cidade onde só pode viver quem tiver muito dinheiro. Quem o não tiver tem que trabalhar para ocupar o tempo e ganhar para comer. O meu dinheiro não é muito... E à noite? Que vou eu fazer à noite? Outra vez cinema... Bonito! Querem ver que vou passar os dias metido num cinema, como se não houvesse mais nada que ver e fazer?! E o dinheiro? Não é por estar sozinho que posso deixar de comer e de pagar a renda da casa. Estou livre, não há dúvida, mas para que serve a liberdade, se não tenho os meios de beneficiar dela? Se continuo a pensar desta maneira, acabo por desejar que eles voltem...".

Sentou-se na cama, enervado: "Ambicionei tanto este dia... Gozei-o completamente até chegar a casa, mas foi só entrar e vieram-me logo estes pensamentos idiotas. Ter--me-ia transformado ao ponto de me parecer com as mulheres a quem os maridos batem, e que, apesar disso, não podem passar sem eles? Seria estúpido. Seria absurdo. Seria cómico levar tantos anos a desejar a liberdade e, logo ao fim do primeiro dia, sentir vontade de correr atrás de quem ma impedia". Aspirou uma fumaça e murmurou:

– É o hábito, claro. Também o tabaco faz mal à saúde e não o largo. No entanto, podia deixar de fumar se o médico me dissesse: "O tabaco mata-o". O homem é um animal de hábitos, evidentemente. Esta indecisão é consequência do hábito. Ainda não me habituei à liberdade...

Tranquilizado por esta conclusão, tornou a deitar-se. Atirou a ponta do cigarro para o cinzeiro. Não acertou. A ponta rolou sobre o mármore da mesa de cabeceira e caiu no chão. Para provar a si mesmo que estava livre, não se levantou para a apanhar. O cigarro ardeu lentamente, queimando a madeira do soalho. O fumo subia devagar, o morrão escondia-se sob a cinza. Emílio puxou a roupa para o pescoço. Apagou a luz. A casa tornou-se mais silenciosa. "É o hábito... o hábito da liberdade... Um homem esfomeado morrerá se lhe derem muita comida de uma só vez. É preciso habituá-lo... é preciso habituar-lhe o estômago... é preciso..." O sono chegou de golpe.

Já a manhã ia alta quando acordou. Esfregou demoradamente os olhos e sentiu fome. Ia abrir a boca para chamar, mas, de repente, lembrou-se de que a mulher partira, de que estava sozinho. De um salto, saiu da cama. Descalço, correu a casa toda. Ninguém. Estava só, como desejara. E não pensou, como ao deitar-se, que não sabia de que modo gozar a liberdade. Pensou apenas que estava livre. E riu. Riu alto. Lavou-se, fez a barba, vestiu-se, pegou na mala e saiu para a rua, tudo isto como se estivesse sonhando.

A manhã estava clara, o céu limpo, o sol quente. Os prédios eram feios e feias as pessoas que passavam. Os prédios estavam amarrados ao chão e as pessoas tinham um ar de condenadas. Emílio riu outra vez. Era livre. Com dinheiro ou sem dinheiro, era livre. Ainda que nada mais pudesse fazer que repetir os passos já dados e ver o que vira, era livre.

Empurrou o chapéu para trás como se o incomodasse a sombra. E seguiu rua fora, com um brilho novo no olhar e um pássaro a cantar no coração.

## XXXIV

Chegara, enfim, o dia em que se desvendariam os segredos. Depois de tecer prodígios de diplomacia, Amélia convenceu a irmã a acompanhar Isaura à loja das camisas. Que o dia estava bonito, que lhe faria bem o ar livre e o sol, que era um crime ficar metida entre quatro paredes, enquanto, lá fora, a primavera parecia ter endoidecido de alegria. Nos elogios à primavera, atingiu o lirismo. Tão eloquente foi que a irmã e a sobrinha troçaram-na um pouco. Perguntaram-lhe se não queria sair também, já que estava tão inspirada. Desculpou-se com o jantar e empurrou-as para a porta. Com receio de que alguma delas voltasse atrás, seguiu-as da janela com a vista. Cândida era muito esquecida, quase sempre deixava ficar qualquer coisa.

Estava, agora, sozinha em casa: a irmã e a sobrinha demorar-se-iam umas boas duas horas, e Adriana chegaria mais tarde. Foi buscar as chaves que tinha escondido e voltou ao quarto das sobrinhas. A cómoda tinha três gavetas pequenas: a do meio era a que pertencia a Adriana.

Ao aproximar-se, Amélia sentiu uma vergonha súbita. Ia praticar uma ação censurável, bem o sabia. Ainda que essa ação lhe permitisse saber o que tão cuidadosamente as sobrinhas escondiam, como poderia, caso fosse obrigada a falar, dizer que violara a gaveta? Conhecida a violação, todas ficariam a temer novas devassas, e ela, Amélia, reconhecia que todas a detestariam por isso. Saber naturalmente, por acaso ou de qualquer maneira mais digna, não afetaria a sua autoridade moral, mas usar uma chave falsa, agir de má-fé afastando as pessoas que a poderiam impedir, era o cúmulo da indignidade.

Com as chaves na mão, Amélia debatia-se entre o desejo de saber e a consciência da indignidade do gesto. E quem lhe garantia que não iria descobrir algo que mais valia dever ficar ignorado? Isaura andava bem-disposta, Adriana continuava alegre, Cândida tinha, como sempre, uma confiança total nas filhas, fossem quais fossem os seus pensamentos. A vida das quatro parecia querer entrar nos antigos trilhos, calma, tranquila, serena. A violação dos segredos de Adriana não iria tornar impossível a tranquilidade? Desvendados os segredos, não se chegaria ao irremediável? Não se voltariam todas contra si? E, ainda que fossem grandes as culpas da sobrinha, chegariam as suas boas intenções para desculpar o atentado contra o direito que assiste a cada um de querer só para si os seus segredos?

Todos estes escrúpulos já tinham assaltado Amélia e tinham sido repelidos. Mas, agora que bastava um pequeno movimento para abrir a gaveta, voltavam mais fortes que antes, com a última e desesperada energia do que vai morrer. Olhou as chaves que mantinha na palma da mão aberta. Enquanto pensava notou, inconscientemente, que a chave mais pequena não podia servir. O orifício da fechadura era demasiado largo para ela.

Os escrúpulos continuavam a atropelar-se, cada qual querendo chegar mais depressa e ser mais convincente que os outros, e, contudo, vinham já sem força e sem esperança. Amélia pegou numa das chaves maiores e introduziu-a na fechadura. O tinido do metal, o ranger da chave na caixa, fizeram desaparecer os escrúpulos. A chave não servia. Sem se lembrar de que ainda lhe faltava experimentar uma, obstinou-se com aquela. Assustou-se ao sentir que ela se encravava. Começaram a aparecer-lhe na testa pequenas gotas de suor. Puxou a chave com força, aos sacões, já presa de um pânico irracional. Com um puxão mais violento conseguiu tirá-la. Era, sem dúvida, a outra. Mas Amélia, depois do esforço, estava tão fraca, tão cansada, que precisou de sentar-se na beira da cama das sobrinhas. As pernas tremiam-lhe. Ao cabo de alguns minutos, levantou-se, mais calma. Meteu a outra chave. Devagar, girou-a. O coração começou a bater com mais força, em palpitações tão fortes que a atordoavam. A chave servia. Agora, era impossível recuar.

A primeira coisa que sentiu, ao abrir a gaveta, foi um intenso perfume de sabonete de alfazema. Antes de retirar os objetos que a enchiam, procurou fixar as respetivas posições. À frente, estavam dois lenços com monograma bordado que reconheceu imediatamente: haviam pertencido ao cunhado, ao pai de Adriana. No lado esquerdo, um maço de fotografias antigas, atadas com um elástico. No lado direito, uma caixa preta, sem fecho, com guarnições de prata. Dentro, havia algumas contas de um colar, um alfinete de peito a que faltavam duas pedras, um botão de flor de laranjeira (lembrança do casamento de alguma rapariga conhecida) e pouco mais. Ao fundo, uma caixa maior, fechada. Desprezou as fotografias: eram demasiado antigas para poderem interessá-la. Com cuidado, para não alterar a posição dos diferentes objetos, retirou a caixa maior. Abriu-a com a chave mais pequena e viu o que procurava: o "diário". E mais ainda: um maço de cartas atadas com uma fita verde, já desbotada. Não desfez o laço; conhecia aquelas cartas, todas de 1941 e 1942. Restos de um namoro falhado de Adriana, o seu primeiro e único namoro. Achou disparatado conservarem-se ainda aquelas cartas, dez anos passados sobre o rompimento.

Amélia pensou tudo isto enquanto tirava o "diário" da caixa. Exteriormente, não podia encontrar-se nada mais banal e prosaico. Era um vulgar caderno de apontamentos, como os que usam os estudantes. Obedientemente, Adriana escrevera na capa, com a sua mais bela letra, além do nome completo na linha a esse fim destinada, a palavra DIÁRIO em maiúsculas enfeitadas com um arzinho gótico, ao mesmo tempo pueril e aplicado. Devia ter mordido a língua enquanto as desenhara, como alguém que empregasse todo o seu saber caligráfico. A primeira página tinha a data de 10 de janeiro de 1950, mais de dois anos antes.

Amélia começou a ler, mas logo notou que nada de interessante ali havia. Saltou dezenas de páginas, todas elas escritas na mesma letra vertical e angulosa, e foi parar ao último dia em que a sobrinha escrevera. Às primeiras linhas, sentiu que tinha achado. Adriana falava de um homem. Não indicava o nome, empregava a palavra "ele" para designá--lo. Era um colega, isso compreendia-se bem, mas nada deixava suspeitar da falta grave que Amélia esperava. Leu as páginas anteriores. Queixas de indiferença, assomos de revolta contra a fraqueza de amar uma pessoa que se concluía não ser digna, tudo entremeado com pequenos acontecimentos da vida doméstica, apreciações sobre música ouvida, enfim, nada de positivo, nada que justificasse as suspeitas. Até que chegou ao ponto em que Adriana falava da visita que a mãe e a tia haviam feito em 23 de março às primas de Campolide. Amélia leu atentamente: o dia aborrecido... o lençol bordado... a confissão da fealdade... o orgulho... a comparação com Beethoven, que também era feio e não foi amado... "Se eu vivesse no tempo dele era capaz de lhe beijar os pés, e aposto que nenhuma mulher bonita o faria." (Pobre Adriana! Ela teria amado Beethoven, ter-lhe-ia beijado os pés, como se ele fosse um deus!...) O livro de Isaura... o rosto de Isaura, contente e dolorido... a dor que causava prazer ou o prazer que causava dor...

Amélia leu e releu. Tinha o pressentimento vago de que estava ali a explicação do mistério. Já não pensava na existência de uma falta grave. Adriana gostava de um homem, sem dúvida, mas esse homem não a amava... "Como há de ele querer fazer-me ciúmes, se não sabe que gosto dele?" Ainda que Adriana, naquela noite, tivesse falado do seu amor à irmã, não poderia dizer mais do que ali estava escrito. E ainda que, temendo uma indiscrição, não escrevesse no "diário" tudo o que se passava, não diria que "ele" não a amava! Por menos sincera que fosse ao escrever, não ocultaria a verdade toda. Ocultando-a, para nada lhe serviria o "diário". E um "diário" é um desabafo. Ora, o único desabafo ali existente era a mágoa de um amor não correspondido e, ainda por cima, ignorado. Onde estava, então, o motivo da frieza, do afastamento das duas irmãs?

Amélia continuou a ler, recuando no tempo. Sempre as mesmas queixas, os aborrecimentos profissionais, a história de uma soma errada, música, nomes de músicos, as rabugices das velhotas, a *sua* rabugice quando da questão do ordenado... Corou ao ler as apreciações da sobrinha a seu respeito: "Tia Amélia está hoje mais rabugenta...". Mas logo a seguir comoveu-se. "Gosto da tia. Gosto da mãe. Gosto da Isaura." E, outra vez, Beethoven, a máscara de Beethoven, o deus de Adriana... E, sempre constante e inútil, constantemente inútil, "ele"... Mais páginas para trás: dias, semanas, meses. Os queixumes desapareciam. Agora, era o amor que nascia e duvidava de si mesmo, cedo de mais para duvidar "dele". Para trás da página em que "ele" aparecia pela primeira vez, apenas banalidades.

Com o caderno aberto sobre os joelhos, Amélia sentia-se lograda e, ao mesmo tempo, satisfeita. Nada havia, pois, de mal. Um amor escondido, dobrado sobre si mesmo, falhado como o amor que o maço de cartas atadas com a fita verde recordava. Sendo assim, onde estava o segredo? Onde estava a razão das lágrimas de Isaura e do disfarce de Adriana?

Folheou o caderno até encontrar, de novo, a página do dia 23 de março: Isaura tinha os olhos vermelhos... parecia que tinha chorado... nervosa... o livro... o prazer-dor ou a dor-prazer...

Estaria aqui a explicação? Guardou o caderno dentro da caixa. Fechou-a. Fechou a gaveta. Dali nada mais poderia tirar. Adriana, afinal, não tinha segredos. Mas havia um segredo. Onde?

Todos os caminhos estavam tapados. O livro... Qual fora o último livro que Isaura lera? A memória de Amélia recusou-se, fechou também todas as portas. Depois abriu-as e, de rompante, apareceram nomes de autores e títulos de romances. Nenhum era o que interessava. A memória mantinha uma porta fechada, uma porta de que não se encontrava a chave. Amélia recordava tudo. O pequeno livro embrulhado, sobre a mesa da telefonia. Isaura dissera o que era e quem era o autor. Depois (lembrava-se bem) tinham ouvido a *Dança dos mortos*, de Honegger. Lembrava-se da música burlesca em casa dos vizinhos e da discussão com a irmã.

Mas... talvez Adriana tivesse escrito no "diário"! Tornou a abrir a gaveta, procurou e achou o dia. Lá estavam Honegger e "ele". Nada mais.

Fechada novamente a gaveta, olhou as chaves na palma da mão. Sentia-se envergonhada. Cometera, ela sim, uma falta grave. Conhecia o que não era para saber-se: o amor frustrado de Adriana.

Saiu do quarto, atravessou a cozinha, abriu a janela da *marquise*. O sol continuava alto e luminoso. Luminoso o céu, luminoso o rio. Longe, os montes da Outra Banda, azulados pela distância. Um nó de tristeza lhe apertou a garganta. Assim era a vida, a sua vida, triste e apagada. Também ela tinha agora um segredo para guardar e calar. Apertou as chaves com força. Defronte, havia uns prédios mais baixos. Sobre o telhado de um deles, ao sol, preguiçavam dois gatos. Com mão firme e decidida, lançou, uma após outra, as chaves.

Sob aquele tiroteio inesperado, os gatos fugiram. As chaves rolaram pelo telhado e caíram no algeroz. Acabara-se. E foi só neste instante que Amélia pensou que ainda lhe restava uma probabilidade: abrir a gaveta de Isaura. Mas não: seria inútil. Isaura não tinha "diários", e ainda que os tivesse... Sentiu-se subitamente cansada. Voltou à cozinha, sentou-se num banco e chorou. Estava vencida. Jogara e perdera. E ainda bem que perdera. Não sabia, não queria saber. Mesmo que se lembrasse do título do romance, não iria buscá-lo à biblioteca para o ler. Faria tudo para não se lembrar, e se a porta fechada da memória se abrisse, tornaria a fechá-la com todas as chaves que pudesse encontrar, menos com as falsas que atirara fora... Chaves falsas... segredos violados... Não! Envergonhada, estava-o de mais para repetir o ato.

Enxugou os olhos e levantou-se. Tinha que preparar a refeição. Isaura e a mãe não tardariam e ficariam surpreendidas com o atraso. Foi à casa de jantar buscar um utensílio de que precisava. Sobre a telefonia estava o exemplar do *Rádio-Nacional* da semana. Lembrou-se de que já há muito tempo não ouviam música com ouvidos de ouvir. Pegou no jornal, abriu-o e procurou o programa do dia. Notícias, palestras, música... de repente, os olhos fixaram-se-lhe numa linha, como que fascinados. Leu e releu três palavras. Três palavras só: um mundo. Devagar, pousou o jornal. Os olhos continuaram a fixar um ponto perdido no espaço. Parecia esperar uma revelação. E a revelação chegou.

Rapidamente, tirou o avental, calçou os sapatos, vestiu o casaco de sair. Abriu a sua gaveta particular, tirou uma pequena joia, um alfinete de ouro, antigo, que representava uma flor-de-lis. Num pedaço de papel escreveu: "Precisei de sair. Façam o jantar. Não se assustem, que não é nada grave. Amélia".

Quando regressou, já perto da noite, tão cansada que mal podia arrastar as pernas, trazia um embrulho que foi guardar no seu quarto. Recusou-se a explicar a razão por que saíra de casa.

– Mas tu vens tão cansada!... – notou Cândida.
– Pois venho.
– Houve alguma novidade?
– É segredo, por enquanto.

Sentada numa cadeira, olhou a irmã, sorrindo. Sorrindo, olhou Isaura e Adriana. E era tão doce o olhar, tão afetuoso o sorriso, que as sobrinhas se comoveram. Repetiram as perguntas, mas ela, em silêncio, acenava a cabeça negativamente, com o mesmo olhar e o mesmo sorriso.

Jantaram. Depois, foi o serão. Pequenos trabalhos, longos minutos. Um inseto da madeira roendo algures. A telefonia silenciosa.

Perto das dez horas, Amélia levantou-se.

– Já te vais deitar? – perguntou a irmã.

Sem responder, ligou a telefonia. A casa encheu-se de sons, uns sons de órgão que nasciam e fluíam como uma torrente inesgotável. Cândida e as filhas levantaram a cabeça, surpreendidas. Algo na expressão de Amélia as intrigou. O mesmo sorriso, o mesmo olhar. Depois, como uma catedral que desaba, o órgão calou-se, após um final de uma eloquência barroca. Silêncio de segundos. O locutor anunciou o número seguinte.

– A *Nona*! Oh, que bom, tia! – exclamou Adriana, batendo as palmas como uma criança.

Todas se acomodaram melhor nas cadeiras. Amélia saiu da sala e voltou daí a momentos, quando já começara o primeiro andamento. Trazia o embrulho que pousou em cima da mesa. A irmã olhou-a interrogativamente. Tirou da parede um dos retratos que a decoravam. Devagar, como se cumprisse um rito, desembrulhou o que trouxera. A música, um pouco esquecida, prosseguia. O estalar do papel incomodava. Mais um movimento, o papel que escorrega para o chão – e apareceu a máscara de Beethoven.

Dir-se-ia um final de ato. Mas o pano não caiu. Amélia olhou Adriana e explicou, enquanto pendurava a máscara na parede:

– Ouvi-te dizer, em tempos, que gostavas de ter a máscara dele... Quis fazer-te uma surpresa!...

– Oh, minha querida tia!
– Mas... mas o dinheiro? – perguntou Cândida.
– Isso não importa – respondeu a irmã. – É segredo.

A esta palavra, Adriana e Isaura olharam a tia furtivamente. Mas nos olhos dela não havia já suspeitas. Havia apenas uma imensa ternura, uma ternura que transparecia através de algo que se assemelharia a lágrimas, se tia Amélia fosse pessoa para chorar...

# XXXV

– O Abel demora-se. Queres ir jantar?
– Não. Espera-se mais um bocado.
Mariana suspirou:
– Pode ser que ele não venha. Dois à espera de um...
– Se não viesse jantar, teria avisado. Se não quiseres esperar, come tu. O meu apetite não é grande.
– Nem o meu...
Ouvindo abrir a porta, os dois tiveram um sobressalto. Quando Abel apareceu:
– Então? – perguntou Silvestre.
– Nada.
– Não conseguiu nada?
O rapaz puxou um banco e sentou-se:
– Fui ao escritório. Disse ao contínuo que era um cliente e que queria falar com o administrador Morais. Mandaram-me entrar para uma sala e, daí a pouco, chegou ele. Assim que eu disse ao que ia, tocou a campainha, e quando o contínuo apareceu mandou-o acompanhar-me à porta. Ainda quis falar, explicar-me, mas ele virou-me as costas e saiu. No corredor, cruzei-me com a pequena do segundo andar: olhou-me com ar de desprezo. Enfim, fui posto na rua.

Silvestre deu um soco na mesa:

– Esse tipo é um canalha!

– Foi o que ele me chamou há bocado quando lhe telefonei para casa. Chamou-me canalha e desligou.

– E agora? – perguntou Mariana.

– Agora? Se ele não fosse um velho, dava-lhe duas bofetadas. Assim, nem isso posso fazer...

Silvestre levantou-se e percorreu a cozinha em passos agitados:

– Esta vida... Esta vida é um monturo! Porcaria, porcaria e nada mais! Não há, então, remédio?

– Receio bem que não. Farei apenas aquilo que devo...

Silvestre estacou:

– O que deve? Não percebo...

– É simples. Não posso continuar aqui. Toda a gente na vizinhança sabe o que aconteceu. Parecerá o cúmulo do descaramento a minha permanência. Além disso, é natural que ela não se sinta bem sabendo-me aqui e sabendo o que os vizinhos dizem.

– O quê? Quer-se ir embora?

Abel sorriu, um sorriso um pouco cansado:

– Se quero ir-me embora? Não, não quero, mas devo. Já arranjei quarto. Amanhã farei a mudança... Não olhem para mim dessa maneira, por favor!...

Mariana chorava. Silvestre avançou para ele, pôs-lhe as mãos sobre os ombros, quis falar e não conseguiu.

– Então... então... – disse o rapaz.

Silvestre forçou um sorriso:

– Se eu fosse mulher também chorava. Mas como não sou... como não sou...

Virou-se bruscamente para a parede, como se não quisesse que Abel lhe visse o rosto. O rapaz levantou-se e fê-lo voltar-se:

— Então? Vamos chorar todos? Seria uma vergonha...

— Tenho tanta pena de que se vá embora! – soluçou Mariana. – Já estávamos habituados. Era como se fizesse parte da família!...

Abel ouvia-a, comovido. Olhou um e outro e perguntou, devagar:

— Sinceramente, acham que devo ficar?

Silvestre hesitou um segundo, e respondeu:

— Não.

— Oh, Silvestre – exclamou a mulher –, por que não dizes que sim? Talvez ele ficasse!...

— És tonta. O Abel tem razão. Vai-nos custar muito, mas que havemos de fazer?

Mariana enxugou os olhos e assoou-se com força. Tentou sorrir:

— Mas venha cá de vez em quando fazer-nos uma visita, sim, senhor Abel?

— Só se me prometer uma coisa...

— O quê? prometo tudo!...

— Que põe de parte, de uma vez para sempre, o senhor Abel, e passa a tratar-me por Abel, sem a senhoria. Está combinado?

— Está combinado.

Sentiam-se, ao mesmo tempo, felizes e tristes. Felizes por se amarem, tristes por se separarem. Foi o último jantar em comum. Outros haveria, por certo, mais tarde, quando tudo se acalmasse e Abel pudesse voltar, mas seriam diferentes. Já não seria a reunião de três pessoas que vivem debaixo do mesmo teto, que dividem as alegrias e as tristezas entre si, como o pão e o vinho. A sua única compensação estava no amor, não o amor obrigatório do parentesco, tantas vezes um fardo imposto pelas convenções, mas o amor espontâneo que de si mesmo se alimenta.

Findo o jantar, enquanto Mariana lavava a loiça, Abel foi arrumar as suas malas com Silvestre. Depressa o trabalho se concluiu. O rapaz estendeu-se em cima da cama, com um suspiro.

– Aborrecido? – perguntou o sapateiro.

– Não é caso para menos. Já basta para nos atormentar o mal que fazemos conscientemente... Como vê, o simples facto de existirmos pode ser um mal.

– Ou um bem.

– Neste caso, não foi. Se eu não tivesse vindo morar para a sua casa, talvez isto não tivesse sucedido.

– Talvez... Mas, se a pessoa que escreveu a carta estava decidida a escrevê-la, arranjaria maneira de fazer a denúncia. O Abel serviu tão bem, para o efeito, como qualquer outro.

– Tem razão. Mas logo aconteceu comigo!...

– Consigo, que tem tido o maior cuidado, que corta todos os tentáculos!...

– Não brinque.

– Não estou a brincar. Cortar tentáculos não basta. O Abel vai-se embora amanhã. Desaparece, cortou o tentáculo. Mas o tentáculo ficará aqui, na minha amizade por si, na transformação da vida da dona Lídia.

– É o que eu lhe dizia há pouco. O simples facto de existirmos pode ser um mal.

– Para mim foi um bem. Conheci-o e fiquei seu amigo.

– E que ganhou com isso?

— A amizade. Acha pouco?
— Não, decerto...
Silvestre não respondeu. Puxou a cadeira para junto da cama e sentou-se. Tirou da algibeira do colete a onça e as mortalhas e fez um cigarro. Olhou Abel através da nuvem de fumo que se ergueu e murmurou, como que a brincar:
— O seu mal, Abel, é não amar.
— Sou seu amigo e a amizade é uma forma do amor.
— De acordo...
Seguiu-se outro silêncio, durante o qual Silvestre não deixou de fitar o rapaz.
— Em que está a pensar? – perguntou este.
— Nas nossas velhas discussões.
— Não vejo que relação...
— Tudo se relaciona... Quando lhe disse que o seu mal era não amar, supôs que me referia ao amor por uma mulher?
— Foi o que pensei. Efetivamente, gostei de muitas, mas não amei nenhuma. Estou seco.
Silvestre sorriu:
— Aos vinte e oito anos? Deixe-me rir! Espere pela minha idade!
— Seja. Afinal, referia-se ou não ao amor por uma mulher?
— Não.
— Então?
— A outra espécie de amor. Nunca lhe aconteceu, ao passar na rua, sentir um desejo súbito de abraçar as pessoas que o cercam?
— Se eu quisesse ser gracioso, diria que só me apetece abraçar as mulheres, e não é sempre, nem a todas... Mas, espere... Não se zangue. Nunca me aconteceu isso, palavra de honra.

— Aí é que está o amor em que eu falava.

Abel ergueu-se sobre os cotovelos e fitou o sapateiro, curiosamente:

— Dava um ótimo apóstolo, sabe?

— Não creio em Deus, se é aí que quer chegar. Talvez me julgue piegas...

O rapaz protestou:

— De modo algum!

— Talvez esteja a pensar que isto são efeitos da velhice. Se assim é, sempre fui velho. Sempre assim pensei e senti. E se nalguma coisa hoje acredito, é no amor, neste amor.

— É... é belo ouvir-lhe dizer isso. Mas é uma utopia. E uma contradição também. Pois não disse que a vida é um monturo e uma porcaria?

— Não me desdigo. A vida é um monturo e uma porcaria porque uns tantos assim a quiseram. Esses tiveram, e têm, continuadores.

Abel sentou-se na cama. A conversa começava a interessá-lo:

— Também desejaria abraçar esses?

— Não levo a pieguice a esse ponto. Como poderia eu amar os responsáveis pelo desamor entre os homens?

A frase, tão carregada de sentido, acordou uma reminiscência em Abel:

— *Pas de liberté pour les ennemis de la liberté...*

— Não compreendo. Parece francês, mas não percebo...

— É uma frase de Saint-Just, um dos homens da Revolução Francesa. Quer dizer, mais ou menos, que não deve haver liberdade para os inimigos da liberdade. Aplicando-a à nossa conversa, pode dizer-se que devemos odiar os inimigos do amor.

— Tinha razão esse...
— Saint-Just.
— Isso. Não está de acordo comigo?
— Quanto à frase ou quanto ao resto?
— Ambas as coisas.

Abel pareceu recolher-se no pensamento. Depois, respondeu:

— Quanto à frase, estou. Mas, quanto ao resto... Nunca encontrei ninguém a quem pudesse amar com esse amor. E olhe que conheci muita gente. São todos piores uns que outros. Talvez tenha encontrado uma exceção na sua pessoa. Não pelo que tem estado a dizer-me, mas pelo que conheço de si e da sua vida. Compreendo que possa amar desse modo, eu não posso. Levei muitos pontapés, sofri demasiado. Não farei como o outro, que dava a face esquerda a quem lhe esbofeteava a direita...

Silvestre interrompeu, com veemência:

— Nem eu o faria. Cortaria, sim, a mão que me agredisse.

— Se todos procedessem dessa maneira, não haveria no mundo quem tivesse as duas mãos. Quem é batido, se não bateu ainda, baterá um dia. É uma questão de oportunidade.

— A essa maneira de pensar dá-se o nome de pessimismo, e quem assim pensa ajuda os que querem o desamor entre os homens.

— Desculpe se o magoo, mas tudo isso é uma utopia. A vida é uma luta de feras, a todas as horas e em todos os lugares. É o "salve-se quem puder", e nada mais. O amor é o pregão dos fracos, o ódio é a arma dos fortes. Ódio aos rivais, aos concorrentes, aos candidatos ao mesmo bocado de pão ou de terra, ou ao mesmo poço de petróleo. O amor só serve para chacota ou para dar oportunidade aos fortes de se deliciarem com as fraquezas dos fracos. A existência dos fracos é vantajosa como recreio, serve de válvula de escape.

Silvestre não pareceu ter apreciado a comparação. Ficou a olhar muito sério para Abel. Depois sorriu bruscamente e perguntou:

— O Abel pertence ao número dos fortes ou ao número dos fracos?

O rapaz sentiu-se apanhado em falso:

— Eu?... Essa pergunta é desleal!...

— Eu ajudo. Se pertence ao grupo dos fortes, por que não faz como eles? Se está com os fracos, por que não faz como eu?

— Não sorria com esse arzinho de triunfador. Não é leal, repito.

— Mas, responda!

— Não sei responder. Talvez haja uma espécie intermédia. De um lado, os fortes; do outro, os fracos; e, ao meio, eu e... o resto.

Silvestre deixou de sorrir. Olhou fixamente o outro e respondeu, lentamente, contando pelos dedos as afirmações que fazia:

— Então, responderei por si. O Abel não sabe o que quer, não sabe para onde vai, não sabe o que tem.

— Em suma: não sei nada!

— Não graceje. O que estou a dizer-lhe é muito importante. Quando, em tempos, lhe disse que tinha de descobrir por si...

— A utilidade, já sei — interrompeu Abel, impaciente.

— Quando lho disse, estava longe de supor que se iria embora tão depressa. Também lhe disse que não poderia aconselhá-lo. Repito tudo isso. Mas o Abel vai-se embora amanhã, talvez nunca mais nos voltemos a ver... Pensei que, se não posso aconselhá-lo, posso pelo menos dizer-lhe que a vida sem o amor, a vida assim como a descreveu há pouco, não é vida, é um monturo, um cano de esgoto!

Abel ergueu-se, impulsivo:

— É tudo isso, sim senhor! E que lhe havemos de fazer?

— Transformá-la! — respondeu Silvestre, levantando-se também.

— Como? Amando-nos uns aos outros?

O sorriso de Abel desvaneceu-se perante a expressão grave de Silvestre:

— Sim, mas com um amor lúcido e ativo, um amor que vença o ódio!

— Mas o homem...

— Ouça, Abel! Quando ouvir falar no homem, lembre-se dos homens. O Homem, com H grande, como às vezes leio nos jornais, é uma mentira, uma mentira que serve de capa a todas as vilanias. Toda a gente quer salvar o Homem, ninguém quer saber dos homens.

Abel encolheu os ombros, num gesto de desalento. Reconhecia a verdade das últimas palavras de Silvestre, ele próprio já o pensara muitas vezes, mas não tinha aquela fé. Perguntou:

— E que podemos nós fazer? Eu? O senhor?

— Vivemos entre os homens, ajudemos os homens.

— E que faz o senhor para isso?

— Conserto-lhes os sapatos, já que nada mais posso fazer agora. O Abel é novo, é inteligente, tem uma cabeça sobre os ombros... Abra os olhos e veja, e se depois disto ainda não tiver compreendido, feche-se em casa e não saia, até que o mundo lhe desabe em cima!

Silvestre elevara a voz. Os seus lábios tremiam de comoção mal reprimida. Os dois homens ficaram um diante do outro, olhos nos olhos. Corria entre eles um fluido de compreensão, um permutar silencioso de pensamentos mais eloquentes que todas as palavras. Abel murmurou com um sorriso contrafeito:

– Há de concordar que o que está a dizer é um tanto subversivo...

– Acredita que seja? Não me parece. Se isto é subversivo, tudo é subversivo, até a respiração. Sinto e penso assim como respiro, com a mesma naturalidade, a mesma necessidade. Se os homens se odiarem, nada poderá fazer-se. Todos seremos vítimas dos ódios. Todos nos mataremos nas guerras que não desejamos e de que não temos responsabilidade. Hão de pôr-nos diante dos olhos uma bandeira, hão de encher-nos os ouvidos com palavras. E para quê, afinal? Para criar a semente de uma nova guerra, para criar novos ódios, para criar novas bandeiras e novas palavras. É para isto que vivemos? Para fazer filhos e lançá-los na fornalha? Para construir cidades e arrasá-las? Para desejar a paz e ter a guerra?

– E o amor resolverá tudo isso? – perguntou Abel, sorrindo com tristeza, onde havia uma ponta de ironia.

– Não sei. É a única coisa que ainda não se experimentou...

– E iremos a tempo?

– Talvez. Se os que sofrem se convencessem de que é esta a verdade, talvez fôssemos a tempo... – Interrompeu-se, como se uma preocupação lhe assaltasse o espírito: – Mas não esqueça, Abel!... Amar com um amor lúcido e ativo! Que a atividade não faça esquecer a lucidez, que a atividade não leve a cometer vilanias como as cometem os que querem o desamor entre os homens! Ativo, sim, mas lúcido! E lúcido acima de tudo!

Como uma mola que se quebra depois de uma tensão excessiva, o entusiasmo acalmou. Silvestre sorriu:

– Falou o sapateiro. Se outra pessoa me ouvisse, diria: "Fala bem de mais para sapateiro. Será um doutor disfarçado?".

Por sua vez, Abel riu e perguntou:

– Será um doutor disfarçado?

– Não. Sou apenas um homem que pensa.

Abel deu alguns passos no quarto, silencioso. Sentou-se na mala onde guardava os livros e olhou o sapateiro. Silvestre parecia embaraçado, enquanto remexia na onça do tabaco.

– Um homem que pensa... – murmurou o rapaz.

O sapateiro ergueu os olhos, com uma expressão interrogativa.

– Todos nós pensamos – continuou Abel. – Mas acontece que pensamos mal a maior parte das vezes. Ou então há um abismo entre o que pensamos e o que fazemos... ou fizemos...

– Não compreendo onde quer chegar – observou Silvestre.

– É fácil. Quando me contou a sua vida, tive a perceção clara da minha inutilidade e sofri por isso. Sinto-me neste momento um pouco compensado. Afinal, o meu amigo caiu numa atitude tão negativa como a minha ou talvez ainda mais. Presentemente não é mais útil que eu...

– Creio que não me compreendeu, Abel.

– Compreendi, sim. Aquilo que pensa hoje serve apenas para se convencer a si próprio de que é melhor que os outros...

– Não me julgo superior a ninguém!
– Julga. Tenho a certeza de que julga.
– Dou-lhe a minha palavra!
– Seja. Acredito. Nem isso, de resto, importa. O que importa é que enquanto o meu amigo pôde agir nunca pensou desse modo, a sua crença era diferente. Hoje que a idade e as circunstâncias o obrigam ao silêncio, procura enganar-se com esse amor quase evangélico. Ai do homem que tem de substituir os atos pelas palavras! Acabará por ouvir apenas a sua voz!... A palavra "agir" na sua boca, meu amigo, é apenas uma recordação, uma palavra vazia!...

– Com um pouco mais, o Abel dirá que não sou sincero!
– De modo nenhum. Mas perdeu o contacto com a vida, desenraizou-se, julga estar no combate, quando a verdade é que tem na mão apenas a sombra de uma espada e que à sua volta nada há além de sombras...

– Desde quando pensa assim a meu respeito?
– Desde há cinco minutos. Depois do que viveu, veio cair no amor!

Silvestre não respondeu. Com as mãos trémulas enrolou um cigarro e acendeu-o. Piscou os olhos quando o fumo os atingiu e ficou à espera.

– Chamou-me pessimista – prosseguiu Abel – e acusou-me de ajudar, com o meu pessimismo, aqueles que querem o desamor entre os homens. Não lhe negarei razão. Mas note que a sua atitude, meramente passiva como é, não os ajuda menos, até porque, quase sempre, esses a quem se refere usam a linguagem do amor. As mesmas palavras, as suas e as deles, anunciam ou escondem objetivos diferentes. Direi mesmo que as suas servem somente os objetivos deles, porque não acredito que o meu amigo tenha hoje qualquer objetivo concretizável. Contenta-se em dizer: amo os homens – e isso lhe basta, esquecendo que o seu passado exige alguma coisa mais que uma simples afirmação. Diga-me, por favor, que interessa ao mundo essa frase, ainda que seja proferida por milhões de homens, se faltam a esses milhões de homens todos os meios necessários para fazer dela mais que o resultado de um impulso emocional?

– O Abel fala de maneira que quase não o entendo... Esquece que eu disse: amor lúcido e ativo?

– Ainda outra frase. Onde está a sua atividade? Onde está a atividade daqueles que pensam como o senhor e que não têm a velhice como desculpa da inatividade? Quem são eles?

– Chegou a sua vez de dar-me conselhos...

– Não tenho essa pretensão. Conselhos de nada servem, não foi o que disse? Uma coisa me parece verdadeira: o grande ideal, a grande esperança, de que me falou, não serão mais que palavras se pretendermos concretizá-los recorrendo ao amor!

Silvestre afastou-se para um canto do quarto. De lá, perguntou bruscamente:

– Que vai fazer?

O rapaz não respondeu logo. No silêncio que seguiu as palavras de Silvestre ouviu, vindo não sabia donde, um canto de vozes numerosas.

– Não sei – respondeu. – Atualmente sou um inútil, aceito a sua acusação, mas prefiro esta inutilidade temporária à suposta utilidade da sua atitude.

– Invertem-se os papéis. Agora é o Abel que me censura...

– Não o censuro. O que disse acerca do amor é belo, mas não me pode servir.

— Esqueci-me de que há entre nós quarenta anos de diferença... Não me poderia entender...

— Também o Silvestre de há quarenta anos não o entenderia a si, meu amigo.

— Quer dizer que é a idade que me faz pensar assim?

— Talvez – sorriu Abel. – A idade pode muito. Traz a experiência mas traz, também, o cansaço...

— Ouvindo-o falar, ninguém diria que até hoje nada fez senão viver para si...

— É certo. Mas para que censurar-me? Talvez a minha aprendizagem tenha de ser mais lenta, talvez eu tenha de receber muitas mais cicatrizes até me tornar num verdadeiro homem... Por enquanto sou aquele a quem chamaram inútil e se calou porque sabia que assim era. Mas não o serei sempre...

— Que pensa fazer, Abel?

O rapaz ergueu-se devagar e caminhou para Silvestre. A dois passos, respondeu:

— Uma coisa muito simples: viver. Saio de sua casa mais seguro do que quando nela entrei. Não porque me sirva o caminho que me apontou, mas sim porque me fez pensar na necessidade de encontrar o meu. Será uma questão de tempo...

— O seu caminho será sempre o pessimismo.

— Não duvido. Apenas desejo que esse pessimismo me desvie das ilusões fáceis e embaladoras, como o amor...

Silvestre agarrou-o pelos ombros e sacudiu-o:

— Abel! Tudo o que não for construído sobre o amor gerará o ódio!

— Tem razão, meu amigo. Mas talvez tenha de ser assim durante muito tempo... O dia em que será possível construir sobre o amor não chegou ainda...

## SOBRE O AUTOR

José Saramago nasceu numa pequena vila da província do Ribatejo, Portugal, em 1922. Filho de camponeses, aos dois anos mudou-se com a família para Lisboa. Foi obrigado a interromper os estudos secundários devido a dificuldades econômicas, mas conheceu os clássicos da literatura na biblioteca da escola técnica onde depois fez um curso de serralheria mecânica. Trabalhou como desenhista, funcionário público, editor e jornalista, e publicou seu primeiro livro, *Terra do pecado*, em 1947. Após a Revolução dos Cravos, assumiu o cargo de diretor adjunto do *Diário de Notícias*, principal jornal de Portugal, do qual foi demitido por suas posições políticas. Em 1976 passou a viver exclusivamente da literatura, primeiro como tradutor, depois como autor. Romancista, contista, teatrólogo e poeta, escreveu mais de trinta livros, entre os quais *A jangada de pedra* (1986), *História do cerco de Lisboa* (1989), *Ensaio sobre a cegueira* (1995), *Todos os nomes* (1997) e *A caverna* (2000). Em 1992, após o governo português recusar-se a inscrever *O Evangelho segundo Jesus Cristo* (1991) num prêmio literário europeu, Saramago mudou-se com a mulher, a espanhola Pilar del Río, para a ilha de Lanzarote, nas Canárias. Em 1998, tornou-se o primeiro autor de língua portuguesa a receber o prêmio Nobel de literatura. Faleceu em 2010.

Obras completas de José Saramago,
em seis volumes

**VOLUME 1**
Memorial do convento
Levantado do chão
Manual de pintura e caligrafia
O ano de 1993
As pequenas memórias

**VOLUME 2**
Ensaio sobre a cegueira
Ensaio sobre a lucidez
Que farei com este livro?
In nomine Dei
Don Giovanni ou O dissoluto absolvido

**VOLUME 3**
O Evangelho segundo Jesus Cristo
A jangada de pedra
História do cerco de Lisboa
Todos os nomes
Objeto quase

**VOLUME 4**
O ano da morte de Ricardo Reis
As intermitências da morte
Viagem a Portugal
Claraboia

**VOLUME 5**
A caverna
O homem duplicado
Caim
O caderno
A bagagem do viajante

**VOLUME 6**
O conto da ilha desconhecida
A viagem do elefante
Cadernos de Lanzarote
Cadernos de Lanzarote II

ESTA OBRA FOI COMPOSTA PELA PÁGINA VIVA EM VELINO TEXT E IMPRESSA
PELA GEOGRÁFICA EM OFSETE SOBRE PAPEL BIBLIO PRINT DA SUZANO PAPEL
E CELULOSE PARA A EDITORA SCHWARCZ EM ABRIL DE 2016